DIE ERZÄHLUNGEN AUS DEN TAUSENDUNDEIN NÄCHTEN

Vollständige deutsche Ausgabe
in sechs Bänden
Zum ersten Mal nach dem
arabischen Urtext der Calcuttaer
Ausgabe aus dem Jahre 1839
übertragen von Enno Littmann

ERSTER BAND

Insel Verlag

Insel Verlag Frankfurt am Main und Leipzig 2004
© Insel-Verlag Wiesbaden 1953
Alle Rechte vorbehalten, insbesondere das
des öffentlichen Vortrags sowie der Übertragung
durch Rundfunk und Fernsehen, auch einzelner Teile.
Kein Teil des Werkes darf in irgendeiner Form
(durch Fotografie, Mikrofilm oder andere Verfahren)
ohne schriftliche Genehmigung des Verlages reproduziert
oder unter Verwendung elektronischer Systeme verarbeitet,
vervielfältigt oder verbreitet werden.
Druck: Ebner & Spiegel, Ulm
Printed in Germany
Erste Auflage dieser Ausgabe 2004
ISBN 3-458-17234-3

EINLEITUNG ZU DEM BUCHE GENANNT

DIE ERZÄHLUNGEN

DER TAUSENDUNDEIN NÄCHTE

VON

HUGO VON HOFMANNSTHAL

Wir hatten dieses Buch in Händen, da wir Knaben waren; und da wir zwanzig waren und meinten, weit zu sein von der Kinderzeit, nahmen wir es wieder in die Hand, und wieder hielt es uns – wie sehr hielt es uns wieder! In der Jugend unseres Herzens, in der Einsamkeit unserer Seele fanden wir uns in einer sehr großen Stadt, die geheimnisvoll und drohend und verlockend war, wie Baghdad und Basra. Die Lockungen und die Drohungen waren seltsam vermischt; uns war unheimlich zu Herzen und sehnsüchtig; uns grauste vor innerer Einsamkeit, vor Verlorenheit, und doch trieb ein Mut und ein Verlangen uns vorwärts und trieb uns einen labyrinthischen Weg, immer zwischen Gesichtern, zwischen Möglichkeiten, Reichtümern, Düften, halbverhüllten Mienen, halboffnen Türen, kupplerischen und bösen Blicken in dem ungeheuren Basar, der uns umgab: wie glichen wir diesen weit von der Heimat verirrten Prinzen, diesen Kaufmannssöhnen, deren Vater gestorben ist und die sich den Verführungen des Lebens preisgeben, wie meinten wir ihnen zu gleichen! Gleich einer magischen Tafel, worauf eingelegte Edelsteine, wie Augen glühend, wunderliche und unheimliche Figuren bilden, so brannte das Buch in unseren Händen: wie die lebendigen Zeichen dieser Schicksale verschlungen ineinanderspielten, tat sich in unserem Inneren ein Abgrund von Gestalten und Ahnungen, von Sehnsucht und Wollust auf. Nun sind wir Männer, und dieses Buch kommt uns zum dritten Mal entgegen, und nun sollen wirs erst wirklich besitzen. Was uns früher vor Augen gekommen ist, waren Bearbeitungen und Nacherzählungen; und wer kann ein poetisches Ganzes bearbeiten, ohne seine eigentümlichste Schönheit, seine tiefste Kraft zu zerstören? Das eigentliche Abenteuer freilich ist unverwüstlich und bewahrt, nacherzählt und wiederum nacherzählt, seine Kraft; aber hier sind nicht bloß Abenteuer und Begebenheiten, hier ist eine poetische Welt – und wie wäre uns, wenn wir den Homer nur aus der Nacherzählung seiner Abenteuer kennten? Hier ist ein Gedicht, woran freilich mehr als einer gedichtet hat; aber es ist wie aus *einer* Seele heraus, es ist ein Ganzes, es ist eine Welt durchaus. Und was für eine Welt! Der Homer möchte in manchen Augenblicken daneben farblos und unnaiv erscheinen. Hier ist Buntheit und Tiefsinn, Überschwang der Phantasie und schneidende Weltweisheit; hier sind unendliche Begebenheiten, Träume, Weisheitsreden, Schwänke, Unanständigkeiten, Mysterien; hier ist die kühnste Geistigkeit und die vollkommenste Sinnlichkeit in eins verwoben. Es ist kein Sinn in uns, der sich nicht regen müßte, vom obersten bis zum tiefsten; alles, was in uns ist, wird hier belebt und zum Genießen aufgerufen.

Es sind Märchen über Märchen, und sie gehen bis ans Fratzenhafte, ans Absurde; es sind Abenteuer und Schwänke, und sie gehen bis ins Groteske, ins Gemeine; es sind Wechselreden, geflochten aus Rätseln und Parabeln, aus Gleichnissen, bis ins Ermüdende; aber in der Luft dieses Ganzen ist das Fratzenhafte nicht fratzenhaft, das Unzüchtige nicht gemein, das Breite nicht ermüdend, und das Ganze ist nichts als wundervoll: eine unvergleichliche, eine vollkommene, eine erhabene Sinnlichkeit hält das Ganze zusammen.

Wirklich, wir kannten nichts, da wir nur die Begebenheiten aus diesem Buche kannten; sie konnten uns grausig und gespenstig scheinen; nur weil sie aus der Luft ihres Lebens gerissen waren. In diesem Buche ist kein Platz für Grausen: das ungeheuerste Leben erfüllt es durch und durch. Die ungeheuerste Sinnlichkeit ist hier Element. Sie ist in diesem Gedicht, was das Licht in den Bildern von Rembrandt, was die Farbe auf den Tafeln Tizians ist. Wäre sie irgendwo eingeschränkt, und durchbräche an einzelnen Stellen diese Schranken, so könnte sie beleidigen; da sie ohne Schranken dies Ganze, diese Welt durchflutet, ist sie eine Offenbarung.

Wir bewegen uns aus der höchsten in die niedrigste Welt, vom Kalifen zum Barbier, vom armseligen Fischer zum fürstlichen Kaufherrn, und es ist *eine* Menschlichkeit, die uns umgibt, mit breiter, leichter Woge uns hebt und trägt; wir sind unter Geistern, unter Zauberern, unter Dämonen und fühlen uns wiederum zu Hause. Eine nie hinfällige Gegenständlichkeit malt uns die herrlich mit Fliesen belegte Halle, malt uns den Springbrunnen, malt uns den von Ungeziefer wimmelnden Kopf einer alten Räubermutter; stellt den Tisch hin, deckt ihn mit schönen Schüsseln, tiefen Gefäßen, läßt uns die Speisen riechen, die fetten, die gewürzten und die süßen, und die in Schnee gekühlten Tränke aus Granatkernen, aus geschälten Mandeln, stark mit Zucker und duftendem Gewürz angesetzt; stellt mit der gleichen Lust uns den Buckel des Buckligen hin und die Scheußlichkeit böser alter Männer mit geiferndem Munde und schielenden Augen; läßt den Eseltreiber reden und den Esel, den verzauberten Hund und das eherne Standbild eines toten Königs, jeden voll Sinn, voll Weisheit, voll Wahrheit; malt mit der gleichen Gelassenheit, nein, mit dem gleichen ungeheuren Behagen das Packzeug eines abgetriebenen Esels, den Prachtzug eines Emirs und, von Gebärde zu Gebärde, schrankenlos, die erotische Pantomime der Liebenden, die nach tausend Abenteuern endlich ein erleuchtetes, starkduftendes Gemach vereinigt.

Wer möchte versuchen, ein durchaus wundervolles Gewebe wie dieses aufzutrennen? Und dennoch fühlen wir uns verlockt, dem Kunstmittel nachzuspüren, welches an tausend Stellen angewandt sein muß, daß eine so ungeheure Masse des Stoffes, mit der äußersten Realität behandelt, uns mit ihrer Wucht nicht beklemme, ja auf die Dauer unerträglich werde. Und das Gegenteil trifft ein: je länger wir lesen, desto schöner geben wir dieser Welt uns hin, verlieren uns im Medium der unfaßlichsten naivsten Poesie und besitzen uns erst recht; wie jemand, in einem schönen Wasser badend, seine Schwere verliert, das Gefühl seines Leibes aber als ein genießendes, zauberisches erst recht gewahr wird. Dies führt uns in die innerste Natur orientalischer Poesie, ja ins geheime Weben der Sprache; denn dies Geheimnisvolle, das uns beim höchsten gehäuften Lebensanschein von jeder Beklemmung, jeder Niedrigkeit entlastet, ist das tiefste Element morgenländischer Sprache und Dichtung zugleich: daß in ihr alles Trope ist, alles mehrfach deutbar, alles Ableitung aus uralten Wurzeln, alles schwebend. Die erste Wurzel ist sinnlich, primitiv, gedrungen, gewaltig; in leisen Überleitungen gehts von ihr weg zu neuen verwandten, kaum mehr verwandten Bedeutungen; aber auch in der entferntesten ‚tönt noch etwas nach vom Urklang des Wortes‘, schattet noch wie in einem trüben Spiegel das Bild der ersten Empfindung. Von diesem ihrem Wesen sehen wir die Sprache und die Poesie – auf dieser Stufe sind sie eins – hier den unbewußtesten und unbegrenztesten Gebrauch machen. In einer schrankenlosen Gegenständlichkeit der Schilderung scheint die Materie überwuchtend auf uns einzudringen: aber was uns so nahe kommt, daß es uns beleidigen könnte, wofern es nur auf den nächsten Wortsinn beschränkt wäre, löst sich vermöge der Vieldeutigkeit des Ausdrucks in einen Zaubernebel auf, daß wir hinter dem nächsten Sinn einen anderen ahnen, von dem jener übertragen ist; den eigentlichen, ersten verlieren wir deswegen nicht aus dem Auge; aber wo er gemein war, verliert er sein Gemeines, und oft bleiben wir mit dem aufnehmenden Gefühl in der

Schwebe zwischen dem, was er versinnlicht, und einem höheren dahinter, das bis zum Großartigen, zum Erhabenen uns blitzschnell hinleitet. Ich meine es einfach und möchte verstanden werden. Aber da ich von einer Trope, von einer übertragenen Bedeutung rede, so wird der Verstand des Lesers seine angewohnte Bahn gehen, und nicht dorthin, wo ich ihn haben will, und wird an einen transzendentalen Sinn, eine verborgene höhere Bedeutung denken, wo ich ein weit minder künstliches und weit schöneres, das ganze Gewebe dieser Dichtungen durchsetzendes Phänomen aufzeigen möchte: diese Sprache – und es ist die Sache einer vortrefflichen Übersetzung, daß wir durch sie hindurch die Nacktheit der Originalsprache müssen spüren können, wie den Leib einer Tänzerin durch ihr Gewand – diese Sprache ist nicht zur Begrifflichkeit abgeschliffen; ihre Bewegungsworte, ihre Gegenstandsworte sind Urworte, gebildet, ein grandioses, patriarchalisches Leben, ein nomadisches Tun und Treiben, lauter sinnliche, gewaltige, von jeder Gemeinheit freie, reine Zustände sinnlich und naiv, unbekümmert und kraftvoll hinzustellen. Von einem solchen urtümlichen Weltzustand sind wir hier weit entfernt, und Baghdad und Basra sind nicht die Gezelte der Patriarchen. Aber noch ist die Entfernung keine solche, daß nicht eine unverwüstete, von Anschauung strotzende Sprache diesen modernen Zustand an jenen uralten tausendfach zu knüpfen vermöchte. Um eine laszive Gebärde, einen frechen Griff nach der Schüssel, ein gieriges Fressen und Hinunterschlingen köstlicher Speisen, eine brutale Züchtigung, eine fast tierische Regung von Furcht oder Gier nur bloß auszudrücken, sind ihr keine anderen als jene Urworte und Wendungen zur Verfügung, an denen immer etwas Großartiges hängt, etwas Ehrfurchtgebietendes und Naives, etwas von geheiligter Natur, grandiosen Zuständen, ewiger

Reinheit. Es ist keine Ausschmückung gewollt, keine Hindeutung auf Höheres, kein Gleichnis; kein anderes Gleichnis zumindest als eines, das dienen solle, das Sinnliche noch sinnlicher, das Lebendige noch lebhafter zu malen: es wird nicht der Mund groß aufgetan, um eine höhere Welt herbeizurufen, es ist nur wie ein Atmen durch die Poren; aber wir atmen durch die Poren dieser naiv poetischen Sprache die Luft einer uraltheiligen Welt, die von Engeln und Dämonen durchschwebt wird und in der die Tiere des Waldes und der Wüste ehrwürdig sind wie Erzväter und Könige. So wird das Gemeine, die schamlose Einzelheit, ja das Schimpfwort nicht selten ein Fenster, durch das wir in eine geheimnisvoll erleuchtete Ahnenwelt, ja in noch höhere Geheimnisse hineinzublicken meinen.

Sehen wir so die grenzenlose Sinnlichkeit von innen her mit eigenem Lichte sich erleuchten, so ist zugleich dies Ganze mit einer poetischen Geistigkeit durchwoben, an der wir mit dem lebhaftesten Entzücken vom ersten Gewahrwerden zum vollen Begriff uns steigern. Eine Ahnung, eine Gegenwart Gottes liegt auf allen diesen sinnlichen Dingen, die unbeschreiblich ist. Es ist über dieser Wirrnis von Menschlichem, Tierischem und Dämonischem immer das strahlende Sonnenzelt ausgespannt oder der heilige Sternenhimmel. Und wie ein sanfter, reiner, großer Wind wehen die ewigen, einfachen, heiligen Gefühle, Gastlichkeit, Frömmigkeit, Liebestreue durch das Ganze hin. Da ist, um von tausend Seiten eine aufzuschlagen, in der Geschichte von 'Alî Schâr und der treuen Zumurrud ein Augenblick, den ich nicht für irgendeine erhabene Stelle unserer ehrwürdigsten Bücher tauschen möchte. Und es ist fast nichts. Der Liebende will seine Geliebte befreien, die ein böser alter Geist ihm gestohlen hat. Er hat das Haus ausgekundschaftet, er ist um Mitternacht unter dem Fenster, ein Zeichen ist verabredet, er soll es nur geben, doch muß er noch eine kurze Frist warten. Da überfällt ihn so ungelegen als unwiderstehlich, als hätte das Geschick aus dem Dunkel ihn lähmend angehaucht, ein bleierner Schlaf. ‚Doch da überfiel ihn die Schläfrigkeit,' heißt es, ‚und er schlief ein – herrlich ist Er der nimmer schläft!' Ich weiß nicht, welchen Zug aus Homer oder Dante ich neben diese Zeilen stellen möchte: so aus dem Nichts in ein wirres Abenteuer hinein das Gefühl Gottes aufgehen zu lassen wie den Mond, wenn er über den Rand des Himmels heraufkommt! Was aber wäre von den Weisheitsreden der Vögel und anderer Tiere zu sagen, von den tiefsinnigen Antworten der wunderbaren Jungfrauen, von den ans Herz gehenden Sprüchen und Wahrheiten, die sterbende Väter und alte weise Könige ins Ohr der jungen Menschen träufeln, und von den unerschöpflichen Wechselreden, mit denen die Liebenden ihr Glück und die Last ihres Entzückens gleichsam von sich entfernen, über sich hinausheben, dem Dasein zurückgeben. Und wie sie ihr Glück über sich heben, indem sie es in den Worten der Dichter, in den Worten heiliger Bücher aussprechen, so hebt der Knabe seine Schüchternheit, der Bettler seine Armut, der Durstende seinen Durst über sich hinaus. Indem die frommen, reinen Worte der Dichter in jedem Munde sind, wie die Luft, an der jeder Anteil hat, ist von allen Dingen die Niedrigkeit genommen; über Tausenden verflochtener Geschicke schwebt rein und frei ihr Ewiges, in ewig schönen, unvergänglichen Worten ausgesprochen. Diese Abenteuer, deren ganzer Inhalt ein höchst irdisches Trachten ist, ein verworrenes Leiden und ein unbedingtes Genießen, scheinen nur um der erhabenen, über ihnen schwebenden Gedichte willen da – aber was wären diese Gedichte, was wären sie uns, wenn sie nicht aus einer Lebenswelt hervorstiegen?

Unvergleichlich ist diese Lebenswelt und durchsetzt von einer unendlichen Heiterkeit, einer leidenschaftlichen, kindlichen, unauslöschlichen Heiterkeit, die alles durcheinanderschlingt, alles zueinanderbringt, den Kalifen zum armen Fischer, den Dämon zum Hökerweib, die Schönste der Schönen zum buckligen Bettler, Leib zu Leib und Seele zu Seele. Wo hatten wir unsere Augen, da wir dies Buch ein Labyrinth und voll Unheimlichkeit fanden! Es ist unsäglich fröhlich. Noch das böse Tun, das böse Geschehen umgaukelt es mit unendlicher Heiterkeit. Der Liebende will seine Geliebte befreien; er ist um Mitternacht unter den Fenstern; sie, im Dunkeln, harrt seines Zeichens, da überfällt ihn ein bleierner Schlaf. Ein riesenhafter Kurde, der grausamste, schändlichste Räuber von vierzig, gerät in die Straße, sieht den Schlafenden, erlauscht die Harrende; er klatscht aufs Geratewohl in die Hände, die schöne Zumurrud läßt sich auf seine Schultern hinab, und er galoppiert dahin, die schöne leichte Last tragend, als wäre es nichts. Sie wundert sich seiner Kraft. Ist dies 'Alî Schâr? fragt sie sich. ‚Die Alte sagte mir doch, du seiest schwach von Krankheit um meinetwillen; aber sieh da, jetzt bist du stärker als ein Roß.' Und er galoppiert dahin, und sie wird ängstlicher; und da er ihr nicht antwortet, fährt sie ihm mit der Hand ins Gesicht: ‚und sie fühlte seinen Bart, dem Palmbesen gleich, den man im Badhaus benutzt; als wäre er ein Schwein, das Federn verschluckt hat, deren Enden ihm wieder zum Halse herausgekommen sind.' Es ist frevelhaft, das einzelne so herauszureißen – aber diese Situation, diese Erwägung, dies Nachdenken der Schönen, während sie durch die Nacht hinsaust auf den Schultern des wüsten Räubers, dieser Augenblick der Entdeckung und dies unglaubliche Gleichnis, das uns mit eins in den hellen Tag, ins Gehöfte hinausweist und das man nicht vergißt – ich weiß nicht, wo Ähnliches zu finden wäre, außer dann und wann an den heitersten, naivsten, frechsten Stellen der Komödien des bezaubernden Lope de Vega. Wo hatten wir unsere Sinne, als wir dies Buch unheimlich fanden! Es ist ein Irrgarten, aber ein Irrgarten der Lust. Es ist ein Buch, das ein Gefängnis zum kurzweiligen Aufenthalt machen könnte. Es ist, was Stendhal davon sagte: Es ist das Buch, das man immer wieder völlig sollte vergessen können, um es mit erneuter Lust immer wieder zu lesen.

… WIE ZWEI KÖNIGE VON IHREN WEIBERN
VERRATEN WURDEN,
VON DER GRAUSAMEN RACHE
DES KÖNIGS SCHEHRIJÂR, UND WAS
SCHEHREZÂD DEM KÖNIG
IN DER ERSTEN BIS
EINHUNDERTSECHSTEN NACHT
ERZÄHLTE

DIE ERZÄHLUNG VON KÖNIG SCHEHRIJÂR UND SEINEM BRUDER

Preis sei Allah, dem Herrn der Welten! Segen und Heil dem Herrn der Gottesgesandten, unserem Herrn und Meister, Mohammed – Gott segne ihn und gebe ihm Heil! – Segen und Heil, die bleiben sollen immerdar bis zum Tage des Gerichts.

Nun siehe, das Leben der Alten ward zur Richtschnur für die Späteren, auf daß der Mensch die Geschicke sehe, die anderen zuteil geworden sind, und sie sich zur Warnung dienen lasse, auf daß er die Geschichte der vergangenen Völker und was ihnen widerfahren ist, betrachte und sich im Zaume halte. Lob ihm, der die Geschichte der Alten zum warnenden Beispiel für die späteren Geschlechter gemacht hat! Solche Beispiele sind die Erzählungen, die da genannt wurden ‚Tausend Nächte und eine Nacht‘, mit all ihren wunderbaren Lebensschicksalen und ihren Gleichnissen.

Es wird berichtet – Allah aber ist Allwisser Seiner verborgenen Dinge und Allherrscher und allgeehrt und allgnädig und allgütig und allbarmherzig! – in den Erzählungen aus alter Zeit und aus der Völker Vergangenheit, daß in früheren Tagen, die weit in entschwundene Zeitalter ragen, ein König vom Geschlechte der Sasaniden im Inselreiche von Indien und China lebte, ein Herr der Krieger und Mannen, der Diener und Knechte. Er hinterließ zwei Söhne, einen im Mannesalter und einen im Jünglingsalter; beide waren tapfere Ritter, doch war der Ältere noch tapferer als der Jüngere. So ward er der König des Landes und herrschte in Gerechtigkeit über die Untertanen, und das Volk seines Landes und Reiches liebte ihn. Er hieß König Schehrijâr; sein jüngerer Bruder aber hieß König Schâhzamân, und dieser war König von Samarkand im Perserlande. Beide waren immerdar in ihren Ländern, und ein jeder von ihnen herrschte in seinem Reiche gerecht über seine Untertanen, in hoher Freude und Glückseligkeit. In diesem Zustande lebten sie ununterbrochen zwanzig Jahre lang. Da bekam der ältere König Sehnsucht nach seinem jüngeren Bruder, und so befahl er seinem Wesir, er solle zu dem Bruder reisen und ihn herführen. Der Wesir antwortete ihm: »Ich höre und gehorche!« Dann reiste er fort, bis er glücklich ans Ziel kam. Er trat zu dem Bruder ein, überbrachte ihm den königlichen Gruß und tat ihm kund, daß sein Bruder sich nach ihm sehne und seinen Besuch wünsche. Jener erwiderte: »Ich höre und gehorche!« Alsbald rüstete er sich zur Reise, ließ seine Zelte, Kamele und Maultiere, Diener und Mannen hinausziehen und bestellte seinen Wesir als Herrscher in seinem Lande. Dann zog er aus, dem Lande seines Bruders entgegen. Aber um Mitternacht fiel ihm ein, daß er etwas in seinem Schlosse vergessen hatte. Deshalb kehrte er um und ging in sein Schloß; da fand er seine Gemahlin auf seinem Lager ruhend, wie sie einen hergelaufenen schwarzen Sklaven umschlungen hielt. Als er das sah, da ward ihm die Welt schwarz vor den Augen, und er sprach bei sich: ‚Wenn dies geschehen ist, während ich die Stadt noch nicht verlassen habe, wie wird diese Verruchte es erst treiben, wenn ich lange bei meinem Bruder in der Ferne weile?' Darauf zog er sein Schwert und schlug die beiden auf dem Lager tot. Zur selbigen Stunde kehrte er zurück, gab Befehl zum Aufbruch und reiste fort, bis er bei der Stadt seines Bruders ankam. Wie er sich der Stadt näherte, schickte er die Vorboten zu seinem Bruder mit der Nachricht von seiner Ankunft. Jener zog ihm entgegen, begrüßte ihn und hatte hohe Freude an ihm; und er ließ die Stadt ihm zu Ehren ausschmücken. Dann setzte er sich nieder mit ihm, um zu plaudern und froher Dinge zu sein. Aber König

Schâhzamân dachte an das, was ihm von seiner Gemahlin widerfahren war; tiefer Gram kam über ihn, seine Farbe ward bleich, und sein Leib ward krank. Als sein Bruder ihn in solchem Zustande sah, dachte er bei sich, das sei um der Trennung von seinem Lande und seinem Reiche willen. Darum ließ er ihn gewähren und fragte ihn nicht danach. Dann aber sprach er eines Tages zu ihm: »Bruder, ich sehe, wie dein Leib krank und deine Farbe bleich ist.« Jener antwortete ihm: »Bruder, ich habe eine Wunde in meinem Inneren.« Doch er tat ihm nicht kund, was er an seiner Gemahlin erlebt hatte. Schehrijâr fuhr fort: »Ich möchte, du zögest mit mir zur Jagd auf Hochwild und Kleinwild. Vielleicht wird sich dein Gemüt dann erheitern.« Aber Schâhzamân lehnte es ab, und so zog sein Bruder allein auf die Jagd. Nun waren im Schlosse des Königs Fenster, die auf den Garten führten. Schâhzamân blickte hinaus, und siehe, da öffnete sich die Tür des Schlosses, und heraus kamen zwanzig Sklavinnen und zwanzig Sklaven, und die Gemahlin seines Bruders, herrlich an Schönheit und Anmut, schritt in ihrer Mitten, bis sie zu einem Springbrunnen kamen. Dort zogen sie ihre Kleider aus, und die Sklavinnen setzten sich zu den Sklaven. Die Königin aber rief: »Mas'ûd!« Da kam ein schwarzer Sklave und umarmte sie, und auch sie schloß ihn in ihre Arme, und er legte sich zu ihr. Ebenso taten die Sklaven mit den Sklavinnen; und es war kein Ende des Küssens und Kosens, des Buhlens und Liebelns, bis der Tag zur Neige ging. Als nun der Bruder des Königs das sah, sprach er bei sich: ‚Bei Allah! Mein Leid ist leichter als dies Leid.' Da ward er frei von seiner Eifersucht und seinem Gram, und er sagte sich: ‚Dies ist noch ärger als das, was mir widerfahren ist.' Dann aß und trank er wieder. Darauf kam sein Bruder von dem Jagdzuge zurück, und die beiden begrüßten einander. König Schehrijâr blickte seinen Bruder, den König Schâhzamân, an und sah, daß jenem seine Farbe zurückgekehrt und sein Antlitz rot geworden war und wie er jetzt mit Wohlbehagen aß, während er früher so wenig gegessen hatte. Sein Bruder, der ältere König, sprach zu ihm: »Bruder, ich sah dich früher bleichen Angesichts, doch jetzt ist deine Farbe dir zurückgekehrt. Drum tu mir kund, wie es um dich steht!« Jener antwortete: »Über das Erbleichen meiner Farbe will ich dir berichten; aber erlaß es mir, dir zu sagen, wie es kam, daß meine Farbe zurückgekehrt ist!« Doch der andre fuhr fort: »Zuerst berichte mir, wie es kam, daß deine Farbe bleich und dein Leib krank ward, auf daß ich es höre!« Schâhzamân erzählte ihm nun: »Bruder, wisse, als du deinen Wesir zu mir geschickt hattest, der mich zu dir bitten sollte, da rüstete ich mich zur Reise, und ich war eben aus meiner Stadt hinausgezogen, da dachte ich plötzlich an die Perle in meinem Schlosse, die ich dir schenken wollte. So kehrte ich zu meinem Schlosse zurück und fand mein Weib mit einem schwarzen Sklaven auf meinem Lager ruhend: da erschlug ich sie alle beide. Dann kam ich zu dir; aber ich mußte immer an dies Erlebnis denken, und das war der Grund, daß meine Farbe bleich ward und daß ich erkrankte. Doch über die Wiederkehr meiner Farbe mit dir zu sprechen – das erlaß mir!« Als sein Bruder seine Worte gehört hatte, sprach er zu ihm: »Ich beschwöre dich bei Allah, tu mir kund, wie es mit der Wiederkehr deiner Farbe steht!« Da tat er ihm alles, was er gesehen hatte, kund. Schehrijâr aber sprach zu seinem Bruder Schâhzamân: »Ich will es mit eigenen Augen sehen!« Schâhzamân erwiderte: »Tu so, als ob du zur Jagd auf Hochwild und Kleinwild auszögest, und verbirg dich bei mir; dann wirst du es selbst mit ansehen und durch Augenschein Gewißheit darüber erlangen.« Zur selbigen Stunde ließ der König zum Aufbruch rufen;

die Soldaten zogen mit den Zelten vor die Stadt hinaus, und der König zog auch hinaus. Dann begab er sich ins königliche Zelt und sprach zu seinen Pagen: »Niemand soll zu mir hereinkommen!« Darauf verkleidete er sich und ging insgeheim zum Schlosse, in dem sein Bruder war, und er setzte sich an das Fenster, das auf den Garten führte, eine kurze Weile: da kamen die Sklavinnen und ihre Herrin heraus mit den Sklaven, und sie taten, wie sein Bruder gesagt hatte, bis zum Nachmittagsgebet gerufen wurde.

Als König Schehrijâr dies Treiben gesehen hatte, ward er wie von Sinnen, und er sprach zu seinem Bruder Schâhzamân: »Auf, laß uns fortziehen, so wie wir sind; wir brauchen keine Königswürde mehr, bis wir jemanden sehen, dem es wie uns ergangen ist! Sonst wäre der Tod besser für uns als das Leben.«

Dann gingen beide aus einer geheimen Tür des Palastes hinaus und zogen dahin, Tag und Nacht, bis sie zu einem Baume inmitten einer Wiese kamen und zu einer Quelle süßen Wassers nahe dem Salzmeer. Sie tranken von jener Quelle und setzten sich nieder, um auszuruhen. Als eine Stunde des Tages vergangen war, da erblickten sie, wie das Meer aufwallte und aus ihm eine schwarze Säule aufstieg, die sich emporreckte bis zum Himmel und auf jene Wiese zukam.

Als sie das sahen, fürchteten sie sich und stiegen in die Krone des Baumes, der sehr hoch war, hinauf, um zu schauen, was nun geschehen würde. Und siehe, es war ein Dämon von gewaltiger Größe, mit breiter Stirn und weiter Brust; der trug einen Kasten auf seinem Kopfe. Er stieg ans Land und kam zu dem Baume, auf dem die beiden waren; unter ihm setzte er sich nieder, öffnete den Kasten und holte aus ihm eine Schachtel hervor. Die öffnete er, und da kam aus ihr ein Mädchen hervor, schlank von Wuchs, strahlend, als sei sie die leuchtende Sonne, wie der Dichter 'Atîja so schön gesungen hat:

> *Sie erhebt sich im Dunkeln – der Tag erwacht,*
> *Und die Haine erglühen in strahlender Pracht.*
> *Von ihrem Glanz leuchtet der Sonnen Licht;*
> *Die Monde beschämt ihr enthülltes Gesicht.*
> *Erscheint sie und schlägt den Schleier zurück,*
> *So beugt sich das Weltall vor ihrem Blick.*
> *Doch leuchten Blitze aus ihm hervor,*
> *So öffnen die Wolken den Tränen ihr Tor.*

Als der Dämon sie angeschaut hatte, sprach er: »O Herrin der Keuschheit, die ich in der Hochzeitsnacht entführte, ich möchte ein wenig schlummern.« Darauf legte der Dämon sein Haupt auf den Schoß der Maid und schlief. Die Maid aber erhob ihr Haupt nach der Krone des Baumes und erblickte die beiden Könige, wie sie oben im Baume saßen. Da lüpfte sie das Haupt des Dämons von ihrem Schoße und legte es auf die Erde; und sie richtete sich auf unter dem Baume und machte den beiden ein Zeichen, das besagte: ,Kommt herab und fürchtet euch nicht vor dem Dämon!' Doch sie erwiderten ihr: »Um Allahs willen, erlaß uns dies!« Da sprach sie zu ihnen: »Wenn ihr nicht herunterkommt, so wecke ich euch den Dämon auf, und der wird euch elend zu Tode bringen.« Nun gerieten sie noch mehr in Furcht und stiegen zu ihr hinab; da trat sie vor die beiden hin und sagte: »Stechet einen starken Stich, sonst wecke ich euch den Dämon auf!« In seiner Furcht sagte König Schehrijâr zu seinem Bruder, dem König Schâhzamân: »Bruder, tu, was sie dir befohlen hat!« Der aber antwortete: »Ich tu es nicht, du tuest es denn zuerst!« So winkte einer dem anderen zu, ihr zu Willen zu sein. Da sagte sie: »Was seh ich euch einander zuwinken? Wenn ihr nicht beide vortretet und handelt, so wecke ich euch den Dämon auf.« Und in ihrer Angst vor dem Dämon lagen sie ihr bei; und als sie beide ihr den Willen getan hatten, sprach sie zu ihnen: »Erhebt euch!« Dann holte sie aus ihrer Tasche einen Beutel, und aus ihm nahm sie ihnen eine Schnur heraus, an der fünfhundertundsiebzig Ringe waren, und sie fragte sie: »Wißt ihr, was diese bedeuten?« Sie erwiderten: »Nein, das wissen wir nicht.« Sie fuhr fort: »Die Besitzer aller dieser Ringe sind mir zu Willen gewesen und haben diesem Dämon Hörner aufgesetzt. Nun gebt auch ihr beiden Brüder mir eure Siegelringe!« Und sie gaben ihr ihre Ringe von ihren Händen. Da sprach sie zu ihnen: »Fürwahr, dieser Dämon hat mich in meiner Brautnacht entführt; dann hat er mich in eine Schachtel gesteckt und die Schachtel in einen Kasten, und vor den Kasten hat er sieben starke Schlösser gelegt, und so hat er mich auf den Boden des brausenden, wogengepeitschten Meeres gelegt. Aber er wußte nicht, daß eine jede von uns Frauen, wenn sie etwas durchsetzen will, sich durch nichts zurückhalten läßt, wie ein Dichter gesungen hat:

> *Glaube den Frauen nicht;*
> *Trau ihren Schwüren nicht!*
> *Ihr Zorn und ihre Gunst*
> *Hängen an ihrer Brunst.*
> *Lieb zeigen sie zum Schein:*
> *Trug hüllt sie ganz und gar ein.*
> *Joseph nimm dir zur Lehr;*
> *Findst ihrer List immer mehr.*
> *Schon Vater Adam, schau,*
> *Ward verjagt wegen der Frau.*

Und ein anderer sang:

> *Wehe, du tadelst den Sünder zu sehr;*
> *Mein Vergehen ist, so wie ich aufwuchs, nicht schwer.*
> *Wenn ich liebte, so hab ich nichts andres getan,*
> *Als vor mir einst tat schon so mancher Mann.*

Denn nur der Mann ist bewundernswert,
Der von Weiberlisten blieb unversehrt.«

Als die beiden Könige solche Worte von ihr vernommen hatten, wunderten sie sich gar sehr, und sie sprachen zueinander: »Da dieser ein Dämon ist, so ist ihm noch größeres Leid widerfahren als uns beiden; dies ist etwas, das noch keinem je widerfahren ist.« Darauf eilten sie zur selbigen Stunde von ihr fort und kehrten zur Stadt des Königs Schehrijâr zurück. Der aber ging in sein Schloß und schlug seiner Gemahlin und den Sklavinnen und den Sklaven den Kopf ab. Und von nun an nahm König Schehrijâr jede Nacht eine Jungfrau zu sich; der nahm er die Mädchenschaft, und dann tötete er sie, um seiner Ehre gewiß zu sein, und so trieb er es drei Jahre lang. Da geriet das Volk in Aufruhr und flüchtete mit den Töchtern, bis keine mannbare Jungfrau mehr in der Stadt war. Doch der König befahl dem Wesir, er solle ihm eine Jungfrau wie gewöhnlich bringen. Und der Wesir ging hin zu suchen, aber er fand keine Jungfrau. So begab er sich traurig und bedrückt nach Hause; denn er fürchtete für sein Leben wegen des Königs.

Nun hatte der Wesir zwei Töchter; die ältere hieß Schehrezâd, die jüngere aber Dinazâd. Die ältere hatte alle Bücher gelesen, die Annalen und die Lebensbeschreibungen der früheren Könige und die Erzählungen von den vergangenen Völkern; ja, es wird erzählt, sie habe tausend Bücher gesammelt, Geschichtsbücher, die von den entschwundenen Völkern und von den einstigen Königen handelten, und auch Dichterwerke. Die sprach zu ihrem Vater: »Was sehe ich dich so traurig und beladen mit Kummer und Sorgen? Es hat doch einst ein Dichter darüber gesungen:

Sage dem, der Sorgen trägt,
Daß die Sorgen niemals dauern!

*Wie die Freude ja vergeht,
So vergehet auch das Trauern.«*

Als der Wesir diese Worte von seiner Tochter vernommen hatte, erzählte er ihr, was ihm durch den König geschehen war, von Anfang bis zu Ende. Da erwiderte sie: »Bei Allah, mein Väterchen, vermähle mich mit diesem König! Dann werde ich entweder am Leben bleiben, oder ich werde ein Opfer sein für die Töchter der Muslime und ein Werkzeug zu ihrer Befreiung aus seinen Händen.« Er aber rief: »Ich beschwöre dich bei Allah, begib dich niemals in solche Gefahr!« Doch sie entgegnete ihm: »Es muß also geschehen!« Er darauf: »Ich fürchte für dich, daß es dir ebenso geht wie dem Esel und dem Stier mit dem Ackersmann!« Sie fragte: »Was ist das, was den beiden geschah?« Da begann er

DIE ERZÄHLUNG VON DEM STIER
UND DEM ESEL

Wisse, meine Tochter, es war einmal ein Kaufmann, der reich an Vermögen und Vieh war; er hatte auch eine Gemahlin und Kinder, und Gott der Erhabene hatte ihm die Gabe verliehen, die Sprachen der Tiere und Vögel aller Art zu verstehen, aber bei Strafe des Todes, wenn er diese Gabe verriet. Jener Kaufmann hatte seine Wohnung auf dem Lande, und in seinem Stalle hatte er einen Esel und einen Stier. Eines Tages kam der Stier zu dem Stand des Esels und sah, wie dieser Stand gefegt und gesprengt war, wie in des Esels Krippe gesiebte Gerste und gesiebtes Häcksel war, wie er selbst dalag und sich ausruhte, weil sein Herr ihn nur zuweilen ritt, wenn er irgend etwas zu besorgen hatte, und ihn dann wieder zu seinem Stand zurückbrachte. Und da hörte der Kaufmann eines Tages den Stier zum Esel sagen: ‚Wohl bekomme dir das! Ich muß mich abmühen, aber du kannst dich ausruhen, du kannst gesiebte Gerste fressen, und er läßt dich bedienen, reitet auf dir nur zuweilen und kehrt wieder heim. Aber ich muß immer pflügen und die Mühle drehen!‘ Der Esel antwortete ihm: ‚Wenn du zum Acker gehst und sie das Joch auf deinen Nacken legen wollen, so wirf dich nieder; und wenn sie dich auch schlagen, so steh nicht auf, sondern versuch zu stehen, und fall wieder hin. Wenn sie dann mit dir heimkehren und dir das Bohnenstroh vorwerfen, so friß nicht; tu, als ob du krank seist, weigere dich zu fressen und zu trinken, ein bis zwei oder drei Tage lang. Dann wirst du Ruhe haben vor Mühe und Arbeit.‘ Der Kaufmann aber verstand ihre Rede.

Und als der Treiber dem Stier sein Futter brachte, da fraß er nur ein klein wenig. Am nächsten Morgen wollte der Treiber den Stier zum Pflügen holen, aber er fand ihn krank, und er bedauerte ihn und sprach: ‚Das ist der Grund, weswegen er gestern nur schlecht arbeiten konnte.‘ Darauf ging er zu dem Kaufmanne und sprach zu ihm: ‚O Herr, der Stier ist krank; er hat seit gestern abend kein Futter gefressen, hat nichts davon angerührt!‘ Nun wußte der Kaufmann Bescheid, und so sprach er: ‚Geh, hole den Esel und pflüge mit ihm an jenes Statt den ganzen Tag!‘

Als der Esel gegen Abend zurückkam, nachdem er den ganzen Tag hatte pflügen müssen, dankte der Stier ihm für seine Freundlichkeit, daß er ihm an diesem Tage Ruhe vor der Anstrengung verschafft habe. Aber der Esel gab ihm keine Antwort, sondern empfand nur bitterste Reue. Als der nächste Morgen tagte, kam der Ackersmann, holte den Esel und pflügte mit ihm bis gegen Abend. Und da kehrte der Esel zurück mit geschundenem Nacken und halbtot vor Müdigkeit. Der Stier betrachtete ihn und dankte ihm und lobte ihn; doch der Esel antwortete: ‚Ich lebte in Zufriedenheit, und verdarb es durch meine Geschwätzigkeit.' Dann fuhr er fort: ‚Wisse, ich gebe dir einen guten Rat! Denn ich habe gehört, wie unser Herr sagte: Wenn der Stier nicht von seinem Lager aufsteht, so bringt ihn zum Schlächter, daß er ihn schlachte und aus seinem Fell Stücke schneide! Ich fürchte also für dein Leben. Meinen Rat habe ich dir gegeben, und damit Gott befohlen!'

Als der Stier die Worte des Esels vernommen hatte, dankte er ihm und sprach: ‚Morgen werde ich mit den Leuten zur Arbeit gehen.' Dann fraß der Stier sein Futter ganz auf und leckte sogar noch die Krippe mit der Zunge aus. All das geschah, indem ihr Herr ihre Rede hörte. Und als der nächste Tag anbrach, gingen der Kaufmann und seine Frau zum Stalle und setzten sich dort hin. Dann kam der Treiber, um den Stier zu holen. Der kam heraus, und als er seinen Herrn sah, erhob er seinen Schwanz, ließ einen Wind streichen und fing an zu springen. Da lachte der Kaufmann so sehr, daß er auf den Rücken fiel. Seine Frau aber fragte ihn: ‚Weswegen lachst du so?' Er antwortete ihr: ‚Es ist ein Geheimnis, das ich gesehen und gehört habe! Das kann ich dir nicht offenbaren, sonst muß ich sterben.' Sie darauf: ‚Du mußt es mir unbedingt kundtun und ebenso den Grund deines Lachens, wenn du auch sterben solltest!' Er entgegnete: ‚Ich kann es dir nicht offenbaren aus Furcht vor dem Tode.' Nun behauptete sie: ‚Du lachst nur über mich.' Und dann hörte sie nicht auf, in ihn zu dringen und ihn zu quälen, bis daß er ihr nachgab und der Sache überdrüssig ward. Daher ließ er seine Kinder holen und sandte nach dem Kadi und den Zeugen, um sein Testament zu machen und ihr das Geheimnis zu offenbaren und danach zu sterben; denn er liebte sie gar sehr, da sie seine Base und sein eheliches Weib und die Mutter seiner Kinder war; und er hatte auch bereits einhundertundzwanzig Jahre gelebt. Dann sandte er auch nach seiner ganzen Sippe und Nachbarschaft, und er sprach zu ihnen von seiner Geschichte und daß er, wenn er irgendeinem sein Geheimnis kundtue, sterben müsse. Nun riefen ihr alle, die bei ihnen zugegen waren, zu: ‚Wir beschwören dich bei Allah, steh ab von diesem Vorhaben, damit dein Gatte, der Vater deiner Kinder, nicht sterben muß!' Aber sie beharrte darauf: ‚Ich will nicht davon ablassen, bis er es mir sagt; meinetwegen mag er sterben!' Da schwiegen sie. Doch der Kaufmann erhob sich und begab sich zum Waschraum im Stall, um die religiöse Waschung zu vollziehen, dann zu ihnen zurückzukehren, zu ihnen zu sprechen und zu sterben. Er hatte aber einen Hahn, und dieser hatte fünfzig Hennen unter sich; auch hatte er einen Hund. Nun hörte der Kaufmann, wie der Hund den Hahn anschrie und ihn schalt, indem er sagte: ‚Du bist so vergnügt, während doch unser Herr sterben soll!' Da fragte der Hahn den Hund: ‚Was ist denn das für eine Sache?' Und der Hund erzählte ihm die ganze Geschichte. Da rief der Hahn aus: ‚Bei Allah, unser Herr ist doch geringen Verstandes! Siehe, ich habe fünfzig Frauen; mit den einen gehts im Guten, mit den anderen im Bösen. Aber unser Herr hat nur eine einzige Frau und kann mit ihr seine Sache nicht regieren! Warum nimmt er denn nicht für sie ein paar Zweige vom Maulbeerbaum, geht mit ihr in seine Schatzkammer und schlägt sie, bis sie entweder tot ist oder bereut und ihn nie wieder nach etwas fragt!'

Als der Kaufmann die Unterhaltung des Hahns mit dem Hunde gehört hatte, da tat er mit seiner Frau« – also sprach der Wesir zu seiner Tochter Schehrezâd – »das, was ich mit dir tun werde.« Sie fragte: »Was tat er denn?« Er fuhr fort: »Er ging mit ihr in die Schatzkammer; das heißt, nachdem er für sie ein paar Zweige vom Maulbeerbaum geschnitten und sie in der Schatzkammer verborgen hatte, ging er mit ihr dorthin, und er sagte zu ihr: ‚Komm, ich will es dir drinnen in der Schatzkammer erzählen und dann sterben, ohne daß mich jemand sieht.' Da ging sie mit ihm hinein. Darauf verschloß er die Tür der Kammer hinter ihr und schlug auf sie ein, bis sie fast ohnmächtig ward und rief: ‚Ich bereue!' Dann küßte sie ihm Hände und Füße und bereute und ging mit ihm hinaus. Da freute sich die Versammlung und ihre Sippe, und sie lebten in schönster Freude bis an ihr Ende.«

Als die Tochter des Wesirs die Erzählung ihres Vaters gehört hatte, sprach sie zu ihm: »Es muß doch geschehen!« So schmückte er sie denn bräutlich und ging zum König Schehrijâr. Sie hatte jedoch bereits ihrer jüngeren Schwester Anweisung gegeben und ihr gesagt: »Wenn ich mich zum Könige begeben habe, so werde ich nach dir senden. Und wenn du dann zu mir gekommen bist und siehst, daß der König mit mir die Hochzeit vollzogen hat, so sprich: ‚O Schwester, erzähle mir eine Geschichte zur Unterhaltung, daß wir durch sie uns die wachen Stunden der Nacht verkürzen' – und dann werde ich dir eine Geschichte erzählen, durch die, so Gott der Erhabene will, die Rettung kommen wird.« Ihr Vater aber, der Wesir, ging mit ihr zum Könige. Als der ihn sah, freute er sich und sprach: »Bringst du mir, was ich wünsche?« Jener erwiderte: »Ja!« Alsbald wollte der König zu ihr eingehen, aber sie fing an zu weinen. Da fragte er sie: »Was fehlt dir denn?« Sie erwiderte: »O König, siehe, ich habe eine kleine Schwester, und von der möchte ich Abschied nehmen.« Der König sandte nach der Kleinen, und sie kam zu ihrer Schwester und umarmte sie und setzte sich zu Füßen des königlichen Lagers. Dann ging der König hin und nahm seiner Braut die Mädchenschaft. Darauf setzten sich alle nieder, um zu plaudern. Und die jüngere Schwester sprach zu Schehrezâd: »Ich bitte dich bei Allah, o Schwester, erzähle uns eine Geschichte, durch die wir uns die wachen Stunden dieser Nacht verkürzen können!« Jene erwiderte: »Mit größter Freude, wenn der vieledle König es mir erlaubt!« Wie der König, der auch schlaflos war, diese ihre Worte vernahm, freute er sich der Aussicht, eine Geschichte zu hören, und gab ihr die Erlaubnis. So begann Schehrezâd in der *Ersten Nacht*

DIE ERZÄHLUNG VON DEM KAUFMANN
UND DEM DÄMON

Es wird berichtet, o glücklicher König, daß einst ein Kaufmann lebte, der großen Reichtum besaß und in mancherlei Städten Handel trieb. Nun stieg er eines Tages zu Pferde und ritt fort, um in einigen Städten Gelder einzuziehen; da drückte ihn die Hitze gar sehr. Deshalb setzte er sich unter einen Baum, griff in seine Satteltasche und zog ein Stück Brot und eine Dattel heraus. Er aß das Stück Brot und die Dattel, und als er die Dattel aufgegessen hatte, warf er den Stein fort. Und siehe, da erschien ein Dämon von gewaltiger Größe; der hielt in seiner Hand ein gezücktes Schwert, ging auf den Kaufmann los und sprach: ‚Her mit dir, daß ich dich töte, wie du meinen Sohn getötet hast!' Der Kaufmann fragte: ‚Wie habe ich deinen Sohn getötet?' Jener antwortete: ‚Als du die Dattel aßest und den Stein wegwarfst, traf er meinen Sohn auf die Brust, wie er so dahinging; und er starb sofort.' Da rief der Kaufmann: ‚Wahrlich, wir sind Allahs Geschöpfe, und zu ihm kehren wir zurück. Es gibt keine Majestät und es gibt keine Macht außer bei Allah, dem Erhabenen, Allmächtigen! Wenn ich deinen Sohn getötet habe, so habe ich ihn nur aus Versehen getötet.

Ich bitte dich jetzt, vergib mir!' Doch der Dämon schrie: ,Es hilft nichts, ich muß dich töten.' Darauf packte er ihn und warf ihn zu Boden und hob das Schwert, um ihn zu treffen. Da weinte der Kaufmann und sagte: ,Ich stelle meine Sache Gott anheim', und sprach die Verse:

> *Die Zeit hat zweierlei Tage: froh die einen, die andern voll Sorgen:*
> *Und zwiegeteilt ist das Leben: das Heute hell, trübe das Morgen.*
> *Wer uns ob der Zeiten Wechsel schmäht, den sollst du befragen:*
> *‚Ist's nicht der Edelmensch nur, den widrige Zeiten plagen?'*
> *Siehst du nicht, wenn des Sturmes Winde mächtig erbrausen,*
> *So sind es die hohen Bäume allein, um die sie sausen.*
> *Und siehst du nicht, wie im Meere die Leichen nach oben treiben,*
> *Die kostbaren Perlen aber tief unten im Grunde bleiben?*
> *Und üben ihr grausames Spiel an uns die Hände der Zeiten,*
> *Und will in ewigem Unglück die Trauer allein uns geleiten –,*
> *So wisse: am Himmel stehen der Sterne unzählbare Scharen;*
> *Doch Sonne und Mond allein sind bedroht durch finstre Gefahren.*
> *Wie viel der Bäume, grüne und dürre, sind auf der Erden;*
> *Doch nur die Fruchtbäume sind's, in die Steine geworfen werden.*
> *An heiteren Tagen lebtest du nur in Gedanken der Freuden*
> *Und fürchtetest nicht das böse Geschick der kommenden Leiden.*

Als nun der Kaufmann diese Verse gesprochen hatte, sagte der Dämon zu ihm: ,Kürze deine Worte; bei Allah, ich muß dich töten.' Aber der Kaufmann sprach: ,Wisse, o 'Ifrît, ich habe noch eine Schuld abzutragen, und ich habe vielen Reichtum und Kinder und ein Weib und Unterpfänder; drum erlaube mir, nach Hause zu gehen und einem jeden, der ein Recht hat, sein Recht zukommen zu lassen; und ich will zu Beginn des neuen Jahres wieder zu dir kommen. Allah sei dir mein Zeugnis und meine Sicherheit, daß ich wieder zu dir komme; und dann kannst du mit mir tun, was du willst – Allah ist Bürge für das, was ich sage!' Der Dämon nahm ihm ein bindendes Versprechen ab und ließ ihn ziehen. So kehrte der Kaufmann in seine Stadt zurück, erledigte alle seine Geschäfte, gab einem jeden, was ihm gebührte; und er weihte seine Frau und seine Kinder ein, ernannte einen Verwalter und blieb bis zum Ende des Jahres bei ihnen. Dann aber ging er hin, vollzog die religiöse Waschung, nahm sein Leichentuch unter den Arm, sagte seiner Familie und seinen Nachbarn und allen seinen Anverwandten Lebewohl und zog widerstrebend davon. Da begannen sie über ihn zu weinen und zu klagen; er aber wanderte, bis er bei jenem Garten ankam, und jener Tag war der Beginn des neuen Jahres. Und als er dasaß und über sein Schicksal weinte, siehe, da kam ein sehr alter Scheich zu ihm, der eine gefesselte Gazelle führte; und er grüßte den Kaufmann dort und wünschte ihm langes Leben und fragte ihn: ‚Weshalb sitzest du ganz allein an diesem Orte, der doch die Stätte böser Geister ist?' Der Kaufmann aber erzählte ihm, was ihm mit jenem Dämon begegnet war; und der Scheich, der Mann mit der Gazelle, staunte und sprach: ‚Bei Allah, o Bruder, deine Treue ist wirklich eine überschwengliche Treue, und deine Geschichte eine gar seltsame Geschichte; würde sie mit Sticheln in die Augenwinkel gestichelt, sie wäre eine Warnung für jeden, der sich warnen ließe.' Darauf setzte er sich neben ihn und sagte: ‚Bei Allah, o Bruder, ich will dich nicht mehr verlassen, bis ich sehe, was aus dir und jenem Dämon wird.' Als er sich nun zu ihm gesetzt hatte und beide miteinander sprachen, da befielen den Kaufmann Furcht und Schrecken und tiefer Gram und immer wachsende Sorge. Und wie so der Mann mit der Gazelle dicht neben ihm saß, siehe da kam zu ihnen ein zweiter Scheich, der zwei Hunde bei sich hatte, die beide schwarze Windhunde waren. Nachdem er sie begrüßt hatte, fragte und erkundigte er sich nach ihnen und sagte: ‚Weshalb sitzet ihr an diesem Orte, der doch die Stätte böser Geister ist?' Und sie erzählten ihm die Geschichte von Anfang bis zu Ende. Und noch saßen sie nicht lange beisammen, als ein dritter Scheich zu ihnen kam, der eine hellbraune Mauleselin bei sich hatte; und er grüßte sie und fragte, weshalb sie an jenem Orte säßen. Also erzählten sie ihm die Geschichte von Anfang bis zu Ende – doch doppelt erklärt, das ist nichts wert, ihr Herren, die ihr dies hört! Da setzte er sich zu ihnen, und siehe, eine gewaltige Staubwolke kam heran, mitten in der Wüste dort. Und die Wolke tat sich auf, und siehe, da war der Dämon; er hielt ein gezücktes Schwert in der Hand, und seine Augen sprühten Funken. Und er trat zu ihnen und riß den Kaufmann aus ihrer Mitte und schrie: ‚Her mit dir, daß ich dich töte, wie du meinen Sohn, mein Herzblut, getötet hast!' Da klagte und weinte der Kaufmann, und die drei Scheiche begannen zu weinen und zu schreien und zu klagen; und der erste Scheich, der Mann mit der Gazelle, trat vor, küßte dem Dämonen die Hand und sagte: ‚O Dämon, du Krone der Könige der Dämonen! Wenn ich dir meine Erlebnisse mit dieser Gazelle erzähle und du findest sie wunderbar, gibst du mir dann ein Drittel vom Blute dieses Kaufmanns?' Da sprach der Dämon: ‚Ja, o Scheich, wenn du mir die Geschichte erzählst und ich finde sie wunderbar, so will ich dir ein Drittel seines Blutes geben.' Da begann der Alte

DIE GESCHICHTE DES ERSTEN SCHEICHS

Wisse, o Dämon, diese Gazelle ist meine Base, von meinem Fleisch und Blut; ich hatte mich mit ihr vermählt, als sie noch ein junges Mädchen war, und ich lebte mit ihr etwa dreißig Jahre; aber ich wurde nicht mit Kindern von ihr gesegnet. So nahm ich mir eine Nebenfrau, von der ich einen Knaben erhielt, lieblich wie der volle Mond, mit Augen und Brauen von vollkommener Schönheit. Er wuchs heran und ward groß und ward ein Bursche von fünfzehn Jahren; da wurde es nötig, daß ich in einige Städte reiste, und ich zog aus mit großem Vorrat an Waren. Aber meine Base, diese Gazelle, hatte seit ihrer Jugend die Zauberkunst und die Magie erlernt; und so verzauberte sie jenen Knaben in ein Kalb und jene Sklavin, seine Mutter, in eine Färse und übergab sie der Obhut des Hirten. Als ich dann nach langer Zeit von meiner Reise heimkehrte und nach meinem Sohn und seiner Mutter fragte, erwiderte sie mir: ‚Deine Kebse ist tot, und dein Sohn ist geflohen, und ich weiß nicht, wohin er gegangen ist.' So verbrachte ich ein ganzes Jahr mit bekümmertem Herzen und weinenden Augen, bis das große Fest Allahs herankam. Da schickte ich zu dem Hirten und hieß ihn mir eine fette Färse bringen; und er brachte mir eine fette Färse, das war meine Sklavin, die von dieser Gazelle verzaubert war. Ich schürzte mir Ärmel und Saum, nahm das Messer in meine Hand und wollte ihr den Hals durchschneiden, aber sie brüllte laut und weinte bittere Tränen. Darüber wunderte ich mich, und Mitleid erfaßte mich; und ich ließ ab von ihr und sagte dem Hirten: ‚Bringe mir eine andere her.' Da rief meine Base: ‚Schlachte diese, denn für mich gibt es keine schönere und fettere als diese!' Noch einmal ging ich hin, um sie zu schlachten, aber wieder brüllte sie laut, worauf ich abstand und jenem Hirten befahl, sie zu schlachten und abzuziehen. Er schlachtete sie und zog sie ab, aber er fand in ihr weder Fett noch Fleisch, nur Haut und Knochen; und ich bereute, daß sie geschlachtet war, als die Reue mir nichts mehr nutzte. Ich gab sie dem Hirten und sagte zu ihm: ‚Hole mir ein fettes Kalb'; und er brachte mir meinen eigenen Sohn. Als aber jenes Kalb mich sah, zerriß es seine Fessel und lief auf mich zu, rieb seinen Kopf an mir und klagte und weinte, so daß mich

Mitleid mit ihm erfaßte und ich zu dem Hirten sagte: ‚Bringe mir eine Färse und laß dies Kalb laufen!' Da schrie meine Base, diese Gazelle, mich laut an und sagte: ‚Du mußt dies Kalb schlachten an diesem Tage; denn dies ist ein heiliger Tag und ein gesegneter, an dem nur geschlachtet wird, was ganz ohne Fehl ist; und wir haben unter unseren Kälbern kein fetteres noch schöneres als dieses!' Ich aber sprach: ‚Schau, wie es um die Färse stand, die ich auf dein Geheiß habe schlachten lassen! Wir sind doch durch sie enttäuscht, und wir haben in gar keiner Weise Nutzen von ihr gehabt; ich bereue es bitterlich, daß ich sie habe schlachten lassen: so will ich nun diesmal bei dem Opfer dieses Kalbes kein Wort von dir annehmen.' Da sprach sie zu mir: ‚Bei Allah, dem Allmächtigen, dem Erbarmenden, Erbarmungsreichen: du mußt es an diesem heiligen Tage töten, und wenn du es nicht tötest, so bist du mein Mann nicht mehr und ich bin nicht mehr deine Frau.' Als ich nun diese harten Worte von ihr hörte und doch ihr Ziel nicht kannte, da trat ich zu dem Kalb, das Messer in der Hand.' – –«

Da bemerkte Schehrezâd, daß der Morgen begann, und sie hielt in der verstatteten Rede an. Ihre Schwester aber sprach: »Wie schön ist deine Erzählung und wie entzückend, und wie lieblich und wie berückend!« Und Schehrezâd erwiderte ihr: »Was ist all dies gegen das, was ich euch in der nächsten Nacht erzählen könnte, wenn der König mein Leben zu schonen geruhte!« Da sprach der König zu sich selber: ‚Bei Allah, ich will sie nicht töten lassen, bis ich den Schluß ihrer Geschichte höre.' Darauf verbrachten sie den Rest jener Nacht in gegenseitiger Umarmung, bis der Tag vollends anbrach. Dann ging der König in die Regierungshalle hinüber, und dort stand der Wesir mit dem Leichentuch unter dem Arm. Darauf sprach der König Recht, setzte ein und setzte ab, bis der Tag zur Neige ging; dem Wesir aber geruhte er nichts von dem Geschehenen zu sagen. Darob nun geriet der Wesir in höchste Verwunderung. Und schließlich brach die Versammlung auf, und König Schehrijâr kehrte in seinen Palast zurück. Doch als die *Zweite Nacht* anbrach, sagte Dinazâd zu ihrer Schwester Schehrezâd: »Liebe Schwester, erzähle uns doch deine Geschichte von dem Kaufmann und dem Dämonen zu Ende«; und sie erwiderte: »Mit größter Freude, wenn der König es mir erlaubt.« Der König sprach: »Erzähle nur!«, und Schehrezâd begann mit diesen Worten:

»Es ist mir berichtet worden, o glücklicher König und rechtgläubiger Herrscher, als nun der Kaufmann das Kalb schlachten wollte, da hatte sein Herz Mitleid, und er sprach zu dem Hirten: ,Laß dies Kalb bei der Herde bleiben!' All das erzählte der Scheich dem Dämonen, der sehr staunte über jene seltsamen Worte. Und der Mann mit der Gazelle fuhr fort: ,O Herr aller Könige der Dämonen, all das geschah, während meine Base, diese Gazelle, zuschaute und sagte: ,Schlachte das Kalb, denn wahrlich, es ist ein fettes!' Ich aber konnte es nicht übers Herz bringen, das Tier zu töten, und hieß den Hirten es wegführen; und er führte es weg und ging mit ihm fort. Als ich nun am nächsten Tage dasaß, siehe, da kam der Hirt, trat vor mich hin und sprach: ,O Herr, ich will dir etwas sagen, worüber du dich freuen wirst und was mir den Lohn froher Botschaft eintragen soll.' ,Gut', sprach ich, und er darauf: ,O Kaufmann, ich habe eine Tochter, die hat in ihrer Jugend die Zauberkunst gelernt von einer alten Frau, die bei uns lebte. Gestern, als du mir das Kalb gegeben hattest, ging ich zu ihr ins Haus; meine Tochter schaute es an und verhüllte ihr Gesicht; dann weinte und lachte sie abwechselnd, und schließlich sagte sie: Väterchen, ist meine Ehre dir so billig geworden, daß du fremde Männer zu mir hereinführst? Ich aber fragte sie: Wo sind die fremden Männer, und weshalb lachtest und weintest du?, und sie erwiderte: Fürwahr, dies Kalb, das du bei dir hast, ist der Sohn unseres Herrn; aber er ist verzaubert, denn seine Stiefmutter hat ihn und seine Mutter verwandelt; das ist der Grund meines Lachens, der Grund meines Weinens aber ist seine Mutter, weil sein Vater sie hat töten lassen. Da geriet ich in höchste Verwunderung und konnte kaum das Tagesgrauen abwarten, bis ich zu dir kam, um es dir zu sagen.' Als ich nun, o Dämon, diese Worte von dem Hirten vernommen hatte, ging ich mit ihm hinaus, trunken ohne Wein von dem Übermaß der Freude und des Glücks, die mir zuteil geworden, bis ich sein Haus erreichte. Dort begrüßte mich die Tochter des Hirten und küßte mir die Hand; und alsbald kam das Kalb und rieb seinen Kopf an mir. Da sprach ich zu des Hirten Tochter: ‚Ist das wahr, was du von diesem Kalbe sagst?', und sie erwiderte: ‚Ja, o Herr, es ist wirklich dein Sohn, dein Herzblut.' Nun rief ich: ‚O Mädchen, wenn du ihn befreist, so soll dein sein, was von meinem Vieh und Besitz unter deines Vaters Obhut steht.' Doch sie lächelte und sprach: ‚O Herr, es verlangt mich nicht nach dem Besitz, sondern ich habe nur zwei Bedingungen; die erste ist, daß du mich deinem Sohne vermählest, und die zweite, daß ich die verzaubern darf, die ihn verzaubert hat, und sie gefangen setzen; sonst bin ich nicht sicher vor ihren Ränken.' Als ich nun, o Dämon, die Worte der Tochter des Hirten vernommen hatte, erwiderte ich: ‚Außer dem, was du verlangst, gehört all mein Vieh und all mein Besitz in deines Vaters Obhut dir, und das Blut meiner Base ist nach dem Rechte dein.' Und als sie meine Worte vernommen hatte, nahm sie eine Schale, füllte sie mit Wasser, sprach eine Zauberformel darüber und besprengte das Kalb mit dem Wasser, indem sie sagte: ‚Wenn du ein Kalb bist und als ein solches von Allah dem Erhabenen geschaffen, so bleib in dieser Gestalt und verwandele dich nicht; wenn du aber verzaubert bist, so kehre auf den Befehl Allahs des Erhabenen in deine einstige Gestalt zurück.' Und siehe, es zitterte und wurde ein Mensch. Da fiel ich ihm um den Hals und rief: ‚Ich bitte dich bei Allah, erzähle mir alles, was meine Base an dir und deiner Mutter getan hat.' Nun erzählte er mir, was ihnen beiden widerfahren war, und ich sprach: ‚O mein Sohn, Allah sandte dir eine, die dich entzaubern konnte und dir zu deinem Rechte verhelfen.' Und dann, o Dämon, vermählte ich ihm des Hirten Tochter, und sie verwandelte meine Base in diese Gazelle, indem sie sagte: ‚Dies ist eine zierliche Gestalt, keine häßliche, von der die Blicke sich abwenden.' Danach lebte die Hirtentochter bei uns Tag und Nacht, Nacht und Tag, bis Allah sie zu sich nahm. Doch als sie entschlafen war, zog mein Sohn aus nach dem Lande Hind, und das ist das Land dieses Mannes, von dem dir widerfuhr, was geschehen ist. Und ich nahm dann diese Gazelle, meine Base, und wanderte mit ihr von Ort zu Ort, ausschauend nach Kunde von meinem Sohn, bis das Schicksal mich an diesen Ort trieb, wo ich den Kaufmann in Tränen sitzen sah. Das ist meine Geschichte.'

Da sprach der Dämon: ‚Dies ist eine seltsame Geschichte, und daher schenke ich dir den dritten Teil seines Blutes.' Nun trat der zweite Scheich, der Mann mit den beiden Windhunden, vor und sprach zu dem Dämon: ‚Wenn ich dir berichte, was mir widerfahren ist von meinen Brüdern, diesen beiden Hunden, und du siehest, daß dies eine noch seltsamere und erstaunlichere Geschichte ist, willst du auch mir ein Drittel von dieses Mannes Schuld gewähren?' Jener entgegnete: ‚Wenn deine Geschichte noch seltsamer und erstaunlicher ist, so ist es dir gewährt.'

Und er begann also

DIE GESCHICHTE DES ZWEITEN SCHEICHS

Wisse, o Herr der Könige der Dämonen, daß diese beiden Hunde meine Brüder sind, und ich bin der dritte. Als mein Vater gestorben war und uns ein Erbe von dreitausend Goldstücken hinterlassen hatte, tat ich einen Laden auf, in dem ich verkaufte und kaufte, und ebenso taten meine beiden Brüder je einen Laden auf. Aber ich trieb mein Geschäft noch nicht lange, da verkaufte mein älterer Bruder, einer von diesen beiden Hunden, den Vorrat seines Ladens für tausend Dinare; und nachdem er Waren und Handelsgut gekauft hatte, zog er fort. Ein ganzes Jahr blieb er fern von uns; aber eines Tages, als ich in meinem Laden saß, siehe, da trat ein Bettler vor mich hin, und ich sprach zu ihm: ‚Allah gebe dir!' Da fragte er weinend: ‚Kennst du mich denn nicht mehr?' Und erst jetzt schaute ich ihn sorgfältig an, und siehe, es war mein Bruder; da stand ich auf und hieß ihn willkommen; dann bot ich ihm einen Platz in meinem Laden an und fragte ihn, wie es ihm ergangen sei. ‚Frage mich nicht,' erwiderte er; ‚meine Waren waren, und mein Stand schwand!' So führte ich ihn in das Bad, kleidete ihn in eins meiner eigenen Gewänder und ließ ihn bei mir wohnen. Und als ich meine Rechnung und die Gewinne in meinem Geschäft festgestellt hatte, da fand ich, daß ich tausend Dinare gewonnen hatte, so daß das Grundkapital sich auf zweitausend belief. Und ich teilte es zwischen meinem Bruder und mir und sprach zu ihm: ‚Nimm an, du habest keine Reise gemacht und seiest nicht in die Ferne gezogen!' Er nahm den Anteil in heller Freude hin und tat auch seinerseits wieder einen Laden auf; und so vergingen einige Tage und Nächte. Danach aber machte sich mein zweiter Bruder, jener andere Hund, auf und verkaufte seine Waren und all sein Gut und wollte auf Reisen gehen; und er ließ sich, ob wir ihn auch zu halten suchten, nicht mehr halten. Er kaufte Handelsgut und zog mit den reisigen Leuten davon. Und er blieb ein volles Jahr fern von uns. Dann kam er zu mir, wie sein älterer Bruder zu mir gekommen war; und als ich zu ihm sagte: ‚Mein Bruder, riet ich dir nicht davon ab zu reisen?' da weinte er und rief: ‚Mein Bruder, dies ist eine Fügung des Schicksals: hier stehe ich, verarmt, ohne einen einzigen Dirhem zu besitzen, und nackt, ohne ein Hemd auf dem Leibe.' So nahm ich ihn, o Dämon, führte ihn in das Bad, zog ihm ein neues Gewand von meinen eigenen Kleidern an und brachte ihn in meinen Laden; dann aßen und tranken wir. Darauf sprach ich zu ihm: ‚Mein Bruder, ich pflege meine Rechnung bei jedem Jahresanfang aufzustellen; und was ich an Überschuß finde, soll zwischen mir und dir geteilt sein.' So machte ich mich denn, o Dämon, an die Abrechnung meines Geschäfts, und als ich den Betrag von zweitausend Dinaren fand, dankte ich dem Schöpfer – Preis sei ihm, dem Erhabenen! –, gab meinem Bruder tausend und behielt tausend für mich. Da ging er hin und tat einen Laden auf, und so lebten wir viele Tage. Nach einer Weile aber begannen meine Brüder mich zu drängen, ich solle mit ihnen reisen; doch ich lehnte es ab und sprach: ‚Was gewannet ihr durch eure Reise, daß ich durch sie gewinnen sollte?' Und da ich nicht auf sie hören wollte, so blieben wir jeder in seinem Laden und verkauften und kauften wie zuvor. Sie aber drängten mich zur Reise jedes Jahr, ohne daß ich eingewilligt hätte, bis sechs Jahre verstrichen waren; da endlich gab ich ihnen nach, indem ich sprach: ‚O meine Brüder, wohlan, ich will nun mit euch reisen; jetzt laßt uns sehen, wieviel Geld ihr besitzet!' Ich fand aber, daß sie keinen Deut mehr hatten; vielmehr hatten sie alles verschwendet, da sie sich dem Prassen und Trinken und den Vergnügungen hingegeben hatten. Aber ich sprach kein Wort zu ihnen, sondern ich stellte noch einmal die Rechnung meines Geschäfts auf und verkaufte all mein Gut und alle meine Waren; und als ich mich im Besitze von sechstausend Dinaren sah, war ich erfreut und teilte sie in zwei Hälften und sagte zu meinen Brüdern: ‚Diese dreitausend Dinare sind für mich und für euch zum Handel. Die anderen dreitausend Dinare will ich vergraben, für den Fall, daß es mir so ergehen sollte, wie es euch ergangen ist; dann werde ich kommen und die dreitausend Dinare holen, und wir können damit wieder unsere Läden auftun.' Damit waren beide zufrieden; und ich gab einem jeden seine tausend Dinare und behielt die gleiche Summe für mich, nämlich tausend Dinare. Dann kauften wir passende Waren ein, rüsteten alles zur Reise, mieteten ein Schiff, und nachdem wir unsere Waren eingeschifft hatten, zogen wir aus und fuhren Tag für Tag, einen ganzen Monat lang, bis wir in einer Stadt ankamen, wo wir unsere Waren verkauften; und für jedes Goldstück verdienten wir zehn. Und als wir uns wieder zur Reise wandten, fanden wir an der Meeresküste ein Mädchen in zerrissener und zerschlissener Kleidung; und sie küßte mir die Hand und sprach: ‚O Herr, leben in dir Freundlichkeit und Güte, die ich dir vergelten kann?' Und ich erwiderte: ‚Gewiß; siehe, ich liebe das Wohltun und gute Werke, auch wenn du sie nicht vergiltst.' Sie darauf: ‚Nimm mich zum Weibe, o mein Herr, und bringe mich in deine Stadt, denn ich habe mich dir ergeben; drum tue eine Freundlichkeit an mir, ich bin von denen, die taugen für gute Werke und Wohltat: ich will sie dir vergelten, und möge mein Aussehen dich nicht beirren!' Als ich ihre Worte hörte, neigte sich mein Herz ihr zu, denn also wollte es Allah, der Allmächtige und Glorreiche; und ich nahm sie und kleidete sie und bereitete ihr im Schiff eine schöne Lagerstatt und erwies ihr Achtung und Ehrerbietung. So segelten wir weiter, und mein Herz hing sich an sie mit inniger Liebe, und ich trennte mich von ihr weder Tag noch Nacht und dachte mehr an sie als an meine Brüder. Doch sie wurden eifersüchtig und neideten mir meinen Reichtum und die Fülle der Waren, die ich hatte, und ihre Augen verschlangen gierig meinen ganzen Besitz. Da berieten sie sich, mich zu ermorden und meinen Besitz an sich zu nehmen, und sagten: ‚Wir wollen unsern Bruder töten, und all sein Gut ist unser'; und Satan zeigte ihnen diese Tat in so schönen Farben, daß sie mich ergriffen, während ich zur Seite meiner Frau schlief, und uns beide aufhoben und ins Meer hinabwarfen. Als aber meine Frau aus dem Schlaf erwachte, da schüttelte sie sich und wurde alsbald zu einer Dämonin. Und sie hob mich auf und brachte mich auf eine Insel und verließ mich auf kurze Zeit; dann am Morgen kehrte sie zurück und sagte: ‚Hier bin ich, deine Sklavin, die dich mit Hilfe Allahs des Erhabenen aufgehoben und vom Tode gerettet hat. Wisse, ich bin ein Dämonenkind; als ich dich sah, liebte mein Herz dich nach dem Willen Allahs, denn ich glaube an Allah und seinen Propheten – Gott segne ihn und gebe ihm Heil! Daher kam ich zu dir, wie du mich sahest, und du vermähltest dich mit mir, und siehe, jetzt habe ich dich vor dem Versinken gerettet. Aber ich bin ergrimmt wider deine Brüder, und es ist mein fester Entschluß, sie zu töten.' Als ich nun ihre Geschichte hörte, staunte ich und dankte ihr für das, was sie getan hatte, und sprach dann zu ihr: ‚Meine Brüder aber sollen nicht umkommen.' Darauf erzählte ich ihr alles, was mir mit ihnen begegnet war, von Anfang bis zu Ende; und als sie es vernommen hatte, sprach sie: ‚Heute nacht will ich über ihr Schiff hinfliegen und es versenken und sie so umkommen lassen.' Doch ich sprach: ‚Ich bitte dich bei Allah, tu das nicht, denn das Sprichwort sagt: O du, der du Gutes tust an dem, der Böses getan, der Missetäter hat genug an seiner Tat. Und sie sind doch immer noch meine Brüder.' Sie antwortete: ‚Bei Allah, es ist mein fester Entschluß, sie zu töten.' Und ich bat sie flehentlich. Darauf hob sie mich empor und flog mit mir fort, bis sie mich schließlich auf dem Dache meines Hauses niedersetzte. Dann tat ich die Türen auf und holte hervor, was ich in der Erde vergraben hatte; und nachdem ich die Leute begrüßt hatte, tat ich meinen Laden wieder auf und kaufte mir Waren. Als nun der Abend kam, kehrte ich nach Hause zurück; dort fand ich diese beiden Hunde angebunden, und als sie mich sahen, sprangen sie auf mich zu und winselten und hängten sich an mich; aber ehe ich noch wußte, was geschehen war, sprach mein Weib zu mir: ‚Dies sind deine Brüder!' Da fragte ich: ‚Und wer hat ihnen das angetan?' und sie erwiderte: ‚Ich habe meiner Schwester eine Botschaft geschickt, und sie hat sie so verwandelt, und sie sollen erst nach zehn Jahren erlöst werden.' Und jetzt bin ich hier angekommen auf dem Wege zu jener Schwester, die sie erlösen wird, nachdem sie zehn Jahre in diesem Zustand zugebracht haben. Da sah ich diesen jungen Mann, der mir berichtete, was ihm widerfahren ist; und ich beschloß, nicht weiterzuziehen, bis ich gesehen hätte, was zwischen ihm und dir geschehen würde. Solches ist meine Geschichte.'

Da sprach der Dämon: ‚Wahrlich, dies ist eine seltsame Geschichte, und deshalb schenke ich dir ein Drittel seines Blutes und seiner Schuld.' Nun hub der dritte Scheich, der Mann mit der Mauleselin, an: ‚Ich kann dir eine Geschichte erzählen, wunderbarer als diese beiden; willst du mir dann den Rest seines Blutes und seiner Schuld schenken, o Dämon?' Der erwiderte: ‚Jawohl.' Da begann der Alte

DIE GESCHICHTE DES DRITTEN SCHEICHS

O Sultan und Oberhaupt der Dämonen, diese Mauleselin war meine Frau. Nun geschah es, daß ich auf Reisen ging und ein ganzes Jahr fern von ihr war; als ich dann meine Reise beendet hatte, kam ich zu ihr bei Nacht und sah einen schwarzen Sklaven bei ihr auf dem Bette liegen; und sie plauderten und tändelten und lachten und küßten sich und spielten das Liebesspiel. Als sie mich aber sah, sprang sie auf und lief mit einem Krug Wasser auf mich zu, sprach Zaubersprüche darüber und besprengte mich, indem sie sagte: ‚Tritt heraus aus dieser Gestalt in die Gestalt eines Hundes'; und ich wurde sofort ein Hund. Dann trieb sie mich aus dem Zimmer hinaus, und ich floh durch die Tür und hörte nicht auf zu laufen, bis ich zum Laden eines Schlächters kam; dort trat ich heran und begann zu fressen, was an Knochen herumlag. Als mich der Besitzer des Ladens sah, nahm er mich auf und führte mich in sein Haus; aber sowie seine Tochter mich erblickte, verschleierte sie ihr Gesicht vor mir und rief: ‚Bringst du einen Mann zu mir und trittst mit ihm bei mir ein?' Ihr Vater fragte: ‚Wo ist der Mann?' und sie antwortete: ‚Dieser Hund ist ein Mann, den seine Frau verzaubert hat, und ich vermag ihn zu befreien.' Als ihr Vater diese Worte hörte, sprach er: ‚Ich bitte dich bei Allah, o meine Tochter, befreie ihn!' Da nahm sie einen Krug Wassers, murmelte darüber und sprengte etwas Wasser auf mich, indem sie sagte: ‚Tritt heraus aus dieser Gestalt in deine frühere Gestalt!' Alsbald kehrte ich in meine frühere Gestalt zurück. Da küßte ich ihr die Hand und rief: ‚Ich wollte, du verzaubertest meine Frau, wie sie mich verzaubert hat.' Und sie gab mir etwas von dem Wasser und sagte: ‚Sobald du sie schlafend findest, besprenge sie mit diesem Wasser und sprich über sie einen Spruch nach deinem Wunsche, so wird sie werden, was immer du willst.' Da nahm ich das Wasser und ging zu meiner Frau und fand sie schlafend; sofort besprengte ich sie mit den Worten: ‚Tritt heraus aus dieser Gestalt in die Gestalt einer Mauleselin!' Und sie wurde flugs zu einer Mauleselin; sie ist diese hier, die du mit deinen Augen siehst, o Sultan und Oberhaupt der Geisterkönige!' Da fragte der Dämon sie: ‚Ist das wahr?' Und sie nickte mit dem Kopf und erwiderte durch ein Zeichen, das bedeutete: ‚Ja, bei Gott, das ist meine Geschichte und was mir widerfahren ist.' Als nun der Alte seine Erzählung beendet hatte, schüttelte sich der Dämon vor Vergnügen und schenkte ihm den dritten Teil von des Kaufmanns Blut. – –«

Da bemerkte Schehrezâd, daß der Morgen begann, und sie hielt in der verstatteten Rede an. Dinazâd aber sprach: »O Schwester, wie schön ist doch deine Erzählung, und wie entzückend und wie lieblich und wie berückend!« Sie erwiderte: »Was ist all dies gegen das, was ich euch in der kommenden Nacht erzählen könnte, wenn der König mein Leben zu schonen geruhte!« Da dachte der König: ‚Bei Allah, ich will sie nicht töten lassen, bis ich den Schluß ihrer Geschichte höre, denn wahrlich, sie ist wunderbar.' Darauf verbrachten sie den Rest jener Nacht in gegenseitiger Umarmung, bis der Tag vollends anbrach. Dann aber ging der König in die Regierungshalle; und die Truppen und der Wesir traten ein, und der Hof füllte sich; der König sprach Recht, setzte ein und setzte ab, erließ Verbote und Befehle, bis der Tag zur Neige ging. Und schließlich brach die Versammlung auf, und König Schehrijâr kehrte in seinen Palast zurück. Doch als die *Dritte Nacht* anbrach und der König an der Tochter des Wesirs seinen Willen genossen hatte, sagte Dinazâd, ihre Schwester: »Erzähle uns, Schwester, deine Geschichte zu Ende«; und sie erwiderte: »Mit größter Freude! Es ist mir berichtet worden, o glücklicher König, als der dritte Scheich dem Dämon seine Geschichte erzählte, wunderbarer noch als die beiden früheren, da sei der Dämon in höchste Verwunderung geraten; und indem er sich vor Vergnügen schüttelte, rief er: ‚Siehe, ich schenke dir den Rest der Schuld des Kaufmanns, und ich gebe ihn euch frei.' Da trat der Kaufmann auf die Scheiche zu und dankte ihnen, und sie wünschten ihm Glück zu seiner Rettung und zogen davon, ein jeder in seine Stadt. Und doch ist dies alles nicht wunderbarer als die Geschichte des Fischers.« Da fragte der König: »Was ist das für eine Geschichte?« So erzählte sie denn

DIE GESCHICHTE VON DEM FISCHER
UND DEM DÄMON

Es ist mir berichtet worden, o glücklicher König, daß einst ein Fischersmann war, hochbetagt, der hatte ein Weib und drei Kinder und lebte in großer Armut. Nun war es seine Gewohnheit, sein Netz viermal am Tage auszuwerfen, doch nicht öfter. Eines Tages ging er um die Mittagszeit aus und kam zur Meeresküste, wo er seinen Korb hinlegte; und indem er sein Hemd aufschürzte, ging er ins Wasser, warf sein Netz aus und wartete, bis es zum Grunde sank. Dann faßte er die Stricke zusammen und zog, aber er fand das Netz sehr schwer; und so sehr er auch daran zerrte, er konnte es nicht heraufziehn. Da trug er die Enden ans Land und trieb einen Pfahl in den Boden und band das Netz daran. Dann entkleidete er sich und tauchte ins Wasser, rings um das Netz, und hörte nicht auf, daran zu zerren, bis er es heraufgebracht hatte. Erfreut stieg er wieder ans Land, zog seine Kleider an und trat zum Netze hin; aber er fand darin nur einen toten Esel, der ihm die Maschen zerrissen hatte. Als er das sah, rief er betrübt aus: ‚Es gibt keine Majestät und es gibt keine Macht außer bei Allah, dem Erhabenen, Allmächtigen!' Dann sprach der Fischer: ‚Dies ist eine sonderbare Art des täglichen Brotes'; und er begann in Versen zu sprechen:

> *O der du tauchest ins Dunkel der Nacht und ins Verderben,*
> *Kürz deine Müh; denn durch Arbeit wirst du kein Brot erwerben.*
> *Du siehst das Meer, und du siehst den Fischer ums Brot sich mühn,*
> *Wenn die Gestirne der Nacht in flimmerndem Lichte erglühn.*
> *Jetzt taucht er mitten hinein, und die Wogen umpeitschen ihn wild;*
> *Doch er blickt stetig aufs Netz, wie es auf und nieder schwillt.*
> *Und saß er dann endlich einmal des Nachts froh über den Fang*
> *Eines Fisches, dem der Haken des Wehs in den Gaumen drang –*
> *Dann kauft ihn jemand ihm ab, der seine ganze Nacht*
> *Geschützt vor der Kälte behaglich in schönstem Wohlsein verbracht.*
> *Preis sei Ihm, dem Herrn, der geben und nehmen kann:*
> *Der Eine erjaget den Fisch, der Andre verspeiset ihn dann.*

Darauf sprach er: ‚Auf und daran! Es muß ein Wunder geschehen, so Gott der Erhabene will'. Und er fuhr fort:

> *Wirst du vom Unglück geplagt, so wappne dich dagegen*
> *Mit des Allgüt'gen Geduld; das stärket dich allerwegen.*
> *Klage es nicht den Menschen; dann würdest du doch nur klagen*
> *Über den Mitleidsvollen zu denen, die Mitleid versagen.*

Nun machte er den toten Esel aus dem Netze frei, preßte das Netz aus, und breitete es dann aus; und er stieg von neuem ins Meer und sagte dabei: ‚Im Namen Allahs!' und warf es aus und wartete, bis es sich setzte. Darauf zog er daran, doch es war noch schwerer und lag noch fester als das erste Mal. Jetzt aber glaubte er, es seien Fische darin, und er befestigte das Netz, entkleidete sich, ging ins Wasser, tauchte und mühte sich ab und zerrte, bis er es losgemacht und aufs trockene Land hinaufgebracht hatte. Da fand er einen großen irdenen Krug darin, der voll Sand und Schlamm war; und als er das sah, war er bekümmert, und er sprach diese Verse:

> *O Mißgeschick, höre auf;*
> *Und hörst du nicht auf, so verschnauf!*
> *Ich ging und suchte mein Glück;*
> *Da fand ich, mein Glück blieb zurück.*
> *Manch Dummer hat seinen Stern;*
> *Und den Weisen bleibet er fern.*

Darauf warf er den Krug fort, preßte sein Netz aus, säuberte es, bat Allah den Erhabenen um Verzeihung und ging zum dritten Mal wieder zum Meer, um das Netz auszuwerfen; und er wartete, bis es sich setzte, und zog daran und fand Scherben, zerbrochenes Glas und Knochen darin. Da ward er sehr ärgerlich, weinte und sprach diese Verse:

> *So ist das Glück: du kannst es weder lösen noch binden;*
> *Bildung weder noch Kenntnisse lassen das Glück dich finden.*
> *Glück und Reichtümer sind allein vom Geschicke beschieden,*
> *Manches fruchtbare Land, manch dürres Land gibt es hienieden.*
> *Des Schicksals wechselnde Launen senken manch aufrechten Mann;*
> *Doch wer das Glück nicht verdient, den heben sie himmelan.*
> *O Tod, so komme zu mir, das Leben ist nichts mehr wert,*
> *Wenn der Falke versinkt und der Erpel wolkenwärts fährt.*
> *Kein Wunder darum, siehest du den Edlen ohn Hab und Gut,*
> *Den dürftigen Lumpen, wie er im Reichtum hervor sich tut.*
> *Der eine Vogel durchflieget die Welt von Ost bis West;*
> *Der andere gewinnt alles Glück, verließ er auch nie das Nest.*

Darauf hob er die Augen zum Himmel und sagte: ‚O Allah! du weißt doch, ich werfe mein Netz täglich nur viermal aus; dreimal hab ich es jetzt geworfen, und mir ward nichts zuteil. Also gib mir diesmal, o Allah, das tägliche Brot.' Und nachdem er den Namen Gottes angerufen hatte, warf er nochmals das Netz ins Meer und wartete, bis es sich setzte; dann zog er daran, aber er konnte es wieder nicht heben, denn es war am Boden festgehakt. Da rief er aus: ‚Es gibt keine Majestät und es gibt keine Macht außer bei Allah!' und dann sprach er:

Pfui über die Welt, die sich also benahm!
Ich lebe in ihr in Elend und Gram.
Ist des Menschen Leben auch morgens noch klar,
Sie reicht ihm abends den Leidenskelch dar.
Und doch, so war's einst: Fragte man sich:
‚Wer lebet im Glück?', so wies man auf mich.

Da entkleidete er sich und tauchte zum Netz hinunter und mühte sich, bis er es ans Land gebracht hatte. Dann öffnete er das Netz und fand darin eine langhalsige Flasche aus Messing, die mit etwas angefüllt war; die Öffnung war mit einem Bleiverschluß versiegelt, und dieser trug das Siegel unseres Herrn Salomo, des Sohnes Davids – über beiden sei Heil! Als der Fischer das sah, freute er sich und sagte: ‚Die will ich auf dem Kupfermarkt verkaufen, denn sie ist zehn Golddinare wert.' Dann schüttelte er sie; er fand sie schwer und fest verschlossen, und so fuhr er fort: ‚Weiß der Himmel, was mag wohl in dieser Flasche sein! Ich will sie öffnen und sehen, was darin ist, und dann will ich sie verkaufen.' Darauf zog er sein Messer und schnitt an dem Blei, bis er es von der Flasche gelockert hatte. Dann legte er sie seitwärts auf die Erde und schüttelte sie, damit ihr Inhalt herausflösse. Aber es kam nichts heraus; da verwunderte er sich höchlichst. Plötzlich jedoch drang ein Rauch aus der Flasche hervor, der bis hoch zum Himmel aufstieg und dahinkroch über die Oberfläche der Erde; als der Rauch seine volle Höhe erreicht hatte; zog er sich zusammen und verdichtete sich und geriet in Bewegung und ward zu einem Dämon, dessen Scheitel die Wolken berührte, während die Füße auf dem Boden standen. Sein Kopf aber war wie eine Kuppel, seine Hände wie Worfschaufeln, seine Beine so lang wie Masten und sein Mund weit wie eine Höhle; seine Zähne glichen großen Steinen, seine Nasenflügel Karaffen, seine Augen zwei

Lampen, und sein Blick war wild und finster. Als nun der Fischer den Dämonen sah, zitterten seine Muskeln, seine Zähne klapperten, sein Speichel trocknete ein, und er wußte nicht mehr, was er beginnen sollte. Da sah der Dämon ihn an und rief: ‚Es gibt keinen Gott außer Allah, und Salomo ist der Prophet Allahs'; und er fügte noch hinzu: ‚O Prophet Allahs, töte mich nicht; siehe, nie wieder will ich dir im Wort widersprechen noch mich empören wider dich durch die Tat.' Der Fischer aber sprach: ‚O Mârid[1], nennst du Salomo den Propheten Allahs? Salomo ist doch tot seit tausendundachthundert Jahren, und wir leben jetzt am Ende der Zeiten! Was ist deine Geschichte und dein Erlebnis, und weshalb kamst du in diese Flasche?' Als nun der Mârid die Worte des Fischers hörte, sprach er: ‚Es gibt keinen Gott außer Allah; frohe Botschaft, o Fischer!' Da fragte der Fischer: ‚Was für eine frohe Botschaft bringst du mir?' Und er erwiderte: ‚Daß ich dich noch in dieser Stunde eines schlimmen Todes sterben lassen werde.' Nun rief der Fischer: ‚Du verdienst für diese frohe Botschaft, o Dämonenmeister, daß der Himmel dir deinen Schutz entzieht, o du Verruchter! Weshalb willst du mich töten, und weswegen verdiene ich den Tod, ich, der ich dich aus der Flasche befreit und dich aus der Tiefe des Meeres gerettet und aufs trockene Land gebracht habe?' Doch der Dämon sprach: ‚Wähle dir nur, welchen Tod du sterben und auf welche Art du ums Leben kommen willst.' Der Fischer fragte: ‚Welches ist mein Verbrechen, und wofür solche Strafe von dir?' Darauf der Dämon: ‚Höre meine Geschichte, o Fischer!' Der Fischer erwiderte: ‚Rede und sei kurz in deinen Worten, denn wahrlich, mein Lebensatem schwebt mir in der Nase!' Da sprach

---

[1] Mârid ist ein gewaltiger Dämon, der in Gestalt einer Dunstwolke erscheint.

der Dämon: ‚Wisse o Fischer, ich bin einer von den ketzerischen Dämonen, und ich empörte mich wider Salomo, den Sohn Davids – über beiden sei Heil! – zusammen mit Sachr, dem Dämon; darauf sandte der Prophet seinen Minister Asaf, zu mir, den Sohn des Barachija; und der schleppte mich wider meinen Willen und führte mich in Fesseln vor, wobei ich Angst zeigte, ohne daß ich es wollte; und er stellte mich vor ihn hin. Als Salomo mich sah, sprach er über mich die Beschwörungsformel und hieß mich den wahren Glauben annehmen und seinen Befehlen gehorchen; ich aber weigerte mich, und da verlangte er nach dieser Flasche, schloß mich darin ein und versiegelte sie mit Blei, in das er den höchsten Namen preßte, und gab den Dämonen Befehl, mich fortzutragen und mich mitten ins Meer zu werfen. Dort lag ich hundert Jahre, während ich in meinem Herzen sagte: ‚Wer immer mich befreit, den will ich auf ewig reich machen.‘ Aber das ganze Jahrhundert verstrich, ohne daß mich einer befreite. Und als das zweite Jahrhundert begann, sagte ich: ‚Wer immer mich erlöst, dem will ich die Schätze der Erde öffnen.‘ Aber wieder befreite mich niemand, und so verstrichen vierhundert Jahre. Da sprach ich: ‚Wer immer mich erlöst, dem will ich drei Wünsche erfüllen.‘ Aber niemand befreite mich. Da geriet ich in große Wut und sprach zu mir selber: ‚Wer mich hinfort noch erlöst, den will ich töten, und ich will ihm die Wahl geben, welchen Tod er sterben will‘; und da nun also du mich erlöst hast, so gebe ich dir die Wahl, welchen Tod du sterben willst.‘ Als der Fischer diese Worte des Dämonen gehört hatte, rief er: ‚Gottes Wunder, daß ich gerade jetzt zu deiner Befreiung kommen mußte!‘ Dann bat er den Dämon: ‚Schone mein Leben, so wird Allah dein Leben schonen; und töte mich nicht, daß nicht Allah jemandem Macht über dich gibt, der dich dann tötet!‘ Da erwiderte der Mârid: ‚Es hilft nichts, sterben mußt du; so erwähle dir als eine Gnade von mir die Todesart, auf die du sterben willst!' Aber trotzdem der Fischer sah, daß der Dämon dazu entschlossen war, wandte er sich nochmals an ihn, indem er sprach: ‚Laß ab von mir zum Lohne dafür, daß ich dich befreit habe.' Der Dämon erwiderte: ‚Ich will dich doch gerade nur deshalb töten, weil du mich befreit hast.' ‚O Scheich der Dämonen,' sagte der Fischer, ‚ich tue dir Gutes und du vergiltst mir mit Bösem! Wahrlich, der alte Spruch lügt nicht, wenn er sagt:

> *Wir taten Gutes; jedoch das Gegenteil ward unser Lohn.*
> *Bei meinem Leben, so handelt doch nur ein Hurensohn!*
> *Und wer unwürdigen Leuten wohltätige Hilfe leiht,*
> *Dem wird vergolten wie jenem, der die Hyäne befreit.*'

Als nun der Dämon diese Worte hörte, erwiderte er: ‚Säum nicht so lange; denn du mußt sterben!' Da sprach der Fischer bei sich selber: ‚Dies ist ein Dämon, und ich bin ein Mensch, und Allah hat mir gesunden Verstand gegeben; so will ich denn durch meine Schlauheit und meinen Verstand sein Verderben zuwege bringen, genau wie er sich von seiner List und seiner Bosheit leiten ließ.' Darauf fragte er den Dämon: ‚Bist du wirklich entschlossen, mich zu töten?' Und als jener antwortete: ‚Gewißlich', rief er aus: ‚Im allerhöchsten Namen denn, eingegraben in den Siegelring Salomos, des Sohnes Davids – über beiden sei Heil! –: wenn ich dich über etwas befrage, willst du mir eine wahrhaftige Antwort geben?' Der Dämon erwiderte: ‚Ja', aber weil er den höchsten Namen ausgesprochen hörte, geriet er in Aufregung und sprach zitternd: ‚Frag, und sei kurz!' Da sagte der Fischer: ‚Du willst in dieser Flasche gewesen sein, die doch nicht groß genug ist für deine Hand noch für deinen Fuß; wie konnte sie groß genug sein, dich ganz zu bergen?' Darauf der Dämon: ‚Du glaubst also nicht, daß ich darin war?'

Und der Fischer rief: ‚Nein, nie werde ich es dir glauben, bis ich dich mit eigenen Augen darin sehe.' – –«

Da bemerkte Schehrezâd, daß der Morgen begann, und sie hielt in der verstatteten Rede an. Doch als die *Vierte Nacht* anbrach, sagte ihre Schwester zu ihr: »Erzähle uns doch deine Geschichte zu Ende, wenn du nicht schläfrig bist!« und so fuhr sie fort: »Es ist mir berichtet worden, o glücklicher König, als der Fischer zu dem Dämonen sagte: ‚Nein, nie werde ich es dir glauben, bis ich dich mit meinen eigenen Augen darin sehe', da schüttelte sich der Dämon und wurde ein Rauch über dem Meere, der sich verdichtete und langsam, langsam in die Flasche zog, bis er ganz darin war. Und siehe, da ergriff der Fischer in großer Hast die Bleikapsel, die das Siegel trug, und verstopfte damit den Hals der Flasche, und er rief den Dämon an mit den Worten: ‚Wähle dir als eine Gnade von mir die Todesart, auf die du sterben willst! Bei Allah, ich will dich ins Meer hinauswerfen, und hier will ich mir eine Hütte bauen; und wer immer hierher kommt, den will ich warnen, daß er nicht fische, und will ihm sagen: hier liegt ein Dämon im Meer, der jeden, der ihn heraufholt, vor die Wahl stellt, wie er sterben und zu Tode gebracht werden will.' Als nun der Dämon den Fischer also sprechen hörte und sich gefangen sah, wollte er entschlüpfen, aber er vermochte es nicht, denn das Siegel Salomos hinderte ihn; da wußte er, daß der Fischer ihn überlistet hatte, und er sprach: ‚Ich scherzte nur mit dir'; aber der Fischer erwiderte: ‚Du lügst, o du schändlichster, gemeinster, elendester aller Dämonen!' und dann lief er mit der Flasche zum Meeresstrand. Rief der Dämon: ‚Nein, nein!', so rief der Fischer: ‚Doch, doch!' Und der böse Geist gab gute Worte, demütigte sich und sprach: ‚Was willst du mit mir tun, o Fischer?' ‚Ich will dich wieder ins Meer werfen', versetzte der; ‚wenn du eintausendundachthundert Jahre darin zugebracht hast, so will ich dich jetzt darin bleiben lassen bis zum Tage des Gerichts. Habe ich nicht zu dir gesagt: verschone mich, so wird Allah dich verschonen; töte mich nicht, sonst wird Allah dich töten? Aber du hörtest nicht auf meine Stimme und wolltest nicht anders als schlimm an mir handeln; nun hat Allah dich in meine Hände gegeben, und ich habe dich überlistet.' Wie der Dämon bat: ‚Öffne mir, daß ich dir Gutes tue', rief der Fischer: ‚Du lügst, Verfluchter, ich und du, wir stehen wie der Wesir des Königs Junân und der weise Dubân.' ‚Und was ists mit dem Wesir des Königs Junân und dem weisen Dubân? Und wie ist ihre Geschichte?' sprach der 'Ifrît; und der Fischer begann

DIE ERZÄHLUNG VON DEM WESIR DES KÖNIGS JUNÂN

Wisse, o Dämon, in früheren Tagen, die weit in entschwundene Zeitalter ragen, herrschte ein König namens Junân über die Stadt Fârs im Lande Rumân. Er besaß Reichtum und Heere und gewaltiges Ansehen, und seine Wachen waren aus aller Herren Ländern; aber sein Leib war mit einem Aussatz behaftet, den weder Ärzte noch weise Männer zu heilen vermochten. Er trank Heiltränke und schluckte Pulver und brauchte Salben, aber nichts half ihm, und keiner unter der Schar der Ärzte konnte ihn von der Seuche befreien. Schließlich kam in die Stadt des Königs Junân ein berühmter weiser Mann, der hochbetagt war; der hieß der weise Dubân. Dieser Greis war belesen in den Büchern, griechischen, persischen, römischen, arabischen und syrischen: und er war erfahren in der Heilkunst und in der Sternenkunde, er kannte die Grundsätze ihrer Wissenschaft sowohl wie die Regeln ihrer Anwendung, zum Nutzen und zum Schaden; auch kannte er alle Pflanzen, Gräser und Kräuter, die schädlichen und die nützlichen; und er verstand die Philosophie, und er umfaßte den ganzen Bereich der ärztlichen und aller anderen Wissenschaften. Als nun dieser Weise in die Stadt gekommen war und nur wenige Tage erst in ihr verbracht hatte, da hörte er, wie der König mit dem Aussatz behaftet war, durch den Allah ihn heimgesucht hatte, und wie all die Ärzte und Männer der Wissenschaften ihn nicht hatten heilen können. Als dem Weisen dies berichtet war, blieb er eine Nacht in tiefen Gedanken sitzen; doch wie der Morgen sich einstellte und die Welt mit seinem Licht und Glanz erhellte, da zog er seine stattlichsten Kleider an, ging zum König Junân und küßte vor ihm den Boden; dann flehte er zum Himmel in schönster Rede um die Dauer seiner Macht und seines Glücks, und er gab sich zu erkennen und sprach: ,O König, ich vernahm von dem Leid, das dich durch das befiel, was an deinem Leibe ist; und wie sich so viele der Ärzte unvermögend zeigten, es zu bekämpfen. Siehe da, ich kann dich heilen, o König; und doch will ich dir keine Arznei zu trinken geben noch dich mit einer Salbe salben.' Als nun der König Junân seine Worte hörte, sprach er erstaunt zu ihm: ,Wie willst du das beginnen? Bei Allah, wenn du mich heilest, so will ich dich reich machen bis auf deine Kindeskinder und dich mit Gnaden überhäufen; und was immer du wünschest, soll dein sein, und du sollst mein Tischgenosse und mein Freund sein.' Dann verlieh der König ihm ein Ehrenkleid und andere Geschenke und fragte: ,Kannst du mich wirklich ohne Arznei und Salben von diesem Leiden heilen?' Und der Weise erwiderte: ,Ja, ich kann dich heilen.' Der König geriet in höchste Verwunderung und sagte: ,O Arzt, zu welcher Zeit soll dies sein, wovon du zu mir sprichst, und in wieviel Tagen soll es geschehen? Eile, mein Sohn!' Und Dubân erwiderte: ‚Ich höre und gehorche; es soll morgen sein.' Damit ging er zur Stadt hinunter und mietete sich ein Haus in der Stadt, in das er seine Bücher und seine Arzneien und aromatischen Wurzeln brachte. Dann wählte er die nötigen Arzneien und Kräuter aus und stellte einen Schlegel her; den höhlte er aus und machte einen Griff daran, und dazu machte er einen Ball mit großer Kunst. Am nächsten Tage, als er alles hergerichtet und fertiggestellt hatte, ging er zum König; und er küßte vor ihm den Boden und hieß ihn hinausreiten zum Reitplatz, um dort mit dem Ball und dem Schlegel zu spielen. Ihn begleiteten die Emire, die Kammerherren, die Wesire und die Großen seines Reiches; und ehe die Gesellschaft sich auf den Reitplatz gesetzt hatte, trat der weise Dubân zum König, reichte ihm den Schlegel und sagte: ‚Nimm diesen Schlegel und fasse ihn mit diesem Griffe an; so! Jetzt reite auf den Platz und lehne dich gut übers Pferd und schlage den Ball so lange, bis Hand und Körper dir feucht werden: dann wird die Arznei durch deine Handfläche dringen und deinen ganzen Leib durchziehen. Und wenn du genug gespielt hast und die Arznei in deinen Körper gedrungen ist, so kehre in dein Schloß zurück, geh dann ins Bad, wasch dich ganz ab und lege dich schlafen, so wirst du gesund werden; und damit Gott befohlen!' Da nahm König Junân dem Weisen den Schlegel ab und faßte ihn fest; dann bestieg er den Renner und schlug den Ball vor sich her und jagte ihm nach; bis er ihn erreichte, und dann schlug er wieder mit aller Kraft und hielt derweilen den Griff des Schlegels fest in seiner Hand; und er hörte nicht auf, den Ball zu treiben, hinter ihm herzujagen und wieder zu treiben, bis seine Hand und sein ganzer Körper feucht waren und die Arznei von dem Griffe aus eindrang. Da wußte der Weise, daß die Arznei seinen Leib durchzogen hatte, und er hieß ihn heimkehren zu seinem Schlosse und unverzüglich ins Bad gehen; so kehrte denn König Junân alsbald heim und gab Befehl, das Bad für ihn allein ganz frei zu machen. Da ward das Bad für ihn frei gemacht; die Diener liefen, und die Sklaven eilten, und sie legten dem König ein frisches Gewand zurecht. Er trat ins Bad und wusch sich lange und gründlich; dann zog er im Bade seine Kleider an, trat hinaus und ritt in seinen Palast, wo er sich zum Schlaf niederlegte. Solches geschah mit König Junân; der weise Dubân aber ging nach Hause und blieb dort die Nacht über; und als der Morgen kam, begab er sich in den Palast und bat um eine Audienz. Der König befahl, ihn einzulassen; und nachdem er eingetreten war, küßte er vor ihm den Boden und trug dann mit feierlicher Stimme folgende Verse auf den König vor:

> *Stolz hob die Tugend ihr Haupt, wardst du ihr Vater genannt;*
> *Und nennte man je einen andren, er hätte sich abgewandt.*
> *O Herr des Angesichtes, dessen strahlendes Licht*
> *Selbst des widrigsten Schicksals tiefes Dunkel durchbricht,*
> *Möge dein Antlitz leuchten und strahlen immerdar,*
> *Wenn auch des Schicksals Antlitz immer unfreundlich war!*
> *Du hast in deiner Huld mir solche Gaben beschert,*
> *Wie sie die Regenwolke dem sandigen Hochland gewährt.*
> *Du verschenktest dein Gut, wie der Tau in der Wüste fiel;*
> *Und so bist du jetzund auf der Menschheit Höhe am Ziel.*

Als nun der Weise geendet hatte, sprang der König schnell auf die Füße und fiel ihm um den Hals; und er hieß ihn an seiner Seite Platz nehmen und legte ihm die kostbarsten Ehrenkleider an; denn als der König das Bad verließ, hatte er seinen Leib betrachtet und keine Spur des Aussatzes mehr gefunden: seine Haut war sauber wie blankes Silber. Darob hatte er eine übergroße Freude gehabt, und seine Brust hatte sich gedehnt vor lauter Glückseligkeit. Als es dann heller Tag geworden, war er in seinen Staatssaal gegangen und hatte sich auf den

Thron seiner Herrschaft gesetzt, und seine Kammerherren und die Großen seines Reiches waren hereingeströmt, und unter ihnen der weise Dubân. Wie er also den Weisen gehört, stand der König rasch auf, ihm zu Ehren, und ließ ihn an seiner Seite Platz nehmen; dann stellte man Tische auf mit den leckersten Speisen, und sie aßen gemeinsam; und der König ließ ihn den ganzen Tag nicht von der Seite. Am Abend aber gab er dem weisen Dubân zweitausend Goldstücke, außer den Ehrenkleidern und anderen Geschenken in Fülle; und er ließ ihn auf seinem eigenen Rosse nach Hause reiten. Aber der König war noch immer verwundert über seine Heilung und sagte: ‚Dieser Mann behandelte meinen Leib von außen und salbte mich auch mit keinerlei Salbe; bei Allah, wahrlich, dies ist nichts anderes als höchste Weisheit! Einem solchen Manne gebührt Lohn und Auszeichnung, und ich will ihn zum Gefährten und Freund für den Rest meiner Tage nehmen.‘ So verbrachte König Junân die Nacht in Freude und Lust, weil sein Leib gesundet und er von seiner Krankheit befreit war. Am nächsten Morgen kam der König Junân und setzte sich auf seinen Thron; und die Großen seines Reiches umstanden ihn, und die Emire und Wesire setzten sich zu seiner rechten Hand und zu seiner linken. Da fragte er nach dem weisen Dubân, und dieser trat ein und küßte vor ihm den Boden; aber der König stand auf vor ihm und hieß ihn an seiner Seite Platz nehmen und aß mit ihm und wünschte ihm langes Leben. Und er gab ihm Ehrenkleider und Geschenke und hörte nicht auf, sich mit ihm zu unterhalten, bis die Nacht sich nahte. Da wies ihm der König als Lohn fünf Ehrenkleider und tausend Dinare an; und voller Dankbarkeit gegen den König kehrte der Weise in sein Haus zurück. Als nun der König sich am nächsten Morgen wieder in den Staatssaal begab, umringten ihn seine Emire und Wesire und Kammerherren. Unter seinen Wesiren aber hatte der König einen, häßlich anzuschauen, eine Erscheinung von schlimmer Vorbedeutung; der war schlecht, geizig, neidisch und voll bösen Willens. Und als dieser Wesir sah, wie der König dem weisen Dubân solche Gunst erwies und ihm all die Geschenke gab, wurde er eifersüchtig auf ihn und sann nach, wie er ihm schaden könnte; sagt doch ein Spruch: ‚Neid lauert in jedem Leib'; und ein anderer: ‚Gewalttat birgt sich in jeder Seele; die Macht zeigt sie, aber die Schwäche verschweigt sie.' So trat denn der Wesir vor den König Junân, küßte den Boden vor ihm und sagte: ‚O mächtigster König des Zeitalters, du, unter dessen Wohltaten ich herangewachsen bin, ich habe dir gewichtigen Rat zu bieten, und hielte ich ihn zurück, so wär ich ein Bastard; wenn du mir also befiehlst, ihn kundzutun, so sage ich ihn dir alsbald.' Da sprach der König, den die Worte des Wesirs beunruhigten: ‚Und welches ist dein Rat?' Jener darauf: ‚O erhabener König, die Alten haben gesagt: Wer nicht das Ende bedenkt, hat nicht das Schicksal zum Freund. Ich aber sehe den König auf unrechtem Wege; denn er ist huldvoll gegen seinen Feind, der es auf den Untergang seiner Herrschaft absieht; diesen Mann überhäuft er mit seiner Gunst und mit Ehrenbezeigungen ohne Grenzen und macht ihn zu seinem nächsten Vertrauten. Deshalb fürchte ich für des Königs Leben.' Der König, der sehr unruhig geworden war und die Farbe wechselte, fragte: ‚Wen verdächtigst du, und auf wen spielst du an?' Und der Wesir erwiderte: ‚Wenn du schläfst, so erwache; ich meine den weisen Dubân.' Da rief der König: ‚Pfui! Das ist mein treuer Freund, der mir lieber ist als alle Menschen, weil er mich geheilt hat durch etwas, was ich in der Hand hielt, und mich von meiner Krankheit befreit hat, gegen die alle Ärzte nichts vermochten; ja, seinesgleichen ist in unseren Tagen nicht zu finden – weder im Abendlande noch im Morgenlande, nicht in der ganzen Welt! Und von einem solchen Mann sagst du so harte Dinge! Von heut an setze ich ihm ein Gehalt und Einkünfte fest, jeden Monat tausend Goldstücke; und wollte ich auch mein Reich mit ihm teilen, es wäre noch geringer Lohn. Ich muß wohl glauben, du sprichst so nur aus Neid, wie man mir vom König Sindibâd berichtet.' – –«

Da bemerkte Schehrezâd, daß der Morgen begann, und sie hielt in der verstatteten Rede an. Doch als die *Fünfte Nacht* anbrach, sagte ihre Schwester zu ihr: »Erzähle uns doch deine Geschichte zu Ende, wenn du nicht schläfrig bist«; und Schehrezâd fuhr fort: »Es ist mir berichtet worden, o glücklicher König, daß König Junân zu seinem Minister sagte: ,O Wesir, dich hat der Neid auf diesen Weisen gepackt, und du möchtest, daß er getötet werde; aber ich würde es nachher bereuen, genau wie König Sindibâd es bereute, daß er den Falken getötet hatte.' Da sprach der Wesir: ,Verzeih mir, o König unserer Zeit, wie war das?'

So begann der König

DIE GESCHICHTE VON KÖNIG SINDIBÂD

Es wird erzählt – Allah aber ist allwissend! –, daß einst unter den Königen der Perser einer war, der Vergnügen und Unterhaltung und die Jagd auf Großwild und Kleinwild liebte. Er hatte einen Falken aufgezogen, von dem er sich nie trennte, weder bei Tage noch bei Nacht, und den er die ganze Nacht auf der Hand behielt; und sooft er auf die Jagd ging, nahm er diesen Vogel mit; auch hatte er ihm ein goldenes Näpfchen machen lassen, das er ihm um den Hals hängte, um ihn daraus zu tränken. Eines Tages nun, als der König in seinem Palaste saß, da kam der Großfalkonier und sprach: ,O größter König unserer Zeit, dies ist ein Tag, um zur Jagd auszuziehen.' Darauf gab der König Befehl zum Aufbruch und nahm den Falken auf die Faust; und sie zogen dahin, bis sie zu einem Flußtal kamen, wo sie einen Kreis schlossen zum Kesseltreiben; und siehe, da war eine Gazelle, die sich innerhalb des Kreises befand, und der König rief: ,Wer immer diese Gazelle über seinen Kopf entschlüpfen läßt, den werde ich töten lassen.' Als sie dann den Kreis enger um die Gazelle zusammenzogen, kam sie dorthin, wo der König war; und indem sie auf den Hinterläufen stehenblieb, legte sie die Vorderläufe an die Brust, als wolle sie vor dem König niederfallen und den Boden küssen. Da neigte der König das Haupt, der Gazelle zum Gruß; die aber setzte über seinen Kopf hinweg und jagte in die Wüste davon. Nun stand der König da und sah, wie die Soldaten einander zublinzelten und auf ihn zeigten, und er fragte: ,O Wesir, was sagen die Soldaten?' Der erwiderte: ,Sie sagen, du habest verkündigt, wer immer die Gazelle über seinen Kopf entschlüpfen lasse, der solle getötet werden.' Da rief der König: ,Beim Leben meines Hauptes! Ich will ihr folgen, bis ich sie wiederbringe.' So ritt der König davon, auf der Spur der Gazelle, und gab die Verfolgung nicht auf, bis er zu einem Hügel des Berglandes kam; da wollte die Gazelle in ihren Schlupfwinkel kriechen. Aber der König warf seinen Falken hinter ihr drein, und der schlug ihr die Sporen in die Augen und machte sie blind und hilflos. Darauf ergriff der König seine Keule und schlug die Gazelle auf die Brust, daß sie zu Boden fiel. Dann saß er ab, durchschnitt der Gazelle den Hals, zog ihr das Fell ab und hängte sie an das Sattelhorn. Nun war es die Zeit der Mittagsruhe; aber das Land war wüste, und nirgends war Wasser zu finden. Da ward der König durstig und ebenso das Pferd; so ging er umher und erblickte einen Baum, von dem floß Wasser wie geschmolzene

Butter. Nun trug der König Handschuhe aus Wildleder, so daß ihn kein Tropfen berührte. Er nahm das Näpfchen von dem Halse des Falken, füllte es mit jenem Wasser und stellte es vor sich hin. Aber siehe da, der Falke schlug an das Näpfchen und warf es um. Da nahm er das Näpfchen zum zweiten Male und fing die herunterträufelnde Flüssigkeit darin auf, bis es voll war; denn er glaubte, der Falke sei durstig. Und so setzte er es ihm vor; aber wieder schlug der danach und warf es um. Da wurde der König zornig auf den Falken, und er ging ein drittes Mal und füllte das Näpfchen. Nun setzte er es dem Pferde vor, aber der Falke schlug es mit seinen Flügeln um. Der König rief: ‚Allah strafe dich, o du unseligster der Vögel! Du hast mich und dich selbst und das Pferd des Trankes beraubt!' Und er schlug mit dem Schwerte nach dem Falken und schnitt ihm die Flügel ab; aber der Vogel hob den Kopf und sagte durch Zeichen: ‚Sieh, was auf dem Baume ist!' Da hob der König die Augen auf, erblickte eine Vipernbrut auf dem Baum und erkannte, daß die träufelnde Flüssigkeit deren Gift war; nun reute es ihn, daß er dem Falken die Flügel abgeschlagen hatte; und er stieg auf sein Pferd und ritt mit der Gazelle davon, bis er mit seiner Beute im Lager ankam. Die Gazelle gab er dem Koch, indem er rief:, Nimm und brate sie!' Dann ließ der König sich auf dem Sessel nieder, während der Falke noch auf seiner Hand saß; da seufzte der Falke auf – er verschied. Aber der König schrie auf in Schmerz und Gram, weil er den Falken getötet hatte, der ihn doch vor dem Verderben gerettet hatte. Das ists, was dem König Sindibâd geschah.' – Als nun der Wesir die Worte des Königs Junân gehört hatte, sprach er zu ihm: ‚O großmächtiger König, war das, was er tat, nicht eine Notwendigkeit? Ich sehe nichts Schlechtes an ihm. Und ich tue dies doch nur aus Sorge um dich, und damit du es als wahr erkennst.

Sonst wirst du umkommen, wie der Wesir umkam, der gegen einen der Könige treulos handelte.' Da fragte der König Junân: ‚Wie war denn das?' Und der Minister begann

DIE GESCHICHTE
VON DEM TREULOSEN WESIR

Wisse, o König, es war einmal ein König, der hatte einen Wesir und einen Sohn, der übermäßig dem Reiten und Jagen ergeben war; und dabei begleitete ihn der Wesir, dem sein Vater, der König, befohlen hatte, immer bei ihm zu sein, wohin er sich auch wende. Eines Tages nun zog der Jüngling aus zu reiten und zu jagen, und der Wesir seines Vaters zog mit ihm aus. Wie sie so zusammen dahintrabten, erblickten sie ein großes wildes Tier. Da rief der Wesir dem Prinzen zu: ‚Da hast du Wild, erjage es!' Der Prinz eilte ihm nach, bis er den Augen der anderen entschwand, und auch das Wild vor ihm in der Wüste entschwand. Nun wußte er nicht, wohin er gehen noch wohin er sich wenden sollte, als plötzlich eine Maid vor ihm erschien, die in Tränen war. Der Königssohn fragte sie: ‚Wer bist du?' und sie antwortete: ‚Ich bin die Tochter eines der Könige von Indien, und ich reiste in der Wüste, als mich Mattigkeit überkam, und ohne es zu merken, fiel ich von meinem Tier; so bin ich von den Meinen abgeschnitten und in großer Not.' Als der Prinz ihre Worte hörte, hatte er Mitleid mit ihrem Zustande, hob sie auf den Rücken seines Tieres und ließ sie hinter sich reiten; dann zog er weiter, bis er zu einer Ruine kam; da sagte die Maid zu ihm: ‚O Herr, ich möchte ein Bedürfnis verrichten'; er setzte sie also bei der Ruine nieder, aber sie blieb so lange aus, daß der Königssohn dachte, sie verschwende ihre Zeit. Deshalb ging er ihr nach, ohne zu wissen, wer sie wirklich war; aber siehe, sie war eine Ghûla, die zu ihren Kindern sprach: ‚Ihr Kinder, heute bringe ich euch einen fetten Jüngling', worauf sie erwiderten: ‚Bringe ihn schnell, o Mutter, daß wir uns den Bauch mit ihm füllen!' Als der Prinz ihre Worte hörte, war er seines Todes gewiß; seine Muskeln zitterten aus Furcht um sein Leben, und er wollte fliehen. Da kam die Ghûla heraus; und als sie ihn in blassem Schrecken und zitternd dastehen sah, rief sie: ‚Was ist dir, daß du dich fürchtest?' Er erwiderte: ‚Ich habe einen Feind, den ich fürchte.' Da fragte die Ghûla: ‚Du sagst doch, du seiest ein Königssohn?' Und er antwortete: ‚Freilich.' Sie darauf: ‚Weshalb gibst du deinem Feinde nicht etwas Geld und befriedigst ihn so?' Doch er: ‚Der gibt sich mit Geld nicht zufrieden, sondern nur mit der Seele; ich fürchte mich vor ihm und bin verraten.' Nun sprach sie: ‚Wenn du verraten bist, wie du meinest, so rufe Allah um Hilfe an, er wird dich sicherlich schützen gegen das Unheil von dem Feinde und die Folgen des Unheils, vor dem du dich fürchtest!' Da hob der Prinz sein Haupt gen Himmel und rief: ‚O du, der du den Bedrängten erhörst, wenn er dich ruft, und das Böse an den Tag bringst, o Allah, gib mir den Sieg über meinen Feind, und wende ihn von mir; denn du vermagst alles, was du willst.' Als die Ghûla sein Gebet vernahm, wandte sie sich von ihm ab; der Prinz aber kehrte zu seinem Vater zurück und erzählte ihm die Geschichte von dem Wesir. Da verlangte der König nach dem Wesir und ließ ihn hinrichten. –

Auch du, o König, wirst, wenn du noch weiter diesem Arzte traust, den schlimmsten Tod durch ihn erleiden. Denn er, dem du Wohltaten erwiesen und den du zum Vertrauten gemacht hast, wird deinen Untergang bewirken. Siehst du nicht, wie er die Krankheit deines Leibes von außen heilte, durch etwas, was du in deiner Hand hieltest? Sei nicht zu sicher, daß er dich

nicht etwa durch etwas umbringe, was du ebenso gefaßt hältst!'
Da sprach König Junân: ‚Du sprichst die Wahrheit, o Wesir,
es kann wohl sein, wie du sagst, mein gutratender Minister;
und vielleicht ist dieser Weise nur als Spion gekommen in der
Absicht, mich umzubringen; denn wenn er mich heilte durch
etwas, das ich in meiner Hand hielt, so kann er mich umbringen durch etwas, das ich einatme.' Und König Junân fragte
seinen Wesir: ‚O Minister, was soll mit ihm geschehen?' und
der Wesir antwortete: ‚Schicke sofort nach ihm und fordere
ihn vor dich; und wenn er vor dir steht, schlag ihm den Kopf
ab; dann wirst du dich gegen seine Arglist schützen und Ruhe
vor ihm haben; verrate du ihn, ehe er dich verrät!' König
Junân sagte: ‚Du hast recht, o Wesir.' Dann schickte der König
zu dem Weisen. Der kam in freudiger Stimmung, ohne das
Schicksal zu ahnen, das ihm der Erbarmer bestimmt hatte; so
wie ein Dichter es sagt:

> *O du, dem vor dem Schicksal bangt, sei unverzagt;*
> *Befiehl dem, der die Welt geschaffen, was dich plagt!*
> *Was das Geschick bestimmt, das hat Bestand allein;*
> *Vor dem, was nicht bestimmt ist, kannst du sicher sein.*

Als der Arzt zum König eintrat, sprach er folgende Verse:

> *Sollt ich einmal in Etwas dich nach Gebühr nicht preisen,*
> *So sag: Wem sing ich denn in Prosa und Vers meine Weisen?*
> *Du überhäuftest mich ja, eh daß ich fragte, mit Gaben,*
> *Die ohne Verzug und Zaudern von dir aus mich froh gemacht haben.*
> *Wär's denkbar, daß ich dir je gebührenden Dank nicht bringe,*
> *Wo ich doch geheim und offen stets deinen Geschenken Lob singe?*
> *Stets bin ich dir dankbar für das, was du mir liehest an Gnaden;*
> *Die lasten leicht auf der Lippe, wenn sie auch den Rücken beladen.*

Und so heißt es ferner im Liede:

> *Mit deinen Sorgen quäl dich nie,*
> *Vertrau dem Schicksal alle Müh!*

> *Freu dich am Guten, das du hast,*
> *Vergiß dadurch vergangne Last.*
> *Manch Ding schaut sich erst mühsam an,*
> *Doch später hast du Freude dran.*
> *Denn Allah tut, was Er nur will,*
> *Und Seinem Willen beug dich still!*

Und weiter:

> *Befiehl dein Sach dem Gütigen, dem Weisen,*
> *Und laß dein Herz die Welt weit von sich weisen!*
> *Und wisse, daß, wie du willst, nichts gelinge,*
> *Nein, nur wie Allah will, der Herr der Dinge!*

Und schließlich:

> *Sei froh und freue dich und laß die Sorgen alle;*
> *Denn Sorgen bringen selbst den festen Sinn zu Falle.*
> *Was nützt dem schwachen Sklav ein sorgenvolles Streben?*
> *Laß ab davon: du wirst in stetem Wohlsein leben!*

Da sprach der König zu dem weisen Dubân: ‚Weißt du, weshalb ich dich rufen ließ?' Der Weise erwiderte: ‚Gott der Erhabene allein weiß die verborgenen Dinge!' Aber der König fuhr fort: ‚Ich ließ dich rufen, um dich töten zu lassen und deinem Leben ein Ziel zu setzen.' Darob geriet der weise Dubân in die höchste Verwunderung, und er fragte: ‚O König, warum willst du mich denn töten lassen, und welch Vergehen von mir wäre offenbar geworden?' Der König erwiderte ihm: ‚Es ist mir gesagt worden, daß du ein Spion bist, und daß du gekommen bist, um mich zu töten; und siehe, da will ich dich töten, ehe du mich tötest.' Darauf rief der König den Scharfrichter an, indem er sagte: ‚Schlag diesem Verräter den Kopf ab und befreie uns von seinem Unheil!' Aber der Weise sprach zum König: ‚Verschone mich, so wird Allah dich verschonen, und töte mich nicht, sonst wird Allah dich töten!' – Und er wiederholte diese Worte vor ihm, genau wie ich zu dir gesprochen habe, o Dämon; aber du wolltest ja nicht von mir lassen, sondern bestandest darauf, mich zu töten. – König Junân antwortete dem weisen Dubân: ‚Ich kann nicht sicher sein, wenn ich dich nicht töten lasse; denn wie du mich durch etwas heiltest, das ich in der Hand hielt, so bin ich nicht sicher, daß du mich nicht tötest durch etwas, das ich rieche, oder sonst etwas.' Da rief der Arzt: ‚Dies also, o König, ist meine Belohnung durch dich; du vergiltst Gutes mit Schlechtem.' Doch der König erwiderte: ‚Es hilft nichts, du mußt sterben, und zwar unverzüglich.' Als nun der Arzt gewiß war, daß der König ihn ganz sicher töten lassen würde, weinte er und bereute, daß er jemandem Gutes getan hatte, der es nicht verdiente. Darüber heißt es im Liede:

Maimûna hatte gar keinen Verstand,
Während ihr Vater sich unter den Klugen befand!
Geht einer auf trocknem oder schlüpfrigem Feld –
Er trete sorgsam auf, da er sonst fällt.

Danach trat der Scharfrichter vor, verband dem Weisen die Augen und entblößte sein Schwert, indem er zu dem König sagte: ‚Mit deiner Erlaubnis!' Derweilen weinte der Weise und rief: ‚Verschone mich, so wird Allah dich verschonen, und töte mich nicht, sonst wird Allah dich töten!' Und er sprach die Verse:

Ich war ehrlich und gewann nicht – sie betrogen und gewannen;
Meine Ehrlichkeit erwarb mir, daß mich Unheil trug von dannen.
Leb ich, bin ich nicht mehr ehrlich; sterb ich, so sollt ihr verfluchen
Alle, die nach mir dereinst noch Ehrlichkeit zu üben suchen.

Dann fuhr der Weise, zum König gewendet, fort: ‚Dieser Lohn von dir, den du mir zuteil werden lässest, ist der Lohn des Krokodils.' Da fragte der König: ‚Was ist das für eine Geschichte mit dem Krokodil?' Doch der Weise sprach: ‚Es ist mir unmöglich, sie dir in diesem Zustand zu erzählen; ich beschwöre

dich bei Allah, verschone mich, so wird Allah dich verschonen!'
Dann weinte er herzbrechend. Da hub einer der Vertrauten des Königs an und sprach: ,O König, schenke mir das Blut dieses Weisen; denn wir haben ihn nie gegen dich sündigen sehen, sondern wir haben nur gesehen, daß er dich von deiner Krankheit heilte, die allen Ärzten und weisen Männern trotzte.' Der König aber antwortete: ,Ihr wißt den Grund nicht, weshalb ich diesen Arzt hinrichten lasse; es ist aber dieser: wenn ich ihn schone, so bin ich dem sicheren Untergange geweiht; denn einer, der mich von meiner Krankheit durch etwas heilte, das ich in meiner Hand hielt, kann mich sicherlich auch durch etwas töten, das ich rieche; und ich fürchte, er wird mich um ein Blutgeld töten, denn er ist nur ein Spion, der hierher kam, um mich zu töten. Also hilft es nichts: sterben muß er; danach werde ich meines Lebens sicher sein.' Und wieder rief der Weise: ,Schone mich, so wird Allah dich schonen, und töte mich nicht, sonst wird Allah dich töten!' Als nun der Weise, o Dämon, sich überzeugt hatte, daß der König ihn sicher töten würde, sprach er zu ihm: ,O König, wenn es nicht anders ist, als daß du mich töten lässest, so gewähre mir eine kurze Frist, damit ich in mein Haus hinuntergehen kann, um die Meinen und meine Nachbarn zu beauftragen, mich zu begraben, und um meine Verbindlichkeiten zu lösen und meine Bücher der Heilkunst zu vermachen. Unter diesen habe ich eins, die seltenste Seltenheit, das möchte ich dir zum Geschenk machen, damit du es als einen Schatz in deiner Schatzkammer aufbewahrest.' Der König fragte den Weisen: ,Und was steht in dem Buch?' Der Weise erwiderte: ,Dinge ohne Zahl; das geringste aber der Geheimnisse darin ist dies: gleich wenn du mir den Kopf hast abschlagen lassen, so schlage drei Blätter um und lies drei Zeilen der Seite zur Linken, und mein Kopf wird reden und auf

alles antworten, was du ihn zu fragen geruhst.' Der König geriet in höchste Verwunderung, schüttelte sich vor Freude und sagte: ‚O Arzt, wenn ich dir den Kopf abschlage, wirst du dann wirklich mit mir reden?' Und er erwiderte: ‚Ja, o König!' Da sprach der König: ‚Dies ist wirklich etwas Seltsames!' Dann schickte er ihn unter Bewachung in sein Haus, und der Weise erledigte seine Verbindlichkeiten an jenem Tage. Am nächsten Tage trat er wieder in die Regierungshalle des Königs, wo die Emire und Wesire versammelt waren, die Kammerherren, Statthalter und Großen des Reiches; und der Saal war bunt wie die Blumen des Gartens. Und siehe, der Arzt kam herein in den Saal, und er trat vor den König mit seinem Wächter und hielt ein altes Buch und ein Metallbüchschen mit Pulver in der Hand. Dann setzte er sich nieder und sprach: ‚Gebt mir ein Tablett!' Da brachten sie ihm ein Tablett, und er schüttete das Pulver darauf, glättete es und sagte zuletzt: ‚O König, nimm dies Buch, aber öffne es nicht, bis mein Kopf fällt; wenn er aber gefallen ist, so setze ihn auf dies Tablett und lasse ihn auf das Pulver drücken. Wenn du das getan hast, so wird alsbald das Blut aufhören zu fließen. Dann öffne das Buch!' Darauf gab der König den Befehl, daß sein Kopf abgeschlagen werden sollte, und er nahm das Buch von ihm. Und der Scharfrichter ging hin und durchschlug jenem den Hals. Da fiel sein Kopf mitten auf das Tablett, und er drückte ihn in das Pulver hinunter. Und das Blut hörte auf zu fließen, und der Weise Dubân schlug die Augen auf und sprach: ‚Öffne das Buch, o König!' Der König öffnete das Buch und fand, daß die Blätter zusammenhafteten; da führte er den Finger zum Munde, benetzte ihn mit seinem Speichel und wandte nun das erste Blatt, und ebenso das zweite und das dritte, aber die Blätter ließen sich nur mit Mühe wenden; und als er sechs Blätter umgewandt hatte, sah er sie an, und als er nichts darauf geschrieben fand, sprach er: ‚O Arzt, hier steht nichts geschrieben!' Der Weise aber erwiderte: ‚Wende noch mehr!' Und er wandte auf dieselbe Art noch drei um. Aber kaum war ein Augenblick vergangen, da durchdrang ihn sofort das Gift, mit dem das Buch vergiftet war. Und alsbald verfiel der König in starke Krämpfe, und er rief: ‚Gift hat mich durchdrungen!' Da sprach des weisen Dubân Kopf folgende Verse:

> *Sie herrschten ungerecht, und so herrschten sie lange Zeit;*
> *Aber die Herrschaft geriet alsbald in Vergessenheit.*
> *Für Recht hätten sie auch Recht erfahren, allein*
> *Ihr Unrecht vergalt das Geschick mit Unrecht in Trauer und Pein.*
> *Und so geschah's, daß die Stimme des Schicksals zu ihnen spricht:*
> *Dies ist der Lohn für jenes! Man tadle das Schicksal nicht!*

Kaum hatte der Kopf des Weisen zu reden aufgehört, so stürzte der König tot zu Boden.

Nun wisse, o Dämon, daß, wenn der König Junân den weisen Dubân verschont hätte, Allah auch ihn verschont haben würde; aber er weigerte sich dessen und bestand darauf, ihn zu töten, und so tötete ihn Allah; und auch du, o Dämon, hättest du mich verschont, wahrlich, so hätte dich Allah verschont.' – – «

Da bemerkte Schehrezâd, daß der Morgen begann, und sie hielt in der verstatteten Rede an. Doch als die *Sechste Nacht* anbrach, sagte ihre Schwester Dinazâd: »Erzähle uns doch deine Geschichte zu Ende«; und sie erwiderte: »Wenn der König es mir erlaubt.« »Erzähle!«, sagte der König; und so fuhr sie fort:

»Es ist mir berichtet worden, o glücklicher König, als der Fischer zu dem Dämonen sagte: ‚Hättest du mich verschont, so hätte auch ich dich verschont, aber du bestandest darauf, mich zu töten; so will ich dich jetzt sterben lassen, indem ich dich in dieser Flasche gefangen halte und dich hinausschleudere in dies

Meer', da brüllte der Mârid laut und schrie: ‚Ich beschwöre dich bei Allah, o Fischer, tu das nicht! Verschone mich und vergib mir, was ich getan habe; und wenn ich Böses getan habe, so tue du Gutes, denn in den Sprüchen, die im Volk umlaufen, heißt es: O du, der du Gutes tust dem, der Böses getan, der Missetäter hat genug an seiner Tat; und tue mir nicht, wie Umâma der 'Âtika tat.' Da fragte der Fischer: ‚Was hat denn Umâma der 'Âtika getan?' Doch der Dämon erwiderte: ‚Dies ist nicht die Zeit zum Erzählen, während ich in diesem Gefängnis sitze. Aber laß mich frei, und ich werde dir erzählen!' Darauf der Fischer: ‚Laß ab von solchen Reden; es hilft dir alles nichts, du wirst ins Meer geworfen, und es bleibt kein Weg, auf dem du je wieder herausgeholt werden könntest. Siehe, ich stellte mich unter deinen Schutz und demütigte mich vor dir, aber du wolltest mich unbedingt töten ohne ein Verschulden, wodurch ich das von dir verdient hätte; ja, ich tat dir doch nie etwas Böses, sondern einzig Gutes, da ich dich aus dem Gefängnis befreite. Weil du so an mir handeln wolltest, erkannte ich, daß du ein Übeltäter bist; und wisse, wenn ich dich in dies Meer zurückgeworfen habe, so will ich, damit jeder, der dich etwa herausholt, dich wieder zurückwirft, ihm erzählen, was mir von dir geschehen ist, und will ihn warnen; so sollst du hier in diesem Meere liegen bleiben, bis das Ende der Zeit ein Ende mit dir macht!' Aber der Dämon rief: ‚Setze mich in Freiheit! Dies ist eine Gelegenheit zum Edelmut, und ich schwöre dir, daß ich dir niemals etwas Schlechtes antun werde; ja, ich will dir helfen, daß du von der Not befreit wirst.'

Da nahm der Fischer ihm den Schwur ab, daß er, wenn er befreit sei, ihm nichts Böses, sondern nur Gutes tun würde; und nachdem er sich durch sein Gelöbnis gesichert und ihm im Namen Gottes des Allmächtigen einen feierlichen Eid abgenommen hatte, öffnete der Fischer ihm die Flasche. Da stieg die Rauchsäule empor, bis sie ganz in der Luft stand, und sie wurde nochmals zu einem Dämonen von scheußlichem Anblick; und er gab alsbald der Flasche einen Fußtritt, so daß sie weit ins Meer flog. Als aber der Fischer sah, daß der Dämon die Flasche ins Meer hatte fliegen lassen, glaubte er sicher an seinen Tod; sein Wasser träufelte in sein Kleid, und er sprach bei sich selbst: ‚Das ist kein gutes Zeichen‘; aber er faßte sich ein Herz und rief: ‚O Dämon, Allah der Erhabene spricht: Haltet euren Vertrag; denn einst wird über die Erfüllung des Vertrages Rechenschaft gefordert. Du hast gelobt und geschworen, keinen Verrat an mir zu üben, damit Allah keinen Verrat an dir übe; denn wahrlich, er ist ein eifersüchtiger Gott, der dem Sünder Frist gibt, ihn aber nicht entschlüpfen läßt. Ich sage zu dir, wie der Weise Dubân zu König Junân sagte: Verschone mich, so wird Allah dich verschonen!‘ Der Dämon aber brach in Lachen aus, trat vor den Fischer und sprach zu ihm: ‚Folge mir!‘ und der Fischer schritt hinter ihm her, aber er war noch immer seines Entkommens nicht sicher. So schritt er, bis sie außerhalb der Stadt anlangten. Dann stieg er auf einen Berg und wieder hinab in eine weite Steppe, und siehe, da standen sie vor einem See. Der Dämon watete hinein und rief dem Fischer zu: ‚Folge mir!‘; der folgte ihm bis in die Mitte des Sees. Dort blieb der Dämon stehen und hieß den Fischer das Netz auswerfen und Fische fangen. Der Fischer nun blickte in den See und sah vielfarbige Fische darin, weiße und rote, blaue und gelbe, und er wunderte sich darüber. Dann nahm er das Netz, warf es aus und holte es ein und fand in ihm vier Fische, einen von jeder Farbe. Als der Fischer die sah, freute er sich; der Dämon aber sprach zu ihm: ‚Bringe die dem Sultan und setze sie ihm vor! Er wird dir genug geben, um dich zum reichen Manne zu machen. Aber, um Allahs willen, entschuldige mich jetzt; denn ich weiß heute keine andere Art, dir wohlzutun, zumal ich achtzehnhundert Jahre in jenem Meere gelegen und das Angesicht der Erde in dieser Stunde erst wiedergesehen habe. Fische jedoch in diesem See nur einmal am Tage!' Und er nahm Abschied von ihm, indem er sprach: ‚Allah gebe, daß wir uns wiedersehen!' Dann stampfte er mit einem Fuß auf den Boden, und die Erde spaltete sich und verschlang ihn. Erstaunt über das, was ihm mit dem Dämon begegnet war, und darüber, wie es geschehen war, nahm der Fischer die Fische und machte sich auf den Weg zur Stadt; und sowie er nach Hause kam, nahm er eine irdene Schüssel, füllte sie mit Wasser und warf die Fische hinein, die alsbald im Wasser der Schüssel zu zappeln begannen. Dann trug er die Schüssel auf dem Kopfe in den Palast, wie ihm der Dämon befohlen hatte. Als er nun zum König eingetreten war und ihm die Fische vorgesetzt hatte, geriet dieser in höchstes Erstaunen über den Anblick; denn nie in seinem Leben hatte er noch Fische gesehen wie diese, in Art und Gestalt. So sagte er: ‚Gib diese Fische der Sklavin Köchin!' Diese Sklavin hatte ihm der König von Griechenland vor drei Tagen geschenkt, und er hatte sie noch nicht in der Kochkunst erprobt. Der Wesir befahl ihr, die Fische zu braten, indem er sprach: ‚O Mädchen, der König läßt dir sagen: Wir erproben dich, o meine Träne, nur in der Zeit unserer Not[1]; zeige uns heute deine Kunst und deine Fähigkeit, gut zu kochen! Denn dem Sultan hat heute einer ein Geschenk gebracht.' Und nachdem der Wesir ihr genaue Anweisungen gegeben hatte, kehrte er zum König zurück, der ihm befahl, dem Fischer vierhundert Dinare zu geben. Der Wesir gab sie ihm, und der Fischer nahm

1. Das heißt: man erprobt etwas nur in der Zeit, in der man es braucht.

sie, tat sie in seinen Busen und ging eilends nach Hause; dabei fiel er hin, stand wieder auf und stolperte wieder, denn er hielt das Ganze für einen Traum. Er kaufte aber den Seinen alles, was sie brauchten, und schließlich ging er in heller Freude zu seinem Weibe.

So viel von dem Fischer! Was aber die Sklavin angeht, so nahm sie die Fische, säuberte sie, stellte die Pfanne aufs Feuer und ließ die Fische braten, bis die eine Seite gar war; dann wandte sie sie um auf die andere Seite. Und siehe, die Küchenwand spaltete sich, und heraus trat ein Mädchen, schön von Gestalt, mit runden Wangen, von vollendeter Anmut, mit tiefschwarz gefärbten Augenlidern. Sie trug ein seidenes Kopftuch mit blauen Fransen; an ihren Ohren hingen Ringe; die Handgelenke umschloß ein Paar Spangen, und Ringe mit unschätzbaren Edelsteinen waren auf ihren Fingern; in der Hand aber hielt sie eine Rute aus Bambusrohr. Sie stieß mit der Rute in die Pfanne und sagte: ‚Ihr Fische, seid ihr getreu dem Vertrag?' Als die Köchin dies sah, da fiel sie in Ohnmacht. Das Mädchen aber wiederholte ihre Worte ein zweites Mal und ein drittes Mal, und schließlich hoben die Fische die Köpfe aus der Pfanne und sprachen in deutlicher Rede: ‚Ja, ja!' und begannen diesen Vers zu sagen:

Kehrst du um, so kehren wir um; und bist du treu, so sind wir treu.
Sagst du aber dich los, so sind wir wie du des Versprechens frei.

Da stieß das Mädchen die Pfanne um und ging an der Stelle hinaus, an der sie hereingekommen war, und die Wand schloß sich hinter ihr. Als dann aber die Köchin aus ihrer Ohnmacht erwachte, sah sie die vier Fische schwarzgebrannt wie Holzkohle und rief aus: ‚Im ersten Waffentanze zerbrach schon seine Lanze'; und sie fiel wieder ohnmächtig hin. Während sie so dalag, kam der Wesir; und als er sie, die schwarze Perle, daliegen sah, die nicht imstande war, den Sabbat vom Donnerstag zu unterscheiden, stieß er sie mit dem Fuße an. Da wachte sie auf und weinte und erzählte ihm alles, wie es geschehen war. Der Wesir erstaunte sehr und rief: ‚Dies ist fürwahr höchst seltsam!' Alsbald schickte er nach dem Fischer; der wurde herbeigeholt, und da rief der Wesir ihn an, indem er sprach: ‚O Fischer, bringe uns vier Fische, denen gleich, die du zuvor gebracht.' Der Fischer begab sich zu dem See und warf das Netz aus; und als er es einzog, siehe, da waren darin vier Fische gleich den ersten. Die nahm er und trug sie sofort zum Wesir, und er brachte sie zur Sklavin hinein und sagte: ‚Wohlan, brate diese in meiner Gegenwart, damit ich diese Geschichte mitansehe.' Die Sklavin begann und säuberte sie, stellte die Pfanne über das Feuer und legte die Fische hinein; aber sie lagen kaum darin, da spaltete sich die Wand, und das Mädchen trat vor, in derselben Gestalt wie das erste Mal, und in der Hand hielt sie die Rute, mit der sie wiederum in die Pfanne stieß, und sagte: ‚Ihr Fische, ihr Fische, seid ihr getreu dem alten Vertrag?' Und siehe, alle Fische erhoben die Köpfe und sagten: ‚Ja, ja!', und sie sprachen denselben Vers wie vorher, und der hieß:

Kehrst du um, so kehren wir um; und bist du treu, so sind wir treu.
Sagst du aber dich los, so sind wir wie du des Versprechens frei.

Da bemerkte Schehrezâd, daß der Morgen begann, und sie hielt in der verstatteten Rede an. Doch als die *Siebente Nacht* anbrach, fuhr sie also fort: »Es ist mir berichtet worden, o glücklicher König, als die Fische gesprochen hatten und das Mädchen mit der Rute die Pfanne umstieß und an der Stelle hinausging, an der sie hereingekommen war, und die Mauer sich hinter ihr schloß, da hub der Wesir an und rief: ‚Dies ist etwas, das dem König nicht verborgen bleiben darf.' Dann ging er hin zum König und erzählte ihm, was geschehen war und sich vor seinen eigenen Augen ereignet hatte; woraufhin der König sprach:

‚Das muß ich unbedingt mit meinen eigenen Augen sehen.'
Alsbald schickte er nach dem Fischer und befahl ihm, vier Fische zu bringen, den ersten gleich, und sandte drei Leute zur Bewachung mit ihm. Der Fischer ging hin und brachte die Fische alsbald; und der König befahl, ihm vierhundert Goldstücke zu geben, wandte sich zu dem Wesir und sprach: ‚Auf, brate du mir diese Fische hier vor meinen Augen!' Der Wesir sprach: ‚Ich höre und gehorche', und er ließ sich die Pfanne bringen, machte die Fische zurecht, setzte die Pfanne aufs Feuer und legte die Fische hinein. Und siehe, die Mauer spaltete sich, und heraus sprang ein schwarzer Sklave, einem riesigen Felsen gleich oder einem Überrest vom Stamme 'Âd[1], und in der Hand hielt er den Ast eines grünen Baumes; und er rief in lautem Tone: ‚Ihr Fische, ihr Fische, seid ihr getreu dem alten Vertrag?' Und die Fische hoben die Köpfe aus der Pfanne und sagten: ‚Ja, ja! Wir halten fest an dem Vertrage.

Kehrst du um, so kehren wir um, und bist du treu, so sind wir treu.
Sagst du aber dich los, so sind wir wie du des Versprechens frei.'

Da trat der Mohr an die Pfanne, stieß sie um mit dem Ast, den er in der Hand trug, und ging an der Stelle hinaus, an der er hereingekommen war. Nun blickten der Wesir und der König auf die Fische und sahen, daß sie schwarzgebrannt waren wie Holzkohlen. Der König erstaunte gewaltig und sprach: ‚Dies ist etwas, über das man nicht Schweigen bewahren kann, und mit diesen Fischen hat es irgendeine besondere Bewandtnis.' Dann befahl er, den Fischer herbeizuholen; und als der gekommen war, fragte er ihn: ‚Du da, sag, woher kommen diese Fische?' Der erwiderte: ‚Von einem See zwischen vier Höhen, unter-

---

[1]. Sagenhafte Ureinwohner Nordwest-Arabiens, die im Koran öfters genannt werden; von ihren großen Bauten ist in Sure 26, Vers 128 die Rede.

halb dieses Gebirges, das vor deiner Stadt liegt.' Da sprach der König, zu dem Fischer gewendet: ‚Wieviel Tage ist er entfernt?' und jener entgegnete: ‚O unser Herr Sultan, er ist nur eine halbe Stunde weit entfernt.' Da staunte der König und befahl sofort seinem Fußvolk zu marschieren und seinen Reitern aufzusitzen; und er zog hin mit dem Fischer, der ihn führte und den Dämon verwünschte, bis sie das Gebirge erklommen hatten und niederstiegen in eine große Wüste, die der Sultan und alle die Soldaten zeit ihres Lebens noch nicht gesehen hatten; und sie staunten sehr, als sie jene Wüste erblickten, und den See in ihrer Mitte zwischen den vier Höhen, und die Fische darinnen in vier Farben, in Rot und Weiß und Gelb und Blau. Der König stand da, vom Staunen gefesselt, und fragte seine Truppen und alle, die anwesend waren: ‚Hat einer unter euch je diesen See zuvor gesehen?', und alle gaben zur Antwort: ‚Niemals, größter König unserer Zeit, solange wir leben.' Sie fragten darauf die ältesten Einwohner, aber auch die antworteten: ‚Nie in unserem Leben haben wir diesen See an dieser Stätte gesehen!' Der König aber rief: ‚Bei Allah, ich will nicht in meine Hauptstadt zurückkehren noch auf dem Thron meiner Herrschaft sitzen, ehe ich nicht erfahre, was es mit diesem See und diesen Fischen für eine Bewandtnis hat.' Dann befahl er den Leuten, sich rings um diese Höhen zu lagern; und sie taten es. Darauf ließ er den Wesir kommen; der war ein Mann von Erfahrung, Verstand und Einsicht und wohlbewandert in allen Geschäften. Dieser nun trat vor den König hin, und der sprach zu ihm: ‚Siehe, ich wünsche etwas zu tun, davon ich dich unterrichten will; es ist mir in den Sinn gekommen, heute nacht allein auszuziehen und das Geheimnis dieses Sees und dieser Fische aufzuspüren. Nimm du den Platz an meiner Zelttür ein und sage den Emiren und Wesiren, den Kammerherren und Statthaltern und allen, die dich nach mir fragen: Der Sultan fühlt sich nicht wohl, und er hat mir befohlen, niemandem die Erlaubnis zum Eintritt zu geben. Doch verrate niemandem meinen Plan!' Und der Wesir konnte ihn nicht davon abbringen. Darauf verkleidete sich der König, gürtete sich mit seinem Schwerte und stieg auf eine der Höhen; und er zog den übrigen Teil der Nacht dahin bis zum Morgen. Dann wanderte er weiter den ganzen Tag hindurch, obwohl die Hitze schwer auf ihm lastete, da er doch Tag und Nacht wanderte. Und weiter zog er die zweite Nacht hindurch bis zum Morgen; da tauchte plötzlich in weiter Ferne ein schwarzer Punkt vor ihm auf. Und er freute sich und sprach zu sich selber: ‚Vielleicht werde ich jemanden finden, der mir künden kann, was es mit dem See und den Fischen auf sich hat.' Und als er näher herankam, fand er einen Palast, gebaut aus schwarzen Steinen und belegt mit Eisenplatten; und einer der Flügel des Tores stand weit offen, während der andere geschlossen war. Hocherfreut trat der König an das Tor und klopfte leise; doch da er keine Antwort hörte, klopfte er ein zweites Mal und ein drittes; aber auch dann hörte er keine Antwort. Da pochte er sehr laut, aber noch immer antwortete ihm niemand. So sagte er sich: ‚Ohne Zweifel steht er leer.' Nun faßte er sich ein Herz und schritt durch das Tor des Palastes in die große Vorhalle und rief dort laut: ‚Ihr Bewohner des Palastes, hier ist ein Fremdling und ein Wandrer; habt ihr ein wenig Wegzehrung?' Und er wiederholte den Ruf ein zweites Mal und ein drittes, aber er hörte keine Antwort; nun stärkte er seinen Mut und festigte sein Herz und schritt durch die Vorhalle bis mitten in den Palast und fand keinen Menschen darin. Und doch war er ausgestattet mit Seidenteppichen und goldgestickten Stoffen; und die Vorhänge waren niedergelassen. In der Mitte des Schlosses aber war ein geräumiger Hof, auf den sich vier Hallen öffneten, mit einer erhöhten Estrade, eine der andern gegenüber; in der Mitte des Hofes war ein Bassin mit einem Springbrunnen; auf diesem standen vier Löwen aus rotem Golde, die aus ihren Mäulern Wasser spien, klar wie Perlen und Edelgestein. Rings im Palast aber flatterten Vögel, und darüber war ein Netz aus goldenem Draht gespannt, das sie hinderte hinauszufliegen; aber er sah keinen einzigen Menschen. Der König staunte und war doch traurig, weil er niemanden sah, der ihm Auskunft geben konnte über jene Wüste und den See, über die Fische, die Höhen und den Palast. Dann setzte er sich nachdenklich nieder zwischen den Türen, und siehe, da erklang eine Stimme der Schmerzen wie aus einem gramverzehrten Herzen, und diese Stimme sang ein Lied:

> *Ich barg, was mir von dir geschah, doch kam's an den Tag;*
> *Der Schlaf meines Auges wich, so daß ich schlummerlos lag.*
> *O Schicksal, quäle mich nicht immer, verwunde mich nicht;*
> *Sieh doch, wie mein armes Herz in Not und Gefahr zerbricht!*
> *Ihr habt kein Erbarmen mit dem Mächtigen, den die Lieb*
> *Erniedrigte, noch mit dem Reichen, den sie in Armut trieb.*
> *Dem Zephyr, der euch umwehte, mißgönnte ich einst sein Glück;*
> *Doch seit das Verhängnis herabkam, ist blind geworden der Blick.*
> *Was hilft die Stärke dem Schützen, wenn er mit dem Feinde sich mißt,*
> *Und beim Abschießen des Pfeiles die Sehne zerrissen ist?*
> *Und kommen der Sorgen viele und häufen sich auf ihn,*
> *Wohin kann der Held dem Geschicke und dem Verhängnis entfliehn?*

Als nun der Sultan die traurige Stimme hörte, sprang er auf die Füße; und indem er dem Klange folgte, fand er einen Vorhang, der vor einer Zimmertür niedergelassen war. Er hob den Vorhang auf und sah dahinter einen jungen Mann auf einem Sessel sitzen, der sich etwa eine Elle hoch über dem Boden erhob; es war ein Jüngling wunderschön, von Gestalt lieblich anzusehn, mit einer Stimme glockenrein, einer Stirne zart und fein, einer

Wange von rotem Schein, und einem Male mitten auf seiner
Wange, wie ein Ambrakügelchen klein, wie der Dichter sagt:

> *Ein schlanker Jüngling, um dessen Stirn und lockiges Haar*
> *Die Menschheit in düsterer Trauer und heller Freude war!*
> *Schmähet das schöne Mal nicht, das seine Wange schmückt,*
> *Das zwiefach mit schwarzen Pünktchen die Blicke aller berückt!*

Der König freute sich, als er ihn sah, und grüßte ihn. Der Jüngling aber blieb sitzen in seinem Kaftan aus Seidenstoff, bestickt mit ägyptischem Golde, und mit seiner Krone auf dem Haupte, die mit kostbaren Edelsteinen besetzt war. Doch in seinem Gesicht waren die Spuren des Grams. Er erwiderte den Gruß des Königs auf die höflichste Art und sprach: ‚O mein Herr, deine Würde verlangt, daß ich aufstehe vor dir; doch ich bitte dich, mich zu entschuldigen.' Der König erwiderte: ‚Du bist entschuldigt, o Jüngling; ich bin dein Gast, der in einer wichtigen Sache zu dir kam. Ich möchte, du tätest mir kund, was es mit jenem See und jenen Fischen und mit diesem Palast auf sich hat, und warum du so allein in ihm sitzest und warum du weinest.' Als der Jüngling diese Worte hörte, flossen seine Tränen ihm über die Wangen, und er weinte bitterlich, bis seine Brust von Tränen naß war. Dann sprach er die Verse:

> *Dem, der schläft, derweil ihn Schicksalsstürme umtoben,*
> *Sagt: Wie viel' haben sie erniedrigt, wie viele erhoben!*
> *Wenn du auch schläfst, so schlummert das Auge Allahs nie.*
> *Wen beglückten Geschick und Welt? Wem lächelten dauernd sie?*

Wieder seufzte er in tiefer Betrübnis und fuhr fort:

> *Laß nur in allen Dingen den Herrn der Menschen walten;*
> *Weis von dir alle Gedanken, die dich in Sorgen halten!*
> *Frag nicht bei jedem Geschehn, wie es also geschah:*
> *Denn alle Dinge sind doch nach Geschick und Verhängnis da!*

Der König staunte und fragte ihn: ‚Was macht dich weinen, o Jüngling?' Jener erwiderte: ‚Wie sollte ich nicht weinen, da es so mit mir steht?' Und er streckte die Hand nach dem Saum seines Gewandes und hob ihn auf, und siehe, der untere Teil seines Leibes war bis zu den Füßen hinab aus Stein, vom Nabel aber bis zum Haar seines Hauptes war er aus Fleisch. Als der König den Jüngling in diesem Zustande sah, erfaßte ihn großer Schmerz, und tief betrübt rief er: ‚Wehe! O Jüngling, du häufest Gram auf meinen Gram. Ich war auf der Suche nach den Fischen und ihrer Geschichte: jetzt aber muß ich nach ihrer Geschichte und nach der deinen fragen. Doch es gibt keine Majestät und es gibt keine Macht außer bei Allah, dem Erhabenen, Allmächtigen! Eile, o Jüngling, und tu mir alsbald die Geschichte kund!' Jener sprach: ‚Leih mir dein Ohr und dein Auge.' Der König entgegnete: ‚Mein Ohr und mein Auge sind bereit!' Da begann der Jüngling: ‚Fürwahr, diese Fische und ich haben eine wunderbare Geschichte; und würde sie mit Sticheln in die Augenwinkel gestichelt, sie wäre eine Warnung für jeden, der sich warnen ließe.' ‚Und wie ist sie?' fragte der König; da begann der Jüngling

DIE GESCHICHTE
DES VERSTEINERTEN PRINZEN

Wisse, hoher Herr, mein Vater war der König dieser Stadt; er hieß Mahmûd, Herr der Schwarzen Inseln, und sein Reich war im Gebiet dieser vier Hügel. Er herrschte siebzig Jahre; und als er dann zu Allahs Gnade einging, wurde ich Sultan an seiner Statt. Ich vermählte mich mit meiner Base, und sie liebte mich so gewaltig, daß sie, wenn ich ihr ferne war, nicht aß und nicht trank, bis sie mich wieder bei sich sah. Fünf Jahre lang lebten wir in dieser innigen Gemeinschaft. Da, eines Tages, ging sie zum Badehaus; und ich hieß den Koch sich daran machen, für uns das Nachtmahl zu bereiten. Dann trat ich in diesen Palast und legte mich dort nieder, wo ich zu schlafen gewohnt war, indem ich zwei Mädchen befahl, mich zu fächeln; die eine hieß ich mir zu Häupten, die andere zu meinen Füßen sitzen. Aber ich war besorgt wegen der Abwesenheit meines Weibes, und der Schlaf kam nicht zu mir; zwar waren meine Augen geschlossen, aber mein Geist war wach. Da hörte ich die Sklavin zu meinen Häupten zu der, die zu meinen Füßen saß, sagen: ‚O Mas'ûda, es ist ein Jammer um unseren Herrn und ein Jammer um seine Jugend! Wie traurig ergeht es ihm mit unserer elenden Herrin, der Metze!' Und die andere erwiderte ihr: ‚Ja, wahrlich; Allah verfluche alle treulosen und ehebrecherischen Weiber! Aber ein Mann wie unser Herr in seiner Jugend ist doch wirklich viel zu gut für diese Metze, die jede Nacht draußen schläft.' Da sprach die zu meinen Häupten: ‚Unser Herr ist doch stumm, wie einer, dem man einen Zaubertrank eingegeben hat, daß er sie nicht zur Rede stellt!' und die andere: ‚Schäme dich! Weiß unser Herr etwas davon, oder verläßt sie ihn mit seinem Willen? Ja, mischt sie ihm nicht jeden Abend den Trank, den sie ihm vor dem Schlafengehen zu trinken gibt, und tut das einschläfernde Bilsenkraut hinein? So schläft er ein und weiß nicht, was geschieht, noch erfährt er, wohin sie geht und ihre Schritte lenkt. Wenn sie ihm nun den Wein mit dem Schlaftrunk gereicht hat, legt sie ihre Gewänder an, besprengt sich mit Wohlgerüchen und verläßt ihn und bleibt bis zum Anbruch des Tages fort; dann aber kommt sie zu ihm und brennt unter seiner Nase etwas Räucherwerk ab, und er erwacht aus seinem Schlafe.' Als ich das Gespräch der Mädchen gehört hatte, wurde das Licht vor meinen Augen zur Finsternis, und ich konnte kaum warten, bis die Nacht anbrach.

Sobald meine Base zurückkam aus dem Badehause, breiteten wir das Tischtuch aus und aßen; darauf saßen wir noch eine Weile beisammen und unterhielten uns, so wie wir es gewohnt waren. Dann rief sie nach dem Wein, den ich vor dem Schlafengehen zu trinken pflegte, und reichte mir den Becher; ich leerte ihn und tat, als tränke ich ihn wie gewöhnlich, aber ich goß ihn aus in die Tasche auf meiner Brust; im selben Augenblick legte ich mich nieder und stellte mich, als ob ich schliefe. Und siehe, sie rief: ‚Schlaf durch die Nacht und steh nie wieder auf! Bei Allah, ich verabscheue dich, und ich verabscheue deine Gestalt, und meine Seele ist der Gemeinschaft mit dir überdrüssig; ich kann den Augenblick nicht mehr erwarten, da Allah dein Leben hinwegrafft.' Dann ging sie hin und legte ihre schönsten Kleider an, beräucherte sich mit Wohlgerüchen, nahm mein Schwert und gürtete sich damit; und sie öffnete die Tore des Palastes und ging hinaus. Ich aber stand auf und folgte ihr, wie sie den Palast verließ und durch die Straßen der Stadt zog, bis sie beim Stadttor anlangte. Dort sprach sie Worte, die ich nicht verstand; die Riegel fielen nieder, und das Tor tat sich auf. Sie ging hinaus, während ich ihr folgte, ohne daß sie es merkte, bis sie schließlich bei den Schutthügeln anlangte und zu einem Rohrzaun kam, in dem sich eine runde Hütte befand, aus Lehmziegeln gebaut und mit einer kleinen Tür versehen. Sie trat ein, ich aber stieg auf das Dach der Hütte und schaute ins Innere. Und siehe, meine Base war zu einem schwarzen Sklaven getreten, dessen eine Lippe wie ein Topfdeckel und dessen andere Lippe wie eine Schuhsohle war; ja, seine Lippe war so lang, daß er mit ihr den Sand vom Kiesflur der Hütte hätte auflesen können. Er war aussätzig und lag auf einer Streu vom Abfall des Zuckerrohrs, gehüllt in ein altes Laken und in Lumpen und Fetzen. Sie küßte den Boden vor ihm; da wandte jener Sklave seinen Kopf zu ihr und sprach: ‚Ha, du! Sag, warum bist du bis jetzt ausgeblieben? Hier sind ein paar meiner schwarzen Vettern bei mir gewesen, die haben ihren Wein getrunken, und jeder hatte seine Geliebte da; ich aber mochte um deinetwillen nicht trinken.' Doch sie rief: ‚Mein Herr und Geliebter, du Freude meiner Augen, weißt du nicht, daß ich meinem Vetter vermählt bin, dessen Gestalt ich verabscheue und dessen Gesellschaft ich hasse? Und fürchtete ich nicht um deinetwillen, ich ließe die Sonne nicht wieder aufgehn, bevor ich nicht diese Stadt in einen Trümmerhaufen verwandelt hätte, darinnen Eule und Rabe schreien und Füchse und Schakale hausen; ja, ihre Steine selbst hätte ich schon hinter den Berg Kaf geschafft.' Da schrie der Sklave: ‚Du lügst, Verfluchte! Nun schwöre ich einen Eid bei der Ehre der Mohren – und glaube nicht, unser Ehrgefühl sei so gering wie das Ehrgefühl der Weißen! –, wenn du von heute an noch einmal bis zu dieser Zeit ausbleibst, so will ich nicht mehr mit dir Gesellschaft pflegen, noch will ich meinen Leib an deinen kleben, du Verfluchte! Du spielst mit mir Scherbenwerfen; bin ich nur für deine Laune da? O du stinkende Hündin! Du Gemeinste der Weißen!' Als ich diese Worte von ihm hörte, und sah und schaute und vernahm, was zwischen beiden vorging, da ward die Welt dunkel vor meinen Augen, und ich wußte selber nicht, wo ich war. Aber meine Base stand weinend und demütig vor dem Sklaven und rief: ‚O mein Geliebter, Frucht meines Herzens, wenn du mir zürnst, wer wird mich dann zu sich nehmen? Und wenn du mich verstößest, wer wird mir dann eine Zuflucht gewähren, o mein Geliebter, o du Licht meiner Augen?' Und sie hörte nicht auf zu weinen und sich vor ihm zu erniedrigen, bis er sich mit ihr versöhnte. Da wurde sie froh, stand auf, legte ihre Gewänder ab, selbst ihre Beinkleider, und sprach:

‚O mein Herr, hast du nicht etwas für deine Sklavin zu essen?' ‚Nimm den Deckel vom Becken!' brummte er, ‚darin sind die Knochen von gekochten Mäusen, die iß; und dann geh zu dem Tonkrug da, drin ist ein Bierrest, den trink!' Sie aß nun und trank, wusch sich dann die Hände und den Mund und ging und legte sich neben dem Sklaven auf die Streu aus Zuckerrohr; und sie entblößte sich ganz und kroch zu ihm hinein in das schmutzige Laken und unter die Lumpen. Als ich aber mein Weib, meine Base, also tun sah, da verlor ich fast die Besinnung; ich stieg hinab vom Dach der Hütte, ging hinein und nahm das Schwert, das meine Base mitgebracht hatte, zückte es und wollte sie beide erschlagen. Zuerst führte ich einen Hieb nach dem Nacken des Sklaven und glaubte, daß es um ihn geschehen sei!' – – «

Da bemerkte Schehrezâd, daß der Morgen begann, und sie hielt in der verstatteten Rede an. Doch als die *Achte Nacht* anbrach, fuhr sie fort: »Es ist mir berichtet worden, o glücklicher König, daß der verzauberte Jüngling dem König erzählte: ‚Als ich den Sklaven mit dem Schwerte getroffen hatte, um ihm den Kopf abzuschlagen, da hatte ich ihm nicht die beiden Schlagadern durchschnitten, sondern nur die Luftröhre und die Haut und das Fleisch. Ich vermeinte aber, ich hätte ihn getötet, und er röchelte schwer. Da regte sich meine Base; ich trat zurück, stieß das Schwert wieder in die Scheide, ging in die Stadt und trat in den Palast ein und schlief auf meinem Lager bis zum Morgen. Da kam mein Weib und weckte mich; und siehe, sie hatte sich das Haar abgeschnitten und Trauerkleidung angelegt. Und sie sprach: ‚O mein Gemahl, tadle mich nicht um das, was ich tue! Mir ist soeben berichtet worden, daß meine Mutter entschlafen ist, daß mein Vater im heiligen Kriege gefallen, und einer meiner Brüder an einem Schlangenbiß gestorben ist, der andere aber sein Leben durch einen Absturz verloren hat. Darum geziemt es sich für mich, daß ich weine und traure.' Und als ich ihre Worte hörte, ließ ich sie gewähren, indem ich sprach: ‚Tu, wie du willst! Ich werde dich nicht hindern.' So saß sie trauernd und weinend und klagend ein ganzes Jahr lang von Anfang bis zu Ende; und nach dem Ablauf des Jahres sagte sie zu mir: ‚Ich möchte mir in deinem Palast ein Grab bauen, mit einer Kuppel, das will ich allein für die Trauer bestimmen, und ich will es das Haus der Klagen nennen.' Ich sprach wieder: ‚Tu, wie du willst!' Und sie baute sich ein Haus für die Trauer; über die Mitte setzte sie eine Kuppel, und darunter im Erdboden ließ sie eine Grabkammer herrichten. Dann ließ sie den Sklaven herbeischaffen und dort wohnen; aber er war nicht mehr imstande, ihr zu Diensten zu sein; er trank nur noch Wein und sprach seit dem Tage, an dem ich ihn verwundet hatte, kein Wort mehr und lebte doch weiter, weil seine bestimmte Stunde noch nicht gekommen war. Tag für Tag ging mein Weib am Morgen und am Abend zu dem Mausoleum, weinte und klagte über ihn, und gab ihm Wein und Brühen, morgens und abends, und ließ davon ein zweites Jahr hindurch nicht ab; und ich ertrug das voll Langmut und achtete ihrer nicht. Doch eines Tages trat ich unversehens bei ihr ein; und ich fand sie weinend, und hörte sie rufen: ‚Weshalb hast du dich meinem Blicke entzogen, o meines Herzens Wonne? Sprich zu mir, o mein Leben; rede mit mir, o mein Geliebter!' Und sie sprach die Verse:

Voll Ungeduld bin ich nach deiner Liebe: vergißt du mich,
So liebt doch mein Herz und mein ganzes Innre keinen als dich.
Nimm meinen Leib und meine Seele, wohin du nur eilst;
Begrabe mich neben der Stätte, wo du anhältst und weilst.
Ruf meinen Namen über mein Grab, so antwortet dir
Ein Seufzer meines Gebeins; es hört dich, rufst du nach mir.

Und sie sprach weiter unter Tränen:

> *Der Tag der Sehnsucht ist der Tag, da du vor mir stehst:*
> *Der Tag des Unglücks aber der Tag, da du von mir gehst.*
> *Verbringe ich auch die Nacht in Angst und von Unheil bedroht,*
> *So ist deine Nähe doch süßer als Freisein von aller Not.*

Und nochmals begann sie:

> *Besäß ich auch alle Güter der Welt und dazu der*
> *Perserkönige Reich:*
> *Und könnte mein Auge dein Antlitz nicht schaun –*
> *sie wären dem Flügel der Mücke mir gleich.*

Und als sie mit ihren Worten und ihrem Weinen innehielt, sprach ich zu ihr: ‚O meine Base, laß dies dein Trauern genügen; denn das Weinen nützt dir nichts!' ‚Hindre mich nicht', antwortete sie, ‚in dem, was ich tue; denn wenn du mich hinderst, so nehme ich mir das Leben!' Da ließ ich sie gewähren und ihres eigenen Weges gehen; und sie hörte noch ein weiteres Jahr nicht auf zu trauern und zu weinen und zu klagen. Nach Ablauf des dritten Jahres aber, eines Tages, als ich gerade über irgendeine Sache, die mir zugestoßen war, ärgerlich war und mir dies heulende Elend überhaupt schon zu lange gedauert hatte, trat ich ein und fand sie bei der Grabkammer im Mausoleum, und ich hörte sie sagen: ‚O mein Herr, ich höre nie ein einziges Wort von dir! Weshalb gibst du mir keine Antwort, o mein Gebieter?' Und sie sprach:

> *O Grab! O Grab! Schwand denn seine Schönheit jetzt dahin?*
> *Und schwand dein Glanz, der sonst in herrlichem Licht erscheint?*
> *O Grab, du bist doch weder Erde noch Himmel für mich;*
> *Wie kommt's, daß in dir der Mond sich mit der Sonne vereint?*

Doch als ich ihre Worte und ihre Verse hörte, häufte sich bei mir Wut auf Wut; und ich rief: ‚Wehe! Wie lange soll diese Trauer noch währen?', und ich sprach:

O Grab! O Grab! Schwand denn seine Häßlichkeit jetzt dahin?
Und schwand dein Glanz, der sonst in ekligem Lichte erscheint?
O Grab, du bist doch weder Grube noch Kessel für mich;
Wie kommt's, daß in dir der Ruß sich mit dem Schlamme vereint?

Wie sie jedoch meine Worte hörte, sprang sie auf die Füße und rief: ‚Wehe über dich, du Hund, der du mir alles dies angetan hast; du hast den Geliebten meines Herzens verwundet und mir wehgetan, und du hast seine Jugend vernichtet, so daß er schon seit drei Jahren weder tot noch lebendig ist!' Da aber schrie ich sie an: ‚O du allergemeinste Dirne, du allerschmutzigste Buhlerin, Geliebte eines Negersklaven, die du dich weggeworfen hast! Jawohl, ich habe es getan!', und indem ich mein Schwert aufgriff, zog ich es und zielte auf sie zu, um sie niederzuschlagen. Aber als sie meine Worte hörte und mich entschlossen sah, sie zu töten, lachte sie und sprach: ‚Zurück, Hund, der du bist! Freilich, was vergangen ist, kehrt nicht wieder, und die Toten kommen nicht zurück. Jetzt aber hat Allah den in meine Hand gegeben, der mir all dies antat: eine Tat, die mir das Herz mit einem Feuer brannte, das nicht erlosch, und mit einer Flamme, die sich nicht ersticken ließ!' Dann stand sie auf, sprach ein paar Worte, die ich nicht verstand, und sagte: ‚Kraft meiner Zauberkunst werde du halb Stein, halb Mensch!' Darauf wurde ich, so wie du mich siehst, außerstande, aufzustehen und zu sitzen, weder tot noch lebend. Nachdem ich dann so verwandelt war, verzauberte sie die Stadt mit all ihren Straßen und Gärten in einen See. Nun waren in unserer Stadt vier Zünfte: Muslime, Christen, Juden und Feueranbeter; die verzauberte sie in Fische, und die weißen sind die Muslime, die roten die Feueranbeter, die blauen die Christen und die gelben die Juden. Und die vier Inseln verzauberte sie in vier Hügel, die den See umgeben. Seitdem schlägt und geißelt sie mich jeden Tag mit hundert Hieben, so daß mein Blut fließt und meine Schultern Striemen haben; und zuletzt bekleidet sie mir die obere Hälfte mit einem härenen Hemd aus Hosentuch und wirft dann diese prächtigen Kleider darüber.' Wiederum begann der Jüngling zu weinen, und er sprach diese Verse:

> *Geduld gebührt deinem Spruche, o Gott, o Schicksal der Welt;*
> *Ich füge mich still darein, wenn es dir so gefällt.*
> *Sie übten Gewalt und Feindschaft an mir und grausamen Hohn;*
> *Aber vielleicht wird einst das Paradies mir zum Lohn.*
> *Ich lebte durch das Geschick, das mir zuteil ward, in Pein;*
> *Doch der reine Prophet, der Gott gefällt, tritt für mich ein.*

Nun wandte sich der König dem Jüngling zu und sagte: ,O Jüngling, du hast mir Kummer auf Kummer gehäuft, nachdem du mir eine Sorge genommen hast; aber jetzt, o Prinz, wo ist sie? Und wo ist das Mausoleum, darin der verwundete Sklave liegt?' ,Der Sklave liegt unter jener Kuppel in seiner Grabkammer', sprach der Jüngling, ,und sie sitzt in jenem Zimmer gegenüber. Jeden Tag kommt sie mit Sonnenaufgang zuallererst zu mir und zieht mir meine Kleider aus und schlägt mich mit hundert Peitschenschlägen, und ich weine und schreie; doch ich habe keine Kraft der Bewegung mehr, um sie von mir abzuwehren. Dann, nachdem sie meine Folter beendet hat, bringt sie dem Sklaven Wein und Brühe hinunter und gibt ihm zu trinken. Auch morgen früh wird sie hier sein.' Da sprach der König: ,Bei Allah, o Jüngling, ich will gewißlich eine gute Tat an dir tun, die man an mir rühmen und von der man erzählen wird bis zum Ende der Zeiten.' Darauf setzte der König sich neben den Jüngling und unterhielt sich mit ihm bis zum Einbruch der Nacht, und dann schliefen beide. Als aber das Morgengrauen sich zeigte, stand der König auf, und er legte seine Überkleider ab, zog sein Schwert und eilte an den Ort, wo der

Sklave lag. Da wurde er brennende Kerzen und Lampen gewahr, und den Duft von Weihrauch und Salben; und er ging geradewegs auf den Sklaven zu und hieb ihn mit einem Schlage nieder, der ihn tötete; die Leiche aber hob er auf seinen Rücken und warf sie in einen Brunnen des Schloßhofes. Sofort jedoch kehrte er zurück, zog sich die Kleider des Sklaven an und legte sich in der Grabkammer nieder, das gezückte Schwert längs seiner Seite. Und nach einer Weile kam die verfluchte Hexe; zuerst ging sie zu ihrem Gatten, zog ihm die Kleider ab, nahm eine Geißel und peitschte ihn, bis er aufschrie: ,Ah! Genug sei dir an meinem Zustand, o meine Base! Habe Mitleid mit mir, o meine Base!' Sie aber rief: ,Hattest du Mitleid mit mir und schontest du mir meinen Geliebten?' Und sie schlug ihn, bis sie müde war und das Blut von seinen Seiten floß; dann zog sie ihm das härene Hemd an und darüber das Linnengewand. Darauf ging sie mit einem Becher Weins und einer Schale voll Brühe in der Hand hinab zu dem Sklaven in das Mausoleum. Weinend und klagend rief sie: ,O mein Herr, sprich zu mir! O mein Gebieter, rede mit mir!' Und sie sprach diese Verse:

> *Wie lange noch diese Härte und diese Lieblosigkeit?*
> *Hat meiner Tränen Flut dich immer noch nicht erweicht?*
> *Wie lange ziehst du die Trennung denn noch mit Absicht hinaus?*
> *Ist dein Ziel das meines Neiders, so hat er sein Ziel erreicht.*

Und wiederum weinte sie und sprach: ,O mein Herr! Sprich zu mir! Rede mit mir.' Und der König dämpfte die Stimme und verrenkte die Zunge und sprach in der Art der Neger und sagte: ,Ach! Ach! Es gibt keine Majestät und es gibt keine Macht außer bei Allah, dem Erhabenen, Allmächtigen!' Als sie aber diese Worte vernahm, jauchzte sie auf vor Freude und fiel bewußtlos zu Boden; wie sie dann wieder zur Besinnung zurückkam, fragte sie: ‚O mein Gebieter, ist dies wahr?' Und der König erwiderte mit leiser Stimme: ‚O du Teufelsmaid, verdienst du, daß jemand mit dir redet und zu dir spricht?' ‚Weshalb das?' versetzte sie; und er erwiderte: ‚Das Weshalb ist, daß du den lieben langen Tag deinen Gatten folterst; und er ruft immer um Hilfe, so daß er mir vom Abend bis zum Morgen den Schlaf geraubt hat, und er fleht und verwünscht mich und dich, so daß er mich unruhig gemacht und mir viel geschadet hat. Wäre das nicht, so wäre ich schon gesund, und darum konnte ich dir nicht antworten.' Da rief sie: ‚Mit deiner Erlaubnis will ich ihn von dem Zauber, der auf ihm liegt, befreien'; und der König antwortete: ‚Befreie ihn und schaffe uns ein wenig Ruhe!' Mit den Worten: ‚Ich höre und gehorche!' erhob sie sich und ging hinaus aus dem Mausoleum in den Palast; dort nahm sie eine Schale, füllte sie mit Wasser und sprach gewisse Worte darüber, so daß die Schale aufkochte und sprudelte, wie ein Kessel über dem Feuer kocht. Und damit besprengte sie ihren Gatten, indem sie sprach: ‚Durch die Kraft dessen, was ich gemurmelt und gesprochen habe, tritt, wenn du so geworden bist durch meinen Zauber und meine Kunst, aus dieser Gestalt hervor und in deine frühere Gestalt zurück.' Und siehe da, der Jüngling schüttelte sich, sprang auf und freute sich seiner Befreiung und rief: ‚Ich bezeuge, daß es keinen Gott gibt außer Allah, und ich bezeuge, daß Muhammed sein Gesandter ist – Allah segne ihn und gebe ihm Heil!' Dann sprach sie zu ihm: ‚Geh fort und kehre nie hierher zurück; sonst werde ich dich töten'; das schrie sie ihm ins Gesicht. So ging er vor ihr davon; sie aber kehrte in das Mausoleum zurück, stieg hinunter und sprach: ‚O mein Gebieter, komm doch heraus zu mir, daß ich deine schöne Gestalt anschaue!' Da sprach der König mit leisen Worten: ‚Was hast du getan? Du hast mich von dem Ast befreit und willst mich nicht von der Wurzel befreien?' Und sie fragte: ‚O mein Geliebter, o mein Negerchen! Welches ist die Wurzel?' Nun sagte er: ‚Weh dir, du Teufelsmaid! Die Bewohner dieser Stadt und der vier Inseln sind es! Jede Nacht, um Mitternacht, heben die Fische ihre Köpfe empor und flehen um Hilfe und verwünschen mich und dich; und das ist der Grund weshalb meinem Leib die Heilung versagt ist. Geh hin und setze sie eilends in Freiheit; dann komm zu mir und nimm meine Hand und richte mich auf, denn ein wenig meiner Kraft ist schon zurückgekehrt.' Und als sie die Worte des Königs hörte, den sie immer noch für den Sklaven hielt, rief sie in Freuden: ‚O mein Gebieter, herzlich gern! Im Namen Allahs!' Dann sprang sie auf, und voller Freude lief sie fort und hinaus zu dem See; dort nahm sie ein wenig von seinem Wasser. – –«

Da bemerkte Schehrezâd, daß der Morgen begann, und sie hielt in der verstatteten Rede an. Doch als die *Neunte Nacht* anbrach, sagte sie: »Es ist mir berichtet worden, o glücklicher König, als das junge Weib, die Zauberin, einiges von dem Wasser des Sees genommen und darüber Worte gesprochen hatte, die man nicht verstehen kann, da sprangen die Fische auf und hoben ihre Köpfe empor und standen im Nu als Menschen da. Denn der Zauber war von den Leuten der Stadt genommen, und die Stadt ward wieder bewohnt; die Händler verkauften und kauften, jedermann ging seinem Berufe nach, und die vier Hügel wurden wieder wie einst vier Inseln. Darauf kam das junge Weib, die Zauberin, sogleich zum König und sprach zu ihm: ‚O mein Geliebter, reiche mir deine herrliche Hand und steh auf!' ‚Komm näher zu mir!' sprach der König mit verstellter Stimme. Und als sie so nahe herantrat, daß sie ihn berührte, da nahm der König sein Schwert in die Hand und stieß es ihr durch die Brust, so daß ihr die Spitze blitzend zum Rücken herausdrang; dann hieb er auf sie ein und spaltete ihren Leib, also daß sie in zwei Hälften zu Boden fiel. Danach ging er hinaus und fand den einst verzauberten Jüngling, wie er dastand und seiner harrte; er beglückwünschte ihn zu seiner Errettung, und der Prinz küßte ihm die Hand und dankte ihm. Als der König ihn fragte: ,Willst du hier bleiben in deiner Stadt oder mit mir in meine Stadt ziehen?' sprach der Jüngling: ,O größter König unserer Zeit, weißt du, welche Entfernung zwischen dir und deiner Stadt liegt?' ,Zwei Tagemärsche und ein halber', erwiderte er; doch da rief der Jüngling: ,O König, wenn du schläfst, so erwache! Zwischen dir und deiner Stadt liegt die Reise eines vollen Jahres für einen rüstigen Wandrer, und du wärest nicht in zweieinhalb Tagen hergekommen, wäre die Stadt nicht verzaubert gewesen. Ich aber, o König, will mich nie mehr von dir einen Augenblick trennen.' Da freute sich der König und sprach: ,Dank sei Allah, der mir dich geschenkt hat! Von jetzt an bist du mein Sohn; denn mein Leben lang ward ich mit Nachkommen nicht gesegnet.' Darauf umarmten sie sich und freuten sich inniglich; und dann schritten sie gemeinsam zum Palaste. Dort befahl der König, der verzaubert gewesen war, den Großen seines Reiches, sich zur Reise bereitzuhalten und den Troß und alles Notwendige zu rüsten. Die machten sich an die Ausrüstung zehn Tage lang. Dann brach er auf mit dem Sultan, dessen Herz in Sehnsucht brannte nach seiner Stadt, der er noch so lange fernbleiben sollte. Und sie zogen dahin mit einem Geleit von fünfzig Mamluken und mit kostbaren Geschenken; ohne Aufenthalt reisten sie weiter, Tag und Nacht, ein volles Jahr lang, und Allah gewährte ihnen, daß sie unversehrt bis zur Hauptstadt des Sultans kamen: da entsandten sie Boten und taten dem

Wesir kund, daß der Sultan unversehrt angekommen sei. Alsbald zog der Wesir ihm mit den Truppen entgegen; sie hatten freilich schon die Hoffnung aufgegeben, den König je wiederzusehen. Nun aber küßten die Truppen vor ihm den Boden und beglückwünschten ihn zu seiner Rettung. Dann zog er ein und nahm Platz auf seinem Thron; der Wesir trat vor ihn hin, und der König tat ihm alles kund, was jenem jungen Fürsten widerfahren war. Als der Wesir das alles vernommen hatte, beglückwünschte er den Fremden zu seiner Rettung. Und als nun alles wieder zur Ruhe gekommen war, da gab der Sultan vielen seiner Untertanen Geschenke und sprach zum Wesir: ‚Hole mir den Fischer, der uns damals die Fische gebracht hat!' Der Wesir schickte alsbald nach dem Fischer, der die erste Ursache der Befreiung der Stadt und ihrer Einwohner gewesen war; und als der gekommen war, verlieh ihm der Sultan ein Ehrenkleid und fragte ihn nach seinem Wohlbefinden und ob er Kinder habe. Jener tat ihm kund, daß er zwei Töchter habe und einen Sohn; da schickte der König nach ihnen und nahm die eine der Töchter zur Gemahlin und gab die andere dem jungen Fürsten und machte den Sohn zu seinem Schatzmeister. Dann beauftragte er den Wesir und entsandte ihn als Sultan zu der Stadt des jungen Prinzen, die auf den Schwarzen Inseln lag, und sandte mit ihm die fünfzig Mamluken, die von dort mitgekommen waren, und gab ihm Ehrenkleider für alle Emire. Der Wesir küßte ihm die Hände, machte sich auf und zog alsbald dorthin, während der Sultan und der junge Fürst daheim blieben. Der Fischer aber wurde der reichste Mann seiner Zeit, und seine Töchter lebten als Gemahlinnen der Könige, bis der Tod zu ihnen kam.

Und doch ist dies nicht wunderbarer als

DIE GESCHICHTE DES LASTTRÄGERS
UND DER DREI DAMEN

Es war einmal ein Lastträger in der Stadt Baghdad; der war unverheiratet. Nun geschah es, als er eines Tages müßig auf der Straße stand und sich auf seinen Lastkorb stützte, daß, siehe, vor ihn eine Dame trat, bekleidet mit einem Mantel aus Musselin, einem Seidengewande, mit Schuhen aus Brokat, einem goldgewirkten Saum und einer herunterfallenden Schärpe. Sie lüftete ihren Schleier, und darunter zeigten sich zwei schwarze Augen, mit zierlichen Wimpern auf den Lidern, mit weichen Blicken und von vollkommener Schönheit. Und sie wandte sich an den Lastträger und sagte in lieblicher und gewählter Sprache: ‚Nimm deinen Korb und folge mir!' Kaum hatte der Träger die Worte gehört, da nahm er in aller Eile den Korb auf den Kopf und sprach bei sich selber: ‚O Tag des Glücks! O Tag der göttlichen Gnade!' Und er ging ihr nach, bis sie vor der Tür eines Hauses stehen blieb. Sie pochte an die Tür, und alsbald kam ein Christ zu ihr herunter; dem gab sie ein Goldstück und erhielt von ihm dafür eine dunkelgrüne Flasche; sie setzte diese in den Korb und sagte: ‚Heb auf und folge mir!' Der Träger aber sprach: ‚Dies ist, bei Allah, ein gesegneter Tag, ein Tag glücklich durch den Erfolg!' und hob den Korb auf den Kopf und folgte ihr, bis sie vor dem Laden eines Fruchthändlers stehen blieb, von dem sie syrische Äpfel kaufte, osmanische Quitten und Pfirsiche aus Oman, Jasmin und Wasserlilien aus Syrien, zarte kleine Herbstgurken, Zitronen, Sultansorangen, duftende Myrten, Tamarinden, Chrysanthemen, rote Anemonen, Veilchen, Granatapfelblüten und weiße Heckenrosen; all das tat sie in den Korb des Lastträgers und sagte: ‚Trag es!' So trug er es und folgte ihr, bis sie bei einem Schlächter stehen blieb und zu ihm sagte: ‚Schneid mir zehn Pfund Fleisch ab!' Der Schlächter schnitt es ab, und sie zahlte den Preis, wickelte das Fleisch in ein Bananenblatt und legte es in den Korb, indem sie sprach: ‚Trag es, o Träger!' Er hob den Korb und folgte ihr. Sie ging weiter und blieb bei dem Zukosthändler stehen; von ihm kaufte sie, was zum Nachtisch gehört, Pistazienkerne, arabische Rosinen und Mandeln. Dann sprach sie zu dem Träger: ‚Trag es und folge mir!' So nahm er seinen Korb auf den Kopf und folgte ihr, bis sie Halt machte bei dem Laden des Zuckerbäckers; und sie kaufte eine Schüssel und häufte darauf allerlei Süßigkeiten aus dem Laden, Waffeln, Törtchen mit Moschus zubereitet, Mandelkuchen, Zitronenfondants von mancherlei Art, Kämme der Zainab aus Zuckerwerk, Fingergebäck und Spritzkuchen; kurz, sie nahm von allen Arten der Süßigkeiten auf die Schüssel und stellte sie in den Korb. Da sprach der Träger zu ihr: ‚Das hättest du mich wissen lassen sollen; dann hätte ich mein Packpferd mitgebracht, dem du all diese guten Sachen aufladen könntest.' Sie lächelte und schlug ihm leise mit ihrer Hand auf den Nacken, indem sie sprach: ‚Spute dich zu gehen und laß das viele Reden; dein Lohn ist dir sicher, so Gott der Erhabene will!' Dann machte sie Halt bei einem Händler von Spezereien; und sie nahm von ihm zehn verschiedene Wasser, darunter Rosenwasser, Orangenblütenwasser, Lilienwasser und Weidenblütenwasser. Und sie kaufte auch zwei Zuckerlaibe, eine Flasche Rosenwasser mit Moschus, einige Stückchen Weihrauch, Aloeholz, Ambra, Moschus und alexandrinische Kerzen; und das Ganze legte sie in den Korb und sagte: ‚Nimm deinen Korb und folge mir!' Da hob er den Korb und ging ihr nach, bis sie zu einem schönen Hause kam, vor dem ein geräumiger Hof lag, einem hohen Bau mit ragenden Säulen; sein Tor hatte zwei Flügel aus Ebenholz, eingelegt mit Platten roten Goldes. Die Dame blieb am Tore stehen, hob den Schleier von ihrem Antlitz und klopfte leise an; der Träger aber stand hinter ihr und dachte unaufhörlich an ihre Schönheit und Anmut. Die Tür ward geöffnet, und die beiden Flügel schlugen zurück. Da schaute der Träger hin, wer sie geöffnet hatte; und siehe, es war eine Dame von stattlichem Wuchs, etwa fünf Fuß hoch, mit schwellendem Busen, von Schönheit und Anmut, vollkommenem Liebreiz und ebenmäßiger Gestalt. Ihre Stirn war blütenweiß, ihre Wangen hellrot wie die Anemone, ihre Augen wie die der wilden Färse oder der Gazelle, und ihre Brauen wie der Neumond des gesegneten Fastenmonats; ihr Mund war wie der Ring Salomos, ihre Lippen korallenrot und ihre Zähnchen wie eine Schnur von Perlen oder wie Blätter der Chrysanthemumblüte. Ihr Hals glich dem der Antilope, ihr Busen einem Marmorbecken, und ihre Brüste glichen zwei Granatäpfeln; ihr Leib war weich wie Samt, und die Höhle ihres Nabels hätte eine Unze Benzoesalbe gefaßt. Kurz, jener glich sie, von der der Dichter sagt:

> *Schaue sie an, die Sonne und Mond erbleichen macht,*
> *Sie, die Hyazinthe in strahlender Blütenpracht.*
> *Nie sah dein Auge Schwarz und Weiß so schön im Verein*
> *Wie ihre dunklen Haare über dem Antlitz so rein.*
> *Rosig sind ihre Wangen; und ihre Schönheit erzählt*
> *Immer von ihrem Namen, wenn ihr auch der Reichtum fehlt.*
> *Ich lächle ob ihrer Hüften, wenn sie im Gange sich wiegt;*
> *O Wunder, und wein' um den Leib, den schlanken, der fast zerbiegt.*

Und als der Träger sie sah, war sein Verstand und sein Sinn gefangen, so daß ihm der Korb fast vom Kopfe fiel; dann sprach er bei sich selber: ‚Nie sah ich in meinem Leben einen gesegneteren Tag als diesen!' Und die Pförtnerin sprach zu der Wirtschafterin: ‚Tritt ein in das Tor und befreie den armen

Träger von seiner Last!' Da trat die Wirtschafterin ein, und die Pförtnerin folgte ihr, und der Träger auch; und sie gingen weiter, bis sie zu einer schönen, geräumigen Halle kamen, die mit wunderbarer Geschicklichkeit erbaut war, mit allerlei Verzierungen, mit Arkaden, Erkern, Estraden, Nischen und Schränken, vor denen Vorhänge hingen. Und in der Mitte der Halle war ein großes Bassin voll Wasser, und darin war ein Boothäuschen; an der Rückseite der Halle aber stand ein Lager aus Wacholderholz, mit Edelsteinen besetzt, über dem ein Baldachin schwebte aus rotem Atlas, der mit Perlen aufgesteckt war, so groß wie Haselnüsse und größer noch. Darinnen zeigte sich eine Dame, von erlesener Schönheit, mit herrlichem Antlitz, bezaubernden Augen und weisen Mienen, von Aussehen so lieblich wie der Mond; und ihre Brauen waren gewölbt wie Bogen, ihr Wuchs war aufrecht wie ein I, ihr Atem hauchte Ambra, und ihre Lippen waren rot wie Karneole und süß wie Zucker. Ihres Gesichtes Glanz beschämte die strahlende Sonne; sie war wie einer der himmlischen Planeten, oder wie eine vergoldete Kuppel, oder wie eine Braut in erlesenstem Schmuck oder ein edles Mädchen Arabiens. So sang von ihr der Dichter:

> *Es ist, als zeigte ihr Lächeln schneeweiße Perlenreihn,*
> *Wie Chrysanthemumblüten oder wie Hagelstein'.*
> *Locken hat sie, die fallen herab wie die schwarze Nacht,*
> *Sie, deren Schönheit das Licht des Morgens erbleichen macht.*

Da stand die dritte Dame auf von dem Lager und trat langsam vor mit wiegendem Gang, bis sie in die Mitte des Saales zu ihren Schwestern kam; und sie sprach: ‚Was steht ihr da? Nehmt die Last von dem Haupte des armen Trägers!' Alsbald trat die Wirtschafterin vor ihn hin, und die Pförtnerin trat hinter ihn, und die dritte half ihnen beiden, und sie hoben den Korb von des Trägers Kopf, leerten ihn und legten alles an seinen Ort. Und schließlich gaben sie dem Träger zwei Goldstücke und sagten: ‚Zieh deines Weges, o Träger!' Aber er blickte die Damen an und ihre große Schönheit und feinen Züge; denn er hatte noch nie etwas Schöneres gesehen als sie – doch es fand sich kein Mann bei ihnen. Und ferner blickte er auf den Wein, die Früchte, die Blumen und alle die anderen guten Dinge, die bei ihnen waren. So geriet er in höchstes Erstaunen und zögerte mit dem Gehen; da sprach die eine der Damen: ‚Was ist dir? Warum gehst du nicht? Hältst du vielleicht den Lohn für zu gering?' Darauf wandte sie sich zu ihrer Schwester und sprach: ‚Gib ihm noch einen Dinar!' Doch der Träger erwiderte: ‚Bei Allah, Herrin, ich halte den Lohn nicht für zu gering; mein Lohn beträgt kaum zwei Dirhems; nein, mein Herz und meine Seele denken nur an euch. Wie kommt es, daß ihr so allein seid, ohne einen Mann bei euch zu haben oder irgend jemand, der euch Gesellschaft leiste? Ihr wißt doch, daß der Turm der Moschee nur auf vier Grundmauern stehen kann; aber euch fehlt der vierte! Das Vergnügen der Frauen wird doch erst durch die Männer vollkommen, wie es im Liede heißt:

> *Siehst du nicht, zur Lust sind vier vonnöten:*
> *Harfe, Laute, Zither und die Flöten!*
> *Und vier Düfte müssen sie umkosen:*
> *Myrten, Levkojen, Anemonen und Rosen*
> *All dies wird nur durch vier andre hold:*
> *Wein und Jugend, Liebe und Gold.*

Ihr seid drei und entbehret eines vierten, der ein verständiger und kluger Mann sein muß, scharf von Witz und fähig, Geheimnisse zu bewahren.' Als sie seine Worte hörten, hatten sie ihre Freude daran, und sie lachten über ihn und sagten: ‚Und wer ist das für uns? Wir sind Jungfrauen, und wir fürchten uns, unser Geheimnis jemandem zu vertrauen, der es nicht bewahrt, denn wir haben in einer Erzählung gelesen, was der Dichter Ibn eth-Thumâm gesagt hat:

> *Bewahr dein Geheimnis mit Eifer! Tu es niemandem kund!*
> *Denn wer sein Geheimnis verrät, verliert es zur selbigen Stund.*
> *Und wenn deine eigene Brust dein Geheimnis nicht fassen kann,*
> *Wie kann dessen Brust es fassen, dem du es kundgetan?*

Und auch Abu Nuwâs sagte vortrefflich:

> *Wer den Menschen sein Geheimnis berichtet,*
> *Verdient, daß der Brand ihm die Stirne vernichtet.'*

Als aber der Träger ihre Worte hörte, erwiderte er: ‚Bei eurem Leben! Ich bin ein verständiger und zuverlässiger Mann, ich habe die Bücher gelesen und die Chroniken studiert; ich zeige das Schöne und verberge das Häßliche, wie es im Dichterwort heißt', und er sprach die Verse:

> *Es bewahrt das Geheimnis nur der verläßliche Mann;*
> *Und das Geheimnis ist bei dem besten Menschen versiegelt.*
> *Bei mir ist das Geheimnis in einem verschlossenen Haus;*
> *Die Schlüssel dazu sind verloren, und das Tor ist verriegelt.*

Als die Damen die Verse, und was er ihnen kundtat, gehört hatten, da sagten sie: ‚Du weißt, wir haben für diesen Bau eine große Summe Geldes verbraucht. Hast du etwas für uns zum Entgelt dafür? Denn wir werden dir nicht gestatten, daß du bei uns sitzest als unser Tischgenosse und in unsere reizenden, schönen Gesichter blickest, ohne daß du uns eine Summe Geldes zahlst. Kennst du nicht das Sprichwort: Liebe ohne einen Deut nützt keinen Deut?' Und die Pförtnerin fügte hinzu: ‚Bringst du etwas, mein Freund, so bist du etwas; bringst du nichts, zieh ab mit nichts!' Da aber sagte die Wirtschafterin: ‚Schwestern, laßt doch ab von ihm; denn, bei Allah, er hat uns heute nicht im Stich gelassen, und wäre er anders gewesen, er hätte nie mit uns Geduld gehabt. Was für Verpflichtungen ihn auch treffen mögen, ich nehme sie auf mich.' Da freute sich der Träger, küßte den Boden, dankte ihr und sprach: ‚Bei Allah, mein erstes Geld erhielt ich heute von dir aus.' Nun sagten sie: ‚Setze dich und sei uns willkommen!'; und die Dame vom Thronsessel fügte hinzu: ‚Bei Allah, wir können dich nur unter einer Bedingung bei uns sitzen lassen, und die ist, daß du keine Frage stellst über Dinge, die dich nichts angehn; und wenn du dich doch einmischest, so bekommst du Prügel.' Da rief der Träger: ‚Einverstanden, o meine Herrin, mit der größten Freude. Sehet da, ich habe keine Zunge mehr!' Dann erhob sich die Wirtschafterin, schürzte ihr Kleid auf, ordnete die Flaschen in Reihen, klärte den Wein und legte das Grün um den Krug und machte alles bereit, was sie brauchten. Darauf stellte sie den Wein vor sie und setzte sich, sie mit ihren Schwestern; auch der Träger setzte sich zu ihnen, aber er wähnte sich im Traum. Nun nahm die Wirtschafterin die Weinkaraffe und schenkte den ersten Becher voll und trank ihn aus, und ebenso einen zweiten und dritten. Dann füllte sie wiederum und reichte einer ihrer Schwestern, und schließlich füllte sie und reichte dem Träger mit den Worten:

> *Trinke zum Wohle, zur Freude, zum Heile!*
> *Dieser Trank macht, daß die Krankheit enteile.*

Und er nahm den Becher in die Hand und dankte mit tiefer Verbeugung und sprach aus dem Stegreif die Verse:

> *Der Becher wird nur getrunken mit dem vertrauten Freund,*
> *Dem Manne von edler Abkunft und altem Geschlechte, vereint.*
> *Der Wein ist wie der Wind: wenn der über Düfte weht,*
> *So duftet er; doch er stinkt, wenn er über Leichen geht.*

Und er fügte hinzu:

> *Trinke den Wein nie anders als aus den Händen des Schönen,*
> *Der zu dir spricht mit Feinheit der Rede und der ihr gleicht.*

Nachdem er diesen Vers gesprochen hatte, küßte er ihnen die Hände und trank und ward trunken, und wankend fuhr er fort, Verse zu sprechen:

> *Alle Dinge, darinnen Blut ist, sind verboten*
> *Zu trinken, außer allein dem Blute der Reben.*
> *Tränk mich, ich will für deine Augen, Gazelle,*
> *Mein Hab, mein Gut, mich selbst als Lösegeld geben!*

Da füllte die Wirtschafterin einen Becher und gab ihn der Pförtnerin, die ihn ihr aus der Hand nahm, dankte und trank. Dann schenkte sie wiederum ein und reichte der Dame des Thronsessels, und füllte wieder einen Becher und reichte ihn dem Träger. Der küßte den Boden vor ihr, dankte und trank und sprach die Verse:

> *Bring ihn, bei Allah, bringe – aus vollen Bechern, schnell!*
> *Gib mir einen Becher zu trinken; – das ist des Lebens Quell.*

Nun trat der Träger vor die Herrin des Hauses und sagte: ‚O Herrin, ich bin dein Sklave, dein Mamluk, dein Diener‘; und er begann:

> *Am Tor steht einer von deinen Sklaven und preist*
> *Allzeit, was deine Gnade an Gaben ihm lieh.*
> *Darf er, o Herrin der Gaben, eintreten und schaun*
> *Deine Schönheit? Denn ich und die Liebe, wir trennen uns nie.*

Sie aber sagte: ‚Tu dir gütlich, trinke zum Wohle, und Gesundheit fließe in die Adern des Wohlseins!‘ Da nahm er den Becher, küßte ihr die Hand und sprach in singendem Tonfall diese Verse:

> *Ich gab ihr der Wangen Ebenbild, den Wein, so klar,*
> *Den alten, dessen Licht wie Flammen des Feuers war.*
> *Sie berührte ihn mit den Lippen, und lächelnd sprach sie dann:*
> *Wie bietest du Wangen der Menschen den Menschen zu trinken an?*
> *Ich sprach: Trink doch! Dies sind meine Tränen, mein Herzblut auch,*
> *Davon sie rot geworden; die mischte im Becher mein Hauch.*

Und sie erwiderte mit diesem Verse:

> *Hast du um meinetwillen Blut geweint,*
> *So bring und tränk mich, herzlich gern, o Freund!*

Da nahm die Dame den Becher und leerte ihn auf ihrer Schwester Wohl. So hörten sie nicht auf zu trinken mit dem Träger in ihrer Mitten; dabei tanzten sie und lachten und sangen Lieder, Verse und Strophengedichte. Der Träger aber begann mit ihnen zu tändeln; er küßte, biß, streichelte, befühlte, betastete sie und trieb allerlei Kurzweil. Und die eine schob ihm einen Leckerbissen in den Mund, und die andere streichelte ihn; und diese schlug ihn auf die Wange, und jene warf Blumen nach ihm; und er war bei ihnen in der höchsten Wonne, wie wenn er im Paradiese bei den schwarzäugigen Jungfrauen säße. Das trieben sie so weiter, bis ihnen der Wein zu Kopfe stieg und ihnen die Sinne verdunkelte; und als die Trunkenheit über sie herrschte, stand die Pförtnerin auf und zog ihre Kleider aus, bis sie ganz nackt war. Und sie ließ ihr Haar um ihren Leib herabfallen wie einen Vorhang und warf sich in das Bassin und spielte im Wasser, tauchte wie eine Ente und prustete, nahm Wasser in ihren Mund und spritzte es über den Träger; dann wusch sie sich die Glieder und zwischen den Schenkeln. Nun sprang sie heraus aus dem Wasser und warf sich dem Träger auf den Schoß und sagte: ‚O mein Herr, wie heißt dies?' indem sie auf ihren Schoß zeigte. Er antwortete: ‚Deine *rahim*.' Doch sie rief: ‚Wie? Schämst du dich nicht?', und sie faßte ihn am Hals und schlug ihn. Dann sagte er: ‚Deine *fardsch*'; und sie schlug ihn nochmals und rief: ‚Pfui, pfui, wie häßlich! Schämst du dich noch nicht?' Er aber sagte: ‚Deine *kuss*'; und sie rief: ‚Wie? Schämst du dich nicht aus Ehrgefühl?', und sie stieß mit der Hand und schlug ihn. Da rief der Träger: ‚Dein *zunbûr*'; jetzt aber fiel die älteste Dame mit Schlägen über ihn her und rief: ‚So darfst du nicht sagen!' Aber welchen Namen nur immer er nannte, sie schlugen ihn immer mehr, bis ihm der Hals anschwoll von all den Prügeln; und so machten sie ihn zum Ziel des Gelächters untereinander. Schließlich aber fragte er: ‚Und wie heißt es bei euch?' Und die Dame erwiderte: ‚Die Krauseminze des Kühnen!' Da rief der Träger: ‚Allah sei Dank für die Rettung; gut, o Krauseminze des Kühnen!' Dann ließen sie den Becher und die Schale kreisen, und die zweite der Damen stand auf, legte ihre Kleider ab, warf sich in das Bassin und tat, wie die erste getan hatte; und sie kam aus dem Wasser heraus und warf sich in des Trägers Schoß, wies auf ihr Gemächt und fragte: ‚O Licht meiner Augen, wie heißt dies?' Er erwiderte: ‚Deine *fardsch*'; und sie versetzte: ‚Ist das nicht häßlich von dir?', und sie schlug so, daß der Saal von dem Schlage widerhallte. Dabei rief sie: ‚Pfui, o pfui, schämst du dich denn nicht?' Er darauf: ‚Die Krauseminze des Kühnen'; aber sie rief: ‚Nein.' Und es setzte Prügel und Schläge auf seinen Nacken, während er rief: ‚Deine *rahim*! Deine *kuss*! Deine *fardsch*! Dein *nudûl*!' und die Mädchen immer antworteten: ‚Nein, nein!' So wiederholte er: ‚Die Krauseminze des Kühnen'; und alle drei lachten, bis sie auf den Rücken fielen, und sie schlugen ihn und sagten: ‚Nein, so heißt es nicht.' Er aber rief: ‚O meine Schwestern, wie heißt es denn?', und sie erwiderten: ‚Der enthülste Sesam!' Darauf legte die Wirtschafterin ihre Kleider wieder an, und sie begannen von neuem zu trinken. Aber der Träger stöhnte fortwährend ob seines Nackens und seiner Schultern. Und der Becher kreiste bei ihnen wieder eine Weile. Dann aber stand die älteste und schönste der Damen auf und zog sich ihre Gewänder aus; und der Träger faßte mit der Hand nach seinem Nacken und rieb ihn und sprach: ‚Mein Nacken und meine Schultern seien Allah anbefohlen!' Als dann die Dame entkleidet war, warf sie sich in das Bassin, tauchte unter, spielte und wusch sich. Der Träger blickte auf ihren nackten Leib; der war wie ein Stück des Mondes, und ihr Antlitz glich dem vollen Monde oder der aufgehenden Morgenröte. Und er blickte auf ihre Gestalt und ihren Busen und jene runden Backen, die da bebten; denn sie war nackt, wie der Herr sie geschaffen hatte. Und er rief: ‚Ah! Ah!' und redete sie in Versen an:

> *Wenn ich deinen Leib mit einem grünen Zweige vergleiche,*
> *Belade ich mich selbst mit Schuld und schwerem Vergehen;*
> *Der Zweig ist am schönsten, wenn wir im Kleide ihn finden,*
> *Du aber bist am schönsten, wenn wir dich nackend sehen.*

Als nun die Dame die Verse hörte, stieg sie heraus aus dem Bassin, kam und setzte sich auf seinen Schoß und zeigte auf ihr Ding und sagte: ‚O mein Herrchen, was ist das?' Er antwortete: ‚Die Krauseminze des Kühnen'; da rief sie: ‚Ach geh!' Er darauf: ‚Der enthülste Sesam'; sie aber: ‚O nein!' Dann sagte er: ‚Deine *rahim*!' Nun schalt sie ihn: ‚Pfui, pfui! Schämst du dich nicht?', und sie schlug ihn auf den Nacken. Und welchen Namen er immer nannte, sie schlug ihn und rief: ‚Nein, nein!', bis er schließlich sagte: ‚Ihr Schwestern, wie heißt es denn?' Und sie erwiderte: ‚Die Herberge des Abu Mansûr!', worauf der Träger rief: ‚Allah sei gepriesen für die sichere Rettung! Ha, die Herberge des Abu Mansûr!' Und die Dame ging hin und zog ihre Kleider an. Nun kehrten sie zu ihrem Tun zurück, und der Becher kreiste unter ihnen eine Weile. Schließlich aber stand der Träger auf, zog seine Kleider aus, sprang in das Bassin, und sie sahen, wie er im Wasser schwamm; und er wusch sich unter dem bärtigen Kinn und unter den Armhöhlen, wie ja auch sie sich gewaschen hatten. Dann stieg er heraus und warf sich der ersten Dame in den Schoß, stützte die Arme auf den

Schoß der Pförtnerin und legte seine Füße und Schenkel auf den Schoß der Wirtschafterin. Dann zeigte er auf sein Glied und sagte: ‚O meine Herrinnen, wie heißt dies?' Alle lachten über seine Worte, bis sie auf den Rücken fielen, und eine sagte: ‚Dein *zubb*!' Aber er erwiderte: ‚Nein!' und biß zur Strafe eine jede. Dann sagten sie: ‚Dein *air*!' Er aber rief: ‚Nein!' und umarmte eine nach der andern. – – «

Da bemerkte Schehrezâd, daß der Morgen begann, und sie hielt in der verstatteten Rede an. Doch als die *Zehnte Nacht* anbrach, sprach ihre Schwester Dinazâd: »Erzähle uns deine Geschichte zu Ende«; und sie antwortete: »Mit größter Freude. – Es ist mir berichtet worden, o glücklicher König, daß die Damen immerfort zu dem Träger sagten: ‚Dein *zubb*! dein *air*! dein *chazûk*!', und dabei küßte und biß und umarmte er sie, bis sein Herz sich an ihnen Genüge getan hatte, und sie lachten alle miteinander. Schließlich sagten sie: ‚O unser Bruder, wie heißt es denn?' Und er fragte: ‚Wißt ihr nicht, wie es heißt?', und sie sagten: ‚Nein!' Er antwortete: ‚Dies ist das Maultier, das durch alles dringt, dem die Krauseminze des Kühnen als Weide winkt, das den enthülsten Sesam als Nahrung verschlingt und in der Herberge des Abu Mansûr die Nacht verbringt.' Da lachten sie, bis sie auf den Rücken fielen; und sie kehrten zum Gelage zurück und hörten nicht auf, bis die Nacht über sie hereinbrach.

Nun sagten sie zu dem Träger: ‚Gott befohlen, Freundchen, erheb dich und lege deine Sandalen an; zieh ab und zeige uns die Breite deiner Schultern!' Doch er sprach: ‚Bei Allah, ich könnte mich leichter von meiner Seele trennen als von euch; kommt, laßt uns die Nacht an den Tag anknüpfen, und morgen ziehe ein jeder von uns seines eigenen Weges!' ‚Bei meinem Leben,' sagte die Wirtschafterin, ‚laßt ihn bei uns bleiben, damit wir über ihn lachen können: wer wird so lange am Leben bleiben, bis wir seinesgleichen wieder treffen? Fürwahr, er ist ein lustiger und witziger Gesellschafter.' Darauf sagten sie: ‚Du darfst die Nacht nur unter der Bedingung bei uns bleiben, daß du dich unseren Befehlen fügst und daß du, was du auch sehest, nicht danach fragst, noch nach den Gründen forschest.' ‚Gut', erwiderte er, und sie geboten: ‚Geh hin und lies die Inschrift über der Tür.' Da ging er hin zur Tür und fand dort in Gold gemalt die Worte geschrieben: *Wer da redet von dem, was ihn nichts angeht, wird hören, was ihm nicht angenehm ist!* Und der Träger sagte: ‚Ihr sollt des Zeugen sein, daß ich nicht reden will über das, was mich nichts angeht.' Nun stand die Wirtschafterin auf und setzte ihnen zu essen vor, und sie aßen. Dann zündeten sie die Kerzen und die Lampen an und legten an die Kerzen Amber und Aloeholz; und nachdem sie jenen Saal mit einem anderen vertauscht und frische Früchte und Getränke aufgetragen hatten, setzten sie sich nieder zum Trinken und zum Liebesgespräch. Und sie hörten nicht auf, zu essen und zu trinken und zu plaudern und trockene Früchte zu knabbern und zu lachen und zu scherzen, eine volle Stunde lang. Da aber, siehe, ertönte ein Klopfen an der Tür. Doch das störte ihre Geselligkeit in keiner Weise; nur stand eine auf und ging zur Tür hin. Alsbald kehrte sie zurück und sagte: ‚Wahrlich, unser Vergnügen soll heute nacht vollkommen werden.' ‚Was gibts denn?' fragten sie; und sie erwiderte: ‚Am Tore stehen drei persische Bettelmönche, deren Bart und Haupthaar und Augenbrauen abrasiert sind, alle drei blind auf dem linken Auge – und das ist wahrlich ein seltsamer Zufall. Sie sind gerade jetzt von der Reise angekommen und tragen sichtlich die Spuren der Reise an sich; sie haben eben erst Baghdad erreicht, und dies ist ihr erster Besuch in unserer Stadt; und daß sie an unserer

Tür klopften, geschah nur, weil sie keine Stätte zum Übernachten fanden. Sie sagten sogar: Vielleicht wird uns der Besitzer dieses Hauses den Schlüssel zu seinem Stalle geben, oder eine Hütte, darinnen wir die Nacht verbringen können – denn der Abend hatte sie überrascht, und da sie Fremdlinge waren, so wußten sie niemanden, bei dem sie Obdach finden würden, und, o meine Schwestern, ein jeder von ihnen hat auf seine Art eine komische Gestalt.' Und sie ließ nicht ab zu bitten, bis sie zu ihr sagten: ‚Laß sie eintreten und erlege ihnen die Bedingung auf, daß sie nicht reden von dem, was sie nichts angeht, damit sie nicht hören, was ihnen nicht angenehm ist!' Da freute sie sich, ging hin und kehrte alsbald mit den drei Einäugigen zurück, deren Bärte und Schnurrbärte abrasiert waren. Die sprachen den Gruß der Muslime, bezeigten ihre Ehrfurcht und traten zurück; aber die Damen standen auf und hießen sie willkommen und wünschten ihnen Glück zu der sicheren Ankunft und hießen sie sich setzen. Nun erst sahen die Mönche vor sich eine schöne Stätte, einen sauberen Saal, mit Blumen geschmückt; sie sahen brennende Kerzen, aufsteigenden Weihrauch und Naschwerk, Früchte, Wein und drei jungfräuliche Damen, und da riefen sie wie mit einer Stimme: ‚Bei Allah, hier ist es schön!' Dann wandten sie sich zu dem Träger und sahen, daß er in vergnügter Stimmung, aber ermattet und trunken war. Und sie dachten, er sei einer von den Ihren, und riefen: ‚Das ist ein Bettelmönch wie wir! Ein Araber oder ein Fremder.' Wie aber der Träger diese Worte hörte, blickte er sie mit weitgeöffneten Augen an und sprach zu ihnen: ‚Sitzet still und macht kein neugieriges Geschwätz! Habt ihr nicht gelesen, was über der Tür geschrieben steht? Das gibt's nicht, daß Bettler wie ihr, die zu uns kommen, auch noch ihre Zunge gegen uns loslassen.' ‚Wir bitten dich um Verzeihung, o Fakir,' erwiderten sie; ‚unser Kopf liegt in deiner Hand.' Die Damen aber lachten und stifteten Frieden zwischen den Bettelmönchen und dem Träger und setzten den Bettlern Speise vor; und diese aßen. Und so saßen sie beisammen, und die Pförtnerin gab ihnen zu trinken; wie nun der Becher bei ihnen kreiste, sagte der Träger zu den Bettlern: ‚Und ihr, meine Brüder, habt ihr denn keine Geschichte oder eine Anekdote, die ihr uns erzählen könnt?' Da ihnen aber bereits der Wein zu Kopfe gestiegen war, so riefen sie nach Musikinstrumenten; und die Pförtnerin brachte ihnen ein Tamburin, eine Laute und eine persische Harfe. Und jeder der Bettler nahm eines der Instrumente und stimmte es, der eine das Tamburin, der andere die Laute und der dritte die Harfe; sie griffen in die Saiten und sangen, und die Damen begleiteten sie mit kräftiger Stimme, so daß es laut bei ihnen herging. Wie sie so ihr Wesen trieben, siehe, da pochte es abermals an die Tür, und die Pförtnerin ging hin, um nachzusehen, was es gäbe.

Nun, o König«, so sprach Schehrezâd, »war der Anlaß dieses Klopfens dieser: Der Kalif Harûn er-Raschîd war aus seinem Palast herabgekommen, Umschau zu halten und zu hören, was es Neues gäbe. Bei ihm waren Dscha'far, sein Wesir, und Masrûr, der Träger des Schwertes seiner Rache; doch er selbst pflegte sich bei solchen Gelegenheiten als Kaufmann zu verkleiden. Als er nun in jener Nacht hinunterging und die Stadt durchzog, führte ihr Weg sie auch zu jenem Hause, wo sie die Musik und den Gesang hörten. Da sprach der Kalif zu Dscha'far: ‚Ich wünsche, daß wir in dies Haus eintreten und diese Lieder hören, und sehen, wer sie singt.' Dscha'far erwiderte: ‚O Beherrscher der Gläubigen, das sind Leute, über die schon die Trunkenheit gekommen ist, und ich fürchte, daß uns von ihnen ein Unheil widerfährt.' ‚Ich will unbedingt hineingehen,' versetzte der Kalif, ‚und ich wünsche, daß du einen Vorwand findest, so daß wir hereinkommen.' Dscha'far antwortete: ‚Ich höre und gehorche!'; dann trat er vor und pochte an die Tür: Da kam die Pförtnerin heraus und öffnete. Dscha'far aber trat hervor, küßte den Boden und sagte: ‚O meine Herrin, wir sind Kaufleute aus Tiberias, wir sind in Baghdad vor zehn Tagen angekommen, und während wir im Chân der Kaufleute wohnten, haben wir unsere Waren verkauft. Nun hatte uns heute abend ein Kaufmann zu einem Gastmahl eingeladen; wir kamen in sein Haus, und er setzte uns Speise vor, und wir aßen; dann saßen wir noch eine Weile mit ihm zusammen und tranken, bis wir uns verabschiedeten; so zogen wir hinaus in die Nacht, und da wir Fremde sind, so verloren wir den Weg zu dem Chân, in dem wir wohnen. Vielleicht werdet ihr so gütig sein, uns diese Nacht bei euch aufzunehmen, damit wir ein Obdach haben; der Himmel vergelt's euch!' Da blickte die Pförtnerin sie an und sah, daß sie wie Kaufleute gekleidet waren und ein gesittetes Benehmen hatten. Sie kehrte zu ihren Schwestern zurück und erzählte ihnen Dscha'fars Geschichte; da hatten sie Mitleid mit den Fremden und sagten zu ihr: ‚Laß sie herein!' Sie öffnete ihnen die Tür wiederum, und jene fragten: ‚Dürfen wir mit deiner Erlaubnis eintreten?' ‚Kommt herein!' erwiderte sie; und der Kalif trat ein mit Dscha'far und Masrûr. Als die Mädchen sie sahen, standen sie auf, hießen sie sich setzen und bedienten sie, indem sie sprachen: ‚Ein herzliches Willkommen den Gästen, doch nur unter einer Bedingung.' ‚Wie ist die?' fragten sie, und jene erwiderten: ‚Redet von dem nicht, was euch nichts angeht; sonst höret ihr, was euch nicht angenehm ist!' ‚Gut', sagten sie; dann setzten sie sich zum gemeinsamen Trunk. Da erblickte der Kalif die drei Bettelmönche, und als er sah, daß sie alle blind auf dem linken

Auge waren, erstaunte er darüber. Dann sah er die Mädchen an, wie schön und anmutig sie waren, und geriet in Verwirrung und Verwunderung. Und jene fuhren fort zu zechen und sich zu unterhalten, und sie sagten zu dem Kalifen: ‚Trink!' doch der erwiderte: ‚Ich bin zur Pilgerfahrt entschlossen.' Da stand die Pförtnerin auf und breitete vor ihm ein Tischtuch aus, gewirkt mit Silber, und stellte darauf eine Schale aus Porzellan, in die sie Weidenblütenwasser goß, und tat hinein ein Häufchen Schnee und einen kleinen Laib Zucker. Und der Kalif dankte ihr und sprach zu sich selber: ‚Bei Allah, ich will ihr die gute Tat, die sie getan hat, morgen vergelten.' Die anderen aber begannen wieder ihren Umtrunk zu halten; und als der Wein Gewalt gewann über sie, stand die Hausherrin auf, verbeugte sich vor ihnen, nahm die Wirtschafterin bei der Hand und sagte: ‚Steh auf, meine Schwester, wir wollen unsere Pflicht erfüllen.' Und die beiden Schwestern versetzten: ‚Jawohl!' Sofort deckte die Pförtnerin den Tisch ab, warf Stückchen zur Erneuerung des Weihrauchs hin und räumte die Mitte des Saals. Danach ging sie voran und führte die Bettelmönche auf eine Estrade zur Seite der Halle, und den Kalifen und Dscha'far und Masrûr führte sie zu einer Estrade auf der anderen Seite; und sie rief den Träger und sagte: ‚Wie gering ist deine Anhänglichkeit! Du bist doch kein Fremder! Du gehörst zum Hause.' Da erhob er sich und gürtete sich und fragte: ‚Was befiehlst du?' Und sie erwiderte: ‚Bleib stehen auf deinem Platz!' Dann stand die Wirtschafterin auf und setzte mitten in den Saal einen niedrigen Stuhl, öffnete eine Kammer und rief dem Träger zu: ‚Komm, hilf mir!' Da sah er zwei schwarze Hündinnen mit Ketten um den Hals; und sie sagte zu ihm: ‚Die halte!' Und der Lastträger hielt sie und führte sie mitten in den Saal. Da stand die Herrin des Hauses auf und schob sich die

Ärmel bis über die Handgelenke empor, ergriff eine Geißel und sprach zu dem Träger: ‚Bringe eine der Hündinnen her!' Und er brachte sie, indem er sie an der Kette schleppte; aber die Hündin weinte und schüttelte gegen die Dame den Kopf. Da begann die Dame sie auf den Kopf zu schlagen, und obgleich die Hündin heulte, hörte sie nicht auf zu schlagen, bis ihr der Arm versagte. Dann warf sie die Geißel aus der Hand, drückte die Hündin an ihre Brust, wischte ihr mit eigener Hand die Tränen ab und küßte ihr den Kopf. Dann sprach sie zu dem Träger: ‚Nimm sie weg und bringe die zweite'; und als er die gebracht hatte, tat sie mit ihr wie mit der ersten. Als der Kalif das sah, rührte sich ihm das Herz, und die Brust ward ihm beklommen, und voll Ungeduld verlangte ihn danach, zu erfahren, was es mit diesen beiden Hündinnen auf sich habe. Und er warf Dscha'far einen Blick zu, aber der wandte sich herum und sagte durch Zeichen: ‚Schweig!' Dann wandte sich die Dame zu der Pförtnerin und sprach zu ihr: ‚Auf, tu auch du deine Pflicht!', und die erwiderte: ‚Jawohl!' Nun setzte die Dame sich auf das Lager aus Wacholderholz, das mit Plättchen aus Gold und Silber belegt war, und sagte zu der Pförtnerin und der Wirtschafterin: ‚Bringt eure Sachen!' Da setzte die Pförtnerin sich auf einen niedrigen Schemel zu ihrer Seite; aber die Wirtschafterin trat in eine Kammer und holte einen Beutel hervor aus Atlas, mit grünen Bändern und zwei kleinen goldenen Sonnen. Und sie trat vor die Hausherrin, schüttelte den Beutel und zog eine Laute daraus hervor; sie stimmte die Saiten und drehte die Wirbel; und als sie gut gestimmt war, sang sie zu ihr diese Verse:

> *Du bist mein Wunsch, du bist mein Ziel;*
> *O du mein Liebster, seh ich dich,*
> *So ist es ewige Seligkeit,*

Doch fern von dir ist Hölle für mich.
Durch dich kommt mein Wahnsinn und durch dich
Mein tiefer Schmerz für lange Zeit.
Und welcher Tadel ruht auf mir,
Wenn ich meine Liebe dir geweiht?
Zerrissen ward der Schleier mein,
Als ich dir meine Liebe lieh:
Ja, immerdar zerreißt die Lieb
Die Ehre und häuft Schmach auf sie.
Das Kleid der Krankheit legt' ich an:
Klar zeigte sich's, wie ich gefehlt.
So hat in meiner Sehnsucht denn
Mein Herze dich sich auserwählt.
Es rannen meine Zähren herab;
Da ward mein Geheimnis offen und klar.
So ward mein Inneres offenbart
Durch die Träne mein, die vergossen war.
Heil' du das schwere Leiden mein:
Denn du bist Krankheit und Arzenei.
Doch wessen Arzenei bei dir ist,
Der wird doch nicht von Leiden frei.
Das Licht deiner Augen ist mir Qual.
Mein Tod kommt durch meiner Liebe Schwert.
Wie viele sind durch der Liebe Schwert
Gestorben, die einst hochgeehrt!
Ich lasse von meiner Sehnsucht nicht,
Noch wende ich zur Zerstreuung mich.
Die Liebe heilt mich, ist mein Gesetz,
Mein Schmuck geheim und öffentlich.
O selig ist das Aug, das lang
Dich anschaut und deinen Blick genießt.
Und ach, es ist das Herze mein,
Das doch in Angst und Not zerfließt.

Als die Pförtnerin dies Lied gehört hatte, rief sie: ‚Ach! Ach! Ach!' Dann zerriß sie ihr Gewand und fiel in Ohnmacht zu Boden; und der Kalif sah Wunden von Rutenhieben an ihr und Striemen, und er geriet in höchstes Erstaunen. Da stand die Wirtschafterin auf und sprengte Wasser über sie und brachte ihr ein schönes Gewand und legte es ihr an. Als aber die Gäste all das sahen, wurde ihnen wirr zu Sinn; denn sie ahnten nicht, wie das anging und zusammenhing. So sagte der Kalif zu Dscha'far: ‚Sahst du nicht das Mädchen mit den Wunden auf dem Leibe? Ich kann keine Ruhe finden, bis ich die Wahrheit erfahren habe über die Geschichte dieses Mädchens und die Geschichte der beiden schwarzen Hündinnen.' Aber Dscha'far erwiderte: ‚O unser Herr, sie haben es zur Bedingung gemacht, daß wir nicht fragen sollten nach dem, was uns nichts angeht; sonst werden wir hören, was uns nicht angenehm ist.' Da sagte die Pförtnerin: ‚Bei Allah, meine Schwester, erfülle an mir deine Pflicht und komm zu mir!' Drauf sprach die Wirtschafterin: ‚Mit größter Freude'; und sie nahm die Laute und lehnte sie an ihren Busen, strich mit den Fingerspitzen über die Saiten und sang:

> *Wenn wir klagen ob Trennung, was sollen wir sagen?*
> *Oder quält uns die Sehnsucht, wohin uns wagen?*
> *Oder senden wir Boten als Dolmetscher für uns,*
> *Nicht bringen die Boten des Liebenden Klagen.*
> *Oder bin ich geduldig, der Liebende schwindet*
> *Nach Verlust des Geliebten gar bald von hinnen.*
> *Ihm blühet nichts als Leiden und Schmerzen*
> *Und Tränen, die ihm auf die Wangen rinnen.*
> *O der da fern ist dem Blick meines Auges*
> *Und der doch immer im Herzen mir weilet –,*
> *Wird es dich sehen? Gedenkst du des Bundes?*
> *Ach, er dauert wie Wasser, das rasch enteilet.*
> *Oder hast du der Sklavin die Liebe vergessen,*
> *Deren Tränen und Seufzer alle dir gelten?*
> *Wenn mich die Liebe mit dir noch vereinet,*
> *Will ich lange an dir deine Härte schelten.*

Als die Pförtnerin dies zweite Lied gehört hatte, schrie sie laut auf und sagte: ‚Bei Allah, wie schön!' Und sie legte die Hand an ihre Gewänder und zerriß sie wie das erste Mal; dann fiel sie ohnmächtig zu Boden. Die Wirtschafterin aber legte ihr wieder ein neues Gewand an, nachdem sie sie mit Wasser besprengt hatte. Da erholte sie sich und setzte sich aufrecht. Dann sagte sie zu ihrer Schwester, der Wirtschafterin: ‚Fahre fort und erfülle deine Pflicht gegen mich; denn jetzt bleibt nur noch dieser eine Gesang.' Und von neuem nahm die Wirtschafterin die Laute zur Hand und begann diese Verse zu singen:

> *Wie lange noch soll diese Härte und diese Grausamkeit dauern?*
> *Genügen die Tränen dir nicht, von denen mein Aug überquillt?*
> *Wie lange noch willst du mir die Trennung mit Fleiß hinziehen?*
> *War deine Absicht die meines Neiders, so ist sie erfüllt.*
> *Wäre dem Liebenden gerecht das grausame Schicksal,*
> *Brauchte er nicht zu wachen, krank von der Liebe zu ihr.*
> *Habe Mitleid mit mir! Die Grausamkeit will mich erdrücken,*
> *O mein Herrscher, es ward Zeit zum Erbarmen mit mir.*
> *Wem soll ich meine Liebe verkünden, o der du mich tötest,*
> *Der du die Klagen nicht achtest, wenn so die Treue verweht?*
> *Es mehrt sich meine Liebe zu dir mit meinen Tränen,*
> *Und lang wird mir die Zeit der Härte, bis sie vergeht.*
> *O Muslime, erfüllt die Rache der Liebessklavin,*
> *Der Schlaflosen, der die Stätte ihrer Geduld zerstört!*
> *Ist's nach dem Rechte der Liebe erlaubt, o du meine Sehnsucht,*
> *Daß ich fern bin und daß eine andere die Gunst erfährt?*
> *Und welche Freude könnte ich denn bei ihm genießen?*
> *Wie müht er sich doch ab, er, der Verschwendung ehrt!*

Als aber die Pförtnerin dies dritte Lied hörte, schrie sie laut; und sie legte Hand an ihre Kleider und zerriß sie bis hinab zum Saum; und zum dritten Mal fiel sie ohnmächtig zu Boden, und wieder zeigte sie die Narben der Geißel. Da sprachen die Bettelmönche untereinander: ‚Wollte der Himmel, wir hätten dies Haus nie betreten und lieber auf den Schutthaufen genächtigt! Denn wahrlich, unser Aufenthalt wird durch Dinge getrübt, die das Herz zerreißen.' Und der Kalif wandte sich zu ihnen und fragte: ‚Weshalb?', und sie erwiderten: ‚Unser Inneres wird beunruhigt durch diese Dinge.' Wie dann der Kalif fragte: ‚Seid ihr denn nicht vom Hause?', antworteten sie: ‚Nein; wir haben auch diese Stätte nie gesehen vor dieser Stunde.' Da staunte der Kalif und fragte: ‚Der Mann, der dort bei euch sitzt, kennt vielleicht der das Geheimnis?' Nun winkte er den Träger heran, und sie fragten ihn nach diesen Dingen; der erwiderte: ‚Bei Allah dem Allmächtigen, in der Liebe sind wir alle gleich! Ich bin in Baghdad groß geworden; doch nie in meinem Leben habe ich dies Haus betreten bis zum heutigen Tage. Und wie ich zu ihnen kam, das ist eine seltsame Geschichte.' ‚Bei Allah,' versetzten sie, ‚wir hielten dich für einen von ihnen; und jetzt sehen wir, du bist wie wir.' Dann sprach der Kalif: ‚Wir sind sieben Männer, und sie nur drei Frauen und sie haben keinen vierten; darum fragt sie nach ihrem Schicksal; und geben sie uns gutwillig keine Antwort, so werden sie wider Willen antworten müssen.' Alle stimmten ihm bei, nur Dscha'far sagte: ‚Das ist nicht meine Ansicht, laßt sie! Wir sind ihre Gäste, und sie haben uns eine Bedingung auferlegt, und wir haben ihre Bedingung angenommen, wie ihr wißt. Darum ist es besser, wir schweigen von dieser Sache; und da nur noch wenig von der Nacht verbleibt, so mag ein jeder von uns seines eigenen Weges ziehen.' Dann winkte er dem Kalifen und flüsterte ihm zu: ‚Es ist ja nur noch eine Stunde. Morgen kann ich sie vor dich bringen; da kannst du sie nach ihrer Geschichte befragen.' Aber der Kalif erhob sein Haupt und rief erzürnt: ‚Ich habe keine Geduld mehr, auf die Kunde von ihnen zu warten; laß die Mönche sie alsbald befragen!' Dennoch sprach Dscha'far: ‚Dies ist nicht mein Rat.' Darauf stritten sie und redeten hin und her, wer sie zuerst fragen sollte; und sie einigten sich auf den Träger. Doch die Dame fragte sie: ‚Ihr Leute, worüber redet ihr so laut?' Da erhob sich der Träger vor der Herrin des Hauses und sprach zu ihr: ‚O meine Herrin, diese Leute hier wünschen sehr, daß du ihnen von den beiden Hündinnen und ihrer Geschichte erzählst, und weshalb du sie so grausam züchtigest und dann weinest und sie küssest; ferner, daß du ihnen von deiner Schwester berichtest und davon, weshalb sie wie ein Mann mit Palmenruten gegeißelt wurde. Das sind ihre Fragen an dich; und damit basta!' Da sprach die Dame, die die Herrin des Hauses war, zu den Gästen: ‚Ist dies wahr, was er über euch sagt?', und alle erwiderten: ‚Ja'; nur Dscha'far bewahrte Schweigen. Als die Dame ihre Antwort vernahm, rief sie: ‚Bei Allah, o unsere Gäste, ihr habt uns die ärgste Kränkung angetan; denn wir haben euch zur Bedingung gemacht, wer immer rede von dem, was ihn nichts angeht, der solle hören, was ihm nicht angenehm ist. Genügt es euch nicht, daß wir euch in unser Haus aufnahmen und euch mit unserer Speise bewirteten? Aber die Schuld ist nicht so sehr euer wie dessen, der euch zu uns geführt hat.' Dann schob sie sich die Ärmel bis über die Handgelenke hinauf, schlug dreimal auf den Boden und rief: ‚Kommt schnell herbei!' Und siehe, eine Kammertür tat sich auf, und heraus traten sieben Negersklaven mit gezücktem Schwert in der Hand; und sie sagte zu ihnen: ‚Fesselt diese Schwätzer und bindet sie Rücken an Rücken!' Sie taten es und sagten: ‚O wohlbehütete Dame, befiehl uns, daß wir ihre Köpfe abschlagen!' Doch sie sprach: ‚Wartet noch eine Weile mit ihnen, daß ich sie frage, wer sie sind, ehe ihre Köpfe abgeschlagen werden!' ‚Allah schütze mich, o Herrin,' rief da der Träger, ‚töte mich nicht für anderer Sünde; all diese haben gefehlt und Schuld auf sich geladen, nur ich nicht. Denn, bei Allah, unsere Nacht wäre schön gewesen, wären wir nur von diesen Bettlern bewahrt geblieben! Wenn die in eine volkreiche Stadt einzögen, so würden sie sie zur Ruine machen.' Dann sprach er diese Verse:

> *Wie schön ist Verzeihung des Mächtigen doch,*
> *Zumal wenn sie dem gilt, dem Hilfe gebricht!*
> *Beim Bande der Liebe, das uns hier umschlingt,*
> *Verderbet den Anfang durchs Ende doch nicht!*

Als der Träger seine Verse geendet hatte, mußte das Mädchen lachen. – –«

Da bemerkte Schehrezâd, daß der Morgen begann, und sie hielt in der verstatteten Rede an. Doch als die *Elfte Nacht* anbrach, fuhr sie also fort: »Es ist mir berichtet worden, o glücklicher König, als die Dame, ihrem Zorn zum Trotz, hatte lachen müssen, da wandte sie sich der Gesellschaft zu und sagte: ,Erzählt mir, wer ihr seid; denn ihr habt nur noch eine Stunde zu leben! Wäret ihr nicht Männer von Rang und Vornehme oder Herrscher eures Volks, so hättet ihr nicht so dreist geredet.' Da rief der Kalif: ,Du da, Dscha'far, sage ihr, wer wir sind; sonst tötet sie uns aus Versehen. Doch rede gütlich mit ihr, ehe uns das Unheil befällt!' ,Es ist, was du verdienst', erwiderte der Wesir; doch der Kalif schrie ihn an: ,Der Scherz hat seine Zeit, und der Ernst hat seine Zeit; und die ist jetzt.' Die Herrin des Hauses aber trat auf die drei Mönche zu und fragte sie: ,Seid ihr Brüder?', und sie erwiderten: ,Nein, bei Allah, wir sind nur Fakire und Fremde.' Dann sprach sie zu einem von ihnen: ,Wurdest du blind geboren auf einem Auge?', und er sagte: ,Nein, bei Allah, es war eine sonderbare Begebenheit und ein merkwürdiges Geschick, da mir das Auge ausgestoßen wurde; und meine Geschichte ist so, daß, würde sie mit Sticheln in die Augenwinkel gestichelt, sie eine Warnung wäre für jeden, der sich warnen ließe.' Sie befragte auch den zweiten und den dritten Mönch, und beide antworteten wie der erste. Dann fuhren sie fort: ,Bei Allah, o Herrin, wir kommen ein jeder aus einem anderen Lande, und wir waren alle drei Söhne von Königen, die über Länder und Untertanen herrschten'. Da schaute die Dame sie an und sprach: ,Ein jeder von euch erzähle seine Geschichte und den Grund, weswegen er hierhergekommen ist; dann mag er zum Abschied die Hand zur Stirne heben und seines Weges ziehen!' Aber zuerst trat der Lastträger vor und sagte: ,O meine Herrin, ich bin ein einfacher Lastträger. Diese Wirtschafterin gab mir eine Last zu tragen; sie führte mich erst zum Hause eines Weinhändlers; dann zu dem Laden eines Schlächters; und von dem Schlächterladen zum Fruchthändler; und von ihm zum Krämer; und von dem Krämer zum Zuckerbäcker und zum Spezereienhändler; und von dem hierher, und da habe ich mit euch erlebt, was ich erlebt habe. Das ist meine Geschichte, und damit basta!' Da lachte die Dame und sprach zu ihm: ,Heb deine Hand zur Stirne und geh fort!' Er aber rief: ,Bei Allah, ich gehe nicht fort, ehe ich die Geschichte meiner Gefährten gehört habe.' Nun trat einer der Mönche vor und begann

DIE GESCHICHTE
DES ERSTEN BETTELMÖNCHES

Wisse, o Herrin, die Ursache, weshalb ich meinen Bart abrasierte und das Auge mir ausgestoßen wurde, ist diese: Mein Vater war König, und er hatte einen Bruder. Dieser sein Bruder war König in einer anderen Stadt; und es traf sich, daß meine Mutter mich gebar am selben Tage, an dem mein Vetter geboren wurde, der Sohn meines Vatersbruders. Die Zeiten vergingen mit Jahr und Tag, bis wir aufgewachsen waren. Dann pflegte ich meinen Oheim von Zeit zu Zeit zu besuchen und eine bestimmte Anzahl von Monaten bei ihm zu bleiben. Mein Vetter empfing mich stets mit großen Ehren; er ließ Schafe für mich schlachten, klärte den Wein für mich, und wir saßen beim Trinken zusammen. Als nun einmal der Wein Gewalt über uns gewonnen hatte, sprach meines Oheims Sohn zu mir: ‚Mein Vetter, ich habe eine wichtige Bitte an dich, und ich möchte, daß du mich nicht hinderst in dem, was ich zu tun gedenke.' Ich erwiderte: ‚Mit größter Freude will ich dir zu Diensten sein.' Da ließ er mich die heiligsten Eide schwören und verließ mich zur selbigen Stunde; nachdem er eine kleine Weile fortgeblieben war, kehrte er zurück mit einer verschleierten Dame hinter sich, die von Wohlgerüchen duftete und die kostbarsten Seidenkleider trug. Er wandte sich zu mir, während die Dame hinter ihm stand, und sagte: ‚Nimm diese Dame mit dir und gehe mir voraus zu dem und dem Totenacker!' Und er beschrieb ihn mir so, daß ich ihn kannte. Dann fuhr er fort: ‚Tritt mit ihr in das Grabgewölbe und warte dort auf mich!' Ich konnte mich ihm nicht widersetzen, noch ihm seine Bitte abschlagen wegen des Eides, den ich geschworen hatte. So nahm ich denn die Frau mit mir und ging fort, bis ich mit ihr in das Grabgewölbe eingetreten war; kaum hatten wir uns gesetzt, so kam meines Oheims Sohn mit einer Schale Wasser, einem Sack voll Mörtel und einer Axthacke. Mit der Axt in der Hand ging er zu dem Grabe in der Mitte des Gewölbes, brach es auf und legte die Steine auf die Seite des Gewölbes; dann begann er mit der Hacke in das Erdreich des Grabes zu graben, bis eine eherne Platte von der Größe einer kleinen Tür in der Erde bloßgelegt war; und als er sie aufhob, zeigte sich darunter eine Wendeltreppe. Da wandte er sich zu der Dame um und sprach zu ihr: ‚Jetzt triff deine letzte Wahl!' Da stieg die Dame jene Treppe hinunter. Er aber wandte sich zu mir mit den Worten: ‚O Sohn meines Oheims, um deine Güte vollkommen zu machen, so schließe, wenn ich hinabgestiegen bin, die Falltür und häufe das Erdreich darauf genau so, wie es zuvor auf der Tür war; und um deine Güte ganz zu vollenden, mische den ungelöschten Kalk, der in diesem Sack ist, mit dem Wasser, das in der Schale ist; dann verkleide das Grab, wie es früher war, mit einer Steinwandung, so daß niemand, der sie siehet, sage: Dies ist eine neue Öffnung, doch das Innere ist alt. Ein ganzes Jahr lang habe ich mich hier mit etwas abgemüht, davon nur Allah weiß. Dies ist meine Bitte an dich.' Und er fügte noch hinzu: ‚Möge Allah uns deiner nicht lange berauben, o Vetter!' Darauf stieg er die Treppe hinab. Als er nun meinen Blicken entschwunden war, schloß ich die Falltür wieder und tat, was er von mir gewünscht hatte, bis das Grab wieder war wie zuvor; während alledem aber war ich noch unter dem Einfluß des Weines und trunken. Darauf kehrte ich in den Palast meines Oheims zurück; doch mein Oheim war zur Jagd ausgeritten. Ich schlief jene Nacht hindurch; aber als der Morgen dämmerte, dachte ich an den Abend vorher und was an ihm mit meinem Vetter geschehen war. Und als die Reue nichts mehr fruchtete, da bereute ich, was ich zusammen mit ihm getan hatte und daß ich seinem Wunsche Folge geleistet hatte. Und ich wollte mir einbilden, es sei nur ein Traum gewesen, und begann nach dem Sohn meines Oheims zu fragen; aber niemand vermochte mir Auskunft zu geben. Dann ging ich hinaus zu den Gräbern auf dem Totenacker und suchte nach jenem Grabgewölbe, aber ich konnte es nicht wiedererkennen. Unaufhörlich wanderte ich von Gewölbe zu Gewölbe und von Grab zu Grab, bis die Nacht anbrach, ohne daß ich es gefunden hätte. Dann kehrte ich zum Schlosse zurück; doch konnte ich weder essen noch trinken, denn meine Gedanken waren immer bei meinem Vetter, da ich nicht wußte, was aus ihm geworden war; und ich war sehr um ihn besorgt. Dann legte ich mich nieder; aber ich verbrachte die Nacht in Kummer bis zum Morgen. Da ging ich wieder auf den Totenacker, grübelnd über das, was mein Vetter getan hatte, und ich bereute, auf ihn gehört zu haben; und schon war ich wieder bei allen Gewölben umhergegangen, aber jenes Gewölbe und jenes Grab hatte ich nicht wiedererkannt. Wieder befiel mich Reue über alles; und in dieser Weise vergingen sieben Tage, ohne daß ich den Weg zum Grabe gefunden hätte. Dann überwältigten mich die trüben Gedanken, bis ich fast wahnsinnig wurde; und ich konnte mich nicht anders vor ihnen retten als dadurch, daß ich abreiste, um zu meinem Vater zurückzukehren. Aber in dem Augenblick, als ich bei der Hauptstadt meines Vaters ankam, erhob sich beim Stadttor eine Schar wider mich und fesselte mich. Ich geriet darüber in höchstes Erstaunen, da ich doch der Sohn des Sultans dieser Stadt war und diese Leute meines Vaters Diener und meine eigenen Sklaven waren. Und mich befiel große Furcht vor ihnen, und ich sprach in meiner Seele: ‚Was mag wohl meinem Vater geschehen sein?‘ Als ich nun die, so mich ergriffen hatten, fragte, weshalb sie also taten, gaben sie mir keine Antwort. Nach einer Weile jedoch sagte einer von ihnen zu mir, und zwar einer, der bei mir Diener gewesen war: ‚Siehe, das Glück ist deinem Vater untreu geworden; die Truppen haben ihn verraten, der Wesir hat ihn töten lassen und herrscht jetzt an seiner Statt; wir aber mußten dir auf seinen Befehl auflauern.‘ Dann schleppten sie mich fort, während ich fast von Sinnen war wegen der

Trauerbotschaft, die ich über meinen Vater gehört hatte. Und nun stand ich vor dem Wesir.

Zwischen dem Wesir und mir aber herrschte eine alte Feindschaft, und der Grund jener Feindschaft war dieser: Ich liebte es sehr, mit der Armbrust zu schießen, und es geschah eines Tages, als ich auf dem Terrassendach des Palastes stand, daß sich auf das Dach des Hauses des Wesirs, während er dort stand, ein Vogel niederließ. Ich wollte nach dem Vogel schießen; aber da verfehlte das Geschoß sein Ziel, drang dem Wesir ins Auge und riß es ihm aus, wie es vom Schicksal bestimmt war. So heißt es in einem der alten Sprüche:

> *Wir gehen einen Pfad, der für uns vorgesehen;*
> *Und wem ein Pfad ist vorgeschrieben, der muß ihn gehen.*
> *Und wem an einer Stätte zuteil werden soll sein Verderben,*
> *Der wird an keiner Stätte als gerade an dieser sterben.*

Als nun dem Wesir das Auge ausgerissen war' – so fuhr der Bettelmönch fort – ‚konnte er mir kein Wort sagen, da mein Vater der König der Stadt war; so war es gekommen, daß Feindschaft zwischen ihm und mir herrschte. Wie ich aber mit gebundenen Händen vor ihm stand, befahl er, mir das Haupt abzuschlagen. Da fragte ich ihn: ‚Für welches Verbrechen lässest du mich töten?' Doch er erwiderte: ‚Welches Verbrechen ist größer als dieses?', und er zeigte auf seine leere Augenhöhle. Ich entgegnete: ‚Das habe ich aus Versehen getan'; doch er versetzte: ‚Wenn du es aus Versehen getan hast, so will ich es mit Absicht tun.' Dann rief er: ‚Führt ihn herbei!' Und sie führten mich dicht vor ihn hin, und er stieß mir den Finger ins linke Auge und drückte es aus; seit jener Zeit bin ich einäugig, wie ihr mich seht. Darauf ließ er mich gefesselt in eine Kiste legen und sprach zum Träger des Schwertes: ‚Nimm diesen da und zieh dein Schwert; nimm ihn und bringe ihn vor die Stadt hinaus. Dort töte ihn und laß ihn liegen, den wilden Tieren und Raubvögeln zum Fraß!' So zog der Schwertträger mit mir hinaus. Als er draußen vor der Stadt mitten auf freiem Felde war, nahm er mich aus der Kiste, an den Händen gefesselt und an den Füßen gebunden, wie ich war, und wollte mir die Augen verbinden, um mich erst dann zu töten. Aber ich weinte bitterlich, bis er mit mir weinen mußte; und ich sah ihn an und sprach diese Verse:

> *Ich hielt euch für einen festen Panzer, um abzuwehren*
> *Der Feinde Pfeile von mir; doch ihr wart die Spitzen von ihnen.*
> *Ich pflegte auf euch zu hoffen einstmals in allen Gefahren,*
> *Wenn meine rechte Hand auch der linken sich mußte bedienen.*
> *Haltet euch doch weit ab von dem Gerede der Tadler*
> *Und lasset die Feinde allein ihre Pfeile auf mich anlegen!*
> *Wollet ihr denn nicht selbst mich vor den Feinden beschützen,*
> *So handelt doch weder für sie noch meinem Wohle entgegen.*

Und ich fuhr fort:

> *Brüder, die ich für Panzer hielt!*
> *Sie waren's – doch für die Feinde mein!*
> *Ich glaubte, sie seien treffsichre Pfeile.*
> *Sie waren's – doch trafen ins Herz mir hinein.*

Als der Schwertträger, der schon der Schwertträger meines Vaters gewesen war und dem ich Wohltaten erwiesen hatte, meine Verse hörte, rief er: ‚Ach, Herr, was kann ich tun, da ich doch nur ein Sklave bin, der einen Befehl erhalten hat?' Und er fügte hinzu: ‚Flieh um dein Leben, und kehre nie wieder in dieses Land zurück; sonst wirst du zugrunde gehen und mich mit dir zugrunde richten, so wie ein Dichter sagt:

> *Rette dein Leben, wenn dir vor Unheil graut!*
> *Lasse das Haus beklagen den, der es erbaut!*
> *Du findest schon eine Stätte an anderem Platz:*

Für dein Leben findest du keinen Ersatz.
Mich wundert, wen es im Hause der Schmach noch hält –
So weit und frei ist doch die Gotteswelt!
Laß dich in wichtiger Sache auf Boten nicht ein;
In Wahrheit hilft die Seele sich selbst allein.
Des Löwen Nacken ist so kräftig nicht,
Solang es ihm an Selbstvertrauen gebricht.'

Da küßte ich ihm die Hände; denn ich hatte kaum noch an meine Rettung geglaubt. Und der Verlust meines Auges ward mir leicht, da ich dem Tode entronnen war. Ich zog aber fort, bis ich in meines Oheims Hauptstadt kam, trat zu ihm ein und erzählte ihm, was meinem Vater widerfahren war und wie mir das Auge ausgeschlagen ward. Da weinte er bitterlich und sprach: ‚Wahrlich, du hast mir Gram auf meinen Gram gehäuft und Kummer auf meinen Kummer; denn dein Vetter ist seit vielen Tagen verschwunden, und ich weiß nicht, was ihm begegnet ist, und niemand kann mir von ihm Nachricht geben.' Und er weinte, bis er ohnmächtig ward; ich aber trauerte schmerzlich um ihn. Und er wollte ein Heilmittel auf mein Auge legen; aber er sah, daß es wie eine leere Walnuß war. Da sprach er: ‚O mein Sohn, besser das Auge verloren als das Leben!'

Jetzt aber – so fuhr der Bettelmönch fort – konnte ich nicht mehr über meinen Vetter schweigen, der doch sein Sohn war; und so erzählte ich ihm alles, was geschehen war. Da freute mein Oheim sich gar sehr, als er hörte, was ich ihm von seinem Sohn erzählte, und er sagte: ‚Komm, zeige mir das Grabgewölbe'; ich aber erwiderte: ‚Bei Allah, mein Oheim, ich weiß seinen Ort nicht; ich bin zwar damals viele Male gegangen und habe danach gesucht, aber ich konnte seinen Ort nicht erkennen.' Dennoch gingen ich und mein Oheim auf den Totenacker, und ich spähte nach rechts und nach links; schließlich erkannte ich die Stätte wieder, und wir freuten uns beide gar sehr. Ich trat mit ihm in das Gewölbe, wir nahmen den Mörtel weg am Grabe und hoben die Falltür auf; dann stiegen wir etwa fünfzig Stufen hinunter, und als wir zum Fuße der Treppe kamen, siehe, da stieg ein Rauch vor uns auf, der unsere Blicke verdunkelte. Nun sprach mein Oheim den Spruch, der niemanden, der ihn ausspricht, zuschanden werden läßt: ‚Es gibt keine Majestät und es gibt keine Macht außer bei Allah, dem Erhabenen und Allmächtigen!' Darauf drangen wir vor, bis wir plötzlich in einen Saal kamen, der voll war von Mehl, Korn und Lebensmittel aller Art; und in der Mitte sahen wir einen Thronhimmel, unter dem sich ein Lager befand. Mein Oheim blickte auf das Lager und fand seinen Sohn und die Dame, die mit ihm hinabgestiegen war, einander in den Armen liegend; aber sie waren schwarz geworden wie verkohltes Holz, als hätte man sie in eine Feuergrube geworfen. Und als nun mein Oheim dies sah, spie er seinem Sohn ins Gesicht und rief: ‚Das verdienst du, du Ekel! Dies ist die Strafe in dieser Welt; aber es bleibt noch die Strafe in jener, eine härtere und schwerere.' – –«

Da bemerkte Schehrezâd, daß der Morgen begann, und sie hielt in der verstatteten Rede an. Doch als die *Zwölfte Nacht* anbrach, fuhr sie also fort: »Es ist mir berichtet worden, o glücklicher König, daß der Bettelmönch vor der Dame, während seine Gefährten und Dscha'far und der Kalif zuhörten, also weiter erzählte: ‚Mein Oheim schlug seinen Sohn mit dem Schuh, als er so dalag wie ein Haufen schwarzer Kohle. Und ich staunte über sein Tun und war traurig über meinen Vetter und darüber, daß er und die Dame zu schwarzen Kohlen geworden waren; und ich sprach: ‚Bei Allah, o mein Oheim, mache dein Herz frei von Zorn! Mein Inneres und meine Gedanken sind nur von Trauer erfüllt um das, was deinem Sohne widerfahren ist, wie er und diese Dame zu einem Haufen schwarzer Kohle geworden sind. Ist dies alles noch nicht genug für sie, so daß du ihn noch mit dem Schuh schlagen mußtest?' Er antwortete: ,O Sohn meines Bruders, dieser mein Sohn war seit seiner Jugend von Liebe zu seiner eigenen Schwester entbrannt; und immer hielt ich ihn fern von ihr, obwohl ich mir sagte: sie sind noch Kinder. Als sie jedoch herangewachsen waren, begann zwischen ihnen die Sünde, und ich hörte davon; und ob ich es gleich kaum zu glauben vermochte, ergriff ich ihn und schalt ihn, indem auch die Diener auf ihn einredeten, mit heftigen Worten: Hüte dich vor so sündhaften Taten, die vor dir noch keiner beging und keiner nach dir begehen wird; sonst wird dein Name unter denen der Fürsten mit Schmach und Schande bedeckt sein bis ans Ende der Zeiten, und die Kunde von uns wird durch die Karawanen überall ruchbar werden. Darum hüte dich, daß solches Tun von dir ausgeht! Sonst fluche ich dir und lasse dich töten! Und hinfort schloß ich sie getrennt voneinander ein; aber das verruchte Mädchen liebte ihn mit leidenschaftlicher Liebe, und Satan hatte über die beiden Gewalt gewonnen und hatte ihnen ihr Tun in schönen Farben gezeigt. Und als mein Sohn nun sah, daß ich sie getrennt hatte, baute er diese Höhle unter der Erde, richtete sie ein und schaffte Lebensmittel dorthin, wie du siehst; und er benutzte meine Abwesenheit, als ich zur Jagd ausgezogen war, und kam mit seiner Schwester hierher. Aber ein Gottesgericht hat ihn und sie ereilt und sie beide verbrannt, und die Strafe im Jenseits wird noch härter und schwerer sein!' Dann weinte er, und ich weinte mit ihm; und er sah mich an und sprach: ,Du bist mein Sohn an seiner Statt.' Ich sann eine Weile über die Welt und ihre Wechselfälle nach: wie der

Wesir mir den Vater erschlagen und sich auf seinen Thron gesetzt und mir das Auge ausgestoßen hatte; und wie mein Vetter durch das seltsamste Schicksal den Tod finden mußte. Und wiederum weinte ich, und mit mir weinte mein Oheim. Darauf stiegen wir hinauf, legten die eherne Platte wieder an ihre Stelle und häuften das Erdreich darüber; und als wir das Grab wiederhergestellt hatten, kehrten wir in unseren Palast zurück. Kaum aber hatten wir uns gesetzt, so hörten wir den Lärm von Trommeln, Trompeten und Zimbeln; und Lanzen von Kriegern schwirrten, Männer schrien, und Zäume klirrten, Rosse wieherten, und die Welt war bedeckt mit Staub und Sand, die von den Hufen der Pferde aufgewirbelt waren. Unser Verstand geriet in Verwirrung, und wir wußten nicht, um was es sich handelte. So fragten wir, und es ward uns gesagt, der Wesir, der meines Vaters Herrschaft an sich gerissen hatte, habe die eigene Kriegsmacht gerüstet und noch dazu wilde Beduinen in Dienst genommen, und er sei mit Heeren unterwegs, so zahlreich wie der Sand am Meere; ihre Menge konnte nicht gezählt werden, und vor ihnen konnte niemand standhalten. Die stürmten nun plötzlich auf die Stadt ein, und da die Bürger nicht imstande waren, sich ihnen zu widersetzen, so übergaben sie ihm die Stadt; mein Oheim fiel, und ich floh außerhalb der Stadt, da ich mir sagte: wenn du in seine Hände fällst, so wird er dich gewißlich töten. So begann mein Trauern von neuem. Ich grübelte nach über die Dinge, die meinem Vater und meinem Oheim widerfahren waren, und darüber, was ich tun sollte; denn wenn ich mich zeigte, so würden die Leute der Stadt und die Soldaten meines Vaters mich erkennen, und mein elender Tod wäre sicher; und ich fand keinen anderen Weg der Rettung als den, daß ich mir Kinn und Lippen glatt rasierte. Das tat ich also, zog auch andere Kleider an und verließ die Stadt. Und ich zog nach dieser Stadt, in der Hoffnung, es werde mir vielleicht einer zu dem Beherrscher der Gläubigen, dem Stellvertreter des Herrn der Welten, Eingang verschaffen, und ich würde ihm meine Geschichte, und was mir widerfahren ist, erzählen und berichten können. Erst gestern abend bin ich in dieser Stadt eingetroffen, und da stand ich nun ratlos, wohin ich mich wenden sollte, als plötzlich dieser zweite Bettelmönch dastand. Den grüßte ich und sprach zu ihm: ‚Ich bin ein Fremder‘, und er erwiderte: ‚Auch ich bin ein Fremder.‘ Während wir noch so sprachen, siehe, da kam dieser unser dritter Gefährte zu uns und grüßte uns und sagte: ‚Ich bin ein Fremder‘, und wir erwiderten: ‚Auch wir sind Fremde.‘ Dann gingen wir weiter, bis uns das Dunkel überfiel und uns das Schicksal zu euch führte. Das also ist der Grund, weshalb mein Kinn und meine Lippen rasiert sind und weshalb ich mein linkes Auge verlor.‘ Da sprach die Herrin des Hauses: ‚Führe deine Hand zum Kopf und geh fort!‘; er sagte jedoch: ‚Ich gehe nicht fort, bis ich die Geschichte der anderen gehört habe.‘ Alle aber waren erstaunt über seine Erzählung, und der Kalif sprach zu Dscha'far: ‚Bei Allah, dergleichen, wie es diesem Bettelderwisch widerfahren ist, habe ich nie gehört noch gesehen.‘ Nun trat der zweite Bettelmönch vor; und er küßte den Boden und begann

DIE GESCHICHTE
DES ZWEITEN BETTELMÖNCHES

O Herrin, auch ich wurde nicht mit einem Auge geboren, und auch meine Geschichte ist seltsam; würde sie mit Sticheln in die Augenwinkel gestichelt, sie wäre eine Warnung für einen jeden, der sich warnen ließe. Und dies ist sie: Ich bin ein König, der Sohn eines Königs. Ich las den Koran nach sieben Traditionen, und ich las die gelehrten Bücher und trug sie den Männern der Wissenschaft vor; ich studierte die Sternenkunde und die Werke der Dichter, und ich übte mich auf allen Gebieten der Gelehrsamkeit, bis ich die Menschen meiner Zeit weit hinter mir ließ; die Schönheit meiner Schrift übertraf die aller Schreiber, und mein Ruhm verbreitete sich in allen Ländern und Reichen und bei allen Königen. So hörte auch der König von Indien von mir, und er schickte zu meinem Vater, um mich an seinen Hof zu laden; zugleich sandte er meinem Vater Geschenke und Kostbarkeiten, wie sie sich für Könige geziemen. Da rüstete mein Vater sechs Schiffe für mich; und wir fuhren einen ganzen Monat lang auf dem Meere und kamen dann ans Festland. Dort schifften wir Pferde aus, die wir bei uns auf den Schiffen hatten, und beluden zehn Kamele mit den Geschenken. Wir waren nur eine kleine Strecke weitergezogen: siehe, da wirbelte eine Staubwolke empor, bis das Auge den Blick in die Ferne verlor. Aber nach einer kurzen Spanne Zeit ward die Erde von der Staubwolke befreit, und unter ihr erschienen fünfzig Reiter, wie Löwen, deren Blick erschreckt, und mit schimmerndem Stahle bedeckt. Wir schauten nach ihnen aus, und siehe, es waren Beduinen, Wegelagerer. Als die sahen, daß wir nur wenige Leute waren und zehn Kamele mit den Geschenken für den König von Indien bei uns hatten, da stürmten sie mit eingelegter Lanze auf uns ein. Wir aber machten ihnen mit den Händen ein Zeichen, das besagen sollte: ‚Wir sind Boten des großen Königs von Indien, drum tut uns nichts zuleide!‘ Sie jedoch bedeuteten uns: ‚Wir sind nicht auf seinem Gebiet, noch sind wir unter seiner Herrschaft.‘ Dann erschlugen sie einige von den Sklaven; die anderen flohen, und so auch ich, nachdem ich schwer verwundet war. Die Beduinen aber achteten meiner nicht, da sie mit den Schätzen und den Geschenken, die wir mitgebracht hatten, beschäftigt waren. Nun wußte ich nicht, wohin ich mich wenden sollte; einst war ich mächtig gewesen, jetzt war ich machtlos geworden. So wanderte ich weiter, bis ich zum Gipfel eines Berges kam; dort fand ich Obdach in einer Höhle, bis daß der Tag anbrach. Dann zog ich immer weiter, bis ich zu einer sicheren, wohlbefestigten Stadt kam. Gerade hatte der Winter sich dort mit seiner Kälte von dannen gemacht, und der Frühling war eingezogen mit seiner Rosenpracht. Die Blumen dort begannen zu sprießen, und die Bächlein dort begannen zu fließen, während die Vögel ihr Lied erschallen ließen, wie der Dichter bei der Beschreibung einer Stadt gesagt hat:

Ein Ort, in dem es Furcht nicht gibt,
Dem Sicherheit als Freund sich eint,
Der, seinem Volk ein schöner Schutz,
Mit seiner Wunderwelt erscheint.

Ich freute mich, daß ich dort angekommen war; denn ich war müde vom Wege, und mein Gesicht war bleich von dem Kummer. Doch meine Lage war verzweifelt, und ich wußte nicht, wohin ich mich begeben sollte. So trat ich an einen Schneider heran, der in seinem Laden saß, und grüßte ihn; der erwiderte meinen Gruß, hieß mich mit Freuden willkommen, war freundlich zu mir und fragte mich nach dem Anlaß meiner Reise in die Fremde. Ich erzählte ihm alles, was mir widerfahren war, von Anfang bis zu Ende; da ward er traurig um meinetwillen und sagte: ‚O Jüngling, enthülle niemandem dein Geheimnis; denn ich fürchte für dich Gefahr von seiten des Königs dieser Stadt. Der ist der größte Feind deines Vaters, und es schwebt Blutrache zwischen ihnen.' Dann setzte er mir Speise und Trank vor, und wir aßen zusammen; und ich unterhielt mich mit ihm den Abend hindurch. Da räumte er mir willig einen Platz auf einer Seite seines Ladens ein und brachte mir, was ich nötig hatte: Teppich und Decke. Und ich blieb drei Tage lang bei ihm, bis er zu mir sagte: ‚Kennst du keinen Beruf, damit du dir den Unterhalt verdienen kannst?' ‚Ich bin gelehrt im Gesetz', erwiderte ich, ‚und ein Schriftgelehrter, ein Schreibkundiger, Rechenmeister und Kalligraph.' Er aber versetzte: ‚Deine Künste bringen hierzulande nichts ein; in unserer Stadt ist niemand, der etwas weiß von den Wissenschaften oder auch nur vom Schreiben, außer dem Geldverdienen.' Da sagte ich: ‚Bei Allah, ich weiß sonst nichts, als was ich dir nannte'; und er erwiderte: ‚Gürte dich, nimm eine Axt und einen Strick, und schlage Brennholz in der Steppe, damit du dich ernähren kannst, bis Allah dir Errettung sendet; und sage niemandem, wer du bist, sonst wird man dich totschlagen.' Dann kaufte er mir eine Axt und einen Strick, brachte mich zu den Holzhackern und empfahl mich ihnen. So zog ich mit diesen hinaus und schlug Brennholz, den ganzen Tag hindurch, und kam zurück mit meinem Bündel auf dem Kopfe. Das verkaufte ich um einen halben Dinar; für einen Teil davon besorgte ich mir mein Essen, und den Rest legte ich beiseite. Mit solcher Arbeit verbrachte ich ein volles Jahr, und als es zu Ende war, ging ich eines Tages wie gewöhnlich in die Steppe hinaus; und da ich meine Gefährten verließ, kam ich in eine dicht bewachsene Niederung, in der viel Holz wuchs. Ich ging in die Niederung hinein und fand den Stamm eines dicken Baumes; da grub ich rings um ihn herum und schaffte das Erdreich weg. Plötzlich aber stieß die Axt auf einen kupfernen Ring. Den reinigte ich von der Erde, und siehe, der Ring war an einer hölzernen Falltür befestigt. Die hob ich auf und erblickte darunter eine Treppe. Nun stieg ich hinab bis zum Fuß der Treppe und erblickte dort eine Tür. Durch die ging ich und sah ein Schloß, in schönstem Bau aufgeführt und mit ragenden Säulen verziert. Und drinnen fand ich eine Maid, gleich einer kostbaren Perle, die erlöste das Herz von Kummer und Gram und Leid; ihre Stimme heilte alles Bangen und nahm den Klugen und Weisen gefangen; ihr Wuchs war von zierlicher Art, fest standen die Brüste gepaart, ihre Wangen waren zart, von Farben glänzend rein und Haut so wunderbar fein; ihr Antlitz erstrahlte durch der Locken Nacht, und über den herrlichen Schultern glitzerte ihrer Zähne Pracht. So wie der Dichter von ihresgleichen sagt:

> *Mit schwarzen Locken und mit schlankem Leibe,*
> *Auf Dünen ragend wie ein Weidenzweig.*

Und ein anderer:

> *Noch nie war viererlei vereint so wie bei ihr,*
> *Für die ich all mein Herzblut gern vergießen würde:*
> *Der helle Glanz der Stirne und der Locken Nacht,*
> *Der Wangen Rosen und des Leibes schlanke Zierde.*

Als ich sie erblickte, warf ich mich nieder in Anbetung vor ihrem Schöpfer, weil er sie in solcher Schönheit und Anmut gebildet hatte; und sie schaute mich an und sagte: ‚Bist du ein Mensch oder einer aus der Geisterwelt?' ‚Ich bin ein Mensch', erwiderte ich. Da fragte sie: ‚Wer führte dich an diesen Ort, an dem ich seit fünfundzwanzig Jahren lebe, ohne je einen Menschen gesehen zu haben?' Ich fand ihre Stimme wundersüß, und sie drang mir tief bis ins innerste Herz, und so sprach ich: ‚O meine Herrin, mich führten meine Glückssterne, um mir Sorge und Gram zu vertreiben.' Und ich erzählte ihr, was mir widerfahren war, von Anfang bis zu Ende, und mein Geschick stimmte sie traurig. Sie weinte und sprach: ‚So will auch ich dir meine Geschichte erzählen. Ich bin die Tochter des Königs Ifitamûs, des Herrn der Ebenholzinseln. Er hatte mich mit meinem Vetter vermählt; aber in meiner Hochzeitsnacht ergriff mich ein Dämon namens Dschardscharîs ibn Radschmûs, der Sohn der Mutterschwester des Iblîs, des Teufels, und er flog mit mir davon und setzte mich nieder an dieser Stätte, und brachte hierher alles, was ich brauchte: Seidengewänder, Schmucksachen, feines Linnen, Vorräte an Speise und Trank und vieles andere. Alle zehn Tage kommt er einmal zu mir und schläft eine Nacht hier; dann geht er wieder seines Weges. Er hat mich nämlich ohne die Einwilligung der Seinen genommen; und er hat mit mir vereinbart, wenn ich je etwas nötig habe, bei Tag oder bei Nacht, so solle ich nur mit der Hand über jene zwei Zeilen streichen, die dort über der Nische eingegraben sind, und noch ehe ich die Finger wieder höbe, würde ich ihn bei mir sehen. Vier Tage sind jetzt verstrichen, seit er hier war; und da es noch sechs Tage sind, bis er kommt, so sage, willst du fünf Tage bei mir bleiben und am Tage vor seiner Ankunft davongehen?' Ich antwortete: ,Ja, wie gern! Wenn die Träume zur Wahrheit werden.' Da freute sie sich und sprang auf und faßte mich bei meiner Hand, führte mich durch einen Torbogen und trat mit mir in ein schönes, prächtiges Bad. Als ich das sah, legte ich meine Kleider ab. Und auch sie legte ihre Kleider ab, ging ins Bad, kam wieder heraus und setzte sich auf einen Diwan. Sie hieß mich aber an ihrer Seite sitzen und brachte Scherbett mit Moschus und gab mir zu trinken. Dann setzte sie mir Speise vor, und wir aßen und unterhielten uns; darauf sagte sie zu mir: ,Jetzt lege dich hin und ruhe dich aus; denn wahrlich, du mußt müde sein!' Ich hatte schon ganz vergessen, was mir widerfahren war, o Herrin; und ich dankte ihr und legte mich nieder. Als ich erwachte, fühlte ich, wie sie mir die Füße rieb und knetete; da flehte ich Gottes Segen auf sie herab, und wir setzten uns nieder, um uns eine Weile zu unterhalten. Sie sprach: ,Bei Allah, mir war die Brust so eng während der fünfundzwanzig Jahre, in denen ich allein hier unter der Erde gewesen bin, ohne jemanden zu finden, der mit mir spräche; doch Preis sei Allah, der dich zu mir gesandt hat!' Dann fragte sie: ‚O Jüngling, hast du Begehr nach Wein?', und ich erwiderte: ‚Tu, wie du willst!' Da trat sie zu einem Wandschrank und nahm eine versiegelte Flasche alten Weines heraus, schmückte den Tisch mit Grün und sang:

> *Hätten wir dein Kommen geahnt, wir hätten das Blut des Herzens*
> *Und das Schwarze der Augen freudig hingebreitet;*
> *Wir hätten auch unsere Wangen für deinen Empfang gerüstet,*
> *Damit dein Weg dich über die Augenlider geleitet.*

Als sie ihr Lied geendet hatte, dankte ich ihr; und schon faßte die Liebe zu ihr Wurzel in meinem Herzen, und vergangen waren mir Sorge und Gram. Nun saßen wir beisammen beim Wein bis zum Abend; und die Nacht verbrachte ich mit ihr – nie erlebte ich je solch eine Nacht! Und am folgenden Tage knüpften wir Freude an Freude bis zum Mittag. Da aber war ich so trunken, daß ich nicht Herr meiner Sinne mehr war; und ich stand auf, schwankte nach rechts und nach links und sprach zu ihr: ‚Komm, meine Schöne, ich will dich hinauftragen aus diesem unterirdischen Gefängnis und dich von dem Dämonen befreien!' Sie aber lachte und sagte: ‚Sei genügsam und schweig; von zehn Tagen gehört dem Dämonen nur ein Tag, und dir gehören neun Tage.' Da rief ich – denn die Trunkenheit hatte mich ganz überwältigt –: ‚Noch diesen Augenblick will ich die Nische da zertrümmern, über die jene Schrift eingegraben ist, und ich will den Dämon herbeirufen, daß ich ihn töte, denn ich bin es gewohnt, Dämonen zu töten!' Als sie aber meine Worte hörte, wurde sie bleich und sagte: ‚Bei Allah, tu das nicht!' und sprach den Vers:

> *Vor einer Tat, die dich selbst vernichtet,*
> *Mußt du dich selbst immerdar behüten.*

Darauf sprach sie diese Verse:

> *Du, der die Trennung sucht, halt ein*
> *Das Roß, das allzu schnell will rennen!*
> *Geduld! Das Schicksal übt Verrat:*
> *Zum Schlusse müssen die Freunde sich trennen.*

Als sie diese Verse gesprochen hatte, achtete ich ihrer Worte doch nicht; ja, ich hob den Fuß und stieß gewaltig gegen die Nische.' – –«

Da bemerkte Schehrezâd, daß der Morgen begann, und sie hielt in der verstatteten Rede an. Doch als die *Dreizehnte Nacht* anbrach, fuhr sie also fort: »Es ist mir berichtet worden, o glücklicher König, daß der zweite Bettelmönch der Dame also weitererzählte: ‚Als ich aber, o Herrin, mit dem Fuß gewaltig gegen die Nische gestoßen hatte, siehe, da wurde die Luft plötzlich dunkel, es donnerte und blitzte; die Erde bebte, und alles wurde unsichtbar. Alsbald verflog die Trunkenheit aus meinem Kopf, und ich rief ihr zu: ‚Was ist?' Sie antwortete: ‚Der Dämon ist bei uns! Habe ich dich nicht davor gewarnt? Bei Allah, du hast mich ins Verderben gestürzt! Rette du dein Leben und eile dort wieder hinaus, wo du hereingekommen bist!' Doch im Übermaß meiner Angst ließ ich meinen Schuh und meine Axt liegen. Und als ich zwei Stufen hinaufgestiegen war, wandte ich mich um und wollte nach ihnen schauen; aber siehe, die Erde spaltete sich, und heraus stieg ein Dämon von scheußlichem Anblick und rief: ‚Was soll dieser Lärm, mit dem du mich störst? Was ist dir widerfahren?' ‚Mir ist nichts widerfahren,' versetzte sie, ‚nur wurde mir die Brust so eng, und da wollte ich etwas Wein trinken, um mir die Brust zu weiten. So nahm ich denn ein wenig zu mir; aber als ich aufstand, um ein Geschäft zu verrichten, war mir der Kopf schwer geworden, und ich fiel gegen die Nische.' ‚Du lügst, du Buhldirne', schrie der Dämon; und er blickte sich in dem Schlosse um, nach rechts und nach links. Da sah er den Schuh und die Axt und sagte: ‚Was sind diese Dinge anderes als Sachen von Menschen? Wer ist bei dir gewesen?' Sie erwiderte: ‚Nie habe ich sie bis zu diesem Augenblick gesehen; die sind wohl mit dir heraufgekommen.' Aber der Dämon schrie: ‚Das ist eine törichte Ausrede, die auf mich keinen Eindruck macht, du Dirne!' Dann zog er sie nackt aus, band sie mit Händen und Füßen an vier eiserne Pflöcke; dann folterte er sie und suchte sie zum Geständnis zu bringen. Doch es war mir nicht möglich noch erträglich, ihr Weinen anzuhören; daher stieg ich, bebend vor Furcht, die Treppe hinauf, und als ich oben ankam, legte ich die Falltür wieder hin, wie sie gewesen war, und deckte sie mit Erde zu. Ich bereute aber bitterlich, was ich getan hatte. Ich dachte an das Mädchen und an ihre Schönheit und daran, wie dieser Verfluchte sie folterte, auch daran, daß sie fünfundzwanzig Jahre so allein gewesen war; und alles, was ihr geschah, war um meinetwillen. Ich dachte an meinen Vater und sein Königtum und daran, daß ich ein Holzhacker geworden war; und wie mein Leben, nachdem mir das Glück gelächelt hatte, nun wieder trübe geworden war. Da weinte ich und sprach den Vers:

Wenn das Geschick dir eines Tages Unheil bringt,
Bedenk, ein Tag bringt Freude dir, der andre Leid.

Dann ging ich hin, bis ich zu meinem Freunde, dem Schneider, kam; und ich fand ihn um meinetwillen wie auf glühenden Kohlen sitzend, da er mich ängstlich erwartete. Er rief: ‚Die ganze Nacht hindurch war mein Herz bei dir; denn ich war besorgt um dich wegen irgendeines wilden Tieres oder eines anderen Unheils. Jetzt aber – Preis sei Allah für deine Rettung!' Ich dankte ihm für seine freundliche Sorge um mich und zog mich in meinen Winkel zurück und begann über das nachzusinnen, was mir begegnet war; und ich schalt mich um der großen Torheit willen, daß ich nach jener Nische getreten hatte. Während ich mich noch so zur Rechenschaft zog, siehe, da trat mein Freund, der Schneider, an mich heran und sprach zu mir: ‚O Jüngling, draußen steht ein Greis, ein Perser, der dich sucht; er hat deine Axt und deinen Schuh, die er zu den Holzhackern gebracht hat, indem er ihnen sagte: Ich ging aus um die Zeit, da der Muezzin zum Morgengebet zu rufen begann, und da fand ich diese beiden Dinge; nun weiß ich nicht, wem sie gehören: zeigt mir also ihren Eigentümer! Die Holzfäller erkannten deine Axt und wiesen ihn an dich; er sitzt im Laden, so geh und danke ihm und nimm deine Axt und deinen Schuh.' Als ich aber diese Worte hörte, wurde ich vor Schrecken bleich und ward wie von Sinnen; und wie ich so dasaß, siehe, da tat sich der Boden meines Zimmers auf, und empor stieg der Perser, das war der Dämon. Er hatte das Mädchen mit den schlimmsten Foltern gequält, aber sie hatte ihm nichts gestanden; da hatte er die Axt genommen und den Schuh und zu ihr gesagt: ‚Bin ich Dschardscharîs, aus dem Samen des Iblîs, so werde ich dir den hierherbringen, dem diese Axt und dieser Schuh gehören!' Dann war er in der genannten Verkleidung zu den Holzfällern gegangen und zu mir gekommen. Er gab mir keinen Aufschub, sondern ergriff mich und flog mit mir empor; darauf senkte er sich wieder und drang mit mir bis unter die Erde hinab, während ich immer ohne Besinnung war, und schließlich brachte er mich in den unterirdischen Palast, in dem ich gewesen war. Dort sah ich das Mädchen, nackt, die Glieder gefesselt an vier Pflöcke, und von ihren Seiten tropfte das Blut. Da liefen mir die Augen von Tränen über; der Dämon aber packte sie an und sagte: ‚Nun, Dirne, ist dies nicht dein Geliebter?' Sie sah mich an und sagte: ‚Ich kenne diesen nicht und habe ihn nie gesehen bis zu dieser Stunde!' Da rief der Dämon: ,Was! Diese Folter und noch kein Geständnis?' Ruhig sagte sie: ,Ich habe diesen Mann niemals in meinem Leben gesehen; und es ist vor Allahs Augen unrecht, Lügen über ihn zu sagen.' ,Wenn du ihn nicht kennst,' erwiderte der Dämon, ,so nimm dies Schwert und schlag ihm den Hals durch.' Sie nahm das Schwert in die Hand, kam und trat dicht zu mir heran; und ich gab ihr ein Zeichen mit den Augenbrauen, während die Tränen mir auf die Wange herabströmten. Sie aber verstand mein Zeichen und winkte mir mit den Augen, als ob sie sagen wollte: ,Wie konntest du all dies über uns bringen?' Da gab ich ihr zu verstehen: ,Dies ist die Stunde der Verzeihung.' Und es war, als ob meine Zunge spräche:

> *Mein Blick ist für meine Zunge ein Dolmetsch; du weißt es wohl.*
> *Er kündet die Liebe, die ich im Herzen verbergen soll.*
> *Und als wir einander begegneten und die Tränen rannen,*
> *Da schwieg ich, während die Blicke von dir zu reden begannen.*
> *Sie winkt mir, und ich weiß, was sie sagt mit ihrem Blick;*
> *Ich mache ihr mit den Fingern ein Zeichen, sie gibt es zurück.*
> *Wenn unsere Augenbrauen das, was wir wünschen, erfüllen,*
> *So schweigen wir still, und die Liebe redet nach unserem Willen.*

Und da, o Herrin, warf das Mädchen das Schwert aus der Hand und rief: ,Wie soll ich jemandem den Hals durchschlagen, den ich nicht kenne und der mir kein Übel angetan hat? Das ist nach meiner Religion nicht erlaubt.' Dann trat sie zurück. Der Dämon sprach: ,Es wird dir schwer, den Geliebten zu töten; und nur weil er eine Nacht bei dir zugebracht hat, erduldest du diese Folter und machst kein Geständnis über ihn. Jetzt ist es mir klar, daß nur Gleiches mit Gleichem Mitgefühl hat.' Dann wandte der Dämon sich zu mir und sagte: ,O Menschlein, kennst du diese hier nicht?', worauf ich fragte: ,Wer mag sie

wohl sein? Ich habe sie nie gesehen bis zu diesem Augenblick.'
‚Dann', sprach er, ‚nimm dies Schwert und schlag ihr den Hals
durch, so will ich dich gehen lassen und dir nichts antun; denn
dann bin ich sicher, daß du sie gar nicht kennst.' Ich erwiderte:
‚Jawohl!', und ich nahm das Schwert, ging rasch auf sie zu und
hob die Hand. Sie aber winkte mir zu mit den Brauen, als ob
sie sagte: ‚Ich habe dich nicht im Stiche gelassen. Und vergiltst
du sie mir so?' Da verstand ich ihre Blicke, und ich deutete ihr
mit den Augen an: ‚Ich opfere meine Seele für dich.' Und es war,
als ob unsere Zunge diese Verse des Dichters gesprochen hätte:

> *Wie mancher Liebende kündet mit seinen Augenbrauen*
> *Seiner Geliebten alles, was ihm auf dem Herzen liegt.*
> *Offen spricht zu ihr ein Blick aus seinem Auge:*
> *Siehe, ich weiß jetzt alles, wie es das Schicksal gefügt.*
> *Ach, wie schön ist es doch, nur in ihr Antlitz zu schauen!*
> *Und wie herrlich glänzet der Blick, wenn er verstand!*
> *Während der eine mit seinen Augenlidern noch schreibet,*
> *Hat der andre bereits mit seinem Augapfel erkannt.*

Und meine Augen quollen über von Tränen, und ich warf das
Schwert aus der Hand und sagte: ‚O du mächtiger Dämon, o
du Recke und Heldensohn, wenn eine Frau, die wenig Verstand und Religion besitzt, es schon für unrecht hält, mir den
Hals durchzuschlagen, wie sollte es für mich da recht sein, ihr
den Hals durchzuschlagen, da ich sie doch nie in meinem Leben
gesehen habe? Nein, das werde ich nie tun, wenn du mir
auch den Becher des Todes und des Verderbens zu trinken gibst.'
Da sprach der Dämon: ‚Ihr beide zeigt ein Einverständnis untereinander; doch ich will euch zeigen, wie euer Tun bestraft
wird.' Und er nahm das Schwert, hieb auf die Hand des Mädchens und schlug sie ab; dann hieb er auf die andere Hand und
schlug sie ab, und er schlug ihr mit vier Hieben Hände und

Füße ab. Während alledem sah ich zu und war des Todes gewiß, nachdem sie mir mit sterbendem Auge ein Zeichen des Lebewohls gegeben hatte. Der Dämon aber schrie sie an: ‚Du hast mit deinem Auge gebuhlt!' Und er traf sie so, daß ihr Kopf davonflog. Dann aber wandte er sich zu mir und sagte: ‚O Menschlein, es ist gerecht nach unserer Satzung, wenn eine Frau die Ehe bricht, sie zu töten. Dieses Mädchen entführte ich in ihrer Brautnacht, als sie erst zwölf Jahre alt war; und sie hat niemanden kennen gelernt als mich allein. Alle zehn Tage kam ich zu ihr auf eine Nacht in der Gestalt eines persischen Mannes. Als ich nun aber sicher war, daß sie mich betrogen hatte, da erschlug ich sie. Ich bin nicht ganz sicher, ob du mich mit ihr betrogen hast; aber es geht nicht an, daß ich dich ohne Strafe ziehen lasse; also erbitte von mir eine Gnade.' Da war ich, o Herrin, höchlichst erfreut und fragte: ‚Welche Gnade soll ich mir von dir erbitten?' Er antwortete: ‚Wünsche dir, in welche Gestalt ich dich verwandeln soll! In die Gestalt eines Hundes oder eines Esels oder eines Affen.' Da ich hoffte, er würde mir verzeihen, erwiderte ich: ‚Bei Allah, schone mich, auf daß Allah dich verschone, weil du einen muslimischen Mann schontest, der dir niemals Unrecht tat!' Und ich flehte ihn demütig an, blieb vor ihm stehen und sagte: ‚Mir geschieht unrecht.' Er aber rief: ‚Mach jetzt keine langen Reden vor mir! Es ist mir ein leichtes, dich zu töten; doch ich gebe dir die Wahl.' Da sagte ich: ‚O Dämon, mir zu verzeihen würde dir besser anstehen; drum verzeih mir; wie der Beneidete dem Neider verzieh.' Er fragte: ‚Wie war denn das?' Da begann ich

DIE GESCHICHTE
VOM NEIDER UND VOM BENEIDETEN

Man erzählt, o 'Ifrît, daß in einer Stadt zwei Menschen lebten, die benachbarte Häuser mit einer gemeinsamen Mauer bewohnten; einer von den beiden beneidete den anderen und traf ihn mit bösem Blick und tat sein Äußerstes, um ihm zu schaden. Immerdar beneidete er ihn, und sein Neid nahm so zu, daß er wenig Speise nahm und der süße Schlaf kaum mehr zu ihm kam. Aber dem Beneideten ward das Glück immer holder; und je mehr der andere ihm zu schaden strebte, um so mehr gewann er, wuchs und gedieh. Doch er erfuhr von der Bosheit seines Nachbarn gegen ihn und von seinem Streben, ihm Schaden zu tun; so ging er fort aus dessen Nähe und verließ sein Land, indem er sprach: ‚Bei Allah, ich muß seinetwegen der Welt entsagen!' Er ließ sich in einer anderen Stadt nieder und kaufte sich dort ein Stück Landes, auf dem ein alter Ziehbrunnen stand. Dann baute er sich ein Bethaus, kaufte sich alles Notwendige und widmete sich in seiner Klause nur dem Gebet und dem Dienste Allahs des Erhabenen. Bald kamen Fakire und Arme zu ihm aus allen Ländern; und sein Ruhm verbreitete sich in jenem Lande. Auch seinen früheren Nachbar, den Neider, erreichte die Nachricht, welches Glück ihm zuteil geworden und wie die Großen des Landes zu ihm wallfahrteten. So ging er hin und trat in das Kloster ein; jener, der Beneidete, empfing ihn mit Willkommensgruß und mit Freundlichkeit und erwies ihm alle Ehren. Da sprach der Neider: ‚Ich habe dir ein Wort zu sagen, und das ist der Grund meiner Reise hierher; denn ich möchte dir gute Nachricht bringen, also komm und geh mit mir in dein Kloster.' Der Beneidete nun nahm den Neider bei der Hand, und sie gingen hinein in das Innerste des Klosters; aber der Neider sagte: ‚Sage deinen Fakiren, daß sie sich in ihre Zellen zurückziehen; denn ich möchte nur im geheimen mit dir sprechen, wo niemand uns hören kann.' Da sprach der Beneidete zu seinen Fakiren: ‚Zieht euch in eure Zellen zurück!' Und als alle getan, was er ihnen befohlen hatte, ging er mit seinem Gaste noch ein wenig weiter, bis sie zu dem alten Brunnen kamen. Dort stieß der Neider den Beneideten, von niemandem gesehen, in den Brunnen hinab; dann ging er hinaus und zog seiner Wege und glaubte, er habe ihn getötet. Nun aber war der Brunnen bewohnt von guten Geistern; die ließen ihn ganz allmählich niedergleiten und lagerten ihn auf dem Felsboden. Und die einen von ihnen fragten die anderen: ‚Wißt ihr, wer er ist?', und die erwiderten: ‚Nein.' Da sprach einer von ihnen: ‚Dieser Mensch ist der Beneidete, der vor seinem Neider floh, sich in unserer Stadt ansiedelte und dies Kloster begründete; und er erfreute uns durch seine Litaneien und durch sein Vorlesen aus dem Koran. Aber der Neider machte sich auf den Weg zu ihm, bis er bei ihm war; da überlistete er ihn und warf ihn zu euch hinab. Doch sein Ruhm ist heute abend zum Sultan dieser Stadt gedrungen, der beschlossen hat, ihn morgen um seiner Tochter willen zu besuchen.' ‚Was fehlt seiner Tochter denn?' fragte einer von ihnen, und ein anderer versetzte: ‚Sie ist besessen von einem Geist; denn der Dämon Maimûn, der Sohn des Damdam, ist in sie verliebt. Wenn aber dieser Fromme das Mittel wüßte, so wäre es das Allerleichteste, sie zu befreien und zu heilen.' ‚Was ist das für ein Mittel?' fragte einer von ihnen, und jener erwiderte: ‚Der schwarze Kater, der bei ihm in seinem Bethaus ist, hat am Ende seines Schwanzes einen weißen Fleck von der Größe eines Dirhems; daraus muß er sieben weiße Haare reißen, und die muß er über der Kranken verbrennen.

Dann wird der Mârid von ihr weichen und nie wieder zu ihr zurückkehren; sie wird zur selbigen Zeit gesund werden.' Diese ganze Unterhaltung, o Dämon, wurde geführt, während der Beneidete zuhörte. Als es nun Morgen ward und die Dämmerung emporstieg und heller ward, da kamen die Fakire, um den Scheich zu suchen, und trafen ihn, wie er aus dem Brunnen heraufstieg; und er wurde noch größer in ihren Augen. Weil nun allein der schwarze Kater das Heilmittel hatte, so zog er ihm die sieben Haare aus dem weißen Fleck am Schwanz und nahm sie mit sich. Und kaum war die Sonne aufgegangen, da kam der König mit seinem Gefolge; er selbst und die Großen seines Reiches gingen hinein, aber dem übrigen Gefolge befahl er, draußen stehenzubleiben. Und als der König zu dem Beneideten eintrat, bot dieser ihm den Willkommensgruß und bat ihn, an seiner Seite Platz zu nehmen, und fragte: ‚Soll ich dir sagen, weshalb du kommst?' Jener erwiderte: ‚Ja.' Da fuhr er fort: ‚Du kommst mit dem Vorwand, mich zu besuchen; aber es ist der Wunsch deines Herzens, mich über deine Tochter zu befragen.' Der König antwortete: ‚So ist es, heiliger Scheich'; und der Beneidete fuhr fort: ‚Schicke jemanden, sie zu holen; und ich hoffe, so Gott der Erhabene will, wird sie noch in dieser Stunde gesund werden.' Da freute sich der König und sandte nach seiner Tochter; und man brachte sie gebunden und gefesselt. Der Beneidete aber ließ sie sich niedersetzen, zog einen Vorhang vor sie, nahm die Haare und verbrannte sie über ihr; und der, so in ihr war, schrie auf und wich von ihr. Da war das Mädchen sofort bei Sinnen, verschleierte sich das Gesicht und sagte: ‚Was bedeutet dies alles, und wer hat mich hierher gebracht?' Da überkam den König eine Freude, wie es keine höhere geben kann, und er küßte der Tochter die Augen und dem heiligen Mann die Hände. Dann wandte er sich zu den Großen seines Reiches und sprach: ‚Was meint ihr? Was verdienet der, der meine Tochter heilte?', und die erwiderten: ‚Er verdient sie zum Weibe.' Der König sagte darauf: ‚Ihr habt recht!' Dann vermählte er sie mit ihm, und so wurde der Beneidete der Eidam des Königs. Nach einer Weile starb der Wesir; da fragte der König: ‚Wen soll ich an seiner Stelle zum Wesir machen?' ‚Deinen Eidam', antworteten die Großen. Nun ward der Beneidete zum Wesir. Und wieder nach einer Weile starb der König; da fragten die Großen: ‚Wen sollen wir zum König machen?', und alle riefen: ‚Den Wesir.' So wurde der Wesir zum Sultan und zum herrschenden König. Eines Tages nun bestieg der König sein Roß, gerade als der Neider auf dem Wege vorbeikam. Wie der Beneidete so in der Herrlichkeit seiner Königswürde einherritt inmitten seiner Emire und Wesire und der Großen seines Reiches, da fiel sein Blick auf seinen Neider. Und er wandte sich zu einem der Minister und sagte: ‚Bringe jenen Mann herbei; doch ängstige ihn nicht!' Der ging hin und brachte den neidischen Nachbarn. Da sprach der König: ‚Gebt ihm tausend Goldstücke aus meinem Schatz, beladet ihm zwanzig Kamele mit Waren zum Handel und schickt einen Wächter mit ihm, der ihn bis zu seiner Stadt geleite.' Darauf bot er dem Neider Lebewohl und wandte sich ab von ihm, ohne ihn zu bestrafen für alles, was er ihm angetan hatte. Siehe, o Dämon, wie der Beneidete dem Neider verzieh, der ihn von Anfang an beneidet hatte! Der hatte ihm doch viel Schaden getan, war zu ihm gereist und vollendete sein Werk an ihm, indem er ihn in den Brunnen warf und töten wollte. Und doch vergalt jener ihm sein schlimmes Handeln nicht, sondern vergab und verzieh ihm.' Danach, o Herrin, hub ich so bitterlich zu weinen an, wie ein Mensch überhaupt nur weinen kann, und ich sprach die Verse:

Vergib den Schuldigen; denn die Weisen pflegen
Für Schuld der Schuldigen stets Vergebung zu hegen.
Ich habe zwar der Fehler viele begangen:
Mögest du die edle Kunst des Verzeihens umfangen!
Wer wünscht, der über ihm möge Vergebung ihm leihen,
Muß Fehler dessen, der unter ihm ist, verzeihen.

Doch der Dämon rief: ‚Ich will dich weder töten noch dir verzeihen. Aber sicherlich werde ich dich verzaubern.' Dann riß er mich vom Boden und flog mit mir in die Luft, bis ich die Erde nur noch wie eine Schüssel inmitten des Wassers sah. Darauf setzte er mich nieder auf einem Berge, nahm etwas Staub in die Hand und murmelte Zauberworte darüber, bewarf mich damit und sprach: ‚Verlasse diese Gestalt und geh in die Gestalt eines Affen ein!' Und im selben Augenblick wurde ich zu einem Affen, der hundert Jahre alt war. Als ich mich in dieser häßlichen Gestalt sah, da weinte ich um mich; doch ich schickte mich in die Grausamkeit des Schicksals, da ich ja wußte, daß das Geschick niemandem treu bleibt. So stieg ich hernieder vom Gipfel des Berges bis zu seinem Fuße; dort fand ich eine weite Wüste. Die durchzog ich in der Zeit eines Monats, bis ich zum Rande des Salzmeers kam. Nachdem ich dort eine Weile gestanden hatte, sah ich mitten im Meere ein Schiff, das vor einem günstigen Winde lief und auf die Küste steuerte; und ich verbarg mich hinter einem Felsen am Strande und wartete, bis das Schiff näher kam, und dann sprang ich hinauf. Da rief einer von den Reisenden: ‚Werft das Unglücksvieh über Bord!', und der Kapitän: ‚Wir wollen es töten!', und ein anderer: ‚Ich will es mit diesem Schwerte umbringen.' Ich aber ergriff den Saum der Kleidung des Kapitäns und weinte, und meine Tränen flossen. Da hatte der Kapitän Mitleid mit mir und sagte: ‚Ihr Kaufleute, dieser Affe hat um meinen

Schutz gebeten, und ich werde ihn schützen. Er steht unter meiner Obhut; und darum soll ihm keiner ein Leid antun noch ihn kränken!' Darauf behandelte er mich freundlich; und was er auch redete, verstand ich, und ich sorgte für all seine Bedürfnisse und war sein Diener auf dem Schiffe; so begann er mich zu lieben. Das Schiff hatte nun fünfzig Tage lang günstigen Wind; dann warfen wir Anker bei einer großen Stadt, darin so viele Menschen waren, daß nur Allah allein ihre Zahl zu zählen vermöchte. Als wir aber ankamen und unser Schiff festlag, siehe, da kamen zu uns Mamluken, gesandt von dem Könige der Stadt. Die stiegen auf unser Schiff hinauf, beglückwünschten die Kaufleute zur guten Ankunft und sagten: ‚Unser König heißt euch willkommen und sendet euch diese Rolle Papier, daß ein jeder von euch eine Zeile darauf schreibe. Der König hat nämlich einen Wesir gehabt, der ein Kalligraph war, und der ist gestorben; da hat der König einen feierlichen Eid geschworen, daß er nur jemanden zum Wesir machen wolle, der so schön schreibe wie jener.' Daraufhin reichten sie den Kaufleuten die Rolle Papier, die zehn Ellen lang war und eine breit, und alle Kaufleute, die schreiben konnten, bis zum letzten, schrieben jeder eine Zeile darauf. Da sprang ich auf, ich, der ich in Gestalt eines Affen war, und riß die Rolle aus ihren Händen. Sie aber fürchteten, ich würde sie zerreißen, und so wollten sie mich davon wegjagen. Doch ich gab ihnen durch Zeichen zu verstehen, daß ich schreiben könnte. Da bedeutete ihnen der Kapitän: ‚Laßt ihn schreiben; wenn er schlecht kritzelt, so jagen wir ihn davon; aber wenn er schön schreibt, so will ich ihn als Sohn annehmen; denn wahrlich, nie sah ich einen verständigeren Affen als ihn.' Dann nahm ich das Rohr, tauchte es in die Tinte im Tintenfäßchen und schrieb mit Kursivschrift:

> Schon hat die Zeit verzeichnet die Güte aller Edlen,
> Während nur deine Güte noch nicht verzeichnet ist;
> Gott lasse die Menschen nicht durch deinen Verlust verwaisen,
> Da du doch für die Güte Mutter und Vater bist.

Und dann schrieb ich in Schlankschrift:

> Er hat ein Rohr, des Nutzen die Länder erfüllet,
> Und dessen Gaben alle Welt erreichen;
> Nie ward ein Land beschenkt wie mit deinen Gaben,
> Die deine Hände allen Ländern reichen.

Darauf schrieb ich in Steilschrift:

> Es gibt keinen einzigen Schreiber, der nicht dereinst vergeht;
> Doch was seine Hand geschrieben, besteht in Ewigkeit.
> Drum schreibe mit deiner Hand nie etwas anderes als
> Was dich am Jüngsten Tage, wenn du es siehst, erfreut.

Darauf in runder Monumentalschrift:

> Als wir von Trennung hörten und als uns beiden
> Solch Los bestimmten die Wechselfälle der Zeit,
> Da ließen wir die Tinte wohl für uns klagen
> Mit Zungen des Rohres über der Trennung Leid.

Darauf in großer Dokumentenschrift:

> Die Herrschaft bleibt doch niemandem getreu;
> Wenn du's nicht zugibst, sag, wo sind die Alten?
> Von guten Taten pflanze Bäume dir;
> Gehst du dahin, die bleiben doch erhalten.

Darauf in großer Zierschrift:

> Öffnest du das Faß des Reichtums und der Gnaden,
> Nimm Tinte dir von Hochsinn und von Edelmut;
> Solange du es vermagst, schreib gute Dinge,
> Dann bleibet dir dein Ruf und der deiner Feder gut.

Darauf gab ich den Überbringern die Rolle; die nahmen sie und gingen mit ihr zum König. Und als der König die Rolle sah, gefiel ihm keine Schrift so gut wie meine; und er sagte zu den versammelten Großen: ‚Geht zu dem Schreiber dieser Zeilen, kleidet ihn in ein Ehrengewand, setzet ihn auf eine Mauleselin, geleitet ihn mit einer Musikkapelle hierher und führt ihn vor mich.' Als sie nun die Worte des Königs hörten, lächelten sie; aber der König ward zornig über sie und rief: ‚Ihr Elenden! Ich spreche mit euch von einem Befehle, und ihr lacht über mich?' ‚O König,' erwiderten sie, ‚unser Lachen hat einen Grund.' ‚Und was ist das für ein Grund?' fragte er; sie antworteten: ‚O König, du befiehlst uns, den vor dich zu führen, der diese Zeilen schrieb; nun ist aber der, der sie schrieb, ein Affe und kein menschliches Wesen; und er gehört dem Kapitän des Schiffes.' Da sprach er: ‚Ist das wahr, was ihr mir sagt?' Sie antworteten: ‚Ja, bei deiner Hoheit!' Und der König staunte über ihre Worte, schüttelte sich vor Vergnügen und sprach: ‚Ich möchte diesen Affen von dem Kapitän erwerben.' Dann schickte er seinen Boten auf das Schiff, mit der Mauleselin, dem Ehrengewand und der Musikkapelle; und er sagte: ‚Kleidet ihn trotzdem ein in dies Ehrengewand, und setzet ihn auf das Maultier; holt ihn vom Schiffe ab und bringt ihn her!' So gingen sie zum Schiff und nahmen mich dem Kapitän, kleideten mich in das Ehrengewand und setzten mich auf das Maultier. Und das Volk war verblüfft, und die Stadt war in Aufruhr um meinetwillen; denn alle wollten mich sehen. Als sie mich aber zum König brachten und er mich empfing, küßte ich dreimal den Boden vor ihm; dann hieß er mich sitzen, und ich ließ mich nieder auf Knie und Schienbein; und das Volk, das anwesend war, staunte ob meiner Höflichkeit, und am meisten von allen wunderte sich der König. Darauf befahl er dem Volk, sich zurückzuziehen; als sich alle zurückgezogen hatten und niemand mehr da war außer der Majestät des Königs, dem

Eunuchen und einem kleinen weißen Sklaven, befahl er, den
Tisch mit den Speisen herbeizutragen; darauf befand sich, was
da hüpft und fliegt und beim Paaren in den Nestern liegt, Flughühner und Wachteln und alle anderen Arten von Vögeln. Nun
winkte der König mir, mit ihm zu essen; so stand ich auf,
küßte vor ihm den Boden, setzte mich und aß mit ihm. Und
als man abtrug, wusch ich mir die Hände siebenmal, nahm die
Tintenkapsel und das Schreibrohr und schrieb diese Verse:

> *Kehr ein bei dem Geflügel an der Stätte der Pfannen*
> *Und klage, daß die Braten und Rebhühner zogen von dannen!*
> *Beweine die Töchter des Flughuhns, wie ich sie immer beweine,*
> *Mit den gebratenen Küken und dem Röstfleisch im Vereine!*
> *Wie traurig ist mein Herz doch über zwei Arten von Fischen,*
> *Die man auf Laiben von Brot in Stufen pflegt aufzutischen!*
> *Ach, wie reichlich war einst der Braten! O, welches Vergnügen,*
> *Wenn das Fett einsank in den Essig aus den Krügen! –*
> *Nie schüttelte mich der Hunger außer in einer Nacht,*
> *Die ich betend beim Brei im Lichte der Steine verbracht;*
> *Und ich dachte dabei an ein Essen mit seinem Duft,*
> *Der stieg von reichlich gedeckten Tischen aus in die Luft.*
> *O meine Seele, Geduld! Ein wunderlich Ding ist die Zeit:*
> *War sie uns einen Tag gram, am nächsten bringt sie uns Freud.*[1]

Dann stand ich auf und setzte mich in ehrerbietiger Entfernung
nieder; der König blickte auf das, was ich geschrieben hatte,
und als er es gelesen hatte, staunte er und rief: ‚O Wunder! Ein
Affe, begabt mit solcher Beredsamkeit und Kunst des Schreibens! Bei Allah, dies ist das größte aller Wunder!‘ Darauf
brachte man dem König erlesenen Wein in gläserner Flasche,

---

[1]. Dies Gedicht ist eine Parodie auf die altarabischen Kasîden, die mit
der Klage um die ferne Geliebte beginnen, dann oft von nächtlichen
Heldentaten erzählen und manchmal mit einem weisen Spruche enden.
Es enthält im Original – was zu seinem Werte beiträgt – viele seltene
und fast unverständliche Wörter.

und er trank; er reichte auch mir davon, und ich küßte den Boden und trank und schrieb dann:

> *Sie brannten mich mit Feuer, um mich zum Reden zu bringen;*
> *Doch fanden sie, daß ich im Leiden geduldig bin.*
> *Deshalb wurde ich auch von ihnen auf Händen getragen,*
> *Und ich nahm den Kuß von den Lippen der Schönen hin.*

Und weiter:

> *Der Morgen rief der Nacht zu: Gib ihn mir zu trinken,*
> *Der den Weisen zum Toren macht, den klaren Wein!*
> *Beide sind so zart, so klar, daß ich nicht erkenne:*
> *Ist er's im Glas, oder ist es das Glas in seinem Schein?*

Da las der König die Verse und sagte mit einem Seufzer: ‚Wäre diese feine Bildung in einem Menschen, so überträfe er alles Volk seiner Zeit und seines Jahrhunderts.' Dann ließ er ein Schachbrett bringen und fragte: ‚Willst du mit mir spielen?' und ich nickte mit dem Kopf ein Ja, trat vor, ordnete die Figuren und spielte mit ihm zwei Spiele, die ich beide gewann. Da war der König sprachlos vor Staunen. Aber ich nahm die Tintenkapsel und das Schreibrohr und schrieb auf das Brett diese Verse:

> *Zwei Heere bekämpfen einander den ganzen Tag;*
> *Und heftiger wird ihr Kampf mit jeder Stunde,*
> *Bis sie dann, wenn das Dunkel sie umhüllt,*
> *Auf gleichem Bette schlafen in trautem Bunde.*

Als der König diese beiden Verse gelesen hatte, wunderte er sich und war entzückt und aufs höchste erstaunt, und er sprach zu seinem Eunuchen: ‚Geh zu deiner Herrin, zu Sitt el-Husn, und sage zu ihr: Der König läßt dich rufen, du möchtest kommen und dir diesen wunderbaren Affen ansehen!' Der Eunuch ging hin und kehrte alsbald mit der Herrin zurück; kaum sah sie mich, so verhüllte sie ihr Gesicht und rief: ‚O mein Vater! Wie kommt es, daß es deinem Herzen gefällt, nach mir zu senden und mich fremde Männer sehen zu lassen?' ‚O Sitt el-Husn,' erwiderte er, ‚hier ist niemand, außer diesem kleinen Mamluken, dem Eunuchen, der dich aufzog, und mir, deinem Vater. Vor wem also verschleierst du dein Antlitz?' Da rief sie: ‚Siehe, dieser Affe ist ein Jüngling, der Sohn eines Königs; aber er ist verzaubert, denn der Dämon Dschardscharîs, aus dem Stamme des Iblîs, verzauberte ihn, nachdem er sein eigenes Weib getötet hatte, die Tochter des Königs Ifitamûs, des Herrn der Ebenholzinseln. Der aber, den du für einen Affen hältst, ist ein kluger und verständiger Mann!' Und der König staunte über die Worte seiner Tochter und fragte, indem er mich anblickte: ‚Ist das wahr, was sie von dir sagt?' Ich nickte mit dem Kopfe ein Ja und weinte. Da fragte der König seine Tochter: ‚Woher weißt du, daß er verzaubert ist?', und sie antwortete: ‚Mein lieber Vater, in meiner Jugend war eine alte Frau um mich, eine kluge Hexe, und sie lehrte mich die Zauberei und ihre Ausübung; die behielt ich und lernte sie gründlich, und ich habe im Gedächtnis einhundertundsiebzig Kapitel von Zauberformeln, durch deren geringste ich die Steine deiner Stadt fortschaffen könnte hinter den Berg Kaf, dann könnte ich sie in einen Abgrund des Meeres verwandeln und ihre Bewohner in Fische, die darin schwimmen.' ‚O meine Tochter,' rief ihr Vater, ‚ich beschwöre dich bei meinem Leben, entzaubere uns diesen Jüngling, auf daß ich ihn zu meinem Wesir machen kann; denn er ist wahrlich ein feiner und kluger Jüngling.' ‚Mit größter Freude', erwiderte sie; dann nahm sie ein Messer in die Hand und umschrieb einen Kreis. – –«

Da bemerkte Schehrezâd, daß der Morgen begann, und sie hielt in der verstatteten Rede an. Doch als die *Vierzehnte Nacht* anbrach, sprach sie: »Es ist mir berichtet worden, o glücklicher König, daß der Bettelmönch der Dame also weiter erzählte: ‚O meine Herrin, des Königs Tochter nahm in die Hand ein Messer, darauf hebräische Namen standen, und beschrieb einen weiten Kreis inmitten der Halle des Palastes; in diesen schrieb sie geheimnisvolle Namen und Talismane. Und sie murmelte Zauberformeln und sprach Worte, von denen man einige verstehen konnte, andere aber nicht. Nach einer kurzen Weile wurde die Welt vor unseren Augen dunkel, und siehe, der Dämon stieg auf vor uns in eigener Gestalt. Er hatte Hände wie Worfschaufeln, Beine wie Schiffsmasten und Augen wie Feuerbrände. Wir waren in großer Angst vor ihm; die Tochter des Königs aber rief: ‚Kein Willkommen für dich und keinen Gruß!' Da verwandelte der Dämon sich in die Gestalt eines Löwen und sagte: ‚Verräterin, du hast den Eid gebrochen! Haben wir einander nicht geschworen, daß keiner von uns dem andern je in den Weg treten sollte?' ‚O Verfluchter,' erwiderte sie, ‚kann es zwischen mir und deinesgleichen Verträge geben?' Da rief der Dämon: ‚Nimm hin, was über dich kommt'; und der Löwe stürzte mit offenem Rachen auf die Prinzessin zu. Aber sie war schneller als er, riß sich ein Haar von ihrem Haupte schwenkte es mit der Hand und murmelte dazu mit ihren Lippen. Alsbald wurde das Haar zu einem scharfen Schwert; mit dem hieb sie auf den Löwen, und er fiel in zwei Hälften auseinander. Sein Kopf aber verwandelte sich in einen Skorpion; da wurde die Prinzessin zu einer gewaltigen Schlange und sprang auf diesen Verfluchten los, der in der Gestalt eines Skorpions war; und die beiden rangen erbittert miteinander. Da plötzlich verwandelte sich der Skorpion in einen Adler, und die Schlange ward zu einem Geier; der verfolgte den Adler eine ganze Stunde lang. Darauf nahm der Adler die Gestalt eines schwarzen Katers an, das Mädchen aber ward aus einem Geier zu einem scheckigen Wolfshund; und wiederum kämpften sie miteinander dort im Palaste eine ganze Stunde lang. Nun sah der Kater sich besiegt, und da verwandelte er sich und ward zu einem großen roten Granatapfel, der sich mitten in das Springbrunnenbecken des Palastes legte. Der Wolfshund rannte darauf zu, aber der Granatapfel erhob sich in die Luft, fiel auf das Pflaster der Halle nieder, so daß er zerbrach und seine Kerne sich zerstreuten. Überall lag ein Kern für sich, und der Boden der Halle bedeckte sich mit Granatapfelkernen. Aber da schüttelte sich der Wolf und ward zu einem Hahn; der pickte jene Kerne auf, um keinen einzigen Kern mehr übrigzulassen. Durch eine Fügung des Schicksals jedoch hatte sich ein Kern unter dem Brunnenrand versteckt. Der Hahn begann zu krähen und mit den Flügeln zu schlagen und uns mit dem Schnabel Zeichen zu geben. Aber wir verstanden nicht, was er meinte, und er krähte uns so laut an, daß wir dachten, der Palast müsse auf uns stürzen. Und er lief hin und her auf dem Boden der Halle, bis er den Kern sah, der sich unter dem Brunnenrand versteckt hatte; und begierig eilte er darauf zu, um ihn zu picken. Doch siehe, der Kern sprang mitten in das Wasser des Springbrunnens, wurde zu einem Fisch und tauchte bis zum Grunde des Wassers. Da verwandelte auch der Hahn sich in einen großen Fisch, tauchte dem andern nach, und verschwand eine Weile; und siehe, wir hörten, wie ein Geschrei und Geheul sich erhob, und wir begannen zu zittern. Darauf stieg der Dämon aus dem Wasser empor als eine brennende Fackel; er machte seinen Mund auf und spie Feuer aus, und aus seinen Augen und seiner Nase quoll Feuer und Rauch. Alsbald kam auch die Prinzessin heraus als eine große feurige Kohle. Und die beiden kämpften miteinander, bis ihre Feuer über ihnen ganz ineinander aufgingen und der Rauch den Palast erfüllte. Wir verschwanden darin und wollten uns ins Wasser stürzen aus Furcht, wir würden verbrennen und zugrunde gehen. Da rief der König: ‚Es gibt keine Majestät und es gibt keine Macht außer bei Allah, dem Erhabenen und Allmächtigen! Wahrlich, wir sind Allahs, und zu ihm kehren wir zurück! O hätte ich doch meine Tochter nicht gedrängt, die Entzauberung dieses Affen zu versuchen! Denn so habe ich ihr all diese gewaltige Mühe gemacht mit diesem verfluchten Dämonen, gegen den alle die anderen Dämonen, die es in der Welt gibt, nichts vermögen. O hätte ich doch nie diesen Affen kennen gelernt! Allah möge ihn nicht segnen, noch die Stunde seiner Ankunft! Wir dachten eine gute Tat an ihm zu tun um Gottes des Erhabenen willen und ihn vom Zauber zu befreien, und nun vergehen wir vor Herzensangst.' Ich aber, o meine Herrin, war stumm und machtlos, ihm ein Wort zu sagen. Und plötzlich, ehe wir uns dessen versahen, heulte der Dämon unter den Flammen hervor, und er war neben uns, als wir in der Säulenhalle standen, und blies uns Feuer in das Gesicht. Die Prinzessin aber holte ihn ein und blies ihm ins Antlitz; und die Funken von ihr und von ihm trafen uns. Ihre Funken taten uns keinen Schaden, aber einer von seinen Funken traf mich ins Auge und zerstörte es, während ich noch in der Gestalt des Affen war. Und ein zweiter Funke traf den König ins Antlitz und verbrannte die Hälfte seines Gesichtes, seinen Bart und Unterkiefer und riß ihm die untere Zahnreihe aus; und ein dritter Funke fiel auf die Brust des Eunuchen; der verbrannte und starb zur selbigen Stunde. Da glaubten wir sicher an unser Verderben und verzweifelten am Leben. Und wie wir in solcher Bedrängnis waren, siehe, da rief eine Stimme: ‚Allah ist der Größte! Allah ist der Größte! Er hat Heil und Sieg verliehen und hat den zunichte gemacht, der da leugnet den Glauben Mohammeds des Erleuchters!' Und siehe, da stand die Tochter des Königs vor uns; die hatte den Dämon verbrannt, und er war zu einem Häuflein Asche geworden. Sie trat nun zu uns und sagte: ‚Reicht mir eine Schale Wassers!' Als man sie ihr gebracht hatte, sprach sie Worte darüber, die wir nicht verstanden; dann besprengte sie mich mit dem Wasser und rief: ‚Durch die Kraft des einzig wahren Gottes und durch die Kraft des allerhöchsten Namens Allahs! Kehre in deine einstige Gestalt zurück!' Da schüttelte ich mich, und siehe da, ich war ein Mensch wie zuvor, nur daß ich ein Auge völlig verloren hatte. Sie aber rief: ‚Das Feuer! Das Feuer! O mein Vater, ich werde nicht am Leben bleiben, denn ich bin nicht gewohnt, mit den Dämonen zu kämpfen; wenn er ein Mensch gewesen wäre, so hätte ich ihn gleich zu Anfang getötet. Ich war nicht in Not, bis der Granatapfel platzte und ich die Kerne pickte; denn ich vergaß den einen Kern, in dem die Seele des Dämonen stak. Hätte ich diesen aufgepickt, er wäre sofort gestorben. Aber das Schicksal bestimmte, daß ich ihn nicht sah; so fiel er über mich her, und zwischen ihm und mir entspann sich ein erbitterter Kampf unter der Erde und in der Luft und im Wasser. Sooft ich einen Zauber gegen ihn wirkte, wirkte er einen anderen Zauber gegen mich, bis er gegen mich den Zauber des Feuers anwandte. Selten kommt einer, gegen den der Zauber des Feuers angewandt wird, mit dem Leben davon. Aber das Schicksal stand mir bei gegen ihn; so kam ich ihm zuvor und verbrannte ihn, nachdem ich ihn gezwungen hatte, den islamischen Glauben zu bekennen. Ich aber muß sterben, und Allah tröste euch über meinen Tod!' Dann erflehte sie Hilfe vom Himmel und ließ nicht ab, um Hilfe gegen das Feuer zu beten; doch siehe, ein schwarzer Funke stieg empor zu ihrer Brust, und dann stieg er empor bis zu ihrem Gesicht. Als er ihr Gesicht erreicht hatte, da weinte sie und rief: ‚Ich bezeuge, es gibt keinen Gott außer Allah, und Mohammed ist der Prophet Allahs!' Dann aber sahen wir von ihr nur noch, daß sie ein Häuflein Asche geworden war, neben dem Häuflein Asche, das der Dämon gewesen war. Da waren wir tief betrübt um sie; und ich wünschte, daß ich an ihrer Stelle gewesen wäre und nicht gesehen hätte, wie jenes liebliche Antlitz, das mir so viel Gutes getan hatte, zu Asche wurde; aber es gibt keinen Widerspruch gegen den Willen Allahs. Als der König sah, daß seine Tochter zu einem Häuflein Asche geworden war, riß er sich aus, was von seinem Bart noch geblieben, schlug sich das Antlitz und zerriß sich seine Kleider; und ich tat das gleiche, und beide weinten wir über sie. Da kamen die Kammerherren und die Großen des Reiches, und sie sahen den König in Ohnmacht und die beiden Häuflein Asche; sie erschraken und standen um den König herum eine ganze Weile. Als er erwachte, erzählte er ihnen, was seiner Tochter von dem Dämon widerfahren war, und ihr Gram war sehr groß; die Frauen und Sklavinnen aber schrien und erhoben die Totenklage sieben Tage lang. Doch der König ließ über der Asche seiner Tochter ein großes, gewölbtes Grabgebäude errichten, und es wurden Wachskerzen und Totenlampen darin angezündet; die Asche des Dämonen aber streuten sie in alle Winde und wünschten den Fluch Allahs auf ihn herab. Darauf erkrankte der König an einer Krankheit, die ihn dem Tode nahe brachte; die Krankheit dauerte einen Monat, aber dann kehrte seine Gesundheit zurück, und sein Bart wuchs wieder. Nun ließ er mich rufen und sprach zu mir: ,O Jüngling, wir hatten unsere Tage im glücklichsten Leben und sicher vor den Wechselfällen der Zeit hingebracht, bis du zu uns kamst. O hätten wir dich nie gesehen, noch auch den Tag deiner unglückseligen Ankunft! Wir haben um deinetwillen alles verloren. Erstlich habe ich meine Tochter verloren, die mir hundert Männer wert war; zweitens widerfuhr mir das Unheil von dem Feuer, und ich verlor meine Zähne, und dann starb auch noch mein Diener. Und dabei habe ich doch früher nie etwas von dir gesehen! Aber alles kommt von Allah, über dich und über mich, und Er sei gepriesen! Du bist es, den meine Tochter erlöst hat, du, der ihren Tod herbeigeführt hat. Mein Sohn, ziehe fort aus diesem Ort! Genug ist's, was um deinetwillen geschehen ist. Doch all das ist uns ja vom Schicksal bestimmt, mir sowohl wie dir. So ziehe hin in Frieden; doch wenn ich dich je wiedersehe, so werde ich dich töten lassen.' Und er schrie mich an. Dann zog ich fort von ihm, o Herrin; aber ich glaubte kaum an meine Rettung und wußte nicht, wohin ich mich wenden sollte. Alles stand mir vor Augen, was mir widerfahren war: wie man mich auf dem Wege verlassen hatte und ich so mich retten konnte; wie ich dann einen Monat lang gewandert und als Fremder in die Stadt gekommen war; wie ich den Schneider getroffen und das Mädchen unter der Erde gefunden hatte; wie ich dann dem Dämon entkommen war, trotzdem er beschlossen hatte, mich zu töten – alles was mein Herz erlebt hatte von Anfang bis zu Ende. Und ich dankte Allah und sagte: ,Mein Auge, doch nicht mein Leben!' Ehe ich die Stadt verließ, ging ich ins Bad und ließ mir den Bart abrasieren; auch legte ich ein schwarzes, härenes Gewand an und begab mich dann sofort auf die Pilgerfahrt, o Herrin! Jeden Tag aber weine ich und denke an die Schicksalsschläge, die mich betroffen haben, und an den Verlust meines Auges. Und jedesmal, wenn ich daran denke, was mir widerfahren ist, weine ich und spreche folgende Verse:

> *Verwirrt bin ich. Bei Gott, kein Zweifel ist an meiner Lage:*
> *Ringsum ist Trauer; ich weiß nicht, woher sie auf mich dringt.*
> *Geduldig bin ich, bis Geduld ob meiner Geduld ermüdet;*

Geduldig bin ich, bis Gott meine Sache zu Ende bringt.
Geduldig bin ich, überwunden, doch ohne zu klagen, geduldig,
So wie ein dürstender Wandrer im heißen Tale ist.
Geduldig bin ich, bis Geduld es selber erfähret, daß ich
Geduldig war in einer Not, die bittrer als Aloe frißt.
Es gibt nichts, das wie Geduld so bitter wäre, und dennoch
Ist's bitterer als die beiden, wenn die Geduld mir bricht.
Meines Herzens Gedanken sind Dolmetsch meines Gewissens,
Wenn die innerste Stimme in dir so wie in mir spricht.
Hätten die Berge zu tragen, was ich trug, sie würden stürzen;
Das Feuer würde erlöschen, der Wind würde nicht mehr wehn.
Und wer da sagt: ‚Siehe, das Leben hat doch viele süße Dinge‘,
Fürwahr, der wird einen Tag noch bittrer als Aloe sehn.

Dann begann ich zu reisen von einem Land zum andern und von Stadt zu Stadt zu wandern, und ich machte mich auf den Weg zur ‚Stätte des Friedens‘, Baghdad, um dort vielleicht Eintritt zum Beherrscher der Gläubigen zu erlangen und ihm zu erzählen, was mir widerfahren ist. Ich kam heute abend in Baghdad an und traf diesen meinen ersten Gefährten, wie er ratlos dastand. Ich sprach zu ihm: ‚Friede sei über dir!' und begann mit ihm zu plaudern, da trat unser dritter Gefährte an uns heran und sagte: ‚Friede sei über euch! Ich bin ein Fremdling.' Wir antworteten: ‚Auch wir sind Fremde und kamen hierher in dieser gesegneten Nacht.' Dann gingen wir weiter zu dritt, ohne daß einer unter uns die Geschichte des anderen gekannt hätte, bis uns das Schicksal an diese Tür führte und wir zu euch eintraten. Nun weißt du den Grund, weshalb mein Kinn und meine Lippen rasiert sind und ein Auge verloren ist.'

Da sprach die Herrin des Hauses: ‚Wahrlich, deine Geschichte ist wunderbar; führe deine Hand zum Kopf und gehe deines Weges!' Aber er rief: ‚Ich gehe nicht fort, bis ich die Geschichte meiner Gefährten gehört habe.' Da trat der dritte Mönch vor und sagte: ‚Erlauchte Herrin! Meine Geschichte ist nicht wie die der Gefährten, sondern noch wunderbarer und erstaunlicher; und sie ist der Grund, weswegen mein Kinn rasiert und mein Auge verloren ist. Jene hat Schicksal und Verhängnis betroffen, aber ich habe das Schicksal mit eigener Hand herbeigezogen und Trauer über meine Seele gebracht. Und dies ist meine Geschichte.

DIE GESCHICHTE
DES DRITTEN BETTELMÖNCHES

Ich bin ein König, der Sohn eines Königs. Als mein Vater starb, übernahm ich die Herrschaft nach ihm. Und ich regierte in Gerechtigkeit und Wohlwollen gegen die Untertanen. Nun hatte ich eine Vorliebe dafür, zu Schiff auf dem Meere zu fahren; denn meine Stadt lag am Meere, und die See dehnte sich weit aus von dort. Um uns lagen viele große Inseln mitten im Meere; und ich hatte auf dem Wasser fünfzig Handelsschiffe, fünfzig kleinere Schiffe zu Lustfahrten und hundertundfünfzig Galeeren bereit zum Krieg und zum Glaubenskampf. Einmal wollte ich eine Lustfahrt zu den Inseln machen, und so zog ich mit zehn Schiffen aus und nahm Vorräte für einen ganzen Monat mit. Ich war schon an die zwanzig Tage auf der Fahrt, da, eines Nachts, erhoben sich widrige Winde gegen uns, und das Meer schwoll in ungeheuren Wogen gegen uns empor; die Wellen peitschten einander, und wir gaben uns schon verloren. Nun kam auch noch dichte Finsternis über uns, da rief ich aus: ‚Wer sich in Gefahr begibt, wird nicht gelobt, auch wenn er gerettet wird.' Und wir beteten zu Allah dem Erhabenen und flehten ihn an; aber die Winde hörten nicht auf, gegen uns zu wüten, noch die Wogen, uns zu peitschen, bis der Morgen anbrach; da legte sich der Wind, das Meer beruhigte sich, und es schien die Sonne. Dann erreichten wir eine Insel; wir stiegen ans Land, kochten ein wenig zum Essen, verspeisten es und ruhten uns zwei Tage aus. Drauf stachen wir wieder in See und segelten wieder an die zwanzig Tage; da lief uns die Strömung zuwider, und dem Kapitän ward das Meer fremd. Wir aber sagten zu dem Wächter: ‚Steig in den Mastkorb und halt Umschau auf dem Meere!' Alsbald kletterte der Wächter den Mast hinauf und spähte aus und rief dem Kapitän zu: ‚O Kapitän, ich sehe zu meiner Rechten Fische auf der Oberfläche des Wassers, und mitten auf dem Meere sehe ich etwas Dunkles, das bald schwarz, bald weiß erglänzt.' Als der Kapitän die Worte des Wächters hörte, schleuderte er seinen Turban auf das Deck, riß sich den Bart aus und rief der Mannschaft zu: ‚Höret die frohe Botschaft von unser aller Untergang! Kein einziger von uns wird mit dem Leben davonkommen!' Und er begann zu weinen, und wir alle weinten um unser Leben; und ich sagte: ‚O Kapitän, tu uns kund, was der Wächter sah.' ‚O mein Gebieter,' erwiderte er, ‚wisse, daß wir den Kurs verloren an dem Tage, an dem die Winde sich gegen uns erhoben und die ganze Nacht bis zum Morgen wehten; dann hielten wir uns zwei Tage auf, verloren aber unseren Weg auf dem Meere. Jetzt fahren wir schon elf Tage seit jener Nacht in die Irre, und wir haben keinen Wind, der uns dorthin zurückbringt, wohin wir fahren wollen. Morgen abend werden wir zu einem Berge kommen aus schwarzem Stein, der heißt der Magnetberg; die Strömungen reißen uns, ob wir wollen oder nicht, hin zu seinem Fuße. Dort wird das Schiff bersten, und jeder Nagel des Schiffes wird zu dem Berge hinfliegen und sich an ihn heften; denn Allah der Erhabene hat den Magnetstein mit einer geheimnisvollen Kraft begabt, so daß alles, was Eisen ist, auf ihn zufliegt. An diesem Berge hängt so viel Eisen, daß niemand es zu zählen vermag als Allah der Erhabene; denn es sind seit uralten Zeiten viele Schiffe an jenem Berge zerbrochen. Über dem Meere aber erhebt sich eine Kuppel aus Messing, auf zehn Säulen errichtet; und auf der Kuppel steht ein Reiter, dessen Roß aus Kupfer ist. In der Hand jenes Reiters ist eine Lanze aus Kupfer, und auf seiner Brust hängt eine Tafel aus Blei, in die Namen und Talismane gegraben sind.' Und weiter sprach er zu mir: ,O König, kein anderer vernichtet die Menschen als jener Reiter auf dem Roß, und es gibt kein Entrinnen, als bis dieser Reiter von jenem Rosse stürzt.' Darauf, o meine Herrin, weinte der Schiffsführer bitterlich, und wir waren sicher, daß wir dem Untergange unrettbar verfallen waren; wir boten daher, ein jeder seinem Freund, Lebewohl und vertrauten ihm unser Testament, für den Fall, daß etwa er gerettet würde. Jene Nacht hindurch schliefen wir nicht; und als der Morgen anbrach, waren wir dem Berge schon näher gekommen, und die Wasser trieben uns mit Gewalt auf ihn zu. Als dann die Schiffe an seinem Fuße waren, barsten sie, die Nägel flogen heraus, und alles Eisen in ihnen strebte dem Magnetfelsen zu und haftete sich an ihn; und gegen Ende des Tages trieben wir rings um den Berg herum. Einige von uns ertranken, andere retteten sich. Aber derer, die von uns ertranken, waren mehr; und auch die, so mit dem Leben davonkamen, wußten nichts voneinander, denn die Wellen und die widrigen Winde hatten sie verschlagen. Mich aber, o meine Herrin, sparte Allah der Erhabene auf für all die Mühsal, Not und Pein, die Er mir bestimmt hatte. Ich kletterte auf eine der umherschwimmenden Planken, der Wind trieb sie dahin, und ich konnte mich an den Berg anklammern. Dort fand ich einen Weg, der zum Gipfel führte, einer Treppe gleich in den Fels gehauen. Und ich rief den Namen Allahs des Erhabenen an.' – –«

Da bemerkte Schehrezâd, daß der Morgen begann, und sie hielt in der verstatteten Rede an. Doch als die *Fünfzehnte Nacht* anbrach, sprach sie: »Es ist mir berichtet worden, o glücklicher König, daß der dritte Bettelmönch, während die übrigen Gäste festgebunden dasaßen und die Sklaven dabeistanden, die Schwerter über ihren Häuptern gezückt, der Dame also weitererzählte: ,Nachdem ich den Namen Allahs angerufen und inbrünstig zu ihm gebetet hatte, klammerte ich mich an die Stufen, die in den Stein gehauen waren, und langsam kam ich empor. Allah gebot, daß sich in diesem Augenblick die Winde beruhigten, und Er half mir beim Aufstieg, so daß ich unversehrt den Gipfel erreichte. Dort hatte ich nun keinen anderen Weg mehr als den zur Kuppel. Ich war hocherfreut über meine Rettung, trat in die Kuppel ein, vollzog die religiöse Waschung und warf mich zweimal anbetend nieder aus Dank gegen Allah, der mich errettet hatte. Dann schlief ich ein in der Kuppel und hörte im Traume eine Stimme, die sprach: ,O Sohn des Chadîb! Wenn du aus deinem Schlaf erwachst, so grabe zu deinen Füßen, und du wirst einen Bogen aus Messing finden und drei Pfeile aus Blei, auf die Talismane eingegraben sind. Nimm den Bogen und die Pfeile und schieß nach dem Reiter, der auf der Kuppel steht, und befreie die Menschen von diesem großen Unheil! Und wenn du den Reiter getroffen hast, so wird er ins Meer hinabstürzen; auch der Bogen wird dir aus der Hand fallen, aber heb ihn auf und vergrab ihn an seiner Stätte! Darauf wird das Meer anschwellen und steigen, bis es den Bergesgipfel erreicht, und auf ihm wird ein Boot erscheinen mit einem Mann aus Kupfer, einem anderen, als den du schossest. Er wird zu dir kommen mit einem Ruder in der Hand, und du steig ein zu ihm, aber nenne den Namen Allahs des Erhabenen nicht. Er wird rudern und mit dir fahren zehn

Tage lang, bis er dich in das Meer der Rettung bringt; wenn du dort angekommen bist, so wirst du jemanden finden, der dich in deine Heimat bringt. All dies wird sich dir erfüllen, wenn du den Namen Allahs nicht nennst.' Dann erwachte ich, erhob mich rasch und tat, wie mir die geheimnisvolle Stimme gesagt hatte. Ich schoß auf den Reiter und traf ihn. Da fiel er ins Meer, aber der Bogen fiel neben mir nieder; ich nahm ihn und vergrub ihn. Und alsbald brandete das Meer auf und stieg, bis es den Gipfel des Berges und mich erreichte; und ich hatte nicht lange zu warten, bis ich ein Boot von der hohen See her auf mich zukommen sah. Da dankte ich Allah dem Erhabenen. Und als das Boot näher kam, sah ich darin einen Mann aus Kupfer und auf seiner Brust eine Tafel aus Blei, beschrieben mit Zaubernamen und Talismanen; und schweigend, ohne ein Wort zu sprechen, stieg ich zu ihm ein. Nun ruderte der Mann mit mir fort, und ruderte den ersten Tag und den zweiten und den dritten, bis die zehn Tage vollendet waren. Da blickte ich auf und sah die Inseln der Rettung vor mir. Ich war hocherfreut, und im Übermaß meiner Freude nannte ich Allah; ich rief: ‚Im Namen Gottes! Es gibt keinen Gott außer Allah! Gott ist der Größte!' Wie ich das getan hatte, kenterte das Boot und warf mich ins Meer; und es richtete sich wieder auf und versank in die Tiefe. Ich verstand aber zu schwimmen, und so schwamm ich jenen ganzen Tag hindurch bis zum Einbruch der Nacht. Da versagten meine Arme, und meine Schultern erlahmten; ich war ermattet und dem Ende nahe, und da ich den sicheren Tod vor Augen sah, sprach ich das Glaubensbekenntnis. Immer noch schwoll das Meer unter der Gewalt der Winde, und plötzlich kam eine Welle, so hoch wie eine mächtige Burg; die hob mich hoch empor und warf mich durch die Luft – da war ich auf trockenem Lande, nach dem Willen Allahs.

Nun kroch ich den Strand hinauf und preßte meine Kleider aus und breitete sie hin zum Trocknen; dann brachte ich die Nacht dort zu. Als es tagte, zog ich meine Kleider an und stand auf, um auszuspähen, wohin ich gehen sollte. Da fand ich eine Niederung, ging zu ihr hin und um sie herum und sah, daß die Stätte, an der ich mich befand, eine kleine Insel war, rings vom Meer umgeben. Und ich sprach zu mir selber: ‚Ich komme doch immer von einer Not in die andre!' Aber als ich noch nachsann über mein Schicksal und mir den Tod herbeiwünschte, siehe, da sah ich fern ein Schiff, in dem Menschen waren und das auf die Insel steuerte, auf der ich mich befand. Da machte ich mich auf und kletterte auf einen Baum. Denn schon landete das Schiff, und aus ihm heraus stiegen zehn schwarze Sklaven, die eiserne Hacken bei sich trugen. Sie gingen, bis sie zur Mitte der Insel kamen. Dort gruben sie in dem Erdboden und legten eine Platte bloß. Die Platte hoben sie auf, und das war nun eine offene Tür. Dann kehrten sie zum Schiffe zurück und brachten von dort Brot, Mehl, Butter, Honig, Schafe und Geschirr, alles, was man für eine Wohnung nötig hat. Immerfort liefen die Sklaven herbei und zogen wieder hinab zum Schiffe, kehrten zurück vom Schiffe und stiegen hinab in die Grube, bis sie alles, was auf dem Schiffe war, dorthin geschafft hatten. Darauf endlich kamen sie herbei mit den allerschönsten Kleidern, und in ihrer Mitte war ein uralter Mann. Der war zu dem geworden, was noch von ihm übrig war; denn die Zeit hatte ihn hart mitgenommen, und er sah aus, als ob er schon tot sei. Er trug ein Gewand, das aus blauen Fetzen bestand, durch das nach West und Ost der Wind hindurchpfiff. Von ihm sagt der Dichter:

> *Die Zeit erschreckt – o welch ein Schreck!*
> *Die Zeit hat Kraft und bleibt bestehn;*

Einst konnt ich gehn und war nicht krank,
Heut bin ich krank und kann nicht gehn.

Die Hand des Alten lag in der Hand eines Jünglings, der schien, als sei er gegossen in der Form der Lieblichkeit, der Anmut und der Vollkommenheit, so daß seine Schönheit zum Sprichwort ward weit und breit; wie ein Reis so zart war seine Art, er bezauberte jedes Herz durch seine liebliche Gestalt, und durch seinen zärtlichen Blick zwang er jeden Sinn in seine Gewalt. Wie der Dichter von ihm sprach, als er sang:

> *Man brachte die Schönheit, um ihn zu vergleichen;*
> *Da senkte die Schönheit beschämt ihr Haupt.*
> *Man sprach: O Schönheit, sahst du dergleichen?*
> *Sie rief: Das zu sehn hätt ich nie geglaubt.*

Sie gingen nun weiter, o Herrin, bis sie zu der Falltür kamen; alle stiegen durch die Falltür hinab und blieben eine Stunde oder noch länger verschwunden. Schließlich aber kamen die Sklaven und der Greis wieder heraus, doch der Jüngling war nicht bei ihnen. Dann legten sie die Platte wieder so hin, wie sie vorher gewesen war, bestiegen das Schiff und schwanden mir aus den Augen. Als sie nun fort waren, stieg ich vom Baum herab, ging zu der zugeschütteten Stelle, grub in der Erde und schaffte sie beiseite; aber ich mußte meine Geduld zügeln, bis ich alle Erde weggeschafft hatte. Da ward die Falltür bloßgelegt; sie war aus Holz und von der Größe eines Mühlsteins; und als ich sie aufhob, ward darunter eine steinerne Wendeltreppe sichtbar. Ich staunte darüber und stieg die Treppe hinab, bis ich bei ihrem Ende anlangte, und fand eine schöne Halle, ausgestattet mit allerlei Teppichen und Seidenstoffen. Dort saß der Jüngling auf einem erhöhten Lager, gelehnt gegen ein rundes Kissen, in der Hand einen Fächer und vor sich Blumen und süßduftende Kräuter; doch er war ganz allein. Als er mich sah, erbleichte er; ich aber grüßte ihn und sprach zu ihm: ‚Sei ruhigen Herzens und unbesorgt, nichts Arges soll dir nahen! Ich bin ein Mensch wie du und der Sohn eines Königs. Das Schicksal führte mich zu dir, um dich in deiner Einsamkeit aufzuheitern. Doch was ist dir geschehen, was ist dir widerfahren, daß du so allein unter der Erde wohnst?' Als er sicher war, daß ich wie er zum Menschengeschlecht gehörte, freute er sich, und seine Farbe kehrte zurück; und er bat mich, näherzutreten, und sagte: ‚Mein Bruder, meine Geschichte ist seltsam, und sie ist diese: Mein Vater ist ein Juwelenhändler und hat einen großen Handel und schwarze und weiße Sklaven; Kaufleute reisen für ihn auf Schiffen mit den Waren bis zu den fernsten Ländern, mit Kamelkarawanen und reichen Gütern; aber er wurde nie mit einem Kinde gesegnet. Nun träumte er einmal, ihm werde ein Sohn geschenkt werden, doch werde der nicht lange leben; und am nächsten Morgen wachte mein Vater weinend und klagend auf. In der folgenden Nacht empfing mich meine Mutter, und mein Vater schrieb sich den Tag ihrer Empfängnis auf. Als dann ihre Zeit erfüllet war, gebar sie mich; mein Vater freute sich und gab Gastmähler und speiste die Fakire und die Armen, weil er am Ende seines Lebens noch mit mir gesegnet wurde. Dann versammelte er die Sterndeuter und die Männer, die da die Stellungen der Planeten kannten, und die Weisen der Zeit und solche, die in Berechnungen und Horoskopen erfahren waren; die stellten mein Horoskop und sagten zu meinem Vater: ‚Dein Sohn wird bis zu seinem fünfzehnten Jahre leben, aber dann droht ihm Gefahr; wenn er sie übersteht, so wird er noch lange Zeit am Leben bleiben. Was ihm mit dem Tode droht, ist dieses: Im Meere der Gefahren erhebt sich der Magnetberg; auf seinem Gipfel befindet sich ein Reiter auf einem Rosse aus Kupfer, und auf der Brust des Reiters hängt eine Tafel aus Blei. Fünfzig Tage, nachdem dieser Reiter von seinem Rosse fällt, wird dein Sohn sterben, und töten wird ihn der, der den Reiter herabschießt, ein Fürst namens 'Adschîb, Sohn des Chadîb.' Da ward mein Vater sehr traurig; dann zog er mich auf und gab mir eine vortreffliche Erziehung, bis ich fünfzehn Jahre alt war. Nun erreichte ihn vor zehn Tagen die Nachricht, daß der Reiter ins Meer gefallen sei und daß der, der ihn herabschoß, 'Adschîb, Sohn des Königs Chadîb, heiße. Da fürchtete mein Vater, daß ich sterben müsse, und brachte mich an diesen Ort. Dies ist meine Geschichte und der Grund, weshalb ich allein bin.' Als ich seine Geschichte gehört hatte, war ich erstaunt und sprach zu mir selbst: ,Ich habe ja all dies getan; aber bei Allah, ich werde ihn nie und nimmer töten!' Dann sprach ich zu ihm: ,Mein Herr, ferne sei dir Krankheit und Unheil, und so Gott der Erhabene will, sollst du keine Sorge leiden, und Gram und Unruhe sollen dich meiden! Ich will bei dir bleiben und dir ein Diener sein und dann meines Weges ziehen; wenn ich dir also während dieser Tage Gesellschaft geleistet habe, mögest du mir ein Geleit von Mamluken geben, mit denen ich in mein Land zurückreise.' Darauf setzte ich mich zu ihm bis zum Abend; und dann erhob ich mich, zündete eine große Kerze an und richtete die Lampen. Wir setzten uns zusammen, nahmen etwas von den Speisen und aßen; dann holte ich etwas von den Süßigkeiten, und wir aßen auch davon. Nun blieben wir im Gespräch miteinander sitzen, bis der größere Teil der Nacht vergangen war; dann legte er sich nieder zur Ruhe, und ich deckte ihn zu und ging selber schlafen. Und am nächsten Morgen stand ich auf, wärmte Wasser und rief ihn leise, so daß er erwachte; dann brachte ich ihm das warme Wasser, und er wusch sich das Gesicht und sagte zu mir: ,Mögest du mit Gutem belohnt werden, o Jüngling! Bei Allah, wenn ich dieser Gefahr entgehe und gerettet werde vor dem, der da heißet 'Adschîb, Sohn des Chadîb, so werde ich meinen Vater bitten, dich zu belohnen; wenn ich aber sterbe, so liege mein Segen auf dir.' Ich antwortete ihm: ‚Möge es nie einen Tag geben, an dem dir Arges widerfährt; und möge Allah meinen letzten Tag vor deinem letzten Tag erscheinen lassen!' Darauf holte ich etwas von den Speisen, und wir aßen; dann bereitete ich ihm Weihrauch, und er nahm ein Rauchbad. Auch machte ich ein Steinchenspiel für ihn, und wir spielten miteinander. Nachher aßen wir etwas von den Süßigkeiten und spielten wieder bis zum Abend. Dann zündete ich die Lampen an, holte etwas von den Speisen, setzte mich nieder und erzählte ihm Geschichten, bis nur noch wenig von der Nacht übrig war. Schließlich legte er sich nieder zur Ruhe, und ich deckte ihn zu und ging selber schlafen. Und so fuhr ich fort, o meine Herrin, Tag und Nacht; ich gewann ihn von Herzen lieb und tröstete mich über meine Sorgen, indem ich bei mir sprach: ‚Die Sterndeuter haben gelogen; bei Allah, ich will ihn nicht töten.' Immerfort bediente ich ihn, aß mit ihm und erzählte ihm Geschichten, neununddreißig Tage lang. Am Abend vor dem vierzigsten Tage freute der Jüngling sich und rief: ‚Mein Bruder, Preis sei Allah, der mich vom Tode errettet hat, und das durch deinen Segen und den Segen der Begegnung mit dir; und ich bete zu Allah, daß er dich wieder in deine Heimat führe. Aber jetzt, mein Bruder, möchte ich, du wärmtest mir etwas Wasser, damit ich mich waschen und baden kann!' Ich rief: ‚Mit großer Freude'; und ich wärmte Wasser in Menge, schüttete es über ihn, wusch ihm den ganzen Leib tüchtig mit schäumendem Lupinenmehl, salbte ihn und rieb ihn ab, wechselte ihm seine Kleider und breitete ein weiches Bett für ihn aus. Da erhob sich der Jüngling und legte sich nieder auf das

Bett, um nach dem Baden zu ruhen. Und er sagte zu mir: ‚Mein Bruder, zerschneide uns eine Wassermelone und löse ein wenig Zuckerkand darin auf.' Ich ging in den Vorratsraum, sah dort eine schöne Melone, die auf einer Schüssel lag, und rief ihm zu: ‚O mein Gebieter, hast du nicht ein Messer?' ‚Hier ist es,' erwiderte er, ‚auf der hohen Borte mir zu Häupten.' Ich eilte dorthin und nahm das Messer, indem ich es beim Griff faßte; aber als ich zurücktrat, stolperte mein Fuß, und ich stürzte schwer auf den Jüngling, mit dem Messer in der Hand. Und so erfüllte das Messer rasch das, was in der Ewigkeit geschrieben stand, und drang in das Herz des Jünglings. Er starb sofort, sein Leben war erloschen. Als ich sah, daß ich ihn getötet hatte, schrie ich laut auf, schlug mir das Gesicht, zerriß meine Kleider und sagte: ‚Wahrlich, wir sind Allahs Geschöpfe, und zu ihm kehren wir zurück, o ihr Muslime! Dieser Jüngling war von dem Augenblicke der Gefahr, den die Sterndeuter und Weisen für den vierzigsten Tag angegeben hatten, nur noch durch eine Nacht getrennt; und der vorbestimmte Tod dieses Schönen sollte aus meiner Hand kommen. Wollte der Himmel, ich hätte nicht versucht, die Melone zu schneiden. Welch ein Unstern! Welche Trübsal! Doch Allah möge vollenden, was geschehen sollte!' – –«

Da bemerkte Schehrezâd, daß der Morgen begann, und sie hielt in der verstatteten Rede an. Doch als die *Sechzehnte Nacht* anbrach, fuhr sie fort: »Es ist mir berichtet worden, o glücklicher König, daß 'Adschîb der Dame also weiter erzählte: ‚Und als ich sicher war, daß ich ihn getötet hatte, stand ich auf und stieg die Treppe empor, legte die Falltür wieder an ihre Stelle und bedeckte sie mit Erde. Dann blickte ich aufs Meer hinaus und sah das Schiff durch die Wasser schneiden und auf die Insel zuhalten. Und ich erschrak und sagte: ‚Jetzt werden sie kommen und den Jüngling tot antreffen; dann werden sie wissen, daß ich ihn getötet hatte, und ganz sicher werden sie mich töten.' Darum ging ich zu einem hohen Baum, kletterte hinauf und verbarg mich in seinen Blättern; und kaum saß ich auf dem Baume, da stiegen die Sklaven mit dem Greise, dem Vater des Jünglings, an Land und gingen auf die Stelle zu. Sie schaufelten die Erde beiseite, fanden die Falltür, stiegen hinab und sahen den Jüngling daliegen, das Antlitz noch strahlend vom Bade, gekleidet in reine Gewänder, und das Messer tief in der Brust. Da schrien sie laut und weinten, schlugen sich die Gesichter und riefen Weh und Verderben. Der Greis aber fiel in eine lange Ohnmacht, und die Sklaven glaubten, er würde seinen Sohn nicht überleben. Dann hüllten sie den Jüngling in seine Kleider und deckten ihn mit einem seidenen Leichentuch zu. Nun machten sie sich auf, um zum Schiffe zurückzukehren, und auch der Greis erhob sich. Als er aber seinen Sohn daliegen sah, sank er zu Boden und streute sich Staub auf den Kopf, schlug sich das Gesicht und raufte sich den Bart aus; und stärker nur wurde sein Weinen, als er des ermordeten Sohnes gedachte, und nochmals sank er in Ohnmacht. Dann kam ein Sklave und brachte eine seidene Decke; sie legten den Alten auf ein Polster und setzten sich zu seinen Häupten. All das geschah, während ich in dem Baume über ihnen saß und sah, was vorging; und das Herz wurde mir von dem Kummer und dem Schmerz, den ich erlitt, grau, ehe mein Haupt ergraute; und ich sprach die Verse:

> *Wie manche Gnade Allahs ist so tief versteckt,*
> *Daß der Verstand des Weisen selbst sie nicht entdeckt!*
> *Wie mancher Morgen hebt für dich mit Trauer an;*
> *Und doch – am Abend kommt zu dir die Freude dann!*
> *Wie manches Glück erscheint doch erst nach einem Schmerz,*
> *Befreit dann von Kummer das bedrängte Herz!*

Aber der Alte, o meine Herrin, erwachte nicht aus seiner Ohnmacht bis nahe vor Sonnenuntergang; als er dann zu sich kam und auf seinen Sohn blickte und daran dachte, was geschehen war und was er gefürchtet hatte, da warf er sich auf ihn, und er schlug sich das Gesicht und das Haupt und sprach diese Verse:

Das Herz ist seit der Trennung von dem Geliebten zerbrochen;
Seht doch, wie meine Tränen mir aus den Augen rinnen!
Es schwand die Sehnsucht mit ihm in die Ferne und, ach, mein Leid!
Ich weiß nicht, was soll ich nun sagen, was soll ich beginnen?
O hätte ich ihn doch nie in meinem Leben gesehn!
Jetzt ist meine Kraft dahin, mir sind alle Wege verschlossen.
Wie kann ich denn einen Trost noch finden, da Feuerbrand
Der Liebe in mein Herz mit lodernder Flamme geflossen?
O hätte doch das Geschick des Todes ihn so ereilt,
Daß zwischen uns keine Trennung mehr sei für alle Zeiten!
Ich bitte dich, o Allah, sei du doch gütig mit uns,
Vereine mich mit ihm in alle Ewigkeiten!
Wie schön erging es uns, als dasselbe Dach uns umfing
Und wir in sorglosem Glück hinlebten innig verbunden,
Bis wir getroffen wurden vom Trennungspfeil, der uns schied!
Und wer ist's, den die Pfeile der Trennung nicht verwunden?
Ja, da traf den Liebsten der Menschen das böse Geschick;
Der einzige seiner Zeit lag da in Schönheit verkläret.
Ich sprach zu ihm, doch die Sprache des Schicksals kam mir zuvor:
Mein Sohn, o wäre doch nie ein solches Ziel uns bescheret!
Wo ist der Weg, auf dem ich dich eilends treffen kann?
O könnt ich für dich, mein Sohn, die Seele als Lösegeld zahlen!
Nenn ich dich Mond? Doch nein – des Mondes Licht vergeht.
Oder nenn ich dich Sonne? Doch nein – die Sonne verliert ihre Strahlen.
Ach, meine Trauer um dich, und ach, mein Schmerz ob der Zeit!
Dich kann mir keiner ersetzen! Wer wäre je deinesgleichen?
Dein Vater sehnt sich nach dir, und doch, seit dich der Tod
Umfangen hat, kann ich dich, ach, nie und nimmer erreichen!
Das Auge der Neider ist's, das heut uns getroffen hat.
Die ernten, was sie gesät. Weh über die schändliche Tat!

Dann tat er einen einzigen Seufzer, und seine Seele verließ seinen Leib. Da schrien die Sklaven laut: ‚Weh, unser Herr!', und sie warfen sich Staub auf den Kopf und weinten noch lauter. Und Seite an Seite trugen sie ihren Herrn und seinen Sohn zum Schiff hinab. Darauf setzten sie Segel und schwanden mir aus den Augen. Ich aber stieg von dem Baum, ging durch die Falltür hinab und gedachte des Jünglings; ich sah, was noch von seinen Sachen dort war, und sprach die Verse:

> *Ich sehe ihre Spuren, und ich vergehe vor Sehnsucht;*
> *An ihren verlassenen Stätten vergieße ich mein Zähren.*
> *Und ich bitte den, der meinen Weggang von ihnen beschlossen,*
> *Er möge eines Tages mir gnädig die Heimkehr gewähren.*

Und dann, o Herrin, ging ich durch die Falltür hinaus; bei Tage streifte ich auf der Insel umher, und bei Nacht kehrte ich in die unterirdische Halle zurück. So lebte ich einen Monat lang und sah oft auf die Seite der Insel hinaus, die gegen Westen lag. Denn dort pflegte an jedem Tage, der verging, das Meer trockener zu werden, bis des Wassers auf der Westseite ganz wenig ward und die Strömung aufhörte. Und als der Monat vorüber war, war das Meer in jener Richtung ganz ausgetrocknet. Da freute ich mich und fühlte mich meiner Rettung sicher. So stand ich auf und durchschritt das flache Wasser, das noch blieb, und kam zum Festland; dort aber traf ich auf große Haufen losen Sandes, in den selbst ein Kamel bis an die Knie eingesunken wäre. Doch ich faßte mir Mut und watete durch den Sand, und siehe, in der Ferne leuchtete mir mit blendendem Licht ein Feuer. Ich ging darauf zu, da ich hoffte, Hilfe zu finden, und sprach diese Verse:

> *Vielleicht, daß das Geschick noch seinen Zügel wendet*
> *Und doch noch Gutes bringet trotz der Zeiten Neid,*
> *Mir meine Hoffnung fördert, meinen Wunsch erfüllet,*
> *Und daß noch neue Freude sprießt aus altem Leid.*

Nun ging ich weiter auf das Feuer zu, und als ich nahe daran war, siehe, da war es ein Palast, dessen Tor aus Messing war; und wenn die Sonne daraufschien, leuchtete es weithin, so daß man es für ein Feuer halten konnte. Ich freute mich des Anblicks und setzte mich nieder, gegenüber dem Tor. Aber kaum hatte ich mich gesetzt, da traten zehn Jünglinge auf mich zu, in kostbare Gewänder gekleidet, und bei ihnen war ein uralter Greis; doch die zehn Jünglinge waren alle auf dem linken Auge blind. Ich wunderte mich darüber, was es mit ihnen für eine Bewandtnis haben möchte und warum sie alle so gleichmäßig blind waren. Als sie mich sahen, begrüßten sie mich und fragten mich nach mir und meiner Geschichte; und ich erzählte ihnen alles, was mir widerfahren und welches Maß des Unglücks an mir vollendet war. Da staunten sie ob meiner Erzählung und führten mich in den Palast; dort sah ich rings um die Halle zehn Lager gereiht, und ein jedes Lager hatte einen Teppich und eine Decke aus blauem Stoff. In der Mitte zwischen jenen Lagern stand ein kleineres Lager, auf dem wie bei den anderen alles blau war. Als wir eingetreten waren, nahm ein jeder der Jünglinge auf seinem Lager Platz, und der Alte setzte sich auf das kleinere Lager in der Mitte und sagte zu mir: ‚O Jüngling, nimm Platz in diesem Palaste und frage nicht nach uns, noch nach unserer Einäugigkeit.' Dann stand der Alte auf und setzte vor jeden Jüngling ein wenig Speise in einer Schüssel und Trank in einem Becher, und mir setzte er in gleicher Weise vor. Darauf lehnten sie sich zurück und fragten mich wieder nach meinen Abenteuern und nach allem, was mir widerfahren war; und ich erzählte ihnen bis weit in die Nacht hinein. Da sagten die Jünglinge: ‚Alter, willst du uns nicht bringen, was uns gebührt? Die Zeit ist da.' Er erwiderte: ‚Herzlich gern.' Dann stand er auf, trat in eine Kammer des Schlosses und verschwand; alsbald kam er zurück und trug auf dem Kopf zehn Platten, deren jede mit einem blauen Tuch bedeckt war. Einem jeden Jüngling setzte er eine Platte vor. Dann zündete er zehn Kerzen an und heftete an jede Platte eine Kerze. Darauf zog er die Decken weg, und siehe, auf den Platten darunter war nichts als Asche, Kohlenstaub und Kesselruß. Nun schlugen all die Jünglinge ihre Ärmel bis zu den Ellenbogen auf und begannen zu weinen und zu klagen; und sie schwärzten sich die Gesichter, zerrissen ihre Kleider und schlugen sich die Stirn und die Brust und riefen dabei: ‚Wir saßen in unserer Fülle da, doch unser Fürwitz war uns zu nah!‘ Das taten sie beständig, bis der Morgen herannahte; dann aber stand der Alte auf und wärmte Wasser für sie; und sie wuschen sich die Gesichter und legten andere Kleider an. Als ich nun dies sah, o meine Herrin, verließ mich der Verstand, mein Sinn ward verwirrt, und mein Inneres war mir voll Gedanken, bis ich vergaß, was vorher geschehen war, und nicht länger Schweigen bewahren konnte; ich mußte reden und sie fragen, und so sagte ich denn zu ihnen: ‚Was ist der Anlaß hierzu, nachdem wir so froh gewesen und müde geworden sind? Ihr habt doch, gottlob! noch gesunden Verstand, aber so etwas tun nur Verrückte. Ich beschwöre euch bei allem, was euch das Liebste ist, erzählt mir eure Geschichte und sagt mir den Grund, weshalb ihr jeder ein Auge verloren habt und euch die Gesichter schwärzt mit Asche und Ruß?‘ Da wandten sie sich zu mir und sprachen: ‚O Jüngling, laß dich durch deine Jugend nicht betören, sondern laß ab vom Fragen!‘ Dann erhoben wir uns miteinander, der Alte aber brachte uns ein wenig zu essen. Nachdem wir gegessen hatten und das Geschirr abgetragen war, saßen sie beisammen und unterhielten sich bis zum Einbruch der Nacht. Da stand der Alte auf, zündete die Wachskerzen und Lampen an und setzte Speise und

Trank vor uns hin. Und als wir damit fertig waren, saßen wir wieder beisammen, unterhielten uns und plauderten bis Mitternacht; da sprachen die Jünglinge zu dem Alten: ‚Bringe, was uns gebührt; denn die Stunde des Schlafes ist da!' Der Alte stand auf und brachte ihnen die Platten mit dem schwarzen Staub; und sie taten, wie sie in der vergangenen Nacht getan hatten. In dieser Weise blieb ich bei ihnen einen vollen Monat lang, und jede Nacht schwärzten sie sich die Gesichter mit Asche und dann wuschen sie sich und wechselten ihre Kleider. Doch ich wunderte mich darüber immer mehr, und die Versuchung trat immer särker an mich heran, so daß ich mich selbst der Speise und des Trankes enthielt. Und ich sprach zu ihnen: ‚Ihr Jünglinge, macht doch meiner Unruhe ein Ende und sagt mir, weshalb ihr euch so die Gesichter schwärzt?' Doch sie erwiderten: ‚Es wäre besser, unser Geheimnis zu bewahren.' Aber ich war ratlos über ihr Tun und enthielt mich des Essens und Trinkens, und zuletzt sagte ich zu ihnen: ‚Es hilft nichts, ihr müßt mir kundtun, was das alles bedeutet!' Sie antworteten: ‚Dies bringt Unheil über dich; denn du wirst werden wie wir.' Dennoch wiederholte ich: ‚Es hilft nichts; und wenn ihr nicht wollt, so laßt mich ziehen und zu meinem eigenen Volke zurückkehren, damit ich Ruhe habe vor dem Anblick dieser Dinge; denn das Sprichwort sagt: ‚Es ist wahrlich besser, wenn ich fern von euch bliebe, damit das Auge nicht schaue, das Herz sich nicht betrübe.' Da holten sie einen Widder, schlachteten ihn, häuteten ihn ab und sagten zu mir: ‚Nimm dies Messer und lege dich in dies Fell, so wollen wir dich einnähen; und alsbald wird ein Vogel kommen, geheißen der Vogel Roch, der wird dich hochheben und dich auf einem Berge niederlegen. Danach schneide das Fell auf und krieche heraus; der Vogel aber wird über dich erschrecken und davonfliegen und dich allein lassen. Dann wandere einen halben Tag lang, so wirst du vor dir einen Palast finden, der von wunderbarer Gestalt ist. Dort tritt ein, und dein Wunsch ist erfüllt; denn daß wir in den Palast getreten sind, ist der Grund, weshalb wir uns die Gesichter schwärzen und unser eines Auge verloren haben. Wollten wir jetzt dir unsere Geschichte erzählen, so würde es zu lange dauern; denn einem jeden von uns ist bei dem Verlust seines linken Auges etwas Besonderes widerfahren.' Ich freute mich über ihre Worte, und sie taten mit mir, was sie gesagt hatten; der Vogel trug mich davon und setzte sich mit mir auf einem Berge nieder. Ich aber kroch heraus aus dem Fell und wanderte, bis ich in den Palast kam. Siehe, da waren vierzig Mädchen, schön wie der Mond, an deren Anblick man sich nicht sattsehen konnte. Als sie mich erblickten, sprachen sie alle: ,Herzlich willkommen, sei uns gegrüßt, o unser Herr! Einen ganzen Monat schon warteten wir deiner. Preis sei Allah, der uns einen sandte, unser wert, wie wir seiner wert sind!' Dann ließen sie mich auf einem hohen Diwan sitzen und sagten: ,Heute bist du unser Herr und Gebieter, wir sind deine Dienerinnen und dir untertan; also befiehl uns nach deinem Gutdünken!' Ich aber staunte über sie. Sie brachten mir darauf Speise, und ich aß mit ihnen; auch setzten sie mir Wein vor. Alle umstanden mich dann, um mir aufzuwarten. Zuletzt machten fünf sich daran, eine Matte auszubreiten; darauf legten sie ringsum Blumen und Früchte und Naschwerk vielerlei Art, und dann brachten sie den Wein herbei. Nun setzten wir uns wieder zum Trinken; sie nahmen eine Laute und sangen Lieder zu ihr. Die Becher und Schalen kreisten bei uns, und mich überkam eine solche Freude, daß sie mich alle Sorgen der Welt vergessen ließ. Und ich sprach: ,Dies ist das wahre Leben!' Und ich blieb bei ihnen, bis die Schlafenszeit kam. Da sagten sie: ‚Nimm mit dir, welche von uns du wünschest, auf daß sie dein Lager teile!' So wählte ich eine von ihnen, die hatte ein schönes Antlitz und dunkle Augen, schwarz war ihr Haar, zierlich der Lippen Paar, zusammengewachsen die Brauen, alles an ihr war wunderbar anzuschauen, sie war einem frischen Zweig oder dem Stengel des Myrrhenkrauts gleich, sie berückte das Herz und nahm es gefangen, so wie einst Dichter von ihr sangen:

> *Vergliche ich sie mit dem frischen Zweige – es wäre Torheit!*
> *Fern sei es, daß ich ihren Blick mit dem des Rehes vergleich!*
> *Woher hätte das zarte Reh ihre schlanken Glieder?*
> *Oder den Honigtrank ihrer Lippen, an Süße so reich?*
> *Oder ihr weites Auge, das tödliche Liebe entfachet*
> *Und das liebende Herz in Todesbande schlägt?*
> *Ich wandte mich ihr zu mit wilder, heidnischer Liebe;*
> *Kein Wunder ist's, wenn in dem Kranken sich rasende Leidenschaft regt.*

Und ich wiederholte ihr die Worte des Dichters:

> *Mein Auge soll immer nur auf deine Schönheit schauen;*
> *Kein Bild als deines allein soll in meinem Herzen schweben.*
> *Und alle meine Gedanken verehren nur dich, o Herrin;*
> *In Liebe zu dir will ich sterben und auferstehen zum Leben.*

So verbrachte ich denn jene Nacht bei ihr; und nie habe ich eine schönere erlebt denn diese. Als aber der Morgen kam, führten die Mädchen mich in das Bad, ließen mich baden und kleideten mich in die prächtigsten Gewänder. Sie trugen Speise und Trank für uns auf, und wir aßen und tranken, und die Becher kreisten bei uns bis zum Einbruch der Nacht. Dann wählte ich wieder eine unter ihnen, an Schönheit reich, und mit Formen so weich, wie sie der Dichter beschrieb, als er sang:

> *Ich sah auf ihrer Brust zwei Schreine, die waren versiegelt*
> *Mit Moschus, auf daß der Verliebte sie nicht berührt und verletzt.*
> *Sie behütet die beiden mit Pfeilen aus ihren Blicken;*
> *Sie trifft mit ihrem Pfeile den, der sich ihr widersetzt.*

Und auch mit ihr verbrachte ich die schönste Nacht bis zum Morgen; und, um mich kurz zu fassen, o meine Herrin, ich blieb bei ihnen im herrlichsten Leben ein ganzes Jahr lang. Aber zu Anfang des zweiten Jahres sprachen sie zu mir: ‚Ach, hätten wir dich nie kennen gelernt! Doch wenn du auf uns hörst, so kannst du dadurch gerettet werden'; und sie begannen zu weinen. Ich aber war erstaunt und fragte sie: ‚Was bedeutet dies?' Da antworteten sie: ‚Siehe, wir sind Töchter von Königen, und wir sind seit Jahren hier vereint. Wir bleiben vierzig Tage fort und bleiben ein Jahr hier, essen und trinken, ergötzen und freuen uns; aber dann müssen wir fortgehen. Das ist unsere Gewohnheit. Nun fürchten wir, daß du, wenn wir fort sind, unserem Befehle zuwiderhandelst. Siehe da, wir übergeben dir die Schlüssel des Schlosses; in ihm sind vierzig Zimmer. Du darfst diese neununddreißig Türen öffnen; aber hüte dich, die vierzigste Tür zu öffnen, sonst mußt du uns verlassen.' Ich rief: ‚Ich werde sie nicht öffnen, wenn das die Trennung von euch bedeutet!' Darauf trat eine von ihnen zu mir, umarmte mich und weinte und sprach die Verse:

> *Vereinet uns die Nähe nach der Trennung wieder,*
> *So lächelt das Antlitz der Zeit, nachdem es in Runzeln hing.*
> *Und werden durch einen Blick von dir meine Augen geschmücket,*
> *Verzeih ich der Zeit die Sünden, die sie an mir beging.*

Und ich sprach noch diese Verse:

> *Als sie zum Abschied nahte, das arme Herz so erfüllet*
> *Von tiefer Sehnsucht und zugleich von wildem Leide,*
> *Weinte sie klare Perlen, und aus meinen Augen strömten*
> *Diamanten; auf ihrer Brust vereinten sie sich zum Geschmeide.*

Als ich sie weinen sah, sprach ich: ‚Bei Allah, nie und nimmer will ich jene Tür öffnen!' und ich nahm Abschied von ihr. Sie alle gingen hinaus, und dann flogen sie davon; ich aber blieb

allein in dem Palast. Als nun der Abend nahte, öffnete ich die
Tür des ersten Zimmers, und ich trat ein und sah mich in einem
Raum, der dem Paradiese glich. Darinnen war ein Garten, in
dem so vielerlei Arten von grünen Bäumen standen, auf denen
ganz zarte und reife Früchte sich fanden; die kleinen Vöglein
sangen, und die reinen Bächlein sprangen. Dessen erfreute sich
mein Gemüt, und ich schritt zwischen der Bäume Reihn, ich
sog den Duft der Blumen ein und hörte den Gesang der Vögelein,
wie sie Ihn priesen, der da allmächtig ist allein; auch sah ich die
Farbe der Äpfel von rotgelbem Schein; so wie der Dichter sagt:

> *Ein Apfel, der in sich vereint zwei Farben, die da gleichen*
> *Der Wange der Geliebten und dem schüchternen Sehnsuchtsreichen.*

Dann sah ich die Quitten und atmete ihren Duft ein, der Moschus und Ambra beschämt, wie der Dichter sagt:

> *Die Quitte vereint in sich die Freuden der Menschen; sie ist*
> *Die Königin der Früchte ob ihrer Schönheit Gewalt:*
> *Wie Wein ihr Geschmack und wie eine Moschuswolke ihr Duft,*
> *Wie Gold ihre Farbe und rund wie der Vollmond ihre Gestalt.*

Dann sah ich noch Aprikosen vor mir, deren Schönheit das
Auge entzückte wie geglätteter Saphir. Darauf verließ ich jenen
Ort und verschloß die Tür des Zimmers, so wie sie zuvor gewesen war. Am nächsten Tage öffnete ich ein anderes Zimmer
und trat hinein. Darinnen war ein weites Land, in dem ein
hoher Palmenhain stand; dort rieselte ein Bächlein frisch, sein
Ufer bedeckt mit Gebüsch von Rosen und Jasminen, Majoran
und Eglantinen, Narzissen und Levkojen. Ein Windhauch strich
über alle die duftenden Blumen dahin, und jener herrliche Wohlgeruch verbreitete sich nach rechts und nach links; das erfüllte
mich mit vollkommener Freude. Darauf verließ ich jenen Ort
und verschloß die Tür des Zimmers, wie sie zuvor gewesen
war. Dann öffnete ich die Tür des dritten Zimmers und sah in

ihm eine weite Halle, deren Boden belegt war mit buntem Marmor und vielerlei kostbaren und prächtigen Steinplatten; dort waren Käfige aus Sandel- und Aloeholz, voll von Singvögeln, Nachtigallen, Ringeltauben, Amseln, Kanarien und nubischen Sängern. Darüber ward mein Herz froh, und meine Sorgen wurden gelöst; und ich schlief an jenem Orte bis zum Morgen. Dann öffnete ich die Tür des vierten Zimmers. Darin fand ich einen großen Saal, und rings um ihn waren vierzig Kammern, deren Türen offen standen. In die trat ich ein, und dort sah ich Perlen, Saphire, Topase, Smaragde und so kostbare Edelsteine, wie sie keine Zunge beschreiben kann. Da ward mein Verstand entrückt durch diesen Anblick, und ich sagte zu mir: ‚Diese Dinge, deucht mich, finden sich nicht einmal in der Schatzkammer eines wirklichen Königs.' Damals ward mein Sinn froh, und meine Sorgen schwanden, und ich sprach: ‚Jetzt bin ich der größte König meiner Zeit, da mir durch Allahs Gnade alle diese Schätze zuteil wurden; und ich gebiete über vierzig Mädchen, die keinen anderen Herrn haben als mich.' Nun sah ich mir immerfort ein Zimmer nach dem anderen an, bis neununddreißig Tage vergangen waren. In dieser Zeit hatte ich alle Zimmer geöffnet außer dem einen Zimmer, dessen Tür zu öffnen mir die Prinzessinnen verboten hatten. Doch, o meine Herrin, mein Sinn dachte immer an jenes Zimmer, das die Vierzig voll machte, und Satan wollte zu meinem Verderben mich zwingen, daß ich es öffnete. So hatte ich keine Geduld mehr, um mich zu bezwingen, obgleich nur noch ein einziger Tag übrig blieb, bis die Zeit erfüllt war. Da ging ich denn zu jenem Zimmer, öffnete die Tür und trat ein. Darin war ein so starker Duft, wie ich ihn noch nie gerochen hatte, und der betäubte meine Sinne. Ich fiel ohnmächtig nieder und blieb eine ganze Weile so liegen. Danach aber faßte ich mir ein Herz, trat ein in das Zimmer und sah, daß sein Boden mit Safran bestreut war. Und ferner sah ich Lampen aus Gold und mit Blumen, die den Duft von Moschus und Ambra verbreiteten, und helles Licht ging von ihnen aus; auch sah ich zwei große Weihrauchbecken, die beide mit Aloe, Amber und Honigduftwerk angefüllt waren; und der Saal war erfüllt von ihrem Duft. Und da, o meine Herrin, erblickte ich ein edles Roß, schwarz wie das Dunkel der Nacht, wenn sie am dunkelsten ist; vor ihm standen zwei Krippen aus klarem Kristall, in einer war enthülster Sesam, und in der anderen war Rosenwasser mit Moschus zubereitet. Das Roß war gesattelt und gezäumt, und sein Sattel war aus rotem Golde. Als ich das sah, erstaunte ich und sprach zu mir selbst: ‚Mit diesem Tier muß es eine ganz seltsame Bewandtnis haben.' Und Satan verleitete mich, und ich führte es hinaus und bestieg es; aber es wollte sich nicht vom Flecke rühren. Da schlug ich ihm mit den Fersen in die Flanken, doch es bewegte sich nicht; nun nahm ich die Peitsche und gab ihm einen Schlag damit. Kaum jedoch verspürte es den Schlag, so wieherte es laut mit einem Klang wie der rollende Donner, und es entfaltete ein Paar Flügel und flog mit mir hoch zum Himmel empor, höher als irgendein Mensch zu blicken vermag. Nach einer Weile jedoch ließ es sich mit mir auf einer Dachterrasse nieder, warf mich vom Rücken, peitschte mich mit dem Schweif ins Gesicht und schlug mir das linke Auge aus, so daß es mir über die Wange rollte, und flog weg von mir. Da stieg ich hinab von dem Dach und befand mich bei den zehn einäugigen Jünglingen. Die riefen mir zu: ‚Sei nicht willkommen und sei nicht gegrüßt!' Ich aber antwortete: ‚Sehet, ich bin geworden wie ihr; und ich wünsche, ihr gäbet mir eine Platte voll Schwärze, mir das Gesicht zu schwärzen, und nähmet mich auf in eure Gesellschaft.' ‚Bei Allah,' sprachen sie,

‚du sollst nicht bei uns bleiben, heb dich hinweg von hier!' Und da sie mich forttrieben trotz meiner Bedrängnis, wobei ich an all das denken mußte, das über mein Haupt gekommen war, verließ ich sie mit betrübtem Herzen und mit Tränen im Auge; und leise sprach ich: ‚Ich saß in meiner Fülle da, aber mein Fürwitz war mir zu nah.' Dann rasierte ich mir Kinn und Lippen und wanderte auf der Erde Allahs umher. Und Gott bestimmte, daß ich wohlbehalten in Baghdad ankommen sollte zu Beginn dieser Nacht. Hier aber traf ich diese beiden, wie sie ratlos standen; da grüßte ich sie und sprach: ‚Ich bin ein Fremder!' und sie erwiderten: ‚Auch wir sind Fremde!' So trafen wir zusammen, wir, die drei Mönche, alle drei blind auf dem linken Auge. Das, o meine Herrin, ist der Grund, weshalb ich mir den Bart abrasierte und weshalb ich mein Auge verlor.' Da sprach die Dame zu ihm: ‚Führe deine Hand zum Kopf und geh fort!' Er aber rief: ‚Bei Allah, ich gehe nicht fort, bis ich die Geschichte der anderen gehört habe.'

Darauf wandte die Dame sich zu dem Kalifen und zu Dscha'far und Masrûr und sprach zu ihnen: ‚Erzählt mir eure Geschichte!' Nun trat Dscha'far vor und erzählte ihr dieselbe Geschichte, die er der Pförtnerin berichtet hatte, als sie das Haus betraten; und als sie seine Worte angehört hatte, sagte sie: ‚Ich schenke euch einander das Leben.' Da gingen alle hinaus; und als sie auf der Straße standen, sprach der Kalif zu den Mönchen: ‚Ihr Leute, wohin geht ihr jetzt, da doch der Morgen noch nicht dämmert?' Sie antworteten: ‚Bei Allah, o unser Herr, wir wissen nicht, wohin wir gehen sollen.' ‚Kommt und verbringt den Rest der Nacht bei uns!' sagte der Kalif zu ihnen; und zu Dscha'far: ‚Nimm sie mit dir nach Hause, und morgen führe sie vor mich, damit wir aufzeichnen, was ihnen widerfahren ist!' Dscha'far tat, wie der Kalif ihm befohlen hatte; darauf ging der Kalif in seinen Palast hinauf. Aber der Schlaf wollte in jener Nacht nicht zu ihm kommen.

Als nun der Morgen kam, setzte er sich auf den Thron seiner Herrschaft; und nachdem die Großen des Reiches sich versammelt hatten, wandte er sich an Dscha'far und sprach zu ihm: ‚Bringe mir die drei Damen und die beiden Hündinnen und die Bettelmönche.' Da ging Dscha'far hin und führte sie vor ihn; die Damen brachte er verschleiert herein. An diese wandte er sich, indem er sprach: ‚Wir vergeben euch, weil ihr zuvor euch freundlich zeigtet, ohne uns zu kennen; jetzt aber möchte ich euch zu wissen tun, daß ihr steht vor dem fünften der Nachkommen des 'Abbâs, vor Harûn er-Raschîd, dem Bruder des Kalifen Mûsa el-Hâdi, dem Sohne des Muhammed el-Mahdi, des Sohnes des Abu Dscha'far el-Mansûr, des Sohnes Muhammeds, des Bruders von es-Saffâh ibn Muhammed. Nun berichtet ihm nichts als lautere Wahrheit!' Als die Damen Dscha'fars Worte im Namen des Beherrschers der Gläubigen hörten, trat die älteste vor und sagte: ‚O Beherrscher der Gläubigen, mir ist es so ergangen, daß meine Geschichte, würde sie mit Sticheln in die Augenwinkel geschrieben, eine Warnung wäre für jeden, der sich warnen ließe, und guten Rat enthielte für den, der sich raten ließe.' – –«

Da bemerkte Schehrezâd, daß der Morgen begann, und sie hielt in der verstatteten Rede an. Doch als die *Siebenzehnte Nacht* anbrach, fuhr sie fort: »Es ist mir berichtet worden, o glücklicher König, daß die älteste Dame, als sie vor den Beherrscher der Gläubigen trat, zu erzählen begann

DIE GESCHICHTE
DER ÄLTESTEN DAME

Ich habe eine seltsame Geschichte, und dies ist sie: Diese beiden schwarzen Hündinnen sind meine Schwestern; denn wir waren drei leibliche Schwestern, von dem gleichen Vater und der gleichen Mutter; die zwei anderen Mädchen aber, die eine mit den Narben und die andere, die Wirtschafterin, sind meine Schwestern von einer anderen Mutter. Als unser Vater starb, nahm eine jede ihr Teil von der Erbschaft. Nach einer Weile starb auch meine Mutter und hinterließ uns dreitausend Dinare; eine jede erhielt als ihr Erbteil tausend Dinare; ich aber war die jüngste unter ihnen. Meine Schwestern statteten sich aus und vermählten sich beide. Und nach einer Weile verschafften sich ihre beiden Gatten Waren, nachdem jeder von seiner Frau tausend Dinare erhalten hatte. Dann reisten sie alle miteinander ab und ließen mich allein. Sie waren fünf Jahre lang fort; während der Zeit verschwendeten die Gatten das Geld und wurden bankerott, und sie verließen ihre Frauen im fremden Lande. Nach den fünf Jahren kam meine älteste Schwester zu mir als Bettlerin, in zerfetzten Kleidern und einem schmutzigen alten Mantel; und sie war im elendesten Zustand. Als ich sie erblickte, war sie mir gänzlich fremd, und ich erkannte sie nicht; aber als ich sie dann erkannte, fragte ich sie: ‚Was bedeutet dies?' und sie antwortete: ‚O Schwester, Worte nützen jetzt nichts mehr; denn das Schicksal hat vollbracht, was uns zugedacht!' Da schickte ich sie ins Bad, kleidete sie in ein neues Kleid und sprach zu ihr: ‚Liebe Schwester, du ersetzest mir Vater und Mutter; Allah hat das Erbe, das mir zugleich mit euch zuteil ward, gesegnet, und ich lebe dadurch in Wohlstand. Ich habe großen Reichtum; darin will ich mich mit dir teilen.' So erwies ich ihr viel Gutes, und sie blieb bei mir ein ganzes Jahr; unsere Gedanken aber waren stets bei unserer anderen Schwester. Ganz kurze Zeit darauf, siehe, da kam sie plötzlich; doch sie war in noch elenderem Zustande als dem, in dem die ältere Schwester gekommen war. Ich aber erwies ihr noch mehr Gutes als der ersten, und beide hatten ihr Teil an allem, was mein war. Nach einer Weile jedoch sagten sie zu mir: ‚O Schwester, wir wünschen uns wieder zu vermählen; denn wir können es nicht ertragen, ohne Gatten dazusitzen.' Da erwiderte ich ihnen: ‚Ihr meine Augen, euch ist es bislang in der Ehe nicht gut gegangen; denn heutzutage ist ein vortrefflicher Mann selten zu finden. Darum sehe ich in eurer Rede keinen Nutzen; auch habt ihr ja schon die Ehe erprobt.' Aber sie wollten meinen Rat nicht annehmen und vermählten sich ohne meine Einwilligung; trotzdem gab ich ihnen von meinem Gelde Mitgift und Ausstattung; und so zogen sie davon mit ihren Männern. Doch nach einer kurzen Weile verrieten ihre Gatten sie und nahmen ihnen, was sie besaßen, gingen davon und ließen sie im Stich. Da kamen sie beschämt zu mir, und sie entschuldigten sich und sagten: ‚Zürne uns nicht! Du bist zwar jünger als wir an Jahren, aber vollkommener an Einsicht. Wir wollen hinfort nie wieder von Heirat reden; so mache uns zu deinen Dienerinnen, daß wir unsern Bissen essen können.' Da rief ich: ‚Willkommen, meine Schwestern! Mir ist nichts teurer als ihr.' Ich nahm sie auf und war nun doppelt freundlich. Und ein volles Jahr lang blieben wir so beisammen. Da aber beschloß ich, ein Schiff nach Basra auszurüsten; und ich befrachtete ein großes Fahrzeug und belud es mit Waren und Gütern für den Handel, und mit dem Proviant, der für eine Reise nötig ist. Und ich sprach zu meinen Schwestern: ‚Wollt ihr zu Hause bleiben, bis ich von meiner Reise zurückkehre, oder begleitet ihr mich lieber?' Sie antworteten: ‚Wir wollen mit dir reisen; denn wir ertragen die Trennung von dir nicht.' So gestattete ich ihnen mitzukommen. Mein Geld aber teilte ich in zwei gleiche Teile, von denen ich den einen mit mir nahm, während ich den anderen aufbewahren ließ; denn ich sagte mir: ‚Vielleicht trifft das Schiff ein Ungück, und wir bleiben dennoch am Leben, dann werden wir bei der Rückkehr finden, was für uns von Nutzen ist.' Wir fuhren nun einige Tage und Nächte hindurch. Aber das Schiff ging mit uns in die Irre, da der Kapitän nicht auf den Weg geachtet hatte; und so kam es in ein anderes Meer, als das wir suchten. Eine Weile merkten wir das nicht; denn der Wind war uns günstig zehn Tage lang, und als dann der Wächter hinaufstieg, um Ausschau zu halten, rief er: ‚Gute Nachricht!', stieg erfreut herunter und sagte: ‚Ich habe etwas gesehen wie eine Stadt; aber es sieht aus wie eine Taube.' Da freuten auch wir uns, und ehe noch eine Stunde verstrichen war, erschien uns in der Ferne eine Stadt. Wir fragten den Kapitän: ‚Wie heißt diese Stadt, die wir da vor uns sehen?' Doch er erwiderte: ‚Bei Allah, ich weiß es nicht; denn ich sah sie noch nie zuvor, noch auch segelte ich jemals in diesem Meere. Doch jetzt ist ja alles zu einem guten Ende gekommen, und ihr braucht nur in diese Stadt hineinzugehen. Leget eure Waren aus; und wenn ihr verkaufen könnt, so verkaufet und kaufet dafür ein, was nur immer dort sein mag! Könnt ihr aber nicht verkaufen, so wollen wir nur zwei Tage liegen bleiben, Vorrat einnehmen und dann weitersegeln.' Wir liefen alsbald in den Hafen ein, und der Kapitän ging in die Stadt und blieb eine Weile weg; als er zu uns zurückkam, sagte er: ‚Auf! Geht in die Stadt und staunt ob der Werke Allahs an seinen Geschöpfen und betet, daß ihr bewahrt bleibt vor seinem Zorn!' So gingen wir denn zur Stadt hinauf, und als ich zum Stadttor kam, sah ich dort Menschen mit Stöcken in den Händen. Wie ich aber näher hinzutrat, zeigte es sich, daß sie durch Gottes Zorn zu Stein verwandelt waren. Dann gingen wir hinein in die Stadt und fanden alle ihre Einwohner in schwarzen Stein verwandelt. Darinnen war keine bewohnte Stätte noch jemand, der ein Feuer angeblasen hätte. Grauen faßte uns bei diesem Anblick, und wir gingen dahin durch die Basare; da fanden wir die Waren noch daliegen, und auch das Gold und das Silber, so wie alles verlassen war. Wir sahen es uns an und sagten: ‚Mit alledem hat es wohl eine eigene Bewandtnis.' Nun verteilten wir uns in den Straßen der Stadt, und ein jeder verlor den anderen aus dem Auge beim Sammeln des Reichtums, des Geldes wie der kostbaren Stoffe. Ich selber aber ging zur Burg hinauf und fand, daß sie stark befestigt war. Dann trat ich in das Schloß des Königs ein und fand all die Geräte aus Gold und Silber. Auch sah ich den König dasitzen inmitten seiner Kammerherren, seiner Statthalter und seiner Minister; er trug Kleider, die durch ihre Kostbarkeit den Sinn verwirrten. Und als ich näher an den König herantrat, sah ich ihn auf einem Throne sitzen, der eingelegt war mit Perlen und Edelsteinen; sein Gewand war aus Goldtuch, und jeder Edelstein darauf blitzte wie ein Stern. Rings um ihn standen fünfzig Mamluken, gekleidet in mancherlei Seide, gezogene Schwerter in ihrer Hand. Als ich das sah, war ich starr vor Erstaunen; doch ich ging weiter und trat in das Frauengemach ein, dessen Wände behangen waren mit Vorhängen aus goldgestreifter Seide. Und hier sah ich die Königin liegen in einem Gewande, das mit klaren Perlen besetzt war; auf ihrem Haupte war ein Diadem mit vielerlei Edelsteinen, und um ihren Hals hingen Ketten und Geschmeide. Alles, was sie trug, Kleidung und Schmuck, war unberührt, aber sie selber war durch Allahs Zorn zu schwarzem Stein geworden. Nun sah ich eine offene Tür, zu der ging ich; sie führte zu einer Treppe von sieben Stufen. Ich stieg hinauf und kam in einen Saal, getäfelt mit Marmor und ausgestattet mit goldgewirkten Teppichen; in der Mitte stand ein Thron aus Wacholderholz, eingelegt mit Perlen und Edelsteinen und besetzt mit zwei ganz großen Smaragden. Und dort war auch eine Nische, deren Vorhang an einer Perlenschnur herabgelassen war; und ich sah ein Licht aus der Nische hervorstrahlen, stieg hinan und fand einen Edelstein, so groß wie ein Straußenei, der am oberen Ende der Nische auf einem kleinen Throne lag; von dem ging ein helles, weithin scheinendes Licht aus. Jener Thron aber war belegt mit allerlei seidenen Stoffen, die den Beschauer durch ihre Schönheit verwirrten. Als ich all das erblickte, erstaunte ich sehr; doch dann sah ich an jenem Orte noch brennende Kerzen, und ich sagte zu mir: ‚Irgend jemand muß diese Kerzen angezündet haben.' Darauf ging ich weiter und kam in einen anderen Raum; und ich forschte und ging umher in allen Räumen. Dabei vergaß ich mich selbst vor dem Erstaunen über all diese Dinge, das mich gepackt hatte. Und so versank ich in Sinnen, bis die Nacht hereinbrach. Nun wollte ich hinausgehen; aber da ich das Tor nicht wußte, so verlor ich den Weg, und ich kehrte nach der Nische zurück, wo die brennenden Kerzen waren. Ich setzte mich auf das Lager und hüllte mich ein in eine Decke, nachdem ich ein paar Verse des Korans gesprochen hatte. Dann wollte ich schlafen, aber ich konnte es nicht; denn die Schlaflosigkeit verfolgte mich. Als es Mitternacht ward, hörte ich eine liebliche Stimme den Koran singen; aber die Stimme war ganz leise. Erfreut ging ich der Stimme nach, bis ich an eine Kammer kam, deren Tür ich angelehnt fand. Ich öffnete die Tür und schaute hinein: es war eine Kapelle mit einer Gebetsnische, die von Hängelampen und zwei Kerzen erhellt war. Ein Gebetsteppich war darin ausgebreitet, auf dem ein Jüngling saß, schön anzuschauen. Und vor ihm lag auf ihrem Gestell eine Abschrift des Korans, in der er las. Und ich staunte, daß er allein unter dem Volke der Stadt am Leben war, trat ein und grüßte ihn; und er hob die Augen auf und erwiderte meinen Gruß. Da sprach ich zu ihm: ‚Ich beschwöre dich bei dem, was du im Buche Allahs gelesen hast, antworte mir auf meine Frage!‘ Der Jüngling aber sah mich an, lächelte und sprach: ‚O Dienerin Allahs, tu mir kund, weshalb du hierhergekommen bist; dann will ich dir kundtun, was sowohl mir wie dem Volke dieser Stadt widerfahren ist und wie ich gerettet wurde.‘ Ich erzählte ihm also meine Geschichte, und er staunte darüber. Dann fragte ich ihn nach der Geschichte des Volkes dieser Stadt, und er antwortete: ‚Habe Geduld mit mir eine Weile, o meine Schwester!‘ Darauf schloß er das heilige Buch und barg es in einem Beutel aus Atlas. Er ließ mich dann an seiner Seite Platz nehmen, und ich sah ihn an: siehe, er war wie der Mond, wenn er in voller Schöne am Himmel thront, an Schönheit so reich, von Formen so weich; er war süß anzuschauen wie ein Laib von Zucker, ebenmäßig von Gestalt, wie der Dichter von seiner Art in diesen Versen gesungen hat:

> *Der Sterndeuter schaute einst, da erschien ihm in der Nacht*
> *Der liebreizende Jüngling in seiner Schönheit Pracht.*
> *Ihm hatte Saturn gegeben sein wunderbar schwarzes Haar*
> *Und ihm die Farbe des Moschus geschenkt für sein Schläfenpaar.*
> *Mars hatte sich beeilt, die Wange ihm rot zu schmücken,*
> *Und der Bogenschütz ihm gesandt die Pfeile aus seinen Blicken.*
> *Merkur hatte ihm verliehen den allerschärfsten Verstand,*
> *Der Große Bär von ihm die Blicke der Neider gewandt.*
> *Da stand der Deuter verwirrt ob dessen, was er erblickt;*
> *Und der Vollmond küßte die Erde vor ihm, der ihn ganz berückt.*

Ja wahrlich, Allah der Erhabene hatte ihn gekleidet in das Gewand der Vollkommenheit und hatte es auf seiner Wange umsäumt mit strahlender Lieblichkeit, wie der Dichter von ihm gesungen hat:

> *Ich schwöre beim Duft seiner Lider und bei seiner schlanken Gestalt,*
> *Und bei den Pfeilen, die er gefiedert mit Zaubergewalt;*
> *Bei seinen weichen Formen, seines Blickes zartem Licht;*
> *Bei seiner weißen Stirn, seinen Locken, so schwarz und dicht;*
> *Und bei der Braue, die mir den Apfel des Auges stiehlt,*
> *Die mich überwältigt, wenn sie verbietet oder befiehlt;*
> *Bei seinen rosigen Wangen, dem Haarflaum, so wunderbar fein,*
> *Und den korallenen Lippen, der Zähne Perlenreihn;*
> *Bei seinem Halse und bei seinem Leibe, der schön sich neigt,*
> *Und der auf seiner Brust Granatapfelblüten zeigt;*
> *Bei seinen schweren Hüften, die beben, mag er gehn*
> *Oder auch ruhn, und bei seinem Leibe, so schlank und schön;*
> *Bei seiner seidigen Haut und bei seinem Atem, so weich,*
> *Ja, bei alledem, was ihn an Schönheit machte so reich;*
> *Bei seiner mildtätigen Hand, seiner Zunge Redlichkeit,*
> *Und bei seiner edlen Geburt, seiner Macht, so hoch und weit:*
> *Der Moschus hat, wird er bereitet, von ihm nur seinen Duft;*
> *Von seinem Wohlgeruch kommt die Ambrawolke der Luft.*
> *So auch die strahlende Sonne: vor ihm muß sie erbleichen;*
> *Ja, sie kann nicht einmal dem Span seines Nagels gleichen!*

Und ich sah ihn an mit einem Blick, der tausend Seufzer der Sehnsucht in mir weckte; und mein Herz war von Liebe zu ihm ergriffen. Ich fragte ihn nun: ‚O mein Gebieter, tue mir kund, wonach ich dich fragte.' Er antwortete: ‚Ich höre und gehorche! Wisse, o Dienerin Allahs, diese Stadt war die Hauptstadt meines Vaters, des Königs, den du auf dem Throne sahest, verwandelt durch Allahs Zorn in schwarzen Stein; und die Königin, die du in der Nische sahest, ist meine Mutter. Sie und alles Volk der Stadt waren Magier, und sie beteten das Feuer an statt des Königs, dem alles untertan; sie schworen bei Feuer und Licht, bei Schatten und Sonnenbrand und bei dem kreisenden Firmament, das die Welt umspannt. Mein Vater aber hatte keinen Sohn, bis er gegen das Ende seines Lebens mit mir gesegnet wurde; und er zog mich auf, bis ich emporwuchs, und das Glück kam mir in allem entgegen. Nun aber lebte bei uns eine hochbetagte Frau, eine Muslimin, die im Innern an Allah und seinen Propheten glaubte, wenn sie sich äußerlich auch meinem Volke anschloß. Mein Vater setzte volles Vertrauen in sie, da er sie als zuverlässig und tugendhaft kannte, und behandelte sie mit immer wachsender Freundlichkeit; denn er vermeinte ja, daß sie seines Glaubens wäre. Als ich nun fast herangewachsen war, gab mich mein Vater in ihre Obhut und sagte: ‚Nimm ihn und erziehe und lehre ihn die Regeln unseres Glaubens; unterrichte ihn gut und pflege ihn sorgsam!' Da nahm die Alte mich zu sich und lehrte mich den Glauben des Islams und die göttlichen Vorschriften der Reinigung, der religiösen Waschung und des Gebets, auch ließ sie mich den Koran auswendig lernen und sagte: ‚Diene niemandem als Allah dem Erhabenen!' Und als ich dies alles in mich aufgenommen hatte, sagte sie zu mir: ‚Mein Sohn, verbirg diese Dinge vor deinem Vater und offenbare ihm nichts, damit er dich nicht töte.' So verbarg ich es vor ihm und blieb dabei, bis wenige Tage darauf die alte Frau starb. Das Volk der Stadt aber ward in seiner Gottlosigkeit und Anmaßung und seinem Irrtum nur noch ärger. Eines Tages jedoch, während sie noch immer so dahinlebten, siehe, da vernahmen sie einen Rufer, der mit lauter Stimme gleich brüllendem Donner schrie, daß alle nah und fern es hörten: ‚Ihr Leute dieser Stadt, laßt ab von der Anbetung des Feuers und betet zu Allah, dem allerbarmenden König!' Schrecken befiel die Leute der Stadt, und sie versammelten sich bei meinem Vater, der ja König der Stadt war, und fragten ihn: ‚Was bedeutet diese Stimme des Schreckens, die wir gehört haben? Sie hat uns erschüttert durch das Übermaß ihres Grauens.' Er aber erwiderte ihnen: ‚Lasset die Stimme euch nicht mit Furcht und Schrecken erfüllen oder euch von eurem Glauben abtrünnig machen!' Da beugten sich ihre Herzen vor den Worten meines Vaters, und sie ließen nicht ab, das Feuer anzubeten, sondern blieben verstockt in ihrem Götzendienst, bis ein volles Jahr vergangen war, nachdem sie die erste Stimme vernommen hatten. Da erscholl ihnen ein zweiter Ruf, und sie vernahmen ihn und noch einen dritten zu Anfang des dritten Jahres; so hörten sie ihn in jedem der drei Jahre einmal. Doch immer noch verharrten sie in ihrem Frevel, bis eines Tages mit dem Morgengrauen der Grimm und Zorn des Himmels über sie kam; da wurden sie alle in schwarzen Stein verwandelt, sie mitsamt ihren Haustieren, großen und kleinen. Und von den Einwohnern dieser Stadt wurde niemand verschont außer mir allein. Seit dem Tage, an dem das Furchtbare geschah lebe ich nun so, wie du mich siehst, beständig im Gebet und im Fasten, und mit dem Lesen des Korans beschäftigt; aber diese Einsamkeit, in der ich niemanden zur Gesellschaft habe, kann ich jetzt nicht mehr ertragen.' Darauf sprach ich zu ihm, der mein Herz gefangengenommen hatte: ‚O Jüngling, willst du mit mir zur Stadt Baghdad ziehen und die Schriftgelehrten und Rechtsgelehrten besuchen, daß du wachsest an Weisheit, Verstand und Kenntnis des Glaubens? Und wisse, daß die Dienerin, die vor dir steht, eine Herrin ihres Volkes ist und über Mannen, Eunuchen und Diener gebietet. Ich habe bei mir ein Schiff, beladen mit Waren, und gewißlich trieb mich das Schicksal in diese Stadt, damit ich Kunde erhielt von diesen Dingen; denn es war vorherbestimmt, daß wir uns treffen sollten.' Und ich ließ nicht ab, ihn zur Reise zu überreden und mit sanften Worten in ihn zu dringen, bis er bereit war und einwilligte.' – –«

Da bemerkte Schehrezâd, daß der Morgen begann, und sie hielt in der verstatteten Rede an. Doch als die *Achtzehnte Nacht* anbrach, fuhr sie fort: »Es ist mir berichtet worden, o glücklicher König, daß die Dame nicht abließ, den Jüngling zu überreden, mit ihr zu ziehen, bis er darin eingewilligt hatte. ‚Ich schlief nun' – so sagte sie zum Kalifen – ‚in jener Nacht zu seinen Füßen, und ich wußte vor Freude kaum, wo ich war. Als aber der Morgen dämmerte, standen wir auf, traten in die Schatzgewölbe ein und nahmen alles, was nicht beschwert und doch von hohem Wert; dann gingen wir vom Schloß zu der Stadt hinab, wo wir die Sklaven und den Kapitän trafen, die nach mir suchten. Als sie mich sahen, freuten sie sich, und ich berichtete ihnen alles, was ich gesehen hatte; ich erzählte ihnen auch die Geschichte des jungen Prinzen und den Grund der Verwandlung dieser Stadt – kurz alles, was ihnen widerfahren war. Da staunten alle darüber; als aber meine Schwestern, diese beiden Hündinnen, mich an der Seite jenes Jünglings sahen, wurden sie eifersüchtig und zornig und planten Arges gegen mich. Wir gingen nun in Freuden an Bord; wir waren hocherfreut, weil wir so große Güter gewonnen hatten, doch meine größte Freude galt dem Jüngling. Dann warteten wir ab, bis der Wind uns günstig war, hißten die Segel und stachen in See. Meine Schwestern setzten sich zu mir, und wir plauderten; da fragten sie mich: ‚O Schwester, was willst du mit diesem schönen Jüngling tun?' und ich antwortete: ‚Ich will ihn zum Gemahl nehmen!' Darauf wandte ich mich zu ihm, trat auf ihn zu und sagte: ‚O mein Gebieter, ich will dir einen Vorschlag machen, indem ich keine Abweisung von dir erfahren möchte. Es ist aber dieser: wenn wir nach Baghdad kommen, meiner

Heimatstadt, so biete ich als deine Sklavin mich selbst dir zur heiligen Ehe, und du sollst mir Gemahl und ich will dir Gemahlin sein.' Er gab zur Antwort: ‚Ich höre und gehorche!' Und ich wandte mich zu meinen Schwestern und sprach zu ihnen: ‚Mir ist dieser Jüngling Genüge; jeder, der von meinem Gut besitzt, mag es behalten!' Sie erwiderten mir: ‚Du hast recht gehandelt'; aber sie planten Böses gegen mich. Wir segelten nun immerfort weiter bei günstigem Winde, bis wir aus dem Meere der Gefahr heraus und in das Meer der Sicherheit hineinfuhren. Dann waren wir nur noch wenige Tage unterwegs, bis wir nahe bei der Stadt Basra waren. Ihre Mauern lagen schon sichtbar vor uns, da sank der Abend über uns herein. Als uns nun der Schlaf umfangen hielt, erhoben sich meine Schwestern, trugen mich mit meinem Bett und warfen mich ins Meer; und sie taten das gleiche mit dem jungen Prinzen. Er aber konnte nicht gut schwimmen und ertrank; und Allah nahm ihn auf unter die Glaubenszeugen. Und ich, ach wäre ich doch mit ihm ertrunken! Aber Allah hatte bestimmt, daß ich gerettet wurde; denn als ich mich im Meere befand, ließ er mir einen Balken zuteil werden, den ich erkletterte; und die Wellen warfen mich hin und her, bis sie mich auf der Küste einer Insel landeten. Ich ging den Rest jener Nacht auf der Insel umher; und als der Morgen dämmerte, sah ich einen Pfad, so schmal, daß gerade ein Menschenfuß darauf treten konnte; der stellte eine Verbindung zwischen Insel und Festland her. Sobald nun die Sonne aufgegangen war, trocknete ich meine Kleider in der Sonnenwärme, aß von den Früchten der Insel und trank von ihrem Wasser; dann wanderte ich auf dem Fußpfad und ging so lange, bis ich dem Festlande nahe war. Als aber zwischen mir und der Stadt nur noch zwei Stunden Weges waren, siehe, da flog jählings eine große Schlange auf mich zu, so dick wie eine Dattelpalme; wie sie mir so entgegenkam, sah ich, daß sie bald nach rechts und bald nach links glitt, bis sie mir ganz nahe war; und ihre Zunge hing eine Spanne weit aus ihrem Maule zu Boden und fegte der Länge nach durch den Staub. Und hinter ihr war ein Drache, der verfolgte sie; er war lang und dünn, etwa von der Länge einer Lanze. Sie floh vor ihm und wandte sich nach rechts und nach links, aber schon packte er sie am Schwanz; da flossen ihre Tränen, und ihre Zunge hing noch weiter heraus, weil sie so eilig floh. Mich erfaßte Mitleid mit ihr, und so griff ich einen Stein auf und warf ihn nach dem Kopf des Drachen, der auf der Stelle verendete; da entfaltete die Schlange zwei Flügel und flog zum Himmel empor, bis sie mir aus den Augen schwand. Ich aber setzte mich voll Staunen über dieses Abenteuer nieder; denn ich war müde und schläfrig, und so schlief ich eine Weile ein. Doch als ich erwachte, sah ich ein Mädchen mir zu Füßen sitzen; sie hatte zwei schwarze Hündinnen bei sich und rieb meine Füße. Da schämte ich mich vor ihr, setzte mich auf und fragte sie: ‚Schwester, wer bist du?' Und sie erwiderte: ‚Wie bald du mich vergessen hast! Ich bin die, für die du eine gute Tat vollbrachtest; du sätest die Saat der Dankbarkeit und tötetest meinen Feind; denn ich bin die Schlange, die du von dem Drachen befreitest. Ich bin eine Dämonin, und dieser Drache war ein Dämon; er war mein Feind, und meine Rettung ist allein durch dich gekommen. Als du mich aber von ihm befreit hattest, flog ich auf dem Winde zu dem Schiff, aus dem dich deine Schwestern warfen, und ich trug alles, was darin war, in dein Haus. Das Schiff versenkte ich, und deine Schwestern verwandelte ich in diese beiden schwarzen Hündinnen; denn ich weiß alles, was dir von ihnen widerfahren ist; der Jüngling aber ist ertrunken.' Dann hob sie mich und die beiden Hündinnen empor und brachte uns auf das Dach meines Hauses; im Innern des Hauses aber fand ich alle Güter, die auf dem Schiffe gewesen waren, ohne daß etwas verloren gegangen wäre. Dann sprach sie, die die Schlange gewesen, zu mir: ‚Bei den Zeichen, die auf dem Ringe unseres Herrn Salomo – über ihm sei Friede! – eingegraben sind: wenn du nicht jeden Tag einer jeden dieser zwei Hündinnen dreihundert Schläge austeilst, so will ich kommen und dich ebenso verzaubern wie jene.' Ich erwiderte: ‚Ich höre und gehorche!' Und seither, o Beherrscher der Gläubigen, habe ich nie unterlassen, ihnen die Zahl der Schläge auszuteilen; doch ich habe Mitleid mit ihnen, und sie wissen, daß es nicht meine Schuld ist, wenn sie gegeißelt werden, und verzeihen es mir. Dies ist meine Geschichte und meine Erzählung!'

Der Kalif geriet darob in Erstaunen. Dann sprach er zu der zweiten Dame: ‚Und du, wie kamest du zu den Narben auf deinem Leibe?' Da begann sie

DIE GESCHICHTE DER PFÖRTNERIN

O Beherrscher der Gläubigen, ich hatte einen Vater, der mir bei seinem Tode großen Reichtum hinterließ. Ich blieb nach seinem Hinscheiden noch kurze Zeit ledig und vermählte mich dann mit einem Manne, der als der Glückseligste unter seinen Zeitgenossen galt. Ein Jahr lang lebte ich mit ihm zusammen; da starb auch er, und mein Anteil an seinem Erbe betrug nach dem heiligen Gesetz achtzigtausend Dinare in Gold. So wurde ich überreich, und mein Ruf verbreitete sich überall; und ich ließ mir zehn Kleider machen, von denen ein jedes tausend Dinare kostete. Eines Tages nun, als ich zu Hause saß, siehe, da trat ein altes Weib zu mir ein, mit Backen, die eingefallen waren, und Brauen arm an Haaren; ihre Augen quollen heraus, und ihre Zähne fielen aus; voll von Flecken war ihr Gesicht, trüb ihrer Augen Licht, und ihr Kopf war gleichsam verpicht; aschgrau war ihr Haar, ihr Leib voller Krätze gar, ihre Farbe wechselte immerdar; ihre Gestalt war schief, ihre Nase lief, wie einst der Dichter über sie rief:

> *Die Unglücksalte! Ihr wird ihre Jugendzeit nicht vergeben,*
> *Und an ihrem Todestage erfreut sie sich keiner Gnaden.*
> *Sie kann wohl an die tausend Maultiere, die flüchtig geworden,*
> *Kraft ihrer Listen lenken mit einem Spinnenfaden.*

Als die Alte eintrat, grüßte sie mich, küßte den Boden vor mir und sprach zu mir: ‚Ich habe daheim eine Waisentochter, und für heute nacht habe ich ihre Hochzeit und ihren Brautzug gerüstet. Wir sind aber fremd in dieser Stadt und kennen keinen ihrer Bewohner, und unser Herz ist gebrochen. So verdiene du dir den Lohn des Himmels und sei zugegen bei ihrem Brautzug; und wenn die Damen unserer Stadt vernehmen, daß du gekommen bist, so werden auch sie erscheinen; und du wirst ihren Kummer heilen, denn sie ist betrübten Sinnes, und sie hat niemanden außer Allah dem Erhabenen!' Und sie weinte und küßte mir die Füße und sprach diese Verse:

> *Dein Kommen ist uns eine Ehre,*
> *Und dieses wollen wir verkünden:*
> *Wenn du uns fernbleibst, werden wir,*
> *Dich zu ersetzen, keinen finden.*

Da faßte mich Mitleid und Erbarmen, und ich sagte: ‚Ich höre und willige ein!' Dann fuhr ich fort: ‚Ich werde, so Gott der Erhabene will, noch einiges mehr für sie tun; ich werde sie mit meinen Gewändern, meinem Schmuck und meiner Ausstattung ihrem Gemahl zuführen.' Da freute sich die Alte, und sie neigte den Kopf bis zu meinen Füßen, küßte sie und sagte: ‚Allah vergelte dir mit Gutem und tröste dein Herz, wie du das meine getröstet hast! Aber, o Herrin, sorge dich nicht, mir diesen Dienst zu dieser Stunde zu tun; sei bereit gegen Abend, dann will ich kommen und dich holen.' Und sie küßte mir die Hand und ging ihres Weges. Ich machte mich also zurecht; und dann stand auch schon die Alte, die zurückgekehrt war, vor mir und sprach: ,O meine Herrin, siehe, die Damen der Stadt sind gekommen; denn ich habe ihnen gesagt, daß du zugegen sein würdest, und da freuten sie sich. Jetzt erwarten sie dich und harren deiner Ankunft.' Da warf ich meinen Mantel um und nahm meine Mädchen mit mir; und ich ging, bis wir in eine Straße kamen, wohlbesprengt und sauber gefegt, und die Luft darin war von einem frischen Hauch bewegt. Dann traten wir ein in ein Tor, überwölbt mit einer Kuppel aus Marmorgestein, von festem Bau, und kamen zu dem Tor des Palastes, der ragte empor vom Erdboden, bis er sich in den Wolken verlor; und über dem Tor standen diese Verse geschrieben:

> *Ich bin ein Haus, erbaut für Freuden,*
> *Für Lust und Frohsinn all meine Zeit.*
> *In meinem Hofe fließt ein Brunnen*
> *Mit Wasser, das von Sorgen befreit;*
> *Drauf ruht von Anemonen und Myrten,*
> *Narzissen und Chrysanthemen ein Kleid.*

Als wir bei dem Tore ankamen, pochte die Alte, und uns wurde aufgetan. Wir traten ein und fanden eine Vorhalle, die mit Teppichen belegt war; dort hingen brennende Lampen, und dort standen Leuchter, besetzt mit Edelsteinen und Juwelen. Wir gingen durch die Vorhalle und traten dann in einen Saal ein, der seinesgleichen nicht hat. Er war behangen und ausgelegt mit seidenen Teppichen; dort hingen brennende Lampen, und dort standen Leuchter in doppelten Reihen; am oberen Ende des Saales aber stand ein Lager aus Wacholderholz, das eingelegt war mit Perlen und Edelsteinen und überdacht von einem Baldachin aus perlenbesetztem Atlas. Kaum hatten wir das gesehen, so trat aus dem Baldachin ein junges Mädchen hervor; ich blickte sie an, o Beherrscher der Gläubigen, und siehe, sie war vollkommener als der Mond, wenn er sich füllt, und ihre Stirn glich dem Lichte des Morgens, wenn es am Himmel aufquillt, so wie der Dichter sagte, als er sang:

> *Du wärest wohl bestimmt für das Brautgemach des Kaisers;*
> *Unter des Perserkönigs Erwählten die züchtigste Maid! –*
> *Sie trägt auf ihren Wangen die roten Blätter der Rose;*
> *Wie schön sind doch jene Wangen im drachenblutfarbigen Kleid!*
> *Schlank ist sie, und ihre Blicke erglänzen matt und versonnen;*
> *Sie vereinet in sich allein aller Schönheiten Pracht.*
> *Es ist, als ob ihre Locke über der Stirn ihr schwebte*
> *Wie über dem Morgen der Freuden die sorgenvolle Nacht.*

Da trat das Mädchen herab aus dem Baldachin und sagte zu mir: ‚Willkommen und herzlichen Gruß meiner Schwester, der vielgeliebten, erlauchten!' Dann sprach sie diese Verse:

> *Wüßte das Haus, wer es besucht, es würde sich freuen*
> *Und selig die Stätte küssen, die du betreten hast.*
> *Es würde mit stummer Sprache reden und laut verkünden:*
> *Herzlich willkommen sei der edle, hochherzige Gast!*

Darauf setzte sie sich nieder und sagte zu mir: ‚Meine Schwester, siehe, ich habe einen Bruder, der dich zuweilen bei Hochzeiten und auf Festen gesehen hat; er ist ein Jüngling, schöner als ich, und sein Herz ist in heißer Liebe zu dir entbrannt, denn das gütige Geschick hat in dir alle Schönheit und Anmut vereinigt. Er hat gehört, daß du eine Herrin bist unter deinem Volk, und auch er ist ein Herr unter seinem Volk. Darum möchte er sein Leben an das deine binden; und so ersann er diese List, um mich mit dir zusammenzuführen. Er wünscht sich mit dir zu vermählen nach der Vorschrift Allahs und seines Propheten; und in dem, was recht ist, liegt keine Schande.' Als aber ich ihre Worte hörte und sah, daß ich in dem Hause gefangen war, erwiderte ich: ‚Ich höre und willige ein!' Sie war erfreut und klatschte in die Hände; und eine Tür tat sich auf, und heraus trat ein Jüngling, in der Jugend Blütezeit, angetan mit einem herrlichen Kleid; eine Gestalt, dem Ebenmaß geweiht, der Schönheit und Lieblichkeit, der Anmut und Vollkommenheit, der zartesten Freundlichkeit; mit Brauen gleich einem Bogen, der zum Pfeilschuß bereit, und Augen, die alle Herzen berücken durch Zauber, den ihnen die erlaubte Magie verleiht; so wie ein Dichter von seinesgleichen sagt:

> *Sein Antlitz ist dem des Neumondes gleich;*
> *Wie die Perle an strahlender Schönheit reich.*

Und wie herrlich sprach doch jener Dichter:

> *Der Schönheit Preis ist sein. Gepriesen ist Allah*
> *Und hocherhaben; denn Er schuf ihn und gab ihm Gestalt.*
> *Er hat aller Anmut Gaben in sich allein vereinet;*
> *Alle Menschen sind verwirrt ob seiner Anmut Gewalt.*
> *Die Schönheit selber schrieb ihm auf die Wange sein:*
> *Ich bezeuge, es gibt keinen Schönen außer ihm ganz allein.*

Als ich ihn ansah, neigte sich mein Herz ihm zu, und ich gewann ihn lieb. Er setzte sich mir zur Seite, und ich sprach eine Weile mit ihm. Dann klatschte das Mädchen wiederum in ihre Hände, und siehe, eine Seitentür tat sich auf, und es erschien der Kadi mit vier Zeugen. Sie grüßten uns, setzten sich und entwarfen den Ehevertrag zwischen mir und dem Jüngling und gingen wieder fort. Da wandte der Jüngling sich zu mir und sagte: ‚Gesegnet sei unsre Nacht!' Dann fuhr er fort: ‚Meine Herrin, ich muß dir eine Bedingung auferlegen.' Ich fragte: ‚Mein Gebieter, was für eine Bedingung?' Da erhob er sich, brachte mir eine Abschrift des heiligen Buches und sprach: ‚Schwöre, daß du nie einen andern ansehn willst als mich, noch ihm deine Neigung schenken!' Das schwor ich ihm, und er war hocherfreut und umarmte mich, derweilen die Liebe zu ihm mein ganzes Herz ergriff. Dann setzte man die Tische vor uns hin, und wir aßen und tranken, bis wir gesättigt waren. Und als die Nacht gekommen war, führte er mich in das Brautgemach und küßte und umarmte mich immerfort bis zum Morgen. So lebte ich mit ihm ein Leben des Glücks und der Freude einen vollen Monat lang; da aber bat ich ihn um die Erlaubnis, in den Basar zu gehen und mir einige Stoffe zu kaufen, und er gab mir die Erlaubnis dazu. So zog ich mir den Mantel an, nahm die Alte mit und eine Sklavin, ging zum Basar und setzte mich dort in den Laden eines jungen Kaufmanns, den die Alte kannte; denn sie sprach zu mir: ‚Dieses Jünglings Vater starb, als er ein Kind war, und hinterließ ihm großen Reichtum; er hat einen großen Warenvorrat, und bei ihm wirst du finden, was du suchst, denn es hat niemand im ganzen Basar schönere Stoffe als er.' Darauf sagte sie zu ihm: ‚Zeig dieser Dame die kostbarsten Stoffe, die du besitzest!', und er versetzte: ‚Ich höre und gehorche!' Nun begann sie, sein Lob zu singen; doch ich sagte: ‚Wir verlangen nicht sein Lob von dir zu hören; wir wollen das, was wir brauchen, von ihm nehmen und nach Hause zurückkehren.' Er brachte mir also alles, was ich suchte; und ich bot ihm sein Geld, doch er weigerte sich, irgend etwas zu nehmen, und sagte: ‚Dies sei heute euer Gastgeschenk bei mir!' Ich aber sagte zu der Alten: ‚Wenn er das Geld nicht will, so gib ihm seine Stoffe zurück!' ‚Bei Allah,' rief er, ‚nichts will ich von dir nehmen; aber dies alles gebe ich hin für einen einzigen Kuß; denn der ist mir kostbarer als alles, was in meinem Laden ist.' Die Alte fragte: ‚Was soll der Kuß dir nützen?'

Doch mir flüsterte sie zu: ‚Meine Tochter, hörst du, was dieser Jüngling sagt? Was soll es dir wohl schaden, wenn er einen Kuß von dir erhält und du so das bekommst, was du wünschest?' Ich aber sagte: ‚Weißt du nicht, daß ich durch einen Eid gebunden bin?' Sie gab zur Antwort: ‚Laß ihn dich küssen, doch sprich nicht mit ihm; so trifft dich keine Schuld, und du behältst dein Geld!' Und sie ließ nicht ab, mir die Sache schön vorzustellen, bis ich den Kopf in die Schlinge steckte und darein willigte. Dann verschleierte ich mir die Augen und verbarg mein Antlitz hinter der einen Seite meines Mantels vor den Leuten. Nun legte er unter meinem Schleier seinen Mund an meine Wange; aber als er mich küßte, biß er mich so scharf, daß er mir ein Stück Fleisch aus der Wange riß. Da ward ich ohnmächtig; doch die Alte fing mich in ihren Armen auf. Und als ich zu mir kam, sah ich den Laden verschlossen, und die Alte bezeugte mir ihre Trauer und sagte: ‚Allah hat noch Schlimmeres abgewendet!' Dann fuhr sie fort: ‚Komm, laß uns nach Hause gehen! Fasse dir ein Herz, ehe du ins Gerede kommst. Und wenn du zu Hause angelangt bist, so lege dich nieder und stelle dich krank; ich werde eine Decke über dich breiten und dir eine Arznei bringen, durch die du diesen Biß heilen und bald wieder gesund werden wirst!' So stand ich nach einer Weile auf, in äußerster Besorgnis; und Angst befiel mich, doch ich ging langsam weiter, bis ich das Haus erreichte; dort legte ich mich sofort wie krank nieder. Als aber die Nacht hereinbrach, kam mein Gatte herein und fragte: ‚Was ist's, das dir widerfuhr, meine Herrin, auf diesem Ausgang?' Ich erwiderte ihm: ‚Mir ist nicht wohl, mein Kopf schmerzt mich.' Er zündete jedoch eine Kerze an, trat nahe zu mir, sah mich an und sprach: ‚Was für eine Wunde ist das, die ich da auf deiner Wange sehe, und gerade im zartesten Teil?' Darauf sagte ich:

‚Als ich heute mit deiner Erlaubnis ausging, um die Stoffe zu kaufen, stieß mich ein mit Brennholz beladenes Kamel an, zerriß meinen Schleier und verwundete mir die Wange, wie du es siehst; denn wahrlich, die Straßen dieser Stadt sind eng.' ‚Morgen', rief er, ‚werde ich zu dem Statthalter der Stadt gehen und ihm sagen, er solle alle Holzverkäufer dieser Stadt an den Galgen hängen.' ‚Um Gottes willen,' sagte ich, ‚lade dir keine Schuld auf! In Wahrheit ritt ich auf einem Esel, und er stolperte mit mir, so daß ich zu Boden fiel; und ich stieß auf ein Stück Holz, das zerriß mir die Wange und brachte mir diese Wunde bei.' ‚Dann', sagte er, ‚will ich morgen zu Dscha'far, dem Barmekiden, gehen und ihm die Geschichte erzählen, so wird er alle Eseltreiber in dieser Stadt töten lassen.' ‚Willst du', sagte ich, ‚all diese Leute um meinetwillen vernichten? Was mir widerfahren ist, geschah doch durch die Schickung und Fügung Allahs.' Aber er versetzte: ‚Es geht nicht anders'; und indem er auf die Füße sprang, drang er mit Worten in mich, so lange, bis ich ihn verabscheute und heftige Worte gegen ihn gebrauchte. Da aber, o Beherrscher der Gläubigen, erkannte er, wie es um mich stand, und rief: ‚Du hast deinen Schwur gebrochen.' Und er stieß einen lauten Schrei aus; da tat sich eine Tür auf, und aus ihr traten sieben schwarze Sklaven heraus. Diesen befahl er, mich aus dem Bett zu reißen und mich mitten im Zimmer niederzuwerfen. Einem Sklaven befahl er darauf, mich bei den Schultern zu packen und sich mir zu Häupten hinzuhocken; und einem zweiten, sich auf meine Knie zu setzen und mir die Füße festzuhalten. Dann kam ein dritter mit einem Schwerte in der Hand; zu dem sprach er: ‚Mein Freundchen, triff sie und zerschlage sie in zwei Teile, und je einer nehme den einen Teil und werfe ihn in den Tigris, damit die Fische sie fressen! Dies ist der Lohn dessen, der den

Schwur und die Liebe bricht.' Und seine Wut stieg noch mehr, und er sprach diese Verse:

> *Müßt ich mich in meine Liebe mit einem anderen teilen,*
> *Ich risse sie mir aus der Seele, stürbe ich gleich vor Leid.*
> *Und ich spräche zu ihr: ‚O Seele, mein Tod ist edel!*
> *Nichts Gutes bringet die Liebe, liegt sie mit dem Gegner im Streit.'*

Darauf sagte er nochmals zu dem Sklaven: ‚Triff sie, o Sa'd!' Als so der Sklave des Befehles sicher war, neigte er sich zu mir herab und sagte: ‚O meine Herrin, sprich das Bekenntnis, und wenn du noch irgendwelche Bestimmungen zu treffen wünschest, so nenne sie mir; denn wahrlich, dies ist deine letzte Stunde.' ‚Guter Sklave,' sagte ich, ‚warte mit mir noch eine kleine Weile, damit ich dir meine letzten Wünsche sagen kann!' Dann hob ich den Kopf und sah, wie es nun um mich stand und wie ich aus dem höchsten Glück in die tiefste Schmach gestürzt war; da flossen meine Tränen, und ich weinte bitterlich. Mein Gatte aber sah mich mit den Augen des Zornes an und sprach die Verse:

> *Sag ihr, die unsere Liebe verschmähte und uns verstieß,*
> *Und die einem anderen Freund ihre Huld zuteil werden ließ:*
> *‚Wir haben genug von dir, eh du uns ein Gleiches getan;*
> *Was zwischen uns geschehen, widert schon längst mich an!'*

Als ich das hörte, o Beherrscher der Gläubigen, da weinte ich, blickte ihn an und sprach diese Verse:

> *Du trenntest mich von der Liebe und ließest dich ruhig nieder;*
> *Du machtest die wunden Lider mir schlaflos und schliefest dann.*
> *Du ließest zu meinem Auge die wachen Nächte einkehren;*
> *Doch mein Herz vergaß dich nicht, und meine Träne rann.*
> *Du schlossest mit mir einen Bund, du würdest die Treue halten;*
> *Doch als du mein Herz besaßest, da verrietest du mich.*
> *Ich liebte dich wie ein Kind und wußte nichts von der Liebe;*
> *Darum töte mich nicht; ein Lehrling der Liebe bin ich!*

> *Ich bitte dich bei Allah, bin ich gestorben, so schreibe*
> *Auf meines Grabes Tafel: ‚Ein Sklave der Liebe ruht hier.'*
> *Vielleicht tritt ein Betrübter, der Liebesqualen kennet,*
> *Zum Herzen der Liebenden einst und hat Erbarmen mit mir.*

Als ich mein Lied geendet hatte, weinte ich von neuem; doch als er das Lied hörte und mich weinen sah, packte ihn Wut über Wut, und er sprach diese Verse:

> *Der Herzens Geliebte verließ ich nicht überdrüssig in Willkür.*
> *Nein, sie beging ein Verbrechen, das führte die Trennung herbei.*
> *Sie wollte in unserer Liebe noch einen Gefährten haben:*
> *Doch meines Herzens Glaube neigt nicht zur Vielgötterei.*

Als er seine Verse geendet hatte, weinte ich wiederum und demütigte mich vor ihm; denn ich sagte zu mir selber: ‚Ich will mit Worten auf ihn wirken; so wird er mir vielleicht doch den Tod erlassen, wenn er mir auch alles nimmt, was ich habe.' Also klagte ich ihm, was ich erlitten, und sprach die Verse:

> *Bei deinem Leben, wärst du gerecht, du ließest mich leben.*
> *Doch ist die Trennung beschlossen, wird's keinen Gerechten geben.*
> *Du ludest auf mich der Sehnsucht Qual, doch laß dir sagen:*
> *Ich bin zu schwach und zu matt, mein eigenes Hemd zu tragen.*
> *Ich staune nicht, daß ich sterben muß; nur das allein*
> *Erstaunt mich, wird mein Leib ohne dich zu erkennen sein.*

Als ich mein Lied geendet hatte, weinte ich wieder; doch er sah mich an, schrie mich an und schmähte mich und sprach diese Verse:

> *Du wandtest dich von mir zur Liebe eines andern,*
> *Du hast die Trennung verursacht; doch nicht so handelte ich.*
> *Ich werde dich verlassen, wie du mich zuerst verließest;*
> *Und ich werde ohne dich leben, so wie du lebst ohne mich.*
> *Eine andre werde ich lieben, wie du einen andern liebtest;*
> *Den Bruch der Liebe lad ich nicht auf mich, sondern auf dich.*

Als er seine Verse geendet hatte, rief er dem Sklaven nochmals zu: ‚Spalte sie und erlöse uns von ihr; denn sie gilt uns nichts mehr!' Doch während wir noch, o Beherrscher der Gläubigen, uns gegenseitig mit Versen anredeten und wie ich mich schon auf den Tod gefaßt gemacht, mit dem Leben abgeschlossen und meine Sache Gott anvertraut hatte, siehe, da kam die Alte hereingestürzt, warf sich meinem Gatten zu Füßen, küßte sie ihm, weinte und rief: ‚O mein Sohn, bei meiner Pflege an dir und bei meinem Dienst für dich, verzeih dieser Frau; denn wahrlich, sie hat keine Schuld begangen, die ein solches Schicksal verdiente. Du bist noch ein sehr junger Mann, und ich fürchte, du wirst durch sie eine Schuld auf dich laden; denn es heißt: Wer da tötet, der soll getötet werden. Was liegt an dieser buhlerischen Person? Laß sie von dir gehen und vertreib sie aus deinem Sinn und deinem Herzen!' Dann weinte sie und ließ nicht ab, in ihn zu dringen, bis er nachgab und sagte: ‚Ich vergebe ihr; aber ich muß ihr eine Spur aufprägen, die ihr Leben lang auf ihr bleiben soll.' Darauf befahl er den Sklaven, mich über den Boden zu schleifen, mir die Kleider herunterzureißen und mich auszustrecken; und während die Sklaven mich festhielten, holte der Jüngling einen Quittenzweig herbei, fiel damit über meinen Leib her und schlug immerfort auf Rükken und Flanken, bis ich die Besinnung verlor vor der Gewalt der Schläge und am Leben verzweifelte. Da nun befahl er den Sklaven, sie sollten mich gleich nach Einbruch der Dunkelheit forttragen, die Alte mitnehmen, die ihnen den Weg zeigen konnte, und mich in das Haus werfen, das ich früher bewohnt hatte. Und sie taten nach ihres Herrn Geheiß, warfen mich nieder in meinem Hause und gingen ihrer Wege davon. Ich aber blieb in meiner Ohnmacht liegen, bis der Tag anbrach; dann behandelte ich meine Wunden mit Pflastern und Arzneien und suchte meinen Leib zu heilen; aber meine Seiten behielten die Narben der Rute, wie du sie gesehen hast. Doch vier Monate lang lag ich krank und ans Bett gefesselt, bis ich mich endlich erholte und gesund wurde. Dann ging ich zu dem Hause, in dem mir all dies widerfahren war, und ich fand es verwüstet; die Straße war von Anfang bis Ende niedergerissen, und an der Stätte des Hauses lagen Schutthaufen; wie das geschehen war, konnte ich nicht erfahren. Da ging ich zu dieser meiner Schwester von Vaters Seite und fand bei ihr diese beiden schwarzen Hündinnen. Ich grüßte sie und berichtete ihr, was mir widerfahren war, und erzählte ihr meine ganze Geschichte; sie erwiderte: ‚Liebe Schwester, wer ist's, der den Unbilden der Zeit entronnen wäre? Dank sei Allah, daß du mit dem Leben davongekommen bist.' Und sie sprach:

Das Schicksal ist immer so. Ertrage es mit Geduld,
Verlierst du dein Gut oder mußt du vom Geliebten dich trennen!

Dann erzählte sie mir ihre eigene Geschichte und alles, was ihr mit ihren Schwestern widerfahren war und wie sie verwandelt waren; und wir lebten zusammen, ohne daß wir je wieder von der Ehe sprachen. Nach einer Weile aber schloß sich uns diese Dame an, die Wirtschafterin, die jeden Morgen ausgeht und uns alle Dinge einkauft, deren wir für den Tag und die Nacht bedürfen; und so lebten wir bis zum gestrigen Tage. An ihm ging unsere Schwester wie gewöhnlich aus, um für uns einzukaufen; und dann geschah, was uns geschah, durch die Ankunft des Lastträgers und dieser drei Bettelmönche. Wir plauderten mit ihnen, ließen sie zu uns hereinkommen und bewirteten sie freigebig; doch es war erst ein kleiner Teil der Nacht verstrichen, da kamen drei ehrenwerte Kaufleute aus Mosul zu uns und erzählten uns ihre Geschichte. Wir plauderten mit ihnen, aber nur unter einer Bedingung, die sie verletzten; da behandelten wir sie gemäß ihrem Vertrauensbruch. Doch fragten wir sie alle nach ihren Erlebnissen; und sie berichteten uns ihre Geschichte und was ihnen widerfahren war. Daraufhin verziehen wir ihnen; so gingen sie von uns, und heute morgen wurden wir unerwartet vor dich geführt. Und das ist unsere Geschichte!'

Der Kalif aber staunte darüber und befahl, daß die Erzählung aufgezeichnet und in seinem Archiv niedergelegt würde. – – «

Da bemerkte Schehrezâd, daß der Morgen begann, und sie hielt in der verstatteten Rede an. Doch als die *Neunzehnte Nacht* anbrach, fuhr sie also fort: »Es ist mir berichtet worden, o glücklicher König, daß der Kalif befahl, diese ganze Geschichte in den Chroniken aufzuzeichnen und im königlichen Archiv niederzulegen. Dann aber fragte er das älteste Mädchen: ‚Weißt du, wo die Dämonin ist, die deine Schwestern verzauberte?' Sie erwiderte: ‚O Beherrscher der Gläubigen, sie gab mir eine Locke ihres Haares und sagte: Wenn du je wünschest, daß ich erscheine, so verbrenne eins von diesen Haaren, und ich werde unverzüglich bei dir sein, wäre ich auch jenseits des Berges Kaf.' Da sprach der Kalif: ‚Bring mir das Haar!' Die Dame brachte es; und der Kalif nahm es und verbrannte es. Als aber der Duft des brennenden Haares aufstieg, da erbebte der Palast; man hörte ein Rauschen und Krachen, und siehe, da erschien die Dämonin. Da sie eine Muslimin war, so sprach sie: ‚Friede sei mit dir, o Stellvertreter Allahs!'; und er erwiderte: ‚Auch mit dir sei Friede und Allahs Gnade und sein Segen!' Dann fuhr sie fort: ‚Wisse, dies Mädchen säte für mich die Saat der Güte, und ich kann es ihr nicht genug vergelten, denn sie rettete mich vom Tode und tötete meinen Feind. Nun hatte ich gesehen, wie ihre Schwestern gegen sie gehandelt hatten, und ich sah es als meine Pflicht an, Rache an ihnen zu nehmen. Erst wollte ich beide töten; doch ich besorgte, das könnte ihr zu schwer zu ertragen sein, und so verzauberte ich sie in Hündinnen. Jetzt aber, wenn du ihre Befreiung wünschest, o Beherrscher der Gläubigen, so will ich sie dir und ihr zu Gefallen befreien; denn ich gehöre zu den Muslimen.' Der Kalif antwortete: ‚Befreie sie, und nachher wollen wir uns mit der Sache der geschlagenen Dame befassen und alles genau untersuchen; wenn sie sich als wahr erweist, so will ich an dem, der ihr unrecht tat, Vergeltung für sie üben.' Die Dämonin fuhr fort: ‚O Beherrscher der Gläubigen, ich will sie befreien und will dir auch den entdecken, der an diesem Mädchen also handelte und ihr unrecht tat und ihr nahm, was sie besaß; denn er steht dir von allen Menschen am nächsten!' Darauf nahm die Dämonin eine Schale Wassers und sprach einen Zauber darüber und murmelte Worte, die ich nicht verstand; und sie besprengte die Gesichter der Hündinnen und sagte: ‚Kehret in eure frühere menschliche Gestalt zurück!' Da kehrten sie in die Gestalt zurück, die sie früher gehabt hatten. Dann sprach die Dämonin: ‚O Beherrscher der Gläubigen, wahrlich, der dieses Mädchen schlug, ist dein Sohn el-Amîn, der Bruder von el-Ma'mûn; er hatte von ihrer Schönheit und Anmut gehört, und er brauchte eine List gegen sie und vermählte sich mit ihr nach dem Gesetz. Ihm kann man keine Schuld vorwerfen, wenn er sie schlug; denn er erlegte ihr eine Bedingung auf und nahm ihr einen feierlichen Eid ab, eines nicht zu tun. Sie aber brach ihr Gelübde, und da wollte er sie töten; doch er fürchtete Allah den Erhabenen, geißelte sie in dieser Weise und schickte sie in ihr Haus zurück. Dies ist die Geschichte des zweiten Mädchens; doch Allah weiß es am besten.' Als der Kalif diese Worte der Dämonin hörte und erfuhr, wer das Mädchen geschlagen hatte, geriet er in höchstes Staunen und sagte: ‚Preis sei Allah, dem

Erhabenen und Allmächtigen, der mir gnädig war und bewirkte, daß diese beiden Mädchen von der Verzauberung und der Folter befreit wurden, und der mich in Seiner Gnade bekannt machte mit der Geschichte dieses Mädchens! Jetzt will ich, bei Allah, eine Tat tun, die man nach meinem Tode aufzeichnen wird.' Darauf ließ er seinen Sohn el-Amîn holen und fragte ihn nach der Geschichte des zweiten Mädchens; und der erzählte alles der Wahrheit gemäß. Dann ließ der Kalif die Kadis und die Zeugen vor sich rufen, ebenso die drei Mönche und das erste Mädchen mit ihren Schwestern, die verzaubert gewesen waren; und er vermählte die drei mit den drei Bettelmönchen, die ja berichtet hatten, daß sie Könige wären, und ernannte diese zu Kammerherren an seinem Hofe und teilte ihnen Einkünfte zu und alles, dessen sie bedurften, und gab ihnen Wohnung im Palast zu Baghdad. Und das Mädchen mit den Narben gab er seinem Sohne el-Amîn zurück, und er erneuerte zwischen ihnen die Ehe und gab ihr großen Reichtum und ließ das Haus noch schöner als zuvor von neuem erbauen. Er selber jedoch nahm zur Gemahlin die Wirtschafterin und schlief in selbiger Nacht mit ihr; und am nächsten Tage bestimmte er ihr ein Haus und Sklavinnen zu ihrem Dienst, setzte Einkünfte für sie fest und gab ihr einen Platz unter seinen Gemahlinnen. Das Volk staunte ob der Großmut des Kalifen, seiner natürlichen Wohltätigkeit und seiner Weisheit; der Kalif aber wiederholte den Befehl, man solle alle diese Geschichten in seine Annalen eintragen.« – –

Da sprach Dinazâd zu ihrer Schwester Schehrezâd: »O Schwester, bei Allah, dies ist eine schöne und anmutige Geschichte, dergleichen man noch nie gehört hat. Doch, bitte, erzähle mir jetzt noch eine neue Geschichte, um den Rest der wachen Stunden dieser Nacht uns zu vertreiben!« Sie erwiderte: »Mit größter Freude, wenn der König es mir erlaubt.« Der König aber sagte: »Erzähle deine Geschichte, und erzähle sie bald!« So begann Schehrezâd

DIE GESCHICHTE VON DEN DREI ÄPFELN

Man erzählt, o größter König der jetzigen Zeit, der dem Jahrhundert und Weltalter seinen Namen leiht, daß der Kalif Harûn er-Raschîd eines Nachts seinen Wesir Dscha'far rufen ließ und zu ihm sagte: ‚Ich möchte hinuntergehen in die Stadt und die Leute des Volks befragen über die, so mit ihrer Leitung betraut sind; und jeden, über den sie klagen, wollen wir seines Amtes entsetzen, und wen sie loben, den wollen wir befördern.' Dscha'far erwiderte: ‚Ich höre und gehorche!' So zog nun der Kalif mit Dscha'far und Masrûr hinab in die Stadt, und sie gingen durch die Basare und Straßen. Und als sie durch eine enge Gasse schritten, sahen sie einen sehr alten Mann mit einem Fischnetz und einem Korb auf dem Kopfe und einem Stab in der Hand; und indem er langsam dahinging, sprach er die Verse:

> *Sie sagen zu mir wohl: ‚Du bist in der Welt*
> *Durch dein Wissen gleichwie die mondhelle Nacht.'*
> *Ich sag: ‚Laßt mich mit euren Reden in Ruh;*
> *Das Wissen bedeutet doch nichts ohne Macht!*
> *Verpfändet man mich und mein Wissen mit mir,*
> *Dazu jedes Buch und das Tintengerät*
> *Um Brot eines Tages – das Pfand käm zurück,*
> *Man würf's zum Papier, darauf Abweisung steht.*
> *Der Arme –, o sehet, des Armen Geschick,*
> *Das Leben des Armen, wie trüb ist es doch!*
> *Im Sommer, da fehlt ihm das tägliche Brot,*
> *Im Winter wärmt er sich am Kohlentopf noch.*
> *Die Hunde der Straße stehn auf gegen ihn,*
> *Und jeder Gemeine schreit schimpfend ihn an;*

> *Wenn er seine Lage bei jemand beklagt,*
> *So tut ihn ein jeglich Geschöpf in den Bann.*
> *Kommt nur solch ein Los auf den Armen herab,*
> *So wär es das beste, er läge im Grab!'*

Als der Kalif seine Verse hörte, sprach er zu Dscha'far: ‚Sieh diesen armen Mann und höre sein Lied; denn wahrlich, das deutet auf seine Not!' Dann wandte der Kalif sich zu dem Alten und fragte: ‚O Scheich, was ist dein Gewerbe?' Jener erwiderte: ‚O Herr, ich bin ein Fischer, und ich habe daheim Weib und Kind. Um Mittag ging ich von Hause fort und bin bis jetzt unterwegs; aber Allah hat mir nichts zuerteilt, womit ich den Meinen Brot schaffen könnte. Ich bin des Lebens überdrüssig und sehne mich nach dem Tode.' Da sprach der Kalif: ‚Willst du mit uns zum Tigris zurückkehren, am Ufer stehen und auf mein Glück hin dein Netz auswerfen? Was auch heraufkommt, ich will es um hundert Goldstücke von dir kaufen.' Der Alte freute sich, als er diese Worte hörte, und rief: ‚Gern will ich mit euch zurückgehen.' Darauf kehrte der Fischer mit ihnen zum Flusse zurück, warf sein Netz aus und wartete eine Weile; als er dann die Stricke einzog und das Netz ans Ufer holte, lag eine Kiste darin, verschlossen und schwer an Gewicht. Wie der Kalif die erblickte, faßte er sie an und fand, daß sie sehr schwer war. Da gab er dem Fischer hundert Dinare, und der ging seiner Wege; Masrûr und Dscha'far aber hoben die Kiste auf und trugen sie hinter dem Kalifen in den Palast. Dort zündeten sie Kerzen an. Und als nun die Kiste vor dem Kalifen stand, gingen Dscha'far und Masrûr daran und brachen sie auf; sie fanden darin einen Korb aus Palmblättern, der mit roten Wollfäden zugenäht war. Den schnitten sie auf und erblickten in ihm ein Stück Teppich; und als sie dies aufhoben, fanden sie einen Frauenmantel, und in ihm sahen sie einen jungen

Frauenkörper, der schön war wie ein Barren Silbers, aber tot und zerstückelt. Als der Kalif dies erblickte, war er tief betrübt, und die Tränen rannen ihm auf die Wange herab; er wandte sich aber zu Dscha'far und sagte: ‚Du Hund von Wesir, sollen da Menschen unter meiner Herrschaft ermordet und in den Fluß geworfen werden, so daß ich am Tage des Gerichts ihretwegen zur Verantwortung gezogen werde? Bei Allah, ich muß diese Frau an ihrem Mörder rächen, und ich will ihn des ärgsten Todes sterben lassen!' Und er sagte ferner zu Dscha'far: ‚So wahr ich von dem Kalifen aus dem Hause des 'Abbâs abstamme, wenn du uns den nicht bringst, der sie ermordet hat, damit ich sie an ihm rächen kann, so werde ich dich am Tore meines Palastes aufhängen lassen, dich und vierzig deiner Vettern.' Und der Kalif war von heftigem Zorn entflammt. Da trat Dscha'far vor ihm zurück und bat ihn: ‚Gib mir drei Tage Frist!' Der Kalif erwiderte: ‚Ich gewähre sie dir.' Nun ging Dscha'far betrübt zur Stadt hinab, indem er bei sich selber sprach: ‚Wie soll ich in Erfahrung bringen, wer diese Frau ermordet hat, daß ich ihn vor den Kalifen bringen kann? Bringe ich ihm einen andern als den Mörder, so werde ich dereinst für ihn zur Verantwortung gezogen werden. Ich weiß nicht, was ich tun soll.' Dann blieb er drei Tage zu Hause; und am vierten Tage schickte der Kalif einen der Kammerherren, um ihn zu holen. Und als er vor den Kalifen trat, fragte dieser: ‚Wo ist der Mörder der Frau?' Dscha'far erwiderte: ‚O Beherrscher der Gläubigen, bin ich der Hüter der Ermordeten, daß ich ihren Mörder kennen müßte?' Da ward der Kalif zornig und befahl, ihn vor dem Palaste aufzuhängen; ferner befahl er einem Rufer, in den Straßen von Baghdad auszurufen: ‚Wer da sehen möchte, wie Dscha'far, der Barmekide, der Wesir des Kalifen, mit vierzig der Barmekiden, seinen Vettern, vor dem Tore des

Kalifenpalastes gehängt wird, der möge kommen und es sich ansehen!' Das Volk strömte herbei aus allen Teilen der Stadt, um zu sehen, wie Dscha'far und seine Vettern gehängt würden; doch niemand wußte, warum sie hingerichtet werden sollten. Derweilen errichtete man die Galgen und stellte die Verurteilten unter ihnen zur Hinrichtung auf; man wartete nur noch darauf, daß der Kalif durch das bestimmte Zeichen den Befehl geben würde. Das Volk aber weinte um Dscha'far und seine Vettern. Da kam plötzlich ein Jüngling, schön von Angesicht und mit schneeweißen Kleidern angetan; sein Antlitz glich dem Mondenschein, sein Auge dem schwarzen Edelstein, seine Stirn war glänzend rein, rot seine Wangen, von zartgrauem Flaum umfangen, drin sah man ein Mal wie ein Amberkörnchen prangen. Er bahnte sich unermüdlich einen Weg durch die Menge, bis er vor Dscha'far stand; da rief er: ,Du bist gerettet aus dieser Pein, o du der Emire Herr, der Armen Hort und Wehr! Ich bin es, der jene, die ihr tot in der Kiste gefunden habt, ermordete. Man hänge mich auf und sühne sie an mir!' Als Dscha'far die Worte und das Geständnis des Jünglings hörte, freute er sich über seine eigene Rettung, aber er trauerte um den schönen Jüngling; und während sie noch sprachen, siehe, da drängte sich ein uralter, hochbetagter Greis durch die Menge, und er bahnte sich einen Weg durch die Massen, bis er zu Dscha'far und dem Jüngling kam. Er grüßte sie und sprach: ,O du Wesir, der Fürsten ragende Zier, glaube den Worten dieses Jünglings nicht! Denn niemand hat die Frau ermordet als ich; sühne sie an mir! So du es nicht tust, werde ich dich vor Allah dem Erhabenen zur Rechenschaft ziehen.' Aber der Jüngling sprach: ,O Wesir, dies ist ein alter Greis, der faselt und nicht weiß, was er sagt; ich bin es, der sie ermordet hat, also sühne sie an mir.' Der Alte rief: ,O mein Sohn, du bist jung und liebst die Welt, ich aber bin alt und bin der Welt überdrüssig; ich will mein Leben als Lösegeld für dich darbringen und für den Wesir und seine Vettern. Niemand hat die Frau ermordet als ich; darum beschwöre ich euch bei Gott, hängt mich sofort auf! Denn mir bleibt kein Leben, da ihres dahin ist.' Als der Wesir dies alles erlebte, erstaunte er, und er nahm den Jüngling und den Alten und führte sie beide vor den Kalifen. Er küßte den Boden und sprach: ,O Beherrscher der Gläubiger, ich bringe dir den Mörder der Frau!' Der Kalif fragte: ,Wo ist er?' Dscha'far antwortete: ,Dieser Jüngling sagt: ich bin der Mörder; doch dieser Alte straft ihn Lügen und sagt: ich bin der Mörder; und siehe, hier stehen die beiden vor dir!' Da sah der Kalif den Alten und den Jüngling an und fragte: ,Wer von euch hat jene Frau getötet?' Der Jüngling erwiderte: ,Ich'; und der Alte: ,Niemand hat sie getötet als ich.' Da befahl der Kalif dem Dscha'far: ,Nimm sie und laß sie alle beide aufhängen'; doch nun warf Dscha'far ein: ,Da nur einer von ihnen der Mörder ist, so wäre es ein Unrecht, den andern zu hängen.' Der Jüngling aber rief: ,Bei dem, der die Himmelsfeste errichtete und die Erde hinbreitete wie einen Teppich: ich bin es, der die Frau getötet hat! Und dies ist die Art, wie sie zu Tode kam.' Als er dann schilderte, was der Kalif gefunden hatte, war dieser überzeugt, daß der Jüngling der Mörder der Frau war. Er wunderte sich aber darüber, wie es um die beiden stehen mochte, und fragte: ,Aus welchem Grunde hast du diese Frau so unmenschlich zu Tode gebracht? Und aus welchem Grunde hast du den Mord eingestanden ohne Bastonade, bist selbst hierher gekommen und sprichst: sühnet sie an mir?' Da erwiderte der Jüngling: ,Wisse, o Beherrscher der Gläubigen, diese Frau war mein Weib und meine Base; und dieser Alte ist ihr Vater, er ist der Bruder meines Vaters. Ich vermählte mich mit ihr, als sie noch Jungfrau war, und Allah segnete mich durch sie mit drei männlichen Kindern; sie liebte mich und diente mir, und ich sah nichts Arges in ihr, denn auch ich war ihr in herzlicher Liebe zugetan. An dem ersten Tage dieses Monats nun verfiel sie in eine schwere Krankheit, und ich rief Ärzte zu ihr; aber die Genesung kam nur ganz langsam. Dann wollte ich sie ins Bad führen, aber sie sagte: ‚Ich wünsche etwas, ehe ich in das Bad gehe, und ich habe danach ein großes Verlangen.' Ich sprach: ‚Ich höre und gehorche; was ist es?' Sie antwortete: ‚Mich verlangt nach einem Apfel, um an ihm zu riechen und ein bißchen davon zu beißen.' Auf der Stelle ging ich in die Stadt und suchte nach Äpfeln, aber ich konnte keine finden; und doch, hätte auch ein einziger ein Goldstück gekostet, ich hätte ihn gekauft. Da war ich betrübt, ging nach Hause und sagte: ‚O Tochter meines Oheims, bei Allah, ich kann keinen finden!' Und sie war sehr enttäuscht, denn sie war noch schwach, und ihre Schwäche nahm stark zu in jener Nacht; so verbrachte ich die Nacht in Sorgen. Als der Morgen dämmerte, ging ich wiederum von Hause fort, zog von Garten zu Garten, fand aber nirgends Äpfel. Schließlich traf ich einen alten Gärtner, den fragte ich nach Äpfeln, und er erwiderte: ‚Mein Sohn, diese Frucht ist selten zu finden, und jetzt fehlt sie hier ganz; sie findet sich nur noch in dem Garten des Beherrschers der Gläubigen zu Basra, wo der Gärtner sie für den Kalifen hält.' Nun kehrte ich nach Hause zurück; und meine große Liebe zu meinem Weibe trieb mich dazu, daß ich mich zur Reise entschloß und mich rüstete. Ich machte mich auf und wanderte fünfzehn Tage und Nächte hinaus und wieder nach Hause, und ich brachte ihr drei Äpfel, die ich von dem Gärtner in Basra für drei Dinare erstanden hatte. Aber als ich eintrat und sie ihr reichte, hatte sie keine Freude an ihnen und ließ sie beiseite liegen; denn ihre Schwäche und ihr Fieber hatten zugenommen, und ihre Krankheit dauerte unvermindert noch zehn Tage lang, dann erst wurde sie langsam gesund. So verließ ich das Haus und begab mich in meinen Laden und saß dort beschäftigt mit meinem Kaufmannsberufe. Während ich nun um Mittag dasaß, siehe, da ging ein schwarzer Sklave an mir vorbei; der hielt in seiner Hand einen der drei Äpfel und spielte damit. Ich rief ihn an: ‚Mein guter Sklave, woher hast du diesen Apfel? Ich möchte mir einen gleichen kaufen.‘ Da lachte er und sagte: ‚Den habe ich von meiner Geliebten erhalten; denn ich war fortgewesen, und als ich wiederkam, fand ich sie krank und neben ihr drei Äpfel. Da sagte sie zu mir: ‚Mein Mann, der Hahnrei, hat ihretwegen eine Reise nach Basra gemacht und sie für drei Dinare erstanden. So nahm ich den einen davon.‘ Als ich diese Worte von dem Sklaven hörte, o Beherrscher der Gläubigen, da wurde die Welt mir vor den Augen schwarz; ich stand auf, verschloß meinen Laden und ging nach Hause, außer mir vor rasender Wut. Und ich sah nach den Äpfeln, fand aber nur zwei; da fragte ich mein Weib: ‚Wo ist der dritte?‘ Sie antwortete: ‚Ich weiß es wirklich nicht!‘ Da war ich überzeugt, daß der Sklave die Wahrheit gesprochen hatte; und ich nahm ein Messer und trat von hinten an sie heran, sagte kein Wort, sprang ihr auf die Brust, stieß ihr das Messer in den Hals und schnitt ihr den Kopf ab. Dann legte ich sie eilends in einen Korb, nachdem ich sie mit einem Frauenmantel bedeckt, ihn zugenäht und auch noch ein Stück Teppich auf sie gelegt hatte. Das Ganze tat ich in eine Kiste, verschloß sie und lud sie auf mein Maultier; und ich warf sie mit eigenen Händen in den Tigris. Ich beschwöre dich bei Allah, o Beherrscher der Gläubigen, laß mich sofort hängen! Denn ich fürchte, sie wird mich zur Verantwortung ziehen am Tage des

Gerichts. Als ich sie nämlich in den Tigris geworfen hatte, ohne daß jemand davon wußte, ging ich nach Hause und fand meinen ältesten Sohn in Tränen, und doch wußte er nichts von dem, was ich an seiner Mutter begangen hatte. Ich fragte ihn: ‚Worüber weinest du, mein Sohn?' Er erwiderte: ‚Ich hatte mir einen der Äpfel genommen, die bei der Mutter lagen, und ich ging mit ihm hinunter auf die Straße, um mit den Brüdern zu spielen; da kam ein langer schwarzer Sklave und riß ihn mir weg und sagte: ‚Woher hast du den?' Ich sagte: ‚Mein Vater hat eine Reise darum gemacht und ihn aus Basra geholt für meine Mutter, und die ist krank; er hat drei Äpfel für drei Dinare gekauft.' Er aber behielt den Apfel und kümmerte sich nicht um mein Bitten. Dann bat ich ihn zum zweiten und zum dritten Male; aber er kümmerte sich nicht um mich, ja, er schlug mich und ging mit dem Apfel davon. Doch ich hatte Angst, die Mutter würde mich um des Apfels willen schlagen, und so ging ich mit den Brüdern aus Furcht vor ihr zur Stadt hinaus und blieb dort, bis es Abend wurde; und ich habe immer noch Angst vor ihr. Bei Allah, o mein Vater, sag ihr nichts davon; sonst wird ihr Leiden wohl noch schlimmer!' Als ich aber hörte, was der Knabe sagte, da wußte ich, daß der Sklave mein Weib gemein verleumdet hatte; und es wurde mir zur Gewißheit, daß ich mit ihrer Ermordung ein großes Unrecht begangen hatte. Darauf weinte ich bitterlich; und alsbald trat dieser Alte, mein Vaterbruder und ihr Vater, zu mir ein. Ihm berichtete ich, was geschehen war; und er setzte sich neben mir nieder und weinte, und wir hörten nicht auf zu weinen bis Mitternacht. Seit fünf Tagen klagen wir um sie und trauern darüber, daß sie zu Unrecht getötet wurde. All das kommt nur von dem Sklaven her, und er ist die Ursache ihres Todes. Doch ich beschwöre dich bei der Ehre deiner Väter, töte mich sofort!

Ich mag nach ihrem Tode nicht mehr leben. Sühne sie an mir!'
Als der Kalif die Worte des Jünglings hörte, staunte er und
sprach: ,Bei Allah, ich will niemand hängen lassen als den verfluchten Sklaven, und ich will eine Tat tun, die soll dem Kranken Heilung bringen und des allglorreichen Königs Gefallen
erringen.' – –«

Da bemerkte Schehrezâd, daß der Morgen begann, und sie
hielt in der verstatteten Rede an. Doch als die *Zwanzigste Nacht*
anbrach, fuhr sie also fort: »Es ist mir berichtet worden, o glücklicher König, daß der Kalif schwur, er werde niemanden hängen lassen als den Sklaven; denn der Jüngling sei entschuldbar.
Darauf wandte er sich zu Dscha'far und sprach zu ihm: ,Schaff
mir diesen verfluchten Sklaven zur Stelle, von dem dies Verhängnis ausgegangen ist! Schaffst du ihn nicht herbei, so wirst
du an seiner Statt sterben.' Dscha'far ging weinend davon, indem er bei sich sprach: ,Zwei Tode drohten mir schon, aber nicht
allweil bleibt der Krug heil. In dieser Sache wird menschliche
Klugheit zuschanden; nur Er, der mich das erste Mal rettete,
kann mich auch zum zweiten Male retten. Bei Allah, ich will
drei Tage lang mein Haus nicht verlassen; dann mag die Gottheit tun, wie es ihr gefällt.' So blieb er drei Tage in seinem
Hause, und am vierten Tage ließ er die Kadis rufen und die
Zeugen, und er setzte seinen letzten Willen auf und nahm weinend Abschied von seinen Kindern. Doch alsbald trat der Bote
des Kalifen bei ihm ein und sagte: ,Der Beherrscher der Gläubigen ist im heftigsten Zorn; er hat nach dir gesandt und geschworen, er wolle diesen Tag nicht verstreichen lassen, ohne
daß er dich gehängt sähe.' Als Dscha'far diese Botschaft hörte,
weinte er, und seine Kinder und Sklaven und alle, die im Hause
waren, weinten mit ihm. Und als er von allen Abschied genommen hatte, außer von seiner jüngsten Tochter, trat er zu

ihr, um auch von ihr Abschied zu nehmen; die liebte er mehr als all seine andern Kinder. Er drückte sie an seine Brust und küßte sie und weinte, daß er sich von ihr trennen mußte; und dabei fühlte er in ihrer Tasche etwas Rundes und fragte sie: ‚Was hast du da in deiner Tasche?' ‚Väterchen,' erwiderte sie, ‚das ist ein Apfel, auf dem der Name unseres Herrn, des Kalifen, geschrieben steht. Raihân, unser Sklave, hat ihn mir vor vier Tagen gebracht, und er wollte ihn mir nicht geben, bis er von mir zwei Dinare dafür erhielt.' Wie Dscha'far von jenem Sklaven und dem Apfel hörte, freute er sich und griff mit der Hand in die Tasche seiner Tochter, zog den Apfel hervor, erkannte ihn und rief: ‚O du, dessen Hilfe so nahe war!' Darauf befahl er, den Sklaven zu bringen, und als dieser kam, sagte er zu ihm: ‚Heda, Raihân! Woher hattest du diesen Apfel?' ‚Bei Allah, Herr,' erwiderte er, ‚wenn die Lüge helfen kann, so kann die Wahrheit doch noch viel besser helfen! Ich habe diesen Apfel nicht aus deinem Palast gestohlen, noch aus dem königlichen Palaste, noch aus dem Garten des Beherrschers der Gläubigen. Die Sache ist so: Vor fünf Tagen ging ich aus, und als ich in eine der Gassen der Stadt kam, sah ich Knaben beim Spiel, und einer von ihnen hatte diesen Apfel. Ich riß ihn ihm weg und schlug ihn, und er weinte und rief: ‚Du Mann, dieser Apfel gehört meiner Mutter, und die ist krank. Sie hatte sich von meinem Vater einen Apfel gewünscht; da ist er nach Basra gereist und hat ihr drei Äpfel für drei Dinare gebracht. Einen davon habe ich mir genommen, um damit zu spielen.' Dann weinte er wieder, aber ich kümmerte mich nicht darum und nahm den Apfel und kam hierher; und meine kleine Herrin kaufte ihn mir ab um zwei Golddinare; das ist die ganze Geschichte.' Als Dscha'far diese Worte hörte, staunte er, daß der Mord des Mädchens und all dies Elend hatte durch seinen Sklaven verursacht werden können; und es tat ihm leid, daß es gerade sein Sklave war, aber er freute sich doch der eigenen Rettung und sprach die Verse:

> *Wenn ein Unheil kommt durch einen Sklaven,*
> *Bringe ihn statt deiner ins Gericht!*
> *Denn du wirst noch viele Diener finden,*
> *Doch ein zweites Leben findst du nicht.*

Dann nahm er den Sklaven bei der Hand und führte ihn vor den Kalifen und erzählte ihm die Geschichte von Anfang bis zu Ende; da geriet der Kalif in höchstes Staunen und lachte, bis er auf den Rücken fiel, und befahl, daß die Geschichte aufgezeichnet und dem Volk bekanntgegeben würde. Dscha'far aber sagte: ‚Staune nicht, o Beherrscher der Gläubigen, über dies Abenteuer, denn es ist nicht wunderbarer als die Geschichte des Wesirs Nûr ed-Dîn 'Alî von Ägypten.' Da sprach der Kalif: ‚Her damit! Aber was könnte seltsamer sein als dies Abenteuer?' Dscha'far erwiderte: ‚O Beherrscher der Gläubigen, ich erzähle sie dir nur unter der einen Bedingung, daß du meinen Sklaven vom Tode begnadigst.' Der Kalif darauf: ‚Wenn sie wunderbarer ist als das, was wir jetzt erlebt haben, so schenke ich dir sein Blut; doch wenn nicht, so werde ich deinen Sklaven töten lassen.' Da begann Dscha'far

DIE GESCHICHTE
DER WESIRE NÛR ED-DÎN UND SCHEMS ED-DÎN

Wisse, o Beherrscher der Gläubigen, es lebte in alter Zeit im Lande Ägypten ein Sultan, ein echtes Vorbild der Gerechtigkeit; den Armen war er ein Vater, die Gelehrten waren seine Berater; er hatte einen Wesir, verständig und klug, der für die Regierung weise Fürsorge trug. Dieser Wesir war ein sehr alter Mann, und er hatte zwei Söhne, die waren wie zwei Monde;

nie wurden ihresgleichen an Schönheit und Anmut gesehen. Der ältere hieß Schems ed-Dîn Mohammed und der jüngere Nûr ed-Dîn 'Alî; aber der jüngere übertraf den älteren an Zartheit und Lieblichkeit, so daß die Bewohner ferner Länder von ihm hörten und nach seinem Lande kamen, um seine Schönheit zu sehen. Nun begab es sich, daß ihr Vater starb; da trauerte der Sultan um ihn, und er bezeugte den beiden Söhnen sein Wohlwollen, zog sie an sich heran, kleidete sie in Ehrengewänder und sagte zu ihnen: ‚Ihr sollt an der Stelle eures Vaters stehen; seid in eurem Herzen nicht betrübt!' Jene freuten sich darob und küßten vor ihm den Boden, und sie hielten die Totenfeier für ihren Vater einen vollen Monat lang; dann aber traten sie ihr Amt als Wesire an, und die Macht ging in ihre Hände über, wie sie in der Hand ihres Vaters gelegen hatte. Sooft der Sultan zu reisen wünschte, reiste einer von den beiden mit ihm. Eines Abends nun, als die Reihe an dem Älteren war, mit dem Sultan zu reisen, geschah es, daß sie miteinander im Gespräch saßen; da sagte der Ältere zu dem Jüngeren: ‚Mein Bruder, es ist mein Wunsch, daß wir beide, ich und du, uns in derselben Nacht vermählen.' ‚Tu, wie du wünschest, mein Bruder,' erwiderte der Jüngere, ‚siehe, ich stimme allem bei, was du sagst.' So wurden sie sich darüber einig. Ferner aber sagte der Ältere zu seinem Bruder: ‚Wenn Allah es so bestimmt, daß wir uns mit zwei Mädchen verloben, uns mit ihnen in derselben Nacht vermählen und sie am selben Tage niederkommen, und wenn durch Allahs Willen dein Weib einen Sohn gebiert und mein Weib eine Tochter, so wollen wir sie einander vermählen, denn sie sind Bruderskinder.' Nun fragte Nûr ed-Dîn: ‚Mein Bruder, was verlangst du von meinem Sohne als Morgengabe für deine Tochter?' Jener antwortete: ‚Ich verlange von deinem Sohne für meine Tochter dreitausend Dinare und drei Gärten und drei Ackergüter; es wäre sehr ungehörig, wenn der Jüngling den Vertrag um weniger schlösse.' Als aber Nûr ed-Dîn diese Forderung hörte, sprach er: ‚Eine solche Brautgabe kannst du dir doch nicht von meinem Sohne ausbedingen! Weißt du nicht, daß wir Brüder sind und durch Allahs Gnade Wesire von gleichem Amt? Es geziemte sich für dich, deine Tochter meinem Sohne ohne Morgengabe darzubieten; und wenn durchaus eine Morgengabe gemacht werden soll, so setze irgendeinen Scheinwert fest für das Auge der Welt. Denn du weißt gar wohl, daß der männliche Sproß wertvoller ist als der weibliche; mein Kind ist ein männliches, und unser Gedächtnis wird durch ihn fortgepflanzt, nicht durch deine Tochter.' ‚Was ist mit ihr?' fragte Schems ed-Dîn. Nûr ed-Dîn antwortete: ‚Unser Gedächtnis unter den Emiren wird nicht durch sie fortgepflanzt werden; aber du willst gegen mich handeln wie jener Mann, von dem erzählt wird, daß er zu seinem Freunde, der zu ihm kam und sich mit einer Bitte an ihn wandte, sagte: Im Namen Allahs, ich will deine Bitte erfüllen, aber morgen! Und als Antwort sprach der Bittsteller den Vers:

Wenn die Erfüllung der Bitten auf ‚Morgen' verschoben wird,
Ist es für den, der versteht, einer Abweisung gleich.'

Da sprach Schems ed-Dîn: ‚Ich sehe, du läßt es an Achtung fehlen, und du hältst deinen Sohn für wertvoller als meine Tochter; es ist kein Zweifel, dir gebricht es an Verstand und an Lebensart. Du erinnerst an das gemeinsame Amt, und doch ließ ich dich nur aus Mitleid am Ministeramt teilnehmen, damit du mir ein Gehilfe und Handlanger wärest, und um dich nicht zu kränken. Aber da du so redest, bei Allah, so will ich nie und nimmer meine Tochter mit deinem Sohne vermählen, nicht einmal, wenn du sie mit Gold aufwägen würdest.' Als Nûr ed-Dîn seines Bruders Worte hörte, ergrimmte er und sprach: ‚Auch ich werde nie und nimmer meinen Sohn mit deiner Tochter vermählen.' Schems ed-Dîn aber rief darauf: ‚Ich gäbe nie meine Zustimmung dazu, daß er ihr Gatte würde! Stände ich nicht im Begriff, eine Reise anzutreten, ich würde an dir ein Exempel statuieren; aber kehre ich von meiner Reise heim, so sollst du sehen, und ich will dir zeigen, was meine Würde erheischt.' Als Nûr ed-Dîn solche Worte von seinem Bruder hörte, ward er von Zorn erfüllt und wie von Sinnen; aber er verbarg seine Empfindungen. Beide Brüder verbrachten die Nacht getrennt voneinander. Als dann der Morgen dämmerte, zog der Sultan aus im Prunk und fuhr hinüber von Kairo nach Gîze und machte sich auf nach den Pyramiden, begleitet von dem Wesir Schems ed-Dîn. Was aber seinen Bruder Nûr ed-Dîn betrifft, so verbrachte er jene Nacht im grimmigsten Zorn; und als der Morgen dämmerte, erhob er sich, sprach das Morgengebet und ging zu seiner Schatzkammer. Dort nahm er eine kleine Satteltasche, füllte sie mit Gold, und indem er an die Worte seines Bruders und die Verachtung, die er ihm bezeugt hatte, dachte, sprach er diese Verse:

Reise! Du findest Ersatz für ihn, von dem du dich trennest.
Mühe dich ab! Denn die Süße des Lebens besteht in der Mühe.
Das Stillesitzen, deucht mich, bringt weder Ansehn noch Einsicht,
Nein, nur ein kümmerlich Dasein; drum lasse die Heimat und ziehe!
Ich habe gesehn, wie die Ruhe des Wassers ihm Fäule bringet;
Doch fließt es, so ist es frisch; wo nicht, bleibt's trübe stehen.
Nähme der Mond nicht ab, so würde das Auge des Menschen
Nicht immerdar auf ihn schauen, um seine Zeichen zu sehen.
Verließe der Löwe nicht sein Lager, er fänd keine Beute;
Verließe der Pfeil nicht den Bogen, er würde sein Ziel nicht erreichen.
Bleibet das Gold in der Mine, so gleicht es doch nur dem Staube;
Und Aloe ist in der Erde dem Brennholze zu vergleichen.
Doch geht dies in die Ferne, so ist es kostbar an Wert,
Und Aloe wird in der Ferne noch höher als Gold geehrt.

Als er sein Lied geendet hatte, befahl er einem seiner jungen Diener, er solle die nubische Maultierstute mit ihrem gepolsterten Sattel bedecken; sie war ein stahlgraues Tier, ihren Rücken sah man, einer hohen Kuppel vergleichbar, sich emporrecken; ihr Sattel war aus Gold, ihre Steigbügel waren aus Indien gebracht, auf ihr lag eine Schabracke von persischer Pracht, und sie glich einer Braut, geschmückt für die Hochzeitsnacht. Auch befahl er ihm, eine seidene Decke auf den Sattel zu legen und darüber einen Gebetsteppich, die Satteltaschen aber so, daß sie unter dem Gebetsteppich zu beiden Seiten herunterhingen. Darauf sagte er zu dem Diener und den Sklaven: ‚Ich gedenke einen Ausflug zu machen außerhalb der Stadt, und zwar will ich in die Gegend von Kaljûb reiten; drei Nächte werde ich draußen nächtigen, und keiner von euch folge mir, denn meine Brust fühlt sich beklommen!' Eilends bestieg er die Maultierstute und ritt, versehen mit etwas Wegzehrung, aus Kairo hinaus und in das offene Land hinein. Kaum war es Mittag, da zog er schon in die Stadt Bilbais ein, wo er abstieg, sich ausruhte, auch sein Maultier ruhen ließ und einiges von seiner Zehrung zu sich nahm. Und er kaufte in Bilbais Essen für sich und Futter für die Stute, und dann ritt er von neuem in die Wüste hinaus. Und kaum war es Nacht, da kam er in einen Ort, der es-Sa'djje hieß; dort brachte er die Nacht zu. Er nahm ein wenig von seiner Wegzehrung und aß es; dann legte er die Satteltaschen als Kopfkissen hin, breitete die Decke aus und schlief im Freien, immer noch vom Zorne beherrscht. So verbrachte er die Nacht. Als aber der Morgen dämmerte, stieg er auf und ritt weiter auf seinem Maultier so lange, bis er die Stadt Aleppo erreichte, wo er in einer der Herbergen abstieg und drei Tage blieb, um sich und dem Maultier Ruhe zu gönnen und die Luft zu genießen. Dann entschied er sich, weiterzureisen, bestieg wiederum sein Maultier und zog dahin, ohne zu wissen, wohin er sich begab; er reiste ohne Aufenthalt, bis er die Stadt Basra erreicht hatte, aber er wußte nicht, wo er war. Er kehrte in einem Chân ein, nahm die Satteltasche von dem Maultier herunter und breitete den Teppich aus; das Tier übergab er samt dem Geschirr dem Pförtner, damit er es herumführe. Der nahm es und führte es herum. Nun aber traf es sich, daß der Wesir von Basra am Fenster seines Palastes saß; und er sah das Maultier und das kostbare Geschirr an ihm und glaubte, dies sei ein Parademaultier, wie Wesire und Könige es reiten; und er dachte darüber nach, und sein Sinn ward ganz bezaubert. Schließlich sagte er zu einem seiner Diener: ‚Bring mir den Pförtner da!‘ Der Diener ging und brachte den Pförtner; der trat heran und küßte den Boden vor dem Wesir, der ein hochbetagter Mann war. Darauf fragte dieser den Pförtner: ‚Wer ist der Besitzer dieses Maultiers, und was für ein Mann ist er?‘ Jener erwiderte: ‚O Herr, der Besitzer dieses Maultiers ist ein junger Mann von angenehmen Wesen, ein ernster und feiner, wohl von den Kaufleuten einer.‘ Als der Wesir die Worte des Pförtners gehört hatte, stand er flugs auf, bestieg sein Roß und ritt zum Chân, um den Jüngling zu besuchen. Wie aber Nûr ed-Dîn den Wesir kommen sah, stand er auf, ging ihm entgegen und begrüßte ihn. Der Wesir hieß ihn willkommen, stieg ab von seinem Roß, umarmte ihn, ließ ihn an seiner Seite sitzen und fragte: ‚Mein Sohn, von wannen kommst du, und was suchest du?‘ ‚Hoher Herr,‘ versetzte Nûr ed-Dîn, ‚ich komme aus der Stadt Kairo, in der mein Vater weiland Wesir war; aber er ist zu der Barmherzigkeit Allahs des Erhabenen eingegangen‘; und er erzählte ihm alles, was ihm widerfahren war, von Anfang bis zu Ende, und fügte hinzu: ‚Ich habe bei mir beschlossen, nie wieder heimzukehren, bis ich alle Städte und Länder besucht habe.' Als aber der Wesir seine Worte vernahm, sprach er zu ihm: ‚Mein Sohn, höre nicht auf die Stimme der Leidenschaft, daß sie dich nicht ins Verderben stürze! Denn wahrlich, viele Länder sind wüste Strecken, und ich bin um dich besorgt wegen der Wechselfälle der Zeit.' Darauf ließ er die Satteltaschen, die Decke und den Teppich auf das Maultier laden und nahm Nûr ed-Dîn mit sich in sein eigenes Haus; dort gab er ihm ein schönes Zimmer und erwies ihm Ehren und Wohltaten, da er ihn sehr liebgewonnen hatte. Und er sagte zu ihm: ‚Mein Sohn, hier lebe ich, ein alter Mann, und ich habe keinen Sohn, aber Allah hat mich mit einer Tochter gesegnet, die dir an Schönheit gleichkommt; und ich habe viele, die um sie freiten, abgewiesen. Aber die Liebe zu dir hat mein Herz erfaßt; willst du also meine Tochter als deine Dienerin annehmen und ihr Ehgemahl werden? Wenn du dazu bereit bist, so will ich mit dir hinaufgehn zum Sultan von Basra und will ihm sagen, daß du der Sohn meines Bruders bist, und ich werde dich ihm vorstellen, um dich zum Wesir an meiner Statt zu machen; ich selbst aber werde dann ruhig in meinem Hause bleiben, denn ich bin ein alter Mann geworden.' Als Nûr ed-Dîn die Worte des Wesirs von Basra vernommen hatte, neigte er bescheiden das Haupt und sagte: ‚Ich höre und gehorche!' Da freute sich der Wesir und hieß seine Diener ein Festmahl richten und die große Empfangshalle schmücken, darin man die Hochzeiten der Emire zu feiern pflegte. Dann versammelte er seine Freunde und lud die Vornehmen des Reiches und die Kaufleute von Basra ein; und als alle vor ihm standen, sprach er zu ihnen: ‚Ich hatte einen Bruder, der war Wesir im Lande Ägypten, und Allah segnete ihn mit zwei Söhnen, während er mir, wie ihr wohl wißt, eine Tochter schenkte. Nun hatte mein Bruder mir ans Herz gelegt, meine Tochter mit einem seiner

Söhne zu vermählen, und ich versprach es ihm; und als dann die Zeit zur Vermählung da war, schickte er mir einen seiner Söhne, diesen Jüngling hier. Da er nun also zu mir gekommen ist, bin ich bereit, den Ehevertrag zwischen ihm und meiner Tochter aufzusetzen und seine Hochzeit mit ihr in meinem Hause zu feiern; denn er steht mir näher als ein Fremder; und später soll er, wenn er will, bei mir bleiben, oder wenn er zu reisen wünscht, so will ich ihn und sein Weib zu seinem Vater senden.' Da erwiderten sie alle: ,Vortrefflich ist dein Entschluß'; sie sahen sich darauf nach dem Bräutigam um, und als sie ihn erblickten, fanden sie Gefallen an ihm. So schickte denn der Wesir nach den Kadis und den Zeugen, und sie setzten den Vertrag alsbald auf. Und die Diener beräucherten die Gäste mit Weihrauch, setzten ihnen Zuckerscherbett vor und sprengten Rosenwasser über sie hin; dann gingen alle ihres Weges. Der Wesir aber befahl seinen Dienern, Nûr ed-Dîn in das Bad zu führen, und er gab ihm eines seiner eigenen kostbaren Kleider, schickte ihm Tücher und Schalen und Räucherpfannen und alles, dessen er bedurfte. Als der Jüngling nach dem Bade heraustrat und das Kleid anlegte, da war er wie der Vollmond in der vierzehnten Nacht; draußen vor dem Badehause bestieg er sein Maultier und ritt geradeswegs bis zum Palaste des Wesirs. Dort stieg er ab, trat ein zu dem Wesir und küßte ihm die Hände, und jener hieß ihn willkommen. – – «

Da bemerkte Schehrezâd, daß der Morgen begann, und sie hielt in der verstatteten Rede an. Doch als die *Einundzwanzigste Nacht* anbrach, fuhr sie also fort: »Es ist mir berichtet worden, o glücklicher König, daß der Wesir sich erhob und ihn willkommen hieß und sagte: ,Wohlan, gehe heute nacht ein zu deinem Weibe; und morgen will ich dich zum Sultan bringen. Ich bitte Allah um alles Gute für dich.' Nûr ed-Dîn erhob sich darauf und ging ein zu seinem Weibe, der Tochter des Wesirs.

Lassen wir nun den Nûr ed-Dîn und wenden uns seinem Bruder zu! Der war lange mit dem Sultan auf Reisen, und als er zurückkam, fand er seinen Bruder nicht mehr vor; da fragte er die Diener nach ihm, und sie erwiderten: ‚An dem Tage, an dem du mit dem Sultan auf Reisen gingest, stieg dein Bruder auf sein Maultier, das geschirrt war wie zum Prunkzug, und sagte: Ich gehe in die Gegend von Kaljûb und werde ein bis zwei Tage fort sein; denn mir ist die Brust beklommen. Es soll mir aber niemand folgen. Und seit dem Tage, da er fortritt, bis heute haben wir keine Kunde mehr von ihm erhalten.' Schems ed-Dîn aber war in großer Sorge ob der Abreise seines Bruders, und er trauerte schmerzlich um seinen Verlust und sagte zu sich selber: ‚Dies kommt nur daher, daß ich ihn in jener Nacht gescholten habe; er hat es sich so zu Herzen genommen, daß er in die Ferne gezogen ist. Aber ich muß ihm jemanden nachschicken.' Darauf ging er hin zum Sultan und tat es ihm kund; und der schrieb Briefe, die er durch Läufer an seine Statthalter in allen Provinzen des Reiches entsandte. Nûr ed-Dîn jedoch war in den zwanzig Tagen, während derer jene fortgewesen waren, schon in ferne Länder gekommen; so suchten sie ihn, fanden aber keine Spur von ihm und kehrten heim. Und Schems ed-Dîn verzweifelte daran, seinen Bruder zu finden, und sagte: ‚Ich bin doch meinem Bruder gegenüber zu weit gegangen in dem, was ich ihm von der Vermählung unserer Kinder sagte. Wäre das nur nicht geschehen! All dies kommt von meinem Unverstand und meiner Unvorsichtigkeit.' Bald darauf aber freite er um die Tochter eines Kaufherrn in Kairo, und er schloß den Ehevertrag und ging ein zu ihr. Nun traf es sich so, daß die Nacht, in der Schems ed-Dîn zu seiner Gemahlin einging, auch die Hochzeitsnacht von Nûr ed-Dîn und seiner Gemahlin, der Tochter des Wesirs von Basra, war; denn also hatte Allah der Erhabene es bestimmt, auf daß Er an seinen Kreaturen seinen Willen erfülle. Und es geschah auch dies, wie es die beiden Brüder gesagt hatten: ihre beiden Frauen empfingen in derselben Nacht; und die Gemahlin des Schems ed-Dîn, des Wesirs von Ägypten, brachte eine Tochter zur Welt, schöner als man sie je in Kairo erblickt hatte; die Gemahlin des Nûr ed-Dîn aber gebar einen Knaben, schöner als man je einen gesehn zu seiner Zeit; wie einer der Dichter von seinesgleichen sagt:

> *Ein schlanker Jüngling, um dessen Stirn und lockiges Haar*
> *Die Menschheit in düsterer Trauer und heller Freude war.*
> *Schmähet das schöne Mal nicht, das seine Wange schmückt,*
> *Das zwiefach mit schwarzen Pünktchen die Blicke aller berückt!*

Und ein anderer:

> *Man brachte die Schönheit, um ihn zu vergleichen;*
> *Da senkte die Schönheit beschämt ihr Haupt.*
> *Man sprach: O Schönheit, sahst du dergleichen?*
> *Sie rief: Das zu sehn, hätt ich nie geglaubt.*

Man nannte den Knaben Bedr ed-Dîn Hasan, und sein Großvater, der Wesir von Basra, freute sich über ihn; und er veranstaltete Feste und Gastmähler, wie sie sich für Söhne von Königen geziemen würden. Dann nahm er den Nûr ed-Dîn mit sich und brachte ihn zum Sultan; und als jener vor den König trat, küßte er den Boden vor ihm. Er besaß aber große Redegewalt, sein fester Geist entschloß sich bald, er war gut im Tun und schön von Gestalt; und so sprach er diese Verse:

> *Lang mögen dir die Freuden dauern, o mein Herr!*
> *Mögest du so lange leben wie Nacht und Tageslicht!*
> *Es tanzt die Welt, die Zeit klatscht in die Hände,*
> *Wenn man von dir und deinem hohen Eifer spricht.*

Da erhob der Sultan sich, um die beiden zu ehren; er dankte dem Nûr ed-Dîn für seine Worte und fragte seinen Wesir: ‚Wer ist der Jüngling?' Da mußte der Wesir seine Geschichte von Anfang bis zu Ende erzählen. Zunächst antwortete er: ‚Dies ist meines Bruders Sohn.' Dann fragte der Sultan weiter: ‚Und wie kommt es, daß er dein Neffe ist und wir nie von ihm hörten?' Der Wesir antwortete: ‚O unser Herr und Sultan, ich hatte einen Bruder, der war Wesir im Lande Ägypten; und als er starb, hinterließ er zwei Söhne, von denen der ältere an seines Vaters Stelle Wesir wurde, während dieser, sein jüngerer Sohn, zu mir kam. Nun hatte ich geschworen, meine Tochter niemandem zu vermählen als ihm; und als er kam, vermählte ich ihn also meiner Tochter. Er ist noch jung, ich aber bin ein alter Greis geworden; mein Gehör hat abgenommen, und meine Tätigkeit ist zu Ende gekommen; und deshalb wollte ich unseren Herrn und Sultan bitten, ihn an meine Stelle zu setzen, denn er ist meines Bruders Sohn und Gatte meiner Tochter. Er verdient das Wesirat; denn er ist ein Mann von Einsicht und Umsicht.' Der Sultan blickte Nûr ed-Dîn an, und er gefiel ihm; und so gab er ihm das Amt, um das der Wesir für ihn bat. Und er ernannte ihn in aller Förmlichkeit und schenkte ihm ein prachtvolles Ehrengewand und eine Mauleselin aus seinem eigenen Gestüt; ferner verlieh er ihm Gehalt und Einkünfte. Nûr ed-Dîn aber küßte dem Sultan die Hand; und sie gingen hocherfreut nach Hause, er und sein Schwiegervater, und sagten: ‚All dies kommt durch das Glück des neugeborenen Hasan!' Darauf trat Nûr ed-Dîn am nächsten Tage vor den König, küßte den Boden und sprach die Verse:

> *Das Glück erneue sich mit jedem Tage,*
> *Ein guter Stern besieg des Neiders List.*

*Weiß seien deine Tage immerdar,
Doch schwarz der Tag des, der dir feindlich ist!*

Da gebot ihm der Sultan, sich auf den Sessel des Wesirs zu setzen; und er setzte sich und übernahm die Pflichten seines Amtes und untersuchte die Angelegenheiten und Streitsachen der Untertanen, wie es die Gewohnheit der Wesire ist. Der Sultan sah ihm zu und wunderte sich darüber, wie er so bestimmt und verständig seine Anordnungen und Entscheidungen traf. Daher gewann er ihn lieb und zog ihn in sein Vertrauen. Als aber die Versammlung entlassen war, ging Nûr ed-Dîn nach Hause und erzählte seinem Schwiegervater, was geschehen war; der war hocherfreut darüber. Von da ab verwaltete Nûr ed-Dîn das Wesirat immerdar so, daß der Sultan sich Tag und Nacht nicht mehr von ihm trennen wollte. Und der Sultan erhöhte seine Einkünfte und Gehälter, bis Nûr ed-Dîn zu einem reichen Manne wurde und ihm Schiffe gehörten, die auf seinen Befehl Handelsreisen machten; auch hatte er schwarze und weiße Sklaven, und er legte viele Güter an mit Schöpfwerken und Gärten. Als aber sein Sohn Hasan vier Jahre alt war, da starb der alte Wesir, der Vater seiner Gattin; und er hielt eine prunkvolle Totenfeier für seinen Schwiegervater ab, ehe er ihn in den Staub bettete. Darauf befaßte er sich mit der Erziehung seines Sohnes; und als der Knabe größer wurde und sieben Jahre alt war, brachte er ihm einen Lehrer, damit der ihn in seinem eigenen Hause unterrichte; und er trug diesem auf, ihn zu lehren und ihm eine feine Bildung und gute Erziehung zuteil werden zu lassen. So unterrichtete der Meister den Knaben im Lesen, ließ ihn mancherlei nützliches Wissen lernen und las mit ihm den Koran wiederholt im Laufe einiger Jahre. Doch Hasan nahm auch noch immer mehr zu an Lieblichkeit und des Ebenmaßes Vollkommenheit; so wie der Dichter sagt:

> *Vollkommen wie ein Mond am Himmel seiner Anmut!*
> *Die Sonne geht strahlend auf aus den Blüten seiner Wangen.*
> *Er hat die ganze Anmut in sich vereint, und es ist,*
> *Als hätten alle Geschöpfe von ihm ihre Schönheit empfangen.*

Und der Lehrer erzog ihn in seines Vaters Palast; denn er verließ seit seiner Geburt nie das Ministerschloß. Doch eines Tages nahm ihn sein Vater, der Wesir Nûr ed-Dîn, legte ihm seine besten Kleider an, setzte ihn auf ein ausgewähltes Maultier und führte ihn zum Sultan. Als er dort eintrat, sah der König den Bedr ed-Dîn Hasan, den Sohn des Wesirs Nûr ed-Dîn, an, und er hatte Gefallen an ihm und gewann ihn lieb. Das Volk des Reiches aber verwunderte sich, als er mit seinem Vater zum ersten Male an ihnen vorbeiging, auf dem Wege zum König, ob seiner Schönheit; und sie setzten sich am Wege nieder und warteten auf seine Rückkehr, um sich an ihm zu erfreuen, an seiner Schönheit und Lieblichkeit und an seines Ebenmaßes Vollkommenheit; wie es der Dichter in diesen Versen sagt:

> *Es schaute der Sterndeuter einst, da erschien ihm in der Nacht*
> *Der Liebliche, verwirrend durch seiner Schönheit Pracht.*
> *Orion blieb sinnend stehen, als so der Anmut Gewalt*
> *An ihm sich entfaltete und strahlte aus seiner Gestalt.*
> *Ihm hatte Saturn gegeben sein wunderbar schwarzes Haar*
> *Und ihm die Farbe des Moschus geschenkt für sein Schläfenpaar.*
> *Mars brachte seine Gabe, die Wange ihm rot zu schmücken;*
> *Und der Bogenschütz sandte ihm die Pfeile aus seinen Blicken;*
> *Merkur hatte ihm verliehen den allerschärfsten Verstand,*
> *Der Große Bär von ihm die Blicke der Neider gewandt.*
> *Da stand der Deuter verwirrt ob dessen, was er erblickt,*
> *Und eilte und küßte den Boden vor ihm, der ihn ganz berückt.*

Als der Sultan ihn angeschaut hatte, behandelte er ihn mit besonderer Gunst; denn er hatte ihn liebgewonnen. Und er sagte zu seinem Vater: ‚O Wesir, du mußt ihn unbedingt immer mit dir bringen'; woraufjener versetzte: ‚Ich höre und gehorche!'

Der Wesir ging dann mit seinem Sohne nach Hause und führte ihn immerdar zum Sultan, bis der Knabe sein fünfzehntes Jahr erreichte. Um diese Zeit aber erkrankte sein Vater, der Wesir Nûr ed-Dîn; und er ließ seinen Sohn kommen und sagte zu ihm: ‚Wisse, o mein Sohn, die irdische Welt ist ein Haus der Vergänglichkeit, aber die himmlische Welt ist ein Haus der Ewigkeit. Ich möchte dir jetzt einige Ermahnungen ans Herz legen; achte auf das, was ich sage, und richte deinen Sinn darauf!‘ Dann gab er ihm Anweisungen über die beste Art des Verkehrs mit den Menschen und über die Art, seine Geschäfte zu leiten. Darauf aber gedachte Nûr ed-Dîn seines Bruders und seiner Heimat und seines Landes, und er weinte ob seiner Trennung von den Freunden. Doch er trocknete seine Tränen und sprach die Verse:

> Wenn wir klagen ob Trennung, was sollen wir sagen?
> Oder quält uns die Sehnsucht, wohin uns wagen?
> Oder senden wir Boten als Dolmetscher für uns?
> Nicht bringen die Boten des Liebenden Klagen.
> Oder bin ich geduldig, – der Liebende schwindet,
> Nach Verlust des Geliebten gar bald von hinnen.
> Ihm bleibet jetzt nichts mehr als Leiden und Seufzen
> Und Tränen, die ihm auf die Wangen rinnen.
> O die da fern sind dem Blick meines Auges,
> Und die doch immer im Herzen mir weilen! –
> Wird es euch sehen? Doch wißt, meine Freundschaft
> Kann trotz langer Trennung sich niemals zerteilen.
> Oder habt ihr beim Fernsein die Liebe vergessen,
> Wo doch die Tränen und Seufzer euch gelten?
> Wenn mich das Leben mit euch noch vereinet,
> So will ich euch dort noch lange Zeit schelten!

Als er sein Lied und seine Klage beendet hatte, wandte er sich zu seinem Sohne und sprach: ‚Ehe ich dir meinen letzten Willen mitteile, erfahre, daß du einen Oheim hast; er ist Wesir von Ägypten, und ich habe mich von ihm getrennt und ihn ohne seine Zustimmung verlassen. Nimm nun ein Blatt Papier und schreib darauf, was ich dir sage!' Da nahm Bedr ed-Dîn Hasan ein Blatt Papier und begann darauf zu schreiben, wie ihm sein Vater sagte. Der diktierte ihm alles, was ihm begegnet war, von Anfang bis zu Ende. Auch ließ er ihn aufschreiben die Zeit seiner Vermählung und Hochzeit mit der Tochter des Wesirs und die Zeit seiner Ankunft in Basra und seines Zusammentreffens mit dem Wesir; ferner, daß er selbst noch nicht vierzig Jahre alt gewesen sei zur Zeit des Streites mit seinem Bruder. Und er fügte hinzu: ‚All dies ist für ihn nach meinem Diktat geschrieben, und möge Allah mit ihm sein, wenn ich dahin bin!' Darauf faltete er das Papier, versiegelte es und sagte: ‚O Hasan, mein Sohn, bewahre diese Urkunde; denn was darauf geschrieben steht, wird deine Herkunft und deinen Rang und deinen Stammbaum beweisen. Und wenn dir Arges widerfährt, so mache dich auf nach Ägypten, frage nach deinem Oheim, laß dich zu ihm führen und tu ihm kund, daß ich gestorben bin als ein Fremdling und voller Sehnsucht nach ihm.' Da nahm Bedr ed-Dîn Hasan die Urkunde und faltete sie; und er nähte sie zwischen Futter und Stoff seines Tarbusch ein und wand einen Seidenturban darum, indem er weinte, weil er sich schon so jung von seinem Vater trennen sollte. Nûr ed-Dîn aber sprach: ‚Ich vermache dir jetzt fünf Weisungen. Die erste Weisung ist: Schließ dich an niemanden zu eng an, so wirst du sicher sein vor seiner Arglist! Denn die Sicherheit liegt in der Verschlossenheit und darin, daß du Gemeinschaft und nahen Verkehr meidest. Ich habe einen Dichter sagen hören:

> *In deinem Leben ist keiner, auf dessen Freundschaft du bauest;*
> *Nie wahrte ein Freund die Treue dem, den das Unglück schlug.*
> *So lebe für dich allein, verlaß dich auf keinen Menschen;*
> *Ich rate mit meinem Spruche dir gut; das sei genug!*

Die zweite Weisung ist diese, o mein Sohn: Sei gegen niemanden hart, auf daß das Schicksal nicht hart sei gegen dich! Denn das Geschick ist einen Tag für dich und den anderen Tag gegen dich. Die irdische Welt ist nur ein Darlehn, das man zurückzahlen muß. Und ich habe einen Dichter sagen hören:

> *Besinn dich und haste nie mit irgendeinem Plane,*
> *Hab Mitleid mit den Menschen, so wirst du durch Mitleid beglückt.*
> *Es gibt keine Macht der Welt, über der nicht Gottes Macht stände;*
> *Und jeder Tyrann wird noch durch einen Tyrannen bedrückt.*

Die dritte Weisung ist diese: Übe Schweigen und kümmere dich um deine eigenen Fehler eher als um die Fehler der anderen Menschen! Denn es heißt im Sprichwort: Wer Schweigen übt, gewinnt. Und auch darüber habe ich eines Dichters Verse gehört:

> *Das Schweigen ist ein Schmuck, und das Stillesein bringt Gewinn.*
> *Doch mußt du einmal reden, so meid es, ein Schwätzer zu sein.*
> *Denn wenn du dein Schweigen auch ein einziges Mal bereuest,*
> *So wirst du dein Reden doch noch viele Male bereun.*

Die vierte Weisung, o mein Sohn, ist diese: Ich warne dich, Wein zu trinken! Denn der Wein ist der Quell allen Übermuts, und der Wein macht den Verstand schwinden. Darum hüte dich, hüte dich, Wein zu trinken! Ich hörte auch hierüber einen Dichter sagen:

> *Ich meide den Wein und auch den, der ihn trinkt;*
> *Und wer ihn verdammt, dem stimme ich bei.*
> *Der Wein führt abseits vom Wege des Heils*
> *Und macht für das Böse die Tür weit und frei.*

Und die fünfte Weisung, o mein Sohn, ist diese: Erhalte deinen Besitz, und er wird dich erhalten; behüte deinen Besitz, und er wird dich behüten; und verschwende nicht, was du hast, damit du nicht die Geringsten der Menschen anzubetteln brauchst. Spare die Piaster, so hast du Pflaster! Und auch hier wieder habe ich einen Dichter sagen hören:

Hab ich kein Geld, so hab ich auch keinen Freund zum Gefährten;
Hab ich aber viel Geld, so find ich Freunde in allen.
Wie mancher Genosse wollte beim Geldausgeben mir helfen!
Wie mancher Gefährte ließ beim Mangel des Geldes mich fallen!'

So gab Nûr ed-Dîn seinem Sohne Bedr ed-Dîn Hasan viele weise Ermahnungen, bis ihn das Leben verließ. Da herrschte die Trauer in seinem Hause, und auch der Sultan und alle Emire trauerten um ihn, und sie bestatteten ihn. Bedr ed-Dîn aber blieb in Trauer um seinen Vater zwei Monate lang, während derer er nicht ausritt, nicht zur Ratsversammlung ging noch auch dem Sultan nahte. Da ward der Sultan zornig über ihn, ernannte an seiner Stelle einen seiner Kammerherren und machte den zum Wesir, indem er zugleich Befehl gab, Beschlag auf alles zu legen, was dem Nûr ed-Dîn gehört hatte, sein Vermögen, sein Haus und seine Landgüter. So zog der neue Wesir aus, um dies zu tun und um Bedr ed-Dîn Hasan, den Sohn des Verstorbenen, zu ergreifen, damit er ihn vor den Sultan brächte, der dann nach seinem Gutdünken mit ihm verfahren sollte. Nun war unter den Soldaten ein Mamluk des verstorbenen Wesirs; als der diesen Befehl vernahm, trieb er sein Pferd an und ritt in aller Eile zu Bedr ed-Dîn Hasan. Er fand ihn, am Tore sitzend, mit gebeugtem Haupte, trauernd und gebrochenen Herzens; rasch sprang er ab, küßte ihm die Hand und sagte: ‚O mein Herr und Sohn meines Herrn, rasch, mache dich auf; sonst ereilt dich des Verderbens Lauf!' Da begann Hasan zu zittern und fragte: ‚Was ist geschehen?' Jener erwiderte: ‚Der Sultan zürnt dir und hat einen Haftbefehl gegen dich erlassen; das Unheil kommt dicht hinter mir her auf dich zu. Drum spring auf, um dein Leben zu retten!' Hasan fragte weiter: ‚Bleibt mir noch Zeit, in mein Haus hineinzugehen und mir ein wenig weltliches Gut zu holen, zu dem ich auf der

Wanderschaft meine Zuflucht nehmen kann?' Aber der Sklave rief: ‚O mein Herr, steh augenblicklich auf, laß das Haus hinter dir und beeile dich!' Dann sprach er die Verse:

> *Rette dein Leben, wenn dir vor Unheil graut;*
> *Lasse das Haus beklagen den, der es erbaut!*
> *Du findest schon eine Stätte an anderem Platz;*
> *Für dein Leben findest du keinen Ersatz.*
> *Laß dich in wichtiger Sache auf Boten nicht ein;*
> *In Wahrheit hilft die Seele sich ganz allein.*
> *Des Löwen Nacken ist so kräftig nicht,*
> *Solange es ihm an Selbstvertrauen gebricht.*

Bei diesen Worten des Mamluken bedeckte Bedr ed-Dîn sich das Haupt mit dem Saum seines Gewandes und ging auf und davon, bis er vor den Toren der Stadt stand; und dort hörte er die Leute sagen: ‚Der Sultan hat den neuen Wesir in das Haus des verstorbenen Wesirs geschickt, um auf sein Vermögen und seinen Besitz Beschlag zu legen und seinen Sohn Bedr ed-Dîn Hasan zu ergreifen und vor ihn zu führen, damit er ihn töten lasse'; und alle riefen: ‚Wehe um seine Schönheit und Anmut!' Als er diese Reden der Leute hörte, floh er davon aufs Geratewohl, ohne zu wissen, wohin er ging; und er eilte ohne Aufenthalt weiter, bis ihn das Schicksal zu seines Vaters Grube führte. Er trat auf den Totenacker und suchte sich den Weg durch die Gräber; schließlich setzte er sich nieder am Grabe seines Vaters und nahm von seinem Haupte den Saum seines Gewandes herab, das eine goldgestickte Borte hatte, worauf diese Verse standen:

> *O du, des Antlitz hell erstrahlt,*
> *Den Sternen gleich, wie der Tau so klar:*
> *Auf ewig daure deine Macht,*
> *Dein hoher Ruhm währe immerdar!*

Während er so bei seines Vaters Grabe saß, siehe, da kam ein Jude zu ihm, der aussah wie ein Geldwechsler, und der ein

Paar Satteltaschen trug, in denen viel Gold war. Der Jude trat an Hasan el-Basri[1] heran und sprach zu ihm: ‚O Herr, warum sehe ich dich so verändert?' ‚Ich schlief vor noch nicht einer Stunde,' erwiderte Hasan, ‚da erschien mir mein Vater und schalt mich, weil ich sein Grab noch nicht besucht hatte; sofort machte ich mich auf, zitternd vor Furcht, der Tag verstreiche, ohne daß ich ihn aufgesucht hätte, denn das wäre mir unerträglich gewesen.' ‚Junger Herr,' versetzte der Jude, ‚dein Vater hatte viele Kauffahrer auf See, und da jetzt einige fällig sind, so ist es mein Wunsch, dir die Ladung des ersten Schiffes, das in den Hafen einläuft, für diese tausend Golddinare abzukaufen.' Und der Jude nahm einen der Beutel voll Gold, zählte daraus tausend Dinare ab, gab sie Hasan, dem Sohn des Wesirs, und sagte: ‚Schreib mir eine Kaufurkunde und siegle sie!' So nahm Hasan, der Sohn des Wesirs, ein Blatt Papier und schrieb darauf: ‚Der Schreiber, Bedr ed-Dîn Hasan, Sohn des Wesirs Nûr ed-Dîn, hat Isaak, dem Juden, um tausend Dinare die ganze Ladung des ersten der Schiffe seines Vaters verkauft, das in den Hafen einläuft; und er hat den Preis im voraus erhalten.' Da nahm der Jude die Urkunde in Empfang; Hasan aber begann zu weinen, als er daran dachte, in welch hoher Stellung er eben noch gewesen war; und er sprach die Verse:

> *Das Haus ist, seit du, o Herrin, fortgingest, gar kein Haus;*
> *Der Nachbar kann, seit du gingest, mir nicht mehr Nachbar sein.*
> *Der Freund auch, mit dem ich einst in ihm den Bund geschlossen,*
> *Ist mir kein Freund mehr, ja, der Mond verlor seinen Schein.*
> *Du gingst und ließest beim Scheiden die Welt in Trauer zurück;*
> *Und Finsternis bedeckte sie danach weit und breit.*
> *Den unglückseligen Raben, der bei unsrer Trennung krächzte,*
> *Umschließe nie mehr ein Nest! Er verliere sein Federkleid!*
> *Nun mir die Geduld versagt, zehrt mir dein Abschied am Leibe;*

---

[1]. Der Held heißt von jetzt ab »el-Basri« nach seiner Vaterstadt.

Wie mancher Vorhang fiel bei der Trennung zerrissen nieder!
Wirst du die einstigen Nächte, wie wir sie gemeinsam verlebten,
Noch wiederkehren sehen? Vereint uns das Haus je wieder?

Dann weinte er bitterlich; und als die Nacht ihn überfiel, lehnte er das Haupt gegen seines Vaters Grab und sank in Schlaf. Er erwachte auch nicht, als der Mond aufging; doch sein Haupt fiel von dem Grabe herunter, und er lag auf seinem Rücken da, und hell glänzte sein Gesicht im Mondenschein.

Nun aber war der Totenacker eine Stätte der rechtgläubigen Dämonen; und alsbald trat eine Dämonin hervor und sah den schlafenden Hasan. Bei diesem Anblick staunte sie ob seiner Schönheit und Anmut und rief: ‚Ehre sei Allah! Dieser Jüngling gleicht einem der Paradieseskinder!' Darauf flog sie himmelwärts, um nach ihrer Gewohnheit durch die Lüfte zu kreisen. Dort traf sie einen fliegenden Dämon; der begrüßte sie, und sie sprach zu ihm: ‚Von wannen kommst du?' Und er versetzte: ‚Aus dieser Gegend.' ‚Willst du mit mir kommen und die Schönheit eines Jünglings betrachten, der dort auf dem Totenacker schläft?' fragte sie; und er erwiderte: ‚Gern.' Da flogen sie weiter und ließen sich schließlich bei dem Grab zur Erde hinab. Sie fragte ihn: ‚Hast du je in deinem Leben seinesgleichen gesehen?' Der Dämon sah ihn an und rief: ‚Preis sei Ihm, der ohnegleichen ist! Aber, o meine Schwester, soll ich dir sagen, was ich gesehen habe?' Sie fragte: ‚Was ist es?' ‚Ich sah', antwortete er, ‚das Gleichnis dieses Jünglings im Lande Ägypten. Es ist die Tochter des Wesirs Schems ed-Dîn; sie ist fast zwanzig Jahre alt, von ebenmäßiger Gestalt, ein Bild von Schönheit und Lieblichkeit und von strahlender Vollkommenheit. Als sie dies Alter erreichte, hörte der Sultan von Ägypten von ihr, schickte nach dem Wesir, ihrem Vater, und sagte zu ihm: ‚Wisse, o Wesir, mir ist zu Ohren gekommen, du habest eine Tochter, und ich will sie von dir zur Frau erbitten.' Der Wesir aber erwiderte: ‚O unser Herr und Sultan, geruhe und nimm meine Bitte um Verzeihung an und habe Mitleid mit meinem Kummer! Denn du weißt, daß mein Bruder Nûr ed-Dîn uns verlassen hat, und wir wissen nicht, wo er jetzt ist. Er war ja mein Genosse im Wesirat; aber der Grund, daß er im Zorn fortging, war folgender: Ich saß einmal mit ihm zusammen, und wir sprachen über Heirat und über Kinder; da stritten wir, und er geriet in Zorn. Aber ich habe geschworen, ich wolle niemandem meine Tochter vermählen, außer dem Sohn meines Bruders; das geschah am Tage, da ihre Mutter sie gebar, und das ist jetzt etwa achtzehn Jahre her. Kürzlich nun vernahm ich, daß mein Bruder sich mit der Tochter des Wesirs von Basra vermählt hat; sie aber hat ihm einen Sohn geboren, und ich will meine Tochter niemandem als ihm vermählen, um meinen Bruder zu ehren. Ich habe auch die Daten meiner Hochzeit und der Empfängnis meines Weibes und der Geburt meiner Tochter verzeichnet. Sie also gebührt ihrem Vetter; für unseren Herrn, den Sultan aber gibt es Mädchen in Fülle.' Doch als der König die Worte des Wesirs vernommen hatte, ergrimmte er gewaltig und rief: ‚Wenn meinesgleichen von deinesgleichen eine Tochter zur Ehe verlangt, da willst du sie vorenthalten und faule Ausreden machen? Beim Leben meines Hauptes, ich will sie dir zum Trotz mit dem Geringsten meiner Diener vermählen!' Nun war bei Hofe ein Stallknecht beschäftigt, bucklig auf Brust und Rücken; den ließ der Sultan holen und stellte ohne weiteres die Eheurkunde für ihn und die Tochter des Wesirs aus. Er hat befohlen, daß der Knecht heute nacht zu ihr eingehen solle und daß man ihm einen Hochzeitszug rüste. Ich habe ihn soeben verlassen, wie er unter den Mamluken des Sultans stand, die rings um ihn Fackeln angezündet haben und sich über ihn lustig machen am Tor des Badehauses. Des Wesirs Tochter aber sitzt unter ihren Kammerfrauen und Zofen und weint, sie, die doch unter allen Menschen diesem Jüngling am meisten gleicht! Man hat sogar auch ihrem Vater den Zutritt zu ihr verboten. Nie, o meine Schwester, habe ich ein scheußlicheres Wesen als diesen Bucklingen gesehen; das Mädchen aber ist noch schöner als dieser Jüngling.' – –«

Da bemerkte Schehrezâd, daß der Morgen begann, und sie hielt in der verstatteten Rede an. Doch als die *Zweiundzwanzigste Nacht* anbrach, sprach sie: »Es ist mir berichtet worden, o glücklicher König, daß, als der Dämon der Dämonin berichtet hatte, wie der König den Ehevertrag zwischen dem buckligen Knecht und der Jungfrau hatte aufsetzen lassen, die darüber tieftraurig war, und wie an Schönheit ihr nur dieser Jüngling gleichkomme, – daß da die Dämonin rief: ,Du lügst! Dieser Jüngling ist der schönste Mensch seiner Zeit.' Doch der Dämon bestritt es ihr, indem er sprach: ,Bei Allah, meine Schwester, das Mädchen ist schöner als dieser; doch niemand als er verdient sie, denn sie gleichen einander wie Geschwister oder Geschwisterkinder. Wie schade um sie, daß sie diesem Buckligen gehören soll!' Da sprach die Dämonin: ,Mein Bruder, laß uns doch unter den Jüngling kriechen und ihn emporheben und zu dem Mädchen bringen, von dem du redest; dann werden wir sehen, wer von ihnen beiden schöner ist.' Der Dämon antwortete ihr: ,Ich höre und gehorche! Das ist ein richtiges Wort und der beste Vorschlag; ich selber will ihn tragen.' Darauf hob er ihn vom Boden auf und flog mit ihm davon in die Lüfte; die Dämonin aber hielt sich eng an seiner Seite, bis er ihn in der Stadt Kairo niederließ, auf eine steinerne Bank legte und weckte. Da fuhr Hasan aus dem Schlafe auf, und als er sah, daß er nicht mehr auf seines Vaters Grab im Lande von

Basra lag, blickte er um sich nach rechts und links, und erkannte, daß er in einer anderen Stadt war; fast hätte er aufgeschrien, doch der Dämon stieß ihn an. Der hatte ihm ein prächtiges Gewand mitgebracht, und er kleidete ihn darein, zündete ihm eine Fackel an und sagte: ,Wisse, ich habe dich hierher gebracht und will um Allahs willen eine gute Tat an dir tun; also nimm diese Fackel, geh zu jenem Badehause und menge dich unter die Leute; dann geh immer weiter mit ihnen, bis du das Haus der Braut erreichst. Dort schreite geradeaus und tritt in den großen Saal; und fürchte niemanden, sondern stelle dich, wenn du eingetreten bist, zur rechten Seite des buckligen Bräutigams auf! Sooft dann von den Zofen, Kammerfrauen und Sängerinnen eine zu dir kommt, greife in deine Tasche, die du voll Gold finden wirst, nimm eine Handvoll und wirf es ihnen zu und sei unbesorgt; denn sooft du auch in die Tasche greifst, wirst du sie immer wieder voll Gold finden. Gib jedem, der zu dir kommt, eine ganze Handvoll und fürchte nichts, sondern traue auf Ihn, der dich erschuf! Denn dieses alles geschieht nicht durch deine eigene Kraft, sondern auf Befehl Allahs.' Als Bedr ed-Dîn Ḥasan diese Worte des Dämonen hörte, sagte er zu sich selber: ,Ich möchte wohl wissen, was das für ein Mädchen ist und was diese Freundlichkeit bedeutet!' Dann ging er mit der brennenden Fackel dahin und kam zu dem Badehause, wo er den Buckligen hoch zu Roß vorfand. Da drängte er sich hin durch die Menge, so wie er war, eine herrliche Gestalt und schön gekleidet, wie wir berichtet haben: er trug Tarbusch und Turban und ein goldgesticktes Gewand mit langen Ärmeln. Und er ging immer weiter mit dem Hochzeitszug dahin, und sooft die Sängerinnen stillstanden, um von dem Volk Geschenke zu empfangen, griff er in seine Tasche; und da er sie angefüllt fand mit Gold, so nahm er eine

Handvoll heraus, warf es auf das Tamburin, das die Sängerin hinhielt, und füllte es mit Dinaren. Die Sängerinnen wurden ganz verwirrt, und das Volk verwunderte sich ob seiner Schönheit und Anmut. Er aber fuhr so fort, bis sie das Haus des Wesirs erreichten, wo die Kämmerlinge das Volk zurückhielten und abwiesen; aber die Brautführerinnen sagten: ,Bei Allah, wir treten nicht ein, wenn nicht auch dieser Jüngling mit uns eintritt; denn er hat uns durch seine Freigebigkeit reich gemacht, und wir wollen die Braut nur putzen, wenn er zugegen ist.' Und alsbald nahmen sie ihn mit in die bräutliche Halle und ließen ihn sitzen, ob auch der bucklige Bräutigam böse Augen machte. Alle die Frauen der Emire, der Wesire und der Kammerherren standen in doppelter Reihe, und jede trug eine große brennende Kerze, und alle trugen dünne Schleier vor den Gesichtern; und die beiden Reihen erstreckten sich rechts und links vom Hochzeitsthron der Braut bis oben zum anderen Ende der Halle, neben dem Zimmer, aus dem die Braut herauskommen sollte. Als aber die Damen auf Bedr ed-Dîn Hasan blickten, auf seine Schönheit und Lieblichkeit und sein Antlitz, das da leuchtete wie der junge Mond, neigten alle Herzen sich ihm zu, und die Sängerinnen sagten zu den Damen, die anwesend waren: ,Wisset, dieser Herrliche füllte uns die Hände mit lauter rotem Golde; drum laßt es an nichts fehlen in seiner Bedienung und gehorchet ihm in allem, was er sagt!' Da drängten sich all die Frauen um ihn mit ihren Fackeln und blickten auf seine Anmut und neideten ihm seine Schönheit; und eine jede hätte gern eine Stunde oder lieber noch ein Jahr an seiner Brust gelegen. Ja, sie ließen die Schleier von den Gesichtern fallen, da ihre Herzen so betroffen waren, und sagten: ,Glücklich die, die diesen Jüngling besitzt oder deren Herr er ist!' Dann riefen sie Flüche herab auf den buckligen Knecht und auf den, der dessen Hochzeit mit dem schönen Mädchen veranlaßt hatte; und sooft sie nun Bedr ed-Dîn Hasan segneten, so oft fluchten sie dem Buckligen.

Darauf schlugen die Sängerinnen die Tamburine und bliesen die Flöten; und herein trat alsbald die Tochter des Wesirs, umgeben von ihren Zofen. Die hatten sie mit duftenden Spezereien erquickt, ihr das Haar mit Weihrauch beräuchert und schön geschmückt, und sie mit Kleinodien und Gewändern bedeckt, wie sie den Perserkönigen anstanden. Zu ihrer Kleidung gehörte aber ein Gewand, das über die andern Kleider herabfiel; das war bestickt mit rotem Golde und mit den Bildern von wilden Tieren und Vögeln geschmückt; ihren Hals hatten sie umgeben mit einem Halsband aus jemenischer Arbeit: das war Tausende wert und bestand aus lauter Edelgestein, dergleichen nannte noch kein König von Reicharabien und kein Kaiser sein. Und die Braut war wie der volle Mond, wenn er in der vierzehnten Nacht am Himmel thront; als sie eintrat, glich sie einer Paradiesesmaid – Preis sei Ihm, der sie in solchem Glanz der Schönheit erschuf! Die Damen umgaben sie wie die Sterne den Mond, wenn er die Wolken durchleuchtet. Nun aber saß Hasan el-Basri vor den Augen allen Volkes, als die Braut daherschritt mit wiegendem Gang; der bucklige Knecht aber wollte ihr entgegengehen, um sie in Empfang zu nehmen. Doch sie wandte sich ab von ihm und schritt weiter, bis sie vor ihrem Vetter Hasan stand. Da lachte die Menge, und als sie sahen, daß die Braut zu Bedr ed-Dîn gegangen war, erhoben sie lautes Beifallsgeschrei, und die Sängerinnen jubelten. Er aber griff mit der Hand in die Tasche, nahm eine Handvoll Goldes heraus und warf es mitten auf die Tamburine der Mädchen, und die freuten sich und riefen: ‚Wir wünschen, diese Braut wäre die deine!' Da lächelte er, und alles Volk drängte sich um ihn, der bucklige Knecht aber blieb allein und sah aus wie ein Affe; sooft sie eine Kerze für ihn entzündeten, ging sie aus, und so saß er elend und ohne ein Wort zu sagen im Dunkeln und sah nur sich selber. Vor Bedr ed-Dîn aber leuchteten die Fackeln in den Händen der Leute. Als er nun den Bräutigam allein im Dunkeln sitzen sah und dann auf sich selbst blickte, wie jene Leute ihn umdrängten und die Fackeln da brannten, wurde er verwirrt und wunderte sich sehr; doch als er seine Base ansah, da freute er sich und frohlockte. Dann schaute er ihr Gesicht, wie es im Licht erglänzte und strahlte, zumal da sie jenes Kleid aus roter Seide trug. Dies war das erste Brautgewand, in das die Zofen sie kleideten, während die Augen Hasans sich an diesem Anblicke weideten. Und sie wiegte sich im Gehen und neigte sich galant und raubte Frauen und Männern den Verstand, wie der Dichter die Worte erfand, der als vortrefflich bekannt:

> *Eine Sonne auf einem Stabe, gepflanzt auf einem Hügel,*
> *So erschien sie den Blicken, in dunkelrotem Mieder.*
> *Sie gab mir den süßen Wein ihrer Lippen zu trinken und schmückte*
> *Die Wange mit rosigem Feuer und verlöschte es wieder.*

Dann wechselten sie jenes Gewand und legten ihr ein blaues Kleid an; da erschien sie wie der volle Mond, wenn er über dem Horizont aufgeht; ihr Haar war der Kohle gleich, ihre Wange so weich; und ein liebliches Lächeln spielte um ihren Mund; ihre Brust hob sich über den schwellenden Seiten und den Hüften so rund. So zeigten sie sie in diesem zweiten Gewande, und sie war, wie ein Meister hoher Gedanken von ihresgleichen sang:

> *Sie kam in einem blauen Kleid,*
> *Wie der Himmel in azurner Farbenpracht.*
> *Ich sah auf das Kleid: in ihm erschien*
> *Ein Sommermond in der Winternacht.*

Darauf vertauschten sie auch dies Gewand mit einem neuen; und sie verschleierten ihr das Gesicht in der Fülle ihres Haares und lösten ihr die langen, schwarzen Locken; deren Schwärze und Länge war wie die dunkelste Nacht, und sie durchschoß die Herzen mit den Zauberpfeilen ihres Auges. So zeigten sie sie in dem dritten Gewande, und sie war, wie der Dichter von ihr sagt:

> *Es flossen die Haare ihr wie ein Schleier über die Wangen;*
> *Sie weckte in mir ein Verlangen, wie Feuersgluten wild.*
> *Ich sprach: Du hast den Morgen in Nacht gehüllt. Doch sie sagte:*
> *Nein, nur den vollen Mond hab ich in Dunkel gehüllt.*

Und sie zeigten sie im vierten Brautkleid; da trat sie vor wie die aufgehende Sonne, und sie wiegte sich hin und her in lieblicher Anmut und blickte nach rechts und nach links, wie es die Gazellen tun. Sie traf alle Herzen mit den Pfeilen ihrer Augen; so wie der Dichter sang, als er ihresgleichen beschrieb:

> *Als Sonne der Schönheit erschien sie den Menschen, die sie erblickten;*
> *Sie strahlte in lieblicher Anmut, verschönt durch Schamhaftigkeit.*
> *Als sie mit ihrem Antlitz und Lächeln der Sonne des Himmels*
> *Entgegentrat, hüllte jene sich in ihr Wolkenkleid.*

Und hervor trat sie im fünften Brautkleide, die liebliche Maid; sie war einem Weidenzweig oder einer dürstenden Gazelle gleich; ihre Flechten wallten, und ihre Reize begannen sich zu entfalten; ihre Hüften bebten, und ihre Locken schwebten. Wie einer der Dichter sang, als er ihresgleichen beschrieb:

> *Sie strahlt wie der volle Mond in einer Nacht des Glückes;*
> *Ihr Wuchs hat weiche Formen, ihr Leib ist schlank und zart.*
> *Ein Auge hat sie, das die Menschen durch Schönheit gefangennimmt;*
> *Die Röte auf ihren Wangen ist von des Rubinen Art.*
> *Und auf die Hüfte fällt ihr herab das Dunkel des Haares;*
> *Hüte dich vor den Schlangen in ihres Haares Gelock!*
> *Zwar sind so weich die Seiten; aber ihr Herz ist dennoch*
> *Trotz ihrer Weichheit härter als wie ein steinerner Block.*

> *Sie sendet den Pfeil des Blickes hervor unter ihrer Braue,*
> *Er trifft; und sei es auch ferne, niemals fehlet ihr Blick.*
> *Wenn wir einander umfassen und ich ihren Leib umschlinge,*
> *So stößt ihre volle Brust mich von der Umarmung zurück.*
> *Ja, ihre Schönheit ragt über alles Schöne empor;*
> *Ja, ihr Leib ist schlanker als wie das zarteste Rohr.*

Nun führten sie sie im sechsten Brautgewande, einem grünen Kleide, einher; und sie beschämte durch ihren Wuchs den braunen Speer. Sie übertraf durch ihre Anmut die Schönen in aller Welt, und ihr strahlendes Antlitz erglänzte reiner als der Vollmond, der den Himmel erhellt; sie erweckte aller Verlangen durch ihre Lieblichkeit, und sie übertraf die Zweige durch ihre Weichheit und Biegsamkeit, ja, durch all, was so herrlich an ihr war, brachte sie viel Herzeleid, wie ihm ein Dichter Ausdruck verleiht:

> *Ein Mädchen, mit Feinheit und Klugheit begabt;*
> *Du siehst, wie die Sonn ihre Wange entleiht.*
> *Sie kam im Gewande, dem grünen, daher,*
> *Und glich der Granate, von Blättern umreiht.*
> *Wir stellten die Frage: Wie heißt dies Gewand?*
> *Da sprach sie die Worte mit klugem Verstand:*
> *Es brach den beherztesten Männern die Herzen,*
> *Drum nenne ich es den Zerbrecher der Schmerzen.*

Schließlich zeigten sie sie im siebenten Kleid, dessen Farbe die Mitte hielt zwischen Saflor und Safran, wie einer der Dichter von ihr sagt:

> *Im Kleide, gefärbt mit Safran und Saflor, erscheint sie stolz,*
> *Duftend nach Amber und Moschus und köstlichem Sandelholz,*
> *Die Schlanke – wenn auch die Jugend ihr zurät: Schreite einher!*
> *So sprechen doch ihre Hüften: Setz dich und gehe nicht mehr!*
> *Und bitte ich um ihre Gunst, hör ich, wie die Schönheit spricht:*
> *Gewähre! Doch ihre Scheu rät zierend: Tue es nicht!*

Sooft nun die Braut ihre Augen auftat, sagte sie: ‚O Allah, mache diesen zu meinem Gatten und befreie mich von dem buckligen Knechte da!' So hatten sie die Braut in all den sieben Gewändern dem Bedr ed-Dîn Hasan el-Basri gezeigt, während der bucklige Knecht allein dasaß. Und als sie diesen Teil der Feier beendet hatten, entließen sie die Menge; alle, die bei der Hochzeit waren, Frauen und Kinder, gingen fort, und niemand blieb da außer Bedr ed-Dîn Hasan und dem buckligen Knecht. Darauf führten die Kammerfrauen die Braut hinein in ein inneres Gemach, wo sie ihr den Schmuck und die Gewänder abnahmen und sie für den Bräutigam bereitmachten. Nun trat der bucklige Knecht zu Bedr ed-Dîn Hasan und sagte: ,O mein Herr, du hast uns heute abend durch deine Gesellschaft erfreut und durch deine Güte überwältigt; doch willst du jetzt nicht aufstehn und davongehen?' Jener erwiderte: ,In Allahs Namen, so sei es!' Dann stand er auf und ging zur Tür hinaus; dort aber trat ihm der Dämon entgegen und sagte: ,Bleib, o Bedr ed-Dîn! Und wenn der Bucklige hinausgeht auf den Abtritt, so geh du hinein, zaudere nicht, sondern setze dich in die Kammer; doch wenn die Braut kommt, sprich zu ihr: ,Ich bin dein Gemahl; denn der König ersann diese List nur, weil er um dich besorgt war wegen des bösen Blicks. Der, den du sahest, ist nur einer von unseren Stallknechten. Dann tritt auf sie zu und entschleiere ihr Antlitz; denn uns beseelt der Eifer um dich in dieser Sache!' Während Hasan noch mit dem Dämon sprach, siehe, da ging der Knecht hinaus, und er trat in den Abtritt und setzte sich auf den Stuhl. Aber da kam der Dämon in Gestalt einer Maus aus dem Becken hervor, in dem das Wasser stand, und quietschte: ,Piep!' Der Bucklige rief: ,Was ist mit dir?' Da fing die Maus an zu wachsen, bis sie zu einer Katze wurde, und die schrie: ,Miau! Miau!' Und sie wuchs noch immer, bis sie zu einem Hunde wurde, und der bellte: ,Wau! Wau!' Als aber der Knecht das sah, erschrak er und rief aus: ‚Hinweg mit dir, du Unheilswesen!' Aber der Hund wuchs und schwoll, bis er zu einem Esel wurde; der brüllte und schrie ihm ins Gesicht: ‚Iah! Iah!' Da zitterte der Bucklige und rief: ‚Kommt mir zur Hilfe, ihr Leute vom Hause!' Aber siehe, der Esel wuchs und wurde so groß wie ein Büffel und versperrte ihm den Weg und sprach mit menschlicher Stimme: ‚Wehe dir, o du Buckliger, du Stinktier!' Den Knecht aber drängte der Leib, und er setzte sich mit seinen Kleidern auf das Abtrittloch, und seine Zähne schlugen klappernd aufeinander. Da sprach der Dämon zu ihm: ‚Ist die Welt so eng, daß du keine andere fandest zum Weibe als meine geliebte Herrin?' Als jener schwieg, fuhr der Dämon fort: ‚Antworte mir, oder ich mache die Erde zu deiner Wohnung!' ‚Bei Allah,' rief der Bucklige, ‚dies ist nicht meine Schuld; man hat mich dazu gezwungen. Ich wußte nicht, daß sie einen Geliebten unter den Büffeln hatte; aber jetzt bereue ich, zunächst vor Allah, und dann vor dir.' Darauf sprach der Dämon: ‚Ich schwöre dir: wenn du jetzt diesen Ort verlässest oder vor Sonnenaufgang nur ein Wort sprichst, so schlage ich dich tot. Wenn aber die Sonne aufgeht, so ziehe deines Weges und kehre nie in dieses Haus zurück!' Darauf packte der Dämon den bucklige Knecht, steckte ihn mit dem Kopf nach unten und den Füßen nach oben in das Abtrittloch hinein und sagte: ‚Ich lasse dich hier, aber ich bewache dich bis Sonnenaufgang!'

Soweit der Bucklige! Was aber Bedr ed-Dîn Hasan angeht, so hatte er inzwischen die beiden ihrem Zank überlassen, war ins Haus gegangen und hatte sich mitten in die Kammer gesetzt; und siehe, herein trat die Braut, begleitet von einer alten Frau, die an der Tür stehen blieb und sagte: ‚O Vater des geraden Wuchses, steh auf und nimm, was Gott dir anvertraut!' Darauf ging die Alte fort, und die Braut, geheißen Sitt el-Husn, das ist die Herrin der Schönheit, trat in den inneren Teil der Kammer, gebrochenen Herzens, und sagte: ‚Bei Allah, ich will ihm nicht meinen Leib gewähren, sollte er mir auch das Leben nehmen!' Als sie aber weiterschritt, sah sie Bedr ed-Dîn Hasan und sprach: ‚Geliebter, sitzest du immer noch hier? Ich hatte schon zu mir selbst gesagt, ich möchte doch wenigstens dir und dem buckligen Stallknecht zugleich angehören.' Er erwiderte: ‚Wie sollte wohl der Knecht zu dir Zutritt haben? Und wie käme es ihm zu, daß er sich mit mir in dich teilen dürfte?' Da fragte sie: ‚Und wer ist denn mein Gatte, du oder er?' ‚Sitt el-Husn,' versetzte Bedr ed-Dîn, ‚dies geschah ja nur zum Scherz und um ihn zu verspotten! Als die Zofen und die Sängerinnen und die Hochzeitsgäste deine Schönheit bei deiner Entschleierung vor mir zu Gesicht bekommen sollten, fürchtete dein Vater das böse Auge, und er mietete ihn um zehn Dinare, damit er es ablenken sollte; jetzt aber ist er seiner Wege gegangen.' Wie Sitt el-Husn von Bedr ed-Dîn diese Worte vernahm, lächelte sie und freute sich und lachte lustig auf. Und sie sprach zu ihm: ‚Bei Allah, du hast mein Feuer gelöscht, und um Allahs willen, nimm mich hin und drücke mich an deine Brust!'

Da sie nun keine anderen Kleider mehr trug, hob sie das eine lange Gewand bis zu den Schultern empor, und da zeigten sich Schoß und Rundung der Hüften. Als Bedr ed-Dîn das sah, erwachte seine Begier, und alsbald legte er seine Kleider ab; den Beutel Goldes, den er von dem Juden erhalten hatte und in dem die tausend Dinare waren, wickelte er in seine Hose und steckte sie unter das Ende des Bettes. Auch nahm er den Turban ab und legte ihn auf einen Sessel; nur das feine, goldgestickte Hemd behielt er an. Und Sitt el-Husn zog ihn an sich und er sie. Und er nahm sie in seine Arme und ließ sich von ihr umschlingen, rüstete das Geschütz und legte das Bollwerk nieder. Und er fand, daß sie eine Perle war, unversehrt, und daß sie noch keinem je angehört. Er nahm ihr die Mädchenschaft und genoß ihre Jugend, die er ihr auf immer raubte. Er umarmte sie noch viele Male, und sie empfing von ihm. Und schließlich legte Bedr ed-Dîn seine Hand unter ihr Haupt, und ebenso tat sie ihm, und sie lagen einander in den Armen und schliefen so ein; wie ein Dichter von ihnen in diesen Versen singt:

> *Gehe zu der, die du liebst, und meide die Worte des Neiders;*
> *Denn der Neidhart ist doch niemals der Liebe gut!*
> *Der Barmherzige schuf nie einen schöneren Anblick*
> *Als ein liebend Paar, das auf einem Bette ruht.*
> *Sie liegen innig umschlungen, bedeckt vom Kleide der Freude,*
> *Und als Kissen dient einem des anderen Arm und Hand.*
> *Wenn die Herzen einander in treuer Liebe verbunden,*
> *Sind sie wie Stahl geschmiedet; kein Mensch zerschlägt das Band.*
> *Und wenn dir in deinem Leben je ein Getreuer begegnet,*
> *Trefflich ist solch ein Freund! Dann lebe für ihn allein!*
> *O der du wegen der Liebe das Volk der Liebenden tadelst,*
> *Kannst du dem kranken Herzen ein Arzt und Retter sein?*

Lassen wir nun Bedr ed-Dîn Hasan und Sitt el-Husn, seine Base, und wenden wir uns wieder zu dem Dämonen! Der sprach zu der Dämonin: ‚Auf, gleite unter den Jüngling und laß uns ihn wieder an seine Stätte bringen, ehe der Morgen über uns hereinbricht; denn die Zeit drängt.‛ Da schwebte sie hin und glitt unter den Saum seines Hemdes, während er schlief, hob ihn auf und flog mit ihm fort, so wie er war, nur mit dem Hemde bekleidet und ohne andere Kleider; sie flog mit ihm dahin, während der Dämon ihr zur Seite war, bis sie der Morgen auf halbem Wege überraschte und die Gebetsrufer riefen: ‚Eilet zum Heil!‛ Da ließ Allah es geschehen, daß seine Engel einen feurigen Stern auf den Dämon warfen, so daß er verbrannte; doch die Dämonin entkam, und sie ließ sich mit Bedr ed-Dîn nieder an der Stelle, wo der Stern den Dämon getroffen hatte, und trug den Jüngling nicht weiter, aus Sorge um sein Leben. Und wie es im Geschick vorherbestimmt war, kamen sie nach Damaskus in Syrien; da legte die Dämonin ihn an einem der Stadttore nieder und flog davon. Als nun der Tag erschien und man die Tore der Stadt auftat, sahen die Leute, die hinauszogen, einen schönen Jüngling in Hemd und Mütze, aller anderen Kleidung bar; und er war, müde von dem langen Wachen, in Schlaf versunken. Als nun die Leute ihn erblickten, sagten sie: ‚O die Glückliche, mit der dieser Jüngling die Nacht verbrachte! Aber hätte er sich doch die Zeit genommen, seine Kleider anzuziehen.' Und ein anderer sprach: ‚Der arme junge Herr! Vielleicht ist er eben nur aus der Schenke eines Bedürfnisses wegen hinausgegangen, da ist ihm der Wein zu Kopfe gestiegen, er hat den Ort, den er suchte, verfehlt und ist in die Irre gegangen, bis er zum Stadttor[1] kam; das hat er geschlossen gefunden und hat sich dann zum Schlafe niedergelegt.' Während die Leute so über ihn hin und her redeten, hauchte die Morgenbrise plötzlich über Bedr ed-Dîn hin und hob den Saum seines Hemdes bis zu seinem Leibe empor; und es zeigten sich ein Leib und ein Nabelgrübchen, Schenkel und Lenden wie von Kristall. Da rief das Volk: ‚Bei Allah, wie schön!' Bedr ed-Dîn aber erwachte und sah, daß er an einem Stadttor lag und daß viel Volks da war. Verwundert fragte er: ‚Wo bin ich, ihr guten Leute? Und weshalb seid ihr zusammengelaufen, und was habe ich mit euch zu tun?' Sie antworteten: ‚Wir fanden dich hier beim Ruf zum Morgengebet, im Schlafe liegend, und wir wissen sonst nichts. Wo aber hast du

---

1. Die Schenken befinden sich oft in einsamen Häusern außerhalb der Städte.

in dieser Nacht geschlafen?' Bedr ed-Dîn Hasan rief: ‚Bei Allah, ihr Leute, ich habe diese Nacht in Kairo geschlafen.' Einer sagte: ‚Du hast wohl Haschisch gegessen'; und ein anderer: ‚Bist du von Sinnen? Du verbringst die Nacht in Kairo und liegst am Morgen bei der Stadt Damaskus?' Er aber rief: ‚Bei Allah, meine guten Leute, ich lüge euch wirklich nicht an; ich war gestern nacht im Lande Ägypten, und gestern am Tage war ich in Basra.' Da meinte der eine: ‚Na, das ist aber gut!' und ein anderer: ‚Dieser Jüngling ist besessen!' Und sie klatschten ihn aus und redeten miteinander, indem sie sprachen: ‚Wie schade um seine Jugend! Bei Allah, kein Zweifel, er ist irre!' Dann mahnten sie ihn: ‚Nimm deinen Verstand zusammen und werde wieder vernünftig!' Aber Bedr ed-Dîn Hasan bestand darauf: ‚Ich war gestern Bräutigam im Lande Ägypten.' ‚Du hast wohl geträumt', erwiderten sie, ‚und das, was du erzählst, im Schlafe gesehen.' Da ward Hasan an sich selbst irre, aber dennoch sprach er zu ihnen: ‚Bei Allah, das kann kein Traum sein; und was ich erlebt habe, ist kein Schein! Ich bin sicher dort gewesen, und da hat man die Braut vor mir entschleiert, und noch ein Dritter war da, der Bucklige, der daneben saß. Bei Allah, meine Brüder, dies ist kein Traum, und wäre es ein Traum, wo fände sich denn der Beutel mit Gold bei mir, und wo mein Turban und mein Gewand und meine Hose?' Dann machte er sich auf, trat in die Stadt ein und ging durch die Straßen und durch die Gänge der Basare; das Volk aber drängte sich um ihn und lief hinter ihm her, bis er in den Laden eines Garkochs eintrat. Nun aber war dieser Koch gescheit, das heißt, er war ein Dieb gewesen; aber Allah hatte ihm die Sünden vergeben, und er hatte eine Garküche eröffnet. Alles Volk von Damaskus fürchtete ihn wegen seines gewaltigen Jähzorns, und als sie sahen, daß der Jüngling in den Laden des Garkochs eintrat, gingen sie aus Angst vor jenem auseinander. Der Koch aber sah Bedr ed-Dîn an; und als er seine Schönheit und Anmut bemerkte, gewann er ihn alsbald lieb. Er fragte ihn: ‚Von wannen kommst du, o Jüngling? Erzähle mir deine Geschichte; denn schon bist du mir lieber als mein Leben.' Da erzählte Hasan ihm alles, was ihm widerfahren war. Der Koch sagte darauf: ‚O mein Herr Bedr ed-Dîn, das ist eine wunderbare Geschichte, und dies sind seltsame Berichte. Mein Sohn, verbirg, was dir widerfahren ist, bis Allah deine Last von dir nimmt, und bleib derweilen hier bei mir; denn ich habe keinen Sohn und will dich an Kindes Statt annehmen.' Bedr ed-Dîn antwortete: ‚Gern, lieber Oheim!' Darauf ging der Koch in den Basar und kaufte ihm prächtige Kleider und ließ ihn sie anziehn; und er ging mit ihm zum Kadi und erklärte ihn in aller Form für seinen Sohn. Nun wurde Bedr ed-Dîn Hasan also bekannt in der Stadt Damaskus als der Sohn des Garkochs; und er saß bei ihm im Laden und nahm das Geld ein und lebte so eine Weile mit dem Koch zusammen.

Lassen wir jetzt den Bedr ed-Dîn und seine Erlebnisse, und wenden uns zu seiner Base Sitt el-Husn! Als der Morgen dämmerte und sie aus dem Schlafe erwachte, fand sie den Bedr ed-Dîn Hasan nicht mehr. Sie glaubte, er sei auf den Abtritt gegangen, und wartete eine Stunde lang auf ihn; da trat ihr Vater zu ihr ein. Er war trostlos ob all dessen, was ihm durch den Sultan widerfahren war; daß er ihn gezwungen und seine Tochter gewaltsam einem seiner Diener vermählt hatte, und noch dazu einem elenden buckligen Stallknecht. Und er hatte zu sich selber gesagt: ‚Ich will meine Tochter erschlagen, wenn sie sich diesem Verfluchten zu eigen gegeben hat.' So war er bis zum Brautgemach gegangen, an die Tür getreten und hatte gerufen: ‚O Sitt el-Husn!' Da antwortete sie: ‚Hier bin ich, o mein Herr!' Dann kam sie heraus, noch unsicheren Fußes nach all den Freuden der Nacht; und sie küßte den Boden, und ihr Gesicht hatte an Glanz und Anmut noch zugenommen, seit jener gazellengleiche Jüngling zu ihr in die Kammer gekommen. Als aber ihr Vater sie in diesem Zustande sah, da fragte er sie:, O du Verfluchte, freust du dich so um dieses Pferdeknechtes willen?' Wie Sitt el-Husn die Worte ihres Vaters hörte, lächelte sie und sagte: ,Bei Allah, genug an dem, was gestern vorging, als die Gäste über mich lachten und mich mit dem Knecht verglichen, der nicht einmal so viel wert ist wie ein Span von dem Fingernagel meines Gemahls! Bei Allah, noch nie in meinem ganzen Leben habe ich eine Nacht so schön wie die von gestern verbracht. Darum spotte meiner nicht länger, indem du mich an jenen Buckligen erinnerst.' Als ihr Vater diese Worte von ihr hörte, entbrannte er vor Zorn, seine Augen verfärbten sich, und er rief: ,Wehe dir, was für Worte sind dies! Der bucklige Knecht verbrachte die Nacht bei dir!' ,Ich beschwöre dich bei Allah,' erwiderte sie, ,nenne ihn nicht mehr, dessen Vater Allah verdamme! Und scherze nicht länger! Denn der Knecht war nur gedungen um zehn Dinare, und er nahm seinen Lohn und ging seiner Wege. Ich aber trat in das Brautgemach und fand meinen Gemahl dort sitzen, ihn, dem mich zuvor die Sängerinnen entschleiert hatten; jener war es, der rotes Gold unter sie ausgeteilt hatte, bis die Armen unter den Gästen reich geworden waren. Ich verbrachte die Nacht an der Brust meines zarten Gatten mit den schwarzen Augen und den zusammengewachsenen Brauen.' Und als ihr Vater diese Worte gehört, wurde das Licht vor seinen Augen in Dunkel zerstört, und er schrie sie an: ,O du Buhldirne, was sagst du da? Wo blieb dein Verstand?' ,Väterchen,' erwiderte sie, ,du brichst mir das Herz; genug, daß du so hart warst gegen mich! Wahrlich, dieser mein Gatte, der mir die Mädchenschaft nahm, ist nur zum Abtritt gegangen; und ich fühle, daß ich von ihm empfangen habe.' Da ging ihr Vater in großer Verwunderung hin zum Abtritt und fand dort den buckligen Stallknecht mit dem Kopf im Loch und den Beinen in der Luft. Bei diesem Anblick wurde der Wesir ganz ratlos und sagte: ‚Das ist er ja, der Bucklige!' Und er rief ihn an: ‚He, Buckliger!' Doch der Knecht grunzte: ‚Heb dich von dannen! Heb dich von dannen!' denn er glaubte, der da spräche, sei der Dämon. Und der Wesir rief nochmals und sagte: ‚Sprich, oder ich werde dir mit diesem Schwert den Kopf abschlagen.' Da sprach der Bucklige: ‚Bei Allah, o Scheich der Dämonen, seit du mich hier hineingesteckt hast, habe ich den Kopf noch nicht gehoben; ich beschwöre dich bei Allah, habe Mitleid mit mir!' Als aber der Wesir die Worte des Buckligen hörte, fragte er: ‚Was redest du da? Ich bin der Vater der Braut, ich bin kein Dämon!' Jener erwiderte: ‚Genug, daß du mir das Leben nehmen wolltest! Geh jetzt deines Weges, ehe der über dich kommt, der mich also zugerichtet hat. Konntet ihr mich nicht irgendeiner anderen vermählen als gerade der Geliebten von Büffeln und der Liebsten von Dämonen? Allah verfluche den, der mich mit ihr vermählt hat, und den, der das hier veranlaßt hat!' – –«

Da bemerkte Schehrezâd, daß der Morgen begann, und sie hielt in der verstatteten Rede an. Doch als die *Dreiundzwanzigste Nacht* anbrach, fuhr sie also fort: »Es ist mir berichtet worden, o glücklicher König, daß der bucklige Knecht zu dem Vater der Braut also sprach: ‚Allah verfluche den, der das hier veranlaßt hat!' Da sprach der Wesir zu ihm: ‚Steh auf und verlasse diesen Ort!' ‚Bin ich verrückt,' rief der Knecht, ‚daß ich ohne die Erlaubnis des Dämonen mit dir ginge, während der zu mir gesagt hat: Wenn die Sonne aufgeht, komm heraus und geh deines Weges. Ist die Sonne aufgegangen oder nicht? Ich kann diesen Ort nicht eher verlassen, als bis die Sonne aufgegangen ist.' Der Wesir fragte ihn: ,Wer hat dich hierhergebracht?' Er antwortete: ,Ich kam gestern abend hierher, um ein dringendes Bedürfnis zu verrichten; und siehe, da kam eine Maus aus dem Wasser und quietschte und wurde immer größer, bis sie die Gestalt eines Büffels erreicht hatte; der sprach Worte zu mir, die mir ins Ohr eingingen. Dann ließ er mich hier so und ging davon; Allah verfluche die Braut und den, der mich mit ihr vermählte!' Da trat der Wesir zu ihm und zog ihn aus dem Abtrittloch heraus; er aber lief eilends davon und glaubte noch kaum, daß die Sonne aufgegangen war, und er ging zum Sultan, dem er alles berichtete, was ihm mit dem Dämonen widerfahren war.

Der Wesir jedoch, der Vater der Braut, ging ins Haus zurück, in großer Sorge um seine Tochter, und er sprach: ,Liebe Tochter, erkläre mir, wie es mit dir steht.' Sie antwortete: ,Der Bräutigam, vor dem ich gestern entschleiert wurde, verbrachte die Nacht bei mir und nahm mir die Mädchenschaft, und ich habe von ihm empfangen. Wenn du mir nicht glaubst, so liegt dort sein Turban, gewunden noch, wie er war, auf dem Stuhl; und seine Hose liegt unter dem Bett, und darein ist etwas gewickelt, von dem ich nicht weiß, was es ist.' Als ihr Vater diese Worte hörte, ging er in die Brautkammer hinein und fand den Turban des Bedr ed-Dîn Hasan, des Sohnes seines Bruders; er nahm ihn sofort in die Hand, wandte ihn um und sprach: ,Dies ist ein Turban, wie ihn Wesire tragen; denn er ist aus Musselin.' Dann erblickte er etwas wie ein Amulett, das in den Tarbusch eingenäht war; und er nahm ihn und trennte ihn auf. Er hob auch die Hose auf und fand den Beutel mit den tausend Dinaren und öffnete ihn, und darin sah er ein beschriebenes Papier.

Das las er, und er entdeckte so den Kaufbrief des Juden; der lautete auf den Namen des Bedr ed-Dîn Hasan, des Sohnes des Nûr ed-Dîn 'Alî, des Ägypters; und auch die tausend Dinare waren darin. Kaum aber hatte Schems ed-Dîn das Blatt gelesen, als er laut aufschrie und in Ohnmacht zu Boden fiel; und als er erwachte und das Ganze zu begreifen begann, da staunte er und rief: ‚Es gibt keinen Gott außer Allah, der allmächtig ist über alle Dinge! Weißt du, o meine Tochter, wer dein rechtmäßiger Gemahl geworden ist?' ‚Nein', sagte sie, und er: ‚Wahrlich, er ist der Sohn meines Bruders, dein Vetter, und diese tausend Dinare sind seine Morgengabe für dich. Preis sei Allah! Wüßte ich nur, wie all das gekommen ist!' Darauf öffnete er das eingenähte Amulett und fand darin ein beschriebenes Papier und darauf eine Unterschrift in der Hand seines Bruders Nûr ed-Dîn, des Ägypters, des Vaters von Bedr ed-Dîn Hasan. Als er die Handschrift sah, sprach er die Verse:

> *Ich sehe ihre Spuren, und ich vergehe vor Sehnsucht,*
> *An ihren verlassenen Stätten vergieße ich meine Zähren.*
> *Aber ich bitte ihn, der mir die Trennung von ihnen brachte,*
> *Er möge eines Tages mir gnädig die Heimkehr gewähren.*

Als er geendet hatte, las er die Urkunde und fand darin aufgeführt die Daten der Verlobung seines Bruders mit der Tochter des Wesirs von Basra und seiner Hochzeit mit ihr, und der Geburt des Bedr ed-Dîn Hasan, und die ganze Lebensgeschichte seines Bruders bis zum Tage seines Todes. Da staunte er sehr und zitterte vor Freude, und er verglich das, was sein Bruder erlebt hatte, mit dem, was ihm selbst widerfahren war; so fand er, daß alles genau übereinstimmte: die Zeit seiner Verlobung mit der seines Bruders, ebenso die seiner Hochzeit, und auch die Zeit der Geburt des Bedr ed-Dîn stimmte zu der seiner Tochter Sitt el-Husn. Da nahm er die Urkunde, ging damit zum Sultan und erzählte ihm von Anfang bis zu Ende, was geschehen war; und der König staunte und befahl, daß es sofort aufgezeichnet werden sollte. Dann erwartete der Wesir den ganzen Tag hindurch den Sohn seines Bruders, aber er kam nicht; und er wartete einen zweiten Tag und einen dritten, und so bis zum siebenten Tage, ohne daß Nachricht von ihm kam. Da sagte er: ‚Bei Allah, ich will eine Tat tun, wie sie vor mir noch niemand getan hat!' Er nahm Tintenkapsel und Rohrfeder und zeichnete auf ein Papier den Plan des ganzen Hauses; und er zeigte, wie die Kammer lag und wo ein Vorhang hing, und so mit allem, was in dem Hause war. Dann faltete er die Zeichnung zusammen; und er ließ die zurückgelassenen Sachen bringen, nahm Bedr ed-Dîns Turban und Tarbusch, Gewand und Beutel, trug das Ganze in sein Zimmer, schloß es ein mit eisernem Schlosse und setzte sein Siegel darauf, um es zu bewahren, wenn etwa sein Neffe Hasan el-Basri käme. Die Tochter des Wesirs aber gebar, als ihre Zeit erfüllet war, einen Sohn; der war wie der volle Mond, das Ebenbild seines Vaters an Schönheit und Vollkommenheit und strahlender Lieblichkeit. Sie durchschnitten ihm die Nabelschnur, schwärzten seine Augenlider mit Bleiglanz und übergaben ihn den Pflegerinnen; und sie nannten ihn 'Adschîb, das ist der Wunderbare. Er aber entwickelte sich, wie wenn bei ihm ein Tag wie ein Monat und ein Monat wie ein Jahr wäre; und als sieben Jahre über ihn dahingegangen waren, übergab ihn sein Großvater einem Lehrmeister, und dem trug er auf, ihn zu erziehen, lesen zu lehren und ihm die sorgfältigste Ausbildung zu gewähren. Er blieb in der Schule vier Jahre lang; da begann er mit seinen Mitschülern zu streiten und sie zu schelten, und er pflegte zu ihnen zu sagen: ‚Wer unter euch ist wie ich? Ich bin der Sohn des Wesirs von Ägypten!' Schließlich aber machten die Knaben sich auf und gingen gemeinsam zu dem Lehrer, um sich darüber zu beklagen, wie sie von 'Adschîb zu leiden hatten. Da sagte der Lehrer zu ihnen: ‚Ich will euch etwas lehren, was ihr ihm morgen, wenn er zur Schule kommt, sagen sollt; dann wird er es aufgeben, in die Schule zu kommen. Wenn er nämlich morgen kommt, so setzt ihr euch rings um ihn hin und sagt einer zum andern: ‚Bei Allah, dies Spiel soll niemand mit uns spielen, außer wer uns die Namen seines Vaters und seiner Mutter nennt; denn wer die Namen seines Vaters und seiner Mutter nicht weiß, der ist ein Bastard, und der soll nicht mit uns spielen.' Als es dann Morgen ward, kamen die Kinder in die Schule, und unter ihnen 'Adschîb; und sie scharten sich um ihn und sagten: ‚Wir wollen ein Spiel spielen, aber niemand soll daran teilnehmen, der uns nicht den Namen seines Vaters und seiner Mutter nennen kann.' Und alle riefen: ‚Bei Allah, gut!' Und einer sprach: ‚Ich heiße Mâdschid, und meine Mutter heißt 'Alawîja und mein Vater 'Izz ed-Dîn.' Und ein zweiter sprach in derselben Weise, und dann ein dritter, bis die Reihe an 'Adschîb kam, und er sagte: ‚Ich heiße 'Adschîb, und meine Mutter heißt Sitt el-Husn, und mein Vater Schems ed-Dîn, Wesir von Ägypten.' Da riefen sie: ‚Bei Allah, der Wesir ist nicht dein Vater.' 'Adschîb aber erwiderte: ‚Der Wesir ist wirklich mein Vater.' Da verlachten die Knaben ihn und klatschten in die Hände und riefen: ‚Er weiß nicht, wer sein Vater ist; geh weg von uns, denn niemand soll mit uns spielen, außer wer seines Vaters Namen weiß!' Sofort liefen die Knaben von ihm weg und lachten ihn aus; ihm aber wurde beklommen, und er erstickte fast vor Tränen. Da sagte der Lehrer zu ihm: ‚Wir wissen, daß der Wesir dein Großvater ist, der Vater deiner Mutter Sitt el-Husn, aber nicht dein Vater. Doch deinen Vater kennst weder du, noch kennen wir ihn; denn der Sultan vermählte deine Mutter mit dem bucklichen Knecht; aber ein Dämon kam und schlief bei ihr, und du hast keinen bekannten Vater. Darum höre auf, dich über die Kinder der Schule zu überheben, bis du erst einmal weißt, daß du auch einen rechtmäßigen Vater hast; sonst wirst du als ein Kind des Ehebruchs unter ihnen gelten! Weißt du nicht, daß selbst der Sohn eines Hökers seinen Vater kennt? Dein Großvater ist sogar der Wesir von Ägypten; aber deinen Vater kennen wir nicht, und so sagen wir, daß du keinen Vater hast. Also werde wieder vernünftig!' Als aber 'Adschîb gehört hatte, was der Lehrer und die Kinder sagten und welche Schmach sie ihm anhängten, lief er sofort davon, ging zu seiner Mutter Sitt el-Husn und klagte ihr weinend sein Leid; aber die Tränen hinderten ihn am Sprechen. Als seine Mutter hörte, wie er schluchzte und weinte, entbrannte ihr Herz um ihn wie von Feuer; und sie sprach: ‚Mein Sohn, warum weinest du? Sag mir, was dir widerfahren ist.' Da erzählte 'Adschîb ihr, was er von den Knaben und dem Lehrer gehört hatte, und fragte: ‚Mutter, wer ist denn mein Vater?' Sie erwiderte ihm: ‚Dein Vater ist der Wesir von Ägypten'; aber er rief: ‚Belüg mich nicht! Der Wesir ist dein Vater, nicht meiner. Wer ist denn mein Vater? Wenn du mir nicht die Wahrheit sagst, so töte ich mich mit diesem Dolche.' Doch als seine Mutter ihn von seinem Vater sprechen hörte, weinte sie; denn sie dachte an ihren Vetter und daran, wie sie dem Bedr ed-Dîn Hasan el-Basri in den Hochzeitskleidern gezeigt worden war, und an alles, was sie damals miteinander erlebt hatten, und sie sprach diese Verse:

> *Sie pflanzten die Leidenschaft in mein Herz und gingen,*
> *Jetzt sind die Zelte mit meiner Liebe so weit!*
> *Auch meine Geduld entschwand, seit sie entschwanden;*
> *Mich floh, mir wurde zu schwer die Festigkeit.*

Sie zogen fort, und mich verließen die Freuden;
Ach, eine Stätte der Ruhe finde ich nie.
Sie machten beim Abschied die Tränen des Auges mir rinnen,
Und immer bei ihrem Fernsein vergieße ich sie.
Sehne ich mich danach, sie dereinst zu sehen
Und wird das Seufzen nach ihnen und Warten mir lang,
So denk ich an ihre Gestalt, und in meinem Herzen
Wohnt Liebe und treues Gedenken und Sehnsucht so bang.
Ach, das Gedenken an euch ist mir ein Mantel,
Aus Liebe zu euch ist es ein Kleid mir zumal.
Wie lange noch dieses Fernsein und dies Entfliehn,
O meine Geliebten, wie lange noch diese Qual?

Dann weinte sie und schrie laut auf, und ihr Sohn tat desgleichen; und siehe, der Wesir trat zu ihnen herein, und als er sie beide weinen sah, brannte ihm das Herz in der Brust, und er fragte: ‚Worüber weinet ihr?' Da erzählte sie ihm, was sich zwischen ihrem Sohn und den Kindern der Schule zugetragen hatte; und er weinte auch. Er gedachte seines Bruders und dessen, was ihnen beiden widerfahren war, und dessen, was seine Tochter erlebt hatte, und wie er in das Geheimnis von all dem nicht hatte eindringen können. Sofort erhob er sich und ging in die Regierungshalle und trat vor den König, tat ihm alles kund und bat ihn um die Erlaubnis, nach Osten zu reisen, zur Stadt Basra, um nach seines Bruders Sohn zu suchen. Auch bat er den Sultan, ihm Briefe für andere Städte zu schreiben, damit er seinen Neffen ergreifen könnte, wo immer er ihn finden würde. Und er weinte vor dem Sultan; der hatte Mitleid mit ihm und gab ihm Briefe für alle Länder und Städte. Darüber war der Wesir froh, und er betete um Segen für den Sultan. Dann nahm er Abschied von ihm, kehrte sofort in sein Haus zurück und rüstete sich zur Reise, indem er alles mitnahm, dessen er und seine Tochter und sein angenommener Sohn

'Adschîb bedurften. Und er brach auf und wanderte den ersten Tag und den zweiten und den dritten, bis er in der Stadt Damaskus ankam. Und er sah sie vor sich, reich an Bäumen und Strömen; wie der Dichter von ihr sagt:

> *Nach meinem Tage in Damaskus und meiner Nacht*
> *Schwur das Geschick: Dort ist ein herrliches Wunder vollbracht!*
> *Wir schliefen; die Tiefe der Nacht befreite von allen Sorgen.*
> *Da kam mit lächelndem Antlitz in grauweißem Haare der Morgen.*
> *Und der Tau erglänzte dort auf den Zweigen allen*
> *Wie Perlen, die, vom Zephir geschüttet, auf sie gefallen.*
> *Der See war wie ein Blatt, und die Vögel flogen dahin*
> *Und lasen die Schrift des Windes mit Punkten der Wolken darin.*

Der Wesir machte Halt auf Maidân el-Hasa; und er ließ die Zelte aufschlagen und sagte zu seinen Dienern: ‚Hier werden wir zwei Tage bleiben!' Da gingen die Diener in die Stadt, um ihre Besorgungen zu machen, der eine, um zu verkaufen, der andere, um zu kaufen, der eine ging ins Bad, der andere in die Moschee der Omaijaden, derengleichen es in der Welt nicht gibt. Und auch 'Adschîb ging mit seinem Diener in die Stadt, um sie sich anzusehen, und der Diener folgte mit einem Knüttel so schwer, daß ein Kamel nicht wieder aufgestanden wäre, wenn er es damit geschlagen hätte. Da erblickte das Volk von Damaskus den 'Adschîb, seines Ebenmaßes Vollkommenheit, seine strahlende Lieblichkeit; denn er war ein Knabe so fein und lieblich, so zart und zierlich, weicher als des Nordens Zephirwinde, süßer als des klaren Wassers Gründe für einen, der vom Durst geplagt, und erfreuender als die Gesundheit für einen, an dem die Krankheit nagt. Und es schloß sich ihnen eine gewaltige Menge an, die einen liefen hinterher, und andere liefen ihnen voraus, um sich an den Weg zu setzen, bis er vorüberkam; und schließlich blieb der Sklave, wie es das

Schicksal bestimmt hatte, vor dem Laden des Bedr ed-Dîn Hasan stehen, der ja der Vater des 'Adschîb war. Nun war sein Bart gewachsen, und sein Verstand war gereift während der zwölf Jahre; und da der Koch gestorben war, so hatte Bedr ed-Dîn Hasan dessen Laden und Besitz geerbt, dieweil er förmlich vor den Richtern und den Zeugen als sein Sohn anerkannt war. Als aber an jenem Tage sein Sohn mit dem Diener vor ihn trat, da blickte er den Knaben an, und als er sah, wie wunderbar schön er war, pochte ihm das Herz, und das Blut trieb ihn zum Blut, und sein Herz neigte sich ihm zu. Nun hatte er gerade verzuckerte Granatapfelkerne bereitet, und die vom Himmel gepflanzte Liebe regte sich mächtig in ihm; so rief er seinen Sohn 'Adschîb an und sagte:, Junger Herr, der du die Herrschaft über mein ganzes Herz gewonnen hast und nach dem sich mein innerstes Wesen sehnt, willst du eintreten in mein Haus und mein Herz erfreuen, indem du von meiner Speise issest?' Dann strömten ihm die Augen über von Tränen, ohne daß er es wollte, und er dachte an das, was er gewesen, und an das, was er nunmehr geworden war. Als 'Adschîb seines Vaters Worte hörte, sehnte sich auch sein Herz nach ihm. Er blickte auf den Diener und sagte zu ihm: ‚Mein Herz sehnt sich nach diesem Koch; er ist wie einer, der sich von seinem Sohn hat trennen müssen; also laß uns bei ihm eintreten und ihm das Herz erfreuen, indem wir seine Gastfreundschaft annehmen! Wenn wir das tun, so wird vielleicht Allah mich mit meinem Vater vereinigen.' Als der Diener die Worte 'Adschîbs hörte, rief er: ‚Bei Allah, das ist hübsch! Soll man Söhne von Wesiren in einer Garküche speisen sehen? Ich halte das Volk von dir ab mit diesem Knüttel, daß niemand dich anblickt, und ich kann niemals zulassen, daß du in diesen Laden eintrittst.' Als aber Bedr ed-Dîn Hasan die Rede des Dieners vernahm, da staunte er, und er wandte sich ihm zu, während Tränen ihm über die Wangen rannen; da sagte 'Adschîb: ‚Siehe, mein Herz liebt ihn!' Der Diener aber versetzte: ‚Laß ab von diesem Geschwätz; du darfst nicht hineingehen!' Nun wandte der Vater des 'Adschîb sich an den Diener und sagte: ‚Würdiger Herr, weshalb willst du mir nicht die Seele erfreuen, indem du eintrittst in meinen Laden? O du, der du bist wie eine Kastanie, dunkel von außen, aber weißen Herzens drinnen! O du, von dessengleichen einer der Dichter sagt...' Da lachte der Sklave und fragte: ‚Was sagst du? Sprich, bei Allah, und sei kurz.' Sofort sprach Bedr ed-Dîn diese Verse:

> *Wär nicht seine feine Bildung und seine schöne Treue,*
> *So hätte er nicht im Hause des Königs Herrschergewalt.*
> *Und für die Frauengemächer, o welch ein trefflicher Diener!*
> *Ob seiner Schönheit dienten die Engel des Himmels ihm bald!*

Der Eunuch staunte ob dieser Worte, und er nahm 'Adschîb an der Hand und trat in den Laden des Kochs ein. Bedr ed-Dîn Hasan aber füllte eine Schale mit Granatapfelkernen, die mit Mandeln und Zucker angerichtet waren, und sie kosteten beide davon. Darauf sprach Bedr ed-Dîn Hasan zu ihnen: ‚Ihr habt mich durch euren Eintritt geehrt, so esset denn, zu Glück und Gesundheit.' 'Adschîb aber sprach zu seinem Vater: ‚Setze dich und iß mit uns; vielleicht wird Allah uns mit dem vereinen, den wir suchen.' Da fragte Bedr ed-Dîn Hasan: ‚O mein Sohn, hast du in deinen zarten Jahren schon den Kummer der Trennung von denen erfahren, die du liebtest?' 'Adschîb antwortete: ‚So ist es, mein Oheim; mir brennt das Herz um den Verlust eines Geliebten, der kein anderer ist als mein Vater; ja, ich und mein Großvater, wir sind eben jetzt hinausgezogen, um die Länder nach ihm zu durchsuchen. O, daß ich doch wieder mit ihm vereint wäre!' Und er weinte bitterlich, und auch sein Vater weinte, da er ihn in seinem Trennungsschmerze weinen sah, zumal er zugleich daran dachte, daß er von den Lieben getrennt war und fern von Vater und Mutter lebte; auch der Diener empfand Trauer um ihn. Sie aßen nun zusammen, bis sie gesättigt waren; darauf standen 'Adschîb und der Sklave auf und verließen den Laden des Bedr ed-Dîn Hasan. Dem aber war es, als sei seine Seele aus seinem Leibe geflohen und ihnen gefolgt; und da er es nicht ertragen konnte, den Knaben so im Augenblick aus dem Gesicht zu verlieren, verschloß er den Laden und ging ihnen nach, obgleich er nicht wußte, daß 'Adschîb sein Sohn war. Er ging so schnell, daß er sie erreichte, ehe sie aus dem Großen Tore hinausgegangen waren. Da drehte der Eunuch sich um und fragte ihn: ,Was hast du?' Bedr ed-Dîn Hasan erwiderte: ,Als ihr von mir ginget, war es mir, als wäre meine Seele mit euch dahin; und da ich gerade in der Außenstadt vor dem Tore Geschäfte hatte, so dachte ich euch Gesellschaft zu leisten, bis ich sie erledigt hätte, und dann nach Hause zurückzukehren.' Der Eunuch aber wurde zornig und sagte zu 'Adschîb: ,Ebendies war es, was ich fürchtete! Wir aßen den unseligen Bissen, der als Ehrenbezeigung für uns gedacht war, und jetzt folgt uns der Bursche von Ort zu Ort.' Da wandte 'Adschîb sich um, und als er den Koch dicht hinter sich sah, ergrimmte er, und sein Gesicht wurde rot vor Ärger, und er sagte zu dem Diener: ,Laß ihn die Straße der Muslime ziehen! Aber wenn wir abbiegen zu unsern Zelten und sehen, daß er uns immer noch folgt, dann wollen wir ihn wegjagen.' Er senkte darauf den Kopf und ging weiter, und der Eunuch folgte ihm. Doch Bedr ed-Dîn Hasan ging ihnen nach bis zum Maidân el-Hasa; und als sie sich den Zelten näherten, sahen sie sich um und erblickten ihn dicht hinter sich. Da war 'Adschîb erzürnt, denn er fürchtete, der Eunuch werde seinem Großvater alles berichten. Und er war durchdrungen von dem Zorn darüber, daß jener sagen könnte, er sei in eine Garküche getreten, und nachher sei ihm der Koch gefolgt. Er wandte sich also um und sah Hasans Augen auf seine eigenen Augen geheftet, denn jener war geworden wie ein Leib ohne Seele; und es schien 'Adschîb, als ob sein Auge das Auge eines Lüstlings und er ein Bastard wäre. Da nun sein Grimm noch stieg, griff er einen Stein auf und warf ihn nach seinem Vater. Bedr ed-Dîn Hasan sank ohnmächtig zu Boden, und sein Blut strömte über sein Gesicht; 'Adschîb und der Diener aber gingen zu den Zelten. Als Bedr ed-Dîn Hasan dann zu sich kam, wischte er sich das Blut ab, riß einen Streif vom Turban und verband sich den Kopf; und er schalt sich selber und sagte: ‚Ich tat dem Knaben unrecht, indem ich meinen Laden verschloß und ihm folgte, denn er mußte glauben, daß ich ein Lüstling sei.' Dann kehrte er zu seinem Laden zurück und verkaufte weiter seine Speisen. Und er begann sich nach seiner Mutter, die in Basra war, zu sehnen, und er weinte um sie und sprach diese Verse:

Verlange kein Recht vom Schicksal, du tätest ihm doch nur Unrecht;
Und schilt es nicht, denn es hat mit Gerechtigkeit nichts zu tun.
Nimm, was sich dir beut, und lasse die Sorgen beiseite!
Bald ist es trüb in der Welt, bald hell. So ist's einmal nun.

Bedr ed-Dîn Hasan also blieb dabei, seine Speisen zu verkaufen; aber der Wesir, sein Oheim, blieb drei Tage in Damaskus, dann ritt er weiter in der Richtung nach Homs und kam dort an. Und er forschte auf seinem Wege überall nach, wohin er nur seinen Blick richtete, bis er Dijâr Bekr und Maridîn und Mosul erreichte. Dann reiste er immer weiter bis zur Stadt Basra und zog in sie ein. Sobald er dort sein Lager aufgeschlagen hatte, ging er zum dortigen Sultan und traf mit ihm zusammen. Der ließ ihm hohe Ehren zuteil werden und fragte ihn nach dem

Anlaß seines Kommens. Da erzählte jener ihm seine Geschichte, sowie daß der Wesir Nûr ed-Dîn 'Alî sein Bruder gewesen sei. Der Sultan rief aus: ‚Allah erbarme sich seiner!' und fügte hinzu: ‚O Herr, er war mein Wesir, und ich liebte ihn sehr. Vor fünfzehn Jahren ist er gestorben, und er hinterließ einen Sohn, der nach seines Vaters Tode nur noch einen einzigen Monat hierblieb; seither ist er verschwunden, und wir haben nie etwas von ihm erfahren. Aber seine Mutter, die Tochter meines früheren Wesirs, lebt noch unter uns.' Als der Wesir Schems ed-Dîn von dem König hörte, daß seines Neffen Mutter noch am Leben war, da freute er sich und sagte: ‚O König, ich möchte gern mit ihr zusammentreffen!' Alsbald gab ihm der Sultan die Erlaubnis dazu. Und er begab sich zu ihr in das Haus seines Bruders Nûr ed-Dîn; und er ließ dort seine Blicke überall umherschweifen und küßte die Schwelle. Und indem er seines Bruders Nûr ed-Dîn 'Alî gedachte, wie der in der Fremde gestorben war, weinte er, und er sprach die Verse:

> *Ich gehe vorbei an den Stätten, den Stätten des lieben Mädchens,*
> *Und küsse bald hier eine Wand und bald eine andere dort.*
> *Die Liebe zu den Stätten ist's nicht, die mein Herz entzündet,*
> *Nein, nur die Liebe zu ihr, die da wohnte an jenem Ort.*

Darauf schritt er durch das Tor zu einem weiten Hofe und zu einem gewölbten Torweg; der war aus Assuaner Granit erbaut und belegt mit Marmorplatten von allen Arten und Farbenschatten. Dort trat er ein und ging im Hause umher und ließ seinen Blick überall umherstreifen; da fand er den Namen seines Bruders Nûr ed-Dîn in goldenen Lettern auf die Wand gemalt. Und er trat hin zu der Inschrift und küßte sie und weinte und dachte daran, wie er von ihm getrennt worden war; und er sprach die Verse:

Ich frage die Sonne nach dir, sooft sie strahlend aufgeht;
Ich frage den Blitz nach dir, sooft er am Himmel flammt.
Zur Nachtzeit rollt die Sehnsucht mich mit ihren Händen zusammen,
Und rollt mich auf; doch ich klage nicht, daß ich zu Schmerzen verdammt.
Geliebter mein, wenn die Zeit so lang währt und wenn die Trennung
So ist, dann werd ich in Stücke zerrissen durch deinen Verlust.
Doch wenn du meinem Auge nur deinen Anblick gewährtest,
Ach, wie schön wär es dann, sänke ich dir an die Brust!
Glaube doch nicht, daß ich einen anderen gefunden hätte;
In meinem Herzen ist für andere Lieb keine Stätte!

Dann ging er weiter, bis er zu der Halle kam, in der die Witwe seines Bruders, die Mutter des Bedr ed-Dîn Hasan el-Basri, weilte. Sie hatte seit der Zeit, da ihr Sohn verschwunden war, nicht aufgehört, Tag und Nacht hindurch zu weinen und zu klagen; als die Jahre ihr lang zu werden begannen, da hatte sie mitten in der Halle ein Marmorgrab für ihren Sohn erbaut, und nun pflegte sie dort um ihn zu weinen, Tag und Nacht, und sie schlief immer nur bei dem Grabe. Als der Wesir dorthin kam, wo sie weilte, vernahm er ihre Stimme; und er blieb hinter der Tür stehen, während er sie das Grabmal also ansprechen hörte:

Bei Allah, o Grab, schwand denn deine Schönheit jetzt dahin?
Und ist jener Anblick verblaßt, der sonst so strahlend scheint?
O Grab, du bist doch weder Erde noch Himmel für mich;
Wie kommt's, daß sich in dir das Reis mit dem Monde vereint?

Während sie so klagte, siehe, da trat der Wesir Schems ed-Dîn zu ihr ein, begrüßte sie und ließ sie wissen, daß er ihres Gatten Bruder sei; und dann erzählte er ihr alles, was geschehen war, und enthüllte ihr die ganze Geschichte, wie ihr Sohn Bedr ed-Dîn Hasan vor über zehn Jahren eine ganze Nacht bei seiner Tochter zugebracht hatte und morgens verschwunden gewesen war. Und er schloß mit den Worten: ‚Meine Tochter aber hatte von deinem Sohne empfangen und einen Knaben geboren, der jetzt bei mir ist, und er ist doch auch dein Kind, der Sohn deines Sohnes von meiner Tochter.' Als sie aber hörte, daß ihr Sohn Bedr ed-Dîn Hasan noch lebte, und ihren Schwager sah, da stand sie auf und warf sich ihm zu Füßen, küßte sie und sprach die Verse:

> *Bei Allah, welch ein trefflicher Bote, der mir ihr Kommen kündet,*
> *Und der mit der allerfrohesten Botschaft zu mir kam!*
> *Wär er mit einem zeriss'nen Geschenke zufrieden, ich gäbe*
> *Ein Herz ihm, das beim Abschied in Stücke zerriß vor Gram.*

Darauf ließ der Wesir den 'Adschîb holen, und als er kam, fiel seine Großmutter ihm um den Hals und weinte. Schems ed-Dîn aber sprach: ‚Dies ist die Zeit nicht zum Weinen; dies ist die Zeit, dich bereitzumachen, um mit uns nach dem Lande Ägypten zu reisen; vielleicht vereinigt Allah mich und dich mit deinem Sohn und meinem Neffen.' Sie erwiderte: ‚Ich höre und gehorche!'; und sie erhob sich alsbald, sammelte ihr Gepäck und ihre Schätze und ihre Sklavinnen und machte sich sofort für die Reise zurecht. Der Wesir Schems ed-Dîn ging derweilen zum Sultan von Basra, um Abschied zu nehmen, und der übergab ihm Geschenke und Kostbarkeiten für den Sultan von Ägypten. Zur selbigen Stunde machte er sich auf und zog dahin, bis er zu der Stadt Damaskus kam; dort machte er in el-Kanûn Halt und ließ die Zelte aufschlagen. Und er sprach zu seinem Gefolge: ‚Wir wollen hier eine Woche bleiben und für den Sultan Geschenke und Kostbarkeiten kaufen.' 'Adschîb aber ging hinaus und sagte zu dem Eunuchen: ‚O Lâïk, ich möchte einen Spaziergang machen; komm, laß uns hinuntergehen in den Basar und in Damaskus umherwandeln und nachsehen, was aus jenem Koch geworden ist, bei dem wir Süßigkeiten aßen und dem wir nachher den Kopf verwundeten; er war doch freundlich gegen uns, und wir haben ihn schlecht behandelt.' Der Eunuch antwortete: ‚Ich höre und gehorche!' Darauf verließ 'Adschîb mit dem Eunuchen die Zelte; denn das Band des Blutes zog ihn hin zu seinem Vater. Alsbald traten sie in die Stadt ein und gingen immer weiter, bis sie die Garküche erreichten; und sie sahen den Koch in seinem Laden stehen. Es war etwa um die Zeit des Nachmittagsgebetes, und zufälligerweise hatte er gerade Granatapfelkerne zubereitet. Als nun die beiden näher kamen und 'Adschîb ihn sah, da sehnte sich sein Herz nach ihm; er erblickte auch die Narbe von dem Steinwurf auf seiner Stirn, und er sprach: ‚Friede sei mit dir, du da! Wisse, daß mein Herz mit dir ist!' Als aber Bedr ed-Dîn seinen Sohn sah, da erzitterte sein Innerstes, und sein Herz klopfte; er neigte den Kopf zur Erde und suchte seine Zunge im Munde zu bewegen, doch er konnte es nicht. Danach hob er den Kopf wieder zu seinem Knaben empor, demütig und flehend, und er sprach die Verse:

> *Ich sehnte mich nach ihm, den ich liebe; doch als ich ihn sah,*
> *Versagten mir Zunge und Blick, und ich wußte nicht, wie mir geschah.*
> *In tiefer Verehrung vor ihm verneigte ich mein Gesicht;*
> *Ich wollte verbergen, was in mir, und doch verbarg ich es nicht.*
> *Geraume Bände von Klagen hatte ich bei mir dort;*
> *Doch als wir zusammentrafen, sprach ich kein einziges Wort.*

Darauf sprach er zu ihnen: ‚Heilt mir das gebrochene Herz und eßt von meinen Speisen; denn bei Allah, ich kann dich nicht ansehen, ohne daß mein Herz klopft! Ich wäre dir wahrlich damals nicht gefolgt, wenn ich nicht von Sinnen gewesen wäre.' ‚Bei Allah, du liebst uns wirklich,' erwiderte 'Adschîb; ‚wir haben damals einen Bissen bei dir gegessen, aber du folgtest uns danach und wolltest uns Schmach bringen; so wollen wir jetzt nur unter der Bedingung mit dir essen, daß du schwörst, uns nicht nachzugehen noch uns zu verfolgen. Sonst werden wir dich nicht mehr besuchen, solange wir in dieser Stadt sind; denn wir werden eine Woche hier verweilen, bis mein Großvater Geschenke für den König gekauft hat.' Da erwiderte Bedr ed-Dîn Hasan: ‚Das verspreche ich euch.' So traten 'Adschîb und der Diener in den Laden ein, und sein Vater setzte ihnen eine Schüssel Granatapfelkerne vor. 'Adschîb sagte: ‚Iß mit uns, vielleicht wird Allah unseren Gram vertreiben.' Bedr ed-Dîn aber freute sich und aß mit ihnen; doch er blickte ihm starr ins Gesicht; denn sein Herz und sein ganzes Wesen hingen an ihm. Schließlich sagte 'Adschîb zu ihm: ‚Denke daran! Habe ich dir nicht gesagt, du seiest ein lästiger Liebhaber? Nun höre doch auf, mir immer so ins Gesicht zu sehen!' Als aber Bedr ed-Dîn seines Sohnes Worte hörte, sprach er diese Verse:

> *Für die Herzen hast du geheimnisvollen Zauber,*
> *Verborgenen, tief versteckten; nie wird er offenbar.*
> *O, der du den leuchtenden Mond durch deine Schönheit beschämest,*
> *Und dessen Anmut gleichet dem Morgenlichte so klar:*
> *In deines Antlitzes Licht sind unerreichbare Wünsche*
> *Und Zeichen der Liebe auf ewig, die wachsen und mehren sich schnell.*
> *Soll ich vor Hitze vergehn, obgleich dein Antlitz mein Eden?*
> *Und soll ich verdursten, obgleich deine Lippe der Lebensquell?*

Bedr ed-Dîn gab nun bald dem 'Adschîb einen Bissen, bald dem Eunuchen; und sie aßen, bis sie gesättigt waren. Dann standen sie auf, und auch Hasan el-Basri erhob sich und goß ihnen Wasser über die Hände, löste einen seidenen Schal von seinem Gürtel, trocknete sie damit ab und besprengte sie mit Rosenwasser aus einer Flasche, die er bei sich führte. Dann ging er aus dem Laden hinaus und kehrte zurück mit einem Kruge voll Scherbett, gemischt mit Rosenwasser und Moschus; den setzte er vor sie hin und sagte: ‚Macht eure Güte vollkommen!' Da nahm 'Adschîb, trank und reichte dem Diener; und sie reichten einander, bis ihr Magen gefüllt war und sie so gesättigt waren, wie noch nie zuvor. Darauf gingen sie fort und eilten, die Zelte zu erreichen. Und 'Adschîb trat ein zu seiner Großmutter, der Mutter seines Vaters Bedr ed-Dîn Hasan; sie küßte ihn und dachte an ihren Sohn Bedr ed-Dîn Hasan, und sie seufzte und weinte und sprach die Verse:

> *Ich hoffte doch immer noch, mit dir vereint zu werden;*
> *Sonst hätte das Leben für mich keinen Reiz nach deinem Verlust.*
> *Ich schwöre: In meinem Herzen ist nichts als deine Liebe,*
> *Und Gott der Herr sieht ja die Geheimnisse in der Brust.*

Dann fragte sie 'Adschîb: ,Mein Sohn, wo bist du gewesen?' Er erwiderte: ,In der Stadt Damaskus.' Da stand sie auf und brachte ihm eine Schüssel mit Speise von Granatapfelkernen, die wenig gesüßt waren, und sagte zu dem Diener: ,Setze dich mit deinem Herrn!' Der Diener sprach bei sich selber: ,Bei Allah, wir haben kein Verlangen mehr zu essen'; dennoch setzte er sich nieder. Ebenso war dem 'Adschîb, als er sich niedersetzte, der Magen noch voll von dem, was er schon gegessen und getrunken hatte. Gleichwohl nahm er einen Brocken, tauchte ihn in die Granatapfelspeise und begann zu essen; aber er fand, daß sie nicht süß genug war, weil er schon übersatt war, und so sagte er: ,Pfui! Was ist dies für ein schlechtes Essen!' ,O mein Sohn!' rief seine Großmutter aus, ,tadelst du, was ich gekocht habe? Ich habe diese Speise selber bereitet, und kein Mensch vermag sie so gut zu kochen wie ich, außer deinem Vater Bedr ed-Dîn Hasan!' ,Bei Allah, Großmutter,' erwiderte 'Adschîb, ,diese Speise ist schlecht. Wir sahen noch eben in der Stadt Damaskus einen Koch, der die Granatapfelkerne so bereitet, daß ihrem Geruch sich das Herz öffnet; seine Speise erweckte Verlangen zu essen, aber deine Speise ist, mit jener verglichen, weder viel noch wenig wert.' Als seine Großmutter diese Worte hörte, geriet sie in heftigen Zorn, und sie blickte den Sklaven an. – –«

Da bemerkte Schehrezâd, daß der Morgen begann, und sie hielt in der verstatteten Rede an. Doch als die *Vierundzwanzigste Nacht* anbrach, fuhr sie also fort: »Es ist mir berichtet worden, o glücklicher König, daß 'Adschîbs Großmutter, als sie seine Worte hörte, zornig wurde und den Diener ansah und zu ihm sagte: ‚Wehe dir! Du hast meinen Sohn verführt und ihn in gemeine Garküchen gebracht?' Da erschrak der Eunuch und leugnete und sagte: ‚Wir sind nicht in den Laden gegangen, wir sind nur an ihm vorbeigekommen.' ‚Bei Allah,' rief 'Adschîb, ‚wir sind doch hineingegangen; und wir haben dort gegessen, und die Speise schmeckte besser als deine!' Nun aber ging seine Großmutter fort, erzählte es ihrem Schwager und erregte seinen Zorn wider den Sklaven; er ließ ihn rufen und fragte ihn: ‚Weshalb hast du meinen Sohn in eine Garküche gebracht?' Der Sklave versetzte in Angst: ‚Wir sind nicht hineingegangen.' Aber 'Adschîb sagte: ‚Wir sind doch hineingegangen, und wir haben von den Granatapfelkernen gegessen, bis wir satt waren; und der Koch hat uns auch Zuckerwasser mit Schnee zu trinken gegeben.' Da wurde die Entrüstung des Wesirs gegen den Sklaven noch größer, und von neuem befragte er ihn; und als er immer noch leugnete, sagte er: ‚Wenn du die Wahrheit sprichst, so setze dich und iß vor unsern Augen!' Daraufhin trat der Sklave vor und versuchte zu essen; aber er konnte es nicht und ließ den Bissen fallen und rief: ‚O Herr, ich bin noch von gestern her satt.' Jetzt war der Wesir überzeugt, daß er im Laden des Garkochs gegessen hatte; und er befahl den Sklaven, ihn zu Boden zu werfen; das taten sie, und er schlug ihn so heftig, daß der Sklave um Hilfe schrie und rief: ‚O Herr, schlag mich nicht mehr, ich will dir die volle

Wahrheit sagen!' Da hielt er mit dem Schlagen inne und sagte: ‚Jetzt sprich die Wahrheit!' Der Eunuch erwiderte: ‚Wisse, wir traten in den Laden des Kochs, als er gerade Granatapfelkerne bereitete, und er setzte uns etwas davon vor. Und bei Allah, nie in meinem Leben habe ich etwas gegessen, was sich damit vergleichen ließe; ich habe aber auch nie etwas Schlechteres gekostet als das, was jetzt vor uns steht.' Die Mutter des Bedr ed-Dîn Hasan aber wurde zornig und sagte: ‚Du mußt zu dem Koch gehen und uns eine Schüssel von seinen Granatapfelkernen bringen und sie deinem Herrn zeigen, damit er sage, welche besser und feiner sind.' Der Diener antwortete: ‚Jawohl!' Sofort gab sie ihm eine Schüssel und einen halben Dinar; und er ging hin zu dem Laden und sagte zu dem Koch: ‚Wir haben eine Wette abgeschlossen über deine Speise in meines Herrn Hause; denn die haben auch Granatapfelkerne. Gib mir von den deinen für diesen halben Dinar; aber paß auf, denn ich habe um deiner Kocherei willen eine schmerzhafte Tracht Prügel bekommen.' Hasan lachte und sprach: ‚Bei Allah, niemand vermag dies Gericht so gut zu bereiten wie ich und meine Mutter; sie ist aber jetzt in einem fernen Lande.' Darauf füllte er die Schüssel, nahm sie und tat noch Moschus und Rosenwasser daran; dann erhielt der Diener sie und eilte mit ihr davon, bis er bei den Zelten ankam. Nun nahm die Mutter Hasans die Schüssel und kostete davon; als sie aber den feinen Geschmack und die vortreffliche Zubereitung bemerkte, wußte sie, wer es gemacht hatte; und sie schrie auf und sank in Ohnmacht. Der Wesir erschrak und besprengte sie sofort mit Rosenwasser; nach einer Weile erholte sie sich und sagte: ‚Wenn mein Sohn noch von dieser Welt ist, so hat nur er allein diese Granatapfelkerne bereitet; das ist mein Sohn Bedr ed-Dîn Hasan selber. Daran ist kein Zweifel möglich, noch auch ein Irrtum; denn dies ist eine Speise, die nur er und ich zu bereiten verstehen, und ich habe ihn gelehrt, sie zu kochen.' Als der Wesir ihre Worte hörte, freute er sich sehr und sagte: ‚Oh, wie sehne ich mich nach dem Anblick meines Neffen! Ich möchte wissen, ob mich die Tage je wieder mit ihm vereinigen! Wir können nur zu Allah dem Erhabenen beten, daß Er mich mit ihm zusammenführe!' Noch im selben Augenblick ging der Wesir hinaus zu den Leuten, die bei ihm waren, und sprach: ‚Zwanzig Mann von euch sollen zu der Garküche gehen. Reißt den Laden nieder, fesselt dem Koch die Hände mit seinem Turban und schleppt ihn mit Gewalt zu mir, doch ohne daß ihm ein Leid geschieht!' Sie erwiderten: ‚Jawohl.' Dann ritt der Wesir sofort in den Palast und trat vor den Statthalter von Damaskus und zeigte ihm die Schreiben, die er vom Sultan bei sich hatte. Jener küßte sie, legte sie auf sein Haupt und sprach: ‚Wer ist dein Schuldner?' Der Wesir erwiderte: ‚Ein Koch.' Da befahl der Statthalter sofort seinen Wächtern, zu dem Laden zu gehen; und sie taten es, fanden ihn bereits zerstört und alles darin zerbrochen vor; denn als der Wesir in den Palast gegangen war, hatten seine Leute seinen Befehl ausgeführt. Nun saßen sie da und warteten auf die Rückkehr des Wesirs aus dem Palaste; Bedr ed-Dîn Hasan aber sagte: ‚Was haben die nur in den Granatapfelkernen gefunden, daß dies geschehen ist?' Als aber der Wesir von seinem Besuch bei dem Statthalter zurückkam, der ihm die Erlaubnis gegeben hatte, seinen Schuldner aufzugreifen und mit ihm davonzuziehen, und als er wieder im Zeltlager war, rief er nach dem Koch. Man führte ihn vor, gefesselt mit seinem Turban. Wie Bedr ed-Dîn Hasan seinen Oheim erblickte, weinte er bitterlich und fragte: ‚Hoher Herr, was ist mein Vergehen wider dich?' ‚Bist du der Mann, der die Granatapfelkerne bereitet hat?' fragte der

Wesir; und er antwortete: ‚Ja! Hast du denn etwas darin gefunden, das es nötig macht, mir den Kopf abzuschlagen?' Der Wesir sagte darauf: ‚Das wäre das Beste und die geringste deiner Strafen!' Da bat der Koch: ‚Hoher Herr, willst du mir nicht mein Vergehen kundtun?' Der Wesir erwiderte: ‚Jawohl, sofort!' Dann rief er den Dienern zu: ‚Bringt die Kamele her!' Und sie nahmen den Bedr ed-Dîn Hasan mit sich, steckten ihn in eine Kiste und legten ein Schloß davor. Dann brachen sie auf und zogen immer weiter, bis die Nacht hereinbrach. Da machten sie halt und aßen ein wenig Zehrung; den Bedr ed-Dîn Hasan nahmen sie aus seiner Kiste heraus und gaben auch ihm zu essen und schlossen ihn dann wieder ein. Darauf zogen sie weiter dahin, bis sie Kamra erreichten; dort nahmen sie den Bedr ed-Dîn Hasan aus der Kiste heraus, und der Wesir fragte ihn: ‚Bist du es, der die Granatapfelkerne bereitet hat?' Er antwortete: ‚Ja, Herr.' Der Wesir rief: ‚Fesselt ihn!' Da fesselten sie ihn und steckten ihn wieder in die Kiste und zogen weiter, bis sie Kairo erreichten; dort machten sie im Quartier er-Raidanîje halt. Der Wesir gab Befehl, den Bedr ed-Dîn Hasan aus der Kiste zu nehmen, ließ einen Zimmermann holen und sagte zu ihm: ‚Macht mir eine Holzfigur für diesen Burschen!' Da rief Bedr ed-Dîn Hasan aus: ‚Und was willst du damit tun?' Der Wesir antwortete: ‚Ich will dich an dieser Figur aufhängen und daran festnageln lassen, und dann will ich dich in der Stadt herumführen.' Jener darauf: ‚Weshalb willst du mir dies antun?' Der Wesir: ‚Wegen deiner elenden Zubereitung der Granatapfelkerne; wie konntest du sie ohne Pfeffer zubereiten?' Jener: ‚Und weil Pfeffer daran fehlte, willst du all dies an mir tun? Genügt es nicht, daß du mich eingesperrt und mir nur einmal am Tage zu essen hast geben lassen?' Der Wesir rief: ‚Der Pfeffer fehlte; drum kannst du nur mit dem Tode bestraft werden.' Da war Bedr ed-Dîn Hasan ratlos und trauerte um sein Leben; der Wesir aber fragte ihn: ‚Woran denkst du?' Er erwiderte: ‚An solche Dummköpfe, wie du einer bist; denn wenn du Verstand besäßest, hättest du mich nicht so behandelt!' Der Wesir sprach: ‚Es ist unsere Pflicht, dich zu strafen, damit du nicht wieder dergleichen tust!' Bedr ed-Dîn Hasan aber rief: ‚Wahrlich, das Geringste von dem, was du mir angetan hast, wäre Strafe genug für mich!' Doch der Wesir erwiderte: ‚Es geht nicht anders, ich muß dich hängen lassen!' All das geschah, während der Zimmermann das Holz zurechtmachte und Hasan ihm zusah; und so ging es, bis die Nacht anbrach. Da nahm ihn sein Oheim, ließ ihn in die Kiste werfen und sagte: ‚Morgen soll der Befehl ausgeführt werden!' Dann wartete er, bis er merkte, daß Bedr ed-Dîn eingeschlafen war, lud die Kiste auf und ritt selbst mit der Kiste vor sich hinein in die Stadt und weiter, bis er in sein Haus kam; dort sagte er zu seiner Tochter Sitt el-Husn: ‚Preis sei Allah, der dich mit deinem Vetter wieder vereint hat! Mache dich auf und richte das Haus, wie es in deiner Brautnacht war.' Da wurden die Kerzen angezündet; der Wesir aber nahm den Plan, den er von der Hochzeitskammer gezeichnet hatte, und ließ die Diener jedes Gerät wieder an seine Stelle rücken, so daß, wenn einer das sah, er nicht daran zweifeln konnte, daß es eben die Nacht der Hochzeit sei. Auch ließ er den Turban des Bedr ed-Dîn Hasan auf den Stuhl legen, wie er ihn mit eigener Hand hingelegt hatte, und ebenso seine Hose und den Beutel, die unter dem Bett gelegen hatten. Darauf sagte er seiner Tochter, sie solle sich entkleiden, wie sie in der Hochzeitsnacht in der Kammer gewesen sei; und er fügte hinzu: ‚Wenn dein Vetter zu dir eintritt, sage zu ihm: ‚Du bist mir lange ausgeblieben auf dem Abtritt!' und rufe ihn, daß er sich dir zur Seite lege, und halt ihn bis Tagesanbruch im Gespräch; dann wollen wir ihm dies alles erklären.' Darauf ließ er Bedr ed-Dîn Hasan aus der Kiste nehmen streifte ihm die Fesseln von seinen Füßen ab, zog ihm seine Kleider aus, so daß er nur noch das feine Hemd anbehielt und auch ohne Hosen war. All dies geschah, während er schlief und nichts bemerkte. Nun geschah es, wie es das Schicksal bestimmt hatte, daß er sich auf die andere Seite legte und aufwachte; da fand er sich in einer erleuchteten Halle und sprach bei sich selber: ,Ich wandle wohl in den Irrgängen von Träumen.' Dann stand er auf und schritt etwas weiter zu einer inneren Tür und blickte hinein, und siehe, das war ja die Halle, in der die Braut vor ihm entschleiert war; und dort sah er die bräutliche Kammer und den Stuhl und seinen Turban und all seine Kleider. Als er das sah, war er ratlos; er trat mit einem Fuß vor und mit dem andern zurück und sagte: ,Schlafe ich oder wache ich?' Dann begann er sich die Stirn zu reiben und sprach verwundert: ,Bei Allah, dies ist ja das Zimmer der Braut, die vor mir entschleiert wurde! Wo bin ich denn? Ich war doch eben noch in einer Kiste!' Wie er so mit sich selber sprach, hob plötzlich Sitt el-Husn den Zipfel des Vorhangs und sprach zu ihm: ,O mein Gebieter, willst du nicht kommen? Du bist recht lange auf dem Abtritt geblieben.' Als er ihre Worte hörte und ihr Gesicht erblickte, brach er in Lachen aus und sagte: ,Wahrlich, ich wandle in den Irrgängen von Träumen!' Dann trat er seufzend ein und dachte an das, was ihm geschehen war, und er war ratlos über seinen Zustand, und seine Lage wurde ihm nur noch unerklärlicher, als er seinen Turban sah und seine Hose und den Beutel mit den tausend Dinaren. Da murmelte er: ,Allah ist allwissend! Ich wandle wahrhaftig in den Irrgängen von Träumen.' Sitt el-Husn aber sprach zu ihm: ,Was ist dir, daß du so erstaunt und ratlos bist?', und sie fügte hinzu: ‚So warst du nicht während des ersten Teils der Nacht!' Er aber lachte und fragte sie: ‚Wie lange bin ich von dir fort gewesen?' Sie erwiderte: ‚Allah behüte dich, und sein Name umschirme dich! Du bist gerade fortgegangen, um ein Geschäft zu verrichten, und wolltest gleich wiederkommen. Dein Verstand scheint abhanden gekommen zu sein.' Als Bedr ed-Dîn Hasan ihre Worte hörte, lachte er wieder und sagte: ‚Du hast recht; doch als ich dich verlassen hatte, vergaß ich mich auf dem Abtritt, und ich träumte, ich sei Garkoch in Damaskus und wohne dort seit zehn Jahren; und zur mir käme ein Knabe, ein Kind vornehmer Leute, mit einem Eunuchen.' Darauf strich er sich mit der Hand über die Stirn, und als er die Narbe fühlte, rief er: ‚Bei Allah, o meine Herrin, es muß wahr gewesen sein; denn er traf meine Stirn mit einem Stein und spaltete sie mir; es muß doch im Wachen gewesen sein.' Dann sagte er wieder: ‚Aber vielleicht habe ich es doch geträumt, als ich in deinen Armen einschlief; mir träumte, ich sei ohne Tarbusch und Hose nach Damaskus gereist und sei dort ein Koch geworden.' Dann war er wieder eine Weile ratlos und sprach: ‚Bei Allah, mir ist auch, als hätte ich Granatapfelkerne zubereitet, ohne Pfeffer. Bei Allah, ich muß am stillen Örtchen eingeschlafen sein und das alles im Traum erlebt haben.' ‚Um Gottes willen,' rief Sitt el-Husn, ‚und was hast du sonst noch gesehen?' Da erzählte Bedr ed-Dîn Hasan ihr alles; und schließlich sagte er: ‚Bei Allah, wäre ich nicht erwacht, so hätten sie mich an eine Holzfigur genagelt!' ‚Warum?' fragte sie; er sagte: ‚Weil an den Granatapfelkernen kein Pfeffer war; und mir ist, als hätten sie mir den Laden niedergerissen, meine Geräte zerschlagen und mich in eine Kiste gesteckt; und dann ließen sie den Zimmermann holen, um eine Holzfigur für mich zu zimmern, denn sie wollten mich hängen. Aber jetzt, Allah sei Dank, daß all dies nur im Schlafe und nicht im Wachen geschehen ist!' Da lachte Sitt el-Husn und zog ihn an ihre Brust, und er sie an seine; dann grübelte er von neuem und sagte: ‚Bei Allah, es kann nur im Wachen gewesen sein; ich weiß wirklich nicht, was es auf sich hat.' Darauf legte er sich nieder, aber er war ratlos; bald sagte er: ‚Ich habe geträumt', bald: ‚Es war im Wachen!' Und so ging es bis zum Morgen. Da kam sein Oheim Schems ed-Dîn, der Wesir, zu ihm und grüßte ihn; als Bedr ed-Dîn Hasan den erblickte, rief er: ‚Bei Allah, bist du nicht der, der mir die Hände fesseln und meinen Laden zertrümmern ließ, und der mich an das Holz nageln lassen wollte wegen der Granatapfelkerne, weil sie ohne Pfeffer waren?' Der Wesir sprach zu ihm: ‚Wisse, mein Sohn, die Wahrheit ist nun offenbar geworden, und was verborgen war, ist an den Tag gekommen: du bist der Sohn meines Bruders. Ich habe dies alles nur getan, um mich zu vergewissern, daß du wirklich der bist, der in jener Nacht zu meiner Tochter eingegangen ist. Ich konnte dessen nicht eher gewiß sein, als bis ich sah, daß du das Zimmer erkanntest, und deinen Turban, deine Hose, dein Gold und die Papiere in deiner Handschrift und in der deines Vaters, meines Bruders; denn ich hatte dich nie zuvor gesehen und kannte dich nicht; deine Mutter aber habe ich mit mir aus Basra hierhergebracht.' Dann warf er sich seinem Neffen an die Brust und weinte. Als aber Bedr ed-Dîn Hasan von seinem Oheim diese Worte hörte, da geriet er in höchste Verwunderung, und er fiel ihm um den Hals und weinte auch im Übermaße der Freude. Darauf sprach der Wesir zu ihm: ‚Mein Sohn, der einzige Anlaß für all dies ist das, was zwischen mir und deinem Vater vorfiel'; und er erzählte ihm, was das gewesen war und warum sein Vater nach Basra gezogen war. Und schließlich ließ der Wesir den Knaben 'Adschîb holen; als sein Vater ihn sah, rief er: ‚Und dies ist der, der mich mit dem Stein getroffen hat!' Der Wesir aber sprach: ‚Dies ist dein Sohn!' Da warf sich Bedr ed-Dîn Hasan an seines Sohnes Brust, und er sprach die Verse:

> *Ich habe lange geweint, weil das Geschick uns getrennt hat;*
> *Und immer rannen mir aus meinen Augen die Tränen.*
> *Ich gelobte, wenn je das Schicksal uns wieder vereinen sollte,*
> *Ich wolle nie wieder die Trennung mit meiner Zunge erwähnen.*
> *Die Freude ist plötzlich zu mir gekommen und hat über Nacht*
> *In ihrem Übermaße mich zum Weinen gebracht.*

Als er die Verse geendet hatte, siehe, da trat seine Mutter herein; sie warf sich an seine Brust und sprach die Verse:

> *Wenn wir uns treffen, klagen wir;*
> *Denn große Leiden tun wir kund.*
> *Die Klage aber ist nicht schön,*
> *Kommt sie aus eines Boten Mund.*

Dann erzählte seine Mutter ihm, wie es ihr seit seinem Aufbruch ergangen war; und er erzählte ihr, was er erduldet hatte. Da dankten sie Allah dem Erhabenen für ihre Wiedervereinigung.

Zwei Tage aber nach seiner Ankunft ging der Wesir Schems ed-Dîn zum Sultan, und als er bei ihm eintrat, küßte er vor ihm den Boden und grüßte ihn mit dem Gruße, der den Königen gebührt. Der Sultan freute sich über seine Rückkehr, und sein Antlitz lächelte huldvoll; er ließ ihn dicht neben sich sitzen und fragte ihn nach allem, was er auf seiner Reise erlebt hatte und was ihm auf seinem Wege widerfahren war. Da erzählte der Wesir ihm alles von Anfang bis zu Ende. Und der Sultan sprach zu ihm: ‚Dank sei Allah für die Erfüllung deines Wunsches und für die sichere Heimkehr zu deinen Kindern und deinem Volke! Ich muß aber auch den Sohn deines Bruders sehen, Hasan el-Basri; bringe ihn morgen mit in die Halle des Empfanges!' Schems ed-Dîn erwiderte: ,Dein Sklave soll morgen vor dir stehen, so Gott der Erhabene es will.' Dann grüßte er ihn und ging fort; als er nach Hause zurückgekehrt war, berichtete er seinem Neffen von des Sultans Wunsch, ihn kennen zu lernen. Hasan el-Basri sagte darauf: ,Der Sklave gehorcht dem Befehl seines Herrn.' Also ging er mit seinem Oheim Schems ed-Dîn zu Seiner Majestät dem Sultan; und als er vor ihm stand, begrüßte er ihn mit den vollendetsten und höflichsten Worten des Grußes, und er sprach die Verse:

> *Es küsset vor dir den Boden, wer eine mächtige Stellung*
> *Durch dich erhielt und so Erfüllung der Wünsche fand.*
> *Du bist der Herr des Ruhmes; Glück hat, wer auf dich hoffet*
> *Mit dem, was er wünscht; in der Welt hat er einen hohen Stand.*

Der Sultan lächelte und winkte ihm zu, daß er sich setzen solle; da nahm er dicht neben seinem Oheime Schems ed-Dîn Platz. Dann fragte der Sultan ihn nach seinem Namen; und jener erwiderte: ,Der Geringste deiner Sklaven ist bekannt als Hasan von Basra, und er betet beständig für dich, Tag und Nacht.' Dem Sultan gefielen diese Worte; und da er seine Gelehrsamkeit und seine gute Erziehung prüfen wollte, so fragte er: ,Weißt du etwas zum Preise des Males auf der Wange?' Er antwortete: ,Jawohl' und sprach:

> *Ach, der Geliebte! Immer wenn ich an ihn denke,*
> *Fließt mir die Träne, es seufzt die Liebessucht.*
> *Er hat ein Mal, das gleicht an Schönheit und Farbe*
> *Dem Augenstern oder der Blüte auf der Frucht.*

Der König bewunderte die beiden Verse und sagte zu ihm: ,Zitiere noch einige; Allah läßt deinen Vater im Sohne sprechen! Möge er deine Zähne nie zerbrechen!' Da sprach Hasan die Verse:

> *Den Fleck des Males hat man verglichen mit einem Korne*
> *Von Moschus; wundre dich nicht über den, der also sprach.*
> *Nein, bewundre das Antlitz, das alle Schönheit vereinte,*
> *Und dem von alle dem Schönen auch nicht ein Körnchen gebrach.*

Da zitterte der König vor Freuden und sagte: ‚Sprich weiter! Allah segne deine Tage!' Und er fuhr fort:

> *O du, auf dessen Wange ein wunderlieblich Mal*
> *Dem Moschuskorne gleichet auf einem Rubinenstein,*
> *Gewähre mir, zu dir zu kommen, und sei nicht hart,*
> *O du sehnlichster Wunsch, du Speise des Herzens mein!*

Da rief der König: ‚Du hast schön gesprochen, schöner Hasan! Du hast alle Vortrefflichkeit übertroffen! Jetzt erkläre uns, wie viele Bedeutungen das Wort *châl*[1] besitzt.' Er erwiderte: ‚Allah erhalte die Macht des Königs! achtundfünfzig Bedeutungen; einige aber sagen fünfzig.' Der König sprach: ‚Du sagst die Wahrheit', und er fügte hinzu: ‚Verstehst du die Schönheit zu beschreiben?' ‚Gewiß,' erwiderte Bedr ed-Dîn Hasan; ‚die Schönheit besteht im Glanz des Gesichtes, in der Helle der Haut, in der Wohlgestalt der Nase, in dem süßen Blick der Augen, in der Schönheit des Mundes, in der Feinheit der Rede, in der zierlichen Schlankheit des Leibes und der Vollkommenheit aller schönen Eigenschaften. Aber die Vollendung der Schönheit liegt im Haare; wie denn esch-Schihâb, der Dichter aus dem Hidschâz, alles dies vereinigte in einem Liede im jambischen Versmaß, das also lautet:

> *Der Glanz gehört zum Antlitz, sprich, und zu der Haut*
> *Gehört die Helle, die dein Blick so gerne schaut.*
> *Die Nase wird beschrieben zu Recht durch Wohlgestalt;*
> *Und an dem süßen Blicke kennt man die Augen bald.*
> *Dem Mund gehört die Schönheit – trefflich, wer so spricht;*
> *Versteh es wohl von mir; die Ruhe fehle dir nicht.*

1. Eine der Bedeutungen von *châl* ist ‚Mal'.

Feinheit gehört zur Rede, zum Leibe Zierlichkeit,
Und aller schönen Eigenschaften Vollkommenheit.
Doch die Vollendung aller Schönheit liegt im Haar.
Nun merke auf mein Lied; sprich mich des Tadels bar!

Hocherfreut war der Sultan über seine Worte, und er zog ihn in die Unterhaltung und fragte: ,Was ist der Sinn in dem Sprichworte: Schuraih ist schlauer als der Fuchs?' Hasan erwiderte: ,Wisse, o König – Allah der Erhabene erhalte deine Macht! –, der Richter Schuraih zog während der Tage der Pest nach Nedschef[1]; und sooft er im Gebet stand, kam ein Fuchs, stellte sich ihm gegenüber auf, machte ihm alles nach und lenkte ihn so von seiner Andacht ab. Als ihm das zu lästig wurde, zog er eines Tages sein Hemd aus, hängte es auf ein Rohr, zog die Ärmel heraus, setzte seinen Turban darauf, legte um die Mitte einen Gürtel und stellte das Ganze da auf, wo er zu beten pflegte. Als nun der Fuchs kam wie gewöhnlich und sich der Gestalt gegenüberstellte, schlich Schuraih sich von hinten an ihn heran und fing ihn. So ist das Sprichwort entstanden.' Wie der Sultan Bedr ed-Dîn Hasans Erklärung vernommen hatte, sprach er zu seinem Oheim Schems ed-Dîn: ,Wahrlich, dieser Sohn deines Bruders ist vollendet an feiner Bildung, und ich glaube nicht, daß sich seinesgleichen in Ägypten findet.' Hasan el-Basri aber küßte den Boden vor ihm und setzte sich nieder, wie ein Mamluk vor seinem Herrn sitzen muß. Nachdem also der Sultan sich all dessen vergewissert hatte, was Hasan el-Basri an feiner Bildung besaß, freute er sich

---

1. In Nedschef, westlich vom unteren Euphrat, nahe dem alten Kufa, ist das Grab 'Alîs, des 4. Kalifen und Hauptheiligen der Schiiten; die persischen Pilger schleppen oft die Pest ein, zumal sie ihre Toten mitbringen und dort begraben. Schuraih war ein berühmter Kadi von Kufa im 7. Jahrhundert n. Chr.

höchlichst, kleidete ihn in ein prächtiges Ehrengewand und gab ihm ein Amt, durch das er ein ausreichendes Einkommen erhielt. Hasan aber erhob sich, küßte den Boden vor ihm, wünschte ihm dauernde Macht und bat um die Erlaubnis, sich mit seinem Oheim, dem Wesir Schems ed-Dîn, zurückzuziehen. Der Sultan gab ihm die Erlaubnis, und so ging er mit seinem Oheim nach Hause; dort setzte man die Speisen vor sie, und sie aßen, was Allah ihnen gegeben hatte. Nach Beendigung der Mahlzeit ging Hasan in das Gemach seiner Gemahlin Sitt el-Husn, und er berichtete ihr, wie es ihm bei Seiner Majestät dem Sultan ergangen war; und sie sprach: ‚Er wird dich sicher zu seinem Vertrauten machen und wird dich mit Geschenken und Gaben überhäufen; und du wirst, durch die Gnade Allahs, gleich dem größeren Licht, die Strahlen deiner Vollkommenheit aussenden, wo immer du seist, zu Lande oder zu Wasser.' Er sagte darauf: ‚Ich will ein Lobgedicht auf ihn machen, damit seine Liebe zu mir in seinem Herzen noch zunehme.' ‚Du hast mit deiner Absicht das Rechte getroffen,' erwiderte sie; ‚drum wähle schöne Gedanken und füge die Worte sorgfältig, so werde ich gewißlich sehen, wie er dich in Gnaden aufnimmt.' Dann schloß Hasan el-Basri sich ein und schrieb Verse hin von feinem Bau und schönem Sinn, die also lauteten:

> *Ich hab einen Helden, der hat die höchste Höhe erklommen;*
> *Er geht auf dem Wege, auf dem die Edlen und Mächtigen kommen.*
> *Die Lande hat rings gesichert seiner Gerechtigkeit Schwert,*
> *Und allen seinen Feinden hat es die Wege versperrt.*
> *Sprichst du von einem Löwen, der Kraft mit Frömmigkeit paart,*
> *Von König oder von Engel – er ist von derselben Art.*
> *Der Bettler kehret zurück von ihm als reicher Mann;*
> *So gütig ist er, daß kein Wort von dir ihn beschreiben kann.*
> *Er ist der leuchtende Morgen, wenn er Geschenke macht;*
> *Aber zur Zeit des Kriegs wie die finster dräuende Nacht.*

Seine Güte umgibt mit Geschmeide unseren Hals;
Durch seine Wohltaten ist er für Freie ein König des Alls.
Möge Allah ihn uns noch viele Jahre erhalten,
Möge er ihn beschützen vor Fährnis finstrer Gewalten!

Als er die Verse geschrieben hatte, schickte er sie dem Sultan durch einen der Sklaven seines Oheims, des Wesirs Schems ed-Dîn; der König las sie, und sein Herz erfreute sich daran; dann las er sie denen vor, die bei ihm zugegen waren, und alle lobten sie sehr. Darauf ließ er den Schreiber holen und sagte zu ihm: ‚Du bist hinfort mein Vertrauter, und ich bestimme dir außer dem, was ich dir früher verliehen habe, noch einen monatlichen Sold von tausend Dirhems.' Hasan el-Basri küßte den Boden vor ihm dreimal und betete für ihn um dauernde Macht und ein langes Leben. So stieg nun Hasan el-Basri hoch in Ehren, und sein Ruhm verbreitete sich in vielen Ländern, und er blieb in aller Freude des Daseins und Ruhe des Lebens bei seinem Oheim und den Seinen, bis der Tod ihm nahte.'

Als der Kalif Harûn er-Raschîd diese Geschichte aus dem Munde des Dscha'far gehört hatte, da staunte er sehr und sagte: ‚Es gebührt sich, daß solche Geschichten mit goldener Tinte aufgezeichnet werden.' Und er ließ den Sklaven frei und befahl, daß dem Jüngling ein monatlicher Sold bestimmt würde, von dem er gut leben könnte; auch gab er ihm eine seiner eigenen Sklavinnen und nahm ihn in den Kreis seiner Freunde auf.

Und doch ist diese Geschichte nicht wunderbarer als die Geschichte von dem Schneider und dem Bucklichen und dem Juden und dem Verwalter und dem Christen und dem, was ihnen widerfuhr.« Der König fragte: »Und wie war das?« Und Schehrezâd begann mit diesen Worten

DIE GESCHICHTE DES BUCKLIGEN

Es ist mir berichtet worden, o glücklicher König, daß in alter Zeit und in längst verschollener Vergangenheit in einer Stadt Chinas ein Schneidersmann lebte, mit offener Hand, der Scherz und Frohsinn liebte und sich gern mit seiner Frau von Zeit zu Zeit einmal öffentliche Vergnügungen ansah. Eines Tages gingen sie aus am frühen Morgen, und abends waren sie auf der Rückkehr zu ihrer Wohnung, als sie unterwegs einem Buckligen begegneten, dessen Anblick den Betrübten zum Lachen brachte und den Sorgen des Traurigen ein Ende machte. Da traten der Schneider und seine Frau an ihn heran, um ihn genauer zu sehen, und dann luden sie ihn ein, mit ihnen nach Hause zu gehen, um ihnen die Nacht hindurch Gesellschaft zu leisten. Er willigte ein und ging mit ihnen bis zu ihrem Hause; der Schneider aber ging in den Basar, als der Abend gerade begonnen hatte, und kaufte einen gebratenen Fisch, Brot, Zitronen und Molkenkuchen zum Nachtisch. Als er heimgekehrt war, setzte er dem Buckligen den Fisch vor, und sie aßen. Die Frau des Schneiders aber nahm ein großes Stück Fisch und stopfte es dem Buckligen in den Mund, hielt ihm die Hand davor und sagte: ,Bei Allah, du mußt dies Stück mit einem einzigen Haps hinunterschlingen; und ich gebe dir keine Zeit, es zu kauen!' Er schluckte es also; aber es war eine dicke Gräte darin, die blieb ihm im Halse stecken, und da seine Stunde gekommen war, so starb er. – –«

Da bemerkte Schehrezâd, daß der Morgen begann, und sie hielt in der verstatteten Rede an. Doch als die *Fünfundzwanzigste Nacht* anbrach, fuhr sie also fort: »Es ist mir berichtet worden, o glücklicher König, als die Frau des Schneiders dem Buckligen das Stück Fisch in den Mund gestopft hatte, das seinen Tagen ein Ziel setzen sollte, da starb er im selben Augenblick. Doch der Schneider rief: ‚Es gibt keine Majestät und es gibt keine Macht außer bei Allah! Der Arme! Daß sein Tod so durch unsere Hände kommen mußte!' Die Frau aber sagte: ‚Was ist das für ein müßiges Gerede! Hast du nicht das Dichterwort gehört:

> Ich kann doch meine Seele nicht mit Unmöglichem trösten!
> Ich finde ja keine Freunde, die meine Trauer tragen.
> Wozu das Sitzen auf Feuer, wenn es noch nicht erloschen?
> Das Sitzen auf Feuern bringt gefährliches Unbehagen.'

Da fragte ihr Mann sie: ‚Und was soll ich mit ihm beginnen?' Sie erwiderte: ‚Mach dich auf, nimm ihn in die Arme und breite ein seidenes Tuch über ihn! Wir wollen noch in dieser Nacht hinausgehen, ich voraus und du hinterher; dann sollst du sagen: ‚Dies ist mein Sohn und das seine Mutter; wir gehen zum Arzt, daß er ihn untersuche.' Als der Schneider diese Worte vernommen hatte, nahm er den Buckligen in die Arme, und seine Frau rief: ‚O mein Sohn, Allah behüte dich! Was tut dir weh, und wo haben dich die Pocken gefaßt?' Alle, denen sie begegneten, sprachen: ‚Die haben ein pockenkrankes Kind bei sich.' Sie aber gingen immer weiter und fragten nach einem Arzte, bis man sie zu dem Hause eines jüdischen Heilkundigen führte. Dort pochten sie an die Tür, und eine schwarze Sklavin kam herab und machte auf; und als sie einen Mann mit einem Kind im Arme sah und eine Frau bei ihm, fragte sie: ‚Was gibt es?' ‚Wir haben ein Kind bei uns', erwiderte die Frau des Schneiders, ‚und wir möchten, daß der Arzt es untersuche; nimm also diesen Vierteldinar und gib ihn deinem Herrn, und laß ihn herunterkommen und unseren Sohn besehen, denn er ist sehr krank!' Die Sklavin ging wieder hinauf; die Frau des Schneiders aber trat in den Treppenflur hinein und sagte zu ihrem Mann: ‚Laß den Buckligen hier, und laß uns unser Le-

293

ben retten!' Da lehnte der Schneider ihn aufrecht gegen die Wand und lief mit seiner Frau davon. Derweilen aber ging die Sklavin zu dem Juden hinein und sagte zu ihm: ‚An der Tür steht ein Mann mit einer Frau und einem kranken Kind, und sie haben mir einen Vierteldinar für dich gegeben, damit du hinuntersteigest und dir das Kind ansehest und ihm ein passendes Mittel verschreibest.' Als der Jude den Vierteldinar sah, freute er sich, sprang eiligst auf und stieg ins Dunkel hinab; aber kaum hatte er einen Schritt getan, so stolperte er über den Buckligen; und der war tot. Da rief er aus: ‚O Esra! O Moses und die zehn Gebote! O Aaron! O Josua, Sohn des Nun! Ich bin über diesen Kranken gestolpert, und da ist er hinuntergefallen, und nun ist er tot! Wie soll ich mit einem getöteten Menschen aus meinem Hause gehen?' So nahm er die Leiche, trug sie ins Haus und erzählte seiner Frau alles; die rief: ‚Was wartest du noch? Wenn du hier bis zum Tagesanbruch wartest, so sind wir beide des Todes, ich und du! Wir wollen ihn auf die Dachterrasse tragen und ihn in das Haus unseres Nachbarn, des Muslims, werfen.' Nun war dieser Nachbar ein Verwalter, der Aufseher über die Küche des Sultans, und er brachte oft Fett mit nach Hause; aber die Katzen und Ratten fraßen davon, oder wenn ein gutes Stück von einem fetten Schafschwanz da war, so kamen die Hunde herab von den nächsten Dächern und schleppten davon weg; und so hatten ihm die Tiere von alledem, was er mitgebracht hatte, schon viel vernichtet. Der Jude und seine Frau also trugen den Buckligen zum Dach hinauf; dort ließen sie ihn an Händen und Füßen auf die Erde nieder, dicht an der Mauer entlang. Nachdem sie das getan hatten, gingen sie davon. Kaum aber hatten sie den Buckligen hinuntergelassen, so kam der Verwalter nach Hause; er machte auf, und als er mit einer brennenden Kerze hinaufging, sah er einen Menschen stehen im Winkel unter dem Luftschacht. Da sagte der Verwalter zu sich selbst: ‚Ah! Bei Allah, ausgezeichnet! Wer mir immer meine Vorräte stiehlt, ist also ein Mensch!' Und er wandte sich zu jenem und sagte: ‚Du also nimmst mir immer das Fleisch und das Fett weg! Ich dachte, es wären die Katzen und Hunde! Ich habe schon manche von den Katzen und Hunden des Stadtviertels totgeschlagen und mich an ihnen versündigt. Nun bist du es, und du kommst vom Dache herunter.' Dann ergriff er einen schweren Hammer, sprang auf den Mann zu, hob den Hammer hoch und traf ihn voll auf der Brust. Da sah er ihn an und fand, daß er tot war, und erschrocken sagte er: ‚Es gibt keine Majestät und es gibt keine Macht außer bei Allah, dem Erhabenen und Allmächtigen!' Weil er für sein Leben fürchtete, fuhr er fort: ‚Allah verfluche das Fett, und die Hammelschwänze dazu! Warum mußte sich das Schicksal dieses Menschen gerade durch meine Hand erfüllen?' Darauf sah er sich die Leiche an und fand, daß es ein Buckliger war, und sagte: ‚Hattest du nicht an deinem Buckel genug und mußtest du auch noch ein Dieb sein und Fleisch und Fett stehlen? O Allbeschützer, beschütze mich mit deinem gnädigen Schutz!' Dann lud er ihn sich auf die Schulter und trug ihn aus seinem Hause gegen Ende der Nacht; und er schleppte ihn immer weiter bis dorthin, wo der Basar begann. Dort stellte er ihn auf seine Füße neben einen Laden, am Ende einer dunklen Straße, ließ ihn dort und ging davon. Siehe, da kam ein Nazarener einher, der Makler des Sultans, der war betrunken; er wollte nämlich ins Bad gehen, da seine Trunkenheit ihm sagte, der Messias sei nahe. So zog er denn schwankend dahin, bis er bei dem Buckligen ankam; und er hockte sich gerade vor ihm hin, um sein Wasser abzulassen. Zuvor aber tat er noch einen Blick um sich, und siehe, da stand jemand. Nun hatte dem Christen zu Anfang jener Nacht irgend jemand den Turban weggerissen; und als er den Buckligen jetzt so dastehen sah, glaubte er, der wolle ihm auch seinen Turban stehlen. Da ballte er die Faust, schlug den Buckligen auf den Nacken, so daß er zu Boden fiel. Indem nun der Christ nach dem Wächter des Basars rief, fiel er in seiner großen Betrunkenheit über den Buckligen her, prügelte ihn und würgte ihn an der Kehle. Der Wächter kam herbei, und wie er den Christen auf dem Muslim knien und ihn prügeln sah, fragte er: ‚Was ist mit dem?' Der Makler versetzte: ‚Der da wollte mir den Turban rauben.' ‚Steh auf von ihm!', befahl der Wächter. So stand er auf; und als der Wächter zu dem Buckligen trat und sah, daß er tot war, rief er aus: ‚Bei Allah, das ist ja herrlich! Ein Christ, der einen Muslim mordet!' Alsbald ergriff er den Makler und band ihm die Hände auf den Rücken und schleppte ihn zum Hause des Präfekten; und die ganze Zeit hindurch sprach der Nazarener vor sich hin: ‚O Messias! O Jungfrau! Wie ist es nur möglich, daß ich den da getötet habe? Und wie ist es nur so schnell gekommen, daß er an einem einzigen Schlage gestorben ist?' Sein Rausch war nun verschwunden, und es kamen die Sorgenstunden. Der christliche Makler blieb also mit dem Buckligen im Hause des Präfekten bis zum Morgen. Da kam der Präfekt und gab Befehl, den Mörder zu hängen, und hieß den Henker den Spruch verkünden. Und alsbald errichtete man einen Galgen für den Christen und stellte ihn darunter auf; der Henker kam und warf ihm den Strick um den Hals und wollte ihn gerade hinaufziehen, als, siehe, der Verwalter vorbeikam und den Nazarener erblickte, wie er gehängt werden sollte; und er drängte sich durch das Volk und rief dem Henker zu: ‚Halt ein! Ich bin es, der den Buckligen getötet hat!' Der Präfekt fragte ihn: ‚Warum hast du ihn getötet?' Jener erwiderte: ‚Ich kam gestern nacht nach Hause, und da fand ich diesen Menschen, als er durch den Luftschacht herabgestiegen war, meine Vorräte zu stehlen; ich schlug ihn mit einem Hammer auf die Brust, und da war er tot. Dann hob ich ihn auf, trug ihn in den Basar und stellte ihn an dem Orte Soundso, bei der Gasse Soundso auf.' Dann sagte der Verwalter noch: ‚Ist es nicht genug für mich, daß ich einen Muslim getötet habe, soll ich auch noch einen Christen totmachen? Also hänge keinen als mich!' Als der Präfekt die Worte des Verwalters hörte, ließ er den christlichen Makler frei und sagte zum Henker: ‚Hänge den da auf sein Geständnis hin!' Da nahm der den Strick vom Halse des Nazareners und warf ihn um den des Verwalters; und er ließ ihn unter den Galgen treten und wollte ihn gerade hochziehen, als, siehe, der jüdische Arzt sich durch das Volk herbeidrängte und Volk und Henker anschrie, indem er rief: ‚Halt ein! Keiner hat ihn getötet als ich! Ich saß gestern abend zu Hause; da kamen ein Mann und eine Frau, die klopften an die Tür und hatten diesen Buckligen, der krank war, bei sich. Sie gaben meiner Sklavin einen Vierteldinar; die meldete es mir und gab mir das Geld. Der Mann und die Frau aber trugen ihn ins Haus, setzten ihn auf die Treppe und gingen davon. Ich ging hinaus, um ihn zu untersuchen; aber da ich mich im Dunkeln befand, stolperte ich über ihn; er fiel die Treppe hinunter und war auf der Stelle tot. Da hoben wir ihn auf, ich und meine Frau, und trugen ihn auf die Dachterrasse; und da das Haus dieses Verwalters an meines anstößt, so ließen wir die Leiche des Buckligen da durch den Luftschacht des Verwalters hinab. Als der nach Hause kam und den Buckligen in seinem Hause fand, hielt er ihn für einen Dieb und schlug ihn mit einem Hammer, so daß jener zu Boden fiel, und er glaubte, er habe ihn erschlagen. Ist es nicht genug für mich, daß ich ohne meinWissen einen Muslim getötet habe, und soll ich mir wissentlich noch den Tod eines zweiten Muslims auf das Gewissen laden?' Als der Präfekt die Worte des Juden hörte, sprach er zu dem Henker: ‚Laß den Verwalter und hänge den Juden!' Der Henker nahm ihn und legte ihm den Strick um den Hals, als, siehe, der Schneider sich durch das Volk herdrängte und dem Henker zurief: ‚Haltet ein! Keiner hat ihn getötet als ich, und das ist so geschehen. Ich war bei Tage ausgegangen um mich zu vergnügen; und als ich am Abend nach Hause ging, traf ich auf diesen Buckligen, der betrunken war und zu seinem Tamburin sang von einer Einladung. Da lud ich ihn ein, nahm ihn mit nach Hause, kaufte einen Fisch, und wir setzten uns zu Tisch. Meine Frau aber nahm ein Stück von dem Fisch, einen Bissen, und steckte ihn ihm in den Mund; aber ihm geriet ein Teil davon in die verkehrte Kehle, so daß er auf der Stelle erstickte. Da hoben wir ihn auf, ich und mein Weib, und trugen ihn in des Juden Haus, wo die Sklavin herabkam und uns die Tür aufmachte; zu der sagte ich: ‚Sag deinem Herrn: an der Tür stehen ein Mann und eine Frau mit einem Kranken, komm und sieh ihn an!' Und ich gab ihr einen Vierteldinar, und sie ging hinauf zu ihrem Herrn; ich aber trug den Buckligen bis oben auf die Treppe und lehnte ihn gegen die Wand und ging mit meiner Frau davon. Als dann der Jude herunterkam, stolperte er über ihn und glaubte, er habe ihn getötet.' Darauf fragte der Schneider den Juden: ‚Ist das richtig?' und der Jude erwiderte: ‚Jawohl.' Nun wandte der Schneider sich dem Präfekten zu und sagte: ‚Laß den Juden frei und hänge mich!' Als der Präfekt die Erzählung des Schneiders hörte, staunte er über die Geschichte dieses Buckligen und rief: ‚Wahrlich, dies ist ein Abenteuer, das man in Büchern berichten sollte!' Dann sagte er zu dem Henker: ‚Laß den Juden frei und hänge den

Schneider auf sein Geständnis hin!' Der Henker aber trat vor und sprach: ‚Ich bin der Sache überdrüssig; den einen muß ich hervorholen und den andern zurückstellen, und schließlich wird doch keiner gehängt!' Immerhin legte er dem Schneider den Strick um den Hals.

So weit also, was jene angeht! Was aber den Bucklichen angeht, so wird berichtet, daß er der Hofnarr des Sultans war, der es nicht ertragen konnte, wenn er ihn nicht sah. Als der Bucklige sich nun betrunken hatte und in jener Nacht und am folgenden Tage bis Mittag fernblieb, da fragte der Sultan einige Anwesende nach ihm, und sie erwiderten: ‚O unser Herr, er ist tot zum Präfekten gebracht worden, und der hat Befehl erteilt, seinen Mörder zu hängen. Als der Präfekt aber zum Richtplatz gekommen war, um den Mörder hängen zu lassen, erschien ein zweiter und ein dritter, und ein jeder sagte: ‚Keiner hat ihn getötet als ich'; und jeder gab auch einen ausführlichen Bericht darüber, wie er ihn getötet hat.' Als der König das hörte, rief er laut dem diensttuenden Kammerherrn zu: ‚Geh hinunter zu dem Präfekten und bringe sie alle vier vor mich!' Der Kammerherr ging sofort hinunter und sah, wie der Henker gerade den Schneider hängen wollte; da rief er ihm zu: ‚Halt ein!' Und er meldete dem Präfekten den Befehl des Königs und führte ihn mit dem Bucklichen, der getragen wurde, und dem Schneider, dem Juden, dem Christen und dem Verwalter, allesamt hinauf zum Sultan. Als der Präfekt vor dem Sultan stand, küßte er den Boden und berichtete ihm den ganzen Hergang, – doch doppelt erklärt, das ist nichts wert! Als der König die Geschichte gehört hatte, staunte er und mußte lachen und befahl, daß man alles mit goldener Tinte aufschreiben solle. Er fragte auch die Anwesenden: ‚Habt ihr je eine wunderbarere Geschichte gehört als die dieses Bucklichen?' Da trat der Christ vor und sagte: ‚O mächtigster König unserer Zeit, mit deiner Erlaubnis will ich dir etwas erzählen, was mir begegnet ist; und es ist noch wunderbarer und seltsamer und köstlicher als die Geschichte des Buckligen.' Der König sprach: ‚Erzähle, was du zu erzählen hast!' Und er begann mit diesen Worten

DIE GESCHICHTE
DES CHRISTLICHEN MAKLERS

O mächtigster König unserer Zeit, als ich dies Land betrat, kam ich in Handelsgeschäften; aber das Schicksal hielt mich hier bei euch fest. Ich stamme aus Ägypten, und ich gehöre zu den Kopten; dort bin ich aufgewachsen, und dort war auch mein Vater schon ein Makler. Als ich zum Mann herangewachsen war, schied mein Vater aus diesem Leben, und ich wurde Makler an seiner Statt. Eines Tages nun, als ich so dasaß, siehe, da kam ein Jüngling, herrlich schön, der trug prächtige Kleider und ritt auf einem Esel. Als er mich sah, begrüßte er mich, und ich stand auf, ihm zu Ehren; da zog er ein Tuch hervor, in dem eine Sesamprobe war, und fragte: ‚Wieviel gilt davon der Ardebb[1]?' Ich erwiderte: ‚Hundert Dirhems.' Er darauf: ‚Nimm Verlader und Wäger und komme in den Chân el-Dschawâli beim Tor des Sieges; dort wirst du mich finden.' Er verließ mich und ging fort, nachdem er mir die Sesamprobe in dem Tuch gegeben hatte. Ich aber machte bei meinen Kunden die Runde, und ich erzielte für jeden Ardebb einen Preis von hundertundzwanzig Dirhems. Dann nahm ich vier Verlader und ging mit ihnen zu dem Chân, wo ich den Jüngling auf mich wartend vorfand. Sowie er mich sah, ging er zum Magazin und öffnete

---

1. Etwa zwei Hektoliter.

es, und wir maßen das Korn, bis der Boden leer war; und es waren fünfzig Ardebb, das machte fünftausend Dirhems. Der Jüngling sprach: ‚Als Maklerlohn gebühren dir für jedes Ardebb zehn Dirhems; also nimm den Preis und heb mir viertausendundfünfhundert Dirhems auf! Wenn ich die andern Waren aus meinen Lagerhäusern verkauft habe, will ich zu dir kommen und das Geld abholen.' Ich war gern damit einverstanden, küßte ihm die Hand und ging davon; und so hatte ich an diesem einen Tage über tausend Dirhems verdient. Er aber blieb einen Monat lang aus; dann kam er und fragte mich: ‚Wo sind die Dirhems?' Ich stand auf, grüßte ihn und fragte: ‚Willst du nicht etwas in meinem Hause essen?' Doch er lehnte es ab und sagte: ‚Halte mir das Geld bereit, ich komme gleich wieder und hole es bei dir ab'; dann ritt er davon. Ich holte also die Dirhems für ihn herbei, setzte mich hin und wartete auf ihn; doch er blieb wiederum einen Monat lang aus; schließlich kam er und fragte mich: ‚Wo sind die Dirhems?' Ich stand auf, grüßte ihn und fragte: ‚Willst du nicht etwas in meinem Hause essen?' Aber wiederum lehnte er es ab und fügte hinzu: ‚Halte mir das Geld bereit, ich komme gleich wieder und hole es von dir ab'; dann ritt er davon. Ich holte also die Dirhems für ihn herbei, setzte mich hin und wartete auf ihn; doch er blieb wieder einen dritten Monat lang aus, und ich sagte: ‚Dieser Jüngling ist ja die vollendete Freigebigkeit.' Und nach Ende des Monats kam er auf einer Mauleselin geritten, angetan mit prächtigen Kleidern; und er war wie der Mond, wenn er in der Nacht seiner Fülle am Himmel thront; als komme er frisch aus dem Bade, – so war sein Antlitz dem Monde gleich, seine Wange rosig und weich, seine Stirn hellglänzend anzuschaun; und er hatte ein Mal wie ein Amberkörnchen braun; so wie von seinesgleichen der Dichter sagt:

Mond und Sonne vereinte im selben Sternbild ihr Lauf;
In höchster Vollendung der Schönheit und Anmut gingen sie auf.
Und heiße Liebe erfüllte den, der ihre Schönheit sah.
Und o, wie mancher Beter stand Freude erflehend da!
Von Schönheit und Lieblichkeit erstrahlte ihr Ebenbild;
Und Klugheit verschönte es noch, und Züchtigkeit leuchtete mild.
Gepriesen sei Allah, der solch ein Wunder vollbracht,
Der Herr der Höhe, der seine Geschöpfe, wie Er will, macht!

Als ich ihn erblickte, stand ich auf vor ihm, küßte seine Hände, flehte Segen auf ihn herab und fragte: ‚O mein Herr, willst du dein Geld nicht nehmen?' ‚Wozu die Eile?' erwiderte er. ‚Warte doch, bis ich meine Geschäfte beendet habe, dann will ich es bei dir abholen.' Darauf ritt er wieder davon; ich aber sagte zu mir selber: ‚Bei Gott, wenn er das nächste Mal kommt, so muß er mein Gast sein; denn ich habe mit seinen Dirhems Handel getrieben und viel Geld dabei verdient.' Am Ende des Jahres kam er wieder, noch prächtiger gekleidet als zuvor; und als ich ihn beschwor, in meinem Hause abzusteigen und als mein Gast bei mir zu essen, sagte er: ‚Nur unter der Bedingung, daß du das, was du für mich ausgibst, von meinem Gelde nimmst, das bei dir ist.' Ich erwiderte: ‚So sei es!'; und ich bat ihn, sich zu setzen, und machte bereit, was nötig war an Speise und Trank und allem anderen. Dann setzte ich alles vor ihn hin und lud ihn ein mit den Worten: ‚Im Namen Gottes!' Er rückte zum Tisch, streckte seine linke Hand aus und aß mit mir; darüber war ich verwundert. Als wir fertig waren, goß ich ihm Wasser über die Hand und gab ihm ein Tuch zum Abtrocknen. Dann setzten wir uns, um uns zu unterhalten, nachdem ich Süßigkeiten vor ihn hingestellt hatte, und ich sagte: ‚O mein Herr, befreie mich von einem Kummer und sage mir, weshalb du mit der Linken gegessen hast! Hast du an deiner anderen Hand vielleicht Schmerzen?' Doch als er meine Worte hörte, sprach er die Verse:

Mein Freund, o frage mich nicht nach dem, was in meinem Herzen
An brennenden Leiden wohnt; offenbare nicht meine Schmerzen!
Nicht freiwillig wählte ich die ungeliebte Maid
Statt der geliebten – und doch, die Not hat den Entscheid.

Und er streckte den rechten Arm aus seinem Ärmel hervor, und siehe, die Hand war abgeschlagen, und es war ein Stumpf ohne Faust. Als ich darüber erschrak, sagte er: ,Erschrick nicht und glaube also nicht, daß ich bei dir aus Hochmütigkeit mit meiner linken Hand gegessen habe; den Verlust meiner rechten Hand brachte ein seltsam Ding zustand!' Da fragte ich ihn: ,Wie war das?', und er erwiderte: ,Wisse, ich bin ein Baghdader Kind, und mein Vater gehörte zu den Vornehmen der Stadt. Als ich zum Manne herangewachsen war, hörte ich die Pilger und Wanderer und reisenden Kaufleute vom Lande Ägypten reden, und das behielt ich im Sinne, bis mein Vater starb. Dann aber nahm ich eine große Summe Geldes, ließ Waren einpakken, Stoffe aus Baghdad und Mosul, kaufte alles Nötige ein und brach von Baghdad auf; und Allah gewährte mir Sicherheit, bis ich in diese, eure Stadt einzog.' Dann weinte er und sprach die Verse:

Der Blinde geht an der Grube vorüber ohne Gefahr;
Wer Augenlicht hat, fällt hinein, sieht er auch noch so klar.
Der Tor entgeht seinen Worten, ist er auch noch so dumm,
Die Klugen und Weisen aber kommen durch sie um.
Und der Gläubige leidet bittere Hungersnot,
Doch der ungläubige Sünder findet reichliches Brot.
Was soll der arme Mensch beginnen? Was soll er tun?
Das Schicksal hat es beschlossen, und so ist es nun.

Als er die Verse gesprochen hatte, fuhr er fort: ,So zog ich denn in Kairo ein, und ich entlud meine Lasten und lagerte meine Waren im Chân Masrûr. Und ich gab dem Diener ein paar Dirhems, damit er uns etwas zu essen kaufe, und legte mich ein wenig nieder, um zu schlafen. Als ich erwachte, ging ich in die Straße, die da heißt Bain el-Kasrain; doch ich kehrte alsbald zurück und blieb die Nacht über dort. Und als der Morgen kam, machte ich einen Ballen Stoff auf und sagte zu mir selber: ‚Ich will hinausgehen durch einige Basare und sehen, wie der Markt hier steht.' Ich nahm also etwas Stoff heraus, belud ein paar meiner Sklaven damit und zog aus, bis ich zu der Warenbörse des Dschaharkas kam; und die Makler, die schon von meiner Ankunft wußten, kamen mir dort entgegen. Sie nahmen die Stoffe von mir hin und riefen sie aus zum Verkauf; doch sie konnten nicht einmal den Einkaufspreis erzielen. Das machte mir Sorgen; da sprach der Scheich der Ausrufer zu mir: ‚O mein Herr, ich will dir etwas sagen, wovon du Nutzen haben kannst. Du solltest tun, was die Händler tun, und deine Ware für eine bestimmte Anzahl von Monaten auf Kredit verkaufen unter Zuhilfenahme eines Schreibers, eines Zeugen und eines Wechslers; so wirst du an jedem Montag und jedem Donnerstag dein Geld erhalten und an jedem Dirhem zwei und mehr verdienen; und dabei hast du Zeit, dir Kairo und den Nil anzusehen.' Ich sprach: ‚Das ist ein guter Rat', und nahm die Makler mit mir in den Chân. Die nahmen meine Stoffe und gingen damit auf die Börse, und ich verkaufte sie, indem ich mir Verträge geben ließ. Diese Verträge hinterlegte ich bei einem Wechsler, der mir eine Quittung gab; und schließlich kehrte ich in den Chân zurück. Hier blieb ich eine ganze Weile: jeden Tag trank ich zum Frühstück einen Becher Weins und aß Lammfleisch und Süßigkeiten, bis die Zeit kam, da die Zahlungen fällig waren. Dann aber ging ich jeden Montag und Donnerstag zur Börse und setzte mich in den Laden dieses oder jenes Händlers, während der Schreiber und der Wechsler bis zur Zeit des Nachmittagsgebetes die Runde machten, um von den Kaufleuten das Geld einzuziehen; dann zählte ich das Geld, versiegelte die Beutel und kehrte mit ihnen in den Chân zurück. Eines Tages aber, es war ein Montag, ging ich ins Badehaus und von dort in meinen Chân zurück; und ich trat in mein Zimmer ein, trank zum Frühstück einen Becher Weins und schlief darauf ein wenig. Und als ich erwachte, aß ich ein Huhn, besprengte mich mit Wohlgerüchen und ging in den Laden eines Kaufmanns, der Bedr ed-Dîn el-Bustâni hieß; wie der mich erblickte, hieß er mich willkommen, und wir unterhielten uns eine Weile, bis der Basar eröffnet wurde. Und siehe, da trat eine Dame von stattlicher Figur herbei mit anmutig wiegendem Gang; die trug ein wunderschönes Kopftuch und duftete nach den süßesten Wohlgerüchen. Sie hob den Schleier, so daß ich ihre herrlichen schwarzen Augen erblickte; dann grüßte sie Bedr ed-Dîn, und er gab ihren Gruß zurück, stand auf und sprach mit ihr, und sowie ich ihre Stimme hörte, faßte die Liebe zu ihr mein Herz. Sie sprach zu Bedr ed-Dîn: ‚Hast du in deinem Laden ein Stück Seidenstoff, durchwoben mit Fäden reinen Goldes?' Da trug er ihr ein Stück herbei von denen, die er von mir gekauft hatte; und er verkaufte es ihr für tausendundzweihundert Dirhems. Sie sprach aber zu dem Kaufmann: ‚Ich werde das Stück mit nach Hause nehmen, und dir die Summe senden.' ‚Das ist nicht möglich, meine Herrin,' erwiderte der Händler; ‚denn dies ist der Eigentümer des Stoffes, und ich schulde ihm einen Anteil am Gewinn.' ‚Pfui!' rief sie aus, ‚nehme ich nicht immer große Stücke kostbarer Stoffe von dir für viele Dirhems und lasse dich mehr daran verdienen, als du erwartest, und sende dir das Geld?' ‚Ja,' sagte er, ‚aber ich brauche das Geld gerade heute sofort.' Da nahm sie das Stück und warf es ihm gegen seine Brust und rief: ‚Eure Gilde schätzt niemanden nach seinem Werte ein' und wandte sich zum Gehen. Doch mir war, als ginge meine Seele mit ihr; und so stand ich auf, hielt sie zurück und sprach zu ihr: ‚O meine Herrin, erweise mir das Almosen deiner Güte und wende deine geehrten Schritte um zu mir!' Da wandte sie sich lächelnd um zu mir und sagte: ‚Um deinetwillen komme ich zurück', und setzte sich mir gegenüber in den Laden. Nun sprach ich zu Bedr ed-Dîn: ‚Für wieviel hat man dir dies Stück verkauft?' Er darauf: ‚Elfhundert Dirhems.' Ich fuhr fort: ‚Du sollst noch hundert Dirhems daran verdienen; bringe mir ein Stück Papier, so will ich dir darauf den Preis aufschreiben!' Dann nahm ich den Stoff von ihm, schrieb ihm mit eigener Hand eine Urkunde, gab der Dame den Stoff und sagte: ‚Nimm es mit, und wenn du willst, so bringe mir den Preis am nächsten Tage des Basars; oder wenn du es anzunehmen geruhst, so möge der Stoff ein Gastgeschenk von mir für dich sein!' Sie antwortete: ‚Allah vergelte dir mit Segen, er beschenke dich mit meinem Gut und mache dich zu meinem Gatten und Gebieter!' Und Allah erhörte ihr Gebet. Darauf sprach ich zu ihr: ‚O meine Herrin, laß dies Stück Stoff dein eigen sein; und noch ein zweites, gleiches liegt für dich bereit, nur laß mich einmal dein Gesicht betrachten!' Als ich nur mit einem Blick ihr Antlitz sah, kamen mir tausend Seufzer der Sehnsucht, und mein Herz wurde so von der Liebe zu ihr gefangengenommen, daß ich nicht mehr Herr meines Verstandes war. Darauf ließ sie den Schleier wieder fallen, nahm den Stoff und sagte: ‚O mein Herr, laß mich deinen Anblick nicht zu lange entbehren!', und da war sie mir schon aus den Augen verschwunden. Ich aber blieb in der Börse, bis die Stunde des Nachmittagsgebetes vorüber war, wie geistesabwesend, da mich die Liebe so beherrschte; und die Gewalt meiner Leidenschaft trieb mich, den Kaufmann nach ihr auszuforschen, und er sagte mir: ‚Sie ist eine reiche Dame und die Tochter eines Emirs; ihr Vater ist gestorben und hat ihr ein großes Vermögen hinterlassen.' Dann nahm ich Abschied von ihm und kehrte in den Chân zurück; dort setzte man mir mein Nachtmahl vor, aber ich konnte nicht essen, weil ich immer an sie denken mußte. Und ich legte mich nieder; doch mir nahte kein Schlaf, sondern ich wachte bis zum Morgen. Da erhob ich mich, zog mir ein anderes Gewand an, trank einen Becher Weins und nahm einen kleinen Morgenimbiß, ging darauf in den Laden des Kaufmanns, grüßte ihn und setzte mich zu ihm. Und wie gewöhnlich kam die Dame, aber in einem noch prächtigeren Gewande als am Tage zuvor, und ihr folgte eine Sklavin; sie grüßte mich, ohne Bedr ed-Dîn zu beachten, und sagte in gewählten Worten und mit einer so süßen und lieblichen Stimme, wie ich sie noch nie gehört hatte: ‚Sende jemanden mit mir, daß er die tausendundzweihundert Dirhems, den Preis des Stoffes, in Empfang nehme!' ‚Wozu die Eile?' fragte ich; doch sie antwortete: ‚Mögen wir dich nie verlieren!' und ließ mir das Geld reichen. Nun saß ich und sprach mit ihr; dann gab ich ihr stumme Zeichen, und sie verstand, daß ich mich sehnte, mit ihr vereint zu sein. Aber sie stand eilig auf, als ob sie es mir übelgenommen hätte. Da mein Herz an ihr hing, verließ ich den Basar und ging ihrer Spur nach. Plötzlich kam eine Sklavin zu mir und sagte: ‚O mein Herr, komm und sprich mit meiner Gebieterin!' Ich war überrascht und sprach: ‚Mich kennt hier doch niemand'; doch die Sklavin erwiderte: ‚O mein Herr, wie schnell hast du sie vergessen! Meine Herrin ist dieselbe, die heute im Laden des Kaufmanns Soundso war.' So folgte ich ihr zum Wechsler; als die Dame mich dort erblickte, zog sie mich an ihre Seite und sagte: ‚O mein Geliebter, du erfüllst meinen Sinn, und die Liebe zu dir hat mein Herz erfaßt; seit der Stunde, da ich dich sah, hat mir weder Schlaf, noch Speise, noch Trank behagt.' Ich erwiderte ihr: ‚Mein Leiden ist das deine verdoppelt, und mein Zustand spottet jeder Klage.' Da flüsterte sie: ‚O mein Geliebter, in deinem Hause oder in meinem?' ‚Ich bin fremd hier, und ich habe keinen Ort, der mir Obdach bietet, als den Chân; so soll es, wenn du es gewährst, bei dir sein.' Sie sagte zu; aber sie sagte auch: ‚Heute ist die Nacht auf Freitag, und so kann nichts geschehen vor morgen nach dem Gebet. Wenn du also gebetet hast, besteige deinen Esel und frage nach dem Quartier el-Habbanîja; und wenn du dort bist, so frage nach dem Hause des Oberaufsehers Barakât, der bekannt ist unter dem Namen Abu Schâma, denn dort wohne ich; doch komm nicht zu spät, ich werde deiner warten!' Da war meine Freude noch größer; ich trennte mich von ihr und kehrte in meinen Chân zurück, wo ich eine schlaflose Nacht verbrachte. Kaum aber war ich gewiß, daß der Morgen erschienen war, so stand ich auf und wechselte mein Kleid, besprengte mich mit süßen Wohlgerüchen, nahm fünfzig Dinare in einem Tuch mit mir und ging vom Chân Masrûr zum Tore der Zuwaila, wo ich einen Esel bestieg; zu dem Treiber sagte ich: ‚Bringe mich ins Quartier el-Habbanîja.' Er lief mit mir und brachte mich im Augenblick in eine Straße, die bekannt ist unter dem Namen Darb el-Munkari; dort sagte ich zu ihm: ‚Geh hinein und frage nach dem Hause des Aufsehers!' Und nachdem er ganz kurz fortgeblieben war, sagte er: ‚Steig ab!' Ich aber sprach zu ihm: ‚Geh du voraus!' und fügte hinzu: ‚Komm morgen früh wieder hierher, um mich nach Hause zu bringen!' Der Treiber antwortete: ‚Im Namen Allahs'; da gab ich ihm einen Viertelgolddinar, er nahm ihn und ging seiner Wege. Ich aber klopfte an die Tür, und da traten zu mir heraus zwei junge Mädchen mit jungfräulichen Busen, Monden gleich; und sie sagten zu mir: ‚Tritt ein! Unsere Herrin erwartet dich, und sie hat die Nacht nicht geschlafen, da sie sich so sehr auf dich freute.' Nun trat ich in eine Halle mit sieben Türen; ringsum waren Fenster, die führten auf einen Garten mit Früchten von mancherlei Arten, in dem die Bächlein sprangen und die Vögel sangen. Die Halle selbst aber war mit Sultanistuck so glänzend geweißt, daß ein Mensch sein Antlitz darin sehen konnte; die Decke war mit Goldornamenten verziert, und ringsum lief ein Inschriftenband aus Lasurstein von mannigfaltiger Schönheit, das den Beschauer blendete; der Boden war bedeckt mit weißem Marmor, in den buntes Mosaik eingelegt war. In der Mitte befand sich ein Springbrunnen; und an den Ecken des Brunnens waren Vögel, die mit Perlen und Edelsteinen besetzt waren. Die Halle war belegt mit Teppichen und bunten Seidendecken, und an den Wänden waren Polsterbänke. Und als ich eintrat und mich setzte' – –«

Da bemerkte Schehrezâd, daß der Morgen begann, und sie hielt in der verstatteten Rede an. Doch als die *Sechsundzwanzigste Nacht* anbrach, fuhr sie also fort: »Es ist mir berichtet worden, o glücklicher König, daß der junge Kaufmann zu dem Christen sagte: ‚Als ich eintrat und mich setzte, da trat auch sogleich die Dame ein, gekrönt mit einem Diadem, das mit Perlen und Juwelen besetzt war; ihre Hände waren mit rotem Henna geschmückt, ihre Augenbrauen und Wimpern mit schwarzem Bleiglanz gefärbt. Als sie mich sah, da lächelte sie mich an, nahm mich in die Arme und drückte mich an die Brust; und sie legte ihren Mund auf meinen Mund und sog an meiner Zunge, wie ich an der ihren, und sagte: ‚Bist du wirklich zu mir gekommen?' Ich rief: ‚Da bin ich, dein Sklave.' Sie hieß mich herzlich willkommen und sprach: ‚Bei Allah, seit dem Tage, da ich dich sah, ist mir der Schlaf nicht mehr süß gewesen, noch hat die

Speise mir gemundet.' Ich sagte: ‚So ging es auch mir.' Dann setzten wir uns nieder und unterhielten uns, indem ich den Kopf voll Scham zu Boden geneigt hielt; sie aber setzte mir alsbald einen Tisch vor, voll der köstlichsten Speisen: Rosinenfleisch, geröstete Pasteten, die mit Bienenhonig angemacht waren, und gefüllte Küken; und ich aß zusammen mit ihr, bis wir gesättigt waren. Darauf brachte man mir Becken und Kanne, und ich wusch meine Hände. Dann besprengten wir uns mit Rosenwasser und Moschus und setzten uns wieder, um uns zu unterhalten. Sie aber begann diese Verse zu sprechen:

> *Hätten wir dein Kommen geahnt, wir hätten das Blut des Herzens*
> *Und das Schwarze der Augen freudig hingebreitet;*
> *Wir hätten auch unsere Wangen für deinen Empfang gerüstet,*
> *Damit dein Weg dich über die Augenlider geleitet.*

Dann klagten wir uns gegenseitig all unser Leid; und die Liebe zu ihr faßte also Wurzel in meinem Herzen, daß mir mein ganzer Reichtum im Vergleich zu ihr nichts mehr wert war. Darauf begannen wir zu scherzen und zu kosen und uns zu küssen, bis die Nacht hereinsank. Nun setzten die Sklavinnen Speisen und Wein vor uns hin, ein vollkommenes Festmahl, und wir tranken bis zur Mitte der Nacht; dann legten wir uns nieder, und ich schlief bei ihr bis zum Morgen, und nie in meinem Leben habe ich eine Nacht wie jene Nacht erlebt. Doch als der Morgen kam, da stand ich auf, warf das Tuch, in dem die Dinare waren, unter die Polster und nahm Abschied von ihr. Als ich hinausging, weinte sie und sagte: ‚Mein Gebieter, wann soll ich wieder auf dies liebliche Antlitz schauen?' Ich erwiderte ihr: ‚Am Abend werde ich bei dir sein.' Wie ich draußen war, traf ich den Eseltreiber, der mich am Tage vorher hergebracht hatte, vor der Tür auf mich wartend. So bestieg ich seinen Esel und ritt in den Chân Masrûr; dort stieg ich ab, gab dem Treiber einen halben Dinar und sagte zu ihm: ‚Sei mit Sonnenuntergang wieder da!' Das versprach er. Ich frühstückte und ging aus, um das Geld für die Stoffe einzuziehen; danach kehrte ich zurück. Nun hatte ich für sie ein geröstetes Lamm besorgt, und ich kaufte einige Süßigkeiten, rief einen Träger herbei, tat ihm die Vorräte in den Korb und gab ihm seinen Lohn. Bis Sonnenuntergang ging ich wieder meinen Geschäften nach; dann aber holte der Eseltreiber mich ab. Ich nahm wieder fünfzig Dinare, tat sie in ein Tuch und ritt zu ihrem Hause; dort fand ich den Marmorboden gescheuert, das Messing geputzt, die Lampen zurechtgemacht, die Kerzen brennend, die Speisen aufgetragen und den Wein geklärt. Als sie mich sah, warf sie mir die Arme um den Hals und rief: ‚Du hast mich mit Sehnsucht nach dir erfüllt.' Dann setzte sie die Tische vor mich hin, und wir aßen, bis wir gesättigt waren; da nahmen die Sklavinnen den Speisetisch fort und brachten den Wein. Nun tranken wir ohne Unterlaß bis Mitternacht; und darauf gingen wir in das Schlafgemach und lagen dort bis zum Morgen. Dann stand ich auf und ließ ihr die fünfzig Dinare da wie zuvor; ich ging hinaus und fand den Eseltreiber, ritt zum Chân und schlief eine Weile. Danach ging ich aus und kaufte das Nachtmahl ein; ich nahm ein paar Gänse, dazu gepfefferten Reis, geröstete Kolokasien, Früchte, Naschwerk und Blumen und schickte ihr alles zu. Und ich kehrte nach Hause zurück, nahm fünfzig Dinare in einem Tuch und ritt wie immer mit dem Eseltreiber zu dem Hause. Dort trat ich ein, und wir aßen und tranken und lagen bis zum Morgen zusammen. Dann erhob ich mich, warf ihr das Tuch zu und ritt nach meiner Gewohnheit in den Chân zurück.

So lebte ich eine Weile weiter, bis ich eines Morgens nach einer solchen Nacht sah, daß ich keinen Dinar und keinen Dirhem mehr besaß. Da sagte ich zu mir: ‚All dies ist Satans Werk', und sprach die Verse:

> Wird arm der Reiche, so geht sein Glanz von hinnen
> So wie beim Untergang der Sonne Licht.
> Ist er in der Ferne, wird er von den Menschen vergessen;
> Doch ist er nahe, blüht ihr Glück ihm nicht.
> Verstohlen schleicht er sich durch die Basare;
> Und bittre Tränen weint er, ist er allein.
> Bei Gott, der Mensch kann unter dem eignen Volke,
> Drückt ihn die Armut, nur ein Fremdling sein.

Dann verließ ich den Chân und ging durch die Straße Bain el-Kasrain hin, immer weiter, bis ich zum Tor der Zuwaila kam; dort traf ich auf ein großes Gedränge, und das Tor war versperrt von vielem Volk. Nun wollte es das Schicksal, daß ich dort einen reitenden Söldner sah und ohne meinen Willen gegen ihn stieß. Da berührte meine Hand seine Tasche; ich fühlte hin und merkte, daß ein Beutel in der Tasche war, auf der meine Hand lag, und war mir bewußt, daß meine Hand jenem Beutel nahe war. Rasch nahm ich ihn aus der Tasche. Aber der Söldner merkte, daß seine Tasche leicht geworden war, steckte seine Hand in die Tasche und fand sie leer; da wandte er sich um nach mir, erhob seine Hand mit der Keule und schlug mich aufs Haupt. Ich stürzte zu Boden, und das Volk schloß einen Kreis um uns, griff dem Tier des Söldners in die Zügel und rief: ‚Gibst du diesem Jüngling einen solchen Schlag, einzig, weil er dich anstieß?' Doch der Söldner schrie ihnen zu: ‚Das ist ein verdammter Dieb!' Darauf kam ich wieder zu mir und hörte, wie das Volk sagte: ‚Das ist ein schöner Jüngling, der hat nichts gestohlen.' Die einen glaubten es, die anderen nicht; und es gab ein großes Gerede hin und her. Das Volk zerrte an mir und wollte mich von ihm befreien; doch da das Schicksal es so bestimmt hatte, kam der Wali mit dem Aufseher und den Polizisten durchs Tor herein; und als er das Volk um mich und den Soldaten sah, da fragte er: ‚Was gibt es hier?' ‚Bei Allah, Señor,' rief der Söldner, ‚das ist ein Dieb! Ich hatte einen blauen Beutel mit zwanzig Dinaren in der Tasche, den hat er gestohlen, als ich im Gedränge war.' Als der Wali fragte: ‚War jemand bei dir?', antwortete der Söldner: ‚Nein.' Da rief der Wali dem Aufseher zu, mich zu ergreifen; und nun mußte alles an den Tag kommen. Weiter befahl der Wali, mich zu entkleiden; und als sie es taten, fanden sie den Beutel in meinen Kleidern. Als sie nun den Beutel gefunden hatten, nahm der Wali ihn, öffnete ihn und zählte; und er fand zwanzig Dinare darin, wie der Söldner angegeben hatte. Da ward er zornig und befahl der Wache, mich vor ihn zu führen. Dann sagte er zu mir: ‚O Jüngling, sprich die Wahrheit: hast du diesen Beutel gestohlen?' Ich neigte den Kopf zu Boden und sprach zu mir selber: ‚Wenn ich sage, ich hätte ihn nicht gestohlen, so kann ich doch nicht leugnen, daß man ihn bei mir gefunden hat; wenn ich sage, ich habe ihn gestohlen, so ergeht es mir schlecht.' Dann hob ich den Kopf und sagte: ‚Ja, ich habe ihn genommen.' Als aber der Wali diese Worte von mir hörte, da war er erstaunt und ließ Zeugen herbeitreten, um mein Geständnis anzuhören. All das geschah am Tor der Zuwaila. Dann befahl der Wali dem Henker, mir die rechte Hand abzuschlagen, und er tat es; und er hätte mir auch noch den linken Fuß genommen[1], aber des Söldners Herz wurde weich, und er legte Fürbitte für mich ein. So ließ der Wali von mir ab und zog davon; das Volk aber umringte mich und gab mir einen Becher Wein zu trinken. Ja, der Söldner gab mir gar den Beutel und sagte:

---

1. Straßenraub wird nach muslimischem Gesetze mit Abhauen der rechten Hand und des linken Fußes bestraft.

‚Du bist ein schöner Jüngling, und es ziemt sich nicht für dich, ein Räuber zu sein.' Da sprach ich die Verse:

> *O der du Vertrauen mir schenktest, bei Allah, ich bin kein Räuber,*
> *O du bester der Menschen, ich bin keiner von den Dieben!*
> *Nein, Wechselfälle des Schicksals haben mich rasch getroffen;*
> *Sorge, Versuchung und Armut waren es, die mich trieben.*
> *Nicht aus meiner Hand, von Gott ist der Pfeil gekommen,*
> *Der mir des Reichtums Krone von meinem Haupte genommen.*

Auch der Söldner verließ mich und ging davon, nachdem er mir den Beutel gegeben hatte; ich aber ging meiner Wege, wickelte meine Hand in ein Stück Zeug und tat sie in meinen Busen. Mein ganzes Ansehen hatte sich verändert, meine Farbe war bleich geworden wegen dessen, was mit mir vorgegangen war. Langsam schritt ich weiter zum Hause meiner Geliebten, und dort warf ich mich verstört auf das Teppichlager. Als sie mich aber so verändert und bleich sah, fragte sie mich: ‚Was bedrängt dich, und weshalb muß ich dich in so verändertem Zustand sehen?' Ich antwortete: ‚Mich schmerzt der Kopf, und mir ist nicht wohl.' Da ward sie traurig und machte sich Sorge um mich und sagte: ‚Verbrenne mir nicht das Herz, mein Gebieter, sondern setze dich auf und hebe den Kopf und erzähle mir, was dir heute widerfahren ist; denn dein Gesicht redet zu mir eine eigene Sprache!' ‚Laß mich mit dem Gerede!' sagte ich; doch sie weinte und sprach: ‚Mir scheint, du bist meiner überdrüssig; denn ich sehe dich anders als sonst.' Ich aber schwieg; und sie redete auf mich ein, obgleich ich ihr keine Antwort gab, bis über uns die Nacht hereinbrach. Da setzte sie Speisen vor mich hin; doch ich rührte sie nicht an, weil ich besorgte, sie würde sehen, daß ich mit der linken Hand äße; und ich sagte: ‚Ich habe jetzt kein Verlangen zu essen.' Aber sie bat: ‚Erzähle mir, was dir heute widerfahren ist und warum du so traurig bist, gebrochen an Herz und Seele!' Ich erwiderte: ,Gleich werde ich dir alles in Muße erzählen.' Dann brachte sie mir Wein und sagte: ,Trink, das wird dir die Sorgen nehmen; ja, du mußt trinken und mir erzählen, was mit dir ist!' Ich fragte: ,Muß ich dir wirklich erzählen?', und sie antwortete: ,Jawohl.' Darauf sagte ich: ,Wenn es denn sein muß, so gib mir mit deiner eigenen Hand zu trinken.' Sie füllte den Becher und trank ihn aus, füllte ihn wieder und reichte ihn mir. Ich nahm ihn mit der linken Hand entgegen, und während die Tränen aus meinen Augen rannen, sprach ich:

> Hat Allah einmal dem Menschen ein Unglück zuerkannt,
> Und besitzt dieser auch Gehör, Gesicht und Verstand,
> So macht Er die Ohren ihm taub und macht das Herz ihm blind,
> Und zieht gleich wie ein Haar den Verstand aus ihm geschwind,
> Bis daß, wenn Er an ihm seinen Willen vollendet hat,
> Er ihm den Verstand wiedergibt; dann geht jener mit sich zu Rat.

Als ich die Verse beendet hatte, weinte ich, den Becher in meiner linken Hand haltend; sie aber schrie laut auf und sprach: ,Was ist der Anlaß deiner Tränen? Du verbrennst mir das Herz! Und weshalb nimmst du den Becher mit der linken Hand?' Ich antwortete ihr: ,Ich habe auf der Rechten ein Geschwür.' Sie rief: ,Zeig her, ich will es dir öffnen!' ,Es ist noch zu früh, es zu öffnen,' erwiderte ich, ,drum quäle mich nicht, ich kann die Hand jetzt noch nicht herausnehmen!' Darauf trank ich den Becher, und sie gab mir immer mehr zu trinken, bis die Trunkenheit mich überwältigte und ich einschlief, wo ich saß; da erblickte sie meinen Arm ohne Hand. Dann durchsuchte sie mich und fand bei mir den Beutel mit dem Golde. Da erfaßte sie ein solcher Schmerz, wie er sonst nie einen Menschen erfaßt, und bis zum Morgen klagte sie unaufhörlich um mich. Als ich aber erwachte, sah ich, daß sie mir eine Brühe bereitet hatte; die reichte sie mir, und siehe, es waren vier Küken darin; und sie gab mir auch einen Becher Wein zu trinken. Ich aß und trank, und legte ihr den Beutel hin und wollte gehen; sie aber fragte: ‚Wohin willst du gehen?' und ich erwiderte: ‚Wohin mich mein Weg führt'; doch sie bat: ‚Geh doch nicht fort, setze dich!' Da setzte ich mich nieder, und sie begann: ‚Hat dich die Liebe zu mir dahin gebracht, daß du um meinetwillen all dein Geld ausgegeben und deine Hand verloren hast? Ich rufe dich an zum Zeugen wider mich – doch Allah ist der allwissende Zeuge –, daß ich mich nie von dir trennen will; und du sollst sehen, daß meine Worte wahr sind.' Alsbald schickte sie nach den Zeugen; die kamen, und sie sagte zu ihnen: ‚Schreibt meinen Ehevertrag mit diesem Jüngling und bezeugt, daß ich die Morgengabe erhalten habe!' Nachdem sie meinen Ehevertrag mit ihr ausgestellt hatten, sprach sie: ‚Seid meine Zeugen, daß all mein Geld, das hier in der Truhe ist, und alle Sklaven und Sklavinnen, die ich besitze, diesem Jüngling gehören!' Sie nahmen auch das urkundlich auf, und ich nahm die Schenkung an. Dann gingen sie fort, nachdem sie die Gebühren erhalten hatten.

Meine Herrin aber faßte mich bei der Hand und führte mich in eine Kammer, öffnete eine große Truhe und sprach zu mir: ‚Schau, was in der Truhe ist'; ich schaute hin, und siehe, sie war voller Tücher. Da sagte sie: ‚Dies ist dein Geld, das ich von dir erhalten habe. Jedesmal, wenn du mir ein Tuch mit fünfzig Dinaren gabst, rollte ich es zusammen und legte es in diese Truhe hinein; so nimm, was dir gehört, denn es kehrt nur zu dir zurück, und heute bist du ein reicher Mann geworden! Das Schicksal hat dich um meinetwillen verfolgt, bis daß du deine rechte Hand verloren hast; nie kann ich dir genug vergelten; ja, gäbe ich mein Leben für dich hin, es wäre nur wenig, und ich bliebe noch immer in deiner Schuld.' Dann wiederholte sie: ‚Nimm hin, was nur dir gehört!' Ich tat also den Inhalt ihrer Truhe in meine Truhe, und so wurden mein Vermögen und ihr Vermögen, das ich ihr gegeben hatte, eins; nun freute sich mein Herz, und es entschwand mein Schmerz. Dann stand ich auf, küßte sie und dankte ihr; sie aber sagte: ‚Du hast aus Liebe zu mir deine Hand gegeben, und wie könnte ich dir vergelten? Bei Allah, wenn ich mein Leben opferte aus Liebe zu dir, es wäre nur wenig und würde meine Schuld gegen dich nicht abtragen.' Darauf vermachte sie mir urkundlich alles, was sie besaß an Kleidern, Schmuck und anderem Besitz. Und erst nachdem ich ihr alles, was mir widerfahren war, genau berichtet hatte, legte sie sich, betrübt über meine Trauer, nieder; und ich verbrachte die Nacht bei ihr. Aber noch ehe wir einen Monat zusammen gelebt hatten, wurde sie sehr krank, und ihre Krankheit nahm immer noch zu. Schon nach fünfzig Tagen zählte sie zum Volke des Jenseits. Da bahrte ich sie auf, begrub ihren Leib in der Erde, ordnete Koranvorlesungen für sie an und gab den Armen viel Geld um ihretwillen; dann verließ ich die Grabstätte. Darauf stellte ich fest, daß sie viel hinterlassen hatte, Geld, Landgüter und Grundbesitz; unter ihren Vorratshäusern befand sich auch das Haus voll Sesam, aus dem ich dir verkauft habe. Daß ich mich aber so lange nicht um dich kümmern konnte, lag nur daran, daß ich den Rest der Vorräte und alles, was sich in den Magazinen befand, zuerst verkaufen mußte; und ich habe noch nicht all mein Geld eingezogen. Nun widersprich mir nicht in dem, was ich dir sagen werde: ich habe von deinem Brot gegessen, und so möchte ich dir das Geld für den Sesam, das noch bei dir ist, zum Geschenk machen. Dies also ist der Grund, weshalb ich mit der Linken esse, da mir die Rechte abgeschlagen wurde.' ‚Wahrlich,' sprach ich, du erweisest mir verschwenderische Güte.' Dann fragte er mich: ‚Willst du nicht mit mir reisen in mein Heimatland? Ich habe Waren aus Kairo und Alexandrien eingekauft. Sag, willst du mit mir ziehen?' Ich willigte ein und beredete mich mit ihm, zu Ende des Monats aufzubrechen. Dann verkaufte ich alles, was ich hatte, und kaufte dafür andere Waren, und wir reisten zusammen, ich und der Jüngling, in dieses euer Land; dort verkaufte er seine Waren, kaufte dafür anderes aus eurem Lande ein und zog wieder nach dem Lande Ägypten. Mein Los hat es gewollt, daß ich hier blieb und daß es mir gestern nacht hier in der Fremde so erging, wie es mir ergangen ist. Ist dies, o größter König unserer Zeit, nicht noch wunderbarer als die Geschichte des Buckligen?' Der König rief aber: ‚Ihr müßt doch allesamt hängen.' – –«

Da bemerkte Schehrezâd, daß der Morgen begann, und sie hielt in der verstatteten Rede an. Doch als die *Siebenundzwanzigste Nacht* anbrach, fuhr sie fort: »Es ist mir berichtet worden, o glücklicher König, daß, als der König von China erklärte: ‚Ihr müßt doch hängen', der Verwalter der Küche des Königs vortrat und sagte: ‚Wenn du es mir erlaubst, so will ich dir eine Geschichte erzählen, die mir zu der Zeit widerfahren ist, kurz ehe ich diesen Buckligen fand; und wenn sie wunderbarer ist als seine Geschichte, willst du uns dann unser Leben schenken?' Der König erwiderte: ‚Jawohl.'

Und er begann

DIE GESCHICHTE DES VERWALTERS

Wisse, o König, ich war gestern nacht in einer Versammlung, in der man den Koran las und in der die Gelehrten sich vereinigt hatten. Als die Vorleser mit ihrem Vortrage zu Ende waren, wurde der Tisch gedeckt, und unter anderen Dingen setzte man uns auch ein Kümmelragout vor. Wir alle setzten uns und aßen davon; nur einer blieb zurück und weigerte sich davon zu essen. Wir beschworen ihn, zu essen, doch er schwor, er werde es nicht tun; dennoch drangen wir in ihn, bis er sagte: ‚Versucht nicht, mich zu zwingen! Mir genügt, was mir einmal widerfahren ist, weil ich von solcher Speise aß'; dann sprach er den Vers:

> *Nimm einen Herrn auf deine Schulter und beginne den Lauf;*
> *Wenn dir solche Schminke gefällt, so trag sie nur auf.*

Als er geendet hatte, sagten wir zu ihm: ‚Um Gottes willen, aus welchem Grunde weigerst du dich, von dem Kümmelragout zu essen?' Jener erwiderte: ‚Wenn ich wirklich davon essen muß, so kann ich es nur tun, nachdem ich mir die Hände vierzigmal mit Seife, vierzigmal mit Pottasche und vierzigmal mit Kleie, im ganzen einhundertundzwanzigmal gewaschen habe.' Da befahl der Gastgeber seinen Dienern, Wasser zu bringen und alles, dessen er bedurfte; und jener wusch sich die Hände in der Weise, wie gesagt wurde. Dann kam der junge Mann widerwillig, setzte sich, streckte seine Hand gleichsam wie in Furcht aus, tauchte sie in das Ragout und begann zu essen, indem er sich großen Zwang antat. Wir gerieten darob in höchstes Staunen; seine Hand zitterte, und wir sahen, daß ihm der Daumen abgeschnitten war und daß er nur mit vier Fingern aß. Da sagten wir zu ihm: ‚Um Gottes willen, was ist mit deinem Daumen geschehen? Ist deine Hand so von Allah geschaffen, oder ist ihr ein Unfall begegnet?' ‚Meine Brüder,' erwiderte er, ‚es ist nicht nur mit diesem Daumen so, sondern auch mit dem andern und ebenso ist es an meinen beiden Füßen, wie ihr sehen sollt.' Darauf zeigte er seine linke Hand, und wir sahen, daß sie wie die rechte war; desgleichen zeigte er seine Füße, die ohne große Zehen waren. Als wir ihn so sahen, da wuchs unser Staunen noch, und wir sagten zu ihm: ‚Wir haben kaum die Geduld, auf deine Geschichte zu warten und zu hören, wie du deine Daumen verlorst und weshalb du dir die Hände einhundertundzwanzigmal wäschest.'

‚Wisset denn,' erzählte er, ‚mein Vater war ein Großkaufmann, und er war Ältester der Kaufmannschaft in der Stadt Baghdad, zur Zeit des Kalifen Harûn er-Raschîd. Er liebte es leidenschaftlich, Wein zu trinken und das Spiel der Laute und der anderen Instrumente zu hören; und als er starb, hinterließ er nichts. Ich begrub ihn und ließ den Koran für ihn lesen und trauerte Tage und Nächte um ihn. Danach öffnete ich seinen Laden und fand, daß er wenig Waren hinterlassen hatte, während seiner Schulden viele waren. Doch ich vereinbarte mit seinen Gläubigern eine Frist und beschwichtigte sie. Nun begann ich Handel zu treiben und machte den Gläubigern von Woche zu Woche eine Abzahlung; in dieser Weise fuhr ich eine Weile fort, bis ich die Schulden bezahlt hatte und beginnen konnte, mein Kapital zu mehren. So schaffte ich Tag und Nacht. Eines Tages aber, als ich in meinem Laden saß, erschien ganz plötzlich eine junge Dame vor mir, wie sie mein Auge noch nie schöner gesehen hatte; sie trug Schmuck und prächtige Gewänder und ritt eine Mauleselin, vor ihr her ging ein Negersklave, und ein zweiter folgte ihr. Am Eingang der Börse ließ sie das Maultier stehen und trat ein, und ihr folgte ein Eunuch, der zu ihr sagte: ‚O meine Herrin, geh fort von hier und gib dich keinem zu erkennen, sonst wirst du unter uns ein Feuer entfachen!' Und er trat vor sie hin und schützte sie vor den Blicken, während sie nach den Läden der Kaufleute sah. Aber keinen Laden fand sie offen außer meinem, und so kam sie mit dem Eunuchen herbei, setzte sich in meinem Laden und grüßte mich; etwas Schöneres als ihre Rede oder Süßeres als ihre Stimme hatte ich noch nie gehört. Darauf entschleierte sie ihr Antlitz, und ich sah, daß es war wie der Mond. Ich aber schaute sie an mit einem Blick, der tausend Seufzer in mir aufsteigen ließ; mein Herz war gefangen in Liebe zu ihr, und ich blickte immer von neuem auf ihr Gesicht und sprach die Verse:

> *Sprich zu der schönen Maid im taubenfarbenen Schleier:*
> *Fürwahr, der Tod allein befreit mich von meinem Leid!*
> *Gewähre mir Gunst, auf daß ich von meiner Krankheit genese,*
> *Ich strecke die Hand aus nach dem, was deine Hand mir leiht.*

Und da sie meine Verse vernahm, entgegnete sie:

> *Voll Ungeduld bin ich nach deiner Liebe; vergissest du mich,*
> *So liebt doch mein Herz und mein ganzes Innre keinen als dich.*
> *Wenn je mein Auge auf andres als deine Schönheit blickt,*
> *So sei es, weilest du fern, nie durch deine Nähe beglückt.*
> *Ich schwur einen Eid, nie solle die Liebe zu dir erblassen;*
> *Mein Herz ist traurig und kann von seiner Sehnsucht nicht lassen.*
> *Die Liebe hat mir einen Becher voll Liebesglut eingeschenkt:*
> *O möchte er auch dich tränken, so wie er mich getränkt!*
> *So nimm den Leib von mir mit dir, wohin du nur eilst;*
> *Begrab mich neben der Stätte, wo du anhältst und weilst.*
> *Ruf meinen Namen über mein Grab, so antwortet dir*
> *Ein Seufzer meines Gebeins; es hört dich, rufst du nach mir.*
> *Und sollte man mich nach meinem Wunsch an die Gottheit fragen,*
> *‚Des Erbarmers Gnade und dann die deine!' würde ich sagen.*

Als sie die Verse beendet hatte, fragte sie: ‚O Jüngling, hast du schöne Stoffe in deinem Laden?' Ich antwortete: ‚O meine Herrin, dein Sklave ist arm; aber habe Geduld, bis die Kaufleute ihre Läden öffnen, so will ich dir bringen, was immer du begehrst.' Darauf unterhielt ich mich mit ihr, versunken im Meere der Liebe zu ihr und verwirrt durch die Leidenschaft für sie bis die Kaufleute ihre Läden öffneten; da stand ich auf und kaufte ihr alles, was sie wünschte; aber der Preis dafür betrug fünftausend Dirhems. Sie reichte die Stoffe dem Eunuchen, und der nahm sie, und beide gingen zur Börse hinaus. Dort brachte man ihr die Mauleselin, und sie ritt davon, ohne mir auch nur zu sagen, von wannen sie kam, und ich schämte mich, von der Sache zu reden. Als aber die Kaufleute mich um den Preis mahnten, bürgte ich für die fünftausend Dirhems und ging nach Hause, trunken von Liebe zu ihr. Man setzte mir das Nachtmahl vor, und ich aß einen Bissen, aber ich dachte nur an ihre Schönheit und Anmut; dann versuchte ich zu schlafen, aber der Schlaf wollte mir nicht nahen. In diesem Zustande blieb ich eine ganze Woche, bis die Kaufleute ihr Geld von mir verlangten; ich aber überredete sie, noch eine Woche Geduld zu haben. Am Schluß dieser Woche erschien sie wieder, reitend auf ihrem Maultier, begleitet von einem Eunuchen und zwei Sklaven. Sie grüßte mich und sagte: ‚O Herr, wir haben dich lange warten lassen auf den Preis der Stoffe; aber jetzt hole den Wechsler und nimm das Geld.' Da kam der Wechsler, der Eunuch zählte vor ihm das Geld aus, und ich nahm es in Empfang. Dann unterhielt ich mich wieder mit ihr, bis der Basar eröffnet wurde; und als sie zu mir sprach: ‚Besorge mir dies und das!', da holte ich ihr von den Kaufleuten, was sie wünschte. Sie nahm es und ging davon, ohne mit mir über den Preis zu sprechen. Doch sobald sie fort war, bereute ich es; denn ich hatte das, was sie wünschte, für tausend Dinare gekauft. Als sie dann meinen Augen ganz entschwunden war, sagte ich zu mir selber: ‚Was ist das für eine Liebe? Sie hat mir fünftausend Dirhems gebracht und hat Waren genommen für tausend Dinare.' Ich fürchtete nun, zum Bettler zu werden wegen der Schulden an die Kaufleute, und sagte: ‚Die Kaufleute kennen niemanden als mich; diese Dame ist eine Schwindlerin, die mich mit ihrer Schönheit und Anmut betrogen hat. Sie hat gesehen, daß ich noch jung bin; und sie lacht mich sicher aus, daß ich sie nicht nach ihrer Wohnung gefragt habe.' Diese Zweifel machten mir in einem fort zu schaffen, zumal sie länger als einen Monat ausblieb; die Kaufleute forderten ihr Geld von mir und drängten mich so, daß ich all meinen Besitz zum Verkauf ausschrieb und an meinen Untergang dachte. Als ich so eines Tages in Gedanken versunken dasaß, stieg sie plötzlich am Basartor ab und kam geradeswegs auf mich zu. Sobald ich sie erblickte, schwanden die Sorgen, und ich vergaß meine Notlage. Sie trat zu mir, grüßte mich mit ihrer lieblichen Stimme und sprach darauf: ‚Hole den Wechsler und laß dir dein Geld abwägen.' Da gab sie mir den Preis all der Waren, die ich ihr beschafft hatte, und mehr noch. Dann unterhielt sie sich vergnügt mit mir, bis ich vor Freude und Entzücken zu sterben meinte. Schließlich fragte sie mich: ‚Hast du ein Weib?' und ich erwiderte: ‚Nein, fürwahr, ich kenne kein Weib'; und ich vergoß Tränen. Als sie dann fragte: ‚Weshalb weinest du?' antwortete ich: ‚Laß es gut sein!' Darauf nahm ich ein paar Dinare, gab sie dem Eunuchen und bat ihn, den Vermittler zu spielen; er aber lachte und sagte: ‚Sie liebt dich mehr, als du sie; sie hat gar keine Verwendung für die Stoffe, die sie von dir gekauft hat, und sie tat all dies nur aus Liebe zu dir; also verlange von ihr, was immer du willst, und sie wird dir nichts verweigern.' Als sie sah, daß ich dem Eunuchen die Dinare gab, kehrte sie um und setzte sich wieder nieder; ich aber sagte: ‚Schenke deinem Sklaven das Almosen deiner Güte und vergib ihm, was er sagen will!' Dann sprach ich mit ihr von dem, was mich bewegte; sie gab mir ihr Einverständnis zu verstehen und sagte zu dem Eunuchen: ‚Du sollst ihm meine Botschaft überbringen', und zu mir: ‚Tu du, was immer der Eunuch dir sagt!' Darauf erhob sie sich und ging davon, und ich bezahlte den Händlern ihr Geld; die hatten ihren Verdienst, mir aber blieb nur das Bedauern über die Unterbrechung unseres Zusammenseins; und jene ganze Nacht vermochte ich nicht zu schlafen. Doch schon nach wenigen Tagen kam ihr Eunuch zu mir, und ich begrüßte ihn höflich und fragte ihn nach seiner Herrin. Er antwortete: ‚Wahrlich, sie ist krank vor Liebe.‘ Dann bat ich ihn, mir Auskunft über sie zu geben. Er sprach: ‚Die Herrin Zubaida, die Gemahlin des Kalifen Harûn er-Raschîd, hat sie in ihrem Hause aufgezogen, und sie gehört zu ihren Sklavinnen; sie hat ihre Herrin gebeten, frei aus und ein gehen zu dürfen, und sie ist jetzt wie eine Aufseherin. Sie hat auch zu ihrer Herrin von dir gesprochen und sie gebeten, dich ihr zu vermählen; die Herrin aber hat gesagt: ‚Das kann ich nicht tun, bis ich den Jüngling gesehen habe; wenn er deiner würdig ist, so will ich ihn dir vermählen.‘ Deshalb wollen wir dich jetzt in den Palast schaffen, und wenn es dir gelingt, hineinzukommen, so wirst du deinen Wunsch, sie zu besitzen, erreichen; doch wenn deine Sache offenbar wird, so wird dir der Kopf abgeschlagen. Und was sagst du dazu?‘ Ich rief: ‚Ich will mit dir gehen und alles, was du erzählst, über mich ergehen lassen.‘ Da fuhr der Eunuch fort: ‚Sowie es heute Nacht wird, geh in die Moschee, die die Herrin Zubaida am Tigris erbaut hat, bete und bleib die Nacht über dort.‘ ‚Herzlich gern‘, erwiderte ich. Als es nun Abend geworden war, ging ich in die Moschee, betete dort und blieb die Nacht hindurch. Wie aber das erste Tageslicht dämmerte, siehe, da kamen in einem Boot zwei Eunuchen mit leeren Kisten, die sie in die Moschee brachten; dann ging der eine fort, während der andere zurückblieb. Als ich ihn genauer betrachtete, siehe, da war er unser Vermittler. Nach einer kurzen Weile trat die Sklavin, meine Geliebte, herein und kam auf mich zu. Da eilte ich ihr entgegen und umarmte sie, und sie küßte mich unter Freudentränen. Nachdem wir uns eine Weile unterhalten hatten, ließ sie mich in die eine der Kisten steigen und verschloß sie über mir. Danach wandte sie sich an den Eunuchen, der viele Waren mit sich brachte; die ließ sie in die Kisten füllen, und dann verschloß sie eine nach der anderen, bis sie mit allen fertig war. Die Eunuchen trugen sie hinunter in das Boot und ruderten uns zum Palast der Herrin Zubaida. Doch inzwischen begannen mich Gedanken zu quälen, und ich sagte zu mir selber: ‚Ich bin des Todes um meiner Begier willen; werde ich mein Ziel erreichen oder nicht?' Und ich begann zu weinen, dort in der Kiste, und zu Allah zu beten, daß er mich aus meiner Not erretten möchte; doch sie zogen dahin, bis sie mit den Kisten das Tor des Palastes erreichten, und dort nahmen sie die Kisten heraus, darunter auch die, in der ich war. Dann trugen sie sie durch eine Schar von Eunuchen, Wächtern und Beamten des Harems hinein, bis sie zu dem Obereunuchen kamen, der aus seinem Schlummer emporfuhr und dem Mädchen zurief: ‚Was ist hier in diesen Kisten?' ‚Sie sind voll von Waren für die Herrin Zubaida!' ‚Öffnet eine nach der anderen, daß ich sehe, was in ihnen ist.' ‚Und weshalb willst du sie öffnen lassen?' Da schrie er sie an: ‚Mach keine langen Reden! Diese Kisten müssen geöffnet werden', und er sprang auf die Füße. Zuallererst wollte er die Kiste öffnen, in der ich war; als er sie berührte, da verlor ich meinen Verstand, und in meiner Angst ließ ich mein Wasser laufen, und das Wasser rann zu der Kiste heraus. Sie aber sagte zu dem Obereunuchen: ‚Meister, du hast meinen Tod verschuldet, und auch deinen, denn du hast Sachen beschädigt, die zehntausend Dinare wert sind. Diese Kiste enthält gefärbte Kleider und vier Krüge Zemzemwasser[1]; und jetzt sind sie aufgegan-

---

1. Zemzem ist ein heiliger Brunnen in Mekka. Sein Wasser gilt als heilkräftig.

gen, und das Wasser rinnt über die Kleider, die in der Kiste sind, und nun werden ihre Farben verderben.' Der Eunuch versetzte: ‚Nimm deine Kisten und scher dich zum Teufel!' Da trugen die Sklaven meine Kiste eilends weiter, und die anderen Kisten folgten. Doch während sie dahingingen, drang plötzlich eine Stimme an mein Ohr: ‚Wehe! Wehe! Der Kalif! Der Kalif!' Als ich das vernahm, da erstarb ich in meiner Haut und sprach einen Spruch, der keinen, der ihn spricht, zuschanden werden läßt: ‚Es gibt keine Majestät und es gibt keine Macht außer bei Allah, dem Erhabenen und Allmächtigen! Dies Unglück habe ich selbst über mich gebracht.' Dann hörte ich den Kalifen zu der Sklavin, meiner Geliebten, sagen: ‚Heda! Was ist in deinen Kisten da?' Sie antwortete: ‚In meinen Kisten sind die Kleider der Herrin Zubaida.' Er aber befahl: ‚So öffne sie vor mir!' Als ich das vernahm, da glaubte ich, völlig des Todes zu sein, und sagte zu mir: ‚Bei Allah, dies ist der letzte meiner Tage in dieser Welt! Wenn ich dies sicher überstehe, so werde ich mich mit ihr vermählen, ohne Umstände; aber wenn ich jetzt entdeckt werde, so fliegt mir der Kopf vom Halse!' Nun begann ich das Glaubensbekenntnis herzusagen: ‚Ich bezeuge, daß es keinen Gott gibt außer Allah, und daß Mohammed der Prophet Allahs ist!' – –«

Da bemerkte Schehrezâd, daß der Morgen begann, und sie hielt in der verstatteten Rede an. Doch als die *Achtundzwanzigste Nacht* anbrach, fuhr sie fort: »Es ist mir berichtet worden, o glücklicher König, daß der Jüngling, als er das Glaubensbekenntnis ausgesprochen hatte, also weitererzählte: ‚Ich hörte nun die Sklavin sagen: ‚In diesen Kisten ist mir anvertrautes Gut und einige Kleider für die Herrin Zubaida, und sie wünscht nicht, das irgend jemand sie ansehe.' ‚Einerlei,' sprach der Kalif, ‚sie sollen geöffnet werden, und ich will sehn, was darin ist.' Dann rief er den Eunuchen zu: ‚Bringt die Kisten hier vor mich her!' Nun war ich meines Todes unbedingt sicher und sank in Ohnmacht. Die Eunuchen aber brachten die Kisten, eine nach der anderen, herbei, und er sah in ihnen nur Essenzen und Stoffe und schöne Kleider. Sie fuhren fort, die Kisten zu öffnen, während er in ihnen die Kleider und anderen Dinge erblickte, bis nur noch die Kiste übrigblieb, in der ich mich befand. Schon streckten sie die Hände aus, um sie zu öffnen; doch da ging die Sklavin eilends zu dem Kalifen und sprach zu ihm: ‚Diese, die vor dir steht, sollst du erst in Gegenwart der Herrin Zubaida sehen; denn was in ihr ist, ist ihr Geheimnis.' Als er ihre Worte vernahm, gab er Befehl, die Kisten hineinzutragen; da kamen die Eunuchen und trugen mich mit der Kiste, in der ich mich befand, und setzten mich mit den anderen Kisten mitten in die Halle des Harems. Aber mir war der Speichel trocken geworden. Endlich ließ meine Geliebte mich heraus und sagte: ‚Sei ohne Sorgen und ohne Furcht; weite deine Brust und sei guten Muts und setze dich, bis die Herrin Zubaida kommt; hoffentlich werde ich dir zuteil werden!' Ich setzte mich, und nach einer Weile traten zehn Sklavinnen ein, Jungfrauen, wie Monde anzuschauen. Sie ordneten sich in zwei Reihen, fünf gegen fünf; nach ihnen kamen zwanzig weitere Mädchen, mit jungfräulichen Busen, und in ihrer Mitte war die Herrin Zubaida, die kaum gehen konnte vor dem Gewicht des Schmuckes und der Kleider. Als sie eintrat, gingen die Sklavinnen auseinander, und ich trat vor und küßte den Boden vor ihr. Sie winkte mir zu, mich zu setzen; und als ich vor ihr saß, begann sie, mich nach meiner Herkunft zu fragen. Ich beantwortete ihre Fragen, und sie war erfreut darüber. So sagte sie zu meiner Geliebten: ‚Unsere Erziehung hat uns nicht an dir enttäuscht, o Mädchen!' und dann zu mir: ‚Wisse, uns ist diese Sklavin wie unser Kind, und sie ist ein Pfand, das Allah dir anvertraut.' Noch einmal küßte ich vor ihr den Boden, und sie war mit unserer Vermählung einverstanden; darauf befahl sie, ich solle zehn Tage bei ihnen bleiben. Ich blieb also diese Zeit über dort, und derweilen sah ich meine Geliebte nicht, sondern nur einige Sklavinnen, die mir das Morgen- und Nachtmahl brachten. Danach beriet sich die Herrin Zubaida mit dem Kalifen über die Heirat ihrer Sklavin, und er gestattete sie und gab ihr eine Hochzeitsgabe von zehntausend Dinaren. Da ließ die Herrin Zubaida den Kadi holen und die Zeugen, und die schrieben meinen Ehevertrag mit ihr. Darauf bereiteten sie Süßigkeiten und feine Speisen, und verteilten sie in all den Gemächern. Darüber vergingen wiederum zehn Tage; und nach dem zwanzigsten Tage ging meine Geliebte in das Bad. Dann setzten sie den Tisch mit den Speisen vor mich hin; darunter befand sich auch eine Schüssel mit Kümmelragout, das war mit Zucker zubereitet, mit Moschus und Rosenwasser übergossen, und darin waren die Brüste von gebratenen Küken; dazu noch all die anderen Speisen, die den Sinn bezauberten. Und bei Allah, ich wartete nur so lange, bis ich das Tischgebet gesprochen hatte; dann aber machte ich mich an das Kümmelragout und aß, soviel ich vermochte. Ich wischte mir die Hände ab, doch vergaß ich, sie zu waschen; und ich blieb sitzen, bis es dunkel ward und die Kerzen angezündet wurden. Nun kamen die Sängerinnen herein mit ihren Tamburinen, und sie zeigten mir die Braut und gingen mit ihr, indem sie überall mit Goldstücken beschenkt wurden, umher, bis sie den ganzen Palast durchzogen hatten. Darauf brachten sie sie mir und entkleideten sie. Sowie ich mit ihr auf dem Lager allein war und sie umarmte, ohne noch recht an unsere Vereinigung glauben zu können, roch sie den Geruch des Kümmelragouts an meinen Händen; als sie das roch, tat sie einen lauten Schrei, und die Sklavinnen kamen von allen Seiten gelaufen. Ich aber zitterte vor Schrecken, denn ich wußte nicht, was geschehen war. Die Mädchen fragten: ‚Was fehlt dir, o Schwester?' und sie rief: ‚Nehmt diesen Irren von mir weg! Und doch hielt ich ihn für einen Mann von Verstand!' Ich fragte: ‚Was für ein Zeichen von Irrsinn hast du an mir bemerkt?' Sie antwortete: ‚Wahnsinniger, wie kannst du Kümmelragout essen und dir nachher nicht die Hände waschen? Bei Allah, ich will dich strafen für dein Tun. Soll deinesgleichen zu meinesgleichen ins Bett zu kommen wagen?' Dann griff sie von ihrer Seite eine geflochtene Geißel auf und fiel damit über meinen Rücken her und über die Stelle, auf der ich sitze, bis ich durch die vielen Schläge ohnmächtig wurde; darauf sagte sie zu den Sklavinnen: ‚Nehmt ihn und schleppt ihn zum Polizeihauptmann, daß er ihm die Hand abschlage, mit der er das Kümmelragout aß und die er nachher nicht wusch.' Als ich aber das hörte, sprach ich: ‚Es gibt keine Majestät und es gibt keine Macht außer bei Allah! Willst du mir die Hand abschlagen, weil ich Kümmelragout aß und mich nicht wusch?' Auch die Sklavinnen baten sie und sprachen zu ihr: ‚O Schwester, laß ihm sein Tun für diesmal hingehen!', doch sie versetzte: ‚Bei Allah, es geht nicht anders, ich muß ihn etwas an den Seiten stutzen.' Darauf ging sie fort und blieb zehn Tage lang weg, ohne daß ich sie zu sehen bekam; nachdem aber die zehn Tage vorüber waren, kam sie wieder zu mir und sagte: ‚Schwarzgesicht! Ich will dich lehren, Kümmelragout essen, ohne dir die Hände zu waschen!' Dann rief sie den Sklavinnen zu, sie sollten mich fesseln; als die es getan hatten, nahm sie ein scharfes Rasiermesser und schnitt mir sowohl die Daumen wie die großen Zehen ab, wie ihr es an mir sehet, ihr Herren! Ich sank in Ohnmacht; sie aber streute mir ein Pulver aus Heilkräutern auf die Wunden, bis das Blut gestillt war. Da sprach ich: ‚Nie wieder will ich Kümmelragout essen, ohne mir die Hände vierzigmal mit Pottasche zu waschen, und vierzigmal mit Kleie, und vierzigmal mit Seife!' Und sie nahm mir einen Eid ab, daß ich nie wieder Kümmelragout essen würde, ohne mir nachher die Hände so zu waschen, wie ich gesagt habe. Als ihr mir also dies Kümmelragout brachtet, wechselte ich die Farbe und sagte zu mir selber: ‚Eben dies Gericht war schuld, daß mir die Daumen und Zehen abgeschnitten wurden'; und als ihr mich drängtet, sagte ich: ‚Ich muß den Eid, den ich geschworen habe, halten.' ‚Und was', so fragten die anderen Gäste, ‚widerfuhr dir dann?' Er antwortete: ‚Als ich ihr den Schwur geleistet hatte, wurde ihr Herz wieder gut, und ich durfte bei ihr schlafen. So lebten wir eine Weile, bis sie eines Tages zu mir sagte: ‚Siehe, der Palast des Kalifen ist kein schöner Wohnort für uns; niemand hat ihn je betreten außer dir, und auch du bist nur durch die Gnade der Herrin Zubaida hereingekommen.' Darauf gab sie mir fünfzigtausend Dinare und sprach: ‚Nimm dies Geld und geh hin und kaufe uns ein geräumiges Wohnhaus.' So ging ich hin und kaufte ein schönes, geräumiges Haus; dorthin ließ sie all ihren Reichtum schaffen, alles, was sie an Geld, Stoffen und Kostbarkeiten aufgehäuft hatte. Dies also ist der Anlaß, daß mir Daumen und Zehen abgeschnitten wurden.'

Wir aßen nun – so sprach der Verwalter – und kehrten nach Hause zurück; dann geschah mit dem Buckligen das, was geschehen ist. Dies also ist meine Geschichte, und damit bin ich am Ende!' Doch der König sprach: ‚Diese Geschichte ist nicht ergötzlicher als die Geschichte des Buckligen; nein, die Geschichte des Buckligen ist ergötzlicher als diese. Es geht also nicht anders, ihr müßt alle hängen.' Da trat der Jude hervor, küßte den Boden und sagte: ‚O größter König unserer Zeit, ich will dir eine

Geschichte erzählen, wunderbarer als die des Buckligen.' ‚Her mit dem, was du weißt!' sagte der König von China; und er begann

DIE GESCHICHTE
DES JÜDISCHEN ARZTES

Wunderbar war ein Erlebnis, das mir in meiner Jugend begegnet ist. Ich lebte damals in Damaskus und studierte dort; als ich eines Tages dasaß, siehe, da kam zu mir ein Mamluk vom Haushalt des Statthalters von Damaskus und sagte: ‚Sprich mit meinem Herrn!' Ich folgte und ging mit ihm in das Haus des Vizekönigs, trat ein und sah am oberen Ende der großen Halle ein Lager aus Wacholderholz, belegt mit Goldplättchen; darauf lag ein kranker Mensch, ein Jüngling wunderschön, wie man nie einen schöneren gesehn. Ich setzte mich nieder zu seinen Häuptern und betete für seine Heilung; er aber gab mir ein Zeichen mit den Augen, und so sagte ich zu ihm: ‚O Herr, reiche mir deine Hand, dir zur Genesung!' Er hielt mir die linke Hand hin, und ich staunte darob und sagte: ‚Gottes Wunder! Das ist ein schöner Jüngling, er stammt aus einem großen Hause und ist an Bildung gering; das ist ein wunderlich Ding!' Doch ich fühlte ihm den Puls und schrieb ihm eine Verordnung, und besuchte ihn zehn Tage lang, bis er genesen war und hinging, um ein Bad zu nehmen. Der Statthalter gab mir ein schönes Ehrengewand und ernannte mich zum Leiter des Hospitals, das in Damaskus ist. Als ich mit dem Jüngling in das Bad ging, das man für ihn geschlossen hatte, und als dann die Diener hereinkamen, ihn im Inneren des Badehauses entkleideten, so daß er nackt war, da sah ich, daß seine rechte Hand kurz vorher abgeschnitten war, und ebendies war der Grund seiner Schwäche. Bei diesem Anblick erstaunte ich, und ich war traurig um seinetwillen; und als ich seinen Leib ansah, erblickte ich die Narben von Geißelhieben, die mit Salben behandelt waren. Darüber war ich ganz ratlos, und das zeigte sich auf meinem Gesicht. Da sah der Jüngling mich an, verstand, was in mir vorging, und sagte: ‚O größter Arzt unserer Zeit, staune nicht! Ich will dir meine Geschichte erzählen, sobald wir das Bad verlassen haben.' Als wir dann das Bad verlassen hatten, nach Hause zurückgekehrt waren, das Mahl eingenommen und uns ausgeruht hatten, fragte er mich: ‚Wollen wir uns nicht den Söller ansehn?', und ich willigte gern ein. Dann befahl er den Sklaven, die Kissen und Teppiche hinaufzutragen, uns ein Lamm zu braten und Früchte zu bringen. Die Sklaven taten, was er befohlen hatte; so aßen wir zusammen, er mit der linken Hand. Dann bat ich ihn, mir seine Geschichte zu erzählen. Und er begann: ‚Höre also, o größter Arzt unserer Zeit, was mir widerfahren ist. Wisse, ich gehöre zu den Söhnen Mosuls, wo mein Großvater starb und zehn Söhne hinterließ, von denen mein Vater der älteste war. Alle wuchsen auf und nahmen sich Frauen; da wurde ich meinem Vater geboren, während seine neun Brüder nicht mit Kindern gesegnet wurden. So wuchs ich auf unter meinen Oheimen, die große Freude an mir hatten. Als ich dann größer geworden und zum Manne herangereift war, ging ich eines Tages, an einem Freitag, mit meinem Vater in die Moschee von Mosul, und wir beteten das Freitagsgebet; dann ging alles Volk fort, aber mein Vater und meine Oheime blieben dort sitzen und sprachen von den Wunderdingen in fremden Ländern und von den Merkwürdigkeiten ferner Städte. Und schließlich nannten sie Kairo, und einer meiner Oheime sagte: ‚Die Reisenden berichten, es gäbe auf der ganzen Erde nichts Schöneres als Kairo und den Nil'; als ich diese Worte hörte, bekam ich Sehnsucht nach Kairo. Dann sprach mein Vater: ‚Wer Kairo noch nicht sah, der sah die Welt noch nicht. Seine Erde ist mit Gold gefüllt, sein Nil ist ein Zauberbild; seine Frauen sind wie Huris traut, seine Häuser wie Schlösser gebaut; seine Luft ist zart und weich, selbst der Weihrauch kommt ihrem Dufte nicht gleich. Wie sollte es auch nicht so sein, da es ja die ganze Welt in sich begreift?' Vortrefflich hat der Dichter gesagt:

> *Soll ich von Kairo fortziehen und seinen herrlichen Wonnen?*
> *Welcher Ort wäre es, der dann mir noch Freude bringt?*
> *Und soll ich den Ort verlassen, wo den Atmenden umwehen*
> *Reine Lüfte, doch nicht, was aus engen Gassen dringt?*
> *Und wie denn? Durch seine Schönheit gleicht es dem Paradiese;*
> *Dort sind die Polster und Kissen ausgebreitet in Reihn.*
> *Eine Stadt, die Augen und Herzen durch ihren Glanz erfreuet;*
> *Was Fromme sich wünschen und Sünder, bietet es im Verein.*
> *Und das Verdienst vereint dort die treuen Freunde;*
> *Liebliche Gärten bieten ihnen die Stätten der Ruh.*
> *O ihr Volk von Kairo, wenn Allah mein Fernsein beschließet,*
> *Versprechen und Schwüre führen euch mich immerdar zu.*
> *Nennet sie nicht dem Zephir! Der Gärten Duft so weich*
> *Ist ja gleichwie der seine; er raubt ihn dann sogleich.*

Dann sagte mein Vater noch: ‚Sähet ihr Kairos Gärten, wenn die Sonne hinabgleitet und der Schatten sich über sie breitet, ihr würdet ein Wunder bezeugen und in Freuden euch zu ihm neigen.' So sprach er, und alle begannen, Ägypten und den Nil zu schildern. Als sie geendet und ich solche Schilderungen von Kairo gehört hatte, da blieben meine Gedanken an ihnen hängen; und als sie sich erhoben und ein jeder in seine Wohnung gegangen war, da legte ich mich zwar nieder, aber in jener Nacht konnte ich vor lauter Sehnsucht nach Ägypten nicht schlafen, und Speise und Trank mundeten mir fortan nicht mehr. Nach wenigen Tagen rüsteten meine Oheime sich zu einer Reise nach Ägypten, und ich trat vor meinen Vater und weinte, bis er Waren für mich besorgte und mich mit ihnen ziehen ließ; doch er sagte: ‚Laßt ihn nicht bis nach Kairo ziehen, sondern laßt ihn in Damaskus, seine Waren zu verkaufen!' Wir brachen also auf, ich nahm Abschied von meinem Vater, und wir zogen aus Mosul hinaus; wir reisten immer weiter, bis wir Aleppo erreichten, wo wir einige Tage blieben. Dann reisten wir weiter nach Damaskus, und wir sahen eine Stadt, von Bäumen grün, wo die Früchte blühn, wo die Bächlein springen und die Vögel singen, dem Paradiese gleich und an allen Früchten reich. Wir stiegen in einer der Herbergen ab, und meine Oheime blieben eine Weile, um zu verkaufen und zu kaufen. Sie verkauften auch meine Waren, und dabei ergab sich ein Gewinn, der für jeden Dirhem fünf Dirhems einbrachte, worüber ich sehr erfreut war. Nun ließen meine Oheime mich allein und zogen gen Ägypten, während ich zurückblieb. Ich nahm meine Wohnstatt in einem Hause so schön gebaut, daß keine Zunge es zu beschreiben sich traut; das hatte ich für zwei Dinare im Monat gemietet. Dort blieb ich, aß und trank, bis ich das Geld, das ich besaß, fast ausgegeben hatte. Eines Tages nun, als ich vor der Haustür saß, kam mir eine Dame entgegen, gekleidet in die kostbarsten Gewänder, wie sie meine Augen noch nie prächtiger gesehen hatten. Ich blinzelte ihr zu, und ohne Zögern trat sie ins Tor ein. Als sie eingetreten war, folgte ich ihr und schloß die Tür hinter uns; da hob sie ihren Schleier von ihrem Antlitz und warf den Mantel ab. Ich aber sah, daß sie von strahlender Schönheit war, und die Liebe zu ihr ergriff mein Herz. So ging ich hin und brachte einen Tisch, mit den köstlichsten Speisen und Früchten und allem, was der Anlaß erforderte; ich setzte ihn vor uns hin, und wir aßen, tranken, scherzten dann, bis uns der Wein zu Kopfe stieg. Und darauf verbrachte ich die schönste der Nächte mit ihr bis zum Morgen.

Nun wollte ich ihr zehn Dinare geben; doch sie blickte finster und zog die Brauen zusammen, und bebend vor Zorn rief sie aus: ‚Pfui über euch Mosulaner! Denkst du, ich wolle dein Geld?' Dann nahm sie aus der Tasche ihres Gewandes fünfzehn Dinare und legte sie vor mich hin und sagte: ‚Bei Allah, wenn du sie nicht nimmst, werde ich nie wieder zu dir kommen.' Als ich sie von ihr angenommen hatte, sprach sie zu mir: ‚O mein Geliebter, erwarte mich in drei Tagen; zwischen der Zeit des Sonnenuntergangs und des Nachtmahls werde ich bei dir sein; du aber rüste uns von diesem Gelde das gleiche Mahl wie gestern.' Und sie nahm Abschied von mir und ging davon; doch auch mein Verstand ging mit ihr. Nachdem die drei Tage vergangen waren, kam sie wieder, gekleidet in Stoffe aus Brokat, und in noch schönerem Schmuck und Gewand, als sie zuvor getragen hatte. Ich aber hatte alles gerüstet, ehe sie kam; wir aßen und tranken und verbrachten die Nacht wie das erste Mal bis zum Morgen. Dann gab sie mir fünfzehn Dinare und versprach, nach drei Tagen wieder zu mir zu kommen. Ich hielt alles für sie bereit, und zur erwarteten Zeit erschien sie, wiederum reicher gekleidet als das erste und auch als das zweite Mal, und sie sagte: ‚Bin ich nicht schön, mein Gebieter?' ‚Ja, bei Allah!' erwiderte ich; und sie fuhr fort: ‚Willst du mir erlauben, daß ich ein Mädchen mit mir bringe, schöner als ich und jünger an Jahren, daß sie mit uns spiele und daß du mit ihr scherzest, damit auch ihr Herz sich freue? Denn sie ist traurig gewesen seit langer Zeit, und sie bat mich, sie mitzunehmen, daß sie die Nacht mit mir verbringe.' Als ich ihre Bitte vernommen hatte, erwiderte ich: ‚Ja, bei Allah!' Dann tranken wir, bis uns der Wein zu Kopfe stieg, und schliefen bis zum Morgen. Da gab sie mir wiederum fünfzehn Dinare und sagte: ‚Schaffe uns etwas mehr Raum, da auch das Mädchen mit mir kommt!' Darauf ging sie fort, und am vierten Tage machte ich wie immer alles bereit, und nach Sonnenuntergang, siehe, da kam sie, begleitet von einem Mädchen, das in einen Mantel gehüllt war. Als sie eingetreten waren, setzten sie sich, und indem ich sie anblickte, sprach ich die Verse:

> *Wie herrlich ist unsere Zeit, wie schön,*
> *Wenn der Tadler fern ist und uns nicht sieht!*
> *Wenn Liebe und Freude und Trunkenheit*
> *Uns nah sind und wenn der Verstand entflieht;*
> *Wenn der Vollmond in einem Schleier erstrahlt*
> *Und der Zweig im zarten Gewande sich neigt,*
> *Die Rose sich taufrisch auf den Wangen,*
> *Die Narzisse im Auge sich mattglänzend zeigt.*
> *Wie ich's wünsche, leuchtet das Leben so klar,*
> *Im Verein mit der Liebsten, so wunderbar!*

Ich freute mich ihres Anblicks, entzündete die Kerzen und begrüßte sie voller Freude und Entzücken. Sie legten ihre Oberkleider ab, und das neue Mädchen entschleierte ihr Gesicht, und ich sah, daß sie war wie der Mond in seiner Fülle; niemals sah ich eine Schönere als sie. Dann setzte ich Speise und Trank vor sie hin, und wir aßen und tranken; und ich gab dem zweiten Mädchen immerfort die besten Bissen, und ich füllte ihr den Becher und trank mit ihr, bis die erste in ihrem Inneren eifersüchtig wurde und mich fragte: ‚Bei Gott, ist diese Maid nicht schöner als ich?' und ich rief: ‚Ja, bei Gott!' Jene darauf: ‚Es ist mein Wunsch, daß du heute nacht bei ihr schlafest.' Ich erwiderte: ‚Herzlich gern will ich es tun.' Darauf erhob sie sich und breitete das Lager für uns aus; ich aber ging zu dem jungen Mädchen und ruhte mit ihr bis zum Morgen. Da erwachte ich und fühlte, daß ich ganz feucht war, wie ich glaubte, vom Schweiß. Ich setzte mich auf und versuchte, das Mädchen zu wecken; doch als ich an ihren Schultern rüttelte, rollte ihr Kopf vom Kissen. Die Besinnung verließ mich, und ich schrie laut auf, indem ich sprach: ‚O du trefflicher Schützer, leihe mir deinen Schutz!' Ich sah, daß sie ermordet war, und sprang auf; die Welt wurde mir schwarz vor den Augen. Nun suchte ich nach meiner ersten Geliebten, aber ich konnte sie nicht finden. Da wußte ich, daß sie jenes Mädchen aus Eifersucht ermordet hatte, und ich sprach: ‚Es gibt keine Majestät und es gibt keine Macht außer bei Allah, dem Erhabenen und Allmächtigen! Was soll ich tun?' Ich überlegte eine Weile, zog meine Kleider aus und grub in der Mitte des Hofes ein Loch; dann nahm ich das Mädchen mit all ihrem Schmuck, legte sie in die Grube und deckte darüber die Erde und das Marmorpflaster. Darauf wusch ich mich, zog reine Kleider an und nahm, was mir an Geld noch blieb. Das Haus verließ ich und verschloß es, ging zu seinem Eigentümer, faßte mir ein Herz und bezahlte ihm die Miete für ein Jahr und sagte: ‚Ich will zu meinen Oheimen nach Kairo ziehen.' Dann brach ich auf und zog nach Ägypten und traf meine Oheime, die sich meiner freuten. Sie hatten gerade alle ihre Waren verkauft, und sie fragten mich: ‚Was ist der Grund deiner Reise?' Ich erwiderte: ‚Ich hatte Sehnsucht nach euch'; aber ich ließ sie nicht wissen, daß ich noch Geld bei mir hatte. Dann blieb ich ein Jahr lang bei ihnen, indem ich mir Kairo und seinen Nil ansah; und ich legte meine Hand an den Rest meines Vermögens und gab davon aus für Essen und Trinken, bis die Zeit des Aufbruchs für meine Oheime kam. Da floh ich und verbarg mich vor ihnen. Sie suchten nach mir, doch als sie nichts von mir hörten, sagten sie sich: ‚Er ist wohl nach Damaskus zurückgekehrt.' Wie sie nun fort waren, kam ich wieder zum Vorschein und blieb noch drei Jahre in Kairo, bis von meinem Gelde nichts mehr übrig war. Inzwischen hatte ich jedes Jahr dem Besitzer des Hauses in Damaskus den Mietzins eingeschickt, aber nach den drei Jahren wurde mir beklommen zumute, denn ich hatte nur noch genug Geld bei mir für die Miete eines Jahres. Da machte ich mich auf, bis ich in Damaskus ankam, und stieg in meinem Hause ab; der Besitzer sah mich mit Freuden wieder, und ich fand die Zimmer, wie ich sie verschlossen hatte. Ich öffnete sie und nahm die Sachen heraus, die darin waren; dabei fand ich unter dem Lager, auf dem ich mit dem ermordeten Mädchen in jener Nacht geruht hatte, ein goldenes Halsband mit eingelegten Edelsteinen. Ich nahm es auf, reinigte es von dem Blut des ermordeten Mädchens, sah es mir eine Weile an und weinte dabei. Dann blieb ich in dem Hause zwei Tage lang und ging am dritten ins Bad und wechselte meine Kleider. Ich hatte aber kein Geld mehr bei mir; und als ich eines Tages auf den Basar gehen wollte, flüsterte Satan mir die Versuchung ins Ohr, damit das Schicksal erfüllet würde. So nahm ich das Halsband mit den Edelsteinen, ging in den Basar und übergab es einem Makler. Der bat mich, an der Seite des Hausherrn Platz zu nehmen und zu warten, bis der Markt sich füllte; aber er nahm das Halsband ohne mein Wissen und heimlich, und bot es zum Verkauf aus. Der Schmuck ward auf zweitausend Dinare geschätzt; doch der Makler kehrte zu mir zurück und sagte: ‚Dieses Halsband ist aus Kupfer und nachgemacht, fränkische Arbeit; als Preis sind tausend Dirhems geboten worden.' Ich erwiderte: ‚Jawohl! Wir haben es für ein Mädchen machen lassen, das wir damit zum besten haben wollten; nun hatte mein Weib es geerbt, und so wollen wir es verkaufen; geh hin und nimm die tausend Dirhems!'– –«

Da bemerkte Schehrezâd, daß der Morgen begann, und sie hielt in der verstatteten Rede an. Doch als die *Neunundzwanzigste Nacht* anbrach, fuhr sie also fort: ‚Es ist mir berichtet worden, o glücklicher König, daß, als der Jüngling zu dem Makler sagte: ‚Nimm die tausend Dirhems!', und als der Makler das hörte, er merkte, daß es eine verdächtige Geschichte war. So trug er das Halsband zu dem Vorsteher des Basars und gab es ihm; der brachte es dem Wali und sagte zu ihm: ‚Dieses Halsband ist mir aus meinem Hause gestohlen, und wir fanden den Dieb im Kleide eines Kaufmanns.' So hatte mich, ehe ich mich dessen versah, die Wache umringt; man nahm mich gefangen und schleppte mich vor den Wali, der mich nach jenem Halsband befragte. Ich erzählte ihm, was ich dem Makler berichtet hatte; er aber lachte und sagte: ‚Das ist nicht die Wahrheit.' Doch ehe ich noch wußte, wie mir geschah, wurden mir die Kleider vom Leibe gerissen, und ich wurde mit Geißeln auf die Seiten geschlagen. Unter den brennenden Schmerzen gestand ich: ‚Ich habe es gestohlen'; denn ich sagte mir: ‚Es ist besser, du sagst: ich habe es gestohlen, als zu sagen: die Besitzerin ist in meinem Hause ermordet, denn sie würden dich hinrichten.' So schrieben sie nieder, daß ich es gestohlen hätte, schnitten mir die Hand ab[1] und gossen siedendes Öl auf den Stumpf. Da sank ich in Ohnmacht; doch sie gaben mir Wein zu trinken, bis ich mich erholte. Dann nahm ich meine Hand und ging nach Hause; aber der Besitzer trat zu mir und sagte: ‚Weil dir dieses widerfahren ist, mußt du mein Haus verlassen und dich nach einer anderen Wohnung umsehn; denn du bist des Diebstahls überführt.' ‚O Herr,' erwiderte ich, ‚habe nur noch zwei bis drei Tage mit mir Geduld, bis ich mir eine andere Stätte suche!' Er war damit einverstanden, ging davon und verließ mich. Nun setzte ich mich hin und weinte und sprach: ‚Wie soll ich heimkehren zu den Meinen, da mir die Hand abgeschlagen wurde

---

1. Dem Diebe wird nach seinem ersten Diebstahl die rechte Hand abgehauen.

und sie nicht wissen, daß ich unschuldig bin? Doch vielleicht tut Allah nach alledem noch etwas für mich.' Ich weinte bitterlich, und da auch der Besitzer des Hauses von mir gegangen war, verfolgte mich tiefer Gram, und so blieb ich zwei Tage lang in arger Not; aber am dritten Tage kam plötzlich der Hausherr zu mir und mit ihm Leute der Wache und der Vorsteher des Basars, der mich beschuldigt hatte, das Halsband gestohlen zu haben. Ich ging zu ihnen hinaus und fragte, was es gäbe; sie aber fesselten mich unverzüglich und warfen mir eine Kette um den Hals und sagten: ‚Es hat sich herausgestellt, daß das Halsband dem Statthalter von Damaskus gehört, dem Wesir, der über die Stadt gebietet'; und sie fügten hinzu: ‚Es ist aus seinem Hause vor drei Jahren abhanden gekommen, zugleich mit seiner Tochter.' Als ich diese Worte von ihnen vernahm, sank mir das Herz, und ich sagte zu mir selber: ‚Dein Leben ist ohne Rettung dahin! Bei Allah, ich muß dem Statthalter meine Geschichte erzählen; wenn er will, so wird er mich töten, und wenn es ihm gefällt, so kann er mir verzeihen.' Sobald wir bei dem Statthalter angekommen waren, führten sie mich vor ihn. Und als er mich sah, schaute er mich mit einem langen Blicke an und fragte die, so zugegen waren: ‚Weshalb habt ihr diesem die Hand abgeschlagen? Er ist ein unglücklicher Mann, doch es ruht keine Schuld auf ihm; wahrlich, ihr habt ihm unrecht getan, als ihr ihm die Hand abschlugt.' Als ich diese Worte hörte, erstarkte mein Herz und kräftigte sich meine Seele, und so sprach ich: ‚Bei Allah, hoher Herr, ich bin kein Dieb; man hat mich mit diesem schweren Verdacht verleumdet, mitten auf dem Markte mit Geißeln geschlagen und mich zum Geständnis gezwungen. So habe ich mich selbst fälschlich bezichtigt und mich zu dem Diebstahl bekannt, obgleich ich unschuldig daran bin.' Der Statthalter sagte: ‚Dir soll kein Leid widerfahren.' Dann befahl er, den Vorsteher des Basars in den Kerker zu werfen, und sagte zu ihm: ,Gib diesem Manne das Blutgeld für die Hand; sonst werde ich dich hängen lassen und dir alles, was du besitzest, nehmen.' Alsbald rief er die Wachen; die ergriffen ihn und schleppten ihn hinweg, und so blieb ich bei dem Statthalter. Dann lösten sie auf seinen Befehl die Kette von meinem Nacken und befreiten mir die Arme; und er sah mich an und sagte: ,Mein Sohn, sage mir die Wahrheit und erzähle, wie dieses Halsband an dich gekommen ist!' Und er sprach den Vers:

> *Verkünde die Wahrheit, und möge dich auch*
> *Die Wahrheit durch Feuer der Drohung verbrennen!*

Darauf sagte ich: ,Hoher Herr, ich will dir die Wahrheit sagen.' Dann berichtete ich ihm alles, was zwischen mir und dem ersten Mädchen vorgefallen war, und wie sie das zweite zu mir gebracht und es aus Eifersucht erschlagen hatte, und ich erzählte ihm alle Einzelheiten. Als er meine Worte gehört hatte, schüttelte er sein Haupt, schlug mit der rechten Hand auf die linke, legte ein Tuch über seinen Kopf und weinte; und schließlich sprach er die Verse:

> *Ich sehe die Leiden der Welt so zahlreich über mich kommen;*
> *Und wer von ihnen betroffen ist, krankt bis an sein Ende.*
> *Sind zwei Freunde vereint, so müssen sie doch wieder scheiden;*
> *Wenige gibt es nur, die der Abschiedsschmerz nicht fände.*

Darauf wandte er sich zu mir und sagte: ,Wisse, mein Sohn, das ältere Mädchen war meine Tochter, die ich streng bewacht zu halten pflegte. Als sie herangewachsen war, schickte ich sie nach Kairo und vermählte sie mit meines Bruders Sohn. Aber er starb, und sie kehrte zu mir zurück. Sie hatte jedoch vom Volk von Kairo die Unzucht gelernt; und so suchte sie dich viermal auf und brachte zuletzt auch ihre jüngere Schwester zu dir. Die beiden waren leibliche Schwestern und hingen sehr aneinander; und als die ältere jenes Abenteuer hatte, enthüllte sie ihrer Schwester das Geheimnis, die nun wünschte, sie zu begleiten. Aber sie kehrte allein zurück; da fragte ich sie nach ihrer Schwester, doch sie weinte nur um sie. Dann erzählte sie ihrer Mutter insgeheim, während ich jedoch zugegen war, wie sie ihre Schwester ermordet hatte. Und sie weinte immer und sagte: ,Bei Allah, ich werde stets um sie klagen, bis ich sterbe.' Und so kam es denn auch. Siehe also, mein Sohn, was geschehen ist; und jetzt bitte ich dich, daß du mir nicht widersprichst in dem, was ich zu tun gedenke. Ich will dich mit meiner jüngsten Tochter vermählen; sie ist nicht eine leibliche Schwester der anderen beiden und ist noch Jungfrau. Ich will auch keine Morgengabe von dir nehmen, sondern vielmehr euch ein Jahrgeld aus meinem Vermögen geben, und du sollst mit mir in meinem Hause bleiben an Sohnes Statt.' Ich antwortete: ,So sei es! Wie hätte ich solches Glück noch erhoffen können?' Dann schickte er sofort zum Kadi und zu den Zeugen und ließ meinen Ehevertrag mit seiner Tochter schreiben, und ich ging ein zu ihr. Ja, er erzwang für mich von dem Vorsteher des Basars eine große Summe Geldes, und ich erhielt eine sehr hohe Stellung bei ihm. Doch in diesem Jahr ist mein Vater gestorben, und der Statthalter hat von sich aus einen Boten entsandt; der hat mir das Geld gebracht, das mein Vater hinterlassen hat, und so lebe ich jetzt in aller Freude des Lebens. Dies also ist der Grund, weswegen mir die rechte Hand fehlt.'

Darüber war ich sehr erstaunt – so fuhr der Jude fort –, und ich blieb drei Tage bei ihm; dann gab er mir viel Geld. Ich aber reiste fort von ihm und kam in diese eure Stadt; ich hatte hier ein gutes Leben, aber mit dem Bucklichen ist mir widerfahren, was dir bekannt ist.' Da sprach der König von China: ,Dies ist nicht wunderbarer als die Geschichte des Buckligen; es geht nicht anders, ihr müßt hängen. Freilich ist noch der Schneider übrig, der das ganze Elend veranlaßt hat'; und er fügte hinzu: ‚Schneiderlein, wenn du mir etwas erzählen kannst, was wunderbarer ist als die Geschichte des Buckligen, so will ich euch allen eure Schuld vergeben.' Da trat der Schneider vor und begann

DIE GESCHICHTE DES SCHNEIDERS

Wisse, o größter König unserer Zeit, am wunderbarsten ist, was mir begegnet und zugestoßen ist. Gestern morgen, bevor ich den Buckligen traf, war ich bei der Hochzeitsfeier eines meiner Genossen, der in seinem Hause an die zwanzig Leute dieser Stadt versammelt hatte; wir waren alle Handwerker, unter anderen Schneider, Seidenspinner und Zimmerleute und mehr noch vom gleichen Schlag. Als die Sonne aufgegangen war, setzte man uns Speisen vor, damit wir äßen; und siehe, der Herr des Hauses trat zu uns ein, und mit ihm ein fremder und anmutiger Jüngling aus dem Volk von Baghdad. Dieser Jüngling trug wunderschöne Kleider; und er war selbst so schön wie er nur sein konnte, aber er war lahm. Er trat zu uns und grüßte uns, und wir standen auf, ihm zu Ehren; doch als er sich gerade setzen wollte, erblickte er unter uns einen, der Barbier war. Da lehnte er es ab, sich zu setzen, und wollte uns verlassen. Aber wir hielten ihn fest; auch unser Wirt suchte ihn zu halten und beschwor ihn und fragte ihn: ‚Was ist der Grund, daß du eintrittst und sofort wieder gehen willst?' Jener erwiderte: ‚Bei Allah, mein Herr, tritt mir nicht in den Weg! Der Grund, weshalb ich zurückkehren will, ist jener Barbier arger Vorbedeutung, der dort sitzt.' Als der Hausherr diese Worte von ihm hörte, da geriet er in höchstes Erstaunen und sagte:

‚Wie kann dieser Jüngling aus Baghdad so in Verlegenheit wegen dieses Barbiers sein?' Dann sahen wir den Fremden an und sprachen: ‚Erkläre uns den Grund deines Zornes gegen diesen Barbier.' ‚Ihr edlen Herren,' sprach der Jüngling, ‚mir ist in Baghdad, meiner Heimatstadt, mit diesem Barbier ein Abenteuer begegnet; er war schuld, daß ich mein Bein brach und lahm wurde, und ich habe geschworen, nie wieder im gleichen Raum mit ihm zu sitzen, noch auch in einer Stadt zu bleiben, in der er weilt. Ich habe Baghdad verlassen und bin von dort fortgereist, um hier in eurer Stadt zu wohnen. Aber ich werde keine Nacht mehr hier zubringen, sondern weiterreisen.' Da baten wir ihn: ‚Um Allahs willen, erzähle uns deine Geschichte.' Der Jüngling also begann, während der Barbier erbleichte: ‚Ihr edlen Herren, wisset, mein Vater war einer der ersten Kaufleute der Stadt Baghdad, und Allah der Erhabene hatte ihm kein anderes Kind beschert als mich. Als ich nun aufwuchs und zum Manne herangereift war, ging mein Vater zur Gnade Allahs des Erhabenen ein und hinterließ mir Geld, Eunuchen und Diener; und ich pflegte mich gut zu kleiden und gut zu essen. Allah aber hatte mich zu einem Hasser der Frauen gemacht; und eines Tages, als ich durch die Straßen von Baghdad dahinging, kam mir eine Schar Frauen auf dem Weg entgegen. Ich floh und trat in eine Gasse, die keinen Ausgang hatte, und setzte mich am oberen Ende auf eine steinerne Bank. Kaum hatte ich eine Weile gesessen, so tat sich gegenüber der Stelle, an der ich war, ein Fenster auf, und aus ihm schaute eine junge Dame, schön wie der volle Mond, wenn er am schönsten ist; nie noch in meinem Leben sah ich ihresgleichen. Sie hatte Blumen auf dem Fensterbrett und die begoß sie; dann wandte sie sich nach rechts und nach links, schloß das Fenster und ging hinweg. In meinem Herzen aber brannte plötzliches Feuer;

meine Seele war von ihr gefangen, und der Haß verwandelte sich in Liebe. Ich blieb dort sitzen, der Welt verloren, bis zum Sonnenuntergang; und siehe, da kam der Kadi der Stadt vorbeigeritten, und ihm vorauf seine Sklaven und hinter ihm Eunuchen. Er stieg ab und trat in das Haus, aus dem das Mädchen herausgeschaut hatte. Da wußte ich, daß er ihr Vater war; dann ging ich traurig nach Hause und warf mich im Gram auf mein Lager. Meine Sklavinnen kamen herein und setzten sich um mich und wußten nicht, was mich bedrückte; ich aber sprach auch nicht zu ihnen, und sie weinten und klagten über mich. Da plötzlich trat eine alte Frau herein; die sah mich an, und mein Zustand blieb ihr nicht verborgen. Sie setzte sich mir zu Häupten und suchte mich zu beruhigen, indem sie sprach: ‚Mein Sohn, erzähle mir alles, und ich will dich mit ihr vereinigen!' So erzählte ich ihr mein Erlebnis; und sie fuhr fort: ‚Mein lieber Sohn, sie ist die Tochter des Kadis von Baghdad, der sie in strenger Abgeschlossenheit hält; und die Stelle, an der du sie sahest, liegt in ihrem Stockwerk, während ihr Vater einen großen Saal zu ebener Erde innehat. Sie sitzt dort oben allein, und ich komme viel in das Haus; also kannst du sie nur durch mich gewinnen. Drum sei guten Mutes!' So ward ich denn froh, als ich ihre Worte vernommen hatte, und die Meinen freuten sich darüber, daß ich an jenem Tage gesund wurde. Die Alte ging und kam wieder, doch mit betrübtem Antlitz; und sie sprach: ‚Mein Sohn, frage nicht, was mir von ihr widerfahren ist! Als ich es ihr sagte, rief sie: ‚Wenn du nicht mit solchen Reden still bist, du Unglücksalte, so werde ich dich behandeln, wie du es verdienst.' Aber ich will unbedingt noch einmal zu ihr zurückkehren.' Als ich das von ihr hörte, fügte es Leiden zu meinem Leiden; doch nach abermals einigen Tagen kam die Alte wieder und sagte: ‚Mein Sohn, ich fordere von dir den Lohn für gute Botschaft.' Als ich das von ihr vernahm, kehrte mein Leben zu mir zurück, und ich sprach zu ihr: ‚Du sollst alles Beste erhalten.' Nun begann sie: ‚Gestern ging ich zu der Dame; und als sie sah, daß ich gebrochenen Herzens war und daß mir die Tränen aus den Augen stürzten, fragte sie: ‚Liebe Muhme, warum muß ich deine Brust so beklommen sehen?', und ich antwortete weinend: ‚O Herrin, ich komme gerade vom Hause eines Jünglings, der dich liebt und der um deinetwillen dem Tode nahe ist.' Da sprach sie, während ihr Herz weich wurde: ‚Woher ist dieser Jüngling, von dem du redest?', und ich erwiderte: ‚Er ist für mich wie ein Sohn und die Frucht meines Herzens. Er sah dich vor einigen Tagen am Fenster, als du deine Blumen begossest, und da er dein Antlitz erblickte, begann er dich leidenschaftlich zu lieben. Ich ließ ihn wissen, wie es mir das erste Mal mit dir erging, und da verschlimmerte sich sein Leiden; er liegt im Bett und ist des Todes, daran ist nicht zu zweifeln.' Erblassend fragte sie: ‚All das um meinetwillen?' Ich antwortete: ‚Ja, bei Gott! Was willst du, das ich tue?' Sie sprach: ‚Geh hin zu ihm und grüße ihn von mir und sage ihm, ich sei zweimal so krank als er. Am Freitag, vor dem Gebete, soll er hier zum Hause kommen; und wenn er kommt, werde ich selber hinabsteigen und die Tür öffnen. Ich will ihn in meine Kammer führen und eine Weile bei ihm bleiben und ihn von dannen schicken, ehe mein Vater vom Gebete zurückkehrt.' Als ich die Worte der Alten vernahm, hörten die Schmerzen, an denen ich litt, auf, und frohen Herzens nahm ich alle Kleider, die ich trug, und gab sie ihr. Dann ging sie mit den Worten: ‚Sei guten Mutes!' Ich erwiderte: ‚Keine Spur von Schmerzen ist mir geblieben.' Und meine Angehörigen und meine Freunde freuten sich meiner Genesung, und so wartete ich bis zum Freitag; siehe, da trat die Alte zu mir ein und fragte mich, wie es mir ginge, und ich antwortete ihr, ich sei gesund und wohl. Dann zog ich meine Kleider an und besprengte mich mit Wohlgerüchen und wartete nun, bis die andern zum Gebete gehen würden, damit ich zu ihr eilen könnte. Aber die Alte sagte: ‚Du hast reichlich Zeit; und also tätest du gut daran, ins Bad zu gehen und dir die Haare scheren zu lassen, besonders nach deiner schweren Krankheit.' ‚Das ist recht,' erwiderte ich; ‚aber ich will mir erst den Kopf scheren lassen und dann ins Bad gehen.' Darauf schickte ich nach dem Barbier, der mich scheren sollte, indem ich zu dem Diener sagte: ‚Geh in den Basar und hole mir einen Barbier, einen verständigen Burschen, der sich nicht in Dinge einmischt, die ihn nichts angehen, und der mir den Kopf nicht spaltet mit seinem übermäßigen Schwätzen!' Der Diener ging und kehrte alsbald mit diesem elenden Alten zurück. Als er eintrat, grüßte er mich, und ich erwiderte seinen Gruß; und er sprach: ‚Fürwahr, ich sehe dich mageren Leibes'; und ich: ‚Ich war krank.' Da fuhr er fort: ‚Allah vertreibe deine Sorge und deinen Gram, Not und Trauer sollen von dir weichen!' ‚Allah erhöre dein Gebet!' versetzte ich; und er: ‚Freue dich, o Herr, denn die Genesung ist schon zu dir gekommen! Wünschest du geschoren zu werden, oder soll ich dich zur Ader lassen? Wird doch durch Ibn 'Abbâs – Allah habe ihn selig! – berichtet, daß der Prophet gesagt hat: Wer sich sein Haar am Freitag schneiden läßt, von dem wendet Gott siebzig Krankheiten. Und berichtet wird auch, daß er sagte: Wer sich am Freitag schröpfen läßt, der ist sicher vor dem Verlust des Gesichts und vor vielen Krankheiten.' ‚Laß dies Gerede,' rief ich aus; ‚komm jetzt und scher mir den Kopf; ich bin ein kranker Mann!' Da streckte er seine Hand aus, holte ein Tuch hervor und entfaltete es, und siehe, es enthielt ein Astrolabium mit sieben Scheiben, das mit Silber überzogen war. Und er nahm es, ging in die Mitte des Hofes, hob den Kopf zu den Strahlen der Sonne und blickte eine lange Zeit hindurch. Dann sagte er zu mir: ‚Wisse, von diesem unserem Tage, der da ist ein Freitag, und zwar Freitag der zehnte Safar im sechshundertdreiundfünfzigsten Jahre seit der Hidschra des Propheten – über ihm sei herrlicher Segen und alles Heil! – und im siebentausenddreihundertundzwanzigsten Jahre der alexandrinischen Zeitrechnung, dessen Tagesgestirn nach den Regeln der Wissenschaft der Berechnung der Mars ist, sind verstrichen acht·Grade und sechs Minuten. Nun aber trifft es sich so, daß in Konjunktion mit dem Mars Merkur steht, und das ergibt einen günstigen Augenblick für das Schneiden der Haare; mir ist aber auch offenbar, daß du mit jemandem vereint zu sein wünschest, der dadurch beglückt ist. Aber danach kommt ein Streit, der sich zutragen wird, und eine Sache, die ich dir nicht nennen will.' Ich aber rief: ‚Um Gottes willen, du ermüdest mich und verkürzest mir mein Leben und weissagst mir noch dazu Unglück. Ich habe dich holen lassen, damit du mir den Kopf scherst, und zu keinem Zwecke sonst; also auf, scher mir den Kopf und rede nicht länger!' Er darauf: ‚Bei Allah, wenn du nur wüßtest, was dir widerfahren wird, so würdest du heute nichts unternehmen, und ich rate dir, tu, wie ich dir nach der Berechnung der Konstellationen sage!' Ich sagte: ‚Bei Allah, nie noch sah ich einen Barbier, gelehrt in der Astrologie, wie dich; aber ich weiß sicher, daß du viel scherzest. Ich habe dich nur gerufen, damit du mir den Kopf scherst, aber du kommst zu mir mit diesem traurigen Geschwätz.' Da erwiderte der Barbier: ‚Und was willst du mehr? Allah gewährte dir in seiner Güte einen Barbier, der Astrolog ist, gelehrt in der Alchimie und der Chiromantie, in der Syntax, Grammatik und Lexikologie; in der Bedeutungslehre, Rhetorik und Logik; in der Arithmetik, Astronomie und Geometrie; in der Theologie, den Traditionen des Propheten und der Auslegung des Korans. Ich habe die Bücher gelesen und studiert und mich in den Dingen geübt und sie kapiert; ich habe die Wissenschaften behalten und gründlich bewältigt und habe die Praxis gelernt und mich so vervielfältigt; kurz, ich habe alle Dinge begriffen und in mir vereint. Dein Vater liebte mich ob meines Mangels an Aufdringlichkeit, und darum ist es mir eine religiöse Pflicht, dir zu dienen. Ich bin gar nicht aufdringlich, wie du wohl annimmst, und aus diesem Grunde bin ich sogar bekannt unter dem Namen: der würdevolle Schweiger. Und es geziemt sich also für dich, daß du Allah preisest und mich nicht hinderst; denn ich rate dir gut, und ich habe Mitleid mit dir. Ich wollte, ich stände ein volles Jahr in deinen Diensten, auf daß du mir mein Recht zuteil werden ließest; und ich würde dann keinen Lohn von dir verlangen.' Als ich das alles von ihm hatte anhören müssen, sprach ich: ‚Fürwahr, du bringst mich heute sicher noch um.'– –«

Da bemerkte Schehrezâd, daß der Morgen begann, und sie hielt in der verstatteten Rede an. Doch als die *Dreißigste Nacht* anbrach, fuhr sie fort: »Es ist mir berichtet worden, o glücklicher König, daß, als der Jüngling sagte: ‚Fürwahr, du bringst mich heute sicher noch um!', der Barbier antwortete: ‚Junger Herr, mich nennen die Leute den Schweiger, dieweil ich so wenig Worte mache im Gegensatz zu meinen sechs Brüdern. Denn der älteste heißt el-Bakbûk, der Schwätzer; der zweite aber el-Haddâr, der Schreihals; und der dritte el-Fakîk, der Plapperer; doch des vierten Namen ist el-Kûz al-Uswâni, der Assuaner Krug mit dem ewig offenen Mund; der fünfte heißt el-Faschschâr, der Bramarbas; der sechste heißt Schakâschik, das Gefasel; doch der siebente heißt es-Sâmit, der Schweiger, und das bin ich selber!' Während der Barbier da noch immer mehr auf mich losschwatzte, glaubte ich, mir sei die Galle geplatzt. Ich sagte deshalb zu dem Sklaven: ‚Gib ihm einen Vierteldinar und laß ihn in Gottes Namen weggehen; ich will mir heute den Kopf nicht mehr scheren lassen.' Da sagte dieser Barbier, als er meinen Befehl an den Sklaven hörte: ‚Was für Worte, o mein Gebieter! Bei Allah, ich nehme keinen Lohn von dir, bevor ich dich nicht bedient habe. Ich muß dich doch bedienen; ja, es ist meine Pflicht, dich zu bedienen und deine Wünsche zu erfüllen; und ich frage auch nichts danach, wenn ich niemals Geld von dir erhalte. Wenn du auch meinen Wert nicht kennst, so kenne ich doch deinen Wert; und ich verdanke deinem seligen Vater – Allah der Erhabene erbarme sich seiner! – gar manche Wohltat, denn er war ein freigebiger Mann. Bei Allah, dein Vater ließ mich eines Tages holen, und es war ein Tag wie dieser gesegnete Tag, und ich kam zu ihm und fand Gesellschaft von Freunden bei ihm. Da sprach er zu mir: ‚Laß mich zur Ader!' Ich aber zog mein Astrolabium hervor, nahm die Sonnenhöhe für ihn auf und stellte fest, daß das Gestirn ungünstig und daß ein Aderlaß zu der Zeit ungelegen war. Und ich tat ihm das kund, und er folgte meinem Rat und wartete. Da dichtete ich ihm zu Ehren diese Verse:

> *Ich ging zu dem edlen Herrn, das Blut ihm abzuzapfen,*
> *Und fand, daß die Zeit dem Heile des Leibes nicht günstig war.*
> *Ich setzte mich hin und erzählte ihm mancherlei Wunderdinge;*
> *Das Wissen aus meinem Verstande legte ich vor ihm dar.*
> *Und es gefiel ihm, auf mich zu hören, und er sagte:*
> *Du hast die Höhe des Wissens erklommen, o Weisheitsquell!*
> *Doch ich sprach: Hättest du nicht, o du Gebieter der Menschen,*
> *Mir den Verstand geliehen, der meine versagte mir schnell.*
> *Du bist der Herr der Gnade, der Güte und Freigebigkeit,*
> *Der Menschen Hort und Wissen, Verstand und Entschlossenheit.*

Dein Vater war ganz entzückt und rief dem Sklaven zu, indem er sprach: ‚Gib ihm einhundertunddrei Dinare und ein Ehrengewand!' Da gab der Diener mir das alles, und ich wartete, bis der günstige Augenblick kam, und dann ließ ich ihn zur Ader. Er widersprach mir nicht, nein, er dankte mir vielmehr; und alle Freunde, die zugegen waren, dankten mir auch und priesen mich. Doch als der Aderlaß vorüber war, konnte ich nicht mehr schweigen, sondern ich fragte ihn: ‚Bei Allah, mein Gebieter, was veranlaßt dich, zu dem Sklaven zu sagen: ‚Gib ihm einhundertunddrei Dinare?' Da erwiderte er: ‚Ein Dinar war für die astrologische Beobachtung, der zweite für deine Unterhaltung, der dritte für den Aderlaß, und die übrigen hundert und das Ehrengewand für deine Verse zu meinem Lobe.' ‚Möge Allah sich meines Vaters nicht erbarmen!' rief ich aus, ‚dieweil er deinesgleichen kannte!' Dieser Barbier aber lächelte und sprach: ‚Es gibt keinen Gott außer Allah, und Mohammed ist der Prophet Allahs! Preis sei Ihm, der wandelt, doch nicht verwandelt wird! Ich hatte dich für einen Mann von Verstand gehalten, aber du faselst jetzt in deiner Krankheit. Allah sprach in seinem hochheiligen Buch: Die da ihren Zorn im Zaume halten und den Menschen vergeben[1]; und auf jeden Fall bist du entschuldigt. Aber ich kann mir nicht denken, weshalb du so drängst; und du mußt wissen, dein Vater und dein Großvater taten nichts, ohne mich zuvor um Rat zu fragen; und es heißt im Spruche: Wer Rat erteilt, verdient Vertrauen; wer Rat sich holt, wird nicht enttäuscht, und ferner heißt es im Sprichworte: Wer das Alter nicht ehrt, ist des Alters nicht wert. Auch hat der Dichter gesagt:

> *Hast du eine Sache beschlossen, so frag*
> *Um Rat den Erfahrnen, und folge ihm stets.*

1. Koran 3, 128.

Du wirst nie einen finden, der erfahrener ist in den Dingen der Welt als ich, und hier stehe ich auf meinen Füßen, um dir zu dienen. Ich bin nicht böse auf dich; weshalb solltest du also böse auf mich sein? Ich werde Geduld mit dir haben, um der Güte willen, die mir dein Vater erwiesen hat.' ‚Bei Allah,' rief ich, ‚o du Eselsschwanz, du quälst mich immer noch mit deinem Schwätzen, und übergießest mich immer mehr mit deinem Gewäsch, und dabei will ich nur von dir, daß du mir den Kopf scherst und deiner Wege gehst!' Darauf seifte er mir den Kopf und sagte: ‚Ich sehe, du bist böse auf mich. Doch will ich es dir nicht übelnehmen; denn dein Verstand ist schwach, und du bist fast noch ein Kind; noch gestern nahm ich dich auf die Schulter und trug dich in die Schule.' ‚Bruder,' rief ich, ‚um Gottes willen, bleib nur, um deine Arbeit an mir zu verrichten, und geh deines Weges!' Und ich zerriß mir das Kleid. Als er sah, was ich getan hatte, nahm er das Messer und zog es ab, und er hörte nicht auf, es zu schärfen, bis mich beinah die Besinnung verließ; schließlich aber kam er herbei und rasierte mir einen Teil des Kopfes; dann hielt er inne und sprach: ‚Mein Gebieter: Die Eile fliegt uns vom Satan zu, doch vom Barmherzigen kommt die Ruh.' Dann sprach er diese Verse:

> *Besinn dich und haste nie mit irgendeinem Plane;*
> *Hab Mitleid mit den Menschen, so wirst du durch Mitleid beglückt.*
> *Es gibt keine Macht der Welt, über der nicht Gottes Macht stände;*
> *Und jeder Tyrann wird noch durch einen Tyrannen bedrückt.*

Darauf fuhr er fort: ‚Mein Gebieter, ich glaube gar, du kennst meinen Rang nicht; denn wahrlich, meine Hand ruht auf den Häuptern der Könige und Emire und Wesire und der Weisen und Gelehrten; und der Dichter sagt von einem meinesgleichen:

> *Ein jedes Gewerbe ist gleichwie ein Schmuckstück;*
> *Doch dieser Barbier ist die Perle am Band.*

Er steht über jedem, der Weisheit besitzet;
Der Könige Häupter sind unter seiner Hand.'

Da sagte ich: ‚Laß das, was dich nichts angeht! Du machst mir die Brust beklommen und erregst mein Gemüt.' Er aber sprach: ‚Mir scheint, du bist ein eiliger Mensch'; und ich rief: ‚Ja! ja! ja!' Er fuhr fort: ‚Gedulde dich, denn die Eile ist des Teufels Sach, sie bringt uns Reue und Ungemach. Und der Prophet – auf ihm ruhe Segen und Heil! – hat gesagt: Das beste der Werke ist das, darinnen Überlegung liegt. Ich aber, bei Allah, hege Zweifel über dein Vorhaben, und so wollte ich, du ließest mich wissen, was du beabsichtigst; denn ich fürchte, es ist nichts weniger als gut.' Es waren nun noch drei Stunden bis zum Gebete übrig. Doch er sprach: ‚Ich wünsche nicht, im Zweifel darüber zu sein; ja, ich muß die Zeit ganz genau wissen, denn wahrlich: Wer nur in Vermutungen spricht, entgehet dem Tadel nicht, – besonders ein Mensch wie ich, dessen Vorzüge bei den Menschen bekannt und berühmt sind; und so ziemt es mir nicht, aufs Geratewohl zu reden, wie es so die gewöhnlichen Astrologen tun.' Dann warf er das Messer aus der Hand und nahm das Astrolabium; und er ging hinaus unter die Sonne und blieb eine lange Weile dort stehen; und schließlich kehrte er zu mir zurück und sagte: ‚Es bleiben bis zur Zeit des Gebets noch drei Stunden, nicht mehr und nicht weniger.' Da rief ich: ‚Um Gottes willen, halte den Mund, du zerreißest mir das Herz.' Und er nahm das Messer wieder auf, schärfte es, wie er vorher getan hatte, und rasierte mir wieder an meinem Kopfe und sprach: ‚Ich bin in Sorge wegen deiner Eile, und wirklich, du tätest gut daran, mich ihren Grund wissen zu lassen, da du ja weißt, daß weder dein Vater noch auch dein Großvater je das geringste unternahmen, ohne mich vorher um Rat zu fragen.' Als ich sah, daß es kein Entkommen gab, da sagte ich bei mir selber: ‚Die Zeit des Gebetes naht, und ich möchte zu ihr gehen, ehe die Leute vom Gebet zurückkommen. Wenn ich noch länger aufgehalten werde, so weiß ich nicht mehr, wie ich zu ihr hineinkommen soll.' Und ich sprach laut: ‚Mach schnell und laß ab von deinem Geschwätz und deiner Aufdringlichkeit! Ich will zu einer Gesellschaft im Hause eines meiner Freunde gehen.' Als er mich von einer Gesellschaft reden hörte, rief er aus: ‚Dieser dein Tag ist ein gesegneter Tag für mich! Eben gestern lud ich mir eine Gesellschaft von Freunden ein, und ich habe vergessen, Speise für sie zu besorgen; jetzt denke ich wieder daran: o weh, die Schmach!' ‚Darüber mache dir keine Sorge,' erwiderte ich; ‚sagte ich dir nicht, daß ich heute bei einer Gesellschaft bin? Also soll alles Trinkbare und Eßbare in meinem Hause dein sein, wenn du deine Arbeit beenden willst und dich beeilst, mir meinen Kopf zu rasieren.' Da sprach er: ‚Allah vergelte dir mit Gutem! Beschreibe mir doch, was du für meine Gäste hast, damit ich es weiß!' Ich erwiderte: ‚Fünf Arten von Fleisch, zehn gebratene Küken und ein geröstetes Lamm.' ‚Laß sie mir bringen,' sprach er, ‚damit ich sie sehe!' Da ließ ich ihm das alles bringen. Und als er es sah, da rief er: ‚Aber noch fehlt der Wein'; und ich: ‚Den habe ich auch!' Er darauf: ‚Laß ihn bringen!' Ich ließ ihn holen, und er rief aus: ‚Allah segne dich für deine Freigebigkeit! Doch es fehlt noch an Räucherwerk und Essenzen.' Da ließ ich ihm eine Schachtel bringen, mit Nadd, Aloe, Amber und Moschus, das Ganze im Wert von fünfzig Dinaren. Jetzt aber drängte die Zeit, und auch ich selbst fühlte mich bedrängt, und so sagte ich zu ihm: ‚Nimm alles und rasiere mir den Kopf zu Ende, beim Leben Mohammeds – Allah segne ihn und gebe ihm Heil!' Der Barbier jedoch sprach: ‚Bei Allah, ich will es nicht nehmen, bis ich alles sehe, was darin ist.' So befahl ich dem Sklaven, den

Kasten zu öffnen; der Barbier legte das Astrolabium aus der Hand, hockte sich nieder auf den Boden und drehte die Essenzen und das Räucherwerk und das Aloeholz in der Schachtel hin und her, bis ich ganz beklommen wurde. Schließlich trat er zu mir her, griff wieder zum Messer, rasierte meinen Kopf ein wenig und sprach die Verse:

> *Es wächst der Sohn heran, gleichwie sein Vater war;*
> *Denn siehe, aus den Wurzeln sproßt der Baum empor.*

Und er fuhr fort: ‚Bei Allah, mein Sohn, ich weiß nicht, ob ich dir danken soll oder deinem Vater; denn heute kommt alles, womit ich meine Gäste bewirte, nur von deiner Güte und Wohltat; und wenn auch keiner meiner Gäste es wert ist, so habe ich doch eine Reihe ehrenwerter Männer zu Gaste: zum Beispiel Zaitûn, den Badbesitzer, und Salî', den Kornhändler, und Sîlat, den Bohnenverkäufer, und 'Ikrischa, den Grünkrämer, und Humaid, den Straßenkehrer, und Sa'îd, den Kameltreiber, und Suwaid, den Lastträger, und Abu Makârisch, den Badediener, und Kasîm, den Wächter, und Karîm, den Stallknecht. Und unter ihnen ist keiner, der stumpfsinnig wäre oder ein Schreihals, vom Trunk betört, noch auch ein Händelsucher oder jemand, der die Freude stört; und ein jeder von ihnen hat einen eigenen Tanz, den er tanzt, und ein paar Verse, die er singt; und was das beste an ihnen ist, sie sind, genau wie dein Diener, dein Sklave hier und verstehen nicht viel zu reden noch auch aufdringlich zu sein. Der Badbesitzer singt zum Tamburin ein bezauberndes Lied; er steht auf und tanzt und singt:

> *Ich geh zu meiner Mutter und fülle meinen Krug.*

Der Kornhändler steht höher in der Kunst als irgend sonst einer; er tanzt und singt:

> *O Heulweib, o Herrin, du kannst es so gut.*

Er läßt niemandem die Eingeweide heil, so muß man über ihn lachen. Aber der Straßenkehrer singt, daß die Vögel innehalten; und er tanzt und singt:

Was meine Frau weiß, steckt in einer Kiste!

Und er genießt Achtung, denn er ist ein netter Kerl; und von seinen Vorzügen sage ich immer:

Mein Leben geb ich für den Kehrer, zu dem ich in Liebe mich neige;
In seiner süßen Gestalt gleicht er dem schwankenden Zweige.
Das Schicksal schenkte ihn mir eines Abends, da sagte ich –
Und die immer wachsende Sehnsucht fraß und zermürbte mich –:
Du legtest dein Feuer ins Herz mir! Drauf sprach zu mir der Mann:
Kein Wunder ist's, zündet der Kehrer mal auch die Öfen an!

‚Ein jeder von ihnen ist vollkommen in allem, was den Verstand mit Freude und Heiterkeit bezaubern kann'; und er fügte hinzu: ‚Aber Hören ist noch nicht Sehen; wenn du dich entschlössest, zu uns zu kommen, das wäre erwünschter für dich und für uns; drum unterlaß es, zu deinen Freunden zu gehen, mit denen du dich verabredet hast! Die Spuren der Krankheit liegen noch auf dir, und vielleicht gehst du gar unter Leute, die große Schwätzer sind und die von Dingen reden, die sie nichts angehn; oder vielleicht ist unter ihnen ein aufdringlicher Kerl, der dir ein Loch in den Kopf redet, und dabei bist du erst halb von der Krankheit genesen!' ‚Ein andermal soll es geschehen', sagte ich und lachte aus zornigem Herzen; ‚tu deine Arbeit an mir! Dann will ich im Schutze Allahs des Erhabenen fortgehen, und du kannst dich zu deinen Freunden begeben; denn sie werden schon auf dich warten.' ‚O mein Herr,' erwiderte er, ‚ich möchte dich nur mit diesen Burschen bekanntmachen, diesen grundgescheuten, den Söhnen von vornehmen Leuten, unter denen es keinen aufdringlichen Schwätzer gibt. Denn nie, seit ich herangewachsen bin, habe ich es ertragen können, mit einem Menschen zu verkehren, der nach dem fragt, was ihn nichts angeht, und ich habe mich nie mit andern befreundet als mit Leuten, die wie ich Menschen von wenig Worten sind. Wahrlich, wenn du mit ihnen verkehrtest oder sie auch nur einmal sähest, du würdest alle deine Freunde verlassen.' Ich sprach zu ihm: ‚Allah mache dein Vergnügen mit ihnen vollkommen! Ich muß wirklich mal eines Tages zu ihnen gehen.' Aber er sagte: ‚Ich wünschte, es wäre heute! Wenn du dich entschließen könntest, mit mir zu meinen Freunden zu gehen, so laß uns mit deinen Gaben zu ihnen gehen! Doch wenn du durchaus heute zu deinen Freunden gehen willst, so will ich diese guten Dinge, mit denen du mich beehrt hast, zu meinen Gästen bringen und ihnen sagen, daß sie essen sollen und trinken und nicht auf mich warten. Dann will ich zu dir zurückkehren und dich zu deinen Freunden begleiten; denn zwischen mir und meinen Freunden gibt es keine Förmlichkeiten, die mich hinderten, sie zu verlassen. Ich werde bald zurück sein und mit dir gehen, wohin du auch gehest.' Da schrie ich: ‚Es gibt keine Majestät und es gibt keine Macht außer bei Allah, dem Erhabenen und Allmächtigen! Geh du zu deinen Freunden und vergnüge dich mit ihnen; und, bitte, laß mich zu meinen Freunden gehen und heute bei ihnen bleiben, denn sie erwarten mich!' Der Barbier aber rief: ‚Allein laß ich dich nicht gehen!' Und ich: ‚An dem Ort, zu dem ich gehe, darf niemand eintreten außer mir.' Er darauf: ‚Ich glaube, du hast heute ein Stelldichein mit einer Frau; sonst würdest du mich mit dir nehmen. Und doch verdiente ich es am ehesten unter allen Menschen, und ich könnte dir zu dem Ziel verhelfen, das du erstrebst. Doch ich fürchte, du willst zu einer fremden Frau gehen und dein Leben verscherzen; denn in dieser Stadt Baghdad kann man nichts von solchen Dingen tun, besonders nicht an einem Tage wie diesem; dieser Wali von Baghdad ist ein sehr strenger Mann.' ‚Holla,' rief ich, ‚du schäbiger Scheich! Scher dich weg! Was sind das für Worte, mit denen du mir kommst?' ‚O du Tor,' rief er, ‚du sagst etwas, dessen man sich schämen sollte, und du verbirgst deine Absicht vor mir; aber ich habe es gemerkt, und ich weiß genau Bescheid. Was ich will, ist doch nur, daß ich dir heute nach Kräften helfe.' Nun fürchtete ich, meine Angehörigen und meine Nachbarn könnten das Gerede des Barbiers belauschen, und so schwieg ich lange. Inzwischen war die Zeit des Gebets gekommen, und die Predigt mußte schon folgen. Als er meinen Kopf zu Ende rasiert hatte, sprach ich zu ihm: ‚Geh mit Speise und Trank zu deinen Freunden; und ich will warten, bis du zurückkommst! Dann sollst du mit mir gehen.' So bemühte ich mich krampfhaft, den verdammten Kerl da zu beschwichtigen und zu überlisten, damit er mich bloß verließe; doch er sagte: ‚Du willst mich überlisten und allein zu deinem Stelldichein gehen; und du willst dich in eine Gefahr begeben, aus der es keine Rettung für dich gibt. Doch bei Allah, bei Allah! Geh nicht, bis ich bei dir zurück bin, daß ich dich begleiten kann und sehe, wie deine Sache ausläuft!' ‚Sei es so,' versetzte ich, ‚und bleibe mir nicht zu lange aus!' Da nahm er alles, was ich ihm gegeben hatte, Speisen und Getränke und die anderen Dinge, und ging aus meinem Hause davon; aber der verdammte Kerl übergab es einem Träger, um es in sein Haus zu tragen, und er selbst versteckte sich in einer der Gassen. Ich aber sprang sofort auf; denn die Gebetsrufer hatten schon den Salâm des Freitags ausgerufen, das ist den Segen über den Propheten.[1] Und ich zog mich in Eile an, ging allein hinaus, kam zu der Straße und

1. Eine halbe Stunde vor dem Mittagsgebet; bei diesem Rufe geht man zur Moschee.

stellte mich neben das Haus, darin ich das Mädchen gesehen hatte. Da sah ich die Alte an der Tür stehen und auf mich warten, und ich ging mit ihr hinauf ins obere Stockwerk, in dem das Mädchen wohnte. Aber kaum war ich dort eingetreten, da kehrte plötzlich der Herr des Hauses vom Gebet in seine Wohnung zurück, trat in den großen Saal und schloß die Tür. Und ich blickte vom Fenster hinunter, sah diesen gottverfluchten Barbier an der Tür sitzen und dachte bei mir: ‚Wie hat dieser Satan mich hier ausfindig gemacht?' Und in ebendiesem Augenblick geschah es, nach dem Willen Allahs, der beschlossen hatte, den Schleier meines Geheimnisses zu zerreißen, daß die Sklavin des Hausherrn einen Verstoß gegen ihn beging, für den er sie schlug. Sie schrie laut auf; da lief sein Sklave ins Zimmer, um ihr zu helfen, und der Kadi schlug auch ihn, und er schrie ebenfalls. Der verdammte Barbier aber vermeinte, ich würde geschlagen, und er schrie, zerriß sich die Kleider und streute sich Staub auf den Kopf und heulte immerfort und schrie um Hilfe, bis sich viel Volks um ihn gesammelt hatte; und dabei schrie er: ‚Mein Herr ist ermordet im Hause des Kadi!' Dann lief er schreiend davon zu meinem Hause, und all das Volk hinter ihm her, und er sagte es zu meinen Angehörigen und Sklaven, und ehe ich noch wußte, was geschah, kamen sie daher mit zerrissenen Gewändern und gelöstem Haar und klagten: ‚Wehe, unser Herr!' Und dieser Barbier lief ihnen voran in zerrissenen Kleidern, und er und das Volk schrie; meine Angehörigen schrien immerfort, und er ihnen voran, und sie heulten, indem sie riefen: ‚Wehe um den Ermordeten! Wehe um den Ermordeten!' Und sie alle liefen auf das Haus zu, in dem ich war. Als der Hausherr den Aufruhr und das Geschrei an seiner Tür hörte, sagte er zu einem seiner Diener: ‚Sieh nach, was es gibt!'; und der Diener ging und kehrte zu seinem Herrn zurück und sagte: ‚O mein Herr, am Tore drängen sich mehr als zehntausend Seelen, Männer und Weiber, und schreien: Wehe um den Ermordeten! Und sie zeigen dabei auf unser Haus.' Wie der Kadi das hörte, da schien ihm die Sache ernst, und er ergrimmte; so machte er sich auf, öffnete die Tür und sah eine große Menge; und er staunte und sprach: ‚Ihr Leute, was gibt es?' ‚Verfluchter! Hund! Schwein!' riefen meine Diener; ‚du hast unseren Herrn ermordet!' Er fragte: ‚Ihr Leute, was hat denn euer Herr getan, daß ich ihn töten sollte?' – – «

Da bemerkte Schehrezâd, daß der Morgen begann, und sie hielt in der verstatteten Rede an. Doch als die *Einunddreißigste Nacht* anbrach, fuhr sie also fort: »Es ist mir berichtet worden, o glücklicher König, daß, als der Kadi zu den Dienern sagte: ‚Was hat euer Herr getan, daß ich ihn töten sollte? Mein Haus hier steht euch offen!', der Barbier rief: ‚Du hast ihn in diesem Augenblick mit Geißeln geschlagen, und ich hörte ihn schreien!' Der Kadi wiederholte: ‚Was hat er denn getan, daß ich ihn schlagen sollte? Und wer hat ihn in mein Haus geführt? Woher kam er, und wohin ging er?' ‚Sei kein alter Bösewicht!' rief der Barbier; ‚ich kenne die Geschichte; und die ganze Sache ist die, daß deine Tochter ihn liebt und er sie; und als du erfuhrst, daß er in deinem Hause war, da hießest du deine Sklaven ihn schlagen, und sie taten es; bei Allah, zwischen uns und dir soll niemand richten als der Kalif; oder aber führe du unsern Herrn heraus, damit seine Leute ihn in Empfang nehmen, ehe ich mit Gewalt eindringe und ihn aus deinem Hause reiße und du der Schande verfällst!' Da sprach der Kadi, indem er seine Zunge voller Scheu vor dem Volke im Zaume hielt: ‚Wenn du die Wahrheit redest, so komm herein und hole ihn!' Nun drängte der Barbier vorwärts und trat in das Haus; und als ich den Barbier eintreten sah, da spähte ich aus nach einem Mittel zu Flucht und Entrinnen, doch ich fand nichts, außer einer großen Kiste in dem oberen Zimmer, in dem ich war. In die sprang ich hinein und zog den Deckel herunter und hielt meinen Atem an. Jener kam in das Haus, aber kaum war er darin, so lief er nach mir, schaute sich in dem Zimmer um, in dem ich war, wandte sich nach rechts und nach links, trat an die Kiste heran, in der ich mich befand, und hob sie sich auf den Kopf; da verlor ich fast die Besinnung. Dann rannte er spornstreichs davon. Weil ich nun wußte, daß er nicht von mir lassen würde, faßte ich mir ein Herz, öffnete die Kiste und sprang hinaus auf die Erde. Dabei brach ich mir ein Bein; und da die Tür offen war, sah ich einen großen Volksschwarm draußen. Nun trug ich im Ärmel viel Gold bei mir, das ich für einen solchen Tag wie diesen und eine solche Gelegenheit vorgesehen hatte; das warf ich unter das Volk, um seine Aufmerksamkeit von mir abzulenken, und während sie danach griffen und sich damit beschäftigten, hinkte ich, so schnell ich konnte, durch die Gassen von Baghdad dahin und bog bald rechts ab und bald links ein. Aber dieser verdammte Barbier war hinter mir; und wohin ich nur ging, dieser Barbier lief mir nach und schrie laut: ,Sie wollten mir meinen Herrn rauben! Preis sei Allah, der mir den Sieg verlieh wider sie und meinen Herrn aus ihren Händen befreit hat!' Und zu mir: ,Du hast mich andauernd durch dein Tun betrübt, bis du schließlich dies über dich selbst gebracht hast! Hätte dir Allah nicht mich geschenkt, so wärst du nie aus dieser Not entkommen, in die du geraten warst; denn sie hätten dich so ins Unglück gestürzt, daß du dich niemals hättest befreien können. Wie lange verlangst du denn, daß ich noch für dich leben soll, um dich zu retten? Bei Allah, du hast mich durch dein törichtes Tun beinahe umgebracht, wie du allein dorthin gehen wolltest. Aber ich nehme dir deine Unwissenheit nicht übel; denn du bist so arm an Verstand und neigst so zur Überstürzung!' Ich fuhr ihn an: ‚Genügt dir noch nicht, was mir schon von dir widerfahren ist, daß du mir noch nachlaufen mußt und in den Straßen des Basars solche Reden gegen mich führen?' Und ich gab fast den Geist auf vor Wut gegen ihn. Dann flüchtete ich mich in den Laden eines Webers, inmitten des Basars, und suchte Schutz bei dem Eigentümer; der hielt den Barbier von mir fern. Als ich dort in einer Vorratskammer saß, da sagte ich zu mir selber: ‚Ich werde diesen verfluchten Barbier nie wieder loswerden, da er mich Tag und Nacht belagern wird; und ich kann doch seinen Anblick nicht mehr einen Atemzug lang ertragen.' Deshalb schickte ich sogleich nach Zeugen und schrieb meinen letzten Willen für meine Angehörigen; ich verteilte meine Habe und ernannte einen Aufseher über meine Leute, dem ich den Auftrag gab, mein Haus und meine Ländereien zu verkaufen; und ich übertrug ihm die Fürsorge für jung und alt. Dann machte ich mich alsbald auf und reiste, um von diesem Kuppler befreit zu werden; und ich ließ mich schließlich nieder in eurer Stadt, wo ich seit einiger Zeit schon lebe. Als ihr mich nun eingeladen hattet und ich hierhergekommen war, da sah ich diesen verfluchten Kuppler bei euch, der auf dem Ehrenplatz saß. Wie sollte denn mein Herz froh sein und heiter mein Aufenthalt in der Gesellschaft dieses Burschen, der all das über mich gebracht hat und die Ursache war, daß ich mir das Bein brach?'

Darauf lehnte der Jüngling es nochmals ab, sich zu setzen. Und als wir seine Erlebnisse mit dem Barbier gehört hatten – so fuhr der Schneider fort –, da sagten wir zu dem Barbier: ‚Ist das wahr, was dieser Jüngling von dir erzählt?' ‚Bei Allah,' erwiderte er, ‚ich handelte so an ihm dank meiner Erfahrung und meinem Verstand und meiner Großmut. Wäre ich nicht gewesen, er wäre umgekommen, und niemand war die Ursache seiner Rettung als ich allein. Es war doch gut, daß er nur am Bein litt und nicht am Leben! Wäre ich ein Mensch der vielen Worte gewesen, ich hätte nicht so gut an ihm gehandelt. Doch seht, jetzt will ich euch eine Geschichte erzählen, die mir widerfahren ist, damit ihr ganz sicher seid, daß ich ein Mensch bin, der wenig Worte macht, daß ich nicht aufdringlich bin, sondern ganz anders als meine sechs Brüder; und die Geschichte ist diese.

DIE GESCHICHTE DES BARBIERS

Ich lebte in Baghdad zur Zeit des damaligen Kalifen al-Mustansir-billâh[1], des Sohnes von al-Mustadî-billâh, eines Fürsten, der den Armen und Bedürftigen Liebe erwies und die Gelehrten und Frommen zu sich kommen ließ. Eines Tages nun geschah es, daß er wider zehn Leute ergrimmte und dem Präfekten von Baghdad befahl, sie am Tage eines Festes vor ihn zu führen; das waren nämlich Räuber, so die Wege unsicher machten. Da zog der Präfekt der Stadt aus, nahm sie gefangen und brachte sie auf ein Boot. Als ich sie erblickte, sagte ich mir: ,Die haben sich sicher zu einem Ausflug versammelt; ich glaube, sie wollen diesen ganzen Tag in diesem Boot mit Essen und Trinken zubringen; da bin ich ja gerade der rechte Festgenosse für sie.' So stand ich auf, ihr Herren, und aus lauter Höflichkeit und verständiger Bescheidenheit stieg ich zu ihnen ins Boot und mischte mich unter sie. Sie ruderten hinüber zu dem anderen Ufer und landeten dort; doch die Schutzleute und Wachen kamen mit Ketten herbei und legten sie den Räubern um den

[1]. Dieser Kalif regierte nominell von 1226 bis 1242; er war aber nicht der Sohn, sondern der Urenkel von al-Mustadî-billâh (1170 bis 1180).

Hals. Und mit den anderen legten sie auch mir eine Kette um den Hals; und nun, ihr Herren, ist es nicht ein Beweis von meiner Höflichkeit und von meiner Wortkargheit, daß ich schwieg und nicht ein Wort sprach? In Ketten führten sie uns fort und brachten uns vor al-Mustansir-billâh, den Beherrscher der Gläubigen, und er befahl, den zehn Räubern den Kopf abzuschlagen. Nachdem nun der Henker uns alle vor sich auf das Blutleder gesetzt hatte, trat er vor, zog sein Schwert und schlug einem nach dem andern den Kopf ab, bis er die zehn hingerichtet hatte und nur noch ich zurückblieb. Da sah der Kalif mich an und fragte den Henker: ‚Was ist dir, daß du nur neun Köpfe abschlägst?‘ ‚Allah verhüte,‘ antwortete er, ‚daß ich nur neun abschlüge, wenn du mir befiehlst, zehn abzuschlagen!‘ Darauf der Kalif: ‚Mich dünkt, du hast nur die Köpfe von neunen abgeschlagen, und der da vor dir ist, das ist der zehnte.‘ ‚Bei deiner Huld!‘ erwiderte der Henker, ‚es sind aber doch zehn.‘ Da zählte man sie, und siehe, es waren zehn. Nun sah der Kalif mich an und sagte: ‚Was veranlaßt dich, in einer solchen Stunde zu schweigen, und wie kommst du in die Gesellschaft der Menschen des Blutes? Was ist der Grund von alledem? Du bist zwar ein alter Mann, aber dein Verstand ist gering.‘ Als ich die Worte des Beherrschers der Gläubigen hörte, sprach ich zu ihm: ‚Wisse, o Beherrscher der Gläubigen, ich bin der Scheich es-Sâmit, der Schweigsame; und ich habe sechs Brüder. Ich bin ein Mann von großer Gelahrtheit; und meine verständige Bescheidenheit und meine ausgezeichnete Vernünftigkeit und die Kargheit meiner Rede, all das ist ohne Grenzen, und von Beruf bin ich Barbier. Als ich gestern in der Frühe ausging, sah ich diese zehn, wie sie zu einem Boote gingen; und da ich glaubte, sie seien auf einem Ausfluge, so mischte ich mich unter sie und stieg mit ihnen ins Boot. Nach einer kurzen Weile aber kamen die Wachen und legten ihnen Ketten um den Hals, und mit den anderen legten sie auch mir eine Kette um den Hals; im Übermaß meiner Höflichkeit aber schwieg ich und sprach kein Wort; und das war nichts als Höflichkeit von meiner Seite. Sie nahmen uns mit und brachten uns vor dich; da gabst du Befehl, den zehnen den Kopf abzuschlagen; ich aber blieb vor dem Henker sitzen, ohne mich euch zu erkennen zu geben; und es geschah nur aus meiner übergroßen Höflichkeit, daß ich ihnen bei der Hinrichtung Gesellschaft leistete. Aber mein ganzes Leben lang habe ich so edel an den Menschen gehandelt, und sie vergelten es mir auf die schmählichste Weise!' Als der Kalif nun meine Worte hörte und erfuhr, daß ich reich an Höflichkeit und arm an Worten wäre und ganz und gar nicht so aufdringlich, wie dieser Jüngling behauptet, den ich doch aus Todesschrecken errettet habe, da lachte er unbändig, bis er auf den Rücken fiel. Dann sprach der Kalif zu mir: ‚O Schweiger, gleichen dir deine sechs Brüder an Weisheit und Wissen und Kargheit der Rede?', und ich erwiderte: ‚Sie sollen nicht leben und gesund sein, wenn sie mir gleichen! Du tust mir eine Schmach an, o Beherrscher der Gläubigen, und es geziemt dir nicht, mich mit meinen Brüdern auf die gleiche Stufe zu stellen; denn jeder von ihnen hat infolge der Fülle seiner Rede und infolge seines Mangels an Höflichkeit einen Makel davongetragen. Von ihnen ist einer bucklig, ein anderer gelähmt, der dritte blind, der vierte einäugig, dem fünften sind beide Ohren, dem sechsten beide Lippen abgeschnitten. Und glaube nicht, o Beherrscher der Gläubigen, daß ich viele Worte mache; aber ich muß es dir erklären, daß ich höflicher bin als sie. Ein jeder von ihnen hat seine Geschichte, die ihm den Makel eingebracht hat, und diese Geschichten will ich dir erzählen.

DES BARBIERS ERZÄHLUNG
VON SEINEM ERSTEN BRUDER

Wisse denn, o Beherrscher der Gläubigen, mein erster Bruder, der Bucklige, übte in Baghdad das Schneidergewerbe aus, und er nähte in einem Laden, den er von einem sehr begüterten Manne gemietet hatte; jener Mann aber wohnte über dem Laden, und unten im Hause war noch eine Kornmühle. Eines Tages nun, während mein Bruder, der Bucklige, in dem Laden saß und schneiderte, hob er einmal den Kopf und sah in einem Fenster des Hauses eine Dame, dem aufgehenden Monde gleich, wie sie die Vorübergehenden betrachtete. Und als mein Bruder sie erblickte, wurde sein Herz von Liebe zu ihr erfaßt, und jenen ganzen Tag lang starrte er sie an und vergaß darüber zu schneidern, bis es Abend war. Am nächsten Morgen früh aber öffnete er seinen Laden und setzte sich hin, um zu nähen; doch sooft er einen Stich tat, blickte er hinauf zum Fenster und sah sie wie zuvor; und seine Liebe und seine Leidenschaft zu ihr wuchsen immer mehr. Und als er am dritten Tage wieder an seiner gewohnten Stelle saß und sie anstarrte, erblickte die Dame ihn, und da sie merkte, daß er von der Liebe zu ihr gefangengenommen war, lächelte sie ihm zu, und er lächelte zurück. Darauf verschwand sie und schickte alsbald ihre Sklavin zu ihm mit einem Tuche, in dem sich ein Stück rotgeblümten Stoffes befand. Die sprach ihn an und sagte: ‚Meine Herrin grüßt dich und läßt dir sagen, du möchtest mit geschickter Hand aus diesem Stoffe ein Hemd zuschneiden und es fein nähen.' Er antwortete: ‚Ich höre und gehorche!', schnitt ein Hemd für sie zu und nähte es am selben Tage fertig. Und als der Morgen tagte, kam das Mädchen früh wieder zu ihm und sagte: ‚Meine Herrin grüßt dich und fragt, wie du die Nacht verbracht hast; denn sie hat keinen Schlaf gefunden, weil ihr Herz mit dir beschäftigt war.' Darauf legte sie ein Stück gelben Atlas vor ihn hin und sagte: ,Meine Herrin läßt dir sagen, du möchtest ihr ein Paar Hosen aus diesem Atlas zuschneiden und sie noch heute nähen.' ,Ich höre und gehorche!' erwiderte er; ,grüße sie von mir vielmals und sage ihr: Dein Sklave ist an deinen Befehl gebunden, und so befiehl ihm, was du willst!' Dann machte er sich ans Zuschneiden und nähte eifrig an den Hosen, und nach einer Weile erschien die Dame am Fenster und grüßte ihn durch Zeichen, bald senkte sie die Blicke und bald lächelte sie ihn an; da begann er zu glauben, daß er sie gewinnen würde. Dann entschwand sie seinem Blick, aber die Sklavin kam, und der übergab er die Hosen; sie nahm sie und ging ihrer Wege. Und als es Nacht war, da warf er sich auf sein Lager und wälzte sich bis zum Morgen hin und her; und bei Tagesanbruch stand er auf und setzte sich an seine Stätte. Da kam das Mädchen zu ihm und sagte: ,Mein Herr verlangt nach dir.' Als er das hörte, geriet er in große Furcht; die Sklavin aber sagte, als sie seine Angst bemerkte: ,Habe keine Furcht! Nichts als Gutes wartet dort auf dich. Meine Herrin hat meinen Herrn schon mit dir bekannt gemacht.' Des freute sich mein Bruder gar sehr und er ging sofort mit ihr; und als er vor ihren Herrn trat, den Gatten der Dame, da küßte er den Boden. Jener gab seinen Gruß zurück und reichte ihm dann ein großes Stück Leinen und sagte: ,Schneide mir dies zu und nähe mir Hemden daraus.' Mein Bruder antwortete: ,Ich höre und gehorche!' und schnitt ununterbrochen zu, bis er um die Zeit des Nachtmahls zwanzig Hemden beendet hatte; denn er nahm sich keine Zeit zum Essen. Dann fragte der Hausherr ihn: ,Was ist der Lohn dafür?', und er erwiderte: ,Zwanzig Dirhems.' Da rief der Herr der Sklavin zu: ,Bringe zwanzig Dirhems her!' Mein

Bruder sprach kein Wort, aber die junge Frau machte ihm ein Zeichen, das bedeutete, er solle von dem Herrn nichts annehmen. Darum sagte er nun: ‚Bei Allah, ich werde nichts von dir nehmen.' Er nahm das Schneiderwerkzeug und ging hinaus, obgleich er sehr nötig Geld brauchte. Und nun blieb er drei Tage lang, indem er nur ganz wenig aß und trank, eifrig bei der Arbeit, die er für jene Leute zu machen hatte. Dann kam die Sklavin und sagte zu ihm: ‚Was hast du geschafft?' Er sprach: ‚Sie sind fertig', nahm sie und ging damit zu den Leuten hinauf. Und er übergab die Hemden dem Gatten der Dame und ging sofort wieder davon.

Nun hatte die junge Frau ihrem Gatten gesagt, wie es mit meinem Bruder stand, ohne daß dieser etwas davon ahnte; und die beiden hatten sich verabredet, ihn umsonst für sich Schneiderarbeit verrichten zu lassen und ihn zum besten zu haben. Am nächsten Morgen ging er in seinen Laden; da kam die Sklavin und sagte zu ihm: ‚Mein Herr läßt dich rufen.' Sofort ging er mit ihr, und als er vor jenem stand, sprach er zu ihm: ‚Ich möchte, daß du mir fünf Gewänder mit langen Ärmeln zuschneidest.' Und er schnitt sie zu, nahm den Stoff mit sich und ging davon. Dann nähte er jene Gewänder und brachte sie dem Herrn, und der lobte seine Arbeit und rief nach einem Beutel Silbers. Doch als er die Hand ausstreckte, machte die Dame, die hinter ihrem Gatten stand, ein Zeichen, er solle nichts annehmen, und so sprach er zu dem Manne: ‚O mein Herr, es hat keine Eile; dafür ist immer noch Zeit.' Und er verließ das Haus elender als ein Esel, denn fünf Dinge waren in ihm vereinigt: Liebe, Armut, Hunger, Blöße und Müdigkeit. Doch er raffte sich auf, und als er all ihre Arbeit vollendet hatte, da spielten sie ihm einen Streich und vermählten ihn ihrer Sklavin; und als er nachts zu ihr eingehen wollte, sagten sie zu ihm:

‚Bleib heute nacht in der Mühle bis morgen früh, das wird Glück bringen!' Und da mein Bruder glaubte, das sei wahr, so übernachtete er allein in der Mühle. Nun war der Gatte der Dame hingegangen und hatte den Müller angewiesen, die Mühle vom Schneider drehen zu lassen. Um Mitternacht also kam der Müller zu ihm herein und fing an zu reden: ‚Der Ochse da ist faul! Er steht still und will die Mühle heute nacht nicht drehen, und doch ist des Kornes bei uns viel!' Darauf trat er zum Mühlwerke und füllte den Trichter mit Korn; dann ging er mit einem Strick in der Hand zu meinem Bruder, band ihn ihm um den Hals und rief: ‚Hüh! Lauf herum um das Korn! Du willst wohl immer nur fressen und Dreck und Wasser machen!' Dann nahm er eine Peitsche in die Hand, schlug meinen Bruder damit, und der begann zu weinen und zu schreien; aber er fand keinen Beschützer, und so wurde bis kurz vor Tagesanbruch der Weizen gemahlen. Da kam der Hausherr und sah meinen Bruder ins Joch gespannt und ging wieder fort. Und am frühen Morgen kam die Sklavin und band ihn los und sagte: ‚Mir und meiner Herrin geht das, was dir widerfahren ist, sehr zu Herzen, und wir haben deinen Kummer mit dir getragen.' Doch ihm versagte nach all den Schlägen und der Arbeit die Zunge, um zu antworten. Darauf ging mein Bruder in seine Wohnung, und siehe, der Meister, der seinen Ehevertrag geschrieben hatte, trat ein[1], begrüßte ihn mit den Worten: ‚Friede sei mit dir!' und sagte: ‚Allah gewähre dir ein langes Leben! Dein Antlitz sagt mir, du hast die Nacht vom Abend bis zum Morgen in Wonne und Scherzen und Kosen verbracht.' ‚Allah gewähre dem Lügner keinen Frieden, o du tausendfacher Hahnrei!' rief mein Bruder; ‚bei Allah, ich habe bis zum Mor-

---

1. Der übliche Besuch in der Erwartung eines Geschenkes.

gen nichts getan als an Stelle des Ochsen die Mühle gedreht!' Jener bat: ‚Erzähle mir deine Geschichte', und mein Bruder erzählte ihm alles, was ihm widerfahren war, worauf der Meister sagte: ‚Dein Stern stimmt nicht zu ihrem Stern; doch wenn du willst, so will ich den Vertrag für dich ändern'; und er fügte noch hinzu: ‚Nimm dich in acht, wenn ein neuer Betrug deiner harrt!' Dann verließ er ihn; mein Bruder aber ging in seinen Laden und wartete, daß jemand Arbeit brächte, durch die er sein täglich Brot verdienen könnte. Doch plötzlich kam die Sklavin zu ihm und sagte: ‚Meine Herrin läßt dich rufen.' ‚Geh von mir, o mein gutes Mädchen,' erwiderte er, ‚zwischen mir und deiner Herrin gibt es keine Beziehungen mehr!' Und das Mädchen ging fort und berichtete ihrer Herrin diese Worte; doch ehe mein Bruder sich dessen versah, steckte die Dame den Kopf zum Fenster hinaus und sprach unter Tränen: ‚Weshalb, o mein Geliebter, soll es zwischen mir und dir keine Beziehungen mehr geben?' Er aber gab keine Antwort. Da schwor sie ihm, das was ihm in der Mühle widerfahren war, sei gegen ihren Willen geschehen, und sie sei an alledem ohne Schuld. Und als mein Bruder auf ihre Schönheit und ihre Lieblichkeit blickte und ihre süße Stimme hörte, da wich der Gram, der ihn ergriffen hatte, von ihm, er ließ ihre Entschuldigung gelten und freute sich ihres Anblicks. Dann grüßte er sie und sprach mit ihr und saß wieder eine Weile bei seiner Schneiderarbeit; und schließlich kam die Sklavin zu ihm und sagte: ‚Meine Herrin grüßt dich und teilt dir mit, daß ihr Gatte vorhat, die Nacht bei seinen Freunden zu verbringen. Wenn er also dorthin gegangen ist, so komm du zu uns und verbringe die Nacht mit meiner Herrin im herrlichsten Genusse bis zum Morgen.'

Nun aber hatte ihr Gatte sie gefragt: ‚Wie sollen wir es anfangen, ihn von dir fortzutreiben?', und sie hatte gesagt: ‚Laß mich ihm noch einen anderen Streich spielen und ihn stadtbekannt machen!' Doch mein Bruder wußte nichts von der Arglist der Frauen. Und als es Abend war, kam die Sklavin zu ihm und führte ihn mit sich zurück; und wie die Dame meinen Bruder erblickte, da rief sie aus: ‚Bei Allah, mein Gebieter, ich habe mich sehr nach dir gesehnt.' ‚Um Allahs willen', erwiderte er, ‚küsse mich schnell vor allem anderen!' Kaum aber hatte er das gesagt, so trat der Gatte der Dame aus dem nächsten Zimmer herein und schrie ihn an: ‚Bei Allah, ich werde dich erst bei dem Hauptmann der Stadtwache wieder loslassen!' Nun bat mein Bruder ihn flehentlich; doch er wollte nicht auf ihn hören, sondern führte ihn vor den Präfekten, der ihn peitschen und auf ein Kamel setzen ließ, auf dem er durch die ganze Stadt geführt wurde, während die Leute ausriefen: ‚Dies ist die Strafe für den, der in den Harem ehrenwerter Männer eindringt!' Er wurde aus der Stadt verbannt und zog aus, ohne zu wissen, wohin er sich wenden sollte; ich aber war um ihn besorgt und ging ihm nach, holte ihn ein und führte ihn zurück und nahm ihn auf in mein Haus, allwo er noch lebt.' Der Kalif lachte über meine Geschichte und sagte: ‚Du hast gut gehandelt, o Schweiger, o Wortkarger!', und er ließ mir ein Geschenk geben und befahl mir, davonzugehen. Ich aber sagte: ‚Ich will nichts von dir nehmen, es sei denn, daß ich dir zuvor erzähle, was meinen anderen Brüdern widerfahren ist; doch glaube nicht, ich sei ein Mann vieler Worte!

DES BARBIERS ERZÄHLUNG
VON SEINEM ZWEITEN BRUDER

Wisse, o Beherrscher der Gläubigen, mein zweiter Bruder heißt der Plapperer, und er ist der Gelähmte. Es geschah eines Tages, als er ausging zu einer Besorgung, daß ein altes Weib ihm begegnete und zu ihm sprach: ‚Mann, bleib ein wenig stehen, damit ich dir einen Vorschlag machen kann! Wenn er dir zusagt, so führe ihn mir aus und bitte Allah um gutes Gelingen!' Da blieb mein Bruder stehen, und sie fuhr fort: ‚Ich will dir von etwas erzählen und dich dorthin führen, doch du darfst nicht viele Worte machen!' ‚Sprich dich aus!' sagte er; und sie: ‚Was meinst du zu einem schönen Hause und einem lieblichen Garten mit fließenden Wassern, Früchten und Wein und einem hübschen Gesicht, das du von Abend bis zum Morgen küssen darfst? Und wenn du tust, was ich dir rate, so wirst du dein Glück erleben.' Als mein Bruder ihre Worte vernahm, sprach er zu ihr: ‚O meine Herrin, wie kommt es, daß du unter allen Menschen gerade mir dies alles darbietest, und was gefällt dir so an mir?' Sie aber erwiderte meinem Bruder: ‚Habe ich dir nicht gesagt, du solltest nicht viele Worte machen? Schweig und komm mit mir!' Darauf wandte die Alte sich um, und mein Bruder folgte ihr, voll Verlangen nach dem, was sie ihm geschildert hatte, bis sie in ein geräumiges Haus mit vielen Dienern eintraten. Als sie ihn aus dem unteren Stockwerk in das obere führte, bemerkte mein Bruder, daß es ein vornehmes Schloß war. Und als die Leute des Hauses ihn sahen, fragten sie ihn: ‚Wer hat dich hierher gebracht?' Aber die Alte erwiderte ihnen: ‚Laßt ihn in Ruhe und stört ihn nicht; er ist ein Handwerker, und wir haben ihn nötig!' Dann führte sie ihn in ein geschmücktes Gemach, so schön, wie sein

Auge es noch nie gesehen. Als sie in das Gemach eintraten, erhoben sich die Frauen und hießen ihn willkommen und ließen ihn neben sich sitzen. Kaum hatte er dort einen Augenblick verweilt, da vernahm er ein lautes Geräusch, und herein trat eine Schar von Sklavinnen, die eine Dame umringten, dem Monde gleich in der Nacht seiner Fülle. Mein Bruder richtete seinen Blick auf sie, stand auf und verneigte sich vor ihr; und sie hieß ihn willkommen und winkte ihm, sich zu setzen. Als er sich gesetzt hatte, trat sie auf ihn zu und sprach zu ihm: ‚Allah bringe dich zu Ehren! Geht es dir gut?' ‚O meine Herrin,' versetzte er, ‚es geht mir sehr gut.' Darauf befahl sie Speisen zu bringen, und man setzte feine Speisen vor sie hin; und sie ließ sich nieder, um zu essen. Bei alledem hörte die Dame nicht auf zu lachen; aber sooft mein Bruder sie ansah, wandte sie ihren Blick ab zu ihren Sklavinnen hin, als ob sie über die lachte. Meinem Bruder aber machte sie Zeichen der Liebe und scherzte mit ihm. Und er, der Esel, merkte nichts; vielmehr, da die Leidenschaft ihn so ganz überwältigt hatte, bildete er sich ein, die Dame sei in ihn verliebt und werde ihm gewähren, was er wünschte. Als sie gegessen hatten, trug man den Wein auf; dann kamen der Mädchen zehn, wie Monde so schön, die trugen wohlgestimmte Lauten in den Händen und begannen mit wehmütig-schönen Stimmen zu singen. Da überwältigte meinen Bruder das Entzücken, und er nahm einen Becher aus der Hand der Dame und trank ihn vor ihr stehend aus. Darauf trank auch sie einen Becher Weins, und mein Bruder sagte: ‚Dein Wohl!', und verneigte sich. Dann reichte sie ihm einen zweiten Becher, und er trank auch ihn aus; sie aber gab ihm einen Streich auf den Nacken. Als mein Bruder dies von ihr erfuhr, lief er eiligst davon; aber die Alte folgte ihm und gab ihm Zeichen mit ihren Augen, daß er zurückkehren sollte. So kam er denn wieder, und die Dame hieß ihn sich setzen; und er ließ sich nieder und blieb sitzen, ohne ein Wort zu sagen. Und wieder schlug sie ihn ins Genick; und auch das genügte ihr noch nicht, sondern sie befahl sogar all ihren Sklavinnen, ihn zu schlagen, während er zu der Alten sagte: ‚Nie habe ich etwas Schöneres erlebt als dies.' Die Alte aber sagte immerfort: ‚Ach bei deinem Leben, o meine Herrin!' Doch die Mädchen schlugen ihn, bis er fast ohnmächtig wurde. Darauf stand mein Bruder auf, um ein Geschäft zu besorgen, aber die Alte holte ihn ein und sagte zu ihm: ‚Gedulde dich noch ein wenig, so wirst du erreichen, was du wünschest!' ‚Wie lange soll ich noch warten?' fragte mein Bruder; ‚von den Schlägen bin ich ja fast ohnmächtig geworden.' ‚Wenn sie trunken ist', erwiderte sie, ‚wirst du dein Ziel erreichen.' Also kehrte mein Bruder auf seinen Platz zurück und setzte sich; die Sklavinnen aber standen samt und sonders auf, und die Dame befahl ihnen, ihn mit Weihrauch zu beräuchern und ihm das Gesicht mit Rosenwasser zu besprengen. Jene führten den Befehl aus; die Dame aber sprach zu ihm: ‚Allah bringe dich zu Ehren! Du hast mein Haus betreten und meine Bedingungen eingehalten; denn wer mir zuwider handelt, den schicke ich hinweg; doch wer geduldig ist, erreicht sein Ziel.' ‚O meine Gebieterin,' sagte mein Bruder, ‚ich bin dein Sklave und in deiner Gewalt!' ‚So wisse,' fuhr sie fort, ‚mich hat Allah zu einer leidenschaftlichen Freundin lustiger Scherze gemacht; und wer mir gehorcht, der erhält, was er wünscht.' Dann befahl sie den Mädchen, mit lauter Stimme zu singen, so daß die ganze Gesellschaft entzückt war; und dann sprach sie zu einer von den Sklavinnen: ‚Nimm deinen Herrn und tu, was nötig ist, und bring ihn mir alsbald zurück!' Da nahm das Mädchen meinen Bruder, ohne daß er wußte, was sie mit ihm beginnen wollte; aber die Alte folgte ihm und sagte: ‚Sei geduldig! Es bleibt nur noch wenig zu tun.‘ Und sein Gesicht hellte sich auf, und er wandte sich der Dame wieder zu, während die Alte immerfort sagte: ‚Sei geduldig, jetzt wirst du gleich erreichen, was du wünschest!‘ Da fragte er sie: ‚Sage mir, was dieses Mädchen mit mir tun soll!‘ ‚Dort harrt deiner nichts als Gutes,‘ erwiderte sie, ‚so wahr ich mich für dich hingebe! Sie soll dir nur die Augenbrauen färben und den Schnurrbart auszupfen.‘ Er sagte: ‚Die Farbe auf den Augenbrauen geht beim Waschen wieder ab, aber wenn man mir den Schnurrbart auszupft, das tut weh.‘ ‚Nimm dich in acht,‘ rief die Alte, ‚daß du ihr nicht zuwider handelst! Denn ihr Herz hängt an dir.‘ Und so ließ mein Bruder sich geduldig die Brauen färben und den Schnurrbart auszupfen; und die Sklavin kehrte zu ihrer Herrin zurück und sagte ihr Bescheid. Diese sagte zu ihr: ‚Jetzt bleibt noch eins zu tun; du mußt ihm den Bart scheren, daß er ganz glatt wird.‘ Die Sklavin ging darauf zu ihm zurück und sagte ihm, was ihre Herrin ihr befohlen hatte; und mein Bruder, der Dummkopf, erwiderte ihr: ‚Was soll ich anfangen, wenn ich unter den Leuten zum Gespött werde?‘ Doch die Alte sagte: ‚Sie will das nur tun, damit du werdest wie ein bartloser Jüngling und damit nichts in deinem Gesichte bleibt, was sie kratzt und sticht; denn ihr Herz ist in leidenschaftlicher Liebe zu dir entbrannt. Also sei geduldig, und du erreichst dein Ziel!‘ Und mein Bruder war geduldig, gehorchte dem Mädchen und ließ sich den Bart rasieren; und als er wieder vor die Dame geführt wurde, siehe, da waren ihm die Brauen mit Farbe betupft, und der Schnurrbart war ihm ausgezupft, das Kinn rasiert und die Wangen rot angestrichen. Zuerst erschrak sie über ihn; dann lachte sie, bis sie auf den Rücken fiel, und sagte nun: ‚Mein Gebieter, wahrlich, du hast durch deine gute Natur mein Herz gewonnen!‘ Und sie beschwor ihn bei ihrem Leben, vor ihr zu tanzen, und er begann zu tanzen, während sie im Zimmer kein Kissen übrig ließ, das sie ihm nicht an den Kopf warf; und ebenso bewarfen ihn all die Sklavinnen, eine mit einer Orange, die andere mit einer Limone, die dritte mit einer Zitrone, bis er hinfiel, halb ohnmächtig von den Schlägen und Streichen auf seinen Nacken und von dem Bewerfen mit Kissen und Früchten. ‚Jetzt hast du dein Ziel erreicht,‘ sagte die Alte zu ihm, ‚wisse, nun harren deiner keine Schläge mehr, und nur noch eins bleibt zu tun übrig. Und das ist folgendes: sie pflegt sich im Rausche erst dann einem Manne zu ergeben, wenn sie ihre Kleider und Hosen abgelegt hat und splitternackt ist; sie wird dir befehlen, daß auch du deine Kleider ablegst und laufest, während sie vor dir herläuft, als ob sie vor dir fliehen wolle; du aber folge ihr von Ort zu Ort, bis deine Rute steht; dann wird sie sich dir ergeben‘; und sie fügte hinzu: ‚Zieh deine Kleider nur gleich aus!‘ Und er, der Welt entrückt, legte alle seine Kleider ab und stand ganz nackt da. – –«

Da bemerkte Schehrezâd, daß der Morgen begann, und sie hielt in der verstatteten Rede an. Doch als die *Zweiunddreißigste Nacht* anbrach, fuhr sie also fort: »Es ist mir berichtet worden, o glücklicher König, daß der Barbier von seinem zweiten Bruder also weiter erzählte: ‚Als die Alte zu meinem Bruder gesagt hatte, er solle seine Kleider ausziehen, und als er, der Welt entrückt, seine Kleidung abgelegt hatte und nackt dastand, sagte die Dame zu ihm: ‚Nun halt dich bereit zum Lauf; ich werde auch laufen!‘ Darauf entkleidete sie sich ebenfalls und rief ihm zu: ‚Wenn du etwas willst, so folge mir!‘ Und sie lief vor ihm her, und er lief ihr nach, und sie eilte von Zimmer zu Zimmer immer weiter; mein Bruder hinter ihr her, wie ein Verrückter, überwältigt von Begier und mit stehender Rute.

Und schließlich eilte sie vor ihm her in einen dunklen Raum und er ihr nach in rasendem Lauf; aber plötzlich trat er auf eine weiche Stelle, die unter ihm durchbrach; und ehe er sich dessen versah, befand er sich mitten auf der Straße im Basar der Lederhändler, die ihre Häute ausriefen und kauften und verkauften. Als die ihn in diesem Zustande sahen: nackt, mit stehender Rute, mit rasiertem Kinn, mit gefärbten Brauen und rot angestrichenem Gesicht, – da schrien sie und klatschten ihn aus und begannen mit den Häuten auf seinen nackten Leib zu schlagen, bis er ohnmächtig hinfiel. Und sie luden ihn auf einen Esel und führten ihn zu dem Präfekten. Der sprach zu ihnen: ‚Was ist dies?' Sie antworteten: ‚Der da fiel plötzlich in diesem Zustand aus des Wesirs Haus auf uns nieder.' Da ließ der Präfekt ihm hundert Peitschenhiebe verabfolgen und verbannte ihn aus Baghdad. Ich aber ging ihm nach und brachte ihn heimlich in die Stadt zurück und gab ihm ein Taggeld, damit er leben kann. Wäre ich nicht so großmütig, dann hätte ich seinesgleichen nicht ertragen.

DES BARBIERS ERZÄHLUNG
VON SEINEM DRITTEN BRUDER

Was nun meinen dritten Bruder betrifft, so heißt er el-Fakîk, und er ist der Blinde. Eines Tages trieben ihn Schicksal und Verhängnis vor ein großes Haus, und er klopfte an die Tür, da er den Eigentümer sprechen wollte, um etwas von ihm zu erbetteln. Der Herr des Hauses rief: ‚Wer steht an der Tür?' Aber mein Bruder sprach kein Wort, und alsbald hörte er ihn mit lauter Stimme wiederholen: ‚Wer ist da?' Doch er gab wiederum keine Antwort, und jetzt hörte er, wie der Hausherr an die Tür kam, sie öffnete und fragte: ‚Was willst du?' Und mein

Bruder versetzte: ‚Etwas um Allahs des Erhabenen willen.' ‚Bist du blind?' fragte ihn jener; und mein Bruder erwiderte: ‚Ja.' Der Hausherr sprach: ‚Reiche mir deine Hand!' Und mein Bruder reichte ihm die Hand hin, denn er glaubte, jener werde ihm etwas geben; der aber ergriff die Hand, führte ihn ins Haus und brachte ihn hinauf von Treppe zu Treppe, bis sie oben auf die Terrasse kamen; und mein Bruder glaubte derweilen, er werde ihm sicherlich Geld oder etwas zu essen geben. Als er nun oben war, fragte er: ‚Was begehrst du, o Blinder?' und mein Bruder erwiderte: ‚Etwas um Allahs des Erhabenen willen.' ‚Allah öffne dir eine andere Tür!' ‚Mann! weshalb sagtest du das nicht, als ich unten war?' ‚Du Lump, weshalb gabst du mir keine Antwort, als ich dich zum ersten Mal fragte?' ‚Und was willst du jetzt mit mir tun?' ‚Ich habe nichts für dich.' ‚So führe mich die Treppen hinunter!' ‚Der Weg liegt vor dir.' Und mein Bruder machte sich auf und tastete sich die Treppen hinunter, bis er der Tür auf zwanzig Stufen nahe war; da aber glitt sein Fuß aus, und er fiel hinab der Tür zu und schlug sich den Kopf auf.

Er ging hinaus und wußte nicht, wohin er sich wenden sollte; da traf er auf zwei andere Blinde, Gefährten von ihm, und die fragten ihn: ‚Was hast du heute verdient?' Nun erzählte er ihnen, was ihm widerfahren war, und fügte hinzu: ‚O meine Brüder, ich möchte etwas von dem Gelde nehmen, das ich zu Hause habe, und es für mich verwenden.' Der Herr des Hauses aber war ihm gefolgt und hörte, was er sagte; doch weder mein Bruder noch auch seine Gefährten bemerkten den Kerl. So ging mein Bruder in seine Wohnung, und der Hauseigentümer folgte ihm unbemerkt; dann setzte mein Bruder sich nieder, um seine Gefährten zu erwarten. Als die eingetreten waren sagte er zu ihnen: ‚Verriegelt die Tür und durchsucht das Haus, ob uns auch kein Fremder gefolgt ist.' Als jedoch der Fremde die Worte hörte, kletterte er an einem Strick hinauf, der von der Decke herabhing, während sie im ganzen Hause umhergingen und suchten, aber niemanden fanden. Dann kamen sie zurück, setzten sich neben meinen Bruder, zogen ihr Geld hervor und zählten es, und siehe, es waren zwölftausend Dirhems. Die legten sie in einen Winkel des Zimmers; ein jeder nahm, was er brauchte, und den Rest vergruben sie in der Erde. Dann trugen sie etwas zu essen auf und setzten sich nieder, um zu essen. Und plötzlich hörte mein Bruder neben sich ein fremdes Kauen und sagte zu seinen Freunden: ‚Es ist ein Fremder unter uns'; und er streckte die Hand aus und stieß auf die des Hauseigentümers. Da fielen sie alle über ihn her und schlugen ihn; und als sie müde wurden, riefen sie: ‚O ihr Muslime, ein Dieb ist unter uns gekommen, um uns unser Geld zu stehlen!' Und eine große Menge sammelte sich um sie; der Eindringling aber hielt sich dicht an sie und klagte mit ihnen, wie sie klagten; und er schloß seine Augen, so daß es aussah, als gehöre er zweifellos zu ihnen, und rief: ‚O Muslime, ich rufe Allah und den Sultan an, ich rufe Allah und den Präfekten an, ich habe ihm einen wichtigen Rat zu geben!' Da kam auch schon die Wache, verhaftete die ganze Gesellschaft, darunter meinen Bruder, und trieb sie zum Hause des Präfekten, der sie vor sich kommen ließ und fragte: ‚Was ist mit euch?' Der Eindringling rief: ‚Sieh selbst zu! Aber du wirst es nur durch die Folter herausbekommen. Fang nur zuerst mit mir an und laß mich foltern; dann aber den da, meinen Anführer!' Und dabei zeigte er mit der Hand auf meinen Bruder. Nun warfen sie den Fremden hin und versetzten ihm vierhundert Streiche auf sein Hinterteil. Und wie die Schläge ihn schmerzten, öffnete er das eine Auge, und als sie ihn noch kräftiger schlugen, öffnete er auch das zweite. Da schrie der

Präfekt ihn an: ‚Was machst du da, du Verfluchter?' und der bat: ‚Begnadige mich! Wir vier stellen uns blind, und wir spielen den Leuten Streiche, indem wir in die Häuser eindringen und die Frauen zu sehen bekommen und durch Verführung Geld von ihnen erpressen; auf diese Weise haben wir bereits eine große Summe zusammengebracht, die beläuft sich auf zwölftausend Dirhems. Ich sprach zu meinen Gefährten: ‚Gebt mir meinen Anteil, dreitausend'; aber sie fielen mit Schlägen über mich her und nahmen mein Geld weg, und nun rufe ich Allahs und deinen Schutz an; lieber sollst du meinen Anteil haben als sie. Wenn du wissen willst, ob meine Worte wahr sind, so schlage einen jeden von den andern, mehr noch als du mich geschlagen hast, so wird er die Augen auftun.' Da gab der Präfekt Befehl, die Folter mit meinem Bruder zu beginnen; und sie banden ihn an ein Marterbrett, und der Präfekt sprach zu ihnen: ‚Ihr Schurken, verleugnet ihr die gütigen Gaben Allahs und tut, als wäret ihr blind?' ‚Allah! Allah!' rief mein Bruder, ‚bei Allah, unter uns ist niemand, der sehend ist.' Und sie schlugen ihn, bis er in Ohnmacht fiel; da rief der Präfekt: ‚Laßt ihn, bis er zur Besinnung kommt, und dann schlagt ihn von neuem!' Und er ließ jedem der Gefährten mehr als dreihundert Streiche verabfolgen, während der Sehende ihnen unaufhörlich sagte: ‚Tut die Augen auf, sonst werdet ihr von neuem geschlagen!' Und schließlich sagte der Fremde zu dem Präfekten: ‚Schicke einen mit mir, daß er das Geld herbringe; denn diese Leute wollen die Augen nicht auftun aus Furcht vor der Schande unter den Leuten.' Da schickte der Präfekt aus, um das Geld zu holen; und er gab davon dem Fremden seinen angeblichen Anteil, dreitausend Dirhems, behielt den Rest für sich und verbannte die drei Blinden aus der Stadt. Ich aber, o Beherrscher der Gläubigen, zog hinaus, holte meinen Bruder ein und fragte ihn nach seinem Erlebnis; und er berichtete mir, was ich dir erzählt habe; und ich brachte ihn heimlich zurück in die Stadt und gab ihm ein Taggeld, daß er in aller Heimlichkeit essen und trinken kann.'

Der Kalif lachte über meine Geschichte und sprach: ,Gebt ihm ein Geschenk und laßt ihn gehen!' Ich aber rief: ,Bei Allah, ich will nichts nehmen, bis ich dem Beherrscher der Gläubigen erklärt habe, was meinen anderen Brüdern widerfahren ist; denn wahrlich, ich bin ein Mann von wenig Worten.'

Und dann redete er weiter.

DES BARBIERS ERZÄHLUNG
VON SEINEM VIERTEN BRUDER

Was nun meinen vierten Bruder angeht, o Beherrscher der Gläubigen, den Einäugigen, so war er Schlächter in Baghdad; und er verkaufte Fleisch und zog Lämmer auf, und die Großen und Reichen kauften ihr Fleisch von ihm, so daß er großen Reichtum gewann und Lasttiere und Häuser erwarb. So lebte er eine lange Zeit, bis eines Tages, als er bei seinem Laden saß, ein Greis mit langem Bart an ihn herantrat, der ihm einige Dirhems hinlegte und zu ihm sprach: ,Gib mir Fleisch dafür!' Und er gab ihm Fleisch für sein Geld, und der Alte ging seiner Wege. Mein Bruder aber prüfte das Silber des Scheichs, und als er sah, daß die Dirhems weiß und glänzend waren, legte er sie an besonderer Stelle nieder. Fünf Monate lang kam der Alte regelmäßig wieder, und mein Bruder legte alles Geld, das er von ihm erhielt, in einen besonderen Kasten. Schließlich aber wollte er das Geld herausnehmen, um Schafe dafür zu kaufen. Er öffnete den Kasten und fand nichts darin als rundgeschnittene Stückchen Papier; da schlug er sich das Gesicht und schrie laut auf, so daß das Volk sich um ihn sammelte, und er erzählte ihnen seine Geschichte, und alle erstaunten darüber. Mein Bruder machte sich aber an seine gewohnte Arbeit, schlachtete einen Widder und hängte ihn in seinen Laden; und er schnitt ein wenig von dem Fleisch ab und hängte es draußen auf, indem er bei sich sagte: ‚O Allah, wenn doch der Unglücksalte käme!' Und es dauerte nicht lange, so kam der Scheich, mit dem Silber in der Hand. Da sprang mein Bruder auf, packte ihn und begann zu schreien: ‚Kommt mir zu Hilfe, ihr Muslime, und hört, was mir von diesem Schurken geschah. Wie der Alte seine Worte hörte, sagte er zu ihm: ‚Was ist dir lieber? Daß du von mir abläßest oder daß ich dich vor allem Volk bloßstelle?' ‚Wodurch könntest du mich bloßstellen?' ‚Dadurch, daß du Menschenfleisch für Hammelfleisch verkaufst!' ‚Du lügst, Verfluchter!' ‚Nein, nur der ist der Verfluchte, in dessen Laden ein Mensch aufgehängt ist.' ‚Wenn es so ist, wie du sagst, so soll mein Geld und mein Blut dir verfallen sein.' Da rief der Alte: ‚Ihr Leute, wenn ihr euch von der Wahrheit meiner Worte überzeugen wollt, so tretet in seinen Laden ein.' Da stürzte das Volk in den Laden meines Bruders, und alle sahen dort einen Menschen hängen, in den der Widder verwandelt war. Bei diesem Anblick fielen sie denn über meinen Bruder her und schrien ihn an: ‚O du Ungläubiger, du Schurke!', und seine besten Freunde begannen ihn zu schlagen und zu stoßen und sagten: ‚Gibst du uns das Fleisch von Menschenkindern zu essen?' Und der Alte schlug ihn gar auf das eine Auge, so daß es auslief.

Die Leute nun trugen jenen geschlachteten Menschen vor den Hauptmann der Stadtwache, und der Alte sagte zu ihm: ‚O Emir, dieser Bursche schlachtet Menschen und verkauft ihr Fleisch als Hammelfleisch, deshalb haben wir ihn vor dich geführt; wohlan, vollstrecke das Recht Allahs, des Allmächtigen und Glorreichen!' Mein Bruder wollte sich verteidigen; doch der Hauptmann hörte ihn nicht an, sondern verurteilte ihn zu fünfhundert Stockschlägen. Man nahm ihm auch all sein Geld; und wäre das Geld nicht gewesen, so hätte man ihn totgeschlagen. Da machte mein Bruder sich auf und wanderte alsbald fort, bis er in eine große Stadt kam, wo er es für das Beste hielt, sich als Schuhflicker niederzulassen; und er tat einen Laden auf und setzte sich hinein und arbeitete so viel, daß er davon leben konnte.

Doch eines Tages, als er in Geschäften ausging, hörte er Pferdegetrappel und er fragte nach dem Anlaß und erhielt zur Antwort, der König ziehe aus zu Hatz und Jagd; da blieb mein Bruder stehen, um sich die königliche Pracht anzusehen. Nun aber traf es sich, daß das Auge des Königs auf das leere Auge meines Bruders fiel; sofort senkte der König den Kopf und sprach: ,Ich nehme meine Zuflucht zu Allah vor dem Unglück des heutigen Tages!' Er wandte die Zügel seines Rosses und kehrte mit allem Gefolge zurück. Dann gab er seinen Wachen Befehl; die ergriffen meinen Bruder und versetzten ihm so schmerzhafte Schläge, daß er halb tot war, ohne zu ahnen, weshalb das alles geschah. Darauf kehrte er, ganz gebrochen, nach Hause zurück. Dann ging er zu einem aus der Umgebung des Königs und erzählte ihm, was ihm widerfahren war; der andere lachte, bis er auf den Rücken fiel, und sagte: ,Mein Bruder, wisse, der König kann es nicht ertragen, einen Einäugigen anzusehen, und besonders dann nicht, wenn er auf dem rechten Auge blind ist; dann läßt er ihn nicht gehen, ohne ihn durchprügeln zu lassen.' Als mein Bruder diese Worte hörte, beschloß er, sogleich aus jener Stadt zu entfliehen; so machte er sich denn auf, zog fort von da und wandte sich einer anderen

Gegend zu, wo ihn niemand kannte, und dort wohnte er eine lange Zeit.

Darauf nun ging mein Bruder eines Tages in Gedanken über seine Lage aus um sich zu zerstreuen; plötzlich hörte er Pferdegetrappel hinter sich und rief: ‚Allahs Gericht ist über mir!' Und er sah sich nach einem Versteck um, doch er fand keines. Schließlich bemerkte er eine geschlossene Tür und stemmte sich dagegen; und als sie umfiel, trat er ein und sah einen langen Gang, in dem er Zuflucht suchte; doch ehe er sich dessen versah, fielen zwei Männer über ihn her und schrien ihn an: ‚Allah sei Dank, der dich in unsere Hände gegeben hat, du Feind Gottes! Drei Nächte lang hast du uns Ruhe und Schlaf geraubt, so daß du uns fast den Tod hast kosten lassen!' Da fragte mein Bruder: ‚O ihr Leute, was ist's mit euch?' Und sie erwiderten: ‚Du täuschest uns und willst Schande über uns bringen, und du spinnst Ränke, um den Herrn des Hauses zu ermorden! Genügt es nicht, daß du ihn zum Bettler gemacht hast, du mit deinen Genossen? Aber jetzt gib uns das Messer, mit dem du uns jede Nacht bedrohst.' Und sie durchsuchten ihn und fanden in seinem Gürtel ein Messer; doch er sagte: ‚O ihr Leute, fürchtet Allah in meiner Sache; denn wisset, meine Geschichte ist höchst seltsam!' ‚Und wie ist deine Geschichte?' fragten sie; da erzählte er ihnen, was ihm widerfahren war, in der Hoffnung, sie würden ihn gehen lassen; aber sie hörten nicht auf die Worte meines Bruders und kümmerten sich nicht um ihn, sondern sie schlugen ihn und rissen ihm die Kleider herab; und als sie auf seinen Flanken die Narben der Ruten fanden, da sagten sie: ‚Verfluchter, diese Narben verraten dich!' Dann führten sie ihn vor den Präfekten, derweilen er zu sich selber sagte: ‚Jetzt werde ich für meine Sünden bestraft, und niemand kann mich befreien als Allah der Erhabene!' Der Präfekt aber sprach zu meinem Bruder: ‚Du Schurke, was trieb dich dazu, mit der Absicht des Mordes in dieses Haus einzudringen?' Und mein Bruder erwiderte: ‚Ich beschwöre dich bei Allah, o Emir, höre meine Worte an und sprich mir nicht übereilt das Urteil!' Doch der Präfekt rief: ‚Sollen wir auf die Worte eines Räubers hören, der diese Leute zu Bettlern gemacht hat und der auf dem Rücken die Narben von Streichen trägt?' und er fügte hinzu: ‚Man hat dir das gewißlich nur wegen eines schweren Verbrechens angetan.' Und er verurteilte ihn zu hundert Geißelhieben. Darauf erhielt mein Bruder hundert Geißelhiebe, und dann setzten sie ihn auf ein Kamel und riefen vor ihm aus: ‚Dies ist die Strafe, und zwar die geringste Strafe für den, der in der Leute Häuser einbricht!' Darauf trieben sie ihn auf Befehl des Präfekten zur Stadt hinaus, und mein Bruder wanderte aufs Geratewohl dahin. Als ich jedoch von seinem Geschick hörte, zog ich ihm nach und fragte ihn nach seinen Erlebnissen; er erzählte mir seine Geschichte und alles, was ihm widerfahren war. Und ich zog mit ihm umher, während die Leute ihn verspotteten, bis sie ihn endlich in Ruhe ließen. Dann führte ich ihn heimlich in diese Stadt zurück und gab ihm ein Taggeld, daß er essen und trinken kann.

DES BARBIERS ERZÄHLUNG
VON SEINEM FÜNFTEN BRUDER

Was nun meinen fünften Bruder angeht, den, dem beide Ohren abgeschnitten wurden, o Beherrscher der Gläubigen, so war er ein armer Mann, der sich abends von den Leuten zu erbetteln pflegte, wovon er tagsüber lebte. Als nun unser hochbetagter Vater, nachdem er uralt geworden war, krank wurde und starb, da hinterließ er uns siebenhundert Dirhems, und ein jeder von uns erhielt hundert Dirhems; doch als mein fünfter Bruder seinen Anteil empfing, da war er ratlos und wußte nicht, was er damit beginnen sollte. Und in dieser Verfassung kam ihm der Gedanke, für das Geld Glaswaren aller Art zu kaufen und daran zu verdienen. So kaufte er denn für die hundert Dirhems Glas, stellte es auf eine große Platte und setzte sich an einem Platze nieder, um es zu verkaufen; daneben befand sich eine Mauer, an die er sich lehnte. Wie er dort so in Gedanken dasaß, sagte er zu sich selber: ‚Siehe, mein Kapital in diesen Glaswaren beträgt hundert Dirhems. Die werde ich für zweihundert Dirhems verkaufen. Dann werde ich für zweihundert Dirhems Glaswaren einkaufen und sie wieder für vierhundert Dirhems verkaufen. So werde ich immer weiter verkaufen und kaufen, bis ich ganz viel Geld habe. Dafür werde ich dann alle möglichen Waren einkaufen, auch Edelsteine und Rosenöl, und damit noch viel mehr Geld gewinnen. Dann aber kaufe ich mir ein schönes Haus und weiße Sklaven und Pferde mit goldenen Sätteln; und ich will essen und trinken und keinen Sänger und keine Sängerin in der Stadt übriglassen, sondern alle in meinen Palast entbieten. Dann habe ich, so Allah will, wohl ein Kapital von hunderttausend Dirhems!' All dies überdachte er in seinem Geiste, derweilen die Platte mit dem Glase vor ihm stand. Und weiter sprach er bei sich: ‚Und wenn mein Kapital auf hunderttausend Dinare gestiegen ist, so will ich Brautwerberinnen entsenden, um die Töchter von Königen und Wesiren für mich zu Frauen zu begehren. Ich will um die Tochter des Wesirs freien; denn es ist mir berichtet worden, daß sie von vollendeter Schönheit und herrlicher Anmut ist. Als Brautgeschenk will ich ihr tausend Dinare geben; und wenn ihr Vater bereit ist, gut; doch wenn nicht, so nehme ich sie mir mit Gewalt, ihm zum Trotz. Und wenn sie dann in meinem Hause ist, dann will ich zehn kleine Eunuchen kaufen, und für mich ein Gewand, wie es Könige und Sultane tragen; und ich will mir einen goldenen Sattel machen lassen, der mit kostbaren Edelsteinen besetzt ist. Dann besteige ich mein Roß, und von meinen Mamluken begleitet, die vor mir zu meinen beiden Seiten und hinter mir laufen, reite ich dahin durch die Stadt, während das Volk mich grüßt und segnet; darauf trete ich ein zu dem Wesir, der des Mädchens Vater ist, vor mir und hinter mir und zu meiner Rechten und Linken umgeben von den weißen Sklaven. Und wenn er mich sieht, so erhebt der Wesir sich vor mir, läßt mich auf seinem Platze sitzen und setzt sich selber tiefer als ich, weil ich sein Eidam werden soll. Nun aber habe ich bei mir zwei Eunuchen, die tragen Beutel, und jeder enthält tausend Dinare; und von ihnen gebe ich ihm die einen tausend als Morgengabe für seine Tochter, und die anderen tausend mache ich ihm freiwillig zum Geschenk, damit er erkenne, daß ich großmütig und freigebig und von hohem Geiste bin und daß weltliches Gut in meinen Augen nichts bedeutet. Und auf zehn Worte, die er an mich richtet, gebe ich ihm nur zwei zur Antwort. Dann kehre ich zurück in mein Haus, und wenn dann jemand im Auftrag der Braut zu mir kommt, so gebe ich ihm ein Geldgeschenk und werfe ihm ein Ehrengewand über die Schulter; doch wenn er mir eine Gabe bringt, so gebe ich sie ihm zurück und weigere mich, sie von ihm anzunehmen, damit man erfahre, daß ich eine stolze Seele habe und daß ich mich nur mit dem mir gebührenden Platze zufrieden gebe. Dann gebe ich ihnen Anweisung, mich herrlich zu schmücken; und wenn sie das getan haben, befehle ich ihnen, die Braut im Hochzeitszug herzuführen, und ich lasse mein Haus strahlend schmücken. Und wenn dann die Zeit der Brautschmückung gekommen ist, lege ich meine prächtigsten Kleider an, und dann sitze ich da in einem Gewande aus Goldbrokat, zurückgelehnt, und blicke weder nach rechts noch nach links, in der Hoheit meines Geistes und der Würde meines Verstandes. Da, vor mir, steht meine Gemahlin in ihren Gewändern und ihrem Schmuck, lieblich wie der volle Mond; und ich werfe auf sie nur einen Blick voll Stolz und Erhabenheit, bis alle, die zugegen sind, mir sagen: ‚O Herr, deine Gemahlin und Sklavin steht vor dir; gewähre ihr einen Blick, denn es ermüdet sie, so dazustehen!' Dann küssen sie den Boden vor mir, viele Male; ich aber hebe die Augen auf und werfe einen einzigen Blick auf sie und wende das Antlitz wieder zur Erde. Und sie führen sie fort in das Brautgemach, und ich stehe auf und vertausche mein Kleid mit einem weit schöneren Gewand; und wenn sie die Braut zum zweiten Mal bringen, so geruhe ich nicht, ihr einen Blick zu gönnen, bis sie mich viele Male bitten; und dann sehe ich sie an und senke den Blick von neuem. Und so tue ich jedesmal, bis die Brautschmückung vorüber ist.' – –«

Da bemerkte Schehrezâd, daß der Morgen begann, und sie hielt in der verstatteten Rede an. Doch als die *Dreiunddreißigste Nacht* anbrach, fuhr sie also fort: »Es ist mir berichtet worden, o glücklicher König, daß des Barbiers fünfter Bruder also sprach: ‚Und ich senke den Kopf, und so tue ich jedesmal, bis die Brautschmückung vorüber ist. Und dann befehle ich einem meiner Eunuchen, mir einen Beutel mit fünfhundert Dinaren zu bringen; und wenn er ihn gebracht hat, gebe ich ihn den Kammerfrauen und befehle ihnen, mich ins Brautgemach zu führen. Sobald sie mich mit ihr allein gelassen haben, werfe ich keinen Blick auf sie, noch spreche ich zu ihr ein Wort, um meine Geringschätzung zu zeigen, damit es von mir heiße, daß ich eine stolze Seele habe. Und ihre Mutter kommt, küßt mir den Kopf und die Hand und spricht zu mir: ‚Mein Gebieter, sieh deine Sklavin an, die sich danach sehnt, dir zu nahen; so heile ihr das gebrochene Herz!' Ich aber gebe ihr keine Antwort; und wenn sie das sieht, so küßt sie mir die Füße viele Male und sagt: ,Mein Gebieter, siehe, meine Tochter ist ein schönes Mädchen, und sie hat noch keinen Mann gekannt; und wenn sie bei dir diese Abneigung findet, so bricht ihr das Herz; also neige dich ihr zu und sprich zu ihr!' Dann geht sie hin und holt für mich einen Becher Weines; den nimmt ihre Tochter entgegen. Aber wenn sie mir naht, so lasse ich sie vor mir stehen, während ich mich auf einem goldgestickten Kissen lässig zurücklehne, ohne sie anzusehen, in der Hoheit meines Geistes, so daß sie mich wahrlich für einen großmächtigen Sultan hält. Dann spricht sie zu mir: ,Mein Gebieter, um Allahs willen, verweigere nicht, den Becher aus der Hand deiner Sklavin zu nehmen, denn siehe, ich bin deine Magd!' Ich aber spreche nicht zu ihr, und sie bittet mich inständig, ihn doch wirklich zu trinken; und sie hält ihn mir an die Lippen. Ich aber schüttele ihr die Faust vorm Gesicht und stoße sie mit dem Fuß und mache so!' Da stieß er mit dem Fuße, und – das Glas mitsamt der Platte, die auf einer Erhöhung lag, fiel zu Boden, und alles, was darauf war, zerbrach in Scherben. Und mein Bruder schrie: ,Das kommt alles von meinem Hochmut!' Darauf, o Beherrscher der Gläubigen, schlug er sich ins Gesicht, zerriß seine Kleider, fing an zu weinen und prügelte sich. Und die Leute, die zum Freitagsgebet gingen, sahen ihn; und ein paar blickten ihn wohl an und hatten Mitleid, aber andere kümmerten sich nicht um ihn. Nun saß mein Bruder da in solcher Verfassung, sintemalen er Geld und Verdienst verloren hatte. Nachdem er eine Weile in einem fort geweint hatte, siehe, da kam eine schöne Dame, umgeben von vielen Dienern; sie ritt auf einem Maultier mit goldenem Sattel, Moschusduft strömte von ihr aus, und sie war auf dem Wege zum Freitagsgebet. Als sie die Glasscherben sah und meinen weinenden Bruder, regte sich Mitleid mit ihm in ihrem Herzen, und sie fragte, was ihm fehle. Da wurde ihr gesagt: ‚Der hat eine Platte voll Glas besessen, durch dessen Verkauf er sich seinen Unterhalt zu verdienen hoffte; aber jetzt ist es zerbrochen, und so kam er in die Verfassung, in der du ihn siehst.' Sie aber rief einen ihrer Diener und sagte zu ihm: ‚Gib, was du bei dir hast, diesem armen Burschen!' Und er gab meinem Bruder einen Beutel, in dem sich fünfhundert Dinare befanden; wie der ihn in seiner Hand fühlte, starb er fast vor übergroßer Freude und rief allen Segen auf sie herab. Dann kehrte er in seine Wohnung zurück als wohlhabender Mann. Doch als er noch in Gedanken dasaß, klopfte es an die Tür. Er stand auf und öffnete und sah ein altes Weib, das er nicht kannte. ‚Mein Sohn,' sprach sie, ‚wisse, die Zeit des Gebetes ist nahe, und ich habe die religiöse Waschung noch nicht vorgenommen; nun möchte ich, daß du mir deine Wohnung zur Verfügung stellst, damit ich die kleine Waschung vollziehen kann.' Mein Bruder antwortete: ‚Ich höre und gehorche!' und er ging hinein und hieß sie folgen. So trat sie ein, und er brachte ihr eine Wasserkanne, damit sie sich waschen könne; er selber setzte sich, noch immer ganz außer sich vor Freuden über die Dinare. Dann knotete er sie in seinen Gürtel. Als er damit fertig war und die Alte ihre Waschung beendet hatte, kam sie zu der Stelle, an der er saß, betete zwei Rak'as[1] und flehte auf meinen Bruder schönen Segen herab; und indem er ihr dafür dankte, hob er die Hand zu den Dinaren und gab ihr zwei davon und sagte bei sich: ‚Dies ist mein freiwilliges Almosen.' Als sie aber das Gold sah, rief sie aus: ‚Ge-

---

[1] Eine Rak'a ist eine bestimmte Folge von Formeln und Bewegungen, die das liturgische Gebet ausmachen.

lobt sei Allah! Weshalb siehst du Leute, die dich lieben, so an, als wären sie Bettler? Nimm dein Geld, ich brauche es nicht, tu es in deinen Gürtel zurück! Aber wenn du wünschest, mit der vereint zu sein, die dir das Geld gegeben hat, so kann ich dich mit ihr vereinen; denn sie ist meine Herrin.' ,O Mütterchen,' fragte mein Bruder, ,wie kann ich zu ihr gelangen?' Und sie antwortete: ,Mein Sohn, sie hat eine Neigung zu dir gefaßt, doch sie ist das Weib eines reichen Mannes; nimm all dein Geld mit dir und folge mir, daß ich dich an das Ziel deiner Wünsche führe; und bist du mit ihr vereint, so wirst du, wenn du alle Liebenswürdigkeiten und schönen Worte ihr widmest, von ihren Reizen und ihren Schätzen alles erlangen, was du wünschest.' Mein Bruder nahm all das Gold, machte sich auf und folgte der Alten, ohne daran glauben zu können. Sie ging dahin, und mein Bruder folgte ihr, bis sie ein großes Tor erreichten, wo sie klopfte, und eine griechische Sklavin kam und tat ihnen auf. Die Alte trat ein und hieß meinen Bruder mit ihr eintreten; so trat er denn ein in ein großes Haus und darauf in ein großes Wohngemach, dessen Boden mit wunderbaren Teppichen belegt war und das mit Vorhängen ausgestattet war. Er setzte sich hin und legte das Gold vor sich und seinen Turban auf die Kniee. Doch ehe er sich dessen versah, trat eine junge Dame herein, so schön, wie sie noch nie jemand gesehen hatte, gekleidet in die prunkvollsten Gewänder; da stand mein Bruder auf, und als sie ihn erblickte, lächelte sie ihm zu, zeigte ihm ihre Freude und winkte ihm, sich zu setzen. Dann befahl sie die Tür zu schließen, und als das geschehen war, trat sie zu meinem Bruder und nahm ihn bei der Hand; sie gingen zusammen, bis sie zu einem abseits gelegenen Gemache kamen. Dort traten die beiden ein, und siehe, es war mit mancherlei Arten von goldgestickten Seidenteppichen ausgelegt. Er setzte sich hin, sie setzte sich neben ihn und scherzte eine Weile mit ihm; schließlich stand sie auf und sagte: ‚Rühre dich nicht von deinem Sitz, bis ich zurück bin!' und verschwand. Und als er so dasaß, siehe, da trat ein schwarzer Sklave von riesenhafter Gestalt zu ihm ein, das gezogene Schwert in der Hand, und schrie: ‚Heda, wer hat dich hierher gebracht, und was machst du hier?' Als mein Bruder den ansah, konnte er ihm keine Antwort geben, denn er war vor Schrecken sprachlos; da packte ihn der Mohr, zog ihm die Kleider aus und schlug ihn immerfort mit der flachen Klinge seines Schwertes, bis er, ohnmächtig vor Schmerzen, zu Boden fiel. Als der elende Neger meinte, es sei mit ihm zu Ende, hörte mein Bruder ihn rufen: ‚Wo ist das Salzweib?' Da trat zu ihm eine Sklavin, die in der Hand eine große Platte mit vielem Salze hatte; und der Mohr rieb es in einem fort in die Wunden meines Bruders, der sich jedoch nicht rührte aus Furcht, der Sklave könnte merken, daß er noch lebendig war, und ihm dann völlig den Garaus machen. Das Salzmädchen ging, und der Neger rief: ‚Wo ist das Kellerweib?' Da kam die Alte zu meinem Bruder, schleppte ihn an den Füßen in einen Keller und warf ihn auf einen Haufen von Ermordeten. Hier lag er auf derselben Stelle zwei volle Tage lang; aber Allah machte das Salz zu einem Mittel, ihm das Leben zu erhalten, da es das Blut stillte. Als mein Bruder sich dann imstande fühlte, sich wieder zu rühren, machte er sich auf aus dem Keller, öffnete furchtsam die Luke und kroch ins Freie hinaus; und Allah schützte ihn, so daß er im Dunkeln vorwärts kam und sich bis zum Morgen in der Halle verbergen konnte. Bei Tagesanbruch zog jene verfluchte Alte aus auf die Suche nach neuer Jagdbeute. Er folgte ihren Spuren, ohne daß sie es merkte, und ging in seine Wohnung, wo er seine Wunden verband und sich pflegte, bis er gesund war. Derweilen aber beobachtete er die Alte und sah ihr zu allen Tageszeiten zu, wie sie einen Mann nach dem andern mit sich nahm und in jenes Haus führte, ohne daß er ein Wort darüber sagte. Dann, als er wieder gesund und kräftig war, nahm er ein Stück Stoff und machte daraus einen Sack, füllte ihn mit Glasscherben und band ihn sich an den Gürtel. Und er gab sich ein fremdes Aussehen, so daß ihn niemand erkennen konnte, zog persische Kleidung an, nahm ein Schwert und verbarg es unter seinen Gewändern. Als er die Alte sah, sagte er zu ihr mit persischer Aussprache: ‚Alte, ich bin ein Fremder und heute erst in dieser Stadt angekommen, und ich kenne niemanden. Hast du eine Waage, auf der ich neunhundert Dinare wägen kann? Ich werde dir ein paar davon geben.' ‚Ich habe einen Sohn,' erwiderte die Alte, ‚einen Wechsler, der jede Art von Waagen besitzt; komm mit mir, ehe er seinen Laden verläßt, und er wird dir dein Gold abwägen!' Mein Bruder bat: ‚Führe mich!' Da schritt sie aus, mein Bruder hinter ihr her, bis sie zu der Tür kam; sie klopfte an, und die junge Dame kam selber und machte die Tür auf. Dabei lächelte ihr die Alte zu und sagte: ‚Ich bringe euch heute fettes Fleisch.' Die Dame aber nahm meinen Bruder bei der Hand und führte ihn in das gleiche Zimmer wie zuvor; sie saß eine Weile bei ihm, dann stand sie auf und sagte zu ihm: ‚Rühre dich nicht, bis ich zurück bin!' Und sie ging fort, aber ehe mein Bruder sich dessen versah, stand plötzlich der verfluchte Neger mit dem gezogenen Schwert da und schrie ihn an: ‚Steh auf, Unseliger!' Er stand auf; und als der Sklave vor ihm herging, ergriff er mit der Hand das Schwert, das unter seinen Kleidern versteckt war, und schlug dem Sklaven den Kopf vom Rumpfe. Und er schleppte ihn an den Füßen in den Keller und rief: ‚Wo ist das Salzweib?' Da kam die Sklavin mit der Platte und dem Salz, und als sie meinen Bruder mit dem Schwert in der Hand erblickte, machte sie kehrt, um zu fliehen; er aber folgte ihr und schlug ihr den Kopf ab. Dann rief er laut: ‚Wo ist das Kellerweib?' Da kam die Alte, und er rief ihr zu: ‚Kennst du mich wieder, du Unglücksvettel?' ‚Nein, mein Gebieter', erwiderte sie; und er sprach zu ihr: ‚Ich bin der Mann mit den Dinaren, in dessen Haus du warst und die Waschung vollzogst und betetest, und den du hierher gelockt hast.' ‚Fürchte Allah und verschone mich!' rief sie; er aber kümmerte sich nicht um sie, sondern hieb auf sie ein, bis er sie in vier Stücke zerschlagen hatte. Dann ging er hin und suchte nach der jungen Dame; als die ihn sah, ward sie von Sinnen vor Schrecken und flehte um Gnade. Da verschonte er sie und fragte: ‚Was trieb dich zur Gemeinschaft mit diesem Mohren?' Und sie erwiderte: ‚Ich war Dienerin bei einem Kaufmann, und diese Alte suchte mich häufig auf, und ich schloß mich ihr an. Eines Tages nun sagte sie zu mir: ‚Wir haben ein Hochzeitsfest in unserem Hause, so schön, wie noch nie einer es erlebt hat, und ich möchte, daß du es dir ansähest.' Mit den Worten: ‚Ich höre und gehorche!' erhob ich mich und legte meine schönsten Gewänder und meinen Schmuck an; auch nahm ich einen Beutel mit mir, der hundert Dinare enthielt. Dann ging ich mit ihr, bis sie mich in dies Haus hineinführte. Als ich eingetreten war, packte mich, ehe ich mich versah, dieser Mohr, und drei Jahre habe ich durch die Tücke der verfluchten Vettel hier so verbringen müssen.' Mein Bruder fragte sie weiter: ‚Hat er irgendwelchen Besitz in diesem Hause?' und sie erwiderte: ‚Er hat großen Reichtum; wenn du ihn fortschaffen kannst, so tu es, und bitte Allah um seinen Segen!' Dann ging mein Bruder mit ihr, und sie öffnete ihm Truhen, in denen Geldbeutel lagen, so daß er vor Staunen sprachlos war; und sie sagte zu ihm: ‚Geh jetzt und laß mich hier und hole Leute, um das Geld fortzuschaffen!' So ging er hin und mietete zehn Träger. Doch als er zur Tür zurückkam, fand er sie weit offen; die Dame sah er nicht, auch die Geldbeutel nicht, sondern nur ein wenig Kleingeld und die Stoffe. Da erkannte er, daß das Mädchen ihn überlistet hatte; und so nahm er das Geld, das noch da war, öffnete die Vorratsräume und ergriff, was darin war, und ließ nichts im Hause. Und er verbrachte die Nacht in Freuden; doch als der Morgen dämmerte, fand er vor der Tür an die zwanzig Schergen, die Hand an ihn legten und sagten: ,Der Präfekt verlangt nach dir!' Mein Bruder flehte sie an, ihn nach Hause gehen zu lassen, aber sie ließen ihn nicht dorthin zurückkehren. Dann versprach er ihnen eine Summe Geldes, aber sie wiesen es zurück, banden ihn fest mit einem Strick und schleppten ihn fort. Unterwegs begegneten sie einem Freunde meines Bruders; und er klammerte sich an dessen Saum, flehte ihn an und bat ihn, er möchte ihm beistehen und ihm helfen, aus ihren Händen zu entkommen. Da blieb der Freund stehen und fragte sie, was es gäbe, und sie versetzten: ,Der Präfekt hat uns befohlen, ihn vor ihm zu führen, und so bringen wir ihn jetzt.' Nun bat auch meines Bruders Freund sie, ihn freizulassen, und er bot ihnen fünfhundert Dinare und sagte: ,Wenn ihr zum Präfekten kommet so sagt ihm, ihr hättet ihn nicht finden können!' Doch sie achteten nicht auf seine Worte, sondern nahmen meinen Bruder, indem sie ihn auf dem Gesichte liegend schleppten, bis sie ihn vor den Präfekten gebracht hatten. Als der ihn sah, fragte er ihn: ,Woher hast du die Stoffe und das Geld?' Mein Bruder rief: ,Ich bitte um Gnade!' Da reichte ihm der Präfekt das Tuch der Gnade[1], und so erzählte er ihm alles, was ihm wider-

---

[1] Was man vom eigenen Körper nimmt und einem Angeklagten reicht, ist ein Versprechen der Gnade.

fahren war seit der Begegnung mit der Alten bis zur Flucht der Dame; und er schloß: ‚Was ich genommen habe, nimm davon, soviel du willst; doch laß mir das, womit ich mein Leben fristen kann!' Aber der Präfekt nahm die Stoffe und das Geld allesamt für sich; und da er fürchtete, die Geschichte könnte dem Sultan zu Ohren kommen, so rief er meinen Bruder heran und sprach zu ihm: ‚Zieh fort aus dieser Stadt, sonst lasse ich dich hängen.' ‚Ich höre und gehorche!' sprach mein Bruder, und er zog in eine andere Stadt. Unterwegs aber fielen die Räuber über ihn her, zogen ihn aus und schlugen ihn und schnitten ihm beide Ohren ab. Als ich dann von seinem Mißgeschick hörte, ging ich ihm nach, indem ich Kleider für ihn mitnahm; und ich brachte ihn heimlich in die Stadt zurück und gab ihm ein Taggeld, daß er essen und trinken kann.

DES BARBIERS ERZÄHLUNG
VON SEINEM SECHSTEN BRUDER

Was endlich meinen sechsten Bruder angeht, o Beherrscher der Gläubigen, den, dem beide Lippen abgeschnitten wurden, so war er in Armut geraten. Eines Tages nun ging er aus, um etwas zu erbetteln, mit dem er sein Leben fristen könnte; und unterwegs erblickte er plötzlich ein schönes Haus mit einem weiten und hohen Vorbau; und am Eingang saßen Eunuchen, die einließen und abwiesen. So fragte mein Bruder einen von denen, die dort herumstanden, und der sagte ihm: ‚Dieser Palast gehört einem Sprossen der Barmekiden'; da ging er zu den Türhütern hin und bat sie um eine Gabe. Sie aber sprachen: ‚Tritt ein durch das Tor des Hauses, und unser Herr wird dir geben, was du wünschest!' Er trat also in die Vorhalle ein und ging eine Weile weiter und kam dann in ein Wohnhaus von höchster Schönheit und Pracht, gepflastert mit Marmor und behangen mit Teppichen, und in der Mitte war ein Blumengarten, dessengleichen er noch nie gesehen hatte. Da stand mein Bruder eine Weile sprachlos vor Staunen und wußte nicht, wohin er die Schritte lenken sollte; doch dann ging er zum oberen Ende des Saales und fand dort einen Mann mit schönem Antlitz und Bart. Als der meinen Bruder sah, da stand er auf, hieß ihn willkommen und fragte ihn, wie es ihm gehe; und er tat ihm kund, daß er in Not sei. Wie jener die Worte meines Bruders hörte, gab er ihm herzliches Mitleid zu erkennen, legte seine Hand an sein Kleid, zerriß es und rief: ‚Wie! Bin ich in einer Stadt, in der dich hungert? So etwas kann ich nicht ertragen!' Und er versprach ihm alles Gute und sagte: ‚Du mußt unbedingt mein Salz mit mir teilen.' ‚Guter Herr,' erwiderte mein Bruder, ‚ich kann nicht mehr warten, denn wahrlich, ich bin gewaltig hungrig.' Da rief er aus: ‚He, Knabe! Bringe Becken und Kanne!' und zu meinem Bruder gewandt: ‚Tritt vor, o mein Gast, und wasche dir die Hände!' Und mein Bruder ging hin, um sich die Hände zu waschen, aber er sah weder Kanne noch Becken; doch der Herr des Hauses machte Bewegungen, als ob er sich die Hände wüsche, und rief dann: Bringt den Tisch!' Aber wiederum sah mein Bruder nichts. Da sprach jener zu meinem Bruder: ‚Bitte, nimm von dieser Speise und sei nicht schüchtern!' Und er bewegte die Hand hin und her, als äße er, indem er zu meinem Bruder sagte: ‚Ich staune, daß du so wenig issest; du darfst mit dem Essen nicht zu kurz kommen, ich weiß doch, wie hungrig du bist.' Und mein Bruder begann zu tun, als äße er, derweilen der Gastgeber sagte: ‚Greif zu und achte besonders auf dies schöne Brot und auf seine Weiße!' Aber immer noch sah mein Bruder nichts. Dann sprach er bei sich: ‚Dieser Mensch liebt es, die Leute zu Narren zu haben'; und er erwiderte: ‚Guter Herr, in meinem ganzen Leben habe ich nichts Schöneres gesehen als dies weiße Brot und auch nichts Süßeres gekostet.' Jener sagte: ‚Dies Brot ist von einer meiner Sklavinnen gebakken, die ich für fünfhundert Dinare gekauft habe.' Dann rief der Hausherr: ‚He, Knabe! Bringe als erste Schüssel die Fleischpastete, und tu recht viel Fett daran!' Und zu meinem Bruder sprach er: ‚O mein Gast, sage mir bei Allah, hast du je etwas Besseres gesehen als diese Pastete? Bei meinem Leben, iß und sei nicht schüchtern!' Und er rief wiederum: ‚He, Knabe! Bringe das Ragout von dem gemästeten Flughuhn', und sagte zu meinem Bruder: ‚Wohlan, iß, o mein Gast, denn du bist hungrig und hast dergleichen nötig!' Mein Bruder begann, die Kiefern zu regen, und tat, als kaue er, derweilen der Herr des Hauses ein Gericht nach dem anderen bestellte und ihm doch nichts darbot als Mahnungen, zu essen. Und schließlich rief er: ‚He, Knabe! Bringe uns die Küken mit Pistazienfüllung', und sagte zu meinem Bruder: ‚Bei deinem Leben, o mein Gast, ich habe diese Küken auch mit Pistazien gemästet; iß drum etwas, wie du es noch nie gegessen hast!' ‚O mein Herr,' erwiderte mein Bruder, ‚das ist etwas Gutes.' Und der Gastgeber machte mit der Hand eine Bewegung, als schöbe er meinem Bruder einen Bissen in den Mund, und in einem fort zählte er dem Hungrigen Gerichte auf und beschrieb sie, bis dessen Hunger so heftig wurde, daß ihn sehnlichst nach einem Stück Gerstenbrot verlangte. Jener aber fragte: ‚Hast du je etwas Besseres gesehen als die Würzung dieser Speisen?' Mein Bruder sprach: ‚Niemals, o mein Herr!' ‚Iß nach Herzenslust und sei nicht schüchtern!' sprach jener; aber der Gast erwiderte: ‚Ich habe genug gegessen.' Da rief der Mann: ‚Tragt ab und bringt die Süßigkeiten!' und zu meinem Bruder sprach er: ‚Nimm davon, es ist vortrefflich! Iß von diesen Waffeln; bei meinem Leben, iß diese Waffel da, ehe der Sirup von ihr abläuft!' ‚Möge ich deiner nie beraubt sein, guter Herr!', erwiderte mein Bruder und fragte ihn nach der Menge des Moschus in den Waffeln. ‚So lasse ich sie immer machen', versetzte er; ‚man tut in jede Waffel ein halbes Lot Moschus und ein viertel Lot Ambra.' Während alledem bewegte mein Bruder immer Kopf und Mund und schob die Kiefern hin und her. Jener sagte noch: ‚Iß von diesen Mandeln und sei nicht schüchtern!' Doch mein Bruder antwortete: ‚O mein Herr, ich bin wirklich satt, und ich kann kein Stück mehr essen.' Darauf der Hausherr: ‚O mein Gast, wenn du essen und dir zugleich die schönen Dinge ansehen willst, so bleibe doch – o Gott! o Gott! – nicht hungrig!' Aber mein Bruder entgegnete: ‚O mein Herr, wer von all diesen Gerichten ißt, wie könnte der hungrig bleiben?' Darauf sann er nach und sagte zu sich selber: ‚Ich will ihm einen Streich spielen, durch den ich ihn von solchem Tun abbringe!' Nun rief der Gastgeber: ‚Bringt uns den Wein!' Und die Diener bewegten die Hände in der Luft, als brächten sie den Wein. Danach reichte er meinem Bruder einen Becher und sagte: ‚Nimm diesen Becher, und wenn er dir gefällt, so laß es mich wissen!' ‚O mein Herr,' erwiderte er, ‚er ist vortrefflich; doch ich bin gewohnt, nur zwanzig Jahre alten Wein zu trinken.' ‚So klopfe an diese Tür,' sprach der Wirt, ‚denn Besseres kannst du nicht trinken!' ‚Mit deiner gütigen Erlaubnis', sagte mein Bruder und bewegte seine Hand, als tränke er. ‚Zum Wohlsein und zur Gesundheit!' rief der Herr des Hauses und machte eine Bewegung, als tränke er; darauf reichte er meinem Bruder noch einen Becher, und der führte ihn zum Munde und tat, als sei er betrunken. Und er faßte den Gastgeber unversehens, hob den Arm, bis man die Blöße seiner Armhöhlen sah, und versetzte ihm einen Schlag ins Genick, so daß der Raum davon hallte. Dann traf er ihn mit einem zweiten Schlage; aber da schrie der Gastgeber laut auf: ‚Was soll das, o du Abschaum der Erde?' ‚Guter Herr,' erwiderte mein Bruder, ‚du hast deinem Sklaven so viel Güte erwiesen, hast ihn in dein Haus eingelassen und ihm von deinen Speisen zu essen gegeben; und du hast ihm alten Wein zu trinken gegeben, bis er trunken wurde und ungebärdig gegen dich – aber du bist zu edel, um nicht seiner Torheit zu verzeihen und seinen Verstoß zu vergeben.' Als jener meines Bruders Worte hörte, da lachte er laut und sagte: ‚Lange habe ich die Menschen zum besten gehabt und meinen Freunden Streiche gespielt, aber nie noch habe ich einen getroffen, der Geduld und Witz genug hatte, auf all meine Launen einzugehen, außer dir. Darum verzeihe ich dir jetzt, und du sollst nun wirklich mein Genosse werden und mich nie verlassen.' Darauf befahl er, man solle die vorher genannten Arten von Speisen richtig auftragen; und er aß mit meinem Bruder, bis sie beide gesättigt waren. Dann gingen sie in das Trinkgemach hinüber und fanden dort Mädchen, Monden gleich, die allerlei Lieder sangen und allerlei Instrumente spielten. Dort blieben sie beim Trunke, bis die Trunkenheit Gewalt über sie gewann und der Herr des Hauses meinen Bruder wie einen vertrauten Freund behandelte, so daß er wie sein Bruder wurde; jener gewann ihn sehr lieb und verlieh ihm ein Ehrengewand. Am nächsten Morgen begannen die beiden von neuem zu prassen und zu zechen und lebten so weiter zwanzig Jahre lang. Da starb jener Mann, und der Sultan ergriff Besitz von all seinem Reichtum und preßte meinem Bruder seine Ersparnisse ab, bis er zum Bettler wurde, der nichts mehr besaß. Mein Bruder aber verließ die Stadt und floh hinaus aufs Geratewohl. Unterwegs nun fielen Beduinen über ihn her, banden ihn und schleppten ihn in ihr

Lager; und der ihn gefangen hatte, begann ihn zu foltern und sagte: ‚Erkaufe dein Leben von mir mit deinem Gelde, sonst werde ich dich töten!' Mein Bruder begann zu weinen und rief: ‚Bei Allah, ich habe nichts; aber ich bin dein Gefangener; also tu mit mir, wie du willst!' Alsbald zog der Beduine ein Messer, schnitt meinem Bruder die Lippen ab und verlangte immer dringender Geld. Nun aber hatte dieser Beduine eine schöne Frau; die hielt sich in ihres Gatten Abwesenheit in der Nähe meines Bruders auf und wollte ihn verführen; doch er hielt sich von ihr zurück. Eines Tages begann sie ihn wieder zu versuchen; da scherzte er mit ihr und ließ sie auf seinem Schoße sitzen, als plötzlich der Beduine hereintrat. Wie er meinen Bruder erblickte, schrie er ihn an: ‚Weh dir, verfluchter Schurke, willst du mir jetzt noch meine Frau verführen?' Und er zog ein Messer hervor und schnitt meinem Bruder die Rute ab; dann lud er ihn auf ein Kamel, führte ihn in ein Gebirge und ließ ihn allein. Dort kamen Reisende an ihm vorbei; die kannten ihn, gaben ihm zu essen und zu trinken und brachten mir von seinem Zustand Nachricht. Sofort ging ich zu ihm, ließ ihn aufsitzen und brachte ihn in die Stadt zurück; dort setzte ich ihm so viel aus, daß er davon leben kann. Nun bin ich zu dir gekommen, o Beherrscher der Gläubigen, und da wollte ich doch nicht wieder zurückkehren, ehe ich dir alles erzählt hatte; das wäre ja unhöflich gewesen, wo ich sechs Brüder auf dem Halse habe, für die ich sorge!'

Als der Beherrscher der Gläubigen meine Geschichte gehört hatte und alles, was ich ihm von meinen Brüdern erzählte, da lachte er und sagte: ‚Du sprichst die Wahrheit, o Schweiger, du bist wahrlich ein Mann von wenig Worten, und bei dir ist keine Aufdringlichkeit zu finden; jetzt aber zieh hinaus aus dieser Stadt und laß dich nieder in einer anderen!' Dann verbannte er mich und ließ mich unter Bewachung zur Stadt hinausschaffen. So zog ich fort in die Fremde und durchstreifte die Länder, bis ich von seinem Tode hörte und von der Thronbesteigung eines anderen Kalifen. Da kehrte ich nach der Hauptstadt zurück und fand meine Brüder tot und traf auf diesen Jüngling, dem ich die freundlichsten Dienste erwies; denn wäre ich nicht gewesen, so wäre er getötet worden. Aber jetzt sagt er mir etwas nach, was gar nicht in meiner Natur liegt; denn das, o ihr Herren, was er von Aufdringlichkeit über mich sagt, ist leeres Gerede. Ja, gerade um dieses Jünglings willen bin ich durch viele Länder gereist, bis ich in diese Gegend gekommen bin und ihn bei euch getroffen habe. Ist dieses, ihr werten Herren, nicht ein Zeichen meines würdigen Auftretens?'

DER SCHLUSS DER GESCHICHTE
DES SCHNEIDERS

Da sprach der Schneider zu dem König von China: ‚Als wir die Geschichte des Barbiers gehört und seine Geschwätzigkeit erkannt hatten und nunmehr wußten, daß er diesem Jüngling sehr geschadet hatte, da legten wir Hand an ihn und schlossen ihn ein, und dann setzten wir uns in Frieden nieder und aßen und tranken, und das Festmahl nahm einen schönen Verlauf, bis der Ruf zum Nachmittagsgebet erscholl; dann ging ich fort und kam nach Hause. Meine Frau aber empfing mich mit sauren Blicken und sagte: ‚Du machst dir immer Freude und Vergnügen, und ich sitze betrübt da. Wenn du mich jetzt nicht ausführst und mir für den Rest des Tages etwas Erholung bietest, so zerschneide ich die Schnur zwischen uns, und das bedeutet meine Trennung von dir.‘ Deshalb führte ich sie aus, und wir vergnügten uns bis zur Zeit des Nachtmahls; und auf dem Wege nach Hause trafen wir diesen Buckligen, der übervoll des Weines war und die Verse trällerte:

> *Klar ist das Glas und klar ist der Wein;*
> *Sie scheinen einander ganz gleich zu sein.*
> *Erst ist es der Wein und nicht der Becher;*
> *Dann ist es der Becher und nicht der Wein.*

Und so lud ich ihn ein, mit uns zu speisen, und ging aus, gebratene Fische zu kaufen. Dann setzten wir uns nieder, um zu essen; und meine Frau nahm ein Stück Brot und einen Bissen Fisch und schob ihm beide in den Mund; er aber verschluckte sich und starb. Da trug ich ihn fort und brachte ihn mit List in das Haus dieses Arztes, des Juden; und der Arzt warf ihn mit List in das Haus des Verwalters; und der Verwalter warf ihn mit List dem christlichen Makler in den Weg. Dies ist meine Geschichte und was mir gestern widerfuhr. Und ist sie nicht wunderbarer als die Geschichte des Buckligen?' Als der König von China die Erzählung des Schneiders gehört hatte, schüttelte er vor Freude den Kopf, zeigte sein Erstaunen und sagte: ‚Die Geschichte von dem Jüngling und dem aufdringlichen Barbier ist wirklich ergötzlicher und schöner als die Geschichte von dem buckligen Flunkerer.' Darauf befahl er einem der Kämmerlinge, mit dem Schneider zu gehen und den Barbier aus dem Gefängnis zu holen, und sagte: ‚Ich wünsche, ihn sprechen zu hören, und das soll euer aller Rettung sein; dann aber wollen wir den Buckligen begraben.' – –«

Da bemerkte Schehrezâd, daß der Morgen begann und sie hielt in der verstatteten Rede an. Doch als die *Vierunddreißigste Nacht* anbrach, fuhr sie also fort: »Es ist mir berichtet worden, o glücklicher König, daß der König von China befahl: ‚Bringt mir den Barbier, und er soll eure Rettung sein; dann wollen wir diesen Buckligen begraben, der seit gestern tot ist, und ihm ein Grabmal errichten.' Im selben Augenblick gingen der Kämmerling und der Schneider zu dem Gefängnis, holten den Barbier heraus und kehrten mit ihm vor den König zurück. Der sah ihn prüfend an, und siehe, er war ein uralter Mann von über neunzig Jahren, mit dunklem Gesicht, weißem Bart und weißen Brauen, mit kleinen Ohren und langer Nase und einem Gesicht von albernem und eingebildetem Ausdruck. Der König lachte über diesen Anblick und sagte: ‚O Schweiger, ich wünsche, daß du mir ein wenig von deiner Geschichte erzählest.' Da sprach der Barbier: ‚O größter König unserer Zeit, wie ist die Geschichte dieses Christen und dieses Juden und dieses Muslims und dieses Buckligen, der tot vor euch liegt? Und weshalb seid ihr hier alle versammelt?' Da sprach der König von China zu ihm: ‚Und weshalb fragst du nach alledem?' Jener erwiderte: ‚Ich frage nach ihnen, damit der König erkenne, daß ich nicht aufdringlich bin und daß sie mich zu Unrecht der Geschwätzigkeit bezichtigt haben; denn ich bin der, der da geheißen ist der Schweiger, und wahrlich, ich habe Glück mit meinem Namen, wie es der Dichter sagt:

> *Selten schauen, wenn du forschest, deine Augen einen Mann,*
> *Dessen Name dir sein innres Wesen nicht erklären kann.'*

Nun sprach der König: ‚Erkläret dem Barbier die Geschichte dieses Buckligen und was ihm beim Nachtmahl widerfuhr, ferner auch, was der Christ, der Jude, der Verwalter und der Schneider erzählt haben!' – Doch hier noch einmal zu erzählen, würde die Hörer nur quälen. – Als der Barbier alles gehört hatte, schüttelte er den Kopf und sagte: ‚Bei Allah, dies ist eine höchst seltsame Sache! Jetzt aber deckt mir diesen Buckligen auf.' Da nahmen sie das Laken von ihm und jener setzte sich ihm zu Häupten nieder, nahm dessen Kopf in seinen Schoß und sah ihm ins Gesicht; und er lachte, bis er auf den Rücken fiel, und sagte: ‚Ein Wunder ist jeglicher Tod, doch der Tod dieses Buckligen sollte mit Lettern aus flüssigem Golde verzeichnet werden!' Da waren alle Anwesenden ob der Worte des Barbiers erstaunt, und auch der König verwunderte sich darüber und fragte: ‚Was gibt es, Schweiger? Erzähle es uns!' Der Barbier aber rief: ‚O größter König unserer Zeit, bei deiner Huld, in dem buckligen Flunkerer ist noch Leben!' Darauf nahm er von seinem Gürtel eine Tasche, öffnete sie und holte ein Töpfchen Salbe hervor und salbte damit den Hals des Buckligen und seine Adern. Dann holte er eine eiserne Zange heraus und schob sie dem Buckligen in den Hals und zog das Stück Fisch mit der Gräte heraus; und als es draußen war, siehe, da war es mit Blut getränkt. Der Bucklige aber nieste, sprang auf, strich sich mit der Hand über das Gesicht und sagte: ‚Ich bezeuge, daß es keinen Gott gibt außer Allah und daß Mohammed der Prophet Allahs ist.' Der König und alle Anwesenden staunten über das, was sie sahen und mit eigenen Augen wahrnahmen; und dann lachte der König von China, bis er in Ohnmacht fiel, und ebenso taten die anderen alle. Da sprach der Sultan: ‚Bei Allah, wahrlich, dies ist eine wunderbare Geschichte! Nie habe ich etwas Merkwürdigeres erlebt! O ihr Muslime, o ihr Söldner alle, habt ihr je in eurem Leben einen Menschen gesehen, der verstarb und dann wieder lebendig wurde? Wahrlich, hätte ihm Allah nicht diesen Barbier geschickt, der ihn lebendig machte, er wäre des Todes!' Sie sprachen: ‚Bei Allah, dies ist ein wunderbares Wunder.' Dann befahl der König von China, daß diese Geschichte aufgezeichnet und verwahrt werden sollte in dem königlichen Archiv; darauf verlieh er dem Juden, dem Christen und dem Verwalter kostbare Ehrengewänder und hieß sie davongehen. Sie also zogen davon. Danach wandte der Sultan sich dem Schneider zu, gab ihm ein Ehrengewand, ernannte ihn zu seinem Hofschneider und setzte ihm ein festes Jahrgeld aus; und er stiftete Frieden zwischen ihm und dem Buckligen, und auch diesem verlieh er ein kostbares Ehrengewand und ein festes Jahrgeld und machte ihn zu seinem Tischgenossen. Schließlich bewies er auch dem Barbier seine Huld, indem er ihm ein Ehrenkleid und ein Gehalt verlieh und ihn zum Staatsbarbier und zu seinem Tischgenossen machte. Und sie lebten das schönste und fröhlichste Leben, bis der Vernichter der Freuden und Trenner der Freunde zu ihnen kam.

Und doch, o glücklicher König – so fuhr Schehrezâd fort –, ist diese Geschichte nicht wunderbarer als die von den beiden Wesiren und Enîs el-Dschelîs.« Da sprach ihre Schwester zu ihr: »Und wie mag sie wohl sein?« Und sie begann zu erzählen

DIE GESCHICHTE VON NÛR ED-DÎN 'ALÎ UND ENÎS EL-DSCHELÎS

Es ist mir berichtet worden, o glücklicher König, daß einst in Basra ein König lebte, der die Armen und die Bettler liebte und gegen seine Untertanen gütig war und von seinem Reichtum allen schenkte, die an Mohammed glaubten – Allah segne ihn und gebe ihm Heil! –; doch war er auch, wie ihn einer der Dichter schildert:

> *Stürmen die dichten Scharen gegen den König heran,*
> *So schlägt er drein auf die Feinde mit dem schneidenden Schwert;*
> *Dann schreibt er auf ihre Brust eine Schrift im Sturmesbraus*
> *Am Tage, da du ihn siehst, wie er gegen die Reiter losfährt.*

Er hieß König Mohammed, der Sohn des Sulaimân ez-Zaini, und er hatte zwei Wesire, deren einer el-Mu'în war, der Sohn des Sâwa, der andere aber el-Fadl, der Sohn des Chakân. Nun war el-Fadl ibn Chakân der edelmütigste der Menschen seiner Zeit, ein Mann von rechtschaffenem Lebenswandel, so daß sich alle Herzen zusammenfanden in der Liebe zu ihm und daß sich die Menschen zu ihm drängten, ihn um Rat zu fragen; und die Untertanen beteten für ihn um langes Leben, denn er hing dem Guten an und tat das Schlechte und Böse in den Bann. Der Wesir el-Mu'în ibn Sâwa dagegen haßte die Menschen und liebte das Gute nicht und war ein Ausbund von Schlechtigkeit; so wird von ihm gesagt:

> *Geh zu den Edlen, den Söhnen der Edlen! Denn die Edlen,*
> *Die Söhne der Edlen sind's, die wiederum Edle erzeugen.*
> *Und laß die Gemeinen, die Söhne Gemeiner! Denn die Gemeinen,*
> *Die Söhne Gemeiner sind's, die wieder Gemeine erzeugen.*

Und so sehr das Volk el-Fadl ibn Chakân liebte, so sehr haßte es el-Mu'în ibn Sâwa.

Nun geschah es eines Tages nach der Bestimmung des Allmächtigen, daß König Mohammed ibn Sulaimân ez-Zainî auf seinem Herrscherthrone saß, umgeben von seinen Würdenträgern, und daß er seinen Wesir el-Fadl ibn Chakân rufen ließ und zu ihm sagte: ,Ich möchte eine Sklavin so schön, wie es jetzt keine andere gibt, vollendet in Lieblichkeit, von ebenmäßiger Vollkommenheit und aller guten Gaben Vortrefflichkeit.' Da sprachen die Höflinge: ,Ein solches Mädchen ist nur um zehntausend Dinare zu haben'; und der König rief seinem Schatzmeister zu und sagte: ,Trag zehntausend Dinare in das Haus von el-Fadl ibn Chakân.' Der Schatzmeister tat, wie der Sultan befohlen hatte; und der Minister ging davon, nachdem der Sultan ihm den Auftrag gegeben, sich jeden Tag auf den Sklavenmarkt zu begeben und den Maklern die Sache ans Herz zu legen. Auch erließ er den Befehl, es solle kein Mädchen, dessen Preis über tausend Dinare betrug, verkauft werden, ehe man es dem Wesir gezeigt habe. So verkauften die Makler keine Sklavin mehr, ohne sie zuvor dem Minister zu zeigen; aber keine von allen Sklavinnen, die bei ihnen waren, gefiel ihm, bis eines Tages ein Händler zum Hause des Wesirs el-Fadl ibn Chakân kam, als dieser gerade zu Pferde stieg, um in den Palast zu reiten. Und der Händler ergriff seinen Steigbügel und sprach:

> *O du, der die Königswürde zu neuem Glanze gebracht,*
> *Du bist der Wesir, dem immer die Sonne des Glückes lacht;*
> *Du hast den erstorbenen Edelsinn unter den Menschen erweckt;*
> *Dein Eifer werde belohnt, immerdar durch Allahs Macht!*

Und er fuhr fort: ‚Hoher Herr, das, wonach auf allerhöchsten Befehl gesucht wurde, ist endlich gefunden.' Der Wesir befahl: ‚Bringe sie mir!' Da verschwand der Händler auf eine kurze Weile und brachte dann eine Maid, die war von edlem Wuchs und von schwellender Brust; ihr Blick von dunkler Gewalt, rund ihrer Wange Gestalt; ihr Leib war schmal, doch schwer die Hüften zumal; sie trug ein wunderschönes Gewand, und süßer als Honigwasser war ihrer Lippe Rand; ihre Gestalt war ebenmäßiger als die sich neigenden Zweige und ihre Rede zarter als der Zephir des Morgens, so wie einer von denen, die sie beschrieben, von ihr sagte:

> *Ein Wunder an Schönheit ist sie; ihr Antlitz ist wie der Vollmond;*
> *Und süßer ist sie den Menschen als Trauben und Früchtesaft.*
> *Ihr gab der Herr des Thrones Ehre und hohe Stellung,*
> *Liebreiz und klugen Sinn, einen Leib, so schlank wie ein Schaft.*
> *Am Himmel ihres Antlitzes stehen der Sterne sieben*
> *Als Wächter für die Wange und spähen von dort in die Ferne.*
> *Sollte ein Mensch einen Blick sich zu erhaschen suchen:*
> *Ihn würden Dämonen des Auges verbrennen mit einem Sterne.*[1]

---

[1] Das Gedicht scheint schlecht komponiert und schlecht überliefert zu sein.

Als der Wesir sie erblickte, gefiel sie ihm außerordentlich, und er wandte sich zu dem Händler und fragte: ‚Wie hoch ist der Preis dieser Sklavin?' Der versetzte: ‚Ihr Marktwert steht auf zehntausend Dinare; doch ihr Besitzer schwört, die zehntausend Dinare deckten nicht einmal die Kosten der Küken, die sie gegessen, des Weines, den sie getrunken hat, und der Ehrengewänder, die ihren Lehrmeistern verliehen wurden; denn sie erlernte die Kunst der schönen Schrift, die Grammatik, die Wortkunde, die Auslegung des Korans, die Grundsätze der Rechtswissenschaft und der Theologie, der Heilkunde und der Zeitrechnung, und sie versteht die Musikinstrumente zu spielen.' Da sprach der Wesir: ‚Bring ihren Herrn her!' Der Händler holte ihn zur selbigen Stunde, und siehe, er war ein Perser, von dem nur noch wenig übrig war, den die Zeit abgenutzt und aufbewahrt hatte so manches Jahr; so wie der Dichter sagt:

Die Zeit erschreckt mich – o welch ein Schreck!
Die Zeit hat Kraft und bleibt bestehn.
Einst konnte ich gehn und war nicht krank;
Heut bin ich krank und kann nicht gehn.

Der Wesir fragte ihn nun: ‚Bist du es zufrieden, diese Sklavin dem Sultan Mohammed ibn Sulaimân ez-Zaini um zehntausend Dinare zu verkaufen?' Da erwiderte der Perser: ‚Bei Allah, wenn ich sie dem König umsonst anböte, es wäre nur meine Pflicht.' Sofort befahl der Wesir, das Geld zu bringen; und es wurde herbeigeschafft und vor dem Perser abgewogen. Dann trat der Sklavenhändler zu dem Wesir und sprach zu ihm: ‚Mit der Erlaubnis unseres Herrn, des Wesirs, ich habe etwas zu sagen.' Da rief der Wesir: ‚Heraus mit dem, was du willst!' ‚Ich halte dafür,' fuhr der Händler fort, ‚du solltest diese Sklavin dem König heute noch nicht bringen, denn sie kommt gerade von der Reise; der Luftwechsel hat ihr geschadet, und die Reise hat sie angegriffen. Sondern behalte sie zehn Tage hindurch ruhig in deinem Palaste, damit sie sich erhole und wieder werde, wie sie war. Dann aber schicke sie ins Badehaus und kleide sie in die schönsten Gewänder und führe sie zum Sultan; das wird dir mehr Glück bringen!' Der Wesir überlegte die Worte des Händlers und fand, daß es das Richtige war; so führte er sie in seinen Palast, wies ihr ein eigenes Zimmer an und ließ ihr an jedem Tag überreichen, wessen sie an Speise und Trank und anderen Dingen bedurfte. Also verblieb sie dort eine Weile.

Nun aber hatte der Wesir el-Fadl ibn Chakân einen Sohn, der war wie der Vollmond, wenn er aufgeht mit seiner Fülle von Licht; er hatte ein hellstrahlendes Angesicht, eine Wange von rosigem Schein, darauf ein Mal wie ein Ambratüpfelchen klein, mit Flaum schimmernd und fein, so wie ihn der Dichter besang in einem Liede von hohem Klang:

> *Ein Mond – mit seinen Augen entzückt er, wenn er blickt;*
> *Ein Zweig – mit seinem Wuchse berückt er, wenn er sich bückt.*
> *Wie Ebenholz sind seine Locken, seine Farbe wie helles Gold;*
> *Sein Leib gleicht einem Rohre: alle Schönheit ist ihm hold.*
> *O du, dessen Herze so hart ist und dessen Leib so zart,*
> *Warum geschah es nicht, daß eines dem anderen ward?*
> *Denn wenn des Leibes Zartheit in deinem Herzen wär,*
> *Du zeigtest dem Liebenden keine Härte noch Grausamkeit mehr.*
> *Und du, der du ob der Liebe mich tadelst – entschuldige mich!*
> *Denn Elend hat den überwältigt, der also leidet wie ich.*
> *Die Schuld trifft nur meine Augen und mein liebendes Herz:*
> *Drum hör mit den Vorwürfen auf und überlaß mich dem Schmerz!*

Nun wußte der Jüngling nicht, wie es mit dieser Sklavin stand; sein Vater aber hatte sie gewarnt und zu ihr gesagt: ‚Wisse, meine Tochter, ich habe dich als Bettgenossin für den König Mohammed ibn Sulaimân ez-Zaini gekauft; und ich habe einen Sohn, der läßt keine Jungfrau im Stadtviertel ungeschoren;

also sei auf der Hut vor ihm und laß ihn dein Gesicht nicht sehen noch auch deine Stimme hören!' ‚Ich höre und gehorche!' hatte das Mädchen erwidert; und er hatte sie verlassen und war davongegangen. Eines Tages nun geschah es nach der Bestimmung des Schicksals, daß die Maid sich in das Bad begab, das im Hause war, wo ein paar der Sklavinnen sie badeten. Dann kleidete sie sich in prächtige Gewänder, so daß ihre Schönheit und Lieblichkeit noch herrlicher hervortraten, und ging hinein zu der Herrin, der Gemahlin des Ministers, und küßte ihr die Hand; und die sprach zu ihr: ‚Möge das Bad dir wohltun, o Enîs el-Dschelîs! Ist unser Bad nicht schön?' ‚O meine Herrin,' erwiderte sie, ‚mir fehlte nichts als deine Gegenwart dort.' Da sprach die Herrin zu den Sklavinnen: ‚Auf, laßt uns ins Bad gehen!' Sie entgegneten: ‚Wir hören und gehorchen!' und alle standen auf mit ihr. Nun hatte sie zwei kleinen Sklavinnen aufgetragen, die Tür des Zimmers zu bewachen, in dem Enîs el-Dschelîs war, und hatte zu ihnen gesagt: ‚Laßt niemanden zu dem Mädchen hinein!' Und die hatten ihren Gehorsam beteuert. Kaum aber ruhte Enîs el-Dschelîs in ihrem Gemach, so kam der Sohn des Wesirs, dessen Namen Nûr ed-Dîn 'Alî lautete, herbei und fragte nach seiner Mutter und der Familie, und die beiden Sklavinnen erwiderten: ‚Sie sind im Bade.' Die Maid aber, Enîs el-Dschelîs, hatte von drinnen die Stimme des Nûr ed-Dîn 'Alî gehört, und sie sprach zu sich selber: ‚Ich möchte doch wohl einmal wissen, was es mit diesem Jüngling ist, von dem der Wesir mir sagte, er ließe keine Jungfrau im Stadtviertel ungeschoren; bei Allah, es verlangt mich, ihn zu sehen!' Dann sprang sie auf, während noch die Frische des Bades auf ihr lag, ging zu der Tür hin und blickte auf Nûr ed-Dîn 'Alî und sah einen Jüngling, dem Monde gleich in seiner Fülle, und der Anblick weckte ihr tausend Seufzer. Doch auch der

Jüngling warf einen Blick auf sie und sah sie an, und der eine Blick weckte auch ihm tausend Seufzer. Und beide wurden in das Netz der Liebe zueinander verstrickt. Da trat er hin zu den beiden kleinen Sklavinnen und schrie sie an, so daß sie vor ihm flohen und in der Ferne stehen blieben, um ihn anzuschauen und zu sehen, was er beginnen würde. Und siehe, er trat an die Tür des Gemaches, öffnete sie, ging hinein zu der Sklavin und fragte sie: ‚Bist du die, die mein Vater für mich kaufte?' Sie erwiderte: ‚Ja!' Da trat der Jüngling, der im Zustande der Trunkenheit war, zu ihr und nahm ihre Beine und legte sie sich um den Leib, und sie wand ihre Arme um seinen Hals und empfing ihn mit Küssen und mit Seufzern und dem Spiel der Liebe. Und er sog an ihrer Zunge, und sie an seiner, und schließlich raubte er ihr die Mädchenschaft. Als aber die beiden kleinen Dienerinnen sahen, daß ihr junger Herr zu der Sklavin Enîs el-Dschelîs eingetreten war, da schrien sie laut und riefen; der Jüngling aber hatte schon seinen Willen an ihr getan, und nun lief er eilends davon und suchte zu entkommen aus Furcht vor den Folgen seiner Tat. Als die Gemahlin des Wesirs die Sklavinnen schreien hörte, sprang sie auf und kam aus dem Bade gelaufen, derweilen der Schweiß ihr das Gesicht herabbrann, und rief: ‚Was soll dieser Lärm im Hause?' Und als sie zu den beiden kleinen Sklavinnen kam, die sie vor die Tür des Gemaches gesetzt hatte, fragte sie: ‚Heda, was gibt es?' Die beiden antworteten: ‚Siehe, unser Herr Nûr ed-Dîn 'Alî kam zu uns und schlug uns, und wir flohen vor ihm; er aber trat zu Enîs el-Dschelîs und umarmte sie, und wir wissen nicht, was er noch weiter tat; doch als wir dich riefen, floh er.' Darauf ging die Dame zu Enîs el-Dschelîs und sprach zu ihr: ‚Was ist geschehen?' ‚O meine Herrin,' entgegnete sie, ‚während ich hier saß, siehe, da trat ein schöner Jüngling ein und fragte mich: ‚Bist du die, die mein

Vater für mich kaufte?' Und ich erwiderte: ,Ja!' denn bei Allah, o meine Herrin, ich glaubte, seine Worte seien wahr; und alsbald trat er zu mir und umarmte mich.' ,Ist er dir sonst noch mit anderem genaht?' fragte die Dame; und sie erwiderte: ,Doch; er hat mir drei Küsse geraubt.' ,Er konnte dich also nicht verlassen, ohne dich zu entehren!' rief die Gemahlin des Wesirs und begann zu weinen und sich das Gesicht zu schlagen, und mit ihr taten es alle Sklavinnen; denn sie fürchteten, den Nûr ed-Dîn 'Alî würde sein Vater töten. Während sie so weinten, kam der Wesir herzu und fragte, was es gäbe; da sprach seine Gemahlin zu ihm: ,Schwöre mir, daß du beachten willst, was immer ich dir sage!' Er sprach: ,Ich will es.' Da erzählte sie ihm, was sein Sohn getan hatte, und er geriet in große Sorge, zerriß sich das Gewand, schlug sich das Gesicht und raufte sich den Bart aus. Seine Gemahlin aber sprach zu ihm: ,Töte dich nicht, ich will dir ihren Preis, zehntausend Dinare, aus eigenem Gelde geben!' Da hob er den Kopf zu ihr hin und rief: ,Weh dir! Nicht ihren Kaufpreis brauche ich; doch ich fürchte, mein Leben und mein Geld sind dahin.' ,O mein Gebieter, wie sollte das wohl sein?' ,Weißt du nicht, daß hinter uns jener Feind lauert, der da heißt el-Mu'în ibn Sâwa? Er wird, sobald er von dieser Sache vernimmt, zum Sultan gehen.' – –«

Da bemerkte Schehrezâd, daß der Morgen begann, und sie hielt in der verstatteten Rede an. Doch als die *Fünfunddreißigste Nacht* anbrach, fuhr sie also fort: »Es ist mir berichtet worden, o glücklicher König, daß der Wesir zu seiner Gemahlin sprach: ,Weißt du nicht, daß hinter uns jener Feind lauert, der da heißt el-Mu'în ibn Sâwa? Er wird, sobald er von dieser Sache vernimmt, zum Sultan gehen und zu ihm sprechen: ,Dein Wesir, von dem du glaubst, daß er dich liebte, nahm dir zehntausend Dinare ab und kaufte eine Sklavin, derengleichen niemand jemals sah; doch da sie ihm gefiel, sprach er zu seinem Sohne: ,Nimm sie; du bist ihrer mehr wert als der Sultan!' Und so nahm der sie und raubte ihr die Mädchenschaft, und jetzt ist diese Sklavin bei ihm.' Der König wird zwar sagen: ,Du lügst!' Aber er wird dem König antworten: ,Mit deiner Erlaubnis will ich ihn unversehens überfallen und sie dir bringen.' Und der König wird ihm Vollmacht geben, und er wird herfallen über das Haus und wird die Sklavin nehmen und zum Sultan bringen, der sie ausfragen wird; dann wird sie nicht leugnen können. Und mein Feind wird sprechen: ,Hoher Herr, du weißt, daß ich immer aufrichtig gegen dich bin, aber ich habe keine Gnade vor dir gefunden.' Dann wird der Sultan mich zum warnenden Beispiel machen, und ich werde zum Schaustück werden für alles Volk und das Leben verlieren.' Da sprach seine Gemahlin zu ihm: ,Laß niemanden wissen von dieser Sache; sie ist ja heimlich geschehen. Stelle in dieser Angelegenheit alles Gott anheim!' Da beruhigte sich das Herz des Wesirs.

So weit der Wesir! Wenden wir uns nun zu Nûr ed-Dîn 'Alî; der blieb aus Furcht vor den Folgen der Sache den ganzen Tag lang in den Gärten. Erst gegen Ende der Nacht kehrte er in die Gemächer seiner Mutter zurück, wo er schlief, und vor Sonnenaufgang stand er wieder auf und ging in den Garten. So tat er einen Monat lang und zeigte sein Antlitz nie seinem Vater, bis schließlich seine Mutter zu seinem Vater sprach: ,Mein Gebieter, sollen wir wie die Maid so auch unsern Knaben verlieren? Wenn es noch lange in dieser Weise mit dem Jungen weitergeht, so wird er uns entfliehen.' Der Wesir fragte sie: ,Was ist denn zu tun?' Und sie erwiderte: ,Bleib heute nacht auf, und wenn er kommt, so packe ihn, schließe Frieden mit ihm und gib ihm die Maid zur Frau; denn sie liebt ihn, wie er sie liebt! Ich aber will dir ihren Preis bezahlen.' Da wartete der Wesir bis zur Nacht, und als sein Sohn hereinkam, packte er ihn und tat, als wolle er ihm den Hals durchschneiden; doch seine Mutter kam herzu und fragte ihren Gatten: ‚Was willst du mit ihm beginnen?' Er versetzte: ‚Ich will ihn töten.' Da sprach der Sohn zu seinem Vater: ‚Ist denn mein Tod so leicht für dich?' Nun rannen die Tränen aus des Vaters Augen, und er rief: ‚O mein Sohn, wie leicht war für dich der Verlust meiner Habe und meines Lebens!' Darauf antwortete der Jüngling: ‚Höre, o mein Vater, was der Dichter sagt:

> *Vergib! Ich habe gefehlt! Stets pflegen die weisen Männer*
> *Vollkommene Verzeihung dem Sünder zu gewähren.*
> *Was soll dein Feind denn wohl erhoffen, solange er*
> *Im tiefsten Elend ist, du aber in hohen Ehren?'*

Nun ließ der Wesir ab von der Brust seines Sohnes und sagte: ‚O mein Sohn, ich vergebe dir.' Denn sein Herz war weich geworden; und der Jüngling küßte seinem Vater die Hand, der zu ihm sprach: ‚Mein Sohn, wäre ich gewiß, daß du an Enîs el-Dschelîs recht handeln wolltest, so würde ich sie dir geben.' ‚O mein Vater, wie sollte ich nicht recht an ihr handeln?' ‚Ich gebiete dir, mein Sohn, kein anderes Weib als sie noch auch ein Nebenweib zu nehmen noch auch sie zu verkaufen.' ‚O mein Vater! Ich schwöre dir, daß ich kein anderes Weib als sie nehmen noch sie verkaufen will.' Als er so geschworen hatte, ging er in die Kammer der Sklavin und lebte mit ihr ein Jahr lang; den König aber ließ Allah der Erhabene die Sache mit der Sklavin ganz vergessen. Und was el-Mu'în ibn Sâwa betraf, so war ihm zwar die Kunde hinterbracht worden; aber er durfte nicht davon sprechen, da el-Fadl bei dem Sultan in so hoher Gunst stand.

Als das Jahr zu Ende war, ging der Wesir Fadl ed-Dîn ibn Chakân in das Badehaus; wie er dann, noch schwitzend, hinaustrat, erkältete er sich in der rauhen Luft. So ward er an das Krankenlager gebunden, und es folgten die langen schlaflosen Stunden, und seine Krankheit nahm immer noch zu. Da rief er denn seinen Sohn Nûr ed-Dîn 'Alî, und als der vor ihm stand, sprach er zu ihm: ‚Mein Sohn, wisse, dem Menschen ist sein Besitz zugeteilt, und bestimmt ist das Schicksal, das ihn ereilt; und alle Menschheit muß den Becher des Todes trinken.' Dann sprach er die Verse:

> *Ich bin sterblich. Hocherhaben ist Er, der unsterblich ist.*
> *Und ich weiß, daß ich jetzt sicher sterben muß in kurzer Frist.*
> *Keinen König gibt es, der im Tode noch das Reich behält:*
> *Unvergänglich ist das Reich nur dessen, der unsterblich ist.*

Dann fuhr er fort: ‚Mein Sohn, ich habe keine andere Mahnung für dich, als daß du Allah fürchtest, stets das Ende bedenkest und dich der Sklavin Enîs el-Dschelîs annimmst.' ‚O mein lieber Vater,' rief der Sohn, ‚wer ist dir gleich! Wahrlich, du bist berühmt um deiner guten Taten willen, und die Prediger beten für dich auf den Kanzeln!' Dann sagte el-Fadl noch: ‚O mein Sohn, ich hoffe, Allah der Erhabene werde mir die Aufnahme gewähren!' sprach die beiden Sätze des Glaubensbekenntnisses und ging ein zum Volke der Seligen. Der Palast aber hallte wider von Klagen, und die Nachricht von seinem Tode erreichte den König; und das Volk in der Stadt hörte von dem Hinscheiden des Wesirs el-Fadl ibn Chakân, und die Kinder in der Schule vergossen Tränen um ihn. Sein Sohn Nûr ed-Dîn 'Alî machte sich auf und rüstete zu seinem Begräbnis, und die Emire und Wesire und die Großen des Reiches und das Volk der Stadt erschienen zur Leichenfeier, und unter ihnen der Wesir el-Mu'în ibn Sâwa. Als der Leichnam aus dem Hause getragen wurde, begann einer aus der Menge diese Verse zu singen:

Am fünften Tag[1] *habe ich mich getrennt von meinen Freunden;*
Und da wuschen sie mich auf einem Stein an der Tür.
Sie nahmen die Kleider mir ab, die ich so lange getragen,
Und solche, die ich noch nie getragen, gaben sie mir.
Es trugen die Bahre mit mir vier Männer auf ihren Schultern
Zum Bethause hin, und mancher betete für mich dort.
Sie beteten ein Gebet, ohne sich zur Erde zu neigen;
Es beteten all meine Freunde für mich an jenem Ort.
In ein gewölbtes Gebäude legten sie mich darauf:
Die Zeit vergeht; aber ach, mein Tor tut sich nie wieder auf!

Als dann die Erde ihn verbarg und das Volk und die Freunde auseinandergegangen waren, da kehrte auch Nûr ed-Dîn nach Hause zurück und klagte unter Tränen; und die Zunge seiner Not sprach diese Verse:

Er ist von dannen gezogen am fünften Tage[1] *gen Abend;*
Wir sagten uns Lebewohl; und dann ließ er mich stehn.
Doch als er sich von mir wandte, da ging mit ihm die Seele.
Ich sagte: ‚Kehre zurück!', doch sie: ‚Wohin soll ich gehn?
Zum Leibe, in dem kein Leben und auch kein Blut mehr weilet,
In dem jetzt nichts mehr ist als klapperndes Gebein?'
Vom vielen Weinen sind meine Augen blind geworden,
Und meine Ohren sind taub, kein Laut dringt in sie ein.

Darauf blieb er eine lange Weile in tiefer Trauer um seinen Vater, bis es eines Tages, als er im Hause seines Vaters saß, an seiner Türe klopfte. Da stand Nûr ed-Dîn 'Alî auf und öffnete die Tür; und siehe, ein Mann von den Tischgenossen und Freunden seines Vaters trat herein, küßte ihm die Hand und sprach: ‚O mein Herr, wer deinesgleichen hinterließ, der ist nicht tot; und dies ist der Weg, den auch der Prophet, der Herr der früheren und der kommenden Geschlechter, gegangen ist. Lieber Herr, sei wieder guten Muts und laß die Trauer!' Nûr

1. Der Donnerstag gilt im allgemeinen als Glückstag; aber man soll an ihm keine Reise antreten.

ed-Dîn 'Alî aber stand auf, ging in den Gastsaal und schaffte alles dorthin, dessen er bedurfte. Seine Freunde versammelten sich wieder bei ihm, und er nahm seine Sklavin wieder zu sich; und seine Gesellschaft bestand aus zehn Söhnen der Kaufleute. Er begann zu essen und Wein zu trinken, gab Gastmahl auf Gastmahl und streute seine Geschenke und Gunstbezeigungen aus. Schließlich aber kam eines Tages sein Verwalter zu ihm und sprach: ,O mein Herr Nûr ed-Dîn 'Alî, hörtest du nie den Spruch: Wer da ausgibt und rechnet nicht, der wird arm und merkt es nicht? Und der Dichter spricht:

> *Ich spare meine Gelder und bewahre sie sorglich;*
> *Denn fürwahr, ich weiß, sie sind mir Schild und Schwert.*
> *Würde ich sie vergeuden an den schlimmsten der Feinde,*
> *So wendete ich mein Glück zum Unglück auf dieser Erd.*
> *Also eß ich davon und trinke davon zur Gesundheit*
> *Und gebe niemandem einen Heller davon hin;*
> *Ja, ich hüte mein Geld vor einem jeden Gesellen,*
> *Der meiner Freundschaft unwert und von niedrigem Sinn.*
> *Das ist mir doch lieber, als daß ich zum Lumpen sage:*
> *Leih mir einen Dirhem bis morgen, ich gebe dir fünf zurück,*
> *Und daß er sein Gesicht dann von mir wendet und umdreht*
> *Und ich einem Hunde gleich dasteh mit betrübtem Blick.*
> *Wie elend ergeht es doch dem Menschen ohne Geld,*
> *Wenn seine Tugend auch strahlt wie die Sonne in der Welt!*

O mein Herr', fuhr er fort, ,diese reichlichen Ausgaben und großen Geschenke vernichten den Wohlstand.' Als Nûr ed-Dîn 'Alî diese Worte von seinem Verwalter hörte, sah er ihn an und rief: ,Von allem, was du gesagt hast, will ich kein Wort beachten, denn ich habe den Spruch des Dichters gehört, der da sagt:

> *Wenn meine Hand Geld hat und ich davon nicht schenke,*
> *So soll meine Hand verdorren, mein Fuß soll nicht mehr gehn!*
> *Holt einen Geizhals, der durch seinen Geiz Ruhm erlangte;*
> *Einen Spender, der starb durch Spenden, holt her und lasset mich sehn!'*

Dann fuhr er fort: ,Wisse, o Verwalter, es ist mein Wunsch, daß du, solange du Geld für mein Frühstück behältst, mich nicht mit der Sorge um mein Nachtmahl quälst!' Da ging der Verwalter fort seines Weges; Nûr ed-Dîn 'Alî aber ergab sich den Freuden im schönsten Leben und blieb bei seinem Tun. Und sooft einer seiner Zechgenossen zu ihm sagte: ,Dies ist ein hübsches Ding', rief er: ,Es ist ein Geschenk für dich!' Oder wenn ein anderer sagte: ,O Herr, das Haus dort ist hübsch', so rief er: ,Es ist ein Geschenk für dich!' Und er gab ihnen ein Gastmahl am Morgen und ein Gastmahl am Abend, bis er in dieser Weise ein ganzes Jahr verbracht hatte. Darauf, gerade als die Gesellschaft versammelt war, kam die Sklavin Enîs el-Dschelîs und sprach diese Verse:

> *Du dachtest gut von den Tagen, solange sie dir gut waren;*
> *Auf das drohende Unheil des Schicksals gabst du nicht acht.*
> *Von dem Frieden der Nächte ließest du dich umgaukeln;*
> *Aber oft kommt das Dunkel auch in sternklarer Nacht.*

Als sie ihre Verse geendet hatte, siehe, da klopfte jemand an die Tür; Nûr ed-Dîn stand auf, und ohne daß er es bemerkte, folgte ihm einer seiner Zechgenossen. Als er geöffnet hatte, fand er seinen Verwalter und fragte ihn, was es gebe. Der antwortete: ,O Herr, was ich für dich befürchtete, ist jetzt geschehen!' ,Wie das?' ,Wisse, in meiner Hand bleibt nicht mehr eines Dirhems Wert, weder mehr noch weniger. Hier hast du meine Bücher, in denen du die Ausgaben findest, die ich gemacht habe, und das Verzeichnis deines einstigen Besitzes.' Als Nûr ed-Dîn 'Alî diese Worte hörte, beugte er den Kopf nieder und sagte: ,Es gibt keine Majestät und es gibt keine Macht außer bei Allah!' Doch als der Freund, der ihm heimlich gefolgt und hinausgegangen war, um zu spionieren, des Verwalters Worte hörte, kehrte er zu seinen Freunden zurück und sprach zu ihnen: ,Seht zu, was ihr tun wollt, denn Nûr ed-Dîn 'Alî hat keinen Heller mehr.' Und als dann Nûr ed-Dîn selbst zu ihnen zurückkam, zeigte sich ihnen die Bestürzung auf seinen Zügen. Darauf erhob sich einer von den Tischgenossen, blickte den Nûr ed-Dîn an und sprach zu ihm: ,O mein Herr, gestattest du mir, mich zurückzuziehen?' ,Und weshalb heute so früh?' fragte er, und der andere versetzte: ,Mein Weib harrt ihrer Niederkunft, so darf ich ihr nicht fernbleiben; ich muß heimkehren und nach ihr sehen.' So ließ er ihn fort, und ein zweiter stand auf und sagte: ,O mein Herr Nûr ed-Dîn, ich möchte jetzt zu meinem Bruder gehen, denn er beschneidet heute seinen Sohn.' Kurz, ein jeder bat unter irgendeinem Vorwand um die Erlaubnis, fortzugehen, bis alle zehn den Nûr ed-Dîn 'Alî allein gelassen hatten. Da rief er seine Sklavin und sprach zu ihr: ,Enîs el-Dschelîs, siehst du, in welcher Lage ich bin?' Und er erzählte ihr, was der Verwalter ihm gesagt hatte. Sie antwortete: ,Mein Gebieter, schon viele Nächte trug ich mich damit, von diesen Dingen zu dir zu reden, aber ich hörte, wie du sagtest:

> *Solang das Glück dir Gaben gibt, gib du davon*
> *Den Menschen allen, ehe es von dannen zieht!*
> *Denn Geben treibt es nicht davon, wenn es dir naht;*
> *Und Geiz hält es nicht fest, wenn es entflieht.*

Als ich diese Verse von dir hörte, schwieg ich und wagte kein Wort an dich zu richten.' ,Enîs el-Dschelîs,' sagte da Nûr ed-Dîn 'Alî, ,du weißt, ich habe meinen Reichtum nur an meine Freunde verschwendet, die mich jetzt als Bettler zurückgelassen haben, aber ich denke, sie werden mich nicht ohne Unterstützung im Stiche lassen.' ,Bei Allah,' erwiderte sie, ,die werden dir nichts nützen.' Doch Nûr ed-Dîn sagte: ,Ich will auf der Stelle aufstehn und zu ihnen gehn und an ihre Türe klopfen; vielleicht erhalte ich von ihnen etwas, das mir zum Kapital dient, auf daß ich damit Handel treiben kann, wenn ich Scherz und Spiel beiseite lasse.' Dann stand er unverzüglich auf und ging fort, bis er in die Straße kam, in der all die zehn Freunde wohnten. Dort trat er an die erste Tür und klopfte; eine Sklavin kam heraus und fragte: ‚Wer bist du?' Er antwortete: ‚Sage deinem Herrn, Nûr ed-Dîn ’Alî stehe an der Tür und lasse ihm sagen: Dein Sklave küßt dir die Hand und harrt deiner Güte.' Da ging die Sklavin hinein und tat es ihrem Herrn kund; der aber schrie sie an: ‚Geh zurück und sage ihm: Mein Herr ist nicht zu Hause!' Die Sklavin ging zurück zu Nûr ed-Dîn und sprach zu ihm: ‚Mein Herr, siehe, mein Gebieter ist nicht zu Hause.' Da wandte jener sich ab und sagte zu sich selber: ‚Wenn auch dieser ein Hurensohn ist und sich verleugnen läßt, so ist doch vielleicht ein anderer kein solcher Hurensohn.' Darauf ging er weiter zur nächsten Tür und sprach wie das erste Mal; aber auch der ließ sich verleugnen; so sprach Nûr ed-Dîn die Verse:

Fort sind sie, die, standst du an ihrer Tür,
Mit Fleisch und Braten einstmals dich beschenkt.

Und danach sprach er: ‚Bei Allah, ich muß sie doch alle erproben; vielleicht, daß einer unter ihnen an ihrer aller Stelle tritt.' So machte er bei allen zehn die Runde; doch keiner war unter ihnen, der die Tür geöffnet oder sich ihm gezeigt oder einen Bissen Brotes mit ihm gebrochen hätte; da sprach er die Verse:

Der Mensch ist in der Zeit des Glücks dem Baume gleich;
Alle stehen um ihn, solang er an Früchten reich.
Aber sie laufen fort, verliert er Früchte und Laub,
Und überlassen ihn roh der Hitze und dem Staub.
Verderben über sie alle, die Kinder unserer Zeit!
Nicht einer unter zehnen besitzt noch Ehrlichkeit.

Dann kehrte er zu seiner Sklavin zurück, mit noch betrübterem Herzen, und sie sprach zu ihm: ‚Mein Gebieter, habe ich nicht gesagt, daß sie dir nichts nützen würden?' Er versetzte: ‚Bei Allah, keiner war unter ihnen, der mir sein Gesicht zeigte, und keiner wollte mich kennen!' ‚Mein Gebieter,' sprach sie, ‚verkaufe allmählich die Geräte und den Hausrat und lebe von dem Erlös, bis Allah der Erhabene uns hilft.' Da verkaufte er alles, was im Hause war, bis nichts mehr übrig blieb. Dann blickte er Enîs el-Dschelîs an und fragte sie: ‚Was sollen wir nun beginnen?' Sie erwiderte ihm: ‚Mein Gebieter, mein Rat ist der, daß du sofort aufstehst, mich in den Basar hinabführest und mich verkaufest. Du weißt, dein Vater kaufte mich um zehntausend Dinare: vielleicht, daß dir Allah einen ähnlichen Preis zuteil werden läßt; und wenn es sein Wille ist, uns wieder zusammenzubringen, so werden wir uns wiedersehen.' Er aber rief: ‚O Enîs el-Dschelîs, bei Gott, es wird mir nicht leicht, mich auch nur auf eine Stunde von dir zu trennen!' Aber sie sprach: ‚Bei Gott, mein Gebieter, auch mir wird es nicht leicht; doch die Not hat ihr eigen Gebot, so wie der Dichter sagt:

> *Des Lebens Nöte zwingen den Menschen wohl dazu,*
> *Den Ausweg einzuschlagen, der guten Brauch nicht ehrt.*
> *Und wer sich dazu bringt, ein Mittel zu ergreifen,*
> *Tut's nur um eine Sache, die solchen Mittels wert.'*

Da sprang er auf und ergriff sie, während ihm die Tränen, dem Regen gleich, die Wange niederliefen; und mit der Zunge seiner Not sprach er die Verse:

> *Bleib! Gib mir einen Blick auf den Weg noch, eh du scheidest;*
> *Ich will ein Herze stärken, das fast beim Abschied bricht.*
> *Doch wenn in alledem du nur eine Qual empfindest,*
> *Laß mich in Schmerzen sterben, du aber quäl dich nicht!*

Dann ging er mit ihr hinab in den Basar und übergab sie dem Makler und sagte zu ihm: ‚O Hâddsch Hasan, erkenne den

Wert dessen, was du ausrufen sollst!' ,O mein Herr Nûr ed-Dîn,' versetzte der Makler, ,die Herkunft ist unverkennbar!' Und dann fuhr er fort: ,Ist dies nicht Enîs el-Dschelîs, die einst dein Vater von mir um zehntausend Dinare erstand?' ,Sie ist es', antwortete Nûr ed-Dîn. Da ging der Makler zu den Händlern und sah, daß noch nicht alle versammelt waren. Dann wartete er, bis sie alle kamen und bis der Markt sich füllte mit Sklavinnen aller Nationen, mit Türkinnen, Fränkinnen und Tscherkessinnen; mit Abessinierinnen, Nubierinnen und Negerinnen; mit Griechinnen, Tatarinnen, Georgierinnen und vielen anderen. Wie also der Markt sich gefüllt hatte, trat er hervor, blieb stehen und rief:

,O ihr Kaufleute all!
Ihr Herren des Geldes zumal!
Nicht alles, was rund ist, ist eine Nuß;
Nicht alles, was lang ist, eine Banane;
Nicht alles, was rot ist, ist ein Stück Fleisch;
Nicht alles, was weiß ist, Milch mit Sahne![1]
O ihr Kaufleute, ich bring diese kostbare Perle her,
Für die kein Preis genügend wär!
Für wieviel soll ich sie ausrufen?'

,Rufe sie aus um viertausendfünfhundert Dinare!' antwortete einer der Händler. Als nun der Makler zum ersten das Angebot von viertausendfünfhundert Dinaren ausrief, siehe, da kam der Wesir el-Mu'în ibn Sâwa durch den Basar, und da er Nûr ed-Dîn 'Alî an dem einen Ende des Basars stehen sah, sprach er bei sich: ,Was steht der Sohn des Chakân hier herum? Hat dieser Lümmel noch genug, um sich Sklavinnen zu kaufen?' Dann blickte er sich um und hörte den Makler, der im Markte ausrief und den die Händler alle umstanden, und sprach bei sich: ,Ich bin gewiß, er hat keinen Heller mehr und brachte die

---

[1]. Im Arabischen: Stück Fett. Um die Knüttelverse des Ausrufers zum Ausdruck zu bringen, mußte hier im Reim geändert werden.

Sklavin Enîs el-Dschelîs her, um sie zu verkaufen. Ah, die tut meinem Herzen wohl!' Darauf rief er nach dem Makler, der zu ihm trat und vor ihm den Boden küßte; da sprach der Wesir zu ihm: ‚Ich will diese Sklavin, die du zum Verkauf ausrufst.' Der Makler aber konnte nicht widersprechen, sondern sagte: ‚O mein Herr, es sei, in Gottes Namen'; dann führte er die Sklavin herbei und zeigte sie ihm. Sie gefiel ihm, und er fragte: ‚O Hasan, wieviel ist für sie geboten?' ‚Viertausendfünfhundert Dinare als Angebot zum ersten!' El-Mu'în sprach: Viertausendfünfhundert Dinare sind mein Gebot.' Als die Händler das vernahmen, da wagte keiner von ihnen, einen Dirhem höher zu bieten, sondern sie hielten sich zurück, weil sie die Tyrannei des Wesirs kannten. Dann blickte el-Mu'în ibn Sâwa den Makler an und sprach: ‚Was stehst du hier? Geh hin und biete für mich viertausend Dinare, und fünfhundert sollen für dich sein!' Da ging der Makler zu Nûr ed-Dîn und sagte: ‚O mein Herr, deine Sklavin geht dir um ein Nichts dahin.' ‚Wieso?' fragte er, und der Makler erwiderte: ‚Wir hatten das Angebot mit viertausendfünfhundert Dinaren eröffnet; da kam dieser Tyrann da, el-Mu'în ibn Sâwa, und ging durch den Basar, und als er die Sklavin erblickte, gefiel sie ihm, und er rief mir zu: Biete für mich viertausend Dinare, und fünfhundert sollen für dich sein. Ich aber zweifle nicht daran, er weiß, daß das Mädchen dir gehört, und wenn er dir ihren Preis sofort auszahlen würde, so wäre alles gut. Doch ich kenne seine Tyrannei; er wird dir auf einen seiner Wechsler eine Anweisung geben und wird jemanden hinter dir herschicken und den Leuten sagen lassen: Bezahlt ihm nichts! Und sooft du hingehen wirst, um das Geld zu fordern, werden sie sagen: Wir zahlen dir bald! So werden sie Tag für Tag mit dir verfahren, trotzdem du stolzen Geistes bist! Und schließlich, wenn sie deines Drängens müde werden, so werden sie sagen: Zeig uns den Wechsel. Aber sobald sie ihn nur in den Händen haben, werden sie ihn zerreißen, und du hast den Preis des Mädchens verloren!' Als Nûr ed-Dîn 'Alî diese Worte des Maklers vernahm, sah er ihn an und fragte ihn: ‚Was soll ich jetzt tun?' Der antwortete ihm: ‚Ich will dir einen Rat geben, und wenn du ihn befolgst, so wird er dir von größtem Nutzen sein.' ‚Und der ist?' fragte Nûr ed-Dîn, worauf der Makler erwiderte: ‚Tritt sofort an mich heran, während ich mitten auf dem Markt stehe, nimm die Sklavin aus meiner Hand und gib ihr einen starken Schlag und sage zu ihr: ‚Du Metze, ich habe meinen Schwur gehalten und dich auf den Sklavenmarkt geschleppt, weil ich geschworen hatte, dich in den Basar zu bringen und dich von dem Makler zum Verkauf ausrufen zu lassen.' Wenn du das tust, so wird die List vielleicht auf den Wesir und das Volk Eindruck machen, und sie werden glauben, du habest sie nur auf den Markt gebracht, um deinen Schwur zu erfüllen.' Da sprach Nûr ed-Dîn: ‚Das ist das Beste.' Der Makler verließ ihn, kehrte mitten auf den Markt zurück, nahm die Sklavin bei der Hand und winkte dem Wesir el-Mu'în ibn Sâwa und sagte: ‚O mein Herr, dies hier ist ihr Besitzer!' Unterdessen trat Nûr ed-Dîn an den Makler heran, riß ihm die Sklavin aus der Hand, schlug ihr ins Gesicht und rief: ‚Heda, du Metze! Ich habe dich auf den Basar geschleppt, um mich von meinem Eid zu lösen; jetzt schere dich nach Hause und widersprich mir nicht mehr! Heda! Brauche ich deinen Preis, daß ich dich verkaufen sollte? Wenn ich mein Hausgerät verkaufen würde, so brächte es mir viele Male deinen Wert!' Doch als el-Mu'în ibn Sâwa den Nûr ed-Dîn erblickte, rief er: ‚Holla! Hast du überhaupt noch etwas zum Verkaufen und zum Kaufen?' Nun wollte der Wesir gewaltsam Hand an ihn legen, aber da blickten die Händler den Nûr ed-Dîn an, den sie alle sehr gern hatten; und der Jüngling sprach zu ihnen: ‚Hier bin ich in eurer Hand; ihr kennt ja seine Tyrannei.' ‚Bei Gott!' rief der Wesir, ‚wenn ihr nicht wäret, so hätte ich ihn totgeschlagen!' Da sahen alle den Nûr ed-Dîn mit bedeutsamen Blicken an, als wollten sie sagen: ‚Rechne ab mit ihm! Nicht einer von uns wird zwischen euch treten.' Da trat Nûr ed-Dîn an den Wesir heran, und beherzt, wie er war, zog er ihn von seinem Sattel herunter und warf ihn zu Boden. Nun befand sich dort eine Grube[1] mit Lehm; in die fiel der Wesir mitten hinein. Nûr ed-Dîn aber schlug und prügelte auf ihn ein, und einer der Schläge traf auf seine Zähne, so daß sich sein Bart vom Blute färbte. Bei dem Wesir waren zehn Mamluken, und als die sahen, was mit ihrem Herrn geschah, legten sie ihre Hände an die Schwertgriffe und wollten die Schwerter zücken, um über Nûr ed-Dîn herzufallen und ihn niederzuhauen; aber die Umstehenden riefen ihnen zu: ‚Der eine ist ein Wesir, der andere der Sohn eines Wesirs; vielleicht versöhnen sie sich eines Tages wieder, und dann verwirkt ihr beider Gunst. Oder ein Hieb trifft euren Herrn, so sterbt ihr alle des ärgsten Todes; daher wäre es besser, ihr mischtet euch nicht zwischen sie.' Als dann Nûr ed-Dîn den Wesir nach seines Herzens Lust verprügelt hatte, nahm er seine Sklavin und ging nach Hause. Auch der Wesir ging sofort seiner Wege, und sein Gewand war in drei Farben gefärbt: schwarz vom Lehm, rot vom Blut und aschenfarben. Als er sich in diesem Zustand sah, da nahm er eine Matte und legte sie sich um den Nacken; auch nahm er zwei Büschel von Halfagras in die Hand und ging fort, bis er unten vor dem Palast stand, in dem der Sultan war, und rief: ‚O größter König unserer Zeit, mir ist Gewalt angetan, mir ist

1. In der Grube werden Lehm und Asche zu Bausteinen zusammengerührt.

Gewalt angetan!' Da führte man ihn vor den König; der schaute ihn an, und siehe, es war sein Großwesir. Sofort fragte er: ‚O Wesir, wer hat solches an dir getan?' Da weinte der Wesir und schluchzte und sprach die Verse:

> *Soll mich die Welt bedrücken, während du in ihr weilst?*
> *Sollen die Wölfe mich fressen, und du, der Löwe, bist hier?*
> *Sollen die Durstigen alle aus deinem Brunnen trinken?*
> *Und, wo du dem Regen gleichst, soll ich dursten bei dir?*

‚Hoher Herr,' fuhr er fort, ‚jedem, der dich liebt und dir dient, wird es so ergehen!' Da rief der Sultan: ‚Heda, rasch, sage mir, wie dies mit dir geschehen ist und wer solches an dir getan hat; deine Ehre ist ein Teil meiner Ehre!' Der Wesir antwortete: ‚Wisse, hoher Herr, ich ging heute auf den Sklavenmarkt, mir eine Köchin zu kaufen, und da fand ich auf dem Basar eine Sklavin, so schön, wie ich sie in meinem ganzen Leben noch nicht gesehen habe; ich wollte sie für unsern Herrn, den Sultan, erstehen und fragte den Makler nach ihr und ihrem Besitzer, und der erwiderte: Sie gehört 'Alî, dem Sohne des el-Fadl ibn Chakân. Nun gab vor einiger Zeit unser Herr, der Sultan, seinem Vater zehntausend Dinare, damit er ihm dafür eine schöne Sklavin kaufte, und er kaufte jene Sklavin, die ihm gefiel; doch er mißgönnte sie unserem Herrn, dem Sultan, und gab sie seinem eigenen Sohne. Als dann der Vater gestorben war, verkaufte der Sohn, was er an Häusern und Gärten und Hausgerät besaß, und verschwendete alles, bis er nicht einen Heller mehr hatte. Schließlich führte er die Sklavin auf den Markt, um sie zu verkaufen, und übergab sie dem Makler, der sie ausrief; und die Händler boten immer höher auf sie, bis ihr Preis auf viertausend Dinare stieg; da sprach ich zu mir selber: Ich will sie für unseren Herrn, den Sultan, erwerben, denn sie wurde zuerst mit seinem Gelde bezahlt. So sprach ich zu Nûr ed-Dîn:

,Mein Sohn, nimm von mir viertausend Dinare als Kaufpreis für sie!' Doch als er meine Worte hörte, sah er mich an und schrie: ,Du Unheilsalter! Den Juden und Christen will ich sie verkaufen, aber nicht dir!' ,Ich kaufe sie nicht für mich,' erwiderte ich, ,ich kaufe sie für unseren Herrn, den Sultan, der so gütig gegen uns ist.' Als er gar diese Worte von mir hörte, füllte ihn die Wut; und er riß mich hochbetagten Mann vom Rosse herunter und schlug mich mit seinen Fäusten und hieb auf mich ein, bis er mich liegen ließ, wie du mich siehst; und all das geschah mir einzig, weil ich gekommen war, um die Sklavin für dich zu kaufen!' Dann warf der Wesir sich zu Boden und fing an zu weinen und zu zittern. Als der Sultan seinen Zustand gesehen und seine Geschichte gehört hatte, da schwoll die Zornesader zwischen seinen Augen; darauf wandte er sich nach den Großen des Reiches um, und siehe, schon standen vierzig schwerttragende Mannen vor ihm. Zu denen sprach der Sultan: ,Geht sofort hinab zu dem Hause des 'Alî ibn Chakân, plündert es und reißt es nieder und bringt mir ihn und die Sklavin gefesselt! Schleift sie beide auf ihren Gesichtern und bringt sie so vor mich!' ,Wir hören und gehorchen!', versetzten sie, bewaffneten sich, gingen hinab und machten sich auf nach dem Hause des 'Alî Nûr ed-Dîn. Nun hatte der Sultan einen Kämmerling, 'Alam ed-Dîn Sandschar, der ehemals bei el-Fadl ibn Chakân, dem Vater des 'Alî Nûr ed-Dîn, als Mamluk gedient hatte; dann hatte er eine andere Stelle gefunden, und schließlich hatte der Sultan ihn zu einem seiner Kämmerlinge gemacht. Als er den Befehl des Königs hörte und sah, wie die Feinde sich rüsteten, seines einstigen Herrn Sohn zu erschlagen, konnte er es nicht ertragen; so verließ er die Gegenwart des Königs, stieg auf sein Roß, ritt zum Hause des Nûr ed-Dîn und pochte an die Tür. Da kam Nûr ed-Dîn heraus, und als er ihn sah, erkannte er ihn und wollte ihn begrüßen; jener aber sagte: ‚O mein Gebieter, dies ist nicht die Zeit, um Grüße zu tauschen und Worten zu lauschen. Höre, was der Dichter sagt:

> *Rette dein Leben, wenn dir vor Unheil graut!*
> *Lasse das Haus beklagen den, der es erbaut!*
> *Du findest schon eine Stätte an anderem Platz;*
> *Für dein Leben findest du keinen Ersatz!'*

‚O 'Alam ed-Dîn, was gibt es?' fragte Nûr ed-Dîn; und der antwortete: ‚Steh auf und fliehe um dein Leben, du mit der Sklavin! Denn el-Mu'în hat für euch beide eine Falle gelegt, und wenn ihr ihm in die Hände fallt, so wird er euch töten lassen. Der Sultan hat bereits vierzig Schwertträger gegen euch ausgesandt, und ich rate euch, flieht, ehe euch das Unheil erreicht!' Dann griff Sandschar in seinen Beutel, und als er dort vierzig Dinare fand, nahm er sie, gab sie dem Nûr ed-Dîn und sagte: ‚O Herr, nimm dies und reise damit! Hätte ich noch mehr, ich gäbe es dir. Aber dies ist nicht die Zeit für Entschuldigungen.' Nun ging Nûr ed-Dîn zu der Sklavin hinein und tat ihr alles kund; fast lähmte der Schreck ihre Hände. Dann eilten die beiden sofort aus der Stadt hinaus, und Allah deckte sie mit dem Schleier seines Schutzes, so daß sie das Ufer des Stromes erreichten, wo sie ein Schiff vorfanden, das zur Ausfahrt bereit war. Der Kapitän aber stand mittschiffs und rief: ‚Wer noch etwas zu tun hat, sei es, Vorrat zu kaufen oder von den Seinen Abschied zu nehmen, oder wer etwas vergessen hat, der hole es sofort, denn wir stehn im Begriff zu segeln'; und da alle sagten: ‚Wir haben nichts mehr zu tun, o Kapitän!' rief er seiner Mannschaft zu: ‚Hallo! Löset die Taue und zieht die Pfähle aus!' Da fragte Nûr ed-Dîn: ‚Wohin, o Kapitän?' Der antwortete: ‚Nach der Stätte des Friedens, nach Baghdad.' – –«

Da bemerkte Schehrezâd, daß der Morgen begann, und sie

hielt in der verstatteten Rede an. Doch als die *Sechsunddreißigste Nacht* anbrach, fuhr sie also fort: »Es ist mir berichtet worden, o glücklicher König, daß, als der Kapitän sprach: ‚Nach der Stätte des Friedens, nach Baghdad‘, Nûr ed-Dîn 'Alî und die Sklavin an Bord gingen; und die Schiffer stießen ab und setzten die Segel. Da zog das Schiff dahin, als sei es ein Vogel auf seinen Schwingen; wie es so schön einer der Dichter sagt:

> *Schau auf ein Schiff! Sein Anblick nimmt deine Augen gefangen.*
> *Es überflügelt den Wind in seinem eiligen Flug.*
> *Es gleicht dem schwebenden Vogel, den die gebreitete Schwinge*
> *Aus dem Äther herab wohl auf das Wasser trug.*

So segelte nun das Schiff mit ihnen dahin, und der Wind war ihnen günstig.

Lassen wir jene und wenden wir uns zu den Mamluken! Die kamen zum Hause des Nûr ed-Dîn 'Alî und brachen die Türen auf, gingen hinein und durchsuchten alle Räume, doch fanden sie keine Spur von den beiden; so rissen sie das Haus nieder, kehrten zum Sultan zurück und erstatteten ihm Bericht. Da sprach er: ‚Sucht nach ihnen beiden, wo immer sie seien!‘ und sie antworteten: ‚Wir hören und gehorchen!‘ Dann ging der Wesir el-Mu'în ibn Sâwa nach Hause, nachdem ihm der Sultan ein Ehrengewand verliehen und sein Herz sich beruhigt hatte; denn der Sultan hatte gesagt: ‚Kein andrer als ich wird Blutrache für dich nehmen!‘, und der Wesir hatte ihm langes Leben und Gedeihen gewünscht. Dann ließ der Sultan in der Stadt verkünden: ‚O ihr Untertanen alle! Es ist der Wille unseres Herrn, des Sultans, daß, wer immer auf Nûr ed-Dîn 'Alî trifft, den Sohn des el-Fadl ibn Chakân, und ihn dem Sultan bringt, ein Ehrengewand empfangen soll und tausend Goldstücke; wer ihn aber verbirgt oder weiß, wo er ist, und es nicht meldet, der verdient die schwere Strafe, die ihn treffen wird.‘

Da begannen alle nach Nur ed-Dîn 'Alî zu suchen; aber niemand vermochte eine Spur oder Nachricht von ihm zu finden.

Lassen wir nun jene und wenden wir uns zurück zu Nûr ed-Dîn und seiner Sklavin! Die kamen wohlbehalten in Baghdad an; da sprach der Schiffsführer zu ihnen: ‚Baghdad heißt dieser Ort; es ist ein sicherer Hort. Von ihm zog der Winter mit seiner Kälte fort, doch das Frühjahr mit seinen Rosen hielt seinen Einzug dort. Die Bäume blühen all, und die Bächlein fließen zumal.' Da stieg Nûr ed-Dîn 'Alî mit seiner Sklavin aus dem Schiffe und gab dem Kapitän fünf Dinare; dann gingen sie ein wenig weiter, und das Geschick führte sie in die Gegend der Gärten hinein. Dort kamen sie zu einem Platze und sahen, daß er gefegt und gesprengt war; Bänke liefen an ihm entlang, und Krüge hingen dort, gefüllt mit Wasser. Oben war ein Gitterwerk aus Rohr über den ganzen Weg, und am oberen Ende des Weges war ein Gartentor, doch das war verschlossen. ‚Bei Gott,' sprach Nûr ed-Dîn zu der Sklavin, ‚dies ist ein herrlicher Ort!' Sie antwortete: ‚Mein Gebieter, laß uns eine Weile auf dieser Bank sitzen, damit wir ausruhen!' Also setzten sie sich auf die Bank; dann wuschen sie sich Gesicht und Hände, und ein kühler Luftzug hauchte über sie hin, und sie versanken in Schlaf; hocherhaben ist Er, der niemals schläft!

Nun hieß dieser Garten der Lustgarten, und darin stand ein Schloß, das hieß das Schloß der schönen Aussicht und der Bilder; und das Ganze gehörte dem Kalifen Harûn er-Raschîd, der diesen Garten und das Schloß zu besuchen und dort zu sitzen pflegte, wenn ihm die Brust beklommen war. Der Palast hatte achtzig vergitterte Fenster, und achtzig Lampen hingen darin mit einem großen, goldenen Kronleuchter in der Mitte. Wenn der Kalif dorthin kam, so befahl er den Sklavinnen, die Fenster zu öffnen und mit seinem Tischgenossen Ishâk ibn

Ibrahîm Lieder zu singen, bis ihm die Brust weit ward und sein Kummer sich legte. Zum Garten aber gehörte ein Hüter, ein sehr alter Mann, der hieß Scheich Ibrahîm; und wenn er ausging an irgendwelche Geschäfte, so hatte er des öfteren am Gartentor Leute getroffen, die sich dort mit leichtfertigen Frauen vergnügten; und dann war er sehr zornig geworden. Doch er geduldete sich, bis eines Tages der Kalif zu ihm kam; dem berichtete er davon. Da sprach der Kalif: ‚Wen du nur triffst am Tore des Gartens, mit dem verfahre, wie du es für richtig hältst.‘ Als nun gerade an jenem Tage Scheich Ibrahîm, der Gärtner, ausging, um etwas zu besorgen, was er brauchte, fand er die beiden am Tore schlafend, bedeckt mit einem einzigen Mantel; da sagte er: ‚Bei Gott, eine schöne Geschichte! Die beiden wissen nicht, daß der Kalif mir erlaubt und gestattet hat, jeden zu töten, den ich hier ertappe; aber ich will diesem Paar eine kräftige Tracht Prügel geben, auf daß in Zukunft sich niemand mehr dem Tore nähere.‘ So schnitt er eine grüne Palmenrute ab, trat zu ihnen hin und hob den Arm, bis man das Weiße seiner Armhöhle sah, und wollte eben zuschlagen; doch er besann sich und sagte bei sich: ‚O Ibrahîm, willst du sie schlagen, ohne daß du weißt, wie es mit ihnen steht? Vielleicht sind sie Fremde oder Wandersleute, und das Geschick hat sie hierher getrieben. Ich will ihr Antlitz enthüllen und sie betrachten.‘ Da nahm er den Mantel von ihren Gesichtern und sagte: ‚Es ist ein hübsches Paar, und es wäre unrecht, wenn ich sie schlüge.‘ Darum deckte er ihre Gesichter wieder zu, beugte sich über den Fuß des Nûr ed-Dîn 'Alî und begann ihn zu reiben; nun schlug Nûr ed-Dîn seine Augen auf, und als er einen Greis von würdigem und ehrgebietendem Aussehen zu seinen Füßen sah, da schämte er sich und zog sie ein und setzte sich auf. Und er ergriff Scheich Ibrahîms Hand und küßte sie. Da sprach der Alte: ‚Mein Sohn, woher bist du?' Und er erwiderte: ‚Lieber Herr, wir beide sind Fremde', und eine Träne rann ihm aus dem Auge. ‚Mein Sohn,' sprach Scheich Ibrahîm, ‚wisse, der Prophet – Allah segne ihn und gebe ihm Heil! – hat befohlen, den Fremden zu ehren; willst du nicht aufstehen, mein Sohn, und in den Garten treten und dich trösten durch seinen Anblick, daß dein Herz sich erfreue?' ‚Lieber Herr,' erwiderte Nûr ed-Dîn, ‚wem gehört denn dieser Garten?' Jener antwortete: ‚Mein Sohn, ich habe diesen Garten von meiner Familie geerbt.' Der Zweck, um dessentwillen Scheich Ibrahîm dies sagte, war nur der, daß sie sich beruhigen und in den Garten eintreten sollten. Als Nûr ed-Dîn diese Worte vernommen hatte, dankte er ihm, und beide, er und die Sklavin, standen auf und folgten dem Scheich in den Garten; und siehe, es war ein Garten, doch welch ein Garten! Das Tor war gewölbt wie eines Palastes Bogengang, darüber sich Wein mit Trauben von vielerlei Farben schlang: die roten glichen Rubinen, während die schwarzen wie Ebenholz schienen. Dann traten sie in eine Laube, und dort fanden sie Bäume mit Früchten, die hingen bald allein und bald zu zwein. Auf den Ästen die Vögelein sangen ihre Lieder so rein: die Nachtigall schlug ihre Weisen so lang; der Kanarienvogel füllte den Garten mit seinem Sang; der Amsel Flöten schien das eines Menschen zu sein; und der Turteltaube Gurren klang wie das Stöhnen eines, der trunken vom Wein. Die Bäume, die dichten, waren beladen mit reifen, eßbaren Früchten und standen alle in doppelten Reihn: da war die Aprikose weiß wie Kampfer, eine andere mit süßem Kern, eine dritte aus Chorasân; die Pflaume war mit der Farbe der Schönheit angetan; die Weißkirsche leuchtete heller als wie ein Zahn; die Feigen sahen sich zweifarbig, rötlich und weißlich, an. Und Blumen waren da, wie Perlen und Korallen aufgereiht, die Rosen beschämten durch ihre Röte die Wangen der schönen Maid; die gelben Veilchen sahen aus wie Schwefel, über dem Lichter hängen zu nächtlicher Zeit; Myrten, Levkojen, Lavendel, Anemonen, mit Wolkentränen geschmückt ihr Blätterkleid; es lachte das Zahngeheg der Kamille; die Narzisse schaute die Rose an mit ihrer Augen schwarzer Fülle; Bechern glichen die Limonen, goldenen Kugeln die Zitronen; die Erde war mit Blumen aller Farben wie mit einem Teppich bedeckt; der Frühling war gekommen und hatte dort alles zu frohem Leben erweckt, den Bach zum Springen, die Vögel zum Singen, den Lufthauch zum Klingen in der allermildesten Jahreszeit.

Darauf führte Scheich Ibrahîm sie in den hohen Saal, und sie betrachteten seine Schönheit und jene Lampen hinter den vergitterten Fenstern. Da dachte Nûr ed-Dîn seiner früheren Gelage und rief: ‚Bei Allah, dies ist ein herrlicher Ort!‘ Dann setzten sie sich nieder; Scheich Ibrahîm brachte ihnen zu essen, und sie aßen, bis sie satt waren, und wuschen sich danach die Hände. Und Nûr ed-Dîn trat an eins der vergitterten Fenster und rief seine Sklavin zu sich; sie kam, und nun versanken beide in den Anblick der Bäume, der dichten, mit ihren mancherlei Früchten. Dann wandte er sich zu dem Gärtner und sprach: ‚O Scheich Ibrahîm, hast du nichts zu trinken? Denn die Menschen pflegen nach dem Essen zu trinken.‘ Da brachte der Scheich ihm frisches Wasser, kühl und angenehm; jener aber sagte: ‚O Scheich Ibrahîm, dies ist nicht der Trank, den ich begehre.‘ ‚Begehrst du etwa Wein?‘ ‚Ja, freilich, o Scheich!‘ ‚Davor behüte mich Allah; seit dreizehn Jahren habe ich solches nicht mehr getan, denn der Prophet – Allah segne ihn und gebe ihm Heil! – hat den verflucht, der ihn trinkt, keltert, verkauft oder kauft!‘ ‚So höre zwei Worte!‘ ‚Sprich!‘ ‚Wenn dieser verfluchte Esel hier verflucht wird, wird dich da etwas von seinem Fluche treffen?' ‚Nein.' So nimm hier den Dinar und die zwei Dirhems und steige auf diesen Esel und mache halt in weitem Abstand von einem Weinladen, und wen du dort beim Einkauf findest, den rufe herbei und sprich zu ihm: Nimm diese zwei Dirhems für dich, und für diesen Dinar kaufe Wein und setze ihn auf den Esel. So hast du ihn weder getragen noch gekauft, und kein Teil des Fluches wird auf dich entfallen.' Da lachte Scheich Ibrahîm über die Worte und sagte: ‚Bei Allah, mein Sohn, ein witzigerer Mann als du und feinere Worte als deine sind mir noch nicht begegnet.' Dann tat er, was Nûr ed-Dîn ihm gesagt hatte, und der dankte ihm dafür und sprach: ‚Wir sind jetzt deine Schutzbefohlenen, und es liegt dir daher ob, unsere Wünsche zu erfüllen; also bringe uns her, was wir brauchen.' ‚Mein Sohn, hier steht dir meine Vorratskammer zur Verfügung,' erwiderte jener und zeigte auf die Speisekammer des Beherrschers der Gläubigen, ‚geh hinein und entnimm daraus, was du willst! Es ist mehr darin, als du brauchst.' Nûr ed-Dîn trat also in die Kammer und erblickte darin Gefäße aus Gold und aus Silber und aus Kristall, besetzt mit allerlei Edelgestein. Und er nahm einige davon heraus, trug sie auf, goß den Wein in Krüge und Flaschen und freute sich des schönen Anblicks, derweilen Scheich Ibrahîm ihnen Früchte und Blumen brachte. Dann zog sich der Alte zurück und setzte sich fern von ihnen nieder, derweilen sie tranken und sich vergnügten, bis der Wein Gewalt über sie gewann; ihre Wangen röteten sich, ihre Augen blickten übermütig, und ihre Locken lösten sich, und ihr Glanz wurde immer höher. Da sprach Scheich Ibrahîm bei sich: ‚Warum sitze ich so fern? Und warum sollte ich mich nicht zu ihnen setzen? Wann werde ich wieder jemand bei mir haben wie diese beiden, die zwei Monden gleichen?'

So trat er vor und setzte sich nieder am Rand der Estrade, und Nûr ed-Dîn sprach zu ihm: ‚Lieber Herr, bei meinem Leben, komm näher herbei!' Da kam Scheich Ibrahîm zu ihnen heran, und Nûr ed-Dîn füllte einen Becher, sah den Scheich an und sprach zu ihm: ‚Trinke, damit du den Geschmack erprobest!' ‚Gott behüte mich davor!' erwiderte er, ‚dreizehn Jahre habe ich solches nicht mehr getan.' Nûr ed-Dîn aber tat, als vergäße er, daß Scheich Ibrahîm da war, und er trank den Becher aus und warf sich zu Boden, als habe die Trunkenheit ihn übermannt; da blickte Enîs el-Dschelîs ihn an und sprach: ‚O Scheich Ibrahîm, sieh, wie dieser Mann mich behandelt'; und der fragte: ‚O meine Herrin, was ist mit ihm?' ‚So macht er es immer mit mir,' rief sie, ‚er trinkt eine Weile und schläft dann ein; so bleibe ich allein, und ich habe keinen Trinkgenossen, der mir bei meinem Becher Gesellschaft leistet und zu dessen Becher ich singen kann.' Durch diese Worte ward das Herz des Alten gerührt, und seine Seele neigte sich ihr zu, und er sprach: ‚Bei Allah, dies ist nicht gut!' Dann füllte sie einen Becher, sah den Alten an und sprach: ‚Bei meinem Leben, du mußt ihn nehmen und trinken, weise ihn nicht zurück, heile mein krankes Herz!' Da streckte Scheich Ibrahîm seine Hand aus, nahm den Becher und trank ihn aus; sie aber füllte einen zweiten Becher, hielt ihn gegen das Licht und sagte: ‚O mein Gebieter, hier ist noch ein zweiter für dich.' Doch er sprach: ‚Bei Allah, ich kann ihn nicht mehr trinken; was ich getrunken habe, ist für mich genug.' Sie aber entgegnete: ‚Nein, bei Allah, du mußt es doch tun!' Da nahm er den Becher und trank ihn aus; dann gab sie ihm den dritten, und er nahm ihn und wollte gerade trinken, doch siehe, Nûr ed-Dîn begann sich aufzurichten.--«

Da bemerkte Schehrezâd, daß der Morgen begann, und sie hielt in der verstatteten Rede an. Doch als die *Siebenunddreißigste*

Nacht anbrach, fuhr sie also fort: »Es ist mir berichtet worden, o glücklicher König, daß Nûr ed-Dîn sich aufrichtete und sagte: ‚O Scheich Ibrahîm, was ist dies? Habe ich dich nicht vor einer Weile beschworen? Und da hast du dich geweigert und gesagt, du hättest solches dreizehn Jahre lang nicht mehr getan!‘ ‚Bei Allah,‘ sprach der Scheich beschämt, ‚ich habe keine Schuld, sie hat mich gebeten.‘ Nûr ed-Dîn lachte, und sie saßen und tranken weiter, aber die Sklavin wandte sich zu ihrem Herrn und flüsterte ihm heimlich zu: ‚Mein Gebieter, trinke und nötige den Scheich Ibrahîm nicht, damit ich dir einen Scherz mit ihm zeigen kann.‘ Dann füllte sie ihres Herrn Becher und reichte ihn ihm, und er füllte den ihren und reichte ihn ihr, und also fuhren sie ein übers andere Mal fort, bis Scheich Ibrahîm sie schließlich ansah und sagte: ‚Was ist dies für eine gute Kameradschaft? Gott verfluche sie, die so gierig sind! Du reichst mir nicht den Becher, wenn ich an der Reihe bin, mein Bruder! Was ist denn das für ein Benehmen, du Mann Gottes?‘ Da lachten die beiden über seine Rede, bis sie auf den Rücken fielen; dann tranken sie und gaben ihm zu trinken und hörten nicht auf zu zechen, bis ein Drittel der Nacht verstrichen war. Nun sprach die Sklavin: ‚O Scheich Ibrahîm, mit deiner Erlaubnis will ich aufstehn und eine der Kerzen, die hier aufgereiht stehen, anzünden.‘ ‚Das tu,‘ erwiderte er, ‚doch zünde nicht mehr als eine an!‘ Da sprang sie auf und begann mit der ersten Kerze und zündete immer mehr an, bis alle achtzig brannten; dann setzte sie sich wieder hin. Darauf sprach Nûr ed-Dîn: ‚O Scheich Ibrahîm, was schenkst du mir? Willst du mir nicht erlauben, eine von diesen Lampen anzuzünden?‘ ‚Zünde eine an,‘ erwiderte er, ‚und störe auch du mich nicht weiter!‘ Da stand er auf und begann mit der ersten Lampe und zündete immer mehr an, bis alle achtzig brannten und der Palast mit den Lichtern zu tanzen schien. Da sprach der Scheich, den die Trunkenheit überwältigt hatte: ‚Ihr beiden seid kühner als ich!' Dann stand er auf und öffnete all die Fenster und setzte sich wieder; und sie begannen zu zechen und Verse zu sprechen, während der Saal im Lichtmeer um sie flimmerte.

Nun hatte Allah, der mächtig ist über alle Dinge und der für jede Ursache eine Wirkung festsetzt, es so gefügt, daß der Kalif sich in ebendiesem Augenblick das Mondeslicht anschaute und durch eines der Fenster blickte, die nach der Seite des Tigris lagen. Da sah er den Glanz der Lampen und Kerzen im Flusse widerstrahlen, und als er die Augen hob, sah er, daß das Gartenschloß im Glanz der Kerzen und Lampen flimmerte. Und er rief: ‚Her zu mir mit Dscha'far, dem Barmekiden!' Im selben Augenblick stand auch schon der Minister vor dem Beherrscher der Gläubigen, der ihn anschrie: ‚Du Hund von einem Wesir, willst du mir diese Stadt Baghdad wegnehmen, ohne mir ein Wort davon zu sagen?' ‚Was mögen diese Worte bedeuten?' fragte Dscha'far; und der Kalif erwiderte: ‚Wenn mir die Stadt Baghdad nicht genommen wäre, so wäre das Schloß der Bilder nicht erleuchtet mit Lampen und Kerzen, noch wären seine Fenster aufgetan. Weh dir! Wer sollte solches wagen, wenn mir nicht das Kalifat genommen wäre?' Da sprach Dscha'far mit zitternder Brust: ‚Wer hat dir kundgetan, daß das Schloß der Bilder erleuchtet ist und seine Fenster geöffnet sind?' ‚Tritt her und sieh!' erwiderte der Kalif; und Dscha'far trat an den Kalifen heran, und als er zu den Gärten hinabsah, sah er das Schloß durch das Dunkel der Nacht herstrahlen; und da er dachte, Scheich Ibrahîm, der Gärtner, habe es wohl aus einem geheimen Grunde erlaubt, so wollte er ihn entschuldigen und sprach: ‚O Beherrscher der Gläubigen, Scheich Ibrahîm sagte in der vergangenen Woche zu mir: O mein Herr

Dscha'far, ich möchte meinen Söhnen eine Freude machen, bei dem Leben des Beherrschers der Gläubigen und bei deinem Leben! Ich fragte ihn: Was verlangst du? Und er sagte: Verschaff mir die Erlaubnis von dem Beherrscher der Gläubigen, das Beschneidungsfest meiner Söhne im Gartenpalast zu feiern. Darauf sprach ich zu ihm: ‚Geh hin und beschneide sie, und ich will zum Kalifen gehn und es ihm sagen. Da ging er davon unter dieser Voraussetzung, und ich vergaß, es dir zu sagen.' ‚O Dscha'far,' sprach der Kalif, ‚zunächst hast du dich nur in einer Weise gegen mich vergangen, aber es sind zwei Vergehen daraus geworden. Du hast zwei Fehler begangen, erstlich weil du mir keinen Bericht erstattet hast, und zweitens, weil du dem Alten nicht gabst, wonach er verlangte; denn er kam und sprach so zu dir nur, um dir eine Bitte um etwas Geld zu unterbreiten, als Beitrag zu dem Aufwand; du aber hast ihm nichts gegeben und auch mich nicht in Kenntnis gesetzt.' ‚O Beherrscher der Gläubigen,' sprach Dscha'far, ‚ich habe es vergessen.' ‚Nun, bei meinen Ahnen und Vorfahren,' rief der Kalif, ‚ich will den Rest dieser Nacht nicht anders verbringen als in seiner Gesellschaft; denn wahrlich, er ist ein frommer Mann, der für die Glaubensmänner und die Armen sorgt und sie bewirtet: sie sind wohl jetzt versammelt, und vielleicht wird das Gebet von einem unter ihnen uns in dieser Welt und in der nächsten Gutes bringen. Und bei dieser Gelegenheit wird dem Alten meine Gegenwart Nutzen und Freude bereiten.' ‚O Beherrscher der Gläubigen,' sprach Dscha'far, ‚der größere Teil der Nacht ist verstrichen, und sie werden schon beim Aufbruch sein.' Der Kalif aber entgegnete: ‚Ich will doch auf jeden Fall zu ihm gehen.' Da schwieg der Wesir; denn er war ratlos und wußte nicht, was er beginnen sollte. Der Kalif stand auf und nahm Dscha'far mit sich und Masrûr, den Eunuchen, und die drei verließen verkleidet den Palast in der Stadt und zogen durch die Straßen als Kaufleute, bis sie das Tor jenes Gartens erreichten. Da trat der Kalif vor, und als er das Gartentor geöffnet sah, da staunte er und sagte: ‚Sieh, Dscha'far, wie Scheich Ibrahîm entgegen seiner Gewohnheit das Tor noch um diese Zeit offen gelassen hat!' Dann traten sie ein und gingen weiter, bis sie zum Ende des Gartens kamen und unten vor dem Palaste standen. Nun sprach der Kalif: ‚O Dscha'far, ich möchte sie belauschen, ehe ich zu ihnen hinaufgehe, damit ich sehe, was sie treiben, und die Glaubensmänner erblicke; denn bislang habe ich noch keinen Laut von ihnen vernommen noch auch, wie ein Fakir den Namen Gottes anruft.' Dann blickte er um sich und sah einen großen Walnußbaum und sprach zu Dscha'far: ‚Ich will auf diesen Baum steigen, denn seine Zweige reichen bis dicht an die Fenster, und so zu ihnen hineinsehn.' Darauf stieg er auf den Baum und kletterte von Ast zu Ast, bis er einen Zweig erreichte, der einem der Fenster gegenüberstand, und er setzte sich darauf und sah durch das Fenster. Da sah er ein Mädchen und einen Jüngling, zwei Monden gleich – Preis sei Ihm, der sie schuf und formte! –, und bei ihnen sah er den Scheich Ibrahîm sitzen, der einen Becher in der Hand hielt und rief: ‚Trinken ohne Singen kann keine Freude bringen; ja ich habe einen Dichter sagen hören:

> *Laß ihn kreisen, den Wein, in großen und kleinen Bechern,*
> *Und nimm ihn aus der Hand des strahlenden Mondes, des Schenken!*
> *Und trinke nie, ohne daß gesungen wird; denn ich schaute,*
> *Wie selbst die Knechte pfeifen, wenn sie die Pferde tränken!'*

Als aber der Kalif solches vom Scheich Ibrahîm erblicken mußte, da schwoll ihm die Ader des Zornes zwischen den Augen und er stieg hinab und rief: ‚O Dscha'far, noch niemals sah ich Fromme in solchem Zustand; so steige auch du auf diesen

Baum und sieh sie dir an, damit dir die Segnungen der Frommen nicht verloren seien!' Als Dscha'far die Worte des Beherrschers der Gläubigen vernahm, da wurde er verwirrt, und er stieg hinauf in die Krone des Baumes, blickte hinein und sah Nûr ed-Dîn und die Sklavin und den Scheich Ibrahîm, der einen Becher in der Hand hielt. Bei diesem Anblick war er des Todes gewiß, und er stieg hinab und trat vor den Beherrscher der Gläubigen, und der sprach zu ihm: ‚O Dscha'far, Preis sei Gott, der uns die Vorschriften des Heiligen Gesetzes auch äußerlich befolgen läßt!' Dscha'far aber konnte vor lauter Bestürzung kein Wort sagen; dann sah der Kalif ihn an und sagte: ‚Ich möchte wissen, wer sie hierher gebracht und wer sie in mein Schloß eingelassen hat! Aber nie noch sahen meine Augen solche Schönheit wie die dieses Jünglings und dieses Mädchens!' Dscha'far, der nun Hoffnung schöpfte, den Kalifen Harûn er-Raschîd zu besänftigen, erwiderte: ‚Du sprichst die Wahrheit, o unser Herr und Sultan!' Jener darauf: ‚Dscha'far, laß uns beide auf den Zweig da gegenüber dem Fenster steigen, damit wir an ihrem Anblick Vergnügen haben.' Da kletterten die beiden auf den Baum, spähten hinein und hörten Scheich Ibrahîm sagen: ‚O meine Herrin, die Würde sank, da ich vom Weine trank; doch der ist nicht süß ohne Saitenklang!' ‚Bei Allah,' erwiderte Enîs el-Dschelîs, ‚o Scheich Ibrahîm, hätten wir nur ein Musikinstrument, so wäre unsere Freude vollkommen.' Als der Alte die Worte der Sklavin vernahm, stand er auf, und der Kalif sprach zu Dscha'far: ‚Was wird er jetzt wohl tun?' Dscha'far erwiderte: ‚Ich weiß es nicht.' Scheich Ibrahîm aber verschwand, und alsbald kehrte er mit einer Laute zurück; der Kalif sah sie an und erkannte sie als die des Abu Ishâk, seines Tischgenossen. ‚Bei Allah,' sagte der Kalif, ‚wenn dieses Mädchen schlecht singt, so lasse ich euch alle kreuzigen;

doch wenn sie gut singt, werde ich ihnen verzeihen und nur dich ans Kreuz schlagen lassen.' Da rief Dscha'far: ‚O Allah, laß sie schlecht singen!' Der Kalif fragte: ‚Weshalb?' und er antwortete: ‚Wenn du uns alle kreuzigen läßt, so leisten wir einander Gesellschaft.' Da lachte der Kalif über seine Worte. Darauf nahm die Sklavin die Laute, sah sie an, stimmte sie und spielte eine Melodie, die alle Herzen in Sehnsucht nach ihr entflammte. Dann sang sie diese Verse:

> O du, die du dem armen Liebenden helfen kannst,
> Der Liebe und der Sehnsucht Feuer verbrennt mein Herz!
> Was du nur immer tuest, ich hab es wohl verdient
> Ich bin ja dein Schutzbefohlner; verspotte nicht meinen Schmerz!
> Ja, ich bin jetzt verlassen und in Elend versunken;
> Was du immer mir tuen willst, das tue an mir!
> Doch welch ein Ruhm wäre es, wenn du mich sterben ließest?
> Ach, ich fürchte ja nur, du sündigtest dann an mir!

Da sprach der Kalif: ‚Bei Allah, das ist schön! O Dscha'far, in meinem Leben vernahm ich noch keine so entzückende Stimme.' ‚Dann ist des Kalifen Zorn wohl gar verschwunden?' sagte Dscha'far; und Harûn er-Raschîd erwiderte: ‚Ja, er ist weg.' Dann stiegen sie beide vom Baum herab, und darauf wandte sich der Kalif zu Dscha'far und sprach zu ihm: ‚Ich möchte hineingehen und mich zu ihnen setzen und das Mädchen vor mir singen hören.' ‚O Beherrscher der Gläubigen,' rief Dscha'far, ‚wenn du zu ihnen hineingehst, so werden sie sicher erschrecken, und Scheich Ibrahîm wird vor Angst sterben.' Doch der Kalif entgegnete: ‚Dscha'far, du mußt mir etwas ersinnen, wie ich sie durch eine List täuschen und zu ihnen hineingehen kann, ohne daß sie mich erkennen.' Dann gingen die beiden zum Tigris hinunter, indem sie sich die ganze Sache überlegten; und siehe, da stand ein Fischer, der unter den Fenstern des Schlosses fischte. Nun hatte vor einiger Zeit der Kalif den

Scheich Ibrahîm rufen lassen und ihn gefragt: ‚Was ist dies für ein Lärm, den ich unter den Fenstern des Schlosses höre?' Der hatte erwidert: ‚Es sind die Stimmen von Fischern, die Fische fangen.' Da hatte der Kalif befohlen: ‚Geh hin und verbiete ihnen diese Stelle!' So war den Fischern jener Ort verboten. In jener Nacht jedoch war ein Fischer namens Karîm vorbeigekommen, und da er die Gartentore offen sah, so sprach er bei sich selber: ‚Dies ist eine Zeit der Unachtsamkeit; ich will diese Gelegenheit benutzen und ein wenig fischen.' Dann nahm er sein Netz und warf es ins Meer, doch siehe, da stand mit einem Male der Kalif allein dicht vor ihm. Jener erkannte ihn und rief: ‚He, Karîm!' Als der Fischer seinen Namen rufen hörte und den Kalifen sah, zitterte seine Brust, und er rief aus: ‚Bei Allah, o Beherrscher der Gläubigen, ich tat es nicht, um den Befehl zu verhöhnen; nur die Armut und die Sorge um die Meinen trieben mich zu dieser Tat.' Da sprach der Kalif: ‚Tu einen Wurf in meinem Namen!' Da trat der Fischer froh ans Ufer und warf das Netz aus; und er wartete, bis es sich ganz ausgebreitet hatte und auf dem Grunde lag. Dann zog er es auf und fand mancherlei Fische darin. Darüber freute der Kalif sich und sprach: ‚Zieh dein Gewand aus, o Karîm!' Der legte also sein Gewand ab; was er trug, war ein Kittel aus grober Wolle, der an hundert Stellen geflickt war und von geschwänzten Läusen wimmelte, und einen Turban, den er seit drei Jahren nicht mehr aufgewickelt, an den er aber jeden Fetzen Stoffes genäht hatte, dessen er habhaft wurde. Als er nun Kittel und Turban abgelegt hatte, zog auch der Kalif zwei Gewänder aus, die waren von Seide aus Alexandrien und Baalbek, ferner ein loses Untergewand und einen langärmeligen Mantel. Dann sagte er zu dem Fischer: ‚Nimm das und zieh es an!' Er selber aber legte den Kittel und den Turban des Fischers an, und er zog die Enden des Kopftuchs als Schleier vor das untere Gesicht. Dann sagte er zu dem Fischer: ‚Jetzt geh deiner Wege!' Und der küßte ihm die Füße, dankte ihm und sprach die Verse:

> *Du erwiesest mir Gunst; laut will ich den Dank dafür künden;*
> *Du hast mich im Übermaße beschenkt mit allen Dingen.*
> *Ich will·dir danken, so lang ich lebe; und bin ich gestorben,*
> *So soll mein Gebein im Grabe statt meiner dein Lob singen.*

Kaum aber hatte der Fischer seine Verse beendet, so begannen die Läuse dem Kalifen über die Haut zu kriechen; da hub er an, sie bald mit der Rechten und bald mit der Linken vom Halse wegzufangen und fortzuwerfen, und er rief: ‚O Fischer, weh dir! Das ist aber doch eine Fülle von Läusen in deinem Kittel!' ‚O Herr,' erwiderte der Fischer, ‚jetzt quälen sie dich noch, aber wenn eine Woche vergangen ist, fühlst du sie nicht mehr und denkst auch nicht mehr daran.' Der Kalif aber lachte und sagte zu ihm: ‚Mann! Soll ich diesen Kittel so lange auf dem Leibe behalten?' Da sprach der Fischer: ‚Ich möchte dir wohl noch was sagen!' Jener darauf: ‚Sprich, was du zu sagen hast!' ‚Es kam mir in den Kopf, o Beherrscher der Gläubigen,' sagte der Fischer, ‚da du das Fischen zu erlernen wünschest, damit du ein nützliches Handwerk verstehst, so paßt dir dieser Kittel recht gut.' Der Kalif lachte über seine Worte; dann ging der Fischer seiner Wege. Darauf nahm der Kalif den Korb mit den Fischen auf, legte ein wenig Gras darüber, ging damit zu Dscha'far und trat vor ihn hin. Dscha'far hielt ihn natürlich für Karîm, den Fischer, und da er um ihn besorgt war, so sagte er: ‚O Karîm, was hat dich hierher geführt? Flieh um dein Leben, denn der Kalif ist heute nacht in dem Garten; wenn er dich sieht, so ist es um deinen Hals geschehen!' Als der Kalif die Worte Dscha'fars vernahm, lachte er, und an dem Lachen erkannte dieser ihn, und er fragte: ‚Kann es sein, daß du es bist, unser Herr, der Sultan?' Der Kalif antwortete: ‚Ja, Dscha'far, und du bist mein Wesir, und ich bin mit dir hierher gekommen; und dennoch kennst du mich nicht; wie also sollte Scheich Ibrahîm mich erkennen, der doch betrunken ist? Bleib hier, bis ich zu dir zurückkehre!' ‚Ich höre und gehorche!' sprach Dscha'far. Dann trat der Kalif an die Tür des Schlosses und pochte leise. Da sagte Nûr ed-Dîn: ‚Scheich Ibrahîm, es klopft dort jemand an die Tür.' ‚Wer ist an der Tür?' rief der Scheich, und der Kalif erwiderte: ‚Ich bin es, Scheich Ibrahîm!' ‚Wer bist du?' ‚Ich bin Karîm, der Fischer; ich höre, du hast Gäste, und ich habe dir ein paar Fische gebracht, und wahrlich, es sind gute Fische!' Als Nûr ed-Dîn hörte, daß von Fischen die Rede war, da freute er sich, er wie die Sklavin, und beide sagten zu dem Scheich: ‚O Herr, mach ihm die Tür auf und laß ihn uns seine Fische bringen!' So tat Scheich Ibrahîm die Tür auf, und der Kalif trat ein in der Verkleidung des Fischers und begrüßte sie. Da sprach Scheich Ibrahîm: ‚Willkommen dem Räuber, dem Dieb, dem Spieler! Komm, laß uns deine Fische sehen!' Also zeigte er sie ihnen, und als sie sahen, daß die Fische noch lebendig waren und sprangen, rief die Sklavin: ‚Bei Allah, mein Herr, diese Fische sind wirklich gut; wenn sie nur gebraten wären!' Scheich Ibrahîm versetzte: ‚Bei Gott, meine Herrin, du hast recht.' Dann wandte er sich an den Kalifen: ‚O Fischer, weshalb brachtest du uns diese Fische nicht gebraten? Auf jetzt, brate sie für uns, und dann bringe sie uns!' ‚Zu Befehl!' erwiderte der Kalif, ‚ich will sie für euch braten und herbringen.' Sie riefen noch: ‚Mach schnell!' Da eilte der Kalif schon fort, bis er zu Dscha'far kam, den er anrief. Der antwortete: ‚Hier bin ich, o Beherrscher der Gläubigen; steht alles gut?' ‚Sie wollen die Fische gebraten', sprach der Kalif; und Dscha'far entgegnete: ‚O Beherrscher der Gläubigen, gib sie mir her, ich will sie braten.' ‚Bei den Gräbern meiner Ahnen und Vorväter,' sprach der Kalif, ‚ich will sie allein mit eigener Hand braten!' Dann ging er in die Hütte des Gärtners, suchte nach und fand dort alles, dessen er bedurfte: Salz, Safran, Thymian, und was sonst nötig war. Er ging zum Kohlenbecken und setzte die Bratpfanne auf und briet ein schönes Gericht; und als es fertig war, legte er es auf ein Bananenblatt, holte aus dem Garten vom Wind abgeschüttelte Früchte, Limonen und Zitronen, und trug das Ganze hinauf und setzte es ihnen vor. Da begannen der Jüngling und das Mädchen und der Scheich Ibrahîm zu essen; und als sie mit dem Essen fertig waren, wuschen sie sich die Hände, und Nûr ed-Dîn sprach zu dem Kalifen: ‚Bei Allah, o Fischer, du hast uns heute nacht eine rechte Wohltat erwiesen.' Und er griff in seinen Beutel und nahm drei von den Dinaren, die Sandschar ihm beim Abschied gegeben hatte, und sagte: ‚O Fischer, entschuldige mich! Denn, bei Allah, hätte ich dich vor dem gekannt, was jetzt über mich gekommen ist, ich hätte dein Herz von der Bitterkeit der Armut befreit; doch nimm jetzt dies, es ist das Beste, was ich dir geben kann!' Dann warf er dem Kalifen die drei Goldstücke hin, und der nahm sie und küßte sie und steckte sie ein. Nun aber war sein einziges Ziel bei alledem, die Sklavin singen zu hören; und deshalb sprach er zu Nûr ed-Dîn: ‚Du hast mich freigebig belohnt; doch ich erbitte eines noch von deiner grenzenlosen Güte, daß du nämlich dieses Mädchen singen lässest, damit ich es höre.' Da rief Nûr ed-Dîn: ‚O Enîs el-Dschelîs!' Sie erwiderte ‚Ja!' Und er fuhr fort: ‚Bei meinem Leben, singe uns etwas um dieses Fischers willen; denn er möchte dich gern hören!' Als die Sklavin die Worte ihres Herrn vernommen hatte, griff sie zur Laute, stimmte sie, schlug die Saiten und sang die Verse:

> *Die Finger der zarten Maid griffen wohl in die Laute,*
> *Und als sie die Saiten rührte, wurde die Seele entrückt.*
> *Sie sang, und ihr Gesang brachte dem Tauben Heilung;*
> *Und der Stumme sprach: Fürwahr, du hast uns beglückt.*

Dann spielte sie von neuem und spielte so hinreißend, daß sie die Sinne bezauberte, und nun sang sie die Verse:

> *Es ward uns hohe Ehre, da du unser Land betratest;*
> *Dein Glanz war es, der das Dunkel der finsteren Nacht vertrieb.*
> *Darum geziemt es sich, daß ich meine Halle mit Moschus,*
> *Mit Rosenwasser und Kampfer durchdufte dir zulieb.*

Nun ward der Kalif so begeistert und so von Leidenschaft hingerissen, daß er sich im Übermaße des Entzückens nicht mehr beherrschen konnte, sondern ausrief: ‚Bei Allah, ist das schön! Bei Allah, ist das schön! Bei Allah, ist das schön!' Da fragte Nûr ed-Dîn: ‚O Fischer, gefällt dir dies Mädchen?' Der Kalif antwortete: ‚Bei Allah, ja!' Und da sprach Nûr ed-Dîn: ‚Sie ist ein Geschenk an dich, eine Gabe des Freigebigen, der sein Versprechen nicht zurücknimmt und der sein Geschenk nicht widerruft!' Dann sprang er auf die Füße und ergriff ein loses Gewand, das er über den Fischer warf, und hieß ihn die Sklavin nehmen und gehen. Sie aber sah ihn an und sprach: ‚O mein Gebieter, gehst du ohne ein Lebewohl? Wenn es denn sein muß, so bleib nur, bis ich dir Lebewohl gesagt habe und meine Not verkünde.' Und sie begann diese Verse zu singen:

> *Es herrschen in mir die Sehnsucht und treues Gedenken und Kummer;*
> *Des Schmerzes Allgewalt machte zum Schatten mich.*
> *Mein Freund, o sage mir nicht, ich könnte dich je vergessen;*
> *Denn Leiden bleibt doch Leiden; der Kummer währt ewiglich.*
> *Könnte ein menschliches Wesen auf seinen Tränen schwimmen,*
> *So wär ich die erste, die schwämme auf ihrer Tränen Flut.*
> *O du, zu dem die Liebe mein ganzes Herz durchdringet,*
> *Wie Wasser im Becher durchdrungen wird von des Mischweines Glut,*

> *Dies ist die Trennung, die ich seit langem zitternd ahnte;*
> *In meinem Inneren treibt deine Liebe ihr grausames Spiel.*
> *O Ibn Chakân, du bist mein einziger Wunsch, meine Hoffnung,*
> *Deine Liebe in meinem Herzen kennt weder Ende noch Ziel.*
> *Einst vergingest du dich an unserem Herren und Fürsten*
> *Um meinetwillen und zogest weit in die Ferne dahin.*
> *Möge dich Gott mein Scheiden niemals gereuen lassen!*
> *O gäbest du mich einem Edlen von untadligem Sinn!*

Als sie ihr Lied geendet hatte, antwortete ihr Nûr ed-Dîn mit diesen Versen:

> *Sie bot mir Lebewohl am Tage der Trennung und sagte,*
> *Während die Tränen ihr rannen in der Sehnsucht Leid:*
> *Was wirst du einst beginnen, wenn ich von dir geschieden?*
> *Da sprach ich: Frage Den, der da ist in Ewigkeit.*

Als der Kalif sie singen hörte: ‚O gäbest du mich einem Edlen', da wuchs seine Neigung zu ihr, und es war ihm hart und schwer, sie so zu trennen; darum sprach er zu dem Jüngling: ‚O Herr, siehe, diese Sklavin sagte in ihren Versen, du habest dich an ihrem Herrn vergangen und an dem, dem sie gehörte; also tu mir kund, an wem hast du dich vergangen, und wer hat einen Anspruch an dich?' ‚Bei Allah, o Fischer,' erwiderte Nûr ed-Dîn, ‚mir und diesem Mädchen widerfuhr ein wunderbares Erlebnis und ein seltsames Begegnis; und würde es mit Sticheln in die Augenwinkel gestichelt, es wäre eine Warnung für jeden, der sich warnen ließe.' Da rief der Kalif: ‚Willst du mir nicht erzählen, was dir im Leben widerfuhr, und mir deine Erlebnisse kundtun? Das kann dir vielleicht helfen; denn Allahs Hilfe ist nahe!' ‚O Fischer,' fragte Nûr ed-Dîn, ‚willst du unsere Geschichte in Prosa hören oder in Versen?' Der Kalif erwiderte darauf: ‚Prosa sind Worte nur, doch Verse sind eine Perlenschnur.' Da senkte Nûr ed-Dîn den Kopf und sprach diese Verse:

O ihr Freunde, seht, ich habe meinem Schlafe ganz entsagt,
Weil so fern von meinem Lande jetzt an mir der Kummer nagt.
Ja, ich hatte einen Vater, der so milden Herzens war.
Ach, der ist mir jetzt entschwunden; er weilt in der Toten Schar.
Über mich, nach seinem Scheiden, brausten Lebensstürme hin,
Und dadurch bin ich geworden ganz betrübt in meinem Sinn.
Er erwarb mir eine Sklavin, eine wunderschöne Maid,
Einem Zweig glich ihres Leibes zarte Ebenmäßigkeit.
Was an Vatersgut ich erbte, gab ich alles für sie aus,
Und ich spendete den guten Freunden damit manchen Schmaus.
Als ich sie verkaufen mußte, quälte mich der Kummer sehr,
Doch den Trennungsschmerz zu dulden, nein, das wurde mir zu schwer.
Wie der Rufer auf dem Markte zum Verkaufe sie hielt feil,
Sieh, da bot auf sie ein alter Graukopf, der war schlecht und geil.
Darob ist in meiner Seele ein gewalt'ger Zorn entbrannt;
Und sogleich riß ihre Hand ich hastig aus des Knechtes Hand.
Jener elende Halunke schlug nach mir in seiner Wut,
Und es brannte mächtig in ihm seines Ketzerzornes Glut.
Grimmig hieb ich mit der Rechten und der Linken auf ihn ein,
Und so heilte ich dann schließlich meines Herzens schwere Pein.
Doch von Angst erfüllet lief ich eilig in mein Haus zurück,
Und aus Furcht vor meinem Feinde barg ich mich vor seinem Blick.
Da befahl des Landes Herrscher, daß man mich ergreifen sollt;
Doch es kam der treugesinnte Kämmerer, der war mir hold;
Gab mir einen Wink, ich solle in die weite Ferne fliehn
Und zum Ärger meiner Feinde ihren Blicken mich entziehn.
Also zogen wir aus unsrem Haus davon in finstrer Nacht,
Und die Suche nach der Heimstatt hat uns gen Baghdad gebracht.
Jetzo habe ich, o Fischer, nichts an Schätzen hier bei mir,
Dir zu schenken – nur das eine! Und fürwahr, das gab ich dir.
Meines Herzens Allerliebste machte ich dir zum Geschenk.
Ja, ich gab für dich mein Herzblut – dessen sei du eingedenk!

Als er sein Lied beendet hatte, sprach der Kalif zu ihm: ‚O mein Herr Nûr ed-Dîn, erzähle mir deine Geschichte genauer.' Da erzählte er ihm alles von Anfang bis zu Ende, und als der Kalif alles vernommen hatte, sprach er zu ihm: ‚Wohin gedenkst du jetzt zu gehen?' ‚Gottes Welt ist weit', erwiderte er. Der Kalif aber sprach: ‚Wenn ich dir ein Schreiben an den Sultan Mohammed ibn Sulaimân ez-Zaini mitgebe, und wenn er es liest, so wird er dir keinerlei Leid antun.' – – «

Da bemerkte Schehrezâd, daß der Morgen begann, und sie hielt in der verstatteten Rede an. Doch als die *Achtunddreißigste Nacht* anbrach, fuhr sie also fort: »Es ist mir berichtet worden, o glücklicher König, daß der Kalif zu Nûr ed-Dîn also sagte: ‚Ich will dir ein Schreiben an den Sultan Mohammed ibn Sulaimân ez-Zaini mitgeben, und wenn er es liest, so wird er dir kein Leid antun.' Nûr ed-Dîn aber fragte: ‚Wie! Gibt es in der Welt einen Fischer, der mit Königen im Briefwechsel steht? Das ist etwas ganz Unmögliches!' Darauf erwiderte der Kalif: ‚Du sprichst die Wahrheit; aber ich will dir den Grund sagen. Wisse denn, ich lernte mit ihm in derselben Schule und unter demselben Lehrer, und ich war Klassenerster. Seither ist ihm das Glück hold gewesen, so daß er Sultan wurde, während Gott mich erniedrigte und mich zum Fischer machte; aber niemals sende ich zu ihm, ohne daß er meine Bitte erfüllt; ja, und wenn ich jeden Tag tausend Bitten an ihn senden würde, er würde sie alle erfüllen.' Als Nûr ed-Dîn seine Worte hörte, sagte er: ‚Gut! Schreibe, daß ich es sehe!' Da nahm der Kalif Tintenkapsel und Rohr und schrieb, was folgt: ‚Im Namen Allahs des Erbarmenden, Erbarmungsreichen! Des Ferneren: Dieser Brief ist von Harûn er-Raschîd ibn el-Mahdi an Seine Hoheit Mohammed ibn Sulaimân ez-Zaini, den von meiner Huld Umfangenen, den ich in einem Teil meines Reiches zu meinem Statthalter gemacht habe. Der Überbringer dieses Schreibens ist Nûr ed-Dîn 'Alî, der Sohn von el-Fadl ibn Chakân, dem Wesir. Und sobald es Dir zu Händen kommt, entkleide Dich der königlichen Würde und bekleide ihn damit.

Widersetze Dich meinem Gebote nicht, und Friede sei mit Dir!' Dann übergab er dies Schreiben dem Nûr ed-Dîn, und der nahm es und küßte es und legte es in seinen Turban und machte sich alsbald auf die Reise.

Lassen wir ihn nun dahinziehen und wenden wir uns wieder dem Kalifen zu! Scheich Ibrahîm sah ihn, der noch immer im Fischergewande war, groß an und rief: ‚Du gemeinster der Fischer, du hast uns ein paar Fische gebracht, die zwanzig Piaster wert waren, und hast drei Dinare dafür erhalten; und jetzt willst du auch das Mädchen noch nehmen?' Als der Kalif das hörte, schrie er ihn an und gab Masrûr ein Zeichen, der sich entdeckte und auf ihn zustürzte. Inzwischen aber hatte Dscha'far einen der Gärtnerburschen zum Pförtner des Palastes geschickt, um für den Fürsten der Gläubigen eins der königlichen Gewänder zu holen; und dieser kehrte mit dem Gewande zurück und küßte den Boden vor dem Kalifen. Und der warf ab, was er an Kleidern auf dem Leibe hatte, und legte jenes Gewand an. Scheich Ibrahîm saß noch immer auf seinem Stuhl, und der Kalif blieb stehen, um zu sehen, was geschehen werde. Doch Scheich Ibrahîm war fassungslos vor Bestürzung, und er vermochte nichts zu tun, als sich auf die Finger zu beißen und zu sagen: ‚Schlafe ich denn oder wache ich!' Der Kalif aber sah ihn an und rief: ‚O Scheich Ibrahîm, in welchem Zustand muß ich dich hier sehen?' Da wurde er plötzlich wieder nüchtern, warf sich zu Boden und sprach die Verse:

> *Vergib mir die Sünde, in die mein Fuß hineingeglitten!*
> *Der Sklave erwartet ja von seinem Herren die Huld.*
> *Ich habe nun gestanden, und das gebot mein Vergehen.*
> *Doch wo ist nun, was dir gebietet verzeihende Huld?*

Da verzieh der Kalif ihm und befahl, die Sklavin ins Stadtschloß zu bringen, und als sie dort angekommen war, teilte er ihr eigene Gemächer zu, bestimmte Dienerinnen für sie und sagte zu ihr: ‚Wisse, ich habe deinen Herrn als Sultan nach Basra gesandt, und so Allah der Erhabene will, werde ich ihm das königliche Kleid entsenden und zugleich auch dich.'

Lassen wir nun jene und kehren wir zu Nûr ed-Dîn zurück! Der war immerfort weitergewandert, bis er Basra erreichte; und dort begab er sich in den Palast des Sultans und stieß einen lauten Schrei aus, so daß der Sultan ihn hörte und holen ließ. Als er vor ihn trat, da küßte er den Boden vor ihm, zog das Schreiben hervor und überreichte es. Als der Sultan die Aufschrift von der Hand des Beherrschers der Gläubigen sah, stand er auf und küßte sie dreimal; und als er gelesen hatte, sprach er: ‚Ich höre und ich gehorche Allah dem Erhabenen und dem Beherrscher der Gläubigen!' Dann berief er die vier Kadis und die Emire, und er stand schon im Begriff, sich der königlichen Gewalt zu entledigen, siehe, da trat der Wesir el-Mu'în ibn Sâwa ein. Dem gab der Sultan das Schreiben, und als der es gelesen hatte, zerriß er es und steckte die Fetzen in den Mund, kaute sie und spie sie aus. Der Sultan aber rief zornig: ‚Weh dir! Was trieb dich zu solcher Tat?' ‚Bei deinem Leben! O unser Herr und Sultan,' erwiderte el-Mu'în, ‚dieser Mensch ist nie bei dem Kalifen noch auch bei seinem Wesir gewesen; er ist ein Galgenstrick, ein Satan, ein Betrüger, der einen Fetzen fand, darauf der Kalif geschrieben hatte, ein nichtiges Blatt, und er hat es zu seinen Zwecken benutzt. Der Kalif hätte ihn nicht hergeschickt, um dir die Herrschaft zu nehmen, ohne einen Kabinettsbefehl und ohne Einsetzungsdiplom. Der da ist nicht vom Kalifen gekommen, niemals, niemals, niemals! Wenn die Sache wahr wäre, so hätte der Kalif einen Kammerherrn mit ihm geschickt oder einen Wesir; aber er ist allein gekommen.' ‚Was ist zu tun?' fragte da der Sultan, und der

Minister erwiderte: ‚Überlasse mir diesen Burschen, ich will ihn unter meine Aufsicht nehmen und ihn unter der Obhut eines Kämmerlings nach der Stadt Baghdad senden. Wenn er die Wahrheit redet, so wird er uns den Kabinettsbefehl und das Diplom mitbringen; bringt er es nicht, so werde ich meine Forderung von diesem meinem Schuldner einziehn.' Als der Sultan des Ministers Worte hörte, sagte er: ‚Da hast du ihn!' So nahm der Wesir ihn vom König entgegen und führte ihn in sein Haus und rief seine Sklaven, die Nûr ed-Dîn zu Boden warfen und schlugen, bis er in Ohnmacht fiel. Und der Wesir ließ ihm schwere Fesseln um die Füße legen und führte ihn ins Gefängnis, wo er den Wächter rief, einen Mann namens Kutait, der heraustrat und vor ihm den Boden küßte. Zu dem sprach er: ‚O Kutait, ich wünsche, daß du diesen Burschen nimmst und ihn in eine der unterirdischen Zellen des Gefängnisses wirfst und ihn folterst bei Tag und bei Nacht.' ‚Ich höre und gehorche!' versetzte der Kerkermeister; dann führte er den Nûr ed-Dîn in das Gefängnis und schloß die Tür hinter ihm. Darauf ließ er eine Bank, die hinter der Tür stand, fegen und legte eine Decke darauf und ein Ledertuch und hieß Nûr ed-Dîn sich darauf setzen, löste ihm die Fesseln und behandelte ihn freundlich. Der Wesir schickte jeden Tag den Befehl, ihn zu schlagen, aber der Kerkermeister unterließ es; und so ging es vierzig Tage hindurch. Am einundvierzigsten aber kam ein Geschenk vom Kalifen; und als der Sultan es sah, gefiel es ihm, und er befragte die Minister darüber, und einer von ihnen sagte: ‚Vielleicht ist dieses Geschenk für den neuen Sultan bestimmt.' Da rief der Wesir el-Mu'în ibn Sâwa: ‚Es wäre besser gewesen, ihn gleich am Tage seiner Ankunft hinzurichten'; und der Sultan rief: ‚Bei Allah, du hast mich an ihn erinnert! Geh hinunter und hole ihn, so will ich ihm den Kopf abschlagen lassen.' ‚Ich höre und gehorche', sprach el-Mu'în; und er stand auf und sagte: ‚Ich will in der Stadt verkünden lassen: Wer immer sich durch das Schauspiel ergötzen will, wie Nûr ed-Dîn ibn el-Fadl ibn Chakân enthauptet wird, der möge sich zum Palast begeben! Dann werden Herr und Knecht herbeiströmen, um zuzusehen; also heile ich mein Herz und bereite meinen Neidern Schmerz!' ‚Tu, wie du willst!' sprach der Sultan. Nun ging der Wesir hocherfreut davon, begab sich zu dem Wachthauptmann und befahl ihm, den Aufruf so zu erlassen. Doch als die Leute den Ausrufer hörten, trauerten alle und weinten, die Kinder selbst in der Schule und die kleinen Kaufleute in ihren Läden; und einige wetteiferten, Plätze zum Zusehen zu finden, und andere gingen zum Gefängnis, um ihm das Geleit zu geben. Und alsbald kam der Wesir mit zehn Mamluken in das Gefängnis, und Kutait, der Kerkermeister, fragte ihn: ‚Was wünschest du, o Herr Wesir?' Der erwiderte: ‚Bring mir den Galgenstrick her!' Der Kerkermeister aber sagte: ‚Er ist im traurigsten Zustand, weil ich ihn so viel geschlagen habe.' Dann trat er in das Gefängnis und hörte den Nûr ed-Dîn diese Verse sprechen:

> *Wer ist es, der mir hülfe in meinem tiefen Elend,*
> *Das mir so schweres Leiden, doch keine Arznei gebracht?*
> *Verbannung hat mein Herz, meine Lebenskraft gebrochen;*
> *Die Zeit hat meine Freunde zu meinen Feinden gemacht.*
> *Ihr Leute, ist unter euch kein Freund, der Mitleid kennet,*
> *Der meine Not mitfühlt und der meinen Ruf erhört?*
> *Der Tod ist mir jetzt leicht mit allen seinen Ängsten,*
> *Und Hoffnung auf Lebensfreude habe ich mir verwehrt.*
> *O Herr, bei unserem Leiter, dem auserkornen Verkünder,*
> *Dem Ozean des Wissens, dem Herrn der Fürsprecher all,*
> *Ich bitte dich, befreie mich jetzt, verzeih meine Sünde,*
> *Und wende von mir ab mein Leiden und meine Qual!*

Nun zog der Kerkermeister ihm die reinen Gewänder aus, legte ihm zwei schmutzige Kleider an und führte ihn vor den Wesir. Nûr ed-Dîn blickte ihn an und sah, daß es sein Feind war, der seinen Tod begehrte. Als er das sah, weinte er und sprach: ‚Bist denn du so sicher gegen das Geschick? Hast du nicht den Spruch des Dichters gehört:

> *Wo sind die Könige der Perser, die einstigen Helden?*
> *Sie häuften ihr Gut – es verging, und auch sie selber vergingen!*

Dann fuhr er fort: ‚O Wesir, denke daran, daß Allah – Preis sei Ihm, dem Erhabenen! – zu tun vermag, was er will!' ‚O 'Alî,' erwiderte jener, ‚glaubst du mich mit solchem Geschwätz zu schrecken, wo ich dir heute noch den Hals abschlagen lassen werde, dem Volk von Basra zum Trotz? Ich mache mir keine Gedanken; möge das Schicksal tun, was es will! Um deine Mahnung kümmere ich mich nicht, sondern ich halte mich an den Spruch des Dichters:

> *Laß nur die Tage, wie sie wollen, schalten*
> *Und füge dich in des Geschickes Walten!*

Und wie vortrefflich sagt doch ein anderer:

> *Ein Mann, der seinen Feind noch überlebt*
> *Um einen Tag, erreicht, was er erstrebt.'*

Dann befahl der Wesir seinen Dienern, Nûr ed-Dîn auf den Rücken eines Maultiers zu setzen; aber die Diener, denen dies hart ankam, sagten zu Nûr ed-Dîn: ‚Laß uns ihn steinigen und in Stücke hauen, wenn auch unser Leben daraufgeht!' Doch der rief: ‚Das sollt ihr nimmermehr tun! Habt ihr denn nicht des Dichters Wort gehört:

> *Ganz unverrückbar ist die Zeit, die mir bestimmet.*
> *Und sind einst ihre Tage zu Ende, so sterbe ich.*
> *Und schleppten mich auch die Löwen in ihr verstecktes Lager,*
> *Sie könnten die Tage nicht enden, bis meine Zeit verstrich.'*

Dann riefen sie vor Nûr ed-Dîn aus: ‚Dies ist die geringste Strafe für den, der Könige mit Fälschungen betrügt.' Sie führten ihn so durch ganz Basra, und schließlich brachten sie ihn unter das Fenster des Palastes und setzten ihn dort auf das Blutleder. Nun trat der Henker an ihn heran und sagte: ‚Lieber Herr, ich bin nur ein Sklave, dem dies befohlen ist; wenn du noch einen Wunsch hast, tu ihn mir kund, damit ich ihn erfülle, denn dir bleibt von deinem Leben nur noch die kurze Frist, bis der Sultan sein Gesicht am Fenster zeigt.' Da blickte Nûr ed-Dîn nach rechts und nach links und vor sich und hinter sich, und er sprach die Verse:

> *Ich sehe das Schwert und den Henker, das Blutleder ist zur Stelle,*
> *Und rufe: O meine Not, mein furchtbares Mißgeschick!*
> *Seh ich denn keinen Freund, der mitfühlt, der mich rettet?*
> *Ich bitte euch flehentlich: O, gebt mir Antwort zurück!*
> *Die Zeit meines Lebens verstrich, und mein Verhängnis ist nahe;*
> *Find ich denn keinen Erbarmer, der Gotteslohn erstrebt?*
> *Der auf mein Elend blickt und auf meine Leiden schauet*
> *Und mir einen Wassertrunk reicht, der meine Qualen hebt?*

Nun begann das Volk um ihn zu weinen. Der Henker aber ging hin, holte einen Trunk Wasser und reichte ihm den; doch der Wesir sprang auf, schlug mit der Hand nach dem Krug und zerbrach ihn; und er schrie den Henker an und befahl ihm, Nûr ed-Dîn den Kopf abzuschlagen. Da verband er ihm die Augen, und das Volk schrie laut wider den Wesir, und Klagen erschollen und vieles Fragen von einem zum andern. In dem Augenblick wirbelte Staub empor, und eine Wolke legte Himmel und Erde einen Schleier vor; und als der Sultan, der im Palaste saß, das sah, rief er den Leuten zu: ‚Seht nach, was es gibt!' Der Wesir sagte: ‚Wir wollen doch erst diesem Burschen den Hals abschlagen!' Aber der Sultan befahl: ‚Warte, bis wir sehen, was dies bedeutet!'

Nun war jene Staubwolke der Staub, den Dscha'far, der Barmekide, der Wesir des Kalifen, mit seiner Schar aufwirbelte; und der Grund seines Kommens war dieser: Dreißig Tage lang hatte der Kalif nicht mehr an das Geschick des Nûr ed-Dîn 'Alî gedacht, und niemand hatte ihn daran erinnert, bis er eines Nachts an dem Gemache der Enîs el-Dschelîs vorüberkam und sie weinen und mit schöner, zarter Stimme diese Verse des Dichters singen hörte:

> *Dein Bild steht immer vor mir, ob nah oder fern du bist:*
> *Und meine Lippe nennt deinen Namen zu jeglicher Frist.*

Dann weinte sie noch lauter, und siehe, da öffnete der Kalif die Tür, trat in das Gemach ein und fand Enîs el-Dschelîs in Tränen. Kaum wurde sie des Kalifen gewahr, da warf sie sich zu Boden, küßte ihm dreimal die Füße und sprach diese Verse:

> *O du, dessen Ursprung so rein ist und dessen Geburt so edel,*
> *Du Zweig voll reifer Früchte, des edelsten Hauses Sproß,*
> *Ich mahne dich an das Versprechen, das deine hohe Güte*
> *Uns gab. Es sei doch ferne von dir, du sagest dich los!*

Da fragte der Kalif: ‚Wer bist du?' Sie antwortete: ‚Ich bin die, die 'Alî ibn el-Fadl dir zum Geschenk gemacht hat, und ich sehne mich danach, daß du dein Versprechen, das du mir gegeben hast, erfüllen und mich zu ihm mit der Ehrengabe schikken möchtest; jetzt bin ich hier seit dreißig Tagen, ohne die Süße des Schlafes gekostet zu haben.' Da ließ der Kalif den Barmekiden Dscha'far zu sich entbieten und sagte zu ihm: ‚Dscha'far, es sind dreißig Tage her, seit ich nichts von Nûr ed-Dîn 'Alî ibn el-Fadl gehört habe, und ich kann mir nichts anderes denken, als daß der Sultan ihn getötet hat; aber beim Leben meines Hauptes und bei den Gräbern meiner Väter und Ahnen, wenn ihm etwas Arges widerfahren ist, so will ich wahrlich den, der es veranlaßt hat, vernichten, und wäre er mir der teuerste von allen Menschen! Also wünsche ich, daß du aufbrechest nach Basra, noch in dieser Stunde, und mir Nachricht bringest von dem König Mohammed ibn Sulaimân ez-Zaini, wie er mit Nûr ed-Dîn 'Alî ibn el-Fadl verfahren ist.' Und er fügte noch hinzu: ‚Wenn du dich auf dem Wege länger aufhältst, als nötig ist, so will ich dir den Kopf abschlagen. Und ferner erzähle meinem Herrn Vetter die ganze Geschichte des Nûr ed-Dîn 'Alî und wie ich ihn mit meinen schriftlichen Befehlen entsandte; und wenn du siehst, o mein Vetter, daß der König anders gehandelt hat, als ich befahl, so bringe ihn und seinen Wesir el-Mu'în ibn Sâwa her, wie auch immer du sie antriffst. Bleib nicht länger unterwegs, als nötig ist!' ‚Ich höre und gehorche!', erwiderte Dscha'far, und er machte sich augenblicks bereit und zog fort, bis er nach Basra kam. Dort hatte die Nachricht von seinem Kommen bereits den König Mohammed ibn Sulaimân ez-Zaini erreicht. Und als nun Dscha'far bei seiner Ankunft das wilde Gedränge des Volkes sah, da fragte er: ‚Was hat dieser Trubel zu bedeuten?' Und man erzählte ihm, was mit Nûr ed-Dîn 'Alî geschah. Als Dscha'far das hörte eilte er zum Sultan und grüßte ihn und meldete ihm, weshalb er komme und daß der Kalif, falls dem Jüngling Arges widerfahren wäre, den Schuldigen umbringen werde. Dann nahm er den König und den Wesir Mu'în ibn Sâwa in Haft und ließ sie bewachen; und nachdem er befohlen hatte, Nûr ed-Dîn loszulassen, setzte er ihn an Stelle des Mohammed ibn Sulaimân als Sultan auf den Thron. Dann blieb er noch drei Tage lang in Basra, die Zeit der Gastpflicht, und am Morgen des vierten Tages wandte Nûr ed-Dîn 'Alî sich an ihn und sprach: ‚Mich verlangt nach dem Anblick des Beherrschers der Gläubigen.' Da sagte Dscha'far zu Mohammed ibn Sulaimân: ‚Mache dich fertig zur Reise, denn wir wollen das Morgengebet verrichten und alsbald nach Baghdad ziehen'; der erwiderte: ,Ich höre und gehorche!' So beteten sie und ritten alle davon; und bei ihnen war auch der Wesir el-Mu'în ibn Sâwa, der zu bereuen begann, was er getan hatte. Nûr ed-Dîn ritt Dscha'far zur Seite, und sie zogen ohne Aufenthalt dahin, bis sie Baghdad, die Stätte des Friedens, erreichten. Darauf traten sie zu dem Kalifen ein und erzählten ihm die Geschichte des Nûr ed-Dîn, wie sie ihn am Rande des Todes getroffen hatten. Da nahte der Kalif sich dem Jüngling und sprach zu ihm: ,Nimm dies Schwert und triff mit ihm den Nacken deines Feindes.' Der nahm das Schwert aus seiner Hand und trat an el-Mu'în heran; aber der sah ihn an und sagte: ,Ich habe nach meiner Natur gehandelt, handle du nach deiner Natur!' Da warf Nûr ed-Dîn das Schwert aus der Hand, blickte den Kalifen an und sprach: ,O Beherrscher der Gläubigen, er hat mich mit seinen Worten entwaffnet'; und er sprach den Vers:

Ich überlistete ihn durch Schlauheit, als er kam;
Denn den edlen Mann überlistet ein kluges Wort.

,So laß ihn denn!' rief der Kalif; und er sprach zu Masrûr: ,Du, Masrûr, geh hin und schlag ihm den Kopf ab!' Da ging Masrûr hin und schlug ihm den Kopf ab. Dann sprach der Kalif zu Nûr ed-Dîn 'Alî: ,Erbitte dir eine Gnade von mir!' ,Mein Gebieter,' erwiderte er, ,ich trachte nicht nach der Königswürde von Basra, ich sehe meine Ehre nur darin, dir zu dienen und dein Angesicht zu schauen.' ,Herzlich gern', sprach der Kalif. Dann ließ er Enîs el-Dschelîs rufen, und als sie vor ihm stand, überhäufte er sie beide mit seiner Gunst und gab ihnen einen seiner Paläste in Baghdad und verlieh ihnen jährliche Einkünfte; den Nûr ed-Dîn 'Alî machte er zu einem seiner Tischgenossen, so daß er immer bei dem Beherrscher der Gläubigen blieb und das schönste Leben genoß, bis ihn der Tod ereilte.

Und doch«, fuhr Schehrezâd fort, »ist diese Geschichte nicht wunderbarer als die Geschichte vom Kaufmann und seinen Kindern.« Der König fragte: »Wie ist die Geschichte?« Und Schehrezâd erzählte

DIE GESCHICHTE VON GHÂNIM IBN AIJÛB, DEM VERSTÖRTEN SKLAVEN DER LIEBE

Es ist mir berichtet worden, o glücklicher König, daß in alter Zeit und längst entschwundener Vergangenheit in Damaskus ein Kaufmann lebte, ein reicher Mann. Der hatte einen Sohn, dem Monde gleich in der Nacht seiner Fülle, und dazu von lieblicher Rede; dieser hieß Ghânim ibn Aijûb, genannt der verstörte Sklave der Liebe. Und der hatte eine Schwester, die hieß Fitna, ein Mädchen, einzig an Schönheit und Lieblichkeit. Und als ihr Vater starb, hinterließ er ihnen großen Reichtum. – –«

Da bemerkte Schehrezâd, daß der Morgen begann, und sie hielt in der verstatteten Rede an. Doch als die *Neunundreißigste Nacht* anbrach, fuhr sie also fort: »Es ist mir berichtet worden, o glücklicher König, daß der Kaufmann seinen beiden Kindern großen Reichtum hinterließ und unter anderm hundert Kamellasten von Seidenstoffen, Brokaten und Moschusblasen[1]; und auf jedem Ballen stand geschrieben: ‚Dies ist bestimmt für Baghdad‘; denn es war seine Absicht gewesen, die Reise nach Baghdad anzutreten, als ihn Allah der Erhabene zu sich rief. Nach einer Weile nahm sein Sohn diese Lasten und machte sich auf den Weg nach Baghdad. Das war in der Zeit des Kalifen Harûn er-Raschîd. Vor seiner Abreise bot er seiner Mutter und seinen Verwandten und den Leuten der Stadt Lebewohl und

[1]. Aus einem blasenartigen Sacke des Moschustieres wird das im Orient so geschätzte Parfüm gewonnen.

zog mit einer Schar von Kaufleuten davon im Vertrauen auf Allah den Erhabenen. Und Allah gewährte ihm eine glückliche Reise, so daß er sicher in Baghdad ankam. Dort mietete er sich ein schönes Wohnhaus, das er mit Teppichen und Kissen und Vorhängen ausstattete; und darin brachte er jene Ballen unter und in den Ställen seine Maultiere und Kamele, und dann ruhte er eine Weile. Alsbald erschienen die Kaufleute und die Vornehmen von Baghdad, um ihn zu begrüßen; darauf nahm er ein Bündel mit zehn Stücken kostbarer Stoffe, auf denen die Preise geschrieben standen, und ritt damit in den Basar der Kaufleute, wo sie ihn willkommen hießen und ihn begrüßten und ihm alle Ehre erwiesen; und sie ließen ihn absteigen von seinem Tier und gaben ihm einen Platz im Laden des Marktvorstehers, dem er das Bündel übergab. Der öffnete es, zog die Stoffe hervor und verkaufte sie mit einem Nutzen von zwei Dinaren auf jeden Dinar des Einkaufspreises. Darüber freute Ghânim sich und verkaufte seine seidenen Stoffe einen nach dem andern, und tat so ein volles Jahr lang. Am ersten Tage des folgenden Jahres ging er wie gewöhnlich zu der Kaufhalle, die im Basar war, und er fand das Tor geschlossen; und als er nach dem Grunde fragte, sagte man ihm: ‚Einer der Kaufleute ist gestorben, und all die anderen folgen seiner Bahre. Willst du dir nicht den Lohn der guten Tat verdienen und mit ihnen gehen?' Er erwiderte: ‚Gern', und dann fragte er nach der Stätte, an der das Begräbnis stattfand, und man sagte ihm Bescheid. Nun vollzog er die religiöse Waschung und begab sich mit den anderen Kaufleuten in die Gebetshalle, wo sie über dem Toten beteten; darauf schritten alle die Kaufleute vor der Bahre her bis zum Totenacker, und Ghânim blieb in seiner Höflichkeit bei ihnen. Sie zogen mit der Leiche aus Baghdad hinaus bis vor die Tore der Stadt und schritten zwischen den Gräbern dahin, bis sie die Grabstätte erreichten; dort sahen sie, daß die Verwandten des Verstorbenen über der Gruft ein Zelt errichtet und es mit Lampen und Wachskerzen versehen hatten. Dann versenkten sie die Leiche; die Vorleser aber setzten sich und lasen aus dem Koran über jenem Grabe. Da setzten sich auch die Kaufleute nieder, und Ghânim ibn Aijûb mit ihnen; denn die Höflichkeit beherrschte sein ganzes Wesen, und er sprach bei sich: ‚Ich kann sie nicht gut verlassen, sondern ich muß mit ihnen zurückgehen.' Und sie blieben und lauschten der Koranvorlesung bis zum Abend. Da brachte man ihnen Speisen und Süßigkeiten, und sie aßen, bis sie gesättigt waren; und sie wuschen sich die Hände und setzten sich wieder auf ihre Plätze. Aber Ghânims Geist war beschäftigt mit Gedanken an sein Haus und seine Waren, denn er war in Sorge wegen der Räuber und er sagte zu sich selber: ‚Ich bin ein Fremdling und gelte als reich; wenn ich die Nacht fern von meiner Wohnung verbringe, so stehlen die Räuber von dort das Geld aus dem Kasten und die Warenlasten.' Als er nun seine Sorge um sein Geld und Gut nicht länger beherrschen konnte, stand er auf und verließ die Versammlung, nachdem er um Erlaubnis gebeten hatte, einem dringenden Geschäfte nachzugehen; dann ging er weiter, indem er den Spuren des Weges folgte, bis er zum Stadttor kam. Doch es war um Mitternacht, und er fand das Stadttor geschlossen und sah keinen Menschen kommen oder gehen, noch hörte er einen anderen Laut als das Bellen der Hunde und das Geschrei der Schakale. Da rief er betroffen: ‚Es gibt keine Majestät und es gibt keine Macht außer bei Allah! Ich war besorgt um meinen Besitz und kehrte nur seinetwillen zurück; jetzt aber finde ich das Tor geschlossen, und ich bin in Furcht um mein Leben.' Darauf machte er kehrt und schaute nach einem Ort aus, an dem er bis zum Morgen schlafen könnte; und er fand ein Heiligengrab: vier Mauern schlossen es ein, drin war ein Palmbaum, und es hatte ein Tor aus hartem Stein. Und da das Tor offen stand, ging er hinein; dort wollte er schlafen, aber der Schlaf kam nicht zu ihm, denn ihn bedrückte die Angst und das Gefühl der Verlassenheit inmitten der Gräber. So stand er auf, öffnete das Tor und blickte hinaus, und siehe, in der Richtung des Stadttores in der Ferne schimmerte ein Licht; er ging ein wenig darauf zu und erkannte, daß dies Licht auf dem Wege war, der zu dem Grabe führte, bei dem er sich befand. Nun fürchtete Ghânim für sein Leben, schloß eilig das Tor, stieg in die Krone des Palmbaums hinauf und verbarg sich im Laube. Das Licht aber kam immer näher, bis es dicht bei dem Grabe war. Da blickte er das Licht genau an und entdeckte drei Sklaven, von denen zwei eine Kiste trugen, während der dritte eine Laterne und eine Axt in der Hand hielt. Als sie bei dem Grabe waren, sagte einer von denen, die die Kiste trugen: ‚Was ist dir, Sawâb?‘ Und der andere fragte: ‚Was ist dir, Kafûr?‘ Der erste wiederum: ‚Als wir gegen Abend hier waren, haben wir da das Tor nicht offen gelassen?‘ Der andere: ‚Ja, was du sagst, ist richtig.‘ Der erste: ‚Jetzt ist es aber fest verschlossen!‘ Da rief der dritte, der Buchait hieß, das war der, der die Axt und das Licht trug: ‚Wie dumm seid ihr! Wißt ihr nicht, daß die Besitzer der Gärten öfters von Baghdad aus hierher kommen? Wenn dann der Abend sie überrascht, so treten sie hier ein und schließen das Tor, aus Furcht, Schwarze wie wir könnten sie fangen und braten und verzehren.‘ ‚Du hast recht,‘ erwiderten die beiden andern, ‚aber bei Allah, wir sind nicht dümmer als du!‘ ‚Ihr werdet mir nicht eher glauben‘, sprach Buchait, ‚als bis wir hier eintreten und jemanden finden; ich glaube, als er das Licht erblickte und dann uns sah, da hat er sich aus Furcht vor uns auf die Palme dort geflüchtet.‘ Als aber Ghânim die Worte des Sklaven hörte, sprach er bei sich selber: ‚Verfluchter Sklave! Möge Allah dich nicht behüten, auch nicht um all dieser Schlauheit und Gerissenheit willen! Es gibt keine Majestät, und es gibt keine Macht außer bei Allah, dem Erhabenen und Allmächtigen! Was kann mich nun vor diesen Mohren retten?' Darauf sagten die beiden, die die Kiste trugen, zu dem mit der Axt: ‚Steig über die Mauer und öffne das Tor für uns, Buchait, denn wir sind es müde, die Kiste auf dem Nacken zu tragen; und wenn du uns das Tor geöffnet hast, so soll dir einer von denen gehören, die wir drinnen fanden, und wir wollen ihn dir so vortrefflich braten, daß kein Tröpfchen von seinem Fett verloren geht.' Buchait aber sagte: ‚Ich fürchte etwas, was mir mein schwacher Verstand eingibt: wir wollen doch lieber die Kiste über das Tor werfen, da sie unser Schatz ist.' ‚Wenn wir sie hinüberwerfen, so wird sie zerbrechen', erwiderten sie; doch er antwortete: ‚Ich fürchte, es sind Räuber dort drinnen, die Leute ermorden und ihnen ihre Habe rauben; denn wenn es Abend wird, so verstecken sie sich in solchen Orten und teilen ihre Beute.' ‚O du Dummkopf,' riefen die beiden, ‚können die denn hier hineinkommen?' Dann setzten sie die Kiste nieder, kletterten über die Mauer und öffneten das Tor, während der dritte Sklave, das heißt Buchait, mit der Axt, der Laterne und einem Korbe voll Mörtel draußen stand. Dann verschlossen sie das Tor wieder und setzten sich hin; und einer von ihnen sprach: ‚Brüder, wir sind müde vom Marsch und vom Tragen der Kiste und vom Öffnen und Schließen des Tores; jetzt ist es Mitternacht, und wir haben nicht mehr die Kraft, das Grab zu öffnen und die Kiste zu vergraben; also laßt uns hier zwei bis drei Stunden ruhen und dann aufstehen und unsere Arbeit tun. Derweilen soll einer den anderen erzählen, wie er entmannt wurde, und alles, was ihm widerfahren ist, von Anfang bis zu Ende, so daß wir uns heute nacht in Ruhe die Zeit vertreiben.' Da begann als erster der Mann mit der Laterne, der da Buchait hieß: ‚Ich will euch meine Geschichte erzählen.' ‚Erzähle!' erwiderten sie; und so erzählte er

DIE GESCHICHTE
DES EUNUCHEN BUCHAIT

Wisset, Brüder, als ich ein Knabe war und etwa fünf Jahre alt, da holte mich ein Sklavenhändler aus meiner Heimat fort und verkaufte mich an einen Unteroffizier. Und der Käufer hatte eine Tochter von drei Jahren, mit der zusammen man mich aufzog; und man lachte über mich und ließ mich mit ihr spielen und vor ihr tanzen und singen, bis ich zwölf Jahre alt wurde und sie zehn; und selbst jetzt hielt man uns noch nicht voreinander zurück. Doch eines Tages ging ich zu ihr und fand sie in einem Zimmer allein dasitzen; sie sah aus, als käme sie geradeswegs aus dem Bade, das sich im Hause befand; denn sie duftete von Essenzen und Weihrauch, und ihr Gesicht erstrahlte wie die Scheibe des Mondes in der vierzehnten Nacht. Nun begann sie mit mir zu spielen und ich mit ihr. Ich aber hatte eben das Alter der Reife; und so richtete sich mein Glied auf, bis es einem großen Schlüssel gleich ward. Sie stieß mich zu Boden, so daß ich auf den Rücken fiel, setzte sich mir rittlings auf die Brust und fing an sich auf mir herumzuwinden, bis mein Glied entblößt war. Als sie es aufrecht dastehn sah, nahm sie es in die Hand und begann damit vor ihrer Hose an den Lippen ihrer Scham zu reiben. Da regte sich heiße Begier in mir, und ich umschlang sie mit den Armen, und sie schlang mir die ihren um den Hals und drückte mich mit aller Kraft an sich; und ehe ich mich dessen versah, zerriß mein Glied ihr die Hose und vernichtete ihr Mädchentum. Und als ich das sah, da lief ich davon und flüchtete zu einem meiner Kameraden. Doch alsbald trat ihre Mutter bei ihr ein, und als sie ihren Zustand sah, verlor sie fast den Verstand. Doch sie ging klug vor; denn sie verbarg die Sache sorgfältig vor ihrem Vater und wartete mit ihr zwei Monate lang, während derer sie mich immer riefen und lockten, bis sie mich aus meinem Versteck herausholten. Sie sagten aber ihrem Vater doch nichts von der Sache, da sie mich lieb hatten. Dann vermählte ihre Mutter sie mit einem Jüngling, einem Barbier, der ihren Vater zu rasieren pflegte, und sie gab ihr aus eigenem Gelde ihre Mitgift und Ausstattung, ohne daß der Vater erfuhr, was vorgefallen war. Sie beschäftigten sich nur mit den Vorbereitungen für die Hochzeit; aber dabei packten sie mich unversehens und verschnitten mich; und als sie sie ihrem Bräutigam brachten, machten sie mich zu ihrem Eunuchen, damit ich vor ihr herzöge, wohin sie nur ging, ob ins Bad oder in ihres Vaters Haus. Ihren Zustand hatten sie verheimlicht, und in der Hochzeitsnacht schlachteten sie eine junge Taube und sprengten Blut in ihr Hemd. Lange blieb ich bei ihr und genoß ihre Schönheit und Lieblichkeit durch Küssen und Umarmen und Nachtruhe, bis sie starb; auch ihr Gatte und ihre Mutter und ihr Vater starben; da aber zogen sie mich ein für den königlichen Schatz. Und so kam ich hierher, wo ich euer Gefährte wurde. Dies also, o meine Brüder, ist der Grund, weshalb ich verschnitten wurde. Und damit Schluß!'

Da begann der zweite Sklave mit diesen Worten

DIE GESCHICHTE
DES EUNUCHEN KAFŪR

Wisset, meine Brüder, als ich mit acht Jahren den Dienst begann, da pflegte ich den Sklavenhändlern jedes Jahr regelmäßig eine Lüge zu sagen, so daß sie miteinander in Streit gerieten, bis schließlich mein Herr mit mir die Geduld verlor, mich zum Makler führte und ihn ausrufen ließ: ,Wer will diesen Sklaven trotz seinem Fehler kaufen?' Da fragte man ihn: ,Worin besteht sein Fehler?' Und er erwiderte: ,Er sagt jedes Jahr eine Lüge.' Nun trat ein Kaufmann herzu und fragte den Makler: ,Wieviel ist für ihn mit seinem Fehler geboten?' ,Sechshundert Dirhems', erwiderte der; und jener fügte hinzu: ,Du sollst zwanzig Dirhems für dich selber haben.' Daraufhin einigten sich der Käufer und der Sklavenhändler; dieser erhielt von jenem das Geld, und der Makler brachte mich in das Haus jenes Kaufmanns, nahm seinen Maklerlohn und ging davon. Der Kaufmann kleidete mich gebührend ein, und ich blieb den Rest des Jahres in seinen Diensten, bis das neue Jahr aufs glücklichste begann. Es war eine gesegnete Zeit, reich an Erzeugnissen der Erde, und die Kaufleute pflegten täglich im Hause eines der Ihren ein Festmahl abzuhalten, bis auch mein Herr an der Reihe war, sie in einem Blumengarten außerhalb der Stadt zu bewirten. So ging er also mit den anderen Kaufleuten nach dem Garten hinaus und nahm alles mit, dessen sie an Speisen und sonstigen Dingen bedurften; und dort saßen sie bei Schmaus und Wein bis Mittag; da aber brauchte mein Herr irgend etwas aus seinem Hause und sagte zu mir: ,Du Sklave, steig auf die Mauleselin, reite nach Hause und hole mir dies und das von deiner Herrin und kehre schnell zurück!' Ich gehorchte seinem Befehl und machte mich auf den Weg; doch als ich mich dem

Hause näherte, begann ich zu weinen und Tränen zu vergießen, bis die Leute des Viertels, groß und klein, sich um mich sammelten. Als meines Herrn Frau und Töchter mein Geschrei hörten, öffneten sie die Tür und fragten mich, was es gäbe. Ich sprach zu ihnen: ‚Mein Herr saß mit seinen Freunden unter einer alten Mauer, und die fiel auf sie! Wie ich sah, was ihnen widerfahren war, stieg ich auf das Maultier und bin in Eile hergekommen, es euch zu sagen.' Als meines Herrn Frau und Töchter das hörten, schrien sie auf, zerrissen sich die Gewänder und schlugen sich die Gesichter, während die Nachbarn sie umringten. Und die Frau meines Herrn warf die Einrichtung des Hauses um, eins übers andere, riß die Wandbretter herab und zerbrach die Fenster und Läden, beschmierte die Wände mit Lehm und blauer Farbe und rief: ‚Heda, Kafûr! Komm, hilf mir und reiß hier den Schrank um, zerbrich die Gefäße und dies Porzellan und alles andere dazu!' So trat ich zu ihr und riß mit ihr die Wandbretter herunter samt allem, was darauf war; ich ging auch auf dem Dache herum und überhaupt in jede Ecke und zerstörte alles, zumal was in dem Hause an Porzellan und ähnlichem Gerät vorhanden war, bis ich alles, aber auch alles zerschlagen hatte. Dabei rief ich unablässig: ‚Wehe! Mein Herr!' Dann zog meine Herrin aus, ohne Schleier vor dem Gesicht, nur mit einem Tuche auf dem Kopfe, und mit ihr gingen ihre Kinder, und sie sprachen zu mir: ‚O Kafûr, geh du vor uns her und zeige uns, wo dein Herr tot unter der Mauer liegt, damit wir ihn unter den Trümmern herausziehen und ihn auf eine Bahre legen und ihn nach Hause tragen und ihm ein schönes Begräbnis angedeihen lassen!' Ich also zog vor ihnen her und rief derweilen: ‚Wehe! Mein Herr!' Und sie folgten mir mit unverschleierten Gesichtern und unbedeckten Köpfen, und alle schrien: ‚Wehe, wehe um den Mann!' Nun blieb niemand im Viertel, weder Mann noch Frau, weder jung noch alt, sondern alle zogen mit uns und schlugen sich wie wir die Gesichter und weinten bitterlich, und ich führte sie durch die ganze Stadt. Da fragten die Leute sie, was es gäbe, und sie erzählten ihnen, was sie von mir vernommen hatten, und alle riefen: ,Es gibt keine Majestät und es gibt keine Macht außer bei Allah!' Und einige von ihnen sagten: ,Er war ein einflußreicher Mann; also laßt uns zum Präfekten gehen und es ihm berichten!' Als sie dann zum Präfekten kamen und es ihm berichteten' – –«

Da bemerkte Schehrezâd, daß der Morgen begann, und sie hielt in der verstatteten Rede an. Doch als die *Vierzigste Nacht* anbrach, fuhr sie also fort: »Es ist mir berichtet worden, o glücklicher König, daß Kafûr weiter erzählte: ,Als sie zum Präfekten kamen und es ihm berichteten, da stand er auf, stieg zu Pferde, nahm mit sich Erdarbeiter mit Spaten und Körben und folgte mir mit viel Volks; ich ging vor ihnen her und schlug mir ins Gesicht und schrie, und hinter mir klagten meine Herrin und ihre Kinder. Dann aber lief ich ihnen weit vorauf, indem ich schrie, mir Staub auf den Kopf streute und mir ins Gesicht schlug. Als ich nun in dem Garten ankam und mein Herr mich sah, wie ich mich schlug und rief: ,Wehe, meine Herrin! Wehe! Wehe! Wehe! Wer soll jetzt noch Mitleid mit mir haben, da meine Herrin dahin ist? Hätte ich doch an ihrer Stelle mein Leben hingeben können!' da stand er erstarrt und wurde bleich und fragte: ,Was ist dir, Kafûr? Was gibt es?' ,O mein Herr', rief ich, ,als du mich nach Hause sandtest und ich dort ankam, fand ich, daß die Saalwand eingestürzt war und meine Herrin und ihre Kinder alle bedeckte.' ,Ist deine Herrin nicht gerettet?' ,Nein, bei Allah, o mein Herr; nicht eine von ihnen ist gerettet; die erste, die starb, war meine Herrin, deine ältere Tochter!'

‚Und auch meine jüngere Tochter ist nicht gerettet?' ‚Nein.' ‚Und was ist aus der Mauleselin geworden, die ich zu reiten pflegte? Ist sie gerettet?' ‚Nein, bei Allah, o mein Gebieter, die Mauern des Hauses und des Stalles haben alles, was im Hause war, begraben, sogar die Schafe, die Gänse und Hühner, und alles ist zu einem Haufen Fleisches geworden, und die Hunde haben es aufgefressen, nichts ist übriggeblieben.' ‚Und ist nicht dein Herr, mein älterer Sohn, gerettet?' ‚Nein, bei Allah! Keiner ist gerettet; jetzt ist von Haus und Bewohnern nichts mehr übrig, keine Spur; und die Schafe und Gänse und Hühner, die sind ja von den Katzen und Hunden gefressen.' Als mein Herr das hörte, da wurde das Licht vor seinen Augen zur Finsternis; er verlor so die Herrschaft über sich und seinen Verstand, daß er nicht mehr fest auf den Füßen stehen konnte: seine Glieder waren wie verrenkt und sein Rücken wie gebrochen. Und er zerriß seine Kleider und raufte sich den Bart, warf den Turban zu Boden und schlug sich immerfort das Gesicht, bis ihm das Blut hinablief; dabei rief er laut: ‚Wehe, meine Kinder! Wehe, mein Weib! Wehe, meine Not! Wem ist je so etwas widerfahren, wie es mir widerfahren ist!' Auch die Kaufleute, seine Freunde, schrien wie er, weinten mit ihm und beklagten sein Elend; und auch sie zerrissen ihre Gewänder. Nun verließ mein Herr jenen Garten, indem er in seinem gewaltigen Schmerze sich das Gesicht mit solcher Gewalt schlug, daß er wankte wie vom Weine trunken. Während er nun mit den Kaufleuten aus dem Gartentor trat, da erblickten sie plötzlich eine große Staubwolke und vernahmen lautes Weinen und Klagen; und als sie die Kommenden genauer ansahen, siehe, da war es der Präfekt mit den Dienern und all dem Volk, das gekommen war, um zuzusehen; und meines Herrn Familie folgte ihnen, schreiend und klagend und immer jämmerlicher weinend. Und die ersten, die mein Herr traf, waren seine Frau und seine Kinder; und als er sie sah, da war er zuerst sprachlos, dann lachte er, hielt inne und sprach: ‚Was ist mit euch allen? Was ist euch im Hause geschehen? Was ist euch zugestoßen?' Und als sie ihn sahen, da riefen sie: ‚Allah sei Dank, du bist gerettet!' Sie warfen sich auf ihn, und seine Kinder hängten sich an ihn und schrien: ‚Ach, unser Väterchen! Allah sei Dank, du bist gerettet, lieber Vater!' Seine Frau aber sprach zu ihm: ‚Bist du wirklich am Leben? Gelobt sei Allah, der uns dein Gesicht wohlbehalten hat sehen lassen!' Starr vor Erstaunen und wie von Sinnen, daß sie ihn erblickte, fragte sie: ‚Mein Gebieter, wie bist du gerettet worden, du mit deinen Freunden, den Kaufleuten?' Doch er fragte sie: ‚Wie war es mit euch im Hause?' Sie antworteten: ‚Wir alle sind wohl, gesund und heil, und uns ist im Hause nichts Schlimmes widerfahren, nur daß dein Sklave Kafûr zu uns kam, barhaupt, mit zerrissenen Kleidern, schreiend: ‚Wehe, der Herr! Wehe, der Herr!' Da fragten wir ihn: ‚Was gibt es, Kafûr?' Er antwortete: ‚Eine Gartenmauer ist auf unsern Herrn und seine Freunde, die Kaufleute, gestürzt, und sie sind alle tot.' ‚Bei Allah,' sagte mein Herr, ‚eben erst kam er zu mir und schrie: ‚Wehe, meine Herrin und die Kinder der Herrin! Ach, meine Herrin und ihre Kinder sind alle tot!' Dann sah er sich nach mir um; und als er mich erblickte, mit dem zerrissenen Turban auf dem Kopfe, wie ich heulte und bitterlich weinte und mir Staub aufs Haupt warf, schrie er mich an. Ich trat zu ihm, und er rief: ‚Weh dir, du Unglückssklave! Du Hurensohn! O du verdammte Brut! Was für Unheil hast du da angerichtet? Bei Allah, ich ziehe dir das Fell vom Leibe und hacke dir das Fleisch von den Knochen!' Ich aber erwiderte: ‚Bei Allah, du kannst mir nichts tun, denn du hast mich mit meinem Fehler gekauft, eben unter dieser Bedingung; und Zeugen, die dabei waren, können bestätigen, daß du mich mit meinem Fehler gekauft hast und daß du darum gewußt hast, nämlich, daß ich jedes Jahr eine Lüge sage. Dies ist nur eine halbe Lüge, aber am Ende des Jahres will ich dir die zweite Hälfte sagen, dann wird es eine ganze Lüge sein.' ,O Hund, Sohn eines Hundes!' rief mein Herr, ,verfluchtester der Sklaven, ist dies alles nur eine halbe Lüge? Wahrlich, ist es doch ein ganzes Unheil! Geh von mir, du bist frei in Allahs Namen!' ,Bei Allah!' erwiderte ich, ,wenn du mich auch freigibst, so gebe doch ich dich nicht frei, ehe das Jahr zu Ende ist und ich dir die halbe Lüge gesagt habe, die noch aussteht. Wenn ich mit ihr fertig bin, so geh mit mir zum Sklavenmarkt und verkaufe mich, wie du mich gekauft hast, mit meinem Makel; aber du darfst mich nicht freigeben, denn ich kenne kein Handwerk, durch das ich mir meinen Lebensunterhalt verdienen kann; und diese meine Forderung an dich ist gesetzlich, die Rechtsgelehrten haben sie im Paragraphen von der Freilassung aufgeführt.' Während wir so miteinander sprachen, kam die ganze Volksmenge herbei, und die Leute des Stadtviertels, Frauen und Männer, traten herzu, um ihr Beileid auszusprechen; dazu kam auch der Präfekt mit seinem Gefolge. Da trat mein Herr mit den anderen Kaufleuten auf sie zu, teilte ihnen das Geschehene mit und sagte, dies sei nur eine halbe Lüge; als sie das hörten, meinten sie, es sei doch eine sehr große Lüge, und sie waren sehr erstaunt. Dann verfluchten und schmähten sie mich, und ich stand lachend da und fragte: ,Wie kann mein Herr mich töten, da er mich doch mit diesem Fehler gekauft hat?' Als mein Herr nach Hause ging, fand er das Ganze in Trümmern und hörte, daß ich es war, der den größten Teil davon zerschlagen hatte; und ich hatte ja die Dinge zerbrochen, die viel Geld wert waren. Seine Frau nämlich sagte zu ihm: ,Kafûr ist es, der die Geräte und das Porzellan zerbrochen hat.' Da stieg seine Wut noch mehr, und er schlug die Hände zusammen und rief: ‚Bei Allah, in meinem Leben habe ich noch keinen solchen Hurensohn gesehen wie diesen Sklaven, und dabei sagt er, dies sei erst eine halbe Lüge! Was wäre wohl geschehen, wenn es eine ganze Lüge gewesen wäre? Dann hätte er eine Stadt oder gar zwei zerstört.' Darauf ging er in seiner Wut zum Präfekten, und der ließ mir ein schönes Prügelgericht verabreichen, bis ich die Besinnung verlor und ohnmächtig wurde. Da ließ mein Herr mich in meiner Ohnmacht und holte einen Barbier, der mich entmannte und die Wunde ausbrannte. Als ich dann wieder zu mir kam, fand ich mich als Eunuch vor, und mein Herr sagte zu mir: ‚Wie du mir um die Dinge, die mir die liebsten waren, das Herz verbrannt hast, so habe ich dir das Herz verbrannt um das Glied, das dir das liebste war!' Dann nahm er mich und verkaufte mich um einen hohen Preis, da ich jetzt Eunuch war. Ich aber stiftete in einem fort in den Häusern, in die ich verkauft wurde, Unfug; ich kam durch Verkauf und Kauf von einem Emir zum andern, von einem Vornehmen zum andern, bis ich in das Schloß des Beherrschers der Gläubigen kam. Jetzt aber ist mein Geist gebrochen, und meine Kraft versagt, meine Hoden sind dahin!'

Als die beiden Sklaven diese Geschichte gehört hatten, lachten sie über ihn und sagten: ‚Wahrlich, du bist ein Scheißkerl, der Sohn eines Scheißkerls. Du kannst doch ganz gemein lügen!' Dann sprachen sie zu dem dritten Sklaven: ‚Erzähle uns deine Geschichte!' Der sprach zu ihnen: ‚Ihr Vettern, alles, was ihr gesagt habt, ist gar nichts; ich will euch erzählen, wie ich meine Hoden verlor, und wahrlich, ich verdiente, noch mehr als das zu verlieren, denn ich habe sowohl meine Herrin wie den Sohn meines Herrn gemißbraucht. Aber meine Geschichte ist lang, und dies ist nicht die Zeit, sie zu erzählen; denn der Morgen ist nahe, meine Herrn Vettern, und wenn der Morgen uns überrascht, solange wir diese Kiste noch bei uns haben, dann sind wir verraten und des Todes. Also auf mit dem Tor! Wenn wir es geöffnet haben und dann wieder in unserem Palast sind, so will ich euch erzählen, warum mir meine Hoden abgeschnitten sind.' Darauf kletterte er über die Mauer und öffnete die Tür; und sie traten ein und setzten die Laterne nieder und gruben zwischen vier Gräbern ein Loch, so lang und breit wie die Kiste. Kafûr schaufelte, und Sawâb warf mit dem Korb die Erde beiseite, bis sie einen halben Klafter tief gegraben hatten. Dann senkten sie die Kiste in die Grube und warfen die Erde wieder darüber, und schließlich verließen sie die Grabstätte, schlossen das Tor und verschwanden dem Ghânim ibn Aijûb aus den Augen. Und als alles ruhig und still war und er sich vergewissert hatte, daß er allein war, beschäftigte ihn der Gedanke, was wohl die Kiste enthalten mochte, und er sprach bei sich selber: ‚Wenn ich nur wüßte, was in der Kiste ist!' Doch er wartete bis Tagesanbruch, bis der Morgen erschien und sein Licht erstrahlte; da aber stieg er alsbald von der Palme herab und kratzte die Erde mit den Händen weg, bis er die Kiste aufgedeckt und freigelegt hatte. Dann nahm er einen großen Stein und hämmerte an dem Schloß, bis es zerbrach. Nun hob er den Deckel auf und blickte hinein; und siehe da, in ihr lag eine schlafende Maid, die mit Bendsch betäubt war; sie lebte noch, denn ihre Brust hob und senkte sich. Schön und lieblich war sie anzuschauen, und sie trug Schmuck und goldenes Geschmeide und Halsketten aus Edelsteinen, die das Reich eines Sultans wert waren und die kein Geld bezahlen konnte. Als Ghânim ibn Aijûb sie erblickte, da wußte er, daß sie das Opfer eines Anschlags geworden und von jemandem betäubt war; sobald er sich dessen vergewissert hatte, nahm er sich ihrer an, zog sie aus der Kiste hervor und legte sie auf den Rükken. Als sie den Wind roch und die Luft ihr in Nase, Mund und Lungen drang, da nieste sie. Dann würgte und hustete sie, und aus ihrem Halse fiel eine Pille von kretischem Bendsch, so groß, daß ein Elefant, wenn er sie gerochen hätte, von einem zum anderen Abend in Schlaf versunken wäre. Und nun schlug sie die Augen auf und blickte sich um und sagte mit süßer Stimme und in anmutiger Rede: ‚Wehe dir, Wind, du erfrischest den nicht, der den Trank entbehrte, und dem Erfrischten bist du kein traut Gefährte. Wo ist Zahr el-Bustân?' Doch als niemand ihr Antwort gab, wandte sie sich um und rief: ‚He, Sabîha! Schadscharat ed-Durr! Nûr el-Huda! Nadschmat es-Subh! Seid ihr wach? Nuzha, Hulwa, Zarîfa, sprecht doch!' Aber niemand gab ihr Antwort, und so blickte sie sich im Kreise um und sagte: ‚Weh mir! Ich bin auf dem Gräberfeld! O du, der du weißt, was der Menschen Brust enthält, und der du am Tage der Auferstehung Vergeltung übst an aller Welt, wer brachte mich aus den verborgenen Gemächern fort und legte mich zwischen die vier Gräber dort?' Während alledem stand Ghânim neben ihr; jetzt aber sprach er: ‚O meine Herrin, denke nicht an des Schlosses und der Gemächer Pracht noch an die Grabesnacht! Hier ist dein Sklave in Liebe entbrannt, Ghânim ibn Aijûb genannt, den Er, der das Verborgene kennt, zu dir gesandt, daß er dich befreie von dieser Leiden Band und dich führe in deiner höchsten Wünsche Land!' Dann schwieg er. Als sie nun wußte, wie es um sie stand, rief sie: ‚Ich bezeuge, daß es keinen Gott gibt außer Allah und daß Mohammed der Gesandte Allahs ist!' Darauf wandte sie sich Ghânim zu und bedeckte das Gesicht mit den Händen und sagte mit lieblichster Stimme: ‚O gesegneter Jüngling, wer hat mich hierher gebracht? Siehe, ich bin jetzt zu mir gekommen.' ,O meine Herrin,' erwiderte er, ,drei Eunuchen kamen mit dieser Kiste hierher'; dann erzählte er ihr alles, was ihm widerfahren war, und wie der Abend ihn überfallen hatte und wie das die Ursache ihrer Rettung geworden war, da sie sonst hätte ersticken müssen. Und weiter fragte er sie, wie es um sie stehe und was ihr widerfahren sei; doch sie antwortete: ,O Jüngling, Dank sei Allah, der mich in die Hände eines Mannes gleich dir gab! Jetzt aber steh auf und lege mich in die Kiste zurück; und dann geh hin auf die Straße und miete den ersten Kamel- oder Maultiertreiber, den du findest, daß er diese Kiste auflade und mich in dein Haus überführe. Wenn ich erst dort bin, so wird alles gut sein; dann werde ich dir auch meine Geschichte erzählen und meine Erlebnisse kundtun; und dann wird dir durch mich Segen zuteil werden.' Da freute er sich und verließ die Grabstätte. Doch jetzt war die Sonne hell aufgegangen und hatte das All mit ihrem Lichte umfangen, und die Menschen waren unterwegs; da mietete er einen Maultiertreiber, brachte ihn zu dem Grabe und hob die Kiste, in der das Mädchen war, auf das Maultier. Schon glühte die Liebe zu ihr in seinem Herzen, und er zog in Freuden mit ihr dahin; denn sie war ein Mädchen, wert zehntausend Goldstücke, und trug Schmuck und Gewänder, die ein großes Vermögen wert waren. Kaum hatte er sein Haus erreicht, so nahm er auch schon die Kiste herunter und öffnete sie. – – «

Da bemerkte Schehrezâd, daß der Morgen begann, und sie hielt in der verstatteten Rede an. Doch als die *Einundvierzigste Nacht* anbrach, fuhr sie also fort: »Es ist mir berichtet worden, o glücklicher König, daß Ghânim ibn Aijûb, als er mit der Kiste nach Hause kam, sie öffnete und die Maid heraussteigen ließ. Da schaute sie um sich und sah, daß es ein schönes Haus war, belegt mit Teppichen und in heiteren Farben gehalten und mit schöner Einrichtung; auch sah sie die aufgespeicherten Stoffe und die Ballen und alles andere, und da wußte sie, daß er ein wohlhabender Kaufmann war und ein Mann von großem Reichtum. Nun enthüllte sie ihr Gesicht und sah ihn an, und siehe, er war ein schöner Jüngling; beim ersten Anblick gewann sie ihn lieb, und sie sprach zu ihm: ,O mein Herr, bringe uns etwas zu essen!' Er antwortete: ,Ich stehe ganz zu deinen Diensten!' Dann ging er hinab in den Basar und kaufte ein geröstetes Lamm, eine Schüssel Süßigkeiten, Naschwerk, Wachskerzen und Wein und alles, was nötig war, dazu auch die Wohlgerüche. Mit alledem kehrte er in sein Haus zurück; und als die Maid ihn sah, da lachte sie und küßte ihn und umschlang seinen Hals. Und sie begann ihn zu streicheln, so daß seine Liebe noch stärker wurde und sein Herz ganz beherrschte. Dann aßen und tranken sie bis zum Abend; und beide waren in Liebe zueinander entbrannt, denn beide waren eines Alters und von gleicher Schönheit. Als nun die Nacht anbrach, stand Ghânim, der verstörte Sklave der Liebe, auf und zündete die Wachskerzen und Lampen an, bis der ganze Raum vom Lichte strahlte; auch holte er das Trinkgeschirr und bereitete den festlichen Tisch. Dann setzte er sich mit ihr nieder; er füllte ihr den Becher und reichte ihn ihr, und sie schenkte ein und reichte ihm zu trinken; dabei spielten sie und scherzten und sprachen Verse; und ihre Freude ward immer größer, und sie hingen in immer engerer Liebe zusammen – Preis sei Ihm, der die Herzen eint! So fuhren sie fort bis kurz vor Tagesanbruch; da aber wurden sie schläfrig, und sie legten sich nieder, jeder für sich, und schliefen, bis es heller Morgen ward. Nun stand Ghânim ibn Aijûb auf, ging auf den Markt und kaufte ein, wessen sie an Speise und Trank bedurften, Gemüse, Fleisch, Wein und alles andere, und trug es in sein Haus; dann setzte er sich mit ihr zum Essen nieder. Sie aßen, bis sie gesättigt waren; und danach trug er den Wein auf. So tranken und scherzten sie miteinander, bis ihre Wangen rot wurden und ihre Augen dunkler; und es verlangte Ghânim ibn Aijûb in der Seele danach, die Maid zu küssen und bei ihr zu ruhen, und deshalb sprach er: ‚O meine Herrin, gewähre mir einen Kuß von deinem Munde; vielleicht wird er das Feuer meines Herzens löschen.' ‚O Ghânim,' erwiderte sie, ‚warte, bis ich trunken bin und der Welt gestorben; dann stiehl mir einen Kuß, heimlich und so, daß ich es nicht merke!' Dann stand sie auf und legte ihr Obergewand ab, und setzte sich wieder in einem dünnen Hemd aus feinem Linnen und mit einem seidenen Kopftuch. Da entbrannte Ghânim in Leidenschaft, und er sagte zu ihr: ‚Liebste Herrin, willst du mir nicht gewähren, um was ich dich bitte?' ‚Bei Allah,' erwiderte sie, ‚das steht dir nicht zu; denn auf der Schnur meiner Hose steht ein hartes Wort!' Da ward Ghânim ibn Aijûb gebrochenen Herzens; aber das Verlangen wuchs in ihm um so mehr, als ihm sein Wunsch versagt ward, und so sprach er diese Verse:

> *Ich bat, die mich mit Schmerz erfüllt,*
> *Um einen Kuß, der Leiden stillt.*
> *‚Nein, nein,' rief sie, ‚auf ewig nein!'*
> *Ich sprach zu ihr: ‚Doch, es muß sein!'*
> *Sie drauf: ‚Wenn ich will, nimm ihn hin,*
> *In Ehren, wenn ich freundlich bin!'*
> *Ich sprach: ‚Gewaltsam!' Sie zu mir:*
> *‚Nur mit Verlaub geb ich ihn dir!' –*
> *Nun fraget nicht, was dann geschehn,*
> *Laßt mich Gott um Verzeihung flehn.*
> *Und denket von mir, was ihr wollt:*
> *Trotz dem Verdacht ist Liebe hold.*
> *Und darum kümmere ich mich nicht,*
> *Ob jetzt ein Feind schweigt oder spricht.*

Dann ward seine Liebe noch stärker, und das Feuer loderte in seinem Herzen, während sie sich ihm versagte und sprach: ‚Du darfst mir nicht nahen!' Doch beide fuhren fort mit dem Liebesspiele und dem Umtrunk; Ghânim ibn Aijûb versank im Meer der Liebesglut, doch sie ward härter und war immer mehr auf der Hut; und endlich kam die Nacht mit der Dunkelheit und breitete über beide den Saum von des Schlafes Kleid. Da stand Ghânim auf, zündete die Lampen und Kerzen an, räumte das Zimmer und stellte den Tisch beiseite. Dann ergriff er ihre Füße und küßte sie; die waren weich wie frische Butter, und er drückte sein Gesicht auf sie und sprach zu ihr: ‚Liebste Herrin, habe Erbarmen! Gefangen nahm mich die Liebe zu dir; den Tod bringen deine Augen mir; und mein Herz wäre heil, wärest du nicht hier!' Dann weinte er ein wenig, doch sie sprach: ‚O mein Herr und Licht meiner Augen! Bei Allah, ich liebe dich wahrlich, und ich vertraue dir; aber ich weiß, daß du mir nie nahen wirst.' ‚Was steht denn im Wege?' fragte er, worauf sie antwortete: ‚Ich will dir ja heute nacht meine Geschichte erzählen, damit du meine Weigerung hinnimmst.' Dann warf sie sich ihm entgegen und schlang ihre Arme um seinen Hals, küßte und liebkoste ihn und versprach ihm ihre Gunst; und immerfort spielten und scherzten sie, bis die Liebe zueinander fest in ihren Herzen wurzelte. So lebten sie einen ganzen Monat und verbrachten die Nacht stets auf einem Lager; doch sooft er sie um Liebesvereinigung bat, wies sie ihn ab. Aber die Liebe zueinander ward immer stärker in ihren Herzen, und sie konnten sich kaum noch enthalten. Endlich, eines Nachts, als er neben ihr lag und beide vom Weine trunken waren, griff Ghânim mit der Hand nach ihrem Leib und streichelte ihn; und er glitt tiefer hinab bis zum Nabel. Da erwachte sie und setzte sich auf und fühlte nach ihrer Hose, und da sie sie festgebunden fand, so schlief sie wieder ein. Doch bald darauf betastete er sie noch einmal, und seine Hand glitt hinunter nach der Schnur ihrer Hose; und er zog daran. Da erwachte sie von neuem und setzte sich auf. Auch Ghânim setzte sich neben ihr auf, und sie fragte ihn: ‚Was willst du?' ‚Ich will bei dir schlafen,' erwiderte er, ‚und wir wollen offen und ehrlich aneinander handeln.' Nun sprach sie: ‚Ich will dir jetzt erklären, was mich angeht, damit du wissest, wie es um mich steht; dann wird mein Geheimnis dir offenbar und meine Weigerung dir klar.' ‚So sei es!' erwiderte er. Darauf hob sie den Saum ihres Hemdes auf, zog ihr Hosenband hervor und sagte: ‚Mein Lieber, lies, was hier auf dem Bande steht!' Ghânim nahm es in die Hand, schaute es an und sah in Gold gestickt diese Worte darauf: *Ich bin dein und du bist mein, o Nachkomme des Propheten!* Als er das las, da zog er die Hand zurück und sprach zu ihr: ‚Offenbare mir, wer du bist!' ‚Es sei!' erwiderte sie. ‚Wisse, ich bin die Geliebte des Beherrschers der Gläubigen, und mein Name ist Kût el-Kulûb. Der Kalif ließ mich in seinem Palast aufziehen, und als ich erwachsen war, sah er, welcher Art ich war und wieviel Schönheit und Lieblichkeit mir der Schöpfer verliehen hatte. Da entbrannte er in großer Liebe zu mir, und er teilte mir ein eigenes Gemach zu, bestimmte zehn Sklavenmädchen zu meinem Dienst und gab mir dann all den Schmuck, den du an mir siehst. Eines Tages nun brach er in eine seiner Provinzen auf, und die Fürstin Zubaida kam zu einer der Sklavinnen in meinem Dienst und sagte zu ihr: ‚Ich habe etwas von dir zu erbitten.' ‚Was ist es, o meine Herrin?' fragte jene, und die Gemahlin des Kalifen erwiderte: ‚Wenn deine Herrin Kût el-Kulûb im Schlafe liegt, so stecke ihr dies Stück Bendsch in die Nase oder wirf es ihr in ein Getränk, und du sollst so viel Geld von mir erhalten, daß du zufrieden bist.' ‚Herzlich gern', antwortete die Sklavin und nahm das Stück Bendsch, erfreut über das Geld, und auch, weil sie früher zu den Sklavinnen der Zubaida gehört hatte. So ging sie hin und warf das Stück Bendsch in mein Getränk, und als es Nacht war, trank ich es aus; aber kaum befand sich das Gift in meinem Innern, da fiel ich zu Boden, und mein Kopf berührte meine Füße, und ich wußte nichts mehr von mir selbst, als daß ich in einer anderen Welt war. Als so ihre List gelungen war, ließ sie mich in diese Kiste legen und ließ insgeheim die Sklaven rufen und bestach sie; und ebenso machte sie es mit den Türhütern. Dann, in ebenjener Nacht, in der du auf dem Palmbaum saßest, ließ sie mich durch die Sklaven fortschaffen, und die machten mit mir, was du gesehen hast. So geschah meine Befreiung durch dich, und du brachtest mich in dies Haus und erwiesest mir lauter Gutes. Dies ist meine Geschichte und mein Erlebnis; aber ich weiß nicht, was während meiner Abwesenheit aus dem Kalifen geworden ist. Nun kennst du meinen Stand; doch mach meine Lage nicht bekannt!' Als Ghânim ibn Aijûb die Worte der Kût el-Kulûb vernahm und erfuhr, daß sie die Geliebte des Kalifen war, da wich er zurück; denn ihn befiel heilige Scheu vor der Kalifenmacht, und er setzte sich abseits von ihr in einem der Winkel des Raumes nieder. Er machte sich Vorwürfe und grübelte über seine Lage und suchte sein Herz zu beruhigen; denn er war in Not durch die Liebe zu einer, die er nicht besitzen konnte. Dann weinte er in seinem großen Liebesleid und klagte über die Ungerechtigkeit und die Tücke der Zeit – Preis sei Ihm geweiht, der die Herzen lenkt, so daß Liebe sich dem Geliebten schenkt! –

Und er sprach die Verse:

Des Liebenden Herz verzehrt sich in Sehnsucht nach der Geliebten;
Und ihre herrliche Schönheit raubt ihm den Verstand.
Einst ward ich gefragt: ‚Wie schmeckt die Liebe?' Ich gab zur Antwort:
‚Die Liebe ist süß, und doch knüpft sie an Leiden ihr Band.'

Da stand Kût el-Kulûb auf, umarmte ihn und küßte ihn; denn die Liebe zu ihm war fest gewurzelt in ihrem Herzen, so daß sie ihm ihr Innerstes enthüllte und alle Liebe, die sie empfand; und sie warf die Arme um Ghânims Nacken und küßte ihn immer und immer wieder. Er aber hielt sich zurück aus Scheu vor dem Kalifen. Dann sprachen sie lange miteinander, versunken im Meer ihrer gegenseitigen Liebe; und als der Tag anbrach, stand Ghânim auf und zog seine Kleider an. Er ging wie gewöhnlich in den Basar, kaufte alles, was er brauchte, und kehrte nach Hause zurück. Da fand er Kût el-Kulûb in Tränen; doch als sie ihn sah, hörte sie auf zu weinen und sagte lächelnd: ‚Du hast mich trostlos gemacht, Geliebter meines Herzens. Bei Allah, diese Stunde, in der du fern warst von mir, war einem Jahre gleich, weil ich von dir getrennt war. Ich habe dir im Übermaß meiner verlangenden Liebe meine Lage erklärt; doch jetzt wohlan, vergiß, was vergangen ist, und stille dein Begehr an mir!' Er aber unterbrach sie: ‚Ich nehme meine Zuflucht zu Allah! Das darf nie sein. Wie darf sich der Hund an des Löwen Stelle setzen? Was des Herrn ist, ist dem Sklaven verboten.' Und er wich von ihr und setzte sich abseits auf die Matte nieder. Doch ihre Liebe zu ihm wuchs dadurch, daß er sich von ihr zurückhielt. Dann setzte sie sich ihm zur Seite und trank und scherzte mit ihm, bis beide vom Weine trunken waren; nun verlangte sie leidenschaftlich danach, durch ihn verführt zu werden, und sang die Verse:

Das Herz des Liebenden ist fast ganz zerbrochen:
Bis wann soll diese Sprödigkeit dauern, bis wann?

> *O, der du dich von mir wendest ohne mein Verschulden,*
> *Auch die Gazellen schmiegen einander sich an.*
> *Spröde und Fernsein und eine ewige Trennung –*
> *All das ist mehr, als ein Mensch ertragen kann.*

Da weinte Ghânim ibn Aijûb, und sie weinte ob seiner Tränen; und sie tranken weiter bis zur Nacht; da stand Ghânim auf und breitete zwei Lager hin, ein jedes an seiner Stelle. ,Für wen ist dies zweite Lager?' fragte Kût el-Kulûb, und er antwortete: ,Eins ist für mich, das andere für dich. Von dieser Nacht an dürfen wir nur noch in dieser Weise schlafen; denn alles, was des Herrn ist, das ist dem Sklaven verboten.' ,O mein Gebieter,' rief sie, ,laß uns davon schweigen; denn alle Dinge kommen durch das Schicksal und Verhängnis!' Er aber weigerte sich, und das Feuer entbrannte in ihrem Herzen, und da ihr Verlangen wilder wurde, klammerte sie sich an ihn und rief: ,Bei Allah, wir wollen nur Seite an Seite schlafen!' ,Allah verhüte!' erwiderte er und besiegte ihren Willen und ruhte allein bis zum Morgen. Doch immer stärker ward in ihr der Liebe Macht, und immer heißer ward das Verlangen in ihr entfacht.

So lebten sie drei lange Monate; sooft sie sich ihm zu nähern suchte, hielt er sich von ihr zurück und sagte: ,Alles, was dem Herrn gehört, ist dem Knecht verboten.' Doch zu lang ward ihr das Hoffen und Harren auf Ghânim ibn Aijûb, den verstörten Liebesnarren, zu schwer wurden ihr die Qualen und Schmerzen, und da sprach sie aus bedrücktem Herzen diese Verse:

> *Wie lange, du Bild der Schönheit, willst du mich noch quälen?*
> *Wer hat dir denn gesagt, du sollest von mir gehn?*
> *Du hast die Reize all in dir so ganz umschlossen,*
> *Und jede Lieblichkeit vereintest du so schön!*
> *Du hast in jedem Herzen die Leidenschaft erwecket;*
> *Doch jedem Augenlide hast du den Schlummer geraubt.*

> *Ich weiß, einst wurde, von dir, vom Zweige die Frucht gepflücket;*
> *Doch jetzt, ein Dornenzweig, zeigst du dich mir entlaubt.*
> *Ich kenne die Zeit, da waren Gazellen das Wild; doch was sehe*
> *Ich nun bei dir? Sie machen jetzt auf den Jäger Jagd!*
> *Das Wunderbarste von allem, was ich von dir verkünde,*
> *Ist dies: ich schmachte, du aber gibst auf mein Stöhnen nicht acht.*
> *Versage mir nur deine Nähe: ich kann dich dir nicht gönnen,*
> *Wie sollte mich da nicht Mißgunst gegen mich beseelen?*
> *Und immer werde ich rufen, solang ich am Leben bleibe:*
> *Wie lange, du Bild der Schönheit, willst du mich noch quälen?*

Und lange lebten sie so weiter, da die Furcht den Ghânim von ihr fernhielt.

Lassen wir nun Ghânim ibn Aijûb, den verstörten Sklaven der Liebe, und wenden wir uns zur Fürstin Zubaida! Sie wurde, als sie in des Kalifen Abwesenheit also an Kût el-Kulûb gehandelt hatte, besorgt, und sie sprach bei sich selber: ‚Was soll ich dem Kalifen sagen, wenn er zurückkehrt und nach ihr fragt? Welche Antwort kann ich ihm geben?' Und sie rief eine alte Frau aus ihrer Umgebung und enthüllte der ihr Geheimnis und fragte sie: ‚Wie soll ich handeln, nun Kût el-Kulûb eines so unzeitigen Todes gestorben ist?' ‚Wisse, meine Herrin,' sprach die Alte, als sie alles begriffen hatte, ‚die Zeit der Rückkehr des Kalifen ist nahe; schicke also nach einem Zimmermann und befiehl ihm, dir eine Holzfigur von der Gestalt einer Leiche zu machen! Wir wollen dann in der Mitte des Palastes ein Grab für sie graben und sie darein versenken; darüber laß du eine Bethalle bauen, und wir wollen darin Kerzen und Lampen anzünden, und alle Leute des Palastes sollen schwarze Kleidung tragen. Ferner befiehl deinen Sklavinnen und Eunuchen, daß sie, sobald sie die Rückkehr des Kalifen erfahren, Stroh über den Boden des Vestibüls streuen; und wenn der Beherrscher der Gläubigen eintritt und fragt, was es gebe, so laß sie sagen:

,Kût el-Kulûb ist tot! Möge Gott dich einst um ihretwillen reichlich belohnen! Da unsre Herrin sie so sehr schätzte, hat sie sie in ihrem eigenen Palast begraben.' Wenn er das hört, so wird er weinen, und es wird ihm Schmerz bereiten; und er wird für sie den Koran lesen lassen, und er wird nachts an ihrem Grabe wachen. Und sollte er bei sich selber sagen: Meine Base Zubaida hat in ihrer Eifersucht den Tod Kût el-Kulûbs herbeigeführt – oder sollte ihn die Sehnsucht so überwältigen, daß er befiehlt, sie wieder aus dem Grabe zu nehmen, so fürchte dich nicht davor; denn wenn sie nachgraben, werden sie jene Figur erblicken, die einem Menschen gleicht und die in kostbare Leichentücher gehüllt ist. Will der Kalif die Laken abnehmen lassen, um sie zu sehen, so hindere du ihn daran und sage: ,Der Anblick ihrer Nacktheit ist nicht erlaubt!' Dann wird er glauben, daß sie tot ist, und er wird die Figur an ihre Stelle legen lassen und dir danken für das, was du getan hast; und so Allah der Erhabene will, wirst du vor dieser Gefahr gerettet.' Als die Fürstin Zubaida ihre Worte vernommen hatte, glaubte sie, daß dies das Richtige sei, und gab ihr ein Ehrengewand und eine große Summe Geldes; und sie befahl ihr, alles zu tun, was sie gesagt hatte. Da machte sich die Alte sofort ans Werk und ließ den Zimmerer für sie die Figur so herstellen, wie sie gesagt hatte; und als sie fertig war, brachte sie sie der Fürstin Zubaida; die ließ sie einhüllen und begraben, und dann ließ sie im Grabgebäude Kerzen und Lampen anzünden und Teppiche ausbreiten. Auch legte sie schwarze Kleidung an und befahl den Sklavinnen, das gleiche zu tun. Nun wurde es im Palast bekannt, daß Kût el-Kulûb gestorben sei. Nach einer Weile aber kehrte der Kalif von seiner Reise zurück, und er kam in den Palast und dachte an nichts als an Kût el-Kulûb. Da sah er all die Diener und Sklaven und Sklavinnen schwarz gekleidet, und ihm bebte das Herz; wie er dann zur Fürstin Zubaida eintrat, fand er auch sie in schwarzer Gewandung. Er fragte nach dem Grunde, und man gab ihm Nachricht vom Tode Kût el-Kulûbs; da sank er in Ohnmacht zu Boden. Doch als er wieder zu sich kam, fragte er nach ihrem Grabe, und die Fürstin Zubaida sprach zu ihm: ‚Wisse, o Beherrscher der Gläubigen, ich habe sie, da ich sie so besonders schätzte, in meinem eigenen Palast begraben.' Sofort begab er sich im Reisegewand an das Grab der Kût el-Kulûb, um zu ihr zu wallfahrten. Und er fand die Teppiche gebreitet und die Kerzen und Lampen brennend. Als er das sah, da dankte er seiner Gemahlin für ihre gute Tat; doch er war ratlos, schwankend zwischen Unglauben und Glauben. Nachdem ihn also der Argwohn überwältigt hatte, gab er Befehl, das Grab zu öffnen und die Leiche herauszunehmen. Als er aber das Leichentuch sah und es aufheben wollte, um sie zu sehen, da hielt ihn die Furcht vor Allah dem Erhabenen zurück, und die Alte sagte: ‚Legt sie wieder zurück!' Dann ließ er sofort Geistliche holen und Koranleser und ließ an ihrem Grabe lesen und saß daneben und weinte, bis er ohnmächtig ward; und so saß er an ihrem Grabe einen vollen Monat lang. – – «

Da bemerkte Schehrezâd, daß der Morgen begann, und sie hielt in der verstatteten Rede an. Doch als die *Zweiundvierzigste Nacht* anbrach, fuhr sie also fort: »Es ist mir berichtet worden, o glücklicher König, daß der Kalif einen vollen Monat lang immerfort ihr Grab besuchte. Nun aber begab es sich, daß der Kalif zum Frauengemache ging, nachdem er die Emire und Wesire nach Haus entlassen hatte; dort legte er sich eine Weile zum Schlafen nieder. Zu seinen Häupten setzte sich eine Sklavin und fächelte ihm Kühlung zu, und zu seinen Füßen eine zweite, die sie rieb. Nachdem er von seinem Schlafe erwacht war, seine Augen geöffnet und wieder geschlossen hatte, hörte er, wie die Sklavin, die zu seinen Häupten saß, zu der anderen, die ihm zu Füßen saß, sagte: ‚Heda, Chaizurân!' Die andere rief: ‚Was willst du, Kadîb el-Bân?' ‚Fürwahr,' sagte die erste, ‚unser Herr weiß nichts von allem, was geschehen ist; und er sitzt und wacht bei einem Grabe, darinnen nichts ist als eine Holzpuppe, das Werk eines Zimmermannes!' Da fragte die andere: ‚Und Kût el-Kulûb – was ist mit ihr geschehen?' Die erste wiederum: ‚Wisse, die Fürstin Zubaida sandte ihr durch eine Sklavin ein Stück Bendsch, um sie zu betäuben; und als das Gift wirkte, ließ sie sie in eine Kiste legen und schickte sie fort mit Sawâb, Kafûr und Buchait, denen sie befohlen hatte, sie bei dem Heiligengrab zu versenken.' Chaizurân rief: ‚Wieso, Kadîb el-Bân, ist denn die Herrin Kût el-Kulûb nicht tot?' ‚Nein, bei Allah,' entgegnete sie, ‚und möge ihre Jugend noch lange vor dem Tode bewahrt sein! Doch ich habe die Fürstin Zubaida sagen hören, sie sei bei einem jungen Kaufmann aus Damaskus, genannt Ghânim ibn Aijûb; und sie ist jetzt seit vier Monaten bei ihm, derweilen unser Herr weint und nachts an einem Grabe wacht, darinnen keine Leiche liegt.' Und in dieser Weise sprachen sie weiter, indes der Kalif auf ihre Worte lauschte. Als die beiden Sklavinnen zu reden aufhörten und er nun alles wußte, nämlich, daß dieses Grab eine Lüge und ein Betrug war und daß Kût el-Kulûb seit vier Monaten bei Ghânim ibn Aijûb weilte, da ergrimmte er gewaltig, und er stand auf und berief die Emire des Reiches; und mit ihnen kam der Wesir Dscha'far el-Barmeki und küßte den Boden vor ihm. Zornig rief der Kalif: ‚Dscha'far, geh mit einer Schar Bewaffneter hinunter und frage nach dem Hause des Ghânim ibn Aijûb; fallt über das Haus her und bringt ihn her mit meiner Sklavin Kût el-Kulûb! Fürwahr, ich werde ihn bestrafen!' ‚Ich höre und gehorche!', sprach Dscha'far; dann brach er auf mit dem Präfekten und viel Volks, und sie begaben sich zum Hause Ghânims.

Der hatte gerade einen Topf voll Fleisch geholt, und er wollte die Hand ausstrecken, um zugleich mit Kût el-Kulûb davon zu essen. Die aber sah zufällig hinaus und erkannte das Unheil, das auf allen Seiten das Haus umringte; denn da waren der Wesir und der Präfekt und die Wächter und die Mamluken mit gezückten Schwertern und umgaben das Haus, wie das Weiße des Auges das Schwarze umgibt. Nun wußte sie, daß Kunde über sie ihren Herrn, den Kalifen, erreicht hatte; und sie war des Verderbens gewiß, ihre Farbe erblich, und ihre schönen Züge verzerrten sich. Alsbald blickte sie auf Ghânim und sprach zu ihm: ‚O mein Geliebter, fliehe um dein Leben!' ‚Was soll ich tun', fragte er, ‚und wohin soll ich mich wenden, da doch all mein Geld und Gut in diesem Hause sind?' Aber sie erwiderte: ‚Zögere nicht, damit du nicht zugleich mit dem Gelde auch das Leben verlierst!' ‚O meine Geliebte und Licht meiner Augen,' rief er, ‚was soll ich tun, um fortzukommen, da sie das Haus schon umringt haben?' Mit den Worten: ‚Fürchte nichts!' zog sie ihm seine Kleider ab und legte ihm alte Gewänder an; und sie nahm den Topf, in dem das Fleisch war, tat ein Stück Brot sowie eine Schüssel mit Zukost dazu, legte das Ganze in einen Korb und setzte ihm den auf den Kopf und sagte: ‚Geh hinaus in dieser Verkleidung und fürchte nicht für mich! denn ich weiß recht wohl, was ich von seiten des Kalifen in Händen habe.' Als Ghânim die Worte und den Rat der Kût el-Kulûb vernommen hatte, trat er hinaus unter die Leute, den Korb mit seinem Inhalt tragend; und der Allbehüter nahm sich seiner an, so daß er den Gefahren und Nöten entrann.

Inzwischen aber war der Wesir Dscha'far bei dem Hause angekommen und vom Roß gestiegen; er trat in das Haus und sah Kût el-Kulûb, die sich schön gekleidet und geschmückt hatte; sie hatte auch eine Kiste mit Gold gefüllt und mit Edelsteinen und Juwelen und Kleinodien, mit allem, was nicht beschwert und doch von hohem Wert. Als nun Dscha'far zu ihr eintrat und sie ansah, stand sie auf, küßte den Boden vor ihm und sagte: ‚O Herr, das Rohr trug ein ins Buch der Zeit, was Allah bestimmt hat seit Ewigkeit.' ‚Bei Allah, meine Herrin,' rief Dscha'far, ‚es ist mir Befehl erteilt, Ghânim ibn Aijûb zu ergreifen'; doch sie erwiderte: ‚Bester Herr, er hat seine Waren verladen und ist damit nach Damaskus aufgebrochen, und ich weiß nichts mehr von ihm; aber ich möchte, daß du mir diese Kiste in deine Obhut nimmst und sie fortschaffen lässest, bis du sie mir im Schlosse des Beherrschers der Gläubigen übergibst.' ‚Ich höre und gehorche!', sagte Dscha'far; dann nahm er die Kiste in Empfang und befahl, sie mit Kût el-Kulûb ins Schloß des Kalifen zu bringen und das Mädchen mit aller Achtung zu behandeln. Nachdem sie dann das Haus Ghânims geplündert hatten, begaben sie sich zum Kalifen. Dort berichtete Dscha'far seinem Herrn alles, was geschehen war; der aber ließ Kût el-Kulûb in ein dunkles Zimmer bringen und gab ihr eine alte Frau zu ihrem Dienst; denn er war überzeugt, daß Ghânim sie verführt und bei ihr geschlafen hätte. Darauf schrieb er dem Emir Mohammed ibn Sulaimân ez-Zaini, seinem Statthalter in Damaskus, einen Brief folgenden Inhalts: ‚Sowie dieses Schreiben eintrifft, ergreife Ghânim ibn Aijûb und sende ihn Uns!' Als der Statthalter das Schreiben erhielt, küßte er es und legte es auf sein Haupt; und er ließ in den Basaren verkünden: ‚Wer plündern will, der gehe zum Hause des Ghânim ibn Aijûb.' So strömten sie dorthin und fanden die Mutter und die Schwester

Ghânims bei einem Grabe, das sie mitten im Hause für ihn errichtet hatten, sitzen und um ihn weinen; da ergriffen sie die beiden, plünderten das Haus, und ohne ihnen einen Grund zu sagen, schleppten sie sie vor den Sultan. Der fragte sie nach Ghânim, ihrem Sohn und Bruder, und beide erwiderten: ,Seit einem Jahre oder länger noch haben wir nichts mehr von ihm gehört.' Da ließ er sie wieder in ihr Haus bringen.

Lassen wir sie und wenden wir uns zu Ghânim ibn Aijûb, dem verstörten Sklaven der Liebe! Als ihm sein Reichtum geraubt war und ihm seine Lage zum Bewußtsein kam, da weinte er über sich, bis ihm fast das Herz brach. Und er wanderte aufs Geratewohl dahin bis zum Schluß des Tages; doch der Hunger quälte ihn, und er wurde müde vom Wandern. Als er nun in ein Dorf kam, ging er hinein und begab sich in eine Moschee; dort setzte er sich auf eine Matte, mit dem Rücken an die Moscheemauer gelehnt; aber bald sank er in der Qual seines Hungers und seiner Ermattung zu Boden. Und dort blieb er bis zum Morgen liegen; aber das Herz zitterte ihm vor Hunger, und da er schwitzte, so liefen ihm die Läuse über die Haut, sein Atem wurde stinkend und sein ganzes Aussehen verändert. Als nun die Bewohner jenes Dorfes zum Frühgebet kamen, fanden sie ihn dort, liegend in Qualen, hager vom Hunger und doch noch mit den Zeichen einstigen Reichtums. Und als dann das Gebet vorüber war, traten sie zu ihm, und da sie sahen, daß ihn fror und hungerte, so gaben sie ihm einen alten Mantel mit zerfetzten Ärmeln und sagten: ,O Fremdling, woher kommst du, und warum bist du so schwach?' Da schlug er die Augen auf und weinte, aber er gab keine Antwort; einer von ihnen jedoch, der merkte, daß er hungrig war, ging hin und holte eine Schüssel mit Honig und zwei Brote. So aß Ghânim ein wenig, und sie saßen bei ihm bis Sonnenaufgang, und dann gingen sie an ihre Arbeit. In dieser Weise blieb er bei ihnen einen vollen Monat lang, während die Schwäche und die Krankheit in ihm immer noch zunahmen; die Leute weinten um ihn und hatten Mitleid und berieten sich über seine Lage. Dann kamen sie dahin überein, ihn ins Hospital nach Baghdad zu schicken. Während sie so berieten, siehe, da kamen zwei Bettlerinnen zu ihm: das waren seine Mutter und seine Schwester; und als er sie sah, da gab er ihnen das Brot, das ihm zu Häupten lag. Die beiden schliefen in jener Nacht zu seiner Seite, aber er kannte sie nicht. Am nächsten Tage kamen die Dorfbewohner zu ihm, brachten ihm ein Kamel und sagten zu dem Treiber: ‚Setze diesen Kranken auf das Kamel, und wenn du ihn nach Baghdad gebracht hast, setze ihn ab am Tor des Hospitals; so wird man ihn vielleicht behandeln und heilen, und du sollst deinen Lohn erhalten.' ‚Ich höre und gehorche!' sagte der Treiber. Danach trugen sie Ghânam ibn Aijûb zur Moschee hinaus und legten ihn mitsamt der Matte, auf der er schlief, dem Kamel auf den Rücken; mit den anderen kamen auch seine Mutter und seine Schwester heraus, um ihn anzusehen, doch sie erkannten ihn nicht. Dann aber, als sie ihn lange und sorgsam betrachtet hatten, da sprachen sie: ‚Wahrlich, er gleicht unserm Ghânim! Sollte er dieser Kranke sein?' Ghânim nun erwachte erst, als er merkte, daß er auf dem Kamele lag und mit Stricken festgebunden war, und da begann er zu weinen und zu klagen, und die Dorfbewohner sahen, wie auch seine Mutter und seine Schwester um ihn weinten, obgleich sie ihn nicht kannten. Dann zogen Mutter und Schwester weiter, bis sie nach Baghdad kamen; und auch der Treiber ging mit ihm dahin, bis er ihn am Tor des Hospitals niederlegte; dann nahm er sein Kamel und ging fort. Dort blieb Ghânim bis zum Morgen liegen; und als die Leute durch die Straßen zu gehen begannen, da erblickten sie ihn, der so dünn war wie ein Zahnstocher, und alle Leute sahen ihn sich an. Schließlich kam der Vorsteher des Basars, trieb die Leute davon und sagte: ‚Ich will mir durch dies arme Geschöpf das Paradies gewinnen; denn wenn sie ihn in das Hospital aufnehmen, so werden sie ihn in einem einzigen Tage töten.' Dann ließ er ihn durch seine Sklaven in sein Haus tragen, ließ ihm ein neues Bett bereiten, neue Kissen darauf legen und sagte zu seiner Frau: ‚Pflege ihn sorgsam!' und sie erwiderte: ‚Herzlich gern!' Und sie schlug sich die Ärmel auf und wärmte Wasser und wusch ihm die Hände und Füße und den Leib. Und sie kleidete ihn in das Gewand einer ihrer Sklavinnen und gab ihm einen Becher Weins zu trinken und sprengte Rosenwasser über ihn. Da kam er wieder zu sich und klagte; und er dachte an seine geliebte Kût el-Kulûb, worauf sich der Gram ihm noch tiefer ins Herze grub.

So weit Ghânim. Was aber Kût el-Kulûb angeht, so war sie, als der Kalif gegen sie ergrimmte – –«

Da bemerkte Schehrezâd, daß der Morgen begann, und sie hielt in der verstatteten Rede an. Doch als die *Dreiundvierzigste Nacht* anbrach, fuhr sie also fort: »Es ist mir berichtet worden, o glücklicher König, daß Kût el-Kulûb, als der Kalif gegen sie ergrimmte und sie in ein dunkles Zimmer bringen ließ, achtzig Tage lang darin blieb; und schließlich, als der Kalif eines Tages an jenem Ort vorbeikam, hörte er Kût el-Kulûb Verse sprechen und darauf diese Worte: ‚O mein Liebling, o Ghânim! Wie gut bist du und wie keusch deine Seele! Du handeltest gut an einem, der schlecht an dir gehandelt hat, und du hütetest die Ehre dessen, der deine Ehre zunichte gemacht hat; du hast seine Frau beschützt, während er dich und die Deinen ins Elend gejagt hat. Aber wahrlich, du wirst mit dem Beherrscher der Gläubigen noch vor einem gerechten Richter stehen, und du wirst dein Recht von ihm erhalten an dem Tage, an dem der Herr in seiner Majestät und Allgewalt der Richter ist und die Engel die Zeugen sind.' Als der Kalif ihre klagenden Worte vernahm, da wußte er, daß ihr unrecht geschehen war; sofort kehrte er in seinen Palast zurück und schickte den Eunuchen Masrûr nach ihr aus. Sie trat mit gesenktem Kopf und weinenden Augen und betrübtem Herzen vor ihn hin; und er sprach zu ihr: ‚O Kût el-Kulûb, ich erfahre, du beschuldigest mich der Tyrannei und Unterdrückung und behauptest, ich habe schlecht an einem gehandelt, der gut an mir gehandelt hatte. Wer hat meine Ehre behütet, während ich seine Ehre beschimpft hätte? Wer hat meine Frau beschützt, während ich die Seinen ins Elend gejagt hätte?' ‚Es ist Ghânim ibn Aijûb,' erwiderte sie; ‚denn niemals ist er mir mit Unkeuschheit oder etwas Schlechtem genaht, das schwöre ich dir bei deiner Großmut, o Beherrscher der Gläubigen!' Da sprach der Kalif: ‚Es gibt keine Majestät und es gibt keine Macht außer bei Allah! Erbitte dir eine Gnade, sie soll dir gewährt werden, Kût el-Kulûb!' Sie antwortete: ‚Ich verlange von dir nur meinen geliebten Ghânim ibn Aijûb.' Sofort gewährte er ihre Bitte, und da sprach sie: ‚O Beherrscher der Gläubigen, wenn ich ihn vor dich führe, willst du mich ihm dann schenken?' Er antwortete: ‚Wenn er vor mich tritt, so will ich dich ihm schenken als das Geschenk eines Großherzigen, der seine Gabe nicht widerruft.' ‚O Beherrscher der Gläubigen,' sagte sie, ‚laß mich hingehen und nach ihm suchen; vielleicht wird Gott mich mit ihm vereinen'; und er erwiderte: ‚Tu, was dir gut dünkt!' Da ging sie erfreut von dannen, nahm tausend Golddinare mit sich und besuchte die Ältesten der Gemeinde und verteilte Almosen in Ghânims Namen. Am nächsten Tage ging sie in den Basar der Kaufleute und gab dem Vorsteher Geld mit dem Auftrage, es als milde

Gabe an die Fremdlinge zu verteilen. Am darauffolgenden Freitag ging sie wiederum mit tausend Dinaren in den Basar, und sie trat in die Straße der Goldschmiede und Juweliere, rief den Vorsteher und gab ihm die tausend Dinare mit diesen Worten: ‚Gib das als milde Gabe den Fremdlingen!' Da sah der Vorsteher, der Älteste des Basars, sie an und sprach: ‚Herrin, willst du zu mir in mein Haus kommen und dir einen fremden Jüngling dort ansehen, der so schön und anmutig ist?' Nun war der Fremde Ghânim ibn Aijûb, der verstörte Sklave der Liebe; doch der Vorsteher kannte ihn nicht und hielt ihn für einen armen Schuldner, dem man seinen Reichtum genommen hatte, oder für einen Liebenden, der von seiner Geliebten getrennt war. Als sie seine Worte hörte, da klopfte ihr Herz, ihr Inneres erbebte, und sie sprach zu ihm: ‚Schicke einen mit mir, daß er mich zu deinem Haus führe!' Da gab er ihr einen kleinen Knaben mit, der sie zu dem Hause führen sollte, in dem der Fremde wohnte, und sie dankte ihm dafür. Als sie nun zu dem Hause kam, trat sie ein und grüßte die Frau des Vorstehers; die erhob sich und küßte den Boden vor ihr, denn sie kannte sie. Dann sprach Kût el-Kulûb: ‚Wo ist der Kranke, der hier bei dir wohnt?' Da weinte die Frau und erwiderte: ‚Hier ist er Herrin! Bei Allah, er stammt von guten Leuten und trägt die Spuren des Wohlstandes. Das ist er dort auf dem Bette.' Kût el-Kulûb wandte sich um und sah ihn an; und es schien ihr fast, als ob er es wirklich sei, doch er war ganz unkenntlich und abgemagert und so dürr wie ein Zahnstocher, so daß sie im Zweifel war über ihn und nicht glauben konnte, daß er es war. Sie fühlte aber Mitleid mit ihm und sprach unter Tränen: ‚Wahrlich, Fremdlinge sind unglücklich, auch wenn sie in ihrem eigenen Lande Fürsten waren.' So blieb sie im Zweifel über ihn und erkannte nicht, daß er Ghânim war. Da er ihr aber in der Seele leid tat, versah sie ihn mit Wein und Arznei und blieb eine Weile zu seinen Häupten sitzen; dann machte sie sich auf und kehrte in ihren Palast zurück. Nun erforschte sie einen Basar nach dem andern auf der Suche nach dem Geliebten.

Bald darauf kam der Vorsteher mit Ghânims Mutter und seiner Schwester Fitna zu Kût el-Kulûb und sprach zu ihr: ,O Fürstin der wohltätigen Frauen, heute ist eine Frau mit ihrer Tochter in unsere Stadt gekommen; beide sind schön von Angesicht und tragen deutlich die Spuren des Wohlstandes und Glückes an sich, doch sind sie in härene Gewänder gekleidet und haben jede einen Brotbeutel um den Hals hängen; ihre Augen sind voller Tränen und ihre Herzen voll Betrübnis. So habe ich sie zu dir gebracht, auf daß du ihnen eine Zuflucht gebest und sie vor dem Betteln bewahrest; denn sie sind kein Bettelvolk, und so Gott will, werden wir um ihretwillen das Paradies erlangen.' Sie rief: ,Bei Gott, guter Mann, du erweckst Sehnsucht in mir, sie zu sehen. Wo sind sie denn? Bringe sie mir sofort!' Da befahl er dem Eunuchen, sie hereinzuführen; so traten denn Fitna und ihre Mutter zu Kût el-Kulûb ein! Als diese sie erblickte und sah, daß beide von großer Schönheit waren, weinte sie um sie und sprach: ,Bei Allah, dies sind Frauen von Stande, und sie tragen deutliche Spuren des Reichtums.' ,O Herrin,' sagte die Frau des Vorstehers, ,wir lieben die Armen und die Verlassenen um der Vergeltung willen; diesen Frauen haben vielleicht die Unterdrücker unrecht getan, haben ihnen ihren Reichtum genommen und ihre Häuser zerstört.' Da weinten die beiden Frauen bitterlich; denn sie dachten ihres einstigen Wohlstands und ihrer jetzigen Armut und Betrübnis; und ihre Gedanken verweilten bei Ghânim. Kût el-Kulûb aber weinte, weil sie weinten; und sie sprachen: ,Wir flehen zu Allah, daß er uns mit dem vereine, den wir suchen; das ist unser Sohn und Bruder Ghânim ibn Aijûb.' Als Kût el-Kulûb diese Worte vernahm, da wußte sie, daß diese Frau da die Mutter ihres Geliebten sei und die andere seine Schwester, und sie weinte, bis sie in Ohnmacht sank. Als sie aber wieder zu sich kam, da wandte sie sich ihnen zu und sprach: ‚Seid getrost, denn dieser Tag ist der erste eures Glücks und der letzte eures Unglücks! Seid nicht mehr traurig!' – –«

Da bemerkte Schehrezâd, daß der Morgen begann, und sie hielt in der verstatteten Rede an. Doch als die *Vierundvierzigste Nacht* anbrach, fuhr sie also fort: »Es ist mir berichtet worden, o glücklicher König, daß Kût el-Kulûb, als sie die beiden getröstet hatte, dem Vorsteher befahl, sie in sein Haus zu führen und seiner Frau zu sagen, sie solle die beiden in das Bad bringen und sie in schöne Gewänder kleiden, für sie sorgen und ihnen alle Ehre erweisen; und sie gab ihm eine Summe Geldes. Am nächsten Tage ritt Kût el-Kulûb zu dem Hause des Vorstehers und trat zu seiner Frau ein; die erhob sich, küßte ihr die Hände und dankte ihr für ihre Güte. Und dort sah sie Ghânims Mutter und Schwester, die von der Frau des Vorstehers ins Bad geführt und neu gekleidet waren, so daß sich die Spuren ihres Standes deutlich zeigten. Sie setzte sich zu ihnen und sprach eine Weile mit ihnen; dann fragte sie nach dem kranken Jüngling, der in ihrem Hause war, und die Frau des Vorstehers erwiderte: ‚Er ist noch unverändert.' Da sagte Kût el-Kulûb: ‚Komm, laß uns gehn und ihn besuchen!' Nun standen sie auf, sie und des Vorstehers Weib und Ghânims Mutter und Schwester, gingen zu ihm und setzten sich an sein Lager. Ghânim ibn Aijûb aber, der verstörte Sklave der Liebe, hörte sie plötzlich den Namen Kût el-Kulûbs nennen; da kehrte das Leben in ihn zurück, obgleich sein Leib so mager und seine Knochen so dürr waren; und er hob sein Haupt vom Kissen und rief: ‚Kût el-

Kulûb!' Da sah sie ihn an, erkannte ihn mit Gewißheit und schrie laut: ‚Ja, mein Geliebter!' ‚Komm dicht an mich heran!' sagte er, und sie erwiderte: ‚Bist du wirklich Ghânim ibn Aijûb?' Er sprach: ‚Ich bin es.' Da sank sie ohnmächtig zu Boden. Als Ghânims Mutter und seine Schwester Fitna die Worte der beiden gehört hatten, riefen sie: ‚O Freude!' und auch sie fielen ohnmächtig hin. Als sie darauf alle wieder zu sich gekommen waren, rief Kût el-Kulûb: ‚Preis sei Allah, der mich mit dir und deiner Mutter und deiner Schwester zusammengeführt hat!' Dann erzählte sie ihm alles, was zwischen ihr und dem Kalifen vorgefallen war, und sagte: ‚Ich habe dem Beherrscher der Gläubigen die Wahrheit kundgetan, und er hat meinen Worten geglaubt und Gefallen an dir gefunden; und jetzt wünscht er dich zu sehen.' Und sie fügte hinzu: ‚Er wird mich dir schenken.' Da war er hocherfreut; sie sagte noch: ‚Geht nicht von hier fort, bis ich wiederkomme!', stand flugs auf und begab sich in den Palast. Dort nun öffnete sie die Kiste, die sie aus Ghânims Hause mitgenommen hatte, holte Dinare heraus und gab sie dem Vorsteher mit den Worten: ‚Nimm dies Geld und kaufe für jeden von ihnen vier vollständige Anzüge aus den feinsten Stoffen, und zwanzig Tücher und alles, dessen sie sonst noch bedürfen!' Dann ging sie mit den beiden Frauen und mit Ghânim zum Badehause, befahl Bäder für sie herzurichten und ließ ihnen, nachdem sie gebadet und die neuen Kleider angelegt hatten, Brühen und Galgantwasser und Apfelsaft bereiten. Und sie blieb drei Tage lang bei ihnen, gab ihnen Kükenfleisch und Brühen zu essen und Scherbet aus feinstem Zucker zu trinken. Nach drei Tagen kehrten ihre Lebensgeister wieder; da führte sie sie von neuem ins Bad. Als sie zurückgekommen waren und die Kleider gewechselt hatten, ließ sie sie in dem Hause des Vorstehers, ging in den Palast und bat um Erlaubnis, den Kalifen zu sprechen. Der erteilte ihr die Erlaubnis; da trat sie ein, küßte den Boden vor ihm und erzählte ihm alles, auch daß ihr Herr Ghânim ibn Aijûb, genannt der verstörte Sklave der Liebe, und seine Mutter und Schwester in Baghdad seien. Als der Kalif die Worte der Kût el-Kulûb vernommen hatte, rief er den Dienern zu: ‚Bringt mir Ghânim sofort!' Da ging Dscha'far selbst, um ihn zu holen; Kût el-Kulûb aber eilte ihm voraus und ging zu Ghânim und tat ihm kund, daß der Kalif ausgeschickt habe, um ihn zu holen. Sie riet ihm, eine feine Sprache zu wählen, sein Herz zu stählen und mit lieblichen Worten zu erzählen. Und sie kleidete ihn in ein prächtiges Gewand und gab ihm viele Dinare und sagte: ‚Sei freigebig gegen das Gefolge des Kalifen, wenn du zu ihm hineingehst!' Siehe, da kam auch schon Dscha'far auf seinem nubischen Maultier; Ghânim erhob sich, ging ihm entgegen, um ihn zu begrüßen, und küßte den Boden vor ihm. Nun war der Stern seines Glückes aufgegangen, und er strahlte hell; Dscha'far nahm ihn mit, und sie eilten, er und der Minister, bis sie zu dem Beherrscher der Gläubigen eintraten. Und als er vor ihm stand, da blickte er auf die Wesire und Emire, die Kämmerlinge und Statthalter, die Großen des Reiches und die Machtwalter. Da ersann Ghânim liebliche Worte in gewählter Sprache, blickte den Kalifen an, neigte sein Haupt und sprach diese Verse:

> *Sei mir gegrüßt, o König von hocherhabener Würde,*
> *Der du deiner Wohltat Gaben stets verteilest an alle!*
> *Sie geben keinem andern als dir den Namen des Kaisers,*
> *Dir, dem mächtigen Herrscher, dem Herrn der Ruhmeshalle.*
> *Es legen die Könige, wenn sie dir grüßend nahen,*
> *Der Kronen Edelsteine auf deine Schwelle hin,*
> *Und wenn dann ihre Augen dein Antlitz nur erblicken,*
> *So werfen sie sich zu Boden mit ehrfurchtsvollem Sinn.*
> *O Majestät, du verleihest ihnen in deiner Gnade*

Hohe Ehrenstellen und deiner Herrschaft Macht.
Zu eng für deine Heere wurden Erde und Menschheit;
Drum schlage deine Zelte hoch in der Sterne Pracht.
Dich möge der Könige König erhalten in seiner Liebe·
Dein sei ein festes Herz und dein ein trefflicher Rat!
Du breitetest deine Gerechtigkeit über die ganze Erde,
Bis sie den Fernen gleichwie den Nahen umfasset hat.

Als er seine Verse beendet hatte, war der Kalif entzückt, denn ihm gefiel die Feinheit seiner Sprache und die Lieblichkeit seiner Rede – –«

Da bemerkte Schehrezâd, daß der Morgen begann, und sie hielt in der verstatteten Rede an. Doch als die *Fünfundvierzigste Nacht* anbrach, fuhr sie also fort: »Es ist mir berichtet worden, o glücklicher König, daß der Kalif, dem an Ghânim die feine Sprache der Dichtung und die Lieblichkeit seiner Rede gefiel, zu ihm sprach: ‚Tritt nah zu mir her!' So trat jener nahe zu ihm, und da sagte der Kalif zu ihm: ‚Erzähle mir deine Geschichte und berichte mir dein Schicksal!' Da setzte Ghânim sich und erzählte ihm, was ihm in Baghdad widerfahren war, wie er im Grabe geschlafen und, nachdem die drei Sklaven gegangen waren, die Kiste geöffnet hatte; kurz, er berichtete ihm alles von Anfang bis zu Ende – doch zum zweiten Male erzählen würde die Hörer nur quälen. Als nun der Kalif sich überzeugt hatte, daß er die Wahrheit sprach, verlieh er ihm ein Ehrengewand und machte ihn zu seinem Vertrauten; und er sprach zu ihm: ‚Vergib mir meine Schuld!' Da vergab Ghânim ihm seine Schuld und sagte: ‚O unser Herr und Sultan, wahrlich, dein Sklave und alles, was er besitzt, gehört seinem Herrn!' Des freute sich der Kalif, und dann gab er Befehl, ihm einen Palast anzuweisen, und er verlieh ihm Gehälter, Einkünfte und Schenkungen, die sich auf eine hohe Summe beliefen. Darauf ließ er ihn mit seiner Mutter und seiner Schwester dort einziehen; und als der Kalif vernahm, daß seine Schwester Fitna an Schönheit eine wahre ‚fitna', das heißt eine Verführerin, sei, da erbat er sie von Ghânim zur Ehe, und der erwiderte: ‚Sie ist deine Sklavin, wie ich dein Sklave bin!' Der Kalif aber dankte ihm und gab ihm hunderttausend Dinare; und er ließ die Zeugen und den Kadi kommen, und an einem und demselben Tage schrieben sie die Verträge für den Kalifen und Fitna und für Ghânim ibn Aijûb und Kût el-Kulûb; und er und Ghânim feierten ihre Hochzeit in einer und derselben Nacht. Als es dann Morgen wurde, befahl der Kalif, die Geschichte von dem, was Ghânim widerfahren war, von Anfang bis zu Ende aufzuzeichnen und sie in den königlichen Archiven aufzubewahren, auf daß die, so nach ihm kämen, sie lesen könnten und staunend sich erbauen an des Schicksals Wechselfällen, und auf Ihn, der Nacht und Tag erschuf, ihr Vertrauen stellen. – –

Und doch ist diese Geschichte nicht wunderbarer als

DIE GESCHICHTE
DES KÖNIGS 'OMAR IBN EN-NU'MÂN UND SEINER SÖHNE SCHARKÂN UND DAU EL-MAKÂN UND DESSEN, WAS IHNEN WIDERFUHR AN MERKWÜRDIGKEITEN UND SELTSAMEN BEGEBENHEITEN

Der König fragte: »Wie ist denn ihre Geschichte?«, und sie erwiderte: »Es ist mir berichtet worden, o glücklicher König, daß in Baghdad vor dem Kalifat des 'Abd el-Melik ibn Merwân ein König herrschte, der hieß 'Omar ibn en-Nu'mân; er gehörte zu den gewaltigen Recken, und er hatte die persischen Könige und die oströmischen Kaiser besiegt. Keiner konnte ihm nahen in seines Zornes Glühn; und niemand wagte es, wider ihn auf den Kampfplatz zu ziehn; wenn er ergrimmte, sah man aus seinen Nüstern Funken sprühn. Er war König aller Länder, und Gott hatte ihm alle Menschheit unterstellt, und sein Befehl galt überall in der ganzen Welt. Seine Heere waren bis in die fernsten Länder vorgedrungen; Ost und West und die Länder, die dazwischen lagen, waren seiner Herrschaft untertan: das nahe und das fernere Indien, China, das Land des Hidschâz und das Land Jemen, die Inseln von Hinterindien und China, das Land des Nordens mit Mesopotamien, der Sudan und die Inseln des Weltmeeres und auch die weitberühmten Ströme der Erde, wie der Jaxartes und der Oxus, der Nil und der Euphrat. Er schickte seine Gesandten in die fernsten Hauptstädte, auf daß sie ihm getreulich Bericht erstatteten. Die kehrten dann heim und brachten ihm Nachricht vom Walten der Gerechtigkeit, von der Botmäßigkeit und Sicherheit und von den Gebeten für den Sultan 'Omar ibn en-Nu'mân. Es war, o größter König unserer Zeit, seine Abkunft von hochedler Vornehmheit; Geschenke, Kleinodien und Tribut wurden ihm gebracht von weit und breit. Nun hatte er einen Sohn namens Scharkân, der von allen Menschen seinem Vater am meisten ähnlich war; denn er wuchs heran als ein Schrecken der Zeit, besiegte die Männer der Tapferkeit und vernichtete die Gegner im Streit. Darum brachte ihm sein Vater eine so große Liebe entgegen, wie sie nicht übertroffen werden konnte, und machte ihn zum Erben des Königreiches nach seinem Tode. Dieser Prinz wuchs also auf, bis er das Mannesalter erreicht hatte und zwanzig Jahre alt war; und Gott unterwarf ihm alle Kreatur, da er wie ein gewaltiges Unwetter im Streite herniederfuhr. Sein Vater, 'Omar ibn en-Nu'mân, hatte vier Frauen, die ihm rechtmäßig angetraut waren; aber ihm war von ihnen kein Sohn geschenkt, außer allein Scharkân, den er mit der einen von ihnen gezeugt hatte, während die anderen unfruchtbar waren und ihm kein einziges Kind schenkten. Ferner hatte er dreihundertundsechzig Nebenfrauen, nach der Zahl der Tage des koptischen Jahres, und die waren von allen Nationen. Einer jeden von ihnen hatte er ein eigenes Zimmer herrichten lassen; und diese Zimmer waren in dem Bezirk seines Palastes. Denn er hatte nach der Zahl der Monate zwölf Schlösser bauen und in einem jeden Schlosse dreißig Zimmer herrichten lassen; so waren es im ganzen dreihundertundsechzig Zimmer, und jene Nebenfrauen wohnten in diesen Zimmern. Er teilte einer jeden von ihnen eine Nacht zu, die er bei ihr verbrachte, und dann kam er ein volles Jahr nicht wieder zu ihr; in dieser Weise lebte er eine lange Zeit. Derweilen nun wurde Scharkân in aller Welt berühmt, und sein Vater freute sich über ihn; er nahm zu an Macht, Übermut und Stolz und eroberte alle Festungen und Städte. Nun wurde nach dem Beschluß der Vorsehung eine der Sklavinnen des 'Omar ibn en-Nu'mân schwanger; als ihre Schwangerschaft im Harem gemeldet wurde und der König davon erfuhr, war er hocherfreut und sprach: ‚Hoffentlich werden alle meine Nachkommen und Sprößlinge männlich sein!' Er verzeichnete den Tag ihrer Empfängnis und begann sie freundlich zu behandeln. Doch als auch Scharkân davon erfuhr, wurde er besorgt und nahm sich die Sache zu Herzen; denn er dachte: ‚Jetzt wird einer zur Welt kommen, der mir die Herrschaft streitig machen wird!', und bei sich selber sagte er: ‚Wenn diese Nebenfrau einen Knaben gebiert, so will ich ihn töten'; aber er hielt diese Absicht tief im Herzen verborgen. So also stand es um Scharkân. Mit dem Mädchen aber stand es so: Sie war eine Griechin, namens Sophia, und der König von Kleinasien und Herr von Cäsarea hatte sie dem König 'Omar als Geschenk geschickt, und mit ihr hatte er ihm viele kostbare

Geschenke übersandt. Sie war von allen Sklavinnen als die anmutigste und schönste anzuschauen, und sie hütete von allen am meisten die Ehre der Frauen; ihr Verstand war so durchdringend wie ihr Anblick bezwingend. Nun hatte sie, als sie den König in der Nacht, da er bei ihr weilte, bediente, zu ihm gesagt: ‚O König, ich bete zum Gott des Himmels, daß er dir heute nacht von mir einen Knaben schenke, damit ich ihn vortrefflich erziehe und ihn an feiner Bildung und Ehrgefühl vollkommen mache!' Darüber hatte der König sich gefreut, und jene Worte hatten ihm gefallen. Sie aber fuhr so fort, bis ihre Monde erfüllet waren und sie auf dem Geburtsstuhle saß; während der ganzen Zeit ihrer Schwangerschaft übte sie Frömmigkeit, war immer eifrig im Gottesdienst und bat Gott, ihr einen frommen Sohn zu schenken und ihr die Geburt zu erleichtern. Und Gott erhörte ihr Gebet. Der Kalif hatte ihr aber einen Eunuchen zugewiesen, der ihm melden sollte, ob das Kind, das sie zur Welt bringen würde, ein Knabe oder ein Mädchen sei; und ebenso hatte Scharkân einen geschickt, der es ihm kundtun sollte. Als dann Sophia ihr Kind zur Welt brachte, untersuchten die Wehefrauen es, und sie fanden, daß es ein Mädchen war mit einem Antlitz, leuchtender als der Mond. Das meldeten sie allen, die da anwesend waren, und des Königs Bote ging hin und brachte ihm die Nachricht; auch Scharkâns Bote tat es ihm kund, und der freute sich sehr. Doch als die beiden gegangen waren, sprach Sophia zu den Wehefrauen: ‚Wartet noch eine Weile bei mir; denn mir ist, als sei noch etwas in meinem Schoße.' Dann schrie sie auf, und von neuem packten sie die Wehen; aber Gott machte es ihr leicht, und sie gebar ein zweites Kind. Die Wehefrauen sahen es an, und sie fanden, daß es ein Knabe war, dem vollen Monde gleich, mit einer Stirne strahlend rein und Wangen von rosenrotem Schein. Da war die Mutter hocherfreut und mit ihr die Eunuchen und Diener und alle, die zugegen waren; und während Sophia von der Nachgeburt entbunden wurde, drangen die Rufe der Freude durch den Palast. Die andern Nebenfrauen hörten es und beneideten sie; alsbald erreichte die Nachricht auch 'Omar ibn en-Nu'mân, und der freute sich über die Glücksbotschaft. Er erhob sich, ging zu ihr und küßte ihr das Haupt; dann sah er den Knaben an und beugte sich über ihn und küßte ihn, derweilen die Mädchen die Tamburine schlugen und Musikinstrumente spielten; und der König befahl, daß der Knabe Dau el-Makân[1] und seine Schwester Nuzhat ez-Zamân[2] genannt werden sollte. Da führten sie seinen Befehl aus, indem sie sprachen: ‚Wir hören und gehorchen!' Der König aber bestimmte zur Pflege von Mutter und Kindern Ammen, Eunuchen, Diener und Wärterinnen und setzte fest, was sie erhalten sollten an Zucker, Getränken, Salben und vielem andern, dessen Beschreibung die Zunge ermüden würde. Als nun das Volk von Baghdad hörte, daß Gott den König mit Kindern gesegnet hatte, schmückte es die Stadt und verkündete die gute Botschaft mit Pauken und Trompeten; und die Emire und Wesire und die Großen des Reiches kamen in den Palast und wünschten dem König 'Omar ibn en-Nu'mân Glück zu seinem Sohn Dau el-Makân und zu seiner Tochter Nuzhat ez-Zamân. Der König dankte ihnen dafür und verlieh ihnen Ehrengewänder, und darüber hinaus ehrte er sie durch andere Gnadenbeweise und bezeigte auch den Anwesenden, hoch und niedrig, seine Gunst. So tat er, bis vier Jahre verstrichen waren; und alle paar Tage schickte er einen Boten, um sich nach Sophia und ihren Kindern zu erkundigen. Am Ende der vier Jahre aber ließ er

1. Das Licht des Hauses. – 2. Die Wonne der Zeit.

ihr Juwelen, Schmuck, Gewänder und viel Geld überbringen und empfahl ihr, den beiden eine gute Erziehung und Ausbildung zu geben. Alles dies geschah, während Scharkân nicht wußte, daß seinem Vater 'Omar ibn en-Nu'mân auch ein Knabe geboren war; denn er hatte nur von der Geburt der Nuzhat ez-Zamân erfahren. Man enthielt ihm auch die Kunde von Dau el-Makân vor, bis Jahr und Tag verstrichen waren, während er nur daran dachte, mit den Helden zu streiten und gegen die Ritter zum Zweikampf zu reiten.

Nun traten eines Tages, als König 'Omar ibn en-Nu'mân in seinem Palaste saß, die Kämmerlinge zu ihm ein, küßten den Boden vor ihm und sprachen: ‚O König, es sind Gesandte zu uns gekommen vom König von Griechenland, dem Herrn Konstantinopels, der mächtigen Stadt, und sie wünschen, zu dir einzutreten und vor dir stehend deine Befehle entgegenzunehmen: wenn der König ihnen erlaubt einzutreten, so werden wir sie hereinführen, und wenn nicht, so gibt es keinen Einspruch gegen seinen Willen.' Da erlaubte er ihnen einzutreten; und als sie kamen, wandte er sich ihnen zu und empfing sie höflich und fragte sie nach ihrem Befinden und nach dem Anlaß ihrer Reise. Sie küßten den Boden vor ihm und sprachen: ‚O Königliche Majestät, deren Herrschaft in weite Fernen geht! Wisse, der uns zu dir entsandte, ist König Afridûn, Herr der griechischen Meere und der christlichen Heere, der Herrscher, dessen Hauptstadt Konstantinopel, die Hehre; er läßt dir sagen, daß er jetzt einen grimmigen Krieg führt gegen einen hartnäckigen Tyrannen, den Fürsten von Cäsarea; und der Anlaß dieses Krieges ist der folgende: Einer der Könige der Araber war in vergangenen Zeiten bei seinen Eroberungszügen auf einen Schatz aus der Zeit Alexanders gestoßen und hatte unermeßlichen Reichtum davongeschleppt, und unter anderem drei runde Juwelen, so groß wie Straußeneier, aus feinstem reinen und weißen Edelgestein, dergleichen sonst nie gefunden wird. Und auf jedem stand in griechischer Schrift eine geheimnisvolle Inschrift eingegraben, und sie haben viele nutzbringende Kräfte, und unter anderen die, daß ein neugeborenes Kind, dem man eins der Juwelen umhängt, von keinem Übel heimgesucht wird; solange es das Juwel trägt, wird es nicht klagen noch von Krankheit heimgesucht werden. Als nun der König der Araber sie erbeutete und ihr Geheimnis kennenlernte, da schickte er dem König Afridûn Geschenke, bestehend aus Kostbarkeiten und Gold, darunter auch die drei Juwelen. Er rüstete zu diesem Zwecke zwei Schiffe aus, von denen eins die Schätze tragen sollte und das andere Mannen, um die Geschenke zu hüten, wenn irgend jemand auf hoher See ihnen entgegenzutreten wagte; freilich war er überzeugt, daß niemand wagen würde, seine Schiffe zu kapern, da er doch König der Araber war und zumal der Kurs der Schiffe mit den Geschenken über Meere führte, die dem König von Konstantinopel unterworfen waren, zu dem sie ja auch fuhren; noch auch bewohnten jene Küsten andere Völker als Untertanen des großen Königs Afridûn. Als die beiden Schiffe ausgerüstet waren, stachen sie in See und segelten, bis sie sich unserem Lande zu nähern begannen; da aber fielen plötzlich Piraten aus jenem Lande über sie her und unter ihnen Truppen des Fürsten von Cäsarea; und sie raubten alles, was sich auf den beiden Schiffen an Kostbarkeiten, Gold und Schätzen befand, darunter auch die drei Juwelen, und erschlugen die Mannschaft. Als aber unser König davon hörte, da schickte er ein Heer gegen sie aus, doch sie schlugen es; und er entsandte ein zweites Heer, stärker als das erste, aber auch dieses warfen sie in die Flucht, so daß der König ergrimmte und schwor, er werde nur noch in eigener Person und an der Spitze seiner ganzen Streitmacht gegen sie ausziehen; und er werde nicht eher aus ihrem Lande heimkehren, als bis er das armenische Cäsarea in Trümmer gelegt und das Land und alle Städte, über die ihr Fürst gebot, verwüstet habe. Jetzt bittet er den Herrn unseres Jahrhunderts und unserer Zeit, den König 'Omar ibn en-Nu'mân, den König von Baghdad und Chorasân, er möge uns mit einem Heere zu Hilfe kommen, auf daß ihm Ruhm zuteil werde; er hat auch durch uns einige Geschenke verschiedener Art entsandt, und er erbittet von des Königs Huld, daß er sie nehme und ihm freundwillige Hilfe leiste.' Dann küßten die Gesandten den Boden vor ihm. – –«

Da bemerkte Schehrezâd, daß der Morgen begann, und sie hielt in der verstatteten Rede an. Doch als die *Sechsundvierzigste Nacht* anbrach, fuhr sie also fort: »Es ist mir berichtet worden, o glücklicher König, daß die Gesandten des Königs von Konstantinopel und ihr Gefolge, als sie vor König 'Omar ibn en-Nu'mân gesprochen und vor ihm den Boden geküßt hatten, ihm die Geschenke darbrachten. Die bestanden aus fünfzig der erlesensten Mädchen aus Griechenland und aus fünfzig Mamluken in Gewändern aus Brokat und mit Gürteln aus Silber und Gold; jeder Mamluk trug in seinem Ohr einen goldenen Ring mit einer Perle, die tausend Goldstücke wert war. Die Mädchen waren gleichfalls geschmückt, und sie trugen Stoffe, die sehr viel Geld wert waren. Als der König sie sah, nahm er sie erfreut an; und er befahl, daß die Gesandten ehrenvoll behandelt würden. Dann berief er seine Wesire, um sich mit ihnen über das zu beraten, was er nun zu tun habe. Und unter ihnen erhob sich ein Wesir, ein hochbetagter Mann, Dandân geheißen; der küßte vor dem König den Boden und sprach: ‚O König, in dieser Sache läßt sich nichts Besseres tun, als daß du ein starkes Heer ausrüstest und deinen Sohn mit uns als seinen

Hauptleuten an seine Spitze stellst. Dieser Rat empfiehlt sich mir aus zweierlei Gründen; zunächst, weil der König von Griechenland deine Hilfe erbeten und dir Geschenke gesandt hat, die du angenommen hast; und zweitens, weil jetzt der Feind unser Land nicht bedroht. Wenn dann dein Heer dem König von Griechenland hilft und sein Feind besiegt wird, so wird das dir zum Ruhme angerechnet werden. Dann wird sich die Kunde davon in allen Gegenden und Ländern ausbreiten; und wenn insbesondere die Nachricht die Inseln des Ozeans erreicht und die Bewohner des Westlandes sie hören, so werden sie dir Gaben und Kostbarkeiten und Schätze bringen.' Als der König die Worte des Wesirs vernahm, gefielen sie ihm, und er billigte seinen Rat und verlieh ihm ein Ehrengewand und sprach zu ihm: ‚Von deinesgleichen sollten die Könige sich Rates holen, und es erscheint mir angebracht, daß du die Vorhut des Heeres führest, während mein Sohn Scharkân die Nachhut befehligt.' Darauf schickte er nach seinem Sohn, und der kam, küßte vor ihm den Boden und setzte sich. Da erzählte der König ihm alles und berichtete ihm, was die Gesandten und der Wesir Dandân gesagt hatten; und er befahl ihm, das Kriegszeug zu holen und sich für den Feldzug auszurüsten und dem Wesir Dandân in seinem Tun nicht zu widersprechen. Er befahl ihm auch, aus seinem Heere zehntausend Reiter auszuwählen, vollgerüstet und gewöhnt an Sturm und Kriegesnot. Scharkân gehorchte dem Befehle seines Vaters, machte sich alsbald auf, wählte zehntausend Reiter aus seinem Heere aus und kehrte in den Palast zurück. Er musterte seine Schar und verteilte Geld unter sie und sprach: ‚Ihr habt drei Tage Zeit.' Sie küßten die Erde vor ihm, in Gehorsam gegen seinen Befehl, gingen hin und begannen sich zu rüsten und mit Vorrat zu versehen. Scharkân ging darauf in die Waffenlager und nahm sich an

Rüstungen und Waffen, was er brauchte, und dann in die Ställe, wo er sich gekennzeichnete Pferde und andere aussuchte. Als die drei Tage verstrichen waren, zog das Heer aus in die Vororte der Stadt Baghdad; und König 'Omar ibn en-Nu'mân kam heraus, um von seinem Sohne Scharkân Abschied zu nehmen; der küßte vor ihm den Boden und nahm von dem König sieben Beutel Geldes in Empfang. Nun wandte der König sich zu dem Wesir Dandân und empfahl das Heer seines Sohnes seiner Fürsorge; der Wesir küßte vor ihm den Boden und erwiderte: ‚Ich höre und gehorche!' Zuletzt empfahl der König seinem Sohne, den Wesir in allen Angelegenheiten um Rat zu fragen; der versprach es. Der König kehrte in die Stadt zurück, und Scharkân befahl den Hauptleuten, ihre Truppen in Schlachtordnung zu mustern. Sie taten es, und es ergab sich die Zahl von zehntausend Reitern, außer dem Fußvolk und dem Troß. Darauf luden sie ihr Gepäck auf; die Kriegstrommel schlug, und die Trompeten schmetterten, und die Banner und Standarten wurden entrollt, während der Königssohn Scharkân zu Pferde stieg, und neben ihm der Wesir Dandân, so daß die Banner über ihren Köpfen flatterten. So zog das Heer immer weiter, mit den Gesandten an der Spitze, bis der Tag vorüber war und die Nacht hereinbrach; da stiegen sie ab, ruhten aus und blieben die Nacht über dort. Und als Gott es Morgen werden ließ, saßen sie auf und eilten unaufhörlich weiter, geführt von den Gesandten, zwanzig Tage lang; dann, am Abend des einundzwanzigsten Tages, kamen sie zu einem Flußtal, geräumig und weit, voller Bäume und Büsche im Blätterkleid. Hier befahl Scharkân, abzusitzen und drei Tage haltzumachen; da stiegen die Soldaten ab, schlugen die Zelte auf und verteilten sich nach rechts und links. Der Wesir Dandân und die Gesandten des Königs Afridûn lagerten in der Mitte jenes Tales.

Scharkân aber blieb, als die Soldaten ankamen, eine Weile hinter ihnen zurück, bis alle abgestiegen waren und sich über die Hänge des Tals zerstreut hatten; dann ließ er seinem Rosse die Zügel schießen, da er das Tal auskundschaften und in eigener Person die Wache übernehmen wollte. Denn er dachte an die Ermahnung seines Vaters und daran, daß sie sich im Grenzgebiet des griechischen Landes und auf feindlichem Boden befanden. So befahl er seinen Mannschaften und seinen Leibwächtern, in der Nähe des Wesirs Dandân zu lagern, und ritt allein auf seinem Rosse dahin, am Rande des Tals entlang, bis ein Viertel der Nacht verstrichen war; da wurde er müde, und Schläfrigkeit überkam ihn, so daß er das Roß nicht mehr mit der Ferse anzuspornen vermochte. Nun war er es gewohnt, im Reiten zu schlafen, und als ihn die Müdigkeit übermannte, schlief er ein; aber das Pferd ging ruhig mit ihm weiter bis um Mitternacht. Da kam es in eins jener Dickichte, in denen üppiges Strauchwerk wuchs; doch Scharkân erwachte nicht eher, als bis das Pferd mit dem Huf auf den Boden schlug. Plötzlich fuhr er auf und fand sich inmitten der Bäume; der Mond war hoch über ihm aufgegangen und ließ sein Licht nach Osten und Westen hin erstrahlen. Scharkân erschrak, als er sich dort allein sah, und sprach den Spruch, der keinen, der ihn spricht, zuschanden werden läßt: ‚Es gibt keine Majestät und es gibt keine Macht außer bei Allah dem Erhabenen und Allmächtigen!' Doch als er in der Furcht vor wilden Tieren weiterritt, siehe, da goß der Mond sein Licht über eine Wiese, die einer Wiese des Paradieses glich; und er vernahm liebliche Stimmen und lautes Gespräch und Lachen, wie es die Sinne der Männer gefangen nimmt. Da saß König Scharkân ab von seinem Rosse, band es an einen der Bäume und ging ein wenig weiter, bis er zu einem Bach mit fließendem Wasser kam und eine Frau auf arabisch sagen hörte: ‚Beim Messias, nein, das ist von euch nicht fein! Aber jede, die noch ein Wort spricht, werfe ich zu Boden und binde ihr die Hände auf dem Rücken mit ihrem eigenen Gürtel zusammen.' Währenddem ging Scharkân in der Richtung des Schalles weiter, bis er an den Rand des Dikkichts kam; und siehe da, ein Bach floß dahin, die Vöglein hüpften in munterem Sinn, Gazellen spielten in trautem Verein, Wildkühe grasten friedlich am Rain, und die Vöglein all sangen muntere Weisen von mancherlei Art mit frohem Schall. Der ganze Ort war wie mit einem bunten Blumenteppich bedeckt, wie ein Dichter es in diesen Versen beschreibt:

> *Die Erde ist nur schön in ihrem Blütenschmuck,*
> *Wenn Wasser drüberhin in frohem Laufe eilt.*
> *In seiner Allmacht schuf sie der erhabne Gott,*
> *Der alle Gaben, alles Gute zuerteilt.*

Als Scharkân dort umherschaute, erkannte er ein Kloster, aus dessen Mauern eine Burg hoch in die Lüfte im Mondenschein aufragte. Mitten im Kloster war auch ein Bach, der in jene Wiesen hinabfloß; dort saß eine Frau, und vor ihr standen zehn Mädchen, Monden gleich, angetan mit mancherlei Schmuck und Gewändern reich, wunderbar anzuschauen, alle Jungfrauen, wie sie in diesen Versen beschrieben sind:

> *Die Wiese strahlt in herrlichem Glanze*
> *Der weißen, keuschen Jungfrauen dort.*
> *Noch lieblicher wird ihre Schönheit und Anmut*
> *Durch sie, der herrlichen Tugenden Hort.*
> *Jede der Jungfrauen nimmt gefangen*
> *Durch zarte Bewegung und Blicke so weich.*
> *Sie lassen Haare herunterhangen*
> *Dichten Trauben der Reben gleich.*
> *Sie bezaubern mit ihren Augen,*
> *Senden treffsichre Pfeile aus.*

Sie schreiten dahin, und sie besiegen
Mannenführer, erprobt im Strauß.

Scharkân sah jene zehn Mädchen an und erblickte unter ihnen eine Maid, die dem vollen Monde glich: mit lockigem Haar und einer Stirne, weiß und klar, mit dunklen, großen Augen und mit gekräuselten Schläfenlocken, vollendet in Wesen und Art, wie der Dichter von ihr sang in Versen zart:

Sie blickte mich strahlend an mit ihren leuchtenden Augen,
Und ihr herrlicher Wuchs beschämte den Schaft der Lanze.
Also stand sie vor uns mit ihren roten Wangen,
Darinnen jegliche Schönheit lag mit lieblichem Glanze.
Ihrer Locken Fülle erschien ob ihrem Gesicht
Wie die Nacht, wenn der Freudenmorgen aus ihrem Dunkel bricht.

Nun hörte Scharkân sie zu den Mädchen sagen: ‚Kommt, auf daß ich mit euch ringe, ehe der Mond untergeht und der Morgen kommt!' Da trat eine nach der anderen von ihnen vor, und sie warf sie flugs zu Boden und fesselte sie mit ihren Gürteln. Sie hörte nicht eher auf mit ihnen zu ringen und sie zu Boden zu werfen, bis sie sie alle besiegt hatte. Da aber wandte sich ein altes Weib, das vor ihr stand, an sie und sagte wie im Zorn zu ihr: ‚Du Metze, freust du dich, wenn du die Mädchen zu Boden wirfst? Siehe, ich bin ein altes Weib, und doch habe ich sie vierzigmal geworfen! Was hast du also zu prahlen? Aber wenn du die Kraft hast, mit mir zu ringen, so tu es; dann werde ich dich fassen und dir den Kopf zwischen die Füße legen!' Da lächelte die Maid äußerlich, aber innerlich war sie voll Zorn, und sie sprang auf und fragte die Alte: ‚Frau Dhât ed-Dawâhi [1], beim Messias, willst du wirklich mit mir ringen, oder scherzest du? Jene erwiderte: ‚Ja.' – –«

---

[1] Die Frau des Unheils.

Da bemerkte Schehrezâd, daß der Morgen begann, und sie hielt in der verstatteten Rede an. Doch als die *Siebenundvierzigste Nacht* anbrach, fuhr sie also fort: »Es ist mir berichtet worden, o glücklicher König, daß Dhât ed-Dawâhi, als die Maid sie fragte: ,Beim Messias, willst du wirklich mit mir ringen, oder scherzest du?', erwiderte: ,Jawohl, ich will wirklich mit dir ringen!' Bei alledem sah Scharkân zu. Nun rief die Maid: ,Wohlan zum Ringkampfe, wenn du die Kraft dazu hast!' Wie die Alte das hörte, geriet sie in heftige Wut, und die Haare auf ihrem Leibe richteten sich auf wie die Borsten eines Stachelschweins. Als dann die Maid ihr aufrecht entgegentrat, sagte die Alte zu ihr: ,Beim Messias, ich will mit dir nur ringen, wenn ich nackend bin, du Metze!' Dann holte die Alte ein seidenes Tuch, band sich die Hose auf, griff mit der Hand unter ihre Kleider und riß sie sich vom Leibe; das Tuch aber faltete sie zusammen und wand es sich um den Rumpf, so daß sie aussah wie ein kahlköpfiges Teufelsweib oder eine Schlange mit fleckigem Leib. Dann beugte sie sich vor und sagte zu der Maid: ,Tu du desgleichen!' Währenddem schaute Scharkân den beiden zu, sah sich die häßliche Gestalt der Alten an und lachte. Nachdem die Alte dies getan hatte, nahm die Maid gemächlich ein jemenisches Tuch und wand es sich zweimal um den Leib; und sie schürzte ihre Hose auf und zeigte zwei Schenkel aus Alabaster mit einem kristallenen Hügel darüber, glatt und rund, und einen Leib, der Moschus aus seinen Fältchen hauchte und wie ein Anemonenbeet war, und ihre Brust bot dem Blicke zwei Hügelchen dar, die glichen einem Granatapfelpaar. Wieder beugte die Alte sich vor, und nun packten die beiden einander; Scharkân aber hob das Haupt gen Himmel und betete zu Gott, daß die Schöne die Vettel besiegen möchte. Plötzlich neigte die Maid sich unter die Alte, packte sie mit der Linken an dem Gürteltuch, mit der Rechten um Nacken und Hals und hob sie mit beiden Händen hoch; die Alte aber rang, um sich aus ihren Händen zu befreien, und dabei fiel sie auf den Rükken. Da ragten ihre Beine hoch in die Luft, und deutlich waren ihre Haare im Mondenschein zu sehen; und sie ließ zwei gewaltige Winde fahren, von denen der eine den Staub auf der Erde aufwirbelte, während der andere bis zum Himmel dampfte. Da lachte Scharkân, bis er zu Boden fiel. Dann sprang er wieder auf und zog sein Schwert und blickte sich um nach rechts und links; doch er sah niemanden als die Alte, die auf dem Rücken lag, und er sprach bei sich: ‚Wer dich Dhât ed-Dawâhi nannte, hat nicht gelogen! Du kanntest doch ihre Kraft nach dem, was sie an den anderen getan hatte.' Dann trat er näher an sie heran, um zu hören, was zwischen ihnen vorging. Die Maid aber trat an die Alte heran, warf ihr einen dünnen Seidenschal über, zog ihr ihre Kleider wieder an und entschuldigte sich mit den Worten: ‚Frau Dhât ed-Dawâhi, ich wollte dich nur zu Boden werfen, nicht all das andere, was dir passiert ist; aber du versuchtest dich meinen Händen zu entwinden. Doch Gott sei Dank ist alles gut gegangen!' Die aber gab keine Antwort, sondern stand auf und ging beschämt davon, bis sie dem Blicke entschwand. Als nun die Mädchen dort gefesselt am Boden lagen und die Maid allein dastand, sprach Scharkân bei sich: ‚Jeder Zufall hat seinen Grund. Es war doch nur mein Glück, daß mich der Schlaf überfiel und das Roß mich hierher trug; vielleicht sollen diese Maid und die anderen, die bei ihr sind, noch meine Beute werden.' Also ging er zu seinem Pferd, saß auf und spornte es an; da schoß es mit ihm dahin wie ein Pfeil vom Bogen. In der Hand hielt er sein Schwert, der Scheide entblößt, und er stieß den Kriegsruf aus: ‚Allah ist der Größte!' Als die Maid ihn sah, sprang sie auf und faßte am

Ufer des Baches, der sechs volle Ellen breit war, festen Fuß und sprang mit einem einzigen Satz auf die andere Seite; dort richtete sie sich hoch auf und rief mit lauter Stimme: ‚Wer bist du, Bursche, daß du unser Vergnügen störst, und das mit gezücktem Schwert, als griffest du ein Heer an? Woher kommst du, und wohin gehst du? Rede wahr, denn die Wahrheit wird dir mehr Nutzen bringen; lüge nicht, denn Lügen ist die Art gemeiner Kerle! Kein Zweifel, du bist heute nacht vom Wege abgeirrt, daß du an diesen Ort kamst, von dem das Entrinnen für dich die beste Beute wäre; denn du stehst hier auf einer Wiese, auf der uns viertausend Ritter zu Hilfe kommen, wenn ich nur einen einzigen Schrei ausstoße. Sag an, was willst du? Wünschest du, daß wir dich auf den rechten Weg bringen, so wollen wir es tun; oder wünschest du Hilfe, so wollen wir sie dir gewähren.' Als Scharkân ihre Worte hörte, erwiderte er: ‚Ich bin ein Fremder und ein Muslim, und ich bin heute nacht allein ausgezogen, um nach Beute zu suchen. Doch keine schönere Beute konnte ich in dieser mondhellen Nacht finden als die zehn Mädchen da; die will ich nehmen und mit ihnen zu meinen Gefährten heimkehren.' Da sprach sie: ‚Wisse, daß du keine Beute erreichst; die Mädchen sollen, bei Gott, niemals deine Beute werden. Sagte ich dir nicht, daß die Lüge gemein ist?' Er antwortete: ‚Der Weise ist's, der sich an anderen eine Warnung nimmt.' Sie darauf: ‚Beim Messias, fürchtete ich mich nicht davor, deinen Tod auf dem Gewissen zu haben, ich stieße einen Schrei aus, der die Wiese mit Schlachtrossen und Helden wider dich füllen würde; aber ich habe Mitleid mit dem Fremdling. Wenn du jetzt also Beute willst, so fordere ich dich auf, von deinem Rosse abzusteigen und mir bei deinem Glauben zu schwören, daß du dich mir nicht mit irgendeiner Waffe nahen willst, und dann wollen wir ringen, ich und du. Wenn du mich niederwirfst, so setze mich auf dein Roß und nimm uns alle als Beute; aber wenn ich dich werfe, so habe ich Gewalt über dich. Schwöre mir das, denn ich fürchte deinen Verrat, und es ist ein bekannter Spruch: Wo Verrat ist angeboren, da ist jedes Vertrauen verloren! Wenn du also schwören willst, so will ich hinüberkommen und zu dir treten.' Scharkân, der schon begierig war, sie zu fangen, sprach bei sich: ‚Sie weiß nicht, daß ich ein gewaltiger Held bin.' Und so rief er ihr zu: ‚Nimm mir einen Eid ab, wie du ihn willst und für bindend hältst, daß ich dir mit nichts nahe, bis du bereit bist und sagest: Tritt herzu, auf daß ich mit dir ringe! Dann erst werde ich dir nahen. Wenn du mich niederwirfst, so habe ich Geld, um mich loszukaufen; und wenn ich dich werfe, so ist mir das die schönste Beute!' Das Mädchen sprach: ‚Ich bin es zufrieden!' Scharkân aber erstaunte darüber und sagte: ‚Beim Propheten – Allah segne ihn und gebe ihm Heil! –, auch ich bin es zufrieden!' Da sprach sie: ‚Schwöre mir bei Ihm, der das Leben in den Körper gegeben und von dem die Menschheit ihre Gesetze bekam, du wollest, wenn du mir mit Bösem nahest, außer zum Ringkampf, sterben ohne den Glauben des Islam!' Scharkân erwiderte: ‚Bei Allah, wenn mich ein Kadi vereidigte, und wäre er auch der Oberkadi, er würde mir keinen solchen Eid auferlegen!' Dann schwor er es ihr bei allem, was sie verlangte, und band sein Roß an einen Baum; doch er war versunken in ein Meer von Gedanken und sprach zu sich selber: ‚Preis sei Ihm, der sie aus einem Tropfen verächtlichen Wassers[1] schuf!' Darauf gürtete er sich und machte sich bereit zum Ringkampf und rief der Maid zu: ‚Komm über den Fluß zurück!' Sie rief darauf: ‚Nicht an mir ist es, zu dir zu kommen; wenn du willst, so

---

1. Vgl. Koran, Sure 22, 5.

komm du zu mir!' ‚Das kann ich nicht', sprach er; und sie: ‚O Jüngling, ich komme zu dir.' Dann schürzte sie ihren Saum und sprang zu ihm auf die andere Seite des Flusses hinüber; und er trat zu ihr und beugte sich vor und klatschte in die Hände. Doch ihre Schönheit und Lieblichkeit machte ihn verwirrt; denn er sah eine Gestalt, die durch die Hand der Allmacht mit den Farbblättern der Feen gefärbt und von der Hand der Vorsehung gepflegt war, die der Zephir des Glückes geküßt und deren Geburt einst ein glücklicher Stern begrüßt. Nun trat die Maid zu ihm und rief ihn an: ‚O Muslim, herbei, und laß uns ringen, ehe der Morgen anbricht!' und streifte den Ärmel von einem Arm in die Höhe, der frischem Rahm gleich war, so daß die ganze Wiese durch seine Weiße hell ward; und Scharkân war geblendet. Doch wieder beugte er sich vor und klatschte in die Hände; sie tat das gleiche, und so packten sie einander. Beide umfaßten und umschlangen einander und rangen. Doch als seine Hand auf ihren schlanken Rumpf glitt und seine Fingerspitzen die weichen Falten ihres Leibes berührten, da wurden seine Glieder schlaff, er stand da wie vom Unglück gerüttelt, sein Leib war wie vom Fieber geschüttelt, er begann zu zittern wie das persische Rohr im brausenden Sturm. Da hob sie ihn auf und warf ihn zu Boden und setzte sich auf seine Brust, mit Hinterbacken, die Sandhügeln glichen; und seine Seele verlor die Herrschaft über seinen Verstand. Sie fragte ihn: ‚O Muslim! Christen zu töten gilt bei euch als erlaubt; was sagst du nun dazu, wenn ich dich töte?' Er entgegnete: ‚O Herrin, was du davon sagst, du könntest mich töten, ist unerlaubt; denn Mohammed, unser Prophet, – Allah segne ihn und gebe ihm Heil! – hat uns verboten, Frauen und Kinder, Greise und Mönche zu erschlagen!' ‚Wenn eurem Propheten solches offenbart ist,' sprach sie, ‚so ziemt es sich, daß wir Gleiches mit Gleichem vergelten. Steh auf! Ich schenke dir dein Leben. Denn eine Wohltat ist nicht verloren an denen, die vom Weibe geboren.' Dann erhob sie sich von seiner Brust; Scharkân stand auf und schüttelte den Staub von seinem Kopfe gegen die Geschöpfe aus der krummen Rippe.¹ Doch sie neigte ihr Haupt und sprach zu ihm: ‚Schäme dich nicht! Wie aber ist es möglich, daß einer, der in das Land der Griechen zieht auf der Suche nach Raub und der Königen wider Könige helfen will, nicht Kraft genug hat, um sich gegen ein Geschöpf der krummen Rippe zu wehren?' Darauf entgegnete er: ‚Das geschah nicht aus Mangel an Kraft bei mir! Du hast mich nicht durch deine Kraft zu Boden geworfen, nein, deine Schönheit hat mich besiegt. Wenn du mir einen zweiten Gang gewähren willst, so wäre das ein Geschenk deiner Gunst.' Sie lachte und sprach: ‚Ich erfülle dir diesen Wunsch; aber die Mädchen da sind lange gefesselt gewesen, und ihre Arme und Seiten sind müde, und es ist nur recht, daß ich sie löse, denn der neue Gang wird vielleicht länger dauern.' Darauf trat sie zu den Mädchen, löste ihre Fesseln und sagte zu ihnen in griechischer Sprache: ‚Geht an einen sicheren Ort, bis dieses Muslims Verlangen nach euch sich legt!' Jene gingen davon, während Scharkân ihnen nachsah; aber sie blieben da, wo sie den beiden zuschauen konnten. Dann traten die beiden Gegner aufeinander zu, und er stemmte seine Brust gegen ihre, doch als sein Leib ihren Leib berührte, da verließ ihn seine Kraft; und als sie das merkte, hob sie ihn schneller als der blendende Blitz und warf ihn zu Boden. Er fiel auf den Rücken, und sie sprach zu ihm: ‚Steh auf! Ich schenke dir dein Leben zum zweiten Male. Das erste Mal verschonte ich dich um deines Propheten willen, da er

---

1. Vgl. 1. Mose 2, 21, 22.

nicht erlaubt hat, Frauen zu töten; das zweite Mal tue ich es um deiner Schwäche und deiner jungen Jahre willen, und weil du ein Fremdling bist; aber ich fordere dich auf, wenn es in dem muslimischen Heere, das 'Omar ibn en-Nu'mân ausgesandt hat, um dem König von Konstantinopel zu helfen, einen gibt, der stärker ist als du, so schicke ihn zu mir und sage ihm von mir! Denn im Ringkampf gibt es verschiedene Arten, Künste und Kniffe, wie die Finte, den Vorgriff, den Armgriff, den Fußgriff, den Schenkelbiß, den Fußstoß und den Beinverschluß.' Da rief Scharkân, während ihm der Zorn gegen sie schwoll: ‚Bei Allah, meine Herrin, wäre es Meister es-Safadi oder Meister Mohammed Kaimâl oder Ibn es-Saddi in seiner Glanzzeit, ich würde diese Künste, von denen du sprichst, nicht beachten. Doch du, o Herrin, hast mich – bei Gott! – nicht durch deine Kraft besiegt, sondern als du mir durch dein Gesäß die Sinne bestricktest; denn wir Männer aus Mesopotamien lieben den vollen Schenkel sehr, und so blieb mir weder Verstand noch Einsicht. Aber wenn du willst, so sollst du jetzt mit mir ringen, während ich meinen Verstand bei mir habe; dies ist nun der letzte Gang für mich nach den Regeln der Kunst; auch habe ich nun meine Frische zurückgewonnen.' Als sie seine Worte hörte, sprach sie: ‚Was erwartest du noch von diesem Ringen, Besiegter? Komm nur; doch wisse, dies ist der letzte Gang!' Dann beugte sie sich vor und forderte ihn zum Kampfe heraus; auch Scharkân beugte sich vor, und er rang mit allem Ernst und nahm sich vor dem Unterliegen in acht; so rangen die beiden eine Weile. Die Maid spürte eine Kraft in ihm, die sie vorher nicht bemerkt hatte, und sprach: ‚O Muslim, jetzt bist du auf der Hut.' ‚Ja,' erwiderte er, ‚du weißt, mir bleibt nur dieser eine Gang mit dir, und danach wird ein jeder von uns seines Weges gehen.' Da lachte sie, und auch er lachte ihr ins Gesicht; als das geschah, griff sie ihm über den Schenkel, packte ihn unversehens und warf ihn zu Boden, so daß er auf dem Rücken lag. Jetzt verhöhnte sie ihn mit den Worten: ‚Bist du ein Kleiefresser? Oder eine Beduinenkappe, die bei jeder Berührung fällt, oder ein Vater der Winde[1], den ein Lufthauch umbläst? Pfui, Erbärmlicher!' Dann fügte sie noch hinzu: ‚Geh zurück zum muslimischen Heere und schicke uns andere, als du bist; denn dir fehlt die Kraft. Laß unter den Arabern und Persern, den Türken und Dailamiten ausrufen, wer Kraft in sich spüre, der solle zu uns kommen!' Darauf sprang sie auf die andere Seite des Flusses und rief Scharkân lachend zu: ‚Die Trennung von dir wird mir schwer, o mein Herr! Geh vor Sonnenaufgang zu deinen Gefährten, damit dich die Christenritter nicht finden und auf die Speere spießen. Du hast nicht die Kraft dich gegen Frauen zu wehren, wie könntest du dich gegen mannhafte Ritter halten?' Scharkân rief ihr bestürzt nach, während sie, ihm abgewandt, auf das Kloster zuging: ‚O meine Herrin, willst du fortgehen und den armen Fremdling verlassen, den Sklaven der Liebe, dem das Herz brach?' Da wandte sie sich lachend um und rief: ‚Was willst du? Ich will dir deine Bitte erfüllen.' ‚Nachdem ich den Fuß in dein Land gesetzt und die Süße deiner Huld gekostet habe, wie könnte ich da heimkehren, ohne von deiner Speise zu genießen? Sieh, ich liege als Sklave zu deinen Füßen!' Sie erwiderte: ‚Nur der Gemeine weigert die freundliche Güte. Beehre uns in Gottes Namen, das sei dir herzlich gern gewährt! Steig auf dein Roß und reit mir gegenüber am Flusse entlang, denn jetzt bist du mein Gast.' Da freute Scharkân sich, eilte zu seinem Pferde, stieg auf und ritt ihr gegenüber dahin, während sie auf der anderen Seite

1. Ein Kinderspielzeug.

weiterging, bis sie zu einer Zugbrücke kamen, gebaut aus Pappelholz, die an stählernen Ketten in Rollen hing und mit Haken und Schlössern befestigt war. Als Scharkân auf die Brücke schaute, siehe, da waren dort die zehn Mädchen, mit denen sie gerungen hatte, und warteten auf ihre Herrin. Als diese zu ihnen kam, sagte sie zu einer von ihnen in griechischer Sprache: ‚Geh hin und fasse die Zügel seines Pferdes und führe ihn herüber ins Kloster!' So ritt Scharkân über die Brücke, von ihr geführt. Er war aber verwirrt von alledem, was er sah, und sprach bei sich selber: ‚O, wäre nur der Wesir Dandân hier bei mir, damit seine Augen diese schönen Mädchen sehen könnten!' Dann wandte er sich zu der Maid und sagte: ‚O Wunder der Lieblichkeit, jetzt habe ich ein doppeltes Anrecht an dich; zunächst das Anrecht der Kameradschaft, und zweitens weil ich in dein Haus gekommen bin und deine Gastfreundschaft empfangen habe. Ich stehe jetzt unter deinem Befehl und deiner Leitung; möchtest du mir noch die eine Gunst gewähren, mit mir in das Land des Islams zu ziehen; dort sähest du manchen Ritter, wie Löwen kühn, und du würdest erfahren, wer ich bin.' Als sie aber seine Worte vernahm, zürnte sie ihm und sprach: ‚Beim Messias, du hast dich an mir als ein Mann von scharfem Witz erwiesen; aber jetzt habe ich erkannt, welches Unheil in deinem Herzen lauert. Wie kannst du dich vermessen, Worte auszusprechen, die deine verräterische Absicht offenbaren? Wie könnte ich das tun, da ich doch weiß, daß ich nie wieder frei werde, wenn ich zu eurem König 'Omar ibn en-Nu'mân komme? Denn wahrlich, er hat nicht meinesgleichen in den Mauern seiner Festen, noch auch in seinen Palästen, wenn er gleich Herr von Baghdad und Chorasân ist, er, der sich zwölf Schlösser erbaut hat, nach der Zahl der Monate des Jahres, und in jedem Nebenfrauen hat nach der Zahl der Tage des Jahres! Wenn ich zu ihm käme, so würde er gegen mich keine Zurückhaltung üben; denn nach eurem Glauben stände ich zu eurer Verfügung, wie es in euren Schriften geschrieben steht, wo es heißt: Oder solche, die eure rechte Hand als Sklavinnen hält.[1] Wie also kannst du so zu mir sprechen? Und wenn du sagst, ich solle die Helden der Muslime sehen, – beim Messias, so sprichst du die Unwahrheit; denn ich habe euer Heer gesehen, als es in unser Land einzog, vor zwei Tagen. Als ihr kamt, habe ich nicht bemerkt, daß ihr einherzogt wie ein königliches Heer, sondern wie Horden, die sich zusammengerottet haben. Und wenn du weiter sagst, ich solle erfahren, wer du bist, – so wisse, ich erweise dir keinerlei Freundlichkeit, um dich zu ehren, sondern ich tue es nur aus Stolz. Deinesgleichen sollte so nicht zu meinesgleichen reden, und wärst du auch Scharkân, der Sohn des Königs 'Omar ibn en-Nu'mân, der sich als der Held unserer Zeit hervorgetan!' ,Kennst du Scharkân?' fragte er; und sie erwiderte: ,Ja, und ich weiß, daß er mit einem Heere kommt, das zehntausend Reiter zählt; und daß er von seinem Vater gesandt ist, um mit dieser Streitmacht dem König von Konstantinopel zum Siege zu helfen.' ,O meine Herrin,' sprach er, ,ich beschwöre dich bei deinem Glauben, sage mir, was all dies bedeutet, damit ich das Wahre vom Falschen scheiden kann und weiß, wer daran schuld ist.' ,Bei deinem Glauben,' erwiderte sie, ,fürchtete ich nicht, es könne von mir bekannt werden, daß ich zu den Töchtern der Griechen gehöre, so würde ich es wagen und allein ausziehen gegen die zehntausend Reiter, und ihren Führer erschlagen,

1. Koran, Sure 4, Vers 3, 28, 29. Die Stellen beziehen sich darauf, daß ein Mohammedaner seine Sklavinnen zu Konkubinen nehmen darf. Abrîza fürchtet, daß sie als Christin einer kriegsgefangenen Sklavin gleichgeachtet würde.

den Wesir Dandân, und ihren Helden Scharkân besiegen. Und dabei würde ich mich nicht zu schämen brauchen; denn ich habe die Bücher gelesen und die Regeln feiner Bildung in arabischer Sprache mir angeeignet. Doch ich brauche dir meine Tapferkeit nicht zu beschreiben, zumal du meine Kunst und Geschicklichkeit im Ringkampf und meine Überlegenheit selbst erfahren hast. Wäre Scharkân heute nacht an deiner Statt hier gewesen und wäre ihm gesagt: Spring über diesen Bach! – er hätte es nicht gekonnt; ich wollte nur, daß der Messias ihn in meine Hände gäbe, in ebendiesem Kloster, dann träte ich in Mannesskleidung ihm entgegen und würde ihn gefangen nehmen und in Fesseln legen.‘ – – «

Da bemerkte Schehrezâd, daß der Morgen begann, und sie hielt in der verstatteten Rede an. Doch als die *Achtundvierzigste Nacht* anbrach, fuhr sie also fort: »Es ist mir berichtet worden, o glücklicher König, daß Scharkân, als die Christenmaid so sprach und er vernahm, sie träte, wenn er in ihre Hände fiele, ihm in Mannesskleidung entgegen und wolle ihn in Fesseln und Ketten legen, nachdem sie ihn vom Sattel heruntergerissen –, daß er nach diesen Worten von Stolz und Ehrgefühl und ritterlicher Eifersucht gepackt war. So verlangte es ihn, sich ihr zu erkennen zu geben und sie zu ergreifen; doch ihre Anmut hielt ihn zurück, und er sprach die Verse:

> *Und hat die Schöne einen einz'gen Fehl begangen,*
> *So treten ihre Reize als tausend Fürsprech ein.*

Dann ging sie hinauf, und Scharkân folgte ihr; da blickte er auf den Rücken der Maid und sah ihre Hüften, die wogten hin und her wie die Wellen im rollenden Meer, und er sprach diese Verse:

> *In ihrem Antlitz ist ein Fürsprech, der löscht ihre Schuld*
> *Aus den Herzen und gewinnt durch seinen Spruch aller Huld.*
> *Als ich sie kaum gesehen, rief ich: O wunderbar,*

*Der Mond ist aufgegangen, der Vollmond, hell und klar.
Und sollte selbst der Dämon der Bilkîs¹ mit ihr ringen,
Sie würde im Augenblick seine Riesenkraft bezwingen.*

Und die beiden gingen weiter, bis sie zu einem Tor gelangten, über dem sich ein marmorner Bogen wölbte. Sie öffnete das Tor und führte Scharkân in eine lange Halle, überdeckt von zehn untereinander verbundenen Bogen, und in jedem Bogen hing eine kristallene Lampe, die wie ein Feuerfunke glitzerte. Am oberen Ende traten ihr die Dienerinnen entgegen, wohlriechende Wachskerzen in den Händen und auf den Köpfen Stirnbänder, eingelegt mit Edelsteinen aller Art; die gingen vor ihr her, und Scharkân folgte ihr, bis sie das Innere des Klosters erreichten. Dort sah er Ruhebänke rings an den Wänden, immer eine der anderen gegenüber, alle mit goldgestickten Vorhängen überhangen. Der Boden des Klosters war gepflastert mit vielfarbigem Marmormosaik, und in der Mitte stand ein Becken mit vierundzwanzig goldenen Speibrunnen, aus denen, geschmolzenem Silber gleich, das Wasser rann; am oberen Ende aber sah er einen Thron, belegt mit seidenen Stoffen, wie sie sich nur für Könige ziemen. Da sprach die Maid zu ihm: ‚O mein Herr, steig auf diesen Thron!' Scharkân stieg auf den Thron hinauf, doch die Maid ging weg und blieb eine Weile fort. Als Scharkân die Dienerinnen nach ihr fragte, gaben sie ihm zur Antwort: ‚Sie ist in ihr Schlafgemach gegangen; doch wir werden dich bedienen, wie sie es befohlen hat.' Dann setzten sie Speisen von seltener Art vor ihn hin, und er aß, bis er gesättigt war; schließlich brachten sie ihm eine goldene Schale und eine silberne Kanne, und er wusch sich die Hände. Seine Gedanken aber schweiften zu seinem Heere, denn

1. Bilkîs, die Königin von Saba; ein Dämon trug ihren Thron zu Salomo.

er wußte nicht, was dem in seiner Abwesenheit widerfahren war; und er dachte auch daran, daß er seines Vaters Ermahnungen vergessen hatte; so überkam ihn Unruhe und Reue über das, was er getan, bis schließlich der Morgen graute und der Tag erschien. Da klagte er und seufzte über sein Tun und versank im Meer der Sorgen und sprach:

> *Es fehlt mir nicht an Festigkeit, allein*
> *Ich bin verwirrt und weiß nicht aus noch ein.*
> *Nähm' einer von mir meine Leidenschaft,*
> *Ich würd' gesund durch meine eigne Kraft.*
> *Mein Herz ist, ach, vom Liebeswahn betroffen –*
> *Auf Gott nur kann in meiner Not ich hoffen.*

Wie er diese Verse gesprochen hatte, siehe, da kam ihm ein wunderbar schöner Reigen entgegen: mehr als zwanzig Mädhen, Mondsicheln gleich; die umgaben jene Maid wie die Sterne den vollen Mond und hüteten sie. Ihr Kleid war aus Brokat, wie er für Könige paßt; um den Leib trug sie einen feingewebten Gürtel, der mit vielerlei Edelsteinen besetzt war und sie eng umgab, so daß ihre Hüften hervortraten; die glichen einem kristallenen Hügel unter einem silbernen Schaft, über dem die Brüste wie ein Granatäpfelpaar prangten. Als Scharkân sie ansah, da war er vor Freuden fast von Sinnen; er vergaß sein Heer und seinen Wesir. Und er erblickte ihr Haupt, auf dem ein Perlennetz lag, besetzt mit mancherlei Edelsteinen. Und Dienerinnen trugen rechts und links ihre Schleppe, während sie im Stolze der Schönheit anmutig sich neigend einherschritt. Er aber sprang auf, da er ihre Schönheit und Lieblichkeit sah, und rief: ‚Hab acht, hab acht vor dieses Gürtels Pracht!' Dann sprach er diese Verse:

> *Mit schweren Hüften, ein schwankendes Reis,*
> *Mit zarten Brüsten geht sie dahin.*
> *Sie birgt das Verlangen, das in ihr wohnt:*

Ich verheimliche nicht, was in meinem Sinn.
Die Sklavinnen schließen sich hinter ihr an,
Der Fürstin, die lösen und binden kann.

Sie aber sah ihn lange an und immer wieder, bis sie ihrer Sache sicher war und ihn erkannt hatte. Da trat sie herzu und sprach zu ihm: ‚Fürwahr, der Sitz wird geehrt und erleuchtet durch dich, o Scharkân. Wie hast du die Nacht verbracht, o Held, nachdem wir gegangen waren und dich allein gelassen hatten?' Dann fügte sie hinzu: ‚Wahrlich, die Lüge ist bei Königen gemein und eine Schande, vor allem bei den großen Königen im Lande! Du bist Scharkân, der Sohn des Königs 'Omar ibn en-Nu'mân; mache denn hinfort kein Geheimnis mehr aus dir und deinem Rang, und laß mich jetzt nur noch die Wahrheit vernehmen! Denn die Lüge zeugt nur Haß und Feindschaft. Dich durchbohrte des Schicksals Pfeil, drum ist jetzt stille Ergebung dein Teil!' Als sie so gesprochen hatte, konnte er nicht mehr leugnen, und so bekannte er die Wahrheit und sagte: ‚Ich bin Scharkân ibn 'Omar ibn en-Nu'mân, den das Schicksal geschlagen und an diesen Ort getragen. Verfahre mit mir jetzt nach deinem Behagen!' Lange senkte sie den Kopf zu Boden; dann wandte sie sich ihm zu und sagte: ‚Sei guten Mutes und getrost! Denn du bist mein Gast. Brot und Salz haben uns verbunden; so stehst du unter meinem Schutz und Schirm und kannst sicher sein. Beim Messias, wenn die Leute dieses Landes dir ein Leids tun wollten, sie würden nicht an dich herankommen, es sei denn, daß um deinetwillen das Leben meinen Leib verlassen hätte: du stehst unter dem Schutz des Messias und meinem Schutz.' Und sie setzte sich ihm zur Seite und scherzte mit ihm, bis seine Besorgnis wich und er einsah, daß sie ihn in der vorigen Nacht getötet hätte, wenn sie das hätte tun wollen. Dann sprach sie in griechischer Sprache zu einer ihrer Dienerinnen, die auf kurze Zeit davonging und alsbald mit einem Becher und einem Tisch voll Speisen zurückkam; Scharkân aber zögerte zu essen, da er sich sagte: ‚Vielleicht hat sie etwas in jene Speise hineingetan.' Sie erriet seine Gedanken, wandte sich zu ihm und sprach: ‚Beim Messias, so steht es nicht! In diesen Speisen ist nichts von dem, was du argwöhnst! Hätte ich dich töten wollen, ich hätte es längst getan!' Dann trat sie an den Tisch und aß von jeder Schüssel einen Bissen; da aß Scharkân auch. Die Maid freute sich und aß mit ihm, bis sie beide gesättigt waren; dann wuschen sie sich die Hände. Darauf stand sie auf und befahl einer Dienerin, süßduftende Kräuter zu bringen, Trinkbecher aus Gold, Silber und Kristall und Weine von verschiedenen Farben und Arten. Die Dienerin brachte das alles. Dann füllte die Maid den ersten Becher und trank ihn aus, ehe sie ihm reichte, genau wie sie es mit den Speisen getan hatte; darauf füllte sie einen zweiten und reichte ihm den. Er trank ihn aus, und sie sagte: ‚O Muslim, schau, wie du hier in aller Freude und Lust des Lebens weilest!' Und sie trank weiter mit ihm und schenkte ihm ein, bis er die klare Besinnung verlor. – – «

Da bemerkte Schehrezâd, daß der Morgen begann, und sie hielt in der verstatteten Rede an. Doch als die *Neunundvierzigste Nacht* anbrach, fuhr sie also fort: »Es ist mir berichtet worden, o glücklicher König, daß die Maid weiter mit Scharkân trank und ihm einschenkte, bis er die klare Besinnung verlor durch den Wein und den Liebesrausch. Nun sprach sie zu der Dienerin: ‚O Mardschâna, bringe uns Musikinstrumente!' ‚Ich höre und gehorche!' sprach die Dienerin, ging einen Augenblick fort und kehrte zurück mit einer Damaszener Laute, einer persischen Harfe, einer tatarischen Flöte und einer ägyptischen Zither. Und die Maid griff in die Laute, stimmte die Saiten und begann zu ihrem Spiel mit sanfter Stimme zu singen, weicher als des Zephirs Schwingen, süßer als die Wasser, die im Paradiese springen, und aus freiem Herzen ließ sie diese Verse erklingen:

> *Verzeihe Gott deinen Augen, die so viel Blut vergossen,*
> *Und deinen feurigen Blicken, die so viel Pfeile geschossen!*
> *Ich preise den Liebenden, der gegen den Liebenden hart,*
> *Dem alle Milde und alles Mitleid verwehret ward.*
> *Heil dem Auge, das schlaflos um deinetwillen wacht,*
> *Und wohl dem Herzen, das du zum Sklaven der Liebe gemacht!*
> *Du hast mir den Tod verhängt, mein Gebieter! Zum Lösegeld*
> *Geb ich mein Leben dem Richter, der dieses Urteil gefällt.*

Dann nahm ein jedes der Mädchen ein Instrument zur Hand und spielte und sang Verse in griechischer Sprache. Scharkân aber war ganz bezaubert. Dann sang auch die Herrin, und sie fragte ihn: ,O Muslim, verstehst du, was ich sage?' Er antwortete: ,Nein, ich bin durch die Schönheit deiner Fingerspitzen bezaubert.' Da lachte sie und sprach: ,Wenn ich arabisch vor dir sänge, was würdest du dann tun?' Er darauf: ,Ich würde nicht mehr Herr meines Verstandes sein.' Sie aber griff zu einem Instrument und begann in anderem Rhythmus zu singen:

> *Der Trennung Geschmack ist bitter!*
> *Wie kann ich das ertragen?*
> *Dreierlei hat mich betroffen:*
> *Verstoßung, Fernsein, Entsagen.*
> *Ich liebe den Schönen; er fing mich*
> *Durch Schönheit. Ach, Trennung bringt Klagen!*

Als sie ihr Lied beendet hatte, sah sie Scharkân an; doch der war dem Leben entrückt, und lange lag er zwischen den Mädchen dahingestreckt. Dann kam er wieder zu sich, dachte an den Gesang und neigte sich vor Entzücken. Und nun kehrten beide zum Weine zurück und scherzten und spielten immerdar, bis der Tag sich zur Neige wandte und die Nacht ihre

Fittiche ausspannte. Da ging die Maid in ihr Schlafgemach, und als Scharkân nach ihr fragte, da sagte man ihm: ‚Sie ist in ihr Schlafgemach gegangen'; und er erwiderte: ‚Unter Gottes Schutz und Hut!' Doch als es Morgen ward, kam eine Dienerin zu ihm und sagte: ‚Meine Herrin entbietet dich zu sich!' Da erhob er sich und folgte ihr, und als er sich ihrem Aufenthalt nahte, da begrüßten die Dienerinnen ihn mit Zimbeln und Flöten und führten ihn zu einer großen Elfenbeintür, die mit Perlen und Edelsteinen besetzt war. Dann traten sie in eine weite Halle, an deren oberem Ende eine breite Estrade war, belegt mit seidenen Decken von mancherlei Art und umgeben von offenen Gitterfenstern, durch die man auf Bäume und Bäche sah. Rings um den Saal aber standen in Menschengestalt geschnitzte Figuren, und wenn der Wind durch sie hinstrich, so gerieten Instrumente in Schwingung, die darin verborgen waren, und der Beschauer vermeinte, sie sprächen. Dort saß die Maid, versunken im Anschauen der Figuren; doch als sie Scharkân erblickte, da erhob sie sich und ergriff ihn bei der Hand und ließ ihn neben sich sitzen und fragte ihn, wie er die Nacht verbracht hätte. Er dankte ihr mit einem Segenswunsch, und beide setzten sich, um zu plaudern. Dann fragte sie ihn: ‚Weißt du irgend etwas über Liebende und Sklaven der Liebe?' Er antwortete: ‚Ja; ich kenne einiges in Versen.' ‚Laß mich hören!' bat sie, und er sprach:

Heil und gesund und fern von aller quälenden Krankheit
Sei 'Azza, wenn sie es nicht für recht hielte, mich zu scheuen!
Allein bei Gott, wenn ich nahe, ist sie in die Ferne entschwunden.
Grausam: je mehr ich verlange, je weniger will sie mich freuen.
Ach meine Liebe zu 'Azza! Hab ich einmal beseitigt,
Was zwischen uns war, und sie ging dann beiseite schon,
So gleich ich dem Wandrer, der auf den Schatten der Wolke hoffet,
Doch tritt er dort ein, zu ruhen, dann ist die Wolke entflohn.

Als sie das hörte, sprach sie: ‚Wahrlich, Kuthaijir sprach schön und war keusch, und er pries 'Azza am höchsten in diesen Versen:

> *Wenn 'Azza die Morgensonne, die strahlende, entböte*
> *Zum Richter über die Schönheit, er teilte den Preis ihr zu.*
> *Wohl kamen Frauen zu mir gelaufen, um sie zu tadeln;*
> *Doch deren Wangen machte Gott für 'Azza zum Schuh.'*

Dann fuhr sie fort: ‚Man sagt, 'Azza sei ein Wunder an Schönheit und Anmut gewesen', und fragte Scharkân: ‚O Prinz, wenn du noch ein paar Verse des Dschamîl an Buthaina weißt, so trage sie uns vor!' Er antwortete: ‚Gewiß; ich kenne sie besser als irgendein anderer', und begann:

> *Sie sagen: Zieh aus, Dschamîl, zum heiligen Krieg auf Beute! –*
> *Doch welcher Krieg wäre jemals außer mit Schönen mein Ziel?*
> *Jedem Geplauder mit ihnen winkt allerzarteste Freude;*
> *Und ein Märtyrer ist ein jeder, der bei ihnen fiel.*
> *Frage ich: ‚O Buthaina, was ist diese quälende Liebe?'*
> *‚Die ist beständig und wächst noch immerdar!' antwortet sie.*
> *Sage ich: ‚Gib mir zurück ein Teilchen Verstand, um zu leben*
> *Bei den Menschen!', so sagt sie: ‚Das erreichest du nie.'*
> *Du wünschest meinen Tod, du wünschest nur ihn allein;*
> *Und doch kann ich keinem anderen Ziele als dir mich weihn.*

Als sie das hörte, sagte sie: ‚Du hast schön gesprochen, o Königssohn, und auch Dschamîl sprach schön. Was aber mag Buthaina ihm haben antun wollen, daß er diesen Halbvers dichten konnte:

> *Du wünschest meinen Tod, du wünschest nur ihn allein.*

‚O meine Herrin,' erwiderte Scharkân, ‚sie wollte ihm antun, was du mir antun willst, und auch das kann dir noch nicht genügen.' Da lachte sie ob seiner Worte, und sie tranken weiter, bis der Tag entschwand und die Nacht erschien in des Dunkels Gewand. Da stand sie auf und ging in ihr Schlafgemach und legte sich zum Schlummer nieder; und Scharkân schlief, wo er war, bis der Morgen dämmerte. Doch als er erwachte, kamen die Dienerinnen wie sonst zu ihm mit den Zimbeln und anderen Musikinstrumenten; und sie küßten den Boden vor ihm und sagten: ‚Im Namen Gottes, komm mit uns, unsere Herrin entbietet dich vor sich!' Scharkân erhob sich und ging mit den Dienerinnen, die ihn umringten, ihre Zimbeln schlugen und auf ihren Instrumenten spielten, bis sie jenen Saal verlassen hatten und in eine andere, noch geräumigere Halle eintraten; darin waren Bilder und Figuren von Vögeln und Tieren, so schön, daß man sie nicht beschreiben kann. Da staunte Scharkân über all die Kunst, die er dort sah, und sprach:

Es ließ mein Wächter pflücken von den Früchten des Halsbands
Eine Perle der Brust, gefaßt in reines Gold.
Sie hat eine Stirn, die glänzet so hell wie Barren von Silber;
Im topasgleichen Antlitz die Rosenwangen so hold!
Der Farbe des Veilchens gleichen die Augen, die dunkelblauen;
Mit Spießglanz reich gefärbt sind ihre Wimpern und Brauen.

Als die Maid Scharkân sah, da stand sie ihm zu Ehren auf, nahm ihn bei der Hand und ließ ihn neben sich sitzen und fragte: ‚O Sohn des Königs 'Omar ibn en-Nu'mân, bist du gewandt im Schachspiel?' ‚Ja,' erwiderte er, ‚aber sei du nicht so, wie der Dichter gesagt hat:

Ich redete, doch die Leidenschaft wühlte in meinem Innern;
Ein Trank von den Honiglippen nur konnte den Durst mir stillen.
Ich saß am Schachbrett mit ihr, die ich liebte, und sie spielte
Mit schwarzen und weißen Figuren, ohn meinen Wunsch zu erfüllen.
Es war, wie wenn der König nahe beim Turme stände
Und suchte nach einem Zuge hin zu den Königinnen.
Aber wenn ich den Sinn ihrer Augen ergründen wollte,
Machte das Spiel ihrer Blicke, ihr Leute, mich ganz von Sinnen.

Dann brachte sie das Schachbrett und spielte mit ihm; aber wenn Scharkân auf ihre Schachzüge blicken wollte, so blickte er auf ihr Antlitz, und er setzte den Springer statt des Läufers und den Läufer statt des Springers. Da lachte sie und sprach: ,Wenn du so spielst, so verstehst du nichts.' ,Dies ist ja unser erstes Spiel,' versetzte er, ,nach ihm darfst du nicht urteilen.' Und als sie ihn geschlagen hatte, da stellte er die Figuren wieder auf und spielte noch einmal mit ihr; aber sie schlug ihn zum zweiten und dritten und vierten und fünften Male. Da wandte sie sich zu ihm und sagte: ,Du bist in allem geschlagen'; und er erwiderte: ,Ach, meine Herrin, wie sollte jemand, der mit deinesgleichen spielt, nicht geschlagen werden?' Darauf ließ sie Speisen bringen, und sie aßen und wuschen sich danach die Hände; schließlich trug man den Wein für sie auf, und sie tranken. Nun griff sie zur Zither, denn ihre Hand war gewandt im Spiel, und sie sang zu der Begleitung diese Verse:

> *Unser Schicksal schwankt zwischen Enge und zwischen Weite;*
> *Bald scheint es, als geh es vor, und bald, als geh es zurück.*
> *Drum trinke auf seine Schönheit, solange das dir vergönnt ist,*
> *Auf daß du nicht von mir scheidest mit unbefriedigtem Blick!*

Dann tranken sie weiter, bis die Nacht hereinsank; und dieser Tag war noch schöner gewesen als der Tag vorher. Als es dann dunkel ward, ging die Maid in ihr Schlafgemach und ließ ihn mit den Dienerinnen allein; er aber legte sich nieder und schlief bis zum Morgen, bis daß die Dienerinnen wie immer mit den Zimbeln und Musikinstrumenten kamen. Als er das sah, sprang er eilig auf, und sie führten ihn zu ihrer Herrin. Wie die ihn erblickte, erhob sie sich, nahm ihn bei der Hand und ließ ihn neben sich sitzen. Und auf ihre Frage, wie er die Nacht verbracht habe, antwortete er, indem er ihr langes Leben wünschte; sie aber nahm die Laute und sang aus dem Stegreif diese Verse:

> *Denke nicht an das Scheiden!*
> *Ach, es bringt bitteres Leiden:*

*Auch die sinkende Sonne
Erbleicht vor Schmerzen im Scheiden.*

Während sie sich also die Zeit vertrieben, da erhob sich plötzlich ein großer Lärm, und ein Haufe von Christenrittern und Knechten stürzte herein, gezückte, blinkende Schwerter in den Händen, und sie riefen in griechischer Sprache: ‚Du bist uns in die Hände gefallen, o Scharkân, also sei des Todes gewiß!' Als er das hörte, sagte er zu sich selber: ‚Bei Allah, diese Maid hat mich in eine Falle gelockt und mich hingehalten, bis ihre Mannen gekommen sind. Dies sind die Ritter, mit denen sie mir drohte; aber ich habe mich selber in solche Not gestürzt.' Dann wandte er sich ihr zu, um ihr Vorwürfe zu machen; doch er sah, wie ihr Antlitz verändert und erblaßt war. Sie aber sprang auf und fragte die Menge: ‚Wer seid ihr?' ‚O huldreichste Prinzessin und unvergleichliche Perle,' entgegnete der Anführer der Ritter, ‚weißt du nicht, wer jener Mann da bei dir ist?' ‚Nein,' erwiderte sie, ‚ich kenne ihn nicht. Wer ist er denn?' Jener Ritter aber rief: ‚Das ist der Verwüster der Länder, der Führer der Reiterscharen, das ist Scharkân, Sohn des Königs 'Omar ibn en-Nu'mân! Er ist es, der die Burgen bezwang, der in jede unnahbare Feste drang! Nachricht von ihm erreichte deinen Vater König Hardûb durch die alte Herrin Dhât ed-Dawâhi; und dein Vater, unser König, hat sich von der Wahrheit des Berichtes der Alten überzeugt. Siehe, du hast das Heer der Griechen gerettet, indem du diesen gefährlichen Löwen gefangen nahmst.' Als sie aber dies hörte, sah sie den Ritter an und fragte ihn: ‚Wie lautet dein Name?' Und er versetzte: ‚Ich heiße Masûra, der Sohn deines Sklaven Mausûra, des Sohnes des Kaschardah, der Ritter aller Ritter.' ‚Und wie', fragte sie, ‚wagst du ohne Erlaubnis vor mich zu treten?' Er antwortete: ‚O Herrin, ich trat ans Tor heran, doch weder Kämmerling noch

Pförtner hielt mich an, sondern alle Türhüter standen auf und gingen wie immer vor uns her; wenn jemand anders kommt, freilich, so lassen sie ihn am Tore stehen und fragen, ob sie ihn einlassen dürfen. Aber dies ist nicht die Zeit für lange Reden, denn der König wartet, daß wir wiederkehren mit diesem Prinzen, dem Stachel des Heeres der Muslims, damit er ihn töte und seine Leute zurücktreibe, dahin, woher sie kamen, ohne erst schwere Schlachten mit ihnen zu kämpfen.' ‚Das sind keine guten Worte,' entgegnete die Prinzessin; ‚Frau Dhât ed-Dawâhi hat gelogen und eitles Zeug geschwätzt, dessen Wahrheit sie nicht kennt. Beim Messias, dieser, der da bei mir ist, ist nicht Scharkân, noch auch ist er gefangen, sondern er ist ein Fremder, der zu uns kam und uns um Gastfreundschaft bat, und die haben wir ihm gewährt. Wären wir aber auch des gewiß, daß er Scharkân in eigener Person ist, und wäre es uns bewiesen, daß er es ohne Zweifel ist, so würde es doch meiner Ehre übel anstehn, wenn ich den in eure Hände gäbe, der unter meinen Schutz trat. Drum macht mich nicht zum Verräter an meinem Gast und zur Schmach unter den Menschen! Du also kehre zurück zum König, meinem Vater, küsse den Boden vor ihm und tu ihm kund, daß die Sache sich anders verhält, als Frau Dhât ed-Dawâhi berichtet hat.' ‚O Abrîza,' erwiderte Ritter Masûra, ‚ich kann zum Könige nicht ohne seinen Feind zurückkehren.' Da rief sie zornig: ‚Du da, kehre mit meiner Antwort zu ihm zurück, und es soll kein Tadel auf dich fallen!' Doch Masûra sagte: ‚Ich kehre nur mit ihm zurück!' Da verfärbte sich ihr Antlitz, und sie rief ihm zu: ‚Mach nicht soviel törichte Worte! Denn wahrlich, dieser Mann wäre nicht zu uns gekommen, wäre er nicht seiner selbst gewiß, daß er allein hundert Reitern gegenübertreten könnte! Wenn ich zu ihm sagen würde: Du bist Scharkân, der Sohn des Königs 'Omar ibn en-Nu'mân, so würde er entgegnen: Ja. Aber ihr seid nicht imstande, ihm in den Weg zu treten; denn wenn ihr es tut, so wird er nicht von euch lassen, bis er alle erschlagen hat, die in diesem Raume sind. Ja, da steht er bei mir! Ja, ich will ihn vor euch treten lassen, Schwert und Schild in seiner Hand!' ,Wäre ich auch sicher vor deinem Zorn,' erwiderte Ritter Masûra, ,so bin ich doch nicht sicher von dem deines Vaters, und wenn ich ihn sehe, so gebe ich den Rittern ein Zeichen, daß die ihn gefangen nehmen, und dann führen sie ihn mit Schimpf und Schande vor den König!' Als sie das hörte, sprach sie zu ihm: ,So soll es nicht sein, denn das wäre grelle Torheit. Dieser ist nur ein einzelner Mann, und ihr seid hundert Ritter: wenn ihr ihn also angreifen wollt, so tretet einzeln vor, auf daß der König sehe, wer von euch der Tapferste ist'. – –«

Da bemerkte Schehrezâd, daß der Morgen begann, und sie hielt in der verstatteten Rede an. Doch als die *Fünfzigste Nacht* anbrach, fuhr sie also fort: »Es ist mir berichtet worden, o glücklicher König, daß Prinzessin Abrîza zu dem Ritter sagte: ,Dieser ist nur ein einzelner Mann, und ihr seid hundert: wenn ihr ihn also angreifen wollt, so tretet einer nach dem anderen vor, damit der König erkenne, wer von euch der Tapferste ist.' Da antwortete Ritter Masûra: ,Beim Messias, du sprichst recht, und kein anderer als ich selber soll als erster ihm gegenübertreten.' Sie erwiderte: ,Wartet, daß ich zu ihm gehe, ihm kundtue, was wir besprochen haben, und höre, welche Antwort er darauf hat! Willigt er ein, so soll es sein. Doch wenn er sich weigert, so könnt ihr auf keine Weise an ihn kommen; denn ich und meine Dienerinnen und alle, die im Kloster sind, treten dann für ihn ein.' Dann ging sie zu Scharkân und berichtete ihm alles; da lächelte er und erkannte, daß sie niemandem etwas von ihm gesagt hatte, sondern daß die Kunde von ihm im

Lande sich verbreitet hatte, bis sie gegen ihren Willen auch zum König gedrungen war. Und er machte sich nochmals Vorwürfe und sprach: ‚Wie konnte ich mein Leben aufs Spiel setzen im Land der Griechen?' Doch als er den Vorschlag der Prinzessin hörte, sprach er: ‚Würden sie mir alle einzeln entgegentreten, so wäre das eine Belästigung für sie. Wollen sie nicht zu je zehn mit mir kämpfen?' ‚Solche Vermessenheit wäre unrecht,' erwiderte sie; ‚nein, einer gegen einen!' Als er das hörte, sprang er auf und eilte mit dem Schwert und in Kriegsrüstung hinaus; da sprang auch Ritter Masûra auf und stürzte auf ihn los. Aber Scharkân trat ihm wie ein Löwe entgegen und hieb ihm mit dem Schwert auf die Schulter, so daß ihm die Klinge glitzernd zum Rücken und zu den Eingeweiden herausfuhr. Als die Prinzessin das sah, da wuchs Scharkâns Kraft in ihren Augen, und sie erkannte, daß sie ihn im Ringkampf nicht durch ihre Stärke, sondern durch ihre Schönheit und Anmut besiegt hatte. Dann wandte sie sich zu den Rittern und rief ihnen zu: ‚Nehmt Rache für euren Führer!' Nun trat der Bruder des Erschlagenen hervor, ein trotziger Recke, und er stürzte auf Scharkân zu; doch der zögerte nicht und hieb ihm mit dem Schwert auf die Schulter, so daß die Klinge ihm glitzernd aus den Eingeweiden herausfuhr. Da rief die Prinzessin: ‚Auf, ihr Diener des Messias, rächt euren Gefährten!' So griffen sie ihn ohne Unterlaß an, einer nach dem anderen; doch Scharkân ließ sein Schwert gegen sie tanzen, bis er von ihnen fünfzig Ritter erschlagen hatte; und die Prinzessin sah ihm derweilen zu. Nun hatte Allah einen solchen Schrecken in die Herzen der übrigen geworfen, daß sie sich vom Einzelkampf zurückhielten und ihm nicht mehr einzeln entgegenzutreten wagten, sondern ihn insgesamt auf einmal überfielen. Er aber stürzte los auf sie mit einem Herzen, fester als Felsen, bis daß er sie zermahlen und zerdroschen und ihnen Sinne und Leben geraubt hatte. Da rief die Prinzessin laut ihren Dienerinnen zu: ‚Wer ist noch im Kloster?' Sie erwiderten: ‚Niemand außer den Torwächtern.' Dann trat die Prinzessin zu Scharkân und zog ihn an ihre Brust, und er kehrte mit ihr in den Palast zurück, nachdem er den Kampf beendet hatte. Nun waren aber noch ein paar Ritter übrig, die sich vor ihm in den Klosterzellen verborgen hielten. Als die Prinzessin jene gewahrte, da erhob sie sich von Scharkâns Seite; dann kehrte sie zu ihm zurück, gekleidet in einen engmaschigen Ringpanzer, und in der Hand ein indisches Schwert. Und sie sprach: ‚Beim Messias, ich will meinem Gast gegenüber nicht mit mir geizen; noch will ich ihn im Stiche lassen, ob ich auch dadurch im Lande der Griechen zur Schmach werde.' Dann musterte sie die Toten und fand, daß achtzig der Ritter erschlagen und zwanzig von ihnen entflohen waren. Und als sie sah, wie mit den Mannen verfahren war, da sprach sie zu ihm: ‚Ein Mann wie du ist der Ritter Ruhm; Preis sei, o Scharkân, deinem Heldentum!' Dann stand er auf, wischte das Blut der Erschlagenen von seiner Klinge und sprach diese Verse:

> *Wie viele Scharen hab ich im Kampfe geschlagen*
> *Und ihre Helden den Wölfen zum Fraß gelassen!*
> *Fraget nach mir und ihnen, wie ich daherfuhr*
> *Auf all das Volk, am Tage, da Kämpfer sich fassen!*
> *Ich ließ ihre Leuen im Kampfe auf heißem Sande*
> *Dahingestreckt dort liegen im weiten Lande.*

Als er sein Lied beendet hatte, trat die Prinzessin lächelnd zu ihm und küßte ihm die Hand; und sie legte den Harnisch ab, den sie trug, und er fragte: ‚O Herrin, weshalb legtest du die Rüstung da an und zogst dein Schwert?' ‚Um dich vor jenen Elenden zu schützen', antwortete sie. Dann ließ sie die Torwächter rufen und fragte sie: ‚Wie kamt ihr dazu, des Königs

Ritter ohne meine Erlaubnis in meine Wohnstätte einzulassen?' Sie erwiderten: ,O Prinzessin, es war nicht unsere Gewohnheit, daß wir dich bei den Boten des Königs erst um Erlaubnis bitten mußten, und besonders nicht, wenn der Oberste der Ritter dabei ist.' Da sprach sie: ,Ich glaube, ihr wollt mir nur Schande und meinem Gast den Untergang bringen'; und sie hieß Scharkân ihnen die Köpfe abschlagen. Während er das tat, rief sie ihren übrigen Dienern zu: ,Wahrlich, sie hatten noch mehr als das verdient!' Dann wandte sie sich Scharkân zu mit den Worten: ,Jetzt, da dir offenbar geworden ist, was verborgen war, will ich dir meine Geschichte kundtun. Wisse denn, ich bin die Tochter des Königs Hardûb von Kleinasien; ich heiße Abrîza, und die Alte, die da Dhât ed-Dawâhi heißt, ist meine Großmutter von des Vaters Seite her. Sie ist es, die meinem Vater von dir erzählt hat, und sicherlich wird sie eine List ersinnen, um mich zu Tode zu bringen, zumal du auch meines Vaters Ritterschaft erschlagen hast und es bekannt ward, daß ich mich von den Meinen getrennt habe und für sie zu den Muslimen verloren gegangen bin. Darum wäre es klüger, wenn ich nicht mehr hier bliebe, solange Dhât ed-Dawâhi auf meiner Spur ist; und ich verlange von dir die gleiche Freundlichkeit, wie ich sie dir erwiesen habe; denn es wird sich alsbald um deinetwillen zwischen mir und meinem Vater Feindschaft erheben. Drum versäume nichts von dem, was ich dir sage; all dies ist ja nur durch dich gekommen!' Als Scharkân ihre Worte hörte, ward er fast von Sinnen vor Seligkeit, und seine Brust ward ihm vor Freuden weit; und er rief: ,Bei Allah, dir soll niemand nahe kommen, solange noch Leben in meiner Brust ist! Aber hast du den Mut, die Trennung von deinem Vater und deiner Sippe zu ertragen?' ,Ja!' erwiderte sie, und Scharkân schwur ihr, und die beiden schlossen ein Gelöbnis darauf. Da sagte sie: ,Jetzt ist mein Herz beruhigt; aber noch bleibt eine andere Bedingung für dich.' ,Wie ist die?' fragte er, und sie erwiderte: ,Du mußt mit deinem Heer in dein Land zurückkehren.' Er aber sagte darauf: ,O Herrin, siehe, mein Vater 'Omar ibn en-Nu'mân hat mich ausgesandt, um gegen deinen Vater Krieg zu führen, wegen des Schatzes, den er geraubt hat, und bei dem sich die drei großen Juwelen von hohen Wunderkräften befinden.' Nun sprach sie: ,Sei guten Muts und getrost! Ich will dir die ganze Geschichte erzählen sowie den Grund unseres Zwistes mit dem König von Konstantinopel. Wir feiern nämlich alljährlich ein Fest, das heißt das Klosterfest, und bei ihm versammeln sich die Könige aus allen Gauen wie auch der Vornehmen und Kaufherren Töchter und Frauen; die Gäste bleiben dort sieben Tage lang zusammen. Und früher gehörte ich immer zu ihnen; aber als sich zwischen uns Feindschaft erhob, verbot mir mein Vater für den Zeitraum von sieben Jahren, daran teilzunehmen. Da traf es sich in einem der Jahre, daß mit den Töchtern der Vornehmen, die sich wie gewöhnlich von fern her zu dem Feste ins Kloster begaben, auch die Tochter des Königs von Konstantinopel dorthin kam, ein schönes Mädchen namens Sophia. Sie blieben sechs Tage lang im Kloster und gingen am siebenten Tage ihrer Wege; aber Sophia sagte: Ich will nur zu Wasser nach Konstantinopel kehren. So rüstete man ihr ein Schiff aus, in dem sie sich mit ihrem Gefolge einschiffte; als sie nun Segel gesetzt hatten und abgefahren waren, faßte sie unterwegs ein widriger Wind und warf das Schiff aus seinem Kurs. Dort traf es nach dem Willen des Schicksals und Verhängnisses auf ein christliches Fahrzeug, das von der Kampferinsel kam und eine Mannschaft von fünfhundert bewaffneten Franken trug, die schon lange umhergekreuzt waren. Als diese die Segel des Schiffes sichteten, in dem Sophia mit ihren

Frauen war, stürzten sie in aller Hast darauf los, und in weniger als einer Stunde holten sie es ein und legten die Enterhaken an und nahmen es ins Schlepptau. Dann hielten sie mit allen Segeln auf ihre eigene Insel; und sie waren ihr schon sehr nahe gekommen, als plötzlich der Wind umschlug. Dieser Gegenwind aber jagte sie einem Riffe zu und warf sie mit zerrissenen Segeln auf unsere Küste gegen ihren Willen. Da fuhren wir zu ihnen hinaus, und weil wir sie als eine Beute ansahen, die das Schicksal uns zutrieb, so nahmen wir sie in Besitz; wir töteten die Mannschaft und fanden jene Schätze und Kostbarkeiten sowie auch vierzig Mädchen, und unter ihnen die Tochter des Königs, Sophia. Wir nahmen die Schätze und schleppten die Prinzessin mit ihren Frauen vor meinen Vater; doch wußten wir nicht, daß sich die Tochter des Königs Afridûn von Konstantinopel unter ihnen befand. Mein Vater wählte zehn von ihnen für sich, darunter auch die Prinzessin; den Rest verteilte er unter seine Umgebung. Dann sonderte er fünf Mädchen aus, und unter ihnen des Königs Tochter, und schickte sie als Geschenk an deinen Vater 'Omar ibn en-Nu'mân nebst Manteltuchen, wollenen Stoffen und griechischen Seidenstoffen. Dein Vater aber nahm sie an, und er wählte aus den fünf Mädchen für sich Sophia, die Tochter des Königs Afridûn. Zu Beginn dieses Jahres schrieb ihr Vater einen Brief an meinen Vater in Worten, die ich hier lieber nicht wiederhole, und drohte ihm und machte ihm Vorwürfe: ,Vor zwei Jahren habt Ihr eins unserer Schiffe erbeutet, das sich in der Gewalt von Räubern aus einer fränkischen Piratenbande befand und in dem meine Tochter Sophia mit ungefähr sechzig Mädchen war. Ihr habt mir nun keinen einzigen Boten gesandt, um mich davon zu benachrichtigen; ich aber konnte doch die Sache nicht öffentlich bekanntmachen, da ich fürchtete, es könnte auf meine Ehre bei den Königen ein

Schatten fallen, wenn ich meine Tochter bloßstellte. So verbarg ich denn meinen Verlust bis zu diesem Jahre, und jetzt habe ich an einige fränkische Seeräuber geschrieben und sie gebeten, sie möchten sich bei den Königen der Inseln über meine Tochter erkundigen. Die haben mir sagen lassen: Bei Gott, wir haben sie nicht aus deinem Reich entführt; doch wir haben gehört, daß König Hardûb sie einigen Piraten abnahm. Und sie haben mir den Hergang berichtet.' Dann fügte er in seinem Schreiben an meinen Vater hinzu: ,Wenn Ihr nicht wünscht, mit mir in Zwist zu geraten, und wenn Ihr mich nicht entehren und meine Tochter bloßstellen wollt, so werdet Ihr meine Tochter, sowie meine Botschaft Euch erreicht, an mich zurücksenden. Wenn Ihr aber mein Schreiben mißachtet und meinem Befehl nicht gehorcht, so will ich Euch Euer schmähliches Verfahren und Euer schlechtes Gebaren entgelten lassen.' Als dies Schreiben bei meinem Vater eingetroffen war und er es gelesen und seinen Inhalt begriffen hatte, war ihm die Angelegenheit sehr peinlich, und er bedauerte, daß er Sophia, die Tochter des Königs Afridûn, unter jenen Mädchen nicht erkannt und ihrem Vater zurückgeschickt hatte; und er war in Verlegenheit, was er tun sollte, denn nach so langer Zeit konnte er nicht mehr an König 'Omar ibn en-Nu'mân schreiben, um sie sich wiedergeben zu lassen, zumal wir nach kurzer Zeit vernommen hatten, daß ihm durch seine Sklavin, die man Sophia, die Tochter des Königs Afridûn, zu nennen pflegte, Nachkommen geschenkt seien. Als wir nun all das bedachten, da erkannten wir, daß dieser Brief sehr großes Unglück bedeutete. Und mein Vater fand keinen Ausweg als den, daß er dem König Afridûn eine Antwort schrieb, in der er sich bei ihm entschuldigte und ihm unter Eiden beteuerte, er habe nicht gewußt, daß seine Tochter unter der Schar der Mädchen auf jenem Schiffe gewesen sei; dann setzte er ihm auseinander, daß er sie dem König 'Omar ibn en-Nu'mân geschickt habe, und daß dieser durch sie mit Nachkommen gesegnet worden sei. Als das Schreiben meines Vaters bei König Afridûn in Konstantinopel eintraf, da sprang er auf, setzte sich wieder, tobte, schäumte und rief: ‚Was! Hat er meine Tochter gefangen genommen und sie mit Sklavinnen auf eine Stufe gestellt, so daß sie von Hand zu Hand weitergegeben und Königen als Gabe gesandt ist, die ohne Ehevertrag bei ihr liegen? Beim Messias und beim wahren Glauben,' sprach er, ‚ich will nicht ruhen, bis ich Blutrache genommen und meine Schande getilgt habe; wahrlich, ich will eine Tat tun, von der man nach meinem Tode singen und sagen soll!' Nun wartete er seine Zeit ab, bis er einen Plan ersonnen und große Ränke geschmiedet hatte; da schickte er eine Gesandtschaft zu deinem Vater 'Omar ibn en-Nu'mân und ließ ihm sagen, was du gehört hast. Schließlich rüstete dein Vater dich und das Heer mit dir aus und schickte dich dem König Afridûn zu Hilfe, der nun dich und dein Heer dazu gefangen nehmen will. Was er aber deinem Vater von den drei Edelsteinen sagen ließ, als er ihn um seine Hilfe bat, daran war kein wahres Wort, denn sie waren im Besitz seiner Tochter Sophia; mein Vater nahm sie ihr ab, als er sie und ihre Mädchen gefangen nahm; er gab sie mir zum Geschenk, und ich habe sie noch. Also geh du zu deinem Heere und sende es zurück, ehe es noch tiefer ins Land der Franken und Griechen eindringt! Denn wenn ihr ins Innere geratet, werden sie euch die Wege einengen, und ihr werdet euch aus ihren Händen nicht retten können bis zum Tage der Vergeltung und der Rache. Ich weiß, deine Truppen halten noch an ihrer Lagerstatt, weil du ihnen drei Tage Rast anbefahlest; doch sie haben dich die ganze Zeit her vermißt und wissen nicht, was sie tun sollen.' Als aber

Scharkân diese Worte hörte, da versank er eine Weile in Gedanken; dann küßte er der Prinzessin Abrîza die Hand und sagte: ‚Preis sei Gott, der dich mir in Seiner Gnade sandte und dich zur Ursache meiner Rettung und der Rettung aller machte, die mit mir sind! Doch es wird mir schwer, mich von dir zu trennen, und ich weiß nicht, was dir widerfahren wird, wenn ich fort bin.' ‚Geh jetzt zu deinem Heere', erwiderte sie, ‚und laß es umkehren! Wenn aber die Gesandten noch dort sind, so halt sie fest, auf daß euch die Wahrheit offenbar wird. Das muß geschehen, solange ihr noch in der Nähe eures Landes seid. Nach drei Tagen werde ich euch einholen, und wir wollen alle gemeinsam in Baghdad einziehen.' Als er sich dann wandte, um zu gehen, sagte sie zu ihm: ‚Vergiß das Gelöbnis nicht, das zwischen mir und dir besteht!' Darauf erhob sie sich und trat zu ihm, um ihm Lebewohl zu sagen und ihn zu umfassen und das Feuer des Verlangens erlöschen zu lassen; so nahm sie denn Abschied von ihm, schlang ihm die Arme um den Hals, weinte bitterlich und sprach die Verse:

Ich sagte ihr Lebewohl: meine Rechte wischte die Tränen,
Die Linke umschlang sie und preßte sie an das Herze mein.
Sie fragte: ‚Fürchtest du nicht die Schande?' ‚Nein!' gab ich zur Antwort,
‚Der Tag des Abschieds ist der Liebenden Schande allein.'

Dann trennte Scharkân sich von ihr und ging hinab aus dem Kloster. Man brachte ihm sein Roß, und er stieg auf und ritt fort in der Richtung der Brücke; dort angelangt, ritt er über sie und kam in den Baumgarten. Wie er auch den hinter sich hatte und über die Wiese ritt, da erschienen plötzlich drei Reiter; auf der Hut vor ihnen, zog er sein Schwert und ritt vorsichtig weiter. Doch als sie nahe an ihn herangekommen waren und sie einander genauer ansahen, da erkannten sie ihn; und er blickte auf sie, und siehe, einer von ihnen war der Wesir Dandân und die anderen beiden zwei Emire, die ihn begleiteten. Als sie ihn aber erblickt und erkannt hatten, stiegen sie vor ihm ab und grüßten ihn, und der Wesir fragte nach dem Grunde seiner Abwesenheit; da erzählte er ihnen alles, was zwischen ihm und der Prinzessin Abrîza vorgefallen war, von Anfang bis zu Ende. Und der Wesir dankte Allah dem Erhabenen für all seine Gnade. Dann sprach er zu Scharkân: ‚Laß uns sofort dies Land verlassen; denn die Gesandten, die mit uns kamen, sind davongegangen, um dem König unser Nahen zu melden, und vielleicht werden sie bald über uns herfallen, um uns gefangen zu nehmen.' Da befahl Scharkân seinen Leuten, aufzubrechen; sie taten es, und alle zogen ohne Unterbrechung eiligst dahin, bis sie die Sohle des Tals erreichten.

Inzwischen waren die Gesandten wirklich zu ihrem König gezogen und hatten ihm Scharkâns Nahen gemeldet; und Afridûn rüstete sofort ein Heer aus, um ihn und alle, die ihn begleiteten, zu ergreifen. Lassen wir die aber vorläufig und kehren wir zu Scharkân, dem Wesir Dandân und den beiden Emiren zurück! Als die vier zu ihrem Heere zurückgekommen waren, riefen sie ihm laut zu: ‚Auf, auf zum Marsch!' Sofort wurde aufgebrochen, und sie zogen den ersten und zweiten und dritten Tag hindurch und unaufhörlich weiter, bis sie nach fünf Tagen in ein wohlbewaldetes Tal gelangten, wo sie ein wenig rasteten. Danach brachen sie von neuem auf und zogen fünfundzwanzig Tage lang, bis sie an die Grenze ihres eigenen Landes kamen. Und da sie sich hier für sicher hielten, so machten sie halt, um auszuruhen; und das Landvolk brachte Gastgeschenke, Futter für die Tiere und Proviant. Dort lagerten sie zwei Tage lang; während nun die übrigen wieder aufbrachen, um in die Heimat zu ziehen, blieb Scharkân mit hundert Reitern hinter ihnen zurück, nachdem er dem Wesir Dandân den

Oberbefehl übergeben hatte, damit das Haupttheer unter ihm heimkehre.

Einen Tag nach dem Aufbruch des Heeres beschloß Scharkân, weiterzuziehen, und so saß er mit seinen hundert Rittern auf. Als sie etwa zwei Parasangen zurückgelegt hatten, kamen sie in eine Schlucht zwischen zwei Bergen, und siehe, da erhob sich vor ihnen eine Wolke von Sand und Staub. Nun hielten sie ihre Renner eine Weile an, bis die Wolke zerstob: da traten hundert Reiter aus ihr heraus, die sahen wie grimme Löwen aus, mit eisernen Panzern gerüstet zum Strauß. Sobald sie an Scharkân und seine Leute herangekommen waren, riefen sie: ‚Bei Johannes und Maria, wir haben erreicht, was wir wünschten! Wir sind euch in Eilmärschen gefolgt, Tag und Nacht, bis wir euch an dieser Stelle überholt haben. Nun steigt ab, liefert uns eure Waffen aus und gebt euch selbst gefangen, auf daß wir euch das Leben schenken!' Als Scharkân das hörte, da traten ihm die Augen aus dem Schädel, und seine Wangen wurden rot, und er rief: ‚Was, ihr Christenhunde, ihr wagt es, in unser Land zu kommen und unseren Boden zu betreten? Und genügt euch das noch nicht, so daß ihr auch noch euer Leben aufs Spiel setzet und uns so anzureden euch erkühnt? Denkt ihr, ihr werdet unserer Hand entrinnen und je in eure Heimat zurückkehren?' Dann rief er seinen hundert Reitern zu: ‚Auf diese Hunde! Denn sie sind euch gleich an Zahl!' Und darauf zog er sein Schwert und stürzte sich mit den Seinen auf sie, doch die Franken traten ihnen entgegen mit Herzen, fester als Felsen: nun traf Mann auf Mann, und Ritter stürmte auf Ritter heran; es entbrannte ein heftiger Strauß, voll Ungestüm zog einer gegen den andern hinaus; da mehrte sich Schrecken und Graus, und mit vielem Gerede war es aus; sie fochten und stritten ohne Aufenthalt, sie kreuzten die Klingen mit voller Gewalt, bis der

Tag entschwand und die Nacht kam in des Dunkels Gewand. Da zogen sie sich voneinander zurück, und Scharkân sammelte seine Leute und fand, daß keiner verwundet war außer nur vieren, und auch die hatten nur leichte Wunden davongetragen. Nun sprach er zu ihnen: ‚Bei Allah, mein Leben lang watete ich in des Kampfes tosendem Meer, und ich kämpfte mit manchem tapferen Mann: doch nie fand ich einen standhafter im Kampf und in der Männerschlacht als jene Helden in ihrer Macht.' ‚Wisse,' sagten sie, ‚o Prinz, unter ihnen ist ein fränkischer Ritter, der ist ihr Führer, ein tapferer Held, dessen Speere durchdringen. Doch bei Allah, er schont uns allesamt, groß und klein; denn wer in den Weg kommt, den läßt er gehn und bekämpft ihn nicht. Bei Allah, hätte er es gewollt, er hätte uns alle erschlagen.' Als Scharkân hörte, was der Ritter getan hatte und in wie hohem Ruf er stand, war er bestürzt und sprach: ‚Morgen früh wollen wir uns in Schlachtreihe aufstellen und Mann gegen Mann kämpfen, denn wir sind hundert gegen ihre hundert; und wir wollen vom Herrn der Himmel den Sieg über sie erflehen.' So ruhten sie in jener Nacht mit diesem Entschluß. Doch auch die Franken sammelten sich um ihren Führer und sprachen: ‚Wahrlich, heute haben wir an ihnen unser Ziel nicht erreicht'; und der erwiderte ihnen: ‚Morgen früh wollen wir uns in Schlachtreihe aufstellen und Mann gegen Mann kämpfen.' Da ruhten auch sie mit diesem Entschluß. Beide Lager hielten Wache, bis Allah der Erhabene das Licht des Morgens sandte. Da saßen Prinz Scharkân und seine hundert Reiter auf und ritten mitsamt zur Walstatt hinab, wo sie die Franken in Schlachtordnung fanden; und Scharkân sprach zu seinen Leuten: ‚Unsere Feinde stehen schon wieder bereit; also auf und greift sie an!' Nun trat ein Herold der Franken hervor und rief: ‚Heute soll keine allgemeine Schlacht zwischen uns sein, sondern nur Zweikampf: je ein Kämpfer von euch trete vor gegen einen von uns!' Da stürmte ein Reiter aus Scharkâns Reihen hervor, ritt in die Mitte zwischen beiden Reihen und rief: ‚Wer tritt auf den Plan? Wer wagt sich heran? Doch mir komme heute kein träger noch schwächlicher Mann!' Kaum aber hatte er ausgeredet, so ritt ein Ritter von den Franken gegen ihn aus, bewaffnet von Kopf bis zu Fuß und angetan mit einem goldgewirkten Mantel; er ritt ein graues Roß, und seine Wangen zeigten keinen Flaum. Und er lenkte sein Roß bis zur Mitte des Schlachtfelds, und die beiden begannen den Kampf mit Hieb und Stich. Doch es dauerte nicht lange, so hatte der Franke den Muslim mit der Lanzenspitze getroffen und warf den aus dem Sattel; und er nahm ihn gefangen und führte den Niedergeschlagenen davon. Da freuten die Seinen sich ihres Gefährten; doch sie hielten ihn zurück, nochmals auf den Kampfplatz zu ziehen, und schickten einen anderen aus, dem ein zweiter Muslim entgegentrat, ein Bruder des Gefangenen. Beide ritten auf die Walstatt und kämpften eine Weile miteinander; da wandte der Franke dem Muslim den Rücken zu, um ihn irrezuführen, traf ihn mit dem unteren Lanzenende, warf ihn vom Roß und nahm ihn gefangen. Dann ritten die Muslime einer nach dem andern vor, und die Franken nahmen sie gefangen, ohne Unterlaß, bis der Tag entschwand und die Nacht kam in des Dunkels Gewand. Da hatten sie zwanzig Reiter der Muslime gefangen genommen; und als Scharkân das bemerkte, war er bekümmert, sammelte seine Leute und sprach: ‚Was für ein Unheil hat uns da befallen! Morgen früh will ich selber auf den Kampfplatz reiten und ihrem Führer Einzelkampf anbieten und erfahren, weshalb er in unser Land eingebrochen ist, und ihn warnen, mit uns zu kämpfen. Wenn er nicht nachgibt, so bekämpfen wir ihn; doch ist er friedfertig, so schließen wir Frieden mit ihm.' So nächtigten sie, bis Allah der Erhabene das Licht des Morgens sandte; da saßen beide Seiten auf und zogen zur Schlacht zuhauf. Und Scharkân wollte zur Walstatt reiten, aber siehe, mehr als die Hälfte der Franken saß ab und ging zu Fuß vor einem Ritter her, bis sie die Mitte des Schlachtfeldes erreichten. Nun sah Scharkân sich jenen Ritter an, und siehe, es war ihr Führer. Er war bekleidet mit einem Mantel aus blauem Atlas; und sein Gesicht war wie der volle Mond, wenn er aufgeht. Er trug einen engmaschigen Kettenpanzer, und in der Hand hielt er ein indisches Schwert; und er ritt ein schwarzes Roß mit einer Blesse auf der Stirn, wie ein Dirhem so groß; auf den Wangen jenes fränkischen Ritters aber zeigte sich kein Flaum. Er trieb nun sein Roß an, bis er in der Mitte des Feldes stand. Dort winkte er den Muslimen zu und rief in gewähltem Arabisch: ‚O Scharkân! O Sohn des 'Omar ibn en-Nu'mân! O du, der du die Festen bezwungen und die Länder zu Wüsten gemacht, auf zum Kampf und zur Schlacht! Jetzt auf, zum Zweikampf geeilt gegen den, der das Feld mit dir teilt! Du bist der Fürst deines Volks, ich bin der Fürst meines Volks; und wer von uns seinen Gegner überwindet, dem sollen des anderen Mannen huldigen!' Kaum aber hatte er geendet, so sprengte Scharkân daher, das Herz vom Zorne schwer, und er trieb sein Roß bis nahe an den Franken auf den Plan und fiel ihn gleich einem wütenden Löwen an. Da trat ihm der Franke standhaft entgegen und bekämpfte ihn wie ein erfahrener Degen. Und sie begannen zu stechen und zu schlagen, und sie ließen nicht ab von Ansturm und Abwehr, von Hieb und Gegenhieb, wie zwei Berge, die aufeinanderfallen, oder zwei Meere, die zusammenprallen. Und sie hörten nicht auf zu kämpfen, bis der Tag entschwand und die Nacht kam in des Dunkels Gewand.

Da erst ließen sie voneinander ab und kehrten zu ihrem Volk zurück. Doch als Scharkân bei seinen Gefährten war, sprach er: ,Noch nie habe ich einen Ritter gesehen wie diesen. Nur habe ich eine Eigenschaft an ihm bemerkt, die ich noch bei keinem gefunden habe, nämlich diese: wenn er an seinem Gegner eine Blöße für den Todesstoß sieht, so kehrt er seine Lanze um und stößt mit dem unteren Ende! Wahrlich, ich weiß nicht, was aus ihm und mir werden wird; aber ich wollte, wir hätten in unserem Heere einen wie ihn oder Leute wie die Seinen.' Darauf legte Scharkân sich zur Ruhe. Doch als es Morgen wurde, da zog der Franke gegen ihn aus und ritt mitten auf den Plan, und ihm entgegen trat Scharkân. Nun begannen sie wieder den Streit und zogen die Ringe des Kampfes weit, und sie reckten ihre Hälse gegeneinander und hörten nicht auf zu kämpfen und zu ringen und mit den Lanzen aufeinander einzudringen, bis der Tag zur Neige ging und die Nacht alles mit Dunkel umfing. Dann trennten sie sich und kehrten zu ihrem Volk zurück; und jeder erzählte seinen Gefährten, was ihm im Zweikampf widerfahren war; schließlich sagte der Franke zu seinen Mannen: ,Morgen soll die Entscheidung sein!' Nun ruhten sie beide in jener Nacht bis zum Tagesanbruch; dann saßen sie auf, und sie stürmten aufeinander ein und hörten bis zum Mittag nicht auf zu kämpfen. Da wandte der Franke eine List an; er jagte das Roß vorwärts und hielt es dann plötzlich mit dem Zügel zurück, so daß es strauchelte und seinen Reiter abwarf. Rasch beugte Scharkân sich über ihn und wollte ihn mit dem Schwerte erschlagen aus Furcht, noch länger kämpfen zu müssen; aber da rief ihm der Franke zu: ,O Scharkân! Das steht den Rittern nicht an! So handelt der von Frauen besiegte Mann!' Als Scharkân von jenem Ritter solche Worte hörte, da hob er die Augen auf zu dem Franken, und als er ihn genau anschaute, erblickte er in ihm Prinzessin Abrîza, mit der er jenes Abenteuer im Kloster erlebt hatte. Sowie er sie erkannt hatte, warf er das Schwert aus der Hand, küßte den Boden vor ihr und fragte sie: ‚Was trieb dich zu solchen Taten?' Sie erwiderte: ‚Ich wollte dich im Felde erproben mit List und schauen, ob du im Kampf und im Turniere standhaft bist. Diese dort bei mir sind meine Dienerinnen, und sie alle sind Jungfrauen; und doch haben sie im offenen Kampf deine Reiter besiegt; und wäre nicht mein Roß mit mir gestrauchelt, hättest du meine Kraft im Kampfe erkannt.' Da lächelte Scharkân ob ihrer Worte und sprach zu ihr: ‚Preis sei Allah für die Rettung und für die Wiedervereinigung mit dir, o herrliche Königin unserer Zeit!' Dann rief sie ihren Dienerinnen zu, sie sollten hinreiten und die zwanzig Gefangenen von den Leuten des Scharkân loslassen und danach absitzen. Sie gehorchten ihrem Befehle; dann traten sie herzu und küßten den Boden vor ihr und vor Scharkân, und der sagte zu ihnen: ‚Euresgleichen bewahren Könige sich für die Stunde der Not.' Darauf winkte er seinen Gefährten, daß sie die Prinzessin begrüßen sollten; alle sprangen ab und küßten den Boden vor ihr, denn sie wußten, was geschehen war. Dann saßen die zweihundert Ritter auf und zogen dahin, Tag und Nacht, sechs Tage hindurch, bis sie sich der Heimat näherten. Nun bat Scharkân die Prinzessin Abrîza und ihre Dienerinnen, ihre fränkischen Gewänder abzulegen. – –«

Da bemerkte Schehrezâd, daß der Morgen begann, und sie hielt in der verstatteten Rede an. Doch als die *Einundfünfzigste Nacht* anbrach, fuhr sie also fort: »Es ist mir berichtet worden, o glücklicher König, daß Scharkân die Prinzessin Abrîza und ihre Dienerinnen ihre fränkischen Gewänder ablegen und die Kleidung der Töchter Griechenlands anziehen ließ. Als sie das getan hatten, entsandte er eine Abteilung seiner Gefährten nach

Baghdad, um seinen Vater 'Omar ibn en-Nu'mân von seiner Ankunft zu benachrichtigen und ihm zu melden, daß er begleitet werde von der Prinzessin Abrîza, der Tochter des Königs Hardûb, des Fürsten von Kleinasien; das geschah, damit er Leute schicke, um sie zu empfangen. Zur selbigen Stunde saßen sie ab an der Stelle, an der sie waren, und ruhten bis zum Morgen; und als Allah der Erhabene den Morgen dämmern ließ, da saßen Scharkân mit den Seinen und Prinzessin Abrîza mit den Ihren auf und ritten zur Stadt. Und siehe, unterwegs kam ihnen der Wesir Dandân entgegen, der auf besonderen Befehl des Königs 'Omar ibn en-Nu'mân mit tausend Reitern ausgezogen war, um Scharkân und Abrîza zu empfangen. Und als sie sich den beiden näherten, gingen sie auf sie zu und küßten vor ihnen den Boden; dann stiegen sie wieder auf und geleiteten sie als ihr Gefolge, bis sie in die Stadt einzogen und zum Palaste kamen. Scharkân ging sofort zu seinem Vater hinein; der erhob sich ihm entgegen, umarmte ihn und fragte ihn nach dem Stande der Dinge. Da berichtete er ihm alles, was Abrîza ihm gesagt hatte und was zwischen ihnen vorgefallen war, und wie sie sich von ihrem Vater und von ihrem Lande getrennt habe. ‚Ja,' so erzählte er, ‚sie hat sich entschlossen, mit uns zu ziehen und bei uns zu bleiben. Der König von Konstantinopel hatte wegen seiner Tochter Sophia Arges gegen uns im Sinn; denn der Fürst von Kleinasien hatte ihn mit ihrer Geschichte bekannt gemacht und ihm berichtet, warum er sie dir geschenkt hatte; er, der Fürst von Kleinasien, habe ja nicht gewußt, daß sie die Tochter des Königs Afridûn von Konstantinopel sei; und hätte er es gewußt, so hätte er sie dir nicht gegeben, sondern sie ihrem Vater zurückgeschickt.' Dann schloß Scharkân den Bericht an seinen Vater mit den Worten: ‚Wir sind aus diesen Gefahren nur durch diese Maid, durch Abrîza, errettet, und wir haben noch nie einen tapfereren Helden gesehen als sie.' So schilderte er seinem Vater von Anfang bis zu Ende alles, was sich zwischen ihnen begeben hatte, von den Ringkämpfen an bis zu der Einzelschlacht. Als König 'Omar die Erzählung seines Sohnes Scharkân gehört hatte, stand Abrîza in seinen Augen hoch und herrlich da, und er wünschte sie zu sehen; deshalb verlangte er nach ihr, um sie zu befragen. Da ging Scharkân hinaus zu ihr und sagte: ,Der König ruft dich'; und sie erwiderte: ,Ich höre und gehorche!' So führte er sie hinein zu seinem Vater, der auf seinem Throne saß und, da er seine Würdenträger entlassen hatte, nur noch seine Eunuchen bei sich hatte. Nachdem die Prinzessin eingetreten war, küßte sie den Boden vor dem König 'Omar ibn en-Nu'mân und begrüßte ihn in gewähltester Rede. Er aber staunte ob ihrer Beredsamkeit, dankte ihr für das, was sie an seinem Sohne Scharkân getan hatte, und hieß sie sich setzen. Sie also setzte sich nieder und entschleierte ihr Antlitz; und als der König sie ansah, da war er wie verwirrt durch ihre Schönheit. Dann ließ er sie nähertreten, bezeigte ihr seine Gunst, schenkte ihr einen eigenen Palast für sich und ihre Mädchen und bestimmte ihnen Jahresgelder. Nun begann er sie nach jenen drei Juwelen zu fragen, von denen früher erzählt ist, und sie erwiderte: ,Ich habe sie bei mir, o König unserer Zeit!' Sofort erhob sie sich, ging in ihr Gemach und öffnete ihr Gepäck und zog eine Schachtel daraus hervor und aus der Schachtel eine goldene Büchse. Und sie öffnete die Büchse und nahm die drei Juwelen heraus, küßte sie und gab sie dem König. Doch als sie davonging, nahm sie sein Herz mit sich.

Kaum aber war sie fort, so ließ der König seinen Sohn Scharkân rufen und gab ihm eins von den drei Juwelen; und als Scharkân nach den beiden anderen fragte, erwiderte er: ,Mein

Sohn, eins will ich deinem Bruder Dau el-Makân geben und das andere deiner Schwester Nuzhat ez-Zamân.' Als aber Scharkân hörte, daß er einen Bruder hatte, der Dau el-Makân hieß, während er bisher nur von einer Schwester gewußt hatte, da wandte er sich zu seinem Vater und fragte ihn: ,O König, hast du außer mir noch einen Sohn?' Der König antwortete: ,Gewiß, er ist jetzt sechs Jahre alt', und er fügte hinzu, daß er ihn Dau el-Makân, und seine Schwester Nuzhat ez-Zamân genannt habe, und daß die beiden Zwillingsgeschwister seien. Das kam Scharkân hart an; doch er bewahrte seine innersten Gedanken und sagte zu seinem Vater: ,Der Segen Allahs des Erhabenen liege auf ihnen!' Das Juwel aber warf er aus der Hand und schüttelte den Staub von seinen Kleidern. Da sprach der König zu ihm: ,Wie kommt es, daß ich dein Wesen so verändert sehe, nachdem du dies gehört hast, obgleich du nach mir der Erbe des Königreichs bist? Denn die Truppen haben dir den Eid geleistet, und die Emire des Reiches haben dir die Nachfolge zugeschworen, und dieses eine der drei Juwelen ist dein.' Da neigte Scharkân das Haupt zu Boden, denn er schämte sich, mit seinem Vater zu streiten; deshalb nahm er das Juwel und ging davon, aber er wußte vor dem Übermaß des Ingrimms nicht, was er beginnen sollte. Er machte erst halt, als er in den Palast der Prinzessin Abrîza eingetreten war. Und als er auf sie zuging, da kam sie ihm entgegen, dankte ihm für alles, was er getan hatte, und flehte Segen auf ihn und seinen Vater herab. Dann setzte sie sich und ließ ihn sich neben sie setzen; doch als er saß, da merkte sie den Grimm in seinem Antlitz und befragte ihn, und er erzählte ihr, daß sein Vater von Sophia zwei Kinder erhalten habe, einen Knaben und ein Mädchen, und daß er den Knaben Dau el-Makân und das Mädchen Nuzhat ez-Zamân genannt hätte, und fügte hinzu: ,Die beiden anderen Juwelen hat er für sie behalten und für mich hat er nur eins hergegeben; und so wollte ich es liegen lassen. Bis jetzt habe ich von alledem nichts gewußt, erst in diesem Augenblick habe ich es gehört; und die beiden sind jetzt schon sechs Jahre alt. Als ich das erfuhr, da packte mich der Grimm. Nun habe ich dir den Grund meines Zorns gesagt und dir nichts verborgen; aber jetzt fürchte ich, mein Vater könnte dich zur Frau nehmen, denn er liebt dich, und ich sah an ihm die Zeichen des Verlangens nach dir: was wirst du dann sagen, wenn er solches wünscht?' Sie antwortete: ‚Wisse, o Scharkân, dein Vater hat keine Gewalt über mich, und er kann mich nicht ohne meine Einwilligung nehmen; wenn er mich aber mit Gewalt nimmt, so gebe ich mir selber den Tod. Was jedoch die drei Juwelen angeht, so wollte ich gar nicht, daß er irgendeines davon einem seiner Kinder geben sollte, und ich dachte nicht anders, als daß er sie in seine Schatzkammer zu seinen anderen Kostbarkeiten legen werde; aber jetzt erhoffe ich von deiner Güte, daß du mir das Juwel, das er dir gab, zum Geschenk machst, wenn du es angenommen hast.' ‚Ich höre und gehorche!', erwiderte Scharkân und gab es ihr. Und sie sprach: ‚Fürchte nichts!', und plauderte eine Weile mit ihm und fuhr fort: ‚Ich fürchte, mein Vater wird hören, daß ich bei euch bin, und er wird meinen Verlust nicht geduldig ertragen, sondern versuchen, mich wieder zu gewinnen. Zu dem Zwecke wird er sich vielleicht mit dem König Afridûn über dessen Tochter Sophia einigen; dann werden beide mit Heeren über dich herfallen, und es wird großen Aufruhr geben.' Als Scharkân diese Worte hörte, da sprach er zu ihr: ‚O Herrin, wenn es dir gefällt, bei uns zu bleiben, so denke nicht an sie, ob sich auch alle wider uns versammeln, die auf dem Lande und auf dem Meere sind.' ‚Hoffentlich geht alles gut,' erwiderte sie; ‚wenn ihr gut an mir handelt, so bleibe ich bei euch, doch wenn ihr schlecht an mir handelt, so ziehe ich davon.' Dann befahl sie ihren Sklavinnen, Speise zu bringen; die setzten den Tisch vor sie hin, und Scharkân aß ein wenig. Doch bald ging er voll Sorgen und Gram in sein eigenes Haus.

Lassen wir ihn dort und wenden wir uns wieder seinem Vater 'Omar ibn en-Nu'mân zu! Der stand auf, als sein Sohn Scharkân ihn verlassen hatte, und ging mit den beiden anderen Juwelen zu seiner Sklavin Sophia; als sie ihn erblickte, erhob sie sich und blieb stehen, bis er sich setzte. Alsbald kamen auch seine beiden Kinder, Dau el-Makân und Nuzhat ez-Zamân; wie er die sah, küßte er sie und hängte einem jeden eins der Juwelen um den Hals. Die beiden freuten sich darüber und küßten ihm die Hände. Und sie gingen zu ihrer Mutter, die sich mit ihnen freute und dem König langes Leben wünschte. Nun sprach er zu ihr: ‚Weshalb hast du mir all die Zeit her nicht gesagt, daß du die Tochter des Königs Afridûn bist, des Herrn von Konstantinopel? Ich hätte dich noch mehr geehrt und deine Würde gemehrt und erhöht.' Als Sophia dies vernahm, erwiderte sie: ‚O König, was sollte ich mir denn Größeres oder Höheres wünschen als diesen Rang, den ich bei dir einnehme? Du überhäufest mich ja mit deiner Gunst und deiner Wohltat, und Allah hat mich durch dich mit zwei Kindern gesegnet, einem Sohn und einer Tochter.' Ihre Antwort gefiel dem König, und als er sie verlassen hatte, da bestimmte er für sie und ihre Kinder einen wunderbar schönen Palast. Auch ernannte er Eunuchen und Diener für sie, und Rechtsgelehrte, Philosophen, Astrologen, Ärzte und Chirurgen, deren Obhut er sie anvertraute; er ehrte sie noch mehr und ließ ihnen die höchsten Gunstbezeigungen zuteil werden. Dann kehrte er in den Palast seiner Herrschaft zurück und in die Halle, in der er für seine Untertanen Recht sprach.

So stand es also um sein Verhalten zu Sophia und ihren Kindern; wie er sich aber zur Prinzessin Abrîza stellte, werden wir jetzt sehen. Der König 'Omar ibn en-Nu'mân war ja in Liebe zu ihr entbrannt, und das Verlangen nach ihr quälte ihn Tag und Nacht. Jeden Abend ging er zu ihr und plauderte mit ihr und machte ihr Andeutungen mit Worten; aber sie ging nicht darauf ein, sondern sagte nur: ‚O größter König unserer Zeit, ich habe jetzt kein Verlangen nach einem Manne.' Und als er sah, daß sie sich ihm versagte, da erstarkte in ihm die Leidenschaft, und noch heftiger kam über ihn der heißen Liebe Kraft, bis er dessen müde wurde und seinen Wesir Dandân rufen ließ; dem vertraute er an, welche Liebe zu der Prinzessin Abrîza, der Tochter des Königs Hardûb, in seinem Herzen verborgen war, und er sagte ihm, daß sie seinen Wünschen nicht nachgeben wollte und daß ihn das Verlangen nach ihr fast getötet habe, da er nicht ihre Gunst gewinnen könne. Als der Wesir diese Worte hörte, sprach er zu dem König: ‚Sowie die dunkle Nacht gekommen ist, nimm ein Stück Bendsch, etwa im Gewicht eines Mithkâls[1], geh zu ihr und trinke etwas Wein mit ihr. Und wenn die Zeit naht, da das Gelage endet, so fülle ihr den letzten Becher, wirf das Bendsch hinein und gib ihn ihr zu trinken; und ehe sie ihr Schlafgemach erreicht, wird das Gift an ihr seine Wirkung tun. Dann gehe du ihr nach und bleibe bei ihr und stille dein Verlangen nach ihr! Dies ist der Rat, den ich dir gebe.' ‚Was du mir anrätst, ist vortrefflich', sprach der König, und er begab sich in seine Schatzkammer und holte ein Stück von starkem Bendsch heraus, von dessen Geruch sogar ein Elefant von einem Jahr ins andere geschlafen hätte. Er tat es in die Tasche auf seiner Brust und wartete, bis ein kleiner Teil der

---

1. Das sind ungefähr 4½ Gramm.

Nacht verstrichen war; dann ging er zu der Prinzessin Abrîza in ihren Palast. Als sie ihn erblickte, erhob sie sich vor ihm; er aber hieß sie sich setzen. Sie setzte sich also, und er setzte sich neben sie und begann, mit ihr vom Wein zu plaudern; da richtete sie den Trinktisch her und stellte die Becher und Krüge vor ihn hin. Auch zündete sie die Kerzen an und befahl, Naschwerk, Süßigkeiten und Früchte zu bringen und alles, was zum Trinken gehört. Dann begannen sie zu trinken; und der König trank ihr so lange zu, bis ihr die Trunkenheit in den Kopf stieg. Als er das bemerkte, nahm er das Stück Bendsch aus der Tasche, und indem er es zwischen den Fingern hielt, füllte er ihr mit eigener Hand einen Becher und trank ihn aus. Dann füllte er ihn zum zweiten Mal und sagte: ‚Auf deine Freundschaft!' Damit ließ er das Stück in den Becher fallen, ohne daß sie es bemerkte. Sie nahm ihn und trank ihn aus; dann ging sie in ihr Schlafgemach. Als noch keine Stunde vergangen war, da war er sicher, daß der Schlaftrunk seine Wirkung ausgeübt und sie der Besinnung beraubt hatte, und so ging er zu ihr und fand sie auf ihrem Rücken liegend; sie hatte die Hose ausgezogen, und ein Lufthauch hob den Saum ihres Hemdes. Wie der König sie so daliegen sah und zu ihren Häupten eine brennende Kerze fand und zu ihren Füßen eine zweite, die da beleuchtete, was ihre Lenden umschlossen, da verließ ihn sein Verstand, Satan führte ihn in Versuchung, und er konnte sich nicht mehr beherrschen; sondern er zog das Kleid aus, fiel über sie her und nahm ihr die Mädchenschaft. Dann stand er auf, ging zu einer ihrer Frauen, Mardschâna mit Namen, und sagte: ‚Geh zu deiner Herrin; sie läßt dich rufen!' Die Sklavin lief hinein und fand ihre Herrin bewußtlos auf dem Rücken liegend, während ihr das Blut an den Beinen herabrann; da nahm sie eins von ihren Tüchern und wischte ihr das Blut ab und blieb die Nacht hindurch bei ihr. Doch als Allah der Erhabene den Tag grauen ließ, da wusch die Sklavin Mardschâna ihrer Herrin das Gesicht, die Hände und die Füße; dann brachte sie Rosenwasser und wusch ihr damit das Gesicht und den Mund. Da plötzlich nieste Prinzessin Abrîza, gähnte und würgte das Stück Bendsch herauf, so daß es aus ihrem Inneren herausfiel wie eine Pastille. Dann wusch sie sich Hände und Mund und sprach zu Mardschâna: ‚Sage mir, was mir widerfahren ist!' Da erzählte sie ihr alles das, was vorgegangen war. Die Prinzessin wußte nun, daß der König 'Omar ibn en-Nu'mân bei ihr gelegen und seinen Anschlag gegen sie ausgeführt hatte. Tief betrübt darüber zog sie sich in ihre Gemächer zurück und sagte zu ihren Mädchen: ‚Haltet jeden zurück, der zu mir kommen will, und sagt, ich sei krank, bis ich sehe, was Gott mit mir vorhat!' Die Nachricht von ihrer Krankheit erreichte auch den König, und er schickte ihr Scherbette und Zuckergebäck. So lebte sie einige Monate lang in der Einsamkeit, und unterdessen kühlte das Feuer des Königs sich ab, und sein Verlangen nach ihr erlosch, so daß er sich ihrer enthielt.

Nun hatte sie von ihm empfangen, und als die Monate dahingingen, wurde ihre Schwangerschaft sichtbar; ihr Leib schwoll an, und die Welt ward ihr zu eng. So sprach sie zu ihrer Dienerin Mardschâna: ‚Wisse, nicht die Welt hat unrecht an mir gehandelt, sondern ich habe mich gegen mich selbst versündigt, weil ich meinen Vater und meine Mutter und mein Land verlassen habe. Jetzt bin ich des Lebens überdrüssig, denn mein Mut ist gebrochen, und mir bleibt weder Kraft mehr noch Mut. Wenn ich früher auf mein Roß stieg, so bezwang ich es; jetzt aber bin ich außerstande zu reiten. Wenn ich hier bei ihnen niederkomme, so werde ich vor meinen Dienerinnen entehrt sein, und jeder im Palaste wird wissen, daß der König mir auf dem Wege der Schande das Mädchentum nahm; und wenn ich heimkehre zu meinem Vater: mit welchem Gesicht soll ich ihm entgegentreten, und mit welchem Gesicht soll ich überhaupt zurückkehren? Wie recht spricht der Dichter:

> *Gibt es Trost für den, der kein Land und keine Heimatstatt,*
> *Keinen Freund und keinen Becher, ja auch kein Dach mehr hat?'*

Mardschâna antwortete: ,Du hast zu befehlen, und ich gehorche'; und Abrîza sprach: ,Ich möchte diese Stadt sofort heimlich verlassen, so daß niemand von mir weiß als du, und zu meinem Vater und meiner Mutter heimkehren; denn wenn das Fleisch stinkend geworden ist, so bleibt ihm nichts als seine eigene Sippe, und Gott soll mit mir tun, was er will.' ,O Prinzessin,' erwiderte Mardschâna, ,was du tun willst, ist trefflich.' Dann machte Abrîza alles bereit, bewahrte ihr Geheimnis und wartete ein paar Tage, bis der König auf die Jagd auszog und sein Sohn Scharkân sich zu den Burgen begab, um dort eine Zeit lang zu bleiben. Da ging sie zu Mardschâna und sprach zu ihr: ,Ich möchte heute nacht aufbrechen; wie aber soll ich gegen das Schicksal kämpfen? Schon fühle ich die Wehen der Geburt, und wenn ich noch vier oder fünf Tage bleibe, so werde ich hier niederkommen und außerstande sein, die Reise in mein Land zu machen. Aber dies war mir auf der Stirn geschrieben.' Dann überlegte sie eine Weile und sprach: ,Suche uns einen Mann, der mit uns geht und der uns unterwegs bediene; denn ich habe nicht die Kraft, die Waffen zu tragen!' ,Bei Gott,' erwiderte Mardschâna, ,meine Herrin, ich weiß keinen als einen schwarzen Sklaven namens el-Ghadbân[1]; der gehört zu den Sklaven des Königs 'Omar ibn en-Nu'mân und ist ein tapferer Kerl, und er hält Wache am Tore unseres Pa-

---

1. Der Zornige.

lastes. Der König ernannte ihn zu unserem Dienst, und wir haben ihn mit unserer Gunst überschüttet; daher will ich hingehn und mit ihm darüber reden. Ich will ihm etwas Geld versprechen und ihm sagen, wenn er bei uns bleiben wolle, so würde ich ihm die Frau geben, die er sich wünsche. Er hat mir früher einmal erzählt, er sei ein Wegelagerer gewesen; und wenn er bereit ist, so werden wir unser Ziel erreichen und in unser Land gelangen.' Sie entgegnete: ‚Rufe ihn zu mir, daß ich mit ihm rede!' Da ging Mardschâna hin und rief: ‚O Ghadbân, Gott gebe dir Glück, wenn du einwilligst in das, was meine Herrin dir sagen wird!' Und sie nahm ihn bei der Hand und führte ihn zu der Prinzessin. Als er sie sah, küßte er ihr die Hände; doch als sie ihn erblickte, da erschrak ihr Herz vor ihm, und sie sprach bei sich selber: ‚Wahrlich, die Not gibt ihr eigenes Gesetz.' Und sie trat zu ihm, um mit ihm zu reden; und obwohl ihr Herz vor ihm erschrocken war, sprach sie dennoch zu ihm: ‚O Ghadbân, sprich, willst du uns gegen die Tücke des Schicksals helfen und mein Geheimnis bewahren, wenn ich es dir entdecke?' Wie der Sklave sie nur anschaute, wurde sein Herz von ihr gewonnen, und er entbrannte sofort in Liebe zu ihr; so konnte er nur entgegnen: ‚O Herrin, wenn du mir etwas befiehlst, will ich davon nicht weichen.' Da sprach sie: ‚Ich will, daß du noch in dieser Stunde mich und diese meine Dienerin nimmst, daß du uns zwei Kamele sattelst, und zwei von des Königs Pferden, und daß du auf jedes Pferd eine Satteltasche mit Geld und Zehrung legst und mit uns ziehest in unser Land; und wenn du dann bei uns bleiben willst, so will ich dich mit einer meiner Sklavinnen verheiraten, die du dir aussuchen sollst. Wenn du aber lieber in dein eigenes Land zurückkehren willst, so wollen wir dich verheiraten und dir geben, was du verlangst; dann kannst du in dein Land heimkehren, nachdem du so viel Geld erhalten hast, daß du damit zufrieden bist.' Als el-Ghadbân diese Worte hörte, freute er sich sehr und sprach: ‚O Herrin, ich will euch beiden herzlich gern dienen und mit euch ziehen; die Pferde will ich gleich satteln.' So ging er freudig fort und sprach bei sich selber: ‚Ich werde schon meinen Willen an ihnen durchsetzen; und wenn sie mir nicht zu Willen sind, dann töte ich sie beide und nehme ihr Geld.' Diese Absicht verbarg er tief in seinem Innern, ging dahin und kehrte alsbald mit zwei Kamelen und drei Pferden zurück, von denen er eines selber ritt. Dann trat er zur Prinzessin Abrîza und brachte ihr ein Pferd, und sie stieg auf und ließ Mardschâna auf das dritte Pferd steigen. Aber die Prinzessin litt große Schmerzen durch die Wehen und konnte sich vor übergroßer Qual kaum noch beherrschen. Nun zog der Sklave mit ihnen dahin, Tag und Nacht, durch das Land zwischen den Bergen, bis nur noch ein einziger Tagesmarsch zwischen ihnen und ihrem Lande lag. Da aber kamen die Wehen über die Prinzessin, und sie konnte sie nicht mehr zurückhalten; so sprach sie zu el-Ghadbân: ‚Laß mich absteigen, denn die Wehen haben mich gepackt'; und der Mardschâna rief sie zu: ‚Steig ab und setze dich zu mir und entbinde mich!' Alsbald stieg Mardschâna ab von ihrem Pferde, und el-Ghadbân tat desgleichen; sie banden die Zügel der beiden Pferde fest und halfen der Prinzessin absteigen, die fast bewußtlos war vor dem Übermaß der Schmerzen. Als aber el-Ghadbân sie auf dem Boden sah, da drang Satan in ihn ein, und er zog sein Schwert vor ihrem Antlitz und sagte: ‚O Herrin, gewähre mir deine Gunst.' Doch als sie seine Worte hörte, da sah sie ihn an und sagte: ‚Es bliebe nur noch übrig, daß ich mich Negersklaven hingäbe, nachdem ich mich Königen und Helden verweigert habe!' – –«

Da bemerkte Schehrezâd, daß der Morgen begann, und sie hielt in der verstatteten Rede an. Doch als die *Zweiundfünfzigste Nacht* anbrach, fuhr sie also fort: »Es ist mir berichtet worden, o glücklicher König, daß Prinzessin Abrîza, während sie zu dem schwarzen Sklaven el-Ghadbân sagte: ,Es bliebe nur noch übrig, daß ich mich Negersklaven hingäbe, nachdem ich mich Königen und Helden verweigert habe!' vor Zorn entbrannte und dann rief: ,Pfui über dich! Was für Worte redest du da zu mir? Pfui! Nimm so etwas nicht in den Mund in meiner Gegenwart! Wisse, nie werde ich etwas von dem gewähren, was du verlangst, und müßte ich auch den Becher des Todes leeren. Warte, bis ich das Ungeborene und mich selbst befreit habe und von der Nachgeburt entbunden bin; wenn du dann noch dazu imstande bist, so tu mit mir, was du willst. Doch wenn du jetzt nicht dein geiles Reden lässest, so werde ich mich wahrlich mit eigener Hand erschlagen und von der Welt scheiden; dann habe ich Ruhe vor alldem.' Und sie sprach die Verse:

> *Ghadbân, laß ab von mir! Genug hab ich gelitten*
> *Vom Unbill der Geschicke und der grausamen Zeit.*
> *Unzüchtiges Gebaren hat Gott der Herr verboten;*
> *Er sprach: ,Wer mir nicht folgt, ist dem Höllenfeuer geweiht.'*
> *Fürwahr, ich werde nie zu schlechtem Tun mich neigen;*
> *Nein, das verachte ich. Laß mich, sieh mich nicht an!*
> *Lässest du mich mit deiner Gemeinheit nicht in Ruhe*
> *Und wahrst nicht meine Ehre um Gottes willen, dann*
> *Ruf ich mit aller Kraft die Mannen meines Volkes*
> *Und hole sie alle, die Nahen, und auch die Fernen herbei.*
> *Und würde ich auch zerschlagen mit einem jemenischen Schwerte,*
> *Nie zeigte ich einem gemeinen Kerle mein Antlitz frei,*
> *Keinem von allen Freien und Leuten aus edlem Geschlecht –*
> *Und wieviel weniger noch einem Bastard und elenden Knecht!*

Als el-Ghadbân diese Verse hörte, da ergrimmte er gewaltig; seine Augen wurden rot vor Wut, und seine Farbe wurde fahl; seine Nüstern schwollen, seine Lippen quollen, und doppelt widerwärtig wurde sein Angesicht. Und da sprach er auch noch dieses Gedicht:

> *O du, Abrîza, weh, laß mich doch nicht alleine!*
> *Mich tötete die Liebe durch deinen Schwerterblick.*
> *Mein Herz ist schon zerschnitten, weil du dich grausam weigerst,*
> *Mein Leib ist dünn geworden, Geduld weicht mir zurück.*
> *Dein Auge hat die Herzen durch Zauberei gefangen;*
> *Und mein Verstand rückt aus, die Sehnsucht naht sich mir.*
> *Und holtest du auch die Fülle der Erde als Heer zusammen,*
> *Ich tue meinen Willen in diesem Augenblick, hier!*

Wie Abrîza diese Worte hörte, weinte sie bitterlich und sprach zu ihm: ‚Pfui über dich, Ghadbân! Wie darf deinesgleichen ein solches Ansinnen an mich stellen? Du Bastardbrut und Tunichtgut! Glaubst du, die Menschen sind alle gleich schlecht?' Beim Anhören dieser Worte wurde der elende Knecht nur noch zorniger, und seine Augen wurden noch röter; er trat zu ihr hin und schlug mit seinem Schwert in ihre Halsadern und verwundete sie zu Tode. Dann nahm er das Geld, ritt mit ihrem Pferd eiligst davon und entfloh in das Gebirge.

Lassen wir ihn und sehen wir zunächst, wie es der Prinzessin Abrîza erging! Sie gebar einen Knaben, dem Monde gleich, und Mardschâna nahm das Kind und verrichtete die notwendigen Dienste und legte ihn seiner Mutter zur Seite; und siehe, das Kind klammerte sich an die Brust seiner sterbenden Mutter! Da stieß Mardschâna einen lauten Schrei aus, zerriß ihr Kleid, streute sich Staub auf das Haupt und schlug sich die Wangen, bis das Blut von ihrem Gesicht herabfloß, und rief: ‚Weh, meine Herrin! Wehe, der Jammer! Du stirbst durch die Hand eines unwürdigen schwarzen Sklaven, und das bei all deiner ritterlichen Tapferkeit!' Und sie weinte immerfort. Da plötzlich stieg eine Staubwolke auf zum Himmelszelt und verdunkelte weit und breit das Feld; als sie sich dann teilte, zeigte sich klar unter ihr eine zahlreiche Reiterschar.

Nun war dies das Heer des Königs Hardûb, des Vaters der Prinzessin Abrîza, und er kam, weil er vernommen hatte, daß seine Tochter und ihre Dienerinnen nach Baghdad entflohen waren und bei König 'Omar ibn en-Nu'mân weilten; er war ausgezogen mit seinem Gefolge, um bei den Reisenden nach ihr zu fragen, ob sie sie vielleicht bei dem König gesehen hätten. Und als er einen Tagesmarsch von seiner Hauptstadt entfernt war, da erblickte er in der Ferne drei Reiter, und er hielt auf sie zu, um sie zu fragen, woher sie kämen, und um sich bei ihnen nach seiner Tochter zu erkundigen. Diese drei nun, die er in der Ferne sah, waren seine Tochter und ihre Dienerin und der Sklave el-Ghadbân gewesen; und er ritt auf sie zu, um sich bei ihnen Auskunft zu holen. Der Sklave aber hatte sie kommen sehen und hatte, da er für sein Leben fürchtete, Abrîza getötet und war geflohen. Als jene näher an sie herankamen, sah König Hardûb, wie seine Tochter tot dalag und ihre Dienerin über ihr weinte; er warf sich vom Roß und fiel in Ohnmacht zu Boden. Da sprangen all die Ritter in seinem Gefolge, die Emire und Wesire, ab und schlugen sofort in dem Gebirge die Zelte auf; für den König errichteten sie ein großes Rundzelt, und die Großen des Reiches traten draußen vor das königliche Zelt hin. Als aber Mardschâna ihren Herrn sah, da erkannte sie ihn auf der Stelle und weinte noch heftiger; doch als der König aus seiner Ohnmacht erwachte, fragte er sie nach dem, was geschehen sei. Sie berichtete ihm den Hergang und schloß mit den Worten: ‚Siehe, der Mörder deiner Tochter ist ein schwarzer Sklave, der dem König 'Omar ibn en-Nu'mân gehört', nachdem sie ihm auch mitgeteilt hatte, wie dieser König an der Prinzessin Abrîza gehandelt hatte. Da wurde dem König Hardûb die Welt vor den Augen schwarz, und er weinte bitterlich. Dann rief er nach einer Bahre und legte die tote Tochter darauf, kehrte nach Cäsarea zurück und ließ sie in den Palast tragen. Darauf ging er zu seiner Mutter Dhât ed-Dawâhi und sagte zu ihr: ‚Sollen die Muslime so meine Tochter behandeln? Da raubt der König ’Omar ibn en-Nu’mân ihr mit Gewalt die Ehre, und einer seiner schwarzen Sklaven ermordet sie dann! Aber beim Messias, ich will, so wahr ich hier stehe, das Blut meiner Tochter rächen und den Fleck der Schande von meiner Ehre waschen; sonst nehme ich mir mit eigener Hand das Leben.' Dann weinte er bitterlich. Doch seine Mutter sprach: ‚Niemand hat deine Tochter getötet als Mardschâna'; denn sie haßte sie insgeheim. Und dann fuhr sie fort: ‚Mache dir keine Sorge um die Blutrache für deine Tochter! Denn beim Messias, ich werde von König ’Omar ibn en-Nu’mân nicht ablassen, bis ich ihn und seine Söhne zu Tode gebracht habe; fürwahr, ich werde eine Tat an ihm tun, daneben die Unheilbringer und Helden verblassen werden und davon man in allen Ländern und an jedem Orte singen und sagen soll. Aber du mußt in allem, was ich sage, mein Geheiß vollführen; wer fest im Auge hat, was er will, der erreicht auch, was er will.' ‚Beim Messias,' erwiderte er, ‚ich will dir nie in dem, was du sagst, widersprechen.' Sie fuhr fort: ‚Bringe mir eine Anzahl von Mädchen, hochbrüstige Jungfrauen, und berufe die Weisen der Zeit. Die laß die Mädchen unterrichten in der Philosophie und im feinen Benehmen vor Königen, in der Kunst der Unterhaltung und des Dichtens; und laß sie ihnen wissenschaftliche und erbauliche Vorträge halten! Aber die Weisen müssen Muslime sein, damit sie die Sprache und die Überlieferung der Araber lehren, sowie die Geschichte der Kalifen und die Annalen der früheren Könige des Islams; tun wir vier Jahre lang dergleichen, so werden wir unser Ziel erreichen. Also fasse deine Seele in Geduld und warte; denn einer der Araber sagt: Wird die Blutrache nach vierzig Jahren genommen, so ist das eine kurze Zeit. Wenn wir jene Mädchen all das gelehrt haben, so werden wir imstande sein, unseren Willen an unserem Feinde durchzusetzen; denn die Liebe zu den Mädchen ist seine schwache Seite. Er hat dreihundertundsechzig Kebsweiber, zu denen noch hundert aus der Blüte deiner Dienerinnen kommen, die deine Tochter begleiteten, sie, die zu Gottes Barmherzigkeit eingegangen ist. Wenn nun also diese Mädchen so unterrichtet sind, wie ich dir gesagt habe, dann will ich sie nehmen und selber mit ihnen ausziehn.' Als König Hardûb die Worte seiner Mutter Dhât ed-Dawâhi vernommen hatte, da stand er hocherfreut auf und küßte ihr das Haupt; dann entsandte er sofort Boten und Gesandte in alle Länder, um ihm muslimische Weise herbeizuholen. Sie gehorchten seinem Befehle und zogen in ferne Gegenden und brachten ihm, seinem Wunsche gemäß, die Weisen und Gelehrten heim. Und als diese vor ihn traten, da erwies er ihnen hohe Ehren, verlieh ihnen Ehrengewänder, setzte ihnen Gehälter und Jahrgelder fest und versprach ihnen viel Geld, wenn sie die Mädchen unterrichtet hätten. Alsdann ließ er die Mädchen zu ihnen führen. – – «

Da bemerkte Schehrezâd, daß der Morgen begann, und sie hielt in der verstatteten Rede an. Doch als die *Dreiundfünfzigste Nacht* anbrach, fuhr sie also fort: »Es ist mir berichtet worden, o glücklicher König, daß der König Hardûb den Weisen und Gelehrten, als sie vor ihn getreten waren, hohe Ehren erwies und die Mädchen zu ihnen führen ließ. Und er trug ihnen auf, den Mädchen Wissen, Philosophie und feine Bildung zu übermitteln. Sie also taten seinem Befehle gemäß.

So weit König Hardûb! Was aber König 'Omar ibn en-Nu'mân angeht, so hatte er, als er von der Jagd zurückkam und seinen Palast betrat, nach der Prinzessin Abrîza gesucht; doch er fand sie nicht, und keiner konnte ihm Nachricht von ihr geben noch ihm die Sache aufklären. Da beunruhigte er sich und sprach: ‚Wie kann eine Frau den Palast verlassen, ohne daß jemand sie bemerkt? Wenn es so in meinem Königreiche aussieht, so ist es schlimm darum bestellt, und niemand ist da, um Ordnung in ihm zu halten! Ich will in Zukunft nicht mehr auf die Jagd ausziehen, ehe ich zu den Toren Leute geschickt habe, die für ihre Bewachung verantwortlich sind.' Er war sehr traurig, und seine Brust ward beklommen ob dem Verluste der Prinzessin Abrîza. Inzwischen kehrte sein Sohn Scharkân von seiner Reise zurück; und der Vater erzählte ihm, was geschehen war und wie die Prinzessin entflohen sei, während er auf der Jagd gewesen. Darüber war der Prinz tief bekümmert. König 'Omar aber begann nun, seine Kinder täglich zu besuchen und ihnen seine Huld zu beweisen; er brachte ihnen Gelehrte und Weise, um sie zu unterrichten, und setzte ihnen Jahrgelder aus. Doch als Scharkân das sah, geriet er in große Wut, und er beneidete seinen Bruder und seine Schwester deswegen; schließlich wurden die Zeichen des Zorns in seinem Gesicht erkennbar, und er siechte hin vor Ingrimm. Da sprach eines Tages sein Vater zu ihm: ‚Woher kommt es, daß ich sehe, wie dein Leib immer kränker und deine Farbe immer bleicher wird?' ‚Mein Vater,' erwiderte Scharkân, ‚sooft ich sehe, wie du meinen Bruder und meine Schwester liebkosest und beschenkst, packt mich die Eifersucht, und ich fürchte, sie wird so stark in mir werden, daß ich sie umbringe und daß du aus

Rache mich erschlägst. Dies also ist der Grund, weshalb mein Leib krank und meine Farbe bleich ist. Aber jetzt erbitte ich von dir die Gnade, daß du mir eine deiner Burgen, die abseits von den anderen liegt, gibst, damit ich dort den Rest meines Lebens verbringe. Es heißt ja im Sprichworte: Trennung vom Freunde ist besser für mich und geziemender; denn was das Auge nicht sieht, tut dem Herzen nicht weh.' Und er neigte das Haupt zu Boden. Als aber König 'Omar ibn en-Nu'mân seine Worte hörte und erfuhr, was der Grund seiner Niedergeschlagenheit war, da beruhigte er ihn und sagte: ,O mein Sohn, ich gewähre es dir, und ich habe in meinem Reich keine größere Burg als die von Damaskus; dort sollst du hinfort regieren.' Alsbald berief er die Staatssekretäre und befahl ihnen, die Bestallung seines Sohnes Scharkân als Statthalter von Damaskus in Syrien auszufertigen. Nachdem dies geschehen war, rüstete man ihn aus; und er nahm auch den Wesir Dandân mit sich. Dem übertrug sein Vater die Regierung und die Leitung der Politik, kurz, er beauftragte ihn mit allen Angelegenheiten bei dem prinzlichen Statthalter. Dann nahm er Abschied von Scharkân, die Emire und die Großen des Reiches taten desgleichen, und der Prinz zog aus mit seiner Schar gen Damaskus. Als er dort ankam, da schlugen die Bewohner der Stadt die Trommeln, und sie bliesen die Trompeten und zogen ihm, nachdem sie die Stadt geschmückt hatten, in einem großen Festzuge entgegen; in ihm gingen die Würdenträger, die rechts vom Throne stehen, zur Rechten und die der Linken zur Linken.

Lassen wir nun Scharkân und kehren wir zu seinem Vater 'Omar ibn en-Nu'mân zurück! Nach der Abreise seines Sohnes kamen die Gelehrten zu dem König und sprachen: ,Herr, deine Kinder haben jetzt alles Wissen gelernt, und sie sind wohlbewandert in der Philosophie, der feinen Bildung und den Regeln der Zeremonien.' Darüber freute der König sich sehr; und er bezeugte den Gelehrten seine Gnade. Er sah, wie Dau el-Makân herangewachsen und aufgeblüht war und sich zu Rosse tummelte. Der Prinz stand jetzt im Alter von vierzehn Jahren, und er widmete sich der Frömmigkeit und dem Gottesdienste; denn er liebte die Armen, die Gelehrten und Männer des Korans, so daß ihn alles Volk von Baghdad liebgewann, Männer wie Frauen. Eines Tages nun zog der Pilgerzug mit dem heiligen Seidenteppich aus dem Irak durch Baghdad, auf seiner Fahrt nach Mekka und zu dem Grabe des Propheten – Allah segne ihn und gebe ihm Heil! Als Dau el-Makân den Pilgerzug sah, da ergriff ihn die Sehnsucht, auch ein Pilger zu werden; und so ging er zu seinem Vater und sagte: ‚Ich komme, um dich zu bitten, daß ich die Pilgerfahrt machen darf.' Sein Vater aber schlug ihm die Bitte ab, indem er sprach: ‚Warte bis nächstes Jahr, dann gehe ich mit dir!' Doch der Prinz fühlte, daß ihm dies zu lange dauern würde, und so ging er zu seiner Schwester Nuzhat ez-Zamân, die er im Gebete fand. Als die ihre Andacht beendet hatte, sprach er zu ihr: ‚Ich vergehe vor Sehnsucht nach der Pilgerfahrt zum heiligen Hause Allahs in Mekka und zum Grabe des Propheten – über ihm sei Segen und Heil! Ich habe meinen Vater um Erlaubnis gebeten, aber er hat meine Bitte abgeschlagen; deshalb will ich nun einiges Geld an mich nehmen und mich heimlich ohne sein Wissen auf die Pilgerschaft machen.' ‚Ich bitte dich um Allahs willen,' rief sie aus, ‚nimm mich mit und versage mir nicht die Pilgerfahrt zum Grabe des Propheten – Allah segne ihn und gebe ihm Heil!' Da sagte er: ‚Wenn es ganz dunkel geworden ist, komm von hier heraus, ohne irgend jemandem etwas davon zu sagen.' Also stand sie um Mitternacht auf, nahm ein wenig Geld an sich und verkleidete sich im Gewand eines Mannes; dann ging sie zum Tor des Palastes und fand dort Dau el-Makân mit Kamelen zur Reise bereit. Er half ihr aufsteigen und stieg dann selber auf; und so zogen die beiden in der Nacht dahin, holten die Pilgerkarawane ein und zogen weiter, bis sie sich bei den Pilgern aus dem Irak befanden. Dann pilgerten sie immer weiter dahin, und da Gott ihnen Heil vorausbestimmt hatte, so erreichten sie das hochheilige Mekka, verweilten am Berge 'Arafât und vollzogen alle Pilgerpflichten. Dann gingen sie nach Medina zum Grabe des Propheten – Allah segne ihn und gebe ihm Heil! –, besuchten es und wollten nun mit den Pilgern in ihre Heimat zurückkehren. Aber Dau el-Makân sprach zu seiner Schwester: ‚Liebe Schwester, mich verlangt danach, Jerusalem zu besuchen und Abraham, den Freund Gottes – Friede sei über ihm!' ‚Auch ich habe diesen Wunsch', entgegnete sie; so einigten sie sich darüber.

Dann ging er hin und mietete sich und seine Schwester ein bei der Karawane der Jerusalempilger; sie machten sich bereit und brachen mit dem Pilgerzug auf. Gerade in jener Nacht aber hatte die Schwester einen Anfall von kaltem Fieber und wurde schwer krank; doch sie erholte sich schnell. Allein dann wurde auch der Bruder krank. Da pflegte sie ihn in seiner Krankheit, die während ihrer ganzen Reise bis nach Jerusalem andauerte; doch die Krankheit wurde immer schlimmer, und er wurde immer schwächer. Sie stiegen dort in einem Chân ab und mieteten sich ein Zimmer, in dem sie wohnten; aber Dau el-Makâns Krankheit faßte ihn immer heftiger, bis er ganz abgemagert und fast bewußtlos war. Da war seine Schwester Nuzhat ez-Zamân sehr bekümmert und rief aus: ‚Es gibt keine Majestät und es gibt keine Macht außer bei Allah dem Erhabenen und Allmächtigen! Dies ist Allahs Ratschluß!' Sie blieben nun eine Zeit lang dort, während seine Schwäche zunahm und sie ihn pflegte und das Notwendige einkaufte für sich und ihn, bis alles Geld, das sie hatte, ausgegeben war und sie so arm war, daß ihr kein Dirhem mehr blieb. Da schickte sie einen Diener des Châns mit einigen ihrer Kleider in den Basar; der verkaufte sie, und sie verwandte das Geld für ihren Bruder. Dann verkaufte sie mehr, und allmählich verkaufte sie alle ihre Habe, ein Stück nach dem andern, bis ihr nichts mehr blieb als ein zerrissenes Stück Zeug. Da weinte sie und rief aus: ,Allah ist der Gebieter über das Vergangene und das Zukünftige!' Ihr Bruder aber sprach zu ihr: ,Schwester, ich spüre jetzt die Genesung, und mich verlangt nach etwas gebratenem Fleische.' ,Bei Gott, lieber Bruder,' erwiderte sie, ,ich habe nicht die Stirn zum Betteln; aber morgen will ich in das Haus eines Reichen gehen und durch Dienst etwas erwerben, von dem wir beide leben können.' Darauf sann sie eine Weile nach und sagte: ,Wahrlich, es ist nicht leicht für mich, dich in diesem Zustand zu verlassen, aber ich muß mich dazu zwingen fortzugehen!' Er entgegnete: ,Das verhüte Gott! Du wirst ins Elend geraten; aber es gibt keine Majestät und es gibt keine Macht außer bei Allah!' Dann weinten sie beide miteinander, und sie sprach: ,Bruder, wir sind Fremde, die seit einem vollen Jahr hier wohnen, aber noch hat niemand an unsere Tür gepocht. Sollen wir denn Hungers sterben? Ich weiß keine Hilfe, als daß ich ausgehe und diene und dir einiges bringe, von dem wir uns nähren können, bis du von deiner Krankheit geheilt bist; dann wollen wir in unsere Heimat reisen.' Sie blieb noch eine Weile weinend bei ihm, während er auf seinem Krankenlager auch Tränen vergoß. Dann aber stand Nuzhat ez-Zamân auf, verhüllte ihr Haupt mit einem härenen Lappen, der zu den Tüchern der Kameltreiber gehörte und den sein Besitzer bei ihnen vergessen und zurückgelassen hatte; sie küßte ihrem Bruder die Stirn, umarmte ihn und ging weinend davon, ohne zu wissen, wohin sie sich wenden sollte. So ging sie immer weiter, während ihr Bruder auf sie wartete, bis die Zeit des Nachtmahls nahe war; da kam sie noch nicht, und nun wachte er, bis der Morgen dämmerte, aber noch immer kehrte sie nicht zu ihm zurück. Das ging so weiter zwei Tage lang. Darum war er in großer Sorge, und sein Herz zitterte für sie, und der Hunger bedrängte ihn sehr. Schließlich aber verließ er das Zimmer und rief den Diener des Châns und bat ihn, er möchte ihn zum Basar führen. Der führte ihn zum Basar und legte ihn dort nieder; alsbald sammelte sich das Volk von Jerusalem um ihn, und alle waren zu Tränen gerührt, als sie seinen Zustand sahen. Da machte er ihnen Zeichen, daß er etwas essen möchte; und sie holten für ihn einiges Geld von den Kaufleuten, die sich im Basar befanden, und kauften Nahrung und speisten ihn damit; dann trugen sie ihn in einen Laden, wo sie eine Matte aus Palmblättern für ihn ausbreiteten, und setzten ihm zu Häupten eine Kanne Wassers hin. Als die Nacht hereinsank, gingen alle die Leute fort, obgleich sie in schwerer Sorge um ihn waren; doch um Mitternacht dachte er an seine Schwester, und da wurde seine Krankheit wiederum heftiger, so daß er von da ab nicht mehr aß noch trank und das Bewußtsein verlor. Nun gingen die Leute im Basar hin und sammelten unter den Kaufleuten dreißig Silberdirhems, mieteten ein Kamel für ihn und sagten zu dem Treiber: ‚Bringe diesen Kranken nach Damaskus und lasse ihn dort im Hospital; vielleicht wird er geheilt und wieder gesund.' ‚Gern!' erwiderte der Treiber; doch bei sich selber sprach er: ‚Wie soll ich diesen Kranken, der dem Tode nahe ist, nach Damaskus bringen?' So schaffte er ihn an einen Ort, wo er sich bis zum Einbruch der Nacht mit ihm verbarg; dann aber warf er ihn auf den Misthaufen bei dem Heizraum eines Badehauses und ging seiner Wege.

Als nun der Morgen dämmerte, kam der Heizer des Bades zu seiner Arbeit, und als er Dau el-Makân dort liegen sah, rief er aus: ‚Warum wirft man diese Leiche gerade hierher?' Und er trat mit dem Fuße nach ihm, so daß er sich bewegte; da sprach der Heizer: ‚Na ja, so'n Kerl wie du frißt Opium und wirft sich dann hin, wo es gerade trifft.' Doch als er ihm ins Gesicht blickte und seine bartlosen Wangen und seine Schönheit und Anmut sah, da hatte er Mitleid mit ihm und erkannte, daß er ein kranker Fremdling war. So rief er: ‚Es gibt keine Majestät und es gibt keine Macht außer bei Allah! Wahrlich, ich habe gegen diesen Jüngling gesündigt, denn der Prophet – Allah segne ihn und gebe ihm Heil! – hat befohlen, den Fremdling zu ehren, vor allem, wenn der Fremdling krank ist.' Da trug er ihn in sein Haus, brachte ihn zu seiner Frau und sagte ihr, sie solle ihm eine Decke hinlegen und ihn pflegen. Die breitete ihm also eine Decke zum Schlafen aus, legte ihm ein Kissen unter den Kopf, wärmte Wasser für ihn und wusch ihm Hände, Füße und Gesicht. Inzwischen ging der Heizer auf den Markt, holte etwas Rosenwasser und Zucker und besprengte ihm das Gesicht mit dem Wasser und gab ihm von dem Scherbett zu trinken. Auch holte er ihm ein sauberes Hemd und zog es ihm an. Dau el-Makân aber sog den Zephir der Genesung ein, und die Gesundheit wandte sich ihm wieder zu; und er richtete sich auf, gegen das Kissen gelehnt. Des freute der Heizer sich und rief: ‚Preis sei Allah für die Gesundung dieses Jünglings! O Gott, ich flehe dich an bei deinem verborgenen Geheimnis, daß du diesen Jüngling durch meine Hand errettest!' – –«

Da bemerkte Schehrezâd, daß der Morgen begann, und sie hielt in der verstatteten Rede an. Doch als die *Vierundfünfzig-*

ste Nacht anbrach, fuhr sie also fort: »Es ist mir berichtet worden, o glücklicher König, daß der Heizer ausrief: ‚O Gott, ich flehe dich an bei deinem verborgenen Geheimnis, daß du diesen Jüngling durch meine Hand errettest!' Und dann sorgte er für ihn unermüdlich drei Tage lang; er gab ihm Zuckerscherbett zu trinken und Weidenblütenwasser und Rosenwasser; und er erwies ihm jeglichen Dienst und jede Freundlichkeit, bis die Gesundheit in seinen Leib zurückkehrte und Dau el-Makân die Augen wieder aufschlug. Da trat der Heizer zu ihm herein, und als er ihn sitzen sah, unter den Zeichen der Besserung, sprach er zu ihm: ‚Wie geht es dir jetzt, mein Sohn?' ‚Preis sei Allah,' erwiderte Dau el-Makân, ‚ich werde bald wohl und gesund sein, so Gott der Erhabene will.' Der Heizer pries den Herrn, ging eilends auf den Markt und kaufte zehn Küken für ihn. Die brachte er seiner Frau und sagte: ‚Jeden Tag schlachte zwei für ihn, eins am Morgen und eins am Abend!' Da schlachtete sie ein Küken für ihn, kochte es und brachte es ihm, gab ihm das Fleisch zu essen und ließ ihn die Brühe trinken. Als er gegessen hatte, holte sie ihm heißes Wasser, und er wusch sich die Hände und legte sich auf das Kissen zurück; sie bedeckte ihn mit einem Mantel, und er schlief bis um die Zeit des Nachmittagsgebetes. Da kochte sie ihm ein zweites Küken, brachte es ihm, zerlegte es und sprach: ‚Iß, mein Sohn!' Und während er aß, siehe, da trat ihr Mann ein, und als er sah, wie sie ihm zu essen gab, da setzte er sich ihm zu Häupten und fragte: ‚Wie geht es dir jetzt, mein Sohn?' ‚Preis sei Allah für die Genesung,' erwiderte er; ‚möge Allah dir deine Freundlichkeit an mir vergelten!' Der Heizer war froh darüber, ging aus und kaufte Veilchenscherbett und Rosenwasser und ließ ihn das trinken. Nun verdiente jener Heizer durch seine Arbeit im Badehause jeden Tag fünf Dirhems; und er kaufte täglich für einen Dirhem Zucker, Rosenwasser, Veilchenscherbett und Weidenblütenwasser, und für einen zweiten kaufte er Küken. Einen ganzen Monat lang pflegte er ihn so sorgsam, bis die Spuren der Krankheit von ihm gewichen waren und Dau el-Makân wieder ganz gesund war. Nun freuten der Heizer und seine Frau sich über die Genesung des Kranken, und der Heizer fragte ihn: ‚Mein Sohn, willst du mit mir ins Bad gehn?' Als dieser es gern bejahte, ging er in den Basar und holte einen Eseltreiber, setzte Dau el-Makân auf den Esel und stützte ihn im Sattel, bis sie im Bad ankamen. Dort ließ er ihn sich setzen und wies dem Treiber im Heizraum einen Platz an; er selbst ging auf den Markt und kaufte Lotusblätter und Lupinenmehl, kehrte ins Bad zurück und sprach zu Dau el-Makân: ‚Lieber Herr, im Namen Allahs, geh hinein! ich will dir deinen Leib waschen.' So betraten sie den inneren Raum des Bades, und der Heizer begann Dau el-Makân die Füße zu reiben und ihm mit den Blättern und dem Mehl den Leib zu waschen; da aber kam ein Badediener, den der Herr des Bades für Dau el-Makân gesandt hatte. Als der sah, wie der Heizer ihn wusch und rieb, trat er an ihn heran und sprach: ‚Das ist ein Eingriff in die Rechte des Herrn des Bades.' Der Heizer erwiderte: ‚Bei Allah, der Herr überwältigt uns mit seiner Gunst!' Da machte der Diener sich daran, Dau el-Makân den Kopf zu rasieren; dann badeten Dau el-Makân und der Heizer, und darauf kehrte der Heizer mit jenem nach Hause zurück. Dort kleidete er ihn in ein Hemd aus feinem Stoffe und gab ihm eins seiner eigenen Gewänder, ferner einen schönen Turban und einen feinen Gürtel, und er legte ihm ein seidenes Tuch um den Hals. Inzwischen hatte die Frau des Heizers wieder zwei Küken geschlachtet und gekocht, und nachdem Dau el-Makân hinaufgegangen war und sich auf sein Lager gesetzt hatte, löste der Mann für ihn Zucker in

Weidenblütenwasser und gab ihm das zu trinken. Dann setzte er den Speisetisch vor ihn hin, zerlegte die Küken, gab ihm das Fleisch zu essen und die Brühe zu trinken, bis Dau el-Makân gesättigt war. Der wusch sich darauf seine Hände, dankte Allah dem Erhabenen für die Genesung und sprach zu dem Heizer: ‚Du bist es, mit dem Allah der Erhabene mich begnadet und durch dessen Hand er mich errettet hat!' ‚Laß solche Reden!' versetzte der andere. ‚Sage uns lieber, weshalb du in diese Stadt gekommen bist und woher du stammst! Denn ich sehe in deinem Gesichte Spuren des Wohlstandes.' ‚Sage mir, wie du mich zuerst gefunden hast!' sprach Dau el-Makân; ‚und nachher will ich dir meine Geschichte erzählen.' Da erzählte der Heizer: ‚Was mich angeht, so wisse, als ich am frühen Morgen an meine Arbeit ging, fand ich dich auf dem Misthaufen liegen bei der Tür zum Heizraume, und ich wußte nicht, wer dich dort hingeworfen hatte. Da habe ich dich mitgenommen; das ist meine ganze Geschichte.' Dau el-Makân erwiderte: ‚Preis sei Dem, der die Gebeine wiedererweckt, wenn sie auch schon vermodern! Wahrlich, mein Bruder, du hast deine Güte an keinen Unwürdigen verschwendet, und du wirst die Früchte dafür ernten.' Dann fügte er hinzu: ‚Aber in welchem Lande bin ich jetzt?' ‚Du bist in der Stadt Jerusalem', erwiderte der Heizer; und da erinnerte Dau el-Makân sich daran, daß er in der Fremde war, und er dachte der Trennung von seiner Schwester und weinte. Nun enthüllte er dem Heizer sein Geheimnis und erzählte ihm seine Geschichte und sprach die Verse:

> *Sie haben mich in der Liebe über die Kraft beladen;*
> *Um ihretwillen kam über mich das schwerste Leid.*
> *O ihr, die ihr mich fliehet, fühlt doch mit meinem Herzblut;*
> *Sogar jeder Neidhart erbarmt sich meiner Verlassenheit.*
> *Versagt mir nicht einen Blick, der meine Schmerzen lindert,*

Die Leidenschaft auch, die mir zu schwer zu ertragen ward!
Ich bat mein Herz, es möchte mit euch Geduld noch haben;
Es sprach: ‚Laß mich in Ruh! Geduld ist nicht meine Art.'

Dann weinte er noch stärker, bis der Heizer zu ihm sprach: ‚Weine nicht, sondern preise vielmehr Allah den Erhabenen für die Rettung und Genesung!' Nun fragte Dau el-Makân: ‚Wie weit ist es von hier bis Damaskus?' Jener antwortete: ‚Sechs Tagereisen.' Weiter fragte Dau el-Makân: ‚Willst du mich dorthin senden?' ‚Lieber Herr,' sprach der Heizer, ‚wie kann ich dich allein reisen lassen, dich, einen fremden Jüngling? Wenn du nach Damaskus reisen willst, so werde ich mit dir gehen; und wenn meine Frau auf mich hören und mir gehorchen und mich begleiten will, so will ich dort meinen Wohnsitz aufschlagen; denn es wird mir zu schwer, mich von dir zu trennen.' Dann sprach er zu seiner Frau: ‚Willst du mit mir nach Damaskus, der Hauptstadt von Syrien, reisen, oder willst du hier bleiben; wenn ich diesen meinen Herrn dorthin geleite und dann zu dir zurückkehre? Denn er will nach Damaskus ziehen, und bei Allah, es wird mir zu schwer, mich von ihm zu trennen, und ich bin um ihn wegen der Straßenräuber besorgt.' Sie erwiderte: ‚Ich will mit euch beiden gehen'; und er sprach: ‚Allah sei gepriesen, daß wir einig sind!' Somit war die Reise beschlossen, und der Heizer machte sich daran, all seine Habe und die seiner Frau zu verkaufen. – – «

Da bemerkte Schehrezâd, daß der Morgen begann, und sie hielt in der verstatteten Rede an. Doch als die *Fünfundfünfzigste Nacht* anbrach, fuhr sie also fort: »Es ist mir berichtet worden, o glücklicher König, daß der Heizer und seine Frau mit Dau el-Makân übereinkamen, mit ihm nach Damaskus zu ziehen. Dann verkaufte der Heizer seine Habe und die seiner Frau; und er kaufte ein Kamel und mietete für Dau el-Makân einen

Esel zum Reiten. Sie brachen auf und zogen ohne Aufenthalt dahin sechs Tage lang, bis sie Damaskus erreichten. Dort kamen sie gegen Abend an; und der Heizer ging aus und kaufte, wie er es gewohnt war, ein wenig zu essen und zu trinken. So verbrachten sie zunächst fünf Tage; aber da erkrankte die Frau des Heizers, und nach kurzem Siechtum ging sie ein zur Gnade Allahs des Erhabenen. Das war für Dau el-Makân ein schwerer Schlag, denn er hatte sich an sie und ihre Pflege gewöhnt; auch der Heizer trauerte sehr um ihren Tod. Nun wandte der Prinz sich zu dem Heizer, und da er ihn in Trauer versunken sah, sagte er zu ihm: ‚Trauere nicht, denn wir alle müssen durch dies Tor gehen!' Da blickte der Heizer auf und sprach zu ihm: ‚Allah lohne es dir, mein Sohn! Allah der Erhabene wird uns in seiner Gnade trösten und die Trauer von uns nehmen. Willst du, mein Sohn, mit mir ausgehen, daß wir uns Damaskus ansehen, damit dein Gemüt sich aufheitere?' Dau el-Makân erwiderte: ‚Du hast zu bestimmen.' Da erhob sich der Heizer und legte seine Hand in die des Prinzen, und beide gingen dahin, bis sie zu den Ställen des Statthalters von Damaskus kamen, wo sie Kamele fanden, beladen mit Kisten und Teppichen und brokatenen Stoffen, und gesattelte Pferde und baktrische Trampeltiere; Negersklaven und Mamluken und anderes Volk liefen aufgeregt hin und her. Da sprach Dau el-Makân: ‚Wem gehören wohl diese Diener und Kamele und Stoffe!' Und er fragte einen der Eunuchen: ‚An wen geht die Sendung?' Der Gefragte erwiderte: ‚Es sind Geschenke, die der Emir von Damaskus mit dem Tribut von Syrien dem König 'Omar ibn en-Nu'mân sendet.' Als aber Dau el-Makân diese Worte hörte, da liefen ihm die Augen über vor Tränen, und er sprach diese Verse:

> *O die ihr fern dem Blicke meines Auges,*
> *Und die ihr doch in meinem Herzen weilt:*

> *Fern ist mir eure Schönheit, und mein Leben*
> *Ist bitter, meine Sehnsucht nicht geheilt.*
> *Wenn Gott bestimmt, daß wir uns wieder finden,*
> *Will ich das Leid in langen Mären künden.*

Und da er weinte, als er geendet hatte, sprach der Heizer zu ihm: ‚Mein Sohn, du bist ja kaum genesen; also fasse dir ein Herz und weine nicht, denn ich fürchte einen Rückfall für dich!' Und so ließ er nicht ab, ihn zu trösten und aufzuheitern; aber Dau el-Makân seufzte und klagte, daß er in der Fremde sei und fern von seiner Schwester und von seinem Lande. Tränen strömten ihm aus den Augen, und er sprach die Verse:

> *Such Zehrung in dieser Welt; denn siehe, du mußt sie verlassen!*
> *Bedenke: dem unerbittlichen Tode entfliehst du nie!*
> *Dein Wohlsein in der Welt ist doch nur Trug und Sorge;*
> *Dein Leben in der Welt ist törichte, eitle Müh.*
> *Wahrlich, die Welt ist nur wie der Rastort des reisigen Mannen:*
> *Am Abend ruht er sein Tier; am Morgen zieht er von dannen.*

Dann begann er wieder ob seiner Fremdlingschaft zu weinen und zu klagen, und auch der Heizer weinte um den Verlust seiner Frau; doch der ließ nicht ab, Dau el-Makân zu trösten, bis der Morgen dämmerte. Und als die Sonne aufging, da sprach er zu ihm: ‚Es ist, als ob du an deine Heimat dächtest.' ‚Ja,' erwiderte Dau el-Makân, ‚und ich kann hier nicht länger verweilen; drum will ich dich in Allahs Hände befehlen und mit diesen Leuten da aufbrechen und langsam dahinziehen, bis ich in meine Heimat komme.' Da sprach der Heizer: ‚Und ich mit dir; denn ich kann mich nicht von dir trennen. Ich habe dir eine Freundlichkeit erwiesen, und nun will ich dir bis zuletzt dienen.' Dau el-Makân erwiderte: ‚Allah vergelte dir!' Denn er freute sich darüber, daß der Heizer mit ihm reisen wollte. Dann ging der Heizer sofort davon, verkaufte das Kamel und kaufte einen zweiten Esel; und er lud seinen Mundvorrat auf und sagte zu Dau el-Makân: ,Reite auf diesem Esel unterwegs, und wenn du des Reitens müde bist, so kannst du absteigen und gehen!' Der Prinz antwortete: ,Allah segne dich und helfe mir, es dir zu vergelten! Wahrlich, du hast mir mehr Güte erwiesen als ein Bruder dem andern.' Dann wartete er, bis es dunkle Nacht war; da legten sie ihre Vorräte und ihr Gepäck auf den Esel und brachen auf.

Lassen wir nun Dau el-Makân und den Heizer und kehren wir zu seiner Schwester Nuzhat ez-Zamân zurück! Als sie sich von ihrem Bruder getrennt hatte, verließ sie den Chân, der ihnen in Jerusalem als Herberge diente, mit dem härenen Lumpen bedeckt, und ging aus, um bei jemandem Dienst zu suchen, damit sie für ihren Bruder das gebratene Fleisch, nach dem er Verlangen trug, kaufen könnte. Weinend ging sie dahin, ohne zu wissen, wohin sie sich wenden sollte. Ihre Gedanken waren bei ihrem Bruder, bei den Ihren und in der Heimat, und demütig flehte sie zu Gott, er möchte all dieser Not ein Ende machen; und sie sprach diese Verse:

> *Schwarz fällt die Nacht, es regt sich die Liebe mit ihren Schmerzen,*
> *Und Sehnsucht rüttelt grausam an allem meinem Leid.*
> *Die bittere Qual der Trennung wohnt jetzt in meinem Innern,*
> *Und all das schwere Leiden macht mich zum Tode bereit.*
> *Die Liebe raubt mir den Schlaf, die Sehnsucht verbrennt mich wie Feuer,*
> *Die Tränen künden an, was heimlich in mir weilt.*
> *Ich kenne keinen Weg zu einem Wiedersehen,*
> *Das mich von meinem Elend und meiner Krankheit heilt.*
> *Das Feuer meines Herzens wird an der Sehnsucht entzündet,*
> *Mich peinigt Höllenglut wie Strafe für schwere Schuld.*
> *Genug, der du mich tadelst ob dem, was mich betroffen!*
> *Was mir vorherbestimmt ward, trage ich in Geduld.*
> *Ich schwöre bei der Liebe, nie werde ich mich trösten –*
> *Und Schwüre der Liebenden sind als hoch und heilig bekannt.*

O Nacht, sag den Erzählern der Liebe, wie's mir ergangen,
Bezeuge dein Wissen, daß ich in dir keinen Schlummer fand.

Dann ging sie weinend weiter, und während sie sich nach rechts und nach links umwandte, kam ein Scheich aus der Wüste mit fünf anderen Beduinen dahergezogen. Jener Alte betrachtete sie und sah, daß sie schön war, obwohl sie doch auf dem Kopfe einen härenen Lumpen trug; und er staunte ob ihrer Schönheit und sprach bei sich selber: ‚Die da ist bezaubernd schön; aber sie sieht heruntergekommen aus. Ob sie vom Volke dieser Stadt ist oder eine Fremde, ich muß sie haben.' Dann folgte er ihr langsam, bis er ihr in einer engen Gasse entgegentrat und ihr den Weg versperrte; da rief er sie an, um sie auszufragen, und sprach: ‚Töchterchen, bist du eine Freie oder eine Sklavin?' Als sie das hörte, blickte sie ihn an und bat ihn: ‚Bei deinem Leben, erneuere mir nicht meinen Kummer!' Er aber fuhr fort: ‚Ich hatte sechs Töchter, aber fünf von ihnen sind mir gestorben, und nur eine ist mir geblieben, die jüngste; nun wollte ich dich fragen, ob du zum Volk dieser Stadt gehörst oder eine Fremde bist; denn ich möchte dich mitnehmen und zu ihr bringen, damit du ihr Gesellschaft leistest und sie durch dich die Trauer um ihre Schwestern vergißt. Wenn du also keine Sippe hast, so will ich dich wie eine Tochter halten, und du sollst mir wie ein eigen Kind sein.' Wie Nuzhat ez-Zamân seine Worte vernahm, sprach sie bei sich selber: ‚Vielleicht kann ich mich diesem Alten anvertrauen.' Dann senkte sie verschämt den Kopf und sprach: ‚Lieber Oheim, ich bin ein fremdes Arabermädchen, und ich habe einen kranken Bruder; unter einer Bedingung will ich dich zu deiner Tochter begleiten, daß ich nämlich nur den Tag bei ihr zu verbringen brauche und nachts zu meinem Bruder zurückkehren darf. Wenn du damit einverstanden bist, so will ich mit dir gehen; denn ich bin eine Fremde, und ich stand einst hoch in Ehren in meinem Stamm, doch ich ward arm und verachtet. Ich kam mit meinem Bruder aus dem Lande des Hidschâz, und ich fürchte, er weiß nicht, wo ich bin.' Als der Beduine das hörte, da sprach er bei sich selber: ‚Bei Allah, ich habe mein Ziel erreicht!' Darauf wandte er sich zu ihr und sprach: ‚Niemand soll mir teurer sein als du; ich möchte nur, daß du meiner Tochter tagsüber Gesellschaft leistest, und mit Einbruch der Nacht kannst du zu deinem Bruder gehen. Oder wenn es dir lieber ist, so bringe ihn her, daß er bei uns wohne.' In dieser Weise fuhr der Beduine fort, sie zu trösten und ihr freundlich zuzureden, bis sie sich von ihm betören ließ und einwilligte, ihm zu dienen. Er ging vor ihr her, und als sie ihm folgte, da gab er seinen Leuten ein Zeichen. Daraufhin eilten sie voraus, schirrten die Dromedare auf, beluden sie und legten auch die Wasserschläuche und die Vorratssäcke darauf, um bei seiner Ankunft sofort mit den Kamelen aufbrechen zu können. Nun war dieser Beduine ein Bastard und Straßendieb, der Verrat gegen den Feind betrieb, ein Räuber, ein listiger und verschlagener Kerl, der weder Sohn noch Tochter hatte, ein richtiger Wegelagerer; er hatte aber dies arme Mädchen getroffen, da Allahs Wille es so bestimmt hatte. Unterwegs redete er unaufhörlich auf sie ein, bis sie außerhalb der Stadt Jerusalem waren; dort traf er seine Genossen bei den reisefertigen Dromedaren. Nun stieg der Beduine auf ein Kamel, und er ließ Nuzhat ez-Zamân hinter sich reiten; und sie zogen die ganze Nacht hindurch weiter. Da erkannte sie, daß die Worte des Beduinen ein Vorwand gewesen waren und daß er sie betrogen hatte; und sie weinte und schrie die ganze Nacht hindurch, während die Räuber aus Angst, daß irgend jemand sie sehen könnte, ihren Weg auf die Berge zu nahmen. Als aber der Morgen nahte, saßen sie von den Kamelen ab, und der Beduine trat zu Nuzhat ez-Zamân und fuhr sie an: ‚Was soll das Heulen, du Stadtfräulein? Bei Allah, wenn du nicht aufhörst zu heulen, so schlage ich dich tot, du Dirne aus der Stadt!' Als sie das hörte, da mochte sie nicht mehr leben, sondern sehnte den Tod herbei; und so rief sie ihm zu: ‚Elender Alter, Graubart der Hölle, wie konntest du mich, die ich dir vertraute, verraten, und willst mich jetzt quälen?' Wie er ihre Worte vernahm, schrie er sie an: ‚Du Dirne, wagst du es, mir Widerworte zu geben?' Und er trat zu ihr mit einer Peitsche, schlug sie und sprach: ‚Wenn du nicht still bist, so töte ich dich!' Sie verstummte eine Weile; aber dann gedachte sie ihres Bruders und ihres einstigen Glücks, und sie weinte heimlich. Am nächsten Tage darauf wandte sie sich zu dem Beduinen und sprach: ‚Wie konntest du mich so betrügen und mich in diese Bergwüste locken, und was hast du mit mir vor?' Aber durch diese Worte wurde sein Herz nur noch mehr verhärtet, und er sprach: ‚Du elende Dirne, wagst du es, mir Widerworte zu geben?' Sofort nahm er die Peitsche und schlug sie damit auf den Rücken, bis sie fast ohnmächtig wurde. Nun neigte sie sich über seine Füße und küßte sie; da ließ er ab, sie zu schlagen, und schmähte sie und sprach: ‚Bei meiner Kappe, wenn ich dich wieder heulen sehe oder höre, so schneide ich dir die Zunge ab und stopfe sie in dein Loch, du Dirne aus der Stadt!' Da verstummte sie und gab ihm keine Antwort mehr; und da die Schläge sie schmerzten, kauerte sie sich nieder und senkte den Kopf auf die Brust. Dabei dachte sie an ihre Not und Erniedrigung nach ihrem einstigen Glück und an die Schläge, die sie erlitten hatte; auch gedachte sie ihres Bruders und seiner Krankheit und Einsamkeit und ihrer beider Verlassenheit. Die Tränen liefen ihr die Wangen herab, und still weinend sprach sie die Verse:

So ist des Glückes Art: bald flieht es, bald kehrt es wieder,
Und keinem Sterblichen bleibt es auf die Dauer getreu.
Ein jeglich Ding in der Welt hat seine Zeit hienieden,
Und aller Menschen Fristen gehn doch einmal vorbei.
Wie lange noch soll ich das Unheil und den Schrecken ertragen?
Weh über ein Leben, das ganz aus Unheil und Schrecken bestand!
Gott segne nicht die Tage, die kurzes Glück mir brachten,
Ein Glück, in dessen Falten sich schon das Elend befand.
Mein Wunsch ist zuschanden geworden, die Hoffnung ist abgeschnitten,
Und durch die Trennung ist ein Wiedersehen versagt.
O der du an dem Hause, in dem ich weilte, vorbeigehst,
Künd ihm von mir, die immer Tränen vergießet und klagt!

Als sie geendet hatte, trat der Beduine zu ihr und neigte sich über sie; und da er Mitleid mit ihr empfand, wischte er ihr die Tränen ab. Und er gab ihr ein Gerstenbrot und sagte: ‚Ich liebe es nicht, wenn mir jemand in meinem Zorn Widerworte gibt; also gib mir in Zukunft keine solche frechen Antworten mehr! Ich will dich an einen guten Mann, wie ich es bin, verkaufen, der dich freundlich behandelt, wie ich es getan habe.‘ Sie erwiderte: ‚Was du tust, ist recht.‘ Dann, als die Nacht ihr lang ward und der Hunger sie quälte, aß sie ein klein wenig von jenem Gerstenbrot. Und um Mitternacht gab der Beduine den Befehl zum Aufbruch. – – «

Da bemerkte Schehrezâd, daß der Morgen begann, und sie hielt in der verstatteten Rede an. Doch als die *Sechsundfünfzigste Nacht* anbrach, fuhr sie also fort: »Es ist mir berichtet worden, o glücklicher König, daß Nuzhat ez-Zamân, als der Beduine ihr das Gerstenbrot gab und ihr versprach, er wolle sie an einen trefflichen Mann verkaufen, wie er es sei, ihm antwortete: ‚Was du tust, ist recht.‘ Und um Mitternacht, als der Hunger sie quälte, aß sie ein klein wenig von dem Gerstenbrot, und dann gab der Beduine seinen Leuten den Befehl zum Aufbruch; so luden sie die Lasten auf, und er bestieg ein Kamel und ließ Nuzhat ez-Zamân hinter sich reiten. Sie ritten dahin drei Tage lang ohne Aufenthalt, bis sie in die Stadt Damaskus kamen; dort stiegen sie im Sultans-Chân ab, nahe dem Statthaltertore. Nuzhat ez-Zamân aber war bleich geworden vor Kummer und durch die Mühen der Reise, und sie weinte über ihr Unglück. Deshalb trat der Beduine zu ihr und sprach: ,Du Stadtdirne, wenn du nicht aufhörst, so zu heulen, bei meiner Kappe, dann werde ich dich nur an einen Juden verkaufen!' Darauf nahm er sie bei der Hand, führte sie in eine Kammer und ging in den Basar. Dort begab er sich zu den Kaufleuten, die mit Sklavinnen handelten, und redete mit ihnen, indem er sprach: ,Ich habe eine Sklavin mitgebracht; aber ihr Bruder ist krank, und ich habe ihn zu meinen Leuten in Jerusalem geschickt, damit sie ihn pflegen, bis er geheilt ist. Nun will ich sie verkaufen; doch seit ihr Bruder krank geworden ist, weint sie, und die Trennung von ihm fiel ihr sehr schwer. Darum möchte ich, daß, wer sie von mir zu kaufen gewillt ist, ihr sanft zurede und sage, daß ihr Bruder krank bei ihm in Jerusalem liege; dann will ich ihm ihren Preis niedrig ansetzen'. Da trat einer der Händler heran und fragte: ,Wie alt ist sie?' Er antwortete: ,Sie ist eine Jungfrau und eben mannbar, und sie besitzt Verstand, feine Bildung, Witz, Schönheit und Anmut. Aber seit dem Tage, da ich ihren Bruder nach Jerusalem sandte, verzehrt sich ihr Herz in Sehnsucht nach ihm, so daß ihre Schönheit geschwunden und ihr Aussehen verändert ist.' Als nun der Händler das hörte, da brach er mit dem Beduinen auf und sagte: ,Höre, du Araberscheich, ich will mit dir gehen und von dir das Mädchen kaufen, dessen Verstand, feine Bildung, Schönheit und Anmut du so sehr preisest; und ich will dir ihren Preis bezahlen, doch nur unter bestimmten Bedingungen. Wenn du sie erfüllst, so zahle ich dir ihren Preis; doch wenn du sie nicht erfüllst, so gebe ich sie dir zurück.' Der Beduine erwiderte: ‚Wenn du willst, so führe sie zum Sultan und stelle mir jede Bedingung, die du wünschest! Bringst du sie nämlich zu ihm, dem König Scharkân, dem Sohn des Königs 'Omar ibn en-Nu'mân, des Herrn von Baghdad und Chorasân, so wird sie ihm vielleicht gefallen, und dann zahlt er dir ihren Preis und noch einen guten Gewinn für dich dazu.' Da sagte der Händler: ‚Ich habe ihn auch gerade um etwas zu bitten, nämlich darum, daß mir in der Kanzlei eine Zollbefreiungsurkunde ausgestellt werde und daß er mir einen Empfehlungsbrief an seinen Vater 'Omar ibn en-Nu'mân schreiben lasse. Wenn er mir also das Mädchen abkauft, so werde ich ihren Preis sofort auswägen.' ‚Ich nehme diese Bedingung an', entgegnete der Beduine. Nun gingen sie beide zu der Stätte, an der Nuzhat ez-Zamân war; und der Beduine trat an die Kammertür und rief und sagte: ‚Nâdschija!' denn so hatte er sie benannt. Doch als sie ihn hörte, weinte sie und gab ihm keine Antwort. Darauf wandte er sich zu dem Händler und sprach zu ihm: ‚Da sitzt sie; da hast du sie! Geh zu ihr, sieh sie dir an und sprich freundlich zu ihr, wie ich es dir ans Herz gelegt habe!' Der Händler trat höflich hinein und sah, daß sie wunderbar schön und anmutig war; besonders erfreute es ihn, daß sie die arabische Sprache beherrschte. Da sagte er zu dem Beduinen: ‚Sie ist, wie du gesagt hast; und ich werde von dem Sultan für sie bekommen, was ich will.' Und er redete zu ihr: ‚Friede sei mit dir, Töchterchen, wie geht es dir?' Sie wandte sich nach ihm hin und sprach: ‚Auch dies war im Buche des Schicksals verzeichnet.' Dann warf sie einen Blick auf ihn und sah, daß er ein Mann von ehrenwertem Aussehen war und schön von Angesicht, und sie sprach bei sich selber: ‚Ich glaube, dieser kommt, um mich zu kaufen'; dann überlegte sie weiter: ‚Wenn ich mich von ihm zurückhalte, so werde ich bei jenem Tyrannen bleiben, und der wird mich zu Tode schlagen. Auf jeden Fall ist doch dieser ein Mann von schönem Angesicht, und ich kann hoffen, daß ich es besser bei ihm haben werde als bei dem rohen Beduinen da. Vielleicht kommt er jetzt, um mich reden zu hören; so will ich ihm denn eine freundliche Antwort geben.' Ihre Augen aber waren während dieser Zeit zu Boden gesenkt, und nun hob sie ihren Blick zu ihm empor und sagte mit lieblicher Stimme: ‚Auch mit dir sei Friede, mein Herr, und Allahs Gnade und Segen! So[1] hat es der Prophet befohlen –‘ Allah segne ihn und gebe ihm Heil! Du fragst, wie es mir gehe; doch kenntest du mein Los, du würdest ein solches nur deinen Feinden wünschen.' Dann verstummte sie. Als aber der Händler ihre Worte hörte, da wurde er vor Freuden fast von Sinnen; rasch wandte er sich zu dem Beduinen und fragte: ‚Wie hoch ist ihr Preis? Denn wahrlich, sie ist edel.' Da wurde der Beduine zornig und rief: ‚Du verdrehst mir der Sklavin mit solchem Geschwätz den Kopf! Warum sagst du, sie sei edel, da sie doch vom Abschaum der Sklavinnen ist und aus dem niedrigsten Gesindel? Ich verkaufe sie dir nicht!' An diesen Worten merkte der Händler, daß der Mann schwach von Verstand war, und er sagte: ‚Beruhige dich! Denn ich will sie mit den Fehlern, die du da erwähnst, von dir kaufen.' ‚Und wieviel willst du für sie zahlen?' fragte der Beduine. Der Händler versetzte: ‚Nur der Vater benennt das Kind. Stelle deine Forderung!' Darauf der Beduine: ‚Du allein sollst den Preis nennen.' Nun sagte der Händler bei sich selber: ‚Dieser Beduine ist ein Schreihals und ein Dickkopf. Bei Allah, ich weiß keinen Preis für sie; ich weiß nur, daß sie durch ihre

---

1. Koran, Sure 4, 88.

feinen Worte und ihre Schönheit mein Herz gewonnen hat. Wenn sie lesen und schreiben kann, so wäre das für sie und ihren Käufer das höchste Glück. Aber dieser Beduine kennt ihren Wert nicht.' Dann redete er ihn an: ‚Araberscheich, ich will dir in barem Gelde, ohne Abzug für die Steuer und für die Abgaben an den Sultan, zweihundert Goldstücke geben.' Als aber der Araber das hörte, geriet er in heftige Wut, schrie den Händler an und sagte: ‚Heb dich hinweg und geh deiner Wege! Bei Allah, wenn du mir für diesen härenen Lumpen, den sie trägt, zweihundert Dinare bötest, ich würde ihn dir nicht verkaufen. Jetzt will ich sie nicht mehr verkaufen, sondern will sie bei mir behalten, daß sie Kamele hütet und Korn mahlt.' Darauf schrie er sie an und sagte: ‚Komm her, du Stinkvieh, ich verkaufe dich nicht!' Dann wandte er sich wieder an den Händler und sagte: ‚Ich hielt dich für einen Mann von Verstand, aber bei meiner Kappe, wenn du dich nicht von mir fortscherst, so lasse ich dich hören, was dir nicht gefällt!' Der Händler aber sprach bei sich: ‚Wahrlich, dieser Beduine ist wahnsinnig und kennt ihren Wert nicht, und ich will vorläufig nicht mehr von ihrem Preise reden; denn bei Allah, wenn er bei Verstande wäre, so würde er nicht sagen: bei meiner Kappe! Bei Allah, sie ist das Reich des Perserkönigs wert, und ich habe ihren Preis nicht bei mir; doch selbst wenn er noch mehr verlangt, ich gebe ihm, was er fordert, und wäre es mein ganzes Hab und Gut.' Von neuem wandte er sich an den Beduinen und sprach zu ihm: ‚Araberscheich, gedulde und beruhige dich und sage mir, was sie an Kleidern bei dir hat!' Da schrie der Beduine: ‚Was soll diese Dirne mit Kleidern? Bei Allah, diese Lumpen, in die sie gehüllt ist, reichen aus für sie.' ‚Mit deiner Erlaubnis', sagte der Händler, ‚will ich ihr Gesicht entschleiern und sie untersuchen, wie man Sklavinnen untersucht, die man zu kaufen gedenkt.' Jener erwiderte: ,Nur zu, tu, was du willst! Allah wird deine Jugend behüten! Untersuche sie von außen und von innen, und wenn du willst, zieh ihr die Kleider aus und sieh sie an, wenn sie nackt ist.' Aber der Händler rief: ,Das verhüte Allah! Ich will nur ihr Gesicht betrachten.' Dann trat er zu ihr und war verwirrt von ihrer Schönheit und Lieblichkeit. – –«

Da bemerkte Schehrezâd, daß der Morgen begann, und sie hielt in der verstatteten Rede an. Doch als die *Siebenundfünfzigste Nacht* anbrach, fuhr sie also fort: »Es ist mir berichtet worden, o glücklicher König, daß der Händler zu Nuzhat ez-Zamân trat und verwirrt war von ihrer Schönheit und Lieblichkeit; dann setzte er sich neben sie und fragte sie: ,Herrin, wie heißt du?' Sie antwortete: ,Fragst du nach meinem jetzigen Namen oder nach dem früheren?' Da fragte der Händler: ,Hast du denn zwei Namen, einen jetzigen und einen früheren?' ,Ja,' erwiderte sie, ,früher war mein Name Nuzhat ez-Zamân[1], aber jetzt ist mein Name Ghussat ez-Zamân[2].' Als der Händler das hörte, da liefen ihm die Augen über vor Tränen, und er sprach: ,Hast du nicht einen kranken Bruder?' ,Ja, bei Allah, o Herr,' sprach sie, ,aber das Schicksal hat ihn und mich getrennt, und er liegt krank in Jerusalem.' Der Händler war verwirrt ob der Lieblichkeit ihrer Sprache, und er sagte bei sich selber: ,Der Beduine hat die Wahrheit gesprochen.' Nuzhat ez-Zamân aber dachte an ihren Bruder und an seine Krankheit und daran, daß sie sich von ihm hatte trennen müssen, während er krank in der Fremde daniederlag, zumal sie nicht wußte was ihm widerfahren war; auch dachte sie an alles, was sie bei dem Beduinen hatte durchmachen müssen, und an die Tren-

---

1. Die Wonne der Zeit. – 2. Das Entsetzen der Zeit.

nung von ihrer Mutter und ihrem Vater und ihrer Heimat; da rannen ihr die Tränen in großen Tropfen die Wangen herab, und sie begann:

> *Wo du auch seiest, möge der Herr dich hüten,*
> *Wanderer, du, der mein Herze gefangen hält!*
> *Gott sei dir, wo du auch gehst, ein Beschützer,*
> *Der dich behütet vor Unglück und Not der Welt!*
> *Du entschwandest: mein Auge ersehnt deine Nähe,*
> *Ach, meine Tränen fließen in Strömen herab.*
> *Wüßte ich doch, in welchem Lande der Erde*
> *Dir ein Haus oder Stamm ein Obdach gab!*
> *Ob du jetzt lebendiges Wasser trinkest*
> *Wie eine Rose, während die Träne mich tränkt?*
> *Ob du den Schlaf genießest, während ich wache*
> *Auf meinem Lager, wie von Kohlen versengt?*
> *Alles andere, außer daß du mir fern,*
> *Ist mir leicht – alles ertrage ich gern.*

Wie der Händler ihre Verse hörte, weinte er und streckte die Hand aus, um ihr die Tränen von der Wange zu wischen; sie aber bedeckte ihr Antlitz und sagte: ‚Das sei fern, o Herr!‘ Der Beduine aber saß da und schaute sie an, wie sie ihr Gesicht vor dem Händler verhüllte, als er ihr die Tränen von den Wangen wischen wollte; und er glaubte, sie habe sich dagegen wehren wollen, daß er sie ansehe; da sprang er auf und lief zu ihr hin und versetzte ihr mit einer Kamelhalfter, die er in der Hand hielt, einen so heftigen Schlag auf die Schultern, daß sie mit dem Gesicht auf den Boden stürzte. Da traf ein Stein auf der Erde gegen ihre Braue und durchschnitt sie, und das Blut lief auf ihr Antlitz herab; sie stieß einen lauten Schrei aus, weinte bitterlich und sank ohnmächtig hin. Auch der Händler weinte, und er sagte sich: ‚Ich kann nicht anders, ich muß diese Sklavin kaufen, und wäre es um ihr Gewicht in Gold, damit ich sie von diesem Tyrannen befreie.‘ Und er begann den Beduinen zu schelten, während Nuzhat ez-Zamân ohnmächtig dalag. Als sie wieder zu sich kam, wischte sie sich die Tränen und das Blut aus dem Gesicht und verband sich den Kopf; und sie hob ihren Blick gen Himmel und flehte aus bekümmertem Herzen zu ihrem Herrn, indem sie sprach:

> *Erbarmen für sie, die in Ehren stand,*
> *Und die das Unglück in Not gebracht!*
> *Sie weint; es strömt ihrer Tränen Flut.*
> *Sie fragt: Hilft nichts gegen Schicksalsmacht?*

Danach wandte sie sich zu dem Händler und sagte flüsternd: ,Ich beschwöre dich, laß mich nicht bei diesem Tyrannen, der Allah den Erhabenen nicht kennt! Wenn ich diese Nacht noch hier verbringen muß, so töte ich mich mit eigner Hand; rette mich vor ihm, so wird Gott dich vor dem Feuer der Hölle retten!' Da sprach der Händler zu dem Beduinen: ,Araberscheich, dies Mädchen ist nichts für dich; verkaufe sie mir, um welchen Preis du willst!' ,Nimm sie,' sprach der Beduine, ,und zahle mir ihren Preis! Sonst führe ich sie in das Lager zurück und lasse sie dort die Kamele hüten und ihren Mist sammeln.' Also sprach der Händler: ,Ich gebe die fünfzigtausend Dinare.' ,Biete höher!' erwiderte der Beduine. ,Siebzigtausend Dinare', sagte der Händler. ,Biete höher!' wiederholte der Beduine. ,Das ist noch nicht das Kapital, das ich in sie gesteckt habe; denn sie hat bei mir Gerstenbrot im Werte von neunzigtausend Goldstücken gegessen.' Der Händler aber versetzte: ,Du und die Deinen und dein ganzer Stamm, ihr habt in eurem ganzen Leben noch nicht für tausend Dinare Gerste verzehrt; aber ich will dir noch ein einziges Wort sagen, und wenn du damit noch nicht zufrieden bist, so bringe ich dir den Statthalter von Damaskus auf den Hals, und er wird sie dir mit Gewalt entreißen.' Der Beduine: ,Sprich!' ,Hunderttausend', sagte der Händler.

‚Ich verkaufe sie dir um diesen Preis,' entgegnete der Beduine; ‚ich werde Salz dafür kaufen können.' Über die Worte lachte der Händler, ging in seine Wohnung, holte das Geld und gab es dem Beduinen; der nahm es, indem er bei sich selber sagte: ‚Ich muß nach Jerusalem gehen; vielleicht finde ich dort ihren Bruder, den will ich hierher bringen und auch verkaufen.' So saß er auf und ritt dahin, bis er in Jerusalem ankam; und er ging in den Chân und fragte nach Dau el-Makân, doch er fand ihn nicht mehr vor.

So weit also der Beduine! Doch bleiben wir bei dem Händler und Nuzhat ez-Zamân. Als er sie in Empfang genommen hatte, warf er ihr ein paar seiner Kleider über und führte sie in seine Wohnung. – –«

Da bemerkte Schehrezâd, daß der Morgen begann, und sie hielt in der verstatteten Rede an. Doch als die *Achtundfünfzigste Nacht* anbrach, fuhr sie also fort: »Es ist mir berichtet worden, o glücklicher König, daß der Händler, als er Nuzhat ez-Zamân von dem Beduinen empfangen, sie in seine Wohnung geführt und in prächtige Gewänder gekleidet hatte, dann mit ihr hinab in den Basar ging und ihr jeglichen Schmuck kaufte, den sie begehrte; den tat er in ein seidenes Tuch, legte es vor sie hin und sprach zu ihr: ‚All dies ist dein, und ich verlange nichts von dir, als daß du dem Sultan, dem Statthalter von Damaskus, wenn ich dich vor ihn führe, den Preis nennst, für den ich dich gekauft habe, ob er auch im Vergleich zu deinem Wert gering ist; und wenn du bei ihm bist, nachdem er dich von mir gekauft hat, so erzähle ihm, wie ich an dir gehandelt habe, und bitte ihn für mich um einen königlichen Freibrief mit einer schriftlichen Empfehlung, die ich vor seinen Vater bringen kann, den König 'Omar ibn en-Nu'mân, den Herrscher von Baghdad, des Inhalts, daß er verbieten möge, mir

Zölle auf meine Stoffe und auf alle Waren, mit denen ich handle, abzunehmen.' Als sie seine Worte hörte, weinte sie und schluchzte, und der Kaufmann sprach zu ihr: ‚Herrin, ich bemerke, sooft ich Baghdad erwähne, stehen deine Augen voll Tränen; lebt dort jemand, den du liebst? Wenn es ein Kaufmann oder sonst jemand ist, so sage es mir; denn ich kenne alle Kaufleute und andere Leute dort. Und wenn du ihm eine Botschaft senden möchtest, so will ich sie überbringen.' Sie sprach: ‚Bei Allah, ich habe dort keine Bekannten unter den Kaufleuten oder anderen Leuten! Ich kenne niemanden dort als König 'Omar ibn en-Nu'mân, den Herrscher von Baghdad.' Wie der Händler das vernahm, lachte er, und hocherfreut sprach er bei sich selber: ‚Bei Allah, ich habe mein Ziel erreicht.' Dann sprach er zu ihr: ‚Bist du ihm früher einmal gezeigt worden?' Sie antwortete: ‚Nein, doch ich wurde mit seiner Tochter aufgezogen; er hatte mich gern, und ich stehe hoch in Ehren bei ihm. Wenn du also möchtest, daß dir der König die gewünschte Urkunde ausstellt, so gib mir Tintenkapsel und Papier, daß ich für dich einen Brief schreibe; und wenn du in der Stadt Baghdad ankommst, so gib den Brief eigenhändig an König 'Omar ibn en-Nu'mân ab und sage zu ihm: Die Wechselfälle von Nächten und Tagen haben deine Sklavin Nuzhat ez-Zamân mit Keulen geschlagen; sie ward von Ort zu Ort zum Verkaufe getragen; und sie läßt dir ihre Grüße sagen. Wenn er dich dann weiter nach mir fragt, so sage ihm, daß ich jetzt bei dem Statthalter von Damaskus bin!' Da staunte der Kaufmann ob ihrer Beredsamkeit, und seine Liebe zu ihr wuchs, und er sprach zu ihr: ‚Ich kann es mir nicht anders denken, als daß die Menschen dich betört und dann für Geld verkauft haben. Sage mir, kennst du den Koran auswendig?' ‚Ja,' erwiderte sie; ‚und ich kenne auch die Philosophie, die Heilkunde, die Propädeutik der Wissenschaft und den Kommentar des Arztes Galen zu den Schriften des Hippokrates, und ich habe ihn auch selber kommentiert. Ferner habe ich die Tazkira gelesen und den Burhân kommentiert; und ich habe Schriften des Ibn el-Baitâr über die Heilkräuter studiert, und ich vermag über den Mekka-Kanon des Avicenna[1] zu reden. Ich kann Rätsel lösen und Probleme stellen, ich kann über die Geometrie reden und bin bewandert in der Anatomie. Ich habe die Bücher der Schafiiten gelesen, die Überlieferungen des Propheten und die Grammatik; und ich kann mit den Gelehrten disputieren und über alle anderen Wissenschaften sprechen. Auch bin ich gewandt in der Logik und Rhetorik, der Arithmetik und der Astronomie; und ich kenne die Geheimwissenschaften und die Kunst der Berechnung der Gebetszeiten – alle diese Wissenschaften verstehe ich.' Dann fuhr sie fort, zu dem Händler gewandt: ‚Bringe mir Tintenkapsel und Papier, damit ich für dich einen Brief schreibe, der dir behilflich sei auf deiner Reise nach Baghdad, so daß du ohne Pässe durchkommst!' Als aber der Händler das hörte, da rief er: ‚Bravo! Bravo! Glücklich der, in dessen Palast du leben wirst!' Dann holte er für sie Papier und Tintenkapsel und eine Feder aus Messing, und als er mit diesen Dingen vor ihr stand, küßte er den Boden, um sie zu ehren. Und sie nahm das Blatt, ergriff die Feder und schrieb darauf diese Verse:

> *Ich fühle, wie der Schlaf von meinen Augen fliehet.*
> *Bist du's, der durch sein Fernsein von mir den Schlummer trieb?*
> *Wie zündet Gedenken an dich das Feuer in meinem Herzen!*
> *Denkt jeder Liebende denn stets so an seine Lieb?*
> *Wie süß waren unsere Tage, die einst von Gott begnadet;*
> *Sie gingen, eh ich in ihnen die rechte Erquickung fand.*
> *Jetzt flehe ich zum Winde, er möchte Kunde bringen*

1. Fast lauter medizinische Schriften.

Zu mir, der Sklavin der Liebe, von euch im fernen Land.
Dir klagt ein Liebender; einen Helfer findet er nicht.
Und ach, die Trennung bringt Weh, das selbst den Stein zerbricht.

Als sie nun diese Verse geschrieben hatte, fügte sie hinzu: ‚Diese Worte kommen von der, die das Gedenken krank gemacht und die in quälender Sehnsucht wacht; in ihrem Dunkel erstrahlt ihr kein Licht, die Nacht kennt sie vom Tage nicht; sie wälzt sich auf dem Lager der Trennung und schminkt ihre Lider mit den Stiften der Schlaflosigkeit; nach den Sternen schaut sie aus, doch ihr droht des Dunkels Graus; Kummer und Qual lassen sie hinschwinden, doch zu lang wäre es, all ihr Elend zu künden; nur die Träne ist's, die ihr Hilfe leiht, und sie klagt in diesen Versen ihr Leid:

Wenn die Taube gurrt auf dem Zweige früh im Morgenstrahl,
So regt sich in meinem Herzen die tödliche Liebesqual.
Und seufzt in banger Sehnsucht froh ein liebend Herz,
So wird um meine Lieben noch bitterer mein Schmerz.
Ich klage dem meine Not, der kein Erbarmen kennt. –
Wie oft hat die Leidenschaft schon Leib und Seele getrennt!'

Da quollen ihre Augen über vor Tränen, und sie schrieb noch diese Verse:

Am Tage der Trennung schlug die Liebe mir tiefe Wunden;
Und seit du fern bist, hat mein Lid keinen Schlummer gefunden.
So abgehärmt ist mein Leib, so anders mein Gesicht:
Wenn ich nicht zu dir spräche, erkenntest du mich nicht.

‚Wiederum vergoß sie Tränen und schrieb am Ende des Blattes: Von ihr, die fern von den Ihren und dem Heimatland, deren Herz und Sinnen von Trauer gebannt, – von Nuzhat ez-Zamân ist dieser Brief gesandt.' Schließlich faltete sie das Blatt und reichte es dem Kaufmann, der es nahm und küßte, nachdem er seinen Inhalt erfahren hatte, und er rief erfreut aus: ‚Ehre sei Ihm, der dich erschuf!' – – «

Da bemerkte Schehrezâd, daß der Morgen begann, und sie hielt in der verstatteten Rede an. Doch als die *Neunundfünfzigste Nacht* anbrach, fuhr sie also fort: »Es ist mir berichtet worden, o glücklicher König, daß Nuzhat ez-Zamân den Brief schrieb und ihn dem Kaufmann reichte; der nahm ihn und las ihn, verstand den Inhalt und rief aus: ‚Ehre sei Ihm, der dich erschuf!' Nun war er doppelt freundlich gegen sie und erwies ihr den ganzen Tag hindurch lauter Güte. Als dann der Abend kam, ging er in den Basar und brachte ihr etwas zu essen; darauf führte er sie ins Badehaus, holte die Wärterin und sprach zu ihr: ‚Wenn du mit dem Baden fertig bist und ihren Kopf gewaschen hast, so lege ihr die Kleider an und dann schicke zu mir und laß es mir sagen!' Jene erwiderte: ‚Ich höre und gehorche!' Er aber holte für sie Speisen und Früchte und Wachskerzen und setzte alles auf die Bank in der äußeren Halle des Bades. Und als die Wärterin sie gewaschen hatte, legte sie ihr die Kleider an; und Nuzhat ez-Zamân verließ den Baderaum und setzte sich auf die Bank. Nun schickte die Wärterin zu dem Kaufmann und ließ ihm Bescheid sagen; die Prinzessin aber ging hin und fand den Tisch gedeckt und aß, zusammen mit der Wärterin, von den Speisen und den Früchten, und den Rest gab sie den Dienern und dem Wächter des Bades. Dann schlief sie bis zum Morgen, und der Händler schlief getrennt von ihr in einem andern Zimmer. Als er vom Schlaf erwacht war, weckte er sie und brachte ihr ein Hemd aus feinem Stoff, ferner ein Kopftuch im Wert von tausend Dinaren, ein Gewand mit türkischer Stickerei, und Schuhe, durchwirkt mit rotem Golde und besetzt mit Perlen und Edelsteinen. Auch hängte er an jedes ihrer Ohren einen goldenen Ring mit einer Perle im Werte von tausend Dinaren, und um den Hals legte er ihr eine goldene Kette, die bis zwischen die Brüste reichte, und eine

Kette aus Bernsteinkugeln, die über die Brust bis oberhalb des Nabels herabhing. An dieser Kette hingen zehn Kugeln und neun Halbmonde, und jeder der Halbmonde trug in der Mitte einen roten Hyazinthstein und jede Kugel einen Ballasrubin; der Wert der Kette betrug dreitausend Dinare, und jede der Kugeln kostete zwanzigtausend Dirhems, so daß das Gewand und der Schmuck, mit denen er sie ausstattete, insgesamt eine ungeheure Summe wert waren. Als sie all das angelegt hatte, hieß der Händler sie sich schmücken; da schmückte sie sich wunderbar schön und ließ einen kostbaren Schleier über die Augen fallen. Und dann ging sie mit dem Kaufmann, der ihr vorausschritt, fort. Wie aber die Leute sie sahen, da staunten sie ob ihrer Schönheit und riefen: ‚Hochgepriesen ist Gott, der herrlichste Schöpfer! O glücklich der Mann, in dessen Hause sie ist!' Der Händler ging weiter, während sie ihm folgte, bis sie in den Palast des Sultans Scharkân traten; als er zum König eingelassen war, küßte er den Boden vor ihm und sprach: ‚O glücklicher König, ich bringe dir eine seltene Gabe, ohnegleichen in dieser Zeit und reich begabt mit Schönheit und Güte.' Der König sagte: ‚Laß mich sie sehen!' Da ging der Kaufmann hinaus und holte sie, und sie folgte ihm, bis sie vor König Scharkân stand. Doch sobald der sie erblickte, ward Blut zu Blut hingezogen, obgleich sie schon seit ihrem ersten Lebensjahre von ihm getrennt gewesen war; er hatte sie nie gesehen, ja erst lange nach ihrer Geburt davon gehört, daß er eine Schwester habe, namens Nuzhat ez-Zamân, und einen Bruder, namens Dau el-Makân, denn er war wegen der Thronfolge auf die beiden eifersüchtig. Das war der Grund, weshalb er so wenig von ihnen wußte. Als sie nun vor ihm stand, da sagte der Händler: ‚O größter König unserer Zeit, ist sie schon einzig in ihren Tagen durch ihre Schönheit und Lieblichkeit, so ist sie auch noch bewandert in allen Wissenschaften, geistlichen und weltlichen, politischen und mathematischen.' Darauf der König: ‚Nimm ihren Preis, wie du sie kauftest, laß sie hier und geh deiner Wege.' ‚Ich höre und gehorche!, sprach der Händler, ‚doch, bitte, schreib mir einen Freibrief des Inhalts, daß ich auf immer von dem Zehnten für meine Waren befreit bin.' Der König antwortete: ‚Das will ich sofort tun, doch nenne mir den Preis, den du für sie bezahlt hast.' Der Händler: ‚Ich habe für sie hunderttausend Dinare bezahlt und für ihre Kleider nochmals hunderttausend Dinare.' Als der Sultan diese Worte vernommen hatte, sagte er: ‚Ich will dir einen noch höheren Preis für sie zahlen.' Dann rief er den Schatzmeister und sagte zu ihm: ‚Gib diesem Kaufmann dreihundertundzwanzigtausend Dinare, so hat er einhundertundzwanzigtausend Dinare Verdienst.' Darauf ließ der Sultan die vier Kadis[1] kommen, ließ ihm in ihrer Gegenwart den Preis übergeben und sprach: ‚Ich nehme euch zu Zeugen, daß ich diese meine Sklavin freilasse und sie zur Gemahlin zu nehmen gedenke.' Da schrieben die Kadis die Urkunde der Freilassung und den Ehevertrag; und der Sultan streute viel Geld aus über die Köpfe derer, die zugegen waren, und die Sklaven und Eunuchen sammelten es auf. Als dann Scharkân dem Kaufmann sein Geld überreicht hatte, ließ er ihm einen dauernden königlichen Freibrief schreiben des Inhalts, daß er von allen Zehnten und Zöllen für seine Waren auf immer befreit sei und daß ihn im ganzen Reichsgebiete niemand irgendwie schädigen dürfe; und zuletzt verlieh er ihm ein glänzendes Ehrengewand. – –«

Da bemerkte Schehrezâd, daß der Morgen begann, und sie hielt in der verstatteten Rede an. Doch als die *Sechzigste Nacht*

---

1. Die Vertreter der vier orthodoxen Rechtsschulen.

anbrach, fuhr sie also fort: »Es ist mir berichtet worden, o glücklicher König, daß König Scharkân dem Kaufmann, nachdem er ihm sein Geld überreicht hatte, einen dauernden königlichen Freibrief schreiben ließ, des Inhalts, daß er vom Zehnten für seine Waren befreit sei und daß ihn im ganzen Reichsgebiete niemand schädigen dürfe, und ihm schließlich ein prunkvolles Ehrengewand verlieh. Dann gingen alle, die bei ihm waren, fort, und es blieben nur noch die Kadis und der Kaufmann; da sprach der König zu den Richtern: ,Ich möchte, daß ihr von dieser Jungfrau einen Vortrag anhört, der euch ihr Wissen und ihre Bildung in all den Dingen beweise, die der Kaufmann ihr zuspricht, auf daß wir die Wahrheit seiner Worte feststellen.' Sie antworteten: ,Das wollen wir gern tun!' So befahl er, zwischen ihm und den Seinen auf der einen Seite und der Prinzessin und ihren Begleitern auf der anderen Seite einen Vorhang herabzulassen; und alle Frauen, die hinter dem Vorhang die Prinzessin umgaben, wünschten ihr Glück und küßten ihr Hände und Füße, als sie erfuhren, daß sie die Gemahlin des Königs geworden war. Dann traten sie um sie und nahmen ihr die Kleider ab, um ihr die Last der Gewänder zu erleichtern, und schauten auf ihre Schönheit und Anmut. Nun aber hörten auch die Frauen der Emire und der Wesire, daß König Scharkân eine Sklavin gekauft habe, ohnegleichen an Schönheit und Gelehrsamkeit in der Philosophie und der Mathematik, und bewandert in allen Zweigen des Wissens; ferner, daß er dreihundertundzwanzigtausend Dinare für sie bezahlt und sie freigelassen und den Ehevertrag mit ihr geschlossen und die vier Kadis berufen habe, um sie zu prüfen, wie sie ihre Fragen beantworten und mit ihnen disputieren werde. So erbaten sie von ihren Gatten die Erlaubnis und begaben sich in den Palast, wo Nuzhat ez-Zamân war. Als sie zu ihr eintraten, standen die

Eunuchen vor ihr; und sowie sie die Frauen der Emire, der Wesire und der Großen des Reiches eintreten sah, stand sie auf, kam ihnen höflich entgegen, während ihre Sklavinnen hinter ihr blieben, und hieß sie willkommen. Dabei lächelte sie sie an, so daß sie ihre Herzen eroberte; und sie wünschte ihnen alles Gute und setzte sie dem Range nach, als wäre sie mit ihnen gemeinsam aufgezogen. Alle staunten ob der Klugheit und feinen Bildung, die sie mit ihrer Schönheit und Anmut verband, und sagten zueinander: ‚Dies ist keine Sklavin, sondern eine Königin, die Tochter eines Königs.' Und wie sie so dasaßen, priesen sie ihren Wert, indem sie sprachen: ‚O Herrin, unsere Stadt ist durch dich erleuchtet; unserm Lande und unsren Häusern, unsrer Heimat und unserm Reich ist eine Ehre widerfahren. Das Reich ist dein Reich, der Palast ist dein Palast, und wir alle sind deine Sklavinnen; bei Gott, versage uns nicht deine Gunst noch den Anblick deiner Schönheit!' Darauf dankte sie ihnen. Während dieser ganzen Zeit war der Vorhang hingehängt zwischen Nuzhat ez-Zamân mit den Frauen auf der einen Seite und König Scharkân, den vier Kadis und dem Kaufmann auf der andern. Da aber rief König Scharkân sie an und sprach: ‚O Königin, Ruhm deiner Zeit, dieser Kaufmann hat dich als gelehrt und fein gebildet geschildert; und er behauptet, du seiest bewandert in allen Zweigen des Wissens, selbst in der Astronomie: also laß uns ein wenig hören von alldem, was er aufgezählt hat, und halt uns einen kurzen Vortrag über solche Themen.' Auf diese Worte erwiderte sie: ‚O König, ich höre und gehorche! Im ersten Kapitel will ich sprechen von der Regierungskunst und den Pflichten der Könige, ferner von dem, was den Hütern der religiösen Gesetze obliegt, sowie den guten Eigenschaften, die sie besitzen müssen. Wisse denn, o König, die guten Eigenschaften der Menschen lassen sich zusammenfassen in solche, die sich auf das religiöse Leben beziehen, und solche, die das weltliche Leben betreffen. Niemand kommt zur Religion, es sei denn durch diese Welt; denn sie ist der rechte Weg zum Jenseits. Nun aber wird das Wirken dieser Welt nur durch die Tätigkeiten ihrer Menschen geordnet, und der Menschen Tätigkeiten zerfallen in vier Gruppen: in die Regierung, den Handel, den Ackerbau und das Handwerk. Die Regierung aber erfordert vollendete Verwaltung und gerechtes Urteil; denn die Regierung ist die Achse im Bau der Welt, die ja der Weg zum Jenseits ist. Allah der Erhabene hat die Welt für die Menschen erschaffen, gleichsam als Wegzehrung des Wanderers zur Erreichung seines Zieles: ein jeder Mensch also soll von ihr ein solches Maß erhalten, wie es ihn zu Gott zu bringen vermag, doch darf er hierin nicht seinem eigenen Sinn und Gelüste folgen. Nähmen die Menschen die Dinge der Welt in Gerechtigkeit hin, so gäbe es keine Streitigkeiten; doch sie nehmen von ihnen mit Gewalt nach dem Trieb ihrer eigenen Begierde, und durch ihre Hartnäckigkeit entstehen die Streitigkeiten. Daher bedürfen sie des Sultans, damit er ihnen Recht spreche und ihre Angelegenheiten ordne; und hielte der König seine Untertanen nicht voneinander ab, so würde der Starke den Schwachen überwältigen. Daher sagt Ardaschîr[1]: ‚Religion und Königtum sind Zwillingsgeschwister; die Religion ist ein verborgener Schatz, und der König ist sein Wächter.‘ Die göttlichen Gebote sowohl wie des Menschen Verstand führen darauf, daß es dem Volke gebührt, einen Sultan anzunehmen, der den Bedrücker vom Bedrückten zurückhält und dem

---

[1]. Ardaschîr I., der Begründer der Sasaniden-Dynastie, der 226 bis 240 regierte und der wegen seiner gerechten Regierung im Orient später viel gerühmt wurde.

Schwachen zu seinem Recht verhilft wider den Starken und der die Gewalttat des Stolzen und der Rebellen eindämmt.

Wisse ferner, o König: der Trefflichkeit des Charakters des Sultans entspricht auch seine Zeit. Denn der Prophet Allahs – Er segne ihn und gebe ihm Heil! – hat gesagt: ‚Wenn zwei Arten von Menschen gut sind, so ist auch das ganze Volk gut; und sind sie schlecht, so ist das Volk schlecht: die Gelehrten und die Fürsten.' Und einer der Weisen hat gesagt: ‚Es gibt drei Arten von Königen: den König des Glaubens; den König, der das Heilige schützt; und den König seiner eigenen Lüste. Der König des Glaubens zwingt seine Untertanen, ihrem Glauben zu folgen, und es geziemt sich, daß er der treueste sei im Glauben, denn nach ihm richten sie sich in den Dingen des Glaubens; und es geziemt dem Volke, ihm zu gehorchen in allem, was er den göttlichen Verordnungen gemäß befiehlt; doch soll er den Unzufriedenen ebensosehr achten wie den Zufriedenen, denn es gilt nur die Unterwerfung unter die Bestimmungen des Schicksals. Der König aber, der das Heilige schützt, sorgt für die Dinge des Glaubens und der Welt und zwingt das Volk, dem göttlichen Gesetz zu folgen und das Ehrgefühl zu hüten. Er verbindet Feder und Schwert; denn wer da abweicht von dem, was die Feder schrieb, dessen Fuß gleitet aus, und der König macht das Krumme an ihm mit der Schärfe des Schwertes gerade und verbreitet Gerechtigkeit über die ganze Menschheit. Der König seiner eigenen Lüste endlich kennt keine Religion, als daß er seiner Begierde folgt; auf den Zorn seines Herrn gibt er keine Acht, dessen, der ihn zum Herrscher gemacht; so endet im Untergange sein Thron, und das Haus der Vernichtung ist seines Stolzes Lohn.' Die Weisen sagen: ‚Der König braucht viele Untertanen, aber sie brauchen nur einen König; deshalb geziemt es sich, daß er mit ihrem

Wesen wohlbekannt sei, damit er Eintracht aus ihrer Zwietracht mache, damit er sie in seiner Gerechtigkeit alle umfasse und mit seiner Güte überschütte.'

Wisse, o König: Ardaschîr, genannt die feurige Kohle, der dritte der Könige von Persien, eroberte die ganze Welt, teilte sie in vier Teile ein und ließ sich vier Siegelringe machen, einen für jeden Teil. Das erste Siegel war das des Meeres, der Sicherheit im Lande und des Rechtsbeistandes, und darauf stand geschrieben: Staatsdienste. Das zweite Siegel war das Siegel der Steuern und der Geldeinkünfte, und darauf stand: Kultur. Das dritte war das Siegel der Ernährung, und darauf stand: Fülle. Das vierte aber war das Siegel der Bedrückungen, und darauf stand: Gerechtigkeit. Und diese Einrichtung blieb gültig in Persien, bis der Islam offenbart wurde. Und ein Perserkönig schrieb an seinen Sohn, der beim Heere war: ‚Sei nicht zu freigebig gegen deine Truppen; sonst werden sie so reich, daß sie dich entbehren können!' – –«

Da bemerkte Schehrezâd, daß der Morgen begann, und sie hielt in der verstatteten Rede an. Doch als die *Einundsechzigste Nacht* anbrach, fuhr sie also fort: »Es ist mir berichtet worden, o glücklicher König, daß ein Perserkönig seinem Sohne schrieb: ‚Sei nicht zu freigebig gegen deine Truppen; sonst werden sie so reich, daß sie dich entbehren können; doch sei auch nicht zu geizig gegen sie, sonst werden sie gegen dich murren! Verteile Gaben im rechten Maße und Geschenke, wie es angemessen ist; sei freigebig zur Zeit der Fülle, und sei nicht geizig in der Zeit der Not!' Es wird erzählt, daß einst ein Wüstenaraber zu dem Kalifen el-Mansûr[1] kam und zu ihm sagte: ‚Laß deinen Hund hungern, so wird er dir folgen!' Über diese Worte des Arabers

---

1. Der zweite Abbaside (754 – 775).

war el-Mansûr erzürnt, doch Abu 'l-'Abbâs aus Tûs fiel ein: ‚Ich fürchte aber auch, wenn ihm ein anderer als du ein Stück Brot hinhält, so wird der Hund ihm folgen und dich verlassen.' Da legte sich el-Mansûrs Zorn, und er erkannte, daß die Worte nicht sündhaft waren, und er wies dem Araber ein Geschenk an.

Wisse, o König: 'Abd el-Malik ibn Marwân[1] schrieb seinem Bruder 'Abd el-'Azîz, als er ihn nach Ägypten sandte: ‚Gib acht auf deine Schreiber und Kämmerlinge, denn die Schreiber machen dich mit dem Bestehenden bekannt und die Kämmerlinge mit dem Zeremoniell; aber wer von dir kommt, macht dich mit deinen Truppen bekannt.' Und 'Omar ibn el-Chattâb[2] – Allah habe ihn selig! – pflegte jedem Diener, den er annahm, vier Bedingungen zu stellen: erstens daß er nicht auf den Packtieren ritte; zweitens daß er keine feinen Kleider trüge; drittens daß er nicht von der Beute äße; und viertens, daß er das Gebet nie über die bestimmte Stunde hinaus verschöbe.

Wie man sagt, gibt es kein höheres Gut als den Verstand: der rechte Verstand aber besteht aus Umsicht und Festigkeit, die rechte Festigkeit ist Gottesfurcht, der Weg zu Gott sind gute Eigenschaften, das rechte Maß ist die Gesittung, der rechte Nutzen ist der göttliche Segen, das rechte Geschäft sind gute Werke, der rechte Gewinn ist Gottes Lohn, die rechte Mäßigung das Beharren bei den Geboten der heiligen Überlieferung, die rechte Wissenschaft ist die Meditation, der rechte Gottesdienst die Erfüllung seiner Gebote, der rechte Glaube die Bescheidenheit, der echte Adel ist die Demut, die echte Ehre das Wissen. Also bewache das Haupt und was darin ist, doch

---

1. Der fünfte Omaijadenkalif (685 – 705).
2. Der zweite Kalif (634 – 644).

auch den Bauch und was er umfaßt; denke an den Tod und an die Heimsuchung!' Alî[1] – Allah erhalte ihm seine hohe Ehrenstellung! – hat gesagt: ‚Nehmt euch in acht vor den Tücken der Weiber und seid auf der Hut vor ihnen; fragt sie nie um Rat; aber karget nicht mit Gefälligkeiten gegen sie, auf daß sie nicht nach Listen trachten.' Ferner hat er gesagt: ‚Wer den Pfad der Mäßigkeit verläßt, dem verwirrt sich der Verstand.' Er hat auch noch andere Weisheitssprüche verfaßt, die wir, so Gott will, später mitteilen werden. Und 'Omar – Allah habe ihn selig! – hat gesagt: ‚Es gibt drei Arten von Frauen: erstens die gläubige, gottesfürchtige, treu liebende, fruchtbare, die ihrem Gatten wider das Schicksal, nie aber dem Schicksal wider ihren Gatten hilft; zweitens die, die sich nur um die Kinder kümmert, sonst aber um nichts; und drittens die, so da eine Fessel ist, die Allah wem er will auf den Nacken legt. Und auch der Männer gibt es drei Arten: den weisen, der sich nach dem eigenen Urteil richtet; den weiseren, der da, wenn ihm etwas widerfährt, dessen Ausgang er nicht überblickt, Wohlberatene aufsucht und nach ihrem Rate handelt; und schließlich den kopflosen, der weder den rechten Weg kennt noch auch auf den rechten Führer hört.' Die Gerechtigkeit ist unentbehrlich in allen Dingen; selbst Sklavinnen bedürfen der Gerechtigkeit. Man führt als Beispiel dafür die Straßenräuber an, die davon leben, daß sie die Menschen vergewaltigen; denn wären sie nicht billig untereinander und ließen sie nicht bei der Verteilung Gerechtigkeit walten, so zerfiele die Ordnung unter ihnen. Kurz, die Fürstin unter den edlen Eigenschaften ist die Großmut, verbunden mit der Güte; und wie trefflich sind die Verse des Dichters:

---

[1]. Der vierte Kalif (656 – 661).

Durch Freigebigkeit und Milde lenkte der Held sein Volk;
So sei du auch wie er; denn das ist leicht für dich!

Und eines anderen:

Die Milde bringt Sicherheit, und das Verzeihen bringt Achtung,
Die Wahrheit ist eine Zuflucht für den aufrechten Mann.
Und wer durch seinen Reichtum hohe Ehren erreicht,
Kommt im Wettlauf des Ruhmes durch Milde als erster an.'

Dann sprach Nuzhat ez-Zamân von der Regierungskunst der Könige, bis alle, die zugegen waren, sagten: ‚Nie haben wir jemanden gesehen, der über das Kapitel der Regierungskunst so zu sprechen wußte wie diese Jungfrau! Vielleicht läßt sie uns auch noch etwas aus einem anderen Kapitel hören.' Sie vernahm ihre Worte und verstand sie, und dann sprach sie: ‚Das Kapitel von der feinen Bildung umfaßt ein weites Feld, da es den Inbegriff der Vollkommenheit enthält.

Es geschah eines Tages, daß zu dem Kalifen Mu'âwija[1] einer seiner Gefährten kam, der vom Volke von Irak sprach und von der Trefflichkeit ihres Verstandes, während die Gemahlin des Kalifen, Maisûn, die Mutter des Jazîd, ihrer Unterhaltung zuhörte. Als er fortgegangen war, sprach sie: ‚O Beherrscher der Gläubigen, ich hätte es gern, wenn du ein paar der Leute von Irak zu dir eintreten ließest, auf daß sie mit dir reden und ich ihren Vortrag höre.' Da sprach Mu'âwija zu seinen Dienern: ‚Seht nach, wer an der Tür steht!' Sie antworteten: ‚Die Banu Tamîm.' ‚Sie sollen eintreten', sprach er. So kamen sie herein, und unter ihnen el-Ahnaf, der Sohn des Kais. Und Mu'âwija sprach: ‚Tritt heran zu mir, Vater des Bahr!' Zwischen ihm und seiner Gemahlin aber war ein Vorhang gezogen, so daß sie ihre Unterhaltung ungesehen hören konnte. Dann fuhr der

---

[1] Der fünfte Nachfolger Mohammeds, Begründer der Omaijadendynastie; er regierte von 661 – 680.

Kalif fort: ‚O Vater des Bahr, was für einen Rat hast du für mich?' Jener erwiderte: ‚Scheitele dir das Haar, stutze dir den Lippenbart, beschneide dir die Nägel, zupfe dir die Armhöhlen leer und rasiere dir die Scham; benutze stets den Zahnstocher, denn darin liegen zweiundsiebzig Vorzüge, und Freitags nimm die vollkommene Waschung vor, um alles zu sühnen, was zwischen einem Freitag und dem anderen geschehen ist!' – –«

Da bemerkte Schehrezâd, daß der Morgen begann, und sie hielt in der verstatteten Rede an. Doch als die *Zweiundsechzigste Nacht* anbrach, fuhr sie also fort: »Es ist mir berichtet worden, o glücklicher König, daß el-Ahnaf ibn Kais auf Mu'âwijas Frage erwiderte: ‚Benutze stets den Zahnstocher, denn darin liegen zweiundsiebzig Vorzüge, und Freitags nimm die vollkommene Waschung vor, um alles zu sühnen, was zwischen einem Freitag und dem anderen geschehen ist!' Dann fragte Mu'âwija: ‚Was für einen Rat hast du für dich selber?' ‚Ich setze meinen Fuß fest auf den Boden, hebe ihn vorsichtig und achte auf ihn mit meinen Augen.' ‚Und wie verhältst du dich, wenn du zu einem Vornehmen deines Volkes eintrittst, der nicht zu den Fürsten gehört?' ‚Ich senke bescheiden die Augen und grüße zuerst; ich kümmere mich nicht um das, was mich nicht angeht, und mache wenig Worte.' ‚Und wie, wenn du zu deinesgleichen gehst?' ‚Ich höre auf sie, wenn sie sprechen, und greife sie nicht an, wenn sie in Wut ausbrechen.' ‚Und wie, wenn du zu euren Häuptlingen gehst?' ‚So grüße ich ohne Geste und harre der Antwort; heißen sie mich herantreten, so tue ich es, und heißen sie mich zurücktreten, so gehorche ich.' ‚Und wie hältst du es mit deiner Frau?' Da erwiderte el-Ahnaf: ‚Erlaß mir dies, o Beherrscher der Gläubigen!' Doch Mu'âwija rief: ‚Ich beschwöre dich, tu es mir kund!' Und so sprach er: ‚Ich bin freundlichen Sinnes, zuvorkommend im Umgang und gebe viel aus; denn das Weib ward aus einer krummen Rippe erschaffen.' ,Und wie, wenn du bei ihr zu ruhen gedenkst?' ,Ich plaudere mit ihr, bis sie sich mir zuneigt, und küsse sie, bis sie von Verlangen erfüllt ist; und wenn es dann ist, wie du weißt, so bette ich sie auf den Rücken. Und wenn der Same in ihrem Schoße ist, so sage ich: Allah, segne ihn, und laß kein Unheil aus ihm werden, sondern gib ihm die schönste Gestalt! Darauf erhebe ich mich zur Waschung; erst gieße ich mir Wasser über die Hände und dann über den Leib, und zuletzt preise ich Gott um der Gnade willen, die er mir verliehen hat.' Da sprach Mu'âwija: ,Deine Antworten waren vortrefflich; nun sage dein Begehren!' Jener erwiderte: ,Mein Begehren ist, daß du die Untertanen in der Furcht Gottes beherrschest und gegen alle in gleicher Weise gerecht bist.' Dann erhob er sich und verließ den Audienzsaal Mu'âwijas; und als er fort war, sagte Maisûn: ,Wäre im Irak nur dieser Eine, es wäre genug.'

Darauf fuhr Nuzhat ez-Zamân fort: ,Dies ist ein ausgewähltes Stück aus dem Kapitel von der feinen Bildung. Wisse, o König: Mu'aikib war unter dem Kalifat des 'Omar ibn el-Chattâb Verwalter des Staatsschatzes.' – –«

Da bemerkte Schehrezâd, daß der Morgen begann, und sie hielt in der verstatteten Rede an. Doch als die *Dreiundsechzigste Nacht* anbrach, fuhr sie also fort: »Es ist mir berichtet worden, o glücklicher König, daß Nuzhat ez-Zamân weiter sprach: ,Wisse, o König: Mu'aikib war unter dem Kalifat des 'Omar ibn el-Chattâb Verwalter des Staatsschatzes. Nun traf es sich eines Tages, daß er 'Omars Sohn sah, und da gab er ihm einen Dirhem aus den Geldern des Schatzes. ,Dann aber', so berichtet Mu'aikib, ,ging ich in mein Haus; und wie ich dort saß, siehe, da kam ein Bote von 'Omar zu mir. Ich geriet in Sorge und begab mich zum Kalifen; da lag jener Dirhem in seiner Hand. Und er sprach zu mir: ‚Weh dir, Mu'aikib! Ich habe etwas gefunden, was deine Seele angeht.' Ich aber fragte: ‚Was ist das?' Er antwortete: ‚Du wirst mit der Gemeinde Mohammeds – Allah segne ihn und gebe ihm Heil! – am Tage der Auferstehung um diesen Dirhem rechten müssen.' 'Omar hatte damals an Abu Mûsa el-Asch'ari[1] einen Brief dieses Inhalts geschrieben: ‚Wenn dieser mein Brief dich erreicht, so gib dem Volke, was des Volkes ist, und sende mir den Rest!' Und der hatte es getan. Als nun aber 'Othmân im Kalifat gefolgt war, richtete er ein ebensolches Schreiben an Abu Mûsa; der gehorchte und sandte den Tribut durch Zijâd. Als dieser den Tribut vor 'Othmân niederlegte, kam der Sohn des Kalifen und nahm einen Dirhem; Zijâd aber begann zu weinen. 'Othmân fragte: ‚Warum weinest du?' Und Zijâd erwiderte: ‚Einst brachte ich den gleichen Tribut zu 'Omar ibn el-Chattâb, und sein Sohn nahm sich auch einen Dirhem, doch 'Omar ließ ihm den aus den Händen reißen. Nun hat dein Sohn davon genommen, aber ich habe nicht gesehen, daß ihm jemand etwas gesagt oder ihm das Geld entrissen hat.' Da rief 'Othmân: ‚Wo wolltest du 'Omars gleichen finden!'

Zaid ibn Aslam berichtet von seinem Vater, daß er sagte: ‚Ich ging eines Nachts mit 'Omar aus, und wir kamen zu einem hellen Feuer. Da sprach 'Omar: ‚O Aslam, ich denke, das sind Reisende, die unter der Kälte leiden. Komm, laß uns zu ihnen gehen!' Wir gingen also weiter, bis wir zu ihnen kamen, und siehe, da war eine Frau, die unter einem Kessel ein Feuer entzündet hatte, und bei ihr waren zwei kleine Knaben, die jammerten. 'Omar sprach: ‚Friede sei mit euch, ihr Leute des

---

[1]. Statthalter im Irak unter 'Omar und seinem Nachfolger.

Lichts!' – denn er scheute sich zu sagen ,Leute des Feuers'[1] –, ,was fehlt euch?' Sie antwortete: ,Wir leiden von Nacht und Kälte.' Weiter fragte er: ,Und was fehlt den Kleinen, daß sie jammern?' Sie erwiderte: ,Vor Hunger schreien sie.' Dann fragte er: ,Und was ist's mit diesem Kessel?' ,Damit beruhige ich sie', gab sie zur Antwort; ,Gott wird 'Omar ibn el-Chattâb am Tage der Auferstehung deswegen zur Rechenschaft ziehen.' Er darauf: ,Wie kann 'Omar etwas von ihnen wissen?' Und sie: ,Wie kann er das Volk regieren und sich nicht um sie kümmern?' Da wandte 'Omar sich mir zu – also fuhr Aslam fort – und rief: ,Laß uns gehen!' So liefen wir davon und eilten zur Ausgabestelle des Schatzhauses; er holte einen Sack mit Mehl und einen Topf voll Fett und sprach zu mir: ,Das lad mir auf den Rücken!' Doch ich rief: ,O Beherrscher der Gläubigen, ich will es für dich tragen.' Er aber sprach: ,Willst du auch am Tage der Auferstehung meine Last für mich tragen?' So lud ich es ihm auf, und wir eilten zurück, bis wir jenen Sack neben ihr niederwarfen. Dann nahm er etwas vom Mehl heraus, sagte zu der Frau: ,Überlaß es mir!' und begann das Feuer unter dem Kessel anzufachen. Nun hatte er einen langen Bart; und ich sah den Rauch zwischen den Haaren seines Bartes aufsteigen, während er kochte und ein wenig von dem Fett nahm und es hineinwarf. Dann sagte er zu der Frau: ,Gib du ihnen zu essen, ich will es für sie abkühlen!' Das taten sie nun so lange, bis die Kinder gegessen hatten und satt waren; den Rest überließ er ihr. Darauf wandte er sich zu mir und sagte: ,O Aslam, ich sah, es war wirklich der Hunger, der sie weinen machte, und ich wollte doch nicht eher weitergehen, als bis ich wußte, was es mit dem Lichte, das ich sah, auf sich hatte.' – –«

1. Das könnte eine Anspielung auf das Höllenfeuer sein.

Da bemerkte Schehrezâd, daß der Morgen begann, und sie hielt in der verstatteten Rede an. Doch als die *Vierundsechzigste Nacht* anbrach, fuhr sie also fort: »Es ist mit berichtet worden, o glücklicher König, daß Nuzhat ez-Zamân weiter sprach: ‚Es wird erzählt, daß 'Omar bei einem Mamluken vorbeikam, der Schafe hütete, und von ihm ein Schaf zu kaufen versuchte. Jener sagte jedoch: ‚Sie gehören nicht mir.' Da sprach 'Omar: ‚Du bist der rechte Mann', kaufte ihn und ließ ihn dann frei. Der Mamluk aber rief: ‚O Allah, wie du mir die geringere Freilassung gewährt hast, also gewähre mir auch die größere Befreiung[1]!'

Ferner wird erzählt, daß 'Omar ibn el-Chattâb den Dienern frische Milch zu geben pflegte, während er selber derbe Kost aß, und daß er sie in feine Gewänder kleidete, während er selber grobe Kleidung trug. Er gab allen Leuten, was ihnen gebührte, und sogar noch mehr. So gab er einst einem Manne viertausend Dirhems und legte ihm noch tausend hinzu; da fragte man ihn: ‚Lege doch auch deinem Sohne zu wie diesem!' Doch er antwortete: ‚Der Vater dieses Mannes stand fest am Tage der Schlacht am Ohod[2].'

El-Hasan erzählt, daß 'Omar einst mit großer Beute zurückkam und daß Hafsa[3] zu ihm trat und sagte: ‚O Beherrscher der Gläubigen, den Anteil der Verwandtschaft!' ‚O Hafsa,' erwiderte er, ‚Gott hat zwar befohlen, der Verwandtschaft ihren Anteil zu geben, doch nicht von dem Gute der Gläubigen. Nein, Hafsa, du erfreust wohl die Deinen, doch deinen Vater erzürnest du.' Da ging sie mit beschämter Miene fort.

'Omars Sohn erzählt: ‚Einmal im Laufe der Jahre flehte ich zum Herrn, mich meinen toten Vater wieder sehen zu lassen.

---

1. Vom Feuer der Hölle.
2. Bei Medina; die Schlacht am Berge Ohod war im Jahre 625.
3. 'Omars Tochter, eine der Frauen Mohammeds.

Schließlich erschien er mir, indem er sich den Schweiß von der Stirne wischte, und auf meine Frage: ‚Wie geht es dir, mein Vater?' antwortete er: ‚Ohne die Barmherzigkeit des Herrn wäre dein Vater verdorben.'

Dann fuhr Nuzhat ez-Zamân fort: ‚Höre, o glücklicher König, den zweiten Abschnitt des ersten Kapitels aus den Lebensbeschreibungen der Nachfolger des Propheten und der anderen Heiligen. El-Hasan el-Basri sagt: ‚Keine Seele eines Menschenkindes geht dahin aus der Welt, ohne drei Dinge zu beklagen: daß sie nicht genoß, was sie gesammelt hatte; daß sie nicht erreichte, was sie erhoffte; und daß sie sich nicht mit der genügenden Wegzehrung[1] versah für die Wanderung an ihr Ziel.'

Man fragte Sufjân: ‚Kann jemand fromm sein und dennoch Reichtum besitzen?' Und er erwiderte: ‚Ja, wenn er im Leid geduldig ist und für Gottes Gaben dankbar ist.'

Als 'Abdallah ibn Schaddâd auf dem Sterbebett lag, schickte er nach seinem Sohne Mohammed und ermahnte ihn, indem er sprach: ‚Mein Sohn, ich sehe, daß mich der Bote des Todes ruft; nun also, fürchte Allah, insgeheim und vor aller Augen, danke Ihm für Seine Gaben und sei wahrhaftig in deiner Rede! Denn der Dank bringt wachsendes Gedeihen, und die Gottesfurcht ist die beste Zehrung für die himmlische Welt, wie einer der Dichter sagt:

> *Ich sehe nicht das Glück im Schätzehäufen;*
> *Allein dem Frommen wird das Glück zuteil.*
> *Denn Gottesfurcht ist wahrlich beste Zehrung;*
> *Bei Gott gewinnt der Frömmste höchstes Heil.*'

Dann fuhr Nuzhat ez-Zamân fort: ‚Möge der König auch noch folgenden Stücken aus dem zweiten Abschnitt des ersten

---

[1]. Das heißt: gute Werke.

Kapitels sein Ohr leihen!' Da fragte man sie: ,Wie lauten diese?' Sie antwortete: ,Als 'Omar ibn 'Abd el-'Azîz¹ im Kalifat folgte, ging er zu seinen Angehörigen, nahm alles, was sie besaßen, und legte es in den Staatsschatz. Da flohen die Omaijaden um Hilfe zu seines Vaters Schwester Fâtima, der Tochter des Marwân; die sandte zu ihm und ließ ihm sagen: ,Ich muß dich sprechen.' Dann kam sie zu ihm bei Nacht, und er half ihr von ihrem Maultier absteigen; als sie nun ihren Sitz eingenommen hatte, sprach er zu ihr: ,Muhme, du hast zuerst zu reden, da du ein Anliegen hast; tu mir also dein Begehren kund!' Sie erwiderte: ,O Beherrscher der Gläubigen, dir steht es an, zuerst zu reden, denn dein Scharfsinn ergründet, was dem Verstande anderer verborgen bleibt.' Da sprach 'Omar ibn 'Abd el-'Azîz: ,Wahrlich, Allah der Erhabene sandte Mohammed als einen Segen für die einen und als eine Strafe für die andern; dann erwählte Er für ihn die, so bei ihm waren, und nahm ihn zu sich.' – – «

Da bemerkte Schehrezâd, daß der Morgen begann, und sie hielt in der verstatteten Rede an. Doch als die *Fünfundsechzigste Nacht* anbrach, fuhr sie also fort: »Es ist mir berichtet worden, o glücklicher König, daß Nuzhat ez-Zamân sagte: ,Da sprach 'Omar ibn 'Abd el-'Azîz: ,Wahrlich, Allah sandte Mohammed – Er segne ihn und gebe ihm Heil! – als einen Segen für die einen und als eine Strafe für die andern; dann erwählte Er für ihn die, so bei ihm waren, und nahm ihn zu sich und hinterließ den Menschen einen Strom, davon sie trinken konnten. Nach ihm wurde dann Abu Bakr, der Wahrhaftige, Kalif, und er ließ den Strom, wie er war, und er tat, was Allah wohlgefällig war. Dann aber erhob sich 'Omar und schuf ein gewaltiges Werk und kämpfte im heiligen Kriege, wie keiner

---

1. Der achte Omaijade (717–720).

es je tun könnte. Doch als 'Othmân zur Macht gelangte, da lenkte er ein Bächlein von dem Strome ab; dann folgte Mu'âwija, und er lenkte mehrere Bächlein von ihm ab. Und dann lenkten Jazîd und die Nachkommen des Marwân, wie 'Abd el-Malik und el-Walîd und Sulaimân, in gleicher Weise immer mehr Wasser vom Strome ab, und der Hauptlauf trocknete ein, bis die Herrschaft auf mich kam, und ich bin gesonnen, den Strom in sein altes Bett zurückzuführen.' Darauf erwiderte Fâtima: ,Ich kam nur mit dem Wunsch, zu dir zu reden und mich mit dir zu besprechen; aber wenn deine Rede so ist, dann habe ich dir nichts zu sagen.' Und sie kehrte zu den Omaijaden zurück und sagte zu ihnen: ,Kostet nun, wie die Folgen davon schmecken, daß ihr mit 'Omar durch Verwandtschaft verbunden seid!'

Man erzählt, daß 'Omar ibn 'Abd el-'Azîz, als er auf dem Sterbebette lag, seine Kinder um sich versammelte. Da sagte Maslama ibn 'Abd el-Malik zu ihm: ,O Beherrscher der Gläubigen, wie kannst du deine Kinder arm zurücklassen, da du doch ihr Hüter bist? Solange du lebst, kann niemand dich hindern, ihnen aus dem Staatsschatze so viel zu geben, wie ihnen genügt; und das wäre besser, als daß du ihn dem überläßt, der nach dir regieren wird.' 'Omar aber sah ihn an mit einem Blick des Zornes und der Verwunderung und sprach dann: ,O Maslama, ich habe sie all die Tage meines Lebens hindurch von dieser Sünde ferngehalten; wie sollte ich nach meinem Tode durch sie elend werden? Wahrlich, meine Söhne sind von zweierlei Art: entweder sie gehorchen Allah dem Erhabenen, dann wird Er sie fördern; oder sie sind ungehorsam, und dann will ich sie in ihrem Ungehorsam nicht noch unterstützen. O Maslama, ich war zugegen wie du, als einer von den Söhnen Marwâns begraben wurde; da trug mich mein Auge im Geiste zu ihm, und ich schaute ein Gesicht, wie er einer der Strafen

Allahs des Allmächtigen und Glorreichen übergeben wurde. Und ich erschrak und begann zu zittern, und ich gelobte Allah, nicht zu handeln wie jener, wenn ich zur Regierung käme. Ich habe mein ganzes Leben lang danach gestrebt, und ich hoffe, zu der Gnade des Herrn einzugehen.' Maslama erwiderte: ,Es starb einmal ein Mann, bei dessen Begräbnis ich zugegen war; da trug mich mein Auge im Geiste fort, und wie ein Schläfer einen Traum sieht, schaute ich ihn in einem Garten mit fließendem Wasser und gekleidet in lichte Gewänder. Der trat zu mir und sprach: Maslama, solchen Lohn sollten die Menschen bei ihren Taten im Auge haben.'

Gleicher Beispiele gibt es viele, und ein Gewährsmann sagt: ,Ich pflegte unter dem Kalifat des 'Omar ibn 'Abd el-'Azîz die Schafe zu melken, und eines Tages traf ich einen Schäfer, unter dessen Schafen ich einen Wolf oder mehrere Wölfe sah. Ich hielt sie für Hunde, denn ich hatte Wölfe bis dahin noch nie gesehen, und so fragte ich ihn: ,Was machst du mit diesen Hunden?' ,Das sind keine Hunde,' erwiderte der Schäfer, ,sondern Wölfe.' Da sagte ich: ,Können Wölfe bei Schafen sein, ohne ihnen etwas anzutun?' Er antwortete: ,Wenn der Kopf gesund ist, so ist es auch der Leib.'

Einst predigte 'Omar ibn 'Abd el-'Azîz von einer Kanzel aus Lehm, und nachdem er Allahs des Erhabenen Lob und Preis verkündet hatte, sprach er drei Mahnungen aus, indem er sagte: ,O ihr Menschen, macht euer innerstes Herz lauter, damit euer äußeres Leben vor euren Brüdern lauter sei; macht euch frei von den Sorgen um euer Leben in dieser Welt, und wisset, daß zwischen jedem einzelnen Menschen und Adam kein Toter wieder lebendig geworden ist! Tot sind 'Abd el-Malik und alle, die vor ihm waren, und sterben werden 'Omar und alle, die nach ihm kommen.'

Maslama fragte: ‚O Beherrscher der Gläubigen, sollen wir dir ein Kissen hinlegen, damit du dich etwas anlehnen kannst?‘ Doch 'Omar erwiderte: ‚Ich fürchte, es könnte dadurch eine Schuld entstehen, die mir am Auferstehungstage auf dem Nakken liegen wird.‘ Dann röchelte er und fiel ohnmächtig zurück; Fâtima aber rief und sagte: ‚Marjam, Muzâhim! Ihr Leute, seht nach diesem Mann!‘ Und sie ging hin und goß weinend Wasser über ihn, bis er aus seiner Ohnmacht erwachte. Als er sie in Tränen sah, da sprach er: ‚Weshalb weinest du, o Fâtima?‘ Sie antwortete: ‚O Beherrscher der Gläubigen, ich sah dich leblos vor uns liegen, und da dachte ich daran, wie du im Tode vor Allah dem Erhabenen liegen würdest, wie du die Welt verlassen und dich von uns trennen müßtest. Deshalb weinte ich.‘ Er darauf: ‚Genug, o Fâtima, du übertreibst.‘ Dann wollte er sich erheben, doch er fiel wieder nieder; und Fâtima drückte ihn an sich und sagte: ‚Du bist mir wie mein Vater und meine Mutter, o Beherrscher der Gläubigen! Wir alle können nun nicht mehr mit dir reden.‘

Darauf sprach Nuzhat ez-Zamân zu ihrem Bruder Scharkân und den vier Kadis: ‚Hier endet der zweite Abschnitt des ersten Kapitels.‘ – – «

Da bemerkte Schehrezâd, daß der Morgen begann, und sie hielt in der verstatteten Rede an. Doch als die *Sechsundsechzigste Nacht* anbrach, fuhr sie also fort: »Es ist mir berichtet worden, o glücklicher König, daß Nuzhat ez-Zamân zu ihrem Bruder Scharkân, ohne ihn zu erkennen, in Gegenwart der vier Kadis und des Kaufmanns sagte: ‚Hier endet der zweite Abschnitt des ersten Kapitels.‘

Es begab sich einmal, daß 'Omar ibn 'Abd el-'Azîz an die Festteilnehmer zu Mekka schrieb: ‚Ich bezeuge vor Allah im heiligen Monat, in der heiligen Stadt und am Tage der großen

Pilgerfahrt, daß ich unschuldig bin an eurer Unterdrückung und an dem Unrecht, das euch getan wird; ich habe dies weder befohlen noch beabsichtigt, noch hat mich bislang eine Nachricht davon erreicht, noch habe ich irgend etwas davon erfahren; und ich hoffe, es werde für mich ein Grund zur Verzeihung sein, daß niemand von mir ermächtigt ist, irgend jemanden zu bedrücken; denn ich werde Rechenschaft ablegen müssen für jeden Bedrückten. Fürwahr, wenn einer meiner Statthalter vom Rechte abweicht und anders handelt, als es im Heiligen Buch und in der Sunna steht, so braucht ihr ihm nicht zu gehorchen, auf daß er zum Rechten zurückkehre!' Und er, den Allah selig haben möge, sagte auch: ,Ich möchte nicht vom Tode befreit sein; denn er ist das Letzte, wofür der Gläubige belohnt wird.'

Einer der Gewährsmänner berichtet: ,Ich ging zum Beherrscher der Gläubigen, zu 'Omar ibn 'Abd el-'Azîz, der damals Kalif war, und ich sah zwölf Dirhems vor ihm liegen; die befahl er im Staatsschatz niederzulegen. Da sprach ich zu ihm: ,O Beherrscher der Gläubigen, du machst deine Kinder arm und zu einer Familie von Bettlern. Wenn du ihnen doch durch ein Testament ein weniges hinterlassen wolltest, und ebenso denen, die unter den Mitgliedern deines Hauses arm sind!' ,Tritt nahe zu mir her!' erwiderte er; da trat ich zu ihm, und er sagte: ,Wenn du sagst, ich machte meine Kinder arm, darum solle ich ihnen und denen, die unter den Mitgliedern meines Hauses arm sind, ein weniges durch ein Testament hinterlassen, so ist das nicht recht; Allah wird mich bei meinen Kindern ersetzen und bei den Armen meines Hauses, und Er wird ihr Hüter sein. Sie sind von zweierlei Art: für den, der Allah fürchtet, wird Er auch den guten Ausgang sichern; aber den, der in der Sünde verharrt, den will ich nicht noch in seiner Sünde wider Allah bestärken.' Darauf berief er seine zwölf Söhne zu sich, und als er sie erblickte, da strömten ihm Tränen aus den Augen, und er sprach: ,Euer Vater steht zwischen zwei Dingen; entweder werdet ihr wohlhabend sein, und euer Vater wird zum Höllenfeuer eingehen, oder ihr müßt arm sein, und euer Vater wird in das Paradies kommen; eurem Vater aber ist es lieber, daß er ins Paradies kommt, als daß ihr reich werdet. Gehet hin, und Allah schütze euch, denn Ihm vertraue ich eure Sache an!'

Châlid, der Sohn des Safwân, erzählte: ,Einst begleitete mich Jûsuf ibn 'Omar zu Hischâm ibn 'Abd el-Malik[1], und als ich zu ihm kam, zog er gerade aus mit seiner Sippe und seiner Dienerschaft. Da machte er halt, und man schlug ihm ein Zelt auf. Als alle Platz genommen hatten, ging ich auf den Teppich zu, auf dem er saß, und sah ihn an; und als meine Augen in seinen Augen ruhten, sprach ich zu ihm also: ,Gott vollende Seine Güte an dir, o Beherrscher der Gläubigen! Er führe diese Dinge, mit denen Er dich betraut hat, zum Rechten und lasse deine Freude nicht durch Leid getrübt werden! Ich weiß keinen besseren Rat für dich, o Beherrscher der Gläubigen, als die Erzählung von einem der Könige, die vor dir waren!' Nun setzte er sich auf, während er sich vorher zurückgelehnt hatte, und sagte zu mir: ,Gib her, was du hast, o Sohn des Safwân!' Ich begann: ,O Beherrscher der Gläubigen, in der Zeit vor dieser deiner Zeit zog einer der Könige, die vor dir waren, in dieses Land und sagte zu seinen Gefährten: ,Habt ihr je eine Macht gleich meiner gesehen, und ist jemals einem verliehen, was mir verliehen ist?' Nun aber war bei ihm einer von den Besten derer, die Zeugnis ablegen, die das Recht stützen und auf seiner Straße

---

[1]. Der zehnte Omaijadenkalif (724 – 743).

wandeln; und der sprach zu ihm: ‚O König, du stellst eine große Frage. Willst du mir erlauben, darauf zu antworten?' ‚Ja!' erwiderte der König; und der andere sprach: ‚Hältst du deine gegenwärtige Macht für unvergänglich oder für vergänglich?' ‚Sie ist vergänglich', sprach der König. Jener darauf: ‚Wie ist es möglich, daß ich dich frohlocken sehe über etwas, das dir nur kurze Zeit gehört, über das du aber lange Zeit wirst Rechenschaft ablegen müssen, und bei dessen Verrechnung du als Geisel dastehen wirst?' Da rief der König: ‚Wohin soll ich flüchten und worauf mein Streben richten?' Der andere entgegnete: ‚Du sollst in deinem Königtum bleiben und im Gehorsam gegen Allah den Erhabenen regieren oder Lumpen anziehen und deinem Herrn dienen, bis deine Stunde dir naht! Morgen früh will ich wieder zu dir kommen.' Dann, am nächsten Morgen, so erzählte Châlid weiter, klopfte jener Mann an die Tür, und siehe, der König hatte die Krone abgelegt und sich gerüstet, Einsiedler zu werden; also hatte die Mahnung auf ihm gelastet. Da weinte Hischâm ibn 'Abd el-Malik so heftig, daß ihm der Bart naß ward; und er befahl, ihn seines Prunkes zu entkleiden, und schloß sich in seinem Palast ein. Nun kamen, so schloß Châlid ibn Safwân, die Freigelassenen und Diener zu mir und sagten: ‚Wie konntest du das dem Beherrscher der Gläubigen antun? Du hast ihm die Lust verdorben und das Leben verbittert!'

Darauf sprach Nuzhat ez-Zamân zu Scharkân: ‚Wie viele Ermahnungen stehen nicht noch in diesem Kapitel! Doch ich kann nicht in einer einzigen Sitzung alle anführen, die hierher gehören.' – –«

Da bemerkte Schehrezâd, daß der Morgen begann, und sie hielt in der verstatteten Rede an. Doch als die *Siebenundsechzigste Nacht* anbrach, fuhr sie also fort: »Es ist mir berichtet worden, o glücklicher König, daß Nuzhat ez-Zamân zu Scharkân sprach: ‚Wisse, o König, wie viele Ermahnungen stehen nicht noch in diesem Kapitel! Doch ich kann nicht in einer einzigen Sitzung alle anführen, die hierher gehören. Aber im Laufe der Tage, o größter König unserer Zeit, möge es geschehen!' Da sprachen die Kadis: ‚O König, wahrlich, diese Jungfrau ist das Wunder der Zeit und die Perle des Jahrhunderts weit und breit! Nie haben wir von ihresgleichen gehört, weder aus alter Vorzeit noch in unserem ganzen Leben!' Dann riefen sie Segen auf den König herab und gingen davon. Nun wandte Scharkân sich zu seinen Dienern und sagte: ‚Macht euch daran, die Hochzeitsfeier zu rüsten, und bereitet Speisen jeglicher Art!' Alsbald gehorchten sie seinem Befehle und bereiteten alle Speisen. Der König aber hieß die Frauen der Emire und Wesire und der Großen des Reiches bleiben bis zur Zeit der Entschleierung der Braut bei der Hochzeitsfeier. Kaum aber war die Zeit des Nachmittagsgebetes gekommen, so wurden die Tische aufgetragen mit allem, was nur das Herz begehrt und was nur das Auge erfreut an geröstetem Fleisch und an Gänsen und Hühnern; und alle aßen, bis sie gesättigt waren. Man hatte auch nach allen Sängerinnen von Damaskus gesandt; die waren gekommen samt den Sklavinnen des Königs und der Vornehmen, die da singen konnten, und alle waren in den Palast hinaufgegangen. Als der Abend kam und es dunkel wurde, zündete man Kerzen an zur Rechten und zur Linken, vom Tore der Burg bis hin zum Tore des Palastes. Und die Emire und Wesire und Großen traten vor König Scharkân hin, während die Sängerinnen und die Kammerfrauen die Maid fortführten, um sie zu schmücken und anzukleiden; doch sie fanden, daß sie keines Schmuckes bedurfte. Inzwischen aber ging König Scharkân ins Bad, und als er zurückkam, nahm er den Prunksitz ein, und in sieben verschiedenen Kleidern stellten sie die Braut vor ihm zur Schau; dann nahmen sie ihr die Last ihrer Kleider ab und gaben ihr die Ermahnungen, die man Jungfrauen in ihrer Hochzeitsnacht zu geben pflegt. Und Scharkân ging zu ihr ein und nahm ihr das Mädchentum; und sie empfing in selbiger Nacht, und als sie es ihm sagte, da freute er sich sehr, und er befahl den Gelehrten, die Zeit der Empfängnis zu verzeichnen.

Am nächsten Morgen aber ging er aus und setzte sich auf seinen Thron, und die Großen des Reiches kamen zu ihm und wünschten ihm Glück. Da rief er seinen Reichsschreiber und ließ ihn ein Schreiben an seinen Vater 'Omar ibn en-Nu'mân richten, des Inhalts, er habe eine Jungfrau gekauft, die Gelehrsamkeit und feine Bildung besitze und alle Zweige des Wissens beherrsche; er müsse sie unbedingt nach Baghdad schicken, damit sie seinen Bruder Dau el-Makân und seine Schwester Nuzhat ez-Zamân besuche; und er habe sie freigelassen, ihr den Ehebrief ausgestellt und sich mit ihr vermählt, und sie habe durch ihn empfangen. Er pries ihren Verstand und grüßte seine Geschwister und den Wesir Dandân und alle die Emire. Dann versiegelte er das Schreiben und sandte es durch einen Eilboten an seinen Vater. Der Bote blieb einen vollen Monat aus und kehrte dann mit einer Antwort zurück und überreichte sie. Scharkân nahm sie und las sie, und siehe, da stand nach der Anrufung Allahs: ‚Dieses Schreiben kommt von ihm, der versunken in Kummer und Gram, dem das Geschick seine Kinder nahm, der seine Heimat von sich getan, von dem König 'Omar ibn en-Nu'mân, an seinen Sohn Scharkân. Wisse, seit Du mich verlassen, ist mir die Welt zu eng geworden, so daß mir Geduld und Kräfte fehlen, mein Geheimnis länger zu verhehlen. Der Grund ist dieser: ich ritt einmal zur Jagd aus, nachdem Dau el-Makân mich vorher gebeten hatte, ihm die Pilgerfahrt nach dem Hidschâz zu gestatten, ich ihm aber aus Furcht vor den Wechselfällen der Zeit die Erlaubnis zur Reise bis zum nächsten oder übernächsten Jahre versagt hatte. Als ich dann auf der Jagd war, blieb ich einen vollen Monat aus.' – –«

Da bemerkte Schehrezâd, daß der Morgen begann, und sie hielt in der verstatteten Rede an. Doch als die *Achtundsechzigste Nacht* anbrach, fuhr sie also fort: »Es ist mir berichtet worden, o glücklicher König, daß König 'Omar ibn en-Numân in seinem Schreiben sagte: ‚Als ich dann auf die Jagd zog, blieb ich einen vollen Monat aus, und wie ich heimkehrte, erfuhr ich, daß Dein Bruder und Deine Schwester ein wenig Geld genommen hatten und heimlich mit der Pilgerkarawane zur Pilgerfahrt aufgebrochen waren. Als ich das vernahm, da wurde die weite Welt rings um mich eng. Doch, mein Sohn, ich wartete die Rückkehr der Karawane ab, in der Hoffnung, sie würden vielleicht mit ihr heimkehren. Und nachdem die Pilger gekommen waren, fragte ich nach den beiden, allein niemand konnte mir Nachricht von ihnen geben; so legte ich um ihretwillen Trauer an – mein Herz ist schwer, ich finde keinen Schlummer mehr, und ich versinke in den Tränen meiner Augen.' Dazu schrieb er die Verse:

> *Ihr Bild entschwindet nie, nicht eine einz'ge Stunde;*
> *Im Herzen wies ich ihm den Platz der Ehren zu.*
> *Wär Hoffnung nicht auf Heimkehr, ich lebte keine Stunde;*
> *Wär nicht das Bild des Traumes, ich fände keine Ruh.*

Und ferner schrieb er in dem Briefe: ‚Ich grüße Dich und die Deinen und tue Dir zu wissen, daß Du nichts versäumen sollst, Nachforschungen anzustellen; denn dies ist eine Schande für uns.' Als Scharkân das Schreiben gelesen hatte, da grämte er sich um seinen Vater, aber er freute sich über den Verlust seines Bruders und seiner Schwester. Und er nahm den Brief und ging damit zu seiner Gemahlin Nuzhat ez-Zamân; er wußte ja nicht, daß sie seine Schwester war, noch ahnte sie, daß er ihr Bruder war, obgleich er sie oft bei Tag und bei Nacht besuchte, bis ihre Monde erfüllet waren und sie auf dem Geburtsstuhle saß. Allah aber machte ihr die Entbindung leicht, und sie gebar eine Tochter und schickte nach Scharkân; und als sie ihn sah, da sagte sie zu ihm: ‚Dies ist deine Tochter, nenne sie, wie du willst.' Er entgegnete: ‚Es ist der Brauch unter den Menschen, ihre Kinder am siebenten Tage nach der Geburt zu benennen.' Dann neigte er sich über seine Tochter und küßte sie: da fand er an ihrem Halse ein Juwel hängen, – eins von den dreien, die Prinzessin Abrîza aus Griechenland mitgebracht hatte. Und als er das Juwel, das am Halse seiner Tochter hing, erkannte, da ward er wie von Sinnen, Zorn packte ihn, und er riß seine Augen weit auf; er überzeugte sich noch einmal, daß es wirklich das Juwel war, dann blickte er Nuzhat ez-Zamân an und rief: ‚Woher hast du dies Juwel, du Sklavin?' Als sie das hörte, erwiderte sie: ‚Ich bin deine Herrin und Herrin über alle in deinem Palast! Schämst du dich nicht, mich Sklavin zu nennen? Ich bin eine Prinzessin und die Tochter eines Königs, und jetzt sei dem Verbergen ein Ziel gesetzt, und es sei öffentlich kundgetan, ich bin Nuzhat ez-Zamân, die Tochter des Königs 'Omar ibn en-Nu'mân!' Als er diese Worte von ihr hörte, faßte ihn ein Zittern, und er ließ den Kopf zu Boden hängen. – – «

Da bemerkte Schehrezâd, daß der Morgen begann, und sie hielt in der verstatteten Rede an. Doch als die *Neunundsechzigste Nacht* anbrach, fuhr sie also fort: »Es ist mir berichtet worden, o glücklicher König, als Scharkân diese Worte hörte, da erbebte sein Herz, seine Farbe erbleichte, es faßte ihn ein Zittern, und er ließ den Kopf zu Boden hängen; denn nun wußte er, daß sie seine Schwester war und den gleichen Vater hatte.

Er verlor die Besinnung, und als er erwachte, erschrak er über sich, doch entdeckte er sich seiner Schwester nicht, sondern fragte sie: ‚Meine Herrin, bist du wirklich die Tochter des Königs 'Omar ibn en-Nu'mân?' ‚Ja!' erwiderte sie, und er fuhr fort: ‚Erzähle mir, weshalb du deinen Vater verlassen hast und als Sklavin verkauft worden bist!' Da erzählte sie ihm alles, was ihr widerfahren war, von Anfang bis zu Ende, und berichtete ihm, wie sie ihren Bruder krank in Jerusalem zurückgelassen und wie der Beduine sie entführt und an den Händler verkauft hatte. Durch ihre Worte ward er nun völlig gewiß, daß sie seine Schwester war von Vaters Seite her, und er sprach bei sich selber: ‚Wie kann ich meine Schwester zum Weibe haben? Nein, bei Allah, ich muß sie mit einem meiner Kammerherren vermählen; und wenn es laut wird, so will ich erklären, ich habe mich von ihr geschieden, ehe ich zu ihr einging, und sie meinem obersten Kammerherrn vermählt.' Dann hob er den Kopf und sagte seufzend: ‚O Nuzhat ez-Zamân, du bist in Wirklichkeit meine Schwester, und ich rufe: Ich suche Zuflucht bei Allah vor dieser Sünde, der wir verfallen sind. Denn ich bin Scharkân, der Sohn des Königs 'Omar ibn en-Nu'mân.' Da blickte sie ihn an und erkannte ihn, und als sie wußte, daß er es war, war sie wie von Sinnen, weinte, schlug sich das Gesicht und rief: ‚Es gibt keine Majestät und es gibt keine Macht außer bei Allah! Wir sind in eine Todsünde verfallen! Was soll ich tun, und was soll ich meinem Vater und meiner Mutter sagen, wenn sie mich fragen: woher hast du deine Tochter?' Scharkân antwortete: ‚Mein Rat ist der, daß ich dich mit dem Kammerherrn vermähle und dich meine Tochter bei ihm in seinem Hause aufziehen lasse, damit niemand erfahre, daß du meine Schwester bist. Dies ist uns von Gott nach seinem Ratschlusse auferlegt; und nichts kann uns schützen, als daß du dich mit diesem Kammerherrn vermählst, ehe jemand etwas erfährt.' Dann begann er sie zu trösten und küßte ihr Haupt, und sie fragte ihn: ,Wie willst du die Tochter nennen?' ,Nenne sie Kudija-Fakân¹', erwiderte er. Darauf vermählte er sie mit dem Oberkammerherrn und brachte sie mit der Tochter in dessen Haus; und sie zogen das Kind auf mit Hilfe der Sklavinnen und pflegten es mit Säften und allerlei Pulvern. All dies geschah, während ihr Bruder Dau el-Makân noch bei dem Heizer in Damaskus weilte.

Doch eines Tages kam zu König Scharkân ein Bote von seinem Vater 'Omar ibn en-Nu'mân, mit einem Schreiben. Er nahm es und las es, und siehe, da stand nach der Anrufung Gottes: ,Wisse, geliebter König, ich bin tief betrübt, daß die Kinder fortgegangen; ich kann keinen Schlaf erlangen, und Ruhelosigkeit hält mich gefangen. Ich sende Dir dieses Schreiben, auf daß Du, sowie es eintrifft, das Geld und den Tribut bereitmachst und ihn uns sendest, zusammen mit der Sklavin, die Du kauftest und zum Weibe nahmst; denn mich verlangt danach, sie zu sehen und ihre Rede zu hören. Ferner ist aus dem Lande der Griechen eine alte fromme Frau zu uns gekommen, und bei ihr sind fünf Mädchen, hochbusige Jungfrauen, die beherrschen das Wissen und die feine Bildung und die Zweige der Wissenschaft, kurz alles, was den Menschen zu kennen ansteht. Meine Zunge vermag diese alte Frau und ihre Gefährtinnen nicht zu beschreiben; fürwahr, sie sind vollendet in allen Arten des Wissens, der Tugend und der Weisheit. Und sowie ich die Mädchen erblickte, liebte ich sie, und ich wünschte, sie in meinem Palast und im Bereich meiner Hand zu haben; denn keiner von allen Königen hat ihresgleichen. Ich fragte also die alte

---

1. Es war bestimmt und es geschah.

Frau nach ihrem Preise, und sie erwiderte: ‚Ich verkaufe sie nur um den Tribut von Damaskus.' Und bei Allah, mir schien dieser Preis nicht zu hoch; denn eine jede von ihnen ist den ganzen Preis für sich allein schon wert. So willigte ich denn ein und nahm sie in meinen Palast, und sie sind in meinem Besitz. Also sende Du uns bald den Tribut, damit die Frau in ihre Heimat zurückkehren kann; und schicke uns die Sklavin, auf daß sie mit ihnen disputiere vor den Gelehrten! Wenn sie sie besiegt, so will ich sie Dir mit dem Tribut von Baghdad zurücksenden.' – –«

Da bemerkte Schehrezâd, daß der Morgen begann, und sie hielt in der verstatteten Rede an. Doch als die *Siebenzigste Nacht* anbrach, fuhr sie also fort: »Es ist mir berichtet worden, o glücklicher König, daß König 'Omar ibn en-Nu'mân in seinem Schreiben sagte: ‚Und schicke uns die Sklavin, auf daß sie mit ihnen disputiere vor den Gelehrten! Wenn sie sie besiegt, so will ich sie dir mit dem Tribut von Baghdad zurücksenden.' Als Scharkân von dem Inhalt Kenntnis genommen hatte, ging er zu seinem Schwager und sagte zu ihm: ‚Bringe die Sklavin her, mit der ich dich vermählt habe!' Als sie dann kam, zeigte er ihr das Schreiben und sprach: ‚Schwester, was rätst du mir, das ich auf dieses Schreiben antworten soll?' Sie antwortete: ‚Dein Rat entscheidet.' Doch da sie sich nach den Ihren und nach ihrer Heimat sehnte, fügte sie hinzu: ‚Schicke mich mit dem Kammerherrn, meinem Gatten, nach Baghdad, damit ich meinem Vater meine Geschichte erzähle und ihm berichte, was mir von dem Beduinen widerfuhr, der mich an den Händler verkaufte, und ferner, wie der Händler mich an dich verkaufte, du mich aber freiließest und dann mit dem Kammerherrn vermähltest.' ‚So sei es!' erwiderte Scharkân. Da nahm Scharkân seine Tochter Kudija-Fakân und übergab sie den Ammen und den Eunuchen, und eilig machte er den Tribut bereit und übergab ihn dem Kammerherrn; dann befahl er ihm, mit der Prinzessin und dem Tribut nach Baghdad zu reisen. Und er bestimmte für sie zwei Reisesänften, eine für ihn und die andere für seine Gemahlin. Der Kammerherr antwortete, er höre und gehorche. Nun versammelte Scharkân Kamele und Maultiere, schrieb einen Brief, übergab ihn dem Kammerherrn und nahm von seiner Schwester Nuzhat ez-Zamân Abschied, nachdem er ihr das Juwel abgenommen und an einer Kette von reinem Golde seiner Tochter um den Hals gehängt hatte. Noch in selbiger Nacht brach der Kammerherr auf.

Nun traf es sich, daß Dau el-Makân und der Heizer ausgegangen waren und in der überdachten Halle dem Schauspiele zusahen; da erblickten sie Kamele, baktrische Trampeltiere, beladene Maultiere, brennende Fackeln und Laternen. Dau el-Makân erkundigte sich nach jenen Lasten und ihrem Besitzer, und man sagte ihm, es sei der Tribut von Damaskus, der entsandt werde zu König 'Omar ibn en-Nu'mân, dem Herrscher in der Stadt Baghdad. Weiter fragte er: ‚Wer ist der Führer der Karawane?' Da hieß es: ‚Der Oberkammerherr, der Gemahl des Mädchens, das Wissenschaft und Philosophie studiert hat.' Da weinte Dau el-Makân heftig; denn er gedachte seiner Mutter und seines Vaters und seiner Schwester und seiner Heimat, und er sagte zu dem Heizer: ‚Ich kann nicht mehr hier bleiben; nein, ich will mich dieser Karawane anschließen und allmählich mit ihr dahinziehen, bis ich in meiner Heimat ankomme.' Der Heizer sagte darauf: ‚Ich habe dich nicht von Jerusalem nach Damaskus allein reisen lassen; wie sollte ich dich nun ruhig nach Baghdad ziehen lassen? Nein, ich will mit dir gehen und bei dir bleiben, bis du dein Ziel erreicht hast.' ‚Das freut mich herzlich', erwiderte Dau el-Makân. Dann rüstete der Heizer zu der Reise, sattelte einen Esel, legte die Satteltaschen darauf und tat etwas Zehrung hinein; schließlich gürtete er sich selber, machte sich fertig und wartete, bis die Lastenkarawane und der Kammerherr, der auf einem Reitkamel ritt, umgeben von seinen Dienern, vorübergezogen waren. Dau el-Makân aber stieg auf den Esel des Heizers und sagte zu seinem Gefährten: ‚Steig du hinter mir auf!' Doch der erwiderte: ‚Nein, ich will dir nur zu Diensten sein.' Dau el-Makân bestand darauf: ‚Du mußt unbedingt eine Weile reiten!', ‚Gut,' erwiderte der Heizer, ‚wenn ich müde werde.' Darauf sprach Dau el-Makân: ‚Mein Bruder, bald wirst du sehen, wie ich an dir handeln werde, wenn ich zu den Meinen komme.' So zogen sie dahin, bis die Sonne aufging. Und als die Stunde der Mittagsrast da war, befahl der Kammerherr haltzumachen; da lagerten die Leute sich, ruhten aus und tränkten ihre Kamele. Dann gab er von neuem das Zeichen zum Aufbruch, und nach fünf Tagen kamen sie zu der Stadt Hama[1], wo sie sich niederließen und drei Tage lang ruhten. – –«

Da bemerkte Schehrezâd, daß der Morgen begann, und sie hielt in der verstatteten Rede an. Doch als die *Einundsiebenzigste Nacht* anbrach, fuhr sie also fort: »Es ist mir berichtet worden, o glücklicher König, daß sie drei Tage in der Stadt Hama blieben; dann zogen sie unaufhörlich weiter, bis sie zu einer anderen Stadt gelangten, wo sie wiederum drei Tage haltmachten. Darauf setzten sie die Reise fort, bis sie nach Dijâr-Bekr kamen. Hier wehte ihnen schon der Wind von Baghdad entgegen; und da dachte Dau el-Makân an seine Schwester Nuzhat ez-Zamân, seinen Vater, seine Mutter und seine Heimat, und wie er zu seinem Vater ohne die Schwester heimkehrte.

1. Am Orontes, nördlich von Damaskus.

Deshalb weinte und seufzte und klagte er, und der Kummer lastete schwer auf ihm; da sprach er diese Verse:

> *Mein Lieb, wie lange soll ich in diesem Dulden verharren?*
> *Kein Bote kommt zu mir mit Kunde von dir her.*
> *Ach sieh, die Zeit des Nahseins war nur von kurzer Dauer;*
> *O daß die Zeit der Trennung doch auch so kurz nur wär!*
> *Ergreife meine Hand, nimm ab das Kleid und schaue:*
> *Verzehrt ist mir der Leib – und dennoch zeigt ich's nicht.*
> *Sagt jemand, ich solle mich trösten in meiner Liebe, dem sag ich:*
> *Bei Gott, ich kann mich nicht trösten bis zum Jüngsten Gericht.*

Da sprach der Heizer zu ihm: ‚Laß dies Weinen und Seufzen, denn wir sind dicht bei dem Zelte des Kammerherrn.' Dau el-Makân aber sprach: ‚Ich muß ein paar Verse sprechen, vielleicht wird dadurch das Feuer meines Herzens gelöscht.' ‚Ich beschwöre dich bei Allah,' rief der Heizer, ‚laß das Trauern, bis du in deine Heimat kommst; danach tu, was du willst! Ich aber will bei dir bleiben, wo du auch immer seist.' Dau el-Makân erwiderte jedoch: ‚Bei Allah, ich kann es nicht lassen.' Dann wandte er sein Antlitz in die Richtung nach Baghdad, während der Mond hell schien und das Lager mit seinem Licht übergoß. Nuzhat ez-Zamân aber vermochte in jener Nacht nicht zu schlafen, sondern war rastlos, dachte an ihren Bruder Dau el-Makân und weinte. Und während ihr die Tränen niederströmten, hörte sie plötzlich Dau el-Makân weinen und folgende Verse sprechen:

> *Es leuchtet hell der Blitz im Süden –*
> *Mich packt des Kummers tiefste Not*
> *Um meinen Freund, der bei mir weilte,*
> *Der mir den Freudenbecher bot.*
> *Denke mein, der du mich triebest*
> *In das Leid der Einsamkeit!*
> *O du Strahl des Blitzes, kehret*
> *Einst zurück des Nahseins Zeit?*

Du, der mich tadelt, laß dein Tadeln;
Sieh, mich strafte Gottes Hand
Durch das Fernsein eines Freundes
Und Unglück, das mich überwand.

Fern ist meines Herzens Wonne,
Seit mein Schicksal sich gewandt,
Lauter Leid auf mich gehäuft hat,
Mir den bittren Kelch gesandt.

O mein Lieb, ich seh mich selber
Tot, eh wir uns wieder nah. –
O Geschick, kehr mit der Liebe
Wieder, die uns fröhlich sah!

Bringe Freude, bringe Schutz mir
Gegen Not, die ich erlebt!
Ach, wer hilft dem armen Fremdling,
Dessen Herze bang erbebt?
Er ist in der Trauer einsam,
Fern ist ihm die ‚Wonne der Zeit'.
Über uns herrscht, uns zum Ekel,
Die Hand des Volks der Niedrigkeit.

Nach diesen Versen schrie er auf und fiel ohnmächtig zu Boden.

Sehen wir nun weiter, was mit Nuzhat ez-Zamân geschah! Sie war ja wach in jener Nacht, da sie an jener Stätte ihres Bruders gedachte. Und als sie jene Stimme in der Stille der Nacht hörte, da wurde ihr Herz ruhig, und sie rief in ihrer Freude den Eunuchen; der sprach zu ihr: ‚Was ist dein Begehr?' Sie antwortete: ‚Geh hin und bringe mir den, der solche Verse spricht!' Der Eunuch aber erwiderte: ‚Wahrlich, ich habe ihn nicht gehört.' – –«

Da bemerkte Schehrezâd, daß der Morgen begann, und sie hielt in der verstatteten Rede an. Doch als die *Zweiundsiebenzigste Nacht* anbrach, fuhr sie also fort: »Es ist mir berichtet worden, o glücklicher König, daß Nuzhat ez-Zamân, als sie die Verse ihres Bruders hörte, den Obereunuchen rief und zu ihm sprach: ‚Geh, bringe mir den, der solche Verse spricht!' Jener aber erwiderte: ‚Wahrlich, ich habe ihn nicht gehört, und ich kenne ihn nicht; auch liegt jetzt alles Volk im Schlafe.' Sie darauf: ‚Wen immer du wachend findest, der ist es, der diese Verse vorträgt.' Da suchte er herum, doch er fand niemanden wach als den Heizer; denn Dau el-Makân lag noch besinnungslos da. Als der Heizer den Eunuchen zu seinen Häupten stehen sah, fürchtete er sich vor ihm. Der Eunuch fragte ihn: ‚Bist du es, der hier eben Verse sprach, und den unsere Herrin gehört hat?' Der Heizer aber glaubte, die Prinzessin sei über das Vortragen der Verse erzürnt, und voller Angst rief er: ‚Bei Allah, ich war es nicht!' Weiter fragte der Eunuch: ‚Wer war es denn? Zeige ihn mir! Du mußt es wissen, da du ja wachst.' Der Heizer aber war in Sorge um Dau el-Makân und sagte bei sich selber: ‚Vielleicht wird der Eunuch ihm etwas antun'; und so erwiderte er: ‚Bei Gott, ich weiß es nicht.' Darauf der Eunuch: ‚Bei Allah, du lügst, denn hier sitzt niemand wach als du! Also mußt du es wissen.' ‚Bei Allah,' entgegnete der Heizer, ‚ich sage dir die Wahrheit! Der die Verse sprach, war ein Wandersmann, der vorüberging; der hat auch mich gestört und mir den Schlaf geraubt, Gott strafe ihn!' Nun sagte der Eunuch: ‚Wenn du ihn noch sehen solltest, so zeige ihn mir, und ich will ihn ergreifen und ihn an die Tür der Sänfte unserer Herrin bringen; oder ergreife du ihn mit eigener Hand!' Der Heizer erwiderte: ‚Geh nur, ich will ihn dir bringen.' Da verließ ihn der Eunuch und ging fort zu seiner Herrin; er brachte ihr die Kunde und sprach: ‚Niemand kennt ihn; es muß ein Wanderer gewesen sein, der vorüberzog.' Sie aber schwieg.

Doch als Dau el-Makân wieder zu sich gekommen war, sah er, daß der Mond die Mitte des Himmels erreicht hatte; und der Hauch der Morgenbrise strich über ihn dahin und erregte ihm das Herz in Kummer und Sorge. Da klärte er seine Stimme und wollte von neuem Verse sprechen; aber der Heizer fragte ihn: ‚Was willst du beginnen?' Er antwortete: ‚Ich will einige Verse sprechen, um das Feuer meines Herzens damit zu löschen.' Jener darauf: ‚Du weißt nicht, was mir widerfahren ist! Ich bin dem Tode nur dadurch entgangen, daß ich den Eunuchen beruhigte.' ‚So sage mir, was geschehen ist!' erwiderte Dau el-Makân. Da erzählte der Heizer: ‚Mein Lieber, als du in Ohnmacht lagst, kam der Eunuch mit einem langen Stab aus Mandelholz in der Hand und schaute all den Schläfern ins Gesicht auf der Suche nach dem, der die Verse gesprochen habe; und da er niemanden wach fand außer mir, fragte er mich. Ich aber gab ihm zur Antwort, es sei ein vorübergehender Wandersmann gewesen; so ging er davon, und Gott befreite mich von ihm, sonst hätte er mich getötet. Doch er sagte noch zu mir: wenn du ihn wieder hörst, so bringe ihn zu uns!' Als Dau el-Makân das hörte, da weinte er und sprach: ‚Wer sollte mir verbieten, Verse zu sprechen? Ich tue es doch, komme, was da kommen will; denn ich bin dicht bei meiner Heimat und kümmere mich um niemand!' Und auf die Worte des Heizers: ‚Du willst dich nur selbst ins Verderben stürzen', erwiderte er: ‚Ich kann nicht anders, ich muß Verse sprechen.' Da sagte der Heizer: ‚Jetzt müssen wir uns hier trennen, obgleich ich dich nicht verlassen wollte, bis du in deine Heimatstadt gekommen wärest und dich wieder mit deinem Vater und deiner Mutter vereinigt hättest. Du bist nun einundeinhalbes Jahr mit mir zusammen gewesen, und niemals ist dir von mir etwas Böses widerfahren. Was ficht dich an, daß du durchaus Verse sprechen willst, da wir doch ganz müde sind vom Wandern und Wachen und da alle Leute schlummern, um sich von ihrer Mühe auszuruhen? Sie haben den Schlaf nötig!' Dau el-Makân aber sagte: ‚Ich lasse mich von meiner Absicht nicht abbringen.' Danach überkam ihn die Traurigkeit, und er kündete das verborgene Leid, indem er diese Verse sprach:

> *Weil' an den Stätten und grüße die Spuren der Zelte, die fern sind!*
> *Rufe sie! Ja, vielleicht antworten sie dir dann.*
> *Wenn dich eine Nacht umhüllt mit allen ihren Schrecken,*
> *Zünde von deiner Sehnsucht im Dunkel ein Feuer dir an.*
> *Wenn zischend die Natter ihr Maul aufbläht, so ist es kein Wunder,*
> *Daß ich – will sie mich beißen – küsse der Liebsten Mund,*
> *O Paradies, dem die Seele zu ihrem Schmerze fern ist,*
> *Wär nicht der Trost im Himmel, ich stürbe vor Gram zur Stund.*

Dann sprach er noch diese Verse:

> *Wir lebten dahin; uns waren die Tage Diener des Glückes,*
> *Im schönsten Lande umfing uns innigste Einigkeit.*
> *Wer kann das Haus meiner Liebe mir wiederbringen, darinnen*
> *‚Das Licht des Ortes' weilte und auch ‚die Wonne der Zeit?'*[1]

Nach diesen Versen schrie er laut dreimal; dann fiel er ohnmächtig zu Boden. Der Heizer aber erhob sich und deckte ihn zu.

Als nun Nuzhat ez-Zamân die ersten Verse hörte, da dachte sie an ihren Vater, ihre Mutter und ihren Bruder. Und als sie die zweiten Verse hörte, die von ihrem Namen und dem Namen ihres Bruders und ihrer beider Freundschaft sprachen, da weinte sie und rief den Eunuchen und sprach zu ihm: ‚Weh dir! Der da das erste Mal sprach, hat nochmals gesprochen, und ich habe ihn dicht neben mir gehört. Bei Allah, wenn du ihn mir nicht bringst, so wecke ich den Kammerherrn; der wird dich schlagen und fortjagen. Doch nimm diese hundert Dinare und gib sie dem Sänger und führe ihn sanft zu mir her und tu ihm nichts an! Und wenn er sich weigert, so reiche ihm diesen Beutel mit tausend Dinaren und laß ihn; erforsche nur,

---

1. Dau el-Makân und Nuzhat ez-Zamân.

wo er ist, was für ein Handwerk er hat und aus welchem Lande er stammt. Dann kehre schnell zurück und halte dich nicht auf!'– –«

Da bemerkte Schehrezâd, daß der Morgen begann, und sie hielt in der verstatteten Rede an. Doch als die *Dreiundsiebenzigste Nacht* anbrach, fuhr sie also fort: »Es ist mir berichtet worden, o glücklicher König, daß Nuzhat ez-Zamân den Eunuchen entsandte, nach dem Sänger zu suchen, und zu ihm sprach: ‚Nimm dich in acht, daß du nicht zu mir zurückkehrst mit den Worten: ich konnte ihn nicht finden.' So ging der Eunuch denn hinaus, sah die Leute an und trat in die Zelte; doch er fand niemanden wach, da alle Leute vor Müdigkeit schliefen, bis er zu dem Heizer kam, den er mit unbedecktem Kopfe dasitzen sah. An den trat er heran, ergriff ihn bei der Hand und sagte: ‚Du hast die Verse gesprochen!' Der Heizer aber fürchtete für sein Leben und rief: ‚Nein, bei Allah, o Haushofmeister, ich war es nicht!' Doch der Eunuch erwiderte: ‚Ich lasse dich nicht, bis du mir den zeigst, der die Verse gesprochen hat; denn ich fürchte mich vor meiner Herrin, wenn ich zu ihr ohne ihn zurückkehre.' Als nun der Heizer die Worte des Eunuchen hörte, da fürchtete er für Dau el-Makân und weinte heftig; und er sprach zu dem Eunuchen: ‚Bei Allah, ich war es nicht, und ich kenne ihn nicht. Ich hörte nur einen Wandersmann, der vorüberging und Verse sprach; begehe du nicht eine Sünde an mir, denn ich bin ein Fremdling, und ich komme aus Jerusalem. Abraham, der Freund Gottes, sei mit euch!' ‚Steh auf und komme mit mir', sagte der Eunuch, ‚und sage das meiner Herrin mit eigenem Munde; denn ich habe niemanden wachend gefunden als dich.' Da sprach der Heizer: ‚Bist du nicht gekommen und hast mich am gleichen Ort gefunden, an dem ich gesessen habe, und kennst du nicht meinen Platz? Es darf sich doch niemand vom Flecke rühren, weil ihn die Wächter sonst ergreifen. Also gehe zu deiner Stätte, und wenn du von jetzt ab noch einmal jemanden Verse sprechen hörst, mag er fern sein oder nah, so bin ich es oder jemand, den ich kenne, und nur durch mich sollst du von ihm erfahren.' Darauf küßte er dem Eunuchen das Haupt und sprach ihm gut zu, bis der ihn verließ. Aber der Eunuch machte nur eine Runde und verbarg sich dann hinter dem Heizer; denn er fürchtete sich, unverrichteter Dinge zu seiner Herrin zurückzukehren. Der Heizer aber trat zu Dau el-Makân, weckte ihn und sagte zu ihm: ‚Komm, setz dich auf, damit ich dir erzähle, was geschehen ist!' So richtete Dau el-Makân sich auf, und sein Gefährte erzählte ihm, was geschehen war; doch der Prinz erwiderte: ‚Laß mich; ich will nicht daran denken, und ich kümmere mich um niemand, denn ich bin meiner Heimat nah.' Da sprach der Heizer: ‚Weshalb gehorchst du deinem Eigenwillen und dem Teufel? Wenn du niemanden fürchtest, so fürchte ich für dich und für mein Leben. Ich beschwöre dich bei Allah, sprich keine Verse mehr, bis du in deiner Heimat bist! Wahrlich, ich hätte dich nicht für so ungebärdig gehalten. Weißt du denn nicht, daß diese Dame die Gemahlin des Kammerherrn ist und daß sie dich züchtigen lassen will, weil du ihr den Schlaf geraubt hast? Vielleicht ist sie krank oder rastlos von der Ermüdung der langen Reise, und dies ist schon das zweite Mal, daß sie den Eunuchen geschickt hat, um dich zu suchen.' Dau el-Makân aber achtete nicht auf seine Worte, sondern schrie ein drittes Mal auf und begann diese Verse zu sprechen:

> *Ich weise jeden Tadler zurück;*
> *Denn sein Tadel quälte mich.*
> *Er schilt mich, aber das weiß er nicht:*
> *Durch sein Gebaren reizte er mich.*

> *Verleumder sprachen: ‚Er fand Trost.'*
> *‚Durch Liebe zur Heimat', sagte ich.*
> *Sie fragten: ‚Was ist schön an ihr?'*
> *Ich sprach: ‚Was trieb zur Liebe mich?'*
> *Sie fragten: ‚Was macht sie so wert?'*
> *Ich sprach: ‚Was trieb ins Elend mich?'*
> *Von ihr zu lassen – das sei fern,*
> *Und tränkte der Kelch des Leidens mich!*
> *Auf einen Tadler höre ich nicht,*
> *Schilt er wegen der Liebe mich.*

Nun aber hatte der Eunuch von seinem Verstecke aus ihn gehört; und kaum hatte der Prinz seine Verse bis zu Ende gesprochen, so trat jener auf ihn zu. Wie der Heizer das sah, lief er weg und blieb in einiger Entfernung stehen, um zu sehen, was zwischen ihnen vorgehen würde. Da sprach der Eunuch zu Dau el-Makân: ‚Friede sei mit dir, o Herr!' ‚Auch mit dir sei Friede', erwiderte Dau el-Makân, ‚und Gottes Gnade und Segen!' ‚O Herr,' fuhr der Eunuch fort – –«

Da bemerkte Schehrezâd, daß der Morgen begann, und sie hielt in der verstatteten Rede an. Doch als die *Vierundsiebenzigste Nacht* anbrach, fuhr sie also fort: »Es ist mir berichtet worden, o glücklicher König, daß der Eunuch zu Dau el-Makân sagte: ‚O Herr, ich bin in dieser Nacht schon dreimal nach dir ausgegangen; denn meine Herrin entbietet dich zu ihr.' Da rief Dau el-Makân: ‚Woher ist denn diese Hündin, die nach mir sucht? Gott verfluche sie und verfluche mit ihr ihren Gatten!' Und er begann auf den Eunuchen zu schimpfen; aber der konnte ihm nicht antworten, weil seine Herrin ihm befohlen hatte, dem Sänger nichts anzutun, sondern ihn nur mit seiner eigenen Einwilligung zu bringen und, wenn er nicht kommen wolle, ihm die tausend Dinare zu geben. Deshalb begann der Eunuch ihm gütig zuzureden, indem er sprach: ‚O Herr, nimm dies da und komm mit mir! Wir wollen uns nicht an dir vergehen, mein Sohn, noch dir ein Leid zufügen. Ich wünsche nichts, als daß du mit mir deine geehrten Schritte zu meiner Herrin lenkest, um ihre Antwort entgegenzunehmen und sicher und wohlbehalten zurückzukehren; du wirst bei uns ein schönes Geschenk empfangen, wie einer, der gute Nachricht brachte.' Als Dau el-Makân diese Worte hörte, machte er sich auf und schritt dahin zwischen den Leuten und trat über sie hinweg; der Heizer aber schlich hinter ihm her und behielt ihn im Auge, indem er bei sich selber sprach: ‚Wehe um seine Jugend! Morgen werden sie ihn hängen.' Und er folgte ihm immer weiter, bis er sich ihrer Stätte näherte, ohne daß sie ihn bemerkten. Dann blieb er stehen und sagte: ‚Wie gemein wäre es von ihm, wenn er sagte, ich hätte ihm gesagt, er sollte die Verse sprechen!'

Soweit der Heizer. Doch bleiben wir bei Dau el-Makân! Der ging mit dem Eunuchen, bis sie die Stätte erreichten. Nun trat der Eunuch zu Nuzhat ez-Zamân ein und sagte: ‚O Herrin, ich bringe dir den, den du suchtest; er ist ein Jüngling, schön von Angesicht, und er trägt die Spuren des Wohlstands.' Als sie das hörte, pochte ihr Herz, und sie rief: ‚Laß ihn ein paar Verse sprechen, damit ich ihn aus der Nähe höre, und dann frage ihn nach seinem Namen und seiner Heimat.' Da ging der Eunuch hinaus zu Dau el-Makân und sagte zu ihm: ‚Sprich ein paar Verse, die du kennst! Denn die Herrin ist ganz in der Nähe, um dich zu hören. Dann will ich dich nach deinem Namen und deiner Heimat und deinem Stande fragen.' Der erwiderte: ‚Herzlich gern! Doch wenn du mich nach meinem Namen fragst, so ist er ausgelöscht, und meine Spur ist getilgt und mein Leib verzehrt. Ich habe eine Geschichte, doch ihr Anfang ist nicht bekannt, noch auch wird das Ende genannt; und siehe, ich bin wie ein Trunkener, der zu viel des Weines trank, der sich nicht schonte und ins Elend sank; dessen Geist in die Irre geht und der vor seinem Schicksal ratlos steht, versunken im Meere der Gedanken.' Als Nuzhat ez-Zamân das hörte, weinte und schluchzte sie noch heftiger als zuvor und sprach zu dem Eunuchen: ,Frage ihn, ob er getrennt ist von jemandem, den er liebt, wie Vater oder Mutter.' Und der Eunuch fragte, wie sie befohlen hatte; darauf erwiderte Dau el-Makân: ,Ja, ich bin von allen getrennt; aber die liebste von ihnen war mir meine Schwester, die mir das Schicksal entriß.' Als Nuzhat ez-Zamân seine Worte hörte, schwieg sie eine Weile, dann rief sie aus: ,Allah der Erhabene vereinige ihn wieder mit der, die er liebt!' – – «

Da bemerkte Schehrezâd, daß der Morgen begann, und sie hielt in der verstatteten Rede an. Doch als die *Fünfundsiebzigste Nacht* anbrach, fuhr sie also fort: »Es ist mir berichtet worden, o glücklicher König, daß Nuzhat ez-Zamân, als sie die Worte ihres Bruders hörte, sagte: ,Allah vereinige ihn wieder mit der, die er liebt!' Dann sprach sie zu dem Eunuchen: ,Sage ihm, er soll mich einiges über die Trennung von den Seinen und seiner Heimat hören lassen!' Der Eunuch tat, wie ihm seine Herrin befohlen hatte; da stiegen dem Prinzen die Seufzer empor, und er trug diese Verse vor:

Schwören bei ihrer Liebe nicht die Verliebten alle?
Preisen will ich ein Haus, das Hind, die Schöne, betrat!
Keine andere Liebe als ihre kennen die Menschen,
Sie ist's, die vor sich und nach sich nie ihresgleichen hat.
Es ist, als dufte der Boden des Tales von Moschus und Ambra,
Wenn Hind nur eines Tages über die Stätte geeilt.
Heil über die Geliebte, den Stolz des ganzen Lagers,
Die Zierde des Volkes! Ihr dienet ein jeder, der bei ihr weilt.

> *Gott möge der ‚Wonne der Zeit' reichlichen Regen schenken*
> *Aus Wolken, die ohne Gewitter die durstige Erde tränken!'*[1]

Darauf hob Nuzhat ez-Zamân den Saum des Vorhangs von der Sänfte und sah ihn an. Und als ihr Blick auf seine Züge fiel, erkannte sie ihn und wußte, daß er es war, und sie rief: ‚O mein Bruder! O Dau el-Makân!' Da sah auch er sie an und erkannte sie und rief: ‚O meine Schwester! O Nuzhat ez-Zamân!' Sie aber warf sich ihm entgegen, und er riß sie an die Brust, und beide fielen ohnmächtig nieder. Als der Eunuch die beiden so sah, da staunte er, warf eine Decke über sie und wartete, bis sie wieder zu sich kamen. Wie sie dann aus ihrer Ohnmacht erwachten, war Nuzhat ez-Zamân hocherfreut; von ihr wichen Sorge und Leid; Freude erfüllte ihren Sinn und sie sprach diese Verse vor sich hin:

> *Das Schicksal schwor, es wolle mich immerdar betrüben –*
> *Gebrochen ward dein Schwur, so schaffe Sühnung, o Zeit!*
> *Das Glück ist genaht, und der Freund ist hilfreich mir zur Seite –*
> *Drum geh dem Rufer der Freude entgegen, gürte dein Kleid!*
> *Ich glaube nicht an die alten Märchen, an ein Paradies,*
> *Bis mich die rote Lippe den Nektar kosten ließ.*

Als Dau el-Makân das hörte, preßte er seine Schwester an die Brust; im Übermaße der Freude strömten aus seinen Augen die Zähren, und er ließ diese Verse hören:

> *Lange schon hab ich bereut, daß wir uns trennen mußten;*
> *Vor Reue flossen herab aus meinen Augen die Tränen.*
> *Und ich gelobte, wenn je das Schicksal uns wieder vereinte,*
> *Ich wolle ‚Trennung' niemals mit Worten wieder erwähnen.*
> *Nun ist die Freude auf mich hereingestürmt, so daß sie*
> *Zum Weinen mich gebracht hat im Übermaße der Lust.*

---

1. In der Übersetzung sind zwei Verse weggelassen; die Heimat wird hier in herkömmlicher Weise als eine Wüstenlandschaft geschildert, die Geliebte als ein Beduinenmädchen.

O Auge, dir ist die Träne jetzt so vertraut geworden,
Daß du vor Trauer und auch vor Freuden weinen mußt.[1]

Nun saßen sie eine Weile an der Tür der Sänfte; dann sprach sie zu ihm: ‚Komm mit herein und erzähle mir, was dir widerfahren ist, und ich will dir erzählen, was mir widerfahren ist!' So traten sie ein, und Dau el-Makân sagte: ‚Beginne du mit dem Erzählen!' Da erzählte sie ihm alles, was ihr begegnet war, seit sie sich im Chân getrennt hatten; wie es ihr mit dem Beduinen und mit dem Händler, der sie von jenem kaufte, ergangen war und wie dieser sie zu ihrem Bruder Scharkân führte und sie an ihn verkaufte; wie der sie freiließ, gleich nachdem er sie erwarb, und den Ehevertrag mit ihr schloß, und wie er zu ihr einging, und wie schließlich der König, ihr Vater, von ihr hörte und zu Scharkân sandte, um sie kommen zu lassen. Dann rief sie: ‚Preis sei Allah, der dich mir geschenkt hat! Ebenso wie wir einst unseren Vater gemeinsam verlassen haben, so kehren wir auch gemeinsam zu ihm zurück!' Zum Schlusse fügte sie hinzu: ‚Mein Bruder Scharkân hat mich mit diesem Kammerherrn vermählt, auf daß er mich zu meinem Vater bringe. Dies ist meine ganze Geschichte; nun erzähle du mir, wie es dir ergangen ist, seit ich dich verlassen habe!' Da erzählte er ihr alles, was ihm widerfahren war, von Anfang bis zu Ende: wie Gott ihm den Heizer gesandt, wie der mit ihm reiste und sein Geld für ihn ausgab und ihn bediente Tag und Nacht. Sie pries den Heizer dafür, und Dau el-Makân fügte noch hinzu: ‚Fürwahr, Schwester, dieser Heizer hat also liebevoll an mir gehandelt wie keiner je an einem Freunde noch auch ein Vater an seinem Sohn; denn er hungerte, während er

1. Da die beiden hier in der Calcuttaer Ausgabe stehenden Verse gar nicht passen, habe ich die entsprechenden Verse der Cairoer Ausgabe eingesetzt; so auch schon Burton.

mir zu essen gab, und er ging zu Fuß, während er mich reiten ließ; so verdanke ich ihm mein Leben.' Nuzhat ez-Zamân sprach: ,So Gott der Erhabene will, wollen wir ihm nach Kräften alles vergelten.' Dann rief sie den Eunuchen; der trat ein und küßte Dau el-Makân die Hand. Und sie sprach: ,Nimm den Lohn der frohen Botschaft, du Glücksgesicht! Durch deine Hand bin ich mit meinem Bruder wiedervereinigt worden; daher sei der Beutel, den du noch bei dir hast, samt seinem Inhalt dein. Jetzt aber geh und führe deinen Herrn rasch zu mir!' Der Eunuch freute sich, eilte zu dem Kammerherrn, trat ein, rief ihn zu seiner Herrin und führte ihn dorthin. Der trat ein zu seiner Gemahlin, und als er ihren Bruder Dau el-Makân bei ihr fand, fragte er sie, wer das sei. Da erzählte sie ihm alles, was ihnen beiden widerfahren war, und fügte hinzu: ,Wisse, o Kammerherr, du hast keine Sklavin zur Frau genommen, sondern die Tochter des Königs 'Omar ibn en-Nu'mân; denn ich bin Nuzhat ez-Zamân, und dies ist mein Bruder Dau el-Makân.' Als der Kammerherr die Geschichte gehört hatte, ward er von ihren Worten überzeugt, und die reine Wahrheit wurde ihm offenbar; nun war er gewiß, daß er der Schwiegersohn des Königs 'Omar ibn en-Nu'mân geworden, und so sprach er bei sich selber: ,Mein Geschick wird sein, daß ich Vizekönig werde in irgendeiner Provinz.' Dann trat er zu Dau el-Makân und wünschte ihm Glück zu seiner Rettung und zu seiner Wiedervereinigung mit seiner Schwester. Darauf befahl er sofort seinen Dienern, ihm ein Zelt aufzuschlagen und ihm eins der besten Rosse als Reittier zu geben. Da sprach Nuzhat ez-Zamân: ,Wir sind jetzt nahe bei unserer Heimat, und ich möchte allein bleiben mit meinem Bruder, damit wir uns miteinander erholen und genug voneinander haben, ehe wir unsere Stadt erreichen; denn wir sind lange Zeit getrennt gewesen.'

›Es sei, wie ihr wünscht!‹, erwiderte der Kammerherr. Dann ließ er ihnen Wachskerzen und allerlei Süßigkeiten holen, ging davon und sandte drei der prächtigsten Gewänder für Dau el-Makân. Und nun ging er zurück, bis er wieder zu der Sänfte kam, und zeigte sich in seiner eigenen Würde. Da sprach Nuzhat ez-Zamân zu ihrem Gemahl: ›Laß den Eunuchen kommen und befiehl ihm, daß er den Heizer bringe! Dem soll er ein Pferd zum Reiten geben und morgens und abends einen Tisch mit Zehrung zubereiten, und ferner ihm verbieten, daß er uns verlasse.‹ Daraufhin ließ der Kammerherr den Eunuchen kommen und gab ihm die Befehle; und der erwiderte: ›Ich höre und gehorche!‹ Dann nahm er seine Sklaven mit und ging auf die Suche nach dem Heizer, bis er ihn am Ende der Karawane fand, wo er gerade seinen Esel sattelte und sich zur Flucht rüstete. Ihm rannen die Tränen auf die Wangen aus Furcht um sein Leben und aus Gram ob der Trennung von Dau el-Makân; und er sprach bei sich selber: ›Ich habe ihn doch um Allahs willen gewarnt, aber er wollte nicht auf mich hören; ach, wie mag es ihm nun ergehen!‹ Doch ehe er noch ausgesprochen hatte, stand der Eunuch schon vor ihm, und die Sklaven umringten ihn. Wie der Heizer sah, daß der Eunuch vor ihm stand, und die Sklaven rings um sich erblickte, da wurde er bleich vor Angst. – –«

Da bemerkte Schehrezâd, daß der Morgen begann, und sie hielt in der verstatteten Rede an. Doch als die *Sechsundsiebenzigste Nacht* anbrach, fuhr sie also fort: »Es ist mir berichtet worden, o glücklicher König, daß der Heizer, als er seinen Esel sattelte, um zu fliehen, und bei sich selber sprach: ›Ach, wie mag es ihm nun ergehen!‹ und als dann, ehe er noch ausgesprochen hatte, der Eunuch vor ihm stand und die Sklaven rings um ihn, und als er aufblickte und den Eunuchen vor sich stehen sah und vor Schrecken erbebte, – daß er da mit lauter Stimme rief: ‚Wahrlich, er kennt nicht den Wert der guten Dienste, die ich ihm erwiesen habe! Ich glaube, er hat den Eunuchen und diese Sklaven auf mich gehetzt, und er hat mich zum Genossen seiner Schuld gemacht.' Da schrie der Eunuch ihn an und sagte: ‚Wer hat die Verse gesprochen? Du Lügner, weshalb sagtest du: ich habe die Verse nicht gesprochen, und ich weiß nicht, wer sie gesprochen hat, während es doch dein Gefährte war? Jetzt aber will ich dich von hier bis Baghdad nicht mehr verlassen, und was deinen Genossen trifft, das soll dich auch treffen.' Wie der Heizer das hörte, sprach er bei sich: ‚Was ich befürchtete, ist über mich gekommen.' Dann sprach er diesen Vers:

> *Was ich fürchtete, brachte das Geschick –*
> *Doch wir alle kehren zu Gott zurück!*

Dann rief der Eunuch den Sklaven zu: ‚Nehmt ihn vom Esel herunter!' Da nahmen sie ihn von seinem Esel herunter und brachten ihm ein Pferd. Das bestieg er, und er zog nun mit der Karawane, umgeben von den Sklaven, dahin. Der Eunuch aber sprach zu den Dienern: ‚Für jedes Haar, das von ihm verloren geht, verliert einer von euch sein Leben.' Heimlich jedoch befahl er ihnen, ihn ehrenvoll zu behandeln und ihn nicht zu beleidigen. Wie nun der Heizer sich von den Sklaven umringt sah, da verzweifelte er an seinem Leben und wandte sich an den Eunuchen und sprach: ‚O Meister, ich bin weder der Bruder dieses Jünglings noch aus seiner Familie; er ist nicht mit mir verwandt, und ich bin nicht mit ihm verwandt, sondern ich war Heizer in einem Badehause, und ich habe ihn krank auf einem Düngerhaufen gefunden.' Nun zog die Karawane weiter, während der Heizer weinte und sich tausend Gedanken machte; dabei schritt der Eunuch an seiner Seite dahin und klärte ihn nicht auf, sondern sprach zu ihm: ‚Du hast unserer Herrin durch deine Verse den Schlaf geraubt, du und dieser Jüngling; aber fürchte nichts für dich!' – und insgeheim machte er sich über ihn lustig. So oft aber die Karawane haltmachte, wurde ihnen das Essen gebracht; und der Eunuch aß mit dem Heizer aus einer Schüssel. Und wenn sie gegessen hatten, befahl jener den Dienern, einen Krug mit Zuckerscherbett zu bringen; dann trank er daraus und reichte ihn dem Heizer, der ebenfalls trank. Doch niemals trockneten seine Tränen; denn er fürchtete für sein Leben, und er grämte sich ob der Trennung von Dau el-Makân und ob dem, was ihnen beiden in der Fremde widerfahren war. So zogen sie beide mit der Karawane dahin. Und der Kammerherr ritt bald an der Tür der Sänfte seiner Gemahlin, um den Prinzen Dau el-Makân und seine Schwester zu bedienen, bald behielt er den Heizer im Auge; Nuzhat ez-Zamân aber und ihr Bruder unterhielten sich und klagten sich gegenseitig ihr Leid. So reisten sie ohne Aufenthalt weiter, bis sie sich der Stadt Baghdad auf drei Tagesmärsche genähert hatten. Hier machten sie abends halt und ruhten, bis der Morgen anbrach; und als sie erwachten und eben die Kamele beladen wollten, siehe, da tauchte in der Ferne eine große Staubwolke auf, die das Firmament verdunkelte, bis es schwarz war wie die finstere Nacht. Da rief der Kammerherr: ‚Haltet ein und ladet nicht auf!' Und er saß auf mit seinen Mamluken, und sie ritten in der Richtung auf die Staubwolke davon. Als sie ihr näher kamen, erschien darunter ein gewaltiges Heer, gleich dem flutenden Meer, mit Flaggen und Standarten und Trommeln, Reitern und starken Mannen. Da staunte der Kammerherr; und als die Truppen ihn sahen, da löste sich eine Schar von etwa fünfhundert Reitern von ihnen ab, die auf ihn zustürmten und auf sein Gefolge und sie in fünffacher Übermacht umringten. Der Kammerherr rief ihnen zu: ‚Was gibt es, und woher sind diese Truppen, daß ihr so an uns handelt?' Sie fragten ihn: ‚Wer bist du, und woher kommst du, und wohin willst du?' Er antwortete: ‚Ich bin der Kammerherr des Emirs von Damaskus, Königs Scharkân, des Sohnes des Königs 'Omar ibn en-Nu'mân, des Herrn von Baghdad und Chorasân, und ich komme von ihm her mit dem Tribut und den Geschenken, die ich seinem Vater in Baghdad bringen soll.' Sowie die Reiter seine Worte hörten, da ließen sie ihre Kopftücher über die Gesichter fallen und weinten und sprachen zu ihm: ‚Siehe, König 'Omar ibn en-Nu'mân ist tot, und er starb nur durch Gift. Doch reite weiter! Dir soll nichts geschehen, bis du zu seinem Großwesir kommst, dem Wesir Dandân.' Als aber der Kammerherr diese Kunde vernahm, da weinte er heftig und rief: ‚O über unsere traurige Reise!' Und er klagte mit seinem ganzen Gefolge, bis sie zum Kern der Truppen gelangten und Zutritt suchten zum Wesir Dandân. Der Minister gewährte ihm eine Unterredung und befahl, seine Zelte aufzuschlagen; dann setzte er sich nieder auf einen Thron mitten in seinem Zelte und befahl dem Kammerherrn, sich zu setzen. Nachdem der sich niedergelassen hatte, bat er ihn, Auskunft über sich zu geben. Jener berichtete ihm, er sei der Kammerherr des Emirs von Damaskus, entsandt mit Geschenken und mit dem Tribut von Syrien. Als der Wesir das vernahm, weinte er im Gedenken an König 'Omar ibn en-Nu'mân; dann sprach er: ‚König 'Omar ibn en-Nu'mân ist durch Gift gestorben, und bei seinem Tode ward das Volk uneinig darüber, wen sie zu seinem Nachfolger machen sollten; und fast hätten sie sich darüber gegenseitig erschlagen, wenn nicht die Großen und die Vornehmen und die vier Kadis sich ins Mittel gelegt hätten. Doch so kam alles Volk überein, sich der Entscheidung der vier Kadis ohne Widerspruch zu fügen. Und es wurde bestimmt, daß wir nach Damaskus ziehen sollten, zu seinem Sohne, König Scharkân, um ihn zu holen und ihn zum Sultan über seines Vaters Reich zu machen. Einige aber unter ihnen wollten seinen zweiten Sohn haben: sie sagten, er heiße Dau el-Makân, und er habe eine Schwester namens Nuzhat ez-Zamân; aber die beiden sind nach dem Lande des Hidschâz gezogen, und nun sind fünf Jahre vergangen, ohne daß jemand von ihnen eine Kunde erhalten hätte.' Als der Kammerherr das hörte, da wußte er, daß seine Gemahlin ihm über ihre Erlebnisse die Wahrheit gesagt hatte; und er grämte sich sehr um den Tod des Sultans, zugleich aber war er hocherfreut über die Heimkehr des Dau el-Makân, denn jetzt mußte dieser an seines Vaters Stelle Sultan von Baghdad werden. – –«

Da bemerkte Schehrezâd, daß der Morgen begann, und sie hielt in der verstatteten Rede an. Doch als die *Siebenundsiebenzigste Nacht* anbrach, fuhr sie also fort: »Es ist mir berichtet worden, o glücklicher König, daß der Kammerherr des Scharkân betrübt war, als er vernahm, was der Wesir Dandân über das Schicksal des Königs 'Omar ibn en-Nu'mân berichtete, daß er sich aber freute um seiner Gemahlin und ihres Bruders Dau el-Makân willen, weil dieser jetzt an seines Vaters Stelle Sultan von Baghdad werden mußte. Dann redete er den Wesir Dandân an und sprach: ‚Wahrlich, Euer Bericht ist ein Wunder der Wunder! Wisse, o Großwesir, Allah hat Euch hier, wo Ihr auf mich getroffen seid, Ruhe verliehen von aller Mühe, und Euer Ziel ist auf die einfachste Art erreicht; denn Allah hat Euch Dau el-Makân und seine Schwester Nuzhat ez-Zamân zurückgegeben. So ist alles in schönster Ordnung.' Als der Minister diese Worte hörte, war er hocherfreut; dann sprach er: ‚O Kammerherr, erzähle mir die Geschichte der beiden, und was ihnen widerfahren ist, und weshalb sie so lange fortgeblieben sind.' Da erzählte er ihm die Geschichte der Nuzhat ez-Zamân und sagte ihm, daß sie seine Gemahlin sei; auch berichtete er ihm Dau el-Makâns Erlebnisse von Anfang bis zu Ende. Wie er geendet hatte, ließ der Wesir Dandân die Emire und Wesire und die Großen des Reiches kommen und machte sie mit allem bekannt; die waren darüber hocherfreut und wunderten sich ob dieses Zusammentreffens. Danach gingen sie alle gemeinsam zu dem Kammerherrn, stellten sich huldigend vor ihm auf und küßten den Boden vor ihm; und alsbald begab sich auch der Wesir zu dem Kammerherrn und trat vor ihn hin. Nun hielt der Kammerherr noch am selben Tage eine große Ratsversammlung ab; er und der Wesir Dandân nahmen Platz auf Thronen, und alle Emire und Großen und Würdenträger standen ihrem Rang entsprechend vor ihnen da. Dann tauchten sie Zucker in Rosenwasser und tranken; darauf setzten die Emire sich nieder, um Rats zu pflegen. Dem übrigen Heere gaben sie Befehl, zusammen aufzubrechen und langsam voraufzuziehen, bis sie mit ihrer Besprechung zu Ende wären und sie wieder einholen würden. Da küßten die Hauptleute den Boden vor dem Kammerherrn, saßen auf und ritten dahin, mit den Kriegsstandarten an der Spitze. Als aber die Großen ihre Beratung beendet hatten, stiegen auch sie zu Pferde und holten das Heer wieder ein. Dann begab sich der Kammerherr zu dem Wesir Dandân und sagte: ,Ich halte dafür, daß ich vorausreite und vor Euch eintreffe, damit ich eine angemessene Stätte für den Sultan herrichte und ihm Eure Ankunft melde und ihm kundtue, daß Ihr ihn zum Sultan gewählt habt statt seines Bruders Scharkân.' ,Gut ist dein Rat', erwiderte der Wesir. Darauf erhob sich der Kammerherr, und auch Dandân erhob sich, um ihn zu ehren, ließ ihm Geschenke bringen und beschwor ihn, sie anzunehmen. Ebenso taten die Emire und Großen und Würdenträger; sie brachten ihm Geschenke und riefen Segen auf ihn herab und sprachen zu ihm: ‚Vielleicht sprichst du zu dem Sultan Dau el-Makân von uns, damit er uns in unserer Würde belasse.' Der Kammerherr versprach, was sie wünschten, und befahl darauf seinen Sklaven, sich marschbereit zu machen; doch der Wesir Dandân sandte Zelte mit ihm und befahl den Zeltdienern, sie eine Tagereise vor der Stadt aufzuschlagen. Und sie taten seinem Befehle gemäß. So saß der Kammerherr auf, ritt dahin voller Freude und sprach bei sich selber: ‚Welch eine gesegnete Reise!' Seine Gemahlin aber und Dau el-Makân standen in seinen Augen groß da. In aller Eile zog er dahin, bis er einen Ort erreichte, der eine Tagereise von Baghdad entfernt war; dort befahl er haltzumachen, um auszuruhen und für den Sultan Dau el-Makân, den Sohn des Königs 'Omar ibn en-Nu'mân, eine Stätte herzurichten. Dann begab er sich abseits mit seinen Mamluken und befahl den Eunuchen, für ihn bei ihrer Herrin Nuzhat ez-Zamân um Zutritt zu bitten. Sie taten es, und die Prinzessin gewährte ihn; so trat er bei ihr und ihrem Bruder ein. Er erzählte ihnen vom Tode ihres Vaters, berichtete, wie die Häupter des Volks Dau el-Makân an seines Vaters Stelle zum König gemacht hatten, und wünschte ihnen beiden Glück zur Königswürde. Doch sie weinten um den Verlust ihres Vaters und fragten nach der Ursache seines Todes; aber der Kammerherr erwiderte: ‚Die Nachricht bleibe dem Wesir Dandân vorbehalten; der wird morgen mit seinem ganzen Heere hier sein. Dir, o König, bleibt nur übrig, zu tun, was sie dir raten, da sie dich einstimmig zum Sultan gewählt haben; denn wenn du es nicht tust, so wählen sie einen andern, und du wirst deines Lebens nicht sicher sein vor dem, der statt deiner zur Herrschaft kommt. Er kann dich töten, oder es erhebt sich Zwietracht zwischen euch, und das Königtum entgeht euch beiden.' Da neigte Dau el-Makân eine Weile das Haupt; dann sprach er: ,Ich nehme es an.' Denn er konnte sich dem nicht entziehen, und er war überzeugt, daß der Kammerherr mit seinen Worten das Rechte getroffen hatte. Doch er fügte noch hinzu: ,Oheim, was soll ich mit meinem Bruder Scharkân tun?' ,Mein Sohn,' erwiderte der Kammerherr, ,dein Bruder wird Sultan von Damaskus sein, du aber Sultan von Baghdad; so gürte dich mit Festigkeit und mache dein Sach bereit!' Dau el-Makân war damit einverstanden; darauf reichte der Kammerherr ihm das königliche Gewand, das der Wesir Dandân mitgebracht hatte, und übergab ihm den kurzen Säbel, verließ ihn und befahl den Zeltdienern, eine erhöhte Stätte auszusuchen und dort ein geräumiges und hohes Zelt für den Sultan aufzuschlagen, auf daß er darin sitzen könnte, wenn die Emire vor ihm erschienen. Ferner befahl er den Köchen, kostbare Speisen zu bereiten und sie aufzutragen, und er befahl den Wasserträgern, die Wasserbehälter aufzustellen. Und nach einer Weile wirbelte eine Staubwolke empor, die legte der Welt einen Schleier vor; doch bald darauf tat jene Staubwolke sich auf, und darunter erschien ein gewaltiges Heer, das glich dem flutenden Meer. – – «

Da bemerkte Schehrezâd, daß der Morgen begann, und sie hielt in der verstatteten Rede an. Doch als die *Achtundsiebenzigste Nacht* anbrach, fuhr sie also fort: »Es ist mir berichtet worden, o glücklicher König, daß die Zeltdiener, als der Kammerherr ihnen befahl, ein geräumiges Zelt aufzuschlagen, um die Untertanen aufzunehmen, die sich beim König versammelten, ein großes Zelt errichteten, wie es sich für Könige schickte. Und wie sie ihre Arbeit beendet hatten, siehe, da wirbelte eine

Staubwolke empor; dann vertrieb sie der Wind, und ein gewaltiges Heer trat unter ihr hervor. Und das erwies sich als die Streitmacht von Baghdad und Chorasân, geführt von dem Wesir Dandân; alle aber waren erfreut über die Thronbesteigung von Dau el-Makân. Der hatte die königlichen Kleider angelegt und sich mit dem Prunkschwert gegürtet. Nun brachte der Kammerherr ihm sein Roß, und er saß auf; dann zog er dahin, umgeben von den Mamluken und all den Leuten aus den Zelten, die mitliefen, um ihm zu huldigen, bis er zu dem großen Pavillon kam. Dort setzte er sich nieder und legte den Säbel über seine Schenkel; der Kammerherr aber stellte sich zu seiner Dienstleistung vor ihm auf, und seine Mamluken traten mit gezückten Schwertern in die Vorhalle des Zeltes. Dann zogen die Kriegerscharen und Heerhaufen auf und baten um Einlaß; da trat der Kammerherr zu Dau el-Makân und bat ihn um Erlaubnis; und der befahl, sie in Gruppen zu je zehn hereinzulassen. Der Kammerherr tat es ihnen zu wissen, und sie erwiderten: ‚Wir hören und gehorchen!' und alle stellten sich vor dem Tor der Vorhalle auf. Dann traten je zehn, vom Kammerherrn eingeteilt, in die Vorhalle ein; und er führte sie vor Sultan Dau el-Makân, und als sie ihn erblickten, schauten sie ihn voll Ehrfurcht an; er empfing sie in huldvoller Güte und versprach ihnen alles Gute. Sie aber wünschten ihm Glück zu seiner wohlbehaltenen Heimkehr und flehten Gottes Segen auf ihn herab; und sie leisteten ihm den Treuschwur, daß sie nie seinem Befehle zuwiderhandeln wollten, küßten den Boden vor ihm und zogen sich zurück. Nun traten zehn andere ein, und er behandelte sie, wie er die anderen behandelt hatte; so kamen sie herbei, immer zu je zehn, bis niemand mehr übrig war als der Wesir Dandân. Der trat zuletzt ein und küßte den Boden vor ihm; aber Dau el-Makân kam ihm entgegen und sprach zu ihm: ‚Willkommen, o Wesir und hochgeehrter Vater, du bist der vieledle Berater, und geleitet wird das Land durch des gütigen, kundigen Mannes Hand.' Dann befahl er dem Kammerherrn, alsbald hinauszugehen und die Tische breiten und alle Soldaten herankommen zu lassen. Die kamen und aßen und tranken. Ferner sprach König Dau el-Makân zu dem Wesir Dandân: ‚Befiehl den Soldaten, zehn Tage zu rasten, auf daß ich mit dir allein sein kann und du mir die Ursache des Todes meines Vaters berichten kannst!' Den Worten des Sultans gehorsam, sprach der Wesir: ‚Es soll geschehen.' Dann begab er sich in die Mitte des Lagers und befahl den Soldaten, zehn Tage zu rasten. Sie gehorchten seinem Befehl, und er gab ihnen Erlaubnis, sich zu vergnügen, und ordnete an, daß keiner der diensttuenden Herren dem König während der nächsten drei Tage aufwarten sollte. Alle Leute bezeugten ihre Untertänigkeit und wünschten dem König ewigen Ruhm. Dann ging der Wesir zu ihm und erstattete ihm Bericht über das, was geschehen war. Nachdem Dau el-Makân bis zum Abende gewartet hatte, ging er zu seiner Schwester Nuzhat ez-Zamân hinein und fragte sie: ‚Kennst du die Ursache des Todes unseres Vaters? Oder weißt du nicht, wie es geschehen ist?' ‚Ich weiß es nicht', erwiderte sie. Dann zog sie einen seidenen Vorhang vor sich hin; vor den setzte Dau el-Makân sich und befahl, den Wesir Dandân zu holen. Als dieser vor ihm stand, sprach er zu ihm: ‚Ich wünsche, daß du mir in allen Einzelheiten erzählest, wie mein Vater, König 'Omar ibn en-Nu'mân zu Tode gekommen ist!' ‚Wisse denn, o König,' erwiderte Dandân, ‚als König 'Omar ibn en-Nu'mân von seinem Jagdritt heimkehrte und in die Hauptstadt kam, da fragte er nach euch beiden, und als er euch nicht fand, wußte er, daß ihr zur Pilgerfahrt davongezogen waret; darüber war er sehr bekümmert und erzürnt, und die Brust ward ihm eng. Ein halbes Jahr blieb er dabei, jeden Forteilenden und jeden Verweilenden nach euch zu fragen, doch keiner konnte ihm über euch Nachricht geben. Eines Tages aber, als wir vor ihm standen, ein volles Jahr, seit er euch vermißte, siehe, da kam eine alte Dame zu uns, die den Anschein einer Frommen erweckte, und bei ihr waren fünf Mädchen, hochbusige Jungfrauen, Monden gleich anzuschauen, begabt mit solcher Schönheit und Lieblichkeit, daß keine Zunge sie zu schildern vermag; doch nicht nur waren sie so wunderbar schön, sondern sie konnten den Koran lesen und waren bewandert in der Philosophie und in der Kunde von den Altvorderen. Jene Alte bat, zum König eintreten zu dürfen; er gestattete es, und so trat sie vor ihn hin und küßte den Boden vor ihm, während ich ihm zur Seite saß. Als sie aber sich vor ihm befand, ließ er sie näher treten; denn er sah an ihr die Zeichen der Kasteiung und der Andachtsübung. Als dann die Alte ihren Platz eingenommen hatte, wandte sie sich an ihn mit den Worten: ,Wisse, o König, bei mir sind fünf Mädchen, derengleichen kein einziger König besitzt. Sie sind nicht nur begabt mit Verstand und Lieblichkeit, mit Schönheit und Vollkommenheit, nein, sie lesen auch den Koran nach den Traditionen, und sie sind bewandert in allerlei Gelehrsamkeit und in der Geschichte der vergangenen Geschlechter. Sie stehen hier vor dir, um dir zu dienen, o größter König unserer Zeit! Ist ein Mensch erprobt, dann wird er getadelt oder gelobt.' Da sah dein seliger Vater die Mädchen an, und ihr Anblick erfreute ihn; und so sprach er zu ihnen: ,Eine jede von euch mag mich etwas hören lassen, das sie kennt aus der Geschichte der Menschen früherer Zeit und der Völker der Vergangenheit!' – – «

Da bemerkte Schehrezâd, daß der Morgen begann, und sie hielt in der verstatteten Rede an. Doch als die *Neunundsieben-*

zigste Nacht anbrach, fuhr sie also fort: »Es ist mir berichtet worden, o glücklicher König, daß der Wesir Dandân zu König Dau el-Makân sprach: ‚Da sah dein seliger Vater die Mädchen an, und ihr Anblick erfreute ihn, und so sprach er zu ihnen: ‚Eine jede von euch mag mich etwas hören lassen, das sie kennt aus der Geschichte der Menschen früherer Zeit und der Völker der Vergangenheit!' Nun trat eine von ihnen vor und küßte den Boden vor ihm und sprach: ‚Wisse, o König, dem Wohlerzogenen geziemt es, daß er die Vordringlichkeit meide und sich mit der Vortrefflichkeit schmücke, daß er die göttlichen Gebote halte und die Todsünden meide; und danach sollte er streben so beharrlich wie einer, der bei jedem Schritt vom Wege dem Verderben verfällt; denn die Grundlage guter Erziehung sind edle Sitten. Und wisse, der Sinn und das Wesen des irdischen Lebens liegt in dem Streben nach dem ewigen Leben, und der rechte Weg zum ewigen Leben ist der Dienst Allahs. Daher geziemt es dir, daß du gütig mit dem Volke umgehst und nicht abweichest von dieser Richtschnur; denn je mächtiger die Menschen durch ihre Stellung sind, um so mehr bedürfen sie der Einsicht, und die Könige bedürfen ihrer mehr als die Menge, da die Menge sich auf die Dinge stürzt, ohne den Ausgang zu bedenken. Gib in der Sache Allahs dein Leben und deinen Besitz hin! Und wisse, wenn ein Feind mit dir streitet, so kannst du mit ihm streiten und ihn mit Beweisen widerlegen und vor ihm auf der Hut sein; doch zwischen deinem Freunde und dir kann kein anderer Richter entscheiden als Rechtlichkeit. Daher wähle dir selbst deinen Freund, nachdem du ihn erprobt hast! Gehört er zur Brüderschaft des Jenseits, so sei er eifrig in der Befolgung der äußeren Dinge des heiligen Gesetzes und bewandert in seinem innern Sinn, soweit er es vermag. Doch wenn er von der Brüderschaft dieser Welt ist, so sei er edelgeboren, aufrichtig, kein Tor und kein schlechter Kerl; denn der Tor verdient, daß selbst seine Eltern vor ihm fliehen, und ein Lügner kann kein wahrer Freund sein. Denn das Wort für Freund[1] ist abgeleitet von dem für Wahrhaftigkeit[2], die da aufquillt aus dem Grunde des Herzens; und wie kann das sein, wenn er die Lüge auf der Zunge trägt? Wisse ferner, die Befolgung des Gesetzes nützt dem, der sie übt; so liebe deinen Bruder, wenn er also handelt, und stoße ihn nicht von dir, wenn du auch an ihm findest, woran du Ärgernis nimmst! Denn ein Freund ist nicht wie ein Weib, von dem man sich scheiden und das man zurücknehmen kann; nein, sein Herz ist wie Glas: einmal gesprungen, wird es nie wieder heil. Wie vortrefflich sagte der Dichter:

> *Strebe danach, den Herzen Verletzungen zu ersparen;*
> *Nach der Entfremdung ist die Umkehr ihnen so schwer.*
> *Denn sind die Herzen einmal der Liebe erst entfremdet,*
> *Sind sie dem Glase gleich – gesprungen, heilt es nicht mehr.'*

Dann schloß das Mädchen diese Rede mit einem Hinweis auf die Worte der Weisen: ‚Der beste der Brüder ist der, der den besten Rat erteilt; die beste Handlung ist die, so den schönsten Ausgang hat; und das beste Lob ist nicht das im Munde der Menschen.'

Ferner heißt es: Dem Menschen steht es nicht an, den Dank an Allah zu vergessen, zumal für zwei Gnadengaben: Gesundheit und Verstand.

Ferner heißt es: Wem seine Seele lieb ist, dem ist seine Begierde verächtlich; und wer viel Wesens macht aus seinen kleinen Leiden, den schlägt Allah mit noch größeren.

Wer seiner Neigung folgt, der untergräbt die göttlichen

---

[1]. Arabisch *sadîk*. – [2]. Arabisch *sidk*.

Rechte[1]; und wer auf den Verleumder hört, der verliert den wahren Freund.

Wer gut von dir denkt, dessen Vorstellung von dir mache wahr!

Wer im Streite kein Maß hält, der sündigt; und wer sich gegen Unrecht nicht wehrt, der ist nicht sicher vor dem Schwert.

Nun will ich dir einiges sagen von den Pflichten der Kadis. Wisse, o König, ein Urteil dient der Sache der Gerechtigkeit nur, wenn es durch Beweisaufnahme gesichert ist; und der Richter muß alle Leute gleich behandeln, so daß der Mächtige nicht nach Unterdrückung giert, noch auch der Schwache an der Gerechtigkeit verzweifelt. Und ferner soll er dem Kläger den Beweis und dem Leugner den Eid auferlegen. Die Einigung ist zulässig zwischen Muslimen, mit Ausnahme einer solchen, durch die das Verbotene erlaubt und das Erlaubte verboten werden soll. Wenn du heute über etwas im Zweifel bist, so geh darüber mit deinem Verstande zu Rate und suche darin das zu erkennen, was dir den rechten Weg zeigt, auf daß du in ihm zum Rechte zurückkehrst; denn das Recht ist eine religiöse Pflicht, und zum Rechte zurückzukehren ist besser als im Unrecht zu verharren. Und weiter, lerne die früheren Beispiele kennen und die Rechtsbestimmungen verstehen; entscheide zwischen den Parteien in Gerechtigkeit, laß deinen Blick stets auf das Recht gerichtet sein und stelle deine Sache Allah dem Allmächtigen und Glorreichen anheim! Erlege den Beweis dem Kläger auf, und wenn er ihn beibringt, so laß ihn gebührenden Vorteil daraus ziehen; und wenn nicht, so laß den Beklagten schwören; denn so hat Allah es verordnet!

1. Die göttlichen Rechte beziehen sich hauptsächlich auf Unterlassung von Unzucht, Weintrinken, Diebstahl und Straßenraub.

Nimm das Zeugnis entgegen von zuverlässigen Muslimen, eines gegen das andere; denn Allah der Erhabene hat den Richtern befohlen, nach äußeren Dingen zu richten, während er selber auf die verborgenen Gedanken achtet.

Es geziemt dem Richter, daß er kein Urteil fälle, wenn er unter Schmerzen oder Hunger leidet, und daß er in seinen Entscheidungen zwischen den Menschen das Angesicht Allahs des Erhabenen suche; denn der, dessen Absicht rein ist und der mit sich selber im Frieden lebt, dem wird Allah helfen in dem, was zwischen ihm und den Menschen steht.

Es-Zuhri sagt: ‚Um dreier Dinge willen soll ein Kadi, so man sie bei ihm findet, des Amtes enthoben werden: wenn er die Gemeinen ehrt, wenn er das Lob liebt und wenn er die Absetzung fürchtet.' 'Omar ibn 'Abd el-'Azîz[1] setzte einst einen Kadi ab; und als der ihn fragte: ‚Weshalb hast du mich abgesetzt?' da erwiderte er: ‚Es ist mir berichtet worden, daß deine Rede höher geht als dein Rang.'

Es wird auch erzählt, daß Alexander zu seinem Kadi sagte: ‚Ich habe dich mit einem Amt bekleidet und dir mit ihm meine Seele, meine Ehre und meine Manneswürde anvertraut; also behüte dies Amt mit deiner Seele und deinem Verstand!' Und zu seinem Koch sprach er: ‚Du bist zum Herrn gesetzt über meinen Leib; also pflege ihn wie dein eigenes Selbst!' Und zu seinem Schreiber sprach er: ‚Du bist der Aufseher meines Verstandes; also hüte mich in allem, was du für mich schreibst!'

Dann trat das erste Mädchen zurück, und ein zweites trat vor, – –«

Da bemerkte Schehrezâd, daß der Morgen begann, und sie hielt in der verstatteten Rede an. Doch als die *Achtzigste Nacht*

---

1. Siehe Anmerkung S. 613.

anbrach, fuhr sie also fort: »Es ist mir berichtet worden, o glücklicher König, daß der Wesir Dandân zu Dau el-Makân sagte: ‚Dann trat das erste Mädchen zurück, und ein zweites trat vor, küßte den Boden vor dem König, deinem Vater, siebenmal und sagte: ‚Der weise Lokmân[1] sprach zu seinem Sohne: ‚Drei Menschen gibt es, die sich nur in drei verschiedenen Lagen erkennen lassen: den Gütigen erkennst du nur im Zorne, den Tapfern nur in der Schlacht und deinen Freund nur in der Not.'

Es heißt, der Bedrücker wird einst sein Tun bereuen, wenn ihn das Volk auch preist, und der Bedrückte wird unversehrt bleiben, wenn ihn das Volk auch schmäht.

Allah der Erhabene sagt[2]: ‚Glaube nicht, daß die, so sich ihrer Taten freuen und gelobt zu werden wünschen für das, was sie nicht getan haben – glaube nicht, daß sie ihrer Strafe entronnen sind: ihnen wird eine schmerzliche Strafe zuteil.'

Der Prophet – über ihm sei Segen und Heil! – hat gesagt: ‚Die Handlungen richten sich nach den Absichten, und jedem wird zuteil, was er beabsichtigt hat.'

Er, über dem Heil sei, sagte auch: ‚Es gibt im Leibe einen Teil; wenn der gesund ist, so ist auch der ganze Leib gesund, und ist er ungesund, so ist der ganze Leib ungesund: es ist das Herz. Das Wunderbarste von all dem, was im Menschen ist, ist sein Herz; denn es ordnet sein ganzes Wirken: wenn die Begierde sich in ihm regt, so verdirbt ihn die Lust; und gewinnt der Kummer in ihm die Herrschaft, so tötet ihn die Qual; wütet der Zorn darinnen, so kommt das Verderben über ihn; ist es mit Zufriedenheit beglückt, so ist er sicher vor Verdruß; überfällt es die Furcht, so quält ihn die Trauer; und wird es von

---

1. Der arabische Äsop. – 2. Koran, Sure 3, 185.

Unglück betroffen, so überkommt ihn das Leid. Wenn aber ein Mensch Reichtum gewinnt, so wird es dadurch leicht abgelenkt von dem Gedenken an seinen Herrn; packt ihn die Armut, so wird es von Sorge geplagt; wird es von Kummer gequält, so bringt ihn die Schwäche zu Fall. So hilft ihm in jedem Falle nichts, als daß er an Gott denke und nur danach strebe, in dieser Welt sein Leben zu verdienen und sich im Jenseits seinen Platz zu sichern.'

Einst wurde ein Weiser gefragt: ‚Wer ist unter den Menschen in der frohesten Lage?' Er antwortete: ‚Der, dessen Mannheit seine Lüste überwältigt, während sein Geist sich hoch aufschwingt, so daß sich sein Wissen erweitert und jede Entschuldigung schwindet'; und wie vortrefflich hat Kais gesungen:

> *‚Ich bin von allen Menschen am fernsten doch dem Heuchler,*
> *Der andere irren sieht und kennt den Weg selber nicht.*
> *Reichtum und Geistesgaben sind ja nur ein Darlehn:*
> *Was jeder im Herzen verbirgt, stehet ihm im Gesicht.*
> *Gehst du in eine Sache von falscher Seite hinein,*
> *So irrst du; doch du gehst recht, trittst du zur rechten Tür ein.'*

Dann fuhr das Mädchen fort: ‚In den Erzählungen von den Frommen spricht Hischâm ibn Bischr: ‚Ich fragte einst 'Omar ibn 'Obaid: ‚Was ist wahre Frömmigkeit?' Er erwiderte mir: ‚Der Gesandte Allahs – Er segne ihn und gebe ihm Heil! – erklärte sie mit diesen Worten: Der Fromme ist der, der weder das Grab noch das Unglück vergißt und der das Bleibende dem Vergänglichen vorzieht; der nicht das Morgen unter seine Tage zählt, sondern sich zu den Toten rechnet.'

Man erzählt, daß Abu Dharr zu sagen pflegte: ‚Die Armut ist mir lieber als der Reichtum, Krankheit lieber als die Gesundheit.' Da rief einer der Hörer: ‚Gott habe Abu Dharr selig! Ich sage vielmehr: wer darauf vertraut, daß Allah der Erhabene richtig gewählt hat, der sollte zufrieden sein mit dem Stande, den Er ihm zugeteilt.'

Einer von den Gewährsmännern sagte: ,Einst betete Ibn Abi Aufa mit uns das Morgengebet und sprach dabei: O du Verhüllter! und so weiter, bis er zu der Stelle kam, wo der Höchste sagt: Und wenn in die Posaune gestoßen wird[1]; da aber fiel er tot zu Boden.'

Es wird berichtet, daß Thâbit el-Bunâni weinte, bis er fast das Augenlicht verlor. Man brachte ihn aber zu einem Manne, der ihn heilen sollte, und der sprach: ,Ich werde dich heilen unter der Bedingung, daß du mir gehorchst.' Da fragte Thâbit: ,Worin?' Der Arzt erwiderte: ,Darin, daß du nicht mehr weinst!' ,Was soll ich mit meinen Augen,' antwortete Thâbit, ,wenn sie nicht weinen?'

Einmal sagte ein Mann zu Mohammed, dem Sohne des 'Abdallâh: ,Gib mir einen Rat!' – –«

Da bemerkte Schehrezâd, daß der Morgen begann, und sie hielt in der verstatteten Rede an. Doch als die *Einundachtzigste Nacht* anbrach, fuhr sie also fort: »Es ist mir berichtet worden, o glücklicher König, daß der Wesir Dandân zu Dau el-Makân sprach: ,Also redete die zweite Sklavin vor deinem seligen Vater 'Omar ibn en-Nu'mân: ,Einmal sagte ein Mann zu Mohammed, dem Sohne des 'Abdallâh: ,Gib mir einen Rat!' Und der erwiderte: ,Ich gebe dir den Rat, in bezug auf diese Welt ein enthaltsamer Herr, in bezug auf die zukünftige aber ein gieriger Sklave zu sein.' ,Wie meinst du das?' fragte der andere; und Mohammed entgegnete: ,Wer enthaltsam ist in dieser Welt, gewinnt zugleich sie und die zukünftige Welt!'

---

1. Das ist der Anfang der 74. Sure, einer der ersten Offenbarungen Mohammeds.

Ghauth, der Sohn des 'Abdallâh, erzählte: ‚Es waren zwei Brüder unter den Kindern Israel, von denen der eine zu dem andern sagte: ‚Welches ist die schlimmste Tat, die du begangen hast?' Da antwortete der Bruder: ‚Ich ging einmal bei einem Nest junger Vögel vorbei; da nahm ich einen heraus und setzte ihn wieder ins Nest, aber an eine Stelle, von der ich ihn nicht weggenommen hatte. Das ist die schlimmste Tat, die ich begangen habe; welches aber ist die schlimmste Tat, die du begangen hast?' Jener erwiderte: ‚Die schlimmste Tat, die ich tue, ist die: wenn ich mich zum Gebet erhebe, so fürchte ich, ich könne es nur um des Lohnes willen tun.' Ihr Vater aber hörte ihre Worte, und er rief aus: ‚O Gott, wenn sie die Wahrheit reden, so nimm sie zu dir!' Und einer der Weisen sprach: ‚Wahrlich, das waren die tugendhaftesten Kinder.'

Sa'îd ibn Dschubair erzählte: ‚Einst war ich zusammen mit Fudâla ibn 'Obaid und sprach zu ihm: ‚Gib mir einen Rat!' Er antwortete: ‚Behalt von mir diese beiden Dinge: verehre keine anderen Götter neben Allah, und tue keiner der Kreaturen Allahs ein Leid an!' Und er sprach diese Verse:

> *Sei, wie du willst, denn siehe, Gott ist ein gütiger Herr;*
> *Verscheuche nur die Sorgen, und kein Ding sei dir schwer.*
> *Allein es gibt zwei Dinge, die meide jederzeit:*
> *Treib keine Vielgötterei, tu keinem Menschen ein Leid!*

Wie trefflich sagt auch der Dichter:

> *Wenn Zehrung der Frömmigkeit dich einstens nicht geleitet,*
> *Und triffst du nach deinem Tode einen, der die sich bereitet,*
> *So wirst du bereuen, daß du nicht tatest, so wie er tat,*
> *Und daß du dich nicht gerüstet, wie er sich gerüstet hat.'*

Dann trat das zweite Mädchen zurück, und das dritte trat vor und sprach: ‚Wahrlich, das Kapitel von der Frömmigkeit ist sehr ausgedehnt; doch ich will aus ihm erzählen, was mir von den Frommen vergangener Zeiten gegenwärtig ist.

Einer von denen, die Gott kannten, sprach: ‚Ich wünsche mir Glück zum Tode, obwohl ich nicht sicher weiß, ob er Ruhe bringt; nur das eine weiß ich, daß der Tod zwischen den Menschen und seine Werke tritt; und so hoffe ich, er werde die guten Werke verdoppeln und die schlechten Werke hinwegtun.'

Sooft 'Atâ es-Sulami eine Mahnung beendet hatte, zitterte er und bebte und weinte heftig; und als man ihn fragte, weshalb er das tue, erwiderte er: ‚Ich will mich an eine ernste Aufgabe machen: ich will vor Allah den Erhabenen treten, um meiner Mahnung entsprechend zu handeln.'

Und ähnlich pflegte 'Alî Zain el-'Abidîn ibn el-Husain zu zittern, wenn er sich zum Gebet erhob. Und als man ihn deswegen befragte, erwiderte er: ‚Wißt ihr denn nicht, vor wem ich mich erhebe und zu wem ich sprechen will?'

Man erzählt, daß in der Nähe von Sufjân eth-Thauri ein Blinder lebte, der mit dem Volke auszog und betete, sooft der Monat Ramadân gekommen war; doch schwieg er und blieb hinter den anderen zurück. Sa sagte Sufjân: ‚Am Tage der Auferstehung wird er mit dem Volke des Korans kommen, und sie werden durch höhere Ehre vor den anderen ausgezeichnet werden.'

Sufjân hat gesagt: ‚Wohnte die Seele im Herzen, wie es sein sollte, so flöge es davon vor Freuden und vor Sehnsucht nach dem Paradiese, und vor Trauer und Furcht vor dem Höllenfeuer.'

Ferner wird von Sufjân eth-Thauri berichtet, daß er gesagt hat: ‚Auf das Angesicht eines Tyrannen zu blicken ist Sünde.'

Hierauf trat das dritte Mädchen zurück, und das vierte trat vor und sprach: ‚Hier stehe ich, um einiges, was mir von den Erzählungen über fromme Männer gegenwärtig ist, vorzutragen.

Es wird berichtet, daß Bischr el-Hâfi sagte: ‚Einst hörte ich Châlid sagen: Hütet euch vor der heimlichen Vielgötterei! Da fragte ich ihn: Was ist die heimliche Vielgötterei? Er antwortete: Daß einer von euch im Gebet sich so lange verneigt und niederwirft, bis ihn eine Unreinheit überkommt.'

Einer von denen, die Gott kennen, sprach: ‚Gute Werke sühnen böse.'

Ibrahîm erzählte: ‚Ich flehte Bischr el-Hâfi an, mich mit einigen geistlichen Mysterien bekannt zu machen; er aber sagte: ‚Mein lieber Sohn, es geziemt sich nicht, daß wir solches Wissen einen jeden lehren; vom Hundert immer nur fünf, ganz so wie beim Almosen von Geld.' ‚Mir schien', so fuhr Ibrahîm ibn Adham fort, ‚diese Antwort vortrefflich, und ich billigte sie. Während ich dann betete, siehe, da betete Bischr auch; so stand ich hinter ihm und machte die Verbeugungen des Gebetes bis zum Rufe des Muezzin. Da aber erhob sich ein Mann in zerlumpten Kleidern und sagte: ‚Ihr Leute, hütet euch vor der Wahrheit, die Schaden bringt! Denn nichts Arges ist eine Lüge, so sie Nutzen bringt. Not kennt kein Gebot; und Worte helfen nicht, wo die guten Eigenschaften fehlen, noch schadet das Schweigen, wo sie vorhanden sind.'

Ferner erzählte Ibrahîm: ‚Ich sah einmal, wie Bischr einen Dânik[1] verlor; da ging ich zu ihm und gab ihm einen Dirhem dafür wieder. Doch er sprach: ‚Den nehme ich nicht an.' Ich sagte: ‚Das ist doch völlig erlaubt'; aber er entgegnete mir: ‚Ich kann nicht die Güter dieser Welt in Güter der zukünftigen Welt umtauschen.'

Es wird berichtet, daß die Schwester von Bischr el-Hâfi einmal zu Ahmed ibn Hanbal ging' – –«

---

1. Ein Dânik = $1/6$ Dirhem.

Da bemerkte Schehrezâd, daß der Morgen begann, und sie hielt in der verstatteten Rede an. Doch als die *Zweiundachtzigste Nacht* anbrach, fuhr sie also fort: »Es ist mir berichtet worden, o glücklicher König, daß der Wesir Dandân dem Dau el-Makân weiter erzählte: ‚Das Mädchen sprach zu deinem Vater: ‚Die Schwester von Bischr el-Hâfi ging einmal zu Ahmed ibn Hanbal und sagte zu ihm: ‚O Leuchte des Glaubens, wir sind Leute, die bei Nacht spinnen und am Tage für unser Brot arbeiten; und oftmals kommen die Fackeln der Wachen von Baghdad vorüber, und wir spinnen auf dem Dache bei ihrem Licht. Ist uns das etwa verboten?' Da fragte er sie: ‚Wer bist du?' ‚Ich bin die Schwester von Bischr el-Hâfi', sagte sie; und Ahmed sprach: ‚Ihr vom Hause des Bischr, ich sehe doch immerdar Frömmigkeit in euren Herzen verborgen.'

Einer von denen, die Gott kennen, sprach: ‚So Gott seinem Diener wohlwill, öffnet er ihm das Tor der Tat.'

Mâlik ibn Dinâr pflegte, sooft er durch den Basar ging und etwas sah, wonach ihn verlangte, zu sagen: ‚Fasse dich in Geduld, o Seele, denn ich werde dir deinen Wunsch nicht gewähren.' Und er – den Gott selig haben möge – sagte auch: ‚Das Heil der Seele liegt darin, daß man ihr widersteht, und ihr Verderben darin, daß man ihr folgt.'

Mansûr ibn 'Ammâr sprach: ‚Ich machte eine Pilgerfahrt und zog über Kufa gen Mekka; und in einer finsteren Nacht hörte ich aus den Tiefen des Dunkels eine Stimme rufen: ‚Mein Gott, bei deiner Macht und deiner Herrlichkeit, ich wollte mich nicht durch meinen Ungehorsam an dir vergehen; denn wahrlich, ich verkenne dich nicht; aber meine Schuld hattest du von Uranbeginn her schon bestimmt; drum vergib mir meine Übertretung, denn ich war nur aus Unwissenheit gegen dich ungehorsam!' Nach diesem Gebete sprach die Stimme den

Vers der Schrift: ‚O ihr Gläubigen, rettet eure Seele und die der Euren vor dem Feuer, dessen Brennstoff Menschen und Steine[1] sind!' Und ich hörte einen Fall, ohne zu wissen, was es war; dann ging ich weiter. Als es aber Morgen ward und wir unseres Weges gingen, siehe, da trafen wir auf einen Leichenzug; dem folgte eine alte Frau, deren Kräfte schon versagten. Ich fragte sie nach dem Toten, und sie erwiderte: ‚Dies ist der Leichenzug eines Mannes, der gestern an uns vorübergekommen ist, während mein Sohn im Gebete stand; nach dem Gebete sprach mein Sohn einen Vers aus dem Buche Allahs des Erhabenen; da platzte dem Fremden vor Schreck die Galle, und er fiel tot zu Boden.'

Darauf trat das vierte Mädchen zurück, und das fünfte trat vor und sprach: ‚Auch ich will etwas erzählen von dem, was mir aus Erzählungen der Frommen in alten Zeiten gegenwärtig ist.'

Maslama ibn Dinâr pflegte zu sagen: ‚Machst du die geheimsten Gedanken rein, so werden die kleinen und großen Sünden dir vergeben sein; und wenn der Mensch entschlossen ist, von der Sünde zu lassen, so kommt der Sieg zu ihm.'

Ebenso sagte er: ‚Jedes weltliche Gut, das dich nicht Gott näher bringt, ist ein Unheil; denn ein wenig von dieser Welt lenkt viel von jener ab, und viel von dieser Welt läßt dich auch das Wenige von jener vergessen.'

Man fragte Abu Hâzim: ‚Wer ist der glücklichste der Menschen?' Er antwortete: ‚Ein Mann, der sein Leben in Gehorsam gegen Gott verbringt.' Dann fragte man: ‚Und wer ist der törichtste der Menschen?' Er antwortete: ‚Ein Mann, der seine zukünftige Welt verkauft für das irdische Gut der anderen.'

Es wird berichtet, daß Moses – Friede sei über ihm! –, als er

---

[1]. Das heißt Götzenbilder; Sure 66, 6.

zum Wasser Midians kam, ausrief: ‚Herr, ich bin bedürftig des Guten, das du auf mich herabsendest.'[1] So bat Moses seinen Herrn, nicht die Menschen. Und es kamen die beiden Mädchen; da schöpfte er Wasser für sie und ließ die Hirten nicht vor ihnen schöpfen. Als die beiden dann heimkehrten, da erzählten sie es ihrem Vater Schu'aib[2] – Friede sei über ihm! –, und der sprach: ‚Vielleicht ist er hungrig.' Dann sagte er zu einer von ihnen: ‚Geh zurück zu ihm und lad ihn ein!' Und als sie zu Moses kam, da verschleierte sie ihr Gesicht und sagte: ‚Mein Vater lädt dich ein, damit er dich belohne, weil du Wasser für uns geschöpft hast.' Doch er mochte es nicht tun und wollte ihr nicht folgen. Nun hatte sie aber ein dickes Gesäß; und da der Wind ihr Kleid hob, so konnte Moses ihr Gesäß sehen. Da senkte er seinen Blick, und dann sprach er zu ihr: ‚Tritt hinter mich, ich will vor dir hergehen!' So folgte sie ihm, bis er eintrat in das Haus des Schu'aib – Friede sei über ihm! –, wo das Nachtmahl bereit war.' – – «

Da bemerkte Schehrezâd daß der Morgen begann, und sie hielt in der verstatteten Rede an. Doch als die *Dreiundachtzigste Nacht* anbrach, fuhr sie also fort: »Es ist mir berichtet worden, o glücklicher König, daß der Wesir Dandân dem Dau el-Makân weiter erzählte: ‚Das fünfte Mädchen sprach also zu deinem Vater: ‚Moses – Friede sei über ihm! – trat nun in das Haus des Schu'aib ein, wo das Nachtmahl bereit war; da sagte Schu'aib zu ihm: ‚Moses, ich möchte dir den Lohn geben dafür, daß du Wasser für diese beiden geschöpft hast.' Doch Moses erwiderte: ‚Ich gehöre zu einem Hause, das nichts von der zukünftigen Welt verkauft um irdisches Gold oder Silber.' Da sagte Schu'aib: ‚Jüngling, du bist doch mein Gast und es ist

---

1. Sure 28, 24. – 2. In der Bibel: Jethro.

mein und meiner Väter Brauch, den Gast durch eine Speisung zu ehren.' So setzte denn Moses sich und aß. Dann nahm Schu'aib ihn in Dienst für acht Pilgerfahrten, das heißt, acht Jahre, und als Lohn dafür bestimmte er ihm eine seiner beiden Töchter zum Weibe und Moses' Dienst bei ihm sollte die Brautgabe für sie sein. Wie denn der Höchste in der Schrift von ihm sagt: ‚Siehe, ich will dir eine von diesen meinen beiden Töchtern zum Weibe geben unter der Bedingung, daß du mir acht Pilgerfahrten lang dienest; und wenn du zehn erfüllst, so steht das bei dir; denn ich will dich nicht quälen.'[1]

Einst sagte jemand zu einem seiner Freunde, den er lange Zeit nicht gesehen hatte: ‚Du hast mich trostlos gemacht, da ich dich so lange nicht gesehen habe.' Jener erwiderte: ‚Ich ward durch Ibn Schihâb von dir abgehalten. Kennst du ihn?' ‚Jawohl,' gab der andere zur Antwort, ‚er ist mein Nachbar seit dreißig Jahren, aber ich habe noch nie mit ihm gesprochen.' Da sagte der Freund zu ihm: ‚Wahrlich, du vergissest Gott, wenn du deinen Nachbarn vergissest! Liebtest du Gott, du würdest auch deinen Nachbarn lieben. Weißt du nicht, daß ein Nachbar ein Anrecht hat an seinem Nachbarn, dem Rechte der Verwandtschaft gleich?'

Hudhaifa erzählte: ‚Wir zogen mit Ibrahîm ibn Adham in Mekka ein, und Schakîk el-Balchi machte in ebendiesem Jahre gleichfalls eine Pilgerfahrt. Nun begegneten wir uns beim Umzug um die Kaaba, und Ibrahîm sprach zu Schakîk: ‚Wie haltet ihr's in eurem Lande?' Da antwortete Schakîk: ‚Haben wir Brot, so essen wir; und müssen wir hungern, so gedulden wir uns.' Ibrahîm aber rief: ‚So tun ja auch die Hunde von

---

1. Sure 28, 27. Hier ist Jakob mit Moses und Jethro mit Laban verwechselt.

Balch; wir jedoch, haben wir Brot, so geben wir anderen davon ab; und müssen wir hungern, so danken wir Gott.' Da setzte Schakîk sich vor Ibrahîm nieder und sprach: ,Du bist mein Meister.'

Mohammed ibn 'Imrân erzählte: ,Einst fragte jemand Hâtim den Tauben: ,Was gibt dir dein Vertrauen auf Allah den Erhabenen?' ,Zweierlei Dinge,' erwiderte er; ,ich weiß, daß niemand als ich mein tägliches Brot essen wird, und so ist meine Seele ruhig darüber; und ich weiß, daß ich nicht ohne Allahs Wissen erschaffen bin, und also stehe ich beschämt vor ihm.'

Nun trat das fünfte Mädchen zurück, und die Alte trat vor, küßte den Boden vor deinem Vater neunmal und sprach: ,Du hast gehört, o König, was diese alle über die Frömmigkeit gesagt haben; ich will ihrem Beispiel folgen und dir etwas von dem erzählen, was mir über die großen Männer der Vorzeit berichtet worden ist. Es wird erzählt, daß der Imâm esch-Schâfi'i die Nacht in drei Teile teilte, den ersten für die Wissenschaft, den zweiten für den Schlaf und den dritten für die Übungen der Frömmigkeit. Und auch der Imâm Abu Hanîfa pflegte die halbe Nacht zu durchwachen. Einmal wies ein Mann beim Vorübergehen auf ihn und sagte zu einem anderen: ,Dieser Mensch wacht die ganze Nacht hindurch.' Doch als Abu Hanîfa das hörte, sagte er: ,Ich muß mich vor Allah schämen, weil man von mir etwas behauptet, was ich nicht tue.' Von da ab verbrachte er die ganze Nacht wachend.

Er-Rabî' berichtet, daß esch-Schâfi'i während des Monates Ramadân den ganzen Koran siebenzigmal zu sprechen pflegte, und zwar in seinen täglichen Gebeten.

Esch-Schâfi'i – Allah habe ihn selig! – erzählt: ,Zehn Jahre lang aß ich mich niemals satt am Gerstenbrot; denn die Sattheit verhärtet das Herz, raubt den Verstand, lockt den Schlaf und schwächt den Leib, so daß er nicht aufstehen mag, um zu beten.'

Von 'Abdallâh ibn Mohammed es-Sukkari wird berichtet, daß er sagte: ‚Einst sprach ich mit 'Omar, und er bemerkte: ‚Nie sah ich einen gottesfürchtigeren und beredteren Mann als Mohammed ibn Idrîs esch-Schâfi'i. Es traf sich eines Tages, daß ich ausging mit el-Hârith ibn Labîb es-Saffâr, der ein Jünger von el-Muzani war; der hatte eine schöne Stimme, und er sprach die Worte des Höchsten: ‚Das wird ein Tag sein, an dem sie nicht reden werden und sich nicht entschuldigen dürfen.'[1] Da sah ich, wie esch-Schâfi'i die Farbe wechselte, wie seine Haut fröstelnd schauderte, und er in heftiger Erregung ohnmächtig zu Boden fiel. Und als er erwachte, da sprach er: ‚Ich nehme meine Zuflucht zu Allah vor der Stätte der Lügner und den Haufen der Leichtsinnigen! O Gott, vor dem sich die Herzen der Weisen demütigen, o Gott, schenke mir in deiner Güte Vergebung meiner Sünden und schmücke mich mit deinem Schutze und verzeih mir meine Schwäche in deiner Großmut!' Dann stand ich auf und ging davon.'

Einer der Gewährsmänner erzählt: ‚Als ich in Baghdad einzog, war esch-Schâfi'i in der Stadt. Ich setzte mich nieder am Ufer, um vor dem Gebet die Waschung zu vollführen; und siehe, es ging jemand an mir vorbei und sagte: ‚O Jüngling, verrichte deine Waschung gut, so wird Allah dir Gutes tun in dieser Welt und in jener.' Da wandte ich mich um, und siehe, dort stand ein Mann, dem ein Haufen Volks folgte. So beendete ich eilends meine Waschung und ging ihm nach. Er aber sah sich nach mir um und fragte:‚Wünschest du etwas?' ‚Ja,'

---

1. Sure 77, Vers 35, 36.

erwiderte ich, ‚lehre mich etwas von dem, was Allah der Erhabene dich gelehrt hat!' Da sprach er: ‚Wisse denn, wer an Allah glaubt, der wird gerettet werden, und wer seinen Glauben sorgsam hütet, der wird vom Verderben befreit werden, und wer da Enthaltsamkeit übt in dieser Welt, dessen Augen werden dereinst getröstet werden. Soll ich dir noch mehr sagen?' Ich erwiderte: ‚Gewiß'; und er fuhr fort: ‚Sei enthaltsam in dieser Welt und trachte nach der zukünftigen; sei wahrhaftig in all deinen Handlungen; so wirst du gerettet werden mit den Genossen des Heils.' Darauf ging er weiter; nun erkundigte ich mich nach ihm, und es ward mir gesagt, daß er der Imâm esch-Schâfi'i war.'

Der Imâm esch-Schâfi'i pflegte zu sagen: ‚Ich habe es gern, wenn die Menschen aus meiner Gelehrsamkeit Nutzen ziehen, wenn nur mir nichts davon zugeschrieben wird.' – –«

Da bemerkte Schehrezâd, daß der Morgen begann, und sie hielt in der verstatteten Rede an. Doch als die *Vierundachtzigste Nacht* anbrach, fuhr sie also fort: »Es ist mir berichtet worden, o glücklicher König, daß der Wesir Dandân dem Dau el-Makân weiter erzählte: ‚Die Alte sprach also zu deinem Vater: ‚Der Imâm esch-Schâfi'i pflegte zu sagen: ‚Ich habe es gern, wenn die Menschen aus meiner Gelehrsamkeit Nutzen ziehen, wenn nur mir nichts davon zugeschrieben wird.' Ebenso sagte er: ‚Ich habe nie mit jemandem gestritten, es sei denn in dem Wunsche, daß Allah der Erhabene ihn zur Wahrheit leite und ihm hülfe, sie zu verbreiten; noch auch stritt ich je mit einem zu anderem Zweck, als die Wahrheit offenbar zu machen, und es war mir gleich, ob Allah sie durch meine Zunge offenbarte oder durch seine.'

Ebenso sagte er – Allah habe ihn selig! –: ‚Wenn du fürchtest, durch dein Wissen eingebildet zu werden, dann denke daran, nach wessen Huld du strebst und nach welchem Segen du dich sehnest und vor welcher Strafe du dich fürchtest!'

Zu Abu Hanîfa sagte man, daß der Beherrscher der Gläubigen, Abu Dscha'far el-Mansûr, ihn zum Kadi ernannt und ihm ein Gehalt von zehntausend Dirhem festgesetzt habe; aber er wollte es nicht nehmen. Als nun der Tag kam, an dem er erwartete, daß ihm das Geld gebracht würde, da betete er das Morgengebet; darauf hüllte er sich ganz in sein Gewand und sprach kein Wort. Dann kam der Bote des Beherrschers der Gläubigen mit dem Gelde; aber als er zu dem Imâm eintrat und ihn anredete, gab der keine Antwort. So sagte der Bote des Kalifen zu ihm: ,Dies Geld ist dein rechtmäßiges Gut.' ,Ich weiß,' erwiderte er, ,daß es mein rechtmäßiges Gut ist: doch es widerstrebt mir, daß die Liebe zu den Tyrannen sich in mein Herz senke.' Der Bote darauf: ,Geh doch zu ihnen und nimm dich vor der Liebe zu ihnen in acht!' Aber er antwortete: ,Kann ich sicher sein, daß meine Kleider nicht naß werden, wenn ich ins Meer hineinsteige?'

Zu den Sprüchen von esch-Schâfi'i – Allah der Erhabene habe ihn selig! – gehört auch dieser Vers:

> *Willst du, o Seele, meinen Rat befolgen*
> *Und reich an Ehren sein in Ewigkeit,*
> *Wirf von dir die Begierden und die Wünsche!*
> *Wie mancher Wunsch schon brachte Todesleid.*

Unter den Worten des Sufjân eth-Thauri, mit denen er 'Alî ibn el-Hasan es-Sulami ermahnte, waren auch diese: ,Übe Wahrhaftigkeit und meide Lüge, Verrat, Heuchelei und Hoffart! Denn Allah macht um einer von diesen Sünden willen deine guten Werke zunichte. Sei keines Schuldner außer des Einen, der da barmherzig ist gegen Seine Schuldner; und dein Freund sei, wer dich der Welt entsagen lehrt! Stets denke an den Tod, und sei beständig im Gebet um Vergebung der Sünden und bitte Allah um Frieden für den Rest deines Lebens! Berate jeden Gläubigen, wenn er dich fragt nach den Dingen des Glaubens; und hüte dich, einen Gläubigen zu verraten, denn wer einen Gläubigen verrät, der verrät Allah und seinen Gesandten! Meide Streit und Zank! Laß, was dir zweifelhaft ist, fahren zugunsten dessen, was dir nicht zweifelhaft ist[1], so wirst du mit dir im Frieden leben! Befiehl Wohlwollen und verbiete Übelwollen, so wird Allah dich lieben! Schmücke deinen inneren Menschen, so wird Allah deinen äußeren Menschen schmücken! Nimm die Entschuldigung dessen an, der sich bei dir entschuldigt, und hasse keinen der Muslime! Sei freundlich gegen den, der dich zurückstößt, und verzeihe dem, der dir Unrecht tut, so wirst du zum Freunde der Propheten! Stelle deine Sache Gott anheim, im Geheimen und im Offenen; fürchte Gott, so wie ihn der fürchtet, der da weiß, daß er stirbt und auferweckt wird und dahinziehen muß zum Jüngsten Gericht, um sich vor dem Gewaltigen zu stellen; und bedenke, daß deine Reise zu einem von zweien Orten führt, entweder zum Paradies in der Höhe oder zum brennenden Höllenfeuer!'

Darauf setzte die Alte sich zu den Mädchen.

Als nun dein seliger Vater ihrer aller Reden gehört hatte, da erkannte er, daß sie zu den Trefflichsten ihrer Zeit gehörten; und da er ihre Schönheit und Lieblichkeit und die große Feinheit ihrer Bildung bewunderte, so bezeugte er ihnen seine Gunst. Der Alten aber erwies er besondere Ehren; und er bestimmte für sie und für die Mädchen den Palast, den Prinzessin Abrîza, die Tochter des Königs von Kleinasien, bewohnt hatte. Dorthin ließ er alles bringen, dessen sie zur Annehmlichkeit

---

1. Das ist der Koran; vgl. Sure 2, 1.

des Lebens bedurften. So blieben sie zehn Tage lang bei ihm, und mit ihnen die Alte; doch sooft der König sie besuchte, fand er sie im Gebet versunken; denn sie wachte des Nachts und fastete des Tages. Da gewann er sie von Herzen lieb, und er sagte zu mir: ‚O Wesir, wahrlich, diese Alte gehört zu den Frommen, und die Ehrfurcht vor ihr ist stark in meinem Herzen.' Nun besuchte der König sie am elften Tage, um ihr den Preis für die Mädchen zu zahlen; aber sie sprach zu ihm: ‚O König, wisse, der Preis dieser Mädchen übersteigt die Schätzung der Menschen; siehe, ich verlange für sie weder Gold noch Silber noch Edelsteine, weder viel noch wenig.' Wie dein Vater ihre Worte vernahm, da staunte er und fragte sie: ‚O Herrin, was ist denn ihr Preis?' Da erwiderte sie: ‚Ich verkaufe sie dir nur um den Preis, daß du einen vollen Monat lang fastest, und zwar so, daß du tagsüber fastest und die Nacht hindurch wachest um Allahs des Erhabenen willen; wenn du das tust, so sind sie dein Eigentum in deinem Palaste, und du kannst mit ihnen tun, was du willst.' Da staunte der König über ihre vollendete Frömmigkeit, Entsagung und Demut; und sie stand in seinen Augen noch größer da. So sprach er denn: ‚Allah segne uns durch diese fromme Frau!' Dann vereinbarte er mit ihr, einen Monat zu fasten, wie sie es ihm zur Bedingung gemacht hatte; und sie sprach zu ihm: ‚Ich will dir mit meinen Gebeten für dich zur Seite stehen; jetzt aber bringe mir einen Krug Wasser!' Nachdem er ihr den Krug hatte bringen lassen, nahm sie ihn und murmelte Sprüche darüber; eine Stunde lang saß sie da, indem sie in einer Sprache redete, von der wir nichts verstanden noch kannten. Darauf bedeckte sie den Krug mit einem Stück Tuch, versiegelte ihn und gab ihn deinem Vater mit den Worten: ‚Wenn du die ersten zehn Tage gefastet hast, so trink in der elften Nacht den Inhalt dieses Krugs! Denn er wird die Liebe zur Welt aus deinem Herzen reißen und es anfüllen mit Licht und Glauben. Morgen will ich zu meinen Brüdern ziehen, den unsichtbaren Geistern, denn ich sehne mich nach ihnen. Danach will ich zu dir zurückkehren, wenn die ersten zehn Tage verstrichen sind.' Da nahm dein Vater den Krug, erhob sich und suchte für ihn eine Kammer seines Palastes aus. Dorthin brachte er den Krug; den Türschlüssel aber nahm er mit sich in seiner Tasche. Am nächsten Tage also fastete der König, und die Alte ging ihrer Wege.' – –«

Da bemerkte Schehrezâd, daß der Morgen begann, und sie hielt in der verstatteten Rede an. Doch als die *Fünfundachtzigste Nacht* anbrach, fuhr sie also fort: »Es ist mir berichtet worden, o glücklicher König, daß der Wesir Dandân dem Dau el-Makân weiter erzählte: ,Am nächsten Tage also fastete der König, und die Alte ging ihrer Wege. Doch als der König zehn Fasttage vollendet hatte, öffnete er am elften den Krug, trank seinen Inhalt und fand, daß er seinem Herzen wohltat. Während der zweiten zehn Tage des Monats aber kam die Alte zurück, mit Süßigkeiten, die in grüne Blätter, ungleich anderen Baumblättern, gehüllt waren. Sie ging zu deinem Vater und grüßte ihn; und als er sie sah, da stand er auf vor ihr und sagte: ,Willkommen, fromme Herrin!' ,O König,' erwiderte sie, ,die unsichtbaren Geister grüßen dich; denn ich habe ihnen von dir erzählt, und sie freuten sich deiner und schicken durch mich diese süße Speise, die von den Süßigkeiten des Jenseits stammt. Iß sie, wenn der Tag zu Ende ist!' Des freute der König sich gar sehr, und er rief: ,Preis sei Allah, der mir Brüder unter den unsichtbaren Geistern verliehen hat!' Dann dankte er der Alten und küßte ihr die Hände; und er erwies ihr und den Mädchen die höchsten Ehren. Darauf ging sie wieder davon auf eine Zeit von zehn Tagen, während derer dein Vater fastete. Nach Ablauf der Zeit kehrte die Alte zu ihm zurück und sprach zu ihm: ‚Wisse, o König, ich habe den unsichtbaren Geistern von der Freundschaft zwischen dir und mir gesprochen und ihnen gesagt, daß ich die Mädchen bei dir gelassen habe; da freuten sie sich, daß die Jungfrauen bei einem König wie dir sind; denn sooft sie sie sehen, widmen sie ihnen eifrige Gebete, die immer erhört werden. So möchte ich sie gern zu den unsichtbaren Geistern führen, damit ihr Hauch sie berührt, und vielleicht werden sie gar mit Schätzen der Erde zu dir zurückkehren, so daß du nach Vollendung deines Fastens für ihre Ausstattung sorgen und das Geld, das sie dir bringen werden, ganz nach deinen Wünschen verwenden kannst.' Als dein Vater ihre Worte hörte, da dankte er ihr und sprach: ‚Wenn ich nicht fürchten müßte, dir zu widersprechen, so würde ich weder den Schatz noch irgend etwas sonst annehmen; aber wann willst du mit ihnen fortziehen?' Sie antwortete: ‚In der siebenundzwanzigsten Nacht; und ich bringe sie dir wieder am Ende des Monats. Denn dann hast du dein Fasten vollendet, und sie haben ihre Reinigung gehabt; so werden sie dir gehören und dir gehorchen. Bei Allah, jede von ihnen ist viele Male dein Königreich wert!' Er darauf: ‚Ich weiß es, o fromme Herrin!' Und die Alte: ‚Du mußt aber auch unbedingt jemanden aus dem Palaste mit ihnen senden, der dir teuer ist, auf daß er Trost finde und sich den Segen der unsichtbaren Geister hole.' Da sagte er: ‚Ich habe eine griechische Sklavin namens Sophia, und durch sie wurden mir zwei Kinder geschenkt, ein Mädchen und ein Knabe; doch sie sind mir seit Jahren verloren. Nimm Sophia mit dir, auf daß ihr der Segen zuteil werde!' – –«

Da bemerkte Schehrezâd, daß der Morgen begann, und sie hielt in der verstatteten Rede an. Doch als die *Sechsundachtzigste Nacht* anbrach, fuhr sie also fort: »Es ist mir berichtet worden, o glücklicher König, daß der Wesir seine Erzählung vor Dau el-Makân also schloß: ,Als die Alte die Mädchen von deinem Vater verlangte, sprach er zu ihr: ,Ich habe eine griechische Sklavin namens Sophia, und durch sie wurden mir zwei Kinder geschenkt, ein Mädchen und ein Knabe; doch sie sind mir seit Jahren verloren. Nimm Sophia mit dir, auf daß ihr der Segen zuteil werde, und vielleicht werden die unsichtbaren Geister Allah für sie bitten, daß er ihr die beiden Kinder wiederbringe und sie mit ihr vereine!' Die Alte erwiderte: ,Du hast schön gesprochen' – das war nämlich gerade ihr höchster Wunsch gewesen. Als nun dein Vater nahe daran war, sein Fasten zu vollenden, sprach die Alte zu ihm: ,Mein Sohn, ich begebe mich jetzt zu den unsichtbaren Geistern; bringe mir also Sophia!' Da ließ er sie rufen; sie kam sofort, er übergab sie der Alten, und die nahm sie zu den Mädchen. Dann aber ging die Alte in ihre Kammer und kam zum König mit einem versiegelten Becher, den sie ihm mit diesen Worten reichte: ,Am dreißigsten Tage begib dich ins Bad, und dann, wenn du von dort zurückkehrst, geh in eine der Kammern deines Palastes und trink diesen Becher aus! Danach lege dich schlafen, und du wirst dein Ziel erreichen; und dies ist mein Abschiedsgruß an dich!' Da freute der König sich, dankte ihr und küßte ihr die Hände. Sie sagte noch: ,Ich befehle dich in Allahs Hand'; und er fragte sie: ,Wann werde ich dich wiedersehen, fromme Herrin? Wahrlich, ich möchte mich nicht von dir trennen.' Sie aber rief Segen auf ihn herab und brach auf mit den fünf Mädchen und der Prinzessin Sophia. Drei Tage fastete nun der König noch, bis zum Neumond; dann stand er auf und ging ins Bad, und als er von dort zurückkam, ging er in eine Kammer seines Palastes, befahl, daß niemand zu ihm hereintreten sollte, und verschloß die Tür. Dann trank er den Inhalt des

Bechers und legte sich schlafen; und wir erwarteten ihn bis zum Abend. Er aber kam nicht aus der Kammer heraus, und so sagten wir: ‚Vielleicht ist er müde vom Bade und vom Wachen bei Nacht und vom Fasten bei Tage, und deshalb schläft er.' Also warteten wir auf ihn am nächsten Tage; aber noch immer kam er nicht heraus. So traten wir an die Tür der Kammer und riefen mit lauter Stimme, daß er erwachen möchte und fragen, was es gäbe. Doch das geschah nicht; so hoben wir schließlich die Tür aus, und als wir zu ihm eintraten, fanden wir ihn mit zerrissenem und zerfetztem Leib und mit zerbrökkelten Knochen daliegen. Und als wir ihn also sahen, da waren wir erschüttert; und wir nahmen den Becher und fanden in seinem Deckel ein Stück Papier, darauf stand geschrieben: ‚Wer da Arges tut, hinterläßt keine Trauer; und dies ist der Lohn dessen, der Königstöchter überlistet und sie schändet! Allen, die dieses Blatt in die Hände nehmen, sei hiermit kundgetan, daß Scharkân unsere Prinzessin Abrîza verführte, als er in unser Land gezogen kam; und auch das genügte ihm noch nicht: er mußte sie uns nehmen und zu euch bringen. Dann schickte er sie fort im Geleit eines schwarzen Sklaven, der sie erschlug, und wir fanden sie tot in der Wüste, auf dem Erdboden dahingestreckt. Das ist kein königlich Handeln, und der so handelte, hat nun den verdienten Lohn erhalten. Aber faßt keinen falschen Verdacht wider irgend jemand; denn niemand hat ihn zu Tode gebracht als einzig die kundige Zauberin, die da heißt Dhât ed-Dawâhi. Seht, ich habe auch Sophia genommen, die Gemahlin des Königs, und habe sie zu ihrem Vater geführt, zu Afridûn, dem König von Konstantinopel. Und nun ist nichts anderes möglich, als daß wir euch mit Krieg überziehen und euch töten und euer Land euch nehmen; vernichtet sollt ihr werden bis auf den letzten Mann, keine Menschenseele bleibt von euch übrig dann, keiner, der ein Feuer anblasen kann, es sei denn, er bete das Kreuz und den Gürtel[1] an.'

Als wir dies Blatt gelesen hatten, wußten wir, daß die Alte uns betrogen hatte und daß ihr Anschlag gegen uns gelungen war; da schrien wir laut und schlugen uns das Gesicht und weinten, doch das Weinen nutzte uns nichts mehr. Die Truppen aber entzweiten sich darüber, wen sie zum Sultan über sich machen sollten; einige wollten dich und andere deinen Bruder Scharkân. Einen ganzen Monat lang verharrten sie in dieser Uneinigkeit; dann tat sich ein Teil von uns zusammen, und wir wollten zu deinem Bruder Scharkân ziehen. Und so waren wir auf der Reise, bis wir dich trafen. Also verhält es sich mit dem Tode des Sultans 'Omar ibn en-Nu'mân.'

Als nun der Wesir Dandân seine Erzählung beendet hatte, weinten Dau el-Makân und seine Schwester Nuzhat ez-Zamân; und auch der Kammerherr weinte. Dann sprach der Wesir zu Dau el-Makân: ,O König, das Weinen wird dir nichts helfen; dir frommt jetzt nur, daß du dein Herz festigst und deinen Entschluß kräftigst und deine Herrschaft sicherst; und wer einen Sohn wie dich hinterlassen hat, der ist nicht tot.' Da ließ Dau el-Makân vom Weinen ab, und er befahl, seinen Thron außerhalb der Vorhalle aufzustellen. Dann gab er Befehl, daß die Truppen in Parade vor ihm vorüberziehen sollten. Der Kammerherr stellte sich ihm zur Seite auf, alle Palastoffiziere hinter ihm, der Wesir Dandân vor ihm, und alle Emire und Großen des Reiches stellten sich je nach ihrem Range auf. Dann sprach Dau el-Makân zu dem Minister: ,Gib mir Auskunft über die Schätze meines Vaters!'; und der antwortete: ,Ich höre und gehorche!'; so gab er ihm Auskunft über die Schatzhäuser und

---

1. Der Gürtel war das Kennzeichen der Andersgläubigen.

über ihren Inhalt an Geldern und Juwelen, und ferner legte er ihm Rechenschaft ab über die Gelder seiner Kasse. Da verteilte Dau el-Makân Geschenke an die Soldaten, und dem Wesir Dandân gab er ein kostbares Ehrengewand mit den Worten: ‚Du bleibst in deinem Amte.' Der aber küßte den Boden vor ihm und wünschte ihm langes Leben. Darauf verlieh er auch den Emiren Ehrengewänder, und dann sprach er zum Kammerherrn: ‚Zeige mir, was du an Tribut von Damaskus bei dir hast.' Der zeigte ihm die Kisten mit Geld und Kostbarkeiten und Juwelen, und er nahm sie und verteilte sie unter die Truppen – –«

Da bemerkte Schehrezâd, daß der Morgen begann, und sie hielt in der verstatteten Rede an. Doch als die *Siebenundachtzigste Nacht* anbrach, fuhr sie also fort: »Es ist mir berichtet worden, o glücklicher König, daß Dau el-Makân dem Kammerherrn befahl, ihm zu zeigen, was er an Tribut von Damaskus mitgebracht hatte; der zeigte ihm die Kisten mit Geld und Kostbarkeiten und Juwelen, und er nahm sie und verteilte sie unter die Truppen, bis gar nichts mehr übrigblieb. Die Emire aber küßten den Boden vor ihm und wünschten ihm langes Leben und sagten: ‚Niemals sahen wir einen König solche Gaben austeilen.' Dann gingen alle in ihre Zelte; und als der Morgen kam, gab er Befehl zum Aufbruch. So zogen sie drei Tage lang dahin, und am vierten Tage erblickten sie Baghdad. Als sie darauf in die Stadt einzogen, da fanden sie sie geschmückt, und der Sultan Dau el-Makân zog in den Palast seines Vaters ein und setzte sich auf den Thron, und die Emire des Heeres und der Wesir Dandân und der Kammerherr von Damaskus stellten sich vor ihm auf. Da befahl er seinem Sekretär, an seinen Bruder Scharkân einen Brief zu schreiben, in dem er ihm alles, was vorgefallen war, kundtat; und er schloß: ‚Sowie Du diesen Brief gelesen hast, mache Dich bereit und stoße zu uns mit Deinem Heere; dann ziehen wir aus zum Krieg gegen die Ketzerlande, dann rächen wir unseren Vater und tilgen unsere Schande!' Darauf faltete er das Schreiben und versiegelte es und sprach zu dem Wesir Dandân: ‚Dies Schreiben soll keiner als du überbringen; und du mußt meinem Bruder freundliche Worte geben und zu ihm sagen: Wenn du die Herrschaft deines Vaters begehrst, so ist sie dein, und dein Bruder wird statt deiner Vizekönig in Damaskus sein; denn also lautet mein Auftrag.' Da ging der Wesir davon und machte sich bereit zur Reise. Dann befahl Dau el-Maʿkân, für den Heizer eine prächtige Wohnung herzurichten und sie aufs schönste auszustatten; dieser Heizer hat aber noch eine lange Geschichte.

Bald darauf ritt Dau el-Makân auf die Jagd. Und als er nach Baghdad zurückkehrte, brachte ein Emir ihm so edle Rosse und so schöne Sklavinnen als Geschenk, wie sie keine Zunge zu beschreiben vermag. Da gefiel ihm eine der Sklavinnen; und so zog er sich mit ihr zurück und ruhte noch in derselben Nacht bei ihr, und sie empfing durch ihn zur selben Stunde.

Nach einer Weile kehrte der Wesir Dandân von seiner Reise zurück, und er brachte ihm Nachricht von seinem Bruder Scharkân, der zu ihm unterwegs war; und Dandân sagte: ‚Es wäre gut, wenn du ihm entgegenzögest.' Dau el-Makân erwiderte: ‚Ich höre und willige ein.' Da ritt er mit seinen Garden eine Tagereise weit von Baghdad fort und schlug dort seine Zelte auf, um seinen Bruder zu erwarten. Und am nächsten Morgen erschien König Scharkân mit dem Heere von Syrien, ein Ritter und Vorkämpfer in der Schlacht, ein Löwe dräuend in seiner Macht, und ein Held, der große Taten vollbracht. Wie nun die Schwadronen näher zogen und die Staubwolken in die Lüfte flogen, wie die Fahnen sich ihnen entgegen bewegten und die Paradestandarten im Winde sich regten, da ritten

Scharkân und seine Mannen zur Begrüßung heran. Und als Dau el-Makân seinen Bruder sah, da wollte er vor ihm vom Pferde springen; aber Scharkân beschwor ihn, das nicht zu tun, sondern saß vielmehr selber ab und ging ihm zu Fuß entgegen. Sobald er vor ihm stand, warf sich Dau el-Makân auf ihn, und Scharkân zog ihn an seine Brust; und beide weinten laut und sprachen einander Trost zu. Dann saßen sie wieder auf und ritten dahin mit ihren Truppen, bis sie nach Baghdad kamen; dort machten sie halt, und dann zog Dau el-Makân mit seinem Bruder Scharkân hinauf zum Königspalast, wo sie beide jene Nacht zubrachten. Doch als der Morgen kam, ging Dau el-Makân hinaus und befahl, die Truppen von allen Seiten zu sammeln und den Kampf und heiligen Krieg zu verkünden. Dann warteten sie ab, bis die Truppen aus allen Teilen des Reiches erschienen; und jeden, der da kam, behandelten sie ehrenvoll, und sie versprachen ihm das Beste; damit ging ein voller Monat hin, und die Krieger kamen Schar auf Schar.

Nun sagte Scharkân zu seinem Bruder: ‚Bruder, erzähle mir deine Geschichte!' Der erzählte ihm nun alles, was ihm widerfahren war, von Anfang bis zu Ende, und auch, was ihm der Heizer Gutes getan. Und als Scharkân ihn fragte: ‚Hast du ihm seine Güte nicht vergolten?' antwortete er: ‚Bruder, ich habe ihn bis jetzt noch nicht belohnt, doch so Gott der Erhabene will, werde ich ihn belohnen, sobald ich von diesem Kriegszug heimkehre' – –«

Da bemerkte Schehrezâd, daß der Morgen begann, und sie hielt in der verstatteten Rede an. Doch als die *Achtundachtzigste Nacht* anbrach, fuhr sie also fort: »Es ist mir berichtet worden, o glücklicher König, daß Scharkân seinen Bruder fragte: ‚Hast du dem Heizer seine Güte nicht vergolten?' und daß er antwortete: ‚Bruder, ich habe ihn bis jetzt noch nicht belohnt, aber, so Gott der Erhabene will, werde ich ihn belohnen, sobald ich von diesem Kriegszug heimkehre und Zeit dazu finde.' Nun war Scharkân gewiß, daß seine Schwester, die Prinzessin Nuzhat ez-Zamân, in allem wahr gesprochen hatte; doch er verschwieg, was zwischen ihnen vorgefallen war, und ließ ihr seinen Gruß durch den Kammerherrn, ihren Gatten, überbringen. Da sandte auch sie ihm ihren Gruß, indem sie Segen auf ihn herabrief und sich nach ihrer Tochter Kudija-Fakân erkundigte; und Scharkân ließ ihr sagen, das Mädchen sei wohl und in bester Gesundheit. Da pries sie Allah den Erhabenen und dankte ihm. Scharkân aber kehrte zu seinem Bruder zurück, um sich mit ihm über den Aufbruch zu beraten; und Dau el-Makân sagte: ‚Bruder, sowie die Heere versammelt und die Araber von allen Seiten eingetroffen sind, wollen wir ins Feld ziehen.' Dann befahl er, Proviant und Kriegsgeräte zu beschaffen. Alsdann ging er zu seiner Gattin, die seit fünf Monaten schwanger war; und er stellte ihr Gelehrte und Astrologen zur Verfügung, denen er Gehälter und Einkünfte bestimmte. Und drei Monate nach der Ankunft des syrischen Heeres, als die Araber und die gesamten Truppen aus allen Richtungen eingetroffen waren, brach er auf, begleitet von den Kriegern und Heerhaufen.

Nun war der Name des Führers der Dailamiten Rustem, und der des Führers der Türken Bahrâm. Dau el-Makân aber befand sich in der Mitte der Truppen, und ihm zur Rechten ritt sein Bruder Scharkân und ihm zur Linken sein Schwager, der Kammerherr. So zogen sie einen vollen Monat immer weiter; doch in jeder Woche machten sie an einer Lagerstätte halt und ruhten drei Tage lang aus, da sie viel Volks waren. In dieser Weise rückten sie unaufhörlich vor, bis sie in das Land der Griechen kamen. Da liefen die Bewohner der Dörfer und Weiler und die Bettler fort und flohen nach Konstantinopel.

Als aber ihr König Afridûn die Kunde von ihnen vernahm,

erhob er sich und begab sich zu Dhât ed-Dawâhi, derselben, die jene List ersonnen hatte und nach Baghdad gezogen war, um den König 'Omar ibn en-Nu'mân zu töten; denn als sie ihre Sklavinnen und die Prinzessin Sophia entführt hatte, war sie mit ihnen allen in ihre Heimat zurückgekehrt. Und als sie wieder bei ihrem Sohne, dem König von Kleinasien, war und sich sicher fühlte, da sagte sie zu ihm: ‚Sei getrost! Ich habe die Schmach deiner Tochter Abrîza gerächt, ich habe König 'Omar ibn en-Nu'mân getötet und Sophia mit mir gebracht. Jetzt geh zum König von Konstantinopel, bring ihm seine Tochter Sophia zurück und erzähle ihm, was geschehen ist, auf daß wir alle auf unsrer Hut sind und unsre Streitmacht rüsten! Ich will selbst mit dir zu König Afridûn, dem Herrn von Konstantinopel, reisen, denn ich glaube, die Muslime werden nicht auf unsern Angriff warten.' Ihr Sohn aber, der König Hardûb, sprach: ‚Warte, bis sie sich unserm Lande nähern, damit wir uns inzwischen rüsten!' Dann begannen sie, ihre Mannen zu sammeln und sich zu rüsten, und als die Kunde vom Nahen der Muslime sie erreichte, da waren sie kriegsbereit und versammelt; Dhât ed-Dawâhi jedoch eilte mit dem Vortrab voraus nach Konstantinopel. Als sie dort ankamen, hörte der Großkönig, der Herrscher dieser Stadt, Afridûn, von dem Nahen des Hardûb, des Königs von Kleinasien; da zog er ihm entgegen, und bei ihrem Zusammentreffen fragte er ihn, wie es ihm gehe und weshalb er komme. Nun erzählte ihm Hardûb von der List seiner Mutter Dhât ed-Dawâhi: wie sie den König der Muslime getötet und ihm die Prinzessin Sophia genommen habe; und er fügte hinzu: ‚Die Muslime haben ihre Heere versammelt und sind in unser Land gekommen; drum wollen wir beide uns zusammentun und ihnen entgegentreten.' Da freute König Afridûn sich über die Rückkehr seiner Tochter und über den Tod des Königs 'Omar ibn en-Nu'mân; und er schickte in alle Länder und bat um Hilfe, indem er ihnen bekanntgab, weshalb König 'Omar ibn en-Nu'mân getötet sei. So eilten die Truppen der Christen zu ihm. Kaum waren drei Monate verstrichen, so war das Heer der Griechen versammelt, und zu ihnen stießen die Franken aus all ihren Ländern: Franzosen, Deutsche, Ragusaner, Zaranesen, Venezianer, Genuesen und all die Heerscharen der Bleichgesichter; und als alle beisammen waren, wurde das Land zu eng für sie wegen ihrer Menge. Da befahl der Großkönig Afridûn, von Konstantinopel fortzuziehen; und so brachen sie auf; aber es dauerte zehn Tage, bis eine Schar nach der andern aufgebrochen war. Und sie zogen dahin, bis sie im Mohntale haltmachten, einer breiten Senke, dicht bei dem Salzmeer, und dort rasteten sie drei Tage. Am vierten Tage aber, als sie gerade wieder aufbrechen wollten, erreichte sie die Nachricht, daß die islamischen Scharen, die Hüter der Religion Mohammeds, des Besten der Menschen, vorgerückt waren. So rasteten sie nochmals drei Tage lang, und am folgenden Tage sahen sie eine Staubwolke, die stieg empor und legte der Welt einen Schleier vor; doch kaum verging eine Stunde von des Tages Lauf, da tat sich jene Staubwolke auf und stieg in Fetzen zum Himmel hinauf. Ihr Dunkel erblich vor den Sternen der Lanzenspitzen und vor der hellen Schwerter Blitzen; und unter ihr erschienen die Fahnen, die islamischen, und die Feldzeichen, die mohammedanischen. Dann kamen die Reiter wie das brandende Meer, gekleidet in Panzer, wie um Monde gedrängt der Wolken Heer. Und nun begannen die beiden Heere aufeinander zu fallen wie zwei Meere, die zusammenprallen. Auge fiel auf Auge, und der erste, der zum Kampfe vortrat, war der Wesir Dandân, mit dem syrischen Heere von dreißigtausend Mann. Ihm folgten der Führer der Türken und der Führer der Dailamiten, Rustem und Bahrâm, und zwanzigtausend Reitersmann; hinter ihnen kam noch das Fußvolk vom Salzmeere heran, gekleidet in eherne Panzer, Vollmonden gleich, auf ihrer Bahn in finsteren Nächten am Himmelsplan. Nun erhoben die Christen ihr Feldgeschrei: ‚O Jesus, o Maria, o Kreuz!' – das verdammet sei –, und dann stürmten sie gegen den Wesir Dandân und seine syrischen Heere heran. Dies alles aber geschah gemäß einer Kriegslist der alten Dhât ed-Dawâhi; denn der König hatte sich vor seinem Aufbruche an sie gewendet und sie gefragt: ‚Was ist zu tun? Welcher Plan wird gemacht? Du hast uns ja in dies Elend gebracht!' Und sie hatte geantwortet: ‚Wisse, o König, mächtiger Herr, du Priester von hoher Ehr, ich will dir eine Sache raten, die selbst der Teufel nicht planen kann, riefe er auch seine gefallenen Scharen zur Hilfe heran!' – –«

Da bemerkte Schehrezâd, daß der Morgen begann, und sie hielt in der verstatteten Rede an. Doch als die *Neunundachtzigste Nacht* anbrach, fuhr sie also fort: »Es ist mir berichtet worden, o glücklicher König, daß all das gemäß einer Kriegslist der Alten geschah; denn der König hatte sich vor seinem Aufbruche an sie gewendet und sie gefragt: ‚Was ist zu tun? Welcher Plan wird gemacht? Du hast uns ja in dies Elend gebracht!' Und sie hatte geantwortet: ‚Wisse, o König, mächtiger Herr, du Priester von hoher Ehr, ich will dir eine Sache raten, die selbst der Teufel nicht planen kann, riefe er auch seine gefallenen Scharen zur Hilfe heran. Dieser Plan ist folgender: Entsende fünfzigtausend Mann, die in Schiffen über das Meer fahren, bis sie zum Berge des Rauchs kommen; dort sollen sie bleiben und sich nicht von der Stelle rühren, bis die Standarten des Islams euch nahen; dann kämpft miteinander. Darauf sollen die Truppen vom Meere her den Muslimen in den Rücken fallen, während wir sie vom Lande her fassen. So wird nicht einer von ihnen entkommen; dann endet unser Leid, und wir haben Frieden in Ewigkeit.' Die Rede der Alten gefiel dem König Afridûn, und er antwortete: ,Ein guter Rat ist dein Rat, du Herrin der alten Frauen, die listig betrügen, und Zuflucht der Priester, die in Fehden der Rache liegen!'

Als aber das Heer des Islams sie in jenem Tal überfiel, da standen, ehe sie sichs versahen, die Zelte in Flammen, und die Schwerter hieben die Leiber zusammen. Dann stoben heran die Heere von Baghdad und Chorasân, einhundertundzwanzigtausend Reiter, und an der Spitze Dau el-Makân. Doch als das Heer der Ungläubigen, das am Meere lag, sie sah, fiel es ihnen in den Rücken. Wie Dau el-Makân sie erkannte, rief er seinen Mannen zu: ,Macht gegen die Ungläubigen kehrt, ihr Leute, die ihr den erwählten Propheten verehrt! Streitet wider die ungläubigen Massen, die den Dienst des barmherzigen Erbarmers hassen!' Da machten sie kehrt und kämpften gegen die Christen. Nun rückte aber auch Scharkân mit einer anderen Schar des Heeres der Muslime heran, mit ungefähr hundertundzwanzigtausend Mann, während die Ungläubigen nahe an sechzehnhunderttausend zählten. Doch als die Muslime vereinigt waren, da festigte sich ihr Herz, und sie schrien laut und riefen: ,Allah hat uns den Sieg verheißen und den Ungläubigen die Niederlage bestimmt!' Dann prallten sie zusammen mit Schwert und Speer; und Scharkân brach durch die Reihen daher; er tobte unter den Tausenden und stritt, so furchtbar anzuschauen, daß Säuglingen davon die Haare ergrauen; und er ließ nicht ab, auf die Ungläubigen einzudringen und das scharfe Schwert zu schwingen, mit dem Rufe: ,Allâhu Akbar!'[1]

---

1. Gott ist der Größte!

bis das Heer an die Meeresküste zurückgedrängt war. Da versagte ihnen die Leibeskraft, und Allah gab den Sieg der islamischen Glaubensritterschaft, während Mann gegen Mann kämpfte, trunken ohne Rebensaft. Von den Ungläubigen fielen in diesem Kampfe fünfundvierzigtausend; von den Muslimen aber fielen nur dreitausendfünfhundert.

In jener Nacht schlief weder der Löwe des Glaubens, König Scharkân, noch auch sein Bruder Dau el-Makân, sondern sie teilten dem Kriegsvolk die frohe Siegeskunde mit, sorgten für die Verwundeten und beglückwünschten sie zu Heil und Sieg und Lohn am Jüngsten Tage vor Allahs Thron.

So weit die Muslime. Wenden wir uns nun zu König Afridûn von Konstantinopel und zu dem König von Kleinasien und der alten Dhât ed-Dawâhi! Die sammelten die Emire des Heeres und sprachen zueinander: ,Wahrlich, wir hätten unseren Wunsch erfüllt und unseres Herzens Verlangen gestillt, doch wir bauten zu sehr auf unsere Menge, und das allein trieb uns in die Enge.' Da sprach die alte Dhât ed-Dawâhi zu ihnen: ,Euch hilft nur noch eins: tretet vor des Messias Angesicht, und setzt auf den wahren Glauben eure Zuversicht! Denn beim Messias, die ganze Kraft der Muslime liegt in diesem Satan, dem König Scharkân.' König Afridûn erwiderte: ,Ich habe beschlossen, morgen die Schlachtreihen wieder aufzustellen und jenen ruhmreichen Ritter wider sie zu entsenden, Lukas, den Sohn des Schamlût; denn wenn er gegen König Scharkân zum Einzelkampf auszieht, so wird er ihn fällen, und mit ihm die anderen Ritter der Muslime, bis keiner von ihnen mehr übrig ist. Ferner habe ich beschlossen, heute nacht euch alle mit dem heiligen Weihrauch zu weihen.' Als die Emire seine Worte vernahmen, da küßten sie vor ihm den Boden. Der Weihrauch aber, den er meinte, bestand aus den Exkrementen des Großpatriarchen, des Lügners und Leugners; und man begehrte ihn so leidenschaftlich und schätzte seinen Wert so hoch, daß die mächtigsten der griechischen Patriarchen ihn, mit Amber und Moschus vermischt, in seidenen Hüllen nach allen Provinzen ihres Landes zu senden pflegten. Wenn die Könige davon hörten, so zahlten sie tausend Dinare für jedes Quentchen; ja, sie schickten Leute, ihn zu holen, um Bräute damit zu beräuchern. Die Patriarchen vermengten ihn mit ihren eigenen Exkrementen, da die des Großpatriarchen für zehn Provinzen nicht genügten. Und die mächtigsten Könige taten ein wenig davon in die Augensalbe und heilten damit Krankheit und Kolik. Als nun der Morgen kam und leuchtete mit seinem hellen Glanze, eilten die Ritter zum Kampf mit der Lanze – – «

Da bemerkte Schehrezâd, daß der Morgen begann, und sie hielt in der verstatteten Rede an. Doch als die *Neunzigste Nacht* anbrach, fuhr sie also fort: »Es ist mir berichtet worden, o glücklicher König, als der Morgen kam und leuchtete mit seinem hellen Glanze, eilten die Ritter zum Kampf mit der Lanze, und König Afridûn berief seine hohen Ritter und die Großen seines Reiches und kleidete sie in Ehrengewänder; nachdem er ihnen das Zeichen des Kreuzes auf die Stirn gezogen hatte, beräucherte er sie mit dem zuvor erwähnten Weihrauch, den Exkrementen des Großpatriarchen und Heresiarchen. Dann ließ er Lukas, den Sohn des Schamlût, rufen, den man ‚Das Schwert des Messias' nannte; und er beräucherte ihn mit dem Mist, rieb ihm den Gaumen damit, gab ihm davon zu schnupfen, schmierte ihn auf seine Wangen und strich ihm den Rest auf den Schnauzbart. Nun gab es im Lande der Griechen keinen stärkeren Mann als diesen verruchten Lukas, und keinen, der am Tage der Walstatt besser den Pfeil zu schießen, das Schwert zu schwingen oder mit der Lanze zu stechen verstand.

Doch er war scheußlich anzusehen; denn sein Gesicht war das eines Esels, und seine Gestalt die eines Affen, sein Blick der einer giftigen Schlange; seine Nähe machte mehr Kummer als die Trennung von der Geliebten; von der Nacht hatte er seine finstere Farbe, vom Löwen seinen stinkenden Odem, vom Panther seine Tücke, und das Brandmal des Unglaubens trug er auf der Stirn. Er trat also vor König Afridûn hin, küßte ihm die Füße und blieb vor ihm stehen. Da sprach der König zu ihm: ‚Ich wünsche, daß du zum Kampfe ausziehst wider Scharkân, den König von Damaskus und den Sohn des 'Omar ibn en-Nu'mân; dann verläßt uns dies Unheil und wird abgetan.' Lukas antwortete: ‚Ich höre und gehorche!' Dann zog der König ihm das Zeichen des Kreuzes auf der Stirn und glaubte, nun sei der Sieg ihm nahe. Darauf verließ Lukas den König Afridûn; und der Verfluchte bestieg ein fuchsrotes Roß. Er trug ein rotes Gewand, seine Brust war von einem goldenen Harnisch voll Edelgestein umspannt, er hielt eine dreizackige Lanze in der Hand, und er glich dem verfluchten Höllendämon am Tage der Rebellion. Er ritt dahin mit seiner ungläubigen Schar, als zögen sie ins Höllenfeuer gar. Und bei ihnen war ein Herold, der laut in arabischer Sprache rief: ‚O ihr Leute des Mohammed – Allah segne ihn und gebe ihm Heil! –, kein anderer von euch trete vor als euer Ritter, das Schwert des Islams, Scharkân genannt, der Herr von Damaskus im Syrerland!' Kaum hatte er seine Worte beendet, da stieg ein Getöse im Felde empor, das schallte allem Volke ins Ohr; und Galoppgedröhn ward zwischen den Schlachtreihen vernommen, als sei der Tag des Jammers gekommen. Da erbebten die Feiglinge, und die Hälse wandten sich dem Getöse zu, und siehe, es war Scharkân, der Sohn des Königs 'Omar ibn en-Nu'mân. Denn als sein Bruder Dau el-Makân jenen Verfluchten über das Schlachtfeld sprengen sah und den Herold hörte, da hatte er sich zu Scharkân gewandt und gesagt: ‚Siehe, sie suchen nach dir.' Der hatte erwidert: ‚Wenn es so ist, dann ist mir nichts lieber.' So vergewisserten sie sich darüber und lauschten, als der Herold rief: ‚Es trete keiner zu mir auf den Plan, außer allein Scharkân!' Nun wußten sie also, daß dieser Verruchte der Held des Griechenlandes war und daß er geschworen hatte, er wolle das Land von den Muslimen befrein oder selbst aufs schmählichste verloren sein; denn er war es ja, der die Herzen erfüllte mit Schmerzen, vor dem die Heere in Schrecken gerieten, Türken und Kurden und Dailamiten. Jetzt aber sprengte Scharkân nach vorn, gleichwie ein Löwe in seinem Zorn, hoch auf seinem edeln Roß, das wie die flüchtige Gazelle dahinschoß; auf Lukas zu lenkte er es, bis er vor ihm stand, und er schüttelte die Lanze in seiner Hand, daß sie sich wie eine Schlange wand, und er rief diese Verse ins Land:

> *Ich hab ein rotes Roß, das wird gar leicht gelenkt,*
> *Einen Renner, der seine Kräfte willig dem Reiter schenkt.*
> *Und einen graden Speer mit einer schlanken Spitze,*
> *Es ist, als ob der Tod auf seinem Holze sitze.*
> *Und auch ein stählern Schwert, ein scharfes; wer es zieht,*
> *Der meint, daß er beim Ziehen feurige Blitze sieht.*

Aber Lukas, der den Sinn seiner Worte nicht verstand noch auch die Gewalt der Verse empfand, faßte sich, dem Kreuz zu Ehren, das darauf gezeichnet war, an die Stirn und küßte dann die Hand; darauf legte er die Lanze ein wider Scharkân und sprengte auf ihn los. Dann warf er den Speer in die Luft mit der einen Hand, daß er den Augen der Zuschauenden entschwand, doch mit der anderen fing er darauf ihn, wie Gaukler tun, wieder auf. Dann warf er ihn auf Scharkân. Und er entsprang seiner Hand gleich einem leuchtenden Meteor, und das

Volk schrie auf und fürchtete für Scharkân; doch als der Speer ihm nahe kam, fing er ihn im vollen Flug, so daß Entsetzen die Zuschauer schlug. Dann schüttelte Scharkân ihn mit der Hand, mit der er ihn von dem Christen aufgefangen hatte, bis er ihn fast zerbrach, warf ihn zum Himmel empor, daß er dem Blicke entschwand, und fing ihn mit der anderen Hand wieder auf, schneller als ein Augenblick; und aus innerstem Herzen stieß er einen Schrei aus und rief: ‚Bei dem Schöpfer der sieben Himmel, ich mache zu Schanden diesen Verfluchten in allen Landen!' Dann schleuderte er den Speer ab; und Lukas gedachte zu tun, wie Scharkân getan hatte; denn er reckte die Hand nach dem Speere aus, um ihn mitten im Fluge aufzufangen. Aber Scharkân kam ihm mit einem zweiten Speer zuvor; den schleuderte er wider ihn, und der traf ihn mitten auf das Zeichen des Kreuzes, das auf seiner Stirn war, worauf Gott seine Seele in das Höllenfeuer stieß, hinein in das grause Verlies. Doch als die Ungläubigen sahen, daß Lukas, der Sohn des Schamlût, tot niedersank, da schlugen sie sich ins Gesicht und riefen: ‚Wehe! Unheil ist geschehen!' und begannen die Klosterpatriarchen um Hilfe anzuflehen – –«

Da bemerkte Schehrezâd, daß der Morgen begann, und sie hielt in der verstatteten Rede an. Doch als die *Einundneunzigste Nacht* anbrach, fuhr sie also fort: »Es ist mir berichtet worden, o glücklicher König, daß die Ungläubigen, als sie Lukas, den Sohn des Schamlût, tot daliegen sahen, sich ins Gesicht schlugen und riefen: ‚Wehe! Unheil ist geschehen', und begannen, die Klosterpatriarchen um Hilfe anzuflehen und zu rufen: ‚Wo sind die Kreuze, die uns retten?' und die Mönche begannen zu beten. Dann vereinten sich alle wider Scharkân und zeigten ihm Schwert und Lanze, und sie stürmten zum Streite und blutigen Tanze. Heer stieß auf Heer in Kampfeslust, und Huf trat auf Brust; Lanzen und Schwerter hatten zu schaffen, Arme und Hände fingen an zu erschlaffen, und die Rosse sahen aus, als seien sie ohne Beine erschaffen; und der Kampfesherold rief immerdar, bis jede Hand ermattet war und der Tag zur Rüste ging und die Nacht alles mit Dunkel umfing. Da aber trennten die Heere sich; und es war, als ob jeder Held einem Trunkenen glich, ermattet von Schwerthieb und Lanzenstich. Der Boden war übersät mit Leichen, und furchtbar waren die Wunden; doch keiner, der fiel, wußte, durch wen er den Tod gefunden. Darauf vereinte sich Scharkân mit seinem Bruder Dau el-Makân und dem Kammerherrn und dem Wesir Dandân. Und also sprach er zu den beiden: ‚Siehe, Allah öffnete ein Tor zum Verderben der Heiden. Lobpreis soll Allah gelten, dem Herrn der Welten!‘ Da erwiderte Dau el-Makân seinem Bruder: ‚Ewig lasset uns Allah preisen mit lautem Schalle, der da von Not befreite die Perser und Araber alle! Davon werden die Menschen reden, Geschlecht auf Geschlecht, wie du uns an dem verruchten Lukas, dem Fälscher des Evangeliums, gerächt, wie du den Speer auffingst mitten im Flug, und wie deine Hand den Feind Allahs erschlug. Bis zum Ende der Zeit hört dein Ruhm nimmer auf.‘ Doch Scharkân sagte darauf: ‚Höre, du großer Kammerherr, du Held von hoher Ehr!‘ Und der erwiderte: ‚Ich bin zur Stelle.‘ Da fuhr Scharkân fort: ‚Nimm mit dir den Wesir Dandân und zwanzigtausend Reiter, und führe sie sieben Parasangen weit hinab zum Meer; und eilt euch, bis ihr der Küste nahe seid an einer Stelle, wo zwischen euch und den Feinden nur eine Entfernung von zwei Parasangen ist. Dort legt euch in den Falten des Geländes nieder, bis ihr den Lärm vernehmt, wenn die Ungläubigen aus ihren Schiffen kommen; dann werdet ihr von beiden Seiten das Kriegsgeschrei hören, sobald der Kampf der Schwerter zwischen uns begonnen hat; und wenn ihr unsere Truppen zurückweichen seht, als seien sie geschlagen, und wenn dann die Ungläubigen von allen Seiten, auch vom Meere und vom Zeltlager her, ihnen nachdrängen, so bleibt doch ruhig im Hinterhalt liegen; sowie ihr aber das Banner seht mit der Inschrift: ‚Es gibt keinen Gott außer Allah, und Mohammed ist der Gesandte Allahs' – Er segne ihn und gebe ihm Heil –, dann herauf mit der grünen Standarte! Erhebt das Kriegsgeschrei Allâhu Akbar![1] und fallt ihnen in den Rücken; doch achtet darauf, daß die Ungläubigen nicht zwischen den Fliehenden und dem Meere ausbrechen!' Der Kammerherr erwiderte: ‚Ich höre und gehorche!' So wurde alles zur selbigen Stunde verabredet. Dann zogen sie gerüstet davon, und der Kammerherr nahm, wie König Scharkân befohlen hatte, den Wesir Dandân und zwanzigtausend Reiter mit.

Als nun der Morgen dämmerte, da ritten die Feinde heran, die Schwerter gezückt, die Lanzen fest an sich gedrückt, in voller Rüstung zumal; und die Scharen ergossen sich über Hügel und Tal. Die Priester sangen feierlich, und aller Häupter entblößten sich. Hoch flatterten die Kreuzessegel von den Schiffen her über das Land, und die Mannen eilten von allen Seiten her an den Strand; die Rosse wurden ans Land gebracht, und vorwärts gings in die wogende Schlacht. Wie die Haufen sich so dahinwälzten, leuchteten der Schwerter Klingen; und die Lanzen ließen feurige Blitze sprühen von der Kettenpanzer Ringen. Die Mühle des Todes wirbelte über den Häuptern von Reisigen und berittenen Mannen; und die Köpfe flogen über die Leiber von dannen. Stumm blieben die Zungen stehen; die Augen konnten nicht mehr sehen; es platzten die Gallen-

---

1. Siehe Anmerkung S. 685.

blasen. Und die Schwerter begannen zu rasen; Schädel wurden hinweggeweht, und Handgelenke abgemäht. Die Rosse wateten in Lachen von Blut, und die Bärte wurden gepackt in Wut. Da fingen die muslimischen Heere an zu schrein: ‚Segen und Heil über Ihm, dem Herrn der Menschen allein! Preis sei dem Erbarmungsreichen ob seiner Gnaden ohnegleichen!' Die Heere der Ungläubigen aber schrien: ‚Preis soll dem Kreuze und Gürtel sein, dem Rebensaft und dem, der da keltert den Wein, den Priestern und den Eremiten, dem Palmsonntag und dem Metropoliten!'

Nun zogen Dau el-Makân und Scharkân sich zurück, und ihre Truppen wichen in scheinbarer Flucht vor dem Feinde; doch die Heere der Ungläubigen drängten nach, da sie vermeinten, die Muslime seien geschlagen, und sie rüsteten sich zu Hieb und Stich. Da erhoben die Gläubigen die Stimme und sprachen die ersten Verse von der zweiten Sure; und derweilen wurden die Toten unter den Hufen der Rosse zertreten, und der Herold der Griechen rief: ‚O ihr Diener des Messias all, ihr Männer des rechten Glaubens zumal, ihr, die ihr vor dem Patriarchen euch beugt – wohlan, euch hat sich der Sieg gezeigt. Seht, wie die Heere des Islams sich zur Flucht anschikken; drum kehrt ihnen nicht den Rücken! Taucht tief eure Schwerter in ihre Nacken, und laßt nicht ab, sie im Rücken anzupacken! Sonst seid ihr verstoßen vom Messias, Mariä Sohn, der da redete in der Wiege schon!'

Nun glaubte Afridûn, der König von Konstantinopel, die Heere der Ungläubigen seien siegreich; denn er wußte nicht, daß dies nur eine kluge List der Muslime war, und so schickte er dem König von Kleinasien Glückwünsche zum Siege und ließ ihm sagen: ‚Uns half nur der heilige Unrat des Großpatriarchen, denn sein Duft entströmte nah und fern aus den Kinnbärten und Schnauzbärten aller Diener des Kreuzes; und ich schwöre bei den Wundern des Messias und bei deiner Tochter Abrîza, der Nazarenerin und Mariä Dienerin, und bei den Wassern der Taufe: ich habe im Sinn, keinen einzigen Kämpfer des Islams auf der Erde zu lassen und diese grimme Absicht fest ins Auge zu fassen.' So begab sich der Bote mit dieser Botschaft dahin, während die Ungläubigen einander zuriefen: ‚Nehmt Blutrache für Lukas!' – –«

Da bemerkte Schehrezâd, daß der Morgen begann, und sie hielt in der verstatteten Rede an. Doch als die *Zweiundneunzigste Nacht* anbrach, fuhr sie also fort: »Es ist mir berichtet worden, o glücklicher König, daß die Ungläubigen einander zuriefen: ‚Nehmt Blutrache für Lukas!' Aber der König von Kleinasien rief laut aus: ‚Auf, zur Rache für Abrîza!' Und nun rief König Dau el-Makân: ‚O ihr Diener des Königs, der da belohnt, treffet das Volk, in dem Unglauben und Ungehorsam wohnt, mit den Klingen, die funkeln, und den Lanzen, den dunkeln!' Da stürmten die Muslime wieder auf die Ungläubigen ein, und sie hieben auf sie mit der scharfen Klinge drein. Und der Herold der Muslime begann zu rufen: ‚Auf, wider die Feinde des Glaubens, jeder, der den Propheten, den Auserwählten, liebt! Dies ist die Zeit, die euch bei dem Gütigen und Verzeihenden Gnade gibt! O der du hoffst, der gefürchtete Tag des Gerichts werde dir Rettung bringen, wisse, das Paradies liegt unter dem Schatten der Klingen!' Und siehe, Scharkân und seine Mannen stürmten wider die Ungläubigen daher und ließen ihnen keinen Weg zum Rückzug mehr; und er wütete unter ihren Reihen mit grauser Gewalt – da erschien plötzlich ein Ritter von herrlicher Gestalt; der schlug sich durch die Heere der Ungläubigen eine Bahn, fuhr zwischen die Ketzer mit Hieb und Stich und füllte mit Köpfen und Rümpfen den

Plan. Und die Ungläubigen, die über sein Toben erschraken, beugten bei seinem Stechen und Hauen ihre Nacken. Er war gegürtet mit zwei Schwertern, seinem Blick und seinem Stahl; und er hatte zwei Lanzen, einen Rohrschaft und seinen schlanken Leib zumal; und sein wallendes Haar ersetzte ihm eine große Kriegerschar, wie von ihm der Dichter sagt:

> *Schön ist das lange Haar nur, wenn es flattert*
> *Um die Schläfen am Tage der Schlacht*
> *Dem Jüngling, der seiner ragenden Lanze*
> *Bärtige Männer zum Trinkopfer macht.*

Und ein anderer singt:

> *Ich sprach zu ihm, als er sich gürtete mit seinem Schwert:*
> *,Die Schwerter des Blickes genügen; drum leg den Stahl aus der Hand.'*
> *Er sprach: ,Meiner Blicke Schwert ist für die Leute der Liebe;*
> *Mein Stahl für den, der die Süße der Liebe niemals gekannt.'*

Doch als Scharkân ihn erblickte, rief er: ,Ich beschwöre dich bei dem Koran und den Versen, die der Erbarmer kundgetan! Wer bist du, o allerkühnster Reitersmann? Fürwahr, du hast durch dein Tun erfreut den König, der Vergeltung schenkt und den kein Ding von einem anderen ablenkt; du hast das Volk des Unglaubens und Ungehorsams ins Verderben versenkt!' Da rief der Ritter ihm zu und sprach: ,Du bist's, der dich gestern mit mir verbunden – und doch, wie rasch bin ich dir entschwunden!' Dann nahm er den Schleier von seinem Gesicht, und seine Schönheit erstrahlte im schönsten Licht. Ja, er war es, Dau el-Makân; des freute sich Scharkân. Doch war er besorgt um ihn, wenn die Mannen stürmten und die Heerhaufen sich um ihn türmten; und zwar aus zwei Gründen, denn erstlich schützte sein zartes Alter ihn nicht vor dem bösen Blick, und zweitens bedeutete sein Leben für das Reich das größere Glück. So sprach er denn zu ihm: ,O König, du gefährdest dein Leben, drum bleibe dein Roß mit dem meinen vereint, denn ich fürchte für dich von dem Feind! Mögest du dich nicht von diesen Scharen wenden, und laß uns deinen treffsicheren Pfeil von hier gegen die Feinde entsenden!' Doch Dau el-Makân erwiderte: ‚Ich möchte es dir gleichtun im Kampfgefild; denn mit dem Leben vor dir in der Schlacht zu geizen, bin ich nicht gewillt.' Nun brachen die Heere des Islams über die Ungläubigen herein und schlossen sie von allen Seiten ein; sie stritten mit ihnen im heiligen Gottesstreit und brachen die Macht des Unglaubens und der Verstockung und der Gottlosigkeit. Der Christenkönig aber seufzte, als er erblickte, welch ein Unheil die Griechen bedrückte; denn sie hatten sich schon umgewandt und waren flüchtig davongerannt in der Richtung der Schiffe. Doch plötzlich stürmten vom Meere die Scharen gegen sie heran unter Führung des Wesirs Dandân; der warf nieder das mutige Heer und zog gegen sie mit Schwert und Speer. Ebenso auch der Emir Bahrâm, der mit den syrischen Garden kam, mit zwanzigtausend grimmigen Leu'n; und nun schlossen die Heere des Islams ihren Feind von vorn und hinten ein. Aber ein Teil der Muslime wandte sich dann gegen jene, die noch in den Schiffen waren, und brachten Verderben über sie; und die warfen sich ins Meer. Doch eine große Schar von ihnen ward getötet, im ganzen mehr als hunderttausend Vornehme, und keiner ihrer Recken, ob jung oder alt, entging dem Verderben. Und die Muslime nahmen auch die Schiffe weg, bis auf zwanzig, samt all dem Geld und den Schätzen und der Ladung, und sie machten an jenem Tage eine Beute, so groß, wie sie noch nie jemand gemacht hatte in vergangenen Jahren; noch auch hatte je ein Ohr von gleichem Schwert- und Lanzenkampf erfahren. Unter der Beute waren allein fünfzigtausend Rosse, außer den Schätzen und anderen Beutestücken, in Zahlen und Ziffern nicht auszudrücken; und der Muslime Freude war uneingeschränkt darüber, daß Allah ihnen Sieg und Hilfe geschenkt.

Wenden wir uns nun zu den Geschlagenen! Die erreichten bald Konstantinopel, bei dessen Bewohnern die Nachricht eingetroffen war, daß König Afridûn die Muslime besiegt habe; da hatte die alte Dhât ed-Dawâhi gesagt: ‚Ich wußte es: mein Sohn, der König von Kleinasien, läßt sich nicht in die Flucht schlagen; er fürchtet sich nicht vor den islamischen Heeren, ja, er wird die ganze Welt zum Christenglauben bekehren.' Darauf hatte die Alte den Großkönig Afridûn geheißen, die Stadt schmücken zu lassen. Nun begann das Volk fröhlich zu sein und schwelgte in Wein, doch niemand sah, daß das Verhängnis so nah. Aber mitten in ihren Freuden krächzte über sie der Rabe der Trauer und Leiden. Denn da kamen die zwanzig flüchtigen Schiffe, bei denen sich auch der König von Kleinasien befand. König Afridûn von Konstantinopel zog ihnen bis zum Strande entgegen, und sie berichteten ihm alles, was ihnen von den Muslimen widerfahren war, und sie weinten heftig und klagten laut; da wurden die Botschaften der Freude umgekehrt zu bitterem Leide. Auch berichteten sie ihm, Lukas, der Sohn des Schamlût, sei vom Schicksal ereilt, und der sichere Pfeil des Todes habe ihn getroffen. Da stürmte auf König Afridûn das Grauen des Jüngsten Tages ein, und er wußte, ihr Verlust würde nie wieder gutzumachen sein. Nun huben bei ihnen die Trauerfeiern an, und alle Entschlossenheit zerrann; die Klagefrauen ließen ihren Gesang ertönen, und auf allen Seiten erscholl Weinen und Stöhnen. Als aber der König von Kleinasien zu König Afridûn trat, da berichtete er ihm die Wahrheit: wie die Flucht der Muslime nur eine List und Täuschung gewesen war; und er schloß: ‚Erwarte keine Reste des

Heeres zu sehen, außer denen, die schon hier bei dir sind!' Bei diesen seinen Worten jedoch fiel König Afridûn ohnmächtig zu Boden, so daß seine Nase unter seinen Füßen lag; und als er erwachte, rief er aus: ‚Vielleicht hat der Messias ihnen gezürnt, daß er die Muslime über sie kommen ließ!' Und traurig kam der Großpatriarch herbei, und der König sprach zu ihm: ‚O unser Vater, die Vernichtung hat unser Heer ereilt, und der Messias hat uns gestraft!' Da erwiderte der Patriarch: ‚Grämt euch nicht und macht euch keine Sorge! Denn es kann nicht anders sein, als daß einer von euch gegen den Messias gesündigt hat, und für seine Sünde wurden wir alle gezüchtigt; aber jetzt wollen wir für euch in den Kirchen Gebete lesen, auf daß die mohammedanischen Heere sich von euch wenden.' Darauf trat die alte Dhât ed-Dawâhi zu Afridûn und sprach: ‚O König, siehe, die Scharen der Muslime sind zahlreich, und wir können ihnen nur durch List beikommen; deshalb habe ich beschlossen, eine schlaue List anzuwenden und mich in dies islamische Heer zu begeben; vielleicht, daß ich an ihrem Führer mein Ziel erreiche und ihn töte, wie ich seinen Vater getötet habe. Und wenn meine List an ihm gelingt, so soll nicht einer von all seinen Kriegern in seine Heimat zurückkehren; denn sie alle sind nur durch ihn stark. Ich möchte also ein paar christliche Syrer haben, wie sie allmonatlich und alljährlich ausziehn, um ihre Waren zu verkaufen, damit sie mir helfen; denn durch sie kann mein Plan gelingen.' Da sprach der König: ‚So sei es, wann immer du willst.' Nun befahl sie, hundert Leute zu holen, gebürtig aus Nedschrân in Syrien; und als diese zum Könige gebracht wurden, fragte er sie: ‚Habt ihr vernommen, was den Christen durch die Muslime widerfahren ist?' ‚Ja', erwiderten sie; und er fuhr fort: ‚Wisset, diese Frau hat ihr Leben dem Messias geweiht, und sie will ausziehn mit euch, verkleidet als Mohammedaner, um eine List auszuführen, die uns nützen und die Muslime von uns fernhalten soll: sagt, wollt auch ihr euch dem Messias weihen, wenn ich euch einen Zentner Goldes gebe?' Wer davonkommt von euch, der soll das Geld erhalten, und wer da stirbt, den wird der Messias lohnen.' ,O König,' erwiderten sie, ,wir wollen unser Leben dem Messias weihen und für dich dahingeben.' Nun nahm die Alte alles, dessen sie bedurfte an aromatischen Wurzeln, tat sie in Wasser und kochte sie über dem Feuer, bis ihr schwarzer Saft ausgezogen war. Dann wartete sie, bis die Brühe kalt war, tauchte den Zipfel eines langen Tuches hinein und färbte sich das Gesicht damit. Auch legte sie über ihren Kleidern eine lange Kutte an, mit gesticktem Saum, und in die Hand nahm sie einen Rosenkranz. Darauf ging sie zu König Hardûb; doch weder er noch einer von den Anwesenden erkannte sie, bis sie sich selbst zu erkennen gab; alle aber priesen sie um ihrer Listen willen; und ihr Sohn sprach hocherfreut: ,Möge der Messias dich nie verlassen!' Dann zog sie mit den Christen aus dem syrischen Nedschrân fort auf dem Wege zu dem baghdadischen Heere. – –«

Da bemerkte Schehrezâd, daß der Morgen begann, und sie hielt in der verstatteten Rede an. Doch als die *Dreiundneunzigste Nacht* anbrach, fuhr sie also fort: »Es ist mir berichtet worden, o glücklicher König, als König Afridûn jene Botschaft gehört hatte, da sei er in Ohnmacht gefallen, so daß ihm die Nase unter den Füßen lag; und als er erwacht war, hatte vor Furcht sein Magensack gebebt, und er hatte der alten Dhât ed-Dawâhi sein Leid geklagt. Nun war aber jene Verfluchte eine schlimme Zauberin, im Hexen und Täuschen eine Meisterin; sie war eine liederliche Lügnerin, eine ausschweifende Betrügerin; sie roch aus dem Munde wie Kot; ihre Augenlieder waren rot; ihre Wange bleich wie der Tod; ihres Gesichtes Farbe war dumpf; ihr Blick war trübe und stumpf; ihr Leib war räudig, ihr Haar war gräulich, ihr Rücken buckelig; welk sah ihre Haut sich an, und ihr Nasenschleim rann. Aber sie hatte die Schriften des Islams studiert und die Pilgerfahrt zum heiligen Hause von Mekka ausgeführt, und alles das nur, um die Sitten der Mohammedaner zu sehen und die wundertätigen Verse des Korans zu verstehen; auch hatte sie sich zwei Jahre lang in Jerusalem zum Judentum bekannt und die Zeit zur Erlernung der Magie über Menschen und Dämonen verwandt; sie war darum eine der schlimmsten Plagen, das größte Unheil, mit dem der Himmel die Menschen geschlagen; allem Glauben war sie verloren und auf keine Religion eingeschworen. Bei ihrem Sohne aber, dem König Hardûb von Kleinasien, blieb sie hauptsächlich um der jungfräulichen Sklavinnen willen; denn sie war der sapphischen Liebe ergeben, und wenn die ihr fern war, konnte sie nicht leben; wenn ihr also ein Mädchen gefiel, so lehrte sie es die Kunst, und sie rieb es mit Safran ein, dann sank sie vor dem Übermaß der Wollust in Ohnmacht. Wenn eine ihr gehorchte, so war sie ihr wohlgesinnt und machte ihr ihren Sohn geneigt; doch wenn eine ihr nicht zu Willen war, so sann sie auf deren Verderben. Das war auch Mardschâna und Raihâna und Utruddscha bekannt, den Sklavinnen der Abrîza. Und die Prinzessin verabscheute die Alte, und sie mochte nicht mit ihr zusammen schlafen, weil ihre Armhöhlen abscheulich rochen und weil ihre Winde noch ärger stanken als Leichengeruch, und obendrein war ihre Haut rauher als Palmenfaser. Sie bestach alle, die mit ihr dem Laster frönten, durch Juwelen und durch Unterweisungen; doch Abrîza hielt sich ihr fern und suchte Zuflucht bei dem Allmächtigen und Allwissenden; denn, bei Gott, recht sprach der Dichter:

O der du vor dem Reichen demütig dich erniedrigst,
Doch über den Armen dich erhebst mit stolzem Gesicht,
Der du deine Häßlichkeit durch Sammeln von Groschen schmückest –
Der Wohlgeruch von Üblem verdeckt sein Stinken nicht.

Doch nun zurück zu der Geschichte ihrer Kriegslist und ihren argen Werken! Sie brach also auf und nahm mit sich die Führer der Christen und ihre Scharen und wandte sich dem islamischen Heere zu. Derweilen aber ging König Hardûb zu König Afridûn und sagte zu ihm: ‚O König, wir brauchen nicht mehr den Großpatriarchen noch seine Gebete, sondern wir wollen nach dem Rat meiner Mutter Dhât ed-Dawâhi handeln und abwarten, was sie mit ihrer unendlichen List wider das Heer der Muslime ausrichten kann; denn schon rücken sie mit all ihrer Macht auf uns los, und bald werden sie über uns sein und uns von allen Seiten umringen.' Als König Afridûn das hörte, da faßte großer Schrecken sein Herz, und er schrieb unverzüglich Botschaften nach allen christlichen Provinzen, dieses Inhalts: ‚Es geziemt sich, daß niemand von christlicher Art und dem Volke, das um das Kreuz sich schart, sich fernhalte, besonders von den Besatzungen der Festen und Burgen: mögen sie alle zu uns eilen, zu Fuß und zu Roß, mit der Weiber und Kinder Troß; denn schon steht das Heer der Muslime auf unserem Boden. Also eilet! Eilt! Ehe die Not bei uns weilt!'

Was nun aber die alte Dhât ed-Dawâhi angeht, so war sie bereits zur Stadt hinausgezogen mit ihren Gefährten; die hatte sie als muslimische Kaufleute verkleidet; auch hatte sie sich versehen mit hundert Maultieren, die da Stoffe aus Antiochia trugen, golddurchwirkte Seide und Königsbrokat und anderes mehr. Ferner hatte sie sich vom König Afridûn ein Schreiben geben lassen, dieses Inhalts: ‚Dies sind Kaufleute aus dem Lande Syrien, die auf unserem Gebiet waren; also möge niemand sie hindern oder schädigen, noch auch den Zehnten von ihnen nehmen, bis sie ihre Heimat erreichen und in Sicherheit sind; denn durch die Kaufleute blüht das Land, und diese sind nicht Männer von Krieger- oder Räuberstand.' Da sprach die verfluchte Alte zu ihren Begleitern: ,Fürwahr, ich will eine List durchführen, die den Muslimen Verderben bringt.' Jene antworteten: ,O Königin, befiehl uns, was du willst; wir gehorchen dir. Möge der Messias dein Unternehmen nicht fehlschlagen lassen!' So legte sie ein Gewand an aus feiner, weißer Wolle, und sie rieb sich die Stirn, bis ein großes Brandmal darauf entstand, und sie salbte sie mit einer selbstgemachten Salbe, bis daß sie hell leuchtete. Nun war aber die verfluchte Alte hageren Leibes und hatte einen stechenden Blick. Und sie umband sich die Beine oberhalb ihrer Knöchel eng mit Stricken, und ging weiter, bis sie sich dem Lager der Muslime näherte; dann löste sie die Stricke, die tiefe Spuren auf ihren Waden hinterließen; darauf bestrich sie die Striemen mit Drachenblut und befahl ihren Begleitern, sie heftig zu geißeln und sie in eine Kiste zu setzen, und sprach: ,Rufet den Ruf des Bekenntnisses aus, euch entsteht kein ernstlicher Schaden hieraus!' Sie aber riefen: ,Wie können wir dich schlagen, da du doch unsere Herrin Dhât ed-Dawâhi bist, die Mutter des Königs, der da ruhmreich ist?' Doch sie sprach: ,Tadel und Schelten wird nicht geübt an dem, der sich auf den Abort begibt; denn die Not bricht das Verbot. Wenn ihr mich in die Kiste gesetzt habt, so nehmt sie wie einen Ballen und ladet sie auf den Rücken eines Maultiers; dann zieht mit allem durch das Lager der Muslime dahin, ohne Furcht vor Tadel in eurem Sinn! Und wenn euch einer von den Muslimen zu hindern sucht, so laß ihm die Tiere und ihre Lasten und begebt euch zu ihrem König Dau el-Makân, fleht um seinen Schutz und sagt:

‚Wir waren im Lande der Ungläubigen, und sie haben uns nichts genommen, sondern uns einen Paß geschrieben, auf daß niemand uns behindern soll. Wie könnt ihr nun unsere Waren nehmen wollen? Hier ist der Brief des Königs von Kleinasien, der besagt, daß niemand uns mit Gewalt behindern soll!' Und wenn er fragt: ‚Was habt ihr mit euren Waren im Lande der Griechen gewonnen?' so gebt ihm zur Antwort: ‚Unser Gewinn ist die Befreiung eines frommen Mannes, der seit fünfzehn Jahren in einem unterirdischen Keller lag und um Hilfe schrie, und dem doch niemand half. Ja, die Heiden folterten ihn bei Tag und Nacht. Doch wir wußten das nicht, obgleich wir eine lange Weile in Konstantinopel blieben, unsere Waren verkauften und andere dafür einkauften. Als wir uns dann bereit gemacht hatten und zur Rückkehr in unser Land entschlossen waren, verbrachten wir die letzte Nacht im Gespräch über unsere Reise, und als der Tag anbrach, da sahen wir plötzlich an der Wand eine gemalte Gestalt; und wie wir näher an sie herantraten und sie genau betrachteten, siehe, da bewegte sie sich und sprach: ‚O ihr Muslime, ist einer unter euch, der sich den Lohn des Herrn der Welten erwerben möchte?' ‚Wie das?' fragten wir; und jene Gestalt erwiderte: ‚Seht, Allah läßt mich zu euch sprechen, auf daß euer Vertrauen sich festige und euer Glaube euch kräftige; bleibt im Lande der Heiden nicht mehr, gehet hin zu der Muslime Heer! Denn bei ihm ist das Schwert des Erbarmungsreichen, der Held, dem jetzt keine anderen gleichen, König Scharkân, durch den er Konstantinopel erwerben wird und das Volk der Christen verderben wird. Und wenn ihr drei Tage gewandert seid, so werdet ihr eine Einsiedelei finden, die da bekannt ist als die Einsiedelei von Matruhina, und die eine Zelle enthält; die suchet reines Herzens auf und strebet durch die Kraft eures Willens hineinzugelangen. Denn es lebt darinnen ein Mönch aus der heiligen Stadt Jerusalem namens 'Abdallâh; der hat unter den Menschen die höchste Stufe der Frömmigkeit erreicht, und er kann Wunder verrichten, vor denen jeglicher Zweifel weicht. Doch einige Mönche haben ihn hintergangen und setzten ihn in einen Keller, in dem er schon lange Zeit weilt, gefangen. Seine Befreiung ist eine Tat, die den Herrn der Welten erfreut, und seine Erlösung das beste Werk im Glaubensstreit.'

Als nun die Alte solches mit ihren Begleitern vereinbart hatte, sprach sie: ,Sowie König Scharkân euch sein Ohr geliehen hat, so berichtet ihm: ,Als wir diese Worte von jener Gestalt vernahmen, wußten wir, jener Heilige' – –«

Da bemerkte Schehrezâd, daß der Morgen begann, und sie hielt in der verstatteten Rede an. Doch als die *Vierundneunzigste Nacht* anbrach, fuhr sie also fort: »Es ist mir berichtet worden, o glücklicher König, daß die alte Dhât ed-Dawâhi, als sie solches mit ihren Begleitern vereinbart hatte, sprach: ,Sowie König Scharkân euch sein Ohr geliehen hat, so berichtet ihm: ,Als wir diese Worte von jener Gestalt vernahmen, wußten wir, jener Heilige war einer von den größten Frommen und von den Dienern Gottes, die reines Herzens zu ihm kommen; so zogen wir denn drei Tage dahin, bis wir jene Einsiedelei zu Gesicht bekamen. Dort bogen wir ab und kehrten ein und verbrachten den Tag, indem wir kauften und verkauften, wie es Kaufleute tun. Und sowie der Tag zur Rüste ging und die Nacht alles mit Dunkel umfing, begaben wir uns zu der Zelle, darinnen sich der Keller befand, und wir hörten den Heiligen, nachdem er ein paar Koranverse gesprochen hatte, in diesen Versen klagen:

> *Ich kämpfe den Seelenkampf, und meine Brust wird enge;*
> *Das Meer der Sorge kam wogend und ertränkte mein Herz.*

Wenn keine Rettung ist, dann lieber ein schnelles Ende;
Denn siehe, der Tod ist milder als der ewige Schmerz.
O Blitz, wenn du in die Heimat und zu ihrem Volke eilest
Und du dann dort den Strahl einer frohen Hoffnung siehst –
Wie kann ich dahin gelangen, wo jetzo doch die Kriege
Uns trennen und wo das Tor der Hilfe sich mir verschließt?
Laß du zu meinen Freunden den Gruß und die Worte gelangen,
Ich sei im Kloster der Griechen weit in der Ferne gefangen.'

‚Und wenn ihr mich nur erst in das Lager der Muslime gebracht habt', fuhr die Alte fort, ‚und ich unter ihnen bin, so werdet ihr auch sehen, wie ich es beginne, um sie zu betrügen und bis auf den letzten Mann zu töten.' Als aber die Christen ihre Worte vernommen hatten, küßten sie ihr die Hände, schlugen sie heftig und schmerzhaft, um ihr zu gehorchen, und legten sie in die Kiste; denn sie begriffen, daß es ihre Pflicht war, ihr Gehorsam zu leisten. Und schließlich brachen sie mit ihr zum Lager der Muslime auf.

Inzwischen nun hatten die muslimischen Krieger, als Allah ihnen den Sieg über ihre Feinde verliehen hatte, alles Geld und alle Vorräte, die in den Schiffen waren, geplündert, und dann setzten sich alle, um miteinander zu plaudern; und Dau el-Makân sprach zu seinem Bruder Scharkân: ‚Siehe, Allah hat uns den Sieg verliehen um unseres gerechten Wandels und unserer Eintracht willen; deshalb, o Scharkân, gehorche in Unterwerfung unter den Willen Allahs des Allmächtigen und Glorreichen auch weiter meinem Befehl; denn ich will zehn Könige töten zur Rache für meinen Vater, und ich will fünfzigtausend Griechen hinrichten und dann einziehen in Konstantinopel.' Da antwortete Scharkân: ‚Mein Leben sei dein Lösegeld vom Tode! Ich werde sicherlich im heiligen Kriege ausharren, und müßte ich auch noch viele Jahre in ihrem Lande bleiben. Doch, Bruder, ich habe in Damaskus eine Tochter namens Kudija-Fakân, und ich liebe sie von Herzen, denn sie ist eins der Wunder der Zeit und wird berühmt werden weit und breit.' Dau el-Makân darauf: ,Auch ich verließ mein Weib; damals war sie schwanger und nahe ihrer Zeit; doch ich weiß nicht, was Allah mir durch sie beschert hat. Versprich mir, Bruder, daß du mir, wenn Gott mir einen Sohn schenkt, deine Tochter für ihn zur Frau gibst; darauf verpfände du mir dein Wort.' ,Herzlich gern', erwiderte Scharkân; und er hielt seinem Bruder die Hand hin und sprach: ,Wenn dir ein Sohn geboren wird, so will ich ihm meine Tochter Kudija-Fakân zur Frau geben.' Darüber freute sich Dau el-Makân, und sie wünschten einander Glück zu dem Siege über den Feind. Und auch der Wesir Dandân wünschte den beiden Brüdern Glück und sprach: ,Wisset, o Könige, Allah hat uns den Sieg verliehen, weil wir Ihm, dem Allmächtigen und Glorreichen, unser Leben geweiht haben; denn wir haben Haus und Herd verlassen. Nun geht mein Rat dahin, daß wir den Feind verfolgen, ihn bedrängen und nochmals bekämpfen; dann wird uns Allah vielleicht unser Ziel erreichen lassen, so daß wir unsere Feinde mit Stumpf und Stiel ausrotten. Wenn es euch so genehm ist, besteigt ihr die Schiffe und fahrt zur See, während wir zu Lande dahinziehn und in blutigen Turnieren Kampf und Gefecht weiterführen.' Und dann spornte der Wesir Dandân sie zum Kampfe an in einem fort, und er sprach das Dichterwort:

> *Das höchste Glück ist doch, den Feind zu erschlagen,*
> *Auf dem Rücken der Renner dahinzujagen;*
> *Und ein Bote, der Kunde vom Freunde bringet,*
> *Und ein Freund, der da kommet, ohn es zu sagen.*

Und diese Worte eines andern:

> *Wenn ich am Leben bleibe, so mach ich den Krieg zur Mutter,*
> *Die Lanze zu meinem Bruder, zu meinem Vater das Schwert,*

> *Mit jedem bärtigen Mann, der lächelnd den Tod begrüßet,*
> *Als sei ihm durch seinen Tod ein eigener Wunsch gewährt.*

Und dann schloß der Wesir Dandân: ‚Preis sei Ihm, der uns seine mächtige Hilfe geschickt und uns durch Beute an Silber und Gold beglückt.'

Darauf gab Dau el-Makân den Befehl zum Aufbruch, und sie zogen in Eilmärschen auf Konstantinopel, bis sie zu einer weiten Ebene kamen, voll von allerlei schönen Dingen, von Wild, das sich ergötzte im Springen, und von Gazellen, die sich weidend ergingen. Nun hatten sie große Wüsten durchquert und sechs Tage lang waren sie ohne Wasser gewesen; doch als sie sich dieser Wiese nahten, fanden sie hier Wasser quellend und Früchte schwellend, und das Land war wie das Paradies, das sich in seinem schönsten Schmucke sehen ließ. Trunken vom jungen Weine des Taus wiegten sich die Zweige; dort war der süße Nektar auch, vereint mit des Zephirs sanftem Hauch. Bezaubert waren Auge und Geist, so wie der Dichter im Liede preist:

> *Blick auf die lachende Wiese; ist es nicht,*
> *Als sei ein grüner Mantel auf sie gebreitet?*
> *Siehst du mit dem leiblichen Auge, dann schaust du nur*
> *Einen See, in dem das Wasser sich wiegend gleitet.*
> *Siehst du mit der Seele in seine Baumkronen hinein,*
> *So schwebt über deinem Haupte ein Glorienschein.*

Und wie es ein andrer sagt:

> *Der Bach ist eine Wange, vom Sonnenstrahl gerötet,*
> *Darauf bewegt sich vom Schatten der Weiden ein Flaum so weich;*
> *Das Wasser ist an den Füßen der Stämme gleichwie Spangen*
> *Aus Silber, und die Blumen sind Königskronen gleich.*

Wie nun Dau el-Makân jene Wiese erblickte, die durch ihren Hain von Bäumen und ihre blühenden Blumen und ihre zwitschernden Vögel das Herz erquickte, da rief er seinen Bruder Scharkân und sagte: ‚Bruder, in Damaskus ist nichts, was diesem Orte gliche. Wir wollen erst nach drei Tagen weiterziehen, damit wir rasten können und die Krieger des Islams Kräfte gewinnen, so daß ihr Mut stark werde, um den Kampf gegen die elenden Heiden zu beginnen.'

Da machten sie halt. Und während sie dort lagerten, siehe, da vernahmen sie Stimmen aus der Ferne, und als Dau el-Makân danach fragte, sagte man ihm, es habe dort eine Karawane von Kaufleuten aus dem Syrerlande Rast gemacht; vielleicht habe das Heer sie überfallen und ihnen von den Waren, die sie aus dem Lande der Ungläubigen brächten, etwas abgenommen. Und nach einer Weile kamen die Kaufleute herbei, und schreiend baten sie den König um Hilfe. Dau el-Makân aber gab, als er das sah, Befehl, sie vor ihn zu führen; und als sie kamen, sprachen sie: ‚O König, wir waren im Lande der Ungläubigen, und sie haben uns nichts geraubt; wie können unsere muslimischen Brüder unsere Waren wegnehmen, zumal wir in ihrem Lande sind? Siehe, als wir eure Truppen sahen, da gingen wir auf sie zu, und sie nahmen uns, was wir bei uns hatten. So, nun haben wir dir berichtet, was uns widerfahren ist.' Dann zogen sie das Schreiben des Königs von Konstantinopel hervor, und Scharkân las es; darauf sagte er: ‚Wir werden euch alsbald zurückgeben lassen, was euch genommen ist; doch es war nicht recht von euch, Waren in das Land der Ungläubigen zu bringen.' Sie antworteten: ‚Hoher Herr, siehe, Gott hat uns in ihr Land gebracht, auf daß wir etwas gewönnen, was keiner von den Glaubenskämpfern gewonnen hat, auch ihr nicht auf all euren Zügen.' Nun fragte Scharkân: ‚Was habt ihr denn gewonnen?' Und sie erwiderten: ‚Das können wir nur im geheimen sagen; denn wenn diese Sache laut wird unter den Leuten, so könnte es auch einem Unberufenen zu Ohren kommen, und dann würde es die Ursache werden zu unserem Verderben und zum Verderben aller Muslime, die ins Land der Griechen ziehen.' Nun hatten sie die Kiste, darin die verfluchte Dhât ed-Dawâhi war, verborgen. Da führten Dau el-Makân und Scharkân sie an einen geheimen Ort, wo sie den beiden die Geschichte des Heiligen offenbarten und weinten, bis sie die beiden Könige auch zum Weinen brachten – –«

Da bemerkte Schehrezâd, daß der Morgen begann, und sie hielt in der verstatteten Rede an. Doch als die *Fünfundneunzigste Nacht* anbrach, fuhr sie also fort: »Es ist mir berichtet worden, o glücklicher König, daß die Christen im Gewand der Kaufleute den Königen Dau el-Makân und Scharkân an einem geheimen Orte die Geschichte des Heiligen offenbarten und weinten, bis sie die beiden auch zum Weinen brachten; und sie berichteten ihnen alles, was die alte Hexe sie gelehrt hatte. Da hatte Scharkâns Herz Mitleid mit dem Heiligen, ihn faßte Erbarmen mit ihm, und Eifer für den Dienst Allahs des Erhabenen entflammte ihn. Deshalb sprach er: ‚Habt ihr diesen Heiligen befreit, oder ist er noch in der Einsiedelei?' Sie antworteten: ‚Wir haben ihn befreit, und wir haben den Klosterherrn totgeschlagen aus Furcht für unser Leben; dann aber liefen wir in Todesangst rasch davon; doch ein glaubhafter Mann erzählte uns, daß in diesem Kloster Zentner von Gold und Silber und Edelsteinen liegen.' Dann brachten sie die Kiste und holten jene Verruchte aus ihr heraus, und die glich in ihrer Hagerkeit und Schwärze einer Kassiaschote; und sie war noch immer mit jenen Fesseln und Ketten beschwert. Als aber Dau el-Makân und die Umstehenden sie sahen, da glaubten sie, es sei ein Diener Allahs, ein reiner und von den frömmsten Asketen einer, insbesondere weil ihre Stirn von der Salbe leuchtete, mit der sie sich das Gesicht gesalbt hatte. Da weinten Dau el-Makân und sein Bruder bitterlich; dann standen sie auf und küßten ihre Hände und Füße und schluchzten laut; sie jedoch winkte ihnen zu und sprach zu ihnen: ‚Laßt das Weinen und hört auf meine Worte!' Gehorsam ihrem Befehle hörten sie auf zu weinen, und sie sprach: ‚Wisset, ihr beiden, ich war zufrieden mit dem, was mein Herr mir antat, denn ich wußte, daß die Trübsal, die über mich gekommen, eine Prüfung durch den Allmächtigen und Glorreichen war; und wer nicht in der Trübsal und Heimsuchung Geduld zeigt, der gehet nicht ein zu den Gärten der Seligkeit. Freilich hatte ich zu Ihm gefleht, ich möchte heimkehren dürfen in mein Land, nicht weil ich die Trübsal, die über mich gekommen war, zu schmerzlich empfand, sondern damit ich sterben könnte unter den Hufen der Rosse der Glaubenskämpfer, die da nach ihrem Tode in der Schlacht nicht sterben, sondern zum ewigen Leben eingehen.' Und sie sprach die Verse:

Da ist der Berg Sinai; das Feuer der Schlacht ist entzündet;
Und du bist Moses, und jetzo ist es die richtige Zeit.
Wirf hin den Stab, er verschlinget alles, was sie geschaffen;
Zag nicht! Vor den Stricken der Menschen, den Schlangen, bist du gefeit.[1]
Und lies die Zeilen vom Feinde am Tage der Schlacht als Suren;
Dein Schwert ist's, das auf den Nacken Verse an Verse reiht.

Als die Alte die Verse gesprochen hatte, flossen ihr die Tränen über das Gesicht, und ihre Stirn strahlte unter der Salbe wie leuchtendes Licht. Und Scharkân erhob sich vor ihr, küßte ihr die Hand und ließ ihr Speisen bringen; sie aber lehnte sie ab und sprach: ‚Ich habe seit fünfzehn Jahren tagsüber gefastet; wie also sollte ich mein Fasten brechen zu einer Zeit, da der

---

1. Die Stricke der Ägypter wurden zu Schlangen; aber der Stab Mosis verschlang sie: Koran, Sure 20, Vers 68 ff.

Herr mich in seiner Güte aus der Gefangenschaft der Ungläubigen befreit und etwas von mir genommen hat, das schlimmer ist als des Höllenfeuers Leid! Ich will bis zum Untergang der Sonne warten.' Als aber die Zeit des Nachtmahles herankam, da begaben Scharkân und Dau el-Makân sich zu ihr, brachten ihr Zehrung und sprachen: ‚Iß, o Asket!' Doch sie sagte: ‚Dies ist nicht die Zeit zum Essen, es ist die Zeit, den vergeltenden König anzubeten.' Dann trat sie in die Gebetsnische und betete, bis die Nacht verstrichen war; und drei Tage und Nächte ließ sie nicht von diesem Tun ab, und sie setzte sich nur beim Aussprechen der Grußformeln am Schluß der Gebete. Als nun Dau el-Makân sie also sah, da faßte ein fester Glaube an sie in seinem Herzen Wurzel, und er sprach zu Scharkân: ‚Laß für diesen Heiligen ein Zelt aus rotem Leder errichten und bestimme einen Diener zu seinem Dienst!' Doch am vierten Tage rief sie nach Speisung, und man brachte ihr allerlei gute Dinge, die das Herz erfreuen und das Auge entzücken konnten; aber von all dem aß sie nur ein Gerstenbrot und Salz. Dann begann sie von neuem zu fasten, und als die Nacht kam, erhob sie sich zum Gebet; Scharkân aber sprach zu Dau el-Makân: ‚Dieser Mann treibt wirklich die Weltentsagung bis zum höchsten Grade, und wäre nicht der heilige Krieg, so schlösse ich mich ihm an und diente Allah als sein Jünger, bis ich vor Ihm stünde. Jetzt aber möchte ich zu ihm ins Zelt treten und eine Weile mit ihm plaudern.' Da sprach Dau el-Makân: ‚Das möchte ich auch; und da wir morgen zum Kampf gegen Konstantinopel ziehen, werden wir nicht wieder so gelegene Zeit finden.' Nun sprach der Wesir Dandân: ‚Auch ich wünsche nicht minder, diesen Asketen zu sehen; vielleicht wird er für mich beten, damit ich in diesem heiligen Kriege falle und vor Gott den Herrn treten kann, denn ich bin der Welt müde geworden.' So begaben sie sich, als die Nacht über sie hereinsank, in das Zelt jener Hexe Dhât ed-Dawâhi. Und da sie sie im Gebete stehen sahen, traten sie zu ihr und begannen zu weinen aus Mitleid mit ihr; sie aber achtete ihrer nicht, bis die Mitte der Nacht vorbei war und sie ihr Gebet mit der Grußformel beschloß. Dann wandte sie sich ihnen zu, grüßte sie und fragte: ‚Weshalb kommt ihr?' Da antworteten sie: ‚O du Heiliger, hast du nicht gehört, wie wir bei dir weinten?' Sie darauf: ‚Wer vor Gott steht, hat keine irdische Wesenheit mehr, so daß er die Stimme eines Menschen hören oder ihn sehen könnte!' Dann baten sie: ‚Wir möchten, daß du uns erzählest, weshalb du gefangen warst, und daß du heute nacht für uns betest; denn das wird besser für uns sein als die Einnahme von Konstantinopel.' Als sie nun ihre Worte vernahm, da sprach sie: ‚Bei Allah, wäret ihr nicht die Beherrscher der Gläubigen, ich würde euch niemals etwas davon erzählen; denn ich beklage mich einzig vor Gott. Aber euch will ich berichten, wie ich gefangen genommen wurde. Wisset denn, ich lebte in Jerusalem mit einigen Heiligen und verzückten Derwischen, und ich brüstete mich nicht unter ihnen; denn Allah der Gepriesene und Erhabene hatte mich mit Demut und Entsagung begabt. Nun fügte es sich, daß ich eines Nachts zum Meere hinabging und auf dem Wasser wandelte. Da trat, ich weiß nicht woher, der Stolz in mich ein, und ich sagte zu mir selber: Wer kann wie ich auf dem Wasser wandeln? Und hinfort verhärtete sich mein Herz, und Gott suchte mich heim mit der Sucht zu reisen. So wanderte ich nach Kleinasien, und ein Jahr lang besuchte ich dort alle Gegenden, bis kein Ort mehr übrig war, an dem ich nicht zu Gott gebetet hätte. Als ich nun in diese Gegend kam, stieg ich auf den Berg dort und fand eine Einsiedelei, in der ein Mönch namens Matruhina wohnte; und wie er mich sah, kam er zu mir heraus, küßte mir Hände und Füße und sprach: ‚Ich habe dich gesehen, seit du das Land der Griechen betratest, und du hast mich mit Sehnsucht nach dem Lande des Islams erfüllt.' Dann nahm er meine Hand und führte mich in jene Klause und brachte mich in einen dunkeln Raum; und als ich ihn betreten hatte, da verschloß er unversehens die Tür hinter mir und ließ mich dort vierzig Tage ohne Speise und Trank; denn so wollte er mich langsam sterben lassen. Nun geschah es eines Tages, daß ein Ritter in jene Klause kam, namens Dakianus, begleitet von zehn Knappen und seiner Tochter, Tamathîl genannt, die war die Schönste im ganzen Land. Und als sie die Einsiedelei betraten, erzählte ihnen der Mönch Matruhina von mir, und der Ritter sprach: ‚Führe ihn heraus! Denn sicher hat er nicht mehr Fleisch genug an sich, um einen Vogel zu speisen.' So öffneten sie die Tür jenes dunkeln Raumes und fanden mich, wie ich in der Nische stand und betete, den Koran sprach, Allah den Erhabenen pries und mich vor ihm demütigte. Als sie mich bei solchem Werke sahen, rief Matruhina aus: ‚Dieser Mann ist wahrlich ein Erzzauberer!' Und sobald sie seine Worte hörten, traten sie alle zu mir herein, Dakianus und seine Begleiter, und sie schlugen mich so grausam, daß ich mich nach dem Tode sehnte und mir Vorwürfe machte und sprach: ‚Dies ist der Lohn für den, der sich überhebt und sich brüstet mit dem, was ihm Allah gewährt hat über die eigene Kraft hinaus! Und du, o meine Seele, in dich haben sich Stolz und Hoffart hineingeschlichen. Weißt du nicht, daß der Hochmut Gott erzürnt und das Herz verhärtet und den Menschen ins Höllenfeuer bringt?' Darauf legten sie mich in Fesseln und warfen mich zurück in meinen Raum, der ein unterirdisches Verlies in jenem Gebäude war. Und jeden dritten Tag ließen sie zu mir ein Gerstenbrot und einen Trunk Wassers herab; und jeden Monat oder jeden zweiten kam der Ritter in die Einsiedelei. Nun war seine Tochter Tamathîl herangewachsen; denn sie war neun Jahre alt, als ich sie zuerst erblickte, und fünfzehn Jahre waren in der Gefangenschaft über mich dahingegangen, so daß sie ihr vierundzwanzigstes Jahr erreicht hatte. Es gibt aber weder in unserem Lande noch in dem der Griechen eine, die schöner wäre als sie, und ihr Vater fürchtete, der König würde sie ihm nehmen. Denn sie hatte sich dem Messias geweiht; doch sie ritt als Ritter verkleidet mit ihm einher, so daß niemand, der sie erblickte, trotz ihrer unvergleichlichen Schönheit ein Mädchen in ihr erkannte. Und ihr Vater hatte seinen Reichtum in dieser Einsiedelei verborgen, da ein jeder, der etwas an kostbaren Schätzen besitzt, es dort zu hinterlegen pflegt; ich habe dort allerlei Gold und Silber und Edelsteine und kostbare Gefäße und Seltenheiten gesehen, deren Zahl nur Allah der Erhabene zu ermessen vermag. Nun seid ihr dieses Reichtums würdiger als die Ungläubigen da; darum legt die Hand auf alles, was sich in der Einsiedelei befindet, und verteilt es unter die Muslime, zumal unter die Glaubenskämpfer! Als diese Kaufleute nach Konstantinopel kamen und ihre Waren verkauft hatten, sprach jene Gestalt an der Wand zu ihnen vermöge eines Wunders, das Allah mir gewährte; da machten sie sich auf nach der Einsiedelei und erschlugen den Patriarchen Matruhina, nachdem sie ihn zuerst grimmig gefoltert und am Bart dahingeschleift hatten, bis er ihnen zeigte, wo ich war; und sie befreiten mich, doch es bot sich ihnen kein Ausweg dar, als zu flüchten aus Furcht vor Gefahr. Nun wird morgen abend Tamathîl wie gewöhnlich in die Klause kommen, und ihr Vater und seine Knappen werden ihr folgen, da er um sie besorgt ist: wenn ihr also von all dem Zeugen sein wollt, so nehmt mich mit, und ich will euch das Geld und den

Schatz des Ritters Dakianus übergeben, der sich auf jenem Berge befindet; denn ich sah, wie sie goldene und silberne Gefäße hervorholten, um daraus zu trinken, und ich gewahrte bei ihnen auch ein Mädchen, das ihnen auf arabisch vorsang – ach, wenn jene schöne Stimme doch den Koran vortrüge! Wenn ihr denn wollt, so verbergt euch in jener Klause, bis Dakianus und seine Tochter kommen; nehmt sie gefangen, denn sie gebührt allein dem größten König unserer Zeit Scharkân oder dem König Dau el-Makân.'

Als die drei ihre Rede vernommen hatten, freuten sich die beiden Könige, aber der Wesir Dandân nicht, denn er glaubte ihr nicht recht, und ihre Worte wollten ihm nicht in den Sinn; dennoch fürchtete er sich, mit ihr zu reden, aus Scheu vor dem Könige, obwohl er von ihren Worten betroffen war und die Spuren des Mißtrauens auf seinem Antlitze sich zeigten. Da sprach die alte Dhât ed-Dawâhi: ‚Seht, ich fürchte, der Ritter wird kommen, und wenn er die Truppen hier auf der Wiese gelagert findet, so wird er die Einsiedelei nicht zu betreten wagen.' So gab der Sultan Dau el-Makân den Truppen Befehl zum Marsch auf Konstantinopel und sprach: ‚Ich habe beschlossen, hundert Reiter und viele Maultiere mit mir zu nehmen und auf jenen Berg zu ziehen, um die Schätze aus der Einsiedelei zu holen.' Und zur selbigen Stunde schickte er nach dem Oberkammerherrn; ihn und die Führer der Türken und Dailamiten ließ er zu sich kommen und sprach: ‚Mit Tagesanbruch macht euch auf den Marsch gen Konstantinopel; du, o Kammerherr, sollst im Rate und in der Leitung meinen Platz einnehmen; du aber, o Rustem, sollst im Felde meines Bruders Stellvertreter sein. Doch laßt niemanden wissen, daß wir nicht bei euch sind! Nach drei Tagen werden wir wieder zu euch stoßen.' Dann wählte er hundert der tapfersten Ritter aus und brach mit Scharkân und dem Wesir Dandân und der Reiterschar auf; sie nahmen auch die Maultiere und Kisten mit sich, um die Schätze aufzuladen. – –«

Da bemerkte Schehrezâd, daß der Morgen begann, und sie hielt in der verstatteten Rede an. Doch als die *Sechsundneunzigste Nacht* anbrach, fuhr sie also fort: »Es ist mir berichtet worden, o glücklicher König, das Scharkân mit seinem Bruder Dau el-Makân und dem Wesir Dandân und den hundert Reitern aufbrach nach dem Kloster, das die verruchte Dhât ed-Dawâhi ihnen beschrieben hatte, und daß sie auch die Maultiere und die Kisten mit sich nahmen, um die Schätze aufzuladen.

Sowie nun der Morgen dämmerte, ließ der Kammerherr im Lager den Befehl zum Aufbruch verkünden. Und die Soldaten brachen auf in dem Glauben, daß die beiden Könige und der Wesir Dandân mit ihnen zögen; denn sie wußten nicht, daß jene nach dem Kloster geritten waren.

Lassen wir nun das Heer dahinziehen, und sehen wir zu, was mit Scharkân und Dau el-Makân und dem Wesir Dandân geschah! Die blieben bis zum Ende des Tages heimlich zurück. Die Ungläubigen aber, die bei Dhât ed-Dawâhi waren, machten sich insgeheim davon, nachdem sie bei ihr gewesen waren, ihr die Hände und die Füße geküßt und sie um Erlaubnis zum Aufbruch gebeten hatten. Und sie hatte ihnen nicht nur die Erlaubnis gegeben, sondern ihnen auch ihren eigenen listigen Plan mitzuteilen geruht. Als es dann dunkle Nacht war, sagte sie zu Dau el-Makân und seinen Gefährten: ,Wohlan, laßt uns auf den Berg gehen, und nehmt ein paar Bewaffnete mit euch!' Sie gehorchten und ließen fünf Reiter am Fuße des Berges, während der Rest vor Dhât ed-Dawâhi dahinritt, die im Übermaß der Freude neue Kräfte gewann, so daß Dau el-Makân ausrief: ‚Preis sei Ihm, der diesen Heiligen gestärkt hat, dessengleichen wir noch nie gesehen haben!' Nun hatte die Hexe dem König von Konstantinopel auf den Schwingen eines Vogels eine Botschaft zugesandt; darin machte sie ihn bekannt mit allem, was geschehen war, und sie schloß: ‚Ich wünsche, daß Du mir zehntausend der tapfersten Reiter der Griechen sendest; die sollen sich vorsichtig am Fuße des Berges entlang schleichen, damit das Heer des Islams sie nicht bemerkt; und wenn sie die Einsiedelei erreichen, so mögen sie sich dort in den Hinterhalt legen, bis ich mit dem König der Muslime und seinem Bruder bei ihnen bin. Denn ich habe sie in die Falle gelockt: ich komme mit ihnen und mit dem Wesir und mit nur hundert Reitern und werde ihnen die Kreuze übergeben, die sich in der Einsiedelei befinden. Ich habe beschlossen, den Mönch Matruhina zu töten, da sich mein Plan nicht ausführen läßt, ohne daß ich ihm das Leben nehme. Wenn aber die List gelingt, so soll nicht einer von den Muslimen in seine Heimat zurückkehren, nein, kein einziger Mann, nicht einmal einer, der das Feuer anblasen kann; und Matruhina sei als Opfer dargebracht für die christliche Gemeinde und die Kreuzesritterschaft, und Preis sei dem Messias von Anfang bis zu Ende.' Als dieses Schreiben nach Konstantinopel kam, da trug es der Taubenwächter zum König Afridûn; und wie der es gelesen hatte, ließ er alsbald die Soldaten aufbrechen, ausgerüstet mit je einem Roß, einem Reitkamel und einem Maultier und mit Mundvorrat, indem er ihnen befahl, sich zu jener Einsiedelei zu begeben und, wenn sie die Festung, die dort war, erreicht hätten, sich darin zu verbergen.

Nun zurück zu König Dau el-Makân und seinem Bruder Scharkân und dem Wesir Dandân und ihrer Schar! Als sie die Einsiedelei erreichten, traten sie ein und trafen auf den Mönch

Matruhina, der ihnen entgegenkam, um zu sehen, wer sie seien. Da rief der Heilige, das heißt Dhât ed-Dawâhi: ‚Erschlagt diesen Verruchten!' So hieben sie auf ihn mit den Schwertern drein und flößten ihm den Becher des Todes ein. Dann führte die alte Hexe sie in die Kammer der Weihgaben, und sie schleppten aus ihr an Kostbarkeiten und Schätzen mehr heraus, als sie ihnen geschildert hatte; und nachdem sie all das gesammelt hatten, taten sie die Beute in Kisten und luden sie auf die Maultiere. Tamathîl aber und ihr Vater kamen aus Furcht vor den Muslimen nicht; so blieb Dau el-Makân dort, um sie zu erwarten, und er blieb den ganzen Tag und auch den nächsten und noch einen dritten, bis Scharkân zu ihm sprach: ‚Bei Allah, ich bin in Sorge um das Heer des Islams; denn ich weiß nicht, was aus ihm geworden ist.' Sein Bruder antwortete: ‚Da wir nunmehr diesen großen Schatz gewonnen haben und nicht mehr hoffen können, daß Tamathîl oder sonst irgend jemand zu diesem Kloster kommen wird, nachdem solches Unheil dem Heere der Griechen widerfahren ist, so wollen wir uns mit dem begnügen, was uns Allah gegeben hat, und jetzt aufbrechen; vielleicht wird Er uns helfen, Konstantinopel zu erobern.' Dann ritten sie den Berg hinunter; Dhât ed-Dawâhi aber konnte ihnen nicht widersprechen, aus Furcht, ihren Betrug zu verraten. Nun zogen sie dahin, bis sie zu dem Engpaß kamen, in dem die Alte ihnen mit den zehntausend Reitern einen Hinterhalt gelegt hatte. Sowie nun diese die Muslime sahen, umringten sie sie von allen Seiten mit eingelegten Lanzen und ließen vor ihnen die blinkenden Schwerter tanzen; und dann fingen die Heiden an, ihres Unglaubens Ruf zu schrein, und legten die Pfeile ihrer Tücke ein. Als aber Dau el-Makân und sein Bruder Scharkân und der Wesir Dandân diese Schar erblickten, sahen sie, daß es ein zahlreiches Heer war, und sprachen: ,Wer hat diesen Truppen von uns Kunde gegeben?' Doch Scharkân rief: ,Bruder, dies ist nicht die Zeit, daß Reden fließen; dies ist die Zeit, mit dem Schwert zu schlagen und Pfeile zu schießen. Also stärket euren Mut und festigt euer Herz, denn diese Enge ist wie eine Straße mit zwei Toren! Bei dem Herrn der Araber und Perser: wäre der Weg nicht so schmal, ich würde sie vernichten, auch wenn es hunderttausend Reiter wären!' Da sprach Dau el-Makân: ,Hätten wir dies gewußt, wir hätten fünftausend Reiter mitgenommen'; und der Wesir Dandân: ,Wenn wir auch zehntausend Reiter hätten, sie nützten uns doch nichts in dieser Enge; aber Allah wird uns wider sie helfen. Ich kenne diesen Engpaß, und ich weiß, es gibt darinnen vielerlei Zufluchtsorte; denn ich war schon einmal auf einem Kriegszuge hier, als ich mit dem König 'Omar ibn en-Nu'mân Konstantinopel belagerte. Wir rasteten dort, und es ist Wasser vorhanden, kühler als Schnee. Also auf, laßt uns aus dem Paß hinausstürmen, ehe die Heere der Heiden zahlreicher andrängen und uns zuvorkommen mit einem Sturm auf den Bergesgipfel und von dort Felsen auf uns niederwälzen, so daß wir gegen sie hilflos sind!' Da begannen sie vorwärts zu drängen, um aus der Schlucht herauszukommen; aber der Heilige, jene Dhât ed-Dawâhi, blickte sie an und sagte: ,Was fürchtet denn ihr, die ihr euch der Sache Allahs des Erhabenen geweiht habt? Bei Allah, ich lag fünfzehn Jahre unter der Erde gefangen, doch niemals widersprach ich dem Allmächtigen in dem, was er mir antat! Kämpfet für die Sache Allahs! Ein jeder von euch, der da fällt, wird im Paradiese wohnen; und wer da erschlägt, den wird sein Ruhm belohnen.' Als sie den Asketen also sprechen hörten, fiel alle Sorge und Angst von ihnen ab, und sie standen fest, bis die Ungläubigen von allen Seiten auf sie niederstürmten, während die Schwerter auf ihren Nacken spielten und der Becher des Todes bei ihnen kreiste. Da begannen die Muslime im Dienste Allahs ein gewaltiges Ringen, und sie schwangen gegen seine Feinde die Speere und die Klingen; seht, wie Dau el-Makân den Arm gegen die Mannen reckte und die Helden zu Boden streckte! Er schlug ihnen die Köpfe ab, zu fünfen immer und zu zehnen, bis er eine unzählbare Zahl und eine unendliche Menge getötet hatte. Während seines Kampfes aber sah er, wie die verfluchte Alte ihnen mit dem Schwerte zuwinkte und ihnen Mut zusprach. Und jeder, den die Furcht ankam, floh zu ihr um Hilfe; sie aber gab zugleich den Ungläubigen ein Zeichen, Scharkân zu töten. So stürmte denn Schar auf Schar wider ihn an, um ihn zu erschlagen; doch jede Schar, die ihn angriff, griff er wieder an und schlug sie in die Flucht; und wenn eine neue zum Angriff kam, so schlug er sie zurück und schwang das Schwert wider ihre Rücken. Dabei glaubte er, der Segen des Heiligen gäbe ihm den Sieg, und er sprach bei sich selber: ‚Wahrlich, auf diesem Heiligen hat das gnädige Auge Allahs geruht, und durch die Reinheit seiner Absicht stärkte er wider die Heiden meinen Mut; ich sehe, wie sie mich fürchten und mir nicht zu nahen wagen, ja, sooft sie mich angreifen, wenden sie den Rücken und können ihr Heil nur in der Flucht erblicken!' Dann kämpften sie weiter, bis der Tag zu Ende war; und als die Nacht hereinbrach, suchten die Muslime Zuflucht in einer Höhle jener Schlucht; denn sie waren müde von der Kampfesnot und von den Steinwürfen, und fünfundvierzig von ihnen waren an diesem Tage gefallen. Und als sie sich gesammelt hatten, suchten sie nach dem Heiligen, doch sie fanden keine Spur von ihm; das war ihnen schmerzlich, und sie sprachen: ‚Vielleicht ist er als Märtyrer gefallen.' Scharkân sprach: ‚Ich sah, wie er die Reiter mit göttlichen Zeichen stärkte und durch Verse des

Barmherzigen beschützte.' Während sie noch also sprachen, siehe, da stand die verfluchte Alte, Dhât ed-Dawâhi, plötzlich vor ihnen, und in der Hand hielt sie den Kopf des obersten Ritters, des Feldherrn über Zwanzigtausend, eines Recken voll Mut und Teufels voll Wut. Einer der Türken hatte ihn mit einem Pfeil getötet, und Allah hatte seine Seele rasch ins Höllenfeuer entsandt; und als die Ungläubigen sahen, was jener Muslim ihrem Führer angetan hatte, da fielen sie alle über ihn her, brachten das Verderben über ihn und hackten ihn mit den Schwertern in Stücke, doch Allah führte ihn alsbald ins Paradies. Die verfluchte Alte aber schlug jenem Ritter den Kopf ab, und jetzt brachte sie ihn und warf ihn Scharkân und Dau el-Makân und dem Wesir Dandân vor die Füße. Wie Scharkân sie erblickte, da sprang er eilig auf und rief: ‚Preis sei Allah für deine Rettung, da wir dich wiedersehen, o Heiliger und frommer Glaubenskämpfer!' Sie antwortete: ‚Mein Sohn, ich habe heute das Martyrium gesucht, und ich habe mich mitten unter die Scharen der Heiden geworfen, aber sie wichen in Furcht vor mir zurück. Als ihr euch zerstreutet, da entbrannte ein heiliger Zorn in mir um euretwillen; so stürzte ich denn auf ihren obersten Ritter, obgleich er wohl tausend Reitern gewachsen war, und ich traf ihn also, daß sein Kopf vom Rumpfe flog. Keiner der Heiden konnte mir nahen; und jetzt bringe ich euch seinen Kopf' – –«

Da bemerkte Schehrezâd, daß der Morgen begann, und sie hielt in der verstatteten Rede an. Doch als die *Siebenundneunzigste Nacht* anbrach, fuhr sie also fort: »Es ist mir berichtet worden, o glücklicher König, daß die verruchte Hexe, Dhât ed-Dawâhi, nachdem sie den Kopf jenes Ritters, des Feldherrn über zwanzigtausend Ungläubige, an sich genommen hatte, ihn brachte und ihn Dau el-Makân und seinem Bruder Scharkân und dem Wesir Dandân vor die Füße warf und zu ihnen sagte: ‚Als ich sah, wie es euch erging, da entbrannte ein heiliger Zorn in mir um euretwillen; so stürzte ich mich denn auf den obersten Ritter und traf ihn mit dem Schwerte also, daß sein Kopf davonflog. Keiner der Heiden konnte mir nahen; und jetzt bringe ich euch seinen Kopf, damit eure Seelen sich stärken zum Glaubensstreit und ihr mit euren Schwertern dem Herrn der Gläubigen dienstbar seid. Doch nun will ich euch bei dem Glaubenskampf lassen, und ich will zu eurem Heere gehen, stehe es auch an den Toren von Konstantinopel, und will mit zwanzigtausend Reitern zurückkehren, um diese Ungläubigen zu vernichten.' Da fragte Scharkân: ‚Wie willst du zu ihnen durchdringen, o du Heiliger, während doch das Tal auf allen Seiten von den Heiden eingeschlossen ist?' Die verfluchte Alte aber antwortete: ‚Allah wird mich vor ihren Augen verbergen, so daß sie mich nicht sehen; und selbst wenn einer mich sieht, so wird er nicht wagen, mir zu nahen; denn ich werde dann ganz in Allah entschwunden sein, und Er wird seine Feinde von mir abhalten.' ‚Du sprichst die Wahrheit, o Heiliger', erwiderte Scharkân, ‚denn wahrlich, dessen bin ich selber Zeuge gewesen; wenn du also zu Anfang der Nacht davonkommen kannst, so wird das für uns das beste sein.' Doch sie sagte: ‚Ich will noch in dieser Stunde aufbrechen, und wenn du mit mir kommen willst, ohne daß dich jemand sieht, so mache dich auf! Und wenn auch dein Bruder mit uns gehen will, so wollen wir ihn mitnehmen, aber sonst niemanden; denn der Schatten eines Heiligen kann nur zwei Menschen bedecken.' Darauf sprach Scharkân: ‚Was mich angeht, so will ich meine Gefährten nicht verlassen; doch wenn mein Bruder einwilligt, so steht nichts im Wege, daß er mit dir gehe und aus dieser Bedrängnis befreit werde; denn er ist die Burg der Muslime und das Schwert des Herrn der Welten; und wenn er will, so mag er auch den Wesir Dandân mitnehmen oder wen immer er wählt; und dann soll er uns zehntausend Reiter senden zu Hilfe wider diese Elenden.' So kamen sie denn überein, und darauf sagte die Alte: ,Laßt mir Zeit, daß ich vor euch ausziehe und mir ansehe, wie es mit den Ungläubigen steht, ob sie wachen oder schlafen!' Doch sie entgegneten: ,Wir wollen nur mit dir gehen und unsere Sache Gott anheimstellen.' ,Wenn ich euch den Willen tue,' erwiderte sie, ,so tadelt nicht mich, sondern tadelt euch selber! Denn mein Rat ist, daß ihr auf mich wartet, bis ich die Feinde ausgekundschaftet habe.' Da sprach Scharkân: ,Geh zu ihnen hinaus und bleib uns nicht zu lange fort; wir wollen auf dich warten!' Nun zog Dhât ed-Dawâhi aus, und Scharkân redete darauf seinen Bruder an und sagte: ,Wäre dieser Heilige nicht ein Wundertäter, so hätte er nie jenen gewaltigen Ritter erschlagen. Dies ist Beweis genug für die Macht dieses Asketen; und wahrlich, die Macht der Ungläubigen ist durch den Tod dieses Ritters gebrochen, denn er war ein Recke voll Mut und ein Teufel voll Wut.' Während sie so über die Wundertaten des Asketen sprachen, siehe, da trat die verruchte Dhât ed-Dawâhi schon wieder zu ihnen ein und verhieß ihnen den Sieg über die Ungläubigen; sie aber dankten ihr, da sie nicht wußten, daß all dies Lug und Trug war. Dann fragte die verruchte Alte: ,Wo ist der König unsrer Zeit, Dau el-Makân?' ,Hier bin ich', erwiderte er; und sie fuhr fort: ,Nimm deinen Wesir mit dir und folge mir, damit wir nach Konstantinopel ziehen!' Nun hatte sie den Ungläubigen den Plan, den sie geschmiedet hatte, verraten; und die waren darüber hocherfreut gewesen und hatten gesagt: ,Wir werden uns nicht eher zufriedengeben, als bis wir ihren König erschlagen haben zur Rache für den Tod des Ritters; denn wir hatten keinen größeren Helden als ihn.' Und dann hatten sie der Unglücksalten noch gesagt, als sie ihnen kundgetan, sie würde mit dem König der Muslime zu ihnen kommen: ,Wenn du ihn zu uns bringst, so wollen wir ihn dem König Afridûn überliefern.' Nun zog die Alte aus, und mit ihr zogen Dau el-Makân und der Wesir Dandân. Sie ging ihnen voran, indem sie sprach: ,Ziehet dahin mit dem Segen Allahs des Erhabenen!' Sie folgten ihrem Geheiß; denn der Pfeil des Schicksals und des Verhängnisses hatte sie getroffen. Die Alte aber zog mit ihnen dahin, bis sie mitten im Lager der Griechen waren und zu dem schon genannten Engpaß gelangten, von dem aus die Ungläubigen sie beobachteten, doch ohne ihnen ein Hindernis in den Weg zu legen; denn das hatte die verfluchte Alte ihnen befohlen. Wie nun Dau el-Makân und der Wesir Dandân die Soldaten der Ungläubigen erblickten und wußten, daß jene sie zwar sahen, aber doch nicht behinderten, sprach der Wesir: ,Bei Allah, dies ist ein Wunder des Heiligen; kein Zweifel, er gehört zu den besonderen Freunden Gottes.' Dau el-Makân erwiderte: ,Bei Allah, ich glaube nicht anders, als daß die Ungläubigen blind sind, denn wir sehen sie, und sie sehen uns nicht.' Und während sie noch den Heiligen priesen und von seinen Wundern sprachen und von seiner Frömmigkeit und seinen frommen Werken, da stürmten auch schon die Ungläubigen auf sie ein, umringten und ergriffen sie und fragten: ,Ist noch einer bei euch beiden, daß wir auch ihn ergreifen?' Der Wesir Dandân rief: ,Seht ihr nicht jenen dritten Mann dort vor uns?' Doch die Heiden erwiderten: ,Beim Messias und bei den Eremiten, beim Primas und beim Metropoliten: wir sehen niemanden als euch!' Da sprach Dau el-Makân: ,Bei Allah, unser Geschick ist eine Strafe, die der Erhabene über uns verhängt hat!' – –«

Da bemerkte Schehrezâd, daß der Morgen begann, und sie hielt in der verstatteten Rede an. Doch als die *Achtundneunzigste Nacht* anbrach, fuhr sie also fort: »Es ist mir berichtet worden, o glücklicher König, daß die Heiden, als sie Dau el-Makân und den Wesir Dandân ergriffen hatten, fragten: ‚Ist noch einer bei euch beiden, daß wir auch ihn ergreifen?' Da rief der Wesir Dandân: ‚Seht ihr nicht jenen dritten Mann dort bei uns?' Doch sie erwiderten: ‚Beim Messias und bei den Eremiten, beim Primas und beim Metropoliten: wir sehen niemanden als euch.' Dann legten sie ihnen Ketten an die Füße und stellten Wachen neben sie für die Nacht, während ihnen Dhât ed-Dawâhi aus den Blicken entschwand. So begannen sie zu klagen und sprachen zueinander: ‚Fürwahr, Ungehorsam gegen die Heiligen bringt noch schlimmeres Unheil als dies; die Not, in der wir uns befinden, ist unsere gerechte Strafe.'

Wenden wir uns nun wieder zu König Scharkân! Nachdem er die Nacht über geruht hatte und der Morgen angebrochen war, da sprach er das Morgengebet. Und dann machte er sich mit seinen Leuten bereit zur Schlacht wider die Ungläubigen, und er sprach ihnen Mut zu und verhieß ihnen alles Gute. Dann zogen sie aus, bis sie dicht zu den Heiden kamen, und als diese sie aus der Ferne sahen, riefen sie ihnen zu: ‚Ihr Muslime, wir haben euren Sultan und euren Wesir, der mit der Leitung eurer Angelegenheiten betraut ist, gefangen genommen; und wenn ihr nicht ablaßt, wider uns zu kämpfen, so werden wir euch bis auf den letzten Mann erschlagen; doch wenn ihr euch ergebt, so wollen wir euch vor unseren König führen, der mit euch Frieden schließen wird unter der Bedingung, daß ihr unser Land verlaßt und in euer Land heimkehrt und daß wir uns gegenseitig keinerlei Schaden zufügen. Wenn ihr das annehmt, so wird es euer Glück sein; wenn ihr es aber ablehnt, so bleibt euch nichts als der Tod. Nun haben wir es euch kundgetan, und dies ist unser letztes Wort an euch.' Als Scharkân das hörte und der Gefangennahme seines Bruders und des Wesirs gewiß war, da drückte ihn der Schmerz nieder, und er weinte; seine Kraft erlahmte, er machte sich auf den Tod gefaßt und sprach bei sich: ,Wenn ich nur wüßte, weshalb sie gefangen genommen wurden! Ließen sie es an Achtung vor dem Heiligen fehlen, oder waren sie ihm ungehorsam, oder was war es sonst?' Dann sprangen sie auf zum Kampf wider die Ungläubigen und erschlugen viel Volks von ihnen. An jenem Tage schied sich der Feige vom Mutigen; rot leuchteten Schwert und Lanze, die blutigen. Und die Heiden schwärmten auf sie ein, wie die Fliegen auf den Trank, in dichten Reihn; doch Scharkân und seine Mannen kämpften wie einer, der keine Todesfurcht kennt, und den kein Hindernis von der Verfolgung des Sieges trennt, bis schließlich die Täler vom Blute rannen und das Feld übersät war mit erschlagenen Mannen. Und als die Nacht hereinsank, da trennten die beiden Heere sich, und ein jedes zog an seine Lagerstätte. Die Muslime gingen wieder in die Höhle dahin, und da offenbarte sich ihnen Verlust und Gewinn; wenige von ihnen waren unversehrt, und denen blieb nur das Vertrauen auf Allah und auf das Schwert. Von ihnen waren Ritter, vornehme Emire, gefallen fünfunddreißig an Zahl; doch von den Ungläubigen hatte ihr Schwert Tausende getötet, Fußkämpfer und Reiter zumal. Als Scharkân das sah, fragte er beklommen seine Gefährten: ,Was sollen wir tun?' Die antworteten: ,Nur was Allah der Erhabene will, wird geschehen!' Am Morgen des zweiten Tages aber sprach Scharkân zu dem Rest seiner Truppe: ,Wenn ihr in den Kampf hinauszieht, so wird nicht einer von euch am Leben bleiben; wir haben auch nur noch wenig Wasser und Zehrung. Ich halte es daher für das richtige, daß ihr euch mit gezücktem Schwert an den Ausgang der Höhle stellt, um jeden, der eindringen will, abzuwehren. Vielleicht hat der Heilige das Heer der Muslime erreicht, und dann kommt er mit zehntausend Reitern zu uns, um uns im Kampf wider die Ungläubigen zu helfen; denn die Heiden werden ihn und seine Gefährten nicht bemerkt haben.' Und sie entgegneten: ‚Dieser Rat ist der rechte allein, und an seiner Trefflichkeit kann kein Zweifel sein.' Dann gingen die Krieger hin und besetzten den Eingang der Höhle, indem sie sich zu beiden Seiten aufstellten; und einen jeden der Ungläubigen, der einzudringen suchte, erschlugen sie. Und sie hielten die Heiden von dem Eingang zurück und ertrugen geduldig alle Angriffe der Feinde, bis der Tag zur Neige ging und die Nacht alles mit Dunkel umfing. – –«

Da bemerkte Schehrezâd, daß der Morgen begann, und sie hielt in der verstatteten Rede an. Doch als die *Neunundneunzigste Nacht* anbrach, fuhr sie also fort: »Es ist mir berichtet worden, o glücklicher König, daß die muslimischen Krieger den Eingang der Höhle besetzten, indem sie sich zu beiden Seiten aufstellten und die Ungläubigen abwehrten; und jeden, der zu ihnen einzudringen versuchte, erschlugen sie; und sie ertrugen geduldig alle Angriffe der Feinde, bis der Tag zur Neige ging und die Nacht alles mit Dunkel umfing. König Scharkân aber hatte jetzt nur noch fünfundzwanzig seiner Mannen. Da sprachen die Ungläubigen untereinander: ‚Wann sollen diese Schlachttage ein Ende nehmen? Wir sind des Kampfes mit den Muslimen müde.' Einer von ihnen rief: ‚Auf zum Sturm wider sie, denn es sind nur noch fünfundzwanzig Mann von ihnen übrig! Wenn wir sie nicht im Kampfe bezwingen können, so wollen wir sie durch ein Feuer ausräuchern. Wenn sie dann anschmoren und sich uns ergeben, so wollen wir sie gefangen nehmen; wenn sie sich doch noch weigern, so lassen wir sie wie Holz im Feuer ganz verbrennen, so daß sie den Verständigen als warnendes Beispiel dienen können. Dann soll der Messias ihren Vätern sein Mitleid verwehren und ihnen dort, wo die Christen sind, keine Stätte gewähren!' Sie schleppten also Brennholz an den Ausgang der Höhle und zündeten es an, so daß Scharkân und seine Gefährten des Verderbens gewiß waren und sich ergaben. Und als jene sich nun in solcher Lage befanden, siehe, da sprach der befehlshabende Ritter zu denen, die rieten, sie zu töten: ‚Ihr Tod steht nur in der Hand des Königs Afridûn, damit er seinen Rachedurst lösche. Also müssen wir sie als Gefangene bei uns lassen; und morgen wollen wir mit ihnen nach Konstantinopel ziehen und sie dem König Afridûn überliefern, auf daß er mit ihnen tue, was er will.' Da sprachen sie: ‚Dieser Rat ist der rechte!' Dann gab man Befehl sie zu fesseln, und setzte Wachen über sie. Doch als es finstre Nacht ward unterdessen, begannen die Ungläubigen zu feiern und zu essen; und sie riefen nach Wein und tranken, bis sie alle auf dem Rücken lagen. Nun waren Dau el-Makân und sein Bruder Scharkân in gemeinsamer Haft mit den Rittern, ihren Gefährten. Da blickte der ältere den jüngeren Bruder an und sprach zu ihm: ‚Bruder, wie können wir die Freiheit erlangen?' ‚Bei Allah,' versetzte Dau el-Makân, ‚ich weiß es nicht, wir sind wie Vögel in einem Käfig gefangen.' Da ergrimmte Scharkân, und er seufzte im Übermaß seines Zornes und reckte sich, bis seine Fesseln sprangen; und als er frei war von seinen Banden, trat er zu dem Hauptmann der Wache, zog ihm die Schlüssel zu den Fesseln aus der Tasche und befreite Dau el-Makân und den Wesir Dandân und die übrigen Gefangenen. Dann wandte er sich zu den beiden und sagte: ‚Ich will drei von den Wächtern töten; dann können wir drei ihre Kleider nehmen und anlegen, so daß wir wie Griechen aussehen und zwischen ihnen dahingehen, ohne daß sie uns erkennen. So wollen wir uns zu unserem Heere begeben.' Doch Dau el-Makân erwiderte: ‚Dieser Rat ist nicht gut; denn wenn wir sie töten, so fürchte ich, wird jemand ihr Röcheln hören, und so werden die Heiden wach und werden uns niedermachen. Das Richtige ist, daß wir aus der Schlucht hinauszukommen suchen.' Darin pflichteten die anderen ihm bei; und als sie nun aufgebrochen waren und den Paß ein wenig hinter sich hatten, sahen sie angebundene Pferde, deren Reiter schliefen, und Scharkân sprach zu seinem Bruder: ‚Wir müssen uns ein jeder eins von den Rossen da nehmen.' Nun waren sie fünfundzwanzig Mann, also nahmen sie fünfundzwanzig Pferde; Allah aber hatte den Ungläubigen Schlaf gesandt, um eines Ratschlusses willen, den Er kannte. Und Scharkân raffte von dem ungläubigen Heere Waffen zusammen, Schwerter und Speere, so viele, bis er genug hatte; seine Gefährten jedoch bestiegen die Rosse, die sie genommen hatten, und ritten davon. Aber die Ungläubigen hatten vermeint, keiner könne Dau el-Makân und seinen Bruder und seine Waffengefährten befreien, und es sei ihnen unmöglich, zu entkommen. Als jene nun alle aus der Gefangenschaft befreit und vor den Ungläubigen sicher waren, eilte Scharkân seinen Gefährten nach und er fand sie, wie sie auf ihn warteten, aber wie auf Kohlen standen und um seinetwillen keine Ruhe fanden. Da wandte er sich zu ihnen und sprach: ‚Habt keine Angst, denn Allah schützt uns! Ich habe einen Vorschlag, der wohl das Richtige trifft.' ‚Wie ist der?' fragten sie, und er entgegnete: ‚Steigt ihr auf den Berg hinauf und erhebt alle auf einmal das Kriegsgeschrei ‚Allâhu Akbar!' und ruft dann: ‚Das Heer des Islams ist über euch!' und dann wollen wir alle mit einer Stimme rufen: ‚Allâhu

Akbar!' Auf diese Weise werden sie alle zersprengt, und sie werden in ihrer Trunkenheit nicht wissen, was sie tun sollen; sie werden sicher glauben, die Truppen der Muslime hätten sie auf allen Seiten umringt und sich unter sie gemischt: so werden sie mit den Schwertern übereinander herfallen in der Verwirrung der Trunkenheit und des Schlafes; und wir wollen sie mit ihren eigenen Schwertern in Stücke hauen, die Klinge soll bis zum Morgen unter ihnen kreisen.' Doch Dau el-Makân sagte: ,Dieser Plan ist nicht gut; wir täten besser daran, zu unserm Heere zu eilen, ohne ein Wort zu sprechen; denn wenn wir rufen: ,Allâhu Akbar!', so werden sie erwachen und über uns herfallen, und keiner von uns wird entkommen.' Da rief Scharkân: ,Bei Gott, und wenn sie erwachen, so macht es nichts aus! Ich wünsche, daß ihr meinem Plan zustimmt; es kann nur Gutes daraus entstehen!' So pflichteten sie ihm denn bei und stiegen auf den Berg und schrien: ,Allâhu Akbar!' Und Berge und Bäume und Felsen stimmten aus Furcht vor Allah in ihren Ruf ein. Als aber die Heiden das Feldgeschrei hörten, schrien sie – –«

Da bemerkte Schehrezâd, daß der Morgen begann, und sie hielt in der verstatteten Rede an. Doch als die *Hundertste Nacht* anbrach, fuhr sie also fort: »Es ist mir berichtet worden, o glücklicher König, daß Scharkân also sprach: ,Ich wünsche, daß ihr meinem Plan zustimmt; es kann nur Gutes daraus entstehen.' So pflichteten sie ihm denn bei und stiegen auf den Berg und schrien: ,Allâhu Akbar!' Und Berge und Bäume und Felsen stimmten aus Furcht vor Allah in ihren Ruf ein. Als aber die Heiden das Feldgeschrei hörten, schrien sie einander zu, legten ihre Waffen an und sprachen: ,Der Feind ist über uns, beim Messias!' Dann schlugen sie von ihren eigenen Leuten so viele tot, daß nur Allah der Erhabene ihre Zahl kennt. Und als es Tag wurde, suchten sie nach den Gefangenen, fanden aber keine Spur von ihnen, und ihre Hauptleute sagten: ‚Die solches angerichtet haben, das sind die Gefangenen, die unter uns waren! Darum auf und ihnen nach, bis ihr sie einholt; dann laßt sie den Becher des Verderbens leeren; doch euch soll weder Furcht noch Schrecken betören!' Darauf bestiegen sie ihre Rosse und ritten den Flüchtigen nach; und es handelte sich nur um einen Augenblick, so hätten sie sie gefaßt und umringt. Als Dau el-Makân das sah, ergriff ihn wachsende Angst, und er sprach zu seinem Bruder: ‚Was ich befürchtete, ist über uns gekommen, und jetzt bleibt uns kein Ausweg mehr, als für den Glauben zu kämpfen.' Scharkân aber schwieg. Und nun stürmte Dau el-Makân hernieder von der Höhe des Berges und schrie: ‚Allâhu Akbar!' Und seine Leute wiederholten den Kriegsruf und schickten sich an zum Glaubenskampfe, um ihr Leben im Dienste des Herrn der Gläubigen dahinzugeben; und siehe, in diesem Augenblick hörten sie viele Stimmen rufen: ‚Es gibt keinen Gott außer Allah! Gott ist der Größte! Segen und Heil dem Freudenverkünder und dem Warner der Sünder!' Und als sie sich der Richtung des Schalles zuwandten, erblickten sie Scharen von Muslimen, Krieger, die den einen Gott bekennen, ihnen entgegen rennen. So bald sie die erblickten, wurden ihre Herzen fest, und Scharkân griff die Ungläubigen an und rief: ‚Es gibt keinen Gott außer Allah! Gott ist der Größte!' und alle Bekenner der Einheit Gottes, die bei ihm waren, stimmten ein. Da erdröhnte die Erde wie bei einem Erdbeben, und die Scharen der Heiden zerstoben in die Berge; die Muslime aber verfolgten sie mit Hieb und Stich, so daß manchen von ihnen der Kopf vom Rumpfe wich. Und Dau el-Makân und seine Kampfgenossen hieben auf die Nacken der Heiden unverdrossen, bis der Tag zur Rüste ging und die Nacht alles mit Dunkel umfing. Dann rückten die Muslime zusammen und verbrachten die ganze Nacht in großer Freude; doch als der Morgen sich erhob und mit seinen feurigen Strahlen die Welt durchwob, sahen sie Bahrâm, den Hauptmann der Dailamiten, und Rustem, den Hauptmann der Türken, wie sie mit zwanzigtausend Reitern, gleich grimmigen Löwen, zu ihnen stießen. Und sowie die Reiter Dau el-Makân erblickten, saßen sie ab, begrüßten ihn und küßten den Boden vor ihm. Da sprach er zu ihnen: ,Freut euch, daß die Muslime gesiegt und das Volk der Ungläubigen am Boden liegt!' Dann wünschten sie einander Glück zu ihrer Errettung und zum herrlichen Lohn am Tage der Auferweckung.

Nun war der Grund, weshalb jene dorthin kamen, der folgende. Als der Emir Bahrâm und der Emir Rustem und der Oberkammerherr mit den Truppen der Muslime, deren wehende Banner hoch in der Luft sich breiteten, vor Konstantinopel ankamen, da sahen sie, daß die Ungläubigen auf die Mauern gestiegen waren; die hielten jene Türme und Kastelle fest in der Hand und hatten jede Feste mit Verteidigern bemannt; denn sie wußten vom Nahen der Heere, der islamischen, und der Feldzeichen, der mohammedanischen, ja, sie hörten das Waffengeklirr und das Stimmengewirr. Da blickten sie hin und sahen die Muslime, und sie hörten, wie unter der Staubwolke das Rossegetrappel hervorscholl; und plötzlich erschienen jene wie ein Heuschreckenschwarm so dicht, oder wie eine Wolke, die in Platzregen zerbricht. Nun hörten sie auch die Stimmen der Muslime den Koran singen und dem Barmherzigen Preis darbringen. Daß die Ungläubigen aber darum wußten, hatte die alte Dhât ed-Dawâhi, die falsche Dirne, mit ihrer List und Verschlagenheit zuwege gebracht. Nun kamen die Scharen daher wie das flutende Meer; so zahlreich waren die Mannen zu

Fuß und zu Roß und der Weiber- und Kindertroß. Da sprach der Hauptmann der Türken zum Hauptmann der Dailamiten: ‚O Emir, fürwahr, uns droht Gefahr von der Menge der Feinde dort auf den Wällen! Sieh jene Bollwerke an und die Menschheit dort ringsumher, gleich dem tosenden, wogengepeitschten Meer! Diese Heiden sind uns an Zahl wohl hundertfach überlegen, und wir sind nicht vor Spionen sicher, die ihnen melden können, daß wir ohne Sultan sind. Wahrlich, uns droht Gefahr von diesen Feinden, deren Zahl niemand zählt und denen es nicht an Hilfsmitteln fehlt, zumal König Dau el-Makân und sein Bruder Scharkân und der erlauchte Wesir Dandân nicht bei uns sind. Wenn die Feinde das erfahren, so werden sie den Mut finden, uns anzugreifen, und mit dem Schwert werden sie uns bis auf den letzten Mann vernichten; nicht einer von uns wird mit dem Leben davonkommen. Daher ist mein Rat, daß du zehntausend Reiter von den Mesopotamiern und den Türken mit dir nimmst und zum Kloster des Matruhina und zur Wiese des Maluchina ziehst, um unsere Brüder und Gefährten zu suchen. Und wenn ihr nach meinem Rate handelt, so werdet ihr euch vielleicht als ihre Retter erweisen, falls sie nämlich von den Ungläubigen hart bedrängt sind; folgt ihr aber meinem Rate nicht, so trifft mich kein Tadel. Doch wenn ihr geht, so müßt ihr schnell zu uns zurückkehren; denn der Argwohn gehört zur Klugheit.' Der genannte Emir nun stimmte seinen Worten zu; und so wählten die beiden Emire zwanzigtausend Reiter aus und zogen, indem sie alle Straßen füllten, in der Richtung nach der Wiese, die genannt ist, und dem Kloster, das bekannt ist.

So also war es gekommen, daß jene dort eintrafen. Was aber die alte Dhât ed-Dawâhi angeht, so war sie, sobald sie den Sultan Dau el-Makân und seinen Bruder Scharkân und den Wesir

Dandân den Ungläubigen hatte in die Hände fallen lassen, auf ein schnelles Roß gestiegen und hatte zu den Heiden gesagt: ‚Ich will zu dem Heer der Muslime stoßen, das vor Konstantinopel liegt, und seine Vernichtung bewirken; denn ich will ihnen sagen, daß ihre Führer tot sind, und wenn sie das von mir hören, dann löst sich ihr Zusammenhalt, es zerreißt ihr Band, und ihre Scharen zerstreuen sich ins Land. Darauf will ich zum König Afridûn, dem Herrn von Konstantinopel, gehen und zu meinem Sohne, König Hardûb, dem Herrscher von Kleinasien, und will ihnen beiden alles berichten. Sie werden dann mit ihren Truppen gegen die Muslime ins Feld ziehen und jene bis auf den letzten Mann vernichten.' So war sie denn fortgeritten und hatte auf jenem Renner die ganze Nacht über das Land durcheilt. Als dann der Tag zu grauen begann, da tauchten die Scharen Bahrâms und Rustems vor ihr auf. Sie aber schlug sich seitwärts in ein Gebüsch und verbarg ihr Roß dort; danach kam sie wieder heraus und ging eine Weile zu Fuß, indem sie bei sich selber sprach: ‚Vielleicht kehren die Scharen der Muslime schon zurück, weil sie beim Sturm auf Konstantinopel abgeschlagen worden sind.' Doch als sie näher an sie herankam und sie genauer sehen konnte, da erkannte sie, daß ihre Feldzeichen und Banner nicht gesenkt waren; und also kamen sie nicht als Besiegte, sondern aus Sorge um ihren König und um ihre Gefährten. Sobald sie sich davon überzeugt hatte, lief sie eilends zur Stell', wie ein rebellischer Teufel, so schnell; als sie bei ihnen war, rief sie: ‚Eilt, eilt, ihr Krieger des Barmherzigen, in den heiligen Streit wider das Volk, das dem Satan geweiht!' Wie Bahrâm sie erblickte, stieg er ab, küßte den Boden vor ihr und fragte: ‚O Freund Allahs, was liegt hinter dir?' Sie erwiderte: ‚Fragt nicht nach den traurigen Dingen, die so entsetzlich klingen! Denn als unsere Gefährten den Schatz aus dem Kloster des Matruhina geholt hatten und nach Konstantinopel aufbrechen wollten, da fiel eine gewaltige kühne Schar der Heiden über sie her.' Dann erzählte die verfluchte Alte ihnen die Geschichte, um sie mit Angst und Schrecken zu erfüllen, und fügte hinzu: ‚Die meisten von ihnen sind tot, und nur noch fünfundzwanzig Mann sind übriggeblieben.' Da fragte Bahrâm weiter: ‚O Heiliger, wann hast du sie verlassen?' ‚In dieser Nacht', erwiderte sie. ‚Ruhm sei Allah!' rief er aus, ‚Ihm, der die weite Erde sich vor dir zusammenfalten hieß, und der dich auf deinen Füßen, wie auf eine Palmrippe gestützt, gehen ließ! Doch du gehörst zu den Heiligen, die durch die Lüfte eilen geschwind, wenn sie durch die Offenbarung des Zeichens begeistert sind.' Dann stieg er auf sein Roß, ganz verwirrt durch das, was er von der Lügnerin und Betrügerin gehört hatte, und er sprach: ‚Es gibt keine Majestät und es gibt keine Macht außer bei Allah! Wahrlich, unsere Mühe ist verloren, und das Herz ist uns schwer, denn unser Sultan ist mit seinen Gefährten gefangen.' Darauf ritten sie querfeldein, in die Länge und Breite, Tag und Nacht; und als der Morgen dämmerte, da kamen sie an den Eingang der Schlucht und hörten, wie Dau el-Makân und Scharkân riefen: ‚Es gibt keinen Gott außer Allah! Gott ist der Größte! Segen und Heil dem Freudenverkünder und dem Warner der Sünder!' Da griff Bahrâm mit den Seinen die Ungläubigen an, und sie kamen gegen sie dahergerannt wie ein Gießbach durch den Wüstensand; und sie erhoben wider sie ein Geschrei, das selbst die Helden zum Aufschreien brachte und die Felsen zerspringen machte. Und als der Morgen sich erhob und die Welt mit seinen feurigen Strahlen durchwob, wehte ihnen von Dau el-Makân her süßer Duft entgegen, und sie erkannten einander, wie schon berichtet. Sie küßten den Boden vor dem König und vor Scharkân, der ihnen erzählte, was ihnen in der Höhle widerfahren war. Jene erstaunten darob; und dann sprachen alle zueinander! ,Laßt uns gen Konstantinopel eilen, denn wir haben dort unsere Gefährten zurückgelassen, und unser Herz ist bei ihnen!' So brachen sie denn eilig auf und befahlen sich in die Hand des Gütigen und Allwissenden; und Dau el-Makân feuerte die Muslime zur Ausdauer an, indem er die Verse zu sprechen begann:

> *Dir sei Lob, o du, dem Preis und Dank gebühret immerdar,*
> *Du, o Herr, des Hilfe niemals meiner Sach versaget war.*
> *Ich wuchs auf in fremdem Lande; doch du warst zu jeder Zeit*
> *Mir ein Retter, und du zeigtest dich, Allmächt'ger, hilfsbereit.*
> *Ja, auch Reichtum und Besitz und Wohlstand gabest du mir dann;*
> *Und das Schwert des Mutes und des Sieges legtest du mir an.*
> *Mit dem königlichen Schatten hast du mich fortan geehrt,*
> *Und du hast mir deine Güte reich im Übermaß gewährt.*
> *Und aus jeder Not, die mich erschreckte, hast du mich befreit*
> *Durch den Rat des Großwesires, jenes Helden seiner Zeit.*
> *Du gewährtest uns, daß wir uns auf die Griechen stürzten wild:*
> *Doch sie kehrten fechtend wieder, in ihr rot Gewand gehüllt.*
> *Darauf tat ich so, als ob ich in die Flucht geschlagen sei,*
> *Und dann eilte ich aufs neue wie ein grimmer Leu herbei.*
> *Alle ließ ich liegen in des Tales Grund dahingerafft,*
> *Trunken von des Todes Becher, aber nicht vom Traubensaft.*
> *Die gesamte Zahl der Schiffe fiel darauf in unsre Hand,*
> *Unsre Herrschaft ward errichtet auf dem Wasser und zu Land.*
> *Und es kam zu uns der fromme, gottesfürchtige Asket,*
> *Dessen Wunderruf durch alle Wüsten und Gefilde geht,*
> *Ja, wir zogen aus zur Rache an den Heiden allzumal:*
> *Meiner Taten Ruhm ist jetzt verkündet bei den Menschen all.*
> *Helden von uns sind gefallen; doch ihr Lager ist bereit*
> *In den Lauben an den Bächen droben in der Ewigkeit.*

Als Dau el-Makân sein Lied beendet hatte, wünschte sein Bruder Scharkân ihm Glück zu seiner Rettung und dankte ihm für die Taten, die er verrichtet hatte; und dann brachen sie in Eilmärschen auf. – –«

Da bemerkte Schehrezâd, daß der Morgen begann, und sie hielt in der verstatteten Rede an. Doch als die *Hundertunderste Nacht* anbrach, fuhr sie also fort: »Es ist mir berichtet worden, o glücklicher König, daß Scharkân seinem Bruder Dau el-Makân Glück wünschte zu seiner Rettung und daß er ihm dankte für die Taten, die er verrichtet hatte; und dann brachen sie in Eilmärschen zu ihrem Heere auf.

Sehen wir nun weiter, was die alte Dhât ed-Dawâhi tat! Nachdem sie mit dem Heere des Bahrâm und des Rustem zusammengetroffen war, kehrte sie in das Gebüsch zurück und holte sich ihr Roß; und sie saß auf und ritt eilends dahin, bis sie dem muslimischen Heere nahe war, das Konstantinopel belagerte; da stieg sie ab und führte ihr Roß zum Zelte des Oberkammerherrn. Als der sie sah, erhob er sich ihr zu Ehren, winkte ihr, indem er sein Haupt neigte, und sprach: ‚Willkommen, o frommer Asket!' Dann befragte er sie nach allem, was geschehen war, und sie wiederholte ihm ihre beängstigenden Lügereien und ihre verderblichen Betrügereien und sagte: ‚Wahrlich, ich fürchte für den Emir Bahrâm und für den Emir Rustem; ich traf sie mit ihrem Heere unterwegs und schickte sie weiter zum König und seinen Gefährten. Nun haben sie nur zwanzigtausend Reiter, während die Ungläubigen ihnen an Zahl überlegen sind; darum möchte ich wünschen, du schicktest ihnen sofort einen Heerhaufen so schnell wie möglich nach, damit sie nicht bis auf den letzten Mann umkommen.' Und sie rief ihnen zu: ‚Eilet! Eilet!' Als aber der Kammerherr und die Muslime diese Worte von ihr vernahmen, da sank ihnen der Mut, und sie weinten; doch Dhât ed-Dawâhi sprach: ‚Bittet Allah um Hilfe und ertraget dies Unglück in

Geduld! Denn ihr habt das Beispiel derer, die vor euch lebten in der Gemeinde Mohammeds; und für die, so als Märtyrer sterben, hat Allah das Paradies mit seinen Palästen bereitet; sterben muß ein jeder hienieden, doch dem Tode im Glaubenskampfe ist höchster Ruhm beschieden!' Wie der Kammerherr die Worte der verfluchten Alten hörte, da rief er nach dem Bruder des Emirs Bahrâm, einem Ritter namens Tarkâsch; und er wählte zehntausend Reiter, trutzige Recken, für ihn aus, und befahl ihm, aufzubrechen. So zog er denn aus und ritt den ganzen Tag dahin und auch die ganze folgende Nacht, bis er den Muslimen nahe war. Als nun der Morgen dämmerte, sah Scharkân jene Staubwolke da über ihnen und war um die Gläubigen besorgt. Und er sprach: ,Entweder sind diese Krieger eine islamische Schar, und dann ist unser Sieg offenbar; oder sie gehören zum Heere der Heiden, und dann müssen wir das Geschick ohne Widerspruch erleiden.' Darauf wandte er sich zu seinem Bruder Dau el-Makân und sprach zu ihm: ,Fürchte nichts; denn ich will dich mit meinem Leben loskaufen vom Tode! Ist das dort ein islamisches Heer, so wäre unseres Glückes noch mehr; wenn sie aber unsere Feinde sind, so müssen wir wider sie kämpfen. Und doch möchte ich vor meinem Tode den Heiligen noch einmal sehen und ihn bitten, daß er zu Gott flehe, ich möge nur als Märtyrer sterben.' Während die beiden noch so sprachen, siehe, da erschienen die Banner, auf denen geschrieben stand: ,Es gibt keinen Gott außer Allah, und Mohammed ist der Gesandte Allahs!' Da rief Scharkân: ,Wie steht es mit den Muslimen?' ,Alle sind wohlbehalten und gesund,' erwiderten sie, ,wir kommen nur aus Sorge um euch.' Der Führer der Schar stieg ab, küßte den Boden vor Scharkân und fragte: ,O Herr, wie geht es dem Sultan und dem Wesir Dandân und Rustem und meinem Bruder Bahrâm; sind sie alle in Sicherheit?' Scharkân antwortete: ‚Sie sind alle wohl'; und fragte dann: ‚Wer hat dir Nachricht von uns gebracht?' Jener darauf: ‚Der Heilige sagte uns, daß er meinem Bruder Bahrâm und Rustem begegnet sei und daß er die beiden zu euch geschickt habe, und er versicherte uns auch, daß die Ungläubigen euch umzingelt hätten und euch in großer Zahl bedrängten; ich aber sehe nur das Gegenteil davon und daß ihr gesiegt habt.' Nun fragten sie: ‚Und wie hat der Heilige euch erreicht?' Da ward ihnen zur Antwort: ‚Er war zu Fuß, und er hatte in einem Tag und in einer Nacht einen Weg gemacht, für den ein eiliger Reiter zehn Tage braucht.' ‚Er ist doch wirklich ein Heiliger Allahs,' rief Scharkân; ‚aber wo ist er jetzt?' Jene erwiderten: ‚Wir ließen ihn bei unseren Truppen, dem Volk des Glaubens, wie er sie zum Kampfe gegen die Rebellen und Ungläubigen anfeuerte.' Darüber freute Scharkân sich, und alle dankten Allah für die eigene Befreiung und für die Rettung des Asketen; und sie befahlen ihre Toten der Gnade Allahs und sprachen: ‚So stand es im Buche geschrieben.' Dann brachen sie in Eilmärschen auf; doch unterwegs wirbelte plötzlich eine Staubwolke empor und legte der Welt einen Schleier vor, so daß auch der Tag sein Licht verlor. Scharkân aber blickte hin und sprach: ‚Wahrlich, ich fürchte, dies sind Ungläubige, die das Heer des Islams geschlagen haben; dieser Staub da hat Osten und Westen verhüllt, und die Welt gen Aufgang und Untergang erfüllt.' Doch da trat unter jener Staubwolke eine dunkle Säule heraus, schwärzer als des finstersten Tages Graus. Und näher und näher kam jene hohe Gestalt, furchtbarer als des Jüngsten Tages grausige Gewalt. Reiter und Mannen eilten herbei, um zu sehen, was die Ursache dieses Schreckens sei. Da erblickten sie den Asketen, den wir ja kennen, und sie begannen zum Handkuß zu rennen, während er rief: ‚O Volk, das sich um den Besten der Menschen eint, um ihn, der als Licht durch das Dunkel scheint, wisset, die Heiden legten den Muslimen eine Falle, und sie kamen über die Schar der Bekenner des einigen Gottes alle! Rettet sie aus den Händen der Heiden, der Elenden! Sie fielen über sie her in den Zelten und brachten über sie bitteres Leid, während jene sich dort wähnten in Sicherheit.' Als Scharkân diese Worte vernahm, da zitterte und bebte ihm das Herz in der Brust, und er sprang von seinem Rosse vor Schrecken wie unbewußt; dann küßte er dem Heiligen Hände und Füße. Und ebenso taten sein Bruder Dau el-Makân und alle anderen Kämpfer zu Fuß und zu Rosse, nur nicht der Wesir Dandân. Der stieg nicht vom Pferde herunter, sondern sagte: ‚Bei Allah, mein Herz schreckt zurück vor diesem Asketen; denn immer nur seh ich Unheil entstehen von solchen, die übermäßig beten. Drum laßt ihn und eilet zu euren Glaubensgenossen geschwind; denn dieser gehört zu denen, die vom Gnadentore des Weltenherrn ausgeschlossen sind! Wie viele Streifzüge hab ich hier schon mit König 'Omar ibn en-Nu'mân unternommen, und wie oft bin ich zu den Gefilden dieses Landes gekommen!' Aber Scharkân sprach: ‚Laß ab von diesem bösen Verdacht! Sahst du nicht diesen Gottesmann in der Schlacht? Da feuerte er die Gläubigen an und gab auf Schwerter und Pfeile keine Acht! Verleumde ihn nicht, denn die Verleumdung ist tadelnswert und der Frommen Fleisch ist giftig für den, der es begehrt! Sieh doch, wie er uns anfeuerte zum Kampf wider unsere Feinde! Wenn Allah der Erhabene ihn nicht liebte, so hätte er nicht vor ihm zusammengefaltet die weite Erde, nachdem er ihn früher gebracht in Mühe und Beschwerde.' Dann ließ Scharkân eine nubische Mauleselin bringen, die der Asket reiten sollte, und sprach zu ihm: ‚Sitze auf, o Asket, fromm und standhaft im

Gebet!' Doch jener weigerte sich zu reiten und spielte den Entsagungsreichen, um sein Ziel zu erreichen; sie aber wußten nicht, daß dieser Betrüger im Asketengewand ein solcher war, für den der Dichter die Worte fand:

> *Er übte Beten und Fasten, hatte er ein Ziel im Sinn;*
> *Doch als er das Ziel erreichte, war Beten und Fasten dahin.*

Unaufhörlich zwischen den Reitern und dem Fußvolk schritt der Asket, wie ein Fuchs, dessen Sinn auf Verderben steht; er erhob seine Stimme und sprach den Koran, und er sang den Erbarmer mit Lobpreis an, bis sie sich dem Heere des Islams näherten; da fand Scharkân sie in Verworrenheit und den Kammerherrn zu Rückzug und Flucht bereit, während das Schwert der Griechen unter den Gläubigen, den Reinen und Gemeinen, seine blutige Arbeit tat. – –«

Da bemerkte Schehrezâd, daß der Morgen begann, und sie hielt in der verstatteten Rede an. Doch als die *Hundertundzweite Nacht* anbrach, fuhr sie also fort: »Es ist mir berichtet worden, o glücklicher König, als Scharkân das Heer der Muslime traf in Verworrenheit und den Kammerherrn zu Rückzug und Flucht bereit, während das Schwert unter den Gläubigen, den Reinen und Gemeinen, eine blutige Arbeit tat, da sei der Grund für ihre Niederlage folgender gewesen. Als die verfluchte Dhât ed-Dawâhi, die Feindin des Glaubens, gesehen hatte, daß Bahrâm und Rustem mit ihrem Heere zu Scharkân und seinem Bruder Dau el-Makân zogen, da war sie zum Hauptheere der Muslime gegangen und hatte die Entsendung des Emirs Tarkâsch veranlaßt, wie oben schon erzählt ist; ihre Absicht dabei war, das Heer der Muslime zu teilen, auf daß es schwächer würde. Dann aber hatte sie sie verlassen und war gen Konstantinopel gezogen und hatte die Ritter der Griechen mit lauter Stimme aufgerufen und gesagt: ‚Laßt mir einen Strick herab, damit ich dieses Schreiben daran binde! Tragt es dann zu eurem König Afridûn, damit er und mein Sohn, der König von Kleinasien, es lesen und tun, was darin befohlen und verboten wird!' So ließen sie einen Strick zu ihr herab, und sie band daran ein Schreiben dieses Inhalts: ‚Von der größten Unheilbringerin und gewaltigsten Schreckenerregerin, von Dhât ed-Dawâhi, an den König Afridûn. Wisse nun, ich habe euch eine List ersonnen, um die Muslime zu vernichten; also mögt ihr ruhig sein. Ich habe ihren Sultan und ihren Wesir mit deren Begleitern gefangen genommen, dann habe ich mich zu ihrem Lager begeben und habe ihnen das kundgetan; da brach ihre Kraft, und ihr Mut ward erschlafft. Ferner habe ich die Belagerer vor Konstantinopel beschwatzt, so daß sie unter dem Emir Tarkâsch zehntausend Reiter entsandten, um den Gefangenen zu Hilfe zu kommen; es sind also nur noch wenige von ihnen hier. Nun wünsche ich, daß ihr im Laufe des heutigen Tages mit allen euren Kräften einen Ausfall wider sie macht und sie in ihren Zelten überfallt. Zieht aber nur alle auf einmal hinaus, und tötet sie bis auf den letzten Mann! Denn der Messias schaut euch gnädig an, und die heilige Jungfrau ist euch zugetan; und ich hoffe zum Messias, daß er es mir nicht vergessen wird, was ich getan habe.' Als aber ihr Schreiben den König Afridûn erreichte, war er hocherfreut; und er schickte sofort zum König von Kleinasien, dem Sohn der Dhât ed-Dawâhi, und wie der kam, las er ihm das Schreiben vor, so daß Hardûb sich freute und sprach: ‚Sieh meiner Mutter List! Fürwahr, sie macht die Schwerter entbehrlich, und sie anzuschauen wirkt wie des Jüngsten Tages Grauen.' Da sprach Afridûn: ‚Möge der Messias uns nie des Anblickes deiner Mutter berauben!' Dann befahl er den Rittern, verkünden zu lassen, daß ein Ausfall aus der Stadt gemacht werden solle, und die Kunde verbreitete sich in Konstantinopel. Da zogen hinaus die christlichen Heerhaufen all, die Schar der Kreuzesritter zumal; sie zückten der Schwerter scharfe Klingen und ließen den Ruf des Unglaubens und der Ketzerei erklingen, verleugnend den Herren der Menschen. Als der Kammerherr das sah, rief er: ‚Seht, die Griechen sind über uns! Sicherlich haben sie erfahren, daß unser Sultan fern ist; so sind sie nun gegen uns ausgezogen, während der größere Teil unserer Truppen dem König Dau el-Makân zu Hilfe geeilt ist!' Und voller Wut schrie er: ‚Ihr muslimischen Reiter, des wahren Glaubens Streiter, wenn ihr flieht, so ist es um euch geschehen; doch der Sieg ist euer, bleibet ihr stehen! Wisset, die Tapferkeit besteht in Ausdauer für kurze Zeit, und selbst die engste Bedrängnis wird durch Allahs Gnade weit. Allah segne euch und blicke nieder auf euch mit dem Auge des Erbarmens!' Doch ‚Allâhu Akbar!' riefen die Muslimen alle; so stürmten die Bekenner der Einheit Gottes vor mit lautem Schalle, und die Mühle des Kampfes ward herumgetrieben mit Stichen und Hieben; Schwerter und Lanzen schafften voll Wut, Täler und Felder füllten sich mit Blut. Die Priester und Mönche ministrierten, indem sie die Kreuze hochhoben und die Gürtel schnürten; da riefen die Muslime den vergeltenden König an und sangen Verse aus dem Koran. Und seht, wie des Erbarmenden Schar und Satans Schar zusammenprallen, wie die Köpfe von den Leibern fallen! Da schwebten die Engel, die guten Wesen, über dem Volk des Propheten, der von allen auserlesen. Und das Schwert ruhte nicht von seiner Arbeit, bis der Tag zur Rüste ging und die Nacht alles mit Dunkel umfing. Die Ungläubigen aber hatten die Muslime umzingelt in dichten Reihn und glaubten nun aller bedrückenden Not entronnen zu sein. Und die Dreigötterverehrer schauten gierig auf das Volk des Glaubens drein, bis die Morgenröte aufging mit hellem Schein; da saß der Kammerherr mit seinen Mannen auf, hoffend, Allah werde ihm den Sieg verleihn. Nun vermischte Heerschar mit Heerschar sich wieder, der Kampf stand fest auf den Füßen, und die Köpfe flogen hernieder; die Tapferen hielten stand und rückten vor, dieweil der Feigen Schar sich auf der Flucht verlor. Der Todesrichter entschied und richtete: da sanken von ihren Sätteln die Recken, und der Anger begann sich mit Toten zu bedecken. Doch ach, die Muslime mußten weichen, und die Heiden konnten ihre Zelte und Stellungen erreichen. Schon wandten die Muslime den Rücken und wollten sich zur Flucht anschicken –: in dem Augenblicke trat Scharkân mit den muslimischen Heeren und den Bannern der Einheitsbekenner auf den Plan. Und als er bei ihnen war, da griff er die Ungläubigen an; und ihm folgte Dau el-Makân; und danach kamen der Wesir Dandân und die Emire von Dailam, Bahrâm und Rustem, und sein Bruder Tarkâsch. Als aber die Feinde das sahen, da waren sie wie von Sinnen, und ihr Verstand floh von hinnen, und die Staubwolken stiegen empor, bis sich die Welt im Dunkel verlor; da konnten die guten Gläubigen sich vereinen mit ihren Gefährten, den reinen. Nun traf auch Scharkân mit dem Kammerherrn zusammen und dankte ihm für seine standhafte Wacht; und dieser beglückwünschte den König, daß er Hilfe und Sieg gebracht. Da wurden die Muslime froh, und sie faßten wieder Mut und stürmten auf die Feinde ein und weihten sich Allah im Kampf für den Glauben. Doch als das Auge der Heiden die Banner der Mohammedaner fand, auf denen das Bekenntnis des reinen Glaubens geschrieben stand, da riefen sie: ‚Weh, um uns ist's geschehen!' und begannen die Klosterpatriarchen um Hilfe zu flehen. Dann erhoben sie ihr Feldgeschrei: ‚Johannes, Maria, o Kreuz!' – das verdammet sei –, und ihre Hände ließen vom Kampfe ab. König Afridûn aber eilte zum König von Kleinasien; denn sie standen ein jeder an der Spitze je eines Flügels, rechts und links. Nun war bei ihnen auch ein berühmter Ritter, Lâwija mit Namen, der das Zentrum befehligte, und so zogen sie in Schlachtordnung aus, doch sie waren voll Schrecken und Graus. Derweilen aber stellten die Muslime ihre Reihen wieder her, und Scharkân ritt zu seinem Bruder Dau el-Makân und sagte: ‚O größter König unsrer Zeit, sicher wollen sie im Einzelkampf fechten, und das ist auch mein höchster Wunsch; aber ich will die beherztesten unserer Kämpfer in die erste Reihe stellen; denn Klugheit ist das halbe Leben.‘ Da antwortete der Sultan: ‚Sage mir nun, mein guter Berater, was willst du tun?‘ ‚Ich möchte‘, fuhr Scharkân fort, ‚den Ungläubigen in der Mitte gegenüberstehen und den Wesir Dandân zur Linken und dich zur Rechten haben, während der Emir Bahrâm den rechten und der Emir Rustem den linken Flügel führt. Du aber, o mächtiger König, sollst unter den Feldzeichen und Bannern bleiben; denn du bist es, auf den wir bauen und nächst Allah allein vertrauen. Dich wollen wir vor allen Gefahren mit unserem eigenen Leben bewahren.‘ Dau el-Makân dankte ihm dafür; doch schon hörte man den Schlachtruf erklingen, und aus den Scheiden flogen die Klingen. Da plötzlich kam aus dem Heere der Griechen ein Reiter hervor. Als er näher kam, sahen sie, daß er auf einer langsam gehenden Mauleselin ritt, die mit ihrem Reiter heraus aus dem Sturme der Schwerter schritt. Eine Decke aus weißer Seide lag auf ihr, und darauf ein Teppich aus Kaschmir; auf ihrem Rücken saß ein schöner, grauhaariger alter Mann, dem sah man seine Würde an; er trug aus weißer Wolle ein langes Gewand, und er trieb zur Eile unverwandt, bis er dicht vor dem Heere der Muslime stand. Da rief er: ‚Ich bin zu euch allen gesandt; und ein Gesandter hat nur zu überbringen, also gewähret mir freies Geleit, daß ich euch die Botschaft kundtue in Sicherheit!' Scharkân erwiderte ihm: ,Freies Geleit ist dir gewährt; fürchte dich nicht vor Lanzenstoß oder Hieb mit dem Schwert!' Da saß der Alte ab, nahm das Kreuz vom Halse, legte es vor den Sultan hin, und bezeugte vor ihm, auf Wohlwollen hoffend, demütigen Sinn. Die Muslime fragten: ,Welche Kunde bringst du?' Und er antwortete: ,Ich bin ein Gesandter vom König Afridûn; ich riet ihm, davon abzustehen, daß all diese Menschengebilde und Tempel des Erbarmers zugrunde gehen. Und ich machte ihm klar, daß es das beste sei, man halte mit dem Blutvergießen ein, und lasse es auf den Kampf zweier Ritter eingeschränkt sein. Da stimmte er mir bei und läßt euch sagen: ,Ich will mein Heer loskaufen mit meinem Leben; also möge der König der Muslime tun wie ich und sein Heer loskaufen mit seinem Leben. Wenn er mich tötet, so wird meinem Heer keine Stütze mehr bleiben, und wenn ich ihn töte, so wird dem Heer der Muslime keine Stütze mehr bleiben!' Als Scharkân das hörte, sprach er: ,O Mönch, ich willige darin ein; denn es ist gerecht, und es kann kein Widerspruch dagegen sein. Siehe da, ich bin bereit, ihm entgegenzutreten zum Streit; denn ich bin der Mohammedaner Ritter, wie er der Ungläubigen Ritter. Tötet er mich, so krönt der Sieg ihn, und dem Heere der Muslime bleibt nichts übrig, als davonzuziehn. Also kehre zu ihm zurück, o Mönch, und sage ihm, daß der Einzelkampf morgen stattfinden soll, denn heute sind wir von unserem Ritt gekommen und sind noch ermattet; doch nach der Ruhe sei weder Tadel noch Vorwurf gestattet!' Erfreut kehrte der Mönch zum König Afridûn und zum König von Kleinasien zurück und richtete ihnen beiden seinen Auftrag aus. Da war König Afridûn hocherfreut, und von ihm wichen Kummer und Leid; und er sprach bei sich selber: ‚Ohne Zweifel ist dieser Scharkân ihr bester Mann im Werfen der Lanze und im Schwertertanze; doch wenn ich ihn töte, erlahmt ihre Kraft, und ihr Mut erschlafft.' Nun hatte Dhât ed-Dawâhi dem König Afridûn geschrieben und ihm gesagt, Scharkân sei der mutigste Reiter und tapferste Streiter, und sie hatte ihn vor ihm gewarnt. Doch auch Afridûn war ein gewaltiger Held; er kannte die Kampfesweisen all, Steinwurf und Pfeilschuß zumal, er schwang die Eisenkeule mit Geschick und schreckte nicht vor der größten Gefahr zurück. Als er nun den Bericht des Mönches hörte, daß Scharkân in den Zweikampf gewilligt hatte, da war ihm, als müsse er fliegen vor Freuden; denn er hatte viel Selbstvertrauen und wußte, daß ihm keiner widerstehen konnte. So verbrachten die Ungläubigen die Nacht in Freude und Fröhlichkeit und vertrieben sich mit Weintrinken die Zeit. Doch als es Morgen ward, zogen die Ritter aus mit den Lanzen, den dunkeln, und den Klingen, die funkeln.

Und siehe, da ritt ein Reiter allein auf den Plan, und er saß auf einem Roß von reinstem Blut, für den Kampf und für das Getümmel gut, und es hatte starke Glieder; der Ritter trug ein ehernes Panzermieder, das gerüstet war gegen die größte Gefahr; auf der Brust hatte er einen Spiegel, der aus Edelsteinen bestand, die schneidende Klinge hielt er in der Hand, dazu aus Chalandsch-Holz einen Speer, ein seltenes Stück Arbeit von den Franken her. Nun enthüllte der Ritter sein Antlitz und rief: ‚Wer mich kennt, der hat genug von mir, fürwahr! Und wer mich nicht kennt, nun, dem wird bald es klar! Ich bin Afridûn, ich bin durch den Segen der scharfen Augen von Dhât ed-Dawâhi geschützt allerwegen!' Aber ehe er noch seine Worte beendet hatte, trat ihm Scharkân, der Ritter der Muslime, entgegen; er saß auf einem edlen braunen Pferd, das war tausend rote Goldstücke wert; er trug eine Rüstung besetzt mit Perlen und Edelsteinen zumal, und ein juwelenbesetztes Schwert aus indischem Stahl, das die Nacken durchschlug, und das Schwere wurde vor ihm leicht genug. Er trieb seinen Renner zwischen den beiden Heeresreihen dahin, und die Reiter hoben den Blick auf ihn; dann rief er dem König Afridûn zu: ,Wehe dir, Verfluchter du! Glaubst du, ich sei wie irgendein Reiter, den du zufällig gesehen, und könne dir auf dem Kampfplatze nicht widerstehen?' Und nun glichen die beiden zwei Bergen, die aufeinanderfallen, oder zwei Meeren, die zusammenprallen. Bald waren sie nah, bald entfernten sie sich; bald hingen sie zusammen, bald trennten sie sich; und so kämpften sie unverwandt, bald angreifend, bald zurückgewandt, spielend und in ernstem Ringen, mit Lanzenstichen und Hieben der Klingen. Die beiden Heere aber schauten zu, und einige sagten: ,Scharkân wird siegen!' und andere: ,Afridûn wird siegen!' Ohne Unterlaß kämpfte das Ritterpaar, bis das Gerede hüben und drüben verstummet war, bis der Staub aufstieg und der Tag sich neigte und die Sonne im Sinken erbleichte. Da aber rief König Afridûn dem Scharkân die Worte zu: ,Beim Glauben an den heiligen Christ und bei der Religion, die die wahre ist, zwar bist du ein kühner Reiter und ein kampfgewohnter Streiter; doch du bist ein falscher Held, deine Art ist nicht der Art der Edlen gesellt. Ich sehe, dein Tun ist nicht preisenswert, dein Kampf ist nicht wie der eines Fürsten bewährt, sieh, wie dein Volk dich gleich einem Sklaven ehrt! Da bringen sie dir ja ein anderes Roß, damit du es besteigest und in den Kampf zurückkehrst. Doch bei meinem Glauben, der Kampf mit dir ermüdet mich, und dein Hauen und Stechen ermattet mich; wenn du denn heute abend noch einmal mit mir kämpfen willst, so ändere nichts an deiner Rüstung oder deinem Rosse, auf daß du den Rittern deinen hohen Mut und deine Kampfeskraft beweisest.' Als Scharkân diese Worte hörte, ergrimmte er über seine Leute, die ihn zu den Sklaven rechneten, und er wandte sich nach ihnen um, und wollte ihnen ein Zeichen geben, daß sie ihm weder eine neue Rüstung noch ein neues Roß bringen sollten; doch siehe, da schwang Afridûn seinen Wurfspieß und schleuderte ihn wider Scharkân. Der aber hatte sich umgewandt und hatte niemanden der Seinen in der Nähe erblickt, und so wußte er, daß dies nur eine List des verfluchten Heiden war; eilend wandte er sich zurück, und siehe, der Wurfspieß flog schon daher, doch er wich ihm aus, so daß sein Kopf das Sattelhorn berührte. Da aber Scharkân eine hohe Brust hatte, so streifte der Speer seine Haut und riß sie auf, und mit einem einzigen Schrei sank er in Ohnmacht. Darüber freute sich der verfluchte Afridûn, denn er glaubte, er habe ihn getötet; und so rief er den Ungläubigen zu, sie sollten sich freuen. Da geriet das Volk der Rebellen vor Erregung außer sich; doch das Volk des Glaubens weinte bitterlich. Als Dau el-Makân seinen Bruder im Sattel schwanken sah, so daß er beinahe fiel, da entsandte er Reiter, und die Helden sprengten ihm zu Hilfe. Nun stürmten die Ungläubigen auf die Muslime ein; die beiden Heere trafen sich, und die beiden Schlachtreihen mischten sich; das scharfe jemenische Schwert aber tat gute Arbeit. Der erste nun, der Scharkân erreichte, war der Wesir Dandân – –«

Da bemerkte Schehrezâd, daß der Morgen begann, und sie hielt in der verstatteten Rede an. Doch als die *Hundertunddritte Nacht* anbrach, fuhr sie also fort: »Es ist mir berichtet worden, o glücklicher König, daß König Dau el-Makân seinen Bruder Scharkân für tot hielt, als er sah, wie der verfluchte Heide ihn mit dem Wurfspieß traf; so entsandte er Reiter zu ihm, und der erste, der ihn erreichte, war der Wesir Dandân, und mit ihm Bahrâm, der Emir der Türken, und Rustem, der Emir der Dailamiten. Als sie bei ihm waren, sank er gerade zur Seite, und so hielten sie ihn im Sattel und kehrten mit ihm zu seinem Bruder Dau el-Makân zurück; dann übergaben sie ihn den Dienern, um ihn zu pflegen, und kehrten zurück zum Kampfe mit Speer und Degen. Da entbrannte der Kampf mit neuer Gewalt, die Speere flogen, und alles Gerede verstummte bald. Da sah man das Feld von Blut getränkt und die Nacken gesenkt; in einem fort sauste das Schwert auf die Nacken nieder, und der Streit entbrannte immer wieder, bis der größte Teil der Nacht vergangen war; nun riefen, matt von des Kampfes Graus, beide Heere einen Waffenstillstand aus. Und beide Heere kehrten zu ihren Zelten zurück. Alle Ungläubigen aber begaben sich zu ihrem König Afridûn und küßten den Boden vor ihm. Die Priester und Mönche beglückwünschten ihn zum Sieg, der ihm über Scharkân verliehn. Da zog der König Afridûn nach Konstantinopel und setzte sich auf den Thron seiner Herrschaft, und König Hardûb trat zu ihm und sagte: ‚Möge der Messias deinem Arm Kraft verleihn und immerdar dein Helfer sein und die Gebete erhören, die meine fromme Mutter, Dhât ed-Dawâhi, für dich betet! Wisse, ohne Scharkân vermögen die Muslime nicht standzuhalten.' Da rief Afridûn: ‚Morgen ist der letzte Strauß! Dann ziehe ich zur Schlacht hinaus und fordere Dau el-Makân zum Zweikampf heraus. Wenn ich ihn dann töte, so fluten ihre Heere zurück und suchen in der Flucht ihr Glück.'

Also sah es bei den Ungläubigen aus; aber auf der anderen Seite, im Heere der Gläubigen, da konnte Dau el-Makân, als er ins Lager zurückgekehrt war, an nichts anderes denken als an seinen Bruder. Und als er zu ihm eintrat, fand er ihn in arger Not und vom Schlimmsten bedroht. Nun berief er den Wesir

Dandân und Rustem und Bahrâm zur Beratung. Als sie gekommen waren, ging ihr Rat dahin, die Ärzte zu berufen, damit sie Scharkân behandelten; dann weinten sie und sprachen: ‚Seinesgleichen hat die Welt nie hervorgebracht!' Und die ganze Nacht hindurch wachten sie bei ihm, bis in den späteren Stunden der Heilige weinend zu ihnen kam. Als Dau el-Makân ihn erblickte, stand er vor ihm auf; und der Fromme strich mit der Hand über Scharkâns Wunde, dabei sang er aus dem Koran und sprach Verse des Erbarmers als Talisman. Ununterbrochen wachte er bei Scharkân bis zum Morgen; da kam der Verwundete zu sich, öffnete die Augen, bewegte die Zunge im Munde und sprach. Darüber freute Dau el-Makân sich und sagte: ‚Der Segen des Heiligen hat gewirkt!' Und Scharkân sprach: ‚Preis sei Allah für die Genesung; ja, jetzt ist mir ganz wohl! Jener Verruchte hat mich überlistet; und hätte ich mich nicht schneller als der Blitz zur Seite geworfen, so hätte der Speer meine Brust durchbohrt. Darum Preis sei Allah, der mich gerettet hat! Und wie steht es mit den Muslimen?' Dau el-Makân erwiderte: ‚Sie weinen um dich!' Da sprach Scharkân: ‚Ich bin wohlauf und gesund; doch wo ist der Asket?' Der aber saß neben ihm und sagte: ‚Zu deinen Häupten.' Da wandte der Fürst sich ihm zu und küßte ihm die Hand; doch jener sprach: ‚Mein Sohn, übe rechte Geduld, dann lohnt Allah dich mit reichlicher Huld! Denn der Lohn wird nach dem Werke bemessen.' Nun bat Scharkân: ‚Bete für mich!' und er betete für ihn. Doch als der Morgen sich erhob und die Welt mit rotem Schein durchwob, da zogen die Muslime ins Feld zur Schlacht, und auch die Ungläubigen hatten sich zu Stich und Hieb bereitgemacht. Zuerst rückte das islamische Heer vor und erbot sich zu Kampf und Streit, und es hielt die Waffen bereit. Und König Dau el-Makân und Afridûn wollten sich im Zweikampfe messen. Siehe, da ritt Dau el-Makân hinaus auf den Plan; und mit ihm ritten der Wesir Dandân und der Kammerherr und Bahrâm, und sie sprachen zu ihm: ‚Wir wollen unser Leben für dich hingeben!' Aber er antwortete ihnen: ‚Beim heiligen Hause, beim Zemzem-Brunnen[1] und Abrahams Klause[2], ich lasse nicht vom Streite gegen jene ungläubige Meute!' Und als er sich auf der Walstatt befand, spielten Schwert und Speer in seiner Hand, so daß er die Ritter erschrecken machte und beide Heere zum Staunen brachte; rechts griff er an und tötete zwei ihrer Ritter, dann links, und tötete auch dort zwei Ritter. Dann hielt er mitten im Felde und rief: ‚Wo ist Afridûn? Dem will ich schmachvolle Strafe zu kosten tun!' Und als nun der Verfluchte auf ihn loszustürzen suchte, da sah ihn der König Hardûb und beschwor ihn, nicht auszuziehn, indem er sprach: ‚O König, gestern hast du gekämpft; doch heute bin ich zum Kampfe bereit, und ich mache mir nichts aus seiner Tapferkeit!' Dann stürmte er los, das Schwert in der Hand, auf einem Hengste, der glich dem Abdschar, dem Rosse des 'Antar[3]; der war ein Rappe unverzagt, so wie von ihm der Dichter sagt:

> *Schneller als ein Blick eilt er auf edelem Renner;*
> *Der läuft, als ob er die Zeit im Laufe einholen wollt'.*
> *Sein dunkles Fell erglänzet von rabenschwarzer Farbe:*
> *Das ist gleichwie die Nacht, wenn die Nacht am finstersten grollt.*
> *Sein lautes Wiehern erfreut einen jeden, der es höret,*
> *Das ist gleichwie der Donner, der in den Lüften rollt.*
> *Lief er mit dem Wind um die Wette, er käme vor ihm ans Ende;*
> *Ihn holt der Blitz nicht ein, durchzuckend die Wolkenwände.*

---

1. Wundertätiger Brunnen bei der Kaaba in Mekka. – 2. Nahe der Kaaba in Mekka. – 3. Ein berühmter altarabischer Held aus der Zeit vor dem Islam.

Nun stürmten beide aufeinander ein, wichen vor den Hieben zur Seite, und zeigten des Leibes wunderbare Geschicklichkeit; sie sprengten vor und wichen zurück, und die Zuschauer, die mit beklommener Brust harrten, konnten den Ausgang kaum noch erwarten. Doch da stieß Dau el-Makân den Schlachtruf aus, stürzte sich auf Hardûb, den König des armenischen Kleinasien, und traf ihn mit einem Streich, der ihm den Kopf abhieb, so daß kein Leben mehr in ihm blieb. Als die Heiden das sahen, griffen sie ihn geschlossen an und stürzten sich auf ihn, Mann für Mann; doch er trat ihnen auf der Walstatt entgegen, und wieder begann Hieb und Stoß sich zu regen, bis das Blut in Strömen rann auf allen Wegen. Die Muslime schrien: ‚Gott ist der Größte! Es gibt keinen Gott außer Allah! Segen über den Freudenverkünder und Warner der Sünder!' Und sie kämpften einen heißen Kampf, bis Allah den Gläubigen den Sieg herabbrachte, die Ungläubigen aber zuschanden machte. Und da rief der Wesir Dandân: ‚Nehmt Rache für König 'Omar ibn en-Nu'mân, Rache auch für seinen Sohn Scharkân!' Er entblößte sein Haupt und feuerte die Türken an. Nun waren ihm zur Seite mehr als zwanzigtausend Reiter; die stürmten alle wie ein Mann mit ihm vor. Und da konnten die Ungläubigen ihr Heil nur in der Flucht erblicken, darum wandten sie den Rücken; doch jene fuhren fort, das schneidende Schwert gegen sie zu zücken. Die Muslime erschlugen an die fünfzigtausend Reiter, und mehr noch nahmen sie gefangen; und viele wurden noch erschlagen, als sie in die Tore eilten, denn das Gedränge war groß. Dann verriegelten die Griechen das Tor und stiegen aus Furcht vor dem Sturm auf die Mauern empor. Und schließlich kehrten die Scharen der Muslime siegreich und ruhmreich in ihre Zelte zurück. Dau el-Makân aber ging zu seinem Bruder; den fand er in höchster Freude wieder, und voll Dank warf er sich vor dem Gütigen, Erhabenen nieder. Dann trat er zu ihm und wünschte ihm Glück zur Genesung. Da sprach Scharkân: ‚Wahrlich, wir stehen alle unter dem Segen dieses büßenden Asketen; er allein hat euch den Sieg verschafft mit seinen gottgefälligen Gebeten; denn er hat den ganzen Tag im Gebete für die Muslime zugebracht.'– –«

Da bemerkte Schehrezâd, daß der Morgen begann, und sie hielt in der verstatteten Rede an. Doch als die *Hundertundvierte Nacht* anbrach, fuhr sie also fort: »Es ist mir berichtet worden, o glücklicher König, als Dau el-Makân bei seinem Bruder Scharkân eintrat, da habe er ihn an der Seite des Heiligen sitzend angetroffen; erfreut trat er zu ihm und wünschte ihm Glück zu seiner Genesung. Da sprach Scharkân: ‚Wahrlich, wir stehen alle unter dem Segen dieses Asketen, und ihr habt nur um seiner Gebete willen gesiegt; denn er ließ heute nicht ab vom Gebet für die Muslime. Und als ich euer ‚Allâhu Akbar!' vernahm, da fühlte ich wieder Kraft in mir; denn da wußte ich, daß ihr über eure Feinde gesiegt hattet. Doch jetzt erzähle mir, mein Bruder, was dir widerfahren ist.' Da erzählte er ihm alles, was zwischen ihm und dem verfluchten Hardûb vorgegangen war, und er berichtete, wie er ihn erschlagen hatte, und wie jener zum Fluche Allahs eingegangen sei; Scharkân aber pries ihn und lobte seinen Heldenmut. Wie nun Dhât ed-Dawâhi, die ja im Gewande des Asketen war, von dem Tode ihres Sohnes, des Königs Hardûb, hörte, da wurde ihr Antlitz bleich, und aus ihren Augen flossen die Tränen überreich; doch sie verbarg ihren Schmerz und tat vor den Muslimen hocherfreut, als ob sie Tränen der Freude weine. Doch dann sprach sie bei sich selber: ‚Beim Messias, mein Leben ist nichtig, wenn ich ihm nicht durch seinen Bruder Scharkân das Herz verbrenne, wie er mir das Herz verbrannt hat durch König Hardûb, ihn, der die Stütze der Kreuzesritterschar und der ganzen christlichen Gemeinde war!' Doch sie bewahrte ihr Geheimnis. Nun blieben der Wesir Dandân und König Dau el-Makân und der Kammerherr bei Scharkân sitzen, bis man ihm die Wunde gesalbt und verbunden hatte; dann reichten sie ihm Arznei und die volle Gesundheit kehrte in ihn zurück. Hocherfreut darüber, verkündeten sie es den Truppen, die sich gegenseitig die frohe Botschaft mitteilten und sprachen: ‚Morgen wird er mit uns reiten und die Belagerung selbst in die Hand nehmen.' Darauf sprach Scharkân zu denen, die bei ihm waren: ‚Ihr habt den ganzen Tag hindurch gestritten und seid kampfesmüde; drum ist es besser, ihr geht in eure Zelte und schlaft, und wachet nicht.' Sie fügten sich seinem Rat und begaben sich ein jeder in sein Staatszelt; und niemand blieb bei Scharkân außer einigen Dienern und der alten Dhât ed-Dawâhi. Einen Teil der Nacht plauderte er mit ihr; doch dann streckte er sich aus, um zu ruhen, und seine Diener taten desgleichen; und über alle kam der Schlaf, so daß sie dalagen wie die Toten.

Nun laßt uns weiter sehen, was die alte Dhât ed-Dawâhi tat! Sie allein blieb wach, als die anderen im Zelte schliefen, und sie blickte auf Scharkân und sah, wie er in Schlummer versunken war. Da sprang sie auf, als sei sie ein grindiges Bärenweib oder eine Viper mit fleckigem Leib; und sie nahm aus ihrem Gürtel einen Dolch, der so vergiftet war, daß er einen Fels geschmolzen hätte, wenn er darauf gelegt wäre. Dann zog sie ihn aus der Scheide und schlich sich zu Scharkâns Kopf; und sie zog ihn über seinen Hals, durchschnitt ihm die Kehle und trennte den Kopf vom Rumpfe. Und noch einmal sprang sie auf und ging herum bei den schlafenden Dienern und schnitt auch ihnen die Köpfe ab, damit sie nicht erwachten. Dann verließ sie das Zelt und schlich zu den Zelten des Königs; doch da sie sah, daß die Wachen nicht schliefen, schlich sie zu dem des Wesirs Dandân. Nun aber las er im Koran, und als sein Auge auf sie fiel, da sprach er: ‚Willkommen, o frommer Asket!‘ Als sie das hörte, zitterte ihr das Herz, und sie sprach zu ihm: ‚Ich komme hierher um diese Stunde, weil ich die Stimme eines der Heiligen Allahs vernahm, und ich bin auf dem Wege zu ihm.‘ So machte sie kehrt, doch der Wesir Dandân sprach bei sich selber: ‚Bei Allah, heute nacht will ich diesem Asketen folgen!‘ So stand er auf und ging ihr nach; doch als die verfluchte Alte seine Schritte hörte, wußte sie, daß er ihr folgte; da fürchtete sie, entdeckt zu werden, und sprach bei sich: ‚Wenn ich ihn nicht überliste, so werde ich entdeckt.‘ Deshalb wandte sie sich nach ihm um und rief ihm von ferne zu: ‚O Wesir! Ich gehe auf die Suche nach diesem Heiligen, um zu sehen, wo er ist; wenn ich ihn gefunden habe, will ich ihn bitten, daß du ihn besuchen darfst, und will zu dir zurückkehren und es dir sagen. Denn ich fürchte, wenn du ohne die Erlaubnis des Heiligen mit mir kommst, wird er mir zürnen, sobald er dich bei mir sieht.‘ Als der Wesir das hörte, schämte er sich zu sehr, um ihr zu antworten; und er verließ sie und kehrte in sein Zelt zurück und wollte schlafen; aber der Schlaf war ihm nicht hold, und ihm war, als sei die Welt auf ihn getürmt. So stand er auf und verließ sein Zelt und sprach bei sich selber: ‚Ich will zu Scharkân gehen und bis zum Morgen mit ihm plaudern.‘ Doch als er zu Scharkâns Zelt kam und dort eintrat, fand er, wie das Blut in Strömen rann, und er sah die Diener mit durchschnittenen Kehlen daliegen. Da stieß er einen Schrei aus, der alle Schläfer weckte; das Volk strömte herbei, und als es das strömende Blut sah, hub es laut an zu weinen und klagen. Nun erwachte der Sultan Dau el-Makân und fragte, was es gäbe, und man sagte ihm: ‚Scharkan, dein Bruder, und seine Diener sind ermordet!' Da sprang er eilig auf und lief in das Zelt, und dort fand er den Wesir Dandân in lauten Klagen, und er sah seines Bruders kopflose Leiche. Ohnmächtig sank er hin, und all die Krieger schrien und weinten und standen um ihn so lange, bis er wieder zu sich kam. Dann sah er Scharkân an und weinte bitterlich, und der Wesir und Rustem und Bahrâm taten desgleichen. Doch der Kammerherr schrie so sehr und klagte immer mehr, bis daß er begehrte fortzuziehn; so verwirrte der Jammer ihn.

Nun sprach Dau el-Makân: ‚Wißt ihr nicht, wer diese Tat an meinem Bruder begangen hat? Und warum sehe ich den Heiligen nicht, ihn, den nichts Irdisches mehr anficht?' Da rief der Wesir: ‚Wer anders brachte all dies Leid, als jener Satan im Heiligenkleid? Bei Allah, mein Herz verabscheute ihn vom ersten bis zum letzten Augenblicke; denn ich weiß, jeder Frömmler ist gemein und voll Tücke!' Und er erzählte dem König sein Erlebnis, wie er dem Mönch hatte folgen wollen und wie er es ihm unmöglich gemacht. Dann weinten und klagten sie laut, Mann für Mann, und flehten den allzeit Nahen, den Erhörer, demütig an, daß er jenen Asketen, der Allahs Wunder nicht anerkennen wollte, in ihre Hände fallen lassen sollte. Dann bahrten sie Scharkân auf und begruben ihn im Gebirge dort und trauerten ob seiner weitberühmten Tugenden immerfort. – – «

Da bemerkte Schehrezâd, daß der Morgen begann, und sie hielt in der verstatteten Rede an. Doch als die *Hundertundfünfte Nacht* anbrach, fuhr sie also fort: »Es ist mir berichtet worden, o glücklicher König, daß sie Scharkân auf bahrten und ihn begruben im Gebirge dort und ob seiner weitberühmten Tugenden trauerten immerfort. Dann aber erwarteten sie, daß das

Tor der Stadt geöffnet werden sollte; doch es wurde nicht geöffnet, und niemand zeigte sich auf den Mauern, worüber sie sich sehr wunderten. König Dau el-Makân aber sagte: ‚Bei Allah, ich will mich nicht von ihnen wenden, und müßte ich viele Jahre hier sitzen, bis ich Blutrache nehme für meinen Bruder Scharkân; dann will ich Konstantinopel verwüsten und dann töte ich den König der Christen, wenn auch der Tod sich zu mir gesellt und mir Ruhe schafft vor dieser elenden Welt!' Darauf befahl er, ihm den Schatz zu bringen, den sie dem Kloster des Matruhina entnommen hatten, versammelte die Truppen und verteilte das Geld unter sie, und ließ nicht einen an der Stätte, den er nicht beschenkt und zufriedengestellt hätte. Und ferner ließ er aus jeder Abteilung dreihundert Reiter vor sich kommen und sprach zu ihnen: ‚Schickt euren Familien Geld! Denn ich will jahrelang vor dieser Stadt bleiben, bis ich Blutrache nehme für meinen Bruder Scharkân, und sterbe ich auch hier auf dem Plan.' Als die Krieger seine Worte vernommen und das Geld empfangen hatten, antworteten sie: ‚Wir hören und gehorchen!' Nun berief er Boten und übergab ihnen Schreiben und befahl ihnen, sie abzugeben und zugleich das Geld den Angehörigen der Krieger zu überbringen und ihnen mitzuteilen, daß alle wohlbehalten und guter Dinge seien; und sie sollten zu ihnen sagen: ‚Wir lagern vor Konstantinopel, und wir werden es entweder zerstören oder sterben; und wenn wir auch viele Monate und Jahre dort bleiben müßten, wir wollen nicht aufbrechen, bis wir es genommen haben.' Dann befahl er dem Wesir Dandân, an seine Schwester Nuzhat ez-Zamân zu schreiben, und sprach zu ihm: ‚Teile ihr mit, was uns widerfahren ist und in welcher Lage wir sind, und befiehl ihr mein Kind! Denn meine Gemahlin war, als ich zum Kriege auszog, der Entbindung nahe und muß jetzt schon längst geboren haben; und wenn sie einen Knaben geboren hat, wie ich es habe sagen hören, so soll der Bote rasch zurückkehren und mir die frohe Nachricht bringen.' Dann gab er ihnen einiges Geld; sie nahmen es und machten sich zur selbigen Stunde reisefertig. Alle Leute aber drängten sich herbei, um Abschied von ihnen zu nehmen und ihnen ihr Geld anzuvertrauen. Nach ihrem Aufbruch nun wandte Dau el-Makân sich an den Wesir Dandân und gab Befehl, das Heer nahe an die Mauern heranrücken zu lassen. So rückten die Truppen vor, doch sie fanden zu ihrem Staunen niemanden auf den Wällen; Dau el-Makân aber war bekümmert darüber, und in Trauer um den Verlust seines Bruders Scharkân und empört gegen den verräterischen heiligen Mann. Und drei Tage lang blieben sie dort, ohne irgend jemanden zu sehen.

So weit die Muslime; was nun aber die Griechen anlangt, so war der Grund, weswegen sie während dieser drei Tage dem Kampfe fernblieben, der folgende. Sowie Dhât ed-Dawâhi Scharkân ermordet hatte, lief sie eilends fort und kam zu den Mauern von Konstantinopel, wo sie den Wachen in griechischer Sprache zurief, sie sollten ihr ein Seil herabwerfen. Sie fragten: ‚Wer bist du?' Und sie erwiderte: ‚Ich bin Dhât ed-Dawâhi.' Da erkannten sie sie und ließen das Seil zu ihr hinunter; sie band sich daran fest, und jene zogen sie herauf. Als sie dann oben angekommen war, ging sie zum König Afridûn und sprach zu ihm: ‚Was höre ich da von den Muslimen? Sie sagen, mein Sohn Hardûb sei tot?' Wie er das bejahte, schrie sie auf und weinte so lange, bis Afridûn und alle, die zugegen waren, mit ihr weinten. Dann erzählte sie dem König, wie sie Scharkân und dreißig seiner Diener umgebracht habe; darüber freute er sich, und er dankte ihr, küßte ihr die Hände und betete für sie um Trost über den Verlust ihres Sohnes. Da rief sie: ‚Beim Messias, ich will mich nicht damit begnügen, daß ich jenen einen Hund von Muslim getötet habe als Blutrache für meinen Sohn, einen König unter den Königen unserer Zeit! Jetzt muß ich eine List ersinnen und einen Trug ausführen, der den Tod bringt dem Sultan Dau el-Makân und dem Wesir Dandân und dem Kammerherrn und Rustem und Bahrâm und zehntausend Rittern aus dem Heere vom Islam! Nimmermehr soll meines Sohnes Haupt durch Scharkâns Kopf bezahlt sein! Nie und nimmer!' Dann sprach sie zu König Afridûn: ‚Wisse, o König unserer Zeit, es ist mein Wunsch, für meinen Sohn die Trauerfeier anzusagen, den Gürtel zu zerschneiden und die Kreuze zu zerschlagen.' Afridûn erwiderte: ‚Tu, wie du willst; ich werde dir in nichts widersprechen! Und trauertest du auch eine lange Weil, das wäre nur ein geringes Teil. Siehe, wenn auch die Muslime uns viele Jahre belagern wollen, so werden sie doch nie ihr Ziel erreichen noch anderes von uns gewinnen als Mühsal und Trübsal.' Da nahm die Verruchte, die nun zu Ende war mit dem Unheil, das sie vollbracht, und den Schmählichkeiten, die sie sich ausgedacht, Tintenkapsel und Papier und schrieb: ‚Von Dhât ed-Dawâhi, der scharfäugigen Alten, an die Muslime, die sich hier aufhalten. Wisset, daß ich in euer Land eingedrungen bin und durch meine Verschlagenheit eure Fürsten getäuscht habe; zuerst tötete ich inmitten seines Palastes den König 'Omar ibn en-Nu'mân. Dann brachte ich durch die Schlacht am Bergespaß bei der Höhle viele eurer Krieger ums Leben, und die letzten, die ich tötete, waren Scharkân und seine Diener. Wenn aber das Schicksal mir Hilfe leiht und der Satan mir seinen Gehorsam weiht, so töte ich sicher auch euren Sultan und den Wesir Dandân. Ja, ich bin die, die euch nahte im Gewande des Frommen; und von mir sind die Ränke und Listen über euch gekommen.

Wollt ihr nunmehr in Sicherheit leben, so weichet vor mir; doch wollt ihr euer eigenes Verderben, so bleibet hier! Aber wenn ihr auch viele Jahre bleiben solltet, ihr erreicht von uns nie, was ihr wolltet. Und damit schließe ich nun!' Nachdem sie diesen Brief geschrieben hatte, trauerte sie drei Tage lang um König Hardûb; am vierten Tage aber rief sie einen Ritter und befahl ihm, das Schreiben zu nehmen und an einen Pfeil zu befestigen und in das Lager der Muslime zu schießen. Dann ging sie in die Kirche und überließ sich dem Weinen und Klagen um den Verlust ihres Sohnes; und sie sprach zu dem, der nach ihm König geworden war: ‚Unbedingt muß ich noch Dau el-Makân und alle Fürsten der Muslime ums Leben bringen.'

So viel von Dhât ed-Dawâhi! Die Muslime ihrerseits brachten diese drei Tage hin mit sorgenvollem und betrübtem Sinn; doch als sie am vierten auf die Mauern blickten, siehe, da stand dort ein Ritter mit einem Pfeil in der Hand, an dem sich ein Schreiben befand. Sie warteten, bis er es zu ihnen geschossen hatte; und da befahl der Sultan dem Wesir Dandân, es zu lesen. Als jener es verlesen und der König den Inhalt angehört und verstanden hatte, strömten seine Augen von Tränen über, und er schrie auf vor Schmerz ob ihrer Tücke; und der Wesir sprach: ‚Bei Allah, mein Herz schrak immer schon vor ihr zurück!' Nun rief der Sultan: ‚Wie konnte dies gemeine Weib uns zweimal überlisten? Doch bei Allah, ich will nicht eher fortziehen, als bis ich ihr geschmolzenes Blei in die Scheide gegossen und sie wie einen Vogel im Käfig eingeschlossen! Darauf will ich sie bei ihrem Schopfe fassen und am Tor von Konstantinopel kreuzigen lassen!' Dann aber gedachte er seines Bruders und weinte bitterlich. Doch als Dhât ed-Dawâhi unter die Ungläubigen trat und ihnen alles erzählte, was geschehen war, da freuten sie sich, daß Scharkân getötet, Dhât ed-Dawâhi aber in Sicherheit war. Danach kehrten die Muslime zum Tore von Konstantinopel zurück, und der Sultan versprach ihnen, wenn die Stadt genommen werde, so wolle er all ihre Schätze zu gleichen Teilen unter sie teilen. Doch während alledem trockneten seine Tränen nicht, aus Kummer um seinen Bruder, bis Magerkeit seinen Leib beschlich und er nur noch einem Zahnstocher glich. Da trat der Wesir Dandân zu ihm ein und sprach: ,Hab Zuversicht und quäl dich nicht! Siehe, dein Bruder mußte sterben, weil seine Stunde gekommen war; und dies Trauern fruchtet nichts. Wie gut sagt der Dichter:

> *Was nicht geschehen soll, geschieht auch nie durch List;*
> *Doch was geschehen soll, das wird geschehen.*
> *Ja, was geschehen soll, geschieht zu seiner Zeit;*
> *Allein ein Tor kann es doch nie verstehen.*

Drum laß das Weinen und Klagen, und stärke dein Herz, um die Waffen zu tragen!' Er aber antwortete: ,O Wesir, mein Herz ist bekümmert um den Verlust meines Vaters und meines Bruders und um unser Fernsein von unserer Heimat; mein Geist ist besorgt um meine Untertanen.' Da weinten der Wesir und die zugegen waren; aber viele Tage hindurch blieben sie dabei, Konstantinopel zu belagern. Doch siehe, eines Tages kam durch einen der beauftragten Emire Nachricht aus Baghdad zu ihnen, daß die Gemahlin des Königs Dau el-Makân mit einem Knaben gesegnet sei, und daß seine Schwester Nuzhat ez-Zamân ihn Kân-mâ-kân[1] genannt habe. Und ferner, daß der Knabe verspräche, ein berühmter Mann zu werden, da man schon jetzt erstaunliche und wunderbare Dinge an ihm gesehen habe; sie habe den Ulemas und den Predigern befohlen, für König und Heer von den Kanzeln zu beten, der Gottesdienst sei wohl-

---

1. Was geschehen ist, ist geschehen.

bestellt, alle daheim seien wohl und munter; das Land erfreue sich reichlichen Regens; und sein Gefährte, der Heizer, lebe in Herrlichkeit und Freuden, umgeben von Dienern und Sklaven, doch er wisse noch nicht, was aus Dau el-Makân geworden sei; und sie sende ihren Gruß. Da rief Dau el-Makân: ,Jetzt ist mein Rücken stark geworden; denn mir ist ein Sohn geschenkt, des Name Kân-mâ-kân ist.' – –«

Da bemerkte Schehrezâd, daß der Morgen begann, und sie hielt in der verstatteten Rede an. Doch als die *Hundertundsechste Nacht* anbrach, fuhr sie also fort: »Es ist mir berichtet worden, o glücklicher König, daß König Dau el-Makân, als die Nachricht von der Geburt eines Sohnes ihn erreichte, hocherfreut war und rief: ,Jetzt ist mein Rücken stark geworden; denn mir ist ein Sohn geschenkt, des Name Kân-mâ-kân ist.' Dann sprach er zu dem Wesir Dandân: ,Ich will jetzt mein Trauern lassen, und man soll für meinen Bruder den Koran lesen und zu seinem Andenken fromme Stiftungen machen.' Der Wesir erwiderte: ,Dein Vorhaben ist trefflich.' So ließ er Zelte errichten über dem Grabe seines Bruders, und man versammelte aus dem Heere alle, die den Koran rezitieren konnten; nun begannen einige das Heilige Buch herzusagen, während andere den Namen Allahs in Litaneien anriefen; und also taten sie bis zum Morgen. Dann ging der Sultan Dau el-Makân zum Grabe seines Bruders Scharkân, vergoß Tränen und sprach die Verse:

Sie trugen ihn fort – doch alle, die weinend ihm folgten, erschraken
Wie Moses, als der Sinai bebend stieg himmelwärts –,
Bis sie eine Gruft erreichten; da schien es, als wäre gegraben
Für ihn das rechte Grab in der Einheitsbekenner Herz.
Ich hatte nie geglaubt, vor deinem Begräbnis, ich würde
Mein Liebstes auf Händen von Männern dahingetragen sehn.
Nein, niemals hab ich gedacht, vor deiner Bestattung zur Erde,
Die leuchtenden Sterne könnten im Staube untergehn.

Ist der Bewohner des Grabes ein Pfand für eine Stätte,
Darinnen heller Glanz und Licht sein Antlitz verklärt?
Der Ruhm hat sein Wort gegeben, er wolle ins Leben ihn rufen;
Es ist, als sei der Begrabne ins Leben zurückgekehrt.

Und als er geendet hatte, weinte er, und mit ihm weinten all die Krieger; dann trat er zum Grabe und warf sich in wildem Schmerz darüber, und der Wesir sprach die Worte des Dichters:

Du ließest das, was vergeht, und erreichtest, was ewig bestehet;
Wie dir ging es vielen Menschen, deren Schicksal dem deinen glich.
Du schiedest von deiner Behausung ohne jedweden Tadel,
Und statt der irdischen Welt erfreust du der künftigen dich.
Du warst es, der gegen die Feinde immerdar Schutz gewährte,
Sobald die Pfeile des Krieges schwirrten in eiligem Flug.
Ich sehe, die irdische Welt ist trügerisch und eitel:
Hoch war das Streben der Menschen, wenn es zu Gott sie trug.
Dich lasse der Herr des Thrones das Paradies gewinnen;
Dir gebe dort wahre Heimat Er, der unser Führer ist!
Ich gehe jetzt dahin um dich in bitterem Schmerze;
Ich sehe Osten und Westen in Trauer, seit du nicht mehr bist.

Als der Wesir geendet hatte, weinte er bitterlich, und eine Tränenflut rann von seinen Augen, die einer Perlenschnur glich. Dann trat einer vor, der gehörte zu Scharkâns vertrauten Genossen, und er weinte, bis seine Zähren wie Bäche flossen. Und er pries, wie Scharkân durch seine Tugenden alle überragte, indem er in diesen Versen klagte:

Wo ist Geben, seit die Hand deiner Güte im Staube ruht?
Mein Leib ist nach deinem Tode verbrannt von Schmerzensglut.
O Schützer der edlen Frauen – Gott freue dich –, siehst du nicht,
Wie meine Tränen Furchen schrieben in mein Gesicht?
Achtest du darauf? Kann dir der Anblick Freude gewähren?

Bei Gott, ich habe niemals verraten, was du mir vertraut;
Ja, niemals hat mein Inn'res auf deine Größe geschaut,

Ohn daß mein Auge verwundet ward von der Tränenflut.
Und wenn mein Blick jemals auf einem anderen ruht,
So lasse der Schmerz meine Augen den Schlummer ewig entbehren!

Als der Mann geendet hatte, weinten Dau el-Makân und der Wesir Dandân, und das ganze Heer klagte laut. Dann kehrten sie in das Lager zurück, und der König wandte sich zu dem Wesir, um mit ihm über die Führung des Krieges zu beraten. Tage und Nächte verharrten die beiden in dieser Weise, und Dau el-Makân blieb niedergedrückt von Kummer und Trauer, bis er schließlich sagte: ‚Ich sehne mich danach, Geschichten von Menschen, Abenteuer von Königen und Erzählungen von Sklaven der Liebe zu hören; vielleicht wird Allah dann den schweren Kummer aus meinem Herzen verjagen, so daß von mir weichen Weinen und Klagen.' Da sprach der Wesir: ‚Wenn nichts deinen Kummer zu vertreiben vermag als das Hören merkwürdiger Geschichten und Abenteuer von Königen und der Erzählungen von Sklaven der Liebe aus alter Zeit und dergleichen, so ist das eine leichte Sache; denn zu Lebzeiten deines seligen Vaters hatte ich nichts anderes zu tun, als ihm Geschichten zu erzählen und Verse vorzutragen. Noch heute nacht will ich dir die Geschichte vom Liebenden und der Geliebten erzählen, auf daß die Brust sich dir wieder weite.' Da nun Dau el-Makân diese Worte des Wesirs vernahm, sehnte sich sein Herz sehr nach dem, was jener ihm versprochen hatte, und er tat nichts als nur auf den Einbruch der Nacht zu warten, damit er höre, was der Wesir Dandân ihm erzählen würde von Mären aus alter Zeit, von Königen und Menschen, die sich der Liebe geweiht. Kaum aber war die Nacht angebrochen, so ließ er auch schon Wachskerzen und Lampen anzünden und alles bringen, wessen sie bedurften an Speise und Trank und Wohlgerüchen. Nachdem das alles gebracht war, sandte er nach dem

Wesir Dandân, und der kam zu ihm; ferner sandte er nach den Emiren Rustem und Bahrâm und Tarkâsch und dem Oberkammerherrn. Und wie nun alle vor ihm standen, wandte er sich zu dem Minister und sprach zu ihm: ‚Schau, o Wesir, wie die Nacht herangleitet und ihre Schleier auf uns senkt und breitet! So wünschen wir denn, daß du uns jene Geschichten erzählest, die du uns versprochen hast.' Der Wesir antwortete: ‚Herzlich gern!'– –«

Da bemerkte Schehrezâd, daß der Morgen begann, und sie hielt in der verstatteten Rede an.

INHALT DES ERSTEN BANDES

DIE ÜBERSETZUNG VON BAND I
SEITE 1-551 DER CALCUTTAER AUSGABE
VOM JAHRE 1839 ENTHALTEND

EINLEITUNG
VON HUGO VON HOFMANNSTHAL......... 7 – 15

KÖNIG SCHEHRIJÂR UND SCHEHREZÂD   17 – 32
Die Erzählung von König Schehrijâr und seinem
Bruder .... 19 – 26
Die Erzählung von dem Stier und dem Esel......... 27 – 31

DIE ERZÄHLUNG VON DEM KAUFMANN
UND DEM DÄMON *Erste bis dritte Nacht* .... 32 – 48
Die Geschichte des ersten Scheichs .... 35 – 40
Die Geschichte des zweiten Scheichs.............. 41 – 45
Die Geschichte des dritten Scheichs .... 46 – 48

DIE GESCHICHTE VON DEM FISCHER
UND DEM DÄMON *Dritte bis neunte Nacht* .... 48 – 96
Die Erzählung von dem Wesir des Königs Junân .... 56 – 72
  Die Geschichte von König Sindibâd .... 62 – 65
  Die Geschichte von dem treulosen Wesir .... 65 – 66
Die Geschichte des versteinerten Prinzen .... 83 – 96

DIE GESCHICHTE DES LASTTRÄGERS
UND DER DREI DAMEN
Neunte bis neunzehnte Nacht...................... 97 – 214
Die Geschichte des ersten Bettelmönches......... 121 – 131
Die Geschichte des zweiten Bettelmönches .... 131 – 162
  Die Geschichte vom Neider und vom
  Beneideten .... 144 – 147

Die Geschichte des dritten Bettelmönches .... 162 – 185
Die Geschichte der ältesten Dame .... 187 – 199
Die Geschichte der Pförtnerin .... 199 – 214

DIE GESCHICHTE VON DEN DREI ÄPFELN
Neunzehnte bis vierundzwanzigste Nacht .... 214 – 291
Die Geschichte der Wesire Nûr ed-Dîn und
Schems ed-Dîn .... 224 – 291

DIE GESCHICHTE DES BUCKLIGEN
Vierundzwanzigste bis vierunddreißigste Nacht .... 292 – 406
Die Geschichte des christlichen Maklers .... 300 – 318
Die Geschichte des Verwalters.................. 318 – 331
Die Geschichte des jüdischen Arztes .... 331 – 343
Die Geschichte des Schneiders .... 343 – 406
Die Geschichte des Barbiers .... 363 – 402
   Des Barbiers Erzählung von seinem ersten
   Bruder................................. 366 – 371
   Des Barbiers Erzählung von seinem zweiten
   Bruder................................. 372 – 377
   Des Barbiers Erzählung von seinem dritten
   Bruder................................. 377 – 381
   Des Barbiers Erzählung von seinem vierten
   Bruder................................. 381 – 385
   Des Barbiers Erzählung von seinem fünften
   Bruder................................. 385 – 396
   Des Barbiers Erzählung von seinem sechsten
   Bruder................................. 396 – 402
Der Schluß der Geschichte des Schneiders .... 402 – 406

DIE GESCHICHTE VON NÛR ED-DÎN 'ALÎ
UND ENÎS EL-DSCHELÎS *Vierunddreißigste bis
achtunddreißigste Nacht*........................... 406 – 460

DIE GESCHICHTE VON GHÂNIM IBN
AIJÛB, DEM VERSTÖRTEN SKLAVEN
DER LIEBE *Achtunddreißigste bis fünfundvierzigste Nacht* 460 – 500

Die Geschichte des Eunuchen Buchait . . . . 465 – 466

Die Geschichte des Eunuchen Kafûr . . . . 467 – 473

DIE GESCHICHTE DES KÖNIGS 'OMAR
IBN EN-NU'MÂN UND SEINER SÖHNE
SCHARKÂN UND DAU-EL MAKÂN UND
DESSEN, WAS IHNEN WIDERFUHR AN
MERKWÜRDIGKEITEN UND SELTSAMEN
BEGEBENHEITEN

Fünfundvierzigste bis hundertundsechste Nacht . . . . 500 – 766